网

向天舒传

·上·

沈飞飞 著

中国言实出版社

图书在版编目（CIP）数据
网：向天舒传 / 沈飞飞著 . -- 北京：中国言实出
版社，2015.6（2025.4重印）
ISBN 978-7-5171-1296-9

Ⅰ . ①网… Ⅱ . ①沈… Ⅲ . ①长篇小说－中国－当代
Ⅳ . ① I247.5

中国版本图书馆 CIP 数据核字 (2015) 第 081419 号

责任编辑：史会美

出版发行 中国言实出版社
地　址：北京市朝阳区北苑路 180 号加利大厦 5 号楼 105 室
邮　编：100101
编辑部：北京市西城区百万庄大街甲 16 号五层
邮　编：100037
电　话：64924853（总编室）64924716（发行部）
网　址：www.zgyscbs.cn
E-mail：zgyscbs@263.net
经　销 新华书店
印　刷 三河市宏顺兴印刷有限公司
版　次 2015 年 6 月第 1 版　2025 年 4 月第 3 次印刷
规　格 787 毫米 ×1092 毫米　1/16　70.5 印张
字　数 967 千字
定　价 145.00 元（全 3 册）　ISBN 978-7-5171-1296-9

目录
contents

序　言

没有他，就不会有本书，毫无疑问，他是决定性人物，不得不表，况且，不这样做我良心上也过不去。

那天，像往常一样，我坐在书桌前沉思，电话铃突然响起。我当时料想不到，电话接通了另一个世界，彻底改变了我的生活。

是一个陌生男子的声音，说有顶重要的事求见。我说不用客气，请他直接来家里。

次日黄昏，敲门声响起。

他站在门口，年龄同我相仿，腋下夹着一个黑皮包。我吃了一惊，和对方从未谋面，却有一种似曾相识的感觉，仿佛立在一面镜前，很强烈，也很虚幻。他也愣了一下。我忙把他让进屋。他很小心地把皮包放在茶几上。我问他喝啤酒还是茶，他犹豫了一下，决然地要了啤酒。我的未婚妻倒了两杯啤酒。看得出，他是不惯喝酒的人。

我在等他开口，他却只顾喝酒，目光始终没离开茶几上的黑皮包，引得我也盯着皮包看，仿佛里面会变出戏法来。

“我来是为一个人，”终于，他开了口，中性嗓音，“他叫向天舒。”

“向天舒”这三个平平的音节有力地闯入我的耳膜，在颅腔里猛烈震荡，仿佛是某位大人物的高姓大名。向天舒是谁？对面的这人又是谁？我对进入我生活领域的一切，哪怕蛛丝马迹，都充满期待。我相信，一切都同我息息相关。倾听所有的声音，谛视所有的迹象，一副面孔，一个地名，即或稍纵即逝，都意味深长，都是我生命的一分子。我努力在有限的生命中接纳更多的东西。

我等着下文。他却话锋陡转，说很喜欢我的文章，认为我有潜在的大才能。我连说过誉，不过写了几篇小文，就被冠以作家的称号，惭愧得很。其实，我写作的目的并非为成名成家，而是想给灵魂建造一个家园。我一直渴望能写出一本真正的书。

“你一定能，我正是为此而来。”

我彻底糊涂了，心想此人未免太故弄玄虚，且看他究竟为何而来。

他猛喝了一口啤酒，从黑皮包里拿出厚厚一摞书稿。明白了，他想让我帮他看稿，也许还想托我转给出版社。

“这是未定稿，现在归你，只有你能使它臻于完美，凭直觉，你正是我要找的人。”

我一点儿都不明白他的意思，好奇心大起，决定先看稿，接不接受再说。见我首肯，他松了一口气，仿佛卸去了沉重的包袱。

我们边喝边聊。

我不时瞅一眼躺在茶几上的文稿，恨不得马上揭开谜底。

他毕业于省城最好的大学，哲学系，供职于某行政单位，不能说所用非所学，生活本身就是一门哲学。父母早逝，他一直独身，周旋于领导和同事间，原则是不阿谀，不害人，其他则无可无不可，同事们管他叫独行侠。有几个朋友，皆非本单位人，也只是偶尔聚聚，谈不上深交，业余时间基本都是在阅读与思考中度过的。他也做过文学梦，后来放弃了。他说：至于这份稿，看过后你就明白了。

他只简单地谈了一点他的个人情况，算是自我介绍，旋即把话题转到我身上。他似乎很了解我，我的过去，我现在的生活，我不知道他是从哪里打探来的，好像一个幽灵，不知不觉就进入了我的生活，无所不在。看来，为了弄清我的底细，他着实下了一番功夫。我有一种奇怪的感觉，他仿佛来自另一个世界，肩负着神秘的使命，而我是帮他完成使命的最佳人选。

看看时间已晚，他起身告辞，留了电话，我坚持送他至路口。在灰暗的路灯下，他的背影显得稀薄、孤单，连影子都似乎不见，慢慢飘逝于长街尽头。

我迫不及待坐到书桌前，开始阅读书稿。打开书稿的瞬间，我被震惊了。这是一份手写稿，现在还有人用笔写作！字体洗练干净，自成一格，页面整洁，极少改动，像是一气呵成的。接连几天，我食不甘味，寝不安席，完全沉浸在手稿里，被那个名叫向天舒的人的故事深深吸引。我隐隐感到，这不是一般意义上的小说，更像传记，都是真人真事。文如其人，他的灵魂徜徉在字里行间，呼之欲出，我感到他和我是一路人，转念思忖，这么好的故事，这么好的文笔，干吗要拱手让人？我又怎么好意思掠美？

我反复阅读他的手稿，时刻在未婚妻面前提起向天舒其人，久而久之，向天舒仿佛变成了家里的一员，同我们一道饮食起居。常常，晚饭后和未婚妻一起看电视时，不知所云的电视画面在我眼前晃动，脑子里却全是关于向天舒的一切，甚至产生错觉：向天舒就坐在我们中间。事实上，向天舒早已不在人世。

我对未婚妻说，从某种意义上讲，向天舒实现了我的梦想，她忙说：你要跟他一样，我怎么办？我郑重地看着她说：我永远都不会离开你！未婚妻眼里闪烁着泪花。

未婚妻做得一手好菜，我打电话请他来家里吃晚饭，他欣然答应，仿佛是预料中的事情。

我在饭桌上追问他为什么要把手稿让给我，他说："我知道你有顾虑，一般人是不会理解这种行为的，但你不同，知道我是诚心诚意这么做的。从小父母就教我们不要拿别人的东西，其实，有些东西属于所有人，只看你配不配拿。天舒是我最好的朋友，我不能利用他来谋取名利，我不是说你写作就完全是为了名利，我只是想过得清静平淡些，把完成这本书的艰巨甚至危险的任务托付给你，其实挺自私的。”

他陷入沉思，表情游离在另一个世界。我当时不明白他说的“危险”是什么意思。

我举杯敬他酒，他从恍惚中回过神来，呷了一口酒，接着说：“手稿是在短时间内完成的，因为内容都在脑子里，默写下来就是了，严格地说，这是天舒的自传，我只是把多年来他给我的书信重新编排了一下，使之看起来更像个完整的故事。天舒离开省城后，我们就再没见过面，十几年来，与他通信成了我日常生活的一部分。

“天舒的信辗转来到省城，通常要一个星期，因此，我第一时间读到的信的内容，实际上发生在一个星期之前，每当我怀着好奇而激动的心情打开信封前，都会想：一个星期前的今天，天舒都做了些什么？而信件未到达时，我却在想，天舒现在在做什么？如果接连几天都收不到他的信，我就会寝食不安，怕有不好的事情发生。事实证明，每当天舒的生活发生重大变故时，通信便会单方面中断。我给他写的信却从未中断过。天舒的很多信是用毛笔写的，越到后来毛笔字写得越好，简直可以当书法家了！

“天舒对民间传说中的寄魂物特别感兴趣，开玩笑说不厌其详地给我写信，是把我当成他的寄魂物了，文字是灵魂的载体，灵魂放我这里，他心里踏实。的确，恐怕没人比我更了解天舒的生活了，甚至，我比他本人还了解他自己。他不可能记住自己写过的每一封信，记住信中的每一个事件，更不用说那些灵光闪耀的思想，随兴的感慨，而所有这些都深印我的脑海。多年来，重读他的书信是我最大的享受，我借此想象他生活的情形，无形中做了他生活的见证人。你无法想象我把信件寄还给天舒后的空虚和痛苦，就像又和他离别了一次。

“有一天，天舒突然来信，要我把他的所有信件都寄回给他，说是写作需要。听说他终于要开始写作了，我自然高兴，因为我们都有过文学梦，那些信件仿佛是他的日记，记载了他生活的所有细节，可以帮他回忆起过去的岁月，那些宝贵的思想和经历，是重要的写作素材，我似乎已看到了一部巨著的诞生。但不久就收到他的一封短信，抱歉向我撒了谎，并无写作一事，要回信件的目的是要把它们全部销毁，原因没说，并要求我连最后这封信也毁掉。我大吃一惊，后悔没有备份。我后来想，出于对知己的信任，天舒完全可以让我销毁他的书信，但他没这么做，可见，他想割断同这个世界的一切联系的决心多么大。不过，谁会想得到呢？不久就传来他的死讯，震惊之余，我在悲痛中完成了这份手稿，全凭记忆。天舒的信是对他周围人事的精彩描写，令人过目不忘，很多章节我都能背诵出来，你尽可相信内容的真实性。本来，我只是想把他的信件复述出来，编辑成书，但到处都是记忆的残片，难度可想而知，更重要的是，天舒不会同意这样做的，于是我选择了传记的形式。真正的传记要等人死后才能写，盖棺不等于论定，但至少更接近真实，给活人树碑立传，堪称可鄙，至于自传，只能当小说来读。我想强调一点，为了叙述的连贯性，难免会掺杂一些我个人的主观色彩，并不难辨认，还原一个真实的天舒才是我的目的。”

“这也是我的准则。”

他点点头，接着说：“但遗漏在所难免，很多重要的事件和细节都不在里面，这些只有靠你来完成了，我会把陆续记起来的东西都告诉你的。”他看我还有些迟疑，又说，“这样吧，你权当没有这本稿子，故事是我讲给你听的，你呢，据此写一本你自己的书，我的意思是，你可以根据自己的理解，按照你自己的风格重新斟酌词句、人物、行文顺序等，总之，它只是你的第一手材料。”

其实，整个世界都是我的第一手材料。

如此好像说得过去，我心想。有些章节确实不尽如人意，显得零乱，他毕竟受当局者迷的限制，上好的玉料或可被我琢成宝器。我要特别声明，文中可能会有的瑕疵都要归咎于我这个匠人的技艺不精，而非材料不好，我竭尽所能，目的是尽可能完整地还原向天舒，把他呈现给读者诸君，这也是把手稿托付给我的人的目的。向天舒，为人所不解，却以完全个人的方式，在短暂的生涯中，达到常人难以企及的至高境界，让他就此湮没在浩瀚的历史中，未免可惜，简直就是罪过。问题是，命运为什么偏偏选择了我？换作别人，读者在下面看到的故事肯定会有所不同，但精髓不变，向天舒永远是向天舒，明眼人自会领悟。但愿他不是所托非人。还有一点必须声明，他要求不要提他的名字，连化名都不行，我只好用“他”来指称，这难免会带来阅读上的障碍，别说读者，连我都经常犯晕，闹不清“他”究竟是谁。这倒让我想起老子的一句话来：名可名，非常名。

他说手稿一经托付，便与他毫不相干，并要我保证，一俟写作完毕，就把他的手稿销毁。

“干干净净。”他自言自语地说。

大家停了筷，未婚妻开始收拾桌子。他夸饭菜美味，说我福气好，未婚妻喜形于色，一面让我们到沙发上去坐，一面说：慢慢聊，我去给你们沏茶。

我们聊至深夜，话题围绕着向天舒在省城的经历，这段历史手稿里没有。

那年，他以优异成绩考上了省城最好的大学，因父母曾是该校的教授，家就在校园里，一切依旧，真正的变化，是向天舒的到来引起的。

他第一眼就被这位来自偏远山村的同学吸引住，主动上前打招呼。对方面带微笑，不紧不慢地应道：你好，我叫向天舒。向天舒衣着朴素，相貌俊逸，一面与他说话，一面整理床铺，动作娴熟。他后来才知道，对方从高中起就开始寄宿，自理能力很强。向父望子成龙心切，待向天舒初中毕业后，托县城的亲戚找关系，花了不少钱，让他进了纬县一中念高中，也因此欠下一屁股债。这在当地是稀罕事，大家都说向天舒聪明过人，上小学就跳过两级，将来一定有出息。纬县是省里有名的贫困县，向天舒家所在的村子叫祖村，远离县城，连接两地的是一条土路，需大半天的车程，十分颠簸。向天舒逢寒暑假才回家，很早就习惯了远离家人的生活。当年纬县没有直通省城的火车，从祖村出发，辗转三天才到省城，路途的艰辛可想而知。

想到对方家境的贫寒，求学的不易，他在心里感慨万千，并有一种想亲近的强烈冲动。晚饭后，他约向天舒散步，顺便带他参观一下校园。闲聊中，他惊奇地发现，对方读过很多课外书，谈吐机智，看问题深刻。父母的藏书颇丰，他很早就囫囵看过，其中有很多文艺类的书籍，潜移默化，加之他天资颖悟，不知不觉中，心智便高出常人许多，曲高和寡，交不到贴心的朋友，遇上向天舒，真有相见恨晚的感觉。向天舒也很感激他，因为从小地方来，预备了自卑的心理来面对省城人，没想到他会主动结交自己。很快，他们就成了知己。

向天舒早出晚归，课余时间都泡在图书馆，什么书都看，如饥似渴，图书馆关门后又到通宵教室熬夜。周末两人才有时间在一起交流。每至星期六，他一大早就去找向天舒，相约进城逛书店。校园在郊区，需坐五十多分钟的公交车，两人在车上旁若无人地聊天。省城最大的书店位于市中心，这也是唯一让向天舒进城的原因。向天舒并不喜欢繁华的市中心，到处是物质的诱惑，和城里人自以为是的面孔，相比之下，校园简直就是净土。向天舒喜欢买书，但经济能力有限，不能随心所欲，常说以后有钱了一定要买很多书。他们差不多一整天都在书店里流连，午饭只吃点自带的干粮。归途中，两人均有些疲惫，不言语，都市的喧嚣令人窒息，路途显得无比漫长，霓虹灯初上，一切都很虚幻。他们逃也似的回到校园，重拾心情，到食堂吃晚饭，然后买包烟，到校园的湖边长椅上闲坐。他们平时都不抽烟，到周六便习惯性地买一包烟，轮流买，分而抽之，抽完后才分手，都有点晕，像是醉酒的样子。湖边多情侣，亲热得肉麻，两人谈话投机，并不会因此分心，只偶尔勾起各自对中学期间恋爱往事的回忆，美好而苦涩的初恋，挥之不去。

第一年寒假，向天舒长途跋涉回家过年。整个假期，他都在盼着对方归来，说不清是一种什么样的思念。开学后见到向天舒，他大吃一惊。过年好吃好喝，天又冷，人都会胖些，向天舒却面容憔悴，比节前反而瘦了，黯然对他说：我爸过世了。他很震惊，脑海中掠过对方向他描述过的父亲形象，心里一阵酸楚，不知该如何安慰他。向天舒却说：没事的，都过去了。便把话题岔开了。后来，断断续续地，他忍不住问了一些细节，回答都很淡，看不出有什么丧父之痛，令他很惊讶，也很疑惑。

“我们向来是无话不谈的，但这事他不愿多提，我也觉得不该为了自己的好奇心去勾起他的痛苦回忆。临近期末，有一次，不记得谈到什么话题，天舒突然问：‘你觉得生者与死者，谁更痛苦？’我说：‘应该是生者吧，人死后无所谓痛不痛苦。’天舒说：‘对啊，死者自己不觉得痛苦，没准还很快乐，何必替他痛苦？生者并非真的为死者痛苦，而是为自己悲哀，人死不能复生，生者如果也不痛苦，岂不是皆大欢喜。我在父亲的身上看到，死其实挺美的。’我若有所悟，想起自己过世的父母，心里第一次出奇的平静。接着，天舒向我谈起了他的父亲及他父亲的死，语气里充满爱和崇敬。”

向天舒是老大，有一个弟弟和一个妹妹，但严格说来，他并非长子，出世前有过一个哥哥，四岁时死于一场瘟疫，几年后父母才生下他，因此，向父不幸去世前，已年近半百。向父在祖村是有名的能人，知书达理，写得一手好字，精木工，又是打鱼的行家。向家祖上出了个有名的郎中，靠行医发了家，之后广置田产，成了名重一方的财主。向天舒的爷爷曾到省城经商，向父也因此念过几年省城的公立学校，常给向天舒讲当年在省城的见闻，令他无限神往，向父便乘机说：好好学习，将来到省城去念大学。向父把自己未曾实现的梦想寄托在儿子身上，省城是向天舒的童年生活里出现频率最高的名词。

祖村位于青溟湖畔。青溟湖是个大湖，渔产丰富，同别的湖边渔村一样，祖村人也是靠水吃水。渔民的田地不多，地里的活儿便由向母一人承担，家务也是她做，四合院拾掇得很齐整，此外，她还管卖鱼，每日一大早把头天打来的鱼拿到村口的鱼市卖，周围城镇有专人来收购。向母终日都在忙碌。向父只管打鱼，渔闲时在家整弄渔具、读书，偶尔替人写对联，不收钱，有时做点木活，赚些外快，人自找上门来，并不刻意去揽，儿子到县城里念高中后才舍弃所有的闲暇，因为子女上学的费用一年贵似一年，逢集还到镇上摆摊写对联卖，他在世时，家里的用度基本能够维持。向父性情温和，对子女极宽容，从不忍打骂，常被向母怪罪，说他没有做父亲的威信；但他并非好好先生，“凡事要有原则”是他的口头禅。向父在当地极受尊敬。别看他平时沉默寡言，与世无争，心里却明镜似的，加上读书多，见世面广，左邻右舍有事常请他帮忙拿主意。除了为喝酒的事反目外，向天舒的父母互敬互重，十分恩爱。

向父嗜酒。向天舒的记忆里常出现这样的情景：父亲坐在湖边船头，望着远山，默默吸纸烟，腰间挂着酒葫芦，不时仰头喝两口。向天舒喜欢跟父亲待在一起，但深知他不喜被打扰，所以不敢发声，不知道父亲在想什么，也不知道自己在想什么，父子俩就这样并排坐着发呆，常常坐一整个下午，直到母亲来寻。向天舒后来喜欢发呆的习惯就是那时养成的。也不总这么沉闷，向父有时会心血来潮，教儿子背古诗，给儿子讲故事，有些故事很神奇，令向天舒无限神往。渐渐地，向父的酒越喝越多，向母的抱怨也越来越激烈，气头上常说“喝吧，喝死你！”竟成谶语，向父的死当真与酒有关。向天舒长大后才知道，那个年代，借酒浇愁者远不止父亲一人。

向天舒寒假回家，有点衣锦还乡的意思，人见人赞，向父自豪，酒比平时喝得更多，父子俩常对饮，向母也很高兴，显得格外宽宏，还特意给他们多烧了两个下酒菜。

与父亲相对坐，向天舒突然有种错觉，自己变成了对面的父亲，其音容笑貌简直就是自己的翻版，沉思的表情与自己更是别无二致。除遗传自父亲的体貌特征外，他的性格也深受父亲的影响，他隐约觉得，父亲身上的某些东西预先在他身上复活了，即便父亲有一天离开人世，也不会完全离开他。但他万万没想到，父亲会这么快就走了。

眼看就快过年了。冬日天寒，一般不出湖打鱼。那天是少有的晴天，午饭后，向父突然要出湖，说过年要让大儿子吃到他打的鱼。向天舒想随父亲去，可天实在太冷，正迟疑间，有初中同学来邀，便没去。向母一开始不乐意，见向父态度坚决，甚至有些亢奋，便不再言语，叮嘱他穿暖和了。向父答应着，将一个酒葫芦灌满酒，说是暖身子用。就这样，向父兴高采烈地划着小船出湖去了。快吃晚饭时，向父没回来，向母有些担心，天黑后还不见人影，更加担心，左等右盼，依然没动静，便预感出事了，让向天舒去喊亲戚。全村都惊动了，有船的人家预备了灯火，不约而同都汇聚到湖边，张罗着分头划船去寻，桨声，人声，搅散了水中的繁星，邻村的人闻讯后也纷纷解缆下水，星河在天，满湖灯火漂移，青溟湖上从未有过如此壮观的景象。寒风刺骨，向天舒坐在船头，瞪着黑暗的水面，脑袋里空空荡荡。许久，有人喊：在这里！向天舒所在的小船循声奋力划过去，已经团团围了一圈小船，看见他们，几张嘴同时说：天舒来了，快让开！向父的小船荡漾着，空空的，孤独而疲惫的样子，仿佛为了寻找主人，经历了长久的漂泊。天冷，又黑，尸体的打捞只好等到次日天亮以后。向父的船被拖回，候在岸边的向母一看见空船便晕了过去。众人又忙乱了一番，这才开始检视小船，希望找到一点线索。渔网是干的，舱底躺着两个酒葫芦，塞子已不见，摇一摇，都已见底，众人当即断定向父是酒醉后落水的，水那么冷，一个醉人，还能……言者打住话头。向天舒心里明白，父亲打鱼有个习惯，船划到预定地点后，歇了桨，盘腿坐在船头，抽烟，喝酒，看天，看远山，耽搁大半晌，才慢慢起身撒网，这次因为天冷，瞒着母亲多带了一葫芦酒，喝得兴起，醉了都不知道。第二天打捞尸体，用长竹竿，下网，本家几个水性极好且胆大的壮汉在可疑地点潜水去摸，但都很快浮出水面，脸色惨白，不似在其他季节里那么从容。接连几天没有结果，紧接着就过年了，只得暂时作罢。初三过后又继续打捞，还是无果，遂想放弃，向母却独自架着向父的小船出去，向天舒忙又叫上几艘船去陪她。终于，向母也绝望了。族人开始筹办丧事，没有尸身，又不好太破坏别人过年的气氛，一切从简，在后山面水的地方给向父修了一座衣冠冢。

向天舒后悔没有陪父亲出湖，如果那天有他陪，父亲就不会溺水了，正要为这个想法深深自责时，想起父亲生前常说的一句话：历史是不能假设的。不论以什么方式，死都是很自然的事情，父亲是笑着出门的，这比什么都重要。

向天舒在后来给他的一封信中说：父亲打了一辈子鱼，最后葬身鱼腹，在佛家眼里，当是极公平的事。父亲终生与水为伴，水是最好的归宿，四大归四大，迟早而已。

“经此变故，家中无力再给天舒寄钱，他第二学期便开始打工。我想资助他，父母给我留下一笔不小的遗产，我有这个能力，但天舒生性敏感，自尊心强，轻易不接受别人的帮助。我只好变通一下，暗中帮他。天舒的英文很棒，我托人给他找文字翻译的活儿，交稿后由我将报酬转给他，我乘机多放些钱在里面，又不敢加得太多，以免他起疑心。此外，他还同时做几份家教，有些是我帮他找的，家长对他很满意，他似乎天生就会教书，循循善诱，孩子都爱听。这样，一学期下来，除了生活费，他居然还买了不少书，连回家的路费都攒下了。我劝他暑假不要回去，省时省钱，但他因为父亲才去世不久，想回去陪陪母亲，谁知事与愿违，回家后闹得很不愉快，暑假没结束就返校了。”

向天舒发现母亲苍老了许多，性情也变了，凡事刻薄，且执拗，竟张罗着给他招亲，相中了邻村一位俊俏的姑娘。向天舒是大名鼎鼎的才子，女方家自然很热心，他一方面经不住母亲的软磨硬泡，一方面觉得好玩，乡下待久了，未免闷得慌，正好解解闷，便同意见面，到女方家做客。姑娘清秀纯朴，不敢正眼看他，令他联想起那些俗套的城里公子哥儿勾引乡下姑娘并始乱终弃的恋爱故事。见母亲与姑娘的母亲聊得热火朝天，快以亲家相称了，便觉得再不打住，玩笑就开大了，催促母亲回家。向母回家后问儿子的意思，他说不可能，经不住母亲絮絮叨叨的纠缠，撂下一句“我的事不用你管”，便睡觉去了。向母有种被愚弄的感觉，伤心了一夜，第二天一早便逼他表态，说都是为他好，哪有儿子不听妈话的，乡下姑娘本分，城里女人都是狐狸精，说到激动处，眼泪竟下来了。都什么年代了！向天舒又好笑又好气，见母亲哭，有点过意不去，但又无法安慰她，只好不加理会。向母见儿子不为所动，又想到丈夫的早死，索性大哭起来，弟妹不明就里，也跟着哭，表姐赶来劝慰，场面一时混乱不堪。向天舒手足无措，心肠一硬，夺门而出，跑到湖边抽烟，想父亲若在，母亲当不会如此。父亲的音容宛在湖面上，逐渐模糊，随泪水流走。回家前想好了安慰母亲的话，进门后见她独自干活，装作没看见他，心凉了半截，便什么都没说。母亲仿佛有意同他怄气，且丧夫之痛犹在，常常无缘无故地哭闹，家里的气氛压抑到了极点，持续到他返校时都没有改变。上路时，向天舒发誓不再回家。

很久以后他才明白，向天舒发誓不回家，与出家人颇有几分相似，是一种彻底独立的姿态，意味着要寻找真正意义上的家——精神的家园。但没有人能真正摆脱尘世的家园。十年里，向天舒同家里的联系并未中断，虽从未写过信，但往家里寄钱也是一种联系的方式，父亲死后，家的概念，实际上是母亲在维系着，无数次，母亲出现在梦里，无数次，梦回故园。

“天舒跟我说他再也不回家时，我很吃惊，以为他家中又出什么事了，待知道原委后，觉得他是在说气话，殊不知他真的做到了，整整十年，他再未回过家。直到有一天，他对我说：我想回家了！说话的表情深深地触动了我，我知道他累了，那一刻真羡慕他，至少他还有家可回，我的家虽然就在省城，却跟没家一样，唉……”

他的一声长叹转移了我的注意力。我一直专注于向天舒的故事，此刻突然发现，向天舒局限于文字和想象中，而眼前这个活生生的人，这个与向天舒息息相关的人，我竟知之甚少。这么重要的事情，竟忽略了，连他都不了解，又怎能更好地通过他去了解压根儿就未曾谋面的向天舒呢？

“你给向天舒的信还在吗？”我突然问，他从未提及这些信，也怪，我到现在才想起来问他。

“不知道，也许，只有天舒知道它们的下落。”他幽幽地说。

他似乎不愿多谈，我发现，凡与他自身有关的，他都避而不谈。他的家人，他的童年，他的感情生活，等等，都是迷，也许，我和他的交往还不够深入，尚无资格进入他的内心。他让我联想起某种隐士，按照古人的说法，是那种隐于市的大隐，知而不言，知而不行。他继续向天舒的话题，而我却开始更多地关注故事中有他出现的地方，希望借此加深对他的了解。

功课，课外阅读，打工，向天舒的日程排得满满的，难得有闲暇和他相处，令他深感落寞，遗憾自己不住学生宿舍，不能够有更多时间同对方在一起。他们周末偶尔还像从前一样，到湖边谈心，交谈中，他惊讶地发现，向天舒的学识呈急遽膨胀的态势。为了弥补打工占去的时间，向天舒读书更加刻苦，睡得很少，非常人可以想象，短短四年的大学生涯，向天舒的学识已远在众人之上。他受向天舒的影响，也加倍努力，怕跟不上对方的进度。

“天舒从不觉得自己有多聪明，智力发展也许堪称中上，但绝非天才，因此很勤奋，从大学起就废寝忘食求知，工作后也会利用一切可以利用的时间阅读，并以各种方式充实自己有限的生命。他常说，我们只有一世的命，不能枉费。在他眼里，‘活到老学到老’是最简单也最深刻的格言。”

寒假是他最快乐的日子，因天冷，向天舒好歹接受了他的邀请，搬到他家住。家里有暖气，洗澡也方便，对向天舒来说，堪称奢华。寒假不长，人都忙着预备过年，打工的机会少，向天舒也很想用一整块时间来集中读一些书，遂绝了打工的念头，在他家待了整整一个寒假。他把书桌放在较宽敞的客厅，两人相对坐，读各自的书，累了就歇下来聊聊天。午晚餐去食堂吃，因为每晚都熬夜，午夜后他必要做消夜，吃完后精神饱满，向天舒因此感叹说，平时常饿着肚子熬夜，没有充分的体力与困倦抗衡。他让向天舒睡自己的房间，自己则睡父母生前的卧室。早上起得迟，一般都是向天舒先起，看着书等他，然后一起散步到校外的小吃店用早餐，来回半小时，算是晨练。晚饭后在校园里散步消食，偌大的校园空空如也，围墙环绕，有点孤城落日的苍凉，安静得让人忧伤。就这样，寒假的一个月里，他们朝夕相处，情同手足，又不全像，总之，他第一次有家的感觉，一种甜蜜的感觉。开学后，向天舒搬回宿舍去了，他很想央求对方留下来，但他了解向天舒独立不拘的个性，最终没说出口。

暑假长，是打工挣钱的最佳时机，向天舒执意不肯到他家住，因作息时间混乱，不想打搅他。向天舒不知从哪里找来那么多的活儿，常常不见人影儿，皮肤晒得黝黑。他纳闷：除了家教，天舒都在做些什么？有一次，他进城购物，路边工地上有一人很眼熟，那不是天舒吗？向天舒有些难为情，说一时没找到合适的家教，所学的专业派不上实际的用场，只好卖苦力，再少也是钱，不告诉他是因为怕他心里过意不去，没关系，权当体验生活，又可以锻炼身体，工友们对他挺好，他喜欢这些被城里人鄙视的民工。他听了心里难免有些不好受，同时又羡慕对方，相比之下，自己的生活太平淡无奇了。劳作之余，向天舒并不急于返校，在工地上的简陋窝棚里，同民工们一道喝酒，闲聊，打扑克。向天舒喜欢听他们讲各自老家的事，讲进城打工的艰辛，没有人知道他是大学生。向天舒还喜欢站在高楼的脚手架上看日落，晚霞满天，似太阳王的仪仗，辉煌灿烂，有时万里无云，一轮红日，像颗大草莓，或天上神仙的金丹，很美，也很孤独，让人想落泪。从高高的脚手架上可以鸟瞰整个城市，城市的屋顶，有的美，有的丑，街面上的行人和车辆显得渺小，远近横着许多大吊车的长臂，有动的，有不动的，悬在半空，仿佛西方中世纪的大风车，堂吉诃德眼中的怪物，又像巨型的镰，随时准备收割那些像稻麦一样生长的生命。向天舒常跟他说，站在高处就有往下跳的冲动，有时故意站在屋顶的边缘，与虚空面面相对，心狂跳不止，又刺激又恐惧，小便险些失禁。想象背后有双手，冷不防推了一把，或者，被一阵烈风吹落，但从不去想身体在地上迸裂的情形，而是醉心于空中的姿态，和坠落的轨迹，最好是道弧线，很优美，如果双脚离地时猛蹬一下，还有向上的可能，仿佛一道彩虹，一直延伸到云后的某处。向天舒登高的嗜好就是那时养成的，后来不打工了，仍念念不忘登高的感觉，常利用周末拉他去爬山。他好静，不常锻炼，而登山对体能有一定的要求，经常被甩得老远，听见向天舒在高处大声叫他的名字，呼唤声在山谷里久久回荡。

他怀疑向天舒不是为了那点微薄的工钱去做苦力的，而是想从民工身上找到一些家的感觉，并且，依据向天舒自己的说法，能深切体会自卑的含义。民工从贫穷的乡村来到浮华的都市，落差甚巨，城里人的白眼像毒日头，都是人，差距怎么会那么大呢？当然，习惯以后就麻木了，甚至敢对着摩登女郎吹口哨，胆更大的，便去偷去抢，败坏了民工的名声，令城里人在蔑视之外又添厌恨。向天舒骨子里很自卑，特别是在父亲遇难以后。班上有一些省城的学生，优越感强，瞧不起外地学生，更别说像向天舒这样的穷学生了。其实，无论外貌和才学，向天舒都比他们强，用不着自卑的。后来，向天舒在一封信中坦承了当年的自卑心理，并说要感谢自卑，让自己不只停留在生活的表层，弓先抑后伸，所谓奋斗，就是从自卑到自负的过程，只有学会战胜生活中的自卑，才能面对灵魂的自卑，生活中的自卑仅是表象，面对大自然，面对浩渺的宇宙，面对神秘的终极存在，个人的灵魂何等自卑，而只有灵魂的深刻自卑，才有灵魂的伸展、超越。他说，向天舒类似的表达在书信中比比皆是，很有哲理，他差不多都已烂熟于心，某些启示性的话语有一种近乎宗教般的意蕴，发人深省。

向天舒还到家具厂打过工，一开始干一些搬运工的杂活儿，听说他会些木工（他从小看父亲做活，耳濡目染，偶尔也学着做，父亲却不刻意教他，不愿意他将来也做木匠），木匠师傅们便让他打下手，渐渐也能做一些简易的木工，比纯粹的体力活轻松，报酬也高许多。后来，向天舒常常自豪地对他说，自己做过木匠。

向天舒虽然忙，毕竟是假期，两人比学期中在一起的时间要多些，校园的荷塘是最常去的地方。荷塘平素人就不多，暑期更是清幽的所在，又正值花开时节，白的，粉的，初开的，半开的，全开的，点缀着些花骨朵，开败了的花则摇身变成青翠可人的莲蓬，像一个个绿色的小精灵，借风传递着信息，乘人不备就变换了姿态，让人拿不准她们到底谁是谁，因为她们的脚都藏在水里，可以悄无声息地满塘走动，像在故意逗你，又像是自己在那儿游戏。一般都在晚饭后，有时备酒，无酒时便多备些烟，在荷塘边促膝而坐，慢慢谈心，说话时都望着荷叶，仿佛上面写着谈话的主题，只消随兴发挥就是。绿树阴浓，炎热同夕阳一道退去，当夜色布满荷塘时，便可见到对岸的流萤，上下四方移动，像巡夜人手中的灯笼，四周的树木影影绰绰，在莲间穿梭的鱼儿偶尔弄出“哗哗”的水响，两人噤了声，各怀心事，神秘的气息弥散开来。这一切珍藏在他的记忆里，带给他无限的快意，那种浪漫的情调，并不亚于任何一对情侣。

“不用说，你一定在猜我们之间是不是有点同性恋的意思，或者说我对天舒是否有这种倾向。那些年，‘同性恋’还是稀罕字眼，后来回想起与天舒的关系时，的确发现一些暧昧的迹象。但无论如何，当时我们都毫不知觉，一切都显得很自然，直到他开始恋爱，我们的关系才变得微妙起来。也许，我在心理上过于依赖他，超出了正常的情感范围。天舒离开省城后，在一封信里向我吐露，他在大学时对我一直有一种非常特别的感情，并为自己恋爱后没有多顾及到我而深感不安，让我很感动，所谓知己，不过如此吧。”

他泫然泪下，我知道他是为知己不再而伤心，不觉有些局促，好像在为我不能顶替向天舒做他的知己而愧疚；同时，又感到宽慰，至少，他已经把我当做值得信赖的倾诉对象了，否则不会这样“失态”的。

他抹抹眼，连声说“不好意思”，下意识地看了一下表。

“哎哟，都这么晚了，不好意思，打搅你们睡觉了！”

向天舒的故事还没讲完呢。他站起身，说改日再聊。未婚妻闻声从书房里出来，也表示挽留，说这么晚就不用回去了，家里有客房，被褥都是新的，聊到多晚都行。他态度坚决，我们只得作罢。

送走他，我全无睡意，独坐书房，没开灯。黑暗中，怎么也想不起他的模样，旋亮台灯，窗玻璃上立刻出现他的影像，我吃了一惊，再仔细看时，分明是自己的面孔，正从窗外的夜深处，幽幽地注视着我。我不禁又问：他究竟是谁？

我着手准备向天舒传记的写作，首要工作是找到一份详尽的地图。看地图是我的嗜好之一，那些听说过没听说过的地方，标在地图上，大抵是存在的，且不能挪动，靠生活在上面的人来回传递信息，像蜜蜂传播花粉。我跑遍城里的所有书店，惜乎没有一份世界地图详尽到能在上面找到故事的发生地——那个叫黄龙镇的小地方，地方行政区划图我又不喜欢，嫌不完整，只好找来一张很大的世界地图，通过精确的比对，在黄龙镇应该在的位置上用红笔画了一个醒目的圆，时常展开来，久久凝视着那个代表黄龙镇的圆，仿佛是世界的中心，又仿佛是一口泉眼，荡气回肠的故事源源不断地涌现。

他工作忙，我们一直靠电话联系，或者是我有疑问时给他电话，或者是他想起什么来时给我电话，均与向天舒有关，向天舒成了联系我们的纽带。他电话里的声音很缥缈，仿佛根本不在这个城市，而在遥远的某地，我每次都会下意识地看一下来电显示号码，以确定他还在这座城市。不知为何，写作时我满脑子都是向天舒，其余的时间却都在想他。他真的很忙吗？还是不想立刻又见我，因为见面肯定就要接着把向天舒在省城的经历讲完，难道有什么难言之隐？我几次想主动约他，甚至想直接去他的单位，或者到他的居所找他，都被未婚妻制止。她说，不要随便打探别人的隐私，言之有理。有时，走在街上，总感觉背后有双熟悉的眼睛，令我情不自禁地屡屡回头，未婚妻说我神经兮兮的。我说，有些人天天见，我却熟视无睹，而他一共就见过两次，却让我难以释怀，我和他怕有三生的缘分。未婚妻嘟着嘴说：他有这么重要，我呢？我打趣说：跟你，有一生的缘分就很满足了，今生今世。

期待已久的时刻终于来临。他邀我去他家，说有东西要给我。真是喜出望外，我迫不及待想知道他的生活环境以及与他有关的一切。省城最好的这所大学是我熟悉的，以前常到校园里的莫名湖畔小坐，或到荷塘边赏莲，因此没费什么事就找到他住的公寓楼，亦即他父母生前的公房，在三楼。站在门前，我的心跳加速，好像要见的是一位心仪已久的女孩。敲门声未落，门就开了，他微笑着示意我进屋。印象中，他很少笑。

迎面是一个很大的博古架，陈列着各种古董。他喜欢收集古董，尤其是瓷器，没事常到古董店转悠，见到喜欢的就买回来。侧墙下有一个条案，也是老的，且系名贵的紫檀，他买得早，现在价极昂，其上置一三足青花瓷香炉，点着一炷香，青烟袅袅，馨香满屋。博古架正上方的一匹陶马引起了我的注意，白底，淋蓝釉，蓝釉色的图案颇似现代抽象画，马的外形却深具盛唐风貌，丰臀，健足，头昂然，目光炯炯，令我十分倾心。他很喜欢这匹蓝彩马，价格不菲，也许是件真品，置于最显眼的地方，常常凝视，马似乎会活过来，驮上他，奔回一千二百年前的盛唐时代。

征得他的同意，我随意参观了一下房间。老式公寓，客厅不大，但采光好，连着一个小阳台，两个卧室，其中一个关着，我猜是他父母生前的卧房，厨房和卫生间都很小。书房里四壁有空间的地方都做成了书架，顶到天花板，全是书，有点坐拥书城的感觉。我虽爱书，但买书不多，且相信书非借不能读，省图书馆就在家附近，此刻突然发现，有一屋子藏书也挺不错的，读用起来方便，且能时时感到古今中外优秀人士的灵魂在家中徜徉。我大致浏览了一下书名，我们的趣味颇相投，有些书闻所未闻，令我汗颜。书房靠窗放着一张明式书桌，古旧典雅，上面立着一尊青铜雕像，是堂吉诃德，又瘦又高，扮成骑士，仗剑，骑在一匹瘦马上，目光坚毅，身后跟着矮胖的桑丘·潘沙。他和向天舒都喜欢堂吉诃德，因为堂吉诃德追求现实中不存在的理想。我回到客厅，茶几上已经放了两杯茶，他坐在沙发上翻报纸。

“来，坐下喝茶。”

刚坐下，突然想起一桩事，他家里一定有向天舒的照片，我急不可耐地想知道向天舒的长相。

“真遗憾，照片本来有一张的，是我和天舒的合影，也是唯一一张有天舒的照片，他不喜欢照相，所以很珍贵，装在一个相框里，有一天掉在地上，玻璃打碎了，我随手把相片放在茶几上，预备买一个新相框，却不下心碰翻了茶杯，热茶泼在照片上，面目全非，只好烧了。”

我连说“可惜”，心凉了半截儿。又提出想看他家的相册，这次没让我失望。几本老式影集，黑白照片居多，多为他父母的早年照，服装，发型，表情，都是那个奇特年代的产物，毫无个性可言，目光同理想一样空洞，连结婚照都很古板，仿佛人是没有情感的木偶，全中国的人都好像是老式流水线上的产物，大同小异。看得出，他父母都是高级知识分子，很厚的眼镜片。“文革”后的照片渐渐多了些个人色彩，但无论哪一时期的照片，他父母看上去都有些貌合神离，看不出他长得像其中的哪一位。他本人的照片不多，他也不喜欢照相。我惊讶地发现，没有他幼时的照片，最小的一张大概也有七八岁，穿着校服，戴着红领巾。此外，除一些他父母同事以及他的同学朋友的照片外，不见他们家什么亲戚的照片，无论爷爷奶奶，还是外公外婆，一概阙如，这在一般的家庭影集中极其罕见。我本以为可以通过照片直观地了解他的生活，结果反而更迷惑了。

我的目光停在一张彩照上，尺寸不大，经过精心镶嵌，占据了整整一页，有点泛黄，但无损照片中的人的光彩。一位身穿蓝毛背心的美丽少女，十五六岁，光洁的额头，五官搭配得巧夺天工，因早熟而近乎完美的身材，秀发披垂，神色沉静，眼眸里有几丝令人不易察觉的哀怨。背景一看就是照相馆里的布景，草地，溪水，高耸云表的雪山，少女的气质也只有背景中山顶的白雪差可比拟。我久久凝视着那双会说话的眼睛。我敢说，无论是谁，哪怕只一眼，就永远忘不掉照片上的这个女孩。因过于专注，我忘了问他少女是谁。

我默默将影集递还给他，等着他开口，我知道，他有话要说。

“这个家，我父母过世后，除了天舒，极少有人来，今天请你来，是把你当朋友，可以信赖的朋友。”

换作任何人，听到这番话都会有点受宠若惊。一个人，独居一套公寓，经年没有访客，未免显得诡异，同时，也印证了他给我的隐士的印象，这和某种特殊的生活经历有关吗？那些照片又是怎么回事？

“你的童年快乐吗？”他冷不丁冒出一个毫不相干的问题。

“快乐！”我的童年是在乡下度过的，那地方很美，当年没有电视，整天浸淫在大自然里，对我而言，童年是已知的天堂。

他很少谈及向天舒的童年，文稿里也没有，他说，不论在省城还是在后来的信中，向天舒都不愿意说起童年，因为童年太美了，说出来会让人心碎。“美”并不表示只有快乐没有痛苦，只是时间把痛苦也净化成一种美，甚至是一种幸福。再美好的童年，迟早也会变成回忆，人都是要长大的，这未尝不好，长大以后才会想起童年时的好来，审美需要距离，不仅在空间上，在时间上也要有距离。回到童年，回到远古，并非真的要回去，事实上也回不去，而是心向往之，心灵得到补给。

“真羡慕你们！”他怅然说，“不像我，没有童年。”

谁都有童年，不论快乐与否，我以为他又在卖关子。

“我患过失忆症，童年的事一点儿都记不起来，所以说我没有童年。”

我“哦”了一声，表示恍然大悟，可他怎么会得失忆症呢？

“我曾千方百计想找到失去那段记忆的原因，但都失败了，恐怕永远都是个谜。”他没再中断说话，语速缓慢，语调低沉，我静静地倾听着。

他父母都是书香门第出生，书念得好，大学里成绩优异，毕业后留校任教，搞人类学研究，只可惜生不逢时，郁闷之下，对什么事都心灰意冷，包括恋爱婚姻，加之心气高，没有合适的对象，时间不等人，转眼都成了大龄青年。他们之前并不认识，父亲因工作调动转到母亲所在的大学，成了同事，经不住其他同事的一再撮合，在“文革”刚开始的那一年结了婚。

父母结婚本来就很晚，母亲又一直不孕，婚后多年才终于得子，因此，他同父母的年龄差距很大，交流起来困难，总有一种孤儿的感觉。后来风闻自己并非他们所生，而是领养的，或从孤儿院，或从某户穷苦人家。他不好去问父母，再说，如果他们刻意隐瞒，问也白问。没有人知道真相。这越发加深了他的孤儿感，不知自己是何许人，甚至奇怪自己为什么会在中国，会在中国南方的这个省城。也许，他真正的父母并不在这个世上。

因为性格孤僻，喜欢琢磨事儿，他比一般孩子醒事早，同龄伙伴少，也不好玩，没事就抱着书看。什么书都看，家里藏书多，有不少过去的线装书，还常常跑到大学的图书馆里去看。他很早就有一个习惯，看见小孩游戏玩耍，会不自觉地被吸引住，呆看很长时间，仿佛见所未见。大家讲起童年，他觉得好像都跟自己无关，很是恼火。起初，他只是怀疑自己的记性不好，随着年龄的增长，他越来越肯定，他压根儿就没有关于童年的记忆。这个天大的发现让他惊慌失措，忙去告诉母亲，母亲却丝毫不惊讶，说那些年日子艰难，常挨饿，他长期营养不良，又得过一次大病，脑膜炎什么的，乡下医疗条件不好，小命好歹保住，只是病后就前事尽忘了，此外便含糊其辞。他将信将疑，缠着母亲，让她给他讲他的童年往事，试图重建记忆，但母亲显得极不情愿，而且常常前言不搭后语，矛盾百出，令他诧异。通常，母亲对自己孩子的事记得比什么都清楚，何况他是个独生子。他有种被欺骗的感觉。有时父亲也在场，却似听而不闻，表情漠然，他看看母亲，又看看父亲，突然觉得他们很陌生，不由得又想起关于自己出生的种种流言，难道，他们真的不是自己的亲生父母？偶尔，仿佛为了打消他的猜疑，母亲会用一种沉痛的语气说：那些年咱家遭难，生活像地狱，你不记得反而更好，不像你爸和我，要背负着沉重的过去，心灵的创伤至今都抹不平。他的童年真的很不幸吗？是怎样的不幸？他对失忆的原因做过种种猜测，其中一种令他毛骨悚然：假定他是领养的，被领养时已经不小了，父母想让他在精神上成为他们的亲生子，必须让他彻底忘记过去的家庭，有一种让人失忆的药物，莫非……他不敢再想，觉得太亵渎父母的人格。

他决心弄清自己的身世，却无从打听。省城连一个亲戚都没有，父母说那些年他们是专政的对象，老人过世早，亲戚都不同他们来往。他们一度被发配到偏远山区，婚后颠沛流离，乡下，城市，待过很多地方，什么活都干过，什么苦都吃过，这些都发生在他失忆前。记事那年全家刚到省城，正好父母得以重见天日，被安排到省城最好的大学任教，依旧搞他们的人类学研究。他想，如果父母所言不错，省城并非他的家乡，也许，他压根儿就没有家乡，他的家乡只是迁徙的路。母亲说了一个南方小镇的名称，地图上根本没有，就算有也无济于事，因为母亲的话靠不住。他疑心父母来自遥远的北方，因为他们说话带有明显的北方口音。他隐隐觉得，失忆症与他的出生有关。可是，连出生地都不能确定，又怎么能指望找到当事人呢？他当年血气方刚，哪怕有一丁点儿线索，都会穷追不舍，然而没有，人名，地名，照片等，都似乎被人为地抹掉了。他不知道自己究竟是从哪里来的。他的生活中有一个深不可测的黑洞。

记忆也非绝对的空白，尚有几丝模糊的痕迹，飘忽不定，就像盲人对光影的感觉，提醒他童年就藏在附近。有一阵子，他努力想唤醒那段记忆，他知道不少成功恢复记忆的事例。像一位行将就木的老人，他陷入深深的回忆，努力从纷繁复杂的往事中搜寻同失去记忆相关的蛛丝马迹，记忆包含记忆，在生活的河流中流淌，逆流而上，也许能抵达源头。然而每次都是同样的结局，河流突然消失，前方是无际的荒漠。是彻底地干涸？还是化作暗流，深藏地下的某处？他不甘心，着魔似的，寻找一切可资回忆的媒介，大自然中的每一样事物，人类生活中的每一种行为，通过理性的推理、分析，一些抽象的概念在童年的记忆里沉浮，诸如：友谊，嫉妒，仇恨，恐惧，贪婪，自私，快乐，悲伤，爱，性，好，坏，方，圆，晴，雨，蓝色，灰色，等等，相关事件却始终深藏不露。他更迷恋那些自然而然的联想，日常生活中某些感性的经验，突如其来，与童年中类似的经验遥相呼应，譬如，某种芳香弥漫四周，似曾相识，闭上眼，身体随感觉在芳香里浮游，飘向芳香的源头，鲜花？米饭？青草？小女孩的身体？他为此痴迷了一整日；有人哭，是抽泣，压抑着不让哭声泄露，立刻就让他联想起童年的某种经历，而当父母吵架，从他们的卧室传来母亲的抽泣声时，这种感觉空前强烈，仿佛他的整个童年都是在这种抽泣声中度过的，父母关系从未好过，原因他不得而知；有一次，在同学家里听到一种奇怪的声音，隔壁是同学父母的卧房，他把耳贴紧墙壁，传来令人躁动的呻吟和喘息声，他隐隐感到童年里有过类似的窃听体验，但肯定与父母无关，他们仿佛从未有过夫妻生活，否则，一家三口挤在一间斗室里（据母亲说），任何动静都逃不过他的耳朵，除非童年没跟他们在一起。他常常哀叹，那个曾经仰望过同一片天空的小人儿在哪里？童年的整个世界如同传说中的天堂一样遥不可知。

我打断他说："这未必不好，你可以把童年想象成任何一种自己喜欢的样子。"

"那就不是回忆，而是憧憬，要到将来的某一天才会实现。"他喃喃地说。

神秘未知的童年，在某处召唤着他，似一个永远无法实现的梦想。即便对我而言，童年也是飘忽不定的，除了某些具体的事件，大抵无从把握，仿佛不断重复的旋律，在时间的另一头回荡。

他暂时放弃了查清真相的努力，但他坚信，真相终会大白，并把希望寄托在父母身上，没有人会把如此重大的秘密带到九泉之下。

他从未感受过其乐融融的家庭气氛，这也是他坚信自己并非父母亲生的理由之一。父母相敬如宾，但缺少某种爱侣间应有的默契，而他这个儿子也好似可有可无，三人常常客套得像陌生人。父母知识渊博，为人却很刻板，在家里除偶尔就学术问题交换一下意见外，都没什么话。他有时想：是否因为他们太有知识，反而少了常人应有的生活情趣？他们不读报，也不看电视，抵制一切媒体，仿佛生活在另一个世界。许是受了家庭的影响，他对电视也不感兴趣，偶尔看时，也戴着耳机，以免妨碍旁人。薄暮时分，父母节约，不开灯，他通常懒得出去，同他们一道发呆，或借着微弱的天光，吃力地辨认着书上的文字，光线在真实与虚幻间交替，连屋内的人都被稀释成影，随时会在夜的降临中消失。家庭气氛堪称诡秘。他永远猜不透父母的心思，三个人，三个世界，交叉处很少。他跟母亲还说得上话，但也不多。父亲很早就显出龙钟老态，见他埋头看书，会自言自语地说：知识害人。既不阻止也不鼓励他读书，凡事采取一种听天由命的态度。

他的父母走得很突然。

高二下学期时，母亲突发癌症，之前一点儿迹象都没有。父亲在“文革”中落下病根，身体一直不好，遭受母亲身患绝症的打击，也一病不起。父母住同一病房，在同一晚病逝，仿佛约好了似的，生前的遗憾只好留待另一个世界去弥补。

父母过世前几晚的情形十分蹊跷。

傍晚，他正在打瞌睡，听见母亲唤他。她示意他到床前，交给他一个小本子，上面详细记录着家里存折的金额、号码等。他吃了一惊，存款数目不小，可以想象，这些年父母是如何的省吃俭用。母亲悄悄对他说了密码及藏存折的地方，让他谨记，他点点头，并没有多问。父亲仰望着天花板，一动不动，专心想着自己的心思，偶尔扭头看看母亲，欲言又止；母亲仿佛也有话要对儿子讲，话到嘴边又咽了回去。同样的情形持续了数日。他隐隐觉得关系到自己的身世，谜底就在父母的舌根下。他压抑着激动的心情，耐心等待着。未曾想一日清晨，三人中只有他一人醒来。父母常年遭受失眠的折磨，服用安眠药后才能勉强入睡。床头柜上装安眠药的瓶子空了。父母保持着沉睡的姿态，从未有过如此安详的表情。医生说，病人体弱，哪能服那么多安眠药。这是一场意外，还是父母有意为之？父母的突然离去，令他的身世彻底陷入未知的泥淖。那天，他怀着无比复杂的心情，痛哭流涕。

亲生父母到底是谁？父母过世后，他又萌发了解开身世谜团的念头，几经周折，终于获准进入校方档案室，从尘灰中刨出父母的档案。档案残缺不全，很多地方被人为更改过。没发现任何有价值的线索。他最终放弃了弄清身世的努力。事实上，没有人真正知道自己是从哪里来、又要到哪里去的。从某种意义上讲，每个人都是孤儿，甚至，整个人类就是一个孤儿，茫茫宇宙中，谁是我们的亲人？

“我和天舒相互羡慕，我羡慕他有缤纷的童年回忆，他羡慕我是个孤儿。天舒说，当人越来越独立时，就有一种孤儿情结，孤独时也有，只不过前者主动，后者被动。出家人无父无母，他说我过的是一种隐修士的生活，因为我不仅是孤儿，还打算一直独身。但一个人有时真的很孤单，特别是父母刚去世的那段时间，那种无助的感觉，难以言表。经济上没问题，有遗产，还有政府发的抚恤金，精神却一度处于崩溃的边缘。好在我向来独立，心理承受力强，慢慢挨了过来。很奇怪，看到别人和父母在一起，我一点儿都不难受，倒是看见别人有兄弟姐妹，我羡慕不已。我情愿天舒是我的兄长，虽然我比他大一岁，但他看起来更成熟，我在他面前就像个小弟弟，什么都听他的。我习惯了天舒的存在，凡事都想着他。大三开始不久，他突然恋爱起来，我震惊得发抖，恋爱不是很正常的事情吗，我为什么不能接受？我把痛苦埋在心里，什么都没说，但每次见到天舒，我的眼里都充满了哀怨。他在热恋中，当然不会太在意我的反应。其实，后来他在信中说，他当时很清楚我的想法，只恨没有分身之术，并一再向我道歉。”

和向天舒恋爱的女生叫陈冉。本来，在自卑心理和勤工俭学的压力下，向天舒不指望恋爱，也不敢主动去追求喜欢的女生，但青春期的冲动有如洪水滔天，随时会把人淹没。陈冉的主动接近让他绝处逢生。陈冉是本地人，靓丽，聪明，不拘小节，是校园诗社的骨干，追求者众多，之前谈过多次恋爱，游戏一样。按照她的说法，以前的男朋友一个个都“牛×”得不知道自己的母亲是谁，令她生厌。一次偶然的接触，让她对向天舒十分倾心，后者朴实、内秀、忧郁，与众不同。因为向天舒的胆怯，陈冉只好一反常态，成为主动追求的一方。在众人惊讶的目光中，他们出双入对，激情四溢。向天舒在她的引领下，很快进入实质性的阶段，完成了从男孩到男人的转变。洪水一发不可收，欲望恰如鱼一般，水越大，越欢腾。向天舒在性方面的表现惊人，可以连续作战，以至陈冉都怀疑他跟她是否真的是第一次。陈冉讨厌避孕套，但又担心怀孕，她堕过胎，只好大量服用避孕药。陈冉在床上像个老练的荡妇，令向天舒既爱又怕。

和陈冉恋爱后，向天舒便不再打工，两人伙食合在一处。陈冉吃得少，富余的饭菜票自然可以帮补向天舒的生活费，上街，下饭馆，都是陈冉抢着付钱，她知道对方的处境，向天舒没有能力同她争，也知道她是个爽快的女孩。陈冉家境好，在校旁租了一间房，平时不去，做爱时才去。恋爱的头几个月里，两人很快乐，幸福感无以名状。

陈冉喜欢听向天舒讲遥远的乡间故事，对他的家乡无限神往，在她的想象中，那里简直就是个世外桃源。然而，美国对她的吸引力更大。她一直在为去美国努力，同时也游说向天舒跟她一起努力，后者不愿意，两人为此没少闹别扭。最初的激情过后，矛盾接踵而至。陈冉的火爆性格让向天舒吃了不少苦头。他尤其不能忍受她抽烟的习惯。一般女孩抽烟是装模作样赶时髦，陈冉是真抽，瘾大，当她沉浸在诗歌写作中时，更是烟不离手。向天舒受不了她嘴里浓烈的烟味，少女的芳香荡然无存，美丽因此大打折扣，无奈，他也拼命抽烟，以毒攻毒。他以前没烟瘾，同陈冉交往以后，烟瘾与日俱增，再想戒掉，已不能了。向天舒对陈冉的床上表现从开始的迷恋变为后来的厌恶，当醋意袭来时，就会想起她跟那么多男的在一起过，同样的姿势，同样的声音，同样的表情，令他感到万箭穿心，有时竟至不能勃起。陈冉说他小心眼，争吵激烈时，骂他“衰男人”。

“天舒恋爱后，除了课堂上，我们见面很少。我不喜欢陈冉，凭直觉，我知道她跟天舒不会长久，我怕天舒受伤害。天舒后来告诉我，他也知道他们迟早要分，两人的性格差异太大。陈冉虽然喜欢写诗，诗也作得好，但只是大学生活里的短暂浪漫，她其实是个很现实的人，很早就接触到社会的方方面面，十分清楚诗歌换不来好的社会地位，她更热衷于考托福，出国，挣钱，过好日子；而天舒喜欢生活在不切实际的理想中，虽然他比谁都更清楚现实生活的不易，虽然他还不知道他要的理想究竟是什么，但他总有一种使命感，常说‘人不会无缘无故来到这个世上’。至于说到伤害，天舒不同意我的观点，他说也许伤害对方的倒是他。最后一个学期，他们的关系更加紧张。天舒心情不好时，会约我出去谈心，去湖畔，或者荷塘边，又像以前一样，只是三句话不离陈冉，但我已经很知足了。”

向天舒和陈冉的关系之所以还维持着，是因为在陈冉这是第一次认真的恋爱，在向天舒更是如此，彼此都很珍惜；关键是，他们心里都很明白，分手需要一个契机。毕业前夕，陈冉终于拿到了去美国的签证，分手和告别几乎是同时进行的。虽是注定的分手，痛苦却比预期的猛烈，且伴随着恐惧。要好的一位女生曾经提醒向天舒，陈冉的私生活很复杂，跟不少老外睡过，正巧他下面有炎症，第一恐惧是艾滋病，因艾滋病是舶来品，迟迟未见异常，才稍稍放下心来，但艾滋病的潜伏期很长，因此，在以后的很多年里，隐秘的恐惧一直纠缠着向天舒。

“陈冉走后，天舒丧魂失魄的样子我至今难忘。他茶饭不思，连续几天在校园里狂走。正当我和别的同学都担心他会出事时，他却平静下来，对我说：一切都过去了。”

他沉浸在最后这句话里，仿佛道出了他的心声：是啊，都过去了，故事的主人公已一去不返。

向天舒的这段恋爱史并没有多少让我诧异的成分，每个人多多少少都会有类似的经历，包括我，但也许他是个例外，自从知道他独身的生活方式以后，我就一直在想：他恋爱过吗？他为何独身？向天舒在信中说他“在家等于出家”，是指心态，还是指他外在的生活状态？我能理解遁世出家的和尚，但参不透他的心思。我隐约觉得，他所讲述的自己的历史仅是冰山一角，更大的秘密深藏水下。

他喝了一口茶，茶早凉了，因讲话过于投入，连茶杯都没碰一下。我提醒他别喝冷茶，他如梦初醒，另外沏了两杯热茶。我们慢慢喝茶。他突然说：

你看我，差点忘了，今天请你来的目的，是有东西要给你。他起身去打开那扇紧闭着的卧室门，示意我过去。

“这些就是我要给你的东西，天舒的全部藏书。”

我心里一震，仿佛是向天舒本人现身一样。卧室地上堆满了纸箱子，是邮寄的包裹，均未开封，落了一层灰。我不知说什么好，呆呆地望着满屋的纸箱。他也陷入沉思，和我一起发愣。这情形就像寻宝人无意中闯进了海盗藏宝的秘密山洞，满眼都是灿烂的珠宝。

“天舒把这些书托付给我，让我全权处理。他生前最喜欢买书。他有个观点，买的书不一定就非读不可，那么多书，谁读得完，死读书，再多也没用，但人皆有所好，有些人喜欢买衣服，穿不过来还买，有些人喜欢收藏，收藏什么玩意儿的人都有，所谓拥有就是种幸福。他有个癖好，爱闻书纸的味道，常常说，刚买的新书和读过的旧书味道截然不同，甚至闭着眼，他都能嗅出纸张的材质，诸如铜板、铅印、线装等。他甚至能闻到作者灵魂的味道。逛书店时，他决定买某本书后，总要把那本书打开，盖在脸上，深吸浅呼，陶醉在纸张的气味中，像在吸毒。天舒喜欢书，还差点写书。他认为世界就是由书组成的，有书架上的死书，有书架外的活书，我们都是这样一本活书，作者的意图有待于我们行动的证明。他常常遗憾不知道书写他的作者是谁，不像在说笑。离开省城后，天舒订了一些介绍各种新书的期刊，不定期在给我的信中开出一长串书目，让我帮他买了寄去。他说乡下的缺点是无书，幸亏有我帮他。不知不觉，我的阅读深受他的书目影响，后来，替他买书时我干脆买双份，久而久之，我和他的藏书大同小异。我想，天舒的意思是要这些书发挥作用，我把它们转赠给你，没有比你更合适的归宿了。”

我的心里一阵感动，这是我生平收到过的最贵重的礼物，神圣感油然而生。

“天舒离世后，我去参加葬礼，第一次去他生活过的地方。这些年里，他多次邀我去黄龙镇看看，我推说忙，一拖再拖，其实是怕面对现实和想象的差距，去总是要去的，好像在等待一个契机，万万没想到是他的死。”

刚接到噩耗时的悲伤还有所节制，因为他见惯了各种苦难，向天舒的死不过再次印证了人世的悲苦，且被他化为大悲，天下同此一悲；因多年的阔别，精神从未稍离，形体却难免疏远，死并未加剧这种疏远；赶赴黄龙镇的旅程艰辛而陌生，令他顾不上悲伤。真正的悲伤，是在参加完葬礼后降临的。到黄龙镇后的所见所闻令对方一天比一天生动起来，甚至比在世时更清晰，至葬礼时达到极致。他是怀着无比的眷恋和悲痛之情踏上归程的。他真切地感到，自己生命中最重要的人永远地离去了，留下了一个巨大的窟窿，除非那人现身，任何别的东西都无法填补。黑夜里，躺在旅馆的床上，他的整个身心都掉进了那个深不见底的窟窿里，忍不住哭起来，索性不再克制，哭得像个孩子。父母的离去令他痛彻心扉，向天舒的离去却让他痛彻灵魂。他相信对方在天有灵，能感受到他的悲痛和思念，从此后，他们全凭灵魂交流，灵魂将继续他们的友谊。

他的语调很低沉，像在自说自话，若非屋里静，我大概听不清他所说的每一个字。看得出，他在竭力抑制内心的悲伤。最终，他转过头，做了一个揉眼的动作。他和向天舒的友情再一次将我深深打动。

我没跟未婚妻说起书的事，想让她大吃一惊。果然，第二天她下班回家，看见满屋的纸箱，着实吓了一跳。我们决定重新调整书房的布局，这么多书，只有把四壁都做成书架才够放。立刻开工。竣工前，纸箱一直原封不动地摞在客厅，木匠师傅每次经过时都用好奇的目光打量它们，不敢相信里面都是书。

书架做好后，家中氛围一新，我满心欢喜，着手开箱放书。这些书我在他家大致都见过。我一面整理，一面翻阅每一本书，但没有找到预期的批注，书中只有一些着重符号，标出阅读者喜欢的字句和段落，此外，我只有通过书的磨损程度，判断向天舒的阅读旨趣之所在。有不少外文书，英文为主。一本意大利文的《圣经》引起了我的注意。我在大学里学的二外是意大利语，出于对这个民族的热爱。我打开那本《圣经》，扉页上有一行歪歪斜斜的中文字："你们给我的，比我给你们的多！"像小学生写的，不可能是向天舒的手笔，末页的空白处有一幅素描，是耶稣的画像，笔触有力、流畅，风格很现代，耶稣一丝不挂，私处触目惊心，姿态是被钉在十字架上的姿态，身后却没有十字架，像翱翔在虚空中的鹰，整个身体，包括面部，都被无端拉长，似要挣脱自身的束缚。题字和素描给我留下了难以磨灭的印象。

我按磨损程度把书一一排列在架上，打算从磨损得最厉害的书开始阅读，我有种预感，对这些书的阅读将使我更接近他和向天舒的内心世界。

在新书房中阅读、写作，感觉很特别，似乎总有双眼睛在注视着自己。夜里，台灯灯光聚在书桌上，周围的一切，包括架上的书，在幽暗中若隐若现。窗玻璃像镜子一样映出我的影像，很虚幻，有时，我以为看见了向天舒的样子。我大概是着魔了，心里一阵发毛，赶忙让未婚妻给我煮杯咖啡，并且跟她说一会儿话，或者缠绵一下，心才安定下来。我以前从未有过类似的体验，这大概就是传记和虚构故事的不同之处，你面对的是真人真事，是故事本身在左右你的写作，甚至左右你的生活。随着写作的深入，我越是接近向天舒，越是感到自己像他，这大概是我在内心深处极力模仿他的结果。我常常把自己幻想成向天舒，去经历他所经历的一切，因此，我的心理随着写作和思考的进展发生了一系列的变化，甚至会产生错觉，不知是我在写向天舒，还是向天舒在写我。未婚妻说我神神叨叨的，担心我走火入魔。

我常与向天舒对话，当然，是与书中的向天舒对话，真实的向天舒已去了另一个世界，我没有特异功能，无法去找他。对话在假想中进行，我一人分饰两个角色，既是我自己，又是向天舒，真希望向天舒本人能听到我们的对话。我们就像面对面的两面镜子，你中有我，我中有你，你中的我又有你，我中的你又有我，无穷无尽。

我突然有个疑问，除了那个叫黄龙镇的小地方的人，和省城里为数不多的几个人外，再没人听说过向天舒，给这样一位小人物作传有意义吗？至少，对我自己意义非凡。向天舒确乎是个小人物，但小人物有大境界，不要用大小来评判人。如果能让每位碰巧读过这部传记的读者掩卷深思，我的一番苦心也就没有白费。我又对传记的真实性发生了怀疑，他的记忆可靠吗？他不是说过，手稿中不乏他本人的一些想象的成分吗？他给了我一定虚构的权利，我有必要把虚构的地方一一注明吗？而且，向天舒也是个好幻想的人，谁能保证那些信中不会有幻想，甚至杜撰的内容？我冥思苦想，终于悟出了一个道理：没人能保证历史人物记载的真实无误，历史，尤其是形诸文字的历史，是顶顶靠不住的，更不用说那些被艺术化了的所谓的名人传记，传记传达的其实是一种内在的精神，唯有精神是永恒的。

我一面写作，一面用现实作参照；其实，虚构也是现实之一种。

写作纯属个人爱好，虽然我把它当做一生的使命来完成，有限的稿费自然不够生活，因此我一直在一家公司供职，同多数普通人一样，上班，和各色人等打交道。同事们知道我喜欢舞文弄墨，发表过小说，或好奇，或钦佩，或不屑，但起码不会有文人相轻的毛病。

当我学会写字，第一次写下自己的名字后，就已经开始写作了。我便是书中的第一个人物，毫无疑问，这个人物举足轻重，后来所有的人物和事件皆与他息息相关。我尝试过所有的风格，传统的、现代的、后现代的、保守的、激进的、古典的、浪漫的，并涉足过所有的领域，诗歌、散文、戏剧、小说，多数作品都没有发表，随写随毁。我一直认为，人世间最脏的垃圾是文字垃圾，污染对象是人的心灵，关系重大，我不愿制造垃圾。

以前，无论思想还是行动都很散乱，写作没有具体的目标，想到什么写什么，“人无远虑，必有近忧”，就是我那段时间的生活写照。他的出现，或者说是向天舒的出现，结束了这种生活，多年飘摇的经历与思考如尘埃落定，令我的生命具备了三重意义。

给向天舒作传是项巨大的工程，不亚于通天塔的建造。通天塔是通向极高处的阶梯，那里是传说中的自由王国。他的手稿已经勾勒出宏伟蓝图，我恨不得把全身心都投入其中。对我个人而言，现在所做的一切，都是为了这样一个目标：通过写作获得自由。

我只能利用工作之余的时间来写作。周末虽然有整块的时间，但总要抽出一部分来陪家人，陪未婚妻，并非完全心甘情愿；这种时候我就特别羡慕他，一个人，独占所有的业余时间，但要让我完完全全像他一样生活，似乎又做不到，除非我的生活发生什么翻天覆地的变故。我采取了一种中庸的态度，尽可能面面俱到，但这委实不易，常常感到身处夹缝，胸闷气短。

他的手稿是我写作的蓝本，置于案头的显要位置，虽然内容已经熟记在心，忍不住还要经常翻阅，从中汲取灵感，同时睹物思人，他仿佛就在旁边，关注着写作的进程。思路中断时，脑海中就会浮现出他的形象，像一座会自动漂浮的灯塔，在茫茫大海中指引我前进的方向。

许久没和他联系，心里有点不踏实，怕他突然消失，同他初次在我生活中出现一样突然，就像一个神秘的过客。我拨通了电话，长音响了五六声，感觉十分漫长。他终于接起电话，单凭电话里的声音，并不能分辨是男是女。

“我也正要给你电话，一切都好吗？”

“还行。有些关于向天舒的问题，想当面问你。”

我们约在市中心的一个酒吧见面。我先到，拣了一个靠窗的位置，既能看到街景，又能看到酒吧内部。在酒吧里观察人挺有意思。服务生问我有几人后，撤走了多余的凳子，不知为什么，我让他多留下一个。我先要了一瓶啤酒，慢慢喝着等他。街灯亮起。

“等久了吧！”

他在我对面坐下。我一直盯着门口，居然没看见他。他问服务生要了两个杯子，给自己斟上啤酒，这才发现多要了一个杯子，也没退回去，就让它空着，与空凳子正好配对。我们边喝啤酒边说话，问了一下彼此的近况，然后就向天舒生活中的一些细节问题交换了一下意见。

“工作以后，我和天舒也常到这种地方来，那时酒吧还很少。”

他说话时，目视空着的凳子和酒杯，仿佛向天舒就坐在那里，我顿时肃然起敬，不知为何，每次他提到向天舒，我都会有这种感觉。

酒吧是眼下时髦的场所，红男绿女穿梭不停，有一些中学生模样的，抽烟喝酒，努力装出一副成人样，却怎么也掩饰不住稚嫩的表情。他的目光落在其中一个女孩脸上，女孩子很漂亮，且没有化妆，显得一枝独秀。看不出他对异性还有如此兴趣，而且是年少清纯的那一类，我在心里想。突然意识到他许久没说话了，光喝酒，依他的酒量，喝得不少了，两眼通红，像哭过一样。我举杯打断他的思绪，他看看我，说："以前和天舒在一起，有话不会憋着，即便他去了黄龙镇，话都写在信里，现在，当我想说话的时候，才发现他真的不在了。"我不知说什么好，唯有一味敬他酒，以示安慰，他却摆手，说再喝舌头就大了。我就不再劝，自斟自饮。他起身去洗手间。对面那个女孩不知何时点了支烟，心事重重的样子。他回来时，较先前清醒，我猜是吐过了。他也注意到对面女孩的变化。我不由得感叹："少年不识愁滋味！"

"你不是她，怎知她不愁？"他突然打断我，音量很高，引得周围人都向我们这边看。仿佛一声棒喝，我意识到自己有点卖老，谁没年少过，我少年时做的傻事还少吗？

酒吧的氛围让人有倾诉的欲望，酒精推波助澜，他两眼放光，显得异常激动，表情从未如此丰富过。我兴奋地看到，冰山的主体正在浮出水面。

在我生命中，爱情的乐章刚刚起头，便成绝响。

那场爱情被封存在时间的琥珀里，与之有关的回忆恒久不变，余响至今未绝。

因为思考的积习，我喜欢背着手走路，像个小老头子，只有同她的相遇，才会让我改变行走的姿态。

每次邂逅她，先是狂喜，心跳加速，继而面红耳赤，手足无措，刹那间眼神的交流，回望她背影时的甜蜜和惆怅，令我永生难忘。

她叫岚，比我低两级，因外形美，气质孤绝，很早就进入了我的视野。

上高中后，我的生理起了很大变化，时常被梦遗和性幻想弄得疲惫而憔悴，日里夜里，满脑子都是她的影像。

春天卸去臃肿的冬装，岚的胸前孕育着饱满的果实。这是我的目光第一次从异性的脸部往下移，并将随着年龄的增长继续下移，腰际，臀部，大腿，双足。

除了偶尔的不期而遇，我清楚什么时候有把握见到岚，并总能在人群中一眼认出她的身影。因家离校远，岚寄宿，除周末外，午晚餐都在学校用。

为了多见她，我借口不想把宝贵的学习时间浪费在路上，晚餐也改在学校吃，晚自习后才回家。那时兴上晚自习，后来才取消，因世风日下，学生，特别是女生，晚上回家不安全。

青春期自然春梦多。我对异性的身体构造不甚了了，只是一种模糊的幻想，反而更加美化，交媾的幻想却实实在在，受本能的驱使。奇怪的是，肉体的欲望因岚而起，但在梦里，关键时刻，交媾的对象却变成了一个陌生的成熟女人，依照从书本和色情图片中得到的一些经验，想当然地进入神秘的部位。白天想入非非，时常勃起，如果恰逢上课，便会很紧张，怕被老师点名回答问题，因为一站起来下面就会露馅儿；夜里则完全放松，把最胆大妄为的幻想带进梦里，尽情宣泄，过度的刺激将我惊醒，醒来后的第一个念头就是：糟了！内裤上果然黏稠一片，有些溢出来，玷污了床单。我频频换洗内裤，生怕被父母撞见。岚的存在缓解了梦遗的心理负担，好像这一切都是因为她的缘故，羞耻心大减。有时也手淫，但不会做，使劲摆弄下面，到硬得不能再硬时，便收手，并不知道继续下去可以得到彻底的释放。

早恋在校园里流行，我也对模糊的爱情充满期待。

期待的无望令人伤感，激起了强烈的倾诉欲望。我开始在日记里写散文和小诗，以表达对岚的思念和赞美。肉体的欲望一旦转化成文字，便得到升华。丰富的阅读助了我一臂之力，古往今来的爱情赋予我勇气和灵感，而天地万物，都渗透着岚的形象，一片叶，一滴露，一只鸟，一首歌，无不让我浮想联翩，文采飞扬。

事实证明，岚也在关注我。

一天放学时，班上同岚要好的K女生叫住我。我吃了一惊，因为岚的缘故，K女生让我感到亲切，但我们平时很少搭腔。她看左右无人，说：岚星期六过生日，邀你参加，我们一起去。

幸福从天而降，将我砸中，我倒在甜蜜中。

岚的家在西城郊外的化工厂，骑车要四十多分钟。

我和K女生迎着夕阳骑行。西大街刚修好，笔直宽敞，通向城外，一眼望不到头。出城后下一个长坡，化工厂的烟囱在望，冒着黑烟，同多年后比起来，这点黑烟几乎算不上污染，相反，有些袅娜的诗意。化工厂再出去不远，即是西郊大湖，一碧万顷，周围山上林木森森，在没有林立的烟囱和湖滨散发的恶臭以前，这里可谓形胜之地，堪称净土。

K 女生家从前也在化工厂，因此同岚相熟，关系一直很亲密。她说我给人的印象很神秘，秀外慧中，不仅在高中部有名气，连一些初中部的学生都认识我，当然也包括岚。K 女生看我的眼神很特别，我突然发现她很好看；许是心悦的缘故，看什么都美。我忍不住问起了岚的情况，结果大吃一惊。

岚的妈妈在她七岁时车祸身亡。爸爸没有再娶，带着三个孩子艰难过活。岚很懂事，做家务，带弟妹，扮演了半个妈的角色。弟弟疏于管教，课不上，终日浪荡，慢慢就学坏了，打也没用，打急了，便离家出走。爸爸常常哀叹，说儿子是进监狱的命，谁曾想，他自己倒先进了监狱。

几月前，岚的爸爸因贪污罪被捕，一审判了二十年，紧接着，弟弟因参与群殴，致死一人，进了少管所。妹妹被舅舅家接去抚养。一个家彻底散了。

岚的爸爸提起上诉，二审维持原判。关于她爸的案子，众说纷纭。有的说他当上财务部主任以后，人就变了，外面养着女人，再婚是迟早的事，贪了那么多钱，几个孩子还过得可怜巴巴的，真狠心；有的说他是迫不得已，带着三个没妈的孩子，够不容易，贪污公款是为孩子的将来打算，哪有像他那样省吃俭用的贪污犯；有的说他只是个替罪羊，等等。岚不太懂这些传闻的真实含义，成人的世界太复杂了；但她坚信爸爸是无辜的，她要为他申冤。在她的坚持下，爸爸同意向更高一级法院提起申诉。

岚的遭遇令我血脉贲张，生出一股要救她于水火的豪侠之气，同时，更增添了她在我心目中的魅力，就像某位落难的公主，让人无限爱怜。她的生活形同孤儿，与我的孤儿情结遥相呼应。

化工厂近在咫尺，我突然有些紧张，不知该如何面对岚。

岚迎出来，笑吟吟地看着我们，责怪 K 女生来迟了。屋内情形出乎我的意料。

满屋子人，多是些社会小青年，其中一男一女眼熟，像是岚的同班同学，男的乜斜着眼看我，女的很漂亮，岚叫她干姐，别人也叫她干姐。干姐主动同我握手，笑嘻嘻地说：幸会，大名鼎鼎的高材生！斜眼看我的男生显得很不自在。在座的女性，除岚和K女生外，都抽烟。岚的目光每次与我的相接，便赶紧闪开，似羞于正视我，却又无时无刻不在关注我。仗着酒力，我第一次目不转睛地看她。这张让我魂牵梦绕的脸，被酒精熏得绯红，眼波微漾，动人心魄，额头雪白光滑，笼罩着圣洁的光辉。那个男生对她特别殷勤，她似乎也很受用，我有一种被欺骗的感觉，又嫉妒，又难过，胡乱吃了点东西，拿起桌上的烟，点了一支，到屋外透气。我不会抽烟，偶尔吸一支，做做样子。

K女生出来陪我。她对屋内人的底细略知一二，有几位是西城一个帮派的成员，该帮派由拜把子的十弟兄组成，年龄从十四岁到十九岁不等，年纪最大的那位就是老大，号称西城一霸，是干姐的男朋友，对岚献殷勤的男生则是老九。

干姐也是化工厂的职工子女，有个弟弟。父亲手脚不干净，色赌俱好，没事就拿老婆孩子出气，厂里人都很厌恶他，母亲忍无可忍，同他离了婚，独自带着两个孩子过，靠微薄的工资糊口，困苦可想而知。干姐父亲离婚后还常常回来骚扰母亲，被干姐叫人狠狠收拾了两顿，再不敢露面。干姐儿时顽皮，像个假小子，至今未留过长发，有一次从树上掉下来，把左腿摔瘸了，但不严重，仔细才看得出来，此外不论长相身材都无可挑剔。因家庭的不幸和身体上的那点小缺陷，干姐性格敏感，喜怒无常，暴怒起来不计后果，因是老大的相好，人都怕她，但她待岚特别好。她们打小在一起玩耍，岚爸爸做财务部主任后，经济上日渐宽裕，对她有求必应，她便常常送东西给干姐家，干姐对她心存感激，两人情同手足，以干姐妹相称。

岚爸爸被捕后，常有不三不四的男子在她家附近转悠，想欺她孤身一人。她并不畏惧，枕边放着干姐送她防身的匕首。干姐不放心，常带男友和他的弟兄到她家走动，渐渐地，没人再敢打她的坏主意。她却因此落下坏名声，长舌妇在她身后指指戳戳，说她把各种男人往家里带，是个小骚货。

“好久没见岚这么开心过了。她一开始还生怕你不来呢。”

“你们躲在外面干吗？”

“人多，他害羞。我们在说你呢。”

“说我？说我的坏话吧！”岚愣愣地看着我，像在询问：你都知道了，是不是觉得我很坏？

“才没有呢！我去上个厕所。”K女生借故进屋去了。

我和岚四目相对，不知说什么好。晚风悄然退去，屋内传来喧闹声，显得很遥远，像天上的星星在举行盛会。这是一个迷人的夏夜，没有月，星河灿烂。

“你是独生子？”

“算是吧。”

“是就是，什么叫‘算是’！你父母还挺先进的，提前‘计划生育’。一个人多孤单啊！”

我本想说：习惯了，也没什么，你现在一个人，才叫孤单呢！话到口边又咽了回去。

又一阵沉默。

“你每年都过生日？”

“是啊，从小妈妈就给我们过生日，每次过生日都会特别想她，你知道我们家的事了……后来，是爸爸给我们过。今年一个人，本不打算过，干姐坚持要给我过，邀了这么多朋友，反而比往年热闹。很高兴你能来。”

说最后一句话时，岚的眼里突然放射出光彩，令我心旌摇荡，之前的恼恨一扫而空。

“真不好意思，没给你买生日礼物。”我不太懂这些人情世故。

“没买才好呢，你能来已经很给我面子了。你最喜欢什么颜色？”

“蓝色。你呢？”

“跟你一样。我最喜欢天空的蓝，很远，很忧郁。妈妈去世后，爸爸说她上天了，我就常常看着蓝天发呆。”

“你长得很像你妈妈。”我刚进屋时，迎面见到悬在客厅墙上的一幅黑白照，是岚妈妈的遗像，因人多，来不及细看，但已深印脑海。她很年轻，像是岚的姐姐，神色静穆，凝视着这个不再属于她的世界。

“大家都这么说。你呢，长得像妈妈还是爸爸？”

“谁都不像，我不知道自己像谁。”

“不可能，眼睛一定像你妈妈的。”

“一点儿都不像，真的，我大概不是他们生的。”

“你这人真有意思！”

“聊得好亲热，快进屋吧，要吃蛋糕了。”

岚挽着K女生的手，我很不情愿地跟在后面进了屋，只恨周围人碍事，不能让我与岚独处。

回屋后，我不由多看了墙上人几眼，她动了一下眼珠，令我心惊，灵魂深处有一种异样的动静，仿佛从沉睡中苏醒过来，离开我的身体，去了另一个世界。从那一刻起，我和岚妈妈便产生了一种神秘的交流。我定下神来，看岚分切蛋糕，突然觉得，墙上人就活在她身上。

吃完蛋糕，我和K女生起身告辞，岚和干姐一直把我们送到厂区大门口。K女生说他们会闹一个通宵。

第一次同岚的交往与我的想象相去甚远。原以为会充满激情，甚至，冲动之下，还会有些肌肤之亲。我曾经千万次幻想过与她独处的情景，但都不似真实发生过的样子。

我想通过K女生约她见面，但直到暑期来临，都没鼓起勇气。

上午开班会，下午放假。我四处找岚，无论如何，要争取最后的机会，当面约会她，但始终未寻见她。连K女生和干姐都不见了踪影。我不甘心，独自在校园里游荡。太阳火辣辣的，树叶纹丝不动，偌大的操场上没一个人影，篮球场的水泥地面反射着炽热的白光。我站在女生宿舍楼前，翘望着紧闭的窗户，像日晷上的指针，日影渐长。

整个暑假，我饱受相思病的折磨，两个月，漫长得像一生一世。

为了忘却，我一口气做完了所有的暑期作业。接下来便无所事事，读闲书，在大学校园里走动。很少出校园，最大的消遣就是到莫名湖和荷塘边闲坐。

白天去莫名湖边。水面开阔，有风，可以消暑，岸多丑石，又有三三两两的垂柳，荫庇着坐在石上的人。我斜倚柳树，看鱼吐泡，看乌龟散漫地划水，岚的形象投射到湖面，似波蒂切利画中的维纳斯，婀娜多姿。

荷塘边都是晚饭后去。黄昏时分，炎热减退，知了的歌声舒缓下来，杂着蛙鸣，如伴奏的鼓点，风驰过荷塘，荷叶便像无数的铙，在无形的手中敲响，荷花穿着红的裙，白的裙，翩翩起舞。这里有很多恋爱的大学生，幽静不说，四周的树丛中还可以做些避人耳目的事情。多年前的一个暑假，我独自闲逛至此，突然想撒尿，往树丛深处走去，传来异样的声音，细听，是喘息声，和一些含混的说话声，绕过去偷看，吓了一跳，两个白花花的肉体映入眼帘。男的趴在女的身上，做一种类似俯卧撑的运动，两人皆痛苦万状。上面的身体高高抬起，准备下一次的俯冲时，我有记忆以来第一次看见了两只真正的乳房。男的喉咙里忽然发出沉闷的声音，像是后脑被钝器猛击了一下，剧烈挣扎后，瘫在女的身上，两人一动也不动，像两只装死的米汤虫。我不小心咳嗽了一声，米汤虫翻身跃起，手忙脚乱穿上衣服，飞快遁去。我从未对人说起过这事，或者是害羞，或者，更愿意一个人保有这个灼人的秘密。

多年前撞见的那一幕，丰富了我对岚身体的想象。梦遗更加频繁。

我想直接去化工厂找岚，下了半天决心，又临阵退缩，谁知她是不是一个人？我担心她已经和老九好上了。嫉妒露出狰狞的面目，作势要吞噬我。

因为阅读和家庭环境的影响，我的心智早熟，人性的复杂，人生的烦恼，都了然于心，同龄人在我眼里，都幼稚得可笑，虽无具体的宗教信仰，却似已看破红尘，没想到岚的出现会让我方寸大乱。如果只是异性间的天然相吸，为什么偏偏是她？真有佛教所谓的因缘吗？问题的答案，似乎要在同她的深入交往中才能找到。我常常想起她妈妈，想起那双意味深长的眼睛，似乎预知了将要发生的一切。有时，我会到校园门口徘徊，打量过往的行人，岚一定向K女生打听过我的住址，没准会来找我呢；又觉得自己是在痴心妄想，凭什么认为，她也在为我害相思病呢？何况，我们唯一一次的相处并无任何特别之处。不错，K女生亲口告诉过我，岚喜欢我，但我拿不定是一种什么性质的喜欢，也许，只是普通朋友间的喜欢，与恋人间的爱慕无涉。位于西郊的化工厂和大湖，漂浮在我的想象中，仿佛坐落在另一个世界，是我的痛苦和希望之所在。

事实上，整个暑假，岚都在为她爸的案件奔忙。看守所的人被她的精神打动，破例让他们每天见面。岚爸爸总是一副哀怨无助的眼神，像人在临终前做无谓的挣扎一样，把女儿看作救命稻草。所有的迹象表明，他有罪，然而，除非他亲口向她承认，否则她决不罢手，不能翻案，少判几年也好啊。

"你好吗？"开学后，岚见到我，脆声问候我，像昨天才见过我一样。干姐与她在一起，也看着我笑。我竟不知所措。临走，岚向我投来意味深长的一瞥。她的眼神驱散了我心中的疑云，周围的一切都焕然一新。

夜里，我躺在床上，细细回味再见到岚的情形。其面容清瘦了一些，身体的变化却更显著了，身上的每一个部位都散发出青春的活力，激荡着我的欲望。我让自己裸着，欲望在体内游走，汇集到两腿间，并且膨胀，来势异常凶猛，仿佛下定了决心，要挣脱肉体的束缚。整个人在汹涌的海水中沉浮，巨浪滔天，要把我彻底击碎。手上的动作不可遏制，像在用有动力装置的刀片飞快切割自己，血肉横飞，森林大火已经烧到眉梢，欲望之兽终于无处藏身，夺路而逃。我猛地叫出声来，因为见到了从未见过的景象，火山爆发，白色的火焰喷薄而出。我"呜呜"地哭起来，一动不动地仰面躺着，任由那些乳白色的黏液从肚皮滑落床单，有些沿腹股沟流淌。我坐起来，用纸慢慢擦拭，鼻腔里充斥着腥臊的气味。同梦遗不同，这次射精由我一手促成，我突然意识到，从此，我将成为这件事的主宰。

终于鼓起勇气，托K女生带话，约岚见面。

晚饭后，我早早来到教室，面前摊本书，眼却瞅着窗外。冬青树围着一个小花园，其中有各种花草，点缀着两棵不大不小的紫薇，外围有一棵高大的银杏，小鸟出没，还有一只松鼠，爬上银杏树干，鬼鬼祟祟的样子，突然一蹿，就消失在繁枝茂叶中。天色暗下来。直到晚自习的铃声响起，K女生才走进来，一见我，便抿着嘴笑，我投过恳求的目光，她才点了点头。

我溜出教室，到操场的主席台边等岚，既紧张又激动，瞪大眼睛张望。熟悉的身影终于出现，渐行渐近，马尾辫在月色中来回晃动，终于，我看清了岚的笑脸。

“等久啦？”

“没有。”

我们并排坐在台阶上，低声闲聊着一些学校的趣闻。

旗杆矗立在主席台前的一个水泥四方台上，四方台朝向主席台的一面空着，其余三面封闭。夜色中，操场显得很开阔，远近的草丛里有蟋蟀在唧唧哝哝唱和，更远处立着几排楼房，有些窗户亮着灯，明月当顶，疏星寥落。飘过一片云，隐去了月和月影，草虫似受了小小的惊吓，一齐噤了声，我们也沉默不语，享受夜的静谧，只有蚊子不知趣，还在嗡嗡作响，直到月亮重新露脸，各种声响才又活跃起来。

岚直视前方，似不好意思看我，这便给了我放肆的机会，目不转睛看她。她坐得挺直，我因侧身而弯着腰，视线恰与她的鼻尖齐平，差不多是在仰视，目光滞留在她的额头上。高洁的额头上月光堆集，仿佛一座神圣的祭坛，我把献给她的整个灵魂都供奉在上面。夜藏在她的黑发里，被风微微撩起。空气里有一丝凉意，我却感到热血沸腾，身体仿佛会被微风托起，和梦中人一道，直上云霄。

“不上晚自习，躲在这里抽烟，哪个班的？”

是副校长的声音，此人最喜夜巡，逃课的，早恋的，不小心就会被他逮住。我急中生智，拉着岚的手，钻到水泥台下，缩在角落里。外面传来杂沓的脚步声，和副校长的训斥声，渐渐远去。岚用另一只手捂着嘴，为这个小小的历险欣喜异常，几番要笑出声来，突然意识到有些异样，把手轻轻从我手中抽出。我懊恼不已，后悔刚才过于紧张，未能尽享拉着对方小手的甜蜜。我们没有立刻出去，担心危险尚未过去，也许就想这么近地挨着，能听到对方轻微的鼻息，甚至，能感受到来自对方衣服下面的体温。

多年以后，这个夜晚始终温馨，在记忆的花园中一枝独秀。

第一次约会，都没提及各自的家庭，不想让那些恼人的事情破坏了美好的心境，特别是岚，外表丝毫看不出生活带给她的苦难，不到十四岁的少女，像个大人，既活泼又沉静，散发着神秘的气息。

夜里，我辗转难眠，神圣的爱情已经降临，虽然还很朦胧，却已令我幸福得无以复加。我百感交集，古往今来的爱情故事一齐涌上心头，自己俨然就是故事中的主人公，而岚的悲惨遭遇赋予了故事更加传奇的色彩，就像某位被魔法困住的美丽公主，单等我去营救。我雄心勃勃，决意肩负起伟大的爱情使命。

人在夜里的想象力总是异常丰富，一俟天亮，便又回到现实中来。岚爸爸的案子令我揪心，不知怎样帮她，但无论如何不能袖手旁观。我请K女生再次约她。

岚如约而至。同一地点，同样似水的月华，老天多情，刻意替我们营造了浪漫的氛围，然而人不从天愿，我们无心再消受良宵。

“真的，你帮不上忙，谁都帮不上。”

“至少，我可以陪着你。”我突然大胆地说，不知哪儿来的勇气。

她瞪大眼睛看着我，仿佛在看另一个人，犹豫片刻，喃喃地说：“不用，会耽误你学习。”

我再三坚持，她就没再说什么，眼眸却一亮，放射出希望的光芒，驱散了脸上的阴霾。

“听说你父母是大学教授，真了不起！”

“那有什么！知识害人。”我想起了父亲常说的这句话。见她神色迷惑，便解释说：“知识分子当年是被迫害的对象，但我不知道究竟发生了什么事情，童年记忆一片空白。你知道失忆症吗？”

她不解地摇摇头。于是，平生第一次，我向外人谈起了自己的家庭，童年记忆的缺失，对出生的怀疑，家庭生活的枯燥，孤儿情结，等等。

“难怪那天你说自己不是父母亲生的，我还以为你在开玩笑呢。”但她还是不解，一个人怎么会没有童年的回忆呢？“那该有多遗憾啊！我最幸福的时光就是童年，人不长大就好了。”

我最喜听她讲童年，不仅因为那些让我羡慕的童年往事，还因为说话者的迷人表情。红唇像翻飞的蝶，有时歇在草茎上，翅膀一开一合。从那一刻起，我冒出了一个强烈的愿望：吻她的嘴。这个愿望一直撩拨着我。后来，我的心思几乎都集中在这个吻上，但从她身上得不到任何信号，不敢轻举妄动。岚的嘴致命地诱惑着我，犹如沙漠里的甘泉，因为从未实现，这个吻变成了我人生中不可实现的理想的一部分；事实上，实现了的理想便不再是理想，真正的理想是不会被实现的。

那场车祸让岚的童年戛然而止。妈妈因为早逝，在女儿心中永远年轻、美丽，也许，对付无情的岁月，最好的办法倒是与之决绝。

“你见过死人吗？”岚突然问。

“见过一次，很久以前了。”

城郊，路边饭馆围了许多人，我挤进去看，地上仰面躺着一个妇女，乡下人模样，翻着白眼，嘴里塞满米饭。老板惊慌失措，不断重复说：你们看，吃着吃着，倒下便死了。“撑死的”，“噎死的”，人们议论纷纷。那些年困难，乡下人好容易下趟馆子，自然要拼命吃。第一次见死人，并不害怕，周围人多，那妇人死得也不可怖，而且，死亡与吃饭联系在一起，就像日常生活的一部分，平平常常。

“我见过外婆死后的样子，躺在棺材里，比生前瘦，模样却更好看，画了眉，搽了胭脂，抹了口红，像戏里的媒婆，眼睛紧闭着，好像故意不睁开，就愿意死一样。棺材里铺着许多绸缎，红的，黄的，绿的，一定很舒服。我当时奇怪，大人们为什么要哭啊，吵得外婆睡不好觉。直到外婆下葬，我才意识到，外婆被埋了，出不来了，没有了，死了。他们说外婆是老死的，我很惊奇，周围那么多老人，都会死吗？什么时候死呢？妈妈是被火化的，只有一个小小的骨灰盒，我小心翼翼地捧着，不相信她躺在里面，骨灰盒被埋在一个小坑里，被冷冰冰的石头封死。我当时会认字了，碑上除了妈妈的名字，还有爸爸的名字，以及我和弟弟妹妹的名字，我问爸爸：我们又没死，为什么写我们的名字？他很吃惊，犹豫了一下说：这样妈妈就以为我们都和她在一起，就不会感到孤单了。不过我始终不相信妈妈在她的坟里，爸爸也说坟只是个纪念，好让家人扫墓，其实，妈妈在天上，是火把她带到天上去的。”

岚相信妈妈并未真死，而以另一种方式活着。常常，夜里睡得半熟不熟时，她会听见妈妈在耳边说话。她相信自己有第三只眼，看得见妈妈。说这话时，她的表情有些怪异，令我头顶发麻，仿佛墙上人就坐在我们中间。有时，我会隐隐觉得，她独居的屋子有几丝阴森的鬼气。

从第一次约会起，我们每次都是并排而坐，面对面会难为情，而且，并排坐不用正视对方的眼睛，可以掩藏内心的秘密。岚很坦然，倒是我有许多不可告人的秘密。我深怪自己会有肉体的骚动，玷污了她的纯洁，以我们的年纪和中学生的身份，禁果是万万不能采摘的。

我陪岚去看她爸。

我骑车带着她。她从不骑车，因家远，上学回家都坐公交车。她单手抓着我的衣服，车不稳时，便搂一下我的腰，随即又去抓我的衣服，身体的刹那接触令我激动万分，汗涔涔下。我一向好幻想，常常不知不觉出神，此情此景，激发起我无边的想象。

高楼一变而为崇山峻岭，我们骑着一匹枣红马，岚从后面抱紧我，时而在山阳道上，时而在山阴道上，为了一个神秘的使命，日夜兼程。她累了，就靠着我的肩头入睡，手却一刻都不放松，为了不惊醒她，我干脆信马由缰。渐渐地，我的眼皮也耷拉下来，同她一道，做各种神奇的梦。落日，星月，板桥，长短亭，村寨，路人皆着古装，朝代莫辨。路过一座城池，同《清明上河图》中所画相类，马车，牛车，驴车，人力车，小贩，熙来攘往的人，正在过桥洞的货船，路边酒肆饭馆里座无虚席。这一切如此真实，却似与我们无关，问行人话，均摆手不语，不知是听不懂，还是不愿意回答，宛若到了一个完全陌生的国度，心里有一种不被认同的悲哀。幸亏有岚，悲哀即刻被快乐取代，唯有神圣的爱情亘古不变。

岚红着眼从看守所里出来，径直往前走，我推着车，一言不发跟着。等红灯过街时，我默默看着她，眼中无限爱怜，俨然像个男子汉，要悉心呵护她。

“我们去哪儿？”

“中央公园？”我早想好了，一直不敢说。她轻轻点头。

重新骑上车，这一次，她用两手圈着我的腰，头靠在我背上，很疲惫的样子。枣红马上的梦变成了现实，我的眼里充盈着泪花，这是我与她最亲密的一次接触，甚至能隐约感觉到她身体上最柔软的部位。我慢慢蹬车，希望路没有尽头。岚沉默不语，她在想什么？小小的脑袋里，怎容得下如此沉重的生活？

园内人不多，几只放养的观赏鸭在戏水，人工湖一角飘着残荷，一些树木见出点秋黄的意思。我们面水而坐。那时罕有高楼，汽车也少，高大的乔木屏蔽了街上的楼房，汽车马达声似有若无，显得园内更加幽静，与外面是截然不同的两个世界。

“爸爸不愿在看守所待下去，说不如早点进监狱。我不同意，他就哭了。他好像变了一个人，动不动就哭，每次都要我哄。我说：除非你真的有罪，否则我绝不放弃。”

“他真的没罪？！”我脱口而出，意识到失言，忙改口说，“你真的有办法？”

“办法是人想的，走着瞧吧。”岚的表情异常坚定，后来发生的事似与这句话有关。

水波被余晖染成柔软的金色，映照人面，在她脸上荡漾，那么美，消融了世间的一切苦难。我又一次冲动，想亲她的嘴，她却把我带进了一个伤感的世界。

我和岚相好的事在校园里盛传。

一个陌生男子截住我，说有人要见我，样子很凶，不由我不去。至操场背静处，是老九及几个校外青年，其中一位手上摆弄着匕首。老九阴沉着脸，说如果我不离开岚的话，就废了我。我脸色苍白，嗫嚅着说不出话。他们走后，我颓坐地上，泪如雨下。我恨自己无能、懦弱、渺小，可是，在强大的恶面前，又能怎样？但不知从哪儿来的勇气，竟横下一条心，继续同岚交往。

老九预备叫人挑我的脚筋，被干姐及时制止。干姐喜欢我，暗中斡旋，我才自始至终都平安无事。

岚给我讲了很多帮派的内幕。老大他们靠替人看场子，或强行收取保护费过活，实在不行便伸手问父母要，偷鸡摸狗的事不干，觉得掉价。她随干姐参加过他们的聚会。一干人找一个餐馆，占一个包厢，猜拳吃酒，论一些江湖事，谁谁挂了，谁谁在东城露了脸，谁谁进了局子，如果西城哪个帮派威胁到他们的地位，则要接连吃几顿酒，之后便不再露面。不久，整个西城区都在议论某个黄昏的神秘殴斗，惨烈无比，重伤无数。老大他们依旧是西城的霸主。

按理，干姐早就跟老大睡过了，男女间的事不会不跟岚讲，但岚从未在我面前流露过半点生理方面的冲动，甚至连恋人间正常的肌体接触的机会都不给我。小鸟歇在枝杈上，小动物从脚边溜过，我很想猎获它们，但不敢；草地上，林间空地，各种美丽的野花绽放，但我不敢采摘；溪中游鱼无数，但我一条也不敢捕捉。我压抑着占有的欲望，内心既甜蜜又忧伤。偷吃过禁果的男生常在私下大肆炫耀，令我蠢蠢欲动，但一见到岚，肉欲便消失得干干净净，她仿佛先知先觉，事先用魔咒降服了我的欲望。怎样的一颗心，藏在她无动于衷的外表下面？这种纯精神的恋爱把我引向某个神圣的领域，远离俗世。

班主任风闻了我恋爱的事，十分着急，找我谈过几次话，语重心长，不外乎是影响学习一类的规劝。我知道他的话没错，但哪里做得到。他忍无可忍，怒斥我把他的话当耳边风，说：那种女生，跟社会上的人裹搅在一起，不是什么好东西，你会被她毁掉的！岚的坏名声已从化工厂传到学校，老师和同学对她侧目而视，连本家的亲戚都不让自己的孩子跟她来往，怕被她带坏。我一声未吭，心里却在质问：你凭什么这么说她？反而激起了我的叛逆心理。

不幸的是，父母也知道了。一向寡言的父亲很激动，说爱情靠不住，早恋影响学习，更重要的是，她爸是“贪污犯”，会连累所有人，难道我忘了过去的教训了？我表情茫然，我压根儿就没有那段历史的记忆，谈何教训？母亲在旁边使眼色，他改口说：我和你妈是过来人，什么苦没吃过？你不知道社会有多险恶！他一再强调：必须规避哪怕最不可能的危险。父亲谨小慎微，出门要折返数次，看门是否真的关好，起夜时手中都要握根铁棍，怕有坏人潜入家中。这是一种强迫症，生活强加给他的一切不幸被他再次强加给自己。并且，我绝望地发现，我身上遗传了父亲的强迫症，这是典型的后天获得性遗传。所以我很固执，近乎偏执。我本想不理会他们的话，但母亲哀怨的眼神令我于心不忍，只好佯装顺从。他们不放心，要我晚饭都回家吃，尽量减少与岚接触的机会。

化工厂厂长被人举报，同岚爸爸的案子有牵连。没人知道接二连三的匿名举报信出自谁人之手。案子有了一线转机，按岚的说法，至少，如果厂长有罪，爸爸的罪就会减轻很多。

寒假中，父母把我看得更紧，怕我没有了学习的压力，又会去找岚。

我家没装电话，因父母有限的交往止于校园，电话派不上用场；岚爸爸出事后，为节约计，她报停了家里的电话，电话机形同虚设。离校前道别，预感到一时难以见面，且会失去对方的消息，我无限伤感。岚则显得很平静，临走，突然问：你会想我吗？我一怔，这不像她的风格，拿不准这是不是一句玩笑话，不管怎样，这给了我表白的勇气和机会。“会，我会特别想你的！”她头一低，嘴角掠过一丝笑意，抬起头说：我也会！我喜出望外，整个寒假，因了这番表白，没有预想那么痛苦，心为思念所占据，惆怅无凭。

冬日的荷塘，浮着破败的死叶，我不忍目睹，便常去莫名湖边，斜倚枯柳，望着寒水出神。仿佛羁旅在外，曾经折柳赠别佳人，她家住水滨，常上层楼，烟云迷了远山，水天一体，茫无际涯，而我睡在某个遥远的客栈里，在凄风苦雨中想她。又似中世纪的骑士，完成了一项又一项的武功，而深闺里的爱人整日以泪洗面，盼我踏上归程。我的思绪总是超越时空，回到远古，对我而言，古代就是浪漫的代名词，且刻意美化，作为我和岚的爱情故事的背景，远离当下的纷扰。日思夜梦，所谓思想，其实是灵魂的一部分，白天我能看清自己的所思所想，而夜里，眼被睡眠合上，无知无觉，天地又回到混沌状态，唯有灵魂在穿行，化作各种梦境。有时，灵魂离我而去，不知所往。按民间的说法，七窍是灵魂进出的通道，风无孔不入，人们把进出身体的风叫做呼吸，除了呼吸，无梦的睡者与死人无异，当大限来临，通道关闭，灵魂无路可归，重新上路，永不复还。我常在梦里与岚的灵魂恋爱。无数的梦加起来，我与岚经历了一生一世，有些细节至今历历在目，仿佛真的经历过一样，与真实事件的回忆并列。往事如梦，往梦如事。

传来零星的鞭炮声，年近了，性急的孩子一天都不愿多等，早早开始放鞭炮。

往年春节，家里气氛和平时无别，无非多做几个菜，我可以破例喝点酒。饭前也不放鞭炮，饭后和父母一起看电视里的联欢晚会。不到午夜，父亲就先睡了，我和母亲一起守岁。父亲不在，母亲反而话多，但也是无话找话说。零点钟声一响，鞭炮声大作，谁也听不清谁说话，我们便都不作声，看电视里那群和自己毫不相干的人，在起劲地欢呼。母亲随即也去睡了，我独自待在客厅，虽然节目主持人激动万分地宣告了春天的来临，周围依旧寒冷。

今年则很异样，母亲很早就开始张罗，买了不少喜庆的装饰物，父亲还买了一瓶昂贵的好酒，我自己也有些不同，但我清楚是因为恋爱的缘故，可父母他们呢？我受父母情绪的感染，自告奋勇去买了很大一串鞭炮。

天还没黑，许多人家就开始吃年夜饭了，有热烈的鞭炮声为证。我将鞭炮放响，父母都露出了由衷的笑容。母亲预备了满满一桌菜。动筷前，她先给所有人斟上酒，端起杯子，看着我和父亲。我和父亲也举起杯。父亲站了起来，我和母亲也跟着站了起来。父亲说："儿子，我和你妈祝你幸福！"我心里一颤，眼里湿润，说："爸，妈，我也祝你们健康长寿！"我和父亲一干而尽，母亲从不喝酒，抿一口，做了个鬼脸，笑言："儿子长大了！"饭菜都很可口，电视里照旧播着晚会节目，母亲轮流给我和父亲倒酒。父亲说："儿子，这些年爸妈有什么对不住你的地方，希望你原谅！"母亲看着我，我忙说："不不，我让你们操了那么多心，报答还来不及呢！"那一晚，我和父亲都喝多了，父亲似乎还哭了。这是一个前所未有的温情之夜。第二天，一切又恢复常态，像什么事都没发生过一样。开学后不久，母亲病倒了，紧接着，父亲也病倒了，挨了两个月，双双离世。回想起那个除夕的情形，更像是他们在提前同我道别。

父母住院后，我忙于照顾他们，无暇顾及儿女私情，和岚只约会过两次，她细声安慰我，令我感动。她依旧在为爸爸的案子奔走。

我不知母亲患的是绝症，且已到了晚期，直到看见她的头发迅速脱落，瘦得不成人形，才意识到情形的严重。我曾无数次幻想过没有父母的情形，自己变成了真正的孤儿，与其像孤儿，不如就是孤儿；而当母亲不久于人世，父亲也病入膏肓时，巨大的空虚和孤独笼罩着我，仿佛全世界的悲哀都堆在我身上。

父母的一日三餐都包在医疗费中，白天有专人照料，我下晚自习后去医院陪他们，夜里睡在一张行军床上。病房同家里的气氛相似，渐渐习以为常。

夜里，医院静得出奇，仿佛整座医院就是个巨大的太平间，偶尔传来母亲的呻吟和父亲的梦呓。我接连几夜被人推醒。开始以为是父母，睁开眼，外面的光线隐隐透进来，他们躺在床上，一动不动。父亲一向打鼾，此刻却一点儿动静都没有，我心里一惊，屏气凝神，待听见他细微的呼吸声后，才放下心来。我瞪着黑暗，徒劳地想找到弄醒我的人，熬到天亮才睡着。我决定弄清真相，闭眼假寐，耳朵却像雷达一样转动着，探测最可疑的声音，最终一无所获，不觉松懈，沉沉睡去，却又被人推醒，好不气恼。谁在捉弄我？父母依旧睡得很死，丝毫没受到同样的侵扰。

我无论如何想不到，父母会突然辞世。我独自哭了很久。来了很多人，乱糟糟的，每个人都试图安慰我，我却无动于衷，心如槁木，呆呆地看着父母的遗容。所谓死，是灵魂的离去，那些以人的躯体为寓所的各种微生物，并未即刻消散，尸体是在人死后才慢慢腐烂的，与落叶化为土的过程相似，人为的火化令此过程瞬间完成，一了百了。我目睹了父母遗体被送进火化炉焚毁的全过程。他们在烈焰中突然坐起，有如大梦初醒，旋即化作一道青烟，从烟囱升向蓝天。我想，火是四大之一，四大归四大，火不失为父母肉身的极好归宿，干干净净。

校方举行了简短的追悼会，父母的骨灰合葬一处，永不分离。

天已昏暗，我没开灯，一如父母在时一样。他们在沙发上常坐的地方空着。我感到无所适从，欲哭无泪。我真的变成了孤儿，并将永远孤独下去。

最初的悲痛过后，我明白了许多生死的道理。死是迟早的事，人只要自己愿意死，视死如归，死非但不可怕，不可悲，人还甘之若饴呢。无论身心，父母苦了一辈子，死是最好的解脱，同时也让身边的人解脱。我感到了前所未有的自由。

黄昏，我将父母的遗像挂在墙上，预备整理遗物，敲门声响起。岚站在门口，一身庄重的玄色。我又惊又喜，泪水夺眶而出。

“我今天才知道，别太难过，好吗？”她自己却忍不住哭了起来。

我凝咽无语。发生了如此大的变故，再见她，恍若隔世。两人的眼神仿佛都在诉说：我们是一对同病相怜的人。

待她平静下来，我带她四处参观。她在书房里久久停留，生平第一次在人家里见到那么多书，很惊讶。我说是父母留下的，很多我都读过，她表示了由衷的钦佩和羡慕。我给她看相册，给她讲我家的历史，一直讲到不久前才获悉的父亲遭受摧残的事，滔滔不绝，像是患了多年的失语症，刚刚痊愈。她毕竟还小，又不像我看过那么多书，并不能完全领会我的话，只是安静地听着，努力做出心领神会的样子，鼓励我说下去。我内心深处的痛苦渐渐得到释放。

夜不觉深了，岚没表示出要走的意思，我的心旌摇动了，这是我以前想都不敢想的事，有点因祸得福的意思。亲吻她的冲动再度涌起，但我弄不懂她看我的目光里更多的是关怀，还是柔情。她的表情如此圣洁，净化了暧昧的空气，令我不敢有任何非分之想。

“家里有香吗？”

“有，做什么？”

“这你都不懂，给你父母敬香啊！”她朝空中溜了一眼。

我找来香，又依她的要求，从窗台上拿来一个小花盆，白瓷的，原先种着一棵虞美人，我特别喜欢的一种花，因无人打理，已经枯萎。我清理了虞美人的尸体，把花盆交给她，放在父母遗像下方的矮桌上。她点燃三炷香，对着遗像拜了三拜，将香插在花盆的土里。青烟冉冉升起，在遗像的玻璃镜框表面萦绕，并且堆积，经久不散，模糊了里面的人像。我们出神地望着，思绪被带到了另一个世界。

后来，每次岚来家里，都会燃三炷香。再后来，我一个人时，也常点香，但只点一只，三炷香太浓，一人闻不过来。我还特意买回一个古董瓷香炉，令古香复燃。我常常想，如果人也能被点燃，似香一般慢慢燃烧，灵魂散发出来，会是什么味道？

夜半时分，我们斜靠在沙发上，都不言语，睡意从氤氲的香烟中袭来。岚睡着了。我蹑足找来一床薄被，轻轻盖在她身上，就地站着，久久凝视着那张动人的面庞。我熄了灯，在一旁的沙发上坐下，不愿到床上睡，只想待在她身边，甚至不愿睡去，怕一醒来，天就亮了。月光如透明的帐幔，罩着她，玉面若隐若现。

父母去世后，除了周末和假期，我晚饭都在学校里吃，每天能见岚几次。有人在时，只相视而笑，无人时便乘机说几句话。下晚自习后她会在教室外等我，向我请教一些学习方面的问题。她说她一定要考上高中，让爸爸高兴；而且，只有努力学习，将来考上大学，才配得上我。这番话让我备受鼓舞，对未来满怀希望，爱情一变而为学习的动力，期末考成绩再度名列前茅。

岚顺利考上高中。干姐和老九都没考上，早早告别了学生生涯。

整个暑假，岚的心情格外好，与我频频见面，让我度过了一生中最美好的时光。

我们相约去西郊大湖游泳。

七月天气异常炎热，几片云在空中被晒得滚烫，很快就蒸发了。

我骑车带着岚，拐上一条田间小路。满眼都是油绿的稻，垂着饱满的穗儿，近水风生，稻浪白亮亮的，仿佛波动的是栖在稻上的阳光。偶尔惊起一只秧鸡，扑腾着翅，消失在远离小路的另一块稻田中。路不甚平，车子歪歪斜斜，岚紧拽我的衣角，不时“咯咯”笑出声来。远远看见溶溶的湖水和被水天染蓝的山脉。四周不见一个人影儿，也找不到任何现代的标志，连田间常见的电杆都没有，失去了参照物，时光变得难以分辨，田地，蓝天，山，水，几百上千年前也是这般景致，身下的自行车，身上的现代装束，显得突兀，我尽量排除这些因素的干扰，让思绪回到远古，和岚一起，男耕女织，相亲相爱，过着田园牧歌式的生活。

骑上环湖路，水面宽广，细浪吻着湖岸。路人渐多，自行车，马车，手扶拖拉机，缓缓而行，偶尔驰过一辆小汽车，扬起很大的尘土。湖滨浴场所在地是个阔大的浅滩，当地政府稍事整饬，从外地运来白沙铺上，俨然像个海边沙滩。

我换好游泳裤，等岚。这是我一生中最激动的时刻。终于，岚穿着天蓝色泳衣出现了。虽然我的眼里只有她，但依然能感到周围有无数双眼，也在呆呆地看她，老的，少的，男的，女的，目送着她向我走来。那一刻，我这个含羞的少年，竟成了众人羡慕的对象，颇有几分自得。

水底有许多硌脚的石子，岚站不稳，抓住我的手，弄得我也歪歪倒倒的。至没臀处站定，她抽回手，往身上撩水，说体热，要先适应一下，不然会抽筋，说着也往我身上撩水。我打了两个寒噤，表情古怪，把她逗得哈哈大笑。我作势报复，往她头上撩水。她兴起，同我打起水仗来。她扎头的橡皮筋在混战中失落，头发披散，半湿半干，倒像是一种时髦的发型，衬得她的容颜十分妩媚，大滴的水珠滑落她的脸庞、脖颈，有几滴在胸口稍事停留，便汇入一条小沟里去了，令我目瞪口呆。她边整理头发，边在水面找橡皮筋，我自告奋勇潜水去寻。水极清澈，她的下半截身子因浮力的作用显得极轻柔，腿微微荡漾，像透进水里的阳光，脚尖踮着，臀翘起，像芭蕾舞者的优美舞姿。我起身换了口气，又重新潜入水中，如此反复，意不在橡皮筋。倒是她自己找到了橡皮筋。

几个男子有意无意靠近，我紧张地回护在岚左右，提议朝远处游。她生长在西郊大湖一带，水性极好，像鸟儿在空中飞翔，而我顶多像只青蛙，很羡慕她轻灵的自由泳，笑言她的前世是条鱼。离人群稍远，我们停下来，面对面踩水，不说话，看着对方笑。山脉横亘，湖向纵深处延伸，水与天在远方会合，无涯涘一般。水至柔，与岚亲密无间，分不出彼此。我想让自己的身体也与她和水融为一体，却冒出尿尿的念头。在水里尿尿，须静止不动，但因是很长的一泡尿，将尽时，头已没入水中，呛了几口水，一脸狼狈。岚不知就里，以为我累了，带头往回游。回到水浅处，我回味起刚才那泡尿在生理和心理上引发的快感，发了好一阵呆。

岚教我自由泳，但我的手脚总配合不好，像只笨熊，注意力又被她的身体转移，无法专心。她的唇被水浸得更加红润，如菡萏初开，衬着蓝色的泳衣，蓝色的湖，蓝色的天，仿佛周围的水都变成了酒，同她亲嘴的欲望如洪波涌起，将我彻底淹没。

太阳斜过头顶，热力却丝毫不减，岸上人纷纷下水，近岸的水像被煮沸了似的，我决定改天再练自由泳，和岚一起往湖心游去。我们并排游着，越过安全线，远离湖岸，渐渐听不到人群的吵嚷。有时仰面躺在水上歇息，手脚在水中轻轻摆动，维持住平衡，隐隐传来她的呼吸和心跳声，充斥在水天之间，将我托起，像风托起一片云。一种久远的记忆被这声音唤醒，是母亲的心跳，生命之水，将我包围。水天寥廓，显得我们极小，像远处的两只水鸟，飞起来时才看得到，如果我们就此消失，没有人会知道。

我后来一直很怀念和岚一起爬山的美妙经历。

山不甚高，似人形，仰卧在西郊大湖边，林木葱茏，主峰凸起，略呈圆柱形，恰位于人形山脉的私处，曾一度被当做神圣的男根祭拜。

小路铺着青石，不大齐整，像是人随意放上去的垫脚石，磨得光滑。乔木蔽空，路两旁生长着茂盛的蕨类植物，偶有不知名的野花，分得树梢透进的几点阳光，绽开着笑脸。一路不见人影。我知道，至某个高度，会看见远处的城，虽远没多年后那么现代化，但已堪称大城，比史书记载的任何一座古城都大，佛说的种种苦，密集其中，像慢性瘟疫，四处传播，为了躲避瘟疫，我带着心爱的女孩，遁入人迹罕至的深山，过着“不知有汉，无论魏晋”的生活。

在一棵枝干遒劲的古树下小憩。

头顶传来鸟语，几片叶抖落，抬起头，树冠遮云蔽日，好容易才看见几只鸟忽闪的身影，树梢被阳光抹成黄色、蓝色、白色，往下有些绿意，再往下，无论枝叶，在阴影中都呈黑色，主干上如苔藓一般覆着一些金色的阳光，色彩斑驳，在风中摇曳、变幻，令人目眩。因两日前的一场雨，山林中隐含着潮气，又兼空翠湿人，十分阴凉，与外面的酷暑反差甚巨。毛孔里仿佛会长出青草来。

岚碰碰我，轻声说：瞧，小松鼠！

我顺着她的目光望去，一只灰松鼠在树间玩耍，跳上跳下，倏忽来去，敏捷异常，须目不转睛，才能看清它的所在。松鼠丝毫未觉察到旁观者的存在，有时踞坐合手，呈祈祷或沉思状，有时卧于横斜的树枝上，从头至尾波状起伏成美妙的曲线。我们对小松鼠的轻灵自由羡慕不止。这一幕深印我脑海，从此对松鼠情有独钟。

犹如世界之初，除了我和岚，便不再有人的存在。隐秘的欲望从下往上蔓延，我将自己幻想成风流成性的潘神，冷不丁跳出来，将岚吓晕，乘机肆无忌惮地亲吻她的芳唇，但不会给她带来伤害，因为她在昏迷中，浑然不觉，接下来还会做些什么呢？我不敢想。

有一阵，路途相对平坦，路旁有许多三叶草，岚提议找有四片叶的三叶草，据说是好运的征兆。我们边走边搜寻，结果都没找到。她有些失落，我却欣欣然，三叶草当然应该只有三片叶，三片叶就很好，我喜欢“三”这个数字。

岚突然叫了一声，向一旁跑去，弯腰拾起一样东西，喜形于色。一朵顶大的蘑菇，红白相间，很鲜艳，恰如她的脸。我替她拿着，软软的，带着潮气，散发出腐草和泥土的气息。岚来了兴致，步履轻快，一面走，一面察看，希望还有别的发现。我跟在后面，专注于她的举手投足。果然又有了新发现，一株刺莓，结着柔软的黄果。她小心翼翼摘了一捧，与我分享，甘美异常。她索性把剩下的全摘了，右手食指被刺扎破，渗出血来，几颗黄莓被染成殷红色。我不知该如何替她止血，她却不在意，将手指含在嘴里吮吸，我呆呆地看着，渴望能替她做这件事。

阳光像把金色的梳子，梳理着万木，叶子透明似的，镶着金边。野花多起来。岚对野花产生了兴趣，一路采摘，每样只采一枝。我与她一道寻觅，每找到新品种，她都会发出欢呼声。没多久，各色各样的野花，艳丽的，淡雅的，芬芳的，无味的，采了一大束，与她的面容交相辉映，引来两只蝶，在头顶翻飞。我许久没这样亲近过大自然了，心里为自己叫不出这些野花的名字犯愁。名称好似一扇门，通向事物的内部，且昭示其个性，而一路见到的许多小鸟和树木，也因不知其名的缘故，令我感到陌生。

突然听到“笃笃笃”的声音，我心中一喜：啄木鸟！一棵大树顶端的一根横枝上，一只小啄木鸟正忙碌着，像一名鼓手，风拨动叶的琴弦，旁树上有其他鸟儿在鸣唱，阳光闪烁不定。我们蹑步走到树下，啄木鸟的尾巴紧贴着枝干，一面移动，一面用坚喙啄击树干。啄木鸟是我熟识的，小学课本里有专门讲啄木鸟的课文，图文并茂，说啄木鸟是森林卫士，专吃害虫。凭想象，我看见那些把家安在树内的小虫，正胆战心惊地教导他们的孩子，这“笃笃笃”的恐怖之音，是天敌来犯的号角。树不会即刻被蛀死，而小虫的命却危在旦夕；啄木鸟为果腹杀生，小虫为求生而蛀树，都是自然的行为，并无善恶之分。生命是平等的。我把自己的想法告诉岚，她似有所悟，突然大叫了一声，啄木鸟即刻飞遁。

至圆柱形顶峰脚下，视野顿开，依次可见湖水、田园、村庄、工厂及远处城市的楼宇。化工厂的烟囱格外显眼。如果没有林木的阻隔，从这里团身一滚，就会滚到山脚的湖里去。再往上，路极陡峭，多灌木乱石，有一块壁立的巨岩，其上横斜着三棵古松，枝干盘曲，如凝固的风，有一种凌空的非凡气势。花束成了累赘，岚恋恋不舍地把它放在灌木下的阴凉处。很多地方须手脚并用攀越，这给了我接触岚身体的机会。有时我先上，回头拉她；有时我在后，或托着她的双腿，或让她踩着自己的肩上去。她不过意，仔细掸去留在我肩上的尘土。她只比我矮半个头，但置身低处，便踮着脚，重心前移，几乎贴到我身上，我大气不敢出，鼻翼稍一翕动，她身上的汗味便灌进鼻孔，令我站立不稳。每次回想起岚替我拂尘的情景，我都万分懊悔，恨自己没有勇气，否则，两手一合，便可拥她入怀。但我不敢想象这个举动的后果。也许，她只是轻轻挣扎一下，便软在我怀里；也许，我还可以乘机亲她的嘴。“也许”的事还多着呢！

终于登顶，大湖尽收眼底，呈杏仁形，像贵妇指上的蓝宝石戒面，远离城市的湖岸有几个渔村，白帆点点。眼前的大湖像个海湾，闭上眼，风拂面，仿佛置身于古希腊的奥林匹斯山上，与诸神为伍。岚并不比美惠三女神逊色。

峰顶像个平台，不似想象中险峻，转至另一侧，视线为连绵起伏的山所阻。高处多风，虽烈日当顶，也不觉得很热。我们找了一块平整的石头，面湖而坐。岚拿出事先备好的糕点和饮料，还有两盒凉拌面，令我大喜过望，原以为午餐只有干粮，没想到还有她亲手做的凉拌面。眼前有美景，身旁有最心爱的人，还有一顿可口的野餐，这一切大大超出了我的想象力，令我幸福得想流泪。

饭后，我们并排躺下午睡，用衬衣盖着头。我撩开衬衣一角，看见岚隐在衣服下面的脸部轮廓，风声掩盖了她的气息。山顶仿佛是一张大床，天似无边的帐幔，我和岚同床共枕，双双入梦，远在尘世之上。

清晨，正午，黄昏，我在不同的时段去过岚的家。每次去的心情都很急迫，一出城，自行车便沿长坡飞奔而下，犹如快马加鞭，头发在风中猎猎作响。因是骑车，不用担心赶不上公交车，可以待得晚些，且存了一份侥幸的心理，巴望岚留我过夜，但每每落空。回城要上长坡，又兼心情沉重，无力骑行，便推车跋涉，不时回望来处。西大街空空荡荡，向着夕阳流淌，天空展开绚丽的画卷，一天的最后辉煌，令我半是喜悦，半是忧伤。我故意磨蹭，反正回到家也是一个人，父母的离去留下了巨大的空白，不知用什么来弥补，偶见流星，像是夜空滴落的泪，令我无限伤怀。路灯初上，树影婆娑，房屋稀稀落落，无论住家和商铺，都门窗紧闭。逢夜深时，街面空无一人，但闻链条“吱吱咯咯”作响，脚踏板空转，像被无形的手摇动。这里曾是刑场，更久以前是古战场，周围鬼气森森，我有些心虚，又故作镇静，以免鬼乘虚而入。其实，在旁观者眼中，我独行的身影更像是一个孤魂野鬼。回城的路，如逆水行舟，且载了一船的忧思，倍极艰辛。

岚也会进城来找我。她喜欢大学校园的氛围，大学生们一个个都意气风发，令她不胜羡慕。这也许是她为什么会破例留下来过夜的缘故。

等待是一种煎熬，直到熟悉的敲门声响起，轻轻柔柔的敲门声，不多不少，正好三下。岚进家的第一件事，便是到书房去找书，受我影响，她开始喜欢课外书。我在一旁充当解说员，直到挑中感兴趣的书，有时一本，有时数本，她才心满意足地到客厅坐下翻阅，即刻又起身，帮我打扫卫生，少不了还要在白瓷盆中点上三炷香。饭都到食堂吃。暑假人不多，食堂里很清静，别人都当我们是大学生，令岚十分受用。

下午，我们带着书去莫名湖边的柳树下看，困了，便闭目养神，或受书中故事的感染，若有所思地看着波光粼粼的湖面。岚沉浸在阅读中，我一半的心思则在她身上。有时，她不经意抬眼，与我的目光相接，对视片刻，莞尔一笑，继续低头看书，任我独自对着湖水发愣。她的目光中包含了种种含义，像一连串的谜，回味悠长。

如果岚留下来吃晚饭，即是要留宿的意思，饭后便散步到荷塘边。黄昏的荷塘是浪漫的所在，沿岸有几对窃窃私语的情侣，知了敛了声，躲在叶影里观望。我们受了感染，俨然也是一对恋人，只少了亲密的举动，令我深感遗憾。周围的情侣在拥抱亲吻，岚不为所动，我却不能自安。表面看来，我们之间是纯粹的精神恋爱，我的内心深处却一直藏着隐秘的欲望，肉体深受其苦；也许，有更高层次的恋爱，可以摆脱肉体的羁绊，这便是灵魂恋爱。我最终明白了这层道理，一心一意在灵魂里同岚恋爱，单单那个吻，无论如何舍不下。

我们常到老城闲逛，岚喜欢看那里的花鸟虫鱼。老城在中学校园附近，街巷纵横，青石板路见证着久远的历史，临街有各种商铺，一层的，两层的，许多是祖传的老字号，悬着古雅的牌匾，背后无不藏着深深的院落人家。老房子的居住条件差些，但邻里和睦，古风盎然。天气晴好时，许多老人当街晒太阳，闲聊，玩牌。路边自然少不了小吃店和饭馆，因价廉味美，皆生意兴隆。有一条街专售花鸟虫鱼，尽日里熙熙攘攘。整个省城，除我所居住的大学校园外，老城是我最心仪的地方。我肚子里装了许多古书，少年老成，信而好古，与同时代人格格不入，对人类的童年情有独钟。遥远的过去藏在老城的每一个角落里。

这是个多雨的季节。我喜雨，常独自在雨中行，或打伞，或不打伞，到荷塘边看雨打荷叶，看荷花在雨中跳舞，又到莫名湖边，看湖面绽开的水花。雨总能引发无尽的遐想，在我看来，雨有着永恒的韵律，是复活的象征。云最终不堪重负，跌落空际，正如沉重的生命，坠向死亡，尔后，雨水从大地蒸腾，重返天庭。

晚饭后，时辰尚早，天色却极暗，黑云压顶，岚催我动身，将我送出厂区外，正拟转身，雨倾盆而下，雷电交加。人行道上除了梧桐树，没有屋檐可以避雨，我们只得暂避树下。雨势凶猛，狂风撕开茂密的枝叶，梧桐树的庇护极为有限。雷雨天置身大树下不安全，我有些担心，岚却不惧，我也定下神来，想象着和她一起被雷击中，化为青烟的壮烈场面。能和岚一道死，死不足惜。街上空无一人，连车子都受了惊吓，不敢稍驻。T恤紧贴在身上，显出上身的形状，我的目光落在岚凸起的胸脯上，她有所察觉，双手交叉胸前，做出受凉的样子，其实不冷，雨正好消暑。大滴的雨水，落在她的秀发上，如一道道小溪，冲刷着青草，沿额头和耳际蜿蜒而下，不时有一道闪电，将她的脸照亮。雨势稍弱，但没有要住的意思。岚建议回她家避雨，我巴不得呢，心里对雨感激不尽。

回到家，里外都湿透了，岚找出她爸的衣服给我换上，但内裤却不能穿别人的，我只得单穿着长裤，到客厅坐下。岚换好衣服从卧室里出来，见我，愣了一下，我想是因为我身上衣服的缘故。她挨着我坐下，慢慢用干毛巾擦拭头发，屋里散发着一股特别的气味，不知是来自她的头发，还是身体。雨又大起来，且有狂风把雨点扫射到窗玻璃上，发出“劈劈啪啪”的声响，天已全黑。

“今晚就在这儿歇吧！”

我诚惶诚恐地领受了女皇的圣旨。

茶几上有一个铜香炉，岚点了三支香，望空而拜，然后插在香炉里。她虔诚肃穆的表情让我十分着迷。岚信佛，而我尚无具体的信仰。也许，岚才是我要膜拜的对象。

雷渐渐隐去，最后几声像人打哈欠，对面窗户的灯光渐次熄灭，雨声舒缓下来，仿佛催眠曲。我却毫无睡意，与岚相对无言。肚子“咕咕”叫起来，她的肚子也发出同样的声响，两人不觉都笑了。浇了雨，易饿，像游过一场泳的感觉。

“想不想吃烤洋芋？”不待我回答，岚便接着说，“家里有木炭，木炭烤的洋芋可好吃了！”她找出冬天烤火用的火盆，和半袋木炭，说是去年冬天余下的。不一会儿，炭火烧旺了，火星四溅，发出小小的爆炸声。雨更小了，似有若无，像是唱催眠曲的人也困了。

火钳呈X形架在火盆上，洋芋放在火钳上，岚专心翻烤着洋芋，我的目光则集中在她的纤纤素手上，这双美丽的手，无论弹琴织锦，皆可臻其妙。

留人的雨再未遇过！

开学不久，坏消息传来，针对化工厂厂长的调查结束，没查出任何问题。很快，岚爸爸的案子重新开审，维持原判，系终审判决。岚当场大哭，那么多日日夜夜的努力和期盼化为泡影。在操场的僻静处，岚泣不成声，我第一次见她哭得这么厉害，不知所措。

“没事了，我早该料到会有这一天，哭有什么用，以后再也不哭了！”她擦干泪说，“人心都烂了，除了干姐，还有你，谁会在乎我的悲痛！”

“好人还是挺多的。”我试图安慰她。

“好人多？！”岚冷冷一笑。

岚几经周折，终于见到负责爸爸案件的法官，后者没听完她的哭诉，便打断说：小妹妹，法律是讲证据的，是公平的，不会冤枉一个好人，当然，也不会放过一个坏人。她不甘心，又找过他几次，后来干脆跑到他家里，每次都声泪俱下，令一旁的法官太太唏嘘不已，对她的遭遇深表同情，法官却闭口不言，看她的眼神很怪异。最后一次，法官一人在家，对她异乎寻常地殷勤，请她坐，给她倒茶，她有些局促，问："阿姨呢？""哦，她出差了。"法官笑眯眯地说，紧挨着她坐下，突然抓住她的手。她浑身一颤，正要挣脱，想到自己有求于对方，便忍住了，静静地看着他。除了爸爸，她从未被这么大年纪的男人碰过。法官被她看得心里发毛，不敢有进一步的动作，双方都僵住了。"我爸的案子有希望吗？他真的是清白的。"她先打破僵局。"好说好说，实在不行，量刑上也可以酌情考虑。"她眼前一亮，仿佛看到了希望，脸上流露出一丝笑意。见此情形，法官手上一用劲，将她拉到自己怀里，她一惊，本能地抗拒着。"我帮你忙，你怎么谢我？"法官喘着粗气说，手便往她身上摸去。她一面反抗，一面叫道："求你别这样！我怎么知道你不会反悔呢？等你帮了忙我再谢你！"法官变得面目狰狞，不由分说将她扑倒在沙发上。眼看挣扎无济于事，她突然一软，一动不动，泪如雨下，任凭对方拽下她的长裤，喃喃地说："只要爸爸没事，你怎么样都行！但你不能骗我！"法官却只管去扒她的内裤，紧要关头，岚突然提高音量，歇斯底里地说："你要是敢骗我，我会告发你，我社会上的朋友也饶不了你！"法官一下愣住了，犹豫片刻，从她身上爬起来，快快地说："你滚吧！"她一面哭，一面穿上衣服，临出门，狠狠地给了对方一记耳光。

我陪岚去探监，在高墙外等，心怀对失去自由的恐惧。里面的不一定都有罪，外面的不一定都无罪。她爸到底有没有罪？这个问题一直困扰着我，我猜也困扰着岚。多年后的真相表明，她爸确实有罪，当然，有罪者远不止他一人。

为爸爸申冤的事极大影响了岚的学习，爸爸入狱后，她更无心念书，像变了一个人，在不幸的泥沼中越陷越深。

干姐和老九常来学校找岚。我劝她少跟他们在一起，语气里不无醋意，她却冷冷地说："你怎么跟我老师一样！干姐他们有什么不好？我和他们是一个世界里的人。"

我担心岚学坏，事实证明我的担心多余。干姐从不让她参与老大他们的事，也防着老九同她太亲近，所以每次她跟我说"干姐怎么老护着你"时，我都对干姐感激得无以复加。我很喜欢干姐，她身体上的小缺陷反令她别具风韵，其江湖气息，其豪放性格，无不令我神往。

岚频繁逃课，且有意无意躲着我。

寒假前夕，她突然消失，满校园都不见她的踪影，K女生也不知她的去向。

接连几天，我龟缩在家里，四壁凄寒，思念之苦挥之不去。我决定去找她。

黄昏时站在她家门前，敲门，没动静，再敲，还是没动静，候了一会儿，不甘心，又再敲，依然还是没动静。我坐在门口等。也许，她到干姐家去了，迟早要回来的。许久不见人影儿，便到院里张望，进出的人都用狐疑的眼光看我，且有几分鄙夷。又冷，又饿，一直等到天黑后很久，我才带着满腹的忧思和疑虑骑车回城，寒风刺骨，透进空空的腹中，整个人像挂在自行车上的一块破布。

隔壁的敲门声常会惊我一跳，以为是岚在敲我的门；有时并无任何敲门声，我却鬼使神差一般，突然打开门，门外空无一人。我几乎不敢离开家，怕万一岚来找我时我不在，即便有事，也是快去快回，一路上想象着她在楼前徘徊的身影。

忍不住又去了一趟化工厂，同上次的情形一样，不知是她在躲着我，还是真的那么不巧，我甚至怀疑岚已不在省城，心比天寒。一宿未眠，清晨才睡着，其间迷迷糊糊醒了几次，至午饭时，却胃口全无，依旧蒙头大睡，做了许多与岚有关的梦，完全清醒时，下午将尽，到食堂打饭吃，越吃越不是滋味，眼泪竟掉到碗里。饭没吃完，便匆匆回家，不管能不能见到她，都必须行动。我骑上车，不顾天暗和酷寒，再度奔西郊而去。

路灯初上，四周笼着寒气，灯光冻得发白，虽未下雨，路面却有些湿意，像是薄霜，少有行人，汽车急急地驰过，链条"咔咔嚓嚓"的，随时都会从齿轮里脱落的样子。我的心里满含了凄苦及无望。我似已感到此行的徒然，但不知哪里来的力量，催我奋勇向前。西北风吹面，颇有些悲壮。竟出了一身汗。

预感不幸被证实。屋里没亮，人肯定不在，连门都不用敲。但我不甘心，轻轻扣了几下门，又不敢多敲，怕对面人家的门里伸出头来。走出门洞，找了一个避风处，靠墙坐下歇息，不时看一眼窗户，希冀灯突然亮起。汗早已冷却，黏在内衣裤上，被风一吹，像冰一样。我瑟缩着，像个鬼鬼祟祟的贼。我决计等下去。岚从不在外过夜，八成是去干姐家了。因为出门前就做好了守候的准备，穿得格外厚，汗慢慢挥发以后，不似先前冷，偶尔起来活动一下，以免手脚冻僵。邻家的灯相继灭了。院子两头分别有两盏灯，站在瘦高的电杆上，像两只眼，冷冷地望着我。

冻了一宿，回家后便病倒在床，持续发了一星期高烧。

半梦半醒间，我看到了多年后的那场大雪。

过去，省城每年冬天都要落两三场雪，无论大人小孩，下雪时跟过节一样，如果赶上春节，雪又没有即下即化，堆起一个粉妆玉琢的世界，人的喜悦就无法形容了。由于污染引发了温室效应，气温一年高过一年，极少再下雪，偶尔下一场，也不似从前洁净，屋顶的雪化了以后，瓦楞上，瓦沟里，都会留下斑驳的尘迹。工作后的第一个冬天却下了一场罕见的大雪。街面一反常态，静得出奇，雪还未堆起来，不拘男女老少，都压抑着兴奋，怕高兴得太早，把雪惊跑，连车都不敢大声喧哗，像旧时穿棉袄的老头，袖着手，哈着白汽，小跑着取暖。雪一直下，再难看的房屋，覆了雪，也似丑小鸭变成了白天鹅。到处是拍雪景的人，雪人也堆起来了，车开得极慢，因路滑，且有打雪仗的人慌不择路，擦着车头跑过街道。雪不似雨争先恐后，而在空中慢慢回旋，仿佛意识到生命的短暂，故意磨蹭，一切都和着落雪，放慢了节奏。雪飘飘荡荡下到夜里，我独自走在街头，让雪落在身上，突然止步，目光被路灯灯罩下方的景象所吸引。雪在光束里显得格外分明，如聋者眼中的飞瀑。我仰头看着，任大片的雪花落到眼眸里。真美，雪中的岚真美！

岚穿着黑大衣，白围巾裹头，单露出脸和发梢，站在雪里，说起狱中的爸爸，和关在少管所里的弟弟，说起未来的渺茫，还有远在另一个世界里的妈妈。雪花飘零，有些消失在她的白围巾里，有些挂在她的发梢，有几片在她的秀眉和长长的睫毛上停留了片刻，化作水滴，和其他一接触脸上的肌肤即融化的雪一起，静静滑落，同时滑落的还有泪，热泪和雪水缠抱着滑落。雪花和泪花把岚装点得比任何时候都美。她一动不动，目不转睛地看着我，忧伤同雪一样，堆积在我们心里。雪下得越发大了，预备玩雪的人站在屋檐下，或透过窗户，激动地等着雪小下来。大雪用轻灵和静谧主宰了这个世界，那一刻世界的中心是两个年轻的生命，像两尊冰雕，雪如果一直下，他们会一直伫立着，永不消融。

雪下得突然，一点预兆都没有，就像岚的不期而至。我三次去找她均未果，终日在家中折磨自己，连火都不生，企图让寒冷把对她的思念冻僵，然而，身体冻僵了，思念却有增无减。整天躺在床上，下雪了都不知道，即便知道，大概也无心赏雪。

下雪天比常日静，但敲门声持续了好一阵，才把我惊醒。我跳下床，不及穿外套，便冲到门口。敲门声住了，人似已离去，或者像往常一样，只是我的错觉。我迟疑了一下，打开门，是岚！头上裹着白围巾，一袭黑色的长大衣。

“下雪了，快去穿衣服。”见我身上的睡衣睡裤，岚略略一笑，黑大衣上分明还沾着几片雪花。

她将围巾和大衣脱下，露出白色的高领毛衣和白色的长裤，冰雪照人。

“你怎么瘦了这么多？”

我的委屈被勾起，眼中湿润，竟无语。

头两次去她都在家，强忍着没开门；第三次她去了干姐家，同干姐说了一宿话，并不知道我去。她自己也很矛盾，终于忍不住思念之苦，决定不顾一切，如果我再来，一定开门相见，遂哪儿都不去，整天在家等我，没想到我再未露面，令她忧心如焚，便进城来找我。

“你别对我这么好，真的！”岚哽咽着说，想不到我会守一整夜，且为此大病一场。

她没解释故意不见我的原因。她曾反复说过，我是前途光明的好学生，她配不上我；而我以为爱情可以超越一切。后来我才明白，她这样做，一方面为我好，一方面也为她自己好，不让自己在无望的爱情中陷得太深。

我去厨房烧水，飘来一阵芳香，岚点燃了三炷香。

她见家里凌乱，便动手收拾。

我们冒雪去食堂吃饭。寒假食堂人少，不回家的大学生，要么因为路远，要么舍不得离开恋人，倒是成双成对的居多，她不再像以前一样，为别人把我们看作大学生窃喜，眼里半是羡慕，半是悲愁，默默低头吃饭。

我提议去雪中散步。

地上积起厚厚的雪，白花花一片，夹道的雪松名副其实，枝条被雪压得很低，地上没有人迹，或者有人经过，留下脚印，即刻又被新雪掩盖，素洁得动人心魄，让人不忍下脚。至莫名湖边，每一朵雪花都似姿态万千的跳水运动员，跃入湖中，激起肉眼看不到的水花。

走出校园，街面显得很空旷，雪一直在下。岚停下脚步，与我面对面，道出了内心的悲苦，泪和雪而下。那一刻，我祈愿雪永远都不要停，且可以下到心底，盖住所有的忧愁，内外都是洁净的世界。

我上次去岚家吃烤洋芋后受了启发，也买回一个火盆和一箱木炭，预备过冬用，且让她来时有火烤，但一直未派上用场。岚很惊喜，眉头稍稍舒展，将木炭火生起来，说晚饭不用到食堂吃了，去菜场买洋芋、豆腐、羊肉等回来做烧烤。我的心情只能用“狂喜”俩字来形容，这么大的雪，她愿意留下来吃晚饭，当然也会留下来过夜。事实上，这是她最后一次在我家里过夜。温暖的火盆改善了我们的情绪，而雪又极美，忧愁暂且被抛诸脑后。我们一起去菜场，顺带买了几瓶啤酒，天色早早就暗下来。

烧烤油烟大，我们把火盆抬到阳台上，雪花逆着油烟飘进来，有些落进火里，引起炭火的小小骚动，火势反而更旺，在暝色中格外耀眼。岚把烤好的食物放在盘子里，让我趁热吃，我搬来两把椅子，又开了啤酒，和她干了一杯，没说祝酒的话，无论说什么，都显得多余。雪影翻飞，路灯尚未亮起，火光微映着她红润的脸庞，如梦似幻，我幸福得想落泪，但想到欢愉时刻的短暂，泪最终没有落下来。夜降临，风止息，路灯照着近旁的雪，要全神贯注，才能听见雪片相互摩擦及落地时的柔碎声。

我们把火盆、椅子等收拾回屋，又添了炭，岚用热水把盘子洗净，又点了三炷香，方坐下歇息。同阳台外比起来，屋里很温馨，暖香浮动。依稀能看见窗外的雪，像小精灵，很想进屋的样子，窗户及阳台门都紧闭着。夜雪，无声无息。

这是我们整个寒假唯一一次的相处。

四季往复，流逝的是我们，时间并未增加一分，也未减少一秒，春天去了还会再来，而人事一旦发生，永远不可逆转。早春孕育着种种希望，与我对爱情的无望形成鲜明的对照，那些生机盎然的绿芽，倒仿佛是长在我心上的霉菌。

第一场春雨，打在尘土上，泥土的气息弥散在空气里。

春雨开了头，便连绵不绝，像伤心女子的泪，好容易放晴，近清明，又下起来。

清明节恰逢周末，我打算去给父母扫墓。父母与岚妈妈都葬在北郊墓园。我去约她，她欣然同意，开学后我们见面很少，她故意躲着我，之所以没推辞，多半是因为她妈妈的缘故。

我们一前一后坐在通往北郊墓园的公交车上。不知是节气的关系，还是愁人的雨，乘客均神色凝重。岚的马尾辫越过椅背，垂在我的膝盖上方，我故意前倾，鼻子触到她的发辫，战栗的感觉穿过每一个毛孔。

车开始爬山，远远看见墓园，占据了整整一面山，蔚为壮观，像一座白色的死亡之城。

雨稍住。

我们到得早，人尚少，在大门口买了香烛纸钱，拾级而上。父母的墓系新坟，就在不远处，但因为下葬时我的心情悲痛，对周围环境未加留意，坟墓的形制又大同小异，要在坟茔的丛林中找到他们的所在，殊非易事。我们挨个察看。死者的情形五花八门，有寿终正寝的，有早夭的，有病故的，有遭横祸的，男女老少，应有尽有，与活人的世界一样。

“倒也是，如果都要等老了才死，另一个世界全是老人，多没意思！”

岚笑笑，表示赞同。

我们在“爱女某某之墓”前驻足良久。死者十六岁，没注明死因，墓碑上嵌着彩照，这在中国很少见，足见其父母的苦心。是啊，这么秀丽的女孩，正值花季，怎不叫人悲叹！她笑得很甜，不知在另一世界里是否还能这样笑。我们默默为墓中的少女祝福。

终于找到我父母的墓。水泥浇筑的坟头密不透风，墓前长了几株野草，挂着水珠，地上湿漉漉的。看见自己的名字镌刻在方形石碑上，我心里有种异样的感觉，仿佛灵魂的一部分与亡人在一起。我依岚的吩咐，点了香烛，敬奉了糕点，跪拜了三次，一切如仪，脑海里却一片混沌，如灰白的天空。如果是一个人，我兴许会对父母说点什么，但有岚在侧，话不便出口。她神情庄重，动手清理野草，一举一动都很认真，仿佛墓中人是她自己的亲人，令我暗自惭愧。

岚妈妈的墓接近山顶，四周是茂盛的松柏。墓皆分布在南坡，取背北朝南之意，错落有致，面向远处隐约可见的城，生死相望，却遥不可及。看着密密麻麻的坟茔，我突然想起，离开父母的墓时又忘了察看其方位，下次来又得重新搜寻。岚说她记得。但不知明年此时，她是否还会与我同来。

岚妈妈的墓年代早，系石头砌成，无论墓石和圆碑上，都有淡淡的苔痕，碑脚石台两边固定着两个束身圆形石花瓶。岚“哎呀”了一声，说忘买花了，让我等着，快步下坡去了。

我绕墓一周。坟头罅隙纵横，有些深不见底，除了虫豸，恐怕只有灵可以进出这些狭窄的通道。到底有没有灵界？这个问题与我的年龄很不相符，但一直纠缠着我。灵的世界，科学不能证明其无，有无皆无定论，机会各一半，人不妨就假定其有，因为这种假定对人的裨益是显而易见的，灵需要有归属感。冰冷的墓室，狭小的空间，灵必不惯于久居其中，或者，只是偶尔落脚这里。死者如在天有灵，知道生者今天要来祭奠，无论如何都会赶回来，且不会待在墓内，而坐在坟头，或近旁的某处，但幽明异路，生者看不见死者，死者当也看不见生者，彼此相视而不见。冷风突起，我打了一个寒噤，感觉周围全是死魂灵，面容哀戚，沉默不语。岚妈妈也在其中。扫墓人陆续上山来。

岚抱着一大束花回来，还拿着一瓶水。是百合，白色的。

“妈妈最喜欢百合了。”

她将花分插在两个石瓶里，注入水，才开始烧香等一系列仪式。白色是吊亡的颜色，而花一旦离开土壤，便死去，由白色的死亡之花陪伴亡灵，再恰切不过。

她匀出一部分糕点，放在前后左右的墓前，口中念念有词，祝他们邻里和睦，并谢谢他们这么多年来帮她照顾妈妈。我听着新鲜，更觉得凄凉。

学习愈趋紧张，周末都不得放松，各个科目的老师争着加课，高考出好成绩，关乎每位教师的声誉及奖金。饶是我再聪明，心思被岚分去了一半，学习效率极低，心里焦急，考不上大学，如何有能力救她出苦海?

岚病了。

我趁下午上课时去看她。

她睡高低床的下铺，靠窗，正面窗侧卧，被子盖得很严实，不知是在看窗外的银杏树，还是在梦中。我刚走近，她转过头，看着我，脸色苍白。

“来了，坐吧。”

“怎么不去看医生？”

“没什么，自己会好的。麻烦给我杯水。”

我给她倒水，水烫，用嘴吹了半天，才递给她。她掀开被子，艰难地半坐起身，上身穿着白色无袖衫，露出白皙的胳膊，令我心跳加速。她慢慢喝水，继而又躺下，精神好了许多，柔柔地看着我。我许久没见过她的这种目光了，心似要融化一般，脑海里想象着俯身去亲吻她的情形。

“你对我真好！”她喃喃地说，“我觉得挺对不住你的。都怪我命不好。我经常去算命，但他们算的结果都不一样，不知该信谁的。也许，不是人算命，倒是命算人。”

“好多天不见，还以为你又逃课了。”

“你还是去上课吧，别影响学习，我没事的。”

“你这个样子，我怎么有心思上课。等你病好，我陪你去看你爸。”

“不用，干姐会陪我去。”

她的拒绝并未让我感到意外，许久来都是这个态度，我已习以为常，只是胸口有点堵，不知说什么好。因是上课时间，外面很静，人在校园而不去上课，在我还是头一次，心里牵挂着课堂，隐隐有些不安。

“你去上课吧。”

我郑重地摇摇头。

“我困了，想睡一会儿。”

她闭上眼，许久没动静，渐渐响起了很重的鼻息。我确信她睡着了，放胆看着她的面庞。

虽只是初夏，天气已经很热，犹如万千绿扇的银杏树叶纹丝不动，一只松鼠跑到离窗最近的树枝上，看看我，又看看岚，旋即消失。她呻吟了两声，表情痛苦，许是烧得厉害，又兼天热，做了一个决然的动作，将被子掀到胸部以下，露出脖颈及脖颈下面的一部分肌肤来。胳膊委在身体两侧，柔若无骨，好似躺在水上的白色睡莲。我一阵冲动，呼吸局促，颤抖着伸出右手，轻轻放在她的右前臂上。她突然睁开眼。

“我，想，想把你的手放进被子里去。”我收回手，嗫嚅着说，满脸通红。

她没吱声，目不转睛地望着我，突然，抬起右手，摸了摸我的脸。温热、柔嫩的掌心，在我脸上停留的时间虽然短暂，却永远烙在我心里，而我因为紧张，没有乘势抓住它，让它在自己脸上停留的时间久些，更久些，而当时的情形是吻她的最佳时机，但都错过了，我一生最后悔的事情，莫过于此。

岚拥有一种神奇的本领，能化解我的欲望，就连那个吻，最终也与肉体无涉，纯粹、抽象，世俗恋爱一变而为精神恋爱，再变而为灵魂恋爱。正如口渴了要喝水，灵魂渴求的那个吻，引领我飞升。

岚痊愈后，更不常露面，极少出教室，课间操也不上，吃饭时间见到我，也只淡淡地搭讪几句。我常有意从她的教室前过，多数时候，都瞥见她在独自发愣。

岚让K女生约我见面，我觉得有些反常，预感不妙。果然，她告诉我，她已决定退学，正在办手续。

“不能再考虑一下吗？”我的语气近乎哀求，她摇摇头，低下头去，半晌，抬起头，泪滑落脸颊，哽咽着说：“我们分手吧！”我大吃一惊，忙问：“你在说什么呀？”她擦了擦泪，镇定下来，说：“你知道我在说什么。这是迟早的事，跟我在一起，你的学习成绩已经退步很多了，你是上大学的料，跟我不同，我必须工作。我想到沿海地区去打工。”

“我有钱，是父母留下的，你别退学，我们一起努力。”

“你的钱能养活我们姐妹俩？还有我弟弟？爸爸在监狱里受了那么多苦，我一定要挣很多钱，让他出来后享福。你是好学生，我不想连累你，我们是两个世界里的人，不可能有结果，还是友好地分手吧。”见我不吭声，她又说：“你走你的阳关道，我过我的独木桥！”

我眼睁睁看着她离去，欲哭无泪，事情太突然，我没有一丝一毫的心理准备。K女生后来告诉我，岚虽然离开我的决心很大，但很希望我做出挽留她的举动，我的迟疑令她失望，也许是绝望吧。我后悔自己的优柔寡断，然而，一个十八岁的孤儿，能做出什么承诺？我天真地想，等我上了大学，再去找她，说服她回到学校，辍学后又复学的例子并不鲜见。我当时心乱如麻，听任她离去，虽然后来尝试过劝阻她，甚至海誓山盟，但已枉然。

岚和干姐来找我，说退学手续已办讫，且买好了次日去沿海某城市的火车票，来向我道别。干姐来帮她搬东西，其实东西已搬得差不多了，让干姐来，有点让她也和我道别的意思，毕竟，我和干姐一直很要好。干姐说以后遇到麻烦尽可去找她，没有摆不平的事。我后来再没见过干姐。我想送岚，但因为干姐在一旁，不好开口。她们上了公交车。岚从车窗向我挥手，太阳正好照在她脸上，泪光闪烁，那么美，然而是最后的美丽。我跟着车紧跑了几步，公交车绝尘而去，我的手扬在空中，泪如雨下。

岚原本打算把本学期的书念完，但不想让我再分心，毅然退学，辍学后并未即刻离开省城，在家里待了一阵，才踏上了驶向远方的火车。

岚离去后，我彻底孤独，也愿意这么孤独下去。

高考的压力把悲痛强压下去，考试一毕，便彻底爆发。

我把自己关在家里，不与任何人来往，连大学录取通知书都没给我带来些许快乐。我生命中最美的时光，最重要的部分，已随岚而去。我像一个行将就木的老人，开始回忆往事的每一个细节。因童年记忆的缺失，和父母在一起的时光又单调漫长，可供回忆者委实不多，岚主宰了我的记忆，哪怕是她最不经意的表情，最细微的动作，都历历在目。我无法想象她在外漂泊的情形。我深知人世的险恶，不敢去想，一个年少美丽的女孩子，独在异乡，会遭逢怎样的危险。是我把她推向了危机四伏的社会。随着时间的推移，负疚感非但没消失，反而与日俱增，变成一种沉重的负罪感，当风闻她沦落风尘后，我彻底崩溃。

我在家中折磨自己，喝酒，抽烟，白天昏睡，夜里却醒着，眼前浮现她受难的种种场景。曾经玉立水面的荷花，我生命中最美丽的花朵，而今委弃在烂泥中，被人肆意践踏。整个世界都肮脏不堪，包括我自己，没有人问心无愧。

坚强如岚者怎么会堕落呢？除非她自己想堕落，是对社会不满，因父亲入狱，进而看破红尘？看破红尘后有两个极端，一是出家，彻底清静；二是同尘合污，为了钱糟践自己。还是因为我伤透了她的心？她这样做一定是为了报复我，是我把她推进了火坑，真正的罪人是我，除了无用的忏悔，我还能做些什么？然而，忏悔真的无用吗？也许，我所能做的，便只有忏悔。我打定主意，要用整个余生来忏悔。

我沉浸在他的讲述中，许久都回不过神来。

他再没见过岚，其影响却绵绵不绝，某种程度上，她为他做出了牺牲，带走了他对肉体的种种欲望，其肉体的下沉激励他灵魂的上升。她释放了他的灵魂，却把自己的灵魂囚禁起来。他之所以选择独身，且变得清心寡欲，皆与她息息相关。也许，赎罪只是独身的借口，他注定要孤独一生。只有彻底孤独的人才有真正的自由。虽然他明白，孤独只是一种感觉，没有谁真正孤独，有许多眼睛在看你，在等待你的回应。灵与肉难得两全，因为岚的缘故，他远离肉体，完全过着一种灵性的生活，似一个虔诚的宗教信徒。

岚已不再是当年的那个女孩，甚至不再是世间的岚，脱离了有形的存在，与他的灵魂做永久的恋爱。

西郊，他曾经的乐园，如今变得不成样子。从前，这里是一方净土，田园，大湖，青山，化工厂规模小，几乎谈不上污染，后来，工厂多起来，且不断增加，规模不断扩大，烟囱林立，田园被占，湖水受污，要坐船到远离省城的另一端，才能见到相对干净的水。

我们在酒吧坐到凌晨三点。很多细节是后来才获悉的，为了叙述的方便，放到一块儿来写。故事本身也许并不十分特别，特别之处在于，他的人生竟从此改变，与常人不相类。他始终未实现的那个吻，令我替他耿耿于怀。岚的冷静与理智与年龄远不相符，与她的种种不幸有关，激情过早被现实磨灭，她在他身上寻找的其实是某种精神慰藉，某种现实之上的希望。

我试图从他的故事中梳理出点头绪来，以弄清他异于常人的真正原因。谜一般的童年，父母的影响，岚的出现让一切最后定音。岚的遭遇向他展示了人世苦难的诸象。他所经历的一切有充足的理由让他走上一条异乎寻常的路。我有种感觉，有意无意中，他将中学时代青涩爱情的影响无限放大，其实，他只是需要一个孤独的理由。

那晚之后，我和他的关系愈见亲密，无所不谈，正如我所期望的，我们成了好友。但我深知，向天舒才是联系我们的纽带。我陆续了解了向天舒工作后在省城的那段惊人的历史。

向天舒在一家国有公司上班，租住在城中村里。三楼拐角处，一屋，一床，一桌，一椅，二书架，别无长物。公厕在附近的两栋楼之间，起夜不方便，故而备了一个夜壶，平时藏在床底。在他看来，夜壶简直是稀世的物件，常因之打趣向天舒，后者不以为意。住地挨近市中心，但因紧隔壁是纺织厂，另一端距街面尚有一段距离，相对安静些。这里早先是城外的一个村寨，叫上古村，渐被城市包围，农民乐得不再种地，盖起一溜四五层楼的红砖房，坐地收租，摇身变成了房东，小农习气依旧。房客大多不是本地人，鱼龙混杂，为了各种原因，走江湖至此，暂住一时，频频更换，警察见天就查户口。楼下有一个不大的院子，砌着一道高墙，与纺织厂隔开，整栋楼唯一的水龙头便在院里。连接住地和大街的是一条狭长的巷道，挤在楼房和纺织厂的高墙之间，仅容两人擦肩而过，夜里灯光昏暗，如逢歹人前后包抄，插翅难飞，发生过几起劫案，夜幕降临后，行人皆有慌张之色。从窗户能看到纺织厂破败的厂房及厂区内的一条水泥路，深夜不时被上下夜班的纺织女工的脚步声惊破，特别是高跟鞋的声音，一下一下地，打在围墙壁上，又反弹回去，令人联想起鬼故事里恐怖的脚步声。偶尔半夜被吵醒，人乱狗叫，是警察来捉人，卖淫的，吸毒的，窝赃的，逃犯，都有过。他几次劝向天舒搬家，后者总说不必，一人无牵无挂，没什么可担心的，再说房租便宜，能省点钱给家里寄去。

离开省城前两年，上古村被拆，向天舒才不得不另外租房，因经济宽裕，租了一套现代化的公寓，居住条件与从前不可同日而语，房东有意出售，他劝他买下来，但向天舒不为所动，说自己压根儿就没打算在省城待一辈子。

向天舒跟他提起过一只白猫。白猫是一只流浪猫。第一次见，还以为是房东家豢养的。午后，院内寂寂，一只白猫不知从哪里叼来一条死鱼，正在专心用餐，末了，习惯性警视周围，与凭栏的向天舒四目相接，背立时惊耸，面露慌张而愠怒之色，稍一迟疑，纵身跳到墙角的杂物堆上，再一挫身，便上了墙头，回头瞪了他一眼，翻身下墙去了。那双碧蓝的眼深印在他的脑海里。此后，向天舒常常与这只通体洁白的猫打照面，渐渐熟稔，白猫见对方并无恶意，便不再回避，有时还会吃他扔下来的食物。

工作后的头一年，他们常见面，或去向天舒那儿，或去他家，或去某个酒吧，往昔亲密无间的时光重现，海阔天空聊天，只是话题中多了些现实的成分，彼此工作的情形，与领导同事的关系，等等。大学时的文学梦则都淡了，只有阅读还坚持不辍，他特别喜欢向天舒专注于说话时的丰富表情，身心都得到无限的满足。

有时会利用周末去郊游，爬山，游泳，或坐车寻访远离省城的某个古村，在老乡家过夜，与老乡拉家常，所见所闻无不令向天舒感慨，不止一次说想到某个偏远的山村教书，既可以帮助当地的孩子，又可以体验另一种完全不同的生活。在老乡家过夜时，为条件所限，两人挤在一张床上睡，他彻夜不眠。

他丝毫没料到，向天舒独处时是另一番情形，后来才在信里向他作了详细的描述，令他大吃一惊。按照对方的表述，这是一种“疯狂的孤独”。

工作后，大学的氛围不再，虽然有同事，有好友，回到租住屋，向天舒感到一种前所未有的孤独。远处的喧嚣依旧，偶尔的安静也似假象，没有心情阅读时，必会手淫，频频手淫，到了成瘾的地步。有时下班回来，才关上门就开始手淫，之前一点儿预兆都没有。手淫后更加颓丧。又犯了嗜睡的毛病，将自己往床上一扔，便呼呼大睡起来，在别人开始上床时醒来，饥肠辘辘，出门去附近的夜市摊吃东西。满地的油污和垃圾，私接的电线上挂着几个灯泡，同街灯一样昏暗，与涂在肉食上的各种调料一起，掩饰了肉质的不新鲜，惯吃夜摊的人大概都有坚强的胃。食物以烧烤居多，炭火上时时腾起浓烈的油烟，路灯被熏得发黄。向天舒有时会点几样烧烤，荤素都有，再来一瓶小二锅头，独自吃喝至深夜，以看周围的食客作消遣。食客中不乏喝多了闹事的，有时互不相识的两桌人，无缘无故就打起来，原因当然是有的，无非就一句话，或一个眼神儿，其实是存心找茬儿，以炫耀武力，这时须十分小心，最好赶紧付账走人，以免被误伤，摊主却没有选择，运气不好时，收不到钱不说，摊子还会被人乘乱砸掉。午夜后，还会来一些涂脂抹粉的年轻女子，三五个一起，令男性食客亢奋异常，不用说，是“夜场上班族”，其上班的内容在向天舒眼里既神秘又刺激，他万万想不到，自己有一天会和这些人打交道。

第二年，向天舒邂逅了一位叫宛云的大四女生。母校逢周末都有舞会，向天舒在大学时很少涉足，工作后反而常去，目的很明确，想结识几个学妹。

这是一段短暂而令人伤感的爱情。

宛云娇小温柔，长发飘飘，说一口动听的北方话，将自己的第一次给了向天舒，令向天舒感动，决心不辜负她，最终却辜负了她。

他同宛云见过几次面，彼此印象都很好。因为宛云的缘故，他和向天舒见面不如以前频繁，但一星期至少要见一次。

宛云父母要她毕业后回北方老家，她是个孝顺的孩子，天性善良，同向天舒商量，后者不愿去北方，设法说服她留下来。宛云左右为难，哭了很多次，向天舒除了安慰她，别无良策。宛云父母知道了他们的事，亲自到省城来，与向天舒见面，因牵涉到女儿去留的原则问题，话不投机。他们对宛云下了最后通牒，不回去就不认她这个女儿。宛云含泪妥协了。临毕业，宛云和向天舒约好，暂别一时，她定能说服父母，让她回到他身边。免不了一番海誓山盟。向天舒丝毫不担心宛云不会回来，他知道对方深爱着自己。这辈子最不愿面对的离别，又摆在面前。

他们疯狂做爱。有时在宛云的宿舍，乘其他人不在，更多的时候是在向天舒租住的小屋。两个肉体嵌在一起，汗水淹没了整个夏季。

宛云父母来学校接她。向天舒没去火车站送她，碍于她父母在，也因为不敢面对离别的场景。

鸿雁传书，转眼一年过去。

宛云要向天舒娶她，待“生米做成熟饭”，她的父母再想反对，也无可奈何，到时候便可辞职来省城同他相聚，再不分开。向天舒没答应，长时间不见面，觉得一人挺好，不愿受婚姻的束缚，虽然心里清楚，如果只是想过安稳日子，宛云是最佳人选，但他偏不安分。催得紧了，反令向天舒生出逃避的念头，借口出现了另一个女孩，要分手。宛云一听就坐飞机来了，并且做好了辞职来南方的决定。向天舒却显得异常绝情，无论她怎样哀求，都不改口。宛云终于绝望，同意分手。两人走在街上，宛云边走边哭。向天舒不知所措。路过一家服装店，宛云让他稍等，快步进去，出来时手里拿着一件男外套。他接过外套，泪水夺眶而出。宛云替他擦泪，心疼地看着他，眼里满含哀怨和不解，末了，扭过头去，又哭起来。路人都用奇怪的眼神看他们。后来，直到离开省城，向天舒都觉得，自己这辈子最对不住的人，是宛云，她成了他走向成熟的牺牲品，愿她找到配爱她的人。

此后，向天舒绝口不提“恋爱”两个字，交了不少新朋友，大多是同事，常在一起玩耍，还学会了跳迪斯科，也叫他，但他不惯于和这些人相处，更不喜去喧闹场所，宁愿在家看书。

大学毕业后，向天舒有个爱好，每逢母校有好的讲座，都会去旁听，消息来源自然是他。坐在阶梯教室里，仿佛又回到了大学时代。他只要有空，都会陪向天舒去听，宛云曾一度取代了他的位置。能在省城最好大学演讲的人，都是来自全国各地的著名学者，演讲内容又都是各人知识和思想的精华，令他们受益匪浅。这个习惯一直保持到向天舒离开省城。

有一阵子，向天舒极少露面，他以为又交了新女朋友，对方却否认，但没有解释不常露面的原因。其行踪越来越诡秘。终于，在他的追问下，向天舒道出了一个令他无比震惊的秘密。工作以后，有了固定收入，就物质而言，压力不似做学生时大，正应了那句老话：饱暖思淫欲。喜欢向天舒的女孩子不少，但向天舒经历了前番爱情的打击，对感情持怀疑态度，且喜欢一个人的自由生活；生理的发泄只好另辟蹊径，虽然那是一条毒虫猛兽出没的路，却更能激发人的冒险精神，兼可释放都市生活的压力。

向天舒常陪客户喝酒，因天生酒量好，深得客户的欢心，渐渐涉足歌厅一类的色情场所。第一次心虚，别人都要了陪酒小姐，向天舒却装醉不要，只一味喝酒唱歌。斜瞅着周围搂抱作态的男女，酒劲就上来了，起身上洗手间，用冷水洗了把脸，清醒地看着自己。离开宛云后，无心再恋爱，经常躲在小屋里自慰。正值性欲最旺盛的年龄，欲望之河奔涌向前，寻找新的补给。通常是在百无聊赖之际，欲望乘虚而入，有时歇斯底里至不能自拔。女人，妖娆的女人，纯粹肉体的女人，致命地诱惑着他。有人嚷道：他酒醒了，不能让他闲着，好像他是正人君子，我们都是淫棍一样！向天舒没有坚拒。就这样，进来一位女孩，十七八岁的样子，没膝白色连衣裙，中等个，身材苗条，径直走向他，步态婀娜，并腿傍他坐下，一声不响，脸上始终挂着笑，在摇曳的灯影中显得神秘的笑。

有人起哄：这妞倒清纯，他俩挺般配，哈哈哈哈！向天舒整个人僵在那里。本来预备学其他人放浪形骸一番，没想到对方是这么一个角色，不由得在心里惊叹世事的难料。颤声问对方的名字，像是第一次约会的男孩。她叫奇奇。是够奇的，向天舒不信。她说别人都这么叫她。向天舒问那你怎么叫你自己呢。她笑出声，肩头扭动了一下，头顺势靠在向天舒身上，翻眼看着天花板，说：干这行的，谁会说真名，你们都不会说真名，怕落下把柄，不是吗？没等回答，她叹口气，像在对自己说：也就剩名字还干净了。语带酸涩。她的粉黛施得薄，隐约散发出少女的气息，像陈冉，只是少了烟味。奇奇只喝酒，不抽烟。奇奇母亲早死，父亲不怎么管她，很贪玩，早恋，高中没念完就辍学在家，后被男友欺骗，一气出走，跟父亲说是外出打工，一时找不到工作，有点自暴自弃，正好认识的女伴中有做这行的，就跟着做了，钱好挣，但不想做久，打算攒够钱回家开个小铺子，过正常人的生活。

随着交谈的展开，向天舒慢慢进入状态，学其他人，手越来越不老实，在奇奇身上游走。奇奇被他摸得“咯咯”笑，倒也不忸怩，说他很温柔，不像其他男人粗鲁。有人对他耳语，说这里可以开房。“酒是色媒人”，向天舒借着酒意，带奇奇去开了房，有了平生第一次嫖妓的经历。

那是酒店的一间客房，灯光昏暗，床铺还算整洁。奇奇去冲凉，向天舒忐忑不安地坐在床沿等她。

淋浴的水声迟迟未响起，大概在方便，这是所有生命都具有的最原始的生理本能。向天舒打开电视，在播放一个介绍文明古国的节目，古埃及，古巴比伦，古印度，古希腊，还有古代中国，用文物和图片来展示，播音员躲在幕后，低沉缓慢的解说渲染了一种庄重而神秘的气氛，令他有一种回到往昔的幻觉。图腾，生殖崇拜，母神，祭坛，庙宇，宏伟的柱廊，陶器，青铜器，石雕，等等，还有女娲和伏羲交尾的画面，在这个特定的历史时刻出现，别有意味。本能的、原始的活力如炽热的岩浆，在他体内沸腾。时间仿佛过去了很久。传来冲马桶的声音，脑海里浮现出斑斓的排泄物在马桶里旋转的景象，排泄物最终被吸进黑暗的管道，并顺着管道，奔赴某条河流，流向西郊大湖，或者流向浩瀚的大海。淋浴声响起。他调低音量，眼瞅着电视，心却往浴室窥视，电视里掠过女性的雕塑，石头的乳房绽放，结实、丰满，同水融为一体。虽从陈冉和宛云那里尝到了女人的全部滋味，但在向天舒看来，每个女人都是一个全新的谜，他形容有魅力的女人是谜样的女人，肉体只是谜的一部分。譬如奇奇，肉体即将打开，其身世，心灵，未来，却永远都是个谜。水声戛然而止，奇奇在擦拭身子，有关文明古国的节目继续着。

向天舒像个初涉人世的新郎官，紧张而焦急地等待着新娘的到来。

门开了，奇奇裹着浴巾出来，朝他莞尔而笑，发上残留着几滴水珠。这是另一个奇奇，洗尽铅华恢复了本来面目的奇奇，美不可言。一般女子都不会在外人前卸妆，更别说做这一行的。向天舒被惊呆了，身体僵直。“脱衣服吧。”奇奇说，这句直截了当的话把他拉会到现实中来。播音员依然躲在电视屏幕后，用更加浑厚低沉的声音，解说着眼前发生的一切……

如此短暂的邂逅，却在向天舒的记忆里成为永恒。这一夜成了以后无数性幻想的参照。奇奇的音容笑貌，宛在眼前，竟然不掺杂任何淫秽色彩。向天舒后来想：如果有一个他自己的天堂，奇奇必定能够成为其中的一员，和其他姑娘一起，无忧无虑，和谐相处，过着女神一般的生活；而他这个天堂的主人，斜倚宝座，凝视着她们，长久地一动不动。万事开头难，此后便一发不可收拾，歌厅，桑拿房，发廊等色情场所，皆光顾过，像染上毒瘾一样，但再没见过奇奇，别的女人大多很职业化，只交易肉体，偶尔遇见谈得来的，也不如奇奇。因为这种见不得人的事为道德和法律所不容，向天舒心不自安，觉得自己和周围那些被警察抓走的人是一丘之貉，夜里敲门声过急或过响，都会惊坐起来，生怕警察是冲自己来的。

一次不堪的经历，令向天舒收敛了好一阵子。

周末，与朋友一起在街上游荡，进了某街区的一个发廊。那种地方很容易辨识，打着发廊的幌子，并非真的要给人理发，坐了一圈衣着暴露的女子，在粉红色的光线中，或跷着二郎腿，或萎靡地斜在沙发上，无所事事，见进来客人，立即抖擞起精神，搔首弄姿。许是灯光的原因，许是走了眼，向天舒挑了一个令他后来不堪回首的高个女子，随她到了附近的一套住房，是发廊专为这种事租用的。屋内只有几件简单的家具，卫生间里散发着霉臭味，卧室里有一张大床，被褥发黄，凌乱不堪，像是刚被人用过的样子。置身这种环境，未免有些心寒。白炽灯暴露了劣质化妆品下的本来面目，脂粉剥落处沟壑纵横，也许，对方还是某个孩子的母亲。向天舒的心中一阵悲哀。事后回想起来，那女子显然有病，惊惧了数日，下体没有异样，才稍稍放下心来。

向天舒向他坦白了自己的放荡行径后，着实让他大吃了一惊，一时难以接受。人都会寂寞，但做人总得有底线。更可气的是，向天舒居然把奇奇同岚相提并论，说两人的遭遇相似云云，揭开了他心灵的伤疤。两人为此一度反目。后来，向天舒主动找他认错，两人推心置腹深谈了一次，才消除了隔膜。

按向天舒的说法，古代的文人骚客逛青楼，被人目为风流，且因此写下许多传世的诗篇，人皆乐读，包括那些自以为是的道德家。道德标准是人规定的，因时代的不同而异，其实，出卖肉体的人远比出卖灵魂的人高尚。况且，在那种地方，向天舒总是很受欢迎，年轻俊秀，举止文雅，不像那些粗野下作的男人，不把对方当人看。但向天舒无意为自己开脱，说这种事很贱，很下流，生理虽得到一时的满足，心灵却更加空虚，且伴随着悔恨，每次都说是最后一次，不久又故态复萌。

“天舒其实挺好色的，常常开玩笑说自己是色魔附身，又自以为是贾宝玉式的人物。我倒觉得，宝玉太素，天舒太荤。女人与女人没有本质的区别，就概念而言，女人就是女人，按理，经历了一个，就经历了全体。事实并非如此，每一个女人，无论美丑胖瘦，在天舒的眼里，都与众不同。他总能看见她们身上的可爱之处，有精神上的，有肉体上的，并为之颠倒。我无法体会天舒的感受，我甚至连一个真正的女人都没经历过，但我觉得天舒也许是对的，如果有一双善于发现美的眼睛，美便无处不在，美色只是其中一种。天舒看枝头的小鸟，看天上的流云，和看街上女人的眼神一致，不同之处在于，女人会令他产生非分之想，渴望进一步的交流，照他的话说：人是有灵有肉的，心灵丰富心灵，肉体丰富肉体。”

向天舒在某色情场所遇到本公司的某男，此人一贯骄横，对领导却百般奉承，丑态毕现，因自身学历低，常对名牌大学毕业的向天舒冷嘲热讽。见到向天舒，某男抚掌大笑：“你也来嫖娼？”话说得很粗俗，见对方窘得满面通红，又淫笑着说：“到这种地方还装什么斯文！”我怎么会和这种下三烂做了一路人？向天舒心想，感觉像吞了一只死耗子。突然，一个熟悉的身影闪过，是公司总经理，显然是与某男一同来的，撞见下属，慌忙走避，但还是被向天舒瞅见了。某男话里有话地说：“你今天来错地方了！”第二天，总经理见到向天舒，客气得反常，彼此心照不宣。然而，不久以后，此事却传了出去，显然是某男搞的鬼，总经理自然怀疑到向天舒头上，伺机报复，他在公司的地位岌岌可危。向天舒无意为自己辩白。一想到总经理一贯衣冠楚楚，开会时义正词严的样子，就忍不住发笑，究竟谁比谁高尚，谁比谁虚伪？也许区别在于他不会既做婊子又立牌坊。

“天舒曾想带我去见识那种地方，被我断然拒绝了，与道德无关，只是不想，永远都不想！”

其实，他在心里已经犯下淫罪了。渐渐地，他开始喜欢听向天舒讲那些“风流韵事”，唯恐不详尽，且感受到一种奇特的快感，似乎对方替他实现了最隐秘的欲望。他为此惶恐不安，一次次拷问自己的灵魂，不停歇地忏悔。当年的决定影响了他后来的生活态度，让他养成了忏悔的习惯。他将西方的忏悔精神注入东方血液，溶成新的血液，更清澈，更通畅，并将这种精神放大，不仅为自己，也为所有人忏悔。

放浪形骸的生活令向天舒不安，短暂的发泄后便是无尽的懊悔，欲罢不能，后来找到一个调整心态的办法，到市中心的一家瑜伽馆学习瑜伽。之前只知瑜伽是舶来品，源自古老的印度，此外不甚了了。老师是个印度中年男子，叫里希，仙人之意，会说简单的中文，来中国的目的不仅为传播瑜伽文化，更想了解中国的古老文化。玄奘是里希最敬佩的人，也是促使他来中国的原因，既然梵无所不在，当然也可以在中国。里希对生活的表象不是很在意，素食，不饮酒，生活至简，对道家思想情有独钟，相信“道”即“梵”。向天舒与里希用中文和英文交流，通过他，曾经陌生而遥远的印度变得生动起来，那是一个信仰的国度，古老如昔，人多善良，都有一颗敬神的心，动物备受爱护，鲜花开在少女们头上，令人无限神往。在里希充满自豪感的讲述中，向天舒绝望地看到，印度的历史还生动地活着。里希是个虔诚的印度教信徒，对他而言，瑜伽是实现梵我合一的手段，是一种神圣的仪式。除了体式，他还教了很多冥想的方法，并一再强调冥想的重要性。向天舒做体式时，精力都集中在身体上，许多体式很难，对于初学者来说更是如此，像在自虐，一旦克服了，便很舒坦；但冥想时却无论如何集中不了精神，脑子一刻都静不下来。里希笑着说：“静不下来就静不下来吧，什么时候你的心灵跟你做体式时的身体一样，累了，自然就安静了。”一席话令向天舒茅塞顿开。

“那段时间，天舒言必称瑜伽，说瑜伽练习让他置身于古老的印度文明中，还劝我也去练。我是个好静的人，没事都在冥想，不想让身体劳累。”

可惜里希不久就回国去了，本地老师并不懂瑜伽的真正内涵，向天舒掌握了一套基本的体式后，便在家自己练习，并养成了一个习惯，每天起床后的第一件事，便是面向东方，做几组“拜日式”，将身体打开，让太阳照彻心灵，有点仪式的味道，阴天也没关系。

向天舒突然开始炒股。

表面看，向天舒对金钱的态度与众人一样，只要是正当的，多多益善；目的却不同，希望借对金钱的拥有摆脱金钱的束缚，以追求更高尚的目标。

当年股票是新生事物，许多人甚至不知道股票为何物，胆大者便占得先机，或多或少都发了财。向天舒起初也将信将疑，在朋友的多番游说下，把不多的一点积蓄投进股市，未曾想赚了几倍，一下傻了眼，世间还有这等好事，钱当真能生钱。连本带利再投进去，竟连连获利。向天舒忙把这个生财之道告诉他，极力劝他也炒股，但他不愿拿父母留下的遗产去冒险，再说，钱是身外之物，够用就行。眼见得向天舒的手头越来越宽裕，不及半年的工夫，竟至小富起来。

通过炒股暴富的神话开始流传，到处都在谈论股票，发财是人们唯一关心的事情，股票交易大厅里人山人海。

终于，在金钱强有力的诱惑下，他也心动了，拿出一部分积蓄，让向天舒代为炒股。也许是时机好，也许是向天舒的头脑好使，竟只赚不赔，盈利，再盈利，不可思议，连他都禁不住浮想联翩：要是能赚很多钱，以后便不用再工作，旅行，阅读，圆当年的文学梦，拿向天舒的话说，“就可以完完全全按自己的意愿生活”。钱可以让人得自由，也可以让人失自由。那一阵子，向天舒着魔一样，连书都顾不上多读，读的书也大抵与股票有关，白天黑夜想的都是股票，都是钱，且十分关心时局，因与股票关系重大。连他的心里都很不平静。

向天舒想辞职，来征求他的意见，同股市上赚的钱相比，薪水不值一提，辞职后就可以一心一意炒股，又有很多闲暇，做自己想做的事情。他极力劝阻，认为炒股投机的成分大，必不能长久。向天舒好歹依了他。

果然，股市风起云涌，越来越难以预测，变得像个巨大的赌场，人也跟赌徒似的，赢了的想赢更多，输了的千方百计要扳本，且赔得越多，扳本的心态越急切，像红眼的赌徒，只要手头还有钱，无论如何不肯离场。有人倾家荡产，有人跳楼自尽。

往常，赚了钱，向天舒总要喜滋滋地向他通报，但很长一段时间里，在他面前只字不提股票的事。他隐隐觉得不妙，劝其退市，见好就收。的确，向天舒遇上了麻烦，屡屡失手，好在不是生手，天性又聪明，尚能应付，风险却急剧膨胀。那天，他刚起床，向天舒就敲门进来，双眼浮肿，吓了他一跳。向天舒向他坦白了最近在股市上遇到的困难，末了，眼里突然放光，说通过精心研究，看准了几只绝佳的股票，准备孤注一掷，最后大大地做一笔，然后收手，并要他再投些资金，机会难得。见他生疑，忙保证说绝非是因为蚀了本，相反，以前的本利毫发无损。他当时已经下定决心，不想再让股票搅乱内心的宁静。向天舒见说服不了他，便提出借用他账上的钱，他犹豫片刻，并不是怕收不回钱，但眼见无法劝对方规避风险，如果再把钱借给他，无疑是火上浇油，心一横，毅然回绝了。向天舒深感意外，一脸茫然，仿佛在说：这么多年的交情，看来还是敌不过金钱。向天舒看他的目光从未如此陌生，令他心如刀绞，他改口说，把本还给他就行。第二天，连本带利，向天舒把他的钱提出来还给他，匆匆告辞。他知道对方心里有怨气，只好让时间来证明自己的清白。两人许久没有联络。向天舒买进的股票不住下跌，终于在一次醉酒后幡然醒悟，果断出局。那几只股票继续带着别人的发财梦，跌向地狱般的深渊。

近两年的时间，向天舒的生活完全被股票左右，神魂颠倒，甚至顾不上郊游，去看青山绿水，去听鸟叫。梦终于醒了，一度被金钱颠覆的世界复归平静，用向天舒自己的话说：解脱了。 向天舒买了一瓶好酒，到他家里，郑重向他道歉，两人促膝谈了一夜，和好如初。

他和向天舒闹过两次矛盾，一次因色，一次因钱，友谊几为之折腰，但最终经受住了考验。

因沉溺于炒股，向天舒极少再光顾娱乐场所，除却买书，少有开销，股票出脱后，居然在银行里有了一笔可观的财产。有了钱，淫心又起，频频出入各种声色场所，常常一掷千金，成为众人追捧的对象，让他领略了金钱在俗世里的威力。其间认识了一位叫小璇的女孩，差点又恋爱了。

小璇进包房时，吸引了所有人的目光，她却只看着向天舒，面带微笑。见此情形，旁人便不好同他争。小璇很活泼，向天舒从她的脂粉中嗅出淡淡的栀子花香。酒酣耳热之际，他请她跳舞。那种地方有专门隔出的一个小间，供跳舞用，跳舞的人有什么出格的举止，外间人看不到。向天舒把小璇紧紧搂住，脸贴脸，在原地轻轻摇晃，下面不觉起了反应，对方用手轻轻抵住他的身体，不让腹部贴到一起。他借酒使性子，手伸进对方的领口，对方似乎很窘，一面挣扎，一面软声说：别这样！向天舒不是那种粗鲁下流的人，对方不情愿，绝不勉强，抽出手来，放在她腰上。小璇仰头看着他，眼里充满感激，并用甜美的笑来回报他。“要是碰到下流客人，你怎么办？”“我会巧妙周旋，实在不行，就请他换人。”“那你看我呢？坏不坏？”“坏，特别坏！”向天舒被她的笑容打动，轻轻吻了一下她的脸颊。小璇来自一个偏远的小县城，见同龄人都外出打工，经不住诱惑，只身来到繁华的省城，听说这一行挣钱，便在一个老乡的引荐下，到夜总会上班，幻想赚到很多钱后，回家去过正经的日子。已是第三首歌了，曲调哀婉，他们不说话，静静相拥，外面的调笑声，猜拳声，各种噪音，似与他们不相干。向天舒忽然感到脖子里掉进湿热的东西，是小璇的泪，轻轻替她拭去，却怎么也拭不尽，忙把她的头捧起来，自己也受了感动，情不自禁低头去吻她的嘴，小璇没有拒绝，相反，热烈地回应着。除了陈冉和宛云，向天舒再没同别的女子亲过嘴，觉得那是远比身体的其他部位圣洁的地方。那一晚，他们相处甚欢，临走互留了电话号码，叮咛再联系。

向天舒念念不忘小璇。几天后的一个中午，电话响起。“你把我忘了？”是小璇。“没有啊，我正准备找你呢。”“骗人！”“骗你不是人。晚上请你吃饭。”“我要上班。你过来玩吧。”“我一个人，不方便去。”“那你可以约朋友一起来啊。”“谁没事天天去夜总会，再说那里太吵。今晚我请你吃饭。”电话里沉默了一会儿。“好吧，不过朋友知道了会骂我的。”向天舒后来才明白这话的意思，做这一行的有规矩，不同客人约会，她们反复告诫她：千万不要喜欢上客人，以免受伤害。约会时间过了许久小璇才到，连连道歉，说路不熟。她的妆很淡，像个清纯可爱的女学生。“你这样子更漂亮！”向天舒情不自禁地说，吻了一下她的脸。小璇羞涩地看看周围。“我也喜欢这个样子，只是到那种地方上班，没办法。”小璇吃得不多，说要保持身材。她的身段很美，洋溢着青春的气息。

他们来到中央公园，在湖滨长椅上坐下。出于好奇，向天舒问起她们这一行的内幕。小璇并不隐瞒。她只陪酒，不同客人上床，诱惑总是存在的，毕竟，后者更来钱，许多像她一样的女孩，开始也坚守底线，但最终还是受不了金钱的诱惑，彻底堕落，还开导她说：我们出来冒风险，这么辛苦，为啥？赚钱，用身体赚钱，既然都是身体，哪一个部位都是平等的，男人用手摸你，或者用那个摸你，里面外面，有什么区别？想开了，也就这么回事，早一天挣够钱，早一天脱离苦海。但小璇不这么想，况且，在她的乖巧面前，多数男人都很规矩。小璇是干净的，同她上床不用带套，向天舒兴奋地想，征服的欲望空前强烈。

同样的地方，人却不同，向天舒和陈冉来过，和宛云来过，他和岚也来过。孟夏之夜，圆月高悬，同对岸乔木的叶间滤进的街灯一起，倒映在水中，在晚风中荡漾，离月很远的夜空，散落着几颗微明的星星。附近的长椅上，有几对耳鬓厮磨的恋人。向天舒受了感染，把小璇抱在腿上，轻轻吻她的唇。小璇俯视着他，若有所思，越过她的头顶，明亮的月中有模糊的阴影，仿佛在动。小璇的发丝轻拂着他的面颊，如近旁的柳条，垂在水上。向天舒心里痒痒的，手放在小璇的胸脯上，微微用力，她扭动了一下身体，扑到他怀里。他受到鼓舞，把手往衣服里伸，小璇忙坐起身，止住他的手，微微摇了摇头。向天舒无奈地叹口气，心想：装模作样，早被多少人摸过了！立刻为这个念头羞愧，不该这样看待对方，况且，自己又是个什么人呢？若说肉体，自己还远不如对方洁净呢。

他们慢慢说话，家庭，童年，中学时代，向对方敞开了自己的世界。仿佛两个相交的圆，交合处便是共同的地方，共同的喜怒哀乐；而不相交的地方（远比交合处多），因其差异而丰富了彼此的世界。

水边只剩他们两人，虽不算太晚，向天舒的心里却不自安起来，总感到四周有可疑的身影。公园里发生过命案，受害者是一对情侣。小璇也有些害怕，不停地四处张望。他们起身离开。

小璇租住的房子在另一端的城郊，须穿过整个市区。他们选择步行，并不觉得累。有些地段繁华，特别是夜市，越晚人越多；有些地段则很冷清，能听见脚步声。走着走着，向天舒会突然站住，把小璇搂在怀里，搂得很紧，然后吻她，小璇有时被吻得喘不过气来，胸脯激烈起伏。小璇同女伴合租一屋，周围环境远比向天舒的住地乱，三教九流，无所不有。房东是个猥琐邋遢的男人，目光在小璇身上滴溜溜转，小璇白了他几眼，他却只管涎着脸。向天舒很替小璇的安全担心，好在她不是一个人。四楼的一个单间，不能再简单，两张床，一把椅子，两个矮凳，一张桌子，桌上立着一面粉红色镜子，一看就是地摊上的廉价货，床脚有几个塑料盆，不用说，其中某一个是起夜用的。无论室内还是室外的环境，同小璇都极不相称，就像烂泥之于芙蓉。“这种地方，比我们县城还差，真不习惯！”小璇一面说，一面让向天舒坐到自己床上。

“为什么不租好一点的房子？”向天舒关切地问。“我们是出来挣钱的，不是花钱的。”小璇无奈地说，又说，“不知她们今晚的生意好不好？”向天舒猛然醒悟，小璇今晚陪自己，不能去上班挣钱，不知该不该给她钱，但如果给钱，约会的性质就完全变了，再说，她不一定会要，没准还会生气呢，以后再找机会补偿吧。“不好意思，没什么东西招待你。喝水吗？”向天舒摇摇头，示意她坐到身边来。不知怎么，自打进了这个房间，他的心就怦怦直跳，和一个美丽的女孩子独处一室，对方又是在声色场所讨生活的，不想歪都难。他把小璇拉到怀里，就势倒下，翻身压在她身上，同时感到来自对方身体的强有力的反抗。小璇甩开他，坐起身，低声抽泣。向天舒慌了神，不迭声地道歉。“你把我当什么人了！”“对不起，我不该这么冲动，你是个好女孩，我以后会像对亲妹妹一样对你，绝不伤害你。”“亲妹妹？！我早知会这样。”小璇止住幽咽，失神地说。劝慰了一番，向天舒才离去，路上想，也许是自己太性急了，得慢慢来。对方愈如此，愈让他着迷。

向天舒又约会了小璇几次，还带她去西郊大湖边玩了一天，举止审慎，不让对方有丝毫的不适。小璇很厌恶上班，向天舒也劝她离开那个行道，但离开以后做什么呢？让她来跟自己住？即便她愿意，自己经济上也有这个能力，可自己独身的生活状态会遭到破坏。他连正经的恋爱都怕谈，何况是这种不明不白的关系。有一次，小璇问他：“你会娶我这种女人吗？”见他不知如何作答，满脸尴尬，便笑着说：“别当真，跟你开玩笑的。”向天舒从未有过要跟她真正恋爱的念头，甭说娶她了，是文化的差异吗？还是自己没有做好再恋爱的准备？都说不清。常常自问：小璇为什么如此吸引自己？也许，皆是漂泊异乡之人，且都生活在社会的边缘，同命相怜吧。向天舒无法把自己融入这座城市，工作也只是应付，总有局外人的感觉。

向天舒带小璇去自己的住处。她无论如何想不到他会住这么简陋的房子，惊奇之余，倒也自在，觉得和对方的距离近了，不同之处是满屋子的书。小璇歪着头看墙上的画，是莫奈的“野地里的罂粟”，说很好看。这是向天舒极喜爱的一幅画，虽只是印刷品，自从买回来，就再没离开过他。宛云离去后，小璇是向天舒唯一带回住处的姑娘。看着她随意翻书的可爱模样，他又开始想入非非。一直以来，他都想得到小璇的肉体，在自己家里，胆不由壮了起来，情不自禁又拉着她求欢。小璇奋力抗拒，突然提高声音说：“我，我怕我会爱上你！”那一刻，向天舒生平第一次感受到了“爱”的分量，自己如果不能给予，凭什么索取。从此打消了对小璇肉体的欲望，正心诚意对她，预期中的肉体恋爱一变而为精神恋爱。

向天舒和小璇常常携手逛街，不免被公司的同事撞见，关于他又恋爱的消息不胫而走，他也无意辟谣。哪怕全世界都知道小璇是个什么人，他向天舒也毫不在乎。

小璇碰到一个黑老大，差点被强暴，因夜总会老板出面交涉，才幸免于难。对方扬言要报复。小璇不敢再去上班，且就此下定决心：回家，找一个工作，如果运气好的话，嫁一个好男人，过普普通通的生活。向天舒一方面为她高兴，一方面又为她的离去悲伤，但舍此别无他法。他给她买好火车票，送她去火车站。

临别，小璇紧紧抱着向天舒，默默流泪。向天舒说了许多安慰和祝福的话，目送火车驶出站台，泪如泉涌。

经过小璇的事，向天舒很少再涉足声色场所，工作之余，除了见他，闭门读书。

一天黄昏，向天舒在街头郁郁独行，行至市中心广场。广场尽头是十三层楼高的工人文化宫，围在墙里，兴建时系省城第一高楼。几十年过去，周围冒出了不少摩天大楼，横七竖八的塔吊表明更高、更现代化的大楼正在兴建中，相形之下，文化宫如驼背的老者，且因其老旧成了市中心一个肮脏的死角。破旧楼厅的各个角落里，几伙人或蹲或坐，就着昏暗的光线，下棋的，赌钱打牌的，什么也不做袖着手旁观的，显见熬了一整天，墙内的树林里，有唱京剧的，有对山歌的，有什么都唱，边唱边舞的，还化了戏妆，除对山歌的是民工模样的年轻人外，都是中老年人，围观的则什么人都有，瓜子壳，果皮，废纸，口痰，遍地都是，更黑的角落里，有涂脂抹粉拉客的，寻找同性恋伙伴的，和同向天舒一样幽灵般四处游走的，霓虹灯在不远处睒着鬼眼。

“大哥，按摩。”一个女子妩媚地向他招手。向天舒心里一动，记起刚才瞥见的一块按摩院的招牌，不知是真的想按摩，放松一下疲惫的身躯，还是另有所图，总之，鬼使神差，随那位女子上了楼。四楼不起眼的一道门，悬着布帘，里面坐着几位浓妆艳抹的女子，衣着俗不可耐，只有一位年少者较朴素，长相也清秀，他便点她为自己按摩。再往里还有几间屋子，每间都有一张按摩床。

女孩阴着脸，一言不发。向天舒一下没了兴致，既然不情愿，就不便勉强，再说，这种地方，一看就是色情场所，他的本意是想来做正经按摩的。“算了，改天再来。”向天舒往外便走。“大哥，别这样！”女孩抱住他，陪着笑脸，半是哀求地说。向天舒这才回心转意，躺到按摩床上，与女孩行了苟且之事。照例又问起对方的身世。女孩并不作答，他执意要问，她竟流下泪来。“大哥，看你是好人，我也不瞒你，我是被人拐来的，他们打我，强暴我，逼我接客！”有如五雷轰顶，向天舒一下呆了，以前只在报纸电视上见过逼良为娼的事，如今亲历，痛感自己成了罪恶的帮凶。“大哥，你快走吧，这里有危险！”女孩突然说，眼中充满恐惧。凭直觉，向天舒知道有大麻烦了，手忙脚乱穿好衣服，但为时已晚，门“啪”的一声被人踹开。“你这个流氓，敢强奸我妹妹！”进来几个汉子，手提短棍，为首的膘肥体壮，操东北口音。女孩用衣服掩住私处，蜷缩在床上啜泣。向天舒瑟瑟发抖，正想分辨，棍棒雨点般落在身上，立时天旋地转。他抱着头在地上乱滚，感觉自己快要被打死了，不明白人为何如此残忍。终于，对方歇了手，把他身上的钱物洗劫一空，又把他拖到外间，其他女子已不知去向。桌上有一部电话，为首的肥汉令向天舒打电话叫家里再送钱来，否则，只好要了他的小命。他刚好在家，接到向天舒的电话，不知出了什么事，火速取了钱赶来。一位壮汉在四楼楼梯口拦住他，他犹豫了一下，见对方眼露凶光，只好交出钱。那帮人记下了向天舒的名字和身份证号码，威胁道：你小子要报警，我们会找到你，还会把你做的丑事抖到你单位，放聪明点。向天舒满身满脸都是血，倒在他怀里。他强忍着泪水，打车直奔医院。

向天舒出院后，被他接到家里，悉心照顾。痛定思痛，向天舒知道自己是咎由自取，那帮人替冥冥中的神惩罚了自己，无话可说，从此，直至离开省城，再未有过劣迹。

为分房的事，向天舒和公司总经理闹得不可开交。按他的学历和资历，理应分到房，但他不会拍马屁，又得罪过总经理，别人都分到公房，就是不给他，多番努力均未果，终于忍无可忍，所谓兔子急了也咬人，当众指着总经理的鼻子乌龟王八婊子伪君子臭骂，声音近乎颤抖，表情近乎疯狂。大家都以为向天舒是为此离开省城的，其实他去意早定，分房的事不过是个机缘。真正促使他离开省城的原因很多，譬如多年前的那场学生运动，轰轰烈烈的学潮席卷全国，而今已成历史，向天舒和他都是见证人，在他们的记忆里，一切都乱糟糟的。

除夕夜，向天舒去饭店点了许多菜，他也动手做了几个，丰盛无比。他们每年都在一起过年。他并不知道，这是他们在一起过的最后一个除夕。

“我想回家了！”

“好事啊，也该回家看看了。”

“我这一去就不回来了。”

他以为自己听错了，但对方冷静的口气令他不得不面对现实，与挚友分别的现实。向天舒一旦意决，是绝不会回头的。

“天舒的意志很强，甚至有些霸道，我是说，我会不由自主依从他，打一个让你见笑的比方，有时，在他面前，我觉得自己就像一个对丈夫惟命是从的旧式妇女。”

在省城这么多年，向天舒从未真正融入这座城市，异乡感挥之不去；除了给母亲寄钱，同家里几乎没有联系，倒是弟妹常来信，说母亲如何想他，如何盼他回去，均不为所动，仿佛刻意坚守着不再回家的誓言，也很少在他面前提起家乡。一方面，他觉得向天舒未免太狠心，另一方面，又佩服其毅力。事实上，向天舒清明都陪他去扫墓，心情比他还沉重，每逢接到母亲身体欠佳的消息，都要醉一场酒。

向天舒对他与岚恋爱时的省城充满向往，就是大学时代的省城，也很留恋，常与他一起缅怀。当老城最具标志性的古建筑被拆毁，当那座有近二百年历史的哥特式教堂轰然倒地，让位于庞大的现代化垃圾建筑，向天舒对省城的最后一点眷恋之情被荡尽。

他永远忘不了向天舒说要回家时的表情。

“天舒有资格回家。”他郑重地说。

这话令我想起海德格尔关于荷尔德林的表述：唯独这样的人有资格还乡，他长久来一直在异乡流浪，倍尝漫游的艰辛，终于归根返本；因领悟到求索之物的本性，还乡时得以有足够丰富的阅历。

“天舒说要回家的时候，我很羡慕，他有家可回，而我却无家可归。”他接着说。

也许，他的家根本就不在这个世上。

过完年，向天舒将存款交由他保管，说去小地方，用不着那么多钱，将来需要时再问他要。看到存款的数目，他倒吸了一口气，光利息就够一家人生活的。好友对自己的信任令他感动，同时也留下了一线希望，钱多少是个羁绊，对方没准还会回来。

他默默帮向天舒打点行装。书打包，通过邮局寄回祖村，家具折价卖给收废品的，随身要带的行李并无太多。

向天舒请关系较好的朋友和同事吃饭，醉了两场，并没提及离去的事；

待他走后，他们才大吃一惊。向天舒走得突然，什么手续都没办，档案至今尘封了十几年。

最后一日，向天舒结了房钱，把行李搬到他家，晚饭在附近的小饭馆吃。

“真的不再考虑一下？”

“还考虑什么，除了你，这个城市没什么让我留恋的。”

“少喝点，明天要出远门。”

“没事，今天要喝个痛快。”

他情绪激动，又兼酒精的作用，说话有些哽咽。向天舒突然站起来，坐到他身边，搂住他的肩，脸几乎贴到他脸上。

“‘两情若是久长时，又岂在朝朝暮暮’，真正的友情也一样。无论今后怎样，你都是我最好的朋友。以后常写信。”向天舒郑重地说。他使劲点头，泪水在眼眶里打转。吃完饭，两人踉跄着回到他家，路上又买了酒食，接着喝至深夜，在沉醉中睡去。第二天一早，他将向天舒送上火车，两人掩泪而别。

“谁曾想，竟是永别！”他潸然泪下。

“天舒遵守了诺言，十多年中，我们频繁通信，开始还打过几次电话，但天舒从小地方打电话不方便，后来就没再打。书信甚至使我们更接近对方。常常，到黄昏时，我会有种错觉，敲门声响起，天舒就站在门外。把信件给他寄回去时我隐隐感到不祥，这么多年，信件使我感到他就在身边，很真实，信件突然没了，天舒也没了。”

向天舒在省城工作后的经历超乎我的想象，同此前和此后的向天舒似乎是截然不同的人，但细细思量，又绝对是一个人，美与丑，善与恶，灵与肉，不同的经历遥相呼应，互为补充，总之，在我心目中，向天舒是个完人，一个完整而非完美的人。人因其不完美而存在；如果完美，还来世上做什么？真正的完美不在世上。

我常常想，向天舒离开省城后的这些岁月，他是怎么过的？

他毕业后分在一家行政单位，做文书工作，办公地点在繁华的街区，工作单调、重复。向天舒说，仅就工作而言，如果与世无争，这倒是个修身养性的好地方。他深以为然。

好友离去后，他再没有过肉欲的冲动，精神追求主导了他的生活，哪怕身上的躯壳被拿走，也无损于精神的存在。他无亲无故，感觉不到时间的变化，活在当下；甚至感觉不到肉体的存在，唯余意识本身，仿佛灵魂可以独立于肉体之外存在一样。

与向天舒一样，他厌倦了都市生活，唯遁的方式不一。他试图遁入人为假象的内部。人也是自然万物的一分子，却故意戴上面具，变得不自然起来，深藏人心的自然本性令他有归宿感。或者，遁入身边稍纵即逝的自然物象中，春花秋月，夏雨冬雪，无不意味深长，一滴雨便如奔腾的江河，一瓣花蕴涵着辽阔的山野，一场雪洁净了整个世界，月似天舟，载着他驶向浩渺的宇宙。心中仿佛有条暗道，通向幽秘的神的住所。

他将大部分收入都花在古董收藏上。古玩商人要么神秘兮兮，要么神经兮兮，不容易打交道，但至少向他提供了一种回到从前的可能性。在他眼里，与老物件打交道，就是与古人打交道，古人就是死人，死人比活人好打交道。不过，他不确定买到的都是真古董，事实也许正好相反，但他不以为然，就算不是真古董，他也会用几百年后的眼光来欣赏它。

我不是复古派，但我想说，公元后二十二世纪，并不比公元前六世纪更值得我憧憬。我的希望在过去，而不在将来。

一天，我冒昧地问起向天舒托他保管的存款下落。他说，一部分用来给对方买书，因为乡下买书不方便，买书自然花不了那么多钱，况且，也没有一直都买书。

“有一天，天舒突然决定不买书了，我很吃惊，他在信中向我解释了不买书的原因，几经思索，我觉得他的话不无道理。书是买不完的，现在的书都很功利，值得买的不多。后来，他连书都不读了。我也尝试过，最终没有坚持下来，正应了孔子的话，‘吾常终夜而思，无益，不如读也’。我与天舒的境况不同，工作之余，除了读书，我想不出还有什么更好的消遣方式。个体生命注定会消失，我情愿消失在文字里。自打天舒宣布不再读书以后，他的心境似乎越来越开阔，并且不再引经据典，文字好似山泉流淌，自然天成，我仿佛嗅到了沿岸的芳草香花，整个身心都沐浴在洁净的水中。”

他的思绪游离在另一个世界里，每次都这样，一谈及向天舒，他立刻就进入忘我的状态，自说自话，仿佛我根本不存在似的。

他将向天舒的钱陆续寄还给他，大多花在资助孩子们读书上。最后一次，向天舒让他将余钱都寄回去，那些钱早已告罄，但只要对方开口，他都会如数寄去。他深知对方要钱不是为了自己，极愿在他助人的行为上出一份力。想到这是最后一次给他寄钱，便将自己差不多一半的存款都汇了出去。

如同所有人，他生活在两个世界里，一个在内，一个在外，相互渗透，又相对独立。

看他现在的样子，很难想象他曾经是位多愁善感的少年，有过一段刻骨铭心的恋情。喜欢他的女孩不在少数，均不为所动，一个人的世界，自足自乐，常人无法体会。他常说，一个人并不孤独，相反，无限丰富，与人相处时，反而会感到孤独。我丝毫不怀疑，他至今还是童身。

恶由心生，很久以来，因为岚的缘故，他决定担当所有的恶，要用肉体的纯洁来过滤心灵的邪恶。唯一的遗憾，是没有实现的那个吻。话说回来，没有实现的理想才是真正的理想，在他心目中，那个未曾实现的吻飘扬在尘世之上，高悬于他理想的天空，如同未知的童年，和岚逐渐模糊的形象，是他的希望和绝望之所在。

秋一直很静，不知不觉中，叶枯黄了，柔弱的已经飘零，多数还挂在枝上，似依恋，又似在等待，末日终将来临：死神猛吸一口气，黄叶的最后一口气便被吸尽了，形骸被秋风抛向大地——万物共同的墓地。

黄昏，他走出校园大门，在秋风中独行，不知不觉来到市中心，突然，一个熟悉的身影映入眼帘，是K女生。

他请她到附近的一家酒吧里小坐。

多年不见，K女生明显发福，但风韵犹存。她当年考上了省外的一所大学，毕业后回到省城工作，同大多数人一样，结了婚，生了孩子。她说起别的高中同学的生活。他从不参加同学聚会，对他们的生活所知甚少。境况个个不同，有好有坏，也只是就表面而言，个中滋味唯当事人清楚。人一踏入社会就变得实际了，工作家庭大抵稳定以后，每天重复同样的生活，同样的喜怒哀乐，至死方休。说到生活的不平处，两人未免感叹了一番。

“你还是单身？”

“是啊！”

“不会是因为她吧？”

“倒也不全是，都这么多年了……我就是喜欢一个人的生活。”

“每次大家谈起你，都觉得你不食人间烟火，挺神秘的。听说你还会算命？”

“闹着玩儿的，不是人算命，是命算人。”

“你知道我暗恋过你吗？”K女生的双眼闪闪发亮，仿佛又回到少女时代。

“真的？！不会吧，我怎么一点儿都没感觉到。”

“你眼里只有岚，当然感觉不到。岚是我的闺蜜，我们无所不谈，因为暗恋你，我常跟她说起你，没想到引起了她对你的兴趣，我并不知道自己给自己制造了一个情敌，直到她邀你过生日，我才大吃一惊。当时别提多难过了，但我不能跟她争，也争不过她，因为我发现你也很喜欢她。后来我想通了，替你们高兴，再后来又替你们伤心。”

K女生的大度和善良令他感动，如此看来，岚比他想象的更有心机。

“谁娶了你一定很幸福。你老公对你好吗？”他由衷地说。

“还好，不过现在大家的心思都在孩子身上，往后的事谁也说不清。”

“平淡一点好。”

大学期间，K女生和岚保持通信，每次放假回家，都要去监狱替她探望父亲。工作以后，通讯方便，便不再写信，电话联系。岚偶尔寄钱给她，让她给父亲送去，每次都请求她替自己撒谎，说自己有一份体面的工作，过得很幸福。渐渐地，联络就少了。有一阵子，她甚至怀疑岚遭遇了什么不测，做那一行的，什么事都会发生，直到再次接到对方的电话，才放下心来。再后来，她彻底失去了岚的消息，迄今快两年了。

K女生坚持替岚去探监，每次见她父亲，都要编出种种关于岚生活得很好的谎言。也许，岚爸爸当年在女儿面前隐瞒了真相，不愿毁掉自己在她心目中的美好形象，就像岚永远也不会让他知道自己的非人处境一般。

岚的弟弟出来后，依旧是个混世魔王，妹妹则实现了她的心愿，考上了沿海地区的一所大学，毕业后便留在了当地。

"她爸快要刑满释放了，不知他们父女如何相见。"K女生怅惋地说，随即问，"你还想见她吗？"

他无言以对。即便想，她也不一定愿意见他；见了又能怎样呢？

"干姐死了，你知道吗？"

他一怔，摇了摇头。

岚走后，干姐继续跟着老大混社会，不外乎江湖上的那一套恩怨情仇。老大他们不再像从前一样打打杀杀，而做起黑道上的买卖，据说是贩毒一类的危险勾当。干姐染上了毒瘾。K女生见过她两次，化着很浓的妆，比以前看起来妖艳，只是更瘦。男人们为了她争风吃醋，打得不可开交，但她离不开老大。有一次老大发现她和一个小弟在一起，便把那人的脚筋挑了，但没把她怎样，她性情刚烈，无所畏惧，况且老大对她也不忠。干姐还跟从前一样仗义，让K女生遇上麻烦去找她。不久前，老大横尸街头，系仇家所为，干姐受到打击，服了大量的海洛因，被人发现时已香消玉殒。

"时间不早了，我女儿明天一早要上幼儿园，见不到我她是不会睡的，不好意思，先告辞了。"

他透过玻璃窗，望着K女生渐渐消失的熟悉而陌生的背影，眼中热乎乎的。难以想象，当年爱情的主角如果不是岚，而是K女生，会是怎样一番结局？

他没有即刻离开，又要了酒，独自喝到酒吧打烊，才踉踉跄跄地走回家去。那一夜，在半梦半醒间，他再次经历了过去的激情岁月。

他没再见到K女生，但毕竟生活在同一城市，能时时感觉到对方的存在。一度风闻岚回来过，却最终放弃了想与她重逢的冲动。还是不要见吧！除非有双神手，能复原她破碎的身心。

他常常吟咏里尔克的诗句："谁此时没房，就不必建造 / 谁此时孤独，就永远孤独 / 就醒来，读书，写长长的信 / 在林荫路上不停地 / 徘徊，落叶纷飞。"仿佛是他目下生活的写照。

他喜欢做天马行空的幻想，时常走神，刚刚还在好好说着话，突然就变了一个人，像入定一般，沉浸在另一世界里，遥不可及。极少人像他一样耽于玄想，在庸人眼里是白日梦一般的空想，殊不知乃真正的实想，要想出那个实在的东西来。我不打扰他，耐心等他回过神来。他常说，现实中不可能的事，可以在幻想中完成。也许，我们都是幻想的产物。

他常常混淆现实和幻想，在自己的生活经历中掺杂进虚构的成分，以此为乐，久而久之，连他自己都信以为真。最著者系他与灰松鼠的故事，令我倾倒，尤其是他叙述时的表情，给我印象至深，宛若他生命中的另一场爱情。

省城有种叫银桦树的行道树，根基极浅，生长却很快，高可参天。他的办公室临街，在五楼，从窗户望出去，所见便是银桦树的树冠。因是行政单位，喝茶看报的时间倒比做事的时间多，便常常望着婆娑的枝叶发愣，行人和车辆的嘈杂声从地面升上来，时有时无。

一日午后，办公室里就他一人，照例，目光随银桦树摇曳，突然有了新发现：一只灰松鼠。与当年同岚登山时目睹过的那只相似，没准就是同一只呢。松鼠的姿态娴雅，怡然自乐，仿佛身处山野，而非喧嚣的都市。

忽然，松鼠以极快的速度下行，他不得不站起身，把头探出窗外。对方已经溜到光滑的树干下端，抬起小脑袋，奇怪地打量着行人，小眼睛乌黑发亮，似在犹豫，到底要不要下到地面？他心里一惊：难道它要横穿马路？那些机械怪物可不会在意这个小生命的安危。小家伙倒精灵，乘没被人发现，一拧身，倏然返回树梢。

打这天起，小松鼠便时时出现在窗外的银桦树上，仿佛意识到有人在关注它。他在大学校园里不止一次见过松鼠，柏树上，松树上，每当有松鼠出现，总会引起年轻学子的惊呼声。校园毕竟是清幽的所在，有几只松鼠不足为奇。

但因了闹市区的那只松鼠，他对校园内的松鼠也发生了兴趣，甚至想，它们或许是同一只，化身千万，其动向神秘莫测。他不止一次看见小松鼠沿着比邻的银桦树冠穿行，途穷方返，难道，它夜里就宿在其中的一棵树上？何以为生呢？他断定，小松鼠一定有下地的时候，只是谁也没见过。

这位神秘的山中来客，给他带来了整个大自然的气息。

他不明白，小松鼠为何要离开山野，是出于对城市的好奇？还是肩负着某种使命？某日读到一则报道，十分惊诧，说松鼠在城里什么都吃，甚至潜入人家偷东西吃，唯一的解释是森林遭到破坏，为生活所迫，否则，松鼠在山林中自由自在，当不至于冒险来偷食人间烟火。

一夜狂风暴雨，他心里牵挂着小松鼠，一早便赶去上班。人行道上一片狼藉，有人围观，一棵银桦树被雷电拦腰击断，地上躺着一具小动物的尸体，他的心里一阵悲凉，正待离去，听见小孩说：看，死耗子！可不是吗？他还以为是小松鼠呢，长得倒有几分相像。

死耗子时常见到，被车轧死的，被药毒死的，被人打死的，每次都让他虚惊一场。

冬日，人们纷纷到外面晒不要钱的太阳，街面异常热闹。他也走到楼下，站在窗外的那棵银桦树下。因树极高，枝叶都在上部，碍不着阳光。他背对树干，饶有兴致地观察着地上的人影。人影纷乱，有些做了个拥抱的姿态，即刻又分开，像受到什么惊吓似的，有些跳上花园的台阶，做了一连串舞台滑步的动作后，扬长而去。他转过身，差点惊叫起来，离鼻尖仅一尺之遥，另一双同样惊奇的眼在注视着自己。小松鼠头朝下趴在树干上，与他的视线齐平，蓬松的尾巴高高翘起，白昼瞬间消失在那双比黑夜更黑的眼眸里。他们面面相觑。小松鼠没有丝毫的怯意，眼似黑豆，又似黑珍珠，光滑，圆润，深不可测，仿佛从另一世界的深处凝视着他，磁石般的眸中，流露出迷人的雌性的柔情，酷似岚的眼神。他着魔一般，动弹不得，刹那间，他觉得自己立刻就会化作一只松鼠，随她而去。

小松鼠总在他不经意时出现，且不拘于窗外的银桦树，校园自不必说，城市的每一个角落似乎都有她的身影。甚至还出现在人家院落的草丛里，令他十分担心，院落里因为有耗子出没，常常施放毒鼠药。

最后一次见她，是在北郊。

他到北郊办事，耽搁得很晚，夏夜凉爽，干脆步行回城。北郊荒凉，从前是坟场，时值子夜，路灯幽幽，后背不觉森然发凉，走着走着，猛地回头，身后空无一物。突然，他看见了一幕奇异的景象。马路对面的两根电杆之间，有物在半空的电线上移动，是小松鼠，恰如在高空走钢丝的杂耍者，做出各种高难度动作，似在玩耍，又似在表演，而观众只有他一个。他看得呆了，不知不觉走到路中央，一辆大卡车紧擦着他呼啸而过，好险！再抬头看时，电线震颤着，仿佛刚被人拨动过的琴弦，小松鼠不知所终。

黑夜里，在木质家具的坼裂声中，他仿佛躺在一棵大树的内部，枝叶沐浴在阳光中，传来小松鼠窸窸窣窣的脚步声。

他一度沉迷于印度教和佛教的轮回思想，成天琢磨自己的前世及来生，近乎迷狂，终无所得。想想未免荒唐，连童年都无法忆起，何况比童年更遥远的过去和将来！他改变思路，让轮回在想象中发生，把自己变成别的存在物，今生今世，便经历一切。其实，人只对此生负责，不要把希望寄托在来世；难道，播下一个生命，是要等来生才收获吗？在他的手稿中，有一些散文诗一样的段落，我疑心便是他此种心态的写照，很美，令我十分倾心，兹摘录几段，以飨读者。

想象自己是树：大地孕育了我，我不忘本，我的根是永远剪不断的脐带，将我与母亲紧紧相连。我洞悉地下的秘密。伴随我成长的，是阳光、雨露和无边的风月。站累了，我便用无数的手臂，和更多的舌头，捕风捉影，自说自话。最大的遗憾，是不能随意走动，谁见过一棵行走的树？不过，我的灵魂却可以到处去旅行。我慷慨地为鸟儿提供栖息之所，作为回报，这些像天使一样会飞的小家伙，驮着我的灵魂，飞向东，飞向西，飞向南，飞向北。

想象自己是矮子：我不知道是矮小让我自卑，还是自卑把我压得如此矮小。我的两腿看上去如同猩猩的腿，我感觉我的一半身子都在地里。现实不能改变，悲伤又有何用？我不喜欢跳，再跳我也还是这么矮。但我爱抬头看天，再高的个子，同天空比起来，都是那么渺小。在天空面前，我从未感到自卑。同高个子说话很费劲，我决定不再抬头，哪怕我的视线只及对方的肚脐，也绝不再抬头，对方为什么就不能俯就我？矮子的智力反而发达，我又勤奋好学，因此我说的话总是那么引人入胜，渐渐地，听我说话时，有人弯下身子，有人蹲下来，有人干脆跪在我面前。我努力要做思想的巨人。

想象自己是屎壳郎：世上只有一样东西让我着迷，屎，我叫屎壳郎，名副其实。我整天忙着把粪便滚成球，运回家里储存起来，万一碰上灾年，没有屎吃了，也不至于挨饿。但滚粪球甭提有多辛苦了，我憧憬着早日上天堂。我的天堂不是你们的天堂，你们以为臭的，我以为香。天堂里到处是屎，人的屎，动物的屎，五彩斑斓，芳香四溢，我不用再为搬运粪球而辛劳，成天躺在屎堆里晒太阳，让思想像苍蝇一样在四周飞翔。

想象自己是猪：没人知道我为什么喜欢在烂泥里打滚，除了驱赶那些讨厌的虫蝇，还有一个更重要的原因，躺在烂泥里，可以不受干扰地看着难得一见的天空。飞鸟，云，蓝色，无不令我向往。你们大概还不知道，猪站立时不能仰望天空，生理结构如此，并非我们不喜欢天空；如果谁能让我边走路边抬头看天，我绝不会死盯着地面不放。我虽然什么都吃，但不比谁低贱。我不杀生，却被迫舍身饲人，试问还有谁比我更高尚？不幸身为家猪，被屠宰的命运早已注定，但我现在活着，我吃，我睡，我在烂泥里打滚，我看天空，我梦见长着獠牙自由自在的同类，谁也不能阻止我做这些事。我不痴，也不呆，我笑那些笑我痴呆的人，他们懂什么？

想象自己是风：‘生命在于运动’是我非信不可的格言，一停下来，我就不是风了。静止等于死亡，因此，我不敢睡觉，不停地奔跑，累了，便轻轻地飘。我喜欢穿越森林，滑过草地，还喜欢在水面上舞蹈。我羡慕那些同样会飞的鸟儿、蜻蜓、蝴蝶，想歇便歇下来，真想像他们一样，可以歇在树枝上、草尖上、花朵上。我迟早要歇下来的，别的风还会继续呼啸，但与我无关，整个世界都将与我无关。

想象自己是雨：生命何其短暂！我从云中来，穿越虚空，迅即葬身大地。成群的雨，填满虚空，无人关注其中的每一滴。我的本质是水，但只有在空中，如丝线，如流星，具备雨的外形，我才是我自己。除了做雨，我还能做什么？

想象自己是石头：我是大地的精华，原先待在山里，一场泥石流后，坠入河中，身陷河底淤泥，在不知不觉中移动。几万年过去，河流干涸，我暴露在空气中，风霜雨雪将我磨砺得精巧玲珑，仿佛一尊美丽的雕塑，立在天地间。几万年又过去了。我没有腿，但有意志，等待的意志，真正的美是不会被埋没的。终于，我被人拾起，拿去装饰庭院，与青草和花朵为伴。

想象自己是火：我是光和热，来自天上和地下，既温暖一切，又灼伤万物。每一次燃烧，都是别离，同燃烧者告别，我的生，恰是他的死，如灵与肉的永诀。我是大光明，黑暗是我的影。光明的内部是黑暗，黑暗的内部是光明，光明与黑暗实为一体。我是全体，也是局部；每一团火，都是一个小太阳，在黑暗之眼中熊熊燃烧。黑暗被囚禁在太阳内部，拼命想要出逃，每一次努力都会遭到更多火焰的围剿，怎样的一场黑暗与光明的搏斗！

最后，想象自己终得解脱，不再受轮回的束缚，返本归根，听见一个声音说：我是一切。我其实并不神秘，如轻浮的夜雾，一抹天光便让其现形。我也不复杂，莲瓣层层叠叠，花心不是明摆着的吗？果实深藏花心，终将播入黑暗，并在黑暗里孕育。没有人能看见黑暗，因为看得见的黑暗不是真的黑暗。视物须有光。不是黑暗不容光，乃是光容不得黑暗。你们当明白什么是光，什么是黑暗；不要厚此薄彼。假如我现身为光，这光太强，反会让你们目盲；但我不甘于黑暗。我将乘着微明而来，如月的影，如晨昏的暧昧时光。

多数时候，我和他都在他中学母校附近的酒吧聚首。酒吧名叫“故城”，位于从前老城的中心。所谓老城区，而今已荡然无存，让位于用钢筋混凝土铸造的楼房，同路人的面孔一样冰冷，街面拓得很宽，主要供各种机械怪物行走。古老而美丽的房屋，如同他和岚的故事，一去不复返。

他常常回忆老城，他已经失去了童年记忆，不能再失去与老城相关的岁月，因为找不到对应物，记忆中的老城成了一座虚幻之城，但比现实中的城美一千倍。

有一次，他问：谁偷走了我的童年？

我想了想，说：问题是，谁偷走了我们的童年？

我后来有机会去了趟欧洲，虽然人心不古，但无论城市和乡村，古建筑大多保存完好，我庆幸他们为人类留住了这么多好东西。我之所以能够坦然接受他们有而我们已无的现实，因为我已具备了一个正常人通过努力获得的智慧，超越了狭隘的民族观念，可以安享人类的一切精神财富。我并不欣赏作为征服者的亚历山大，但很欣赏他的一句话：把世界当做自己的故乡。

人到一定年龄，就该把自己看作世界公民，甚至宇宙公民，而不局限于一时、一地。我首先是一个存在物，其次才是一个人，再其次才是一个中国人，最后才是一个出生于中国南方某小镇的汉人。现在，我让自己活在四面八方，我的心灵版图覆盖了整个世界，我是我自己的王者和臣民，我的王国拥有过去、现在和将来。

好了，就此打住吧，虽然还有很多话要说，但我怕读者被这篇冗长得罕见的序言倒了胃口，现在请容我躬身退下，文归正传。

正 传

一

三月天，太阳当顶，风三娘看见一个年轻男子从镇西走来，城里人打扮，背着双肩包，边走边左顾右盼。风三娘有些害羞，笑着迎上去，年轻人忙报以真诚的一笑，正待开口问话，路边一直在关注他们的人“哄”地笑开了。风三娘已经疯了许多年，而新来的年轻人竟然像对正常人一样对她笑，岂不好笑，这就是向天舒给黄龙镇人留下的最初印象。

有人从向天舒的身后向风三娘投掷石块，风三娘尖叫一声，作势要扑过来，一路尾随着向天舒的几个小童爆笑着飞快逃逸，他这才意识到，对方是一个疯女人。

“请问，去黄龙中学怎么走？”

“再往前走，到岔口左转上去就是。”蹲在路边抽烟斗的中年男子答道，旁边的人都用惊奇的目光看着向天舒离去的背影。

黄龙镇是个小地方，除星期天赶集，常日少有外人来，关于新来的年轻男子的种种猜测不胫而走，俟向天舒傍晚从黄龙中学出来，又走在街上时，触目皆是好奇的目光，仿佛他是天外来客。

向天舒在镇上唯一的小旅馆住下，放了行李，出门到小饭馆吃饭。饭馆门口迅速聚集了不少人，伸脖往里看。

“从城里来？”饭馆老板似在替众人问话，颇有些自豪。

“不是，祖村。”

祖村是很远的一个村子，黄龙镇人略有所闻，但这个回答不免令在场的人失望，原来是个比黄龙镇还小的地方。

“你不像乡下人。”老板不甘心。

“我以前在省城工作。”向天舒不经意地说，没想到激起不小的轰动。

“快来看，省城来的！”小童们奔走相告，饭馆内外立时挤满了人，众目睽睽之下，向天舒自然无法安心吃饭。

“省城很繁华吧？”邻座的食客是和向天舒一样的消费者，较之纯粹的看客，自然有优先发言权。

“是很繁华。”

“来玩的？”

“不是，来找工作。”

这简直就是在打哑谜，堂堂省城人，怎么可能到小地方来找工作？众人更加疑惑，纷纷皱起眉头。

“黄龙中学的教学质量怎么样？”轮到向天舒问话。

“不怎么样，娃娃们有地方念书就不错了。”

“为什么？”

“缺老师。”

“你是老师？”人群中突然有人问，像发现新大陆一样。

“以前不是。”向天舒埋头吃饭。

“好了好了，都出去吧，人家在吃饭。”老板怕耽误生意，把人往外撵。

人渐渐散去。

向天舒付了账，慢慢散步，一直走到镇东头，再折回来，至十字路口，确切说，是丁字路口，因往北是小路，算不上街，西边来时走过，便转到南边的街上，不到两百米，经过一座石拱桥，桥下水流和缓，桥另一侧的景象大异。

之前所见同别的小镇没有太大区别，多为二三层的钢筋水泥楼房，火柴盒形状，外立面贴着瓷砖，俗不可耐。石拱桥对面则是清一色的旧式瓦房，因地势稍低，上千户人家尽收眼底，仿佛回到远古的某个小镇。他的心里一阵狂喜，此前的失望一扫而空。青石板路，磨得光滑，老屋的门窗上都有精雕细刻的图案，一座雕梁画栋的过街楼让他惊叹不已，街两侧有无数巷道，也是石板路，路旁有水流动，因天色渐暗，便只沿主路往南走。一路遇见的人皆颔首微笑，大概对他已不再陌生的缘故，他也微笑作答，心里暖融融的，全然忘了旅途的劳顿。

路一直延伸到镇外，两侧变成菜园，过去肯定有过房屋，不知何时毁弃了，唯余沧桑的青石板路，面向苍天，绵延向前。

一路走走停停，夕阳西下，群鸦南飞，青石板路终于到了尽头，取而代之的是一条较窄的土路，在田间蜿蜒。

弥望的是平旷的田畴，及横亘在远处的高山剪影，星星相继亮了，夜静卧在巨大的麦毯上。从坚实的青石板路到柔软的土路，仿佛由有字的历史回溯到无字的历史，脚下顿感虚无。草虫窃窃私语，空中掠过一只大鸟。

继续走，远处山脚有白亮的反光，是条大河，那应该就是书上说的蓝江吧，对岸有灯火，依稀是座小屋，似海上的灯塔。停下脚步，回望远处的镇子，灯火寥落，像是茫茫大海里的孤岛。

田间隐约可见几座凸起的坟丘，墓碑或方或圆，乡下人常把死者葬在自家地里，大概有让死者守护田园的意思。

生与死，远与近，神秘交汇，清风袭面，仿佛有无数只手在麦田中挥动，恐惧顺着脊梁爬上来。

匆匆往回走，进了镇子，不知惊动了谁家的狗，引起许多狗的连锁反应，索性撒开腿奔跑起来，好像有东西在后面追赶似的。

躺在旅馆床上，睁大眼睛，狗吠声断断续续，向天舒回想起白天去黄龙中学的情形。

果然，没走多远，便看见左手边有一条上坡路，二十来米长，坡缓，铺着鹅卵石。路口有位卖零嘴儿的壮硕妇人，年龄莫辨，粗眉大眼，叼着烟，跷着二郎腿，大大咧咧地坐在独凳上，斜着眼看他，不似其他人大惊小怪，惯见世面的样子。鹅卵石路两侧有几户人家，路尽头是一道很大的铁栅门，门上赫然写着“黄龙中学”四个大字。

看门人在打瞌睡，他径自走了进去。

迎面是座四层楼的教学大楼，钢筋混凝土结构，很新，前面有两棵高大的金鸡纳霜树，往里走，多是旧式建筑，颇具古风，又兼绿化好，文化气氛甚浓。

因是午休时间，校内异常安静。四处转悠。学校面积很大，四周均有围墙，夹在东西相望的两山之间。两山皆系独山，靠东边的山脚，一塘碧水跃然眼前，塘东南耸立着一座实心白塔，正东的一段围墙依山而建，很高，其下怪石嶙峋，是水塘四周最险要的地段，其余三面皆为野草地，野草地之外，塘北和塘西系菜畦，塘南有一片竹林，往北顺着土埂走到墙根，爬上去，墙外是连片的油菜花地，金光四射，尽头是另一列山脉。所见无不令向天舒称奇。

塘西的野草地中有一棵大榕树，枝繁叶茂，不知是哪个年代种下的，正所谓“前人栽树，后人乘凉”。向天舒面东坐在树荫下，慢慢吃干粮。对面山上植被丰厚，映化水中，水便呈翠绿色，映衬得白塔及其倒影格外醒目，看得久了，倦意袭来，便头枕双肩包沉沉睡去，直到被上课铃声惊醒。

走回教学区，听见琅琅的读书声，操场上有学生在上体育课，十四五岁的样子，虽衣着简朴，却都朝气蓬勃，时光倒流，向天舒恍然回到了中学时代。

校长办公室在教学楼四楼。经过教室，隔着窗户看里面上课的情形，直到某个学生注意到他，才赶忙走开。

校长姓郝，是位和颜悦色的秃顶男子，近五十岁，十分客气，把他让进办公室，给他沏了杯茶。

他说明来意，递上自己的简历。

郝校长仔细阅毕，脸上露出惊喜的神色。

“像你这种人才，真的愿意来这里教书？”

“真的。”

“是想体验乡下的生活？以前也来过像你这样的年轻人，还只是州上来的，没多久就走了。”

“我不一样，我把省城的工作都辞了。”

“我也不问你原因，你就坦白告诉我，能待多久，我好安排教学工作。”

“几年吧，没准就在这儿安家了。”向天舒半开玩笑地说。

“尽量待得久些吧，保证给你提供最好的条件。我们这里缺老师，特别是好老师。走，小向，到我家坐坐去。”郝校长十分兴奋。

向天舒没料到，对方是这么和蔼可亲的一位领导。不知为什么，郝校长令他想起父亲。

三层楼的平房，看上去很新，郝校长家在三楼。郝校长的妻子正好在家，是位数学老师，叫单玉，偏胖，笑容可掬，比郝校长年轻。郝校长简单做了介绍。

“真的吗？难得难得，我们家老郝最爱才了，可惜这个小地方，没什么人才。”单玉老师是个心直口快的人。

聊起省城的情形。没想到，郝校长不是本地人，在省城念过大学，因家庭出身不好，“文革”中被下放到乡下，一晃几十年过去了。

“他这人，有机会都不想离开，说对这个地方有感情，唉！”单玉老师摸摸郝校长的秃顶，不知是埋怨，还是爱怜。郝校长嘿嘿一笑，说如果自己也是现在的年轻人，怕也待不住。单玉老师问起向天舒离开省城的缘由。

“人各有志，问这些干什么！”郝校长打断她，岔开了话题。

“我打个报告，正式聘用你。工资待遇就按你履历上的文凭。二楼正好空出一套宿舍，你自己置办点家具。对了，行李都带来了吗？”

“没有，我是祖村人，我这就回家去搬行李。”

“祖村？能从祖村考上省城最好的大学，不简单。”单玉老师啧啧称赞。

“我是在纬县一中上的高中。”向天舒谦逊地说。

“难怪，不过能考上纬县一中也不容易。”

向天舒不忍令单玉老师失望，便没说是父亲托人花钱把自己弄进纬县一中的。

单玉老师坚持要向天舒留下吃晚饭，且要留他住宿，但他觉得初次见面，不好太麻烦，借口还有事，执意告辞了。

临行，郝校长叮嘱他不要耽搁，即去即回，因为开学没几天，可以从头开始教学工作。

如果开始时还有一丝犹豫，不断问自己：真的要在这个陌生的小镇当老师吗？南街的意外发现则令他彻底打消了疑虑。躺在旅店的床上，回想起白天的见闻，如梦一般，古朴的南街，美丽的黄龙中学校园，周围还有更多新奇美好的事物，等待着他去发现。此前，黄龙镇只是个抽象的地名，地图上一个不起眼的小点，此刻，不仅有血有肉，且异常饱满，如茫茫人海中同某人的相遇，是偶然，也是必然。黄龙镇没有辜负他的期望，当然，这里并非世外桃源，而他也非为避世而来。黄龙镇仿佛专为他而设，多年来一直在默默地等待着他的到来。他隐隐有些激动，迫不及待要开始新的生活。

次日回到祖村。

听了他的决定，一心巴望儿子回省城去的向母彻底绝望，知道无可挽回，不再劝他，整日以泪洗面。母亲成了向天舒最怕面对的人，他迫不及待要再次逃离，在家只待了两晚，便决意启程。

出发的头晚，母亲一反常态，早早就歇了，妹妹默默帮他收拾完行李，也去睡了。向天舒一个人坐在院子里，抽烟，喝酒，看夜空，繁星似亘古不变的文字，书写着每个人的过去、现在和未来，无人能懂。怀念起远在省城的好友，那些逝去的岁月，一幕幕呈现，直到离开省城。

离开省城后，向天舒一路颠沛，这么多年来第一次回家，颇多感慨。傍晚到达纬县。穿过熟悉而陌生的街道，走进曾经就读的中学校园，校舍和操场依稀还是从前的模样，少年时代的记忆残留在校园的每一个角落，和纬县不大的几条街上。

次日一早登上开往祖村的长途班车，窗外的风景依旧，颠簸的土路，熟识的村镇，路上行走的农人，所幸变化不大，仿佛在印证他的记忆，一步步，经过少年时代，走回童年。

离开省城前，向天舒给家里发了个电报，让家人特别是母亲有心理准备，想起当年不回家的誓言，不觉苦笑，誓言是顶顶靠不住的。

远远看见青溟湖，心情随之荡漾起来。祖村不是终点站，只有他一人下车，班车绝尘而去。

向母在村口等候。他叫了一声“妈”，遂看见母亲眼中的泪水，头上的白发，及满脸的皱纹。母亲老了！向天舒被母亲的样子深深刺痛。向父去世后，除了地里的活儿，向母还要到湖里打鱼，十分辛劳，水上的风日对皮肤的破坏尤烈，很早就显出老态。他的鼻子一阵酸似一阵。这么多年，除了寄钱回家，并未尽过别的孝心。他一面愧疚，一面忐忑不安，不知该如何解释回家的原因。

“大儿啊，你总算回来了，让妈好好看看。哦，白了，高了！”

母亲看他的眼神跟从前一样，好像他还是个孩子，令他有些不自在。

弟弟和弟媳来了，妹妹和妹夫随后也赶到，妹妹手里牵着个两岁多的小男孩，怯生生地管他叫“大伯”，妹妹叫了他一声“哥”，便不再言语。他心里一震，家中的变化在他的预料之中，但从前活泼好动的幺妹已为人妻母，变得寡言少语，且因农活的辛苦，年纪看上去比他还大。一路碰到的乡亲都热情地招呼“回来了”，村里人定然已预知了他回家的消息。是啊，回来了！

走进自家小院，他的屋子还保持着原样，妹妹说，母亲一直不让人动，说他总会回家来的。俟他放好行李，院里已挤满了人。他连忙给大家发烟，接烟的人一例都仔细瞅了瞅香烟的牌子，是好烟。母亲和妹妹里外张罗着，一时热闹非凡，但掩盖不住他心中的落寞。这次见到家人，陌生感很强，弟妹没考上大学，高中毕业就在家做了农民，文化的差异使他们同他极少共同语言，父亲在就好了。一想起父亲，向天舒就无限伤感。

弟弟婚后自立门户，有一男一女两个孩子，男孩刚上小学，放学后才见到大伯。妹妹一家同母亲住在一起。晚饭后，弟弟和弟媳带着孩子告辞，向天舒和妹夫坐在院内喝茶，拉家常。妹夫是个开朗人，看上去很本分，向天舒暗自为妹妹庆幸，心情放松了许多。妹妹在哄孩子睡觉，母亲还在忙家务，印象中，她就没闲着的时候。母亲显老与她的操劳有关。

“天凉了，进屋说话。”

“没事。妈，你也歇会儿吧。”妹夫说。

“你们聊，我闲不住。”

妹夫一早要做活，向天舒打住话头，让他先睡，自己想去湖边走走。

“这么晚，水边冷，明天去吧。”

“不碍事。”

“加件衣服再去。”母亲赶过来说，进屋去找衣服。

看见母亲拿着衣服出来，向天舒一怔，这是父亲生前常穿的一件外套。

“别太晚，天冷。”母亲一面给他套衣服，一面叮嘱。

祖村至今没有电视，人都睡得早，有点“日出而作，日落而息”的味道。村里静极，仿佛所有的生命都在黑夜中消失了，借着微弱的星光，向天舒慢慢走到湖边。

风很轻，并不似想象中冷，各家的渔船在水边一字儿排开，微微晃荡，像许多摇篮，里面熟睡着小精灵，水吻着湖岸，发出“吧嗒吧嗒”的声音，似在用他听不懂的语言低声交谈。

他点了支烟，插在石缝里，作为对父亲的祭奠。来湖边的目的就是为了给父亲扫墓，在他心中，青溟湖才是父亲的坟墓，父亲一生与水为伴，水是最理想的归宿。水面浮着模糊的星光，他不由得想起父亲同鲨鱼搏斗的故事。

“记不得哪一年了，反正是很久以前，你？你还没生呢。月亮明晃晃的。这么好的月亮，正好照我去打鱼。湖上空荡荡的，只有我和船，没有风，也没有浪，又是夏天，天气很舒服。我慢悠悠地划桨，越划越远，湖面上白亮白亮的，像有很多鱼。那么多鱼，我的小船怎么装得了？其实是水里的月光。我划到湖心，四周都是月光，我就停下来，心想，先休息一下，再打鱼也不迟，又没人跟我抢，不用急，人要学会边劳动边享受，于是，我就仰面躺在船头，边喝酒边看月亮。湖对岸的山顶有几颗星星，像几条小鱼，星星怎么会像鱼？当然啦，鱼的身子都被黑暗遮住了，只有鱼鳞在反光嘛。不知不觉，我就睡着了，梦见小船摇摇晃晃地飞起来，水里的鱼也飞起来，天上好多流星，掉在湖里，溅得到处是水花。当然漂亮了！水声‘哗哗’的，越来越响，我不由得睁开眼睛，天哪，你猜我看见什么了？一条大鲨鱼。大鲨鱼当然会吃人！它用头撞小船，我用桨打它，像打在鼓上，被弹回来，皮子太厚，一点用都没有，我就用渔叉刺它的眼，一下就刺中了左眼。它发疯一样翻滚，掀起大浪，把小船甩得老远，又追上来，差点没把小船顶翻，小船被顶得离岸边越来越近，我瞅准机会，又刺中了它的右眼，这下它看不见了，一声惨叫，把小船顶到岸上，自己也冲上岸来。你知道鱼是离不开水的。后来？鲨鱼当然死了，在岸上拍打尾巴，嘴一张一闭，喝不到水，没多久就死了。我也累得跟死了一样。后来？”

父亲打了一个哈欠，说该睡觉了，以后带你去看大鲨鱼。后来怎么样，父亲忘了告诉他，因为又被别的故事吸引，他也忘了再问。湖里自然不会有鲨鱼，而他信以为真，整个童年都向往着这件神奇的事情。长大后才知道，许多故事都是父亲编的，美丽的谎言，令他的童年时光有如神话一般。至今还在想象：皎洁的月光下，一艘木船倒扣在湖岸的沙石地上，旁边死着一条巨大的灰白鲨鱼，父亲坐在高高的鱼背上，悠闲地抽着纸烟，不远处躺着一把带血的渔叉。

父亲如果还在，会怎样看待他这次的人生抉择？父亲一向沉默，单独跟他在一起时除外，特别是他上高中以后，每次放假回家，都要和他长谈一次，像两个成人间的严肃对话，父亲的见识远在常人之上。

想起同父亲相处的最后日子。近春节，农活少，渔民也闲在家里，他整天同父亲对饮闲聊。父亲对省城不陌生，父子俩的共同话题很多。有一天，他发现，父亲皱眉的样子，说话的语调，都同自己绝似，晚上照镜子，发现自己若有所思的表情与父亲惊人的一致，便从记忆中搜寻与父亲的相似之处，竟如此之多，似乎同父亲不仅血肉相连，连灵魂都密不可分，突然觉得，父亲在有生之年已部分地预先在他身上复活，即便有一天父亲去世了，自己还会延续他的一部分生命。念及此，他蹲下身，掬一捧湖水，缓缓喝下，水有一股异样的咸味，且涩，同海水一般，青溟湖似乎连着海洋，父亲同鲨鱼的故事莫非是真的？

向天舒很晚才从湖边回家，母亲没睡，在等他。他本想乘机告诉她这次回家的原因，话到嘴边又忍回去了。

“饿不饿？我给你做点消夜。”

“不饿。妈，你早点睡吧。”

“也好，累了一天，你也早点歇着。”

母亲进屋后，向天舒坐在竹椅上，继续看天上的疏星。

接连数日，轮番被亲戚请去吃饭，消停下来后，他终于向母亲道出了实情。

母亲半晌没出声，突然哭起来。妹妹和妹夫做活去了，只有小侄子和他们在家。看见外婆哭，小男孩也跟着哭起来。母亲的反应虽在意料之中，但面对哭做一处的一老一少，向天舒还是有些手足无措，唯有大口吸烟。

“你爹怎么死的？还不是为了你！好好的省城不待，回来做什么？你这么多年来第一次回家，我还没高兴够呢，你是存心要气死我啊！”向母大放悲声，“我们累死累活，供你上大学，不就是巴望你有出息，能够光宗耀祖吗？”

母亲说的没错，无论如何都没法让她明白其中的道理，可谁会明白呢？

“你让我怎么向亲戚交代呀？！”母亲的哭声终于小下来，抽抽搭搭地说。

“先保密，等我找到工作以后再说。”

“你老实说，是不是犯了错，被单位开除了？”

“绝对不是，我自愿辞职的，我实在不愿在城里待了。”

“人人都想往大城市跑，你倒好，从省城往乡下跑，搞不懂你是怎么想的。再说，这个穷地方，哪有什么工作。”

“工作的事我会想办法，反正，我不会再回省城了。”向天舒松了一口气，第一关好歹过来了，母亲肯定不会就此罢休，想起以前同母亲争吵的情形，心一硬，大不了再闹翻。

向母多年来一直梦想到省城去看大儿子，迟迟未下决心，反正总会有机会的，现在看来，这个梦想也许永远都实现不了了。

向母心里搁不住事，弟妹两家相继都知道了。令她失望的是，他们的反应不似她那么激烈，且没有要帮她说服大儿子的意思。他们只是惋惜，说到底，日子在哪儿过不都一样。妹妹这些年一直同母亲生活在一起，了解母亲的脾气，劝慰她说，大哥可能想回来静静心，再说户口在省城，还是省城人，没准哪天想通了，就又回去了，又私下让向天舒不要太刺激母亲，说时间长了，母亲自然就习惯了。

“天舒，妈劝你还是回去吧。”母亲每天都要重复这句话，近乎哀求。

向天舒受不了母亲成天看他的哀怨眼神，便常常划着父亲生前打鱼的木船出湖，带上干粮，把船划到很远的地方，躺在舱底，看云天，一待一整天，船自飘荡，远望似一艘神秘的无主小舟。偶尔还捎上一壶酒，挨晚归家时嘴里喷着酒气。这情形不免令人联想起他死去的父亲，弟妹们很担心，叮嘱母亲不要刺激他，向母也怕出事，不敢再说什么，只阴着脸。

但母亲是直性子，父亲死后最见不惯谁喝酒，忍不住数落了几句，劝他少喝点。向天舒听不进去，白天喝完，晚上吃饭又接着喝，还乘着酒兴同她顶嘴。母亲伤透了心，遂不再沉默，重提回省城的事，话越说越尖刻，倒像他是回家来吃白食的一样。

春天，到处是金黄色的油菜花，向天舒却两眼迷茫。本来，想在家休整一段时间，一方面思索下一步要走的路，一方面重温童年的时光，但同母亲的争执令他的心一刻都静不下来，唯愿及早遁去。但去哪里呢？

一个意外的发现令他茅塞顿开。父亲生前爱读书，藏书颇丰，有不少祖传的线装书，“文革”期间藏得隐秘，抄家时没被发现，他去世后，这些书便没人动过，装在两个大木箱里，埋在阁楼的杂物堆下。那天，因为想找一件童年时亲手做的玩具，向天舒爬上阁楼，翻出了木箱。他把书从木箱里抱出来，搬到自己房间，慢慢翻阅，恍然觉得是父亲的手在翻动这些书本。突然，一本厚书吸引了他的目光，《纬县县志》。这是一本相当不错的县志，人文，地理，风俗，历史，十分详尽。此前，他并不了解自己生长过的这片土地，他隐约觉得，未来的答案就在这本书中。

接连数日，他沉浸在县志的阅读中，最后，注意力集中在一个叫黄龙镇的地方上。黄龙镇在祖村的东南方向，下辖几十个行政村及数不清的自然村，方圆五十多平方公里，人口近七万。在纬县的县域地图上，黄龙镇只是个不起眼的小点，却渐渐扩散，覆盖了他的整个视野。

关于黄龙镇的地貌，县志描述如下：

环镇皆山也，南方南山，东方青龙山，北方长虫山，西方白虎山，再往西，耸立着纬县最高的山—白云山，再往北为蒙山，南山之后为清平岭，往东几千里，方为大海。该地呈杏仁形，两头尖狭，腹地宽阔，地势西高东低，南北各有两大河，系黄水河与蓝江，均自西向东流淌，当地人的想象便随波逐流，向远方伸展。盆地中另有一条小河，叫小红河，自西北往东南注入蓝江。山明水秀，黄龙镇乃一形胜之地。

关于黄龙镇的历史：

与别的地方一样，黄龙镇亦经历了沧海桑田的变迁，迄今依然可以在山洞中发现远古化石，想必恐龙时代，洪荒时代，都不曾错过，而早期人类的痕迹，有许多原始壁画为证，从远古到现代，人类都留下了足迹，且旧的足迹不断被新的足迹覆盖，种种社会制度犹如舞台布景，依次更迭，各类戏剧轮番上演，野蛮与文明，战争与和平，压迫与反压迫，兴与亡，幸与不幸，希望与绝望，善与恶，美与丑，生与死，爱恨悲欢等等，前台的演出从未中断。黄龙镇的历史，乃人类历史的一个缩影。

关于黄龙镇的民族：

主体系汉族，余皆少数民族，如蒙地苗族，中心镇及周边的回族，清平岭的彝族和哈尼族，或来自高原，或来自平原，或来自草原，或来自沙漠，除回族是七百年前随南征的蒙古大军迁徙而来外，均有数千年的历史，最近者系西方传教士，漂洋过海而来，虽已不存，但亦作为民族之一种留下了鲜明的痕迹。民族间的关系错综复杂，系语言、习俗、信仰、文化等的差异所致，差异恰是魅力所在。

以上仅系梗概，另有大事记，人物记，农事记，等等。较之别的乡镇，县志里关于黄龙镇的记载最详，可见其非同一般。此外，令向天舒格外感兴趣者，是中心镇上的黄龙中学。其地既贫，中学仅此一所，始建于五十年代末，除镇上的孩子得地利外，别的孩子上中学，或须住校，或须每日长途跋涉。早在省城时，他就有过到乡下教书的念头，而且，作为教师，每年合计有三个月的假期，既有事做，又有充足的闲暇时光，再理想不过。

祖村至黄龙镇有过路班车，约四小时车程，即刻上路，实地考察一番，结果比他预想的还好，意遂定。

面对他的决定，向母的最后一丝希望破灭了，弟妹们从旁相劝，说教书在乡下是很体面、很受人敬重的工作，她应该高兴才是。

“再好，也不能跟省城比！反正，我这个当妈的管不了他，爱上哪儿上哪儿，眼不见心不烦。”

母亲没去送他。

二

车站在镇西头，周围都是田园，向天舒因为行李多，雇了一辆马车，慢慢摇进镇子来。

“你是新来的老师？”听说他要去黄龙中学，赶车的大爷格外和气。

向天舒斜卧在行李上，晒着煦暖的春日，在拥挤的班车上颠簸了几个小时，此刻筋骨才完全舒展开来，一面和赶车人聊天，一面看两边的景色。赶车人姓车，每天班车抵达时来车站拉客，除非行李拿不下，本地人都不愿破费，路又不远，寄希望于外村的乘客，生意时有时无，也不十分在意，每天定时来，碰碰运气，误不了别的活儿。今天虽只一个乘客，但因对方极爽快，一口应允了他的要价，车大爷心里很舒坦。路人多起来，争着和车大爷打招呼，其意却在车上的乘客。向天舒已经习惯了他们好奇的目光。这一次没见到风三娘，令他略感失望。

门房管大爹和车大爷一起帮着向天舒卸下行李，他请管大爹看着行李，自己去找郝校长。郝校长叫人拿来住房的钥匙，见有那么多行李，喜形于色，年轻人把家都搬来了，看来是诚心的，他并不知道，纸箱里装的基本都是书。

两室一厅，每一间都不大，客厅兼厨房，因油烟大，走廊也变成了临时厨房的一部分。客厅面东，透过门窗可以远眺青龙山，向天舒从入住的第一天起，就很少关门，因为一关门，就把山也关在门外了。青龙山是座孤山，据说地下有龙脉，龙于此抬头，故名，在当地人心目中地位神圣。两个向西的卧室里各有一张木板床，他打定主意，要把其中一间改造成书房。

这是一栋新楼，三层，是几年前县里拨专款修建的，旨在鼓励黄龙镇的教学，是黄龙中学除教学楼外唯一的混凝土结构房，虽无法同城里的住宿条件比，已远胜往昔。另有一片古老的院落，过去是大户人家的宅第，改为教师宿舍，住的都是单身老师。向天舒能住上新楼的套房，完全是破例，不免令许多人眼红。二三层有走廊，似一条长长的面东的公共阳台，走廊一面的窗户上均有铁护栏，一楼则两面的窗户上都有，像牢房，可见此地确乎不是什么世外桃源，令向天舒深感惋惜。所幸另一面的视野极好，开窗就是山，山名老人山，与青龙山遥遥相对，须仰视，才看得见山顶，窗下是菜地，延伸到山脚的围墙下。

当天下午，在单玉老师的热心帮助下，向天舒购置了一套简易沙发及桌椅板凳窗帘等什物。单玉老师特意叮嘱他买两个水桶及一盏煤油灯，因没有自来水，要自己担水，又常停电。黄龙镇通电没几年，单靠黄水河上游的小水电站，远不能满足所需。沙发靠墙摆放，正对门外的青龙山，从省城带回的那幅莫奈的“野地里的罂粟”挂在沙发后面的墙上。特意在墙上挂了一面钟，以倾听时间的脚步声。布置停当，屋子里焕然一新，俨然像个家的样子。后来，又请人在左侧的卧室里打了满墙的书架，单在窗子对面的书架下端留出一点儿空来，打了一张简易的木板床塞进去，以备客用，书桌置于窗前。他参与了整个制作过程，偶尔还搭把手，从木工中得到许多乐趣，满地的刨花及刨花的芳香，唤起了儿时的记忆。父亲每次外出做木活时都会带上他，他最喜闻刨花的味道，松木的，杉木的，栗木的，楸木的，刨子里木花翻卷，藏在木头内部的香味释放出来，刨花在地上堆积，似泡沫一般将他淹没。书上架后，引来许多“啧啧”的惊叹声，单玉老师爱读书，常到他的书房来找书看。

当晚，单玉老师请他去家里吃饭。她做得一手好菜。

“别客气，像在自己家一样。”席间，单玉老师不断给他夹菜。

向天舒与郝校长慢慢喝酒聊天。

“小向，你能上什么课？”

“语文吧，初中高中的都可以。英语也行。”向天舒有过做家教的经历，对教书并不陌生。

“太好了，你先听几天课，适应一下，我再正式给你排课。真是太好了！”郝校长很激动，频频劝酒。

“老郝平时不喝酒，你来他高兴。来，我也喝一杯。”单玉老师喝下一口酒，做了个鬼脸。

单玉老师拿了一些饭菜票给他，让他先用着，过后再还他们。

“食堂的伙食还不错。伙夫头范大爹做的菜可好吃了。”

向天舒觉得郝校长夫妇又可爱又可敬，郝校长再次令他想起父亲。暗中感叹生活的奇妙，不久前同他们压根儿就不认识，现在竟像家人一样熟悉、亲切。还有多少未知的人和事等着他去发现呢?

还有一桩令向天舒大喜过望的事情。黄龙中学占地广，校内有菜地，分两种，一种供学生劳动用，位于绿水塘至北墙的开阔处，劳动所得用作各班的课外活动经费；另一种分给教师种，可以帮补家庭开支，一部分在东面的单身宿舍附近，另一部分在西面，向天舒所在的楼下即是，人皆有份，向天舒的那份恰好正对他的窗户，开窗即见。各家的地均以竹篱为界，自成一园。这在城里的学校是无法想象的事情。父亲疼他，很少让他下地，突然有了一块属于自己的菜园，第一次同土地如此亲密，一切都新新鲜鲜，让他无限欣喜。

向天舒十分感激郝校长的厚爱，激动之余，晚饭后即刻坐到桌前，给远在省城的好友写信。自分别以来，诸事纷纭，一直没给他去信，心里很是不安，终于安顿下来，决定遵守别时的诺言，与他保持通信，分享彼此的生活。

夜很静，黄龙镇同祖村一样，也没有电视，老人山像个守夜的巨人，坐在星空下，偶尔传来一两声动物的叫声，似飞禽，又似走兽。

第一封信很长，持续到深夜，整个黄龙镇，除了丁字路口唯一的那盏路灯外，只有向天舒的屋内还亮着灯。

懒睡起来，洗漱完毕，打开门，阳光涌进来，四下阒然，才想起是星期天，赶集的日子，决定上街走走，顺便买点东西。

穿过教学大楼的过厅，传来含混的嘈杂声，远远望见攒动的人头，不由加快了脚步。甫出校门，便似掉进了波涛汹涌的大河，平日清寂的街面，成了人的河流，别是一番景象。不会再有人注意到他的存在，尽可在人流里随波逐流。路边是卖者，除了本地人临时用竹木搭建出租的摊位外，均就地摆摊，或站，或坐，或蹲，变换着姿势，行在路中的人则为潜在的顾客，有讨价还价的，有观望的，有在小食摊边坐下吃零嘴的，小童则纯是为了戏耍，忽东忽西，穿梭不停。县城来的商贩最受关注，合伙包车来，五点钟就启程，早早抵达，租当街的货摊，当日打转，卖的都是乡下人难得一见的时髦玩意儿，衣服摊前最热闹，挤满了青年男女。有些地方人贴着人，二流子乘机吃姑娘们的豆腐，好容易才能挪几步，偶尔有过路的卡车大声鸣笛，把极不情愿让路的人往两边挤，引起不小的骚动，除了鸣喇叭，司机一脸无奈地坐在驾驶室里，倒似后面的人在推着卡车往前走，像一只被蚂蚁俘虏的屎壳郎，被众蚁抬着往窝里挪，卡车竟慢慢远去了。背着孩子的，背着菜篮子的，担着竹箩筐的，袖着手的，男女老少齐备，就中最令向天舒眼亮者，系身着少数民族服饰的女子，以彝族和苗族为主，与书本上见过的一致，前者高雅，后者明艳，且非千篇一律，不同支系的缘故，皆三五成群，如飘动的花丛，另有一些哈尼族女子，服饰颜色较深，或蓝，或黑，宽大的裤腿上点缀着一圈绣片，透着简洁古朴的美。他的目光追随着她们，脚下不辨东西。

“多美啊！”向天舒由衷地感叹，这是他生平见过的最热闹、最缤纷的集市。

黄龙中学东南角的围墙外有一块空地，是交易骡马的地方，许多半大的孩子在此售卖他们亲手割来的新鲜马草。石拱桥以南是小型牲畜的卖场，山羊用绳牵着，不时“咩咩”几声，猪则囚在竹笼里，小猪仔撕破喉咙叫唤，不堪拥挤的缘故。此外则不固定，农具，农作物，蔬菜水果，鸡鸭鱼肉，服饰，比比皆是，间有写对联的，算卦的，卖草药的，卖耗子药的，卖晌饭的，不一而足。

镇上唯一的百货公司位于丁字路口，台阶上挤满了居高临下看热闹的人，其下有一位摆摊的老道，格外引人注目，深蓝道袍，挽髻，年近七旬，须发银白，面容清癯，精神矍铄，颇有些仙风道骨，盘腿坐地，面前铺着一张白色塑料布，上有签筒、命相书、草药、裁成正方形的黄纸、毛笔及墨汁瓶。许多人围在摊前，看老道给人画符、起卦，生意甚是红火。求卦者，求符者，均蹲在摊前。向天舒驻足观望了一阵，许多人斜着眼打量他，大概是他的衣着与乡下人异趣的缘故。老道目不斜视，口中念念有词。

向天舒恨不得手上有部相机，把那些令他难忘的面孔和服饰都拍下来，只是他生性不爱照相，从未有过要买部相机的念头。忽然，周围的人和声音都变得模糊不清，他的头仿佛从河面沉入水底，且睁着眼，看见水下的奇异景象。首先映入眼帘的是地上的药摊，知名不知名的药材，琳琅满目，仿佛采自另一个世界；其后的矮凳上端坐着一位美丽的苗女，四十岁上下，高鼻深目，百褶裙盖住双脚，彩衣，绣帽，如高贵的女王，仿佛不是在卖药，而是在展览自己的服饰和容貌，身旁偎着一位八九岁的小女孩，服饰稍微简洁些，与秀美的脸庞相得益彰，一看就是母女俩，而较之母亲，小公主似更青出于蓝。围观者同向天舒一样，意不在药，而在人。苗女神情坦然，似已习惯了观者的目光，小女孩则瞪着好奇的眼，且注意到城里人打扮的向天舒，同他对视，双目似两条白底黑背的小鱼，一直游进他心里，他的整个身心都融为水，清净了。

他很想同苗女攀谈，不知为何，竟有些害羞，开不了口，以后总有机会的，他想。但这一等，就是许多年，苗女常见，小女孩却再没出现过。

下午两点左右，集渐渐散去，因远道而来的人须乘早往回赶，才不至于走夜路。向天舒耽于观望，竟忘了买东西，两手空空，心里却满满当当的。

百货公司门口依然热闹，老道已收了摊，坐在台阶上，围着许多孩子，在听他讲笑话。当地人管他叫怪老道，因其行为异于常人，无人知其姓氏，口音南腔北调，听不出是何方人氏，平时住在白云山上一座废弃的道观里。道观名三清殿，县志里一笔带过，年代久远，香火一度旺盛，随道教的式微而衰败。怪老道逢集必至，用画符算卦所得沽酒买肉，求符的人亲眼看他画出那些神秘的符来，充满敬畏，拿回去或焚烧，或张贴。集散后并不即刻离去，坐在百货公司门口喝酒，因他会讲故事，会唱歌，又常买些糖果点心给孩子们吃，且因酒精的作用，显得疯疯癫癫，极逗孩子们喜爱。也不见他吃东西，只喝酒，有时竟真的醉了，同他的酒葫芦一起，卧在百货公司檐下，睡到夜里，次日早不见，不知何时离去的。

“大鹏飞飞，飞过瓦窑村，大鹏飞飞，飞过黄龙镇，大鹏飞飞，飞过白云山，大鹏飞飞……”怪老道抑扬顿挫地唱着，长须飘飘，仿佛震颤的琴弦，孩子们随之附和，过一阵又重复，有时，他刚唱出第一句，孩子们便大声把后面的接完，不厌其烦。突然，一个顽童趁其不备，拔了他的一根胡须便跑，他“啊”一声，作势要追，却并没有追，顽童高举胡须，边跑边唱“大鹏飞飞，大鹏飞飞”，手一扬，胡须消失在空中，其他孩子拍手大笑，乐不可支，夹着怪老道语无伦次的呵斥声。

向天舒十分喜欢怪老道。

散场后，大幕并未即刻谢下，好戏还在后头。

别的人忙着赶路回家，苗族青年男女却故意流连，相约到青龙山上对歌。从黄龙中学可以远远看见他们的身影，隐约听见优美的歌声，这又是另外一番动人的景象。三五成群，男女各一处，女的服饰格外耀眼，仿佛会唱歌的花丛，同翠色相互掩映，先是合唱，隔着六七十米的距离，不知不觉，就靠近了，接着是一对一唱，一切尽在歌词和音调中，谁跟谁配对都已清楚，便两两到旁边唱，最后隐入密林，直接谈情说爱去了。山随之静了，不久，弯月升上来。

整整一天，向天舒随便吃了点干粮，此刻腹中作响，便又回到街上，还是上次的小饭馆。

“来了。”老板一眼认出他来，热情招呼。

老板忙了一天，也说了一天话，此刻沉默下来，独自忙活。向天舒静静吃饭，喝酒，回味着赶集的情形。乡下人吃饭早，饭馆里就他一人，同白天的喧嚣比起来，显得格外冷清。

吃完饭，想都没想，便朝南街踱去，经过丁字路口，许多小童在路灯下玩耍，几个妇女借着路灯闲聊、打毛线，看见他，都点头微笑。“听说是新来的中学老师。”其中一人在身后说道。

远离丁字路口的灯光，走在青石板路上，脚下不小心会打滑，迎面走来一位弯腰驼背的老太太，看不真切，似传说中的老巫婆。老房子，老街，老妇人，疏星寥落，不复知道身在何年何月。

摸着黑，走到田间，虽不无惧意，却未停步，仿佛被人拽着，不由自主往前走，终于，看见蓝江对岸的灯火，这正是他希望看到的。灯火如此孤独，照亮的人是谁?

回屋后，全无睡意，心里有太多的感触，于是又坐到桌前，摊开纸笔写信。

起床后，已是上课时间，去郝校长办公室。郝校长告诉他，晚上召开职工大会，欢迎他的到来，让他明天就开始听课。

向天舒在校园内闲逛，第一次来较仓促，许多地方不及细看。教学大楼背街的另一面是操场，比足球场略大，不十分平整，除跑道外，杂草遍地，两头有两个简易的足球门，西面是两栋建于七十年代初的老式砖瓦房，两层楼，分别为男女生宿舍，南北纵列，西面直至老人山脚的围墙依旧是菜地，操场东头有一排杨树，杨树后是两块篮球场，水泥地面，不远便是围墙。操场以北有个大礼堂，东西向，兴建于五十年代末，土木结构，瓦顶，雕梁画栋，当地人的雕刻技艺远近闻名，由此可见一斑，内部除了舞台及舞台对面的楼厅外，空空荡荡，大厅中没有座位，只有水泥地面，有活动时临时从各班的教室抬来椅子，用完又搬回去，舞台左边的柱子后面支着一面大鼓，架上有精美的雕刻，系当年白云寺里的鼓，破四旧时，连架带鼓，搬来大礼堂，开批斗会用，镇上的很多批斗会都在大礼堂召开，每次都要击鼓，以壮声势，鼓声再无往日的闲远自在，而充斥着杀伐之气。现今大礼堂基本处于闲置状态，偶尔搞些庆典活动，开文艺晚会什么的，才会派上用场。大礼堂背后为一圆形花园，茶花、迎春花、灯笼花、海棠花、牡丹花、美人蕉、月季等等，应时而开，花园不大，却有无数错综复杂的水泥小径，除非离开小径，强行踩踏园中的花草，否则不容易找到出口，尤其是在黄昏降临以后，夹道的冬青树比成人高，有些地方挤得密不透风，迷宫一般，是孩子们捉迷藏的绝佳场所。花园西侧与向天舒所在的宿舍楼之间是一块空地，简单平整过的泥土地面，可以打羽毛球，也可以打排球，东侧便是单身教师宿舍所在的老式院落，简称大院，是黄龙中学最美的建筑群，连同其后的白塔及水塘，旧时被当地文人视为黄龙镇八景之一。大院从前的主人是大地主，富甲一方，后来农民造反，被迫流亡国外，至今音信杳无。白塔叫白石塔，系白石砌成的密檐实心方塔，约八九层楼高，基座近三米，其上为装饰性的仿屋檐线条，此外并无别的装饰，共十三层，逾三百年历史，是风水塔。水塘叫绿水塘，青龙山的翠绿映化其中，常绿，故名，过去一度是地主家的后湖，供主人家垂钓、泛舟。绿水塘并非死水塘子，确切说是一个小湖，有地下水作为补给，从未干涸，据说底部与蓝江相通，过江的恶龙偶尔也会游到塘中来兴风作浪，因此建白石塔以镇之。大院至东面的围墙是一片果树林，有苹果树、梨树、李树、桃树，几棵梨树特别高大，红的花，白的花，正开得耀眼。全校有两个公厕，一个在篮球场东侧，一个在新教师楼与学生宿舍之间，一溜蹲坑，男厕沿墙有长长的小便槽。圆形花园再往北不远是食堂，建于七十年代末，砖瓦结构，形状狭长，屋顶有两个烟囱，两旁各有一排简易的砖房，系伙夫、保卫人员及别的工人的住房，再往后是一片狭长的毛竹林。毛竹林好似天然屏风，将其后的风光与人活动的场所分隔开来。毛竹林后视野开阔，白石塔，绿水塘，菜地，大榕树，塘西野草地上的两棵桑树，一览无余。此外，在教学区和宿舍区，时见槐树、银桦树、柳树、石榴树、紫薇、夹竹桃，或独立，或几棵聚在一处。操场北面正中靠大礼堂外墙有一棵高大的合欢树，离地最高的粗壮枝上固定着一根钢管，与地面垂直，供学生练习徒手爬杆用，近旁有单双杆，不远处是个跳远用的沙坑。合欢树年代久远，荫蔽面积大，如一把巨伞，叶昼开夜合，每至夏天，满树的红绒花，常不经意落在树下遮阴的人头上，一场雷雨过后，满地湿红。

大礼堂，学生宿舍，食堂，大院的外墙，檐下都是麻雀的家，特别是靠近食堂的地方，麻雀群集。而同春天一起回来的家燕，窝安在大院内的檐下，与人更亲近。

大院的朱红门从不关，形同虚设，守门的石狮显得无所事事。门前有一棵很大的桂花树，冠如华盖。一进三院，院子都很宽大，两个过厅，楼分两层，即所谓的走马转角楼，楼上的走廊都连着，每个院子里都有一张乒乓球桌，石头底座，过厅为展览室，展出与教育有关的各种图片及各班办的板报。年轻教师常常同学生一道打乒乓球，有午休习惯的老师，特别是女教师，中午不堪吵闹，但也无可奈何。因是上课时间，房间都锁着，大院里空荡荡的，梁柱间仿佛有许多眼，看着向天舒这位陌生的闯入者，依稀可辨的雕饰和图案后面，藏着无尽的往事。

在如此偏僻的地方，竟有如此美丽的校园，向天舒像在梦游，恨不能像燕子一样，恣意飞舞。

中午去食堂打饭。

这是他第一次在众人前亮相。大家都知道他是新来的老师，且格外受到优待，学生们好奇地打量他，教师，特别是和他一样年轻的男教师，表情复杂，仿佛在说："省城来的？到底有多大能耐？"教师打完饭后端回宿舍吃，学生则大多在露天吃，或就地，或到塘边，或到操场边，满校园都有他们的身影。

"你好，你是新来的向老师？"

向天舒端着饭往回走，听见后面有人打招呼，是位年轻女子的声音，转过身，愣了一下，对方不仅身材矮小，而且相貌丑陋。

"是啊。"

"我叫吴燕，初二（1）班的班主任，教语文。你呢？"

"向天舒。还不知道教什么。"

"还不知道教什么？嘻嘻，向老师，你真逗。"

向天舒觉得对方的眼神有些异样，确切地说，有几分含情脉脉，连忙低下头，匆匆告辞。

在楼梯口碰见一位年轻男教师，双方点了一下头。此人名费武，老家在邻镇，距县城不远，是五年前分来的大学生，虽只是省城的一所不入流的大学，但毕竟是本科毕业，论文凭，向天舒到来前，在年轻教师中，数他最高，也因此受到特别待遇，新楼盖起来后便分到一套宿舍，与向天舒在一层，最靠里的一家，每次都要从他门前过。

向天舒让门敞着，后来，他一直有这个习惯，人在客厅，便不关门，坐在沙发上，即可饱览青龙山的秀色，可谓：心驰白云，目接翠微。费武端着一杯茶，径直走进来，大咧咧坐下。

“这几年省城变化大吧？”费武仿佛觉得自己是最有资格同他谈论省城的人。

“天天待在省城，也不觉得，变化应该不小吧。”

“怎么会到这种小地方来？”

“没什么，就是喜欢这里。”向天舒知道，每个人都想问他这个问题，心里预备好了答案。

“穷乡僻壤，有什么好的。”见对方不打算回应，费武便接着说，“说来都怪郝校长，死活要一个大学生，把我给害了。不过慢慢就习惯了，黄龙镇的风景还不错，挺适合养老的，现在还哪儿都不想去了。还没结婚吧？”

“没呢。”

“什么时候给你介绍一个。你还别说，这地方出美女。”费武半开玩笑半认真地说，两眼放光。

“你结了吧？你家里那位挺漂亮的。”向天舒在楼道里不止一次见过同费武住在一起的女孩子。

“先谈谈再说，结不结不一定呢！”

“未婚同居，别人不说闲话？”

“什么闲话？还能开除我？我才不在乎呢，这些人鼠目寸光，都什么年代了！”

看得出，费武挺得意，如果在城里，他不会有这种出人头地的感觉，所谓“宁为鸡口，不为牛后”吧。

费武打了个呵欠，说下午还有课，得抓紧时间午睡，摇着开始发福的身体出去了。

午后常常是百无聊赖的时光，春日又易犯困，闲坐了一会儿，向天舒也上床去午睡了。

睁开眼，看见老人山的山顶，发了一会儿呆，突然有了主意，去登山。

来到绿水塘边，穿过西面的菜地，翻过围墙，墙外是条小路，连接北门巷与北墙外的油菜花地，坡缓，间有阶梯状的小块包谷地，包谷才有麦子高，长势颓弱，土层薄，有些地方能看见裸露的石头，一条小道通向山顶。老人山多石少植被，除枝杈横斜的古松外，多为灌木，时见一两棵槭树，叶似鸡爪，知名不知名的野花随处可见。

至半山腰，右上方有一块白色石壁，高约五米，其上立着一棵苍松，向他挥手致意，树上歇着两只长脚的白鹳，俗称老鹳，与鹤神形肖似，令他想起古画中常见的“松鹤延年图”来。

黄龙中学的全貌一展无余，镇东的房屋也见到了。晚春的山风宜人，虽不累，但不着急，坐下歇息，慢慢欣赏校园的面貌。隐约传来课间休息的铃声，操场上热闹起来，人显得小，听不见声音，像许多木偶，被无形的线牵着。抬头看天，淡淡的几片云。

继续往上走，远处的石头上站着一只戴胜，顶着醒目的棕色羽冠，不待他走近，“嗖”地飞了。

不回头，径直登顶，总共不到一小时的工夫。他估摸着，走得快的话，也就三十来分钟。山顶过去有座佛寺，“文革”期间被毁，仅余石基和石台阶，绝佳的观景点，整个坝子及四周的山尽收眼底。

将眼前所见与县志里的描述一一对照。南山，青龙山，长虫山，白虎山，白虎山与老人山间还有一座孤山，比老人山矮许多，山顶有石碉楼废墟，叫孩儿山，镇上夭折的孩子，都埋在上面，因此得名，与老人山遥遥相望，倒真像是一老一少两个人，相比之下，青龙山则像个英姿勃勃的青年人。向天舒突然觉得，黄龙镇的三座孤山，似三个巨大的象征，老人山—青龙山—孩儿山，分别代表过去、现在和未来；或者，稍稍颠倒一下顺序，孩儿山—青龙山—老人山，也分别代表过去、现在和未来。白虎山以西很远的地方，高耸着一座巍峨的山，在群山中鹤立鸡群，其峰顶呈圆锥形，状类佛教里的须弥山，覆着白雪，在阳光中熠熠生辉，此即闻名遐迩的白云山，秋天开始积雪，至来年春末才完全融化，被当地的许多民族奉为神山。南山脚下流淌着蓝江。因有青龙山在前，只能依稀看到黄水河的一角，黄水河沿白虎山北麓，经长虫山与蒙山间的峡谷，流进黄龙镇坝子，往东而去。蒙山及其北面是苗人地界，统称蒙地，令他回想起集上见到的苗族母女，心底泛起隐秘的冲动。小红河从镇西北的狭窄处流入，往东南注入蓝江，略似一条弯曲的对角线，将黄龙镇坝子一分为二。他仔细观察小红河的走势，又环顾四周，突然惊奇地发现，黄龙镇的地貌略似一个椭圆形的太极图，越看越像。向天舒为这一发现激动不已。惜乎不是圆形，转念一想，天底下哪有正圆形的东西，再精确的仪器，也画不出一个毫无偏差的圆，哪怕差之毫厘，圆不复圆也，看似圆，实则椭圆，真正的圆只存在于数学理论中，椭圆与正圆的差别，便是现实与理想的差别。经此一番形而上的思考，黄龙镇的太极地貌愈发明晰。

收回目光，看脚下的镇子。通过这两日的观察及了解，黄龙镇的布局大致明朗。分四个片区，鼎盛时一度是个重镇，一个世纪前，还有城墙和城门，片区便以城门和街道名，延续至今，分别是东门街、西门街、北门街和南门街。主街东西向，原没有这么宽，是古老的石板路，常有马帮经过，后毁房阔街，石板一并挖走，变成现今的土路，雨天泥泞不堪。主街以北为北门街，确切说，应该叫北门巷，因街已缩为小巷，黄龙中学属于过去的北门街区，主街以南为南门街，南门街最大，北门街最小，此外便是主街靠西的西门街及靠东的东门街，街区之间并无明显的分界线，大概而已。西门街在丁字路口以西，房屋集中在主街两侧。东门街大抵以黄龙中学东墙外的小路为界，街北也有房屋，但为青龙山所限，故不多，集中在街南，几条无名小巷通向南边的田地。极远处，东门街外，一座公路桥横跨蓝江之上，该桥不过三十几年的历史，地处镇东，当地人便叫它东大桥。

南门街最具特色，老式房屋鳞次栉比，一片规模宏大的古建筑群围在矮墙内，是黄龙小学，过去是文庙，琉璃瓦顶格外醒目，依稀能看到操场上的篮球架，及蚂蚁般大小的孩子们。南门街除石拱桥外，还有许多木板桥和石板桥，家家门前都有流水。南门街西侧有一个龙潭，泉水长年不断，大概是白云山上的水汇集地下，经层层过滤后，于此冒出，水似空气一般透明，潭边有个龙龙王庙，仅剩一间主殿，龙潭水被分成许多股，交织成网状，流经主街以南及南门街以西的人家，最后被引入田地中的沟渠，作灌溉用，最后流入蓝江，小桥流水人家，颇有些诗情画意。石拱桥叫大石桥，有三孔，左右孔小，中间孔大，愈八百年历史，小红河接近石拱桥时陡然加宽了三分之一，因桥东端有个古老的拦河坝，桥与坝之间更显宽敞。南门街无疑是风水最好的街区，大石桥以南更是宝地，过去繁华胜似主街。

许多屋顶次第冒出炊烟，如焚香敬神，上达天庭，凡俗中透出神圣的意味。乡下人什么都早，起得早，睡得早，吃得早，结婚生子早。虽然他熟悉乡下生活，但那是很久以前的童年往事，那时自己与周围的人，特别是大自然浑然一体，后来便分开了，陌生了，被都市生活蒙蔽了双眼，现在重新认识，一虫，一草，一木，就算是一粒小小的石子，也展现出全新的面貌来，不仅仅是建筑工地的材料，或儿时兜里的弹弓子弹，石子就是石子，是它自己，独立，完整，有着神秘的内在生命，其外延包容了整个世界。

但他于这一方水土，其人其事，是旁观者？还是参与者？他希望是前者，旁观者置身事外，清醒，超脱。这样一想，不觉飘飘然起来。

晚上要开会，得赶紧下山，否则就吃不上晚饭了。下山快，一路反复对自己说：记住，你是旁观者。

会议室里坐满了人，全校职工都在场，四十来人，郝校长旁边一位戴眼镜的教师起身发言。此人姓程名文礼，副校长。他干咳了两声，简单介绍了一下会议内容，一是欢迎新来支教的向天舒老师，一是研讨全年的教学工作。

“支教”的说法令向天舒颇感意外，且很不自在，本来是一份平常的工作，加上这么个名目，顿时有点作秀的味道。他不是来演戏的，而是来看戏的，突然被推上前台，强加一个角色，顿时手足无措，本想欠身向大家问好，竟动弹不得，仿佛被众人的目光钉在座椅上。

“下面，请郝校长讲话。”程文礼带头，大家一齐鼓掌。

“大家好！这位是从省城来的向天舒，自愿来我校任教，让我们表示热烈的欢迎！”

全体人鼓掌，向天舒回过神来，起身向大家致意，看见单玉老师和小吴老师在起劲地拍手，不觉受到感动，眼眶有些湿润。

“小向毕业于省城最好的大学，他的到来，必将极大地促进我校的教育事业，我本人对他十分感激，从今以后，他就是我们中的一员，大家要齐心协力，把黄龙中学办成一所高质量的学校。”

“黄龙镇人杰地灵，古时候还出过状元，可说来惭愧，从黄龙中学成立至今，我们没有培养出一个大学生，是学生不聪明？不是。责任在我们，在我们这些教师身上，我们要不断提高自己，边教书边学习，‘活到老学到老’，作为领导，我还要争取一切机会，不惜代价，让大家去县里，甚至去省里进修……”

郝校长的发言很动感情，与会者为之动容，向天舒的心里沉甸甸的，本来，到这里的目的只是想找一个安身之所，郝校长的话在他心里激起不小的反响，无论如何，不能辜负他对自己的信任，但自己真有能耐教好书吗？转而又想，自己既不图名，又不图利，作为旁观者，远离是非的中心，凭借自身的学识和聪明，专心致志于一件事，定当有所作为。

这是他到黄龙镇的第三天，他对“三”这个数字很偏爱，甚至有些迷信，三天便决定了未来生活的走向。

坐在黑暗中，看对面的山影，良久，才打开台灯，开始写信。他特意选购了一盏橙黄色灯罩的台灯，灯亮起，如阳光失落在夜里的碎片。

三

向天舒旁听的第一堂课，是小吴老师的语文课。他在学生好奇的目光中走进教室，坐到最后一排。开始上课后，还有学生不时回头看他。不像城里学生有整齐的校服，黄龙中学的学生衣着参差不齐，同他们的眼神一样朴实无华。小吴老师有些紧张，脸涨得通红。上课要求讲普通话，不论学生还是小吴老师，口音都极重，向天舒忍不住想笑，但看着学生们认真而吃力地用普通话回答问题时，又觉得他们极憨厚可爱，不由得肃然起敬。一开始，小吴老师每说一句话，都要看看他，他向她投去鼓励的目光，这才让她定下心来。她很有耐心，说话极温柔，弥补了长相的缺憾。平时偶尔也会有学校领导或别的老师来听课，但今天气氛很特别，大家听说这位新老师是毕业于省城最好大学的高材生，颇感神秘，都正襟危坐，像接受某位大人物的检阅一般。

"向老师，献丑了。"课间休息时，小吴老师不好意思地对向天舒说。

"哪里，讲得挺好，挺投入，我要多向你学习。" 向天舒虽觉得她不免照本宣科，但也没什么大毛病，不论做什么事，认真、投入最重要。听到对方的夸奖，小吴老师更加难为情，但自信心得到加强，接下来的课上得很自然。

陆续又听了几位老师的课，包括费武的语文。相比之下，费武的水平比别的年轻教师高很多，毕竟是科班出身。郝校长的课上得最好，虽然是数学，向天舒却很感兴趣，主动提出来旁听，他上高中时最喜欢几何，那些抽象的点、线、面，变幻无穷，他一直觉得，数学是最纯粹的科学，凡与数学有关的，如中国古代的数术，古希腊的毕达哥拉斯学派，都令他入迷。

他发现，教书固然以传授知识为第一要义，但传授学知识的方法更重要，"授人以鱼，不如授人以渔"。

每日听完课，无事时便上街闲逛，每次都会碰见卖零食的那位壮硕妇人，上上下下打量他，表情怪异，充满不屑和挑衅，令他浑身不自在，多方打听，此人果非等闲之辈。

绾头，旧式蓝布斜襟衫，蓝裤，外罩蓝布围裙，厚底黑布鞋，常年在黄龙中学岔路口摆小食摊，卖木瓜凉粉、腌萝卜条及丁丁糖等零食，烟不离手，人称包姥[1]，家住北门街。包家过去是黄龙镇首屈一指的大户人家，北门街一小半的房子都是他们家的，显赫一时。包姥年轻时很漂亮，唇厚齿白，粗眉大眼，外号“野美人”，放荡不羁，不知迷倒了多少男子，嫁到英家，门当户对，系父母之命，据说早已不是处女，新婚之夜同客人打了一宿麻将，根本没把新郎当回事。新郎是个老实巴交的人，年轻时随父亲走南闯北，到处做生意，最远去过印度，却一点儿都没有沾染上江湖习气，大概天性如此，人背地里叫他英背时，凡事由着包姥的性子，别人取笑他也充耳不闻。包姥干了不少出格的事情，婆家容不下她，拔腿便回娘家去了，英背时竟跟在她屁股后面回去，且一去不返，俨然成了个上门女婿，父母恨他没出息，但也无可奈何。包姥喜食大烟，风流韵事不断，迟迟不下崽，新中国成立后，失了往日的威风，也因此“仇视新社会”，专门同黄龙中学作对。

按郝校长的说法，黄龙中学的宗旨是为社会培养人才，而包姥因为“仇视新社会”，自然要搞破坏，故意拉学生下水。不学好的少年喜欢邀约着上她家玩，干了偷鸡摸狗的事，都拿去她那儿换钱，不少男生因此辍学，成了镇上的二流子。

包姥的腌萝卜条和木瓜凉粉做得好，摊又离学校近，正当的生意，学校无法禁止学生去她那儿买东西。大人骗小孩说包姥的麦芽糖有毒，他们却照吃不误，没钱便偷家里的米、鸡蛋去换，大家都怀疑是她教唆的。

包姥坐在路口，无论谁，进出黄龙中学校园，都要打她的摊前经过，她肆无忌惮地打量着每个人，偶尔同不学好的男生交头接耳，有人走近，立马装作若无其事的样子，十分诡秘。明眼人都知道，包姥的那个小摊儿，挣不了几个钱，靠英背时的劳动所得，更是连养家糊口都不够，可也怪，包家从

①注：“姥”音 mu。

不愁吃穿，包姥抽的纸烟都是百货公司里最好的烟，有人亲眼见过她给二流子钱，这恐怕也是二流子对她唯命是从的原因之一。关于包姥的财路，众说纷纭，有人说包家藏着祖传的宝贝，随时可以变成大把的钞票，更多的人则说包姥的钱来路不正，她那种人，不干非法勾当才怪呢。

因同黄龙中学的嫌隙，包姥的女儿只好到邻镇上中学，寄住在英背时的父母家，极少回来，包姥更加为所欲为。英背时整天都在干农活，做家务，像个长工，从不言语，任凭包姥吆五喝六，人都当他哑子。向天舒爬老人山时常遇到他，一个人，佝偻着，老态龙钟，扛着锄头，走在围墙下的小路上，眼角总挂着眼屎，好像一辈子都没清理过。

黄龙镇在民国时出过闻名全省的侠士及叱咤风云的匪帮，现在只剩点小蟊贼和二流子。因为有二流子的存在，黄龙镇并不太平，而许多二流子是包姥一手调教出来的。二流子一度拉帮结伙，横行街头，苗族青年男女在青龙山上对歌时，常常捣乱，打呼哨，扯着嗓门唱淫曲，最猖獗时，女生晚饭后都不敢上街，又常乘夜潜入黄龙中学，干些调戏女生的勾当。二流子皆有诨名，老刁、皮猴、王八、土狼、臭鱼、老歪、皮条、死猫、万恶、马屌，等等，都不是正经人的名号，其中的核心人物老刁下在大牢里，因连续强奸了黄龙中学的两名女生，前任校长也因此被调走，郝校长上任后，专门成立了保卫处，有四个保卫人员，在校园里巡视。老刁被抓后，二流子有所收敛，近年气焰复炽，扬言要替老刁报仇。

其实，二流子也都是些普通人，他们的生活不是“二流子”三个字就能概括的，譬如其中的首恶老刁，很小的时候，生母死于一场泥石流，后来便生活在后妈的阴影中，家里穷，念不起书，慢慢就变坏了，照当地人的说法，是魔鬼转世，但向天舒并不接受这个说法，善恶都不是绝对的，有时只是一步之遥。对付恶的办法其实很简单，用正大光明的善教年轻人学好，说教是没有用的，教人者当以身作则。

向天舒后来才知道，包姥之所以对新社会有那么大的恨，还有一个重要原因：杀父之仇。包家过去为富不仁，往死里压榨农民，新社会成立后，作为旧社会的余孽，包姥的父亲被枪决，房子被没收，家人作鸟兽散。包家之所以能够收回现在住的这两个院子，全仗包姥八面玲珑的手段。杀父之仇深埋心底，她要报仇，但没有具体的对象，于是便将目标选定了为社会培养人才的黄龙中学，从学校成立之日起，就想方设法引诱男生，教他们学坏，然后通过他们去报复社会。许多青少年在她的教唆下，从小偷小摸开始，在罪恶的路上愈走愈远，甚者变成江洋大盗，似老刁这样锒铛下狱的不在少数。

包姥年近六十，看上去比实际年龄年轻很多，身体好得惊人，似永远都不会老一样，关于她会采阳补阴之术的说法一直在镇上流传，据说二流子中有不少人是在她那儿失去童身的。

在正派人眼里，包姥简直就是恶魔的化身。

郝校长找向天舒到家里谈话。

“小向，听了一个星期的课，感觉怎么样？”

“挺有收获，我自己还做了笔记，知道该怎么上课了。”

“那你想好上什么课了吗？”

“先上语文和英语，等适应了，还可以试试别的。”

“太好了，我这就让他们给你排课，重点在高中毕业班，希望今年能够突破大学升学率为零的历史。”郝校长满怀信心地说。

初中部每年级有三个班，高中部则只有两个，每班的人数都很多。

郝校长给向天舒排了两个高中毕业班的英文，英文是黄龙中学的弱项，外加初一（3）班的语文，并任该班的班主任，原班主任刚好调走。一个老师同时上三个班的课，而且是两门课，这在黄龙中学的历史上绝无仅有。

第一堂课是初一（3）班的语文，且作为该班的班主任亮相，向天舒不免有些紧张。

教室里鸦雀无声，有些学生在相互使眼色，看得出，他进来之前，学生们一直在议论纷纷。

班长一声口令，所有人站起来，五十多双眼睛齐刷刷看着他，他忙说：“同学们好！”

“老师好！”整齐、响亮的回答，令他十分震动，班长又一声口令，便只剩他一人站着。

“请允许我自我介绍。”他定了定神，拿起一根粉笔，转身在黑板上写下大大的三个字：向天舒。

字写得很漂亮，曲尽中文书法之妙，引发一片“嗡嗡”声。

“这是我的名字。”向天舒微笑着说。

“向老师。”有人在小声重复。

“大家合上课本，我想随意同你们聊聊天。”

“聊天？！”同学们一阵哗然，觉得很新鲜。

向天舒讲了自己上学的经历，小学、中学、大学以及在省城工作后的大致情形。又说了一番勉励大家好好学习的话。

“你们已经知道我是谁了，作为班主任，我也希望了解你们，这样，大家举手，到讲台上来，做简单的自我介绍。”他顿了一顿，脑子里突然冒出孔子的话“盍各言尔志”，便补充说：“顺便说说你们的理想。”

同学们你看我我看你，没人动。向天舒巡视了一番，目光落在班长身上，意即让他带头发言，后者有些害羞，但还是勇敢地站了出来。

“我叫姜泽后，家住瓦窑村，有一个妹妹，父母都是农民，家里很穷。”

姜泽后上学晚，在班上年龄最长，个子也最高，比向天舒还高半个头，但很瘦，营养不良的缘故，成绩中上，但人忠厚老实，勤快负责，故而被大家推举为班长。

“你的理想是什么？”

“好好读书，将来报效祖国。”

向天舒皱了皱眉，摆手说：“不对，这样说太空了，读书的目的首先是为自己，为自己有一个好的前途，见识更广阔的世界，说得俗一点，可以摆脱贫困，让自己，也让家人过上好日子，将来有本事了，才谈得上报效祖国。”

有人主动举手，走到讲台上。

“我叫田家鹤，是班上的学习委员，家住栖凤村，家里过去是地主，现在是农民，我的理想是到国外留学。”

大家议论纷纷，在他们眼里，田家鹤的理想实在遥不可及。田家鹤长相俊秀，学习最好，深得女生青睐，除了课本，还看很多课外书，特别喜欢学英语，同他的理想有关。

“很好，很有抱负。”

田家鹤的主动鼓舞了其他人。上来一个男生。

“我叫李善财，彝族，土村人。”

向天舒不由得仔细看了看这位同学，脸部轮廓分明，皮肤黝黑，与镇上的汉人迥然有别。

“说说你的理想。”

“我的理想是成为土村的第一个大学生。”

向天舒鼓掌说：“有志者事竟成。”

陆续有学生走上讲台，或长或短，大多涨红了脸，说话结巴，手脚不知往哪儿放，少数几个调皮者冲着大家做鬼脸，掀起一片笑声，气氛活跃起来，偶有中断，便由向天舒点派，没发过言的人都低着头，生怕点到自己。一位男生在座位上磨蹭了许久，别的同学开始起哄，才不得不起身往讲台上走，刚站定，下面的人已经笑开了。该生紧张到极点，像是要哭的样子。向天舒示意大家安静。

“我，我，我叫张力……”张力长得虎头虎脑。

“张力，别紧张，我问你，你的理想是什么？”

“种地。”张力支吾了半天，突然说。哄堂大笑。

“什么？种地？你家本来就是农民，种地不算理想。再想一下，今后最想做什么。”向天舒忍住笑。张力老实巴交，读不进书，常遭到同学们的取笑，几番想退学。

“真的，老师，我最想回家种地。”张力鼓起勇气说。

“对不起，是老师错了。大家别笑，张力说得没错，种地其实也是一种理想，不过，现在种地不同以往，也讲科学，也要懂知识，对吗？”

张力茫然地点点头，用哀求的眼神看着向天舒，意即：老师，我可以下去了吗？

下课铃救了他。

“下节课接着介绍，每个人都要上台。”向天舒说完，到走廊上去抽烟。

“向老师，我有个问题？”是田家鹤。

“问吧。”

“您不是说要好好读书，才能走出小地方，见识大千世界，那您为什么要从大城市来小地方呢？”

向天舒愣了一下，随即说：“问得好，但是这个问题太复杂，几句话讲不清楚，总之是个选择问题，人如果能按自己的意愿选择生活方式，至少获得了一半的自由。出去又回来，是一种选择，决定权在我自己；出不去而不得不死守在这个地方，是没有选择。读书的目的是创造选择的条件。”

“向老师，我明白了。”田家鹤很懂事地说，语气老成而坚定。

接着上课。

第一个上来的是位小个子男生，轻微的兔唇，开口前先做了个怪相，将下面的人逗乐，所有人，包括他的家人都叫他豁豁，人看上去很机灵，似已习惯了被别人取笑，并不太在意自己身体上的缺陷，家住黄龙镇南门街，自小失去母亲，父亲是本分的农民，一人把他和妹妹拉扯大。

“我的理想是初中毕业后考上中专，早点工作，减轻爸爸的负担。”

向天舒点点头，表示赞许。

接下来上台的是个腼腆的男生，走到讲台上，咬着嘴唇，半天都不开口，很多同学低头“哧哧地”笑。

“我叫白先生。”

向天舒忍不住笑起来。以豁豁为首的男生立刻齐声叫道：“白字先生。”

白先生窘得无地自容。显然，“白先生”这个名字从一出生起，就给他带来很多苦恼，向天舒不明白他的父母为什么要给他取这么一个名字。为了安慰他，向天舒灵机一动，乘机借题发挥。

“大家都别笑话他，我看这个名字很好，过去的老师就叫先生，我站在这个讲台上，我是先生，白同学站在这个讲台上，他就是先生，你们今天都做了一回先生，孔子说‘三人行，必有我师’，每个人身上都有值得别人学习的东西。白先生，你有什么理想？”

“当老师。”

“你们看，他的名字没取错吧。下一位。”

从进教室的第一刻起，向天舒就注意到一双眼睛，且感到这双眼也一直在默默注视着自己，眸中深含忧郁，不拘是谁，都会被这双眼打动，不禁要问：这个秀丽的女孩，究竟有什么心思？

向天舒叫“下一位”时，同女孩四目相接。女孩起身，站着不动，两手攥紧铅笔。

“别怕，到讲台上来吧。”

女孩受到鼓励，走上讲台。

“我叫叶莲，荷田村人，爸爸是荷田村小学的老师，妈妈是农民，我是独生女，我的理想是做一个幸福的人。”女孩一口气说完，其音婉转，标准的普通话。男生都目不转睛地看着她，也许，平时不好意思看，现在有机会正视，当然不会放过，因为叶莲真的是一位很美的女孩子。

这个女孩的理想让向天舒大吃一惊，在他看来，世上并无具体的幸福，只有可以唤作“幸福”的感觉，而感觉永远是个人的，人必须为了一种幸福的感觉而奋斗终生。

“叶莲同学的理想听起来简单，其实不简单，所有的追求，最终都可以归结为三个字：幸福感。当然，每个人对幸福的理解都不一样，要用一生去体会。叶莲，你的普通话说得很好，跟大家介绍一下，怎么做到的？”

“我，我也不知道，从小爸爸就教我说普通话，还让我跟着收音机学。”

“原来如此，其他同学也要努力，普通话说得好，对提高语文水平有帮助。”

听到老师表扬自己，叶莲害羞地笑了。阳光从云缝中泄出，照到向天舒心底。

待每个人都介绍完自己，田家鹤突然举手。

“向老师，您的理想是什么？”

显然，谁都没想到会有人问老师这个问题，全都噤了声，齐齐看着向天舒。两只麻雀飞到窗台上，叽叽喳喳叫着，但没人理会它们。

“我很欣赏田家鹤爱提问的习惯，以后上我的课，大家也要像他一样，多提问，爱思考的人才爱提问。我有过很多理想，有些实现了，有些没实现，或者说，有些保持下来，有些中途变了。不同的人有不同的理想，同一个人的不同时期也会有不同的理想。我觉得，理想分两种，现实的理想，和不现实的理想。现实的理想可以实现；不现实的理想就不一定能实现了，譬如说，当神仙，你们谁见过神仙？”

大家直摇头。

“那么，你们谁想做神仙？”

大家相互看看，都笑着摇头。

“我想做神仙。”向天舒加重语气说道。

大家先是一愣，随即议论开来，豁豁模仿向天舒的口吻大声说：我也想做神仙。把大家都逗乐了。

向天舒自己也笑了，随即正色说：“我没开玩笑，我以前有过很多理想，开飞机、上大学、当老师、当作家，你们看，今天我终于实现了当老师的理想，理想一旦实现，便不再是理想了，人要不断追求新的理想，我现在的理想就是当神仙。你们觉得，这个理想现实吗？”

“不现实！”大家异口同声地回答。

“对。不现实的理想能被实现吗？”

“不能。”大家回答得更加整齐、干脆。

“不对。不现实的理想可以在心里实现，我想每个人都做过飞翔的梦吧，会飞的人便是神仙，我们在梦里都做过神仙，不是吗？我们不仅要会闭着眼睛做梦，还要会睁着眼睛做梦。”

大家都乐了，觉得这个说法很酷。

“理想是面镜子，照见现实。归结起来，理想有两种，外在的理想和内在的理想，能实现的是外在的理想，不能实现的是内在的理想，我们一面要树立现实的理想，一面要在内心寻找另一种理想。我想做神仙，不是因为神仙会飞，而是因为神仙自由自在，不受凡间的限制，不受时空的限制。你们记住，内心的自由比什么都重要。”

多年以后，这个班的每一个学生都还记得向老师给他们上第一堂课时所说的这番话。

高中毕业班的第一堂课向天舒并没有让学生介绍自己，而是让他们打开课本，对着课本上的两篇文章，听他用流利的英文背诵出来，这是他上高中时较喜欢的两篇课文，至今倒背如流，学生为之叹服。他深知，离高考不到三个月，时间有限，要出成绩，除了强化，做大量的习题，甚至死记硬背，别无良策。他准备重点辅导班上的几个尖子生，高考的希望寄托在他们身上，如果真有人能考上大学，那对学校，对后来人都将是莫大的鼓舞。

夜里，向天舒的脑海中浮现出学生们的样子，如无数的星辰，其中有颗格外明亮，别的星都相继隐去，这颗星却在他的夜空经久不灭。

四

风三娘时时见，所到之处，总跟着一群好恶作剧的小童，逼得急了，会捡石块砸他们。每次见到向天舒，她都会像第一次一样，笑着迎上去，像见到老朋友似的，目光里满含柔情，看得他很难为情。风三娘年逾四十，依稀还能看出当年的风韵。同别的疯子不一样，风三娘爱干净，爱美，常怀抱野花，像抱着孩子一样，对花柔声说话，或轻轻唱歌，脸上洋溢着幸福的微笑。偶尔，趁门房管大爹不注意，风三娘会快步走进校园，看学生们上课，这时总会招来一个人，副校长程文礼，手里拿着棍子，高声呵斥，意在驱赶。风三娘像见了仇人一般，既怕又恨，慢慢后退，却不甘心，至一定距离停下，双方僵持住。程文礼感觉有失颜面，棍举过头顶吓唬，突然，风三娘飞快脱掉裤子，露出下体，以示反击，女生赧然，男生则失声大笑，风三娘也得意地“嘿嘿嘿”笑。程文礼暴怒，赶过去要打，她早有防备，裤子一提，转身飞奔而去。

风三娘行三，小学毕业即辍学在家，渐渐长成一个标致的大姑娘，成为镇上的焦点人物之一，其遭遇，应了一句老话：红颜薄命。

伍蛮子是镇上有名的无赖，好色，懒惰，家里的田地都荒着，但他天生蛮力，身材高大魁梧，打年轻时起，便靠给人打短工度日。伍蛮子虽为人不齿，但颇有女人缘，夏天常赤膊在街面走动，一身的疙瘩肉，像磁石般吸住异性的目光，又兼油嘴滑舌，别的男人不好意思说的话他好意思说，别的男人不好意思做的事他好意思做，稍不正经的女子便掉进他的陷阱，惹出些不三不四的事情，而正经如风三娘者，也经受不住他的花言巧语，给了他可乘之机。

那么多人追求风三娘，她为什么单单看上一个无赖？

那段时间，伍蛮子像变了一个人，十分乖巧，风三娘家起新房，他主动帮忙，比谁都卖力。开始时，风家对他深怀戒心。俗话说，一回生，二回熟，他见天去风家，脚勤手快，嘴又甜，在外面也不再有什么苟且之事，而且，他有个好处，是个孝子，早年丧父，与母亲相依为命，母亲身体不好，靠他的一身蛮力养活，风家渐渐对他刮目相看。风三娘本性纯善，觉得伍蛮子对自己好，父母又不甚反对，自己又到了当嫁之年，待伍蛮子正式提亲，便半推半就地应允下来。吹吹打打成亲之日，举镇轰动，都说伍蛮子这小子艳福不浅。伍蛮子因长时间不沾女人，把本事都使在新娘身上，个中滋味唯风三娘一人清楚，但有一点众人皆知，结婚以后，风三娘更漂亮、更有女人味了。又兼婆媳关系融洽，风三娘过得很快乐。当年谁都想不到，风三娘会落到今天这个地步。

结婚不到半年，风三娘的肚子便大了，伍蛮子旺盛的性欲无处发泄，故态复萌，又开始到外面厮混，风三娘却茫然不知，一心等着做母亲。生了个胖大的小子。风三娘恢复了原来的丰姿，可伍蛮子的心再也回不来了。风三娘知道伍蛮子的行径后，伤心之余，带着儿子回了娘家。伍蛮子三番五次来寻，说老母亲想儿媳妇和孙子，信誓旦旦要对她好，风三娘这才搬了回来。伍蛮子稍稍收敛了一些，加之吃饭的人多了，须留着力气多干活挣钱，一时相安无事。但家里添丁进口，靠伍蛮子卖苦力挣的那点钱，日子过得紧紧巴巴。

后来出了一件怪事，彻底改变了风三娘的命运。

她得了一场病，病好后似换了一个人，神思恍惚，常常说些人听不懂的话。一开始大家不以为意，以为是受了伍蛮子的气，有点神经。儿子的不幸夭折令她彻底失常。黄龙镇从此多了一道风景：疯女人风三娘。

风三娘整天整夜在孩儿山上找儿子，许多被掩埋的小孩尸体都被刨了出来，也不知找到没有。最初，大家都躲着她，觉得她之所以发疯，是魔鬼附体，时间久了，并无异样的事情发生，也就见怪不怪了。

风三娘是文疯子，爱唱歌，爱干净，爱编织花冠，美貌依旧令人垂涎。有一阵子，风三娘失踪了。谁都不以为意。直到她再次出现，才有人问：这几个月，她疯哪儿去了？而接下来的新闻则震惊了所有人。风三娘被镇东头的李光棍囚禁在地窖里，做了几个月的性奴。李光棍被判了十五年刑。大家都觉得，虽然事情龌龊，但被奸污者是一个疯子，大可不必判得这么重，却也因此让其他对风三娘不怀好意的人却步。

风三娘好唬人，人前突作惊恐状，指着人的身后叫道："有鬼！"继而得意地笑了，小孩子会被吓得大哭，所以她一接近小孩，立刻就有大人朝她挥拳头，大孩子则喜欢远远地用石子打她取乐。多年以来，镇上人都习惯了这个疯女人的存在，没有她，黄龙镇会冷清许多，但没人关心过她怎么吃，怎么睡，更没人想过是否应该设法医治她的疯病，哪怕希望渺茫。

"风三娘怪可怜的！"提起风三娘，单玉老师感慨地说。

风三娘的遭遇令向天舒久久不能释怀，每次见到她，他都要驻足观望。风三娘自说自唱自笑，生活在另一个世界里。

五

向天舒刚开始熟悉教书这一行时，殚精竭虑，改作业、备课，业余时间几乎都被占据，只有到夜深人静时，才能看书、写信，睡得极晚，起得极早。身为班主任，须带领学生晨跑，故而利用中午时间补瞌睡，以前从不睡午觉，到黄龙镇后，午睡成了雷打不动的生活习惯。在省城时踩着点去上班，从未比太阳起得早，到黄龙镇后，天蒙蒙亮即起，天气晴好时，最先看到的，总是高悬在青龙山上空的启明星。

星期六上午还有课，之后便是周末，有一天半的闲暇时间。他决定利用周末打理一下分给自己的那块菜园。到百货公司买回一把锄头，兴冲冲开始锄地，没多久便汗流浃背，手也磨起水泡，只得歇下来，望着满园的杂草发愁，相比之下，周围的地里一片生机，辣椒、番茄、豌豆、韭菜、白菜，姿态万千。他虽然生长在农村，下地却很少，只喜欢随父亲出湖打鱼，又因离家早，地头的活儿早忘尽了。

“向老师，我们来帮你。”向天舒惊奇地看见以姜泽后为首的七八个学生走来，手里都拿着锄头。

“小向，我叫他们来的。” 单玉老师从窗口伸出头来说。看到向天舒干活的情形，她又好笑又心疼，便去找姜泽后，让他带些人来帮向老师。

“向老师，以后有这种事，只管叫我们。”说毕，姜泽后带头干起来。

叶莲也在，穿一件红色的长袖套头衫，格外显眼，向天舒对她笑，她也笑了，不再像平时那样，一见他就脸红。叶莲挖地的动作很麻利，用的是巧力，每一锄头下去，都比他挖得深，翻起的土块被仔细捣碎，似在绢上刺绣一般。有意无意间，他的视线总被叶莲牵引着，在他这位风月老手看来，叶莲似早放的花朵，不到十三岁，胸前已自摇曳。他看得呆了，忘了干活儿，回过神来，在心里责骂自己。

他向大家讨教挖地的技巧，笑着说：“现在，你们是我的老师。”同学们哈哈大笑，活儿干得更欢了，进度很快。新鲜的泥土气息弥散开来，天上一丝云都没有，太阳明晃晃的，不辣，许多燕子在头顶翻飞，原本藏身草间的小虫四处逃散，长翅膀的便都成了燕子的美餐。

大家依次把鞋袜脱了，放在园外的小径上。向天舒也赤了足，裤腿高高挽起，脚陷进土里，感受到来自柔软而冰凉的泥土的挤压，细微的快感沿尾椎爬到头顶，脚底有种向下延伸的欲望，如果他是棵植物，一定乐意把根扎得很深。一阵酥痒，是条蚯蚓，正缓缓爬过脚踝。

杂草清理完毕，因前两日下过雨，泥土呈深褐色，平整，细密，沐浴在阳光中，如细浪翻滚。大家就地坐下歇息，有几个学生爬上围墙，双脚吊在半空，四处张望。

“向老师，你打算种些什么菜？”

“种花。”

“哈哈哈！”大家笑起来，以为是玩笑话。

“你们笑什么，我真的要种花，各种各样的花，本地有的，本地没有的，都要种，花园不是很美吗？”

大家看看周围的菜地，疑惑不解，只有叶莲一人两眼放光，似很欣喜。

“不过，蔬菜也种，还有包谷和向日葵，既可以吃，又可以看。”向天舒看着叶莲说，好像只有她能理解自己的用意一样。

“这样，我们把地分成九块，中间留出小路。”

大家又动手干起来，很快，出现了齐整的九块地，横三纵三，像九张空白纸，只等在上面写字了。

向天舒叫姜泽后次日上午陪他到集上采购菜秧儿，别的同学下午来，种菜，施肥。谢过学生，回家清洗一番，站在书房的窗前，看着拾掇一新的园地，十分欢喜。

讲价，挑选，姜泽后都很在行，从小就随大人下地干活儿，正所谓“穷人的孩子早当家”，向天舒和姜泽后一起采购了辣椒、番茄、茄子等秧苗，根部皆附着新鲜的泥土，背了满满一竹篮，可惜没有花苗卖。中午一同去打饭，多打了两个肉菜，回向天舒的宿舍吃。姜泽后尽搛蔬菜，向天舒做出生气的样子，逼他吃肉，他才放开来吃，狼吞虎咽。姜泽后家里穷，平时难得吃上肉。向天舒心里隐隐有些酸楚。吃过饭，他拿出一沓饭菜票，递给姜泽后，后者抵死不要，推让不过，才收下来。

“不知道怎么谢向老师！”

“不用，好好用功，将来出息了再谢我。今后有困难尽管说，啊。”

下午，来帮忙的学生更多了，都是家离得较远的住校生，镇上的学生自然每天都回家，而家较近的住校生，逢周末也都回家，一可省饭菜票，二可帮家里干农活儿，叶莲家最远，除寒暑假外，从不回家。向天舒过意不去，周末是休息天，怎么好占用大家的时间，同学们都说没事。他打心底里喜欢这些朴实的乡下孩子。

大家分头找来工具，又分工合作，有的种菜，有的担水，有的担肥，先将最靠围墙的三块地种上包谷、向日葵及蔬菜。

“叶莲，你们几个女生跟我一起去花园。”

“好的，向老师。”叶莲脆声答道，满面笑容。

圆形花园里的每一种花都被他们匀出一部分来，单插花枝就可以活的，如月季，便细心折下枝条来，须整株种植的，便拣较密的地方连根挖起，并不妨碍花园的整体美感，不过向天舒还是有些做贼心虚，怕被别的老师看见。看看每人怀里都满了，想起在绿水塘边见过野生的凤仙花，虽然还没有开花，但他自小熟识，一眼就能认出，便说：“你们先回，我马上来。”走出几步，觉得身后有人跟随，转过头，是叶莲。

“咦，你怎么来了！”

叶莲却只是抿着嘴笑。

他们挖了许多凤仙花及别的一些野花，叶莲一直笑盈盈的，从第一天上课起，从没见她这样笑过。

花分六份，种在剩下的六块地中，虽很稀疏，但毕竟有了个开端，来日方长，以后再慢慢补上。

男女生在一处干活，充满欢声笑语，向天舒深受感染，原来劳动也这般快活。

黄昏，独立窗前，先前见过的白鹳恰好飞回老人山，但看不见它们栖息的那棵老松，不知它们是否也像他一样，辛劳一天后，有所收获。心里冒出两句诗：准备好花园 / 等待蜜蜂和蝴蝶的到来。反复吟诵，觉得甚妙。

别的老师种地，大多从实用出发，至少，可以省下不少菜钱，似向天舒这般种花的，从未见过，都觉得好笑。郝校长夫妇也喜种花，因为没有孩子，将很多精力放在养花上，但种在盆里，屋内和窗台上放不下，便用铁丝固定在走廊的栏杆上。他们从每个盆里分出一些花来送给向天舒，别的老师也把自家盆栽的花送些给他，顺便送他一个雅号：花痴。

他还在客厅的茶几上种了一盆水仙，矩形白瓷浅盆，覆了一层白色马牙石，刚好被水淹过，水仙的根茎外露，仅凭水就能存活，令他惊讶，春末夏初开花时，白瓣黄蕊，静静地吐露着芬芳。

周末回家的学生，时常给向老师带回各种花草，家养的，野生的，兰花最多，向天舒为此重新调整了花园的布局，集中一处种兰。花园渐渐丰富起来，四时的花都有，灯笼花、仙人掌、玫瑰、美人蕉、康乃馨、三色堇、菊花，等等。此外，还种了几丛韭菜，取其壮阳之意。沿地界两头的竹篱种上迎春花，野蔷薇，牵牛花，都是会攀爬的，还移栽了一棵火棘，从老人山上挖来的，正开白花，如梨花一般。火棘又叫火把果，果实鲜红似火，令向天舒联想起圣经里的“荆棘火”。关于火棘果实的名称，他有过一个美丽的误会。火棘俗称“救军粮”，因其果实可以食用，曾经挽救过一支饥肠辘辘的军队，但儿时不知道这个典故，因为音近的缘故，一直误以为是“豆精娘”，从小就这么叫，后来发现叫错了，却不愿意改，无论是充饥的粮食，还是实施残酷战争的主体“军队”，都毫无美感，按照他的理解，火棘的果实似豆，是成了精的豆子，美似娇娘。

夏初，花园里果然热闹起来，蜜蜂、熊蜂、蜻蜓、各种蝴蝶，甚至蝇类，纷至沓来，一些蟋蟀和蝼蛄也从旁的地里把家搬过来，夜里在一起合奏，沿墙的包谷和向日葵都长高了。

他管自己的花园叫方形花园，以区别于公共的圆形花园。

向天舒在纬县上高中时，语文和英文老师的课上得最好，特别是语文老师，学识渊博，颇具学者风范，除了书本，还教给学生很多做人的道理，对他影响至深。他在回忆中获得了不少有益的教学方法，且联系起自己的求学经历，推己及人，远离死板的教条，讲课生动、实用，激情满怀，学生们爱听，连一向调皮的学生都安静下来，学习的积极性空前高涨。

面对那一双双求知的眼，责任感油然而生，他觉得，教书也是一种劳作，在学生的心田里耕耘，知识将充实他们的灵魂，且改变他们的人生。他尽量用最浅显生动的语言，把自己的人生感悟传递给学生，他知道，因为涉世不深，许多话他们还听不懂，或似懂非懂，但他们今后会懂的，到那时，他们会回想起他的种种教诲，心有所悟，朝着他预言的方向走去。

他常常在课堂上宣讲：不要读死书，要会举一反三。读到某个独裁者的历史，就要想到所有的独裁者，人性的恶是普遍的；读到某个时代的不幸，就要想到所有的不幸，悲剧不是某一国家某一时代的专利。

他还会在课堂上给学生放世界名曲，与他们分享音乐之美，许多山里来的学生从未听过世界名曲，从此，他们的生活中不仅有山歌，也有聆听世界名曲的美好经历。

最爱批阅学生的作文，包括高三的英语作文，借此了解他们的内心世界，每次布置下作文题目，都再三强调，写自己之所想，作文的第一要义是真实，不要受任何条条框框的束缚，人生而有表达的自由，再通过后天的学习，学会自由的表达，而美是最终的目的。对叶莲的作文总要多看几遍，字迹娟秀，但显得柔弱，仿佛在寒风中敛着身子，同她平素忧郁的眼神一致，语气远比实际年龄成熟，常常欲言又止，似有深深的隐衷。也许，她只是有了些青春期的烦恼。女孩子家，到一定时候，身体迅速变化，心理也会深受影响，就像男孩子，到长出几根稀疏胡子来的时候，烦恼便接踵而至。

因为每天带学生晨跑，晚饭后，又常与他们一起踢足球，或打篮球，或打排球，或打乒乓球，向天舒的身体一天比一天结实，烟也抽得少了，酒却不断，每晚必小酌一杯。最喜欢操场上踢球的气氛，夕阳西下，有时晚霞满天，把人染成玫瑰色，踢球的，看踢球的，呼叫声此起彼伏，在青龙山与老人山之间久久回荡。操场西面正对着女生宿舍，窗口常有女同学的身影，踢球的男生因此异常卖力。

晚自习开始后，静谧主宰了夜，向天舒必要到教室巡视一番，顺便解答个别学生的问题，尽量压低音量，不影响其他人。有意无意，总要踱到叶莲旁边，看她在温习什么功课。尔后走出教室，至操场上，深吸几口夜气。教学楼前的花坛里有两株夜来香，开满黄绿色的小花，早夏，味尚不浓烈，幽幽其香，教学大楼的灯光散落在地上，头顶四周有蚊虫飞舞，草虫发出唧唧哝哝的声音。慢慢走到绿水塘边，白石塔矗立在夜色中，与野草地上的大榕树遥遥相望，似一瘦一胖的两尊人像，竹林间隐隐透出教职工宿舍的灯光，几近于无，恍若某个荒无人烟的所在。有星月的夜晚，波光点点，依稀看得见绿水塘的轮廓，而阴天，除近旁的水，对岸及远山皆不可见，水塘似被黑夜放大了，茫无际涯，传来鱼打水的声音。无论何时，小小的绿水塘总让向天舒联想起青溟湖及同青溟湖有关的一切，甚至省城西郊的大湖，乃至在省城的日日夜夜。有时，出教室门后，径直走到街上，穿过南门街，行至江边，望着对岸小屋微弱的亮，仿佛是一只神秘的兽眼。那是一个渡口，系清平岭至黄龙镇的近道，但山路陡，大宗货物的运输还得绕很远的路，经东大桥入镇。艄公是位彝族汉子，几十年如一日在蓝江边摆渡，与之有关的种种传说令他对小屋充满向往。蓝江中段的水面宽而平直，水波不兴，除盛夏涨大水时混浊外，四季皆澄碧，除了风，使江水泛起涟漪的便只有摆渡中的小船和游鸭。

领到教书生涯的第一份工资。工资虽不多，但足够在乡下的用度，而作为自己辛勤劳动的酬劳，意义非凡，虽然工作占据了许多自由思考和阅读的时间，但所获不止于物质，且有助于思考。人的存在本身具有二元性，物质的，精神的，缺一不可，纯粹的精神，无人可得。人只要认真地生活，勤劳动，勤思考，最终，都会找到他自己的天堂之门。

教学工作一旦熟稔，可自由支配的时间便多起来，阅读，写信，登山。

配合乡下散漫的生活节奏，阅读地点也很随意，多在书房和卧室，好处是独自面对老人山，安静，而在客厅，必敞着大门，可以远眺青龙山，或者就坐在走廊上，有人路过时点头致意。路过的人忍不住会问他看什么书，待看过书名，随便翻了几页，赶紧递还，说看不懂，在他们眼里，有些书同天书无异。乡下的缺点是买不到书，幸亏好友在省城，便订购了一份介绍各种新书的权威刊物，有相中的书便请他买了寄来。

待人都差不多入睡以后，便开始写信。他只给一个人写信，因为是无话不说的好友，同写日记无异。文字是有形的思想，而思想是人的灵魂，文字让灵魂现形，照彻了另一个世界，所以，“仓颉造字，鬼神夜哭”，因为他们无处藏身。民间有“寄魂物”的传说，把自己的灵魂寄在某处或某物上，身体便很安全，因此，他写信给最信赖的好友，灵魂便有了寄托，身体也得到安定。门房又兼收发室，接收和分发信件及报刊，由临时工管大爹负责，全校就数向天舒的信件包裹最多，尤其是信，十分频繁，且都出自一人之手，这不能不让人生疑，管大爹常在背后向人说起这事，大家以为他在省城有相好，待不长久。郝校长暗暗着急，让单玉老师去门房打探，单从寄信人的名字和笔迹，看不出男女，单玉老师终于忍不住，亲口问向天舒：是不是省城有相好？他笑着否认了，郝校长松了一口气，但心没有完全放下，谁知他说的是不是真话呢？

登山的爱好是在省城养成的。上大学时到建筑工地打工，站在高高的脚手架上，城市、远山、西郊大湖，尽收眼底，天空触手可及。工作以后，常与好友一起到郊外登山。在高处，无论身心，都有一种君临天下的感觉。总想登得更高。到黄龙镇后，四周都是山，登山的爱好一发不可收拾，常常像一棵树，站在山顶吹风，有时，人已下山，灵魂却还在山上流连。

最先爬的是老人山，后来最常爬的也是老人山，因离学校近，难度又恰到好处，从容不迫，一面攀登，一面欣赏风景，一面思考问题。

其次是青龙山，通常是面朝黄龙中学一面的前山，同样离学校近，但难度大许多，有几处裸岩，露出两个相邻溶洞的洞口，酷似一对鼻孔，叫龙鼻子洞，此外均为植被覆盖，无论灌木和乔木，都十分茂密，还丛生着许多金竹，路常常被长草遮没，视线大部分时间被阻，还要担心脚下，且提防头顶，因为有青竹标一类的毒蛇出没，偶尔也会露出一小块空地，碧草青青，让人立刻就想躺上去。山顶有一块巨石，没有树木遮挡，面朝黄龙中学的一面有三层楼高，爬上去，青龙山本身并周围的风景，一览无遗，东向看，一南一北，蓝江与黄水河并行，流出盆地后，眼看就要交会，却又分道扬镳。巨石呈灵芝形状，有好几个名称，因人而异，“灵鹫峰”，信佛者都这么叫，看上去也有点灵鹫展翅的意思；“灵芝顶”，是那些梦想长生的人叫的；最后，也是最重要的，叫“龙角石”，因为青龙山被视作龙脉之首，而龙是长角的，对做梦都想飞黄腾达的人来说，尤为重要。

长虫山的东南坡缓，长草覆盖，风过时，草中似有千万条蛇急行，故名。这里是黄龙镇的夏季牧场，到处是牛，又有许多高大的桐树，可以让牧童躲阴凉，且在桐子熟时打桐子取乐。四月，梨花、李花、桃花、杏花，都相继谢了，好似接力一般，桐花开满长虫山的东南坡。桐花呈紫色和白色，虽不甚分明，但在有心人眼里，灿若云锦。向天舒爬长虫山时，常遇见放牛娃，一个个都很顽皮，朝他挤眉弄眼，甚至扔桐子打他，他也不恼，有时逮住其中一个，作势报复，对方捂着脸“哇哇”大哭，别的童子在一旁跳脚大喊，像一群小猎狗在围攻一个庞然大物，他连忙放手，对方立刻像泥鳅一样滑脱，在安全距离外得意地大笑，原来哭声是装的，他便不再理会，在他们的嘲笑声中继续爬山。有一次，见其中一个牧童坐在水牛背上吹笛，笛声慢，曲调简单，却美不可言。

长虫山没有明显的顶峰，山脊绵延，如弯曲的长蛇，翻过山脊，便是陡峭的悬崖，无路可走，再往下是茂盛的森林，与南坡的景象大异，隔黄水河与蒙山相望，中间呈V字形，仿佛一步就可以跃过去。蒙山里有许多苗寨，想到苗寨，向天舒立刻就会想起那位卖草药的苗女。在他眼里，长虫山的野火异常神秘。夏日黄昏，野火常常出现在山脊，如蜿蜒的火蛇，同顶空的星星交相辉映，仿佛随时会抬起头来，烧到幽冥的天空里去。不论身在何处，野火一起，向天舒便走不动路，入定地看着，美丽而神秘的山火，不知因何而起。

南山因为陡峭，不便攀登，向天舒计划利用暑假的时间去清平岭游历。

孩儿山是土石山，树矮小，多荒草，田畴环绕，平地而起，呈坟丘状，战争年代是战略要地，因史上来犯的敌人多来自西方。孩儿山扼守镇西北的要冲，乃一天然要塞，无论从哪个角度都能看见碉楼的断垣残壁，黄昏时显得鬼影幢幢，仿佛历代战死者的冤魂在游荡。老人山西北面不远处有很大一块洼地，因在北门街以北，叫北门塘，夏天积满水，冬天干枯，见败草乱石，每年夏天都要淹死一两个游泳的孩子，惯例埋在孩儿山上，迷信的人曾经在大白天见到山上的小鬼游戏。除非迫不得已，人们都不到孩儿山上去，向天舒则不以为然，黄昏时散步到街上，兴之所至，拐上北门巷，一直走到孩儿山，不费吹灰之力就爬到山顶，在碉楼废墟中流连一番，其间要惊走几条野狗，还会踢到一些小骨头，是孩子的尸骨，被野狗刨了出来。

周末，时间充裕时，便远足去登镇西的白虎山。白虎山是连绵的山系，东侧叫白虎坡，直达主峰，坡缓，视野开阔，植被疏密有致，多怪石，色白，远望似斑斓的白虎，因此得名。

走出西门街，右拐上田间小路，不久即看见一条清澈的小溪，溯流而上，溪畔多青草、芦苇、小灌木丛，溪中布满大大小小的石头，时有巨石挡中流，弄出哗哗的水声，石上留下水流的痕迹，色彩斑驳，不知有几千上万年。至白虎山西南麓，开始上坡，不久就见到溪源，从山肚子里汩汩冒出，用清冽的泉水洗把脸，然后掬一口喝下，顿觉神清气爽，山羊经过时也会在泉中饮水。沿旁边的小路上山，可以爬上一个山头，距主峰却很远。如果要登主峰，还须走到东边的白虎坡脚。溪水下坡后，向东奔流，到平畴中便悄无声息，蜿蜒行进，至中段折向东北，经白虎山与长虫山交界处的狭长深谷，流进黄水河。峡谷叫紫溪谷，溪水理应叫紫溪，当地人并不这样称呼，似乎一条小溪，不配有名字。其实，叫紫溪再恰切不过，早春，周围成片的苕子地里开满了紫色的小花。紫溪上段水流大，有一座单孔的小石桥，年代久远，附近有三架水车，竹木结构，相距不远，一年四季都在转，田园风光因之生动。从白虎山上看，紫溪呈弓形，从西南流向东北。向天舒登白虎山前，总要沿紫溪走很远，或往上走，或往下走，耽搁久了，时间不够登山，也就作罢，有一次，不知不觉就走进了紫溪谷，林木葱郁，路时断时续，有时走在溪左，有时走在溪右，水宽处一步跨不过，有人在水中放了几块垫脚石，须小心踩在上面过去。一路上看见许多盛开的杜鹃及各式各样的蕨类植物，溪谷越切越深，仿佛是小路升高了，有一阵子，看不到溪水，只听见淙淙的水声，终于看见黄水河，在脚下一百多米的峡谷中流淌，气势蔚为壮观，溪水入河处呈浅绿色，是黄水河的黄色与紫溪的蓝色交融的结果，再往前，就没有路了。

入夏以后，向天舒特别喜欢爬白虎坡，因坡脚盛开着鲜红的罂粟花。连片花朵半人高，在初夏暖热的阳光中，红艳欲滴，撼人心魄。黄龙镇有过种鸦片的历史，但现在还放任罂粟花自由生长，未免奇怪。也许是另一种花，长得相似罢了，可当地人都管这种花叫罂粟花，向天舒疑惑不解。后来才发现是虞美人，并非提炼鸦片的罂粟，也不会结流白浆的蒴果，虽然二者酷似。虞美人也是罂粟花属，而且另有一种好听的叫法：田野罂粟，所以，向天舒同当地人一样，还管这花叫罂粟花。至于虞美人的名称，则与古代的大美女虞姬有关，虞姬横剑自刎，鲜血所溅之处，长出一种血色的花来，这同一战后欧洲战场上虞美人疯狂生长的神奇事件不谋而合。向天舒每次都要采摘很多罂粟花，插在玻璃瓶里，看血色慢慢褪去。每当欣赏瓶中的罂粟花时，都不禁要问：花一旦离开枝头，生命即告结束，死亡为何如此鲜艳？移栽到花园里的罂粟花也开得很旺盛。

从白虎坡脚登顶，须小半天时间。白虎山主峰是观白云山的绝佳点，天气晴好时，白云山清晰可见，时令进入夏季，雪褪尽，露出青灰色的圆锥形裸岩，似处子细腻的肌肤，又似事物的本质，永远不会融化。

孩儿山矮小，从坡顶看不到白云山，而于别的山顶均可见。遇有晚霞的黄昏，向天舒必要飞快爬上老人山，坐在山顶的石基上，远眺白云山，看圆锥形裸岩披着金色的云霞，高贵，华美，矗立在尘世的上空。白云山就像一个梦想，一个象征，激发着人的想象，为了让想象持续得更久，延伸得更远，他打算迟些再去攀登，但迟早是要登的。裸岩看上去陡峭无比，除了专业的登山者，一般人上不去，他也无意上去，他只想爬到离裸岩最近的地方。

除了南山和蒙山，黄龙镇周边的山差不多都已涉足，每座山都爬了许多遍，但并非简单的重复，因心境不一样，时间不一样，天气不一样，登山的路径不一样，每次都会有新发现。几个月下来，向天舒好登山的习惯已尽人皆知，且为人所不解，只要远远见到孩儿山上有个游魂一样的人影，人们就会说：快看，是向老师！向天舒因此被视作黄龙镇的三怪之一，另外两怪，一是风三娘，一是怪老道，风三娘是个疯子，其怪不怪，怪老道疯疯癫癫的，不怪才怪。

此外，他还喜欢听音乐。

从省城带回一套小型音响及许多碟片，偶尔也让省城好友寄些音乐碟来。音箱放在书房里。家里常常响起各种音乐，古今中外的都有。他对音乐没有太深的研究，声音传达的是一种内在的情绪，一旦用理性去分析便无趣了。随性播放，多数时候并不用心去听，更像是一种背景音乐，常常，不经意间，某根神经便被触动，灵魂从肉身分离出来，轻如鸿毛，被旋律带动，飘入另一个世界，经历过的，如童年，如情窦初开的少年时代；没经历过的，如古代，中国的古代，外国的古代，有时，也会是一种完全虚幻的场景，无以名状，须全神贯注聆听，稍不留意，这种感觉就会消失，从肉体到灵魂，一动都不敢动，仿佛之前正在做某事，神仙在暗中念动咒语，说：“定！”便入定一般，保持着先前的姿态，沉浸在音乐唤起的世界里，直到音乐结束，才如梦初醒，为失去的世界怅惘。

最爱肖邦的钢琴练习曲，那些被舒曼誉为“心灵圆舞曲”的音乐，从心灵流向心灵，几近于无声，如幽泉，如微雨，如月华，启人幽思。常常坐在黑暗里欣赏，敞着窗，纯粹的音乐，不说明什么，亦不让人产生具体的联想，仿佛在人心里安置了一架白色钢琴，一个柔美的男子，面带忧郁，静静地弹奏，音符飘出窗外，又被微风送回来。

六

教学楼的通道两侧系黑板报，写满各色的粉笔字，内容庞杂，学校的规章制度，会议通知，文章摘抄，夹杂着英文，意在提高学生的英文阅读能力，均出自同一人之手。无论中英文，书法都极漂亮，功力深厚，中文字凝重方正，每一笔都很用心，英文却稍稍随意，大概西文字母的线条打破了方块字的框架，多连笔，笔走龙蛇，蜿蜒中透出曲折的人生况味。向天舒一开始就被这些字吸引住，对写字的人充满好奇和敬意。

看见写字的人正在抄黑板报，向天舒吃了一惊，原来就是他。在校园里遇见过几次，年逾古稀，白发向后梳得一丝不苟，眼镜片很厚，布鞋，深灰色的中山装，干干净净，走路极慢，右腿显见是瘸的，让人担心他随时会摔倒。

他立在一旁静静地欣赏。对方专注于书写，每写完一个字都要稍事停留，似乎不是在工作，而是在习练书法，且不在乎所写的内容，只关注每一个字的字形。每个字，虽同别的字发生着这样那样的关系，其自身却是独立的个体，有着内在的生命，历史绵远，意味深长，外形的结构美不可言。汉字真是世上最美的文字，向天舒在心里感慨，一面暗下决心，有机会要多向这位老先生讨教，以提高自己的书法水平。

终于，对方写完最后一笔，稍稍退后，通篇看了一番，嘴角露出一丝笑意，开始拍打洒落在衣袖上的粉笔灰，这才注意到向天舒。

“好俊的字！”

“见笑见笑，新来的向老师吧，你好，你好！”老人的表情带着几分谦卑。

“您好，叫我小向就行，我也喜欢书法，前辈多指教。”

“不敢当不敢当，得空来家玩。”

“好的。”

“再见！”

“再见！”

对方趔趄着离去，背影投在向天舒的心底，引发无限惆怅。

他叫任老师，确切地说，姓任，但不是老师，虽然他比谁都有资格，但从未教过一天书，大家都这么称呼而已。

要说任老师还是黄龙中学的元老，学校刚成立时就来了，除了郝校长和几个老教师外，知其底细者并不多。

常常，单玉老师做了好吃的，都要来叫向天舒，郝校长是个有见识的人，单玉老师又心直口快，向天舒对他们既感激又敬重，一开始还有些拘谨，像在做客，单玉老师反复提醒他不要客气，要“跟在自己家一样”，很快，他便跟在自己家一样了，甚至会有父亲健在时回家的感觉。郝校长平时不喝酒，向天舒在时破例。因为同郝校长家的关系近，不怀好意的人便在背地里说他是马屁精，他暗自好笑：拍马屁也不会大老远地从省城跑到这个小地方来拍！一天，他在饭桌上提到任老师，郝校长呷了一口酒，长叹一口气，说：“人才，真正的人才，埋没了！”单玉老师插话说：“老任从前可是全省最年轻的少校军官呢！”

任老师是郝校长最敬重的人，没当校长前，两人私交甚厚，但自打他当了校长，对方反与他生分起来，有意避着他，他不明就里，只好在暗中照应对方。按理，任老师只是临时工，年岁又大，光抄黑板报就拿一份工资，难免别人有微词，郝校长的解释却很简单：“如果有谁的字比老任写得好，我立马让他走人！”任老师的字不是一般的好，常有爱好书法的学生在黑板报前临摹呢。

任老师系纬县县城人氏，关于任家，《纬县县志》里记载甚详，向天舒阅读县志时很是留意了一番，记忆犹新。任家是纬县最大的家族，世代为官，后来虽然式微，底气尚在，任老师的父亲没有做官，但以儒学名噪一时，是纬县的头面人物。任老师当年也曾叱咤风云，县志却只字未提。

任老师聪颖好学，字写得俊，文章和古诗也做得好，其父以为后继有人，希望儿子光大自己的学业，殊不知时局动荡，他怀了“治国平天下”的理想，不顾父亲的反对，毅然报考了军校，甫毕业就上了战场。先同日本人打，后同自己人打，聪明善战，功勋卓著，才几年的工夫，就被擢升为全省最年轻的少校军官。随身携一箱书，于戎马倥偬中偷闲阅读，人称儒将。

内战结束前夕，任老师本有机会去台湾，但他选择留在省城，不为别的，只是不想离故园太远，且有解甲归田的意思，当年投笔从戎，而今国家都偃武修文了，正好完成父亲的遗愿，埋首故纸堆，做起学问来。当政者说他弃暗投明，不容他推辞，封给一个官衔，名誉上的，并无实权，他也落得清闲，看看书，遛遛鸟，泡泡茶楼，常偕夫人一道散步，子女的教育都交给政府，对新社会里发生的一切，感到莫名其妙，也懒得管。

因为他和他的家族有很多“历史问题”，他的职位被免去，且要接受思想改造。思想改造的方式之一是写检讨，一遍又一遍，内容千篇一律。

时间都花在写检讨上，哪还有工夫做学问，任老师对此很无奈。接着，不许散步，不许泡茶楼，不许遛鸟，因为是资产阶级的生活方式，而监督最力者，竟是自己的子女，彻头彻尾，他们已然被政府教育成与他这个老夫子格格不入的“新人”。

最明智的选择就是待在家里，除了上学习班，哪儿都不去，所幸有爱妻相伴。窗外，高音喇叭、锣鼓声、口号声，一刻也没消停过，天天都在搞运动，任老师和妻子默默对视，唯有苦笑，不知身在何处，反正不像在人间。

树欲静而风不止。“文革”爆发了，任老师和妻子自然逃不了被批斗和游街的噩运，持续数月之久，任老师的右腿生生被打断，妻子不堪其辱，在一个夜黑风高的夜晚上吊自杀了。

任老师被遣回原籍，继续挨斗。

爱妻的死令任老师彻底崩溃，有一阵子，人们都以为他疯了，成天望空发呆，只会说两个字：报应！腿瘸了，老婆死了，子女不认，人也快疯了，到了这地步，再斗就没意思了，干脆，发配到黄龙镇算了。黄龙中学刚成立，任老师便在学校里做了烧锅炉兼扫厕所的工人，后来改做园丁，负责校园的绿化工作，除象征性地在全镇的批斗会上示众过两次，当地人没有为难过他，虽然见了他会绕道走，小孩子会在身后高呼“反革命”取乐。“文革”后，任老师稍稍受到优待，负责收发报纸杂志，因字写得好，兼抄黑板报，靠微薄的工资生活。“文革”结束后，人人喊冤，或早或迟，大多被平反，他却沉默不语，遂被上面的人彻底遗忘。因他看上去老实，又饱经了那么多风霜，学校便让他一直待下去，有点照顾的意思，郝老师当校长后，便只让他抄黑板报，工资照发。

任老师因为当年遭受的非人折磨，落下残疾，多年里病魔缠身，能活到现在简直是个奇迹，近几年身体反较前些年更好，也许，人对生的欲望少了，反而活得更长久些。因右腿瘸，左右极不协调，走路的姿态显得有些滑稽，捣蛋的孩子甚至当面叫他“瘸子”，他也不恼。

“不肖子孙！”说起任老师的孩子，郝校长愤愤不平，任老师有两个儿子一个女儿，皆在纬县城里工作，谁都不想接老人去同住，也从未到乡下来看过老人。

从郝校长家回来，向天舒久久不能平静，翻开《纬县县志》，把有关任家的章节重读了一遍，掩卷深思。

周末，吃过晚饭，向天舒决定去拜访任老师。

任老师家在单身宿舍区最靠里的院落，院里有两棵柳树。说是家，其实只是一间小屋，门左边有一扇格子窗，朝向院子，屋内光线昏暗，有股淡淡的霉味，窗下是书桌及一把老旧的靠背椅，木板床靠左侧的墙壁，右侧抵墙放着矮方桌和与之相匹配的两个矮凳，对门的墙根是一个木柜，锅碗瓢盆及一些书报杂乱其间，木柜与矮方桌之间的墙角处立着一个自制的洗漱架，摞着两个搪瓷盆，一个洗脸，一个洗脚，挂着两条毛巾，一条擦脸，一条擦脚，另有香皂，牙刷等，再简陋不过，斑驳的灰墙上挂着几幅任老师自己写的字，是屋里唯一的装饰，而蓬荜亦因此生辉。

对向天舒的到来，任老师欣喜异常，且有点手足无措，因拿不出什么东西来招待他，连声说不好意思，像个做了错事的孩子。向天舒忙说不用张罗，只是随便坐坐，有茶喝就行。任老师这才忙着去烧水，准备给他沏茶。

向天舒细细品玩着墙上的字，一面看一面在心里描摹，用粉笔书写的板书只能表现书法的形，神传达不出来，因为粉笔和黑板都是硬的，可谓硬碰硬，而毛笔和纸都是软的，神是软中之软，自然只能从软中来。任老师的字苍劲饱满，力透纸背，行书中正内敛，似他深厚的学养，草书则大起大落，似他不平的人生。

目光落在书桌上的一个相框上，不用猜就知道是任老师和已故妻子的结婚照，黑白相片，历经半个世纪，发黄得厉害。任老师一身戎装，十分英武，眼镜片远没现在厚，相貌俊朗，目光清澈，新娘着西式婚纱，表情则是传统的，略带羞涩的笑意，散发出东方古典美的幽香，两人目视前方，脸上洋溢着幸福，丝毫不知道正在眺望的是怎样不幸的未来。旁边有一个长方形的大红漆木盒，格外耀眼，像个首饰盒，不太可能是任老师妻子的，因看上去很新，也许，里面放着任老师妻子的遗物，向天舒很好奇，以后每次来，都要多看木盒几眼，想问，又觉不妥，只好在心里做出种种猜测。红木漆盒旁有一个老式烛台，上面插着一支红蜡烛，已燃去一半。

他们边喝茶边聊天。任老师的情绪有些激动，不停说话，像是喝了不少酒。

向天舒被任老师的传奇经历深深打动。照当前的局势看，战争爆发的可能性很小，也许，他的有生之年都不可能亲历战争，而战争是人类历史不可或缺的一部分，个人历史中没有战争经历，对于什么都想体验的向天舒来说，不能不说是莫大的遗憾。人的经历是有限的，内心却可以无限丰富，用心去感受，别人的经历亦可纳入自己的世界，所谓感同身受。借着任老师对战争的回忆，向天舒在想象中经历了炮火纷飞的年代，且化身千万，投身于古今中外他所熟知的每一场战争。其实，人世间最持久的战争是善恶间的战争。

“你知道吗，我杀过很多人。”任老师突然说。向天舒忙说：战争年代，身不由己。对方好像没听到他的话，接着说：“有一次，我亲手毙了一个逃兵。他只是想回家，家中有妻儿老母。你刚才说身不由己，也许吧，我不杀他，会有更多的逃兵，稍有头脑的小百姓都不会想打仗，谁都怕死，说不怕死是假的，个体的生命比什么都珍贵。我永远忘不了他临死前的绝望和仇恨的眼神。

你知道，我后来遭到了报应，老天够仁慈的，还让我苟活到现在。一想到我曾经将成千上万的士兵往战火里驱赶时，我就觉得自己罪不可恕，我的债还没还清，还会遭报应的。”

任老师的许多话令向天舒难以忘怀。

“如果一种匡世济民的理想，连自己都救不了，还有价值吗？现在我想明白了，什么是理想？理想就是你通过追求，却永远都实现不了的美好愿望，一旦实现就不成其为理想了。”

“天堂，来世，大同世界，有理想是好的，但为了诸如此类的理想，牺牲掉现在，就不必了。”

“我身经百战，死人见得多了，觉得死并不可怕，确切地说，是不怕肉体的死亡，心灵的死亡才是最可怕的，哀莫大于心死！”

“所谓幸福，是否真的就在一望无际的苦难尽头？”

“每天醒来，我都要在床上躺很久，以弄清自己是活着，还是已经死了。”

“你看我，苟活到现在，今天死跟明天死没什么两样，昨天就该死的人了。不过，小向，这些都是丧气话，你别往心里去。我常常又想，我比别人经历得多些，积累了一大笔财富，不是金钱，是回忆，用钱买不到。等你老了，你才会意识到回忆的意义。每天，闭上眼，往事历历在目，仿佛又活了一遍，一千遍，一万遍，哪怕永远重复下去，我都不后悔；等真的闭了眼，过去的生活便再也不会过去。”

“小向，我一眼就看出，你不是个凡人，不管你做的事有多平凡！成就不是衡量人的唯一标准，何况标准是人定的，不结果的树就不是好树吗？这么多年，我终于遇见可以对话的人了。”

最后这番话让向天舒有种受宠若惊的感觉，对任老师的信任和格外赏识深怀感激。

从任老师那里回来，他感触良多，打算给好友写一封长信，刚要动笔，突然想起任老师的毛笔字，灵机一动，何不用毛笔写信？像民国时期的文人一样。第一次写小楷，内容又多，着实不易，至深夜才收笔，后来，兴之所至时，他便用毛笔写信。

一来二去，向天舒与任老师成了无话不谈的忘年交。除了向他讨教书法，还向他学习象棋技艺。父亲从小就教会他下象棋，父子常常对弈，他上高中后改学围棋，象棋水平再没长进，在任老师高超的棋艺面前，不堪一击。任老师说，戎马生涯中，除了看书，最大的消遣就是下象棋，不仅得到乐趣，而且从中悟出很多做人及带兵打仗的道理，不知象棋是谁发明的，发明者定然是儒家一派，每个棋子都有名分，角色是规定好的，每一步都要踏在实处，不得越雷池一步，其作用随局势的变化而变化；围棋则不同，仅有黑白之分，每颗棋子都是自由的，且平等，或无足轻重，或举足轻重，变化无穷，围空多者胜，务虚，显系道家的产物。向天舒第一次听到这种说法，为之折服。他的棋艺进步很快，偶尔能赢一两盘，但他疑心是任老师有意相让。每次下棋，他都会想起父亲，想起同父亲对弈的情景，恍惚间，任老师变成了父亲。

任老师从未来过向天舒的宿舍，后者邀请过两次，他嘴上应承，但都没来。向天舒慢慢才明白，按照任老师的年纪，如果不是临时工，应该和他们住一栋楼，不愿意到他们这一栋楼来，多半是出于自尊，也许，不同郝校长来往，也是同样的缘故。在黄龙中学，任老师一辈子都是个局外人。

在任老师家，多数时候喝茶，偶尔也来一点酒。有一次，酒稍稍多了一点，任老师双眼迷糊，瞪着桌上的红漆木盒，许久都不吭声。向天舒也盯着红漆木盒，满脑子问号，决心弄个明白，正待开口，见任老师已经老泪纵横。

佛所说的苦海，想必是泪水汇成的，而其中最苦者，莫过于伤心老人的眼泪。

镜片全湿了，任老师摘下眼镜，先用衣袖擦眼，又擦镜片，因为高度近视，裸眼严重变形，且要把镜片凑到眼皮下，才看得清擦拭，两眼眯缝，像是完全闭上，双手颤抖着，怎么也擦不干净。向天舒一阵心酸，起身从洗漱架上拿来毛巾，递给任老师，他接过去，揩干泪，又低头，把镜片细细擦过，戴上，抬起头来。

“小向，对不起，让你见笑了！”

向天舒连忙摇头。

“世间唯一值得我牵挂的人，是我的妻子。”

向天舒纳闷，老人的妻子不是早已过世了吗？任老师用手指指桌上的那个红漆木盒，说：“是她。”向天舒吃了一惊，随即大悟，原来是任老师妻子的骨灰盒！但他只见过黑色的骨灰盒，黑色代表死亡，红色的骨灰盒则闻所未闻。

“骨灰盒是我亲手做的，在我心目中，妻子从未死去，红色是她最喜欢的颜色，我每年都刷一道新漆。”

鲜血般红艳的骨灰盒，同旁边发黄的黑白照片形成极大的反差，犹如一轮红日，永远高悬在时间的地平线上空。

任老师和妻子是自由恋爱，在省城上军校时认识的，任老师文武双全，妻子是大户人家出身，秀外慧中，可谓天赐良缘。家里已经给他说好一门门当户对的亲事，任老师干脆不回家，女方家无望，主动退了婚，父母为此很生他的气。在省城完婚后才带着妻子回家，新娘人见人爱，父母也转变了态度。妻子很善良，有一次到部队上，看见伤员就哭了，主动帮忙，又脏又累的活儿，做了整整一个月。妻子生产后，便一直待在省城，而他南征北战，思念从未停息过。

也许太爱妻子了，子女的出生都没有分走他对妻子的爱，而且，战争年代没时间教育子女，到了和平年代，适应不了新社会的形势，便把子女的教育交给了政府，很少过问。

任老师说，这辈子什么苦都吃过，什么罪都受过，刻骨者唯二事：妻子的惨死及儿女的绝情。当年，听说子女宣布同自己断绝关系后，他仰天大哭，再残酷的折磨都没让他流过泪，自己的亲生骨肉啊！

有一次，向天舒与任老师说起他在省城的劣迹，预备接受长者的责难，未曾想任老师却笑了。

“不瞒你说，我年轻时也风流过，也逛过窑子，也在心里忏悔过，那时国法不禁娼，但有家法，有社会道德的约束，每次都像做贼一样，心里很不安，愧对家人，尤其是妻子。”

“在过去，上档次的窑姐，琴棋书画样样都精，假如客人恰好又能诗擅文，还真有那么一点才子佳人的味道，比纯粹的肉体买卖有趣多了。”

任老师的笑容异常生动，不用说，他属于才子一类，而且家道殷实。向天舒看到了一个更加真实、完整的人，厚厚的镜片也不再模糊，闪耀着一双明镜似的眼，让他清晰地照见了自己的面容。

七

在同任老师的交往中，向天舒惊奇地发现，老人家虽一向沉默，与世无争的样子，心里却明镜似的，照他的话说，眼睛用来看，耳朵用来听，脑子用来想，管住嘴巴就行了。通过他，向天舒对黄龙中学的各色人等有了更深入的了解。

郝校长虽比任老师年轻，但后者经历过的年代，差不多也都经历了。童年在战争的硝烟中度过，随父母颠沛流离，日本人的暴行深印脑海。他爱读书，除了书，万事不关心，因此考上了省城的师范大学。上大学后读书更勤，什么书都读，但那时读书人不受待见，毕业后，同学大多留在省城，最差的也在县上，唯独他被分到黄龙镇这个小地方。远离了政治的漩涡，反落得清静，继续读记在脑子里的书，作为黄龙中学第一个持有大学文凭的老师，工作兢兢业业。和单玉老师婚后不久，红卫兵开始闹革命，郝郝校长被自己的学生打成重伤（下手最狠者因为跟包姥学坏，没少挨他的批评，趁机报复），丧失了生育能力，单玉老师不离不弃，与他相濡以沫。

郝校长夫妇的遭遇令向天舒想起省城好友的父母，所不同者，郝校长夫妇并没有在不幸中消沉，相反，乐观向上，单玉老师喜欢唱歌，郝校长会拉手风琴，一伴一唱，黄昏，音乐声从他们的小屋里传出来，似黑暗中的光亮。“文革”结束后，郝校长夫妇又开始教书，将学生当自己的孩子看待，精力都用在教学工作上，那时，似郝校长这般从城里来的人都千方百计想回城里去，他却毫无去意，照单玉老师的说法，他对黄龙镇有感情。在当地人眼里，郝校长夫妇早已不是外人。

像老郝这么一个人，当上校长是件匪夷所思的事情，轰动可想而知。人们百思不得其解，从不见他溜须拍马，怎么可能当官呢？前任校长调离后，多少人削尖脑袋想挤上校长大人的宝座，怎么会轮到他？唯一的解释，他有后台，秘密后台，看不出来，平时装得倒挺像个老好人！他百口难辩，任命书下来，连他自己都纳闷呢。但无论如何，这是施展才华的机会，书不是白读的，在其位谋其政，他要通过自己的努力，让黄龙中学出更多的读书人。慢慢地，他发现了让他当校长的奥秘。黄龙中学虽设在镇上，却归县里管，镇政府无权干预学校事务，老刁强奸案后，校长职位空出来，县长和县委书记都有亲戚要安排，争斗未果，又不能久拖不决，干脆，谁都别想占便宜，另谋人选，过渡一下。老郝德高望重，关键是没野心，到时再让他离职当无大碍，他就这么阴差阳错当上了校长，是权势之争的戏剧性结果。谁也想不到，他还真有些能耐，上台以后，颁布了许多新举措，学校气象一新，口碑载道。很多年后，县委书记贪污事发，竞争对手不再，无奈，黄龙中学的中考成绩逐年提升，业绩有目共睹，没有理由让郝校长下台，县长只好让他的亲戚耐心等待。无论师源和生源，乃至教学条件，黄龙中学都很差，凭郝校长一己之力，并不能有大的飞跃，零升学率的高考成绩一直未突破，他引以为耻。

老郝从前与世无争，除了包姥这样的人，未得罪过谁。当上校长以后，立刻身陷政治漩涡，身不由己，况且，当校长这件事本身，就招来很多人的嫉恨，其中最眼红者，数副校长程文礼。

打第一次见面，向天舒就对程文礼没什么好感。此人年过五十，偏胖，戴着眼镜，一副文化人的模样，明眼人一看就知道是个伪君子，说普通话，极重的上海口音，尖细刺耳，眉心偏右有颗很大的黑痣，怎么看都像只苍蝇，如果有人盯着黑痣看，立刻就会成为他的敌人。程文礼喜欢搞政治，也只会上政治课。

程文礼有一个嗜好，喜欢摸初中部女生的脸，懂事的女生急忙躲开，他却眯缝着眼，恬不知耻地说："怕什么，我是你程爷爷。"男同学常常私底下模仿他的口吻说：我是你程爷爷。而于高中部的女生，不好再说"我是你程爷爷"，只得色迷迷地盯着看，或借口做思想工作把女生叫到办公室，说些没正经的话，又借查夜之名，往女生宿舍钻。郝校长旁敲侧击警告了他几次，才稍稍收敛，没多久又故态复萌。

如果没有另外几个同他一起来黄龙镇下乡的上海知青，恐怕永远都不会有人知道程文礼那段不光彩的历史。其实，他就一文痞，"文革"爆发后，出尽风头，整天摇笔杆子，沉醉于写大字报，还组织了几个臭味相投的写手，到处写匿名信，用莫须有的罪名害人，很多知名教授都遭到他们的陷害，有几位甚至被迫害致死。程文礼后来争辩说，那是时代的错误，他也是身不由己，顺应潮流而已，问题是，同样的时代，为什么会有害人者和被迫害者之分？

程文礼的老婆叫马兰花，是黄龙小学的音乐老师。第一次见她，向天舒就被她的外表所吸引，四十多岁的人，风韵犹存，不难想象，当年的她，似一朵美丽的蓝色马兰，在风中摇曳。

马兰花最早是县文工团的演员，因人长得漂亮，得罪了领导，被下放到黄龙镇，在黄龙小学教音乐课。全黄龙镇的男子都为她颠倒，不知怎么就让程文礼得了手。婚后不久马兰花的肚子就出来了，不用说，是婚前搞大的，在那个禁欲的年代，婚前性行为不可想象。向天舒在心里为马兰花叫屈，对程文礼更加蔑视。马兰花为程文礼生了一男一女，都已成人，在外地工作，很少回来，谁也不知道他们到底过得怎么样，据说很风光，但只是程文礼的一面之词。程文礼喜欢做两件事，夸耀自己的孩子及骂人"断子绝孙"，无论哪件事，都让没有孩子的郝校长夫妇不自在。

近来，大概是郝校长的警告发生了作用，程文礼突然变得一本正经，且作为书记，大张旗鼓地开始整顿校风校纪，在全校大会上痛斥早恋的行为，见到男女生单独在一起，必定严加盘问，俨然以卫道士自居。

说来好笑，程文礼最不能容忍的人，是风三娘。趁管大爹不留神，风三娘溜进校园，走到教学大楼里，隔着玻璃看学生上课。上课者是一位英俊的年轻男教师，令她看得入神，含情脉脉的样子，把学生都逗乐了，男教师挥手示意她离开，她反以为是在问候自己，做出忸怩的神态，惹得哄堂大笑，弄得男教师满脸羞红。程文礼突然现身，一反斯文的常态，表情凶狠，风三娘吓得拔腿就跑，程文礼叫骂着追出去几十米远。后来，风三娘想出一个报复程文礼的办法，当众脱裤子，第一次做也许纯属偶然，看见对方难堪和恼怒的表情，快意之极，她没想到，自己的下体，曾经被臭男人侮辱过，如今可以用来羞辱臭男人。"断子绝孙的臭疯婆娘，不要脸！"程文礼咬牙切齿地骂道。

令风三娘看得入迷的那位年轻男教师，叫朱友庄，是公认的美男子。

第一次见到朱友庄，向天舒倒抽了一口气，没想到乡下还有这么标致的男子，高个，身材匀称，相貌俊朗，面如傅粉。

朱友庄出生在邻镇一个极偏远的穷乡村，父母怕他将来娶不到媳妇，打小就给他订了一门娃娃亲，对方父母是手艺人，家境相对好些，缺憾是女孩长相不好，女大十八变，有些小时候丑的长大后会变漂亮，可这位却越变越难看。朱友庄却越长越英俊。村里的算命先生说，朱友庄相貌不凡，定成大器。他从小喜欢看书，村里没什么书，倒是算命先生家有很多祖传的命相书，还有一堆古典小说读本，这些村民眼里的天书，朱友庄看得津津有味。本来，家里人并不敢奢望太高，儿子健健康康，将来娶上媳妇，生儿育女，对老人孝顺，就知足了。听了算命先生的话，又见他这么爱读书，心里就动摇了，亲家也说，这孩子是读书的料，将来一定出息，无论如何都要供他念书。但家里穷，没有能力供他，亲家便包下了他读书的所有费用，一直念完高中。朱友庄不负众望，考上了州政府所在地的师专。村里人都以为，亲家的钱算是白花了，朱友庄人长得好，读书又成器，不悔婚才怪。转眼，朱友庄毕业，分到黄龙中学当老师，别说在他们村，就是在堂堂的黄龙镇上，这也是个令人羡慕的职业。不久，朱友庄就宣布，他要结婚了。这么帅的小伙子，又有好工作，娶媳妇还不是手到擒来的事吗？新娘是谁？不是别人，就是于他有恩的亲家的丑姑娘。吹吹打打，朱友庄在村里办了婚宴，又回黄龙中学办了一场。村里人没想到，黄龙镇人也没想到，而朱友庄的同仁们更是大跌眼镜。不久就有了孩子，一女一男，朱友庄很得意，逢人就说，老婆是农民好啊，可以生两个。两个孩子的性格和外貌都像他，女孩叫朱笑，男孩叫朱乐，年龄仅差一岁，向天舒很喜欢他们姐弟俩，叫他们“笑笑”和“乐乐”，姐弟俩也很喜欢他。新教师宿舍楼盖好以后，朱友庄分到一楼的房子，媳妇是文盲，少言寡语，但精于料理家务，喂家禽，种菜，十分利索，一家四口过得其乐融融。朱友庄家常常歌声飘扬，是他在教两个孩子唱歌。朱友庄爱唱歌，且唱得好，什么歌都会唱，走路唱，上课前唱，课间唱，吃饭时也不失时机地小声哼哼，更不用说在全校一年一度的文艺晚会上了。他常常说：饭养身，歌养心。

几乎所有的女生，都不明白朱老师为什么这么早结婚，老婆为什么这么难看，为什么还总是乐呵呵的。朱友庄因其老婆的相貌常常成为费武之流取笑的对象，而他对自己的选择无怨无悔。

朱友庄的父母和岳父母常来，每逢赶集，他家便成了乡亲的落脚处，高朋满座。众人像到自己家一样，或坐，或蹲，吃茶，抽水烟筒，嗑瓜子儿，刚走一拨儿，又来一拨儿，想得到的给他捎点礼物，多数都是空手而来。众人说说笑笑，免不了都要夸他，说他是村里最有出息的，最孝顺的，最重义气的，而且不忘本，从不慢待老乡，朱友庄开始还谦虚几句，说多了，也就当笑话一样听。

在向天舒到来前，最抢费武风头的便数朱友庄。好在朱友庄的文凭稍低，且已为人父。向天舒到来后，费武的风头尽失。最初，他还不以为然，断定向天舒不久就会离开，谁这么傻，放着好好的省城不在，跑到乡下待一辈子？然而，一个月，两个月，三个月，向天舒没有要走的意思，他才感到不妙，也许，自己作为黄龙中学年轻教师中头号人物的地位将彻底丧失。向天舒单身，而他与女朋友同居，在异性面前，对方的优势显而易见。

费武在大学期间沾染了许多小市民习气，喜搬弄是非，又自以为倜傥风流，到处拈花惹草，常当众同水性杨花的女子调笑，黄龙镇人送给他一个绰号，叫“万人嫌”。

费武的女朋友曾经是他的学生，上学时就同他关系暧昧，一度闹得沸沸扬扬，高中毕业后，也没回家，公然同他住在一起。校方没有追究，因费武是郝校长亲自到县里要来的大学生，再说，女生已经毕业，不受校规的约束，同居虽然是新鲜事，时间一长，大家便见怪不怪了。

费武的女朋友很招人，漂亮中带几分妖媚，细腰丰臀，走起路来风摆柳，因在家中排行最小，费武常叫她“小幺”，别人也跟着叫，久而久之，全镇人都这么叫，叫的人心里都清楚，是另外两个谐音字：小妖。

郝校长不止一次劝费武把婚结了，说影响不好，费武却一拖再拖。费武迟迟不结婚的原因很简单，不想这么早就被一个女人拴住，也闹了几桩绯闻，但小妖自有手段，费武被她牢牢掌控，正所谓“一物降一物”，大家在私下开玩笑说，费武要想甩掉小妖，除非先把自己劁掉。

费武上课时，小妖常常一个人到街上溜达，逛逛百货公司，或者看看服装店有没有进新货，她爱打扮，是黄龙镇最时髦的人。小妖的出现，令原本安静的街面起了小小的骚动，从临街的门窗中冒出许多脑袋来。小妖嘴甜，“张嫂”、“李妈”、“赵叔”、“钱哥”，一路与相熟的人打招呼。二流子从她这儿讨不了便宜，她嘴快，脸皮厚，再难为情的话都敢说。

“小妖小妖屁股翘！小妖小妖屁股翘！”几个顽童拍手唱，是二流子教的。

她一点儿不恼，把屁股撅得更高，二流子和其他人都快意地笑了，小妖自己也笑了。

小妖在外面招摇，费武脸上挂不住，便不让她上街，两人干了几仗，终因费武自己心中有鬼，宣布停火，听之任之。不让小妖上街还有另一个原因，怕她花钱，小妖可不是省油的灯，费武一人的工资养两个人，难免捉襟见肘，时常找人借钱。费武有个毛病，借钱不还，全校一半的老师都是他的无限期债主。后来，郝校长答应费武，只要他们结婚，就把小妖安排到后勤部工作，费武这才不再犹豫，与小妖领了证，在万家酒楼大摆婚宴，来宾鱼龙混杂，学校员工自不必说，还有镇政府的，派出所的，甚至万恶、皮条几个二流子都成了座上宾。小妖差不多同所有人都碰了杯，一副千杯不倒的架势，令人瞠目，这是向天舒到黄龙镇五年以后的事情。

黄龙中学女教师占全体教师的三分之一，年轻者不多，有姿色的则更少，最出众者当数顾芳。

顾芳是本地人，父亲是黄龙小学校长，家境好，高中是在县城里念的，寄宿在亲戚家，也考上了州政府所在地的师专，与朱友庄同班。凭她的长相和家境，留城并非不可能，偏偏喜欢上朱友庄，毕业后便一起来到黄龙中学。然而，落花有意流水无情，朱友庄不喜欢她也就罢了，偏偏娶了一个丑八怪，令她在伤心之余，连吃醋的念头都打消了。

顾芳的到来，令费武捶胸顿足，后悔自己过于性急，无论长相、学历、家境，顾芳都是上上之选，同顾芳相比，小妖俗不可耐，怎么看怎么不顺眼。费武对顾芳大献殷勤，朱友庄结婚后，更是展开凌厉的攻势，单单避着小妖一人。顾芳对费武的追求不置可否，虽然她了解费武的为人，应了一句俗话，“男人不坏，女人不爱”，何况费武还有一张大学本科的王牌。这事瞒谁也瞒不了小妖，小妖闹得很凶，寻死觅活，且在顾芳面前摆出一副拼命的架势，弄得她连正眼都不敢瞧费武。小妖放出狠话，说她要么杀了自己，要么杀了顾芳。急得单玉老师几头说好话，生怕闹出人命来。顾芳对费武逐渐冷淡，一切回归平静。

顾芳衣着入时，毕竟在城里待过几年，天热时还穿得挺暴露。她教高中化学，高中生正值青春期，化学课又枯燥，男生的注意力便往她身上去，被她的衣着弄得魂不守舍，但她总是一副孤芳自赏的姿态，好像衣服不是穿给别人看，而是穿给自己看的。在学生眼里，顾芳老师多愁善感，常常望着窗外出神。女人的愁绪大抵因感情而起，因自身条件好，顾芳眼高，迟迟不肯“下嫁”，以致韶华不再，寂寞怨望。朱友庄的两个孩子都已经满地乱跑了，她还是一个人，独来独往，除了上课，不同人来往，她在学校里有单身宿舍，但通常都回父母家住。

向天舒的出现令顾芳欣喜若狂，多年的等待终于有了回报的希望。连单玉老师都觉得，向天舒与顾芳是天生的一对儿，要是他们好，向天舒就永远都不会离开黄龙镇了，因此，她没少在向天舒跟前说顾芳的好话，有一次被小妖听见，后者撇撇嘴说：“哼，向老师才看不上那种女人呢！”气得单玉老师直翻白眼。所有人，包括醋意十足的费武，都以为，向天舒要么和顾芳好，要么回省城，谁都没想过第三种可能性。

顾芳变得对人和气，搬来宿舍住，频频参加课外活动，向天舒出现的地方常有她的身影。她开始到向天舒家串门。顾芳的意图，向天舒心里很清楚，他自己却没往那方面去想，在省城工作时追求自己的女孩不少，都被他拒绝了，怕失去自由，别人说他有“恋爱恐惧症”；对顾芳不能说没有好感，在乡下，像她这样既有容貌又有文化的女子，是很稀罕的，但要和她恋爱，总觉有些不妥，究竟什么地方不妥，一时也想不明白。

顾芳同向天舒相好的传言在镇上不胫而走。

女教师中，有一人同顾芳形成鲜明对比，她就是吴燕。吴燕毕业于纬县师范，因个子小，大家都叫她小吴老师。纬县师范是初中中专，因此她的水平只能上初中班的课。所谓鲜明对比，是就长相和个性而言。小吴老师的相貌同朱友庄的老婆好有一比，因为是老师，名气就更大。当初，程文礼坚决反对接收吴燕，说她的相貌有损教师队伍的形象，郝校长则说，教书不是选美，不能以貌取人。事实证明，郝校长是对的，小吴老师工作卖力，且富有激情，赢得了学生的敬重和爱戴，上课的效果远比顾芳好，后者表情刻板，心不在焉，学生把课外书摊在桌上看，或者打瞌睡，讲小话，都懒得管。俗话说：丑人多作怪，因为上天的不公，要寻机发泄心中的不满，变态者有，自杀者有；小吴老师则不同，心地善良，一派天真，脸上从来看不到“忧愁”二字，也许，独处时是另外一番情形，但谁也没见过。

初次见面，向天舒就被小吴老师含情脉脉的目光弄得很不自在，后来，她每次见他都是同样的表情，他极力逃避，但越想躲越躲不掉，常常四目相对，好像捉迷藏一样，煞费苦心要寻找保险的藏身之地，却偏偏与对方撞个正着。向天舒渐渐忍无可忍，公然表露出厌恶的神情，但对方会错了意，反而做出害羞的样子，令他哭笑不得。所有人都知道，小吴老师在暗恋向天舒，费武更是常常拿这事打趣，顾芳不屑一顾，讥诮说：癞蛤蟆也想吃天鹅肉！

八

黄龙中学没出过大学生，但有不少学生考上中专，到县里或州政府所在地上学，毕业后，有些留在城里，有些回黄龙中学任教，有些到别的乡镇工作，有些通过自己的努力，去了省城，甚至远赴外省；绝大部分学生依旧回家务农，但多少学了点知识，做起事来终究比没文化的人高明。黄龙中学是全镇的希望之所在。在当地人眼里，校园是文化人待的地方，老师的收入比镇上的一般人高，且有保障，大家便常常教导自己的孩子，将来要像老师一样有出息；而在很多老师和学生眼里，校园以外是另一个世界，世俗的世界，除了几个国营单位的职工、手工艺人及做小买卖的人，便都是农民，大多没文化，甚至，因为二流子的存在，危机四伏，校园四周的围墙因此给人以某种安全感。

围墙用不规则的石头砌成，墙内外是两个不同的世界，令人想起中国的万里长城，以及古罗马的哈德良长城，都有隔绝文明与野蛮的功效。围墙之内，自成一体，加之行政上不受镇政府的管辖，像一个独立王国，似知识和文明的发祥地；墙外则似蛮荒之地，生活着许多不开化的人，有的可爱，有的可恨，源于某种本能，而无知令可恨者更加面目可憎，无知的原因很多，有个人的，有家庭的，有社会的，总之，教育是改变这种状况的最佳途径。

因北面有农田，长虫山又是天然牧场，当地人抄近道，常在围墙上砸开缺口，公然在校园内穿行。自从老刁强奸案发以后，学校加强了保卫，一度想禁止这种图方便的行为，但屡禁不止，唯一的办法就是不断修补围墙，为此耗资不少，总在一夜间，刚补好的围墙又被砸开了。因此，水牛群招摇过校，一路屙屎撒尿，成了黄龙中学的一大景观。在向天舒看来，却别有一番诗意。

春耕结束后，镇上各家的水牛集中起来交由专人放牧，通常都是孩子，一群庞然大物，完全听凭几个小小放牛娃的指挥，算得上世间的一大奇观。没有比水牛更温驯的动物。长虫山草盛坡缓，最适合放牛，漫山的水牛，悠闲地吃草、踱步，享受着辛劳后的散漫时光，脖子上都挂着铃铛，木铃铛，铜铃铛，交响着，是一种慢极了的慢板，被风吹得断断续续；放牛娃们则聚在一处玩耍，上树、打桐子、斗草、捉蚂蚱，不亦乐乎，太阳下山才赶着牛群回镇，挨家挨户将牛送归原主。水牛群一旦进了校园，是无法赶它们走的，这些大家伙只听放牛娃的吆喝，而放牛娃都是些调皮捣蛋的孩子，不爱读书，只爱放牛、玩耍，对学校保卫的呵斥充耳不闻，反正，谁也不会打小孩子，再说，还有那么多大人在后面撑腰呢！除了抄近道，牛群进校园还有一个目的，跳进绿水塘泡澡消暑，放牛娃在牛背上怡然自乐，塘里的鱼被惊得高高跃起，引发阵阵惊叹之声。如果碰上缺口被补上，牛群只好沿围墙外的小路走，拥挤不堪。

有一次，不知从哪里来了一群羊，白天在长虫山上吃草，傍晚从围墙缺口进来，几百只绵羊鱼贯而入，在绿水塘边的草地上过夜，待学校保卫发现时为时已晚，不容它们过夜都不行，将牧羊人训斥了一番。学校里的孩子们却乐开了怀，围着羊群看，还征得牧羊人的同意，将可爱的小羊羔轮流抱在怀里。次日天麻麻亮时，羊群便上路了，早已守候一旁的农民你争我抢，将遗在草地上的羊粪收回去作肥料，羊尿则慢慢渗入土里，使青草得到意外的养分。向天舒起得早，是唯一目睹此番景象的人。四周复归平静，腥臊气息却经久不散。

在围墙上砸开缺口的事系大人所为，孩子们干不了，但从来逮不着人。缺口不仅为了抄近道，还有一桩功效，方便逃跑。此事说来是学校和镇上农民的积怨了。绿水塘美，塘中的鱼更美，有天然的，有放养的，学校偶尔拉网打鱼，像过节一样，师生都来看，打上来的鱼按人头分给教职员工，整个校园都弥漫着烹鱼的香味。每次打鱼，都会引来许多农民，包括二流子在内，骑在青龙山一侧的围墙上看，眼瞅着大大小小的草鱼、鲫鱼、鲤鱼在网中蹦跶，口水便汇集一处，流进绿水塘。偷钓时常发生。偷钓者远远看见学校保卫，抱着鱼就奔缺口处跑，有时学校保卫从另一个方向突然扑来，逮住了，也只能没收钓具和钓上来的鱼，此外不能把他们怎样，遇上二流子，弄不好还会打起来，仗着有二流子在，其他农民的胆子也比平时大，随身带着镰刀，令人生畏。

比偷鱼更让校方头疼的，是二流子对女生安全的威胁。管大爹尽职尽责，但坏人通常不走正门，围墙再高，爬起来也不是什么难事，在身手敏捷者眼里，形同虚设，区区四个保卫，防不胜防。一到黄昏，那些幽灵一般的身影就在校园各处出没。常常，上晚自习时，一张狰狞的脸会突然贴在玻璃上，将靠窗的女生吓得尖叫，放荡的笑声暴起，在黑暗中迅疾消失。天黑以后，女生从不敢越过竹林到绿水塘边去。镇上的女生下晚自习回家，都要同男生结伴而行，家远的还要人来接。遇上停电，保卫便高度紧张，拿大电筒四处照，跟探照灯一样。

全镇的电都来自黄水河上的小水电站，电力常常不足，突然一下，全镇的电都停了，一停一整晚，每个学生都备有蜡烛，或者煤油灯，时光仿佛一下子倒退了一百年。看到学生们在昏暗的灯火下学习的情形，向天舒很受感动，责任感油然而生，暗下决心，要尽力帮助这些孩子改变他们的命运。

有时，停电系人为。

黄龙中学虽不受当地政府管辖，但毕竟在人家地头上。镇政府的领导，或者领导的亲戚，有孩子考不上高中的，来找校方通融，希望破格录取，却都遭到郝校长的严词拒绝。郝校长铁面无私，连镇长都得罪了。镇长的儿子念不了高中，年龄又不够去当兵，整天闲游浪荡。镇长挟嫌报复，常常授意供电所拉闸，让黄龙中学陷入一片漆黑之中。郝校长无奈，只好去找镇长，同意让他儿子上高中，镇长的儿子闲惯了，死活不上，也就作罢，相当长的一段时间内，黄龙中学单独停电的事没再发生过。

镇长姓郑，兼书记之职，可谓一手遮天，住在镇政府大院内，神龙见首不见尾，极少在街头露面。自始至终，向天舒都不知道镇长大人长什么模样，唯一一次见，是在费武的婚礼上，也只见到后脑勺。小妖同镇长的大儿子相熟，通过他把镇长请来做嘉宾。镇长自然不会一个人来，有手下的各级领导作陪。席间，小妖和费武频频到包间敬酒，郝校长也进去客套了一番。从政时间长了，郝校长明白了许多道理，事实证明，与当地政府关系闹得太僵对学校没什么好处，一切从大局出发，只要对学校有利，他自己受点委屈没关系。远远看去，包间的门开着，镇长背对大门，肥头大耳，一人占了两人的空间，一副誉满四方的佛相，如如不动，其他人呈众星捧月之势，脖颈上堆了两圈肥肉，与脑袋一般粗，随咀嚼的动作有节奏地蠕动。众人笼罩在镇长头顶油亮的光环中，个个神采奕奕，仿佛面对的是美味的猪头肉。

黄龙镇没有自来水设施，一直靠人力取水，也许是因为落后，也许是从来不缺水的缘故，有河，有溪，有塘，有泉，这么多水，用水不成问题，南门街的人占了地利，水从门前流过，用水最方便，且离龙潭近，龙潭水可直接饮用，另外三个片区的人大多在自家院里打了水井，吃水也很便利，单单苦了黄龙中学的师生。

绿水塘水虽清澈，但毕竟看不见进水口，亦无出水口，除暴雨季节涨水外，四季水位变化不大，给人以死水塘的印象（但如果是死水塘，何以从不干涸？塘底某处一定有水源，提供源源不断的补给），成群的水牛又常在塘中洗澡，因此不能作为饮用水使用。大院中的水井成了全校唯一的饮用水源，但也不能让所有人挤在一口井边用水，因此，食堂隔壁用水泥砌了个正方形蓄水池，装了一排水龙头，由专人负责运水。运水人是物理老师尚科的儿子，弱智，大家都叫他“憨包”，头比拳头大不了多少，因为大脑不发达，肌肉就特别发达，除了头，憨包身上处处都大，眼睛大，嘴大，个子大，显得头的比例甚小。学校给他安排这个工作，也有照顾的意思，事实证明，没有谁比他更能胜任这项工作。运水容器由汽油桶改造而成，固定在两轮手推车上，起早摸黑，把水从水井运到蓄水池，一趟又一趟，既累又枯燥，憨包却乐此不疲。大家用水不免奢侈，除了吃，还用来洗衣服，蓄水池的水却从未断过，遂对憨包的工作赞赏有加，憨包也很得意，每次到井边，见有人打水动作慢，必要催促，甚或大声呵斥，因为他是在为“大家”做事。

尚科最初给向天舒的印象很好，面容清癯，轮廓分明，无论见谁，都一脸和气，不怎么与人来往，话不多，言必带笑，笑时嘴噘起，像是生怕失言冲撞了谁，又因个子高，打招呼时总要点头弯腰，不让人有高高在上的感觉。尚科上学晚，但天资聪明，中专毕业后自学了大学教材，喜欢搞些小发明，还在省级科普刊物上发表过几篇文章，有“科学怪人”的绰号。尚科以前有老婆，是个农民，替他生了一个儿子，不幸是个憨包，学校照顾他，让他老婆做了打扫卫生的临时工，几年前在清扫教学楼栏杆时失足摔下来，死了。经历了这些不幸，尚科却很少抱怨，除教学工作外，埋头搞他的科研，简直就是个乐天知命与世无争的知识分子典范。

从任老师那里听到的一桩传闻，改变了向天舒对尚科的一些看法。

多年前，尚科做了一件让人意想不到的事，给憨包娶了一个媳妇，颇遭物议。憨包虽不懂什么男欢女爱，但连动物都会发情，何况他长了个人样儿，因此，对尚科的举动，最初的惊讶过后，许多人也表示理解，只是委屈了那小姑娘。说娶不如说买，谁会把自家的闺女嫁给一个傻子？小姑娘初至时陋衣垢面，枯瘦如柴，一看就是从穷山沟里来的，最多不过十三四岁，无论是憨包还是小姑娘，都不够婚龄，但在乡下，没人那么认真，过了门就算成亲，何况新郎是憨包，更要另当别论。时日一久，饮食改善自不必说，衣着也不土气了，小姑娘换了个人似的，居然是位俊俏的女孩，费武逢人就说尚科的儿子“憨人有憨福”，又补充说“怕他不会享福呢”。谁知几年后，憨包媳妇居然生了个女儿，但怎么看都不像憨包，倒像她爷爷。“爬灰”的流言迅速传播开来。尚科做人更加审慎，憨包媳妇极少出门，整天在家奶孩子，做家务，好似不存在一样。就在向天舒到黄龙镇的前一年，憨包媳妇撇下女儿，跟一位货郎私奔了。

偶尔，憨包运水时会带着“女儿”，小姑娘叫小芹，健康灵秀，向天舒每次都要逗逗她，憨包在一旁呵呵直乐。多数时候，小芹都待在家里，不和别的小朋友玩耍，很落寞的样子，尚科似乎不愿意她抛头露面。

住大院单身宿舍的老师近水楼台，直接从井中取水用，新宿舍楼的很多老师也到井边担水，虽然路程远一些，且常常要排队。有一次闲来无事，向天舒爬到蓄水池的顶上，看见水池里居然有一只死耗子及两只活的癞蛤蟆，遂明白了大家更愿意去井边担水的原因，从此，除了洗衣服，他也只喝直接从井里打来的水。

好景不长，向天舒到黄龙中学没俩月，上百年的老井突然枯了，也许是用水过度的原因，吃水成了大问题。憨包更加辛苦，要到南门街的龙潭取水，运水车成了黄龙镇大街上的一道风景，小童常常跟在后面拿他取乐。学校号召大家节约用水，各家尽可能也去挑水。黄昏，黄龙中学的挑水队伍络绎不绝，行走在主街和南门街上，学生们纷纷出力，帮各自的老师挑水，向天舒的用水几乎全被姜泽后包了。起初他不肯，姜泽后脾气犟，拗不过，只好由他。他知道，姜泽后这样做，也有报答他的意思。

向天舒从百货公司买了一个盛水的大陶缸，放在客厅里，又买了一个葫芦瓢，因是龙潭水，可以直接饮用，渴了，舀一葫芦瓢水，咕咚咕咚喝下，很是过瘾。单玉老师常常笑他的葫芦瓢，乡下农民才用的东西，他这个省城来的人也用。这还不是最让单玉好笑的事。最好笑的事，是向天舒拿一面古代的铜镜当镜子照。他在省城逛文物市场时，看见一面铜镜，心里一动。铜镜背面是五匹野性十足的狼，绕成一圈，做出环舞的姿态，或回首，或前视，或抬头向天，表情栩栩如生，或龇牙，或怒吼，或长啸，狼从来都是凶残野蛮的象征，与文明格格不入，怎么会用来装饰闺中之物呢？也许是某个入主中原野性未除的游牧民族的遗留物，如果是汉族的，年代也当十分久远。卖主故作神秘，说是从盗墓者手中收来的，还看看四周，生怕被人听见一样。价格不菲，向天舒因醉心于铜镜的纹饰，便不论真假，随便还了一个价，掏钱买下。此后，铜镜一直伴随着他。到黄龙镇以后，铜镜放在书架上的显眼处，纹饰朝外。一天黄昏，传来磨剪人的吆喝声，他突发奇想，拿上铜镜出门，问磨剪人铜镜能不能磨。对方接过铜镜，掏出老花镜戴上，仔细看了看，又从眼镜上方看向天舒，有几分狐疑，拿不准他是不是在开玩笑。向天舒笑着说：只要能磨光亮了，我加倍付你工钱。磨剪人摇摇头，表示没接过这种活儿，只能试试，磨坏了莫怪。向天舒连忙说“不怪不怪”。磨剪人便不再说话，从木箱里找出相宜的工具，认真干起活来。向天舒在一旁看得津津有味，惊叹他手工的灵巧，满怀敬意，一面在心里感叹手工业时代的消亡。这情形令他想起以磨镜片为生的斯宾诺莎。两人的思想差异可谓天悬地隔，但仅就手工而言，境界却没有分别。两个时辰的工夫，镜面焕然一新，照人不差毫厘，连磨剪人自己都很满意，对着镜子照了半天，顺便拔去了两根生长得过于旺盛的鼻毛。向天舒把铜镜放在客厅的茶几上，没事总要照照。夜深人静时分，面对古镜，他恍然觉得，曾经映入镜中的成百上千的古人，正从镜的深处窥视自己，或许某一天，他们会浮出镜面。每个来向天舒家的人都会被铜镜吸引，拿起来左照照右照照，翻来覆去看，啧啧称奇。

校方就吃水的问题向镇政府打了很多报告，报告又转到县里，两年后，县政府才终于同意出资在全镇安装自来水管，并成立了自来水公司，水经过简单的净化处理，输送到各家各户，因为要收费，大家起先还有些迟疑，待发现费用低廉，且无比便捷，连有水井的人家也愿意出钱享用了。憨包因此失去了运水的工作，改到厨房打杂。水想怎么用就怎么用，的确是件幸福的事，这是后话，此前两年多的时间里，吃水只好靠两个肩膀。

向天舒偶尔也自己挑一次水，担着空桶，悠闲地走在街上。入夏后，吃过晚饭到户外纳凉的人多起来，一路同认识不认识的人打招呼，他喜欢这种感觉，不像在省城，路人就是路人，不仅不致意，还相互提防着。到龙潭边，有不少同他一样的汲水人，稍远处有人在漂洗衣服，几个光屁股的孩子蹲在水边玩水。因为有从蓄水池和单身宿舍水井挑水的磨炼，他担水的姿态还算地道，为防水洒，也像别人一样，在水面放一束青草，只是不能持久，一路歇气，后半程，肩膀开始酸疼，水桶前后晃荡，青草也不管用，水照样泼溅出来，比及到家，去了五分之一。暑假后，姜泽后不在，他每天要挑一次水，渐渐习以为常，且乐此不疲。

九

炎热的周六下午，向天舒独自沿紫溪行走，麦田油绿，水声汩汩，水车在做永恒的圆周运动。远远听见有人叫他，是叶莲和另外几个女生，正在溪中浣衣。

“咦，你们怎么跑这么远来洗衣服？”

“天气热了，溪水凉快。”一个女生抢着说。

向天舒这才注意到她们都赤脚站在水中，裤腿高高挽起。

“下次来也叫上我。”他大声说。

“向老师，我们帮你洗。”女生几乎异口同声地说。

“不用，我喜欢自己动手。别忘了叫我。”

“好的。”她们笑嘻嘻地说。

向天舒很想看她们洗衣服，但无所事事，不好久留，假意问了一些学习和生活方面的情况，便告辞了，离开紫溪，向白虎山走去，一路幻想着同她们一起来洗衣的情形。

星期五上午最后一节课结束，别人都走了，叶莲还坐在座位上。

“叶莲，你还不走？”向天舒一边整理教具一边问。

“我们明天下午去洗衣服，她们让我告诉你。”叶莲小声说，一脸期待的神情。

“哦，好啊！再不洗，我就没干净衣服换了。”向天舒说着，抬起手，闻了闻衣袖，做了个臭不可闻的鬼脸，将叶莲逗乐了。

“叶莲，你应该经常笑，你笑起来最好看了。”话脱口而出，把他自己吓了一跳，有点不好意思，叶莲也羞红了脸。

“什么时候出发？”他故作镇定地问。

“吃完午饭，我们来叫你。向老师，我走了。”

向天舒目送叶莲离去，心存疑问：她们为什么要让叶莲来告诉他？

午饭后，上床午睡，翻来覆去睡不着，天气十分闷热，好不容易睡着了，又被一阵雷声吵醒，睁眼看窗外，并没有下雨。突然想起明天洗衣服的事情，不觉有些担心，要是下雨，可就泡汤了。看上去要下暴雨，如果这场雨能下下来，明天应该就不会再下了。这样想着，起身出门，要亲眼看看暴雨会不会下来。信步朝绿水塘边走去。

风势大作，很多树叶被吹离枝头，抛向空中。风倏来倏去，向天舒惊奇地看着树叶缓缓落地，他还以为，落叶的景象，要到秋天才能见到。夏天，正是生命茁壮成长的季节，不待秋天就飘零的树叶，如人过早辞世，坠落的过程中会有怎样的感受？

经过竹林，竹叶被风吹得“哗啦啦”响，竹子弯下腰，又弹起来，伴随着“嘎嘎吱吱”的声音，让人担心会折断，竹根散落着许多灰白笋壳。

站在野草地上，风灌进裤脚，头发乱空，青龙山上的树枝都在剧烈摇晃，好像每棵树下都有一个山鬼，在用力推搡树干，绿水塘周围一向热闹的青蛙和蛤蟆悄无声息，黑云在山顶集结，迅速向周围扩张，并试探性地施放了几滴雨点，打在他脸上，他并没有要躲避的意思，黑云似乎发怒了，“哗”的一下，万雨齐发，风助雨势，雨脚横行，其间的空隙弥漫着水汽。他张开双臂，昂首向天，痛快淋漓，雷被闪电击中，滚下山头。风被暴雨打湿了翅膀，再也飞不起来，雨脚笔直，出神看，好像一动不动，与塘面撞击出巨响。头发不再凌乱，紧贴着头皮，雨水流进嘴里，竟有一丝甜味，忍不住咽下喉咙。洁净的雨，不似在省城，受到污染，省城有一年还下过酸雨，近几年西北方向的植被遭到破坏，沙化严重，一到春天，风沙和云而下，漫天的泥浆水。

雨渐渐住了，向天舒索性脱了鞋，提在手里，赤足走在被水冲刷干净的青草上，脚指头被几根长草缠住，心痒痒的，还有几个雷赖着不想走，在头顶低徊。

他的整个身心都被雨水洗净了。

雨过天晴，长虫山的方向出现了预期中的彩虹，斜阳中，草尖，树叶上，水珠晶莹闪亮，蛤蟆与青蛙齐鸣，点水雀飞临，三三两两，站在塘边的石头上，不时抖动身子，要把羽毛里的雨水甩干。点水雀长得像喜鹊小时候，其声柔细，不似后者沙哑。向天舒打了个冷噤，想起家里已无干净衣服可换，便不着急，索性绕着绿水塘兜圈子，任衣服自干，鼻腔里充斥着青草和泥土的气息。蜻蜓飞舞，塘面划水的小虫格外多，斑驳的白石塔染上了一层玫瑰色，其后立着一株丝柏，敛着身子，色近黑，青龙山苍翠欲滴，四周不见人。

太阳下山，他还不忍离去，被饥饿催促得紧了，才慢慢往回走，单玉老师在走廊上大声招呼他。

“小向，找你一下午，快来。”

他知道，单玉老师吃饭时间叫他去，一定是又做了好吃的，叫他去吃，便快步上楼。

“快进屋，瞧你，去哪儿淋雨了？衣服都还没干透。要不要换身衣服？”

“不要紧，不要紧。”

“你看，我中午上街买的牛肝菌，可新鲜了，你跟老郝喝两盅。”

集日以外，彝族妇女偶尔会来镇上卖山货，夏季，最常见的是野生菌，蹲在百货公司台阶下，芭蕉叶铺地，菌子堆在叶上，黄色的牛肝菌，黑色的干巴菌，灰白色的鸡枞，静静等人来买，时鲜的山珍，喊价又不高，没多久就卖完了，赶巧才能买到。

黄澄澄的一大盘牛肝菌，眼睛比嘴还馋，还有下酒的炸花生及别的小菜。单玉老师兴致高，不时拿过郝校长的酒杯抿上一口。郝校长夫妇没孩子，拿向天舒当儿子看待。

一杯酒下肚，吃着美味的牛肝菌，向天舒心里暖融融的，延续了雨中的兴致，觉得一切甚好，省城的经历恍若隔世。

喝了酒好睡觉，一夜无梦，清晨被楼下的鸡唤醒，鸟叫声不绝于耳，头日下过雨，空气里没有尘埃，阻力甚小，听起来格外清脆欢快。翻身下床，洗过脸，到操场上跑步，然后到食堂打回早点，坐在客厅慢慢吃，十点钟才有课，不急。吃完早点，到走廊上做深呼吸，燕子擦着楼前的硬土地面低飞，昨天的水汽尚未完全蒸发，空气里湿意犹存，小虫飞不高。楼前空地以北有一棵巨伞状的桂花树，南边有两棵紫薇，年代均久远，桂花树树梢的叶子在朝阳照射下，像白肚皮朝上的小鱼，闪闪发亮。心里惦记着洗衣服的事。

吃过午饭，走到卧室窗前，看花园。卧室窗外右侧靠墙处立着一棵瘦长的槐树，有几枝伸到窗框内，向卧室里探头，但不妨碍他看外面的视线。太阳越过屋顶，照到花园中，墙根的玉米和向日葵长到半人高，春花谢了夏花开，灯笼花、凤仙花、罂粟花、栀子花，在午后静静开放，引得他下楼走到花园中。不久前刚清除过的杂草，又长出来，命贱者生命力反而旺盛。他一面赏花，一面拔草，看看时间差不多了，怕叶莲她们来找不到自己，便起身回屋。

进屋不久，叶莲和另外两个女生便出现在门口，每人端着一盆衣服。向天舒让她们稍等，从卧室抱出一大堆脏衣服，盆里显然装不下。

“向老师，我们帮你拿一部分，我们盆里空。”叶莲她们见向天舒犯愁，连忙说。

“也只能麻烦你们了。”向天舒分了一部分衣服给她们，剩下的在盆里压实了，肥皂放在上面。楼下还有几个女生在等，大家一起向校外走去。

太阳当顶，并不怎么热，但气温正在迅速回升。

街上没有尘土，脚下便十分轻快，也许是因为向天舒在场的缘故，女生们说话很小声，偶尔“哧哧地”笑，也不知笑什么。他觉得自己比孔子幸福，孔子纵有弟子三千，但没一个女的，而此刻同他走在一起的，清一色都是女弟子，想到这里，不觉乐了。

女生中有上学早的，有上学迟的，有些小学毕业没有即刻念初中，辍学了几年，也许是后来家里条件改善了，又送来上学，与高中生同龄。叶莲早熟，比同龄人看起来大，但又比上学较晚的女生看起来小，长相却格外出众，路人的目光大半落她一人身上。

出西门街，两侧都是田地，秧插完不久，横竖排列得十分齐整，像经过精确的比对，让人觉得绿色可数。几只小鸭在秧田里觅食。这时节，路边，溪畔，山里，到处都能见到红色的刺梨花，像许多红蝴蝶，女生每人摘了一两朵，戴在头上。刺梨是乡间最常见的灌木之一，向天舒到黄龙镇后见到刺梨花，勾起儿时的许多回忆，惜乎多刺，不便移植到花园中。想到再过几个月，就可以吃到酸酸甜甜的刺梨果，心中充满期待。

身上刚开始冒汗，便已抵达目的地，沿溪走，至上次遇见叶莲她们的地方。此处两岸的草地较为开阔，开着几种不知名的野花，蒲公英随处可见，水车在远处旋转。农民惜土如金，当初垦荒，不知为何单留下这片处女地？后来，向天舒农忙时再来这里，才发现其中的奥妙。原来这里是农人休憩、吃晌午的地方，兼作小型牧场，供水牛低头吃草，无论人畜，都喝溪里的水。而此刻田里暂时没活儿，见不到人，四野空寂。多数时候，小溪孤独地流淌，见到他们，其声欢畅。

水底有很多大石，凹凸不平，有些地方光滑圆润，溪水本来很静，从石头的斜面滑下，便有了动静，铮锹作响，有些石头露出水面，相对平整的表面便成了天然的搓衣板，岸上有灌木的地方，阴影投在水里，总也流不走。前面即是溪水拐弯处，湾里的水比别处深，见不到底，是鱼儿理想的藏身之所。

各人找好位置，依据水的深浅，或蹲，或站，开始洗衣服。

向天舒并不着急，把盆放在草地上，脱了鞋，挽起裤腿，在溪水里走动，有几次差点滑倒，女生都笑起来。若是他一人，必会脱光衣服，全身浸入水中，在溪里泡够了，才慢慢动手干活儿。

“向老师，你在这上面洗。”大概以为他是在寻找合适洗衣服的地方，叶莲忍不住叫他，让出自己的地方，把衣服挪到相邻的一块石头上。

挨着叶莲站在水中，向天舒心里有些激动，突然觉得有些异样，瞥见年龄较大的女生在看着他们笑，边笑边相互挤挤眼，神秘兮兮的样子，叶莲低着头，专心洗衣服。他又想起昨天那个问题：她们为什么让叶莲来告诉他?

他把衣服都浸湿了，搁在石上，上好肥皂，开始就着石面搓洗，因为个子比叶莲她们高，弯腰的幅度就更大，不一会儿腰就累了，不断直起身来，做伸展运动。

“向老师，你歇会儿。”叶莲说着，顺手把他的衣服拿了几件过去。

“不用不用，我还有衣服在你们那儿呢。”说这话的时候，看着同叶莲一起到家里来找他的另两个女生，她们只是笑，原来她们帮他拿的衣服早就洗干净了。

他并没有歇，只是站久了，腰酸腿麻，索性跪在水中，裤子很快就潮了，连内裤都进了水，凉丝丝的，快感似风一般，掠过全身。

“向老师，你裤子湿了。”叶莲提醒他。

“不要紧，凉快！”他一面说，一面把裤兜里的东西掏出来，放在岸上，索性一屁股坐在水里。女生笑得前仰后合。

“真舒服！”向天舒说着站起来，继续洗衣服，水从裤子里流出来，沿大腿滑入溪中。

女生爱干净，衣服洗得仔细，向天舒则三下五除二，很快就把面前的衣服洗完，晾在草地上。

“你们洗着，我去下面看看。”

他沿岸往下游走，至叶莲她们看不到自己的地方，将衣服脱在岸上，单穿着裤衩，顺流躺下，整个身子都泡在水里，清凉无比，头发如水草荡漾，阳光一入水就被冲走，闭上眼，水在眼皮上流过。突然有种错觉，仿佛又置身于省城的某个发廊，平躺，闭眼，头洗净后，洗头妹用水冲洗他的头发，额头，眼睛，一面用手轻轻按摩，在眼皮上的动作更加轻柔，似有若无。他舒服得昏昏欲睡，任由小鱼咬脚趾。

他挪动了一下位置，头枕在一块凸起的石头上，刚好露出口鼻，静静地躺着，耳畔水流潺潺，有一阵子，完全睡着了。

不知过了多久，睁开眼，岸上有个人影，仔细一看，是叶莲，他吃了一惊，忙坐起来，近乎裸露的身体在水里纤毫毕见。叶莲虽有些赧然，但似乎比他镇定。

“向老师，衣服洗好了，都晾起来了，她们让我来告诉你，请你不要过去，她们在洗澡。”

“好的。”向天舒被“洗澡”这两个字刺激了一下，其实，叶莲她们洗澡，并不似城里人那样，脱得精光，而是穿着裤衩和汗衫，游泳时也这么穿，但既然是洗澡，而不是游泳，同样的穿着，就不便暴露在异性面前。

“洗完澡我再来叫你。”

向天舒重新躺下，水温好像陡然升高了许多，“洗澡”两个字眼继续刺激着他，似乎溪水的味道也发生了改变，他让水漫过鼻孔，整个头部滑入水中。他努力克制自己，不往歪处想，但身上的某些部位偏偏与他作对，宁静的小溪顿时成了欲望之水，令他窒息。头从水中抬起，枕在石上，大口喘气。一只豆娘挽救了他。

豆娘袅袅婷婷飞来，停在他的鼻尖上。鼻尖突起，被豆娘当成了水中的着陆点。他目不转睛地看着对方，大气不敢出，连思维都踮着脚尖。豆娘的两只眼如两粒圆形的翠玉戒面，映出潋滟的水光，纤长的尾部与身体一线，尾端呈醒目的宝蓝色，薄翼合在身体上方，姿态娴静。小时候把豆娘与蜻蜓混为一谈，也不知“豆娘”其名，只觉得这种“蜻蜓”非常娇小，常见于近水地带，飞行缓慢，在空中悬停的时间倒比飞移的时间多，能清楚看见翅膀扇动的样子。无论飞行的速度、姿态和轨迹，普通飞机与直升机的区别，恰是蜻蜓与豆娘的区别。第一次在书本里看到“豆娘”这个名字时，便为之倾倒，觉得甚美，“豆娘”的眼有不同颜色，或似黑豆，或似绿豆，或似黄豆，而其柔美的外表，堪比娇娘。

向天舒拿不准豆娘是否也在看他，更不清楚对方在作何感想，而他在刹那间爱上了这只豆娘，爱情将持续，直至她离去。

奇妙的大自然！

有时候，美不用煞费苦心寻找，美会自动呈现。

豆娘仿佛美的化身，降落在他的心上。

这个小精灵的出现，净化了他的心灵，驱散了肉体的欲望。

终于，豆娘歇够了，脚轻轻一蹬，飞离他的鼻尖，顺着小溪，往上游飞去。

坐起身，看远山，田地，白云天，岸边的各种植物，均美不可言，传来雌雄鹧鸪的呼应声。

重新躺下，头依旧枕在石上，闭上眼，身子与流水一体，彻底失去了知觉。

叶莲她们洗完澡，不等内裤和汗衫晒干，便穿上衣服，依旧让叶莲去叫向老师。

叶莲叫了几声，都没有动静，站在岸上犹豫。倒是向天舒自己醒了过来。

“我们洗好了。”叶莲的头发湿漉漉的，在太阳的照射下，更加动人。

“我马上来。”待叶莲离去，他迅速脱下内裤，使劲拧干，简单擦了一下身上的水，再拧干，上岸穿上衣服，往回走。一路想好了接下来要做的事情。

远远看见到处都晾着衣服，草地上，灌木上，五彩缤纷，自己的衣服杂处在姑娘们的衣服中间，令他醺然自失。

“你们想不想去摘杨梅？”

大家热烈响应，其中一个女生的身体不舒服，主动留下来照看衣物。

穿过野罂粟花丛，离紫溪谷不远处，沿白虎山东北山脊攀登，不久就见到两棵野生的杨梅树，向天舒上次来还没熟，现在想必熟了，但不知能不能吃。

杨梅已呈紫红色，缀满枝头，没人摘过的样子，酸涩无疑。向天舒爬上树，摇一摇树枝，杨梅便似雨点般掉下来。

“好酸啊！”每个女生都在皱眉。向天舒尝了一颗，确实酸，但不涩，尚能入口，满口生津。

一个女生说："向老师，我家菜地里有好几棵杨梅，可好吃了。爸妈下次来赶场的时候，我跟他们说，让他们带来给你吃。"

"我家也有。"

"我家也有。"

别的女生争相说道。

果然，此后的第二个星期开始，陆续有学生家长给向天舒送来杨梅，整个夏天，他都有杨梅吃，单玉老师还教会他熬杨梅汤的方法，真乃解暑佳饮。

山脚已经笼罩在阴影里。吃了几颗酸杨梅，吹了一阵山风，身上的内衣裤差不多都干了，大家才慢慢往回走，跨过阴影与阳光的分界线。在叶莲她们的帮助下，向天舒顺路采了一大束罂粟花。

归程，夕照在背，一天中光线最柔和的时光，每个人都比平时漂亮，心也似洗净后晒干的衣服，躺在盆里，松松软软，散发着阳光的芳香。有人小声哼歌，别的人受到感染，也唱起来，此起彼伏。

向天舒再次感到，自己远比孔子幸福，不觉在心中念叨：与女弟子六七人，浴乎紫溪，风乎白虎，咏而归。

后来，男生也加入到他们洗衣的行列中，其他班级的学生，别的年轻教师，也都纷纷前往，连镇上的人都被带动了。周末，天气晴好时，紫溪中段沿岸都是洗衣服的人，很多人不仅洗衣服，还洗头，洗身子。

星期六上午，豁豁和另外两个镇上的男生课间问向天舒，想不想跟他们去捉黄鳝，按理，向天舒要和叶莲她们去紫溪洗衣服，但捉黄鳝的诱惑也很大，便答应了。

走在田埂上，周围都是翠绿色的稻田，几只留守的白鹭偶尔飞起来，又落回枝头。

捉黄鳝的方法，先找到一个洞口，在田埂上轻轻跺脚，看水里的动静，黄鳝洞分两头，相距不远，黄鳝听见响动，必逃向另一头，嘴里吐出的气泡遂将另一洞口的位置也泄露出来，捉黄鳝的人便一手堵住一个洞口，两头合围，黄鳝逃无可逃，有时抓出来一看，是条水蛇，吓得甩出去老远。

豁豁他们让向天舒试试，他却不敢，他从没抓过黄鳝，这些黄底褐背的家伙，有着蛇的身材和眼睛，全身黏滑，模样诡异，令他畏惧。豁豁最怕逮到三眼黄鳝，不吉利，跟见到双头蛇一样恐怖，向天舒估计那都是些怪胎，与连体婴儿是一个道理，跟吉凶倒没什么关系，但豁豁说的另外一种情形，倒令他有些毛骨悚然。北门塘附近的旱地里有坟，夏季涨水被淹，偶尔会从坟的缝隙中冒出很大的黄鳝来，眼睛直直地向上瞪人，似亡灵的化身。

一下午，豁豁他们抓了满满一鱼篓黄鳝，都给他，他推辞不过，回到家，在楼道里被小妖看见，不由分说要去了一半，剩下的拿去给单玉老师，晚饭便在她家吃。

“有点薄荷就更好了。”单玉老师说。

“我去采。”向天舒在公厕旁见过许多薄荷，因整天受粪气的熏陶，长势肥美。

“黄鳝都是老郝杀的，我可不敢杀，我只负责烹调。”吃饭时，单玉老师说。

有两道菜都是鳝鱼，炒鳝丝，水煮鳝鱼，均十分美味，令向天舒赞不绝口。

到黄龙镇以后，总体而言，工作、环境、人，向天舒都很满意，同省城浮躁的氛围相比，一切都似乎简单了。有一事，却不知道如何解决。

他是个性欲旺盛的人，看见蜻蜓交尾都会冲动。经历了最后一次召妓的惨烈教训，痛改前非，一年多没沾异性，所谓的性伴侣，照民间幽默的说法，便只是自己的左右手。在省城，手淫是对抗欲望的武器；在黄龙镇则相反，手淫是满足欲望的唯一手段。

午后是手淫的高发期。

星期天早晨，睁开眼，隔着窗帘，并不知道太阳在轨道上的位置，除了几声鸟叫，便没有别的声音，仿佛躺在时空之外，许久，才想起是星期天，不用工作，可以随心所欲。因为睡得久，膀胱被尿胀大，懒得出门去公厕，从床底拿出极少使用的马桶。尿骚味弥漫整个卧室。原来人尿与马尿的气味并没有太大分别，难怪管夜壶叫马桶，想想都好笑。为了不让马尿味继续漫延，把马桶移到客厅，瞥见铜镜，稍稍凑近，照见私处。他发现，自己的身体与那尊有名的大卫雕像颇有些相似，只不知道大卫勃起时是什么样子。历史上关于各种圣哲的记载未免有失偏颇，都忽略了他们作为人的最凡俗的一面，伟人的一生往往被提炼得只剩些“伟大时刻”，其实他们生命中的大多数时刻与普通人无异。卫道士会说这是亵渎，殊不知抹杀了人生的另一面，人生就不完整，残缺的人生又怎能垂范世人？向天舒为自己找到的答案激动不已。

在野外也会手淫，特别是登山时。

青龙山的林间空地，较为隐蔽的地方，会见到一些可疑物品，令他深受刺激，满脑子野合的情景，四肢瘫软。勉强爬到山顶，攀上灵鹫峰，沿巨石边缘走了一圈，四下张望，断定不会有人来，方到巨石中央躺下，除了远山，便只见蓝天，仿佛躺在巨雕的背上，人从山下，或者从对面的老人山顶，都看不到他。这一切都是在下意识中完成的，待在石上朝天摆了个“大”字，才意识到这一系列举动的企图。在远古的人眼里，山与男根相似，隆起在大地上，刺向苍天，是凝固了的最原始的冲动形态。云，天，远处的山峰，都在旋转，传说中的黑洞被刺破，鲜血流淌。

夜深人静时来到绿水塘边。保卫很少巡逻至此，天黑后，少有人来，女生更不敢来，毛竹林以外便成了他一人的世界。灯火几不可见。躺在大榕树下，听蛙鸣及蟋蟀擦翅的声音，水面隐隐泛着白光，白石塔仿佛裹着尸布的死神，又瘦又高，比邻的丝柏则像守灵人，青龙山偶尔传来猫头鹰及别的陌生动物的叫声，令气氛可怖，如果是小时候，他一定会被吓出尿来，现在也不能说毫无惧意，但不远处的人家给他壮了胆，围墙也平添了安全感。点支烟，在夜里睁大双眼，鱼弄水的声音此起彼伏，有一阵，水声特别大，大鱼无疑。没准是条大红鱼。这样一想，打了一个冷噤。黄龙镇多水，水妖水怪的传闻自然就多。其中一则曰：某日，某人于东大桥以东垂钓，水波不兴，岸上碧草如茵，尽日无获，近黄昏，杆大动，急收线，有物猛烈打水，竭力拖至岸上，乃一猩红大鱼，静伏草上，某人大喜，坐地小憩，夜悄至，白月浮空，但闻水响，

“突”的一声，大鱼翻身跃起，赫然变为红衣女子，某人几惊厥，被女顺势扑倒，搂抱翻滚，入水而没，夜色四合。向天舒对诸如此类的传闻很着迷，虽然他知道，多半都是人编造出来的，但人既然热衷于编这些故事，表明内心有神秘的倾向，光明离不开黑暗。他于是联想起古今中外很多关于美人鱼的传说。《海的女儿》是他最喜欢的故事之一。真有不朽的灵魂吗？突然想尿尿，起身满足了尿尿的欲望，并没有立即拉上拉链，另一种欲望袭来，想象自己是唯一的光明，深入到黑暗的内部。这一次，他的脑海中没有出现任何女人的形象，唯有黑暗，高潮来临时，灵魂挣脱肉体的束缚，飞向黑暗深处。

山上，河边，田里，到处都留下了向天舒的“特殊印记”，如果大自然会受孕，不知会替他生下多少个孩子！

有时，手淫的发生与性毫不相干，仅仅是情绪上的波动，或被某个形而上的问题所困扰；或者，纯粹是百无聊赖，这种时候，他就会很懊悔，同时想，也许，他身边真的缺不了女人。

然而，在黄龙镇，谁会成为他身边的女人？

有时扪心自问：如果黄龙镇有妓女，自己会不会违背当初的誓言，又去嫖娼？一年多来，他不断为过去的劣迹忏悔，而当肉体的欲望高涨时，忏悔变成了一种讽刺，反令他想起过去召妓的种种细节，并从中得到快感。罪恶无所不在。他痛恨自己，想用一根带刺的鞭子抽打自己，惩罚肉体，震慑灵魂。他不信教，也就没有面对最后审判或者轮回的恐惧，必须要有一种信仰，惩罚并拯救灵魂。

多年以来，向天舒都在寻找自己的信仰。也许，信仰就在自己身上，人是他自己的地狱和天堂。每个人都是自己灵魂的审判者和被审判者，都应该有一本记录自己善恶的账本，当最终的审判来临，善恶相抵，善多者升天堂，恶多者下地狱。如此，善恶是主观的，其标准如何界定？有分辨善恶觉悟的人，自然会努力寻找答案，通过知识，通过行动。他每天都在思考这些问题。

十

无论时空，黄龙镇距离省城都很遥远，落后了近二十年，祖村虽也落后，但因为有青溟湖，水产丰富，比黄龙镇下辖的任何一个村子都富裕，而且正在修新路，一旦交通便利了，变化将会无比巨大。

黄龙镇因为没有电视，报纸又都不及时，消息闭塞，有点与世隔绝的味道。晚间娱乐贫乏，待天黑尽，除了贪玩的孩子，人极少在户外活动，早睡早起。最大的娱乐活动，便是看电影。有两种电影可看，一种是去电影院，要花钱，一种是免费的露天电影。

电影院在镇西头，须走很远，年久失修，片子老旧，看的人并不多，每周放两场，冬天则只放一场，勉强维持。有时，学校也组织师生包场看电影，但都在下午，八九百号人走在大街上，浩浩荡荡，像游行一样。学校不主张学生自己去看电影，即便是在周末，因为路远天黑，有安全隐患。

出于好奇，向天舒利用周末请姜泽后和另外几个男生去看电影。一路上遇见很多人，都往电影院走，年轻人居多，有些看上去像情侣，身体挨得很近，但不像城里人那么大胆，连手都不好意思拉。到电影院门口，更加热闹，很多人并不急于进场，有等人的，有闲聊的，孩子们嬉笑打闹，三五个二流子蹲在地上，叼着烟，乜斜着眼看人，如果是女孩，眼珠便滴溜儿打转。大门两边各有一个卖瓜子糖果的小摊儿，摊主是两个老太太，其中一位裹着小脚，头上绾髻，穿着旧式蓝布斜襟衫。买零嘴的人络绎不绝。居然还碰上朱友庄全家，笑笑和乐乐齐声大叫："向叔叔！"朱友庄喜欢看电影，每星期都看，且带着全家人，这是笑笑和乐乐在别的孩子面前最自豪的事情。

电影院里隐隐有股霉味，窗帘又脏又破，窗玻璃残缺不全，到处漏风，老式木椅，一动就"嘎吱"响。大呼小叫的声音此起彼伏，墙上有禁烟标志，但当地人不知道什么叫禁烟，照抽不误。开始放映后，观众才慢慢安静下来。向天舒意不在电影，暗中东张西望，窥见那些人前腼腆的情侣大胆而热烈的动作。电影结束，到处是明晃晃的手电光，不怀好意的人暗中用手电晃女孩的眼睛。笑笑和乐乐在黑暗里大叫“向叔叔”，向天舒拿手电照见他们，他们奔过来，他将手电交给姜泽后，一手牵一个，边走边与他们玩闹。他很喜欢笑笑和乐乐，同他们在一起，自己好像也变成了孩子。

为丰富乡下人的生活，县里组织了流动放映队，不定期到乡下放露天电影，黄龙镇的放映地点选在黄龙中学操场，因地点大，哪怕全镇人来，都容得下。开始学校不同意，镇政府派人协调，甚至提到政治的高度，说是关系到本镇文化生活的建设，参与的人越多，说明政府的工作越得力。无奈，校方只好答应，遂成惯例，延续至今。

第一次目睹露天放映的情形，着实让向天舒激动了一番，令他想起童年，那时，常常与伙伴一起，跟随大人走很远的地方去看露天电影。

为了不影响电影院的生意，露天电影通常都不在周末。放映通知一旦出现在教学楼通道里的黑板报上，同学们便兴奋不已，因为既有免费电影看，又不用上晚自习。

因为是露天电影，得自己带坐具，性急的人早早就来抢占最佳位置。还没到晚饭时间，椅子，独凳，长条凳，马扎，草墩，便陆续摆到操场上，来不及拿坐具的，便画地为界，自己坐在圈子里面，等家人来。教师自然不好出面去争位子，教师子女却不遑多让，且占了地利，把家里最好的椅子都搬到操场上来，然后就地玩耍，街上的孩子也加入到他们的行列中，一时间，偌大的操场成了孩子们的乐园，跟过节一样。

向天舒的兴趣更多是在放映前，可以观察小镇的各色人等。吃过晚饭，人从四面八方涌到黄龙中学的操场上，电影院卖零嘴的两个老太太自然也闻风而动，把摊儿摆在人必经的教学楼通道中，生意格外火爆。银幕挂在教学楼的二楼正中，在两个花台的正上方，放映机准备就绪，玩耍的儿童急忙各就各位，生怕被人抢了位置。领地之争引发的口角十分普遍，从儿童蔓延到大人，偶尔还会动起手来，被周围人奋力劝止，开映后还骂骂咧咧，直到引起公愤，才收敛了声气。许多人，特别是年轻人，并不带坐具，站在有坐具的观众外围，如果坐的人多，便站得很远，视力不好的人根本看不清荧幕上的影像。青年男女大多不在乎观看的效果，借机交往才是目的，越靠后，越不被人注意，可以肆无忌惮地调情。二流子在人群里穿梭，专门往女生多的地方挤，似狼入羊群，引起一阵骚乱，不过，黄龙中学的师生人多势众，他们不敢太放肆。

花台里的两棵夜来香的香味同人身上的各种气味混合，说不出是什么味道，总之，是乡下夏天特有的味道。

向天舒起身，远离人群，到操场尽头席地而坐，点了支烟，远远看过去，黑压压的一片人，异乎寻常地安静，连一直在啼哭的小孩都噤了声，银幕一闪一闪的，故事发展到高潮部分，人们在黑暗中目不转睛。操场上的天空显得很开阔，繁星点点，银幕上的说话声及音乐声，在青龙山与老人山间回响，山上夜间活动的鸟兽受到惊吓，不敢出声，虚构的故事主宰了这个夜晚。

散场后，操场上一片狼藉，保卫加紧巡逻，重点是女生宿舍楼和公厕。

每逢有露天电影，向天舒比谁都积极，早早就到操场上，看孩子们玩耍，同相识的人打招呼，常被学生家长围住，乡下人嘴拙，教师地位又高，平时见面除了问候语，更多的话不好意思讲，而此刻，人处在一种完全放松的状态下，自自然然，都抢着说话，诸如："向老师，我家娃娃最喜欢你了！""向老师，你会不会回省城？""向老师，你有对象没有？"而向天舒也借机向他们请教一些农事方面的问题，见向老师对种地感兴趣，大家都笑了，感到格外亲切。聊得最多的还是与孩子们的学习有关的话题。豁豁爸是个老实巴交的农民，无论向天舒问他什么，都只是"嘿嘿嘿"笑，旁边的人等不及，便替他回答。不管问到谁，没有不希望自己的孩子好好念书，将来"有出息"的，学生回家常常夸耀向老师的种种好处，令家长们信心大增，把他当做孩子们的希望。

碰到刮风下雨，露天电影照放不误，人会少一些，但因为打伞的缘故，阵势反更壮观。银幕在风雨里飘摇，影像便会走样，或压扁，或拉长，有时，银幕没固定好，被向上撩起，银幕上的人只剩半截身子，观众哈哈大笑。

之前的人搬走后，向天舒现在住的宿舍空了很久，墙壁受潮发黄，他决意利用某个晴朗的周末重新粉一遍墙。

头天备齐石灰、粉刷、口罩，又向单玉老师讨来一堆旧报纸，把家具都包裹上。绝早起床，这是向天舒从未干过的活儿，所以新鲜、好玩，忙了大半天，虽累，却乐在其中。拾掇干净后，屋子亮堂了许多，看着雪一般洁白的墙壁，心中喜悦，忍不住哼起歌来，并不在意呛鼻的石灰味。单玉劝他晾两天再住，暂时可以到他们家借宿，他婉言谢绝，单玉老师见说服不了他，叹口气说：一个人就是不会照顾自己！打一开始，热心的单玉老师就在暗中给他物色对象。

闻着石灰味，向天舒突然想：石灰，不就是石头的骨灰吗？他相信石头也有生命，人住在用石头的骨灰粉刷的屋子里。

门窗都开着，好让空气对流，将椅子搬到走廊里，坐着纳凉，看青龙山的晚翠，一朵云像顶白色的宽边软帽，戴在山头，不远处飘着许多细小的云，如无数游鱼，天蓝似水。有人经过，便打个招呼，不时挥手驱蚊，偶尔也拍死一只。附近的空地上，七八个孩子在玩耍，都是教师子女，四五岁至十一二岁不等，天天玩同样的游戏，兴奋劲儿却丝毫不减，相比之下，成人间的许多游戏，哪怕只重复一次，便无聊之极。除了向天舒，这栋楼住的都是有家室的教师，家家养家禽，费武算半个有家室的人，也养了几只鸡，既可吃，又可卖，对家里的财政不无小补，似朱友庄这样老婆是农民的教师家，更是连猪都喂有，只是不让放出来。圈舍就砌在楼前，一溜儿排开，十分壮观，显出乡下中学的本色。鸡、鸭、鹅，公的，母的，到黄昏归圈时热闹非凡，有自动的，有老大不愿被主人呵斥的，有被狗撵得仓皇四遁的，就中有几只公鸡窜上圈顶，顾盼自雄，待一切消停，天也黑了，正所谓“鸡栖于埘，日之夕矣”。类似的场景，每天都在上演，他却百看不厌，从二楼俯瞰，有点坐在歌剧院包厢里的味道。夕阳西下，彩云当空，空气清新明净，蝙蝠尚未出动，知了抓紧一天最后的时间进食，叫声反而更加响亮，更加悠长。待夜幕拉开，便换成另外的场景。小镇生活大抵平淡朴实，有时充满小情趣，再配上好天气，让人知足。

几只乌鸦飞过，这么晚才回南山，也许是被什么事耽搁了。向天舒的目光追随着它们，看不见了才回来。乌鸦虽不讨人喜爱，却常常成为古诗画里的点缀。当地人说把鸦血抹在脑门上，夜里能见鬼。令人不安的乌鸦，向天舒却很喜欢，这些黑暗的神秘碎片，在蓝天下一览无余，黄昏过后，乌鸦的角色被翻飞的蝙蝠取代。

校园里有很多蝙蝠，住在大院和大礼堂外墙墙缝里。向天舒有一次看见乐乐从墙缝里掏出了一只蝙蝠，翅膀被戳伤，耷拉着脑袋，眼受不了强光，痛苦地半闭着。他动了恻隐之心，让乐乐送给他，乐乐自然不会吝啬，他不敢用手直接去拿，胆子比乐乐他们还小，捡了一块瓦片，让乐乐将蝙蝠放在上面，自己端着回家。到家后，找了块布，隔着布轻轻捏住蝙蝠的身体，用酒精给它的伤口消毒，上了点药，置于书房的窗台外，又设法弄了些死蚊虫，放在它嘴边。第三日，蝙蝠不见了，死蚊虫都还在。他担心是掉楼下去了，到后面的窗台下去察看，没有，大概伤愈后飞走了，但也不排除另一种悲惨的结局，掉到楼下，被野猫吃掉了。后来，每当看到黄昏疾飞的蝙蝠，他就想，但愿他救过的那只也在其中。

月亮升上青龙山顶，屋里的味道还有些刺鼻，他便一直坐在走廊里，单玉老师又来游说了几次，他均笑言："没事。"

银河亮闪闪的，星星游泳累了，躺在岸上晒太阳，仿佛是群一丝不挂的仙女，令人痴醉。

他想起第一次去蓝江游泳的情形。

黄龙镇多水，入夏以后，许多娱乐都与水有关。

夏天热，只要不下雨，黄龙镇的人，老人及刚会走路的孩子除外，地里干活的人除外，没有不游泳的。虽每年都淹死人，却照游不误。

游泳的去处很多，蓝江、小红河、黄水河，积水后的北门塘。河流的每一段都能见到泳者。

黄水河水流湍急，自上游起便裹挟着大量的黄土，名副其实，雨季更加浑浊，游泳的人相对少些，天生爱冒险的人则专门选择较危险的河段，从与激流的对抗中获得快感。

小红河靠近大石桥的地方是最热闹的场所，像个天然游泳池。泳者以水坝为限，不小心冲下坝去，非死即伤。桥西不远则是垂钓的好地方，如果有人游过桥洞，再想往上游，会被钓鱼的人大声呵止，因为鱼会被惊跑。桥东两端有石级下到河边，河边一溜的青石板，捣衣用，年代久远，浣衣的大多是女子，有农妇，有女学生，有小女孩，因为她们的存在，来此游泳的，无论大小，男的，都格外卖力，做出种种花样，胆大的还会爬上桥头，纵身跳下，惊叫声与水花一同溅起。有时入水处离河岸近，将洗衣人的身上溅湿，泼辣者会大声骂："挨刀的，死远点！"所有人都哈哈大笑。桥影投在水面，阴影中有些寒凉，泳者便在阳光与阴影之间穿梭，至桥洞提高嗓门，回音很大。叫声，笑声，整个夏天，大石桥下都这么喧闹。小红河中多水草，当地人叫勾魂草，游泳时须特别小心。有位男孩从桥上跳下去，没再上来，打捞时发现他被一堆水草缠住。向天舒每次到大石桥下游泳，脚一碰到水草就发虚，他更喜欢河底多沙石的蓝江。

几场夏雨过后，北门塘就变成了小湖，近岸处水清见底，植物在水中摇曳，分不清是水生植物还是陆生植物，因为枯水季节也能见到；节节草有环纹，在水中轻轻荡漾，有时露出水面，让人误会成水蛇，偶尔会有真的水蛇穿行其中，惊吓游泳的人，其意却是不远处正在自鸣得意的青蛙。水里还有鱼，不知道水干以后，鱼都哪儿去了，据说塘底有缝隙，与绿水塘相连。黄龙中学的学生及年轻教师，常常翻过围墙，绕过老人山，去北门塘游泳。北门塘之所以积水，与地势有关，仿佛一口大锅，是天然的水库，越接近锅底，水越深。向天舒有一次游到塘中央，深吸一口气，捏紧鼻子，垂直下落，好半天都到不了底，慌乱中发生错觉，像是有东西在拽自己的双腿，把他拉向另一个世界，缓慢的、令人窒息的死亡过程，他拼命挣扎，才浮出水面，重见天日。北门塘中每年夏天都淹死人，多数是孩子，据说塘底会形成漏斗状漩涡，与龙卷风相似，误入者即刻溺毙，漏斗漩涡时时在移动。北门塘岸边未被水淹的地方，碧草野花，不游泳的人，找一块相对平坦的地方躺下，看蓝天白云，也很惬意。

第一次去蓝江游泳，是同叶莲他们一起去的。

时令刚进入孟夏，周六上午课毕，向天舒听见学生们邀约着要去蓝江游泳，发生了兴趣。听说他也要去，同学们欢呼起来，响应者骤增。他不知道叶莲去不去，投去探询的目光，后者笑了笑，他心里便有了十分的把握。

吃过午饭，稍事休息，便上路了。二十几人，男生一处，女生一处，向天舒居中，浩浩荡荡，有说有笑，走在东门街上，招来许多好奇的目光，不断有人同他们打招呼。同学们昂首挺胸，颇有些意气风发，向天舒受到感染，一下年轻了十岁。

出镇子，继续沿大路走，扬起灰尘，骄阳当顶，知了在柳树上叫唤，令他想起"高柳乱蝉嘶"的句子。走得热了，男生便开始光膀子，那架势好像一刻都等不了，要跳进清凉的水中。向天舒为人师长，不得不注意形象，忍住了没赤膊，汗流浃背。女生则只有羡慕男生的份儿，长裤，衬衣或T恤，再热也得忍着，乡下人保守，裙子少见。

除了马车，机动车一辆都没遇见，大家都走在路中央，道旁有各种树，杨树、桑树、柳树、桦树，走着走着，话就少了，到最后，只听见杂沓的脚步声，青龙山被远远甩在身后。

向天舒纳闷：在哪儿不能游泳，要跑这么老远？

终于，远远看见东大桥，右拐上田间小路，左右都是金黄的麦地，一阵风过，便如荡漾的水波，腋下生出凉意。几个调皮的男生突然撒腿奔跑起来，其中一位脚下打滑，栽倒在麦田中，女生都大笑起来，那男生爬起来，呼叫着去追前面的人，所有人都加快了步伐。

麦田的尽头，蓝江在望。为首的男生已经跳进水里去了，快活地招呼后来的人，男男女女，已经有许多人在江里游泳。

江是蓝的，水极清浅，水底满是鹅卵石，两岸是白色的沙滩，沙极细腻，水中也有梭子形状的白色沙渚，放眼望去，白色与蓝色相间，又散落着泳者脱下来的衣服，色彩缤纷，田埂下方，沙岸的边缘，有一排水柳，对面沙岸上方是陡峭的南山，长满青草，峭壁上立着几棵枝杈横斜的老树，其上便是蓝天，分不清是云在动，还是山在移。向天舒明白了之所以要远足来此游泳的道理，即便只是来看看，也不枉。

“向老师，你不下水吗？”

正在忘情间，听见叶莲的声音。看周围，只剩他们两人。

“下，当然要下水，走。”他跳下田埂，正要扑向江水，突然刹住脚，回头看叶莲，正小心翼翼地下陡坡，忙转回去，伸手援她。

到沙滩上，叶莲找地方换衣服去了，向天舒迫不及待脱掉鞋，踩在沙上，有些烫脚，待脚没入沙中，酥软的感觉传遍全身。换上游泳裤，来不及做准备活动，就跳进水里。最初的冰凉过后，身体便与水融为一体，感觉不到自身的存在。顺流而下，远离喧闹的人群，沙岸消失，江面更宽，水更深。不时闷水，在水的身体内流动，又露出头来，让水流过自己的身体，最后翻过身，仰卧水面，无声无息地漂流，像一片树叶，天与地，山与水，在耀眼的阳光中模糊，有一阵子，彻底消失。

“向老师！”听见有人在叫，睁开眼，看见姜泽后、田家鹤和另外几个男生向他游过来。

“向老师，我们找你半天，过了大桥，水就急了，会有危险。”姜泽后上气不接下气地说。向天舒回过头，才发现大桥已近在咫尺。

“向老师，我们往回游吧！”一个男生说。

大桥下面悬着三把剑，以前，人们都以为，发大水是因为恶龙作祟，恶龙顺流而下，会把大桥冲垮，因此铸了三把铁剑，屠龙用，人称“屠龙剑”。大桥以前是座石拱桥，有上百年的历史，铁剑一直挂在桥下方，因为修公路，石拱桥老旧，遭毁弃，在原址上修了水泥拱桥，铁剑却保留下来，用在新桥上。

“我们游到桥下就回去。”向天舒想就近看看铁剑，不由分说向前游去。

桥下阴森，江水突然变寒，三把剑悬在头顶上方，锋芒直指江面，隐隐透出杀气，虽已锈迹斑斑，但如果铁链断裂，笔直坠落的话，定能洞穿人体。

看过剑，向天舒带头往回游。逆流而上，速度慢了许多，也更吃力，很久才又看到沙滩和人群，人比先前更多了。到江心的沙滩上躺下歇息。

算上沙岸的话，此处河道是蓝江最宽的地方，也最浅，可以蹚水走到对岸。有些地方深不及膝，刚会跑的小孩子，家长带着，也敢下水，光着小屁股，兴奋得尖叫，而更大的孩子，则可独自玩水，而且许多都会游泳，不拘男孩女孩，也都光着身子，再大一点的，小女孩都穿着短裤，上身与小男孩并无不同，再更大的，包括女学生，都穿着大花裤衩和汗衫。这里的人还不兴穿游泳衣，只有成年的女子，汗衫里面才戴胸罩，没戴胸罩的，汗衫濡湿后，凸起部位的形状便显露出来。向天舒不敢多看，忍不住看时，便眯起眼，装作不经意的样子，目光常常落在叶莲身上。

叶莲在和别的女生打水仗，在浅水处跳着、笑着，不时摔倒在水中，头发零乱，衬得面庞更加清秀，不时朝他瞟一眼，玩得更加欢快。她似乎能感觉到，他在远远地注视着她。

逆流往上走，有一段湍流，水依然清浅，水中大大小小的鹅卵石清晰可见，因地势稍高，形成落差，加快了水流的速度，人趔趄着走上去，然后躺下，让水把自己冲下来，有惊无险，在刺激中得到无穷的快意，身体在翻滚中与鹅卵石发生摩擦，白屁股无意中会露出来，引发阵阵笑声。

在湍流上游，有人站在水中撒网，向天舒走近去看，水齐腰深。渔人朝他笑笑，是个中年男子，不像本地人，赤膊，皮肤黝黑，头戴草帽，腰间挂着渔篓，弯腰在水中把网理顺，稍稍起身，双手一扬，身体同时挺直，网在空中张开，罩向水面，即刻消失在水中，左手握紧绳索，右手协力，网拉起来，挂着几条巴掌大小的鱼，令他欣羡不已。此后，他脑海中常常出现这样的景象：渔网迎着阳光打开，像舞女的白色纱裙，飘落江水的舞台，起身谢幕时，怀中抱着鲜花一般的鱼儿。

以豁豁为首的几个本地男生，要同向老师比赛，看谁游得快。因为他们自小在黄龙镇长大，练就了一身好水性，以为胜券在握。向天舒欣然应战。

女生也都拢来观战。这更激起了参赛者的雄心。大家一起走到下游水深处，看谁先游到对岸。姜泽后发口令。一声令下，七八个人便蹿了出去。

“向老师，加油！向老师，加油！”女生一齐喊。

向天舒遥遥领先，第一个到达，岸这边立刻沸腾了。

“再来一次！”豁豁在对岸大叫，几个人满脸的不服气，姜泽后举手示意，准备发令，看谁先游过来。

没有悬念，向天舒第一个拢岸，迎接他的是一片掌声，其他看热闹的人也拍手叫好。其实，豁豁他们游得也挺快，但他们不知道，向老师生长在青溟湖边，再大的风浪都见识过。

不知不觉，太阳已经偏西，游泳的人陆续离去，气温降低，一阵风过，吹起满身的鸡皮疙瘩，如“吹皱一池春水”。游了一下午泳，腹中空空，向天舒招呼大家上岸。女生都跑到麦地里去换衣服，半蹲着，只露出头来。

大伙儿迎着夕阳往回走，身子虽然疲软，心里却很轻松，豁豁几个一路上都在赞叹向老师的泳技。向天舒提议唱歌，大家争论了半天，终于选了一首所有人都会唱的歌，他起头，齐声唱起来，至高音处，豁豁为首的几个破锣嗓便发出怪音，女生失声笑起来，歌声因此中断，大家纷纷拿豁豁他们打趣。

所有人都晒黑了许多，斜晖脉脉，映照着一张张健康的笑脸，可以想象，晚饭时胃口一定都很好，而夜里，每个人都会睡得无比香甜。

向天舒此后常去蓝江游泳，每次都带回许多鹅卵石，铺在方形花园的小路上，同学们也常常替他拾来形状各异的鹅卵石，几年后，小路上铺满了漂亮的鹅卵石，令所有人赞叹不已。

家中粉刷一新后，向天舒完全置身于自己的世界里。看门窗有些老旧，干脆一不做二不休，给木门窗也重新上遍漆。新教师宿舍楼都是一例的老式红漆木门窗，因走廊是开放式的，风雨常常乘虚而入，年月不久，却已斑驳陆离。

到百货公司买漆，意外发现有蓝漆卖，忽发奇想，决定将门窗改成蓝色。

一日的辛劳后，效果竟超过预期，仿佛蓝天的入口，格外醒目。此举引起小小的轰动，褒者众，夸他眼光独到，贬者则说他标新立异，哗众取宠。另有一项意料之外的功效，再有人打听他的住所，只消回答：蓝门窗那家就是。

高考临近。向天舒决定舍弃所有的闲暇，致力于高中毕业班的英文教学，私底下还把两个班的尖子生叫到宿舍，与他们交流自己当年的学习经验，都是些很实用的应试方法。从一开始，他就一直在私底下辅导他们语文，根据他当年的经验，无论文理科，语文和英文成绩提高了，总的成绩也就提高了，叮嘱他们不要同人说起，以免让教他们的语文老师难堪。

高考终于结束，成绩出来还需时日，相关者都在焦急等待。

接下来是中考，系初中班的升学考试，因为初中中专的比例越来越大，许多学习好，但由于种种原因不能继续念高中的学生，便有了更多的选择，可以拿到中专文凭，早日参加工作。考不上中专，成绩又不够格上高中的，只好早早回家务农。

不久，非毕业班的期末考试也结束了，初一（3）班的英文成绩大大领先于另外两个班。

毕业生会餐是黄龙中学的传统，也叫吃毕业饭，初中毕业班要简单一些，人小，心思也就不多，高中毕业班则很隆重。高考以后，紧绷的神经松弛下来，而同窗数载，一朝分别，大家的心情都很复杂，有希望考上学校的，心里隐隐有些激动，而绝大多数同学，就要永远告别学生生涯，走向不可知的未来，失落感沉重，更别说那些私下恋爱的，相守的日子无几，种种情绪纠结在一起，于会餐之际爆发出来。

班费还剩的用班费，没剩的由大家凑份子，请食堂置办，地点就在大礼堂。同学们从教室搬来桌椅，拼凑成饭桌，两个班的毕业生，加上邀请的老师及学校领导，一百五十多号人，场面甚为宏大。因为毕业了，不再受校规的束缚，男生特意买来许多白酒，席间频频向老师敬酒，不喝不行，连一向滴酒不沾的单玉老师都被灌了好几杯；而平时偷着吸烟的学生，此刻公然从兜里掏出烟来，发给会抽烟的老师，手上拿不下，就别在两只耳朵上。向天舒见程文礼被学生灌酒，狼狈不堪，又不好发作的样子，大为开怀，便放开量喝，连几个自以为能喝的男生都惊呆了，连说“向老师海量”，能者多劳，那些一向仰慕他的女生也纷纷过来敬酒，单玉老师担心他喝坏了，过来劝，哪里劝得住，他许久没这么开心过，来者不拒，喝！打那以后，全镇都知道向老师海量，且喝酒豪爽，送给他一个雅号：酒神。

年长的老师都已退席，只剩年轻的，郝校长叮嘱他们照看好学生。年轻教师与学生的距离更近，有女生暗恋的男教师，如向天舒和朱友庄者，有男生暗恋的女教师，如顾芳者。女生含蓄一些，笑嘻嘻地看向天舒，有个女生不断跟朱友庄碰杯；而男生仗着酒意，直勾勾看顾芳，甚至盯着她的胸看，她喝了酒，也不恼，毕竟，师生一场，以后恐怕就见不到了。这样的场面，最合费武的意，平时女生躲着他，现在尽可装醉，往她们身上蹭。朱友庄喝多了，又唱又跳，向天舒乘机问他：怎么娶了这么丑的一个老婆？他笑着回答：人不能忘恩。所有人都在释放自己，聚餐到最后，狼藉一片，大呼小叫的，抱头痛哭的，醉倒在地的，乱作一团，同朱友庄碰杯的那个女生哭得伤心欲绝。向天舒醉眼蒙眬，想起自己的中学和大学时代，眼睛不觉湿润了。顾芳过来同他喝酒，双眼迷离，脚下站不稳，他忙伸手去搀她，她就势倒在他怀里，令他不知所措。

“你喜欢我吗？”顾芳忽然问。向天舒嗫嚅着，答不上来。

“我知道，你学历高，瞧不起我，怕我拖累你，让你回不了省城。”顾芳作势要挣脱他，好像是他强行抱她一样，向天舒扶她坐在凳子上，刚要离开，又被她拽住。

“向天舒，我说的话对不对？”顾芳言语中带着怨恨。平时顾芳主动接近自己，他都有意保持距离，虽然也产生过同她上床的念头，但他知道，她不是那种上过床后就善罢甘休的女人。有几次顾芳有意在他宿舍里待得很晚，他都不为所动，以免后患无穷。

“没有的事，我不回省城。”向天舒有意偏离主题，正要说下去，费武歪歪倒倒过来，要同顾芳喝酒，他趁机脱身。

学生行将离校。向天舒突然有一种难舍的感觉，左右想不明白为什么。黄昏散步，穿过圆形花园，走到单身宿舍大院，想进去找任老师聊天，却只是看了石狮一眼，便走过去了，径直来到果树林，至围墙跟前，爬青龙山时，常打这儿翻墙出去，略一思忖，折头往回走，又看了石狮一眼，篮球场上有学生和老师在打篮球。走到操场，有草的地方都有人，多是学生，闲坐着聊天，几个孩子在翻筋斗耍，看见操场西头的女生宿舍，他心里一动，往西走去，遇见的学生都向他打招呼，他点头微笑。

“向老师！”

声音来自背后，令他全身一震。他并未即刻转身，而是定在原地，仿佛声音没有立即消散，像某种沁人心脾的芬芳，在空气中持续。

转过身，一张盈盈笑脸，迎着他的目光。

“叶莲！行李都收拾好了？”

“收拾好了。”

“什么时候走？车票买好了吗？”

“买好了，明天走。”

“明天？！哦，想家了吧？”

刚才还闪闪发亮的眼眸突然黯淡，停顿了一下，才说：“好久没见爸爸妈妈了。”

“那你应该高兴呀。”

“嗯。”

对叶莲情绪上的变化，向天舒并不感到奇怪，印象中，她多数时候都这样。有一次，他在课堂上布置了一篇作文，题目是“我的妈妈”，当堂完成，叶莲一字未写，问她为什么，她不说话，再问，还是不说话，咬着下嘴唇，眼睛红红的，他没再追问，也许，她不想当着全班同学的面说，后来私底下问她，也只是淡淡地说：写不出来。联想到她一向忧郁的神情，向天舒心里塞了个大大的谜团。为了解开谜团，他煞费苦心。有一次，也是在规定时间内的命题作文训练，题目是“我的爸爸”，叶莲洋洋洒洒写了一大篇，字里行间透着对父亲的崇敬和爱戴之情。据此，他差不多可以断定，问题出在她母亲那里，莫非是恋父情结？青春期的少女，常常会对母亲生出莫名的厌恨来，不过，在叶莲的作文里，对父亲更多的是一种爱怜，她父亲似乎是个柔弱、善良的人，极易受到伤害，需要她这个女儿的保护。

向天舒想对叶莲说要去送她，话到嘴边又咽回去了，这么多学生，单单送她，未免说不过去。他意识到，人心可以是自由的，人的行为却时时受到束缚，在小地方，这种感觉尤为明显，人人都认识你，人人都在看着你。

除少部分像叶莲一样，家很远，须坐车外，大多数住校生都选择步行回家，有些要走上一天的山路，即便可以坐一段车，然后再走路，也舍不得坐。

校园一下空了。

向天舒的心里也空落落的。

一个人站在走廊上，无情无绪，紫薇花开得正盛。紫薇花又叫火把花，大簇大簇的红花如燃烧的火把，因正值暑假前夕，毕业生准备离校，颇让人伤怀，大家又管这种花叫毕业花。

学生放假，校园便成了昆虫和孩子们的天下。操场上空飞满了浅黄色的蜻蜓，当地人叫天蟌，总在天上飞的意思，孩子们用树枝随便一扬，就可以打下几只来。

平时，除了星期天，都要早起，带学生跑步，做早操，现在天天都可以睡懒觉了，反而不习惯。依旧早起，一个人跑步未免枯燥，改爬老人山，锻炼的效果甚至更佳。此外，便是看书，写信，一面在心中酝酿游历清平岭的计划。

常常，登上老人山山顶，太阳还没出来，便坐在石基上等待。当第一缕阳光从青龙山顶飘来，便学印第安人向太阳问早安，双手合十，高举到头顶，闭上眼，感受阳光的抚摸。太阳的手温暖而透明，头顶，额头，双眼，鼻子，嘴唇，下巴，全身都亮了。睁开眼，开始一遍又一遍地做“拜日式”。到黄龙镇以后，向天舒坚持每天练习瑜伽，不拘什么时候，有机会就做，水边，山上，屋内，当地人不知瑜伽为何物，还以为他在练气功呢。太阳在青龙山顶端坐如仪，有时孑然一身，有时簇拥着灿烂的云霞，四周的山峰浴在光明中，而山腰以下及坝子中的黄龙镇，都还隐在阴影里，光与影交接的庄重时刻，阴影仿佛黑暗的尾巴，黑暗已经钻回大地的洞穴，很快，连尾巴也缩进去了。

冷不丁就会想起一个人，叶莲，不知她暑假里都在做些什么？荷田村，多美的地名，正值夏季，荷花盛开，一眼望不到头，红的，白的，叶莲当时时在荷田间走动，或赤脚，裤腿高高挽起，走进田里，采莲。她不会是一个人吧，同村的女伴一定很多，同她一样上学的，或者在家务农的，十三四岁的农家女，说小也不小，过去在这个年龄就出嫁的并不鲜见，现在，法律不允许，虽然不必等到法定的婚嫁年龄，至少也要成年。不上学的俨然已经是小大人，干活儿是分内的责任，上学的假期里虽然也须帮家里做活儿，但在心理上要优越许多，仿佛只是在尽义务，而且，还有学校布置的假期作业要做呢。叶莲很用功，无论何时都捧着书本，成绩名列前茅，虽然放假，也不会太贪玩。他留意过她的手，纤细柔嫩，不像常做农活儿的手，父母一定不忍心让她下地，也许，连家务都不让她做呢。

向天舒不知道叶莲为什么令他着迷，除了漂亮，还有一种特别的气质，稚气中透着成熟，近乎神秘。

十一

向天舒时常到街上走动，对黄龙镇做了一番全面考察。

小镇是一个完整的可以把握的世界，“麻雀虽小，五脏俱全”。向天舒现在更加明白，为什么人类学家常常选取一个特定的小地方，比如某个村落，作为研究对象，一切都是象征，研究透了，放之四海而皆准，可谓小中见大。而具体的每个人，则是更精细的研究对象，“人是小宇宙”。研究的过程便是：缩小，放大，再缩小，再放大，如此反复。他打定主意，要以局外人的身份，对黄龙镇细细研究一番，后来却发现自己也成了其中的一员。一开始，在小镇人面前，他表现得与世无争，说白了，是一种高高在上的感觉，不屑于同小地方人一般见识，加之为人师长，受到普遍的尊敬，不免有些自得，待发现自己也变成了他们中的一员时，吃惊不小，没有人能超然物外，遂放下姿态，在研究别人时连自己也一并加以研究。所谓研究，不过是细致的观察，用心的体味，勤奋的思索，并不是真的要研究以后做出什么文章来。其实，并非写出来的书才叫书，每人心中都有一本书，关于是非善恶美丑的评论尽在其中。与省城的知己保持通信，正好给自己的研究做个记录，同时与他交换心得。他养成了每日反省的习惯，通常是在睡前，躺在床上，把一天的行与思回忆一遍，看看哪些是好的，哪些是不好的，不好的必要忏悔一番。

民间有一段关于黄龙镇的野史，为县志所不载。黄龙镇有过做王城的辉煌。远古时，成百上千的小国散落在神州大地上，各自为政，黄龙镇便是其中一个独立小国的国都，盛极一时。列国间一度和平共处，但人性本贪，别人的东西总想据为己有，大国要兼并小国，战争频发，生灵涂炭，黄龙镇所在的王国也未能幸免，王城被摧毁，最后，连废墟都湮灭在历史的尘灰中。据专家考证，黄龙镇地下埋着古王城的遗址，盗墓者曾在地里挖到过值钱的古董，系传说中的王城遗物，拿到省城的黑市上交易，轰动一时。

广义的黄龙镇，指中心镇及其所辖的周边地区；狭义的黄龙镇，单指中心镇，按当地人的说法，即“镇上”。在城里人眼里，黄龙镇是乡下，但在镇上人眼里，镇上以外的周边村寨才是乡下，仿佛周围都是蛮夷之地，而镇上是文明的腹地，世界的中心。又因中心镇所在地是一个不小的盆地，地势相对平坦，相比之下，无论清平岭和蒙地，都在高山上，“乡下人”都住在山里，简称“山里人”。

镇上的农民是真正的农民，主体系汉族，从内地迁徙而来，中心镇是个平坝，似中原大地的微缩版，靠天吃饭的农耕传统也与内地一致。靠天吃饭委实不易，遇上饥年，要将手伸到别人的碗里才能活命，因此，人与人的关系和人与天的关系都相当复杂。山里人以少数民族为主，现在虽也靠农业为生，但早先并非如此，靠山吃山，地里没有收成时，靠采集打猎也能度日，是另一种传统，人的秉性也与真正的农民迥异，无论人与人，还是人与自然，关系都很简单、融洽。

谁是黄龙镇的原住民？各民族争论不休，甚至汉族内部各姓氏之间也存在争执，也许，真正的土著已不复存在，被最初的征服者赶尽杀绝。这样的例子到处都有，最著者发生在所谓的新大陆，外来者以野蛮手段反客为主，印第安人几无谯类。

向天舒对黄龙镇人渐渐从陌生到熟悉，许多人的世界向他开启，相似的，不相似的，交汇在一起，构成一个完整的世界，如同整个世界的缩影。

黄龙镇人对向天舒则所知甚少，常在背后议论他。他爱登山的怪癖，他能喝酒，他上课上得好，他长得一表人才，他懂礼貌，等等，但议论的焦点是：他什么时候离开黄龙镇？几乎所有人都断定：向老师待不长，黄龙镇这个小水潭，留不住他这条大龙，他迟早会回省城的。因此，他每次上街，人们都争着同他打招呼，好像以后就见不着似的，当然，也是因为他对人客气，人们才对他也客客气气。

黄龙镇史上繁华过，一条秘密的古丝绸之路经过这里，盛极一时，丝、茶、瓷等用马帮托运，经印度辗转到西方，出过富甲一方的大地主，甚至还出过一个状元，可谓人杰地灵，后因战争、饥荒、瘟疫等诸多因素，凋敝下来，特别是近几十年，贫穷落后，有限的一点商业行为集中在主街上。南门街从前是商业中心，现在除了紧邻百货公司的一家服装店及其对面的裁缝店外，别无店铺。

除了百货公司，镇上的店铺皆系私营，且都不挂牌匾，地方小，用不着打招牌。百货公司保持着老式国营单位的经营模式，也是唯一不讲价的地方，规模大，又有国营的金字招牌，经营状况良好，逢集更是挤得水泄不通。乡下人以购买百货公司的商品为荣，回到家，即便是地摊上的便宜货，也要说：是在百货公司买的。

而另一家与百货公司相似的小百货店，其实只是个小卖部，自然无法同百货公司竞争。小卖部位于主街上，百货公司以东，隔着三户人家，是一座老屋，老板姓贾，百货公司因为是国营的，下午五点半就关门了，小卖部却一直开到晚上九十点钟，除星期天，每日的生意集中在这个时段。贾老板夫妇都是四川人，失地农民，十年前漂泊至此，吃苦耐劳，靠小本生意起家，渐渐有了这个店面，全家人赖以为生。口音不改，说起话来抑扬顿挫，与本镇人迥异。两个女儿都在上小学，老婆被计生办勒令结扎，想要儿子的希望因此破灭。贾老板能在黄龙镇立足实属不易。他个子小，外表柔弱，常被二流子欺负，一直忍气吞声。二流子得寸进尺，见他老婆有几分姿色，竟无视他的存在，意欲非礼，没想到他敢拼命，将两把菜刀舞得生风，吓得对方落荒而逃，从此不敢放肆。他脑子活，拿镇上的中小学生当重要顾客，变着花样进各式文具，销路甚好。向天舒后来常常照顾他的生意。

除了店铺，还有一些公共设施，诸如电影院、卫生所、信用社等，与各种店铺一道，错落在主街两侧，相邻者少，多数都被住家隔开。每逢集日，当街的住户在门前各自的势力范围内，用门板支几个摊儿，租给行商，除去税款，每月都有固定的进项。

主街以北，以黄龙中学岔路为界，除镇东头的铁匠铺外，东边没有店铺，西边紧挨岔路口是一家理发店，再过去便是相邻的两个小饭馆，老板分别姓蔡和范，向天舒在黄龙镇的第一顿饭是在蔡家饭馆吃的，相熟以后，便固定在他家吃，蔡老板为人比范老板随和。近北门巷处是赫赫有名的马家银器店，然后是粮管所，派出所。派出所隔壁便是镇政府，黄龙镇的行政中心，向天舒从未跨进去过，临街是两层楼的老式青砖瓦房，从门洞可以看见里面有一个很大的院子，各种行政部门一应俱全，计生办、税务所、土地所、供电所等机构都在大院里办公。镇政府紧邻棺材铺，不知是有意的安排还是纯粹的巧合，棺材在国人眼里非但不晦气，还很吉祥，其谐音为“官财”，升官发财，陈列在铺子里的那几口棺材，漆得光亮，红黑分明，让镇政府的人常做非分之想。镇西头是电影院，再往西，出了镇子，便是离镇中心最远的汽车站。

主街以南，依旧从东往西看，依次为弹棉花铺、榨油铺、篾匠铺。信用社在黄龙中学岔路斜对面，是全镇的金融中心。信用社隔壁是万家酒楼，三层楼的水泥房，与简陋的小饭馆恰成鲜明的对比，乡下人偶尔奢侈一下，到小饭馆吃饭，但没有奢侈到敢迈进万家酒楼的地步。酒楼再过去是贾家小卖部，之后便是百货公司。邮电所在丁字路口西侧，正门开向主街，侧门开在南门街上，同百货公司的侧门相望，除了收发信件包裹，邮电所里还有两部电话，可以打长途，是黄龙镇同外界联络的纽带。邮电所旁是镇上唯一的旅馆，镇政府开办的，就在镇政府对面，后来更名为政府招待所。再往西，走过最后一户人家，便是卫生所，大家都不愿意去而又常常不得不去的地方。

北门巷过去是街，黄龙镇衰败以后，两边的人家便将房屋往街心扩张，渐渐将街道挤成一条巷道。

平常天，还有些小摊点，除黄龙中学岔路口包姥的零食摊外，集中在丁字路口一带，有固定的，如修鞋摊（兼配钥匙）和小食摊，及一个肉案，老板姓屠，响彻夜空的杀猪声基本都是从他家传出来的；有不固定的，如农民卖果蔬的担子，镇上和乡下的农民都有。此外，还有走村串寨的货郎，和同样走村串寨的靠手艺吃饭的人，诸如补锅匠、磨剪人、炸爆米花者。炸爆米花的装备较复杂，还要当街生火，因此，一连几天，都会待在原地不动，而且，炸爆米花的铁罐发出的巨响，本身就是极好的广告，而货郎、磨剪人、补锅匠，则要到四处兜揽生意，边走边吆喝。古老的职业，虽然辛苦，在向天舒眼里，却诗意盎然。

南门街西侧，过裁缝店后，往大石桥方向走不远，有一条巷道，是个死巷，夹在高墙之间，高墙后是回族的宅院，巷道尽头是个清真寺，除了马家，少有外人来。镇上及周边的回族都姓马，通称马家。除银器店外，马家还拥有当地唯一的小煤窑，给他们带来滚滚财源，煤炭卖给本地人，也远销外地。

棺材铺的施大爷是个慷慨豁达的人，留着花白的山羊胡，精神矍铄，手里总端着一根长长的铜烟袋，每天坐在铺里的太师椅上喝茶、吸烟。太师椅是祖传之物，花梨木的，做工考究，椅背和四角都有雕花，本是一对，另一把破四旧时给劈了，这把侥幸被保存下来，是施大爷的心爱之物。铺子里左右两边紧挨着棺材放了两条旧式长椅，其上有几，可以同时坐多人喝茶，前厅与后院相连，过道里搁着两具棺木。所陈列的棺材，有些是人预订的，有些是现卖的。黑漆棺木两头都有一个大大的红漆“寿”字，十分显眼，消解了黑色的阴郁气氛。棺材铺除棺材外，也兼营别的丧葬用品，如纸钱、花圈、香烛等，花圈就放在当街的门外两侧，五彩缤纷。也许，棺材铺在夜里会有几分瘆人，白天却很热闹，简直就是个老人俱乐部。时常有老人走进来，在长椅上喝茶，一边喝一边挨个打量那些棺木，遇到新做出来的，必要亲手摩挲一番，品评其材质和漆水的优劣，据说好的寿材，在地下百年不腐。有条件的人家，老人在世时就早早预备下棺木，搁在阁楼上，或直接放在老人的床边，让老人看着安心；自然，多数人家的老人没这个福分，只能每天来棺材铺看看，看到中意的棺木被人买走，心里难免失落，但无论怎样，迟早会有一具属于自己。中国人视死如生，只要没有天灾人祸，再穷的人家，砸锅卖铁也要让老人躺在棺木里入土。

向天舒每次从铁匠铺前经过，都能听到“叮叮当当”的声音，从铁匠铺后面传出来，打铁的作坊就在铁匠铺背后，可谓自产自销。铁匠姓金，向天舒尊称他为金师傅，就姓氏而言，金师傅不像汉人的后裔，没有人深究，在当地人的记忆中，金家祖祖辈辈都是打铁的。金师傅的几个孩子却不愿意学打铁，老大进城打工，老二在向天舒教的初中班上，学习很用功。金师傅只好从乡下招了一个学徒，叫二毛，十六七岁的小伙子，金师傅拿他当家人看待，吃住在一起。金师傅的老婆守着铺子，慈眉善目，见向天舒进来，大声通知后面：“向老师来了！”向天舒第一次来家访后，没事也喜欢来看金师傅打铁。

金师傅粗眉大眼，络腮胡，仔细看，胡子眉毛皆参差不齐，有些地方被火星燎去了，脸膛被炭火熏得黑里透红，像一块过火的铁，往铁砧上一搁，立刻就可以被敲打成别的样子。二毛光着脊梁，肌肉结实，负责拉风箱及抡大锤。铁块烧红后，放在铁砧上，金师傅左手用钳子夹稳，右手使小锤，敲一下，发出“叮”的声音，清脆悦耳，略一停顿，仿佛在给徒弟指明落锤点，大锤便照着相同的地方猛砸下去，“咣”的一声，火花四溅，气势不凡，“叮——咣！叮——咣！叮——咣！”一小一大两种声音，节奏鲜明，你先我后，不间断地敲打，丝毫不紊乱，所需的物件逐渐成形，最后是淬火“哧……”青烟腾起，腥甜的气息弥漫开来。

理发店是向天舒定期光顾的地方。老板姓毛，五十开外，人称“三剪刀”，喻其手艺的精熟，店上有一把祖传的进口剃刀，据说是传教士留下来的，至今还在用来给人修面，挂在显眼处。进门左手沿墙排开三把老式理发椅，有两个学徒，人少时看师傅理发，观摩，学习，人多时便在人的头上实践。人人都要理发，但不一定都上理发店，很多人家为省钱，自己动手，连黄龙中学的许多老师都不例外，发型无从谈起，把头发剪短而已，俗称“狗啃头”，谁也不在意。郝校长的头就是单玉老师剪的，在一颗头上操练了几十年，单玉老师对自己的手艺颇有些自负，但她自己的头还是交给毛师傅，逢年过节还要做出点花式来。作为镇上唯一的理发店，生意还过得去，几十年如一日，毛师傅也习惯了，并没有要扩大经营的意思。给向天舒剪头是毛师傅最上心的事情。身在乡下，无可无不可，单单在发型上，向天舒却很在乎。第一次理发，特意带了一本画报，要毛师傅照上面某电影明星的发型剪，毛师傅不愧是“三剪刀”，竟八九不离十，令他十分满意，说以后就照这个发型剪，此后，头发稍长，便去找毛师傅，后者精益求精，所得的报酬，除了钱，还有向老师的夸赞：“毛师傅，省城理发师的手艺都比不上你！”

榨油铺由姓廖的一家人经营。廖家本是地道的农民，廖老板脑子灵，镇上通电后，借钱从城里买回一台电动榨油机，将自家临街的老屋改成铺面，做起榨油的生意来。镇上曾经有过一家老式的榨油坊，民国末年便关张了，廖家榨油铺出现以前，当地人收获的油菜子都卖给粮管所或外地商人。第一次见到电动榨油机，众人都觉得稀奇，待看见金黄色的菜油悄无声息地从机器里流出来后，便排着队上门来榨油。四乡的人也闻风而动，一到星期天，廖家门前就挤得水泄不通，当天来不及榨的油，廖家便让人留下菜籽，记下斤两，过几日再来取油，装菜子的麻袋堆积如山。廖家很快还清了借款，又进了一台更加新式的榨油机，将铺面扩展为两间，自家的地赁给人种，全家老小都投入到榨油的生意中。榨过油的渣子可以肥地，还可以喂牲口，有专人收购，一丁点儿都不浪费。廖家除了替人榨油，也收购香油，然后批发给县城里的商人，黄龙镇的香油品质好，甚至远销省城，后来出了名，包装上都打着“黄龙镇”字样，也因此刺激了当地人种油菜的热情，油菜地渐成规模，春天的油菜花竟成了黄龙镇的一景。廖家的生意越做越大，其富有的程度与马家不分伯仲。廖老板后来还涉足金融业，私下放贷，坐地收息，既是信用社的大客户，又是信用社的竞争对手。向天舒每次从榨油铺前过，都为菜籽油的香味所吸引，但只在门前驻足，看油从机器里流出。廖老板是纯粹的生意人，对生意以外的事漠不关心，对向天舒的态度也不冷不热，与不远处篾匠铺的祝师傅对比鲜明。要说廖老板对生意以外的事都不关心，也不全对，生意只是挣钱的手段，而钱是用来满足物质欲求的，廖老板颈上那根沉甸甸的金项链十分刺眼。向天舒尤其不喜欢他的八字胡，不十分齐整，其下的厚嘴唇有几分肉感，但是一种远未脱离低级趣味的肉感。廖老板总板着脸，见到有姿色的女性时才会露笑，笑得肉麻，有传闻说，廖老板在县城里养着小。

祝师傅是向天舒极喜爱的人，敦厚老实的粗人，手艺却极精细，从早到晚，只要不下雨，就在街边做活儿。坐在竹凳上，大大小小的刀具在地上摆成一排，随手取用，大砍刀用于破竹，其声哗然，令人耳爽，再用小刀将篾青篾黄分开，竹香发自内部，从人的鼻腔直达心脾，编织时十指翻飞，令人目不暇接，一面还同人说笑，竹器渐渐成形，泾渭分明，疏密有致。向天舒常常被那双灵巧的手所吸引，同织女纤柔的手相比，祝师傅的手不免过于粗糙，手背上青筋暴起，指节粗大，指甲变形残缺，长年做篾活，免不了会被竹子划伤、扎破。篮子、筲箕、箩筐、篓子、筛子等等，大小不一，陈列在铺内，人自走进去拿，挑好后出来问价，祝师傅不二价，竹器本来就极价廉，多数人也不还价。向天舒爱到篾匠铺前闲坐，看见喜欢的竹制品，便买回去，作装饰。祝师傅眼神好，老远就看见他，大声问候，起身到屋里，搬来一张竹制矮方桌和一个竹凳，张罗着请他就座，又沏来一壶茶，给他斟上，才重新落座，边做活儿边与他聊天。能同省城来的向老师像朋友一样平起平坐，是祝师傅最自豪的事情，因此，他每次都忍不住要感慨："难得向老师看得起我们小地方的人！"向天舒连忙说："不敢当。"

严格说来，弹棉花铺不是个铺子，只是个小作坊，十几平方米的老屋，吃住都在里面，临街有一扇门板窗，门板之间有罅缝，从不开启，门常半闭，传出弹棉花的声音，"哐哐哐！""哐哐哐哐！"或三拍，或四拍，铿然悦耳。弹匠是位精瘦的老汉，大家都叫他老谭。老谭是个光棍，打光棍的原因不得而知，向天舒一开始还很好奇，人也说不出个究竟来，大概没什么特别的，有些人年轻时穷，娶不上媳妇儿，等上了年纪，就更没人嫁了，这在乡下不是什么稀罕事儿，至于打光棍的痛苦，光棍自己才知道。黄龙镇不止老谭一个光棍，黄龙中学的门房管大爹就打了一辈子光棍，但除了那位因强奸风三娘蹲大牢的光棍外，皆默默无闻，而老谭因为职业的关系，内心的声音通过弹弓发出来，如哀怨的大提琴声，闻者动容。黄昏，街面极静时，弹棉花的声音传得很远，连街上游荡的狗都驻足聆听，面带忧思。老谭年轻时做过学徒，师傅看他可怜，便一直留他在身边，临死就把铺面及弹弓送给了他，也算是后继有人。老谭自己却没收徒弟，大概他知道，即便要传，也传不了多远，这一行的终结是迟早的事情。老谭背了一辈子弹弓，背压弯了，而满屋的飞絮，吸入肺部，加上烟瘾大，积久成疾，咳嗽不断。老谭歇得早，一到晚上，人从棉花铺前过，便会听到屋里的咳嗽声，一阵紧似一阵。在黄龙镇的所有行当里，老谭从事的职业最让人揪心，全凭手工，既艰辛，所得的报酬又极薄，同廖家现代化的榨油业比起来，其差别正是手工业时代和工业时代的差别。

卫生所在西门街尽头，四合院，两层楼，设施简陋，其中的白医生在黄龙镇是个响当当的人物，出生中医世家，自学过西医，医术高明，号称“白神医”，有过不少起死回生的事迹，远近闻名。白医生的医德却算不上一流，有几分傲气，而且，为公家做事，没有多少积极性，平日大部分时间都在喝茶，看报纸，听收音机。白医生最爱听新闻，本地的，外地的，国内的，国际的，且利用职业的便利，打探别人的隐私，是个不折不扣的包打听。病人为讨他的欢心，便投其所好，奉上自家或邻里的隐私，甚至杜撰出一些耸人听闻的新闻来。一个人，拥有那么多“隐私”，时间久了会憋出毛病来的，虽然白医生每次都信誓旦旦，“绝不外传”，但哪里管得住嘴，有些并非病人告诉他的，而是病人不得不在一个医生面前暴露的隐私，也被他宣扬了出去。实在没有新闻的时候，白医生便在脑袋里琢磨出一些新闻来，一心想引发轰动效应，结果别人反而不信，只当听笑话，熟人揶揄他说：你又在扯白了。乡下人穷，小病舍不得看医，病重了才送来，白医生有个好处，不嫌贫爱富，但有个由远及近的原则，远道而来的病人享有优先权，人家既然大老远把病人送来，必定是慕了他的名，不好好治，岂不坏了自己的名声？而且，大老远来，多不容易。白医生的名气愈传愈远。白先生便是白医生的儿子，因向天舒是自己儿子的班主任，更因他的来历，白医生对他分外尊敬，每次一见面就让他有病去找他，“千万别客气”，那口气倒像是巴不得他赶快生病似的，令向天舒哭笑不得。谁也不知道为什么白医生要给儿子取名叫“白先生”，多半是想让儿子一出生就占别人的便宜，众人因此指责他缺德，他却辩解说，自己平生最敬重老师，这样取名是希望儿子有朝一日也能当老师。众人当然不乐意管他儿子叫“白先生”，而改叫“白字先生”。白先生人聪明，学习也不错，后来还真的考上了省城的师范学院，毕业后在省城的一所中学里当了老师，成了不折不扣的“先生”。

南门街上的服装店与其对面的裁缝店业务相似，但因为所针对的顾客群体有别，绝无竞争之意。服装店的老板姓易，是个精明的中年女子，最远到过州政府所在地进货，顾客以爱赶时髦的年轻人为主；而小裁缝店的顾客则以传统务实的中老年人为主。向天舒从省城带回来的衣服不多，少不得还要添置，因黄龙镇的落后，服装店里最时髦的衣服在他眼里也显得土气，好在他对衣着不讲究，偶尔也能挑到一两件合适的，自己进的衣服能被省城来的向老师看中，易老板自然很得意；但他偏爱裁缝店，因为喜欢店主的缘故。

裁缝店的店主姓罗，驼背，人称小罗锅，并非因为年纪小，而是因为天生个子就不高，又背着个罗锅，显得更加矮小。其外形一度成为众人的笑柄。成人只在背后取笑，小孩则当面讥嘲。他最早时恼过，突然有一天就不恼了，甚至做了一个惊人之举，当众脱衣下河游泳，本来神秘而诡异的罗锅背，在太阳下明晃晃的，不悦目，但也不刺眼，从此，再无人盯着他的罗锅背看。他努力挺直身子，不卑不亢做人，将自己收拾得干干净净，身上的衣服总跟新的一样，裁剪得十分精巧，令他的驼背不显得突兀，好像只是弯着腰走路，而弯腰是思考的姿态，做工更是无可挑剔，没一个多余的线头，针脚细密严整。小罗锅给自己做的衣服恰是裁缝店最好的广告。一开始，向天舒只是去找小罗锅补衣服，几条牛仔裤都被他补过，补得很巧，不仔细看不出来。有一天，他心血来潮，请对方给自己做了一件民国时期常见的中式小立领上衣，小罗锅第一次做，却与他想要的别无二致，令他欣喜异常，又定做了两件，同款不同色，这款衣服一度成了他的标志。因为天生残疾，小罗锅没下过地，也因此比家里的其他孩子多读了几年书，但家里穷，不能供他继续念书，初中毕业后将他送到邻镇一个做裁缝的亲戚家当学徒，他很伶俐，没几年便出了师，回来开了个小裁缝店，因手艺精，生意不曾间断，既自食其力，又没少帮补家里。向天舒比小罗锅年长，叫他“小罗”，多年来，小罗锅习惯了“小罗锅”的称呼，突然有人叫自己“小罗”，颇有些不知所措，也因此对向天舒热情有加，时常请他到店里喝茶。没人知道小罗锅因为身体的缺陷承受过怎样的痛苦，事实上，他心态的平和，外表的尊严，和高超的手艺，都是这种痛苦的结果。有些人被痛苦打倒，有些人却打倒痛苦。

向天舒常常拿小罗锅做榜样，给学生讲做人的道理，他关于小罗锅的种种赞誉之词被高中班的一个女生记在心里，女生是瓦窑村人，毕业后鼓起勇气来找他，表明了对小罗锅的好感，令他既意外又感动，主动替她做了媒。对小罗锅而言，这简直是天上掉下来的喜事，他早准备好打一辈子光棍了。女生父母死活不同意她嫁给一个驼子，但女生的态度很坚决，向天舒亲自上门去做她父母的工作，强调说，跟了小罗，他们的女儿及女儿的孩子就都不用种地了，终于将他们打动。向天舒亲自主持了小罗锅的婚礼，在黄龙镇引起很大的轰动，谁都没想到，小罗锅也能娶上这么好的媳妇儿。有老婆做帮手，小罗锅将铺面扩大了一间，生意应接不暇，接连生了两个孩子，发育得都很正常，一家人过着勤劳、体面的生活。

十二

太阳落山之际，向天舒沿土路走到蓝江边，此处江面开阔，水流和缓，如果没有顺流而下的落叶树枝一类的漂浮物，看不出水在流动。没人过岸，艄公亦不知去向，一艘浅口木船静静靠在岸边，风起时，微微晃动。小屋是土坯房，上覆茅草，抹了一层落日的光辉，门窗皆开向江面，其后是陡坡，隐约可见一条羊肠小道。没有人，对岸就像一个无生命的世界，有几分诡异。南归的乌鸦掠过头顶，打破了寂静，闹嚷声转移了他的视线，待乌鸦隐没在南山深处以后，艄公已经坐在门前，身披斗篷，望着江水，若有所思。隔着江面，看不清对方的模样。

镇上考察得差不多了，向天舒便将注意力集中在蓝江对岸的小茅屋上，时常隔江伫望。小茅屋一直牵动着他的神经，并被想象力无限夸大。艄公的身影总让他联想到一个人，希腊神话里的船夫卡戎，如果把蓝江比作冥河，不知道黄龙镇与清平岭，哪一方是阳界，哪一方是阴界。

蓝江边去过几次，都是夕阳时分，有时，艄公坐在船头垂钓，颇有些诗情画意。

集散后，向天舒信步走到南门街，见前面有几个赶路的哈尼族女子，背着箩筐，从镇上返家，走这条路，自然是要摆渡的，便尾随而去。至江边，她们向对岸招手，船撑过来，看竹篙没水的高度，便知这一带的江水不深，倘非夏季涨水，则会更加清浅。他同候船的女子并肩而立，她们看看他，叽里咕噜说本民族话，故意不让他听懂，边说边挤眉弄眼笑。他跟着傻笑，她们一下笑开了，有两个腰都笑弯了，船抵达后都还在笑。艄公用汉话问她们笑什么，她们也不答，边笑边推拥着上了船，又回过头来看向天舒，就中一位较年少的，长着一双迷人的凤眼，面带羞涩，眼神却很大胆，直勾勾地看着他，笑声似同她有关。艄公虽不知她们为什么笑，但明白了是在笑谁，嘴角也带了一丝笑意，看着向天舒，半天都不动篙。刚才笑的人笑累了，都安静下来。向天舒愣在岸上，僵持了一会儿，艄公才明白他不是来过江的，吆喝了一声：“开船了！”船向江心荡去，改用单桨慢慢划，颇有几分闲远自在。年少的女子突然唱起歌来，民歌的调子，清脆悠扬，在山水间回旋。向天舒目送渡船抵岸，哈尼族女子登岸，歌者突然朝他挥手，他连忙挥手作答，她们很快走上羊肠小道，渐远渐小，拐过弯不见了。笑声，歌声，哈尼少女大胆的眼神，经久不散。向天舒回过神来，想起面对面见到艄公的情形。他身材高大、结实，脸膛黝黑，棱角分明，手上的青筋粗壮，赤膊披着羊毛毡披风，彝族的典型装扮，似一尊有力的雕像，与他的想象吻合。

向天舒对艄公的浓厚兴趣，还因他是彝族。

来到黄龙镇以后，最大的发现莫过于周边的少数民族，大大小小，竟有十多个，除蒙地的苗族外，均分布在清平岭之上，距黄龙镇最近者，系彝族和哈尼族。向天舒觉得每个民族都有其可爱之处，甚至，因为受文明的影响较少，许多少数民族更多地保留了人性中纯真的一面。他设法找到许多同这些少数民族有关的书籍，历史、风俗、宗教、诗歌、服饰，等等，无不令他着迷。各民族的发展不尽相同，有些甚至停滞在原始社会的生活形态里，仿佛人类历史的活化石。去清平岭游历的计划在胸中反复酝酿，他真切地感到，他将一步步走向远古。

向天舒决定去拜访艄公。

下午，太阳的威力稍减，他走到江边，对岸悄无声息。这里自古以来就是渡口，两岸都有石级，从石级磨损的程度看，少说也有几百年，夏天水位上涨，石级大半被淹。

他还有些犹豫，点支烟，坐在台阶上。不知过了多久，艄公从屋里出来，倚门而坐，朝他这边看。他们已不止一次这样隔江对视，虽看不清对方的表情，但能感到对方在关注自己，可以说，在正式交往之前，两人神交已久。向天舒突然挥了挥手，这是一个下意识的动作，本意是在向对方打招呼，艄公却会错了意，立刻起身，把船划了过来。

向天舒的心“突突突”跳，既紧张又激动。

他突然觉得，木船仿佛是艄公的坐骑，在远古的大草原上驰骋。

“你是向老师吧？”刚一抵岸，艄公就问。

“是的。不过，我，我不上清平岭，只是想到对岸去看看。”

“好啊，上船吧。”艄公似乎一点儿都不吃惊，面带笑容。

挨船舷各有一排长凳，向天舒刚坐下，小船便轻轻荡出。

“大哥，你怎么知道我是谁？”他呼对方为大哥，艄公五十开外，看上去比实际年龄年轻。江风拂面，江水嫌小船挡路，发出不满的声音。

“谁不知道你！你是从省城来的，不简单啊。”艄公背对着他，羊毛毡披风像是一对巨大的翅膀。

“我班上有几个彝族学生，你认识吗？”向天舒打算去清平岭游历时到他们家里看看。

“当然，他们回家时跟我说起过你，说你是最好的老师。”

“过奖过奖！”

“向老师成家了吗？”

“没有。大哥你呢？”这是客套话，其实，他不仅知道艄公是独身，而且还知道他独身的原因。

艄公只是“嘿嘿”笑了两声，没有作答。

“忙不忙？”向天舒换了一个话题。

“不忙，除了星期天，都不忙。”

“江水还会再涨吗？”

“不好说，雨季还没过，说不好。”

对岸很快到了，向天舒回头看黄龙镇方向，江宽视野阔，田畴尽头隐约可见南门街的房屋。

艄公系好船，热情地邀他进屋吃茶。

屋里凉快，门窗都敞着，不似想象中昏暗，正中是火塘，上面有个铁三脚架，熏得漆黑，能看见火星儿，按照当地彝族的习俗，火塘里的火是永不熄灭的。火塘后面有一张矮脚方桌，红漆剥落，四周散放着几个草墩，靠窗一方的墙角放着木床，窗台上有一个烛台和一盏煤油灯，木床对角处有一口大木箱，上面堆着锅碗瓢盆，靠门的地方有一个盛水的土陶缸，门后立着一副桨。顶上有茅草从松木椽子间垂下来，悬在空中。泥巴墙上挂着鱼篓、渔网、砍刀、两串腌鱼，及一条土布裤子。原先在向天舒脑海中神秘的小屋，并无任何特异之处。

艄公准备把火烧旺了煮茶，向天舒瞥见木箱上有瓶酒。

“有酒不喝茶。”向天舒拿起酒瓶，是纬县酒厂生产的包谷酒。

“向老师也喝酒？那，太好了。这酒是过江人送的。”艄公喜形于色，把方桌抹了又抹，又拿来两个土碗，到门外反复用水冲洗。

“我们把桌子抬到屋外去喝吧。”向天舒建议。

“好好好！”

艄公搬桌子，向天舒拿草墩，在门前安置停当。艄公要去准备下酒菜，被向天舒极力制止，便翻出一包现成的花生米，也是过江的人送的。

艄公不抽烟，令向天舒很惊讶，他说年轻时也抽过，戒了，向天舒自己则屡戒屡抽，不知道对方是怎么戒掉的。

艄公一向沉默寡言，今天却说了许多话，因为向天舒的到来，也因为酒。照艄公自己的说法，他“几十年来说的话加起来，都没今天多”，也许夸张了一点，但艄公不爱说话，是出了名的，有人甚至以为他是个哑巴。

江风徐徐，太阳渐渐温和了，隔江看黄龙镇及远山，仿佛是另一个世界。

流年似水，往事却沉积下来，永远不会逝去。

艄公是土村人，父母早亡，舅舅家收留了他。

渐渐地，艄公长大成人，英武非凡，与同村一位叫阿霞的美丽女孩相爱。阿霞的美貌尽人皆知，连黄龙镇上的汉人都津津乐道。他们的恋爱令无数男女伤心欲绝，有人嫉妒得发疯。

由舅舅做主，艄公同阿霞订了婚，两人私底下憧憬着婚后的生活，单单憧憬，就让他们幸福得流泪，在那个疯狂到了极点的年代，他们幻想成家后去一个没有人烟的地方，过勤劳而朴实的生活，并生养众多。

岁月动荡，骚乱比比皆是，有人乘乱将阿霞挟持至一僻静山洞，并将她强暴，她不堪侮辱，投水自尽。

凶手是谁？镇上的？岭上的？至今是个谜。可怕的是，此人就在我们中间，若无其事地活着，内心也许在忏悔，也许，根本就厚颜无耻，不断从罪恶的记忆中寻求快感。

噩耗传来，艄公沿蓝江狂走了三天三夜。好端端的人，怎么突然就没了呢？他坚信阿霞还活着，这个信念似乎从未改变过，知悉内情的人都明白他为什么要做艄公，几十年如一日守在蓝江边，与阿霞永不分离。

昔日英俊开朗的小伙子，从此离群索居，不与人言，亦不再相信任何人，无论是本族的，还是外族的。阿霞死后，他彻底变成了孤儿，独自一人，在蓝江边生活了几十年，既不上清平岭，也不到镇上来，终日守着小茅屋，与渡船为伴。

艄公不和人说话，无人时却常常自言自语，像在同某位看不见的人说话，这情形难免被人撞见，久而久之，便有了种种传闻。其中一则最玄乎，说不止一人夜里见过艄公同一位彝族女子坐在水边说话，月色朦胧，又不敢走近，看不清女子的模样。有胆大者说看见过女子长相，还如此这般地描述了一番，立刻有人说："是阿霞！"从此，无论多紧急的事，没人再敢夜里单独来摆渡过江。

岁月悠悠，永远流传的，只有艄公和阿霞的故事。艄公因为对死去的爱人忠贞不渝，在年轻人，尤其是年轻女性中赢得了尊重。

艄公看上去一点儿都不出老，都说他至今还保持着童身，所以还像个"小伙子似的"，只是比一般的小伙子更有男人味，摆渡的已婚妇女常肆意开他的玩笑，他也不恼，而姑娘家在他面前会不自觉地脸红。

艄公的形象，给人印象最深的，是很少脱下的羊毛毡披风，像个隐居的大侠。披风据说是阿霞亲手做的，栉风沐雨，黑而发亮，下摆的毛穗子荡然无存。

不正常的状态，时间长了，就成了常态，就像镇上人习惯了疯女人风三娘的存在一样，渡口和艄公成了不可分割的整体，一旦渡口易人，或者艄公不再，过江的人会很不习惯。

时间既久，恩怨情仇沉积到心底，艄公脸上稍稍舒展，偶尔也同人说几句话，碰到不懂事的，偏要提当年的事，艄公便不语，再问，就恼了，样子很吓人。

艄公之所以愿意跟向天舒说心里话，大概有两个原因，其一，向天舒不是本地人，其二，向天舒与众不同。

艄公蜗居在渡口的小茅屋中，日用品都托过江的人从镇上捎回，偶尔走远，也不离开蓝江，木船便是出行的工具，沿江上下，有时撒网打鱼，有时什么也不做，似漫无目的，又似怀着某种目的，在不断地求索，通常都是在夜里。

除非有十万火急的事，夜里无人过岸。然而，艄公的见闻却不比人少，过江的人总会带来各种消息，岭上的，镇上的，他不说话，耳朵却没闲着，眼睛也没闲着。在他的摆渡生涯中，从船上跳水寻短见的事件发生过不少，每次他都奋力救人，披风一脱，就跳到江里去了，多数人得以生还，也有没救上来的，就中什么人都有，也有汉人，因此，他养成了暗中观察乘客行为举止的习惯，看人神色不对，便十分警觉，特别是涨水的季节，水流湍急，救人的难度大。

艄公有固定收入，是镇政府发给的，虽少，但足够他一个人的用度，所谓“一人吃饱，全家不饿”，摆渡的人也常常送些东西给他。他是个耿直的汉子，加上奋不顾身救人的事迹，博得了人们的好感，他好酒，便有人送酒肉给他，此外，果蔬，山货，过江的人毫不吝惜，多多少少，有什么送什么。人们都不理解他独身的行为，且为他惋惜，总有人不甘心，企图说服他回归到正常人的生活状态中来，给他相亲的人从未间断过，他都不为所动。人们不得不感叹：走火入魔了！

送往迎来，是艄公日常的工作，几十年如一日，坐船的人，去世的不少，也不断有新来的，有时，病人去镇上看急诊，回来时就不在了，亲人悲痛欲绝，向他哭诉：“大活人的，过了河就没了！”通常，死人后的几天里，摆渡的人很少，大家觉得晦气，其实跟他的渡船没什么关系，生死有命，谁都无能为力。

世事变迁，唯一不变的，是艄公对阿霞的思念，如滔滔江水，不舍昼夜。

艄公闲时，砍柴，修补渡船，钓鱼。江里的鱼不好钓，多数是一拃多长的白条鱼及巴掌大小的鲫鱼，偶尔会钓到大嘴鲶鱼，但艄公有的是时间，除了冬日，一年四季，饭桌上常有鱼。也撒网，运气好时，鱼吃不完，腌起来挂在墙上，偶尔也送些给摆渡的人。艄公闲适的生活状态，令人有出世之想，向天舒不免羡慕，但要他自己过这种离群索居的生活，似乎又做不到。后来，向天舒心里不痛快时，会买上一瓶酒，至渡口，大声一招呼，船便划过来。艄公的屋里总有现成的下酒菜，最不济也有腌鱼。

向天舒常常拿艄公与伍蛮子作比较，他们似乎是情感和肉体的两个极端。

同伍蛮子相比，艄公简直就是个圣人，为了阿霞，宁可像别人说他的那样：白做了一世的男人。艄公对阿霞痴情不改，很难想象，如果当年阿霞没死，两人终成眷属，婚后的生活会是怎样的情形？面对生活中的种种烦恼，面对阿霞老去的容颜，爱情还会一成不变吗？阿霞，因其死亡，在艄公的心中成为永恒。一尘不染的爱情尽善尽美。如果把艄公比作隐修士，爱情便是他的宗教，阿霞是他永远的唯一的神。

艄公既已将心事和盘托出，此后在向天舒面前便不忌讳提及阿霞，向天舒是外地人，反倒成了艄公思念阿霞的见证。

十三

向天舒决定将酝酿已久的游历清平岭的计划付诸实施。他不知道要去多久，担心花园里的花会枯死，请单玉老师帮忙照看，她二话没说就答应了，叫他只管放心去，并再三叮嘱他要注意安全，郝校长提醒说山高林深，需提防毒虫野兽，末了补充一句：“小向，黄龙中学不能没有你啊！”语重而心长。

出发头天，到百货公司采购食品，见有压缩饼干卖，大喜，有这东西就不怕挨饿了，又方便携带。晚饭后收拾行囊，将睡袋、帐篷等用品塞进一个大号背包里，满满当当，大多是在省城的户外用品店里买的，用过几次。此外，还特意带上了指南针及瑞士军刀。

绝早来到蓝江边，木船荡过来，惊醒了睡在江面上的薄雾。艄公见他背个大双肩包，胸前还挎着个双肩包，着实感到惊讶，其实，不光艄公，当地人都没见过这种打扮。

“向老师，要出远门？”

“是啊，上清平岭。”

艄公“哦”了一声，抬眼看了看对面的山岭，旋即收回目光。

“吃碗面再走吧。”抵岸后，艄公边系缆绳边说。

“好啊。”向天舒想都没想就答应了。他起得早，食堂还没开火，包里只有干粮，要走远路，有碗热汤面在肚里更踏实，不过话刚出口，便有点后悔，也不知对方是真心邀请还是一种客气的表达方式，待要改口，艄公已进屋去了。直觉告诉他，虽与艄公才第二次见面，彼此却跟老朋友一样，客气反而见外，再说，艄公的内心当与外表一致，不是转弯抹角的人，而且，无论是年龄还是慈祥的笑容，艄公都让他想起当年的父亲，令他有回家的感觉。他将背包就地撂下，也进了屋。锑锅在火塘上烧着水，艄公从墙上取下一块腊肉，切细，水沸后下挂面，将面捞在两个大土碗里，换了一口铁锅，待锅热，将腊肉下到锅里，“刺啦”一声，喷香的油烟味弥漫了整个小屋，稍加搅拌，将暖水瓶里的水倾在锅里，又直接往锅里打了两个鸡蛋，待水沸后，倒在碗里，加上油盐酱醋等佐料，又从腌菜坛里挟了两大箸酸菜，好一碗腊肉鸡蛋酸菜面！没想到艄公这般手巧，心下赞叹不已，他不会做饭，自己不会的别人会，他就觉得了不起。迫不及待尝了一口。

“好吃！真好吃！！”

艄公“嘿嘿”笑了两声，也坐下来吃面，不一会儿，两人连面带汤，吃了个碗底朝天。

向天舒向艄公打听同清平岭有关的一切，民风民俗，地貌交通，等等。艄公年轻时没少在清平岭上走动，但那是几十年前的记忆，怕靠不住。向天舒说没关系，他相信自己要去的都是些变化小甚至没有变化的地方。

清平岭是一个宽泛的地域概念，并不特指某条山脉，或某个地方，从黄龙镇的角度看，南山之后便是清平岭，人哪怕来自千里之外，只要最后打南山下来，在黄龙镇人眼里，便是从清平岭来的，久而久之，从南山下来的人，也都自称清平岭人，后来，干脆都简称“岭上人”。向天舒总觉得，如果“清平岭”与南山不是一回事，就应该是另一条山脉的名称，多方查阅，终于在一本明人写的方志中找到出处，谓：南山以南，清平岭也，蛮夷之地，民寡，好巫敬鬼，承平久，四邻睦，类羲皇上人。但他后来发现，南山以南，山脉如海浪，连绵不绝，不知清平岭是其中的哪一条，考证最终无果，但有一点是清楚的，迟至明朝，“清平岭”其名就已存在。

作别艄公，沿那条曾经无数次牵动过他的遐思的羊肠小道上山。回望小屋，艄公还在目送他，他挥挥手，便不再回头。路极陡峭，背包又重，背部同背包接触的地方渐渐潮湿，额头也渗出汗来，想当地人，包括女子，负荷百十斤，看上去如履平地，不觉惭愧。脚下是土路，路两侧则系坚硬的岩石，再往上便是林木地带，如此地貌，雨季亦无滑坡之虞。除几次小憩，一路不停，看看离树林不远，才找了一块相对平整的石头，将包卸了，到石头上坐下，歇气，抽烟。从这个角度看不到艄公的小屋，视线略与青龙山顶平，从南山看黄龙镇，别是一番风貌，太阳将各处都照亮了。歇够了，才重新上路。有人从对面下来，男女老少都有，看衣着是彝族，至跟前，不约而同，都立定了看他。有人小声说：“他就是向老师！”

“向老师，你好！”一位瘦高个中年男子立刻大声问候，并伸出双手，紧紧握住向天舒的右手。

“你好，你们好！”他连忙搭上左手，同对方四手相握，笑着应到，顺便问他们是哪个村的。

“土村。向老师，我是李善财他爹。”还是那位中年男子。

向天舒恍然大悟，细瞅父子俩还真像。

“家里都好吗？”

“好好。向老师要去哪儿？”这显然是在场人最关心的问题，所有目光都聚在向天舒的大背包上。

“岭上，各处走走。”

“向老师，到家里歇吧，我们挨晚就回来。”李善财他爹殷切地说。

“好啊。再见！”

“向老师再见，一定来闲啊！”说毕，李善财他爹放开向天舒的手，抬腿便走，步伐明显加快，一干人转眼就不见了踪影。

向天舒再次见识了岭上人的脚力，虽是下坡，常人也走不了这么快，何况每个人都负重，包括孩子。他受了刺激，也加快速度，不一会儿便气喘吁吁，汗涔涔下，太阳在背，挥之不去，好在林荫近在咫尺。终于摆脱了太阳的纠缠。林木森森，光景与林外迥异，坡也突然放缓，闲庭信步一般。土路被行走的人踩得坚实，虽小，却有上千年的历史，是连接岭上和黄龙镇的重要通道。他恍惚觉得，小路不仅在空间中蜿蜒，也在时间里延伸，通向历史的深处。

行前已致信省城好友，以免他挂念，后者好神游，都市的烦嚣，并不妨碍他作超越时空的旅行，去想去的地方，去想去的年代。向天舒把自己当做他神游的化身，在历史的长河中溯流而上。

到山顶，依旧是树林，林木大部分是次生林，原生植被多在“文革”中被破坏。一路除了鸟雀及小松鼠，见不到别的动物，不过，他相信，往深处走，原始森林会多起来，遇上野生动物的机会也会增多。出树林，拐几道弯，远远看见一个村寨，房屋错落，占满一座小山头，心想是土村无疑。他从书上了解过，清平岭上的彝寨是一种叫土掌房的奇妙建筑，土木结构，而以土为主，外立面皆系土，土基墙，顶夯土，木藏于土内，进屋后方能看到，均就地取材，乍一看像是纯粹用土做成的房子，与周围的土色一致，仿佛是从地里长出来的，各家的屋顶大抵相连，或在一平面上，或有落差，呈阶梯状，屋顶平整，既可作晒场，也可供人行走，脚不点地便可走遍全村，谁也不会介意别人在自家的屋顶走动。他坐下来，细细欣赏土村的全貌，比他想象的更美，与中国古代的汉式建筑大相径庭，倒像欧洲中世纪的古堡，粗朴、原始。

至村口，有许多人看他，土村的女子，无论老幼，都穿着传统服饰，几百上千年前就是这个样子，单看她们，并不知道今夕何夕。相对于别的彝村，土村的服饰最古朴，以黑红为主，因附近有大草甸，同原先的高山牧场相似，很多从前的生活方式得以保留下来。

村里随处可见大大小小的黑毛猪在专心觅食，每只都拿眼睛的余光瞄着他，一旦他试图靠近，立刻开溜，那眼神很有几分机灵，不似圈养的猪那么痴笨。

李善财家离村口不远，他正好在家，听说有外人进村，出门看是向老师，这一惊非同小可，叫了一声“向老师”，便奔过来。

“李善财，我遇见你爹了，走，去你们家。”

李善财兴奋得满面通红，硬要帮他拿包。向天舒只好由他，看他不习惯背这么大的背包，身体往一边倾斜，勉强维持住平衡，忍不住好笑。

进门有一个很大的四方形天井，类似汉族四合院的庭院，唯顶上的开口小些，如此方能给平顶留出更多的位置，人在平顶上，可以看见院内的情形，在土村，李善财家的天井算大的，采光较好。堂屋紧挨天井，没有门，同天井实为一体。房屋的内部是木结构，李善财家祖上富裕，房子盖得大，梁柱上还有精致的雕刻。向天舒细细观赏，不由得想起父亲来。父亲生前是出色的木匠，除了会打家具，还会木雕，替人家雕窗花，或者在门板上刻出各种图案，偶尔也应人的请求，做几个神像、菩萨、土地公公婆婆、灶王爷灶王奶奶、关公，应有尽有，看着木头在父亲手里变成栩栩如生的形象，他如痴如醉。

向天舒勤工俭学时也尝试过木活儿，对木制品情有独钟，在他看来，木匠让死去的树木复生。一截木头，雕刻成木偶，有了生命，最后变成人，这是他从小就喜欢的匹诺曹的故事。最有名的木头，莫过于《圣经》里的十字架，耶稣做过木匠，最后被钉死在木十字架上，其生死均同木联系在一起，似乎与那棵结禁果的树木有关。

李善财的妈妈跟儿子一样激动，张罗着招待向天舒。时鲜的杏、苹果、梨、花红、葡萄、核桃摆了满满一桌。

另外几个也在黄龙镇上中学的学生闻讯跑来，其中一个是女生，向天舒一眼就认出他们，叫他们一块儿坐，他们则纷纷邀请他去自己家里，他分不开身，只好说下次。

他一面喝茶，一面同他们聊天。问起这里非常有名的大草甸，想去看看。李善财说远倒不远，但是山路，所谓“望山走死马”，当地人走得快也要半个多钟头，向天舒走恐怕得一个小时。赶了一天路，刚歇下来，又要他来回再走两小时路，确实有难度，而且时辰不早，快五点了。

“向老师，不如这样，我们骑马去。”李善财见老师犯难，突然灵机一动。

“可以吗？那太好了！”向天舒立刻来了劲儿。

因离大草甸近，土村以畜牧为主，家家有马，李善财与另外两个男生一道，牵来各家的马，又借了一匹马，陪向天舒去大草甸。向天舒所骑的马是李善财家的枣红马，魁伟挺拔。骑马于他很稀罕，因老家是渔村，极少有人家养马，在省城郊游时骑过几次马，此外，接触马的机会不多，拉缰绳的手不免紧张，弄得马也不舒服，尥了几次蹶子，险些将他掀翻，亏得李善财在旁边吆喝，枣红马才稍稍老实。渐渐适应后，平坦的地方，还大着胆子让马跑起来。一路上碰到许多归家的牲畜，牧者都要停下来，向李善财他们打听向天舒的来历。下坡，上坡，又下坡，如此反复，最后上了一个高坡，眼前豁然开朗，觉天地一宽。大草甸高低起伏，连绵数里，极目高天流云。

大草甸做过古战场，据说，王城毁灭前，这里曾经有过惊天动地的大决战。

马见了草，便走不动了，向天舒跳下马，让李善财他们就地等他，独自穿过大草甸，向远处的悬崖走去。风吹过身体，残照挂在脸上，摇摇欲坠。草深浅不一，色暗绿，许久没下过雨的样子，脚下似平坦，实则有不易察觉的坡度，回头不见李善财他们，草坡如凸起的球面，目断处仿佛一无所有，而悬崖一端，亦复如是，令他在心里发出天地悠悠的浩叹。夕阳挂不住，滑落脸颊，阴影从崖后攀爬上来。走近悬崖，看见远处的山及天边的几抹晚霞，小心来到崖边，探头出去，倒抽一口冷气，峡谷深陷，落差约六七百米，对面的山稍矮，蓝江夹在两山间，窄而汹涌。正是阴盛阳衰的黄昏时分，风从谷底升上来，凉气逼人。早在省城时，每当居身高处，他都会有往下跳的冲动。

向天舒临崖而立，入定一般，久久不动。

李善财他们牵马过来，在距向天舒十几米的地方站住，谁都不说话，显得忧心忡忡。他们没走得更近有两个原因，其一，不想惊扰向老师，其二，也是更为重要的原因，当地人忌讳悬崖，认为不吉，从古到今，不小心坠崖的，被迫投崖的，主动投崖的，历代皆有。

向天舒不经意回头，看见李善财他们，吃了一惊，天色已晚，早过了吃晚饭的时间，他们一定都饿了，不觉内疚，快步走过去，翻身上马。

“我们来赛马，看谁先到大草甸对面。”他提议。

李善财他们正巴不得呢，发声喊，纵马出去，不用说，向天舒是最后一个到，大家都乐了。一路紧赶，没多久便回到土村。看看表，已过了七点。

“向老师，你们可回来了，快进屋。”李善财他爹早就回来了，正急不可待地在门口张望。

走进院子，向天舒吓了一跳，坐了几十号人，见他进来，起身迎接，男的都过来与他握手。听说向老师来了，大家纷纷出力，不到两小时，便已备齐了三桌菜，放在院子里，李善财家的亲戚及要好的朋友均在做，甚是隆重。

“向老师，这是我们村长。”李善财他爹大声介绍，推向天舒在村长旁边就座，自己也紧挨着他坐下。

村长很和气，没有任何架子，像一位睿智的长者，令人心生敬意。席间，李善财他爹悄悄告诉向天舒，村长年轻时是个土司。果然不是等闲之辈。向天舒连忙敬酒，连干了三杯。彝家的米酒，味甜，好下口。众人见向老师喝酒豪爽，都交口称赞。

按当地规矩，有客来，除男人和年长的妇女，别的人不兴上桌。李善财的妈妈和几个年轻姑娘在一旁给大家盛饭、倒酒。

别的村民纷纷走进来看热闹，都是吃过饭的，站在四周，天井上方的开口处也挤满人，探头往下看，姑娘们穿着鲜艳的传统服饰，挤在一堆，咬着耳朵说笑，眼睛都往向天舒这边看，他不觉耳热，快意之极。看得出，家里来了贵客，李善财他爹脸上有光，加上酒精的作用，兴奋异常，挨个儿跟人碰杯，又邀请进门的人一起喝酒，男的都不拒绝，有的干脆挤着坐下来，边喝酒边吃菜。

“玉香，玉香，给向老师唱支歌。”李善财他爹大声叫嚷。站在李善财他妈妈旁边的少女应了一声，显得既腼腆又激动。她是李善财的姐姐，叫李玉香，因家境不容两个孩子都念书，小学毕业后辍学在家，皮肤同李善财一样黝黑，瓜子脸，健康漂亮。

“玉香，唱啊！”大家附和道。

“玉香歌唱得好，远近闻名，赛歌会上还拿过一等奖呢。这孩子，平时挺大方，怎么见着向老师就不好意思了。”村长抽着旱烟袋，笑呵呵地说。

玉香不是那种忸怩的女孩子，镇定下来，从妈妈手中接过酒杯，袅袅婷婷地走到向天舒跟前。向天舒赶忙也端起酒杯。玉香微微一笑，双手将酒杯捧到胸前，开口便唱。虽听不懂歌词，但不难猜到是首敬酒歌。

在座的人自然熟悉玉香的歌声，都笑着看向天舒，似在询问：怎么样？我们玉香唱得怎么样？

不出众人所料，向天舒甚是惊讶，他知道，少数民族能歌善舞，许多情感都通过歌声表达，善歌者比比皆是，但似玉香的这般歌喉，却很少见。玉香唱完，静静地看着向天舒，双目明澈，碧波微漾。他回过神来，仰头将酒喝尽，连连夸赞：“唱得好，唱得好！”周围的人快慰地笑了。

李善财他爹满面自豪，叫玉香给向老师再唱两首。不待催促，玉香将酒杯交给父亲，放声唱起来，相形之下，刚才的敬酒歌只是热嗓，现在才进入佳境。歌声在土村的上空飘荡，而古老的旋律，在时光里回旋。向天舒不觉闭眼，在酒与歌里醺然自失。

席终，除村长外，人渐渐散去，李善财他爹酒喝得多了一些，坐不住，帮着媳妇他们一块儿收拾桌椅碗筷，走路踉跄。村长仿佛代表全村人留下来陪客似的，同向天舒坐在院里聊天。玉香给他们沏来两杯浓茶，向天舒点了一支烟，村长只抽旱烟。

繁星满天，没有月，院子里却丝毫不黑。土村不通电，照明的工具一如往昔，有星月的光亮可借用时，很晚才掌灯。蚊子同星星一样多，向天舒却不以为意。从灶房到院子，玉香进进出出，每次都同他四目相接，如雌性猫科动物的眸子，在黑暗中闪亮，而向天舒也觉得自己有一双雄性猫科动物的眼睛，将黑暗中的事物看得真切。

村长知书达理，熟悉本族的文化和历史，凡向天舒想知道的，都耐心回答。

村长口音重，纵使向天舒对语言敏感，也须留神，才能都听懂，从直线距离看，土村距黄龙镇不算远，口音差别却极大，大概是本民族语言的影响甚深的缘故。彝族还有自己的文字，会读写的人寥寥，濒临消亡。村长一面说话一面“吧嗒吧嗒”抽旱烟，在旱烟袋明灭的火光中，往昔如烟。

村长走后，玉香给向天舒端来洗脸脚的热水，他这才发现，除玉香外，别的人不知什么时候都已睡了。洗完脸脚，懒得开包，索性不刷牙，随玉香找到床铺，被褥是新换的。与玉香独处，心底泛起隐秘的冲动，连忙克制住，叫玉香去睡，从背包里找出手电，到外面小解。

出院门，怕狗，不敢走远，将尿撒在土墙上。隐约看见一把木梯，灵机一动，顺梯爬到屋顶，猫步潜行，从屋顶到屋顶，绕了一大圈，最后回到李善财家的屋顶，就地躺下，边抽烟，边看星河，辨认出许多星系，远处传来几声狗吠，近处隐约有婴儿的啼声，想是夜里饿醒了，哭着要吃奶。

很晚才起床，李善财的父母死活要他吃过午饭再走，心想也好，头天忙着去大草甸，没来得及好好看看土村，正好利用午饭前的这段时间参观一下。

村路窄，有些地方仅容一头水牛通过，曲曲弯弯，似迷宫一般。村里很安静，连觅食的家禽都一声不吭，土村虽以畜牧为主，但也有田地，离村远，下地干活的人离村早。土村在山顶，另一侧山腰接近村子的地方有连片的老杏林，系前人的余荫，归全村所有，果实采摘后，由村长主持，按人头均分到各家，要吃要卖，随各家的便。向天舒看见红里透黄的杏果，满口生津，想象春天杏花开放，其美不可估量，决心要来赶下次的花期。

吃过饭，稍事休息，便起身上路。李善财和玉香将他送出村子，还要往前送，他站住，让他们回，见玉香神色黯然，心里也沉甸甸的。世间美好的事物，人不能都留住。

“我还会来的，快回吧。”他朝姐弟俩笑笑，转身离去。

岔路多起来，都是山间小径，通向不同村寨，除了彝寨，还有哈尼人的村庄，走的人不多，与古老的小路判然有别，因此，只要不离开小路，就不会迷失方向。

小路与一条大路交汇，沿大路，便可一直走到东大桥，虽是条土路，也不甚宽，足够卡车通行，且有杂乱的车辙，依稀能辨认出马车、卡车及拖拉机。他此行的原则是远离公路，拣小路走。没有路也无所谓，路是人走出来的。手头虽无地图，大致的方位不错，只管向前，目的只有一个，要看那些变化小，甚至没有变化的地方。

路过两个较小的彝村，是和土村一样的土掌房建筑，没有停留，继续走。时而走在树阴里，时而暴露在骄阳下，边走边欣赏周围的景致。他喜欢做形而上的思考，脑子里时刻想着美善真的问题。他将美放在第一位，因为美是最无可争议的，谁都喜欢，其实，有些东西光想是想不来的，譬如美景，只用像现在这样，走在大自然中，触目皆是，脑海里反而空空的。

美欣赏久了，有点麻木，需要别的东西来调剂一下。四野无人，此地不会有土匪出没吧，他这身行头可不大隐蔽。一面走，一面在脑子里搜索那些与强盗有关的故事，古今中外，陆上的，水上的。其实，强盗行径是普遍存在的，不光人间，动物界，甚至植物界里都有。真碰上强盗，要钱便拿去，别取命就行，钱财是身外之物，生命才是最可宝贵的。在这种地方出没的强盗，想必有些浪漫气质，不会太为难他，不像在都市里，小蟊贼为了几十块钱也会杀人，不计偿命的后果，因为承受不了金钱之重，将别人和自己的命都看轻了。除非遇上要他的项上人头做投名状的草寇，不过，古代才有此规矩，如果左右都是死，他宁可死在古人的刀下。越想越有意思，到最后，竟巴不得遇上剪径大盗呢。

远远听见琤琮的流水声，紧走几步，见一条清亮的小溪，一只豆娘在翠绿的苇草上方慢悠悠地扇动翅膀，依稀能看见翅上的纹路，有一阵子悬停在溪水上方，本来静寂的山，因了小溪和豆娘，一下有了生气，在他体内注入了活力。一路与小溪并行，不时停下来，在溪中洗把脸，水深的地方，干脆将头浸入，清凉透心，又掬水漱口，口感很好，索性就不吐出来，仰头饮下，接连喝了几口，又将空水壶灌满水，最后，在绿毯似的溪畔草地上躺下，恰在山阴处，自己看得见阳光，阳光却看不见自己。白云耀眼，此刻，除了山、草木、溪水、云天，无人知其所在，想起“此中有深意，欲辨已无言”的句子，不知不觉就睡着了。醒来时，太阳绕到山的另一头，斜斜地照进溪谷，黄昏在即。不知此去多远才有村落，一个前所未有的念头冒出来：露宿。当初带帐篷并没有想到要露宿，只是以防万一。在省城周围作户外远足时，曾经露宿过，但跟许多人在一起，扎营，野餐，搞篝火晚会，闹哄哄的。独自露宿的经验却从未有过。

主意打定，索性再躺了一会儿，才慢慢起身，开始扎营。因为有过住帐篷的经验，不多久，一顶鲜红色的帐篷便赫然出现在溪谷中。走到远处欣赏，觉得很美，有点大地艺术的味道，显得绿者更绿。脱了鞋，钻进帐篷，将睡袋铺开，背包放在角落里，又拿出食物，准备晚餐。门对西方，看见夕阳无限好，便不着急吃，到门口坐下，闭上眼，享受夕晖的抚摸，待眼皮感受不到阳光时，才睁开。阳光离开他，离开草地，离开溪谷，离开山头，远处的高空，一只鹰在翱翔，仿佛阳光的坐骑，载着阳光飞去。

他在空气里嗅出了一丝可疑的气息，东边有几缕黑云，难说夜间有雨。山里的天气，说变就变，何况正值雨季。穿上鞋，绕帐篷一周，决定挖排水沟，将可能的雨水引到溪里去，以保证帐篷不会浸水。手头没有工具，爬到高处，折了一根树枝，慢慢撬土，工具不顺手，不一会儿便满头大汗，索性将衣裤都脱了，单穿着内裤，晚风吹拂，爽利了许多，恨不得连内裤也脱了。好容易才在帐篷四周掏出一圈沟来，又在朝向溪水的地方开口，将沟引向低处，方大功告成。拿上毛巾和香皂，蹚到溪中擦洗身子。水比他想象的凉，打了几个寒战，快速而用力地搓身上，以加速血液的流动，胸背及胳膊立刻变得通红，寒意顿消，看看周围，确信无人，将内裤脱下，扔到岸上，将私处也细细清洗了一番。私处一旦公开，便极力展示自己，意欲有所表现，流水的声音，溪谷黄昏的暧昧氛围，无不加重了他的欲望。野狼般的嚎叫声在山谷里回响。他安静下来，看着下游的方向，不论溪水流向何处，都带着他的印记，生命的印记。

穿好衣服，躺在草地上休息，待元气恢复，才起身吃东西。天色暗下来。

荞饼、煮鸡蛋、咸肉，都是李善财的父母给他准备的，还有一葫芦荞麦酒，先用鸡蛋和荞饼将肚子填饱，然后就着咸肉慢慢喝葫芦里的酒，直到天完全黑下来。多数星星被云遮蔽了，山影和树影极模糊，仿佛有东西在附近的树丛里走动，溪谷外隐约传来怪异的叫声，一种不连续的短促尖利的声音，似飞禽，又像走兽，渐渐到了谷口，令他毛发倒竖，赶紧钻进帐篷，将门的拉链拉紧，头埋在睡袋里，似鸵鸟将头埋在沙里躲避未知的危险。那叫声时远时近，好一阵子才消失。外面起风了。

帐篷里伸手不见五指，生平第一次在野外独自面对黑夜，久久难眠。躺在黑夜的深处，孤独，恐怖，虚无，他甚至觉得，自己变成了黑夜的一分子，永无天日。他不明白，在什么也看不见的黑夜里，自己为什么还睁着眼睛？

夜里果然下起雨来，很大，幸亏预先挖了防水沟。雨声淹没了别的声音，将帐篷里的小世界与周围隔绝开来，令他感到安全，趁机睡过去。

本以为会被小鸟叫醒，殊不知却被人声吵醒，睁开眼，看见帐篷顶的透气孔里泄进一线阳光来，心里一振，最喜雨后天晴的山野气息，想起吵醒自己的人声，此刻却无动静，想必人已经走了。谁会这么早打这里过？

翻身坐起，拉开帐篷门，刚探出头，吓了一大跳，帐篷前赫然站着六七个人，男女都有，居高临下看他，跟他看他们的眼神一样惊奇。一时谁都不说话。

从女子的服饰看，是哈尼人，其中一位少女有些面熟。他们一早出门，一定要赶很远的路，估计是要去黄龙镇，见到从未见过的帐篷，好比见了飞碟，为好奇心所吸引，顾不上赶路，非要看看天外来客长什么模样。

“你们好！”向天舒先开口，看稀奇的人如梦初醒，笑起来，彼此说了一堆他听不懂的哈尼话。

最后，不知那位面熟的少女说了什么，大家露出一副释然的表情。想起来了，她就是那位在艄公的摆渡船上唱歌的女孩子。

“你的歌声真好听。”他对少女说。

别的女子都看着少女笑，她的脸又像上次一样红了。

“你也是镇上的？”一位男子用汉话问他。

“是的。不过以前在省城。”见他们有些失望，他故意补充了一句。

“哦，我就说嘛，镇上的人没有你这种小房子。”说话的人用手摸摸帐篷，同别的人叽里咕噜说了一通，显得很兴奋，对方的反应在他的预料之中，总算没让他们白耽搁这一阵。

“你们去哪里？”

“去镇上赶场。”

今天是星期日，哈尼人住得远，除非赶集，平时极少到镇上来。黄龙中学里没有哈尼族学生。向天舒对哈尼族了解不多，只知道他们住在一种形似蘑菇的茅草房中，上千年前就将整座整座的大山改造成壮观的梯田，世代以种田为生。岭上的哈尼族较穷，孩子念书念到初中的极少，就近上学，不住宿，每天走十几里地，往返于学校和家之间。

“你们是哪个村的？”

“水村。”

“远不远？”

“近得很。”

“你们要到什么时候才回来？”

“晚呢，天黑以后。”

向天舒穿上鞋，走出帐篷，说话的男子趁机朝帐篷里张望，他索性将门帘掀起来，邀他们参观。少女最后一个上前，仔仔细细看，他趁机近距离看她的眉眼，大眼睛似两泓秋水，四周长睫婆娑，眉山横亘。

他想问少女的名字，当着众人的面，又不好意思。

说话的男子问他去哪里，他灵机一动，说去水村，因为同这些人的相遇，更因为那位少女的眼神，事实上，他先前根本不知道水村这个地方。

“太好了，来家里坐。”那男子热情地说，但并没有说他们家住哪里。

不知谁大声说了一句话，他们急忙将地上的包和箩筐背起来，向天舒猜那句话是催促大家上路的意思。

少女故意走在最后，回头看向天舒，眼里似有殷殷的期望，他故意大声说:

晚上见！刚才同他说话的男子转过身，也大声说：晚上见！

先不忙收帐篷，让太阳将水气烘干，到溪里洗脸刷牙，然后掰了一小块压缩饼干，迎着朝阳，在一块干燥的石头上坐下，慢慢吃饼干，喝生水。湿气远未消散，草叶上挂着水珠，鸟叫声丰富起来，依稀能辨出山雀和画眉的声音。他醉心于山谷雨后的清晨，脑子里空又不空。待帐篷干透，太阳晒得脊背辣疼，才开始收拾行装，重新上路。露宿是美好的，他料想这一路会经常露宿。

一路慢行，虽负荷沉重，却不以为苦，步移景换，触目皆美。山回路转，始终不见有村子的样子，又无岔路，当地人所谓的"近得很"，其实远得很，至少对不惯走山路的人而言。

翻过一座山头，视野开阔起来，山层层叠叠，呈浅灰蓝色，愈远愈蓝，至尽头融入天空。群山仿佛巨大的乐器，演奏着光与影的交响。天地间的大美，令向天舒感叹不已。转过山腰，感叹升级为感动，到处是壮观的梯田，远近高低，从山头至谷底，几百上千米的落差，全部被改造成梯田，深谷向地里延伸，而山头高耸入云，梯田便似阶梯，上可登天，下可入地，"通天地绝"，脑海里闪现出这四个字，他从未见过这么美的人造景致，虽系人工，经过几千年的历史，与山融为一体，仿佛自来如此，浑然天成。此刻的梯田，稻子接近成熟，还不是最美的时候，秋初至来年的春天，梯田里蓄了水，如镜面，层次分明，天光云影变化其中，那才叫美呢。他决心春天时再来。

视线所及，有大大小小十几个村庄，镶嵌在梯田里，彼此隔着一定距离，大部分是哈尼人的蘑菇形茅草房，坐落在山腰，折中的地势，兼顾山上和山下的梯田，另有几个彝村，土掌房一望便知，地势稍高，因彝族是后来者，哈尼人接纳他们已够大度，也就不好意思去争人家的好地盘了。不知水村是其中的哪一座？

小路在田间蜿蜒，有许多岔道，通向各村，看见两个背草的哈尼妇女，年纪较大，便上前问路，对方却低着头，快步通过，头也不回地走了。他愣在原地，后来才知道，哈尼人较封闭，特别是上了年纪的妇女，怕见生人。

岭上的哈尼人，无论男女，岁数大的都不会汉话。

正午已过，肚子咕咕作响，见前方有一棵大榕树，视野极佳，便到树下躲阴凉，吃干粮，看风景，索性不急，水村就在不远的某处，且流连一番，慢慢再去寻。边吃边想一个问题，这个问题困扰了他一路。他要到水村落脚，多半是冲着那位两度谋面的哈尼少女去的，可不知道对方的名姓，如何找到她家？到村口死等，又不知他们几时才回，到时天黑了，自己一个陌生人，在村口晃悠，村民会怎么想？见了那位女孩，迎上去说：我在这里等你？当着众人的面，未免太唐突了。如果单单女孩一人，他倒是有勇气这样做的，勇气来自女孩看他时的眼神。左右想不出良策，干脆不想，安慰自己说：办法总会有的。填饱肚子，抽了一支烟，困劲儿上来，背包靠着大榕树，他靠着背包，呼呼大睡起来。

也不知睡了多久，日影歪斜，心想是时候了。恰在这时，走来两个荷锄的男子，在他面前站住。赶紧问他们哪个村是水村。对方并不急于回答，其中一人反问他：哪儿来？他答：镇上。又问：做什么？答：旅游。又问：旅游什么？他指指四处的梯田，对方随他手指的方向看去，一脸茫然，似乎没发现什么值得游览的东西，接着问：去水村做什么？向天舒想说找人，又担心对方问他找谁，便说：不做什么，就想知道水村在哪里。他的回答显然不能令对方满意，而对方一时又想不出新问题，僵在那里，最后朝远处的一个村子一指，说：那里。他暗自好笑，这么简单的答案，要兜这么大的圈子。嘴里说谢谢，身子却不动，以示他只是随便问问而已，那两人皱着眉看他，又看看他的背包，彼此用本族话议论了一番，才走开。

他干脆不走小路，在田埂上走，直线距离虽近，却费时三倍以上，田埂窄，须小心翼翼，才不会掉进田里，丰收在即，田水几近干涸，但有又软又湿的淤泥。田里暂无农事，四野寂寂，偶尔蹿起一只秧鸡，眨眼便消失在另一块田里。

走上通向水村的小路。村民用怪异的眼神看他，老妇人眼里都带着怯意，孩子远远躲开，他觉得哈尼人与彝人性格很不一样，后者开放得多。

近村处有一道简易的寨门，用竹子搭成，门框正上方悬着星形草绳结，据说恶鬼见到错综复杂的结就发愁，同汉族的照妖镜一样，有驱邪远祸的功效。至村口，看见一个俊秀机灵的少年，觉得有几分面熟，便上前攀谈。少年对他也很好奇。

“小兄弟，你叫什么名字？”

“卡梭。”

同许多少数民族一样，哈尼人的姓名是父子连名制，家谱有清晰的脉络，卡梭的父亲一定叫什么卡，比如“卡夫卡”，向天舒被这念头逗得想笑，而卡梭将来有了儿子，名字定然以“梭”字打头，就叫“梭罗”吧，他想，如果由他来取名的话。卡夫卡和梭罗都是他极喜爱的作家。少数民族也用汉姓，如李善财者。相比之下，岭上的哈尼族更不开化，汉姓较少。

“卡梭，你几岁了？“

“十二岁。”“

“上学吗？”

“上。”

“几年级？”

“五年级。”

“哦，明年就升初中了。想上初中吗？”

“不想。”

“为什么？”

“没有人上。”

“为什么？”

“没有钱上。”

向天舒一时不知说什么好。

“家里都有什么人？”

“奶奶，爸爸，妈妈，姐姐。”

向天舒心里一动，忙问他姐姐在哪里，他说跟大舅他们赶场去了。难怪看少年面熟，眉眼与其姐姐毕肖。一路困扰他的问题迎刃而解。想起同他说话的男子长相，疑心那人就是他们的大舅。

“你姐姐叫什么名字？”他不动声色地问。

“诺玛。”

动听的名字，如其人，他在心里反复念叨，名字使那个哈尼少女变得更加具体、生动。他按捺不住激动的心情，说：“卡梭，去你们家坐坐好吗？”

“好，走吧。”

卡梭对这个行装特别的外乡人深有好感，欢喜地朝前带路。村里人见向天舒同卡梭亲热地走在一起，态度大不一样，善意地向他点头，其中有人大声说了一句什么话，引得别的人大笑，少年恼得脸红，见此情形，向天舒心里好笑，且一心情愿地想，那句玩笑话的意思恐怕是：卡梭不会是这个人的小舅子吧？！

他边走边四处张望。石板路，显得村子很整洁。无论颜色和材料，墙体同彝族的土掌房相似，但房屋小很多，成正方形，斜顶上铺着厚厚的茅草，像是蘑菇的顶盖。黄龙镇也有几间草房，是最穷的人家，但茅草远没有这么厚，哈尼人的草房看上去要舒适得多，哈尼人也穷，但这不完全是茅草覆顶的原因，也许，只是一种非常久远的传统的延续，在考古学家复原的许多远古的村庄模型中，类似的草屋比比皆是，最远的可以追溯到新石器时代。向天舒突然有种幻觉，村里的人都腰围兽皮，赤足，披头散发，女子裸露着上身。

卡梭家在村子另一头，不远处有一眼泉，四周有石栏，年深日久，给全村及周边的田地提供源源不断的甘泉，其水神圣，村民岁时祭奠。

卡梭家有一个很小的院子，院子里有一个舂米的石碓和一个大水缸，楼下不住人，是养牲畜及堆杂物的地方，楼梯陡窄，厅堂还算宽敞，四周隔出几间小房子作卧室，顶层用泥土覆盖，类似彝族土掌房的屋顶，其上可堆放物品，也可住人，屋里光线昏暗，主要光源来自一面墙上的两个很小的窗户，窗下有一架古老的织布机，堂屋中央的方形火塘上煨着东西，火光明灭。同许多偏远地区的少数民族一样，哈尼族视火塘为神圣，火从不熄灭。土村的彝族是个例外，多数人家没有火塘，因离镇上近，受了些汉人的影响，最近几年改用更加实用的灶房。这里的彝村想必是有火塘的。

卡梭的父母还没从地里回来，只有奶奶在家，爷爷过世几年了。

老奶奶精瘦，眼窝深陷，身体看上去却很硬朗，腰背挺直，同向天舒一路所见弯腰驼背的老妇人不一样，黑头帕，蓝黑色的粗布斜襟衣服，裤子的颜色也一样，均无任何彩绣，全身最显眼的是耳朵上的那副银耳环，硕大，螺旋形，年代久远。如果没有孙子的引见，老奶奶早躲起来了。向天舒听不懂卡梭和奶奶的对话，尴尬地站着，直到老奶奶对他露出笑容，才放下心来。

他将包放在地板上，坐在火塘边，喝着老奶奶给他沏的茶。茶很香，是当地有名的糯米香茶。虽然是盛夏，但草房通风好，屋里不热。老奶奶坐在对面，一言不发地看着他。卡梭则对他的背包很感兴趣。

“这里面是什么？”

“帐篷、睡袋、衣服，还有吃的东西。”

见卡梭不解，便将包里的东西展示给他看，老奶奶也露出惊讶的神色。

“睡在这里面？”卡梭抚弄着睡袋，迷惑地问。向天舒点点头。

“这些东西是哪里买的？”

“省城。”

“省城？！很远吧，你不是镇上人？”

“现在是。”

“今晚你就睡我们家吧。”卡梭突然说。向天舒愣了一下，随即笑着说：好啊。他早有此意，但还须看卡梭父母的意思，应该没问题。不知诺玛什么时候回来。

老奶奶下楼喂猪去了，卡梭摆弄着他的头灯，爱不释手，头灯虽小，却比乡下的大手电亮。向天舒看锅里煨的东西，是大洋芋。四周很静，他禁不住打起盹来。

“大哥哥，你到床上睡吧。”

“不用，我就眯一会儿。”他干脆坐在地板上，靠着背包，一下就睡着了。

许久，睁开眼，屋里一个人都没有，听见楼下有人说话，猜想是卡梭的父母回来了，忙坐起来，努力让自己清醒。

卡梭同他父母一起上楼来。

“你们好。”向天舒首先问候。

“哦，来了。”卡梭的父亲笑着应道，好像早知道他会来一样。卡梭的母亲也对着他笑。两个人都长得很周正，似卡梭和诺玛的模子。

卡梭的母亲帮着奶奶一起做晚饭。向天舒见她将火塘上方的腊肉取下来，明白是专门招待他用的，猜想卡梭已将留他过夜的事情知会了父母，待客之道，食宿是分不开的。他心里很感动，不知怎么答谢。

发烟给卡梭父亲，后者将水烟筒和烟丝递给他。他不太会吸水烟筒，出于礼貌，便接过来吸，呛了几口，卡梭父亲笑起来，将水烟筒拿过去，给他做示范，又递给他，这次好多了，慢慢吸出点模样，水也不往外喷了，伴随着“咕嘟咕嘟”的声音，满屋香烟缭绕。

“听卡梭讲，你去过省城。”男主人问。

“哦，在省城待过十几年。”向天舒见对方惊讶，索性将他离开省城到黄龙中学教书的事情道出。

男主人啧啧称奇，改口叫他向老师。卡梭在旁边听了，也对他肃然起敬。

向天舒看着卡梭，突然对男主人说：“卡梭应该念初中。”不待对方回答，紧接着说：“学费我替他出。”向天舒自己都奇怪，此前压根儿没想过的事情，竟脱口而出，他看这家人亲切，总觉得应该为他们做点什么，一时想不出来，潜意识里却早有打算，这个主意令他自己激动不已。

见卡梭的父亲有几分不敢相信的表情，他转而问卡梭：

“卡梭，告诉我，你想不想上初中？”

“想。”卡梭毫不犹豫地说。

向天舒对卡梭的父亲说：“如果卡梭将来能考上高中，再往后考上大学，学费我都包了。”

“向老师，这个……卡梭倒是爱读书，学习也好，不过……咋好意思？”

向天舒用诚挚的微笑打消了对方的顾忌。卡梭的母亲对卡梭说：快谢谢向老师。卡梭红着脸，不好意思开口。

“不用谢，将来好好用功，考上高中，考上大学，好不好？”

卡梭懂事地点点头。

卡梭父亲看看向天舒的大背包，似乎明白他要去很远的地方。

“向老师，你要去哪里？”

“不知道，到处走走看。”

卡梭的父母叽里咕噜说了一通哈尼话，末了，卡梭父亲说：

“向老师，你明天再住一夜好吗？”

他一愣，立刻明白了对方的意思，今天仓促，他们没有时间好好招待他，所以要留他多在一天。主人家如此好客，周围的风景又这么迷人，而且，诺玛还不知多晚才回来，还真舍不得次日就离开。遂答应下来。卡梭的父母及卡梭都很高兴，老奶奶听了卡梭妈妈的解释，也张着嘴笑，露出参差疏落的牙来。

晚饭时，向天舒同卡梭的父亲喝着当地的米酒，味道醇厚，度数却不低。他的耳朵不时跑到楼下，看诺玛回来没有。

天完全黑下来，透过敞开的两扇小窗，隐约看见星星，屋里点着油灯，蚊虫和蛾子在灯上缭绕，火也拨旺了。

外面终于有了动静，而且动静不小，一个男子在院里喊话，女主人便下楼去了。卡梭想起什么来，说：向老师，我想借你的灯。向天舒说好，他便自己从包里拿出头灯，也下楼去了。

“这个娃娃，咋拿别人的东西？”男主人提高嗓门说。

“由他，没事的。谁来了？”

“诺玛和她大舅赶场回来了。”

人紧跟着就上来了。第一个便是诺玛。她大概已经知道家里来了客人，且猜到客人是谁，急着上楼来。她带笑看着向天舒，光线的昏暗反衬出大眼睛的明亮。

“诺玛，叫向老师。”

诺玛的父亲重复了两遍，她都没吱声，大概在她看来，是不是老师不打紧，要紧的是她想见的人见到了。

“来来，坐下喝酒。”诺玛的父亲对随后上来的大舅说。“向老师，她大舅的酒量好。”

“我们见过了。来来，向老师，我敬你一杯。”诺玛的舅舅将行李撂下，不等坐下来，就接过诺玛父亲递过来的酒杯。向天舒连忙起身，两人一饮而尽。

诺玛和卡梭帮着妈妈将包搬上顶层。

诺玛父亲和大舅说了一阵哈尼话，话题大概都与客人有关，向天舒乘空与诺玛做眼神的交流。诺玛也知道了向天舒要资助弟弟上学的事，眼神里流露出不一般的情感。

诺玛及其奶奶和母亲身上的传统服饰，油灯，火塘，织布机，没有书面文字的哈尼话，小窗外的夜空仿佛是千年前的夜空，如果没有那些挥之不去的关于城市和现代生活的记忆，向天舒真会以为自己回到了远古。他幻想自己穿着古人的衣服，周游列国至此，同主人家的女儿结为夫妻，过男耕女织的田园生活。

老奶奶一声不吭睡觉去了，三个男人继续喝酒，诺玛的母亲在做事，诺玛和卡梭则坐在墙根听他们说话。向天舒感兴趣的是哈尼人的生活，屋里的其他人则对省城好奇。他在心里感慨，凡知道他来自省城的人，无一例外都对省城感兴趣。他很难向他们描述省城，对于这些从未出过远门的山里人来说，省城的一切就像发生在未来的科幻故事。

夜深了，诺玛的大舅告辞回家，约好明天再来喝。诺玛的父亲却兴致不减，诺玛的母亲说：向老师累了，早点睡吧。

诺玛帮着妈妈将顶层收拾出来给向天舒睡，家里却没有多余的被褥，要将卡梭的被褥给他，向天舒连说不用，卡梭插话说：向老师有睡袋。诺玛见过向天舒的帐篷，隐约知道睡袋是什么东西，其父母却很迷惑。卡梭得意地从向天舒的背包里拿出睡袋，展示给他们看。

卡梭困得不行，进小屋去睡了。向天舒看家里洗漱不方便，道过晚安，径直上楼了。其实，乡下人是不兴说晚安的，向天舒故意说给诺玛听，后者觉得很新鲜。

他戴着头灯，将睡袋打开，就势躺下，灯光照亮屋梁，隐约听见诺玛的父母在说话。走了路，喝了酒，困乏其身，灭了灯，刚要合眼，楼梯口亮起来。是诺玛，给他送油灯上来。

他翻身坐起。诺玛微笑着将灯放在高处。

“向老师，睡得惯吗？”

“没耗子就行。我怕耗子咬耳朵。”

诺玛急了，乡下人家，哪会没耗子！见对方笑起来，明白是在开玩笑，也笑起来，说：耗子多得很，大耗子，连猫都怕！

向天舒装作害怕的样子，令诺玛很开心。

“诺玛，你明天做什么？”

“我和卡梭去砍柴。”

“我跟你们一块儿去好不好？”

“好啊！那，向老师快睡吧，明天要早起。”

“好的，你也早点睡，晚安。”

“晚安！”诺玛现学现用，自己都被逗乐了。

待诺玛离去，他吹灭灯，带着笑意进入梦乡。

清晨，听见织布的声音，是老奶奶，第一个起来，坐在织布机前织布。诺玛告诉他，织布机是祖传的，只老奶奶一人用，她和妈妈不会织布，刺绣都会，从小就要学，不会刺绣的女孩子嫁不出去。向天舒想，老奶奶不久于人世，织布机也将随之作古。多年以后，织布机被人遗忘，再后来，被古董商低价买去，以古董的身份辗转各地。而那个清晨，阳光从两只窗眼透入，照见古老的织布机及坐在织机前的老奶奶，老奶奶的脸一半在影里，一半在光里，神情静穆，木梭在密集的经线上下穿行，枯瘦的双手恢复了往日的生命力，因了这一幕，老奶奶的形象在向天舒的记忆里不朽。

诺玛的父母听说向天舒要和姐弟俩去砍柴，表示赞许，给每人煮一了大碗面条。三人上路时，太阳已经老高。

诺玛和卡梭背着竹篮，向天舒空着手，很不自在，便将卡梭的砍刀要过来，一路摆弄。

梯田离不开水，有许多水笕沟渠，将高处的水引到田中，也有天然的溪涧，水汩汩流淌。沿涧走，转过一个山坳，随涧蜿蜒上山，这里没有梯田，林木茂盛，比梯田所在的山都高，激起向天舒攀登的兴致，让诺玛和卡梭不忙砍柴，以免负重爬坡，待下山时再砍。一路见到几泓清泉，树木仿佛垂直的水库，将水汽贮存起来，释放为溪泉，提供灌溉田园的水源，哈尼人的祖先自然明白这个道理，所以才没把山都变成梯田，而让许多树木自由地生长。

向天舒突然想起儿时领着弟弟妹妹上山玩耍的情景，弟妹此刻定然在为生计劳碌，无忧无虑的童年时光，一去不再。

一路话不多，他与诺玛不时用目光交流，彼此会心一笑。

他同卡梭比赛看谁爬山快，竟打了个平手，卡梭还背着篮子。他们气喘吁吁等诺玛，看见她远远走来，姿态婀娜，衣服上紧下松，凸现了胸部的挺拔，裤子宽大飘逸，娇美的身段若隐若现。向天舒看得呆了。有时故意拖后，偷看诺玛的背影。

卡梭被一只小鹿吸引，跑得无影无踪，他和诺玛坐下来等他。如果没有诺玛，他对小鹿的兴趣绝不亚于卡梭。与他先前预料的一样，随着游历的深入，小动物渐渐多起来。卡梭告诉他，山上还有野猪，麂子也不少。卡梭刚走，一条青蛇窜出来，消失在树叶里，诺玛“啊”的一声，紧紧抓住他的胳膊，他不怕蛇，心却怦怦直跳，暗暗感激这条翠绿色的小东西。诺玛羞红了脸，低着头笑。他有种冲动，想将她搂在怀里。卡梭回来听说有蛇，禁不住有些后怕，说山里的蛇毒，每年都有人被蛇咬死，向天舒听了，觉得不可大意，提议每人砍一根树枝，拿在手里，一路走，一路打草惊蛇。

“诺玛，唱首歌吧！”

诺玛有些害羞。

“姐姐，你就唱首歌给向老师听嘛。”卡梭又对向天舒说，“向老师，我姐唱的歌可好听了。”

诺玛亮开嗓子唱起来，歌声悠扬，林木疏密相间，透进来的阳光在微风中摇曳，仿佛天然的伴奏。歌词听不懂，反而增强了距离美。

诺玛唱完，也要求向天舒唱，他便唱了一首熟识的流行歌曲，诺玛和卡梭都没听过，觉得新鲜。轮到卡梭，唱了一首汉语歌，向天舒要他再唱一首哈尼歌，听完后说：还是哈尼歌好听。

就这样，三个人一路唱着歌，到了山顶。诺玛和卡梭放下竹篮，拿出水和干粮，准备吃晌午。向天舒则走到一边，欣赏着山两边的风景。群山起伏，梯田隐约可见。单独的山，或具体的山峰，雄壮挺拔，有阳刚之气，而许多山在一起，连绵不断时，便显露出阴柔的曲线美来。他以前到省外出过差，见过平原和大海，一望无际的平原，乍一看颇有气势，久了便平平无奇，海有所不同，山有高度，海有深度，皆藏着无尽的秘密。

“向老师，吃晌午了。”

向天舒回过神来，诺玛向他招手，衣袂轻扬，楚楚动人。

吃过晌午，开始干活儿。除了他们，树林里砍柴的还有别人，本村的，外村的，孩子居多。说砍柴，其实是捡柴，树上长的，除了枯枝，都不砍，倒在地上的死树才砍。并没有人约束他们，祖先传下来的规矩。

向天舒尾随着姐弟俩，看他们砍柴，或者努力辨认林中植物的种类，植物可能是世上少有的对人类无害的存在物，即或是有毒的植物，人不去招惹它，毒自然不会起作用，而其中的树木，尤其令他倾心。诺玛告诉他，他们不砍树还有一个重要原因，树不仅有生命，而且有灵魂，伤害了生命，灵魂就会不高兴，就会报复。向天舒自言自语地说：可惜相信树木有灵魂的人太少了。

太阳偏西，背篮里再不能插进一根柴火，他们才踏上归途。向天舒几次要帮诺玛背柴，后者抵死不肯。他便不由分说，将卡梭的背篮抢过来，替他背上，感觉很沉，不一会儿便热汗淋漓，对乡下孩子的吃苦耐劳钦佩不已。卡梭拿着砍刀在前面开路。经过泉水，停下来歇息，喝水，洗脸，向天舒干脆将头发濡湿，但凉快不了多久，又变成汗水。卡梭要换他背，他不让，与诺玛并行，微风将她身上的气息吹进他的鼻孔，汗味和着体味，令他腿软，一路想入非非。他狂乱地想象着诺玛的裸体，并在想象中吻遍这个美丽的哈尼女孩的身体。其实，在他这个有过许多性经验的男人眼里，女人的身体一旦打开，大同小异，藏起来时反而神秘莫测，激发起人探秘的冲动。诺玛看他的目光令他发窘，仿佛看破了他的心思。

刚进村，景象不同昨日，热闹非凡，向天舒吃了一惊，卡梭也很吃惊，诺玛却抿着嘴笑，显然，他和卡梭都不知情，而诺玛知情。他向诺玛投去询问的眼神，诺玛说：爹爹打牛招待你。他问是什么意思？卡梭欢呼着说：我们过大节才打牛，可热闹了。他在惊喜之余，心里却委实过意不去，因为自己的到来，让诺玛家损失一头牛，幸亏他不是那种言而无信的人，否则，这些纯朴的人受到的伤害一百头牛都补偿不了。打牛是哈尼人待客的最高礼仪，全村的人都参与，牛肉由合村的人分食，诺玛家的贵客变成了所有人的贵客，头天还对向天舒生分的人，一下子都亲热起来，老妇人也不惧他了。

一路听人说牛已经杀了，正在村中央的小广场上看卦呢。他们快步回家，将柴火卸了，跑到小广场上。牛肉刚刚分完，各家回去准备去了，几个长者蹲在地上，围成一圈，皱着眉，盯着圆圈中心的一堆内脏看，有心、肝、肺等，不时有人出手拨弄一下，又接着看，都一言不发，气氛十分凝重。诺玛悄悄说：每次打牛，都要看卦。向天舒对这种习俗并不陌生，但止于书本，亲眼所见则是头一遭，觉得十分有趣。终于，他们的表情有所松弛，彼此叽里咕噜一阵，脸上都露出笑来，不用说，卦象吉。

每家都准备了额外的酒菜，桌椅以小广场为中心，向两头一字摆开，这就是哈尼族有名的“长街宴”。向天舒、诺玛的父亲、诺玛的舅舅、村长及村里德高望重的长者，坐在正中央，年轻女子和小孩不上桌，乐得自在，端着碗，在长街宴两端来回走，吃百家饭，夕阳将幸福的色彩抹在每人脸上。向天舒的胃口与眼界均大开，对吃的兴趣略逊于对人的兴趣，而其中最感兴趣者，是穿传统服饰的女人。黑色是哈尼族传统服饰的主色调，年轻女子的服饰上镶嵌着深蓝色的布块，点缀着些许的彩色绣片，庄重而高贵。同彝族一样，哈尼人也尚黑，黑色是生命的象征，吉祥而圣洁。

他庆幸自己酒量好，不知是天生的，还是在省城放浪形骸时练就的，人见他能喝酒，便不把他当外人，轮番敬他酒，也不知喝了多少，若非诺玛的大舅心细，替他挡了不少酒，必定翻了。席间，他借口方便，到无人处吐了两回，回来又接着喝。年轻小伙子都被他的酒量镇住了。有人唱歌，许多人和，又有年轻男子起头，用歌唱的方式，挑逗年轻女子一方，后者还以颜色，热闹非凡。哈尼族过去没有本民族的文字，情感、历史及各种实用的知识便靠口口相传，通过讲述和歌唱两种方式。诺玛笑盈盈地看着他，他也借着酒劲眼无遮拦地看对方，朦胧中，诺玛更美了。

星星露脸，每桌都点上马灯，待酒足饭饱，将酒席撤了，烧起一堆篝火，围成一圈跳舞。诺玛的父亲是吹笛的好手，在跳舞的人与篝火之间边吹边跳。舞步并不复杂，向天舒拉着诺玛和卡梭的手，很快就跟上了节奏。这是他一生中最快乐的经历之一。众人边跳边唱，踏歌声在群山里回荡。年轻人喝了酒，撒起野来，舞蹈动作越来越大胆，男女挤作一堆乱动，有些淫秽的色彩，向天舒瞅瞅周围的人，无论老少，皆看着取乐，不以为意，觉得自己多心了，所谓“淫者见淫”，心下惭愧，犹豫再三，还是不敢跟着一起放肆，自然的野性是装不出来的。许多年轻男子围着诺玛，向天舒看得眼馋，不觉心生嫉妒，想想又好笑，自己凭什么吃醋啊。后来才知道，诺玛已经许了人家，是外村人，惆怅之余，暗自为她祝福，人不能想得到什么就得到什么。有一点是肯定的，与诺玛相处的短暂时光，彼此都很喜欢对方，喜欢本身就是一种美好的经验，且成为永恒的记忆。

待他告别诺玛一家，重新上路以后，水村仿佛一场梦，失落在群山里。

路时有时无，用随身带的指南针辨认方位，颇有点探险的味道。不知道是否还是同一条路。他想，此去的路上不会再遇见熟人，他将走向一个完全陌生的世界。连续走了几个小时，都不见村落人家，天气闷热。恐怕会下雨。他带着伞，但走山道打伞不方便，担心背包淋潮了，一面走，一面观察天色。

天色越来越暗，乌云翻滚，被第一道闪电照亮，落下几滴雨点，他慌不择路。远见一巨岩斜刺空中，其下空旷，是避雨的绝佳场所，说时迟那时快，才跑到岩下，雨便倾盆而下。没有风，雨垂直落下。岩石凹进去很深，像个洞穴，地面稍高，水流不进来，他将背包放倒，坐在背包上，掏出烟来抽，像在一间屋子里，且有挂在岩石上的水作门帘。抬头看斑驳的岩石，许多图案被想象力放大，幻化成各种人和物，这是他从小就喜欢做的事情，无论在哪里，都能从天然的图案中看见本身并不存在的形象，黄龙中学公厕的露天小便池正对蹲坑，其上的墙壁，因常年遭到雨水及小便的冲刷，图案千变万化，观察这些图案是他大号时最津津有味的事情。看见几对野牛交媾的场面，鹿也在交配，许多人形在奔跑，手里拿着棍棒投枪，几只野兽仓皇逃窜，还有人在跳舞，栩栩如生，不觉惊诧于自己的想象力，揉揉眼睛，通常，一旦眨眼或揉眼，想象的图案便会立刻消失，或者变成别的东西，这次不同，任他怎么揉眼睛，图案依旧。他站起身，踮起脚尖细看，这一看非同小可，失声叫道：岩画。那些图案并非他的想象，而是人为的绘画，极暗的赭红色，混在岩石的天然图案中，光线暗，不是有心人，根本就发现不了它们的存在。他为自己的发现欣喜若狂，忘情地欣赏着岩画的每一个细节，思绪回到新石器时代，许多人，就在他此刻站的地方，伴随着神秘的仪式，在岩石上留下了深深的印记。人的阳具都被夸大，有点生殖崇拜的意思。动物交媾和人狩猎的场面，似乎又意味着，动物大量繁殖，人猎获众多。没准他是第一个发现这些岩画的人，也许，当地人知道，并不觉得稀奇，也就没有要往外宣扬的意思，他也不打算对外人说起，知道的人多了，这个地方就不清静了。他四处查看，看看还有没有别的发现，眼睛适应了暗处的光线，靠里的地方，地上有石头堆成的简易火塘，角落里散落着一些干柴，顶上有烟熏过的痕迹，显然，他不是第一个来这里避风雨的人。

雨下了两个时辰，没有要住的意思，他担心引发山洪，想起前几日的阳光，恍若隔世。许多民族，如汉族和哈尼族，都有关于大洪水的传说，同犹太人在《旧约》里描述的那场洪水相似，也许，传说中淹没最初人类的大洪水真的发生过，幸存者流落各地，关于大洪水的共同记忆世代相传。

看来，今天是走不了了，就算雨住，走不了多远，天就黑了，何况地上泥泞，举步维艰。他决定就地宿营。

雨水带走了许多热量，气温似深秋一般，提醒他先把火生起来。他看散落的干柴不多，便打伞出去找柴火。来回跑了几趟，捡回许多湿柴，堆在火塘四周。鞋和裤子都湿透了。

生火费了不少工夫，连打火机都不胜其烦，有几次不愿意给火，将他惊出一身冷汗，如果打火机打不着火，不仅没火烤，连烟都抽不了，那可就受罪了。火苗终于稳定下来，渐渐扩大，火焰腾起，天黑下来，小小的避难所一片光明。他将背包提过来，坐在上面，将鞋袜和长裤都脱了，放在火旁烘烤。身子暖和了，鞋和裤子冒着水汽。

火不仅带来光和热，还让他感觉安全。他看着自己裸露的双腿，失声笑起来，觉得自己像个穴居野外的原始人。往火里添了几根湿柴，看水汽蒸发，湿柴变成干柴，干柴遇见烈火，一下就着了。只可惜没有异性伴侣，否则，这样的夜晚，该有多浪漫！念头才起，下面便硬挺起来，多半也有火的原因。抬头看岩画，忽隐忽现，人的阳具同腿一般大小，将自己的掏出来，虽然膨胀到极点，还是没法相比，脑海里出现了诺玛的形象，看看外面的雨，犹豫了一下，打住了放纵的念头。

吃过干粮，慢慢喝葫芦里的酒。待鞋和裤子都烘干了，才开始支帐篷。一切妥当后又坐回火边。因为有火，且是第二个独自野营的夜晚，感觉温暖而安全。一个人的世界，原始的氛围，一开始令他愁苦的雨水，却让他体验了一个殊胜的夜晚。火光中，岩画里的舞者仿佛要下到地上来，围着篝火跳舞，令他想起水村的篝火及狂舞的青年男女，乃至省城跳迪斯科的年轻人，在音乐与酒的刺激下，释放出同样原始的激情。由此想象，城市的，乡野的，远古的，现代的，老的，少的，有宗教信仰的，无宗教信仰的，不同肤色的人，都手拉着手，做生命的旋舞。

他凝视着黑暗里唯一的光明。火苗高高蹿起，貌似独立，实则离不开燃烧的实体；灵魂亦然，必有所依。如火焰一般，灵魂也将其载体照亮。

直到柴都烧尽，才钻进帐篷睡觉。

夜里，雨声不断，感觉有蝎子一类的虫豸试图爬进帐篷，看样子，来这里避雨的不光是人，他担心有野猪闯进来。

第二天醒来，雨依旧在下，比昨天小了一点，令他十分沮丧，不知道会被困多久。

幸亏带了一本笔记本，一本书，可以写信，阅读。最后，他找到了打发时间的最好方式，描摹岩画。他虽然不会画画，但这些岩画的作者也不会画画，描起来并不难，单从写实的角度看，岩画倒像是小孩子的涂鸦之作，人类的孩提时代，行为举止与个体的童年时代相似，都一派天真。他花了整整一个下午，饶有兴致地将岩画的内容都描摹了下来，看着岩画上的形象跃然纸上，心里好不得意，以后可以时时拿出来欣赏。

有一件事他始料未及，昨晚没料到今天还会被困，没留下一截干柴，生不了火，天眼瞅着就要黑了。想到没有火，不觉打了一个寒噤，风从外面吹进来，又阴又湿。乘着还有一点亮，赶紧吃压缩饼干，水喝光了，只好喝岩石上滴下来的雨水，又将水壶接满。

接下来的时间便是枯坐，等待黑夜及睡眠。

夜降临，黑咕隆咚。

这是他一生中见过的最黑的夜。

雨声时大时小，时远时近。有一阵子，像是停了，反令他不安。一旦没有雨声，就会有别的声音响起来。好在雨又回来了。雨回来也不好，照这么下，明天不知道走不走得了。他心里七上八下，一刻也不能平息。

孤独、恐怖、凄凉，联袂袭来，恐怖感尤甚。他不想开灯，灯光只提供亮，却不提供热。而且，还须节约用电，电池耗干了，往后怎么办？昨晚与今晚的境况真有天渊之别。这一切都是因为没有火。第一次切身体会到火的重要性。人不能没有火。因为怕失去火，清平岭上许多民族火塘里的火才长燃不熄，火种代代相传。

放了一个响屁，令他稍稍分心，想起自己接连两天没有大便过了，也许是饮食的缘故，这样倒省事，但他担心便秘的老毛病又犯，明天如果放晴，要找一个风景好的所在，好歹排泄点废物出去。

摸进帐篷，裹紧睡袋，仿佛躺在黑暗的中心，有失重的感觉。想起心经里的表述：心无挂碍，无挂碍故，无有恐怖。亲人、朋友及世间的万物，都让他留恋，一言以蔽之，贪生怕死。凡对生命造成威胁的东西都令他恐惧。在这个远离人烟的地方，似有种种看不见的威胁，潜藏在周围。恐惧来自贪生，人固有一死，何不早做打算，而死无定期，须随时准备舍生，日日同死亲近，方无所畏惧。有备才能无患。他决定以后要每日自问：你准备好去死了吗？这么一想，心里果然踏实了许多，加上昨晚睡得少，睡意袭来，竟沉沉睡去。

这一次是被鸟叫醒的。鸟声明媚，帐篷仿佛都是透明的，不用说，出太阳了。努力回忆昨晚的经历，像是一场噩梦，他突然大声问：你准备好去死了吗？顿感精神抖擞，打点行装上路。临走，不忘同岩画里的众人道别。

经历了此番困厄，看一切都是新的。微风吹落树上的积水，抬起头，看见许多闪亮的水滴，沿丝线般的阳光滑落，降在他的脸上，有些钻进发丛和脖颈，有些则通过他张开的嘴，直接滑入喉咙。

昨天着急避雨，不辨东西，四处转了一圈，找不到来时的路。他的方向感本来就不好，要在山林中找到那条似有若无的小路，殊非易事。他决定另辟蹊径，其实，早在出发时就想好了，没有路就走出一条路来。唯一的遗憾，以后恐怕再难回到岩画所在的地方，事实上，他再也没见过那些岩画。

大致的方位是确定的，向西南，再折向东，最后北上，回到起点，形成一条环线。他掏出指南针，认定西南方向，从容上路。

走着走着，逢着一条小溪，好似在给他带路一般，令他十分欣慰。有溪水做伴，又是下坡，步履松快，但他知道，不久后还要上坡，且要告别小溪。看四周有草地，草地上有野花，想起大便的事情，让溪水将排泄物带走，不失为一件美事。于是，找了一个相宜的地方，跨蹲在溪水上面，其时并无便意，但再不便，真想便时就便不出来了，觑定一朵小黄花，专注一心，时间似胯下的流水，“哗哗”流走，许久，许是受了流水声的刺激，竟便出来了，略无凝滞，斑斓的排泄物如鱼得水，欢呼着游向远方。他边提裤子，边在心里感慨：美丽的大自然，不但可以陶冶人的情操，还可以医治人的便秘。

往上游走了几步，掬一口溪水喝下，突然想，万一上游也有别的人在医治便秘呢？此念头甚无聊，连他自己都摇头，其实，人应该有两种排泄方式，除了肛门，还应该在头部开一个类似肛门的排泄口，不时将那些无聊肮脏的思想排泄出去，以保持大脑的清爽。

溪水至悬崖一跃而下，他看着干瞪眼，只好另谋他路。

有了前两夜的特殊经历，向天舒开始对野营上瘾，生平第一次同自己和大自然如此亲近，因此，并不着急赶路，天黑即止，有人家便投宿，没人家便露宿，此行的目的就是行走，还有一个多月的时间，他可以走得很远。

遇风景绝佳处，即便时间还早，也将行李放下，搭起帐篷，单背着轻便的双肩包，到附近走动，有溪水的地方，则干脆换上凉鞋，在溪水里行走。

如此过了数日。

远远望见一道山脊，嵌入相距甚远的山脉之间的深堑中，尽头系一巨岩，突起似皇冠，其上有人家，其下三方均为绝壁，至堑底的落差与其同周围山顶的高差相当，仿佛悬在半空中，云雾蒸腾时，酷似海中的孤岛。沿山脊上的小路走去，至巨岩，变成石级，就岩石凿出，昂首一道石门，上刻“金石寨”三个大字，似从“精诚所至，金石为开”的句子来，令人肃然起敬。老远便听见“叮叮当当”的声音，在空谷中回响，是寨里人家加工银制品的声音。

金石寨是个白族村寨，据说有一千多年的历史，其人是白人中最古老的支系，女子的服饰也较别的白族古老，纯系手工，美丽古朴，穿这些服饰的人也婀娜多姿，点缀着许多银首饰，银手镯，银耳环，银头饰。向天舒背着行囊，走在古老狭窄的街面上，看白族姑娘，也让白族姑娘看。

金石寨不到一百户人家，其地偏僻，不通电，名气却不小。古时更是名重一方，因附近有银矿山，祖祖辈辈都靠制银为生。银矿早被采尽，手艺却未失传，又有商业头脑，由专人到外地买来原材料，分到每户人家加工。外地贩子慕名前来收购银器，同时带来外面的商品，有点物物交换的意思。因此，虽田地不多，却衣食无忧。

平时来的贩子都不似向天舒的装束，因此他的出现还是引起不小的轰动。当地人古道热肠，争相邀他去家里喝茶。

金石寨还有比白族姑娘的古老服饰和银制品都更特别的地方，整个寨子都是石头做的，石墙、石拱顶、石柱、石房檐、石门槛，每块石头都经过精巧的镶嵌，日久天长，成为一体，石缝里连针都插不进去，拱顶与石拱桥的原理相似，巧夺天工，令人叹为观止，远望似古老的石头庙宇。最令他称奇的，屋子里的陈设都是就着岩石凿出来的，石床，石桌，石凳，石灶，石缸，石神像，由此可见，金石寨的人不仅是制作银器的高手，也是雕琢石头的巧匠。

水是这里最大的问题。饮用水要到山脊外去背，每家都有一个大石缸，石缸旁立着大小不一的陶瓮，系着背带，山脊的小路上便时常走着背水的人。

村里竟然还有个小旅馆。因为贸易的兴盛，有家人聪明，将房屋的二楼改造成接待行商的小旅馆，且在面向绝壁的墙上开了窗户。向天舒住在旅馆的小房间里，能看到远处的景致，别有情调，主人家还提供膳食，极方便，遂多住了两夜。白天在街面走动，同每个村民打招呼，夜里就着煤油灯给省城好友写信，信的内容同游记相似。

旅馆主人姓杨，见多识广，喜与人聊天，向天舒从他那里获悉了不少与金石寨有关的历史。很久以前，金石寨周围的山里不仅有银，也有金，黄金最先被采尽，白银的枯竭则要晚近些，相比白银，淘金的历史可用“疯狂”二字形容，沉重而柔软的金子，仿佛凝固的地火，既美化人，又丑化人。

村后开阔处的石壁上有神龛，其上有一道天然的缝隙，酷似女阴，白族话叫阿央白，意即姑娘的生殖器，被烟火熏得发黑，不远处又有一根蘑菇形石柱，酷似男根，向天舒怀疑是人工的，以配合天然的阿央白，也受到崇拜，被人摸得光滑圆润。

阴历十五六的样子，月很满，且受了白天所见女阴和男根的影响，住地又相对舒适，向天舒不由得想入非非，禁不住对着窗外的朦胧夜景，尽情将利比多释放了一番。

离开金石寨，路走着走着又不见了，露宿了几夜，其地荒凉少水，有些地方沙化严重，似微缩的沙漠。第三天，终于看见对面光秃秃的坡上有几条交叉的“之”字形小道，其下是一条小河。有路，说明人家不远了。但看着近，走起来却远。光下到谷底就花了一个多小时，而对面是上坡，山又极高，没有两三个小时到不了坡顶。太阳当顶，幸亏有一棵野核桃树，可以纳凉。河水浑浊，下切深，没有路到水边，有一座藤编的吊桥，两头都连着小路，疑心这条路就是他先前要找的。四周无人，河水一点声响都没有，吊桥孤零零的，有几分诡异。传来鹧鸪的叫声，“叽叽嘎嘎”，顿了一顿，又叫，“叽叽嘎嘎”，古人把鹧鸪的叫声解作“行不得也哥哥”，旅人闻之断肠，其声悠长，声闻数里之外，更显山野的空旷、静寂，听得他心里发慌。

喝了几口水，定了定神，看见地上散落着许多核桃，有些露出白色的仁来，不觉食指大动，捡石头敲开，又甜又脆，一口气吃了十几个，还不过瘾，十指都被染黑了。头顶有动静，抬头看，几只松鼠头朝下望着他，似很不满，他不由得笑了，原来自己吃的是这些小东西的劳动果实，看枝头的核桃还很多，心里替它们说：有客自远方来，不亦乐乎。便心安理得地继续敲核桃吃，吃了好几顿的压缩饼干，总算可以换换口味了。一气将肚子填饱后，又喝了许多水，枕着背包呼呼大睡起来。

醒来后，喉中干渴，咕咚咕咚将壶里的水喝尽，爽利无比，平时吃压缩饼干，不敢多喝水，因压缩饼干的量不好掌握，怕水喝多了，在肚里发起来，将胃撑破。等他意识到后面还有很长的路要走，不该喝光水时，为时已晚。才过吊桥，便撒了一泡尿，看着浪费掉的液体，十分惋惜。

上坡的路上没有任何遮拦，太阳似火，T恤完全湿透，之前喝的水变成汗蒸发到空中，很快就口干舌燥。咬牙走了一个小时，离坡顶还有三分之二的路途，难度和距离都超乎他的想象，焦渴难耐，后悔把水都喝了，白白变成尿和汗。背包越来越沉重，有几次差点将他拽翻，滚下山去。不得不走几步就停下来歇息。体液继续流失，嘴唇开始干裂。至半坡，筋疲力尽，瘫倒在地上。抬头看天，蓝色被骄阳稀释成热雾，无云也似有云一般，又看谷底的河流，真想折回去喝河里的水，水浑也顾不上了，恨不能像夸父一样，一口气喝干河水。但他没勇气下山，走许多冤枉路不说，下到河边也不见得是件易事。

看见一种似曾相识的草，灵机一动，连根拔起，擦去土，将白生生的草根放到嘴里嚼，汁液虽少，却味比甘霖，多少是个安慰。将周围能找到的草根都吃了，才稍稍恢复一点元气，继续沿“之”字形小道上山。

核桃本来就不耐饿，又喝了许多水，感觉饱了，其实是假饱，现在感觉饥肠辘辘，身上有干粮，没有水，不敢吃。一条纤细的瀑布出现在视线里，挂在远处的山崖上，其下必有甘洌的深潭。看得见水，摸得到食物，却吃喝不得，像是饿鬼受到的惩罚，又像沙漠里迷路的人，将蜃景当做真实的绿洲，结果更加绝望。

如果是在平坦的荒漠上，双脚还可以下意识地移动，上坡则须用力，他没力气再走，干脆拿出雨伞来遮阳，坐在地上，一动不动。口里要冒出火来，似乎不用打火机，只消将烟往嘴上一搁，就会自动点燃，但他连抽烟的念头都不敢有。坡顶在西，他和太阳行进的方向一致，不如让对方先走，待天气凉一些再动身。

他生平第一次体会到水的珍贵，水作为生命之源，其重要性堪比空气。在黄龙中学吃水已经不易，居然还有很多人生活在沙漠里，而中国西北的黄土高坡上，一口水井常常引发血腥的械斗。就物质而言，水作为四大之一，与地、火、风一道构成大宇宙，而人堪比小宇宙，同样由此四种元素构成，骨骼肌肉有如大地，体液为水，体温为火，呼吸为风，缺一不可，然而就精神而言，有什么是必不可少的呢？大宇宙的精神由什么元素构成？人之小宇宙呢？相应于缺水的痛苦，什么样的缺失能让精神同样痛苦不堪？何谓精神的残缺？何谓精神的圆满？

如此一番形而上的思考因水而起，就像昨夜对火的思考一样。不用等到失去大地，才觉出大地的珍贵，也不用等到窒息的那一刻，才呼唤空气，而精神的残缺与圆满，更须及早探究，他有气无力地想。

时间一分一秒过去，有一阵子，他像只山龟，几无气息。

阴影从谷底升起，经过他的身体，他明显感到一丝凉意，仿佛阴影是从河里爬出来的，光线变得柔和，天也蓝了许多。

不敢再耽搁，怕天黑下来，不知道山的另一边是否有水，也不知道是否有人家，也怪，明明有路，却始终不见人走。

向天舒拖着极度疲惫的身躯，忍受着饥渴的煎熬，走过了他一生中最难忘的一段旅程，直线距离不过几百米。快到山顶时，他觉得自己快不行了，有几次差点仰面摔下山去。

到了山顶，不敢坐下，怕一坐下就起不来了。山的另一边满目苍翠，极目处没有任何村庄，但绿色带来了希望，远处横亘着金色的山峰。

接下来是一段平路，经过艰难的上坡，才知平路的可贵。转过一道弯，远远看见一个村子，令他热泪盈眶。他不知道能否坚持到村子，所幸不久便见到一条沟渠，向远处的田园蜿蜒，水至清，源头定有活水，他俯下身，不敢大口喝水，将整个脸都浸入水中。天堂有许多种，过去的天堂，将来的天堂，当下的天堂，经历了先前地狱般的折磨，此刻，他正在当下的天堂里享福。待水喝饱，又吃了点干粮，饥渴不再，当下的天堂也就消失了，然天堂的余韵无穷，因为以后无论再好喝的水，都没法跟这渠水相比。

他看周围平坦，决定就地宿营，以免摸黑进村。帐篷刚搭好，天就黑了。

在看得见村子的高岗上扎营，感觉踏实。不冷，天上又有亮，无需生火。

远处人家寥落的灯火远不如天上的星光灿烂。此地是看夏夜繁星的绝佳地点。银河之水清凉。晴日，天空在夜里比白天丰富，昭示了许多秘密，星星大小有别，明暗不一，让天空更有层次感。看见一颗移动的人造卫星，不免感叹科技的伟大，竟然能让人造物加入星星的行列。一颗流星划过天穹，美丽的弧线，星星之死，自杀？他杀？寿终正寝？他醉心于流星死亡的轨迹。

突然，他发现一个移动的发光物，像星又不像星，据他所知，黄龙镇及清平岭的上空迄今没有飞机飞过，从飞行姿态看，又绝非人造卫星。发光物旋转着，忽高忽低，在群星里穿梭。飞碟？！难道真的是传说中的飞碟吗？他有种错觉，发光物好像也发现了他，朝他俯冲下来，即刻又上扬，掠过他的头顶上空，消失在远处的山峰后面，刹那间，山峰之后光芒万丈。他激动不已，除了他，还有谁目睹了这幕奇异的景象？

点了支烟，头枕睡袋，躺在露天里，辨认着天上的星座，搜索着与每颗星有关的传说，蚊虫并不能败坏他的兴致。不是每天都能看到这么多星星。猎户座、天蝎座、北斗七星、牛郎星、织女星、摩羯座、双子座，毫无关联的星星，被人组织在一起，似一个国度的不同省区，每个省区又有无数县镇及数不清的村庄。

远村的灯火灭了，天上的星星独明。至深夜，全无睡意。他想，每天仰望星空的人是有福的人，如天文学家和星象学家。他的天文知识有限，视力也不如天文望远镜，但他的精神却可以在星际遨游。数千年过去，人类的变化甚巨，星空的变化甚微，他与古人仰望着同样的星空。论知识，两千年前的先哲不能和他相比，甚至不能和许多别的受过高等教育的现代人比，他们做梦也想不到飞机是什么东西，更不用说电脑等最新的科技，而论智慧，情形恰恰相反。太多的知识反而蒙蔽了智慧的双眼。知识没错，错在人不会转识成智。知识向外，智慧向内。向天舒思考得最多的问题不是我们从哪里来，又到哪里去，而是：我们是谁？我是谁？我应该是谁？

星空令他想起许多人和事，包括叶莲，总觉得他和叶莲之间会有故事发生，但不知将怎样发生以及何时发生。

夜虫一刻都静不下来，间有猫头鹰的叫声，草丛中有很大的动静，不知何物，他镇定自若，直到睡袋起了露水，才进帐篷睡觉。

醒来时，帐篷上的水汽已经蒸发，他起身到外面大口呼吸新鲜空气，又活动了一下腰腿，不似头天那么酸痛，不由得面向朝阳，做了几遍瑜伽的拜日式，顿感心旷神怡。先将行李都收拾妥当，怕有人路过，又惊诧一番，再到沟渠边洗漱，剃须刀的电用完了，两天没刮胡子，摸上去扎手，决定听之任之，回黄龙镇后再理会，生平第一次留胡子，觉得新鲜。随便吃了点压缩饼干，便动身向村子走去。

一路下坡，村庄的面貌越见清晰，另一头且现出一个小湖，水湛蓝，山色葱茏。在荒凉的地界里独行了数日，突然见到明镜似的湖水，心里格外敞亮。

远近有几个醒目的水车，将沟渠里的水引向地头，剩下的水流到湖里。

他决定先去湖边，再慢慢进村去投宿，不好太早去打扰人家。拣无人的地方走，到湖滨坐下，看山水云天，突然有种错觉，好像来过这里，同样的时刻，同样的坐姿，连白云的分布都别无二致。沿岸不止一个村庄。湖心有几艘独木舟，舟里有人在撒网打鱼。

盘桓至下午，才向村里走去。

一个很特别的村子。外观就与众不同。墙面由木头堆砌而成，斜顶铺着木板，十足的木屋。后来知道叫木村，再贴切不过的名字。其人也与众不同。无论男女，均身材高大，令他有些自惭形秽。女子皆着白裙，红上衣，盘头，腰间扎着一条彩带，脸黑里透红，健康挺拔。一路遇见的人只是多看了他两眼，并不停留，昂首阔步而去。看女子的衣着和房屋的建筑，他疑心是摩梭人，但此地离真正摩梭人的聚居地甚远。一个小伙子在屋前劈柴，头戴毡帽，长相俊美，他走上前攀谈。小伙子会汉话，很客气。原来真的是个摩梭村，失落在偏僻的大山里，他大喜过望。摩梭人至今保留着母系氏族社会的习俗，女人当家，与父系氏族以后的男权社会正好相反。

向天舒因为进村后没受到重视，略感失落，为了找回平衡，同小伙子的交谈中，主动说自己是省城来的，绝口不提黄龙镇，这里早已出了黄龙镇地界，当地人不一定知道黄龙镇是个什么地方。小伙子听说他来自省城，立刻放下斧头，邀他进屋喝茶。

小伙子叫维西，家里排行最小，有两个姐姐。

门楼里是个院落，正前方及左右都有房屋，右侧是正房。小伙子将向天舒让进正房，屋里光线暗昧，眼睛要几分钟的时间才能适应，火塘在屋角，四方形，用砖与木地板隔开。一位老年妇女坐在火塘一侧的床上，对向天舒颔首，一个两岁左右的女孩坐在她身旁。维西说是外祖母。床实际上是个长方形大木柜，正面的柜门上有鲜艳的装饰图案，柜顶铺被褥，外祖母坐在上面，显得居高临下。

维西给向天舒倒了杯茶，坐下来跟他聊天。各人拿自己感兴趣的问题与对方交换。

火塘下方有两根柱子，分别代表男女，成丁礼便在柱子下面举行，两柱实为同一根木头，上半截做男柱，下半截至根部做女柱，树木的上半截只是下半截的延伸，可见女性的尊贵。他很想问，维西这样的堂堂男子汉，在女权社会里，会不会觉得委屈，但没敢开口。

摩梭人的走婚制很有趣，女孩十三岁成年，成丁礼毕，便可找男伴，夜里来屋里歇宿，天明离开，不兴结婚，合得来就保持长久的关系，合不来散了，再找别的男伴，孩子一律留在女方家，没有父亲一说，亦无爷爷奶奶等父亲一方的亲戚，外祖母的地位最高。

向天舒问为什么这个地方会有摩梭村。维西说，摩梭人从北方的草原往西南迁徙时，他们的祖先走得最远，这里一共有三个摩梭村，木村最大，皆环湖而居，打鱼，放牧，种地。当地只有小学，学点简单的文化，像维西这样会说汉话的人很少。

向天舒提出借宿的请求，维西回头同外祖母叽里咕噜说了一通摩梭话，老人家微笑点头，让他晚上就睡自己现在坐的地方。向天舒受宠若惊，连忙双手合十，对老人表示感谢，顺便对她的曾外孙女笑笑，从小女孩僵硬的表情看，这是她第一次见生人。

维西的两个姐姐从外面回来，身材都很高大，大概是太操劳的缘故，看上去像有三十几岁的样子，实际年龄应该不比维西大多少，大姐的女儿才两岁。摩梭女的地位与辛劳成正比。向天舒同三姐弟站在一起有压迫感，宁愿坐着说话。

维西的两个姐姐都不会汉话。

不知为什么，摩梭女总让向天舒联想起传说中的阿玛宗人，在那个强悍的女人部落里，男人形同虚设。

天擦黑，维西的母亲从外面回来，对向天舒点头致意后，便将注意力集中在外孙女身上。

维西说，他母亲是打鱼的行家，通常都是一个人下湖。向天舒看她的脸比两个女儿的都黑，被风吹得很皱。

晚饭很丰盛，有鱼，有猪膘肉，不知道是不是因为有客的缘故。维西不怎么喝酒，倒是他的二姐酒量好，同向天舒干了好几杯。喝酒少，正合向天舒的意，可以趁机多吃饭菜，以慰藉被压缩饼干折磨了多日的肠胃。维西频频劝他吃菜，并将他的饭碗一再添满。他边吃边在心里感叹：天底下怎么会有这么好吃的东西！

饭毕，在火塘边闲坐，维西的母亲、两个姐姐及外祖母逗着小女孩说话，维西也笑嘻嘻地看着侄女。小女孩对向天舒似乎没有太大的兴趣，只偶尔看他一眼，让他觉得别扭，论年龄，他可以做她的父亲，唯一的解释，小女孩没有父亲的概念，所以看他不亲切。语言不通，生活方式迥异，在他们中间，向天舒觉得自己是个彻头彻尾的局外人。照明除了火塘里的火光，便是煤油灯，出来这么多日，他已经习惯了没有电的夜晚。

维西的大姐带着女儿回屋去了，他母亲和外祖母也先睡了。不久，维西二姐的男伴来家。向天舒很想看看她的男伴长什么模样。但他没进正房，直接进厢房去了，维西的二姐也起身离席。维西和向天舒干坐着，找不到话讲。

向天舒想看看夜色里的湖水，问维西能不能游泳，他犹豫了一下说，湖是女神湖，本地人不兴在里面游泳，他是外地人，游也无妨，别让人看见就好。维西要陪他去，他坚持不要，不愿对方看见他亵渎神湖。临出门，维西叮嘱他注意安全。

一个人来到湖边，走到远离木村的地方，突然有裸泳的冲动，便脱光衣服，将额头、胸和腿濡湿，水冰凉，趁机将身上两手够得着的地方都搓了一遍，虽不雅，但也无奈，多日不洗澡，身上汗臭，同时也适应了水温，滑入水中，向湖心游去。初时有些惧意，全身赤裸，感觉没有任何保护，但湖面如此平静，夜空似水，新月如舟，他的心渐渐安定下来。因是女神湖，回到生命之初的感觉尤为强烈，他闭上眼，抱腿，蜷身，任自己坠落，生命的意识逐渐丧失。至一定深度，水的浮力增大，阻止他继续下沉，他的身子慢慢翻转，头一会儿朝上，一会儿朝下，似婴儿在母体里不断变化位置。最后，他奋力浮出水面，大口喘气。黑夜中沉向陌生湖底的感觉刻骨铭心，每次回想起来都很后怕。至湖心，回望木村，一个曾经陌生的地方，扩大了他内心的版图，即便有一天，因为种种原因，木村在现实中不复存在，在他内心的国度里，木村都将永远完好如初。

上床后想，不能白白在人家吃住，要想办法答谢，维西对他的指南针和瑞士军刀很感兴趣，但他后面还要用，不好送给对方，思来想去，除了给钱，别无良策。但不知道给多少好。

第二天，向天舒同维西一家人道别，拿出一百元钱递给维西，维西吃了一惊，摆手不要，他坚持要给，不知维西的大姐说了什么，维西说：太多了。向天舒便没再说话，将钱硬塞在维西的手里，转身要去背包，维西连忙拉住他，让他吃点东西再走，向天舒同意了。维西将钱交给外祖母。向天舒并不知道，他无意中成了木村人有偿接待的第一个游客。

临走，向天舒又拿出五十元钱，要买点维西家的猪膘肉，带在路上吃，维西坚持不要钱，向天舒便说那他也不要肉了，维西这才收下，割了一大块肉给他。

离开木村，经过别的村镇时不再停留，在人们惊诧的目光中远去。尽量避开大路走，实在避不开，便搭一程车，快速通过。只偶尔在路边的商铺停下，补充些给养。走到人迹罕至的地方，见到不少野生动物，猴子、麂鹿、锦鸡、豪猪，甚至狼。黄昏时分，相距二十米远，开始还以为是狼狗，但周围没有村庄，这才意识到可能是狼，冷冷地看了他一眼，慢慢走入丛林。他有些心惊，不敢再往前走，在一个开阔的地方扎营，找来许多柴火，又将一根粗细相宜的木棍削尖，以备不时之需。不敢进帐篷睡，在火边听狼嚎了一夜，天亮以后才进帐篷去睡，将削尖的木棍攥在手里。

哓行夜宿，一气儿走了几日，因是山路，路程不算远，但费劲，有时一座山就要爬半天。猪膘肉吃光了，酒也喝干了，物质生活的需求降至最低，压缩饼干和生水而已，却丝毫不能动摇他向前的决心，他想在折返之前尽可能走得远些。出林莽地带，走上一条小路，至高处，看得见远近的山坡，狼嚎声没再响起，感觉稍稍安全，便不急于扎营，乘天晴多赶路。天将黑之际，大半个月亮升起来，不久便照亮了山冈。小路沿山脊蜿蜒，远处似有人影，大着胆子走近，却是路边的石头，或者小树。月明星稀，在清凉的月光中行走，脚步轻盈，一刻都不停留，体会着夜行的新奇感觉，一直走到下半夜，才坐下歇息，加了一件外套，静静抽烟，风很轻，心也很轻，竟不知不觉睡着了。第二天被太阳叫醒，半晌，才意识到自己露宿了一夜，连搭帐篷的麻烦都省去了，不觉笑起来，索性闭上眼，靠着背包又睡过去，直到太阳将外套晒得发烫才起身，一直走到阴凉处。

多日的野外生活锻炼了他的胆识，最初的恐怖大大减弱，但面对毒虫猛兽的威胁及脑子里幻想出来的鬼怪，恐惧感依旧挥之不去，时时大声问自己：你准备好去死了吗？答案虽不确定，多少是个安慰。人人都得死，但不是每个人都对死亡有所准备。

除了恐惧，最难克服的还有孤独。其实，孤独只是一种感觉，人生来并不孤独，最少，有母亲的陪伴。女娲和上帝造人之后，就不再孤独了。人是要跟万物发生关系的。无物独存，无人孤立，所谓遗世独立，其实不能，人的心里很拥挤。

他决定到下一个村寨投宿。

翻过一座大山，远远看见一个很大的盆地，散列着五六座翠绿的环形孤山，比周围的山都小，同孩儿山和老人山有几分相似，山脚依稀有村庄。他朝其中最大的一座山走去。

气候的垂直分布明显，气温随高度的降低而升高，接近盆地时，热浪扑面。

远远看见一个不大的村落，系简易的干栏式木板房，房前屋后有婆娑的凤尾竹。

两根雕刻成男女人形的木头柱子，站在村口两侧，无论脸部轮廓，女性的乳房，男女生殖器，都刻意夸张，颇有些原始艺术的味道，表情十分诡异。

这是个佤族村寨，叫火山寨，其后的环形孤山是一座休眠火山，别的孤山也是火山，但都已死去。

小寨来了外人，由村长家负责接待。火山寨的佤人热情好客，相形之下，木村人偏冷。

向天舒诚惶诚恐，敬烟给村长，双手捧过对方递来的茶杯。他没想到此行会遇到佤人。

佤族因为肤色和过去独特的风俗，名气很大。

佤族的黑皮肤很美。向天舒虽经历了许多风吹日晒的日子，同他们比起来，皮肤还是太白，很多地方晒得斑斑点点，且长了不少痱子，相比之下，佤族无论男女，虽然黑，但皮肤光滑细腻，令他相形见绌。女子皆蓄长发，短衣短裙，赤脚，野性十足。遗憾语言不通，不能与这些姑娘交流。

村长家同其他人家一样，楼上住人，有一个露台，楼下养牲口及堆放杂物，屋里通风好，稍稍凉快。村长很健谈，听说向天舒来自省城，更加兴奋，因为他也去过省城。佤人能歌善舞，村长曾亲自带队，跋山涉水，到省城参加一次大型的庆典演出，引起轰动。虽然是二十年前的事，村长说起来还很自豪。村中央有一个木屋，比其余的房小，门紧闭，高出地面，不像是住人的，其下亦无牲口，四周雕刻着人头桩，风格与站在村口的木桩相似，勾起了向天舒的好奇心。村长迟疑了一阵，表情不可捉摸，最后笑着说：本来是不给外人看的，你眼力好，就让你开开眼。

随村长来到小木屋，看见屋前那些表情诡异的人形桩，联想起用人作牺牲的血腥年代，头皮阵阵发麻。不知道村长要给他看什么？不会是一堆颅骨吧？！上了木梯，村长打开门，他眼前一亮，对面赫然立着一面巨大的青铜鼓。鼓面中心刻着太阳纹，光芒四射，周边有繁复的图案，战争的场面，狩猎的场面，人祭的场面，舞蹈的场面，其美令人目眩。向天舒心知是稀世之物。村长说，这是上一次火山喷发后的遗物，深埋在火山灰里，五百年前重见天日，成为火山寨的镇寨之宝，每逢大事都要击鼓。历史上，外族觊觎这面青铜大鼓，来抢过无数次，在火山寨人的誓死保卫下，从未得逞。向天舒用手细细摩挲着鼓面及鼓身，叹赏不已。火山寨的一切都与火有关，在当地人的心目中，太阳便是万火之源。向天舒的态度令村长大悦。

黄昏，向天舒独自爬到火山口，探头往下看，试图看见被囚禁在黑暗中的光明，但深不见底，也许是心理作用的缘故，嗅到一股浓烈的硫磺味，担心火山会突然醒过来。当地人的祖先被火毁灭过几次，烈火的记忆世代相传，却始终将火奉为神圣，对火敬畏有加。这里的火山同别处一样，毁灭的同时也带来生机，周围土壤肥沃。

晚霞壮美，如火山喷发一般。

晚饭时，村长家聚了不少人，因为有客人，都来凑兴。男的赤裸上身，向天舒也想赤膊，但一想起太阳晒不到的地方更白，便不好意思露出来。酒酣耳热之际，全身都在出汗。他不由得说，要是有地方冲凉就好了。有人说，晚上去泡温泉啊。一个男子不知用佤族话讲了什么，大家都笑起来，边笑边看着向天舒，他也跟着傻笑。他以为是在开玩笑。村长说，这里地热丰富，到处是温泉。他这才信以为真。但终究不明白他们为什么发笑。村长笑言：吃完饭你跟他们去泡温泉，到时候就知道了。

酒足饭饱后，几个年轻人带着向天舒向村外走去。月虽缺了一块，因为空气透明，将各处都照亮，不用打手电，也能看清脚下的路，微风轻摇着凤尾竹，空气里有一丝凉意。同行的小伙子们打了几个呼哨，隐约看见几个佤族姑娘，停下来等他们，待他们走近，都笑着看向天舒这个外人，牙洁白如月。大家一路说笑着，不久就见到一棵大榕树，其下便是温泉，许多人在水里。温泉很大，像个不规则的游泳池，年轻人居多，也有孩子。向天舒走近，方才大吃一惊，同行的男女仿佛一直等着看他的反应，看见他惊诧的表情，都大笑起来，原来，水里的人，无论男女老少，皆一丝不挂。以前听说过少数民族裸浴的习俗，没想到会亲眼目睹。同行的姑娘们当着他的面，脱得精光，身材健美，乳房在月光中跳动，嬉笑着下水去了。他独自呆立在岸上，许久才回过神来，尽管有夜色的掩护，他赤身的一刹那，闪过一道白光，将水里的人逗得哈哈大笑。泉水温润，将他的整个身心都泡软了。

因为天热，除了洗漱用品，向天舒的行李基本没动，就地睡在凉席上。尽管有蚊虫叮咬，还是睡得很香甜。

有温泉泡，又留恋佤族姑娘的独特风貌，他决定多住一日。

第二天天不亮，下楼出恭，走到村后的竹林里，一面出恭，一面回想起头晚泡温泉的情景，欲望陡然膨胀，要找一个合适的地方解决，想到火山顶，顺便可以观日出。火山顶凉风习习，一层薄雾笼罩在火山寨的屋顶，只有一两家的屋顶冒着炊烟，别的火山及远处的群山如剪影一般。从阴阳五行的角度看，火山似男根，而火山口中的空洞则酷似女阴，阳盛阴衰时火山喷发，反之，静如处子。不知道下一次喷发是什么时候。向天舒自己却无论如何要喷发了。白色的火焰，喷入黑黢黢的火山口。一切复归平静。

他用平静的心态欣赏完日出的瑰丽。

白天酷热难当，基本都是在屋内度过的。

晚上又去泡了一次温泉。

向天舒一早别过村长和其他人，恋恋不舍地离开了佤人地界，走到一条大江边，路断了。江水落差大，水流急，两岸陡峻。顺江东行，走了一天都找不到过江的地方。夜晚宿营，在高岸上听了一夜的江水及猿声。又走了一日，还是没有桥，江水时见时不见，大江东流，只要不把江水弄丢了，总是走在归途上，至不济就不过江了，折向北，便是回黄龙镇的方向。但他决心非过江去看看不可。

第三天中午，吃过干粮，刚走不远，便遇见三个独龙族猎人，其中一人背着三把弩和两杆猎枪，另两人担着绑在木棒上的一头肥大的獐子，停下来对他微笑致意。三个人跣足，斜披着一块黑白条纹的麻布，将身体遮住一半，另一半裸露着。独龙族的服饰怕是所有民族里最简单的，一块麻布，俗称独龙毯，身上一裹，打个结，如此而已，好处是凉快少羁绊，人可以行走如风。语言不通，向天舒打手势表示要过江。对方示意他跟他们走。他几乎要小跑才赶得上他们。到了过江的地方，才明白是溜索，两根篾编的溜索，距江面几十米高，令人胆寒。他将包卸下休息，不停擦汗，看那三个猎人如何过江。其中最壮实的那位将獐子背起来，另两人协助他用藤条固定实了，走到溜索边，将圆筒形的滑板套在溜索上，用滑板上垂下来的藤索套住臀部，坐在藤索上面，双手紧握藤索上端，双脚一蹬，“唰”地流向对岸，速度很快，距对岸还有五六米的地方停下。看得出，溜索牵拉两岸的斜度很有讲究，如太倾斜，惯性作用就会过大，停不下来，人会撞得头破血流，不知有多少独龙人的祖先撞破了头，才总结出这些经验来，剩下几米须手脚并用，慢慢攀过去。余下的两个男子商量着什么，说话时都看着向天舒，似与他有关，其中一位将身上的挎包交给拿猎枪的男子，示意向天舒将包也交给那位男子，那位男子带着他的包，溜到对岸去了。剩下的那个男子跟他比画了半天，他才终于弄明白，对方要背着他过溜索，他没有滑板，不能自己溜，即便有滑板，大概也没勇气溜。他看看那根粗壮的篾索，磨得发亮，担心会断，书上讲，这样的溜索牛马都可以渡过去，但他的心里还是很紧张，江水汹涌，漩涡一个接一个，退缩是不可能的，好在自己熟水性，就算掉下去也不至于就淹死。他紧紧抱住对方，飞一般掠过江面，剩下的五六米其实是最艰难的，感觉漫长，对方肌肉结实，无一丝多余的脂肪，但体味浓烈，熏得他差点松手，拢岸时，另外两个男子伸手相援。三个男子笑着看他，他想自己的样子一定很狼狈。依旧是先前的两个男子抬獐子，向天舒要拿自己的包，背枪的男子不给，大步走去，一行人沿江走得飞快，向天舒徒手才勉强赶得上他们。

远远见到开阔山坡上的一个小村寨，光秃秃的没有植被，像是其自身就是长在土里的植物。猎人朝天放了两枪。这是当地的习俗，猎人回来，进村前要放枪，通常是一响，如果再添一响，表示有客人一同前来，通知村里人做好准备。许多人跑到村口，其中一个穿蓝布中山装的中年男子小跑过来，远远就将双手伸出，向天舒忙迎上去，同对方四手相握，对方操着流利的汉话说：欢迎欢迎，我是雷风寨的村长。向天舒不知道如何介绍自己，一个劲儿说：你好你好！村口见他的人都弯腰向他致意，许多小孩子围着他又跑又跳。除村长外，无论男女，都披着独龙毯，多数是黑白条纹，少女的则是鲜艳的彩色条纹，小孩都赤着身子，上年纪的妇女都有文面。每个人都对着他笑，嘴里说着他听不懂的土话。事实上，除村长外，其他人都不会汉话。村长的那身中山装也似乎成了权力的象征。向天舒没想到他这个过客会受到如此热情的欢迎，感动得不知说什么好。他将身上的烟拿出来，见人就发，有些老妇抽烟，也发，单独送了村长一包。

雷风寨是个小山村，不到两百人，祖先从前居无定所，在森林里四处迁徙，穴居野处，或者像鸟一样，将窝棚搭建在大树上，如传说中的有巢氏，后来，植被减少，被迫在河谷地带定居，房屋为简单的干栏式，用十几根树桩作支撑，仿佛种在地里，稍稍悬空，人居上，围以竹篱，茅草覆顶，唯一的好处是通风，因四季都热，其下空空如也。村里极少铁制农具，刀耕火种，政府禁了几次都不奏效，又不能用强，好在他们人口不多，整个独龙族都不过五六千人，对植被的破坏远不如非法砍伐者。其实，简单地以生存为前提的刀耕火种并不会毁坏多少林木，一个人，手拿先进的电锯，一周内毁掉的林木，够他们以刀耕火种的方式生存许多年，而且，那些种了一两遍后荒弃的坡地，不久又会长出植被，许多年后又是一片森林，循环往复。

独龙人以原始著称，而雷风寨的独龙人是所有独龙人里最原始的。

雷风寨的房屋很小，远望似窝棚，连村长家都很促狭。村长召集了几家人商量，准备腾出地方来接待客人。向天舒见村子中央是开阔的硬土地面，灵机一动，跟村长说，他就睡在这里，村长不明白他的意思，待看见他将帐篷搭起来，才恍然大悟，满脸愧疚地说：也好也好，比屋里舒服！合村的人都来看这间奇特的小房子，许多光屁股的小孩子，不顾大人的呵斥，在帐篷里钻进钻出，向天舒笑着，并不阻止他们。他的红色帐篷成了雷风寨的中心，给寨里的人带来了无穷的乐趣，甚至有外村的独龙人，老远跑来看稀奇。

向天舒算了算日子，决定不再往前走，怕赶不上开学，想到雷风寨是此行的终点，人又极原始可爱，索性多住几日。

村长邀他到家里吃茶。村长家就在村中心的空地旁边。登上半人多高的独木梯，门才一米高，须弯腰才能进去，屋里不算黑，墙上有个很小的窗洞，另有从篱笆的缝隙里挤进来的光线，火塘在房屋的正中，吃住均一屋，夜里一家人围着火塘睡，生儿育女的事情只能在黑暗中悄悄地进行。子女婚后或与父母同住，或盖房另居。室内四周摆放着一些简单的生活用具，系煮饭的锅、碗、茶壶、簸箕、篾箩等，墙上则挂着猎枪、砍刀、弓弩、渔网及野兽的头骨。

村长的父母都已去世，有两男两女，大女儿和大儿子已婚，住在别处，二女儿十六七岁的样子，小儿子有些痴呆，向天舒后来猜测是近亲结婚的缘故，因为雷风寨的人极少同外村人结婚，谁跟谁是什么亲戚都搞不清楚，也无所谓，总之像个大家族。村长老婆的年纪比村长大许多，看上去有六十岁的样子，文面。独龙女从前有文面的习俗，十二三岁开始文面，以示成年，现在的女孩都不兴文面了。向天舒暗中观察村长老婆脸上的图案，觉得像一只蝴蝶，一问，果然是蝴蝶。独龙人和动物的灵有生魂死魄之分，肉身死后，亡魂在另一个世界里继续生活，其形象及属性不变，另一个世界在地的另一面，亡魂的生活与生前别无二致，亡魂最终也是要死的，死后就变成蝴蝶，女人的亡魂变成彩色的蝴蝶，男人的亡魂则变成单色的蝴蝶。蝴蝶翩翩，独龙人对其敬畏有加，文面似与此有关。蝴蝶死后，人的灵便永远消亡，没有来世及永生，亦无祖灵崇拜，因祖先的灵魂早已死绝，对后世不发生影响。村长老婆觉得不文面的女孩不好看。向天舒初时见文面女不习惯，久了，便看出另一种美来。

村长的二女儿叫依古，长相一般，但笑容可掬，两眼细长，脸上有很多雀斑，一笑，雀斑绽开，眼眯成一条缝。

村长让吃饭都到他家去，向天舒说不好意思，村长说：来了就是一家人。

吃过茶，向天舒要到寨里看看，村长说：慢慢看，饭好了叫你。

他在村里闲逛，房前屋后除了几畦很小的菜地，绿色植物少见，整个村子连一棵树都没有。除少女外，当地人都留短发，天热，短发凉快，不知用什么工具剪出来的，很粗糙，类似通常说的锅盖头，显得憨厚。走到哪儿都是笑脸，大家争相邀他到家里吃茶。独龙人的房门通常开向东方，不能朝西，认为西边不吉利，同将西方当做净土之所在的佛教徒大异其趣。每家的室内布局都相似。向天舒吃了满肚子的茶水，跑到无人处小解了几次。他有一个大发现，家家户户都不锁门，其实门上压根儿就没有锁，当地人的品行高尚，可见一斑，令他万分惭愧，搭好帐篷后，他还隐隐有些担心，怕人拿他背包里的东西呢。短短一个下午，便同寨里的人熟识了，狗见了他都摇头摆尾，以示友好。

依古来叫他吃饭。

晚饭是极简单的野菜和包谷饭，还有一种用植物块根磨成淀粉烙的饼，水酒敞开喝。饭菜的味道说不上好，但向天舒吃得津津有味，令村长一家很高兴。从村长家出来，寨子静悄悄的，果然是“日出而作，日落而息”，白月浮空。

向天舒看着周围窝棚一样的茅草屋，很难想象每间屋里都住着几口人，不由得想起河姆渡人的房子，红色的帐篷就像时光机器，带着他飞回五千年以前。

累了一天，他跟当地人一样，早早安歇，耳边残留着几声犬吠。

第二天一早，依古来叫他去吃洋芋。后来每次依古来叫他，都是敲敲帐篷，待他探出头来，对他眯眼一笑，指指她家，然后就地等他，直到他收拾好从帐篷里出来，才一起向她家走去。

向天舒一面吃煮熟的大洋芋，一面喝着浓茶，昨晚睡得匆忙，没来得及漱口，环顾屋内，有一个盛水的陶缸，却不见脸盆一类的洗漱用品，怀疑当地人不兴洗脸刷牙。问村长寨里的饮用水源在哪里。村长说住在江边，当然吃江里的水。怪不得茶里有一股淡淡的土腥味，夏季涨水，江里泥沙俱下。向天舒想起陡峭的江岸，不知道当地人怎样取水。他对村长说想去江边，但不认识路。村长说：“从村子的另一头下山就是，不远，让依古带你去吧。”

他巴不得呢，依古也很乐意。

他到帐篷里拿上洗漱包，随依古走出村子。有一条下山的小路，显然是村里人常走的一条路，两旁都是竹林。没走多远，便看见一个弯月形的沙石滩，延伸到江水里，如果不涨水，沙石滩的形状大概会是半月形的，与对面高峻的江岸形成鲜明的对比。其地开阔，江水有了回旋的余地，驯顺了许多。对面高岸被太阳照亮，沙石滩及江面还在阴影里。

向天舒走到水边，看江水浑浊，有些犯难。依古向他招手。沙石滩的尽头有一棵很大的野芒果树，他之所以知道是野芒果树，因为上面挂着芒果，比通常的芒果小一些，看上去已经熟了。他的注意力被芒果树吸引，没留意脚下，依古叫了一声，才发现面前有一汪水，差点踩进去。水澄澈，飘着几片树叶，乍一看以为是清泉，江边怎么会有泉水？也没有“汩汩”的水泡，他随即明白，是当地人在河滩上掏出的一个圆坑，江水经过过滤，慢慢渗透出来，杂质沉淀，水因此净化，似一口浅井。他觉得此法甚妙。

舀了一杯水漱口。从依古看他刷牙的神情看，当地人还真是不兴刷牙，但他们的牙都很洁白。漱过口，又濡湿毛巾，擦干脸，整个人都清爽了。

他忍不住抬头去看树上的芒果，依古笑了笑，攀着一根树枝，“噌”地爬到树上去了，迅捷如猿。

两人坐在树下吃芒果，味道甘美，鼻尖嘴角都被染成黄色，相视而笑，最后掬坑里的水洗净，又坐了一会儿，看太阳铺满沙滩，才慢慢走回寨子。

从江边回来，向天舒到村长家借了几个小竹凳，放在帐篷门口，看见人对他微笑致意，便邀请对方坐下，又掏出烟来发，像在自家招待客人。陆续有人来闲坐，后来的人便都坐在地上，妇女则站在外围。来了一个气质特别的男子，干瘦，鹰钩鼻，面部轮廓分明，六十来岁，眼里却有一种年轻的光芒，坐在竹凳上的人争相给他让位，他便跟向天舒坐在一起，接过他递来的烟。村长也来了，人又把竹凳让出来。向天舒问村长那男子是谁。他说：哦，忘了给你介绍，这是我们村的南木萨。向天舒恍然大悟，不待他解释，就说：我知道了，南木萨相当于汉人的巫师。

向天舒问他是怎么成为南木萨的。村长将问题翻译过去，他当然知道南木萨的来历，只是想让南木萨及周围的人都明白客人提的问题。南木萨微笑着看村长回答向天舒的问题，他当然知道村长在说些什么，而向天舒惊讶的表情正是他期望看到的。

南木萨十八岁时，一个人上山打柴，看见三个美丽的年轻女子，白布长裙，头发编成许多细辫，披垂到腰间，向他招手，便不由自主向她们走去。她们转过身，像蝴蝶一样轻盈，上山也不费力，长裙飘飘，经过树林，河流，来到一片开满野花的草地上，回头对他笑，他感觉一片眩晕，仰面倒在地上。醒过来时，已经是第二天了，走了很远的路才回到雷风寨，家里人还以为他被老熊抓去了呢。他心知是南木来找他，要他做南木萨，如果不做，他自己和家人都会遭殃。三个南木女又出现过几次。他决定把这个秘密告诉村里人。村里的南木萨过世不久，大家正为没有南木萨的日子发愁，听了他的话，欢欣鼓舞。他到外地去拜见了几个有名的南木萨，学到很多知识，包括用草药治病的本领，回寨后便开始行使起南木萨的职责来。平时和大家一样，打猎，抓鱼，种地，当人有灾病来找他的时候，便完全变成了另一个人。

向天舒觉得这故事很有些奇幻浪漫的色彩，三个化身为美女形象的南木有如命运三女神，令他无限神往。南木萨已不再年轻，三个南木女却容颜依旧，有如亘古不变的时间。人常感叹时光的易逝，其实，不论渺若尘芥的个体如何变化，时间并无丝毫增减，空间亦复如是，不是时间逝去，而是我们逝去，一切都已经发生，都已经存在，自外观之，万物的角色分派已定，各就各位，并无变化；自内观之，无物恒常，变化万端。而人可以通过某种方式超越时空，既能“出乎其外”，又能“入乎其内”，年轻貌美的南木女，就算是幻觉，也可以让南木萨拥有一颗不老的心。

夜深人静，向天舒独自坐在帐篷外抽烟，想着白天发生的事情。村子中央的空地在坡顶，感觉离夜空很近，月在云间穿梭，似要摆脱云的纠缠，最终还是被云遮蔽了。四周一片漆黑。

隐隐响起雷声。向天舒赶忙戴上头灯，到附近拣了几片尖利的石块，奋力刨防水沟。一面刨，一面想着高脚屋的妙处，通风，避雨，防虫，要是他的帐篷也悬在空中，就不用费这个力了。

大风四起，幸亏被周围的房屋挡住，才没将他的帐篷掀翻。

闪电照路，雷的脚步近了。

他仿佛看见雷有一张狰狞的面孔，张牙舞爪，向小山寨扑来。

炸雷一个接一个，整个山头都在颤抖。

他从来没听到过这么吓人的雷声。至此，方明白为什么这个村寨要叫雷风寨，也明白为什么寨里没有大树。第二天村长告诉他，大树招雷鬼，寨里以前有过大树，大树下的人家都被雷鬼杀死了。

雨随风雷至，他躲进帐篷，担心帐篷的支架承受不了雨的打击。最猛烈的那阵雨过后，帐篷屹立不倒，他放下心来，雨虽然还大，在他听来，却有些虚张声势的味道，什么时候停的都不知道。

半夜醒来小解，云都走了，月白风轻，疏星闪烁，像什么事都没发生过一样。他大口呼吸着新鲜的夜气，喃喃自语："真美！"

第二天一早，村里的女子，除了走不动的，无论大小，都提着篾篮，聚到帐篷四周，依古也在，背着装水的竹筒，斜挎有彩色条纹的麻布包，活泼可爱，笑嘻嘻地看着他。原来，雷动了地气，蘑菇都跑出来啦。

向天舒要同她们去采蘑菇，大家都笑，村长说，这是女人家的事情，不过他是外人，只是看热闹，去也无妨，将依古叫到跟前，叮嘱了几句，似乎是要她路上照顾好客人的意思。

地方不远，大家在山林里散开来，依古则示意向天舒跟着她，听见远近呼应的声音，似乎是有人找到蘑菇，大声通报别的人，到处是各色的蘑菇，湿漉漉的，一时间，叫声，笑声，响彻了整个山林。向天舒并不知道什么蘑菇好什么蘑菇不好，依古点头，他便将蘑菇放进她的篾篮里，否则便扔掉，扔之前瞅了又瞅，觉得可惜，毒蘑菇往往长得好看。

慢慢地，听不见别人的声音，大概是附近的蘑菇采尽了，人往山林的深处走去，剩下向天舒与依古两人。每当发现好蘑菇，依古都会发出欢快的叫声，向天舒遗憾语言不通，不能跟她有更多的交流，不知为什么，一开始觉得她的长相普通，现在却发现有一种美，从她的身体内部散发出来，照亮了她的全身，细长的眼睛，雀斑，黝黑的皮肤，纤瘦的身材，披肩的长发，都很美，令他浮想联翩，而她裸露的肩臂及腿，更是令他发狂，不敢多看。想起许多逃离了文明社会的人与土著姑娘恋爱的故事，不觉热血沸腾，脚踩了蘑菇都不知道。依古惊叫一声，他才如梦初醒，踩到的蘑菇都是好蘑菇，连说可惜，依古蹲在地上仔细捡，他居高临下，正好看见一对小小的乳房，自在地悬着，令他几乎晕厥。篮子装满了，正午已过，他们坐下歇息，依古拿出随身带的荞饼，两人一面吃，一面喝竹筒里的水。依古不时看着他"吃吃"笑，他也笑了，忍不住伸手去摸了摸她的脸，依古"咯咯咯"笑出声来，天真无邪的笑，令他不敢有进一步的动作，抬头看枝叶间的蓝天，吸进一大口芬芳的气息。

出山林，采蘑菇的人重新汇合，大人的大篮子，小孩的小篮子，都装得满满的，每张脸都笑得跟蘑菇一样。

回到村子，蘑菇重新分配至各家，当天吃不了的，要经过处理，或炸，或晒，以长期存放。晚饭简直就是蘑菇宴，令向天舒大快朵颐。独龙族只有简单的鬼神崇拜，没有所谓的来世，或永久的天堂及地狱，昨天还在雷雨中颤抖的小山寨，今天安享着蘑菇的盛宴，从地狱到天堂，只一夜的功夫。向天舒觉得此种当下的天堂，正合他的意，现世的天堂对活人才有意义。

饭桌上聊起打猎的话题。独龙族的每个男子都是猎人，好猎手享有崇高的地位，村长之所以当上村长，除了他的为人和见识，还因他打猎的本领高强。以前山里猎物多，鹿、野牛、麂、岩羊、山驴、野猪、虎、豹、熊、狐、水獭、獐、飞鼠，等等，应有尽有，现在少多了，有些早已绝迹。向天舒说很多地方早就禁猎了，连猎枪都没收了，村长眉头紧锁，半晌才说，政府对他们网开一面，说慢慢也要禁的。他问村长什么时候打猎，很想看看，村长说，按理，要秋收以后才会集体出猎，秋收后野兽上膘，地里又无事，不过既然贵客感兴趣，就组织一次也无妨。刀耕火种的方式，除了种地和收割，平时不到地里，"靠天吃饭"，说的就是这个意思，一年大部分的时间都是农闲，但庄稼成熟前须派人日夜守在火烧地里，防动物啃吃庄稼。

第二天，村长着手安排打猎事宜，午饭后便不见了的踪影，晚饭时也不在。向天舒同村长的老婆语言不通，比划着问村长为什么不在，相互比划了半天也没闹明白。他担心会取消打猎的计划。想想又不太可能，村长不像会打诳语的人。

终于，村长来找他，让他准备好，天不亮就出发，三四天才回。他问要不要带帐篷，村长说随他的意，他们都睡露天。别人睡露天，他一人住帐篷不合适，当即决定不带帐篷。又问村长白天做什么去了，村长笑言：不好说，到时候你就知道了。

他兴奋得睡不着。

天不亮，一行人就出发了。不过江，往西南方向去，向天舒很高兴，原以为雷风寨是此番游历的尽头，没想到又延伸出去。除他外，一共十二个男人，都是出色的猎手，打着绑腿，其中五人（包括村长）背着全村仅有的五把火药枪，此外，各人还背着麻布包、砍刀、弓弩和箭袋。

雷风寨人打猎不带狗，怕狗不懂事，冲撞了鬼神。

一行人神情肃穆，极少高声说话。

人多，动静自然大，许多鸟雀飞起来，又落下，一对野鸡仓皇飞遁，几只野兔在不远处蹦跶，甚至有一只岩羊，在峭壁上不慌不忙地吃草，猎人们却熟视无睹，丝毫没有要猎捕的意思。向天舒心里纳闷，又不好问。就这样，一口气走了一个上午。

向天舒见路上有块石头，一侧是深谷，不知道谷有多深，抬脚将石头踹出去，石头滚下山，许久才到底。村长他们却面露不悦和紧张之色，他不明就里。后来村长说，在外面走路，一草一木都不能乱动，谁都不知道是不是鬼变的，就是块石头，也须十分小心。独龙人相信万物有灵，非鬼即神，向天舒虽不信鬼神，对他们的虔诚却由衷敬佩。

吃过晌午，接着赶路。

这里两天前也下过雨，蚂蟥到处都是，有些从地面爬上来，有些从树上掉下来。村长教向天舒用烟头烫，或者用手拍，下手要快，拽是拽不下来的。向天舒生平第一次见蚂蟥，开始一惊一乍的，见别人都不以为意，就不好意思声张，一路提心吊胆。蚂蟥吸血，是在不知不觉中进行的，小腿肚上不知什么时候吸附了一条蚂蟥，等他发现，蚂蟥的身体膨胀了两倍之多，这只黏稠的丑八怪令他一阵恶心，刚要用烟头烫，蚂蟥吸饱了血，自动掉落，他哪肯轻饶，用刀将它狠狠戳死，别人都笑了，村长说：放放血，对身体有好处。向天舒在心里叫苦，担心会感染。蚂蟥吸过的地方还在汩汩流血，村长采了一把草叶，揉碎，敷在他的伤口上，血即刻止住。他不由得在心里感叹：土人有土办法。

走了一天的路，天黑宿营，烧一堆火，吃过干粮，大伙儿东倒西歪，酣然入眠。向天舒许久才入睡。夜里，传来时断时续的狼嚎声，朦胧中看见村长往火里添了几次柴火。第二天晨曦，向天舒睁开眼，不远处赫然矗立着一座大山。村长说，山后便是猎场。村长他们将火烧旺，拿出一堆东西，是包谷面捏成的各种动物，神形毕肖，原来昨天村长忙活这些东西去了，南木萨还算了卦，皆在秘密中进行，不好当外人的面，向天舒遗憾没有亲见南木萨算卦的仪式。大家将动物面偶一字排开，面朝大山，又从树上折来松枝，扔到火里，香烟弥漫。村长带头，其他人跟着一齐唱祭词，大意是：山神啊，今天我们来撵山，请你显灵，给我们一些野兽吧，我们不会白要你的，我们用这些东西来跟你换，熊换熊，虎换虎，野牛换野牛，一点也不亏你啊，你不要舍不得。山里隐隐传来回音。村长将祭词翻译给向天舒听后，令他绝倒，觉得异常天真可爱。祭罢，大家将面偶放进火里，烤熟了吃下，将火灭了，向对面的大山进发。

村长告诉向天舒，之所以出来这么远才祭山神，怕离家近，山神享用过祭品，赖着不走，因此他们忌讳说自己是雷风寨的人，以乱山神的视听。至此，他才明白为什么他们对一路上遇见的猎物无动于衷，未祭山神，谁也不敢轻举妄动。

大家一路走一路察看，老练的猎人不会放过野兽路过时留下的任何痕迹。

村长耐心教他辨识鸟兽的脚印。

从一棵笔直的参天大树下过，村长说是“毒箭树”，树液有剧毒，见血封喉，用来制作毒箭。毒箭宝贵，遇到大型野兽时才用。他用手摸摸树干，刹那间，周身的血液仿佛都凝固了。

有人举起弓弩，没等向天舒反应过来，远处便有扑翅的声音，射猎者跑过去，提着一只山鸡回来，大家都笑了。

山林里有一条小路，是猎人走出来的。向天舒渐渐跟不上猎人们的步伐，大家不得不几番停下来等他，令他好生惭愧。到了一处相对平缓的林间空地，村长招呼大家坐下休息，抽烟，吃干粮。他知道村长是为了他才这么做的，心存感激，忙不迭地给大伙发烟。有几个人闲不住，提着弩走开。时间过去很久，大家等着离开的人回来上路。村长幽幽地说：他们不会无缘无故耽搁功夫。终于，他们从林子里出来，手上提着猎物，灰野兔、斑斓的雉鸡，还有一只向天舒叫不出名儿的大鸟，将猎物往地上一丢，掀起独龙毯来擦汗，一面接过别人点燃后递来的烟。向天舒惊叹于雉鸡翩翎的艳丽。他不知该惋惜逝去的生命，还是该分享猎获的欢欣。索性放下一切价值判断，做一回独龙人。

翻过山头，坡势和缓，林木疏密有致，间有乔林、灌木及高高低低的草，是个围猎的好地方。

地上陆续出现野兽的脚印。猎人们交换着意见，显得兴奋异常。村长说，看上去是头很大的野猪。经过一番商议，大家四散开来，开始搜寻。村长将背上的砍刀抽出来递给向天舒，说野猪很危险，让他注意安全。野猪是一种极普通的野兽，听单玉老师说，老人山上就有野猪，有一次还从围墙的缺口跑到菜地里来。向天舒知道不少关于野猪的故事，古今中外的都有，但从未见过真正的野猪，听说是头大野猪，既紧张又激动，紧握砍刀的右手微微颤抖。

时间一点点过去，几只野鸡从矮树丛中蹿起来，但无人理会。向天舒幻想着一头壮硕的野猪向自己冲来，而自己如英雄伊阿宋般神勇，刀一挥，野猪便毙命脚下。远远传来一声呼哨，四面八方都有人在叫，村长立刻将火药枪平端起来，右手食指搭在扳机上，向天舒双手将砍刀握在胸前，却怎么也握不紧，英雄不是好当的。传来两声枪响，嘈杂声更大，且更近了。村长停下脚步，示意向天舒躲到附近的一棵大树后面去，他自己则站在原地不动。向天舒刚走到离大树两三米的地方，不远处的灌木丛“哗啦”一声，一个黑乎乎的东西冲了出来，他呆住了，眼睁睁看着野猪扑向自己，刹那间，他看见了一双愤怒的眼及两颗尖利的獠牙。“砰”，野猪一头撞在地上，又借着惯性，翻滚到他脚下，嘴里兀自喘着粗气，不一会儿便断了气。要是村长没有及时开火，要是村长的枪法不好，没有射中野猪的头部，后果不堪设想。猎人们欢呼着奔过来，向天舒惊魂未定，那一刻，死亡离他仅一步之遥。村长也惊出了一身冷汗，连连安慰他，怪自己没有早一点让他避开，不该让他这个没打过猎的客人来冒险。

大家围着野猪议论纷纷，这是头公猪，少说有三四百斤，如果没有火药枪，单凭刀弩，是对付不了它的。

野猪死不瞑目，眼虽不大，但残留着冷冷的凶光，令向天舒心有余悸。他看着地上的大野猪，心里将其与家猪作了一番比较。野猪瘦，但家猪也有营养不良，饿得精瘦的，野猪嘴尖长，家猪也有嘴尖长的，野猪有獠牙，家猪没有，但有些野猪的獠牙很小，仔细才看得出来，乍一看与家猪无别，其实，野猪与家猪最大的区别在眼睛，确切说，在眼神，家猪双目呆滞，所见唯眼前的食物，野猪则双目炯炯，惕然四顾，虎狼亦为之却步。

村长看看四周，地势开阔，远处有条小溪，决定就地宿营。

大家合力将野猪抬到溪边，准备开肠破肚。村长安排猎人中最年轻的和自己留下，别的人继续围猎，同时希望向天舒也留下来。又补充道：山里狼多，会来抢野猪肉吃。向天舒知道村长不放心他，而自己因为刚才的惊吓，继续观猎的欲望骤减，便答应留下来。

三人动手拾掇野猪，将内脏取出来清洗，晾在溪边阴凉处。

三个人翻动野猪都费力。村长满意地说：就算打不到别的猎物，单凭这头野猪，也不白来这一趟。

村长和年轻猎手一齐将野猪大卸八块，以便运输。三个人轮流将野猪肉搬到向天舒先前准备藏身的那棵大树下。大树枝繁叶茂，村长提议将肉担在枝上，狼够不着，且通风。安顿完毕，村长看时辰还早，便让向天舒和年轻猎手到周围拾柴火，自己则背着猎枪向林深处走去。

向天舒提着砍刀独自走远，其意不在柴火，而是想碰碰运气，看能不能手刃一只野兔什么的，不时侧耳聆听，想知道猎手在不在附近，但除了山风，并无别的声音，连鸟雀都没了声响，大概嗅到了空气中的危险气息，藏到密林深处去了。

一棵大树横亘在面前，吸引了他的注意力。这是一棵自然死亡的树，不知活了多少个世纪，寿数尽时，轰然倒地，经过漫长的岁月，尸骨尚未完全腐朽，身上竟长出大大小小的植物来，有蕨类，有野草，有知名不知名的各种小树，皆生机勃勃，生死集于一体，令他感慨万分。周围散落着许多枯枝，他想起拾柴的使命，便一心一意捡柴，砍了一根古藤，将枯枝捆扎好，砍刀别在皮带上，扛着柴往回走。存放野猪肉的大树脚下已经堆满了柴火，还有几个特别大的树疙瘩，却不见年轻猎手的踪影。他这才意识到，自己的这一捆柴耽搁的时间真够久的。又拣了几回柴，眼看够用了，才依着一个大树疙瘩坐下，喝水，抽烟。许久不见年轻猎手回来，估计他也打猎去了。

他本是来观猎的，现在一个人无所事事，不免有几分落寞，突然想起村长说的野猪肉会将狼引来的话，稍稍振奋，想象着同狼搏斗的各种情景。白天不似在夜里，有篝火驱狼，一两头狼不打紧，要是一群狼，他只好上树，与野猪肉为伍了。

始终不见狼的踪影，便依着树干呼呼大睡，醒时太阳已尽。

隐隐传来狼叫声，他连忙烧了一堆火，以防万一，打猎的人陆续回来，虽然没有亲历，看见猎物，他也很兴奋。麂子、岩羊、小鹿及各种野禽，真是大丰收。村长笑着对向天舒说：你是贵人，给我们带来好运。又说：明天就下山。向天舒不解：打猎进展得这么顺利，为什么着急回去？村长吸了一口烟说：我们送给山神的祭品不多，拿回来的却不少，再不知足，山神会不高兴的。

天完全黑下来，没有月亮，繁星满天。

篝火烧旺了。有人提着几只野禽和野兔，到溪边收拾干净，回来架在火上烤。大家一面吃干粮，一面等着肉烤熟。芳香四溢。

肉快熟时，一人拿出一个竹筒，小心翼翼地倒出盐来，撒在肉上。看得出，盐在雷风寨人的眼里极其珍贵，村长说：盐真是好东西，没有盐，吃什么都没味，过去没盐吃，日子难过。

肉烤熟后，大家轮流撕肉吃，拿出酒来喝。向天舒从来没吃过这么美味的烤肉。

村长说起白天向天舒遇险的事情，大家都很惊讶，纷纷向他举杯，意在压惊。他单独敬了村长一杯酒，感谢他的救命之恩。

火光照亮了每一张黝黑的笑脸。有人扯开嗓子唱起歌来，引来好几个人合唱，许多狼在远处助兴。

吃饱喝足，猎手们早早歇了。村长却毫无倦意，陪着向天舒说话。

他想起以前看过的一则报道。某西方人类学者，到热带丛林考察一个原始部落，爱上当地一女子，和她结了婚，将她带回西方，生儿育女，一起生活了许多年，从原始到文明，几千年的差距，仿佛一步就跨越了，后来，该女子动了思乡的念头，与丈夫和孩子们一道返回丛林，几经周折，才找到那个行踪不定的部落，她脱掉现代服装，像所有人一样赤身露体，自由自在，离别的日子终于来临，她做了一个惊人的决定：留下来，与家人和部落在一起，悲伤的丈夫只得带着孩子们回去，从此天各一方，再未重逢。这个关于幸与不幸的故事，给热带丛林染上了忧郁的色彩。

人唯一不能选择的是自己的出身。命运如风，蒲公英的籽粒在哪里生根，由不得它们自己。身为弱小民族之一员，在种族主义者眼中，就不配存活，其实，将人分别对待的人连猪狗都不如，不论出身如何，人首先要以自己为荣，全人类的优秀文化都是我的精神源泉，都为我所用，甚至，万物都是我的注脚。村长不懂这些大道理，但道理是用来实践的，在向天舒眼里，他就是一个睿智的长者。

聊起子女的婚姻。村长见多识广，很满意现状，但不放心雷风寨的将来，总觉得现状难以维持，迟早要变，打猎也会被禁，谁都想象不出，雷风寨人怎么能忍受不能打猎的生活？村长希望依古嫁到外地去。

“依古要是能嫁个像你这样的汉人就好了。”村长说毕，意味深长地看着向天舒，他忙低下头，往篝火里添柴。

村长接连打了几个哈欠。明天要早起，他不想再拖累村长，便假装瞌睡，打起盹儿来，村长见状，让他先睡，自己也躺下，很快便睡着了。

他重新坐起身，将火烧旺，点支烟，望着火焰发呆。无意中碰到自己的胡子，细细摩挲了一番，像在摸别人的脸，独龙人蓄须的很少，自己看上去想必比他们还原始。看着横七竖八睡在天幕下的猎人，以及散落在地上的带血的猎物，狼嚎声时远时近，仿佛置身于蛮荒时代，野性在血管里流淌。

临睡前，走到黑暗中小便，火光明灭，辉映着天上缥缈的星。

山鸟仿佛已经接到猎人要返程的消息，一大早就欢唱开来。随即听见村长他们大声说话的声音。向天舒睁开眼，感觉腰酸背痛，接连两天拿大地当床，骨肉有些吃不消。

大家就着篝火的余烬将干粮烤热了吃下，仔细灭了火，猎物集中到一处，分派好运输任务，或背，或抬。村长不让向天舒负重，他说什么也不答应，便将三支火药枪交给他。向天舒见大家迟迟不动身，觉得奇怪。只见村长和几个人一道，从每只野禽的身上拔下许多羽毛，又从每只野兽体内取出一些内脏，走进林子，半晌才回来，将手上剩下的羽毛和内脏往地上一撒，发一声喊，众人背负起猎物，一阵小跑，头也不回地下山而去。向天舒背的东西最轻，却走得最辛苦，好歹没被拉下。

好容易才停下来歇脚，向天舒立刻问村长之前他们干什么去了。听了村长的回答，他恍然大悟，再一次绝倒。原来，猎物被打死后，愤怒的灵魂徘徊不去，要尾随他们回寨子，伺机报复，村长他们将羽毛和内脏拿到林子里，挂在树上，丢在地上，总之，东一点，西一点，到处都是，像迷魂阵一般，猎物的灵魂看见自己的羽毛和内脏，觉得奇怪，便到处去找，想把自己的身体找齐，猎人们乘机脱身。

大家不敢久留，重新上路。快到山脚时，有人惊叫了一声。地上有一串足迹，状类人的脚印，但尺寸硕大，是普通人脚印的两三倍。村长让其他人就地等待，带着两个人顺着脚印走去，留下的人均一言不发，神色紧张，向天舒不由得心跳加速，不久，村长他们转回来，大家抬着猎物迅速离开。

村长后来告诉他，他们一直走到大脚印消失的地方才转回来，当地素有野人的传说，有人打猎时亲眼见过，大脚印肯定是野人留下来的。一位老猎人说，他爹年轻时遭遇过野人，在山涧中戏水，一公一母，他爹放了一枪，公的被击中，跌进水里，母的号叫着也跳进水里，被水冲走，他爹顺水流去找，但没找到。听上去是个悲情的故事。所谓野人，向天舒疑心是猩猩猴子一类的灵长类动物，但这些人见过猩猩猴子，而且都是老练的猎手，不会搞错。也许，真的有野人，因为种种原因，最终没进化成跟我们一样的人，而果真如此的话，人要做的，就是不去伤害他们。

归程过半，太阳偏西，向天舒万万没想到，自己会遭遇毒蛇，差点丢了性命。

背上的猎枪越来越沉重，体力达到极限，感觉快虚脱了，又不好意思说，渐渐落伍，到了一处相对平坦的地方，杂草丛生，因神思恍惚，脚下踉跄，竟偏离了其他人的行进路线。突然，右脚触地时，感觉异样，正要收回来，小腿肚上一阵剧痛，不由得叫出声来，刹那间，一条黑蛇迅捷遁去。村长闻声回头，大声叫他别动。几个人奔回来抱住他，村长俯下身，抱住他的小腿，大口吮吸伤口，吐出很多黑血，有人用藤索扎紧他的小腿，同时有人往下挤压小腿，阻止蛇毒上行，有人替换村长，不停地吸毒。村长找来一把药草，用手搓茸了，敷在伤口上，有人从身上的独龙毯上割下一块布来递给村长，将伤口包扎好，大家合力将他移到一块空地上，这才松了一口气，决定就地宿营。

蛇毒开始发作，向天舒感觉头皮发麻，呼吸都有些困难，渐渐失去知觉。

朦胧中觉得身下柔软，用手摸索，是厚厚的松针，村长他们特意为他铺的，令他万分感动。但他睁不开眼，只感觉到有光在眼皮上跳动。

昏昏沉沉，似睡非睡，至半夜，突然全身抽搐，想喊喊不出，感觉快要窒息而死，良久，才渐渐平静，沉入睡乡。

第二天一早上路，大家轮流背着他，他的意识依旧模糊，感觉走了很长的路，最后，被平放在地上，慢慢清醒过来，似无人注意到他睁眼，最初的不适过后，仰面看着蓝天，像是第一次见。咬他的毒蛇叫“五步蛇”，即五步之内必死，当地人闻之色变，难怪村长当时让他别动，因为人一动，便会加速蛇毒在血管里的流布，跟走几步无关。如果没有村长他们的有效救治，就算活下来，右腿也保不住。

时间一分一秒过去，向天舒纳闷他们为什么歇这么久，想问村长，看他神情严肃，就忍住了没问，又看别的人，发现少了一个。而且，更加奇怪的是，包括村长，所有人都装做没看见他苏醒。突然，村长朝他身后使了个眼色，大家抬起他来就走，并不回头，走得飞快。向天舒后来才知道，不见的那人被派回村去找南木萨，悄悄转来，绕到他们后面，南木萨躲在暗处，突然跳出来，在他躺过的地方挥刀乱砍，又念了一通咒语，才火速离开，赶上他们，至此，大家才如释重负。原来，向天舒被蛇咬伤，在村长他们看来，是山神生气，因为他们打的猎物太多，而供奉的面兽显然太少，山神派蛇鬼来报复，蛇鬼欺生，专挑他这个外人下嘴，现在好了，附在他身上的蛇鬼已被南木萨砍死，不会再为难他，更不会被带回寨里。

近村处，村长朝天放了一枪，全寨人都来迎接。向天舒已经完全清醒，大家都听说了他遭遇的危险，竞相来看他的伤口，脚居然消了肿，可以自己走路了。村长后来说，如果他被蛇咬时是一个人，必死无疑。

在村长的主持下，出猎的人动手分肉，按人头平分，向天舒也有一份，几百张芭蕉叶平摊在地上，绿的叶，红的肉，煞是壮观。额外还留下一些肉，准备晚上狂欢庆祝时烤着吃。

向天舒问村长能不能将野猪牙送给他，村长立刻答应了，野猪是村长打死的，他自然有权处置。村长将野猪的獠牙交给依古，不知说了什么。晚饭时，依古面带羞涩，递给向天舒一样东西。他眼前一亮。两颗野猪牙的根部重叠，套在一个圆筒形的黑布包里，锋利的牙朝外，呈“人”字形，黑布包上绑了三圈红线，其间绣着绿色的几何形图案，针脚细密，布包的开口处与交叉的野猪牙用黑线固定死，底部又缝了一根黑色的细绳，可以挂在脖子上。显然，野猪牙的精巧装饰是依古做的。向天舒爱不释手，连连道谢。

“这是避邪的。”村长笑着说。他立刻挂在脖子上，回黄龙镇后才取下来。

吃过晚饭，全村人聚到河滩边，欢庆打猎的丰收。举凡重大节庆，都在这里举行。村子中央的空地小，而且烧火危险，风大，火星容易飞到茅草房上去。雨季江水上涨，河滩面积比平时小，但足够开阔，且避风。篝火上搭起烤肉的木架。火烧得很大，整个河滩都亮了。大家围着篝火跳舞，舞蹈很随意，没有固定的舞步，是最原始的踢踏放歌，向天舒跟着一起踩脚、踢腿、绕圈，跳了一阵，开始吃肉喝酒，男女青年在一处调笑。向天舒陪着村长和南木萨喝酒。依古跳累了，过来与他们坐在一起，看着他笑，雀斑在火焰中跳跃。

狂欢至半夜才散。

向天舒躺下不久，有人敲帐篷，拉开门帘，是依古，月光中楚楚动人，突然钻进帐篷，他一时不知所措。帐篷里狭小，他避无可避，将依古抱在怀里。他知道接下来可以做什么，却犹豫了。独龙族从前还有群婚的习俗，有孩子是最重要的，谁跟谁生的并不重要，每次烧山后种下粮食，必要到地里集体交配，在他们看来，地里长庄稼跟女人生孩子是一回事，相互促进，地里庄稼长得好，则子孙兴旺，而女人顺利怀孕生产，也预示着丰年。白天，依古将自己亲手做的野猪牙护身符送给向天舒，他一直挂在脖子上，显然，这是男女交往的信号，他一时忽略了。但他确确实实犹豫了。万一依古怀了他的孩子，他能负这个责吗？也许她根本就不要他负责，但他放得下吗？村长不是说过，依古要是能嫁个像他这样的汉人就好了。他不可能娶依古，也许她根本就不会有此奢望，但会不会影响她今后嫁人呢？总之，他不能。后来想起来很后悔，但已时过境迁。他将头灯挂在帐篷上，捧起依古的脸，吻了一下她的嘴，微笑着摇摇头。依古不解地看着他，终于明白了他的意思，流下泪来，起身出帐篷去了。他又感动，又内疚，彻夜难眠。

第二天，被光屁股的顽童吵醒，他一动不动，听着外面的各种声音，似睡非睡。依古来寻他吃午饭，像没事一样，依旧眯着眼笑。村长的脸上也没有丝毫异样的表情。他悬着的一颗心放了下来。

当地人的油盐酱醋等生活必需品，须派青壮男子，赶着全寨共有的几匹马，代表全寨的人，走一整天的路，到遥远的集市上去买回来，拉着马，过溜索不方便，便沿江走大半天的路，从一座藤桥上过江。赶过集的男子无疑是寨里见过世面的人，其中的未婚男子深受女孩的青睐。向天舒见他们要去赶集，突然想到一个报答雷风寨人的好主意，将随身带的钱都拿出来（他这一路几乎没花什么钱），留了几百元路上用，其余的交给赶集的人，请他们代为买烟酒糖茶，要最好的。当地人从没见过这么多钱，都很惊讶，待买回烟酒糖茶，向天舒请村长平均分配到各家各户时，举寨轰动，纷纷来向他致谢。

村长说：你是个好人，省城来的人都像你这样吗？

向天舒不置可否。不敢说自己就是个好人，但至少没有恶意；而那些作恶的人，短期内还不会到雷风寨来。他真想在雷风寨再住些日子，但归途迢遥，不敢再耽搁了。

短短一个多星期，却似已经在雷风寨生活了许多年，对这里的人怀着深厚的情谊，想起要走就难过。

村长知道他迟早是要走的，挽留了一番，便没再说什么。

回程如果完全步行，恐怕赶不上开学了，遂改了主意，打算走到雷风寨人赶集的那个镇，想办法搭车回去。

他将去那个镇的路问清楚，又根据村长的描述，在纸上画了一个大致的路线图，只要大方向不错，边走边问路，不会有问题，便将指南针送给村长作纪念，想他们今后打猎一定用得上，又教村长用，村长高兴坏了，许多人围着看。村长将指南针平放在地上，任意变换方向，指针总指向同一个地方，同太阳的方位比对，千真万确，指南针一端还做成哨子的形状，发出响亮的“呼哨”声，村长宝贝一样揣在怀里，回头送给他一块崭新的独龙毯。

早起收拾行装，依古叫他到家里吃饼，村长交给他一大包东西，打开看，是腌制好的野味，村长说：是分给你的那份肉，带在路上吃。向天舒眼里一阵发热。他从口袋里掏出瑞士军刀，递给依古，她接过去，低头不语。村长叹了一口气，说：你要走，大家都很难过。

全村的人都来送他，一直将他送到过溜索的地方。村长叮嘱他路上注意安全，特别要小心蛇，又叫一个小伙子用滑板将他送到对岸，待小伙子回去，他才挥手同众人道别。雷风寨的人朝他挥手，小孩子大喊大叫，依古不停擦眼泪，村长大声说：得空再来玩！他也大声说：一定来！转过身，泪如雨下，头也不回地走了。事实上，这一去便成永别，以后一直没有再来的机会，雷风寨的每一张面孔，村长送的独龙毯，依古精心装饰过的野猪牙，一直伴随着他，直到他离开这个世界。

一路艰辛，到了那个小镇，恰好有一辆跑长途的货车要往纬县的方向去，讲好车价，一刻都没停留，一路颠簸，走了一天，在小旅店里宿了一夜，又坐了一天的车，身子都快颠散架了。第三日，货车到了目的地，向天舒换上另一辆卡车，奔黄龙镇的地界而去。进入黄龙镇地界，中途下车，问清去土村的小路，一路走去，慢慢认出见过的风景。

正是晚饭时分，路上空无一人。悄悄来到李善财家，他们刚好在吃饭。见他，一家人都吃了一惊，善财爹跳起来，大叫：向老师！其他人都笑起来，笑得他莫名其妙，玉香说：向老师，他们笑你的胡子。他忙问玉香要镜子来照，像个野人，连他自己都认不出来，忍不住也哈哈大笑起来。

一家人张罗着让他就座，善财爹叫玉香和她母亲为向老师额外再做几个菜，他连忙说不必，有什么吃什么，对方哪里肯听。吃完饭，他一面喝茶，一面将一路的见闻说与他们听，无论说者和听者，皆得到很多快乐。不知有意无意，玉香最后一个睡，一直陪着他，给他热水洗脸脚，看他的目光同叶莲相似，令他不能自持。

第二天走的时候，李善财家送给向天舒许多干菌子，李善财和玉香将他送出村子很远，临别，他叮嘱玉香以后赶集时来家里歇脚。

回渡口后方知，他不在的这段时间，黄龙镇雨水不断，还下了几场罕见的暴雨，江水猛涨，渡口的石级全部被淹，低洼处的江面有平时的两倍宽，摆渡一度中断。

艄公一见他就呵呵乐了，不用说，是他脸上胡子的效应。

“还好你回来得晚，要不然就过不了江了。”

他将李善财家送的干菌子匀了一部分给艄公，剩下的准备送给郝校长家。

艄公留他吃晚饭。桌椅搬到户外，艄公再次展示了令他赞叹的厨艺。江水混浊而浩荡，在夕晖的浸染下，颇有大江的气势。他聊起一路的见闻，艄公听得津津有味。听说那些没通公路的村寨一如往昔，艄公满心欢喜，又感慨万千，忍不住多喝了几杯酒，眼底的血丝似荇藻一般，在往事的水流中荡漾。

待艄公的酒劲散了一些，向天舒才告辞，过了江，乘夜回家，所幸没遇见人，否则他的这副形象会把人吓一大跳。第二天睡了一个懒觉，正要出门去理发，刚打开门，单玉老师站在门口。

“小向？哎呀，怎么弄成这个样子？我都认不出你来了。这段时间，把我和老郝担心的！怎么，要出去？”

“理发。”

“理发好，晚饭来家里吃。”

“好的。”

他快步朝理发店走去，见到他的人都大吃一惊，不知是哪里来的外乡人，好事者跑到理发店外张望。

“向老师，原来是你！我还纳闷，怎么这么长时间不见你来理发，出远门去了？”

“是的，差不多一个暑假都在外面。头发胡子一大把，不放心在外面理，留着回来找毛师傅。”

毛师傅的嘴都乐歪了，认认真真干起活儿来，最后，将椅子放低，给他刮胡子修面。向天舒以前来都只是理发，从未修过面。毛师傅从墙上取下祖传的进口剃刀，十分铮亮，但他还不放心，抱着“工欲善其事，必先利其器”的信条，将剃刀在皮带上反复刮擦后，才动手给向天舒修面。向天舒没想到修面这么舒服，竟不知不觉睡着了。等他醒来，已然头面一新，整个人都轻了许多。他决定，以后理发前，不刮胡子，让毛师傅给他修面。

十四

回黄龙镇后，才知道平时学习最好的两个学生考上了大学，虽只是一般的大学，已经举镇轰动，大红榜都贴到街上去了，其中一位就是镇上的人，家里大摆酒席庆贺，向天舒和郝校长等教师也在应邀之列。席间，不断有人给向天舒敬酒，朝他直竖大拇指说：“向老师，你来得好啊，你一来镇上就出大学生！”甚者，有人酒喝过了头，拉着他的手不放，反反复复说：“你是文曲星下凡啊！”那一天，向天舒再次展示了他非凡的酒量，令镇上的人大开眼界，大家争着要与他干杯，被单玉老师挡回去不少。

向天舒跟郝校长提起要资助卡梭的事情，郝校长十分赞赏，单玉老师更是感叹不已，他请他们不要向外人说起。

离开学还有几日，他却有些等不及了，盼叶莲早日归来。日常生活的内容不外乎登山、阅读、写信。信的内容是现成的，都是关于清平岭的回忆。

他十分怀念游历清平岭的那些日子，其地，其人，时常到梦里来。如果说，此前的黄龙镇还有些平面化，清平岭展现出深远的背景，令黄龙镇更加立体。

星期天，集市上有哈尼人在卖野生菌，勾起他在雷风寨吃菌的记忆，不觉食指大动，下午便到蔡老板的小饭馆里点了一盘时鲜的牛肝菌下酒，吃完离开，头脑发胀，以为是酒精的作用，踉踉跄跄回到家，斜躺在客厅的沙发上。青龙山模糊不清，心里奇怪，天还大亮着呢，以为眼花了，想抬手揉眼，手却不听使唤，耷拉在身体两侧，只好垂下眼皮，看着地面。许多小人，高约五六公分，从门外鱼贯而入，男女老少，络绎不绝，从衣着判断，年代当十分久远，还有马、驴、山羊等各种牲口，狗最可爱，如大蚂蚁，绕主人奔跑跳跃，人皆欣欣然，仿佛走在踏春的路上，年轻者结伴而行，多俊男美女。他又惊又喜，张开嘴，却说不出话，像条搁浅的鱼。小人们都不看他，纷纷朝卧室的方向走去，好像他这个“巨人”压根儿就不存在一样。他放弃了同小人们说话的努力，看着他们的一举一动，无限陶醉，又想欠身看他们去向何处，身子却动弹不得，只得眼睁睁看着他们慢慢消失。待他清醒，才意识到是中了菌毒，所幸中毒不深。幻象如此真实，令他回味无穷。自远古起，许多地方都有人服用致幻植物，如大麻、天仙子、仙人掌、毒菌、鸦片等，以近神，且相信幻象的真实不虚。看来，“眼见为实”也不尽然，反之，眼不见的不一定就不存在，这一点尤其适合瞎老八。

瞎老八眼瞎心不瞎。他常常说，心盲才是真的盲，不要以为只有眼睛才看得见东西。

向天舒从大石桥上过，看见瞎老八在晒太阳，便坐到他对面，隔着桥面静静看他。对方是瞎子，自然不知道有人在看他，这多少有点偷窥的意思。桥下的喧闹声不绝于耳，与桥上两人的沉默恰成对照。

“向老师好。”

正看得入神，一个荷锄的农人从他们中间走过，与他打招呼，向天舒只得应了一声，与此同时，抬头向着太阳的瞎老八立刻将头放平，循声看过来，脸上的墨镜正对着他，令他窘促，一动也不敢动。桥头又有人走来，他连忙起身，赶在来人跟他打招呼前悄悄离去，走出不远，回过头，瞎老八已然恢复了原先的姿势，脸依旧对着高空的太阳。

瞎老八是镇上唯一的瞎子，年过六十，八字胡，戴一副老式墨镜，穿着中山装，像是从民国走来的人物。向天舒对他感兴趣，并非因为他是个会算命的瞎子，而因为他是个特立独行的人。他并非天生就瞎，十六岁前与常人无异，不幸患上严重的眼疾，从目瞢到目盲，经历了漫长的过程。他年少时上过私塾，聪敏好学，也许是对自己将来的不幸有所预感的缘故，乘眼睛看得见时读了很多书，还接触过西学。时局动乱，世事难料，反激起他探测命运的野心，凡与算命有关的书都找来读，对易经颇有研究。就读书而言，眼瞎对他的影响不大，因为新社会不让读旧书，甚至不让读自己想读的书，眼睛看得见有何用？“读书要乘早”，这是瞎老八常说的一句话。任老师也说过同样的话。

瞎老八本人的命运验证了“祸兮福兮”的道理。瞎子已经够可怜的了，人便不再为难他，各种政治灾难在身边发生，却像与他无关一样。他孤身一人，靠政府的救济勉强度日，偶尔给人算算命，渐渐有了点名气，常有人登门找他算命，报酬不多，但多少改善了一点他的生活条件。他从不故弄玄虚，也不用“天机不可泄露”之类的话来唬人，而是讲道理，做分析，在向天舒看来，他就是一个用东方智慧来医治人心病的心理学大师。所谓算命，不过是一种心理治疗，将常人看不明白的世事看明白了，自然“料事如神”。

瞎老八皮肤黝黑，经常晒太阳的缘故。他常常坐在大石桥上晒太阳，无论寒暑，抬着头，面朝太阳，像朵向日葵，有视力的人，谁敢这样看太阳？他好似在收集光明，以备黑暗中照明用。瞎老八喜欢到处走动，以感知这个世界，夜里也出来走，雨天不打伞，让雨淋，这是他唯一能“看见”雨的方式，甚至还会一个人去爬孩儿山。向天舒有一次在孩儿山上遇见瞎老八，悄悄尾随，看他走路的从容姿态，疑心他能看见路，他忽然停下，用盲杖敲击附近的土，弯下身，用手刨出一样东西，是小孩子的颅骨，他放下盲杖，两手捧着颅骨，细细摩挲，又举到耳边，边摸边听，从面部表情判断，他的确什么也看不见。

瞎老八的嗅觉同听觉一样灵敏，如猫科动物，连味觉都得到极大的扩展，嘴时常在轻微蠕动，像在咀嚼空气。

但他的最古怪之处，是夜间出来活动的嗜好，有人不止一次撞见他半夜在外面行走，像个幽灵。他也毫不隐瞒自己的这个怪癖，以打消别人的畏惧心理，并解释说：我这样做是为了弥补白天看不见东西的缺憾，夜里我的视力比你们的好。

向天舒特意选了一个停电的夜晚去拜访瞎老八。阴天，没有任何自然光亮，须用手电照路。

瞎老八的家很小，临着南门街，睡前从不关门。

屋里很黑。

“有人吗？”向天舒在门外问。

“什么事？”

向天舒虽不为算命来，但总得有个借口，便随口说：“算命。”

“为什么不白天来？”

向天舒吃了一惊，不明白对方为何这么问。

“我家里没灯。”对方似能看见他的思想，又补充了一句。向天舒这才恍然大悟，连连说：“不碍事，不碍事。”

“这么说，你也喜欢黑？”

“有时候。”

“你是省城来的向老师吧？”

“是的，老先生怎么知道？”

“听过你的口音。”

向天舒肃然起敬，他不记得对方什么时候听过他说话，而自己刚才没说几个字，对方就确定了他的身份，果然不凡。

“向老师请便。”

向天舒摸到一个凳子，倚门坐下。

外面正好有人打着电筒经过，借着一闪而过的亮光，他依稀看见一个影子，坐在墙角。

他闭上眼，想先适应一下黑暗，待睁开眼睛时，便能看清楚一些东西，但事与愿违，连那个影子都消失了。这是他到黄龙镇以来见过的最黑的夜。眼睛形同虚设，睁开不如闭上，这让他可以同瞎老八平等对话。他们像两条深海盲鱼，除却黑暗，一无所见。

“今天停电？”

“是的。”向天舒暗暗称奇，一个整天同黑暗打交道的人，自然了解黑暗的各种习性，黑暗与黑暗不同，他自己也有过类似的体验：当人厌倦光明时，便将两眼一闭，但眼皮薄，依稀还能感到光的存在，须用手掌用力压住眼皮，无边的黑暗如期而至。

“你真的想算命？”

“嗯。”

“不是人算命，而是命算人。”

这话耳熟。

他有种错觉，仿佛是黑暗本身在说话。

“那就算算我这个人吧。”

“你是个不安分的人。”

“是啊，要不我就不会来黄龙镇了。”

“眼睛看得见的人总喜欢到处找东西，闭上眼，你会看见你要找的东西。”

向天舒很欣赏这个说法。

“人的命都是连着的，你的命不是你一人的命，你一动，很多人的命都跟着你动，同时，你的命又受别人的命影响，这是一种交叉的状态，人决定命，命决定人，不要乱动。”

此番话让向天舒十分叹服。

“老先生，其实我不是为算命来的。”

“知道。向老师不是一般人，你来看我是我的荣幸。几十年来，你是唯一叫我‘老先生’的人，他们都叫我‘瞎老八’。”黑暗中传来低低的笑声。

“这个称呼不雅，有损老先生的形象。”向天舒笑着说，脑海里闪过许多著名盲人的形象，传说中的，现实中的，荷马，俄狄浦斯，阿炳，左丘明，海伦·凯勒，博尔赫斯，还有那位发明了盲文的路易斯·布莱叶，瞎老八的存在仿佛是在向这些盲人致敬，根据最新的“黑洞”理论，黑暗的中心便是世界的中心，唯有黑暗能看见黑暗。

“我的形象？嘿嘿，没关系，我又看不见，我只见过我少年时的样子，要不是这些胡子和皱纹，我还以为我永远都是那个样子呢。”

“您也会给自己算命吗？”

“我的命还用算吗？不会更好，也不会更差。我更关心别人的命。”

“我明白了，您是在用别人的眼睛看世界，用别人的命来丰富您的命，同时，您又通过算命的方式去影响别人的命。”

瞎老八沉默了，显然，向天舒道破了他的心思。黑暗里的沉默，无色无声，令人不安。向天舒后悔把话说得这么直白。他突然觉得，瞎老八内心的孤独与黑暗一样无边。

“我累了，改日再聊吧。”终于，黑暗里传来一个沉重的声音。

向天舒起身告辞。

临走，瞎老八说：“命不是算出来的，是活出来的。要担心，你的命硬。”

向天舒一时参不透瞎老八话里的玄机。这次的交流让他终生难忘，后来，他再没找过瞎老八，却感觉到对方的盲眼始终在注视着自己。

酒肠宽时，便去找艄公喝酒，两人似老朋友一般，无话不谈。艄公很少问及省城的事，向天舒对艄公摆渡生涯中的见闻则很感兴趣。没想到，瞎老八也来摆渡过，一次在白天，一次在夜里。那是很多年前的事了，瞎老八站在对岸吆喝，艄公听人说起过他，知道他是瞎子，扶他上船时格外小心。他不言语，将一只手放在江水里，到对岸后，并不上岸，要求返回，上岸时，不让艄公扶，很倔。第二次是在夜里，正值中秋，艄公贪看月亮，至深夜都还没睡，有人叫：“船家睡了吗？如果没睡，我要坐船。”过江的人从不问“船家睡了吗”的话，他的任务就是摆渡，不分昼夜。艄公借着月光，猜到对岸站着的人是瞎老八，因为拄着拐。瞎老八依旧沉默，倚着船沿，手放在水里，船到江心，突然说：“我摸到月亮了。”艄公很惊讶，因为月亮的倒影正好在江心，艄公知道瞎老八坐船的目的不是摆渡，便将船稳在江心，其时水平如镜，干脆歇了桨，由船缓缓漂流，很久才又慢慢划回渡口。瞎老八自己上了岸，回头说："谢谢你！家在水里也不错。"

向天舒喜欢到绿水塘边消磨时光。

夏末的绿水塘及其四周依旧是个生机勃勃的世界。有各种蜻蜓，红的，黄的，绿的，各色相间的，其中一种最特别，个头最大，叫绿大头，沿塘边绕圈，一遍又一遍，不知疲倦，小孩子立在岸边，手握树枝，专门伏击绿大头，近岸处不时见到蜻蜓产卵，悬停水面，尾巴在水里不停地点动，即所谓的"蜻蜓点水"；豆娘、蝴蝶、蜜蜂、熊蜂、马蜂、黄蜂、蚱蜢、天牛，随处可见；成群的粉蝶翩翩飞舞，如很多神秘的信件，被无形的手撕碎，撒向空中；知名不知名的各种小虫在水面游弋；小马鱼在水里吐泡泡；点水雀在岸边觅食，羽毛黑白相间，走动的姿态十分优雅，双脚交替前进的频率极快，像是芭蕾舞演员在舞台上滑动的舞步，长尾一翘一翘的，忽然，像受到什么惊吓，迅疾掠过水塘，发出一串"鹡鸰—鹡鸰"的叫声，不一会儿又飞了回来；翠鸟站在塘边的柳枝上，黑喙，橙腹，此外，以宝蓝色和绿色为主，色彩明丽，一动也不动，静观水面，一旦目标锁定，没有丝毫犹豫，如离弦之箭，斜插进水里，出水时，嘴里横着一条小马鱼，飞回树枝上，长喙一甩，将横着的小马鱼竖过来，一口吞进肚里，再接着守候，如果抓到鱼后不回树枝，而是直接飞走，必定有小宝贝嗷嗷待哺，翠鸟的巢筑在青龙山的泥崖里，这也是那些喜欢探究大自然的顽童告诉向天舒的。

方形花园里的向日葵开花了，包谷也熟了，向天舒掰了几包煮来吃，生平第一次吃到自己种的包谷，别有一番风味，感慨系之。五百年前，玉米涉洋而来，风中摇曳的玉米，藏着古老的印第安灵魂。夜里，他梦见自己邂逅了一个墨西哥姑娘。松鼠从围墙上下来偷吃包谷，单玉老师建议他在地里下鼠药，他没有采纳，相反，还常常趴在卧室的窗口，看松鼠鬼鬼祟祟的样子，饶有兴趣，同时看见了一只黑猫。就是这只黑猫，打第一次出现起，就再没离开过他的生活。

黑猫是一只短毛公猫，体型比一般的猫大，好似黑夜的缩影，黑得发亮，雪有多白，黑猫就有多黑，黑得如此纯粹，想在他身上找到一根杂毛都是徒劳。黑猫总在他不经意时出现。校园的每一个角落都有黑猫的身影。黑猫似乎特别喜欢围墙，常常在围墙上活动，墙内外兼顾，一旦其中一面有险情，立刻从另一面逃之夭夭。黄昏时黑猫在围墙上疾行的身影令向天舒无限神往。他不放过任何能够观察黑猫的机会。黑猫的身子好似无骨，可以随意弯曲成各种形状，似一尊尊雕塑。与猫有关的传说，如猫与恶魔，猫与女巫，猫通灵的本领，等等，无不令他着迷。他阅读了大量与猫有关的资料，发现猫有超强的平衡能力，不慎从高处坠落时，即便脊背朝下，也能于空中翻转，四脚轻盈着地，从十几层楼上摔下来都不会死，难怪有“猫有九条命”的说法。古埃及最早驯养猫，视猫为圣物，大概是发现猫可以保护谷仓不受鼠害的缘故，还将猫做成木乃伊，相信猫也会复活。资料还显示，短毛猫比长毛猫野性。向天舒惊叹于黑猫飞檐走壁的能力，居然跑到卧室外面的窗台上，同他打了个照面。他灵机一动，在窗台上放了一个小土碗，盛满食物。有一天，碗里的食物不见了，拿不准是不是黑猫吃的，重新放进食物，又不见了。终于，一个黄昏，瞥见黑猫在窗台上专心进食，他无意惊动对方，但黑猫太过警觉，抬起头，与他对视了一眼，便“嗖”地不见了，刹那间，其眼眸已深印脑海，深邃，碧蓝，让他久久不能入眠。

黑猫常常令向天舒想起省城的那只白猫，同样的眼神，同样的身段，他甚至怀疑就是同一只，换了一身玄衣而已。后来，他换了一个从省城带回来的青花瓷碗，几十块钱买的假古董，作为黑猫的专用食具，随时补充食物。到塘边散步，看见笑笑乐乐几个孩子在钓小马鱼，便讨了几条，拿回来放在碗里，出恭回来就不见了，黑猫的嗅觉真是神奇。渐渐地，黑猫与他熟识了，吃食不再避他，他乘机邀请对方进屋，反而把他吓跑了，试了几次都没用。黑猫重新警觉起来，看见他就作势要溜，只好放弃，好歹把对方稳住，能维持住既有的关系就已经不错了。常常，黑猫一面进食，一面抬头看他，偶尔还对着他“喵呜”几声，像是问候，又像是致谢，其声柔，其态媚，令他受宠若惊，恨不能变成一只雌猫，随他而去。黑猫不仅体态优美，还特别爱干净，向天舒不止一次看见他在方形花园里大小便后，用土将秽物掩盖，临走还反复嗅嗅，确保盖好。有一次，夕阳斜照，黑猫吃过食，没有立刻离去，而是躺在窗台上，面向太阳，弯腰舔肚子，下身，四肢，仔仔细细，又扭头舔腰背，凡是够得着的地方，不放过一根毫毛，舔过后，再用温热的阳光冲洗一番，全身的皮毛顿时熠熠生辉，自始至终，黑猫都没往屋里看一眼，也许，不看都知道，屋内人又在偷窥。人用“小猫洗脸”来形容做事的马虎，看了这一幕，向天舒不能同意这种说法，猫洁身自好，比人干净。

整个校园弥漫着桂花香，平时只知道大院门口及新教师宿舍楼前有两棵很大的桂花树，待花香四起，才发现校园内到处都有桂花树，别的树小，没有引起他的注意，此刻才发现，越小的树，因同人的高度相当，与人亲近，花香反更浓烈，那些碎金子一般的桂花，隐现于枝叶间，在用芳香交谈。花语定是世上最美的语言，神秘的语言，将他带入另一个世界。从两棵最大的桂花树下过，地上落了一地的碎花，想必泥土也是香的，又见乐乐和别的几个男童在树上采花，问他们做什么用，树下仰头观看的笑笑说：做桂花酒。他恍然大悟，桂花当然可以用来泡酒，将桂花浸在粮食酒里，待酒的颜色变成桂花的颜色，即可饮用，醇香无比，且酒精的浓度被冲淡了，小孩子喝一点也无妨，难怪朱乐他们那么热衷。他深受启发，后来试着泡了一小瓶桂花酒，果然美味，心想来年一定要赶在朱乐他们前头，多采些桂花泡酒。

入夜，凭栏而立，风从北面吹来，桂香中夹着丝丝凉意，月上中天，眼见快圆了，不知不觉中，炎夏远去，月中的桂树也开花了吧，触景生情，不觉沉吟：嫦娥舒广袖，月中桂子香。念及月中斫桂的吴刚，树断而复生，永无休止，与西绪福斯的苦工无异，不记得吴刚犯了什么错，要服此苦役，其实，就吴刚而言，守着一个大美人而不能亲近，才是最痛苦的事情，否则，如果吴刚与嫦娥成就一段佳话，生养出众多的小吴刚和小嫦娥来，月球当不会如此寂寞了。又觉得自己与吴刚有几分相似，也在赎罪，自己虽不是基督徒，但十分服膺基督教里关于罪的种种表述，是人都有罪，都该受罚，只是就他的情形而言，审判者与罪犯是同一个人，自己放逐自己，而拯救者谁？慰藉者谁？叶莲的面容浮现出来，如嫦娥般幽怨的眼神，近在咫尺，却遥不可及。

白天走访了校园里的每一棵桂花树，夜里的梦都是香的。早上刚起床，就有人敲门。打开门，叶莲站在门外，手里提着一个帆布包。

“这么早就来了？”向天舒抑制不住内心的狂喜。

叶莲笑而不答，把包往地上一放。

“向老师，这是爸妈让我带给你的，是我们村的莲藕，很甜，可以生吃的。”

“哎呀，谢谢他们了。进来坐吧。”

“不了。”叶莲转身离去，向天舒愣在原地，半晌，才提起地上的帆布包，很沉，拉开拉链，莲藕放得很整齐，白生生的，还有几包藕粉，随手拿起一根藕，也不洗，咬了一口，甜甜的，脆脆的，散发着清香。自己不做饭，生吃也吃不了这么多藕，便拿去给单玉老师。

“哇，这么好的藕，哪里来的？”

“叶莲从家里拿来的。”

“叶莲？就返校了？难怪，荷田村的藕最出名了。”

夜里，向天舒辗转反侧，想再见到叶莲的念头十分强烈，打定主意去宿舍找她，作为班主任，关心学生的生活，再自然不过。

午饭后，女生宿舍的楼道里静悄悄的，门开着，叶莲在缝被子，见到向天舒，叫一声“向老师”，脸刷地红了，不知所措，他也有些窘，片刻，才镇定下来。

“别人都还没来？”

“嗯。”

“还有两天才开学，你怎么就回来了？”

叶莲没有回答。他知道叶莲的性格倔强，追问不会有结果。

“也好，利用这段时间好好准备功课，有不懂的来找我。”

叶莲点点头，笑容重现。

“向老师，坐吧。”叶莲搬来一个凳子，自己垂手站着。

“家里人都好吧？”

“都好。”

他不开口，对方便不做声。有一句没一句的，说了一会儿话，他起身告辞。

“记得来找我啊！”临走，他又强调了一遍。

又是一个难眠之夜，次日，正准备午睡，敲门声响起，很轻，怯生生的样子，打开门，不出所料，是叶莲。

“向老师，有个问题想请教你！”

向天舒忙让她进屋，门敞着。

是英文语法上的问题，他耐心解答。虽然不教叶莲他们英文，但大家都知道向老师的英文好，有问题喜欢问他，特别是上晚自习的时候，有时候，他还会针对较普遍的问题到讲台上给全班讲解，等于给学生上了一堂英文课，因此，大家学英文的兴趣十分高涨。

叶莲谢过他，临走，突然端起地上的脸盆，里面装着他换下来准备洗的脏衣服。

“向老师，我替你洗。”

待要阻拦，叶莲已经出门去了。

向天舒愣了一下，心里说不出的快乐，又觉得有些不对劲，突然想起来，自己的内裤也在脏衣服里面，让小姑娘替自己洗内裤，不大合适。

他关上门，到床上躺下，看着窗外，午后的时光有些闷热，知了叫个不停。起身拉上窗帘，重又躺下，眼前浮现叶莲的面庞。刚才与她离得很近，因为专心解答问题，并没有异常的感觉，此刻鼻子里回味起某种迷人的气息，令他辗转反侧。

午睡时，常常做一些奇异的梦。一只手从窗外伸入，喉咙被扼住，发不出声，挣扎无济于事，几乎窒息，终于醒过来，汗涔涔下，心有余悸。回想起刚才那只手，布满绿毛，噩梦大概与不久前听到的传闻有关，有人大白天看见几个高大的绿毛人在老人山顶跳舞。拉开窗帘，盯着老人山看了许久，除两个农妇在半山腰挖地外，并无异样，复又睡去。

睁开眼，回到原来的世界，又响起知了的叫声。时间消失了一阵子，世界与他毫不相干。他用冷水洗了把脸，以便更加清醒地回到这个世界，而一同回来的，还有无尽的烦恼。一年多没碰过女人，曾经熟悉的女人的身体，变得异常陌生。如果人生而男女同体，所谓的另一半，并不缺失，生活该有多简单。叶莲什么时候给他送衣服来呢？

打开门，拿本书，坐在客厅里看，不时抬起头，目光越过走廊的栏杆，看对面的青龙山及山顶的天空。有人从门前过，有人打招呼，全不在意，树在摇，云在走，影在移，最后，目光定格在龙鼻子洞上，那两个洞常常刺激着他的想象力，且令他回忆起孩提时代钻山洞的种种经历。

无心再看书，站在走廊上，几个男童手拿弹弓巡视，猎物相继出现，喜鹊、麻雀、四喜，均未击中，他很想大声呵斥，叫他们不要打鸟，但忍住了没出声，保护动物，是现代社会的新观念，而黄龙镇距现代尚远，况且，自己做儿童的时候，伤害小动物的事也没少干。小猎手转到大礼堂背后去了。一只戴胜飞来，停在紫薇树的枝头，左顾右盼，发出悦耳的鸣声，这声音没有招来异性，却招来了杀身之祸，“扑”的一声，戴胜来不及展翅，便坠落枝头，经过树叶和花朵，扑腾坠地，溅起的花瓣飘飘洒洒，有些落在它的尸体上，顽童们欢叫着奔来，收获了他们的战利品。同这只戴胜的悲惨命运比起来，他的忧郁微不足道，生命如此不平等，同样的期待，不同的结局，冥冥之中有更大的猎者，将来的某一天，戴胜的遭遇，会否降临到自己身上？

还是不见叶莲的身影，这么久，衣服早该洗好了，即便要晾，烈日下，也早该干了。

到食堂打饭，东张西望，陆续有学生提前返校，热闹了许多，但没看见叶莲，吃完饭，想到绿水塘边走走，担心叶莲来，就没去，泡了杯茶，坐在沙发上喝。

“向老师，又在发呆！”小妖打门前过，嬉笑着说，她每次见向天舒，都拿眼波撩他。

“嘿嘿！”向天舒干笑两声，待要说话，小妖径直去了。

小妖扭屁股的背影在他脑海中逗留了一番，然后沿脊柱下行，引发一阵快感。他并不讨厌小妖。对有姿色的风骚娘们，男人的态度总是极宽容。

正在胡思乱想，叶莲出现在门口，端着脸盆，他慌忙起身。

“向老师，衣服晒干了。”叶莲走进屋，站着不动。

“放地上吧。谢谢你！”

“不用谢。”

“叶莲，坐吧！”向天舒怕叶莲转身就出门，特意堵在门口。叶莲迟疑了一下，朝四处看了看，瞥见书房的书架，便朝书房探了一下头。

“这么多书啊！”每个初次见他书房的人都会这么说。“听他们说你有很多书，没想到有这么多，像个图书馆。”叶莲的话一下多起来，让向天舒振奋不已。

“进去看吧。”向天舒一面说，一面倒了杯茶，放在沙发前面的茶几上。随后也走进书房。

叶莲瞪大眼睛，像个迷失在森林里的小女孩。

叶莲从架上取下一本《中国古诗选》，是向父生前的藏书，纸张已经发黄。

“我爸爸以前也有一本，一模一样。”她惊喜地说。向天舒记得，叶莲在作文中写过，她爸从小就教她背古诗，很多诗她至今还能背诵。

“可惜后来丢了！”

“这本送给你。”

“真的？！”

“当然，你还喜欢什么书？我都可以送你。”

“不了。现在要学习，没时间看课外书。”

“那要看是什么书，看课外书也是学习，有益的课外书可以开阔你的思维，田家鹤爱看课外书，他的学习不一样很好吗？当然，现在的重点是课本知识的学习，将来考上大学，就有更多时间看自己喜欢的书了。”

叶莲点点头，将那本诗选紧紧抱在怀里，眼中充满了对未来的憧憬。

叶莲在书房流连了很久，才到沙发上坐下，双膝并得很紧，小口喝茶。天色暗淡下来，青龙山仿佛蒙了一层黑纱，面容模糊，屋内显得很昏暗。叶莲盯着门外，有人经过就会露出紧张的神色。

彼此都不说话。向天舒没有丝毫邪念，夕阳在心，暖暖的，柔柔的，像一颗金丹，顷刻就要融化。

“向老师，我走了。”

向天舒如梦初醒，说：“别忘了拿书。”

离去时，叶莲把书抱在怀里，像小女孩抱着心爱的布娃娃。

照例，给省城好友写信，把叶莲描绘得跟天使一般。

十五

学生陆续返校，不断有学生给向天舒送来家乡的土特产，令他在心里连连感叹：乡下人真是纯朴！姜泽后送来了一大筐鸡蛋，说是自家的老母鸡下的，不收不行，总不能让他再背回去，叮嘱他下不为例。

开学前一天，恰逢星期日。因为筹备开学事宜，向天舒没有按惯例到街上看人赶集，吃过午饭，斜倚在沙发上休息，一面抽烟，一面看对面的青龙山。门外出现一个身影，是李善财，叫了一声“向老师”。

李善财因为家近，通常要到最后一天才返校。

“善财，快进屋坐。”

李善财却站在门口，欲言又止，局促不安的样子。

“怎么了，善财？出什么事了？”

李善财摇摇头，脸憋得通红。向天舒有些着急，起身向他走去。

“我爸他们来了。”

“是吗？太好了，人呢？”

“在楼下，让我先上来跟你说一声，怕打搅你。”

“这是哪儿的话！”向天舒急忙下楼，一眼看见善财爹和另外两个同村的男子，还有玉香。玉香穿着传统服装，格外漂亮，对他莞尔一笑。

“哎呀，快走，上屋里去。”

向天舒忙着给他们发烟、沏茶。

善财爹接过玉香背上的篮子，将里面的东西拿出来，摆在茶几上。

“向老师，也没什么像样的东西！”

向天舒连忙说不用，对方哪里肯依。他只好一再表示感谢，让他们以后别再带东西来，否则他就不高兴了。善财爹只是“嘿嘿嘿”笑。

几个人一面喝茶，一面打量屋子，觉得新鲜，向天舒请他们随便参观。

“向老师的书真多啊！”善财爹失声叫起来，惊动了所有人。

“善财，你要像向老师一样，好好读书。”善财爹教导儿子说。

向天舒请他们稍坐，跑到单玉老师家要了些糖果瓜子。

“向老师太客气了。”见向天舒用这么多东西来招待他们，善财爹万分感动地说。

几个人边喝茶，边吃瓜子，瓜子壳丢了一地，向天舒不以为意。他们的到来令他回想起清平岭之行，而且，玉香是他常常在梦里见到的人，又见本人，心情格外激动。

一行人起身告辞，向天舒知道他们还要赶路，便没挽留，叮嘱他们常来，将他们一直送到校门口，目送着他们离去。走出几十米，玉香突然回过头，给他留下一个意味深长的笑容。

后来，善财爹他们常到他这里歇脚，他特意买了一个水烟筒，方便他们用，令他们觉得更加自在。

因为向天舒喜欢家访，渐渐同许多家长熟识，星期天来家里做客的人越来越多，不同地方的人凑在一起，煞是热闹，同朱友庄家好有一比。

开学后，假期的宁静不再，到处都是人，同学们脸上洋溢着生机，因为黄龙中学破天荒出了两个大学生，校园里显得格外不平静，大家都很兴奋，议论纷纷，说与向老师的到来有关。而向天舒当班主任那一班的学生更是喜形于色，令别的学生羡慕不已。嫉妒者则说，这两个学生学习本来就好，无论如何都能考上大学的，也许，英文成绩突出确实与向天舒有关，但语文考得好，则同他不相干了，费武不免有些自得。向天舒自然不会去分辩，倒是镇上那位考上大学的学生家长道出了向老师私下辅导孩子语文的事，弄得费武的脸红一阵白一阵的。其实，作为省城最好大学的毕业生，向天舒的存在本身就是一种动力，榜样的力量是无穷的。

大红榜张贴在教学大楼过厅的黑板报上，上书“热烈祝贺”四个大字，任老师的手笔，神采飞扬，令观者动容。

职工大会上，郝校长发表了慷慨激昂的演说，当说到“成绩和功劳同在座的所有人都分不开”时，眼睛却看着向天舒，所有的目光都跟过来，他连忙低下头去，末了，郝校长对黄龙中学的未来展望了一番，满怀信心。

郝校长来找向天舒，说镇长想把他作为到农村支教的先进典型大肆宣扬，让他去一趟镇政府，帮助整理宣传材料，好上报到县里。他一口回绝，他清楚镇长大人的用意，说白了，是想给他自己脸上贴金，好像他是广招四方贤才的伯乐。郝校长有些犯难，劝说了几次，通常，郝校长的话他都会虚心听取，但此事关系到他做人的原则，只好让郝校长失望了。向天舒后来听人讲，镇长大为光火，鼻子一哼，说：“臭知识分子，给脸不要脸。”接下来，黄龙中学莫名其妙停了几次电。

初一（3）班升为初二（3）班，向天舒照样带两个高中毕业班的英文。

刚来时，向天舒听别人的课，现在，反过来，别的老师纷纷要求听他的课。小吴老师听得最认真，还做了详细的笔记，课后，激动地对他说：“你讲得太好了，我太受启发了，以后要多向你学习。”

“不过，”小吴老师显得忐忑不安，“我有一个问题，说出来你别笑话我，你讲的有些话对初中班的孩子们来说是不是太深奥了？而且，好多东西跟课本和考试都没关系。”

“不要把孩子当孩子看，更不要小看了孩子的智力，知识是个慢慢发酵的潜移默化的过程，现在的应试教育太急功近利，对孩子的成长有害无益，何况，在乡下，大多数学生，无论怎么努力，都升不了学，我们应该在兼顾考试的前提下，尽可能多教给他们一些有用的知识，和做人的道理。在某种程度上，学做人比学知识重要，说到底，知识是为人服务的。”

一席话令小吴老师获益匪浅。

来旁听向天舒上课的，除了一般的教师，还有学校的各级领导，他并不会因为有人来听课就刻意准备一番，平时怎么上还怎么上。

程文礼也来听课，板着脸，坐在最后一排，颇有点督察的味道，学生们都很紧张。向天舒让大家合上课本，说：“今天我们讲‘如何做人’。”教室里响起一片惊奇的嗡嗡声。程文礼皱紧了眉头。

他反身在黑板上写下两个大字：自我。

“没有自我，一切都无从谈起，我们生来就是要成为自己，自我是每个人生存的起点，是无上的尊严，权力和金钱可以换来虚荣，但绝对换不来尊严。人生来不平等，你不能改变你的出生，这就是人们常说的命，先天的命，你必须认；然而，在这个世界上，你是唯一的，任何人都不能取代你，哪怕你出生微贱，哪怕你相貌丑陋，你都要以自己为荣，先天的命不能决定后天的命，后天的命靠你自己去努力创造。创造你自己。”

又写下两个大字：自由。

“有一句话说‘不自由毋宁死’。我要说的是一种精神上的自由，躯体可能会因为种种原因失去自由，但人只要愿意，没有任何东西可以剥夺他内心的自由。自由是自我的保障。”

又写：知识。

“通过知识获得自由，这是一种清醒的、充实的自由，没有知识，自由是盲目的、浅薄的，知识可以拓宽自由的道路，告诉我们如何做出正确的抉择。读书，最重要的是学会独立思考的方法，不要相信什么金科玉律，凡事有主见，这样，任何一本书，包括社会这本大书，都会读，否则徒乱精神。能得思维的乐趣，人生才会有味；能得思维的自由，人生才会有真。”

又写：理想。

“大家还记得吧，这个话题我第一天就讲过。没有理想，学习知识的动力就会大大减弱，理想就是希望，希望就是照亮黑暗的光芒。理想是多种多样的，种地也是种理想（向天舒看看张力，后者赧然，除了程文礼，别的人都笑了），只要是美好的，向上的，我们都应该努力去追求，不论最终能否实现，我们都能在追求的过程中不断充实自己，让自己度过丰富多彩的一生。”

接着又写：美。

向天舒从讲桌下拿出莫奈的那幅《野罂粟花田》，向同学们展示。大家都很惊讶。叶莲的眼睛睁得特别大。许多人在他家里见过这幅画。因为是印象派的作品，不同于传统的写实绘画，如果向天舒不说，大家无论如何想不到画面上醒目的红色是同白虎山脚的野罂粟花一样的花。他让大家什么都别想，看都画了些什么，然后，让大家闭上眼，用深沉缓慢的语调说：“绘画的目的不是为了画得像，而是为了画得美，色彩的美，构图的美，意境的美。现在，按照我说的，想象你们刚才看到的画面，蓝天……白云……绿树……红罂粟……撑着阳伞的女人和孩子……让画面驻留在你们的脑海里，尽可能长久，现在，请大家睁开眼，好，你们再看这幅画。美吗？”同学们纷纷点头。他接着说：“一幅好的画，一段动听的音乐，一朵花，一片云，在会欣赏的人看来，都很美，如果你经常看到美，你的生活就是美的，美无处不在，美不用花钱，美从不骗人，美毫无恶意。美的标准不是绝对的，你认为美的别人不一定认为美，但是美的感觉却是共通的。”

又写：善。

“什么是善？摸摸良心就知道。善待自己，也善待别人，这是做人的基本准则。善者爱人，无论亲疏，乃至花鸟虫木，都要怀着仁爱之心去对待。要真心行善，不要做伪善人。天下最可恶的人是伪君子，满嘴仁义道德，一肚子坏水，你们要格外警惕这种人。”他看了一眼程文礼，后者的脸色比狗屎都难看。

又写：真。

“真理？还是假理？因时而异，因地而异，因人而异。没有绝对的真理。但只要抱着怀疑的态度，就不会被欺骗。对人，对这个世界，既要有信心，又不要轻信。”

向天舒平时上课，也常常逸出课本，说些学生似懂非懂的题外话，他坚信，现在不懂，以后会懂的，而今天的这些话，他是故意说给程文礼听的。后者越听越不是滋味儿，脸色铁青，不待下课就拂袖而去。

后来，向天舒去单玉老师家吃饭，郝校长说：

“程文礼听了你的课后，在校领导会议上攻击你，说你宣扬个人主义，宣扬自由主义，毒害青少年。”

“他甚至说，倒退二十年，向天舒这种人，早坐牢了！”

两人都忍不住笑了。

“他好像特别怀念那个可怕的时代。”郝校长若有所思地说。

“‘江山易改，本性难移’，人性不会随着一个时代的结束而改变多少，就像变色龙，不同的时代有不同的伪装。”向天舒说。

学校每年都要举行歌咏比赛，按上面的要求，把枯燥无味的政治唱得跟花一样，向天舒对此深恶痛绝，坚决让自己的学生唱与政治无关的流行歌曲，遭到程文礼、卫主任等人的严重抗议，他的班也因此从未拿过歌咏比赛的名次。郝校长不好向上面交代，劝他要学会从权。他一向尊重郝校长，但在原则问题上丝毫不肯妥协，为这事第一次与郝校长起争执。郝校长反复说，“成大事者不拘小节”，不同意他关于“政治丑陋”的说法。

“你这个说法欠妥，人是天生的政治动物，就没有美的吗？我虽然只是一个小小的中学校长，好歹也从了政，你看我哪里丑？说心里话，我一直想为学生多做点事情，没当校长以前，想也白想，人微言轻，当校长以后，手里有了权力，以前的很多想法得以实现，你觉得，这不好吗？”

他哑口无言。

“咱们假设一下，让你干干净净上台，做一国之君，你能做好吗？”

向天舒想起柏拉图关于诗人被逐出理想国的言论，自己的理想都不现实，如何能实现呢？他不得不承认郝校长的话有一定道理。郝校长比他想象的更有智慧，只是，这么好的校长，能在位多久？

有一个人，让向天舒捉摸不透；连阅人无数的任老师都说不出个究竟来，只淡淡地说了一句：深不可测。

此人也来听过课，自始至终都面无表情，让向天舒十分不爽。

他便是教务主任卫老师，教高中化学，因为是主任，大家自然就叫他卫主任。

卫主任不苟言笑，表面上对人倒客气，但笑得勉强，路上遇见，向天舒与他打招呼，还没完全擦身而过，对方的表情已然发生变化，同打招呼时的样子大相径庭，令他脊梁阵阵发冷。

卫主任年轻时左眼被不明飞石击中致瞎，谣传是遭人报复，换成羊眼，恍然有绵羊的慈祥与温柔，相形之下，右眼显得阴森，似狼眼。当他用左眼对人时，人立刻就迷糊了，不知道该相信他的哪一只眼睛。

向天舒不喜欢开会，但又不好不去，开会时便想些自己的事情，恍兮惚兮，眼皮慢慢耷拉下来，有时会被一束目光惊醒，才发现自己坐在卫主任的右侧，后者正拿右眼冷冷地看着自己，似乎不满于他开会时打瞌睡的行为，但又不尽然，那只眼睛里分明有搜索的意味，像一个人拿着单筒望远镜，仔细查看敌方的动向。向天舒也对这只眼睛发生了兴趣，暗中观察，颇有点侦察与反侦察的味道。卫主任正襟危坐，右眼像探照灯一样扫射着在场的每一个人，目光始终如一，让人看不透，当照射到郝校长的时候，便起了微妙的变化，虽稍纵即逝，还是令向天舒联想到老练的猎食动物看见猎物时的样子，心里若有所悟。

因为摸不透卫主任其人，向天舒便常常在暗中观察他，但做得不够隐蔽，也犯不着刻意掩饰，本来就是出于好奇，并无恶意，但对方似乎被激怒了，以更加隐蔽的方式回应他，常常，在他不经意时，会突然感到一只眼在盯着自己，似黑洞洞的枪口。

卫主任的目光令他隐隐有些不安。

他常对学生说，要用怀疑的态度看待人生，将人往最坏处想，结果总会比想象的好，人也就不容易让你失望。卫主任因此指责他给学生灌输消极思想，但他优异的教学成绩又是不争的事实，如果消极思想有害，学生还会用功吗？还会有好成绩吗？

卫主任的老婆叫贾念慈，主管食堂，两口子的性格似乎相去甚远，怎么看怎么不配。大概天天同食堂打交道的缘故，贾念慈十分富态，红光满面，为人也同她的体型一样，圆滚滚的，见谁都笑。笑是最易迷惑人的。向天舒对贾念慈的好感被一件小事颠覆。食堂打饭的小甄是个年轻小伙子，为人厚道，看见家里穷的学生，会多饶些饭菜，贾念慈说他是在拿公家的东西做好人，常常当众训斥他，还扬言要开除他。有一次，向天舒正好在场，小甄刚给一位女生打完饭菜，贾念慈劈手将女生的饭碗夺过来，厉声说：

“她是你什么人，凭什么给她这么多？你们说说，这像不像话？”一面将饭碗展示给大家看。

没一个人附和她，都冷冷地看着，谁都知道，那位女生家里特别穷，常常都舍不得打菜吃，打一点白饭，泡白开水，就着家里带来的咸菜吃。女生被贾念慈的举动吓蒙了，半晌才回过神来，捂着脸哭起来。

“你们瞧瞧，她还好意思哭！”贾念慈正准备继续奚落，向天舒走过去，从自己口袋里拿出几张菜票，放在窗台上，对傻站在里面的小甄说：“我替她补上，不用找，给她多加点肉。”说完，向贾念慈伸出右手，示意她将女生的饭碗给他。

“小向，怎么会让你掏腰包！这种假公济私的行为，不批评一下怎么得了！”贾念慈尴尬地笑着说。向天舒面无表情，依旧伸着手，没奈何，贾念慈将饭碗往他手里一塞，扬长而去。

贾念慈最大的嗜好是往信用社里存钱。一个如此爱财的人，主管着食堂，不捞点油水简直说不过去。

种种迹象表明，卫主任和贾念慈还是挺般配的。

向天舒一开始以为，在黄龙镇这个小地方，不会有人算计他，他也犯不着跟谁过不去，事实并非如此。嫉恨他的人不止一两个，最甚者数费武，但因为费武表现在明处，除了令他嫌恶外，并无太大威胁，俗话说：明枪易躲，暗箭难防，对卫主任那样阴沉的人，不得不稍加警惕，而程文礼视他如眼中钉，也在暗中寻找整治他的时机。一般的人，在程文礼的假道学面前，多少都会奉承一下，人家毕竟是堂堂的副校长，连郝校长都要对他礼让三分，向天舒却不理会这一套，以刺激程文礼的神经为乐，特别是开会的时候，程文礼一发言，他就冷笑，公然流露出不屑一顾的神情。郝校长私底下劝他，做人要圆滑一些，不必和程文礼这种小人计较，他嘴上应承，心里却不以为然，一想到程文礼又开始借口查房夜闯女生寝室的事，气就不打一处来。之后发生的一件事，彻底激化了两人的矛盾。

新学期里，向天舒依然保持着登山的嗜好。在孩儿山上撞见风三娘，连忙藏身一块岩石后。风三娘坐在地上，怀里有一大束野花，五彩缤纷，斜斜地抱着，像抱着襁褓中的孩子，轻轻拍打，上身微微摇晃，嘴里哼着歌儿：乖宝宝，睡觉觉！乖宝宝，长高高！反反复复唱，一脸幸福的神情。他知道，风三娘一向喜欢采野花，拿在手上，戴在头上，慢慢走过镇子，有时还散发给小孩子，但这么大的一束野花，还是第一次见，各色的都有，显然经过了精心地挑选。他的脑海里掠过一幅动人的画面：风三娘独自漫步在山野，在每朵野花前停留，一次又一次弯下腰去。不知过去多久，太阳偏西，夕照抹在风三娘的面庞上，一张圣女般明净的脸，映衬在野花丛中。阴影完全笼罩山坡，晚风将起，他从未在孩儿山上待到这么晚，想起那些关于小鬼的传闻，心里不免有些发毛，风三娘则保持着同样的姿势，没有要离去的意思，歌已经许久没唱了，嘴里喃喃自语，声音很低，听不清在说什么。他最后看了一眼她，悄悄离去。下山路上一直在想，她一个人在孩儿山上过夜，不害怕吗？她还没吃饭呢，不饿吗？假如人疯以后，生活在另一个世界里，没有恐惧感，没有饥饿感，那么，疯癫真是一件幸福的事情！如果说，那些同小鬼有关的传闻属实，风三娘的等待便不无道理，因为夜里出来嬉戏的小鬼中，定有她早夭的儿子。向天舒久久不能入睡，夜里起身到走廊上，皓月当空，想象着风三娘一个人，还坐在孩儿山上，搂着怀里的鲜花，重复着那首催眠曲，或者，已席地睡了，月光如帐幔，许多影一样的小鬼，在四周无声无息地舞蹈。

整整一个星期，向天舒都在回味孩儿山上遇见风三娘的情形。星期天一早，被嘈杂的声音吵醒。有人喊：抓了个小偷！隐约还听见“风三娘”几个字。

清晨，许多人还在睡觉，风三娘溜进女生宿舍，看见花花绿绿的衣服，伸手便拿，女生被惊醒，叫起来，风三娘抱着几件衣服撒腿就跑，在宿舍楼大门口与程文礼撞了个正着。一大早的，也不知道程文礼跑到女生宿舍楼来干什么。总之，两个人是“仇人相见，分外眼红”，女生大呼小叫着从后面追上来，风三娘退无可退，束手就擒。程文礼让人找来麻绳，大家七手八脚，把风三娘捆严实了，拖到一棵柳树旁，五花大绑，缚在树干上。程文礼折下几根柳条，拣了一根韧劲儿好的，高高抡起来，抽打在风三娘的胳膊上，既脆又响，风三娘“哎哟哎哟”叫唤，满眼恐惧。程文礼边打边狠狠地说：“看你还敢偷，打你，打你，就打你，打你这个疯子，打你这个疯婆娘，打你这个不要脸的疯婆娘！！！”风三娘尖叫起来：“不敢了！我再也不敢了！”围了许多学生在看，程文礼丝毫不手软，越打越兴奋，一向慈祥的“程爷爷”此刻面目狰狞，地上堆满了打断的柳条。风三娘的声音近乎哀嚎，上衣被打烂，露出左乳来，女生都转过脸去。程文礼越发快意，风三娘白皙的乳房渐渐布满血印，面部被痛苦完全扭曲，嗷嗷叫着，如受伤的母兽，乱发中藏着一双赤红的充满仇恨的眼睛，围观的人越来越多。

向天舒发了疯一般冲破人群，夺过柳条，一拳把程文礼击倒在地，一面解开缚着风三娘的麻绳，一面对着程文礼狂叫：“你他妈还是人吗？你这个疯子，老子抽你！！！”其他老师连忙拉住，程文礼抹了一把鼻血，从地上爬起来，破口大骂，向天舒充耳不闻，眼睛看着风三娘，风三娘也定定地看着他，满含柔情，似感激，又似爱恋，总之意味深长，良久，才游目四顾，撞到程文礼凶恶的目光，恐惧复生，蹑步退去。打那以后，风三娘一见向天舒，便会再现那天的眼神，痴痴地，似有所言。

程文礼一向不讨人喜欢，向天舒替大家出了一口气，无论师生，都在暗中拍手称快，这件事改变了向天舒一贯温文尔雅的形象，令许多人对他刮目相看。

整整一个学期，程文礼和向天舒相互都不搭理，全镇人都知道，他们是死对头。郝校长私下做了不少工作，努力化解两人的矛盾，毕竟，大家天天都要见面，向天舒不想让郝校长为难，程文礼身为副校长，也不得不注意影响，到学期末，两人的关系缓和下来，见面开始打招呼，也只是皮笑肉不笑。

十六

每到收获季节，即使是平常天，镇上也常常见到三五成群的年轻彝女，穿着鲜艳的传统服饰，静立街边。秋收农忙，镇上许多人家因为劳力不够，须请短工，帮忙收割庄稼，彝女要价不高，又吃苦耐劳，极受欢迎，吃住在雇主家里，事后能领到一笔数目不大的报酬。彝女的花衣裳在黄熟的稻田中闪烁，只可惜稍纵即逝，秋收很快就结束了。

入秋后，小水电站发电量不够，除了镇政府，都停电了，整整一个多星期，百货公司和小卖部的蜡烛和煤油的销量最好，上晚自习的情形令向天舒动容，蜡烛、煤油灯、小马灯、汽灯，五花八门。最有趣者系桐子灯，从桐树上打下果来，里面有数瓣白色的桐仁，用铁丝串起，竖在桌上，很耐烧，且不费一文，满屋都是桐油的气味。

向天舒通常要等天黑尽后才回屋，回屋后不着急点灯，在黑暗中静坐。厚厚的云层将天上的亮遮没了，伸手不见五指，连风都不见了，黑暗无边。他不知道，是黑暗主宰了自己，还是自己主宰了黑暗，于是便学《圣经》里的那个上帝说“要有光”，划亮火柴，于是便有了光，但很快灭了，又说“要光持久些”，点亮油灯，光便在灯芯上久久停留，将周围的黑暗照亮。他出神地看着灯火，觉得光亮虽然有限，其意义远大于无限的黑暗。继而又想，任何个体，其存在都是一个“无—有—无”的过程，其价值是有，而非无。不可逾越的死亡，使虚无成为命中注定的事。既从无中来，又何必汲汲于回到无中去呢？自诩多智的人纷纷探究世界的面貌，主观的世界因人而异，客观的世界却是唯一的，无论怎么看，它都是这样的；问题是，在“这样”的世界里，人该是个什么样子？“人该怎样度过有限的一生？”这是值得深思的问题，也许，生存的全部意义就在于对答案的探寻。从虚无中来，回虚无中去，唯有此生是实在的，人生来不是为了逃避生的，不管生有多难，倒要看看自己能用此生做些什么，能成为一个什么样的人。人生来就是要做“我”，“无我”乃彻头彻尾的谎言。对个体而言，“我”是最重要的。如果一定要有一门宗教，便是“我教”。但这并非唯我主义，因为他承认世界和其他个体的存在。人生下来，客观上的“我”已经存在，主观上慢慢形成“自我”的意识，突然有一天，自我开始异化，异化有两种，一种是主动的异化，人一生下来就是“这个样子”，而非别的样子，于是在不满足的驱使下，想成为别人，或别的事物，狂妄者甚至想成为宇宙的最高主宰；另一种是被动的异化，清醒的人便努力要成为自己，周围的环境偏偏不让，使他做不成自己，甚至做不成人。智者能够对抗异化，不被异己的力量所同化，回归到自我上来，成就自己，同时让自己感觉到成就自己的圆满和幸福。向天舒知道，他的小煤油灯不是唯一的光亮，只要走出屋子，便会看到很多灯火，在远方晴朗的夜空中，有星星和月亮在发光，而在地球的另一面，是光明的白昼，但此刻，小煤油灯上跳动的火焰，照亮它自己，顺便也给他这个旁观者带来光明。

母亲托人捎话给向天舒，说要来看他。

向天舒吃了一惊，将近半年的时间，竟很少想家，好像当年在省城一样，一个人自由惯了。母亲不会要搬来与同他住吧？他隐隐有些担心。

黄龙镇虽不能同省城相提并论，但同祖村比起来，也算个大地方，因为向天舒的缘故，黄龙中学出了两个大学生，名声传开，远及祖村，陆续有人上门找向母，想通过她的关系把孩子转到黄龙中学上学，这多少让向母找回了一点面子，正如向天舒妹妹所言：教书在乡下是很体面的工作。向母对大儿子的气渐渐消了。有人乘机宽她的心说：大儿子在省城，多少年都见不上面，现在可好，离家近，什么时候想见就能见。此话在理，哪个母亲不想见自己的儿子。向母决定去黄龙镇见儿子。

因是第一次出远门，向母要女儿陪她。

下午有两节课，向天舒上完课，一路走一路拍打身上的粉笔灰，到宿舍楼前，听见单玉老师叫他。

"小向，快上来，看谁来了！"单玉老师从三楼的走廊向他招手，笑容满面。

进门前，他已经猜到是母亲来了，但没想到妹妹也在。

"妈，小妹，你们来了！"

"早来了！晚上到我们家来吃饭。"单玉老师抢着答话。

"不用不用，已经很麻烦单老师了。"向母忙不迭地说。

"别客气！小向，就这么说定了，总不成你妈妈和妹妹来还去食堂打饭吧，而且你连多余的碗筷都没有。"

向天舒答应下来，他了解单玉老师的脾气，推辞反而见外了。向母一个劲儿道谢。

回屋后，向母对儿子的住处很满意，唯一不满的地方是书房，好端端的一间屋子，被书挤得很局促。

母亲她们从家里带来许多干鱼干虾，分出一份来，预备送给郝校长家。母亲和妹妹洗了把脸。向天舒带她们到校园四处走了走。妹妹对黄龙中学的环境称赞不已，母亲也很喜欢。

看见母亲高兴，想起同弟弟妹妹亲密无间的童年往事，向天舒的心里暖融融的，感受到一种久违的亲情，这么多年，自己很少念及家人，未免太自私了。

单玉老师做了许多菜，盛情款待母亲和妹妹，令向天舒很感激。

席间，他几乎成了话题的中心，单玉老师不住夸他，向母说了许多他童年时的趣事，逗得大家哈哈直乐。

“大妈，你就别走了，在大儿子这里享享清福。”单玉老师突然说。

向母乐得合不拢嘴，连声说好。向天舒没有表态，装作没听见，只顾同郝校长说话。

晚上，向天舒打算让母亲睡他的床，让妹妹睡书房，他自己睡客厅的沙发，母亲说什么都不肯，和妹妹争着睡沙发，最后，采取了一个折中的办法，卧室的床要大些，母亲和妹妹可以挤在一起睡，向天舒睡书房。

第二天中午，从食堂打饭回来吃，母亲觉得饭菜都很可口。

母亲和妹妹从百货公司买来了锅碗瓢盆，还特意多买了几套碗筷，说以后来人用得着。

晚上，依然从食堂打饭回来吃。

第三天，母亲和妹妹上街买了菜，自己动手做晚饭，母亲说这样才有家的感觉，打饭吃，像在做客。

向天舒的生活习惯完全被打破，母亲和妹妹在，好歹要抽出时间来陪她们，好在她们晚上歇得早，一个人待在书房里，不受干扰，改作业，备课，看书，写信。

住了几日，妹妹惦记着孩子和地里的活儿，催着要走，母亲却很留恋，妹妹提议先走，让母亲留下多玩些日子，向天舒暗暗叫苦，但也不能催促母亲与妹妹一道回去。

向母一人无事，到处串门，无意中听说了顾芳喜欢大儿子的事，忙去找单玉老师证实。后者也巴不得他们好，将顾芳着实夸赞了一番，听得向母心花怒放，立刻就要去见顾芳，单玉老师怕太唐突，劝她再等等，但哪里劝得住，只好将顾芳介绍与她认识。

向母一见顾芳，欢喜无限，觉得她不仅有文化，长相也不差；后者一改待人冷漠的常态，对向母殷勤有加，把她哄得晕头转向。顾芳以为，将向母拿下，向天舒就不在话下了，殊不知他不惜与母亲翻脸，也不吃这一套，令她恼羞成怒，对向母渐渐冷淡，后来干脆不予理睬。向母却以为这是儿子先冷落人家的缘故。

向天舒对顾芳的态度令向母大失所望，她想不明白，与大儿子这么般配的一个姑娘，他怎么就不喜欢呢？无论她怎样苦口婆心劝说，向天舒只是一句话：不可能。无奈，只好向单玉老师求助，后者劝她莫急，感情要慢慢发展，心急吃不了热豆腐。但她偏偏是个心急的人，天天在大儿子跟前提这事，就差逼他马上娶顾芳了。向天舒的生活因为母亲的到来被彻底打乱，至此忍无可忍，咆哮着让她别再干涉自己的私事，向母被气得大哭一场，单玉老师闻声赶来，一面安慰她，一面埋怨向天舒不该用这样的态度对待老人。

向母提出要走，向天舒没表示出任何的挽留之意，她只好坚定了回祖村的决心。

临行前一天，单玉老师请他们母子到家里吃晚饭，对她说，以后常来，大儿子家就是她自己的家。

送走母亲，向天舒松了一口气，生活又回到原来的样子。

向母回祖村后，时时想起单玉老师的话，希望有朝一日大儿子会主动来接她去同住，村里人也都说，她应该去跟大儿子享福。其实，她哪儿都不想去，祖村好山好水，待了一辈子，习惯了，只是大儿子没人照顾，她放心不下，想去帮他料理一下家务，做做饭什么的，顺便督促他早日解决个人问题。但很长时间过去，向天舒连个音讯都没有，她未免失望，常常一个人难过，弟弟和妹妹也开始对大哥有怨言，说他自私，不管老人，这话传到向天舒耳朵里，他只能苦笑，没办法让他们明白，独处对他有多重要！关于向天舒不孝的说法渐渐在祖村流传开来。

一想起老家的事，向天舒的心里就添堵，他甚至想，自己要是同省城好友一样，也是个孤儿就好了。这不是咒母亲死吗？赶紧在心里忏悔了一番。同程文礼干完仗后，心想豁出去了，不爱理的人就不理，谁也不能把他怎样，看郝校长左右为难，又不忍心，只得稍稍妥协。别的烦恼接踵而至。从省城到黄龙镇，并非为避世而来，相反，是想尝试一种全新的生活，且寻找生活的真谛，既然要找寻生活的真谛，不在生活中找，又到哪里去找？苦恼时便苦恼，高兴时便高兴，喜怒哀乐，来者不拒。这样一想，心就放平了，寻常的事物中，也能见出诗意来。

秋高气爽，除了登山，向天舒还喜欢散步，到绿水塘边看晚霞铺满水面，在校园里四处闲走，兴之所至，便踱到街上，路人争相同他打招呼，镇上人虽还在怀疑他是否会久留，但他的到来已经改变了黄龙中学的历史，因此对他敬重有加。晚风拂面，他恍然觉得自己是个亲民的王者，在巡视着自己的小小王国。

也有见了他既不笑，也不打招呼的，包姥及游手好闲的二流子，乜斜着眼看他，颇有些挑衅的意味。他装作视而不见，却在暗中观察他们，尤其是包姥，令他一直都很好奇。

南门街是他最钟爱的片区，因为都是老房子和老街，一面走一面欣赏，打学生家门前过，被学生或家长瞅见，必会被请进屋去，坐在院子里喝茶，吃零嘴。有时他见学生家的门开着，也会径自走进去，做一次临时的家访。所到之处，主人家无不感到蓬荜生辉，赶上地里收工晚，才开始吃晚饭的，必要邀请他一同吃饭，虽然他已吃过饭，但盛情难却，便坐下来喝酒吃菜，同主人家说笑一番。大家都说，向老师没架子，好相处。

他常到豁豁家歇脚。

豁豁家在南门街尽头，同其他人家不相连，中间隔着断垣残壁，年代久远，据说曾经是个大家，败落以后，连子孙都断绝了，豁豁家便成独门独户。没有院子，进门就是堂屋，左右连着卧房，采光极差，后门连着自家的菜地，有几棵大树，桑树，梨树，拐枣树，核桃树。因家里陈设简陋，豁豁爸很不安，觉得委屈了向老师这个省城来的人，见他没有丝毫的不自在，才放下心来。中秋临近，豁豁爸从树上打下核桃来招待他。生核桃又甜又脆。豁豁妹上小学，很乖巧，常常在昏暗的屋子里瞪着一双又大又亮的眼睛看着他笑，他每次都忍不住要摸摸她的脸。豁豁妈是被雷打死的。谁也不明白，雷为什么要打好人。豁豁爸更加谨小慎微，独自把两个孩子养大。豁豁想辍学帮他做活，他死活不肯，认为读书才有盼头，向老师的到来更加坚定了他的信念。豁豁极懂事，伶俐好学，喜助人为乐，虽有生理上的先天缺陷，却不以为意，自已快乐，也给周围人带来快乐。大家爱拿他的豁豁嘴打趣，他从不生气，也许最早时生气过，但发现生气于事无补，便不耐烦生气了，相反，他跟着大家一起乐，有时还很调皮，闹出各种笑话来。

过了豁豁家，再往前走，便上了通向蓝江渡口的土路，同艄公熟识以后，除非要去找他喝酒，很少顺土路走到蓝江边去，只在附近的田埂上漫步。秋收后，小春作物下种前，地荒着，有些地方已经种上蚕豆，但没有发芽，看不出来，因为种蚕豆不用犁地，稻田至稻熟时便已干涸，但经过几个月的浸泡，土软，沿着稻茬，用手就可以把蚕豆种按进地里，而稻茬也不用清理，失去水，不能存活，慢慢腐烂，是现成的肥料，若非亲眼见过农民种蚕豆，他根本不会知道地里已经孕育着新一轮的生命。因为地里看上去没有庄稼，散落的坟堆很扎眼，此外，便是远山及天与地，视野格外开阔。如果往东南方向走，远远能看见两行树木，突兀于平畴间，仿佛一条绿色走廊，其间流淌着小红河的河水，向东南延伸。小红河过了水坝，水流渐渐变小，似一条较宽的沟渠，在田间蜿蜒，不知何年何月起，夹岸栽了许多树，已长成高大的乔木，似长龙，中段有几颗榕树特别大，与绿水塘边的那一棵相似。

黄龙镇周边的许多村里都有榕树，当地人叫大青树，因四季常青，又叫风水树，主一村之运势。向天舒最佩服榕树的生命力，其根四通八达，甚至能裂石而出。绿水塘边的那棵大榕树少说也有几百年，如巨伞，独自撑起一方天地。夏天，他最喜欢到大榕树下纳凉，不顾蚊虫的叮咬，常常待到很晚才归家。夜幕降临后，虫鸣四起，鱼弄出水声，青龙山上的夜鸟声声鸣唤，每片叶都好似一个小精灵的头，星光从枝叶间漏下，某些小精灵的头顶便绕着圣洁的光环，有时不慎睡过去，会真切地感到树冠中伸下一只毛茸茸的手来，扼他的咽喉，他挣扎着醒来，疑是鬼魅来袭，偏又大着胆子拿眼去搜寻。此时此刻，他丝毫不怀疑有超自然的东西藏在四周，而夜的眼正目不交睫地注视着一切。其实，所有的树他都喜欢，每棵树都像传说中的生命树，是通天的阶梯，连着天堂、人间和地狱，树根深入黑暗的大地，洞悉地下的秘密，地下的各种阴魂从树根进入树干的内部，并且上行至树冠，一跃便消失在空中。

要欣赏小红河夹岸的树，由东门街去更近，出校门左转，至篾匠铺，与祝师傅说笑一番后，从旁边的小巷一直走到田野里，便可看见那条绿色长龙。不知从何时起，飞来许多白鹭，在河边的榕树上安了家，每日早出晚归。清晨，白鹭飞离榕树，并不急于抬升，先在稻田上方平平地飞，黄昏归来，同样会在稻田上方低空飞行，白色与绿色相互映衬，如诗画一般。日间白鹭的去向一直是个谜。沿岸的一排杨树上有许多槲寄生，远看似许多鸟巢，叶落后更加醒目，落叶后的杨树与死无异，这些寄生的常绿植物便似不死的灵魂，在夕阳中熠熠生辉，令向天舒十分倾心，至此方明白何以有人管槲寄生叫“金枝”，且有许多与之相关的神话传说。

散步不仅仅是双脚的事情，脑子也没闲着，天地人等诸多问题接踵而至，形而上的，形而下的，而同叶莲有关的种种想法时常冒出来。

周一至周六，每天都能见到叶莲，星期天没课，则不一定见得上。打一开始，除非人不在镇上，向天舒极少错过星期天的集市，早点后出门，一直流连到中午，有时连午饭都顾不上吃。集上有两个人是他最喜见到的，怪老道和卖草药的苗女，前者逢集必至，后者则没准。每次见到苗女，他都要留心看看，希望那个秀美的小姑娘也在，但每次都失望，不知为何，小女孩只见过一次，却始终忘不掉。不待集散便返回校园，故意从女生宿舍楼前过，或者到校园内四处溜达一番，希望碰见叶莲，却常常不能如愿。

在小红河边散步时，向天舒结识了一位放鸭的老者。他还记得第一次遇见他的情景。

早春，独自在河边走，一个放鸭的老者斜靠在一块石头上晒太阳，不时咂一口旱烟袋，几十只鸭，齐齐地，在河面游弋，时远时近，令他想起“春江水暖鸭先知”的句子。放鸭人起身问候他，他不认识对方，但知道是本地人，递过去一支烟，与他并排坐下，看河里的鸭。与放鸭人坐了很久，因贪恋阳光和碧绿的河水，还有水里活泼的鸭，更因老者寡言少语，不用他分心去说话。

鸭的聒噪与人的聒噪不同，田野里安静异常。后来，每次白天到小红河边散步，总能遇见放鸭人，有时在上游，有时在中游，有时在下游。

最后一次，因为向天舒开口问话的缘故，老者说了很多话。老者孤身一人，做不动田活后，靠给人放鸭过日子。经他手的鸭成百上千，从小看到大，竟产生了感情，几乎成了他生活的全部。可惜鸭都活不长，长得越快越肥的命越短，他为此很难过，遗憾这些鸭不能像野鸭一样会飞。有时鸭顺流远远地游去，他也不吆喝它们回来，甚至希望它们永远都别再回来。老者说完话，用力咂旱烟袋，眼屎同孤独和绝望一道挂在脸上。

再来小红河边闲步时，放鸭人变成了一个小男孩，老者死了。

节令已近中秋，太阳下还很炙热，一俟走进阴影，便十分凉快，阴阳的分别甚大，太阳偏西后，光影便柔和了许多，草木的颜色也淡了，透出秋意，但真正秋的味道，要等几场秋雨下过，雁阵横空，叶落乌啼，才能深刻体会得到。远远看见一棵杨树，落叶翻飞，没有风，怎么会落那么多叶？更为奇怪的是，叶一片都不落地，相继飞走，原来是一群麻雀。

中秋节眼看到了，恰逢星期六。

惯例，中秋节都要举行茶话会。

茶话会分两个阶段进行。先是全体教职员工在三楼的大会议室座谈，接着是班主任带领学生在各班的教室里开晚会。

晚饭草草吃过，不能吃饱，因晚上还要不停吃东西，有人干脆不吃晚饭，专门留着肚子过节。晚七时许，全校几十号教职员工在三楼的大会议室聚齐。长条桌上摆满了中秋节食品，每人面前都有一杯茶，桌上还有许多暖壶，往茶杯里加水用。郝校长发表了简短的节日贺词，大家便开始自由交谈，一面喝茶，吃东西，气氛热烈，与开会时严肃沉闷的场面迥异。中秋节是亲人团聚的节日，大家受了感染，彼此间的关系较平时更近了一层。在座者除卫主任外，均有说有笑。有人提议让朱友庄唱歌，立刻得到普遍的响应。朱友庄不遑多让，清清嗓子，连唱了两首，一首老歌，一首流行歌曲，皆尽其妙。

在大家的一致要求下，单玉老师也唱了两首歌。向天舒没想到单玉老师的歌声这么好听，而且声情并茂，看上去一下子年轻了二十岁。顾芳挨着向天舒坐，显得同他关系亲密，附耳对他说："你也唱首歌。"他连忙摆手，说自己是公鸭嗓，费武看在眼里，高声说：向天舒来一首！吴燕第一个响应，使劲鼓掌。大家都看着他。他只好起身，说：献丑了！唱了一首歌，但歌词记不全，几番停顿，连自己都脸红了，但大家的掌声还是一样的热烈。郝校长兴致很高，主动给大家讲了一个笑话。茶话会进行了一个多小时，因为要主持班里的晚会，班主任纷纷退席，其余的人也渐渐散了，因还要回家去同家人一起过节，年轻的单身教师则约着一道喝酒赏月。

向天舒邀请任老师参加他班上的茶话会。任老师推辞不过，只得答应。

向天舒和任老师一道走进教室。教室里同往日大不一样，在姜泽后的带领下，大家已经把教室布置一新。面朝讲台，课桌椅沿墙三面摆放，空出中间的场地，桌上放满了糖果、水果、瓜子、核桃、板栗、花生、梨、石榴，虽简单，却也琳琅满目，月饼自然是主角，还有茶杯、茶壶、暖水瓶。所有物品都由几个班委采办，经费从班费里出。

同学们见到任老师，都吃了一惊，议论纷纷。

"我们今晚有一个特邀嘉宾。"待任老师在第一排落座，向天舒站在场地中央说。

"让我们欢迎任老师！"向天舒带头，大家都鼓掌。任老师起身致谢，旋即坐下。

向天舒开始介绍任老师的生平，末了说，他的书法造诣，他的学识，他非凡的人生经历，都值得每一个人学习。同学们听得目瞪口呆，想不到这个抄黑板报的老人是这么一个大人物，都齐齐地向任老师看去。任老师不知所措，像个害羞的学生。最后，向天舒请任老师发言，大家拼命鼓掌。任老师的镜框立刻模糊了，多少年了，没有人如此重视过他，他低头拭干眼泪，颤巍巍站起来，走到场地中央，大家都屏住了呼吸。

"向老师过奖了！今天应向老师的邀请，来参加你们的茶话会，我很荣幸，很激动，谢谢大家！”任老师鞠了一个躬，回到座位上，又取下眼镜，用手袖擦泪。学生们受到感染，悄无声息。

向天舒回过神来，宣布茶话会开始。大家开始吃东西，一片嗡嗡的说话声。

向天舒与任老师坐在一起，慢慢说话。约一刻钟后，向天舒起身，走到场地中央说：我建议，大家轮流上来表演节目，过节嘛，要热闹点才好。谁先来？

大家你看看我我看看你，又是激动，又是紧张，女生都低着头。向天舒笑着说：这样吧，我带头，给大家唱个歌，唱不好不准笑。同学们先笑起来。

向天舒装模作样吊了吊嗓子，同学们又一阵笑。还是适才在教职工茶话会上唱的那首歌。当时歌词记不全，不很成功，下场后在肚肠里搜寻，终于都回忆起来，在脑子里一遍又一遍温习，此刻正好派上用场。因要在学生面前起个表率作用，格外卖力，又受了叶莲眼神的鼓舞，从来没唱上去过的高音居然腾空而起，连他自己都忍不住要喝彩起来。同学们大声叫好，叶莲激动得满脸绯红，拍手不过瘾，豁豁几个开始拍桌子，连任老师都叫好。待大家平静下来，向天舒说：

“现在轮到你们了，每人都要上来表演！”

立刻又鸦雀无声。

突然，任老师站起身，缓缓走到场地中间。

“多少年了，我从来没有这么开心过，我也为大家表演一个节目。”

向天舒又惊又喜，带头鼓掌，然后站到一旁。

“我即兴作了一首打油诗，念出来给大家助助兴。”

向天舒又带头鼓掌。

任老师一字一顿地朗诵，其声抑扬：

月镜明如水，
水中见众生；
照物还自照，

回眸暗云升。

教室里静得出奇，向天舒闭目思索，当下醒悟，其实，人最难看清的，是他自己。他睁开眼，大声说道："好诗！"并鼓起掌来，学生们虽听不懂，也跟着使劲儿鼓掌。任老师淡然一笑，回到座位，神态凝重，仿佛还沉浸在他自己的诗歌里。

这首诗向天舒一直都没忘记，常在心里默诵。而那晚听了任老师这首诗歌的学生，多年以后，才慢慢悟出其中的深意来，即便没有悟出的，也忘不了老人诵诗的那一幕。

李善财自告奋勇演唱了一首彝族歌曲，向天舒听他姐姐唱过，熟悉的旋律令他回忆起第一次去土村的情形。因为是用彝语演唱，大家觉得新鲜，报以热烈的掌声。

有意无意间，向天舒总要把目光投向叶莲，突然一阵冲动，想都没想，就说：下面，请叶莲给我们表演一个节目。叶莲很窘，低头不语，又抬头看他，似在埋怨他让自己出丑，向天舒便不再坚持，指着叶莲旁边的几个女生说：这样吧，你们几个同叶莲一起，来个小合唱。叶莲这才露出一丝笑容，旁边的女生也很高兴，谁都怕一个人上去表演节目。几个人交头接耳，决定了要唱的歌，才忸忸怩怩走到场地中央，叶莲居中，成为所有目光的焦点，连任老师都呆呆地看着她。唱毕，豁豁几个一面鼓掌，一面大叫：她们人多，要再唱一首歌！别的男生也高声附和，弄得叶莲她们下不了台，向天舒含笑示意她们再唱一首，几个女生只好又交头接耳一番，在男生的催促声中，又唱了一首，才红着脸回到座位上，刚落座，便似商量好了一样，齐声喊："豁豁表演节目！" 豁豁死活不肯，旁边的几个男生不由分说，把他从座位上拖起来，推到场地中央，女生乘机起哄。别看豁豁平时调皮，此刻却不知道手脚往哪里放，只会"嘿嘿嘿"干笑，抓耳挠腮，像只小猴子，惹得下面的人大笑，最后，豁豁说：我学狗叫行不行？向天舒点头答应，豁豁便开始学狗叫，并且还像小狗一样，两手两脚在地上爬，这样一闹，便完全放开了，沿场地边缘飞快爬了两圈，边爬边学狗叫，还做着各种鬼脸，大家笑得前仰后合，连任老师的眼泪都笑出来了，摘下眼镜来擦拭，向天舒从未见任老师这么快乐过，心里很受感动。别的男生受到启发，轮到自己表演节目时，也纷纷学各种动物叫，但不准重复，活泼者也像豁豁一样，辅以各种动作，于是，教室里响起了各种动物的叫声，熟知的动物都叫过了，便开始乱叫，且争先恐后，不待点名就上场去，甚至有人学龙叫，谁知道龙是怎么叫的？！笑声，叫声，教室里乱作一团，晚会达到高潮。

各班都在开晚会，满楼都是欢声笑语。

虽然第二天不上课，但不到十点晚会就结束了，因镇上的学生还有第二场，要回家去同家人共庆佳节，继续吃喝至月上中天方罢。余下者意甚快，都不想立刻就回宿舍睡觉，向天舒提议到绿水塘边赏月，大家转忧为喜。任老师先行告退，向天舒试图挽留，他再三表示谢意，说自己是个老头子，会妨碍他们年轻人，再说他已尽兴，过犹不及。向天舒也就不再坚持。临走，任老师将桌上的食物每样都拿了一些放进中山装的几个衣兜里，向天舒要找塑料袋给他多拿一些，被他阻止。看着任老师趔趄的背影，向天舒鼻子发酸，在脑子里想象：任老师回到家，不开灯，点亮蜡烛，从口袋里拿出中秋食物，盛在几个碗里，放在红木漆盒前，在书桌前默坐，良久，吹灭蜡烛，月光从格子窗中斜进来。

向天舒让大家把桌子收拾干净，放回原位，带上余下的食物，向绿水塘边走去，一路走一路看月亮，又亮又圆，颇有些唯我独尊的王者之气。

穿过竹林，月光中的绿水塘呈现在眼前，水平如镜，四周被两轮圆月照亮，连极远处长虫山的轮廓都清晰可见，白石塔一身缟素，似夜之舞者，临秋水而立。多数女生是第一次在夜里来到塘边，为眼前的景致所吸引，忍不住发出低低的惊叹声。

大家在大榕树附近拣了一块平整的草地，围成一圈坐下，食物放在中间。向天舒点了一支烟，深深地吸了几口，就势躺下，看天上的月，一言不发。同学们受到感染，也都不说话，或坐或躺，各怀心思，望着月亮发呆。飘来一片云，给月亮披上了薄纱。一度因他们的到来受到惊吓的夜虫，重新放出声来，远近唱和，仿佛在举办另一场晚会。

起风了，水中月在粼粼波光中荡漾，天上的那一轮则一动不动，柳影婆娑，时令至中秋，凉意已深，草地上隐隐有了些湿意，女生们依偎在一起，小声说话，男生则轮番起身走动。向天舒也坐起来，从散漫的思绪里回来。他知道，有一双眼睛，在暗中关注着自己的一举一动，他没有立刻回应，怕把对方的目光吓跑，对方之所以这么大胆地看他，因有夜色的掩护。

他站起来，走到暗处小解，临走，向叶莲投去意味深长的一瞥。叶莲并没有像其余的女生一样，靠着别人取暖，左右露出很大的空当，显得很孤单，双手抱膝，姿态里似有无尽的隐忧。回来后，向天舒到叶莲身旁坐下，装作不经意的样子。叶莲的眼睛放射出异样的光彩。

“想家啦？”

叶莲点点头，又摇摇头，眼里的光彩暗淡下来。

“向老师，给我们讲讲省城吧！”田家鹤的声音。

“是啊，向老师，给我们讲讲吧。”“省城的夜景很漂亮吧！？”“省城有多大？”“省城有多少小轿车？”“飞机场是什么样子？”“省城的中学生也搞劳动吗？”大家七嘴八舌地问道。

气氛重新活跃起来，说话的音量也提高了，大家又开始吃东西，肚子里一充实，就不那么冷了。

向天舒逐个回答问题，新问题层出不穷，为了激励大家学习的热情，他有意忽略了现代化都市的种种弊端，将省城刻意美化了一番，令几十只眼睛里充满了向往。幸亏没人像田家鹤那样追问：省城那么好，你为什么还要离开？

十七

中秋节刚过，便下了一星期的连阴雨，气温骤降，各处都是落叶的景象。

天气既不适宜爬山，向天舒只好待在家里，望山止渴，好在青龙山的枫树漆树红了，点缀在万绿丛中，颇赏心悦目。

待天转晴，已是深秋气象，迫不及待登上老人山顶，不出所料，白云山的圆锥形顶峰已白雪皑皑，仿佛是歇脚的白云，碧空如洗。

秋深以后，没人再到紫溪去洗衣服，少了一个课余时间同叶莲亲近的机会，令向天舒心里很是遗憾，只好频频爬山解闷，思绪同秋日的长空一样高远。

发生了一件事，令他的心境如落叶般委弃在烂泥里。

班里有两个男生常常逃学，还会抽烟，有人见他们翻墙到包姥家去，后来发展到同二流子混迹一处的严重地步。向天舒苦口婆心做工作，但无济于事，有一股更大的力量将他们往邪路上拽。

一日，两个男生又无故缺课，向天舒正好上街，突然觉得有些异样，包姥一向摆摊的地方空空如也，疑心那两个学生就藏在她家，决定去探个究竟。

包姥家院门紧闭，他不敢贸然闯入，万一对方撒泼，说他私闯民宅，跳进黄水河也洗不清，况且，他怕有狗。向天舒在门口犹豫，显得鬼鬼祟祟，幸亏没人路过。院门很不一般，重檐门楼，精雕细刻，门上有一对龇牙咧嘴的兽面铜门环，年代均十分久远。老宅常常是怪异的渊薮。他隐隐有一种冒险的刺激感。

终于，他鼓起勇气，叩响了门环。

“谁？”是包姥的声音。

果然在，向天舒心想，却没有应答，怕两个学生听到他的声音。又叩了两下门环。

里面许久没有动静。正要再扣门，门“吱呀”开了，包姥用身子堵在门口。双方都吃了一惊。

“向老师，贵人啊！有何贵干？”包姥首先镇定下来，半是讥讽地问道。

他没作答，往院里看了看。

“我知道你来干什么。请进请进。”

向天舒也不谦让，走了进去。院子很大，两棵枣树，均已落叶，枝干铁骨铮然，一棵芭蕉树，一丛修竹，此外还有一些盆栽，院心铺着鹅卵石，镶嵌成福寿图案，颇有几分雅致。

“向老师真是贵客，屋里坐屋里坐。”

向天舒走进堂屋，闻到一股可疑的气息，桌上的烟灰缸里有许多新鲜的烟头，屋里除了烟味，还有一股奇异的香味。客厅陈设古旧，一如往昔，供桌、条案、太师椅、老式卧榻，还有一把老式摇椅，经历了“文革”的清洗，这些古董居然还能保存下来，可见黄龙镇山高皇帝远，革命闹得不如别处彻底。供桌两侧是通道，后面还有屋子，刚才同包姥在一起的人必定打后门走了。

他在太师椅上落座。

包姥给他倒了一杯茶，坐到对面的躺椅上，前后摇摆，玩世不恭的样子。

“今天不摆摊？”

“哪能天天摆，也该享享清福了。”

向天舒脑子里出现“地主婆”三个字眼，同英背时长工一样扛着锄头的画面恰成鲜明对照。

他拿出烟来抽，扔了一支给包姥。这是一个很随便的举动。这样做自有道理，同包姥这种人打交道，没必要装斯文。

包姥接过烟，愣了一下，随即笑起来，色迷迷地看着他。对方的举动显然刺激了她，她这辈子什么男人没经历过，黄龙中学的老师个个都跟她有仇似的，向天舒似乎是个例外，省城来的，见识就是不一般，长相又俊美！包姥想入非非，连打了几个哈欠。她之前确实在跟几个小年轻在一起，其中就包括那两个学生，他们抽纸烟，她则抽大烟，两种味道混合在一起，几个毛头小子被熏得晕晕乎乎的，聚会被向天舒的突然到来惊散，包姥还没过足大烟瘾，此刻在欲望的撩拨下，隐隐发作起来。

包姥不断打哈欠，眼泪鼻涕都流了出来，忙用手帕擦拭，又舍不得赶向天舒走，只好起身走动，烦躁不安。

向天舒观察着包姥的反常举动，心里很是诧异。

“向老师，你坐着，我进里屋办点事。”包姥终于忍无可忍，决定铤而走险。

不一会儿，从供桌后的通道里飘来一阵奇异的甜香味，向天舒仔细闻了一阵，突然明白了是怎么回事。

这老妖婆的胆子可真大！他心想。那气味越来越浓，他不由得站起来，蹑步走到供桌旁的通道里，后面是一个过厅，左右两个卧室，右手的卧室门半开着，气味便是从里面传出来的，十分浓烈。他停下脚步，不出声地大口吸气，闭上眼，整个人被香气托在半空。

“向老师，你不会去告发我吧？！”传来包姥的声音，她知道向天舒站在门外。

他回过神来，索性走进卧室，门像是故意开着，专等他来。包姥正斜躺在床上，将头凑近床头柜上的烟灯，两手捧着大烟枪，在灯上点燃，用力吮吸，之后翻身躺下，朝空中缓缓吐出一缕烟，眼神迷离恍惚，完全无视他的存在。枕畔有一个长方形木盘，赫然放着一块烟膏，色黑质软，似埃及法老木乃伊身体的一部分，又似魔鬼的饭后甜点。良久，包姥半坐起身，嘴角咧出一丝讪笑，从那块黑亮的鸦片膏上掰下一点来，轻揉慢捻，像在搓一坨鼻屎，一面用挑逗的眼神看着向天舒。

向天舒仿佛被人施了魔法，直愣愣地看着包姥手里的烟枪，这东西他熟悉，省城的古玩市场里常见，但除了电视电影里，未见人使过。包姥将黄豆大小的烟膏放在一把特制的金属小勺上，在灯上略烤了烤，填进烟枪，又吸食起来。每枪三吸即尽，无间歇，以免浪费，须撮嘴用力吮吸，酷似婴儿吃奶。包姥连吸了几枪，这才过足瘾。

“来，尝尝？”包姥突然起身，将烟枪递给向天舒。鬼使神差一般，他竟然接过烟枪。包姥将他推到床边，给他装上烟膏，又顺手飞快捻了一堆小烟膏，将剩下的鸦片收好，拧身出门摆摊去了。

向天舒看着盘里的烟膏，像一堆老鼠屎，下意识地数了一下，十七粒，加上烟枪里的那一粒，共十八粒。脱了鞋，侧卧在床上，模仿包姥的样子，备好一枪烟，对着烟灯点燃，吸了第一口，顿觉喉咙发麻，其味浓烈刺鼻，如被点燃的橡胶，差点吐出来。忍着恶心，又吸了一口，味如前，但稍稍缓和。借着惯性将第三口也吸尽了。仰面躺着，一动不动，最初的不适慢慢消散，预期的快感却迟迟未降临。至此，他方明白为什么包姥给他捻了那么多粒烟膏，吸大烟并不似抽纸烟那么简单，而是一个漫长的过程。

他很后悔自己的荒唐举动，但悔之晚矣，他已掉进了包姥的罪恶陷阱，抽一口与抽十口并无本质的区别。

向天舒一共在包姥家待了四个多小时。

他摇摇晃晃出来，歪在太师椅上，浑身瘫软，迷糊中听见包姥在给自己上课。

“人人都说，你们老师教孩子学好，我教孩子学坏。可能吗？老师个个都是圣贤？哼，老娘也不是什么妖魔鬼怪。老娘见的世面多了，是好是歹，由己不由人。为什么有的孩子会学坏，有的就学不坏呢？说到底，还是他们自己的问题，也是他们家长的问题，更是你们这些老师的问题。”

“就拿你向天舒来说，今天可算让我开了眼。名声这么好，也经受不住诱惑。瞧你抽大烟的那副德性，比老娘还受用。哼，也不是什么好鸟！”

“不过我喜欢。”包姥挨过来，掐了掐向天舒的脸，淫笑顺着脸上的褶子流淌。他奇怪自己为什么不恼。包姥的手趁势往他的大腿根部摸去。他打了个冷噤，本能地避让着，身上却无力，只好做了一个极其厌恶的表情，令包姥大为光火。

“装什么正经！老娘年轻的时候，哪个男人见了不腿软？你要真是个正人君子，老娘我撒泡尿把自己淹死。”

包姥愤愤地坐回躺椅，点燃一支纸烟，使劲儿抽了几口，翻着白眼，看头上的横梁。

在最后一点清醒意识的支撑下，向天舒逃也似的离开了这个是非之地。

感觉不到地面的存在，踉踉跄跄走出北门巷。天上浮着彩云，似很多笑脸，路人被染成玫瑰色，显得一个比一个可爱。他同每一个人说话，喋喋不休。众人诧于他的异常举止，都看着他笑。他越发快意，径直走到篾匠铺，问祝师傅要了茶喝，高一句低一句地说话，天擦黑才起身回家，晚饭也没吃，倒头便睡。

次日醒来，想起头天的事，不免懊丧，却又忍不住去回忆每个细节，快感像魔的笑脸，挥之不去，令他惊恐。恍惚了一整日，夜里在给好友的信中坦白了自己的劣行，誓不再犯。

此事令向天舒颓丧了很久，并在颓丧中自责，自己居然抽了大烟！如果包姥张扬出去，后果不堪设想。包姥自然不会这样做，她是聪明人，这样做会连累了她自己。但包姥对他的态度从此改变，以前见面，斜着冷眼看他，现在却满脸堆笑，且笑得暧昧，仿佛他们是一路人，他恨得牙痒，却无从发作。

这次去包姥家，证实了她抽大烟的传闻，但有一件事向天舒搞不懂，鸦片是毒品，长期服用会戕害人的健康，包姥却怎么看都不像个瘾君子，比正常人还健硕，难道她有什么特异功能？或者，同传说中的采阳补阴有关？另有一种传言，说像包姥这么阴毒的人，自身就有毒性，以毒攻毒，区区鸦片，奈何不了她。

冬天到了。

旅馆有一个简陋的澡堂，对外营业，除夏天可以游泳外，向天舒每星期去澡堂洗两次澡，冬天则会偷懒，有时两个星期才洗一次，竟长出虱子来，上课时会突然发痒，忍不住抓挠几下，引得学生们发笑，他也不以为意，但终究觉得不雅，逼迫自己勤洗澡。

黄龙镇的冬天奇冷，来镇上赶集的苗人锐减，苗族青年男女也中止了星期日的对歌。

学校果树园里的树叶几乎落尽了，紫薇的银灰色身子也完全裸露，就外形而言，隆冬时节的落叶树与死树无异，就像冬眠的蛇一样，了无生气。但向天舒却喜欢看叶落尽后的树，简单，干净，繁华尽去，裸身立在凛冽的寒风中，令人肃然起敬。他想，待自己走到人生的冬季，也要像一棵落叶树，卸掉所有的累赘。

人却日渐臃肿了。但姜泽后等几位家里困难的学生依旧还穿着单衣。姜泽后个子高，又极瘦，风烈时，身上的单衣像旗帜一样猎猎作响。向天舒到学生宿舍察看，见他们的被褥也极单薄，还打了许多补丁，心里十分不安，到百货公司去给他们每人买了一床新被子。这事传了出去，单玉老师逢人便夸他的心肠好。

姜泽后因为省吃过度，胃肠功能紊乱，连拉了十几天的肚子，整个人完全虚脱，眼睛外突，像得了甲亢，但他没跟任何人说，直到动弹不了，独自躺在冰冷的宿舍里，向天舒才知道，连忙送到镇医院急救。白医生责怪说：怎么才送来，再晚，就危险了。向天舒付了医药费。姜泽后住了三天院，临走，白医生再三叮嘱要加强营养。回到学校，正是晚饭时间，向天舒让姜泽后到宿舍等他，从食堂打了许多肉菜，让他当着自己的面吃完，又给了他许多饭菜票，勒令他每顿都要打肉吃，还从自己的衣服里拿了两件厚外套送给他。姜泽后吃了一段时间的肉，穿着向老师送的衣服，整个人焕然一新。除了帮他担水，不知怎么报答他才好。姜泽后每次到向天舒屋里，第一件事便是察看水缸里的水，只要水位明显下降，担了水桶便出门，向天舒了解他的心理，也不拦他，他知道，帮他挑水，是姜泽后求之不得的事情。姜泽后本性善良耿直，又受向天舒的影响，更加乐于助人，班里搞劳动时，他是最卖力的一个，因为是班长，除了以身作则，还要负责监督课堂纪律，尤其是晚自习，没有老师在场的时候，谁看课外书，讲小话，都会遭到他的呵斥，而他自己也因此不能专心上晚自习。向天舒劝他不要太认真，免得浪费他自己的学习时间，他却说：如果只顾自己，我就不配当班长了。

姜泽后生病的事让向天舒震动很大，他家真那么穷吗，连饭都吃不饱？他决定找机会去姜泽后家看看。

星期六下午，出门到街上，本意是往东大桥方向溜达，看看冬日的蓝江。

一阵马蹄声，车大爷赶着空车从后面上来。

“车大爷，你好！”

“哎哟，向老师好！向老师去哪儿？”

“东大桥。”

“顺路，上车来吧。”

“天真冷！车大爷这是要上哪里去？”向天舒跳上马车，坐在尾部。

“去瓦窑村拉砖。”

“瓦窑村？”向天舒突然有了一个新念头。“干脆，我也去瓦窑村。车大爷，车钱多少？”

“嗨，什么钱不钱的，向老师见外了！正好有个伴儿。向老师去瓦窑村做什么？”

“家访。去学生家看看。”

“跑这么远去家访？！向老师真是负责任，难怪名声这么好。可惜我家孩子没福气，你要早几年来就好了。”车大爷的小儿子两年前初中毕业，没考上高中，在家务农。

四周都是灰白的天空。车大爷和向天舒俱袖着手。大灰马哈着浓浓的白气，像是蒸汽火车头，“得得”小跑着，不敢太快，头日下过小雨，路上结了薄冰，湿且滑。

至东大桥，蓝江蜷缩着身子，裸露出大片的河滩，空荡荡的。此时，向天舒无论如何想象不出在夏日蓝江里游泳嬉戏的情形，仿佛想象力和记忆力都被冻掉了。

过了东大桥，开始爬坡，大灰马变跑为走，车大爷也不去赶它。

没想到黄龙镇的冬日这么冷。因为热岛效应，省城的气温一年高似一年，向天舒离开以前，接连过了两个暖冬，冬天没有冬天的样子，雪成了遥远的记忆。黄龙镇的冬天依然还是冬天。据说每年都要下几场雪。

拐了几个弯，到了他从未涉足的地段。他好奇地看着周围的景色，小溪，村庄，山水田园，虽然萧瑟，却别有境界，仿佛古人的一轴淡墨画，令眼睛得到慰藉。爬上一个缓坡，眼前突然一亮，道两旁呈现出一派美丽的雾凇景象。树枝、荆棘，包括空中的电线上，都挂满冰晶，形状依所附着的物体而异，像是冰雕的花朵。

“真美啊！”向天舒不由得感叹。

“这里地势高，一到冬天就下冰，可好看了！”车大爷边欣赏树挂，边得意地说，表明他是常走这条道的。

车大爷一路都很健谈，向天舒从他嘴里了解了许多镇上的奇闻逸事。

“向老师，我给你讲个故事。”

是关于邻镇一个赶车人的故事，车大爷强调是真人真事。此人也常到瓦窑村拉砖，故此与车大爷熟识。那天傍晚，收工回家，赶着空车慢悠悠地走着，到了一个三岔路口，遇见四个年轻男子，将他拦下，说有急事，要赶去瓦窑村朱家，请他载他们去。他起初不愿意，因为路远，自己累了一天，媳妇儿做好晚饭在家等着他呢。为首的男子拿出一张百元大钞，说是车费，他便不再说话，调转马头上路。一路无言，连马都不喘气，马蹄声很小，仿佛踮着脚尖小跑，上长坡一点儿都不费力，像拉着空车。天黑下来，月光很亮。此人忍不住想问那四人赶路的目的，见他们的表情都很木然，个个心事重重，就没问。朱家就在村口，还没到，四人就让停车，说怕惊了狗。回到家，他欢喜地把钱拿给老婆看，吓了一大跳，是一张冥币，怀疑被他们暗中调换了。第二天一早，他叫上两个身强力壮的亲戚赶去朱家理论。朱家断然否认头晚有人来过，说他们忙了一夜，家里的老母猪下仔，一共四个。他惊出一身冷汗，心有余悸地说：怪不得他们一脸苦瓜相，投胎做猪，谁会高兴?

向天舒假装信以为真，令讲故事的人十分得意。

路边出现许多砖瓦窑，表明瓦窑村近了。此地富含优质黏土，故有许多砖瓦窑，村子也因此得名，此外还有几个制陶的作坊，陶器远近闻名。砖瓦窑的老板都是外地人。一头水牛被红布蒙住眼，在泥坑里不停转圈和泥。

有人跟车大爷打招呼。

“向老师，我先送你进村。”车大爷到了预定拉砖的地点。

“不用不用，几步路，我走着去。”

“向老师，我上完砖，在这儿等你。”

向天舒略一思忖，说：“不用了，我耽搁得久。”谢过车大爷，向瓦窑村走去。

进了村，打听到姜泽后家的住处。土坯茅草房，门口有个妇女在砍猪草。

“是姜泽后家吗？”

“是的。你是？”

“我姓向，是姜泽后的班主任。”

“向老师，你就是向老师？！”妇女是姜泽后的妈妈，连忙站起来，激动得不知所措。“他爹，是泽后的老师，向老师！”

屋里出来一个小姑娘。

“小芳，快叫向老师！”

小姑娘怯生生叫了一声。小姑娘很瘦，腿却很长，比同龄人高一个头。

“向老师，她是泽后的妹妹，姜泽芳。”

“咳咳咳！”出来一个干瘦的男子，佝偻着，一手扶门，披着一件破棉袄，不住咳嗽。同他比起来，姜母显得高大、健壮。

“向老师，这是泽后他爹。快进屋向火。”

向天舒同姜父打了个招呼。

“向老师，咳咳咳！想不到你会来，咳咳咳！请坐，咳咳咳！”姜父自己也在火盆边坐下，喝了一口热茶，过一阵，又咳起嗽来。

姜泽后的父亲有痨病，未老先衰，累不得，里里外外全靠姜妈妈一个人，妹妹上小学，课余时间都在帮妈妈做事。

姜泽芳洗净了一个搪瓷缸子，给向天舒泡了一缸热茶。

火盆里烧着柴火，姜母加了几块柴，但屋里还是很阴冷，光线昏暗。姜泽后家可谓家徒四壁，夯土地面，简陋的桌椅板凳，灶也在堂屋里，因为煮着猪食，弥漫着一股泔水味。卧室没有门，挂着布帘，又脏又破。一家三口都穿着单衣，姜泽芳不断用一块黑黑的手绢抹清鼻涕。如此贫寒，超出了向天舒的想象力。而此时此刻，同一个国家，有人开着豪车，住着豪宅，一掷千金。如果说这些年忽然暴富起来的人，不论其财富的来源正当与否，都有个创业的过程，他们的子女，一生下来就掉进了安乐窝，同姜泽后兄妹这样的穷孩子比起来，生活的境况天地悬隔。人生而不平等，所谓平等，是后天的追求。

姜父说："我们家泽后最佩服你了。"

向天舒忙说："姜泽后很懂事，学习很用功，将来一定会有出息。"

姜父一激动，连咳不止，好一阵才说："托向老师的福！"

姜母出去又回来，手里提着东西，用碗装了，抬到向天舒面前，是瓜子花生水果糖。向天舒猜是向亲戚邻居家借的。

"向老师吃花生。"

"好的，你们也吃。"

向天舒拿了一颗糖，递给姜泽芳，姜泽芳犹豫了一下，看看妈妈，才接过去，小心剥开，放进嘴里，面露喜色。

边烤火边拉家常。瓦窑村多数人家都穷，地里的收成刚够糊口，此外靠去砖瓦窑给人打短工，多少有点额外的收入。村里念初中的孩子很少，供不起。像姜泽后家这么困难，还坚持送孩子上学的，十分罕见。姜泽后是全家人的希望，供他念书的钱都是借的。

"再苦，都要让他们上学，不然，这个家还有什么盼头！"姜母看看姜父，意思是说，这个家光靠她是不行的，并不带丝毫抱怨的口气。向天舒打心里敬佩她，全中国没几个有她这种觉悟的农民。她的手都皴裂了，显得更加粗糙，几个指甲已经脱落，想必是搬砖瓦时磨掉的。

看看天色不早，向天舒准备动身，把身上的几百块钱都掏出来，塞到姜父手中，让他去买药吃，姜父推辞不过，紧紧抓住他的手：向老师，咳咳咳，你是大好人，咳咳，大好人！

他起身告辞，但姜泽后的父母死活要留他吃晚饭，说晚了就在家歇。姜泽芳也拉着他的衣服不让走。他怕他们误会，以为他嫌弃他们，遂答应留下。姜母高兴地张罗着做饭，又对着女儿耳语了几句，姜泽芳开了后门出去，旋即传来鸡的惨叫声，向天舒赶出去制止，但为时已晚，姜泽芳已将家里正在下蛋的一只母鸡杀了，小手冻得通红，皴裂处看得见血红的肉。他帮着她一起给鸡褪毛，清洗内脏，四只手都冻得发紫。小姑娘的清鼻涕流水一样滑落，也顾不得擦。向天舒鼻子发酸，暗自打定主意，回去就给她买两件衣服，另外也要给姜泽后的父母买几件衣服，让姜泽后寒假时带回来给他们。

早早开饭。一锅鸡，一碗煎鸡蛋，一碗白菜，一盘花生米，一碗酸菜煮红豆，白米饭也盛上来，热气腾腾的。

“哟，都忘了，小芳，去大伯家打点酒来。”姜母吩咐道。

“向老师，不好意思，他爸的身体不好，不能陪你喝。来，吃鸡，吃鸡！”酒打来后，姜母给向天舒斟上，往他碗里夹了一个大鸡腿。

向天舒忙说：“自己来自己来。”喝了一大口酒，农家自酿的包谷酒，纯正，好下口，从内到外，身子立刻暖热起来。

他给姜泽芳搛了一个鸡翅膀，她吃得津津有味，连骨头都没吐。

晚饭后，听说大名鼎鼎的向老师来了，不断有村民前来问讯，屋内窄，姜母干脆在门口烧了一堆柴火，给大家取暖，小孩子便围火玩耍，大人坐在四周，争先恐后问他问题，多与遥远的省城有关。火光中，一张张憨厚的面孔，毫无遮拦的笑容，生活虽然不易，却没有一个人板着脸。向天舒深受感染，也许，是他的到来给这些人带来了难得的快乐时光，但他心里所得的，远远超过他所给予的。这个寒冷的乡村之夜，在他的记忆里无限温暖。

夜里，他睡姜泽后的硬板床，姜母临时从亲戚家借来被褥铺上，唯一的被褥被姜泽后带到学校里去了，他这才明白为什么放暑假时姜泽后要带上铺盖回家。怎么都睡不踏实，屋里湿气重，像睡在冰上，姜父不断咳嗽，老鼠在被子上乱窜。

“这是我给泽后织的毛衣，正要托人带去，向老师来得正好，麻烦你了。”第二天早上，姜妈妈递给他一个包裹，里面还有几个烤红薯和水煮鸡蛋，给他在路上吃。

姜泽芳送他到村口，依依不舍。他眼里一热，说：小芳，好好读书，将来到黄龙中学来念书，向老师教你。

天冷，又起了雾，步履维艰。

走了一个小时，还不到一半路，饥寒交迫，把姜妈妈给的红薯和鸡蛋拿出来吃，吃到一半，再难下咽，身边没水，嗓子干得冒烟。经过一个村子，到人家家里讨了口热水喝，将剩下的干粮吃了，重新上路。

大雾弥漫，对面不见人，也无人可见，活物都在雾中神秘消失，隐约可见路边的树挂，好像树木冻出的清鼻涕，凝固在那里，给周围添了些许亮色，向天舒脸上的水汽也结成冰，不到中午，天却像要黑的样子，无限凄凉，回想起姜泽后家的情形，热泪涌起，眼睛却得到意外的温暖。一个身影从对面的雾中冒出来，快到跟前，才看清是一个老农，中山装，吊脚裤，都是灰蓝色，又破又旧，小腿肚子裸露着，肩上的犁和脚上的草鞋满是泥，背屈着，草帽便遮住大半个脸，露出鼻尖以下的部位，被岁月深深犁过。老农步履迟慢，没有声音，同雾一起缓缓飘过，始终没有抬起头来。他心里微微一震：老农冷吗？苦吗？为什么不看他？还是不用看就知道他的存在？到底是怎样的一个生命？问题接踵而至，思维早已冻得僵硬，他只得逃避，加快了步伐。

当向天舒把姜妈妈织的毛衣交到姜泽后手上时，后者的吃惊和感动可想而知，他无论如何想不到，向老师会去他们家。向天舒将他的母亲大大夸赞了一番。后来，姜泽后的学费一度难以为继，被迫要退学，向天舒二话没说，将他的学费和生活费都包了下来，让他安心学习。姜泽后最大的心愿，是初中毕业后能考上中专，可以早日工作，替母亲分忧，供妹妹念书，而且，最重要的是，不辜负向老师的一片好心。

很多贫困生，除了姜泽后他们班的，还有向天舒上英文课的两个高中毕业班的，多多少少，都得到过他的资助，他让他们保密，因此，除了受助者本人，并没人知道这些事。除了吃饭，向天舒极少有别的开销，工资基本都用来资助学生，而他让省城好友代为保管的巨额存款，除了替他买书，原封不动。

他觉得，有能力帮助别人是件很幸福的事情。助人就是助己，每个人都是自己的一部分。他不喜欢别人感恩，对每个人都说，好好学习便是对他的最好回报。很久以来，他试图构建属于自己的宗教体系，伦理道德便是其中的重要组成部分，譬如说，省城的放荡生涯是罪的表现，现在，他开始考虑如何救赎，资助贫困学生的善举就是一种赎罪的行为。

而以种地为理想的张力，家里不穷，却不想念书，向天舒做过几次思想工作，还是没能留住他。

张力一上课就睡觉，哈喇子流得满桌都是，每晚都尿床，大家常拿他取笑，说他喜欢上地理课，天天晚上画地图，初二的学生了，鼻涕还老擦不干净，嘴里，肚里，尾部，时常发出一些怪异的声音。有一天上晚自习，教室里异常安静，程文礼进来巡视，同学们连大气都不敢出，突然，有人放了一个响屁，声音尖细抑扬，听得出屁从很紧的夹缝中突围的不易，从方位大底能辨认出屁主是张力。大家都忍住笑，程文礼眉头紧皱，鼻翼抽动，仿佛要嗅出屁源，余音刚落，又窜出一个屁来，短促而沉闷。有人斗胆笑出声来，程文礼刚好走到张力旁边，听得真切，拿眼恶狠狠地盯着他，意思是说：别以为我不知道你是存心捣乱。后者正全神贯注地想把剩下的屁化解掉，被程文礼这么一瞪，乱了阵脚，反倒让憋足了劲的屁绝处逢生，惊雷一声，腾空而起，程文礼惨遭轰炸。忍无可忍的笑声随即爆发，不拘男生女生，前仰后合，进门的第一张课桌被碰翻在地。程文礼面红耳赤，发作不得，悻悻而去。张力的这三个屁，被大家回味了很久，“张三屁”的外号不胫而走。这个外号令向天舒忍俊不禁，每次想起来，另一个相近的外号便会联袂而至，“张三影”，一个因为屁，一个因为诗，一俗一雅，皆有可观。豁豁甚至故意当着程文礼的面叫张力“张三屁”，将程文礼气得两眼冒烟，看看豁豁，又看看张力，不知该向谁发作。因为得罪了副校长，张力惶恐不安，厌学情绪更浓。

退学前夜，张力没有尿床。住校男生众口一词地描述了他不辞而别的前夜的情形。半夜，张力突然跳起来，站在床头，打开窗，对着寒风怒号的黑夜撒尿，并且呜呜痛哭，风声，尿声，哭声，经久不息，撼人心魄。第二天上午，张力没来上课，也没请假，待大家下课回去，才发现已经人去床空。

向天舒心想：由他去吧，他是自然的孩子，文明于他何有焉！

多年以后，他远行经过一个村子，村口大榕树下纳凉的汉子叫了他一声，他随口答应，并没太在意，周围知道他的人很多，对方又叫了一声，并补充说：是我！这才觉得有些面熟，正自迟疑，对方笑着说：我是张力。向天舒恍然大悟：唔，长这么大块头了。张力邀请他去家里坐。干净整洁的一进院落，迎出一位壮健的妇人。张力忙说：向老师，这是我媳妇。向天舒边打招呼边留心看了几眼，说：你要当爹了。张力乐了：向老师眼神好，你有文化，到时候请你给孩子取个名字。向天舒谦虚了一番，应承下来。退学后，张力边务农边学做木活，手艺精熟，农闲时便外出做木工，媳妇又能干，日子过得殷殷实实。向天舒说：现在的人都往城里跑，你没打算？张立说：我哪儿都不想去，家里踏实，当年退学就是图个自在。向天舒在心里感慨，似张力这样的人，虽没多少文化，但比许多有文化的人懂得生活。对于只想平平淡淡过日子的人来说，没有天灾人祸便是幸福，他想起“宁为太平犬，不做乱世人”的古话，默默为张力和他即将出生的孩子祝福，祈愿世道太平。

十八

晨跑结束，从食堂打回早点，在书房里吃，向天舒突然想起花园里的花，莫要冻坏了，推窗看时，吃了一惊，所有的菜地都白花花一片，好大的霜！不知道那些花能否捱得过去，心里委实担心。

单玉老师叫他去家里吃晚饭。桌上放着电炉，下面垫了一块厚木板，锅里热气腾腾。

“小向，天冷，吃火锅。这是我刚从地里摘的白菜和豌豆尖，霜打过的，好吃得很。”

果然，霜打过的蔬菜格外鲜嫩脆甜。火锅的好处是可以慢慢吃，天冷菜不冷。向天舒与郝校长慢慢喝酒吃菜，单玉老师一个人喋喋不休，将最近各家发生的大大小小的新闻一一发布，向天舒很爱听，他不会刻意去打听别人的隐私，但只要有机会，极愿了解一下别人的生活。每人的活法都不一样，而每一种活法，均提供了一种可能性，令他的内心更加丰富。每个人都与他息息相关，甚至，都是他的一部分。他常常想：如果将我的心置于万物的中心，万物即我的身躯，一切都在内部发生，我之外并无别的存在。

次日，似不如头天冷，云层依旧很厚，天顶有一丝亮意，能大概辨别出太阳的方位，且感觉到太阳在云门外逡巡，试图挤进来。同学们纷纷说是开雪眼，是下雪的兆头。想到今年的第一场雪已经临近，向天舒的心里也透着亮。

上课铃响过不久，向天舒正在专心讲课，突然感到气氛不同往常，同学们在偷偷地东张西望，并窃窃私语，教室里有一种低沉的嘈杂声，他好生奇怪，目光落在叶莲身上，她笑着示意他看窗外，好大的雪花！什么时候开始下的雪？居然毫无觉察，雪已经在草地上覆了薄薄的一层。

课间，没有人在教室里待着，全都跑到雪中，欢呼雀跃。雪仿佛受了鼓舞，下得更大了。上课铃响过三遍，大家才极不情愿地回到教室。

向天舒也无心上课，给同学们布置了一道作业，自己站在窗口赏雪。雪在地上积厚了。

“还上什么课，走，玩雪去！”课上到一半，向天舒突然大声宣布，大家欢呼着一涌而出。

他将全班同学分作两组，开始打雪仗，分别从操场的两头向对方开火。大家一面冲锋陷阵，一面兴奋得狂呼乱叫，男生力气大，怕把女生打坏，故都以男生为攻击的目标。豁豁为首的几个人合力进攻向天舒一人，而以叶莲为首的几个女生都帮着他还击，弄得豁豁他们投鼠忌器，节节败退。突然，向天舒听见“啊”的一声，叶莲仰面摔倒。他想都没想，俯身将她抱起来。刹那间，叶莲在他怀里看他的眼神，令他忘记了周围世界的存在，或许是因为有大雪的掩护，或许，他被一种神奇的魔力所控制，丧失了理智，紧紧抱住叶莲，没有放手的意思。叶莲一声不吭，雪片似无数小天使，在他们四周旋舞。

向天舒在上课时间擅自停课，带领学生玩雪，被程文礼指责为目无纪律，长此以往，不复有教学秩序。殊不知，向天舒第二天以“雪”为题布置的作文，同学们写得都很精彩。

第二天，依旧是大雪纷飞。上午课结束，向天舒给学生布置了作文，让大家上晚自习写好交上来。通常，把作业本收集起来交给老师是学习委员的工作，但田家鹤感冒，下午请假，向天舒便让叶莲代理他的工作。

下午，他突然想去看看艄公，雪天怕是没人摆渡呢。到蔡家饭馆切了两斤熟牛肉，又到百货公司买了一瓶酒，在雪地上高一脚低一脚，走出南门街，白茫茫一片，分不清哪是路，哪是田地，一个脚印都没有，雪地如此干净，他都不忍下脚。至渡口，遥看对岸，南山摇身一变，成了一座气势巍峨的雪山，山脚的茅屋似一间冰雪小屋，渡船通体皆白，寒江映雪，一个童话般的世界。不待招呼，艄公开门出来，远远向他招手，身着黑色的羊毛毡披风，伫立在白世界的中心，十分抢眼，像一只蓄势待飞的鹰。向天舒将酒瓶举过头顶，艄公会意，解缆划船过来。

“好大的雪！”向天舒边上船边说。

“是啊，我头一回见这么大的雪！”

“是吗？”向天舒用手扫出屁股大的一块地方来坐下。

“可不是吗？年年下雪，但这么大的雪，还没下过。”

“让我赶上了！”

“向老师也喜欢下雪？”

“喜欢，好多年没见过下雪了，下雪真好！”

“是啊，再脏再丑的东西，被雪一盖，看上去都很美！”

向天舒觉出艄公的话外之意，便不接茬，怕勾起不愉快的往事。内心的那个世界是无法伪装的，除非人的心里也会下大雪。今天来找艄公，是想同他围炉喝酒话雪，不想败了兴致。

船到江心，雪笔直落下来，落在头顶、身上、水中，江水张大嘴，将雪大口地吃下去。回望镇上，隐约能见到几户人家的屋顶，在海洋的雪中沉浮。

进了小茅屋，火塘里的火烧得正旺，向天舒这才发现手脚俱已冻僵，雪进到鞋里，融成水，袜子都是湿的。他将手烤热了，才脱下羽绒服，坐在草墩上，脱掉鞋，将穿着湿袜子的脚伸到火上烤，身上渐渐暖和起来。

艄公到屋后去抱来许多柴火，带进一阵风来。火光将小屋的内部照亮。向天舒特意让窗户开着，看落雪，所幸无风，雪花很安静。

小屋像是冰天雪地里的一个避难所，格外温暖。向着火，吃着牛肉，喝着酒，赏着雪，十分惬意。

“下雪没人过江吧？”

“没有。”

“还钓鱼吗？”

“钓。昨晚还钓了一大条胡子鱼。晚饭我们煮鱼吃。”

向天舒的脑海里浮现出“夜雪独钓”的画面。

艄公煮饭的时候，向天舒走到屋外看江雪，时光仿佛倒退了几百上千年，同样的景致，人不同罢了。

鱼肉就着糊辣子蘸水，十分鲜美。向天舒连吃了三碗热气腾腾的米饭。

吃过饭，天已黑定，艄公将马灯挂在船头，送向天舒过江。雪片似无数飞蛾，在马灯四周翻飞。艄公要将自己的手电给他照路，他死活不要，艄公一个人，又没有电灯，更需要手电。

好在有地上的雪反射着微弱的天光，依稀能辨清方向，但还是摔了几跤，像个大笨熊，自己都觉得好笑。镇上一个人都没有，丁字路口的路灯显得十分孤单，徒劳地将周围的雪夜照亮。

进了校园，教学楼内灯火通明，学生正在安静地上晚自习。回屋后，立刻生火取暖。向天舒虽不喜欢煤火，但煤火既可取暖，又可烧热水，一举两得，一氧化碳的味道重，须开着门透气。

坐在对门的沙发上，边烤火边看书，不时抬头看外面的夜雪，脑海里重复着同一个问题：叶莲什么时候来交作业？

叶莲终于来了，头上包着红头巾，作业本藏在红棉袄内，显得身体圆乎乎的，很可爱。向天舒忙起身接过作业本。

“快坐下烤火。”

叶莲犹豫了一下，摘下红头巾，抖落上面的雪，并腿坐下，将手放在炉上烘烤。

“手别离火太近，小心生冻疮。”他关切地说。

叶莲用双手捂着冻红的脸，从指缝中看着他笑。他不知道，叶莲整晚都没心思学习，待所有人的作业交齐，便迫不及待送来给他，此刻抑制不住内心的喜悦。随着时间的推移，叶莲单独与向天舒相处时，不似以前那么害羞，相反，有时还很顽皮，像小妹妹同大哥哥在一起。

叶莲将手从脸上移开，腿微微打开，肘支在大腿上，两手放在炉两侧烤，像是将炉子抱在怀里。

“昨天没摔疼吧？”向天舒突然想起昨天打雪仗的事。

叶莲的脸“唰”地红了，垂下眼睑，轻轻咬着嘴唇。

“荷田村也下雪吗？”

“很少下。”

“荷花开起来一定很漂亮，什么时候开？”

“七八月份，可好看了！”

“正好是暑假。明年暑假我去你们村看荷花，欢不欢迎？”

“当然欢迎，向老师能来就太好了，我们村子周围还有很多好玩的地方。”叶莲激动地说，突然想起什么，便噘着嘴，没再往下说。

向天舒见叶莲的情绪突然起了变化，心下茫然，她究竟有什么心思？叶莲眼里常笼罩着阴云，让人揪心，而一旦同他对视，立刻就云开雾散。他隐隐觉得，他的到来让这个小姑娘的生活起了变化；而叶莲的存在，令他在黄龙镇的日子过得更加充实，且充满了希望。

雪下到第三日，时有时无，竹被积雪压弯，“嘎吱”作响，常绿树的一身绿装成了拖累，在雪的重压下，有些断折，落叶树却安然无恙，梨树、李树、苹果树，仿佛提前开满了白花。向天舒踏雪独行，心里静得出奇，玩雪者的叫声很空旷，仿佛只在耳门外徘徊。不觉出了镇东，眼界顿宽，天地一样白，人踪尽灭，偶有鸟雀窜到面前，扑腾着僵硬滞重的翅膀，遁入路旁的矮树丛里去了，一向碧绿的麦苗踪影全无，也许，正在厚厚的雪被子里酣睡呢。至东大桥，悬在桥底的三把铁剑格外醒目，炫黑、沉重，同雪的洁白、轻灵恰成对照。回到校园，余兴未尽，又爬上老人山，从高处欣赏着这个被雪洁净了的小小世界。

第四日，天放晴，雪开始融化，屋檐上滴滴答答往下滴水，天反而更冷，万物现出本来面目。

今年的第一场雪，终究化了，屋檐上的水渐渐滴尽，了无雪痕，要看雪，须爬到高处，远眺白云山顶，而大雪留下的美好回忆，却永远化不掉，最难忘者，莫过于雪中怀抱叶莲的感觉，刹那间眼神的交流，便决定了后来发生的一切。很长一段时间里，入睡前，向天舒都要重温这一幕，恨不得自己像《天方夜谭》里的许多主人公一样，忽然拥有一种法术，可以让睡梦中的叶莲自动到身边来。

隆冬时节，衾枕寒彻，身边没有暖脚的人，虽两床被子加身，还是冻得瑟缩发抖，只恨身上的毛太短。身上冷倒也罢了，偏偏又想起许多似姜泽后家一样贫穷的人家，正饱受严寒的肆虐，心里冷到极点，觉老天之不公，否则，当重新分配冷暖，温暖给穷人，寒冷给富人，富人有的是御寒办法。

干冷也就罢了，偏又下起雨来，淅淅沥沥。

其实，入冬以后，向天舒最牵挂的人，是风三娘。许久没见她的身影，担心她冻坏了。不知道她在哪里躲避风寒。孩儿山的碉楼废墟？某个山洞？人家的屋檐下？她平时吃什么呢？没有野花可采，她还会高兴地唱歌吗？有一次，在百货公司门口见到她，穿着破旧的大花棉袄，不知从哪里弄来一个襁褓，抱在怀里，手背全部皴裂，脸上也有被冻伤的痕迹，红头帕裹头，额前的几缕头发不时被风扬起，表情依旧很丰富，一会儿微笑，一会儿哀戚，看见向天舒，便似见了亲人一般，起身迎上来，向天舒快步离开，怕当众闹笑话。

上课时，拿粉笔的手冻得哆嗦，字没法写得工整，自己看着好笑，想起任老师抄黑板报的书法也走了样，很替老人担心。此去年关不远，上年纪的人最怕年关。镇上去世的老人多起来，时常听见丧家的鼓吹和鞭炮声。

任老师的单身宿舍比他想象的更阴冷。任老师几乎把所有的衣服都裹在身上，向着煤炭火，向天舒提醒他要注意通风，以防煤气中毒。桌上的红漆木盒纤尘不染，像火光一样明亮，散发着淡淡的油漆味儿，重新漆过不久的样子，令向天舒感动得想流泪。人世间没有比真挚的感情更宝贵的东西。

严冬并非全无乐趣。温度降至零下，早晨起来，屋檐上便会挂着长长短短的冰笋，晶莹可人，冬青树的叶面都覆着薄薄的一层冰，轻轻揭下来，竟是一片叶形的冰，脉理清晰可见，令人爱不释手。朱笑和朱乐拿着自制的半球形冰块来给他看。他们头晚将一个碗装满干净水，水里放一根麻线，露出线头，搁在窗外，夜里凝结成冰，提在手上，既可看，又可吃，有时还事先在水里添加白糖，便成了自制的冰棍儿。稍大一点儿的孩子都拥有一个火盆，用锑盆改造而成，盆边打孔，拴上铁丝，提在手上行走，四处寻觅柴火，看谁的火烧得旺，胆大者只手抡动火盆，在体侧划圆，火借风势，“呼呼”作响，美其名曰：风火轮。向天舒不由得想起自己的童年，暖意盈怀。此外，青龙山东麓有许多石灰窑，石头就采自青龙山东坡，青龙山东坡的美观受到一定影响，但冬天热气腾腾的石灰窑却也构成另一道风景，给人带来向火的乐趣。窑顶坟丘状，罅隙中冒出蓝色的火焰，好似正化为骨灰的石头的精魂。四周常围着人，有人将土豆红薯放在上面烤着吃，向天舒散步至此，也加入烤火的行列，同众人说笑。

天寒地冻，只得暂停了爬山的嗜好，偶尔为了看白云山的雪峰，登上老人山，也不敢久留，除了上课，多数时间是在火盆边度过的，看书，批改作业，写信。除了星期天，极少到街上走动，偶尔溜达到金师傅的铁匠铺，看打铁的火热场面。煤火烤多了头晕，从百货公司买回一个火盆，改烤木炭火。较之煤火，木炭火更有诗意，煤炭无论开采和加工，都少不了机器，人工的痕迹明显，而木炭用土法烧制，树本身的纹理尚在，显得更自然，有毒的一氧化碳也少很多，究其实，煤炭和木炭一样，最早都是树木，经过光合作用，将太阳的热能储存在体内，最后以火的形式释放出来。别人家大多烤煤火，木炭贵，向天舒则从早到晚，只要人在家，木炭火总是烧得很旺，甚至能看见“猎猎”的火焰，木炭成了最大的日常开支，即便不关门，火盆周围也不冷，只可惜不能将火盆搬到被窝里去。费武常常进来蹭火烤，烤热了才回他自己家去，有时小妖来寻他，也坐下来向火，向天舒古道热肠，虽不是自己喜欢的人，但来了就是客，少不了还要提供热茶。

临近期末，又下了一场雪，适逢星期六，虽不似第一场大，但足以将世界覆盖，且因是夜里下的，给起床后的人们一个大大的惊喜。向天舒没有再擅自休课去打雪仗，同学们利用课间休息在雪地里玩耍，整个操场都沸腾了，他没有参与，从二楼的走廊上凭栏眺望，嘴里哈着白气，雪下得不大，飘飘扬扬。

正在出神，突然发现有个人站在旁边，是叶莲，不知什么时候来的。

“你怎么不去玩？”

叶莲笑笑，没有回答。

整个走廊上只有他们两人，很显眼。向天舒装作若无其事的样子，望着下面玩雪的人，眼睛的余光却看着叶莲，叶莲的侧影真好看！实在忍不住，转过头去，对方仿佛在等着他的目光，彼此相视而笑。

想起今天是星期六，下午没课，弄不好要到下星期一才能见到叶莲，愁上眉梢。突然，心生一计。

“哦，对了，姜泽后他们几个男生要去我那里做饭吃，你也来吧。”

“真的？！”叶莲又惊又喜，“不过，就我一个女生吗？”

“那你叫上两个跟你要好的一起来，最好是会做饭的。”

叶莲歪着脑袋，似在脑子里搜索人选，很快便计较已定，脸上洋溢着喜悦的红晕。

放学后，向天舒悄悄将姜泽后叫到一边，如此这般地吩咐了一番，姜泽后高兴得蹦起来。

下午，依照向天舒的意思，姜泽后叫上三个家里最穷的住校男生，拿着向天舒给他的钱，到街上去买菜，还特意买了一只鸡回来。向母上次来买的锅碗瓢盆正好派上用场，又去单玉老师家讨来许多佐料。单玉老师说："小向，你待学生真好，难怪他们这么喜欢你。"

姜泽后他们刚到，叶莲和另外两个女生便如约而至。除了木炭火，还有一炉煤火，客厅里暖意融融。

除了姜泽后和叶莲，别的同学是第一次来向天舒家，未免好奇。叶莲主动向他们介绍向天舒的书房，不无得意，向天舒也走进书房。姜泽后独自在客厅忙活。

"向老师，这么多书，怎么看得完？"两个男生异口同声地说。

向天舒笑笑，说："看不完，才要不停地看啊！"

又说："现在我是你们的老师，将来它们是你们的老师。不懂的，就问它们。"边说边指着架上的书，好像书会开口说话一样，大家都笑了。

接下来，大家同姜泽后一起，开始准备晚餐，男生在走廊上杀鸡，女生在客厅洗菜，切菜，一片忙碌的景象。向天舒倒成了多余的人，无事可做，便打了一壶水，煮茶给大家喝。茶杯不够，临时用母亲和妹妹买来的小碗代替，但须洗过才能用，洗碗的工作立刻又被叶莲抢过去，他只好坐在沙发上向火，不时看看茶水煮好没有。三个女生边做事，边窃窃私语，不知为什么笑起来，边笑边看向天舒，单单叶莲一人红着脸，向天舒暗想，那两个女生一定在拿他和叶莲开玩笑，恨不得自己是个顺风耳。

很快，鸡便在煤火上煮开了，芳香四溢，向天舒看见一位男生馋得口水都掉在地上，又好笑，又心疼。他知道，大城市的孩子，除了洋快餐，早就不屑于吃鸡了。

鸡炖好后，开始炒菜，几个女生合作，动作麻利，热气腾腾的饭菜眼看都上桌了。

饭桌小，未免拥挤，气氛却更显热烈。

开始，大家都不好意思下筷，向天舒催促了几次，干脆动手往个各人的碗里搛菜，他们这才赶紧自己动手。几个男生狼吞虎咽地吃起来，包括女生，嘴里都发出“吧嗒吧嗒”的声音，虽然在许多大城市人的眼里，吃饭时嘴里发出声响很不文雅，向天舒却觉得这是最自然最原始最动听的声音。

考虑到他们是学生，不能喝酒，向天舒只好自斟自饮，稍觉遗憾。

饭后，大家一齐动手，扫地，洗碗，很快收拾完毕，临行，向天舒叮嘱他们不要跟别的同学说，屋子小，不能把所有人都叫来。

“向老师再见！”叶莲走在最后，大着胆子看他，微笑着道别。

临放寒假，向天舒到百货公司分别给姜泽后的父母和妹妹买了几件衣服，姜泽后含泪收下。叶莲主动来向他告别，彼此都流露出依依不舍的情绪。

向天舒很晚才入睡，半夜被雨声惊醒，仿佛有人在寒夜里抽泣。他的心里感伤到极点，天不亮就起床，点了一根烟，坐在客厅里吸。手冻得发抖。屋里尚且这么冷，不要说在外面的雨中。发往荷田村方向的班车因为路远，是所有班车里最早的一班，除了叶莲，没有别的学生坐这趟车。想到叶莲要独自背着行李，在冷雨中，摸黑走很远的路去车站，他的心里便十分酸楚。经过一番犹豫，他拿上伞和手电，匆忙出门。女声宿舍没有丝毫的光亮。他径直朝校门走去。校门刚开，管大爹屋里亮着灯。他快步通过，索性一直走到街口，举着伞，向校门方向张望。街上空无一人，用手电照了照，路面泥泞湿滑。所幸无风，雨也不大，只有打在伞面上的雨发出声响，似有若无。从门房窗户透出的亮仿佛是希望之光。他不安地等待着，不时看看表。

许久没有动静。

“她不会已经走了吧？”他在心里反复问自己，还有另一个担心，怕叶莲不是一个人。

就在他快要绝望的时候，校门口出现一道手电的光亮，一个熟悉的身影向他走来。

走到中段，叶莲停住了，犹豫不前。

“叶莲，是我。”向天舒猜对方看不清自己，怕遇上坏人。

“向老师？！”叶莲的声音里透着惊奇，紧走了几步。

“向老师，你怎么会在这里？”

“黑灯瞎火的，你一个人去车站，我不放心。”向天舒伸手去拿她的行李。

向天舒打着手电，走在前面，叶莲静静地跟着。

有一阵子，身后没有任何声音，向天舒回过头，看见一双泪眼。他放慢脚步，同叶莲并排走着，走得很慢，抑制住想揽她腰的冲动。

到车站时，已经开始检票上车。

“向老师也坐车啊？”有人认出向天舒。

“不，送人。”

那人便用奇怪的眼神将叶莲看了又看，叶莲低头上了车，找到靠窗的座位。

“代我问你父母过年好！”向天舒从窗口将行李递给叶莲。叶莲点点头，欲言又止，车开动的一刹那，才说：“向老师再见！”

天亮开，雨却下大了。向天舒往回走，满脑子都是叶莲离去时的眼神，不觉落泪。

给叶莲的送行加深了思念之苦，长冬漫漫，不知道自己是否有足够的勇气面对寒冷和孤独。他决定回老家过年。父亲过世后，没再回家过过年。

一开始还有些犹豫，因了那些流言蜚语，怕面对家乡父老，尤其是母亲。

终于下决心回去。

一旦下定决心，以前同家人一起过年的记忆便纷至沓来，令他神往，遂对这次回家过年充满了期待，到百货公司采购了一大堆礼物，提早启程。

春节是国人最重要的节日，远离故土的人都要回家，所有的交通工具都拥挤不堪，乡下也不例外。向天舒正好有学生家长在车站工作，免去了排队买票的痛苦，而且还得到了前排靠窗的好座，车上的情形却令他哭笑不得，且不无担心，站票卖了无数，大大超员。过年回家的人行李多，连鸡都没地方站，主人只好将其顶在头上，紧贴旁边的人站着，车顶的货架上堆成一座小山，场面混乱而嘈杂，有人因座位起了争执，看架势，非用武力解决不可，旁人好言相劝，强调说“大过年的，吵架不吉利”，事态方才平息。一位站在过道里的肥硕农妇，身体越过座位上的人，将头探出窗外，同送行的人大声说话，胸脯压在向天舒的面上，将他的脸挤得变了形，避无可避。整整耽搁了一个多小时，班车才怒吼着启动，但因负荷太重，速度与声音恰成反比。一路上，有人下车，但有更多的人往车上挤，每次都要折腾好半天。人多，唯一的好处是暖和，但各种气味混杂，烟味，体味，屁臭，口臭，分不清彼此，向天舒只得一次又一次开窗透气，灌进来的冷风立刻遭到后面人的抗议，只得即开即关。原本四个多小时的车程，早上出发，天擦黑才到。村里静悄悄的，天寒，人都在屋内。

母亲没想到他会回来，激动得失声大叫，弟妹也很高兴，尤其是侄儿侄女们，手里捧着大伯送的礼物，欢天喜地。

各家都在忙着准备过年，天又冷，向天舒便没有到亲戚家走动，跟母亲说等过完初三再挨家去拜年，向母同意了。他不好让人看见，干脆足不出户，整天在家向火，看书，或者逗侄儿玩。

入夜，一片杀猪声。年关难过，这是所有猪的共识，吃了一年的白食，正是回报主人的时候，人是这么想的；任是谁，再精贵的食物，拿命换，都不会干，何况是低贱的猪食，猪却无处申冤。向家也不例外。那头肥硕的黑毛猪，白天还见，天黑就上了案台。向天舒不忍看，庆幸自己不是个佛教徒，黑毛猪的惨叫声不绝于耳。

除夕，天蒙蒙亮，各家的鸡开始打鸣，但声势远逊于平时，为了过年，穷人家连报晓的公鸡都杀了，不待鸡叫第二遍，绝大多数人家的屋顶已经冒起炊烟，为了一年一顿的年夜饭，要忙碌一整天。

大儿子这么多年来第一次回家过年，为隆重其事，除了弟妹两家，向母还将关系最好的小舅家也叫来一块儿过，煞是热闹。除灶火，额外还生了两炉火，大人一齐上阵，洒扫庭院，烧猪脚，杀鸡，宰鱼，炖猪头，洗菜，贴春联，忙得热火朝天，只不让向天舒动手。

天黑后年夜饭才备齐，两张八仙桌拼在一起，其中一张是从小舅家搬来的，八仙桌下面各放了一个木炭火盆，十几个菜，都用大碗装，热气腾腾，堂屋里暖融融的。年饭前都要放鞭炮，天没黑，鞭炮声就陆续响起，各家都开饭了。

向天舒主动申请了放鞭炮的差事，他十多年都没放过鞭炮，颇感新鲜。孩子们跟在后面看。让大侄子找来一根长竹竿，将鞭炮绑在一端，准备点火。看着老长一串鞭炮，间有几个体形硕大的，威力可想而知，他不觉有些心虚，人长大后，胆子反而更小，儿时敢作敢为的事情，现在却畏首畏尾，拿烟点火的手微微颤抖，第三次才点着，将竹竿伸到极远处，头扭向另一头，生怕鞭炮炸飞到脸上，“噼噼啪啪”一阵乱响，除耳朵受了点惊吓外，别的倒也无妨，儿时的勇气仿佛又回来了。

开饭前先要祭祖，小孩子们只好继续咽口水。先将煮熟的猪头放在供桌中央，头顶插几只筷，又每样菜夹一点，用小碟盛了，摆满供桌，之后燃香酹酒，如旧时的礼仪，只不再跪拜，祭如在，大家各自在老祖先面前许愿，在向天舒的心里，祭拜的对象则是父亲、爷爷和奶奶。祭过祖，所有人都落了座，妹夫给大人都斟上酒，妹妹给小孩子倒上饮料，大家一齐举杯，互道“过年好”，饮尽，这才动筷，年夜饭正式开始。吃了几口菜，向天舒起身给母亲敬酒。

“妈，祝你老人家健康！”

“天舒，妈也祝你事业有成，”向母站起来，高兴地说，顿了一下，又说：“妈还祝你早日娶个好媳妇儿！”

大家都笑了。

“是啊，大哥，再有个大嫂，咱家就都齐了。”一向沉默的妹妹也开了腔。

“天舒，你回来也好，亲人要常在一起才亲，不管你做什么，你都是咱们家，不对，是咱们村的骄傲，小舅敬你一杯。”

“大哥，干了。”弟弟和妹夫同时敬他酒。

向天舒依次回敬了每个人，又发了一圈烟，是百货公司里最好的烟。

孩子们吃饱饭，着急要去放鞭炮，又舍不得走，还没发压岁钱呢，你看看我我看看你，相互使眼色，又看看大人，眼神近乎央求，终于，向母会意，高声说：谁先磕头，就先给谁压岁钱！孩子们争先恐后，其他人也都拿出预先备好的压岁钱，分别发给在座的每个孩子。向天舒按城里人的规矩给，是其他人的好几倍，孩子们喜出望外，给他多磕了两个头。他并不喜欢他们磕头，觉得磕头是最没有尊严的举动，是传统文化里的糟粕。孩子们装好压岁钱，欢呼着放鞭炮去了。大人们继续喝酒，吃菜。

向天舒跟着母亲去厨房，悄悄塞给她一个大红包，向母喜笑颜开。

又吃了一阵，向天舒起身小解，顺便到大门口看孩子们放鞭炮，大点的孩子将鞭炮捏在手上点火，不慌不忙，待引线快燃尽时才抛出，在空中“砰”地炸响。大侄子让他试试，他犹豫再三，终究不敢，只能将鞭炮固定在地上放，且每次点火都不干脆，孩子们都觉得好笑，相互挤眉弄眼，大侄子忍不住说：大伯真胆小。他故作生气，回堂屋去了。

除夕，按传统要守岁，向母将菜热了又热，又给火盆里添了碳，祖村没电视，也不兴打麻将，在桌边吃喝到后半夜，有一句没一句地说话，小点的孩子都安排睡了，大孩子则挨着大人打盹。男的都有了酒意，熬夜，抽烟就凶，烟蒂扔了一地。第二天补瞌睡，睡到中午才起来吃午饭。也不用再做饭，剩饭剩菜够吃好几天，加热即可。

天放晴，向天舒吃过午饭，出门走动。村里村外都是人，除他一人外，所有人都穿着新衣服，女孩们打扮得花枝招展，新年新面貌嘛，过年穿新衣服的习俗，乡下人格外看重，不像城里人，平实常有新衣服穿，过年反而不讲究了。

大家都知道向天舒回来了，遇见的人争相同他打招呼，都以认识他为荣，亲戚家则要拉着问候半天，末了都要他保证初三过后到家里吃饭。村后平旷，年前就支起了三架磨秋，每天都有人打，年轻人居多。向天舒的到来引起了一阵骚动，姑娘们都拿青眼看他，有人给他让出一个位来，多少年没打磨秋了，他也很想试试身手，对方是个女孩子，脸通红，分不清是激动还是害羞，观看的小伙子们乘机起哄。向天舒将身子扑在横木上，右手刚抓住扶手，对方猛一蹬地，便飞起来，他猝不及防，双腿重重磕在地上，差点没摔下来，周围的女孩子爆发出笑声，等他反应过来，人已经在空中飞旋，轮到他第二次下降，才从容向后向下蹬地，人便向前向上荡去，如此反复，速度加快。周围的人和风景开始旋转，变得模糊起来，一开始，眼里还能看见打磨秋的另一方，渐渐地，连对方也不见了，灵魂在离心力的作用下脱体而出，身体在天地间飞翔。磨秋最开始并不只是简单的娱乐，而是为了娱神，人高高荡起，以近神。据说也会有事故发生，人从上面摔下来，折了肢体，向天舒后来回想当时的体会，觉得完全有这个可能，飞翔的状态，近乎迷狂，他有过好几次想撒手的冲动，为了要飞得更高。

大年初四开始，向母带着向天舒挨家拜年。他是稀客，酒量又好，被奉为上宾。凡沾点儿亲的，都请去吃酒。吃喝是乡下过年的主题，到哪儿都大吃大喝。看见大儿子给每个小孩子发压岁钱，且都比乡下人给得多，母亲不免心疼，私下对他说：儿子，赶紧结婚吧，生几个孩子出来收压岁钱！他嘴上敷衍着，肚子里却好笑得很。

亲戚应酬完了，儿时的伙伴又来邀约，同龄人在一起，酒兴自然更高，常常喝得半醉，因为是过年，母亲不好发作，只忍不住数落几句，还话里有话，说跟他一样年龄的人，哪个不是有家有室的，孩子大的都快小学毕业了。他装作没听见。

终于，吃喝告一段落。向天舒因为是单身，对年轻人的过年方式更感兴趣，所以常常到村后去看年轻人玩耍，或者，一人去爬山，撞见谈情说爱的男女，急忙绕开。山茶花开放，春意萦怀。记忆中，逢年大多阴天，还常下雨，今年特别，多数时候晴朗，也许是春节来得晚的缘故，也许，老天有情，他经年才回家过年，对他格外看顾。拣了一个风平浪静的日子，独自驾船出湖，看湖天一色，心情大好，同一年前离开省城回来时迥异，故乡的田园、山、水及人，多少年来第一次这么亲切。

乘着过年热闹，大儿子的兴致又高，向母忍不住又提起顾芳的事，向天舒面露不悦，妹妹连忙使眼色，向母想起从前的教训，只得咽下话头，心里却老大不爽。

母亲让他过了十五再走，这样的年才完整。元宵后很快便开学，开学后就能见到叶莲啦，向天舒干脆什么都不想，与乡亲们痛痛快快过年，时间过得反而更快。

元宵夜，村里组织了一场篝火晚会，让向天舒大为惊喜。地点在村后的平地上，磨秋拆了，让出地方来。那一晚，大家又唱又跳，年轻人还随着录音机里的音乐节奏跳起了迪斯科，一直闹到深夜。据说过两年就有电视了。向天舒心里遗憾，有了电视，人都只顾看电视，过年就不会这么有趣了。

第二天上午，他搭过路班车回黄龙镇。一路上都在想：叶莲会不会提前返校？

回来后才知道，年后不久，黄龙镇又下了一场雪，向天舒为错过了这场雪遗憾不已。

女生宿舍空空荡荡，让他大失所望，好在离开学没几天了。

校园里很冷清，同过年的喧嚣恰成反比，偶尔传来一两响鞭炮声，是笑笑和乐乐他们在放过年时余下的鞭炮，声音里透着乏意。近黄昏，绿水塘边，几只乌鸦横空南去，向天舒不觉脱口吟道：乌影度寒塘。诗句似曾相识，一时想不起出处。

到郝校长家拜晚年，顺便给他们送去从老家带来的特产。单玉老师不喜欢过年，原因很简单，别人家团圆，他们没有孩子，老家远，极少回去，两个人未免冷清，向天舒的到来令她欣慰，张罗着准备晚餐。晚餐丰盛无比，不逊于年夜饭。与郝校长推杯换盏间，向天舒的烦忧渐被酒精驱散。

第二天，日迟方起，午饭后，溜达到街上，突然想起艄公，到百货公司买了一瓶好酒，慢慢朝蓝江走去。麦浪翻滚，点缀些金黄色的油菜花，煞是好看。

蓝江绿，水纹如细鳞，木船滑过江面。

“听说向老师回老家过年了。”向天舒刚上船，艄公笑着先开口。

“是啊，昨天才回来。你一个人过年？”明知故问，艄公从来都是一个人过，年也不例外，无非给自己多做点下酒菜，听一夜从镇上传来的鞭炮声。

“春节是你们汉族的节日，现在大家都兴过。”艄公淡淡地说。

刚抵岸，十几个人从山上的小路下来，艄公干脆就在船里候着，让向天舒自己先到屋里歇息，来人看见向天舒，认识的便同他打招呼，不认识的细心打量他，从此也算是认识了这位鼎鼎大名的向老师，一伙人说笑着登船而去。

“向老师，你自己泡茶喝！”艄公回头大声说，船上的人都跟着他一起回头。

“好。”向天舒笑着应道，却不急于喝茶，到屋里拿了个草墩，靠土墙坐在窗下，在阳光中伸了个大大的懒腰，看江面，看田畴，看镇上隐约的人家及浅蓝色的远山。

艄公回来，见向天舒干坐着，并未泡茶，便进屋去给他煮茶，将小方桌抬到屋外，靠墙放在向天舒的右手边，放上两个茶杯，又拿了一个草墩，放在桌子另一侧，待茶煮好后，才坐下来，两人一起喝茶，闲聊。煮的茶要比泡的茶香，散发着土茶罐的味道。

春水碧于天，不远处，一群白鹅在水中游弋，悄无声息，才走远，又来了一群杂色的鸭子，“嘎嘎嘎嘎”，不时将头插进水里觅食，臀部向天，或者整个身子都潜入水中。

来摆渡的人特别多，看见向天舒，大家的反应大同小异。有去镇上的，空船回来，有从镇上回的，空船过去接，有时送人过去，恰好接着人回来，两头都不空，艄公得空坐下喝几口茶，向天舒则乐得看人及被人看。彝族、哈尼族，无论老少，女子都穿着五彩缤纷的传统服饰，虽已惯见，但百看不厌，而同年轻女子目光的交流，让他如沐春风。

晚饭因摆渡的繁忙滞后。艄公很是歉疚，他连说不饿。

几十年的独身生活，凡事自食其力，做饭也不例外，谁都看不出，艄公很会做饭。

天擦黑后，饭菜上桌。艄公一人时只点一盏煤油灯，向天舒在，额外又点了三支蜡烛，将小屋内部照得亮堂堂的。

向天舒将带来的酒打开，同艄公先干了两杯，才开始吃菜。渐渐地，酒精开始起作用，艄公的脸膛黑里透红，如重枣。

两人将向天舒带去的那瓶酒喝光了，余兴未尽，艄公又翻出两瓶老白干，直喝到月上中天，醉意浓浓。艄公渡向天舒过江，月光亮，船头便不点灯，船走不了直线，像艘醉舟，至江心，冷风一吹，向天舒的酒劲翻上来，趴在船沿，双手浸在水中，分不清水光和月光，想起李白醉后捞月溺毙的传说，又想起父亲的死，冰冷的江水流过双手的感觉传遍全身，整个身体似都在水里流动。艄公要清醒些，时时提防他落水。上岸后，稍稍清醒，叮嘱艄公小心划船，立在原地，在冷风里微微摇晃，直等看见艄公上岸，才转身，刚走几步，就吐了，后来是怎么回的家，怎么上的床，一概都不记得了。

个别学生提前返校，却始终不见叶莲的身影。

向天舒收到省城好友寄来的过年礼物，其中有乡下见不到的上等茶叶，便拿了些去送给任老师，顺便给他拜个晚年。

任老师刚吃过午饭，正在洗碗，见向天舒进来，忙擦干手，要给他泡茶。向天舒将茶递给他，说："尝尝这个。"任老师推辞了一番，才收下，嘴里连连说："小向，你太客气了！"

乘烧水的间隙，任老师将剩下的碗收拾干净。

屋里阴冷，同午后春日的阳光恰成对照，院里的柳树换上春衫，向人招手。任老师还穿着厚厚的冬衣，动作迟缓。

"任老师，春天来了，你还穿这么多！应该多出去活动活动。"

"春捂秋冻，人老了，怕感冒，比不得你们年轻人。"任老师笑着说。

向天舒见桌上铺着宣纸，旁边有一幅字，散发着墨香。他一笔一画地欣赏，在心里仔细临摹。所书系杜甫的两句诗，"艰难苦恨繁霜白，潦倒新停浊酒杯"，笔法沧桑。征得任老师的同意，他往砚台里倒了些墨汁，细细濡湿毛笔，在宣纸上认真临摹起来。

写完，拿给任老师看。

“小向，你的功底已经很不错了，不用模仿别人，想怎么写就怎么写，天长日久，自会形成你自己的风格。”

在向天舒的建议下，两人将桌椅搬到院子里，晒着太阳，边喝茶，边聊天。果然是好茶！两人都赞道。

多数年轻教师回老家过年，还没回来，院子在老宅的最深处，静极，蓝天被围成四方形，柳色似绿还黄，柳絮似有若无，有一丝掉在向天舒的茶杯里，懒得清除，和茶喝下。有一阵子，两人都不说话，老人眯缝着眼，似在打盹，向天舒抬眼看有雕饰的屋檐，悬着一张新网，一只黑蜘蛛端坐网中央，四周却不见虫蝇的踪影。

任老师清醒过来，重新煮了一壶茶，又拿来象棋。

彼此都没有争胜的心理，下棋便成了真正的消遣。

喝茶，下棋。

柳絮飘落棋盘，又扬起来，消失在空中。

（未完待续）

网

向天舒传

·中·

沈飞飞 著

中国言实出版社

十九

春风长啸，撩动人心，触目皆是勃勃的生机，春天是希望的季节，但在没有希望或希望过高的人心里，反而生出更多的忧烦，似向天舒此刻的情形。

别的人都已返校，却始终不见叶莲的身影，第二天就要开学了，他心急如焚，担心出事。

上午去女生宿舍视察，不见叶莲，中午到食堂打饭，问别的女生，都说她还没回来，按理，从荷田村来的班车早该到了。

苦挨了一个中午，迫不及待又去了一趟叶莲的宿舍，还是没消息。他差不多要绝望了，临走，交代宿舍里的女生，如果叶莲回来，就叫她去找他。

在客厅枯坐，想不明白叶莲为何不按时返校？家里出事了？路上遇坏人了？辍学？转学？叶莲一向忧郁的眼神，不是没来由的，为什么会这样呢？恨不得即刻动身，去荷田村一探究竟。在向天舒的内心深处，叶莲好比上天派来拯救他的天使，一旦失去，他将堕入地狱的深渊。

索性闭上眼，在黑暗中搜寻叶莲的音容笑貌，仿佛后者真的不在了一样。

“向老师！”

向天舒没有即刻睁眼，而是让熟悉的声音在黑暗中回响。然后才睁开眼睛，露出笑来。

“叶莲，快坐，怎么才到，班车晚点了？”

“嗯，车坏了。”叶莲坐下，显得很疲惫，直视着向天舒的眼睛，是那种经历了千难万险后再次见到亲人的眼神。过完年，人人添膘，叶莲反而瘦了。

“我以为你会提前返校呢！”他的口气里隐含着责备的意思。

叶莲咬着嘴唇，似有满肚子的委屈，沉默片刻，才说：“我也想早点回学校，可是……爸爸病了！”声音里有几分哽咽，一半是因为父亲的病，一半是因为没能提早回校。

“哦，原来是这样。”向天舒心下释然。“你爸爸的病好了吗？”

叶莲点点头。

“其实，几天前就好了，但是我不能走，爸爸想让我多陪陪他。”

“应该的，应该的。”

“那……向老师，我走了。”

“哦！好的。”他找不出挽留的理由，依依不舍地看着对方离去，心下怅然。不管怎么说，她回来了，这比什么都重要。

新学期伊始，正是草熏风暖的阳春时节。

先前无心欣赏的春景，因为叶莲的到来重新生动起来。

燕归来，向天舒为之倾心，时常驻足观看，在操场上看，走进大院看。到处是燕子忙碌的身影，捕食，修补旧巢，或干脆另筑新巢，有的似离弦之箭，直插云天，仿佛要剪一段云霞下来装饰居室，绿水塘边，不时有燕子俯身擦过水面，轻捷、优雅，带起小水花，灵动的美让人心驰神迷。

各处的春花都开了，同去年初来时的光景一样，所不同者，因为向天舒的到来，这座美丽的校园平添了一个花园，杂在菜地中间，让人误以为，周围地里的菜蔬也是故意种来观赏的，篱笆上的迎春花是早春最明亮的色彩。向天舒时时走到方形花园中，除草，剪枝，浇水，思忖着该添些什么花草。

阒寂的午后，坐在卧室的窗前阅读，瞥见黑猫从围墙跳到花园中来，便放下书本，看他想干什么。

花园里很热闹，有很多飞舞的小虫，黑猫在每朵盛开的花前停步，仔细嗅闻，如果花枝太高，便仰头望着枝头的花发一阵呆，时而将蝴蝶惊起，便向空中扑腾，想必是追着蝴蝶玩耍，并非当真要吃它，追逐的过程中难免踩坏几株花草，向天舒却没有丝毫怪罪的意思，去年夏天松鼠跑来偷包谷吃他也不在意，只要不是人为的破坏就行。蝴蝶飞走后，黑猫继续闻香，下脚很轻，像个虔诚的耆那教信徒，生怕不小心踩死地上的小虫子，边走边“喵呜”叫唤。他想起夜里猫嚎春的声音，疑心跟黑猫无关，看他的步态和表情，不像被春情困扰的样子。突然，附近传来低沉的“嗷嗷”声，尾音拖得很长，其声越来越近，黑猫站住，表情似很惊讶，旁边的菜地里出现了一只花猫，接近黑猫时止步，踌躇不前，只顾叫唤。向天舒认得这只花猫，是尚科家养的一只母猫。以为有好戏看，黑猫却不领情，花猫刚要靠近，扭头就跑，一纵身，便越过围墙去了。他爬老人山途中遇见过一只山猫，对着他龇牙，野性十足，后来没再见过，拿不准那只山猫的性别，如果是只母山猫，同黑猫倒是一对儿。黄龙镇的山猫体型偏小，因皮毛值钱，被人捕杀殆尽。

不久，黑猫又翻过墙头，跳进花园，继续先前的游戏。

窗外响起一阵鸟鸣，最近常有鸟栖在窗外的槐树上，不分早中晚，立在最高的枝头，奋力叫唤，吵得他睡不着午觉，但他丝毫不恼，更没有要驱赶的意思，还会探头去偷窥。鸣叫的鸟都是雄鸟，意在召唤异性，有时会飞来一只雌鸟，停在就近的枝头，偏着头看雄鸟，后者更加亢奋，边叫边鼓动羽翼，在枝头来回走动，以炫耀雄姿。这是一个漫长的过程，足见雌鸟的矜持，好在向天舒有足够的耐心，终于看见他们并作一处，或者就地耳鬓厮磨，或者双双飞走，另觅佳树。今天因为意在黑猫，他并未理会叫春的鸟，黑猫却为鸟声吸引，抬头观望，经不住枝头鸟叫的一再诱惑，竟动了捕鸟的念头。向天舒十分意外，探出小半个头去看，倒不担心会惊动黑猫，黑猫神情专注，根本不会注意到他的存在，而是怕将鸟吓走，槐树的新绿尚浅，且稀少，枝头的鸟格外醒目。黑猫开始爬树，每爬几下，便停下来抬头看看，十分狡猾，恰在这时，飞来一只雌鸟，黑猫加快了爬树的速度，显示他内心的兴奋。向天舒一方面希望黑猫成功，一方面又为那两只忘情于恋爱的小鸟担心。雌鸟所在的枝头稍矮，黑猫向她爬去。正在紧要关头，一阵大风吹来，黑猫差点坠落，幸亏抓住了另一根树枝，四肢架空，伸展到极限，样子十分狼狈，令向天舒忍俊不禁，还没等他恢复原来的姿势，两只鸟已经逃之夭夭。黑猫好容易站定，无奈地四处看看，与向天舒的目光不期而遇，立刻转过头去，很难为情的样子。没想到会有人目睹了他的失败，又因受了刚才差点坠树的惊吓，黑猫下树的动作未免笨拙，屁股朝下，一点点儿往下挪，边挪边回头往下看，与上树的敏捷迥然有别，至一定高度，回头见向天舒还在看他，便叫了一声，似不满于对方的偷窥，一纵身跳到地上，撒腿不见了。

又是一个集日，从集上回来，在客厅里坐了许久，竟然没有一个访客，大概春耕忙，人都没闲工夫，便到校园里散步，希冀碰到叶莲。奇怪的是，校园不大，星期天却极少遇见叶莲，也因此加深了他的思念，盼望星期一的到来。桃李芬芳，赏玩了一番春色，又回到街上。

赶集的人已经散去，理发店的生意依旧红火，等候理发的人不少，男女老少都有。

“向老师也来理发啊？”看见向天舒朝里探头，有人问。

“不理不理！毛师傅，今天什么日子，这么多人理发？”

“二月二，剪龙头！”毛师傅笑着应到，手却一刻都不闲着，“今天是蛰龙抬头的日子，虫子出洞，人也该换换头面了。”

“龙抬头。”向天舒嘴上念叨着，觉得新鲜，晚上翻书一查，才明白这天是一个传统节日，在惊蛰前后，民间素有理发去旧的风俗，让毛发在春天里重新生长，如新绿一般。

经过百货公司，怪老道正坐在台阶上给一帮孩子讲故事。孩子们的乐趣不仅在听故事，也在看怪老道滑稽的表情和腔调。向天舒不由驻足观看。怪老道一边讲一边喝酒，脸红扑扑的，鹤发童颜。怪老道朝他点头致意。向天舒一直觉得，怪老道在孩子们面前的举止是佯狂，一种无拘无束的半疯癫状态。怪老道绝非等闲之辈，是他极愿交往的人。因为怪老道的缘故，每当他眺望白云山时，便在心里念叨：巍乎高哉，得道之人居焉！攀登白云山的念头由来已久，顺道去拜访怪老道，但一推再推，也许，是在等待某个契机，而此契机，在未来的日子里出现了，只是他当时还不知道。

贾念慈来找向天舒，怒气冲冲。

豁豁他们中午踢球时，球飞进女厕，如果有女生经过，可以请对方帮忙进去捡球，偏偏是午休时候，半天不见人影。女厕里许久没有动静，想必里面没人，大家一致推举豁豁进女厕捡球。在男生眼里，女厕是神秘的禁地，换了别人，恐怕得掂量一下后果，豁豁却不管这些，大踏步走进去。“流氓！”一个女人的声音似晴空霹雳，与此同时，豁豁“嗖”地窜出来，手里居然还拿着球，将球往地上一扔，撒腿就跑。贾念慈出现在女厕门口，一手提着裤子，另一手指着豁豁的背影叫骂：小流氓，你给老子站住！别的学生都呆了。“跑不了，我去找你们班主任！”贾念慈狠狠地说，整理好裤子，急急而去。不等她走远，所有的人都笑得满地打滚。

向天舒耐心听完贾念慈的控诉，表示一定会严肃批评，并且要让豁豁当面向她道歉。

“不用了，小向，你的学生，你批评教育就可以了。”贾念慈突然满脸堆笑，表现得十分大度。

“那我替他说声对不起了。”

“这是哪里的话。嘻嘻！”贾念慈越发显得宽宏大量。

向天舒找别的学生了解了事件的原委，把豁豁单独叫到一边，忍住笑，板着面孔说：

“你不知道男生是不能进女厕所的吗？”

“知道，我去捡球。”豁豁以为向老师真生气了，小声辩解。

“捡球也要等没人在里面才行。”

“谁知道她一泡屎会拉那么久！”豁豁委屈地说。

向天舒终于忍不住，笑起来。豁豁立刻明白向老师并没有要责怪自己的意思，也“嘿嘿嘿”笑起来。

男生纷纷向豁豁打听他进女厕后的细节，豁豁却只是“嘿嘿嘿”笑，弄得大家伙儿的心里跟猫抓似的，都说豁豁这小子独得很，看见了也不和众人分享。

但另外一件事，就不好笑了，令向天舒第一次对一位学生发很大的火，而这个学生正是他极喜爱的豁豁。

豁豁放学回家，听街坊说某某偷了人家的东西，这不是班上的某女生吗？开始不信，见大家都这么说，才不得不信，到学校后大肆宣扬，传到该女生耳朵里，女生大哭着找向天舒告状，说豁豁污蔑她是小偷。向天舒绝不相信她会偷东西，怒气冲冲把豁豁找来，未曾想豁豁言之凿凿，向天舒便带上他们两人，到南门街去找人对质。说了半天才弄明白，原来是同名同姓的另外一个人，豁豁哑口无言。回来后，当着全班同学的面，他狠狠批评了豁豁一通，豁豁哭了。第一次见豁豁哭，向天舒有点手足无措，狠了狠心，更加严厉地说："哭什么哭？男子汉大丈夫，敢做敢当，错了就错了！"豁豁便不哭了，抽噎着向那位女生道了歉。向天舒对全班同学说，每个人都应该从这件事里吸取教训，不要人云亦云，不要传播未经证实的新闻。又给大家讲了"三人成虎"的典故，强调人言之可畏。

被诬陷的女生家长去找豁豁爸告状，豁豁爸平时舍不得打孩子，一气之下，将豁豁打了一顿，又跑来找向天舒，提着一个箩筐桑葚。每年春季，桑葚熟时，豁豁爸都要给向老师送来一箩桑葚。向天舒连忙给他让座，沏茶。

"你看，豁豁这孩子，怎么学会造谣了？"

"我已经批评过他了。他也不是故意的，纯属巧合。"

豁豁爸自己拿起门边的水烟筒，从兜里掏出烟丝，放在烟嘴上点燃，"咕咚咕咚"吸了几口。

"向老师，我还有件事，想请你帮忙。"

"你尽管说。"

"你看，孩子他娘走得早，我一个人拉扯他们兄妹俩，生活困难，我想，豁豁初中毕业后，考得上中专自然好，考不上就让他回家做农活儿，高中咱念不起。可是，向老师，你知道，豁豁这孩子，自从你来了以后，特别爱学习，最近老跟我说，他不想考中专了，想考大学。你看，他也太没自知之明了。"

"豁豁有这个想法，太好了，咱们应该鼓励他，学费的事你别担心，到时候我替他出。"

豁豁爸原本是想请向老师替他说服豁豁放弃考大学的痴心妄想的，没想到会是这么意外的一个结果。

"向老师，这可怎么使得？！"

“就这么定了，我喜欢豁豁，这孩子聪明好学，又懂事，我敢保证，他一定能考上大学。你先别告诉他，最后一个学期再跟他讲，给他一个惊喜。”

豁豁爸不知说什么好，千恩万谢着走了。

一天夜里，豁豁爸放田水时不知受了什么惊吓，昏倒在田边，第二天才被人发现，抬回家，清醒过来，但下不了床，且记不清所发生的一切，半身不遂，一个多月都不见好转，请白医生到家里看过两次，开了几服药，均不奏效，大家都说是被鬼上了身。向天舒得知这一情况后，雷风寨南木萨驱鬼的一幕浮现眼前，心生一计。他把豁豁叫到宿舍，让他回去跟他爸说他会赶鬼，不妨试试。他叮嘱豁豁不要向外人提起，故作神秘地说：“天机不可泄露。”豁豁半信半疑地去了。晚饭后，他来到到豁豁家，豁豁妹妹站在门口，愁容满面。他先让豁豁闩好门，以防有人闯入，然后同豁豁一起将他爸爸搀到堂屋，斜躺在竹椅上，要了一碗水，从口袋中摸出一张写满字的白纸，点燃，口中念念有词，将纸灰放进碗里，摇一摇，仰头喝下。又叫豁豁打开通向菜地的后门，守在门边，听他的口令，随时准备关门。然后直视豁豁爸，突然瞋目裂眦，厉声说：“有本事来找我！”并抽打自己的脸，动作越来越猛烈，像是两个人厮打在一处，在场的人都惊呆了。向天舒突然倒地，猛烈抽搐，痛苦万状，末了腾跃起来，指着后门大叫：“关门！”豁豁飞快关上门，他恢复平静，心有余悸地说：“走了，不会再来了。”然后，慢慢走近豁豁爸，说：“现在没事了，鬼被我打跑了，你起来吧！”豁豁爸想都没想就站了起来，试着走了几步，没事了。“真的好了！”豁豁兄妹俩齐声欢呼。向天舒又说了一些安慰的话，临走，告诫他们不可宣扬，否则还会把鬼召回来。

黄龙镇的许多人家有祖传的瓷器，据说多数都是本地出产的，令向天舒很惊奇，查阅县志，其中的寥寥数语揭示了真相：瓦窑村富含瓷土，有唐一代，瓷业兴盛，经宋元明，未曾间断，清初始绝，瓷中绝妙者数度供奉皇室。由此可见，瓦窑村附近必定藏着古窑址，没准哪天会被考古专家发现。瓦窑村产优质窑泥，挖得越深，黏土的质地越好，只是做砖瓦的话，自然用不着往深处挖，而两个做陶器的作坊，也只是往下多挖了一点点，所做的陶罐、陶缸、陶锅等，质地已较别的地方优良。受喜爱收集古董的省城好友启发，他常常留意人家里的老物件，但除了一些普通的日常用具，并无特别者。一次偶然的机会，在一户贫穷人家里看见了一个精美的青花梅瓶，据说是明代的遗物，其上的罂粟花纹饰令他叹为观止。这家人过去很富，后来败了，瓷瓶是祖上辉煌的唯一见证。他不由得动了据有之心，但又不忍夺人所爱，想出钱买，又不知道该出多少钱，十分纠结，念兹在兹，竟至数度失眠。他对瓷器的知识发生了兴趣，读了许多相关的书。瓷器乃中国人的一大发明，集合了地火水风四大元素，是土的精粹。他常常梦见彩瓷纷飞。他找借口又去了几趟那家人家里，每次都看着梅瓶出神，男主人觉察到他的心思，有一天对他说：向老师，你这么喜欢这个瓶子，就送给你吧。他闻言大惊，忙说：这是你们家的祖传之物，使不得，使不得！男主人决然地说：我们一家都很敬重你，你无论如何要收下，再说，我们留着它也没什么用。话到这个份上，再推辞就虚伪了，向天舒千谢万谢，末了诚心诚意地说：我会好好保管的，你们什么时候想拿回去都可以。男主人笑着说：既然送给向老师，就没有再拿回来的道理。他终究于心不安，想要找机会答谢。后来，对方家里的孩子考上高中，为学费犯愁，他自然不会放过这个机会，承担了孩子上高中的全部费用，令对方感激不尽，但他心里很清楚这其实是为他自己，此后，因梅瓶而起的良心不安才稍稍平复。

他时常摩挲着梅瓶，久久不能释手，似触摸到了遥远的过去。每至夏天，他都会在梅瓶里插上一束真正的罂粟花，与上面的纹饰交相辉映，美不可言。

几场春雨后，满地落红，正惜春时，想起土村的杏林来。土村地势高，花开得迟。此时也是观赏水村梯田的最佳时机。向天舒便同别的老师换了一下课，星期五六上午的课提前到星期三四下午上，天蒙蒙亮就起，轻装上路。在艄公处喝了一杯热茶，没耽搁，径直上清平岭去了。

他计划先去更远的水村，在诺玛家过一夜，回来再去土村。从土村侧面的小路绕过去，没惊动任何人，满山坡的杏花，开得惊心动魄，一阵风过，芳香扑鼻。他观望了好一阵才离去。经过上次露宿的溪谷，溪水潺潺，较上次更清澈，路上的风景都已熟识，便不停留，正午过去不久，就到了能看见梯田的地方，坐下吃干粮。

梯田灌了水，如水晶阶梯，与想象的一样美。

到诺玛家，卡梭在上学，诺玛的父母出农活去了，诺玛同奶奶在一起，见到向天舒，喜从天降。他问候过老人，喝了一阵茶，看时间还早，对诺玛说想去梯田里走走，诺玛便陪他去。许多人在犁地，他几次差点滑到水田里，伸手抓诺玛，后者“咯咯咯”笑，还顽皮地推了他一把，他惊叫了一声，好容易才站稳了，倒是诺玛自己的一只脚滑进水田里，把鞋弄脏了，也不恼，脱下来清洗，依旧穿上。向天舒问她冷不冷，她笑着摇摇头，说：走，去看我们家的田。老远就大呼小叫，犁地的人直起腰来，向这边张望，是诺玛的父母。等走到跟前，诺玛的父亲已经洗净手，站在田埂上迎候他们，伸出双手来同他握手，他赶忙给他发烟。诺玛的母亲依旧在水田里犁地，对他笑着说：“向老师来了？！”“来了！”他笑着应道，水牛也将头抬起来，朝他扬了扬，算是打招呼，又继续干活儿。卡梭远远跑来，边跑边叫“向老师”。卡梭放学回家，听奶奶说向老师来了，迫不及待出门来寻，脸兴奋得红扑扑的。诺玛说，自从上次向老师来过以后，弟弟学习更用功了。向天舒说：“卡梭，最后一个学期了，好好努力，把基础打牢。”

诺玛的父母因为贵客临门，早早收工，一行人走回村子，卡梭顽皮，骑在牛身上，诺玛说：牛累了一天，卡梭不该再骑。卡梭装作没听见，向天舒也说：是啊卡梭，听姐姐的话。卡梭才连忙从牛背上跳下来，牵着牛绳走在最前面，卡梭的妈妈说：还是向老师说话管用。大家都笑了。

晚饭很丰盛，席间，向天舒又郑重地同诺玛父母说起卡梭上初中的事，正好邻居来看热闹，说：向老师，你也帮帮我们家的马缨花，她做梦都想上中学呢。马缨花与卡梭同班，长得很不起眼，向天舒刚要拒绝，心里突然想：自己为什么资助卡梭？除了喜爱这个长相标致的哈尼少年，恐怕与他的姐姐诺玛也大有关系，动机并不十分纯洁。这样一想，觉得惭愧，如果资助这个渴望学习的女孩，自己的心就平了。再说，他喜欢马缨花这个名字，马缨花即大树杜鹃花的俗称，岭上常见，五月开鲜红色的花，且一年四季都开在彝族和哈尼族女子的服饰上。于是说：好啊，她和卡梭正好有伴儿。诺玛的父母惊得嘴都合不拢，邻居也很吃惊，本来只是顺口一说，竟然换来意想不到的结果，马缨花的父亲将她拉过来，说：还不快谢谢向老师。向天舒看见马缨花的眼里闪着泪花，确信自己的付出是值得的，马缨花也没有辜负他，最终考上了大学。

第二天午饭后才离开，诺玛一家人把他送到村口，临走，他一再说：以后来赶场一定去他那儿歇脚。虽然他知道，水村离镇上远，赶集的哈尼人通常都是来去匆匆。诺玛一声不吭。他也很怅然。一路上想着诺玛的各种音容笑貌。直到看见杏花林，精神才又振奋起来。

李善财一家见到向天舒，自然欢喜。

向天舒看见玉香，感觉同见到诺玛一样。美无处不在，但许多美，是可望而不可即的。单单感觉本身，也是种享受，肉体的，精神的。不过，玉香似乎与从前不一样，不大说话，席间让她唱歌也不唱。善财爹就说：向老师，我们家玉香订婚了。向天舒吃了一惊，玉香才十八岁，怎么就要嫁人了？心里一阵悲哀。

“翻过年结婚，向老师一定要来喝喜酒啊。”

向天舒勉强答应，那晚的酒喝得没滋没味，早早躺下，第二天一早就离开了。临走，善财爹硬塞给他一包干杏仁。他一步三回头，心里空落落的，不知下次来是什么时候，也不知还能不能再见到玉香。

“向老师！”

是玉香，站在村口。

“玉香？”

“给。”玉香递给他一样东西。

“香包！”向天舒吃了一惊，。

玉香一低头，匆忙离开。向天舒怔怔地看着她的背影，有一个拭泪的动作，待她消失，才又低头看手里的香包，色彩鲜艳，像一颗跳动的红心，散发着幽香。

向天舒后来没去参加玉香的婚礼，玉香嫁得远，出嫁后没再到黄龙镇来，她优美的歌声时时在他的脑海中回响。

身为初二（3）班的班主任，除了学习，向天舒对每个学生的生活起居都很关心。别的班时常有退学的，或是因为厌学，或是因为家里太穷，而他的班除了张力，没一个再退学；而对那两个时常逃学去跟包姥斯混的男生，他已不抱任何希望，巴不得他们早点退学呢，后来果然退了学，与二流子为伍。他轻易不到女生宿舍去，男生宿舍则常常巡视，特别是停电的时候，让大家小心火烛。姜泽后是他的得力助手。班上的同学，特别是男生，向天舒不在的时候，最忌惮班长姜泽后，姜泽后管不了的，便报告向老师。人们通常不喜欢打小报告的人，姜泽后是个例外，因为他没有私心，而且无论身高和年龄，他在其他同学面前都是老大哥，为人又耿直，大家都服他管。因此，无论课堂内外，初二（3）班的班风是全校最好的。向天舒有一个五年计划，即作为班主任，将初二（3）班一直带到高中毕业，让这个班有一个好的升学率。而这一切，只是为了学生们好，同大多数为了名誉和奖金追求升学率的教师有所不同。

因为是最后一年才接手高中班的英文课，既要教新课程，又要强化他们薄弱的基础，心思都花在教学上，与高中班学生的课余交往不多。兴趣是最好的老师，他着力调动他们学习英文的积极性。有一次，他放了两支乐曲，一支是中国的古琴曲，另一支是肖邦的钢琴曲，同学们虽然从未接触过这些东西，也不大听得懂，却都能分清哪一支是中国的，哪一支是西洋的，中西方的差异显而易见。他乘机说：“这个世界因为差异而精彩，如果没有差异，世界便大同了，千篇一律的大同世界其实很无聊，不是求同存异，而是存同求异，这便是个体生命的意义所在。学会一门外语，特别是比较流行的外语，如英语，便多了一种沟通的渠道，就像在厚厚的墙上打开一扇窗，开向别样的风景，放进不同的气息，当母语因为种种原因成了认识世界的障碍，外语便会提供另一种可能性，提供更多自由的选择，你们现在意识不到，等将来有机会走到外面的世界中去时，外语会极大地丰富你们的视听。”又说起《圣经》里的一个故事。早先，人们想建一座通天塔，这座塔又叫巴别塔，工程进行得如火如荼，上帝不高兴了，通天塔一旦建成，他的权威就会受到威胁，人岂能随随便便上天？那时全世界的人都说同一种语言，上帝便暗中使坏，让人们说不同的语言，相互无法沟通，误解、矛盾于是产生，巴别塔的工程因此半途而废。语言的重要性由此可见一斑。一直以来，向天舒对巴别塔的典故十分着迷，现实中的巴别塔是永远都不可能建成的，但人可以在心中建造，内心的语言是相通的。

他常常放英文歌曲给学生听，又将自己会唱的英文歌教给他们。此外，早在上学期，他就每星期都组织一次英语口语对话，晚饭后至晚自习开始前，地点就在绿水塘边，类似省城的外语角。开始只有高三及初二（3）班的学生，渐渐地，别的班也有人来参加，人越来越多，开始还要张贴通告，后来固定为星期一，成了黄龙中学的一个传统。教英文的老师，包括向天舒，也都积极参加到外语角中来，以鼓励同学们开口。为了能在外语角开口，大家纷纷努力，在全校掀起了学习英文的热潮。即便是最后一个学期，高中毕业班的学生去英语角的热情也丝毫不减。当然，也有人乘机恋爱，那时候，黄龙中学早恋的还不多，外语角的出现，给不同班级的男女生提供了交流的机会。程文礼对此耿耿于怀，多次在教师大会上提议取缔，说男女生聚在一起聊天，有伤风化，但没人理会他。

猫又开始叫春，不分白天黑夜，令许多进入青春期的少男少女坐卧不安。尚科家的花猫叫得最凶，连憨包都听不下去，呵斥了几次，最后抄起笤帚来打，打得花猫不敢回家，跑到向天舒的花园里避难。这里是黑猫的领地，花猫见到黑猫，立刻忘了身上的伤痛，向黑猫大献殷勤，黑猫不为所动，逼得急了，便露出凶相。目睹了花猫的一系列遭遇，向天舒有点同情花猫，发情不是她的错，后来，许久都没见到花猫，便去问憨包：你们家的花猫呢？憨包嘿嘿笑着说：不知道。

向天舒在街上见过花猫，孤单地走着。

一个黄昏，他去爬孩儿山，灌木丛中传出婴儿的哭声，将他吓了一大跳，以为是谁家的弃婴，蹑足走近，竖直耳朵听，是猫，而且是两只，两只发情的猫，叫声此起彼伏，似在做激情的表白，不知是否在行苟且之事。他生平从未见过猫交尾，好奇心大起，轻轻拨开灌木，待要探个究竟，“嗖”的一声，蹿出一只猫来，并未走远，回头朝他怒视，是花猫。他愣了一下，又蹿出一只猫来，灰色的，朝花猫奔去，两只猫并作一处，迅速消失。

黑猫依旧像个独行侠，偶尔到向天舒的卧室窗台上觅食。黑猫的身手不凡，逮耗子跟玩儿似的，不过战利品常常被朱乐他们夺去，浇上煤油活活烧死。

学生喜欢向天舒的课，上课都很专心，这阵子却一反常态，许多学生心不在焉，甚至打瞌睡，晨跑时常常无故缺席。他以为是自己的工作出了问题，找了几个学生来谈话，都说跟以前没什么两样，当问到为什么上课不专心及晨跑无故缺席的时，一概支支吾吾，女生更是满脸羞红，低头不语。夜里传来猫叫春的叫声，惊心动魄，他突然醒悟，直骂自己笨，连动物都会发情，何况人。植物的生殖器官都已开放，到处可见蜜蜂和蝴蝶在花丛中忙碌的身影。少男少女们进入青春期后，除少数晚熟者，男生正遭到梦遗的惊吓，而女生正饱受月经的困扰，生理上的变化转化为心理上的惶惑与不安，学习和生活自然会受影响。

晚自习时间，向天舒走进教室，让大家合上书本，宣布说：今晚我要给大家上一堂生理课。同学们惊讶万分。

他用平静的语气，从人的出生讲起，讲到儿童带有性意味的游戏，再讲到青春期的生理变化，直至成年，恋爱，成家，生孩子，新的生命诞生，最后，又回到青春期，强调男孩梦遗和女孩来月经，都是正常的生理现象，不是什么见不得人的事情。生命是奇妙的，每天都在变化，要用心去体会每一种变化。他拿自己做例子，当年也像他们一样，第一次梦遗后，每天都害怕上床，无知产生恐惧。

刚开始，女生都不好意思抬头，调皮的男生相互挤眉弄眼，慢慢地，气氛变得庄重，女生也都抬起头来，认真听讲。叶莲和另外几个女生还边听边做笔记。向天舒深受鼓舞。

“所以，你们现在知道是怎么回事，就不用害怕了，还没有经历的同学，迟早也会有这一天。这是成熟的标志，可喜可贺，很多地方，还要为此举行隆重的成人礼呢。”

最后，他笑着说：“男生最好事先准备些手纸，免得把床搞脏了，让人笑话。”

男生忍不住笑起来，女生也低着头笑。

向天舒自己忍住笑，又说：“女生要多注意个人卫生，健康是最重要的。”

这堂课的效果立竿见影，同学们消除了面对发育中经历突变的恐惧和羞耻感，恢复了往日的生气，女生不便出早操的，也会主动请假，不再“无故”缺席。

这事很快传开，全镇哗然，特别是程文礼，借机大做文章，说向天舒诲淫诲盗，家长们惶惶不安，怕孩子学坏。郝校长找向天舒谈话以后，对他的做法表示赞许，但强调小地方的人保守，一时还接受不了。他也就不再坚持，为了消除负面影响，还主动在职工大会上装模作样检讨了一番，心里却在笑：没人能让学生们把已经学到的知识吐出来。

高考临近，高中毕业班的学习很紧张，向天舒不赞成给学生过多的压力，主张劳逸结合，鼓励学生们健身，身体好，脑子才灵活。何况，绝大多数学生是升不了学的，何不让他们好好享受最后的学生时光。他每星期都组织一场两个高中毕业班之间的篮球赛，请教体育的董老师担任裁判，他自己则一面负责记分，一面调动拉拉队的积极性，让所有人都参与进来，除了高三的学生，其他年级的学生也来观战。晚饭后，向天舒自己常随兴参加一些体育运动，打篮球，打排球，踢足球，围观者中不时出现叶莲的身影，令他挥汗如雨。

学校每年要举行一次春季运动会，持续一整日，开幕式隆重，各班都经过精心的准备，学校广播一整天都没消停过，全镇都能听见。参赛者、加油者、组织者，也有不少看热闹的校外人，包括二流子在内，整个操场上人头攒动。有各班老师参与的拔河比赛将运动会推向高潮。在集体的力量中，个人的力量无法显现，也无需显现，在潮水般的加油声中，向天舒与同学们一起拼尽全力，可惜还是输了，豁豁不服气，坚持说对方犯规，没等哨响就已开始发力，姜泽后瞪着失望的大眼睛，叶莲和几个女生难过得眼泪都掉下来了，身为班主任，向天舒却一点儿不恼，笑嘻嘻地安慰大家，反复说：重在参与。

教学工作已经熟稔，向天舒脑子灵，记性又好，基本不用再备课，但批改学生的作业却很耗时，且枯燥，又不能投机取巧，有时会想：把精力耗在这些于己无益的事情上，值得吗？这些时间，他可以读很多书，就是发发呆也好。很快，他就想通了，人不能事事只为自己，既是为了学生好，该牺牲的就不能吝惜。心态遂平静下来，并从学生的进步中得到许多乐趣。

何况，有许多方式排解工作的疲惫，爬山、写信、阅读、思考，而叶莲的存在填补了感情的空白，最喜者，因为天气转暖，又可以和她们一道去紫溪洗衣服了。

白天很少出校门，原因之一是不想看见包姥，后者见他就一脸坏笑，还公然发烟给他抽，因为短处被对方捏着，他发作不得。晚饭后到镇上散步，同每个人打招呼，依次问候祝师傅、金师傅、毛师傅。老谭的门常半闭，不便打扰，但每次都要驻足，侧耳倾听弹弓的声音，连老谭的咳嗽声都很有节奏感，偶尔忍不住敲门进去，发烟给他，老谭很局促，有些口吃，要给他让座，他连忙制止，站着抽完烟，也没什么话说，随即告辞，他从没见老谭出过门。有一次，见路中间有一堆药渣，看似普通的垃圾，实则是人故意倾倒在路上的，希望家里病人身上的病被从上面过的路人带走，先不说有没有用，出发点就很自私，损人利己，向天舒非但不避，还踩着药渣过去，别说他不信，就算信，也不介意对方把病过给自己，既然必须有一个人承受病苦，宁可他来承受。

憨包跑来找他，说：回来了。他奇怪地问：什么回来了？连问了三遍，憨包才说：花猫。憨包的表情显得异常兴奋，令向天舒的好奇心大起，随他去看，这才明白他激动的原因，花猫不仅回来了，还带回了三只小猫，刚出生的样子，毛茸茸的，十分惹人爱怜，忍不住蹲下身子去抚摸它们。花猫“喵呜”叫着，过来蹭他的脚，似在对他对自己孩子的友好态度表示感谢，憨包兴奋得团团乱转，小芹也一脸快乐。自打花猫做了母亲，向天舒便对她刮目相看，时常拿着吃的去看望她和她的孩子，憨包对三个小家伙也疼爱有加，像是他自己的孩子一样，每次见向天舒来，便大声吆喝：都过来，向叔叔拿好吃的来了。

每次去憨包家，如果尚科不在，向天舒便会溜进他的卧室，看那些奇奇怪怪的实验器皿，床上靠墙堆满书，占据了小半张床，因是一楼，窗帘几乎从未拉开过，光线昏暗，恍若置身一间炼金术士的实验室里。世上有各式各样的炼金术，黄金的炼金术，爱情的炼金术，精神的炼金术，文字的炼金术，设想有一个大熔炉，可以将万事万物同时投进去锤炼，最终只会得到一样东西，但谁也不知道是什么东西。向天舒上中学时接触过理科，但只是一些常识，所知有限，正所谓隔行如隔山，不过他有自知之明，凡是他不会而别人会的东西，他都心怀敬佩。

一天，尚科突然回家来，令他很尴尬。

“不好意思，我好奇，进来看看。”

“没关系没关系，看吧看吧，屋里乱，让向老师见笑了。”

向天舒走到客厅，正要告辞出门，对方却说：“向老师，喝杯茶再走。”

他迟疑了一下，对方态度诚恳，脸上的笑令他不忍拒绝，而且，他也想同这位“科学怪人”聊聊，便坐了下来，递给他一支烟。尚科让小芹给他们泡了两杯茶。

向天舒注意到小芹叫“爷爷”时，尚科的表情有些微妙的变化。

“向老师，你对科学有什么看法？”

没想到对方会问他这么大的问题，他不知如何回答，低头喝了两口茶。

“尚老师，依你之见呢？”他将问题抛还给对方。

“科学好，真好，科学是唯一可信的东西。”尚科不假思索地说。

“惭愧惭愧，我的科学知识少得可怜。”见对方如此自信，学文科出生的向天舒有些难堪，觉得自己在对方眼里一无是处，激起了他的逆反心理，非理论一番不可。

“可是，你凭什么说，科学是唯一可信的东西？”

“因为科学的结论可以验证，经得起时间的考验，几千年来，科学进步了，人性不仅没变，现在看来，反而退步了。”尚科搓着手说，并不在意对方语气的变化，而只关心自己想要表达的内容。事实上，他的心气很高，恰与谦卑的外表相反，他从不与人谈起这些，因为向天舒学历高，又来自省城，这才让他破了一回例。

这番话令向天舒暗暗称奇，但他不想附和对方，故意说：“难道，人性的退步不是科学的进步引起的吗？”

“是人没有利用好科学，怎么能怪科学呢？科学是很客观的，不以人的意志为转移。”

“如果我没猜错，你一定觉得人是最不可信的。”

“没错，向老师好眼力，我喜欢跟物打交道，不喜欢跟人打交道，人心不可测。”

向天舒断定尚科一定受过许多人世的苦，将人心都看透了，在科学的世界里找到了某种信仰。没有人知道他有过怎样的遭遇，而他的心扉也从不向任何人开启。

“你不觉得，相信宇宙有个开端，并始于一场大爆炸，是本世纪最大的玩笑话吗？科学家们只看到可见之物，却看不到不可见之物，而可见之物是有限的。科学务实，是它的优点；不务虚，是它的弱点。”

“你的话太高深了，我不懂。”

“你信神吗？”向天舒追问道。对神的向往贯穿了他的整个童年，但科学是诸神的死敌，随着年龄的增长，诸神的天空让位于科学的天空，那些如神一般隐秘的事物也相继被揭开面纱，露出寻常的面目来，一切都变得相当无趣。

尚科用眼神回答他：这个问题本身就有问题，我连人都不信，还信神？

“你呢？”尚科反问。

“我信，但与别人信的不一样，我把未知的领域统称为神。”

“这个观点挺新鲜。不过，未知的领域正是科学所要探索的。”

“科学不是万能的，总有无能为力的领域。”

“现在不能，并不代表将来不能。”

“你对科学这么有信心？”

“我别无选择。”

“难怪别人叫你‘科学怪人’！”

“嘿嘿，我可不在‘黄龙镇三怪’里头。”

向天舒也笑了，尽管观点不同，但他打心底里佩服这位特立独行的“科学怪人”。

“你最近在搞什么发明？”

“嘿嘿，都是些小打小闹，不过……”

尚科欲言又止，勾起了向天舒强烈的好奇心，但对方低头喝了几口茶，并没有要把话说完的意思。

“尚科老师，你绝对不是满足于小打小闹的人，我猜你在搞大发明。”

向天舒试图用恭维的方式将对方欲言又止的话引出来。果然奏效，尚科无比欣慰地笑了。

“向老师，你太高看我了，不过……我确实在搞一项重大的发明：永动机。”

“永动机？”向天舒吃了一惊，他听说过这个东西，自古以来都有人在研究，包括艺术与科学奇才达·芬奇，但无人成功过。他试探性地质疑：“据说理论上不成立，违反能量守恒定理。”

“不见得，不见得。”尚科兴奋地说，满面潮红，与女人G点受刺激时的表情一样。“不瞒你说，我已经搞出来了。”

向天舒双眼圆瞪，以示不敢信。

“不过，现在还停留在图纸上，但转化为实物只是个时间问题，总有一天，我会让世人震惊的。”尚科突然起身，走进卧室，将高高的身子放低，单腿跪下，弯腰从床底下掏出一个塑料包，裹得很严密，防水防蛀，一层层打开，露出一叠图纸。

复杂的公式和演算，令人眼花缭乱的草图，像天体运行轨迹一般神秘的线条，满纸都是，甭管内容如何，主人为此所倾注的无数心血，已令向天舒油然而生敬畏之心。他一张张仔细浏览，像在看一卷天书。

“向老师，你不是学理科的，看不懂。其实原理很简单，一说即破，懂物理的人根据这些图纸就可以造出永动机来，真正的永动机，与那些骗人的玩意儿不同，不过需要大量的资金投入，我现在还没这个能力。”

“永动机有用吗？”

“太有用了。让机器动起来的目的是做功，带动其他机器运转，小到汽车，大到飞机火箭，如果发动机都换成永动机，你想想，能省下多少能源，而且不产生任何污染，一劳永逸。虽然科学很客观，可应用科学的人很主观，伴随科学的发展，各种负面影响层出不穷，地球遍体鳞伤，核能不是用来杀人的，可人类拥有的原子弹足以毁灭整个地球，人犯的错却要科学来承担，这不公平，科学何罪之有？最终，我们还得靠科学来替我们纠错。永动机必将造福人类！”

尚科吐沫横飞，令向天舒想起当众发表演说的各种狂人，很为他担心。能发明永动机的人，恐怕只有万能的主——如果真有这么一个主儿的话，事实上，我们身在其中的世界本身就已经是一架永动机了，无需再发明别的什么永动机。话说回来，永动机的发明倒也不失为一个远大的理想，一个真正的理想，真正的理想是不会被实现的，科学领域也不例外，不过，有理想比没理想强。

憨包进进出出，引得向天舒不时看他，他也看着向天舒“嘿嘿嘿”笑，虽然傻，却笑得可爱，一派天真，向天舒也用笑回应他。尚科似有难堪之色，嗫嚅着说：

“我这个儿子……让你见笑了！”

“哪里的话，其实，他比我们这些正常人快乐！”

向天舒的话令尚科吃了一惊，盯着他看，以确定他并无揶揄之意，末了叹口气说：愚昧害人！向天舒用眼神问他此话怎讲。

“他妈和我是表亲，按理不能结婚，农民不懂科学，以为‘亲上加亲’，我又年少，稀里糊涂就进了洞房。第一个孩子就不正常，没几年就发病死了，我不敢再生，父母却死活不依，反反复复就一句话，‘不孝有三，无后为大’，我最终屈服了，且心存侥幸，近亲结婚生的孩子未必都不正常，全凭运气，可惜我命不好，生下这么一个憨包儿子，再不敢生了。不过……”向天舒猜他想说：不过，他妈死了，就是想生也不能了。

小芹进来给他们的茶杯里加水，待她离开，向天舒忽然说：“小芹这么可爱的孩子，没妈怪可怜的。”

尚科一愣，叹口气，说：“唉，其实我也想给她找个妈，一个家没个女人管不行。”

向天舒忽然意识到，“科学怪人”也有很多俗世的烦恼。

二十

小吴老师突然宣布结婚，向天舒大吃一惊，同时由衷地为她感到高兴。他原以为，相貌似小吴老师者，虽然嫁得出去，但不会这般容易。新郎也是本校的老师，叫赵本根，教历史的，同小吴老师一样，因学历低，只上初中部的课程，少言寡语，比向天舒来黄龙中学的时间早不了多少，平时打交道不多，只知道他家很穷。

向天舒一开始嫌恶吴燕，因为受不了她看自己的眼神，他能明显感觉到，正如众人所说的，吴燕在暗恋他，这让他很不舒服。难道吴燕真的感觉不到他对她的厌恶吗？太不知趣了！

小吴老师听了向天舒的课以后，深受启发，下决心改变自己刻板的教学风格，隔三岔五跑到向天舒屋里来向他请教，他虽不十分热心，但也不好拒绝。第一次见到向天舒的书房，小吴老师恍然大悟，原来，除了教科书，自身的修养也很重要。从此，小吴老师便把他的书房当成了图书室，时常来借书看；确信对方不是故意跟自己套近乎，而是真心要读书后，向天舒倒是一点儿都不反感。有一次，她借去《简·爱》，很久才来还，他问她好不好看，她眼睛一红，眼泪随即掉了下来，令他讶异，她说：太感人了，太好看了，我看了三遍！向天舒因此改变了对小吴老师的看法，觉得她没有以前那么难看了。

小吴老师的行为激怒了一个人，顾芳。居然会有人说，她和吴燕是情敌！太掉价了，有吴燕这样的情敌！顾芳的脸都气歪了。顾芳去找向天舒，远远看见吴燕从向天舒的屋里出来，便在原地等。其实，因为那些关于顾芳和向天舒相好的传言，顾芳是吴燕最羡慕的人。看见顾芳，吴燕笑着打招呼，没想到招来一顿羞辱。

“吴燕！你也不照照镜子！你也好意思天天来找向天舒！你不知道他讨厌你吗？！”顾芳故意提高嗓门，让路过的人都听见。

吴燕愣在那里，好半天才明白对方话里的含义，掩面跑开。

晚上，吴燕来找向天舒，眼睛红肿，模样因此变形，显得滑稽，向天舒很纳闷，小吴老师这次借的书是讲历史的，没理由感动成这样吧。

“向老师，对不起，我实在是受不了了，想当面和你说清楚，真的，我没有那种意思。”

他更纳闷了。

“向老师，我一直都很尊敬你，觉得你太伟大了，没有人会像你这样，愿意放弃大城市，到我们乡下来。你不知道，有你这样的同事，我多荣幸！我承认，我喜欢你，可我从来都不敢指望你回报我什么，这点自知之明我还是有的。你说，喜欢一个人，有错吗？”

一席话令向天舒既感动，又愧疚。想必是自己无意中做了什么事，或说了什么话，伤害了对方。凭什么这样对吴燕？仅仅因为她长得丑？长得丑是她的错吗？丑人就没有爱和被爱的权利吗？他常常教育学生，不要以貌取人，为人师长，可以言行不一吗？小吴老师的内心与外表恰成反比，自己为什么讨厌她，而不讨厌顾芳？孔夫子说对了：吾未见好德如好色者！

“向老师，我就那么让你讨厌吗？”

向天舒其时正在心里检讨自己，没有及时给出否定的答案，等他回过神来，小吴老师已哭着跑出门去了。

是啊，喜欢一个人，有错吗？难道小吴老师连喜欢他的权利都没有吗？他未免也太自私太自以为是了。向天舒深自忏悔，傍晚，登门向小吴老师道歉，并将那本《简·爱》送给她，小吴老师流着泪收下了。

很快，他弄清了事件的原委，对顾芳更加反感。

向天舒再次见到小吴老师时便主动上前打招呼，后者又惊又喜，脸上泛起红晕。他突然发现她并不丑，一种纯粹的美从她的内部渗出，并且蒸腾，形成绚丽的光环，萦绕在她的头顶四周，从此，这种美时时在吴燕的身上显现，令他彻底改变了对她的态度，真心诚意地对待她，而对方也没再用那种含情脉脉的眼神看他，令他反而很不习惯。

小吴老师和赵本根的结婚酒席摆在大礼堂里。小吴老师人缘好，全校的教职员工都来参加。顾芳本不想来，因为向天舒的缘故，也来了。

郝校长是证婚人，新郎新娘双方的父母也来了，都是老实巴交的乡下人。小吴老师化了妆，要搁平时，向天舒肯定觉得还不如不化妆呢，可今天，他觉得小吴老师从没这么漂亮过。

费武、小妖、向天舒、顾芳及另外几位老师同桌。因小妖在，费武不敢同顾芳套近乎。话题集中在新郎和新娘身上。费武嬉笑着说：赵本根的艳福不浅啊，哈哈哈！大家都知道他是在说反话，向天舒的眉头皱起来，顾芳接过话茬说：有什么办法，小吴老师喜欢的人瞧不上她！边说边看着向天舒，同桌的人知道她的话外之意，也都笑着看他，小妖“扑哧”地笑了，顾芳为这句话的效果得意洋洋。向天舒一阵发窘，继而愤愤地说：“哼，别看有些人外表光鲜，其实是‘金玉其外，败絮其中’！”顾芳的脸霎时白了，待要发作，有人打圆场说：今天是人家大喜的日子，来来来，干杯！顾芳一直黑着脸，小吴老师夫妇来敬酒，别人都起身，她却坐着，头扭向别处。

大家都听说了顾芳和向天舒在小吴老师婚礼上闹别扭的事情，单玉老师从中说和，顾芳好歹消了气，向天舒慢慢也不计较了，两人又开始来往。

小吴老师和赵本根婚后不久，因为是双职工，分到一套新楼的房子，与向天舒在同一层，常常走动，渐渐熟识起来。有一次，向天舒忍不住问赵本根：为什么会娶吴燕？赵本根似乎明白向天舒问话的意思，犹豫再三，才说：向老师，不瞒你说，一开始，我也很无奈，你说，像我这种人家，还能指望找个什么好媳妇，我也想找个顾芳这样的，可是，人家看得上我吗？农村的倒是不难找，可我怎么样也算个有文化的人，不甘心，吴燕是长得难看，可心地好，和我有许多共同语言，再说，我们是双职工，按规定可以分到一套房子，现在，我一点儿都不后悔，吴燕真好，会过日子，对我家里人也很好。赵本根对甘愿从省城来到黄龙镇的向天舒一向敬重，又因为结婚时向天舒送了很重的礼金，心里格外感激，在他面前无话不说，在别人面前依旧沉默。小吴老师见他们两人要好，十分开心。向天舒发现，一向寡言少语的赵本根，其实是个很有意思的人，外表木讷，内心却很清醒，大概与他的专业和兴趣有关，他书房里同历史有关的书籍，都被赵本根一一借去阅读，他们在一起聊天的话题也大多跟历史有关，赵本根有句口头禅：古已有之。

一天傍晚，赵本根兴冲冲地来找向天舒，手里提着瓶酒。

“哟，好酒啊，什么事这么高兴？”向天舒赶紧找来两个酒杯。

赵本根笑而不答。和向天舒碰了一下杯，先一饮而尽。向天舒只好奉陪。

三杯酒下肚。

这么大瓶酒，寡喝非醉不可，向天舒正寻思着要到单玉老师家弄点下酒菜来，小吴老师端着两个盘子进来，一盘炸花生，一盘卤菜。

“给你们下酒，别喝醉了，嘻嘻！”

向天舒让小吴老师坐下一起喝。她连忙摆手，笑着离去。

“她可不能喝！来，向老师，吃菜。”

在自己家里，向天舒倒成了客人。

“小吴老师一向都会喝点酒的，怎么说她不能喝呢？”

赵本根终于忍不住说：她怀孕了！

原来如此！怪不得！向天舒抚掌大笑。

“早说啊！恭喜恭喜！来，干杯。”

“向老师，我和吴燕商量好了，想请你做孩子的干爹，不知道你愿不愿意？”

“愿意，当然愿意了。肯定是个胖小子。”

赵本根乐不可支。向天舒知道，乡下人都喜欢听这句话。后来，果然生了个可爱的儿子，再后来，赵本根的儿子一见向天舒，便亲亲热热地叫他“干爹”。

也许是受了春天的影响，新学期开始不久，顾芳就对向天舒展开了猛烈的攻势，有事没事都要来找他，在食堂打完饭便端着到他屋里吃，吃完也不走，到书房找书看，一副爱读书的样子。向天舒心里烦她，又不好撵。如果是晚上，他便借故要去查看学生上晚自习，想让她离开，而她居然不理会，让他自去，说她自己看看书再走，回来居然还在，弄得向天舒哭笑不得。

关于向天舒和顾芳恋爱的传闻沸沸扬扬。单玉老师不止一次开玩笑问：小向，几时喝你们的喜酒？

向天舒无意辟谣，时间长了，真像自然会大白，对顾芳依旧不冷不热，之所以迟迟没向她挑明，原因很简单，顾芳颇有姿色，他很久没沾女人，诱惑不能说不大，而且，嘴边的草，张嘴就可以吃，之所以犹豫，怕对方就此赖上他。

那晚合当有事。天气一反常态，十分燥热。顾芳来找他，穿得很清凉，令他欲火焚身。顾芳到书房看书，向天舒将客厅的门轻轻关上，走进书房，问她看什么书，异乎寻常地温柔。顾芳坐着，向天舒站在她背后，看见乳沟深陷，下半身便瘫软了，就势俯身去亲她的脸，渐渐地，把她当成记忆中的某位风尘女子，手脚开始放肆，顾芳也有些不能自持。向天舒将她抱进卧室，即将进入实质性的阶段时，顾芳猛然惊醒，挣脱他，飞快穿上衣服，大叫说既然不喜欢她为什么要这样，拿她当什么人了。继而踢打他，继而大哭，继而冲出门去，向天舒完全懵了。事后，向天舒几番向顾芳道歉，但她丝毫不接受，也许，她要的并不是道歉。他只好作罢。感情是勉强不来的。这件事令向天舒很不自在，像活吞了只癞蛤蟆，本以为和顾芳上床是手到擒来的事情，对方巴不得呢，没想到事与愿违，倒像他是个龌龊的淫棍似的。

打那以后，顾芳不再搭理向天舒，也不再到学校的宿舍住，上完课就走人，像变了个人似的，与学生和老师的关系都很冷漠。

单玉老师，别的老师，镇上的人，都以为向天舒会和顾芳好，他们的关系公开决裂后，单玉老师很失望，镇上有人断言：向老师迟早会离开黄龙镇。

一个星期六的夜晚，圆月在天，向天舒毫无睡意，想起艄公来，许久没见了，春江月夜，定是一番迷人的景象，立刻披衣出门，向镇外走去。

至渡口，月亮正好从一堆云里钻出来，令他想起“月涌大江流”的句子，朝对岸大声招呼，艄公即刻荡舟过来。

“这么晚，没打搅你吧？”

“一点儿都不打搅，我睡得晚。”

上岸后，看见小屋前放了两张渔网，原来艄公正要出去打鱼。艄公说没关系，本来打鱼就是消遣，向天舒的到来比什么都重要。他心里一动，说：正好，我也想看你打鱼呢！艄公见他不是开玩笑，亦非故意客套，便乐滋滋地忙活起来，很快准备停当，解缆出发。

向天舒坐在船头，如果没有船头的水声，感觉不到船在逆流而上，水中月如夜明珠飘浮，在前方引航。他突然想体验一下在江里划船的感觉，艄公将诀窍告诉他，一开始不习惯，不似在青溟湖中那么容易，船头几番横过来，艄公用篙帮他矫正，出了一身汗，渐渐适应了，艄公便不再插手，躺在仓里吸烟。

向天舒独自划船，有时故意不走直线，时而近左岸，时而近右岸，时而在水中央，有时故意加速，似要追上水里的月亮，其实反而远了，月亮西行的脚步显然要更快一些。经过一沙渚，其上有白沙枯木眠鸦，似一幅古意盎然的水墨画，向天舒想建议艄公返航时到沙渚上小憩，发现对方睡着了，不觉笑起来，继续往前划，一面划一面看月下的景致。江水滑腻，似处子透明的肌肤，蓝色的血管若隐若现，他突发奇想，如果注定会溺水死亡，他宁可死在蓝江里，一年大部分时候都可以睁着眼，看水上和水下的世界。不知划了多久，艄公突然坐起身，让他停下，说再往前水就急了。他歇了浆，船慢慢往回漂，船头打横也不用管。艄公开始撒网，波光粼粼，不似在打鱼，倒似在打捞落水的月亮，令向天舒想起同父亲出湖的情形。或多或少，每一网都有鱼，向天舒兴奋地帮着解鱼，自己也试着撒了一网，但一无所获，艄公鼓励他再试，居然网到一条大鲫鱼，令他激动不已。

远远看见沙渚，向天舒提议到渚上休憩，艄公颔首。此处江面宽阔，沙渚如梭子状，嵌在江心。系船上岸。就近拾了许多枯枝，点起篝火，不远处枯树上的眠鸦被惊起，一会儿又飞回枝头，伸头看不速之客，确信没有危险，才又埋头睡去。乌鸦的巢穴都在南山上，这只乌鸦离群索居，一定是只特立独行的乌鸦，同校园里的黑猫一样，都似浓缩的夜，是黑暗的精灵。有这只乌鸦在场，这个夜晚变得意味深长。艄公居然带来一口锅及几个碗，两瓶白酒，还有一些配料，令向天舒惊喜异常，原来艄公已将一切都筹备好了。艄公让他搬来几块石头，在篝火旁垒成一个小灶，分出一部分柴火，到江里舀了半锅水，鱼也不剖，直接放在锅里煮，说这样鱼的鲜味不会跑，剩下几条大的，包括向天舒捕获的那条鲫鱼，则到水边拾掇干净，预备用来烧烤。看着艄公这个外表粗犷的五十几岁的汉子，居然如此心细，他不由得在心里感叹。向天舒的胃里发出饥饿的声音。好一顿宵夜。他们席地而坐，边吃鱼边喝酒，吃完煮鱼，又接着吃烤鱼，他从未吃过这么美味的鱼肉。第一瓶白酒喝干，又开了一瓶，喝到一大半，江风吹面，有了醉意，最后添了一次柴火，两人便依着火仰面躺下，沉沉睡去。后半夜醒来，露水湿脚，火不知何时灭了，身上发冷，重新上船，船自漂流，两人慢慢喝着剩下的酒，月白风清。

端午节，向天舒特意买了一瓶好酒，带上学生家长送的粽子，去找艄公。艄公小屋的木门上也挂着驱邪的艾蒿菖蒲。艄公在江边点了一炷香，拿起两个粽子，慢慢剥开竹叶，掰碎了，洒向江心，又举杯望空，口中念念有词，是彝话，把酒泼向江水，夕阳中，艄公的眼里泪光闪烁。

入夏，黄龙镇的水开始唱主角。黄水河、小红河、北门塘、紫溪、蓝江、绿水塘，凡有水的地方，都很热闹，游泳的人，浣衣的人，乘凉的人，各种水边植物蓬勃生长，水里孵化的昆虫也飞离水面，活跃在岸上。因是第二个夏季，一切不再陌生，仿佛钢琴曲里不断重复的主旋律，熟悉的音符再次响起。游泳，洗衣服，喜欢的事情欢喜地去做，常常与那些可爱的学生一道，就中最可爱者，当然是叶莲，较一年前，无论心理和生理，小姑娘又成熟了许多，主宰了向天舒的梦。梅瓶里插满了红艳欲滴的野罂粟花。

小吴老师送给向天舒一盆花，似仙人掌又不似仙人掌，移栽到花园的土里，生长得很快，他先前并不知道这种仙人掌科植物即是昙花，直至含苞欲放之时，精通花木的单玉老师大呼小叫地说："不得了，昙花要开了，今晚开，明早谢，昙花一现。"这才引起了他极大的兴趣，近黄昏，便到园中守候。

花苞呈白色的圆筒形，静静地垂着，月光从屋顶泻下，他似乎感到了一丝动静，某个事件正在秘密发生。"开了没有？"单玉老师在三楼的窗口大声问。向天舒盯着花看，许久没有动静，眼睛疲了，便去看别的花，等他回头时，昙花的花苞已然打开，他后悔刚才的分神，但转念想：就算目不转睛，肉眼大概也无法捕捉花开的过程。不知不觉地，花朵就有了碗口般大小，一开始没有味道，待把鼻子凑近时，芳香如清泉一般流出，伞状花柱如戴金冠的女王，身后簇拥着无数淡黄色的花蕊，宫殿的内壁洁白晶莹，仿佛为另一种来自内部的光照亮。单玉老师大概等得不耐烦，睡觉去了，向天舒独自叹赏，全然不顾蚊虫的叮咬。待窗里的灯都灭了，便只剩月光，与昙花交相辉映。短暂的美，却选择夜间呈现，可谓孤芳自赏。他担心自己的存在是一种妨碍，连大气都不敢出，怕惊了女王的驾。他知道，就算守一夜，天亮后，花照样会谢。其实，美一旦呈现，便不会消失，消失的只是美的外形。只要他愿意，昙花将在每一个月光皎洁的夜晚绽放。他在昙花前待到后半夜，其间变换了许多姿势，或屈膝坐，或盘腿坐，或斜卧，或长跪，颇有点守仁格竹的味道。

向天舒对黄龙镇的各色人等及掌故都有了初步的了解。他将镇上比作市井，而将黄龙中学比作古代雅典的学园，自己便如那些先贤一般，一面教导年轻人，一面身体力行。他知道，这是一种理想化的类比，事实上，市井与学园的界限并不是绝对的。就连他一向敬重的郝校长，也远非完美。

郝校长知人善任，没有他，向天舒很难在黄龙中学立足，这个拥有一定世俗权力的人，同大多数掌权者有所不同。如果把黄龙中学比作一个王国，郝校长无疑是个开明的好君主。然而，向天舒惯于将人往最坏处想，就是对他所敬仰的郝校长也不例外。

单玉老师常常对他抱怨：老郝是一根筋，没当校长以前就不会巴结领导，当了校长后还是这样，县里来人检查工作，从来都是公事公办，也不乘机拉拉关系。

去年郝校长劝向天舒去见镇长的事情，令他在向天舒心中的形象稍稍受损。郝校长不止一次向镇政府妥协。自从他同意镇长的儿子念高中后（后来是镇长的儿子自己不愿意上的），其他领导的子女遇到类似的问题，他也只好从权，也许，这么做真的是为黄龙中学的大局考虑，情非得已，但要说没一点私心，恐怕也未必。

郝校长人格方面的最大疑点来自他家和总务主任的关系。

总务处主任叫钱岩，总管后勤和财政开支，因为是搞后勤的，向天舒与他很少打交道，倒是经常在郝校长家撞见他。

钱岩是个典型的马屁精，马脸，参差不齐的黄牙间镶着两颗金牙，像个太监，对领导曲意逢迎，对有求于他的人颐指气使，在普通教职工面前，则是一副小人得志的模样，对向天舒却很客气，因为后者是郝校长家的常客。

在黄龙中学，总务主任是油水最大的职位。据说钱岩捞了不少钱，在老家起了一座大宅院。小到围墙的修补，大到新教师宿舍楼的修建，钱岩总能从中捞到好处，他是聪明人，知道好处要长久，便不能独占，但摸不清郝校长的底细，便在单玉老师身上下工夫。众所周知，单玉老师喜欢干政，大家私底下开玩笑说，黄龙中学的校长一半是她当的。这多少让向天舒联想起那些因干政而青史留名的皇后或皇太后。世上最残酷的事莫过于考验人性，用钱财，或别的什么东西，单玉老师心直口快，眼里揉不得沙子，但在物质的诱惑面前，谁也不知道她是否逾越了道德的底线，及逾越了多少，也不知道郝校长是否知情。

人性是很脆弱的，《圣经》里说，“不要试探主”，其实也许是耶稣惧怕考验的托词，神尚且如此，何况凡人。向天舒想起自己在省城炒股时的一次经历。他的资金账户里凭空多出来许多钱，显然是银行弄错了，把别人的钱划到了自己的账户里，不是小数目，他一度想把这笔钱转走，纠结了很长时间，最终抵御住诱惑，将出错的事通知了银行，银行方面赶紧纠正了错误，对他的诚实赞许有加，他自己却十分愧疚，因为贪念，差点犯了一个不可饶恕的罪过。不到万不得已，不要试探人。

他听任老师说，新教师宿舍楼盖好以后，有人举报郝校长和钱岩有贪污之嫌，县里来人调查，举报信纯属诬陷，郝校长是清白的，钱岩也没问题，或者有问题，但他做得利落，没留下把柄。也许，单玉老师背着郝校长，从钱岩那里得了些小恩小惠，但郝校长绝不是个贪官，这一点毫无疑问，钱岩也因此不敢放肆，直到后来校长易人，方才如鱼得水，大肆捞钱，且对不在其位的郝校长白眼相加，气得单玉老师逢人就骂他忘恩负义，是个“白眼狼”。

人无完人，向天舒尽管将郝校长往最坏处想，但他实在想不出还有谁能做得比郝校长更好，何况，郝校长和单玉老师都拥有人性中最美的德行：善良。看着郝校长整日忙碌的身影，他常常很感动。这世上有很多人在忙，为自己，或者也为别人，似郝校长者，更多是为了别人。郝校长的正直令很多人问心有愧。

深夜，一楼传来咒骂和哭泣声。向天舒的心头一阵发紧，傅心灿又在逼儿子用功了。

傅心灿是教初中语文的老师，瘦而高，深度近视，像个迂腐的旧知识分子，无论外形和性格，都显得懦弱，对儿子却很凶。傅心灿的老婆是农民，大女儿在老家务农，小儿子上初三，叫傅耀祖，名字的寓意不言而喻，寄托了傅心灿的全部期望。傅耀祖给向天舒的印象是木讷、少活力，人看上去倒也不笨，可学习成绩平平。教师子女的成绩通常都不错，道理很简单，单玉老师总结说：如果连自己的孩子都教不好，还怎么去教别人。傅心灿却是例外，令郝校长头疼。也许是因为望子成龙的心情过于急切，结果适得其反，傅耀祖的学习丝毫没有起色，放学后，很少有人见他与同学们一起玩耍，而经过他家门前的人，常常见到这样的景象：傅耀祖哭丧着脸，在桌前读书，傅心灿手握木棍，居高临下监督，冷不丁木棍就落在傅耀祖的头上。这一幕甚至出现在课堂上，傅心灿是儿子他们班的语文老师，经常置其他学生不顾，手握大棒，将精力都集中在傅耀祖一人身上，后者稍一走神，或者回答不上问题，立遭棍击，被打得“嗷嗷”直叫，棍棒不长眼，难免落在傅耀祖同桌的身上。郝校长为此没少批评过傅心灿，但收效甚微。

据说，傅耀祖这样的生活，打小就开始了。向天舒很同情这个少年，劝过傅心灿几次，后者却说：“不打不成材，向老师，我就盼着我家耀祖像你那样有出息！”人家管教自己的儿子，他无可奈何；如果法律健全，他可以告他虐子。

傅耀祖在父亲的高压政策下，越学越笨，越笨傅心灿越急，打得越凶，如此恶性循环。傅耀祖的母亲从来都不敢吭声。还有两个月就要中考，傅心灿变本加厉，逼迫傅耀祖熬夜读书。哭声和呵斥声吵得一栋楼的人都睡不着。单玉老师火了，冲下楼大叫：“傅心灿，你这样下去会出人命的！”谁知一语成谶。

“出人命了！”

午休时间，有人大呼小叫，向天舒跑下楼，见许多人往校外跑，来不及问，加入奔跑的队伍。

一直跑到南门街，远远看见大石桥上站着许多人。

傅耀祖跳河了！

天热，游泳的人多，傅耀祖站在桥上看跳水玩耍的人，看了很久，突然也跟着跳了下去，不同的是，他是穿着衣服裤子跳的，而且，他不会游泳。桥下的人觉得不对劲，盯着河面看，许久没见他冒头，这才大叫起来：跳河了，有人跳河了！又改口叫：淹死人了！水里的人一下子都上了岸，哆哆嗦嗦看着水面。

有人在水里打捞，向天舒跑下桥，也跳到水里。

他潜入水中，开始摸索时才意识到恐惧，赶忙出水换气，看水里有很多人，连郝校长都在其中，才壮起胆，继续潜水去摸。整整一个下午，一无所获。有水坝拦着，尸体飘不远。打捞在继续。

水底能见度差，向天舒干脆闭着眼睛摸，摸到勾魂草，脊梁冷飕飕的。突然，手上有异样的感觉，是一张冰冷的脸，按理，本能的反应应该是触电般缩回手，他却像着了魔一般，顺势摸到头发，拽住一拉，一个僵硬的身体扑进怀里，顾不了许多，双脚一蹬，浮出了水面。

死亡从未如此具体过，一度被向天舒抱在怀里。事后，他一直纳闷，那么多人在水里打捞，为什么偏偏是他摸到尸体，好像是尸体故意让他找到的。想起来都后怕。

傅心灿瘫在岸上，一见到儿子的尸体，便晕了过去。

此后的很长一段日子里，大石桥下都见不到游泳的人。

傅心灿的精神几近崩溃，女儿来接他回老家修养，半年后回来，像变了个人，头发花白，除了上课，校园里极少见到他的身影。

傅耀祖之死让向天舒难过了很久。相比自己天堂般的童年和少年时光，傅耀祖曾经饱受地狱般的煎熬，他来到这个世界以及过怎样的生活，都没有选择，但他做出了常人没有勇气做出的选择，然而是唯一的最后的选择。在一个阳光灿烂的午后，周围都是欢歌笑语，世间的最后一幕，令傅耀祖无限留恋。

郝校长也深受震动，遂接受向天舒的建议，在职工大会上宣布，升学不是办学的唯一目的，许多学生，不要说大学和中专，就连高中都考不上，要让他们在快乐中成长，度过难忘的中学时光，尽可能多学些有用的知识。做人比考试成绩重要，知识的最终目标是教人如何做人。

而紧接着发生的另一桩死亡，同样让人太息。也是一个午后，初二（1）班的一位女生掉进西厕的粪坑里淹死了。向天舒是后来听说的，没有亲眼见到当时的情形。

“太惨了！”单玉老师泪汪汪地说。大活人的，怎么可能掉进粪坑呢？而且，是头朝下，从蹲坑滑进粪池里去的。原来，该女生有癫痫，如厕时正好发作，于是导致了匪夷所思的死亡情形。据她同班同学的描述，她平时发作时就很骇人，有时大家正上晚自习，一声怪叫，她便像魔鬼附身一样，满地打滚，口吐白沫，手脚痉挛，胆小的女生都吓得跑出教室。该女生向天舒有印象，平时挺文静的，命运真会弄人，为什么让她患上传说中的魔怔？又以这样的方式夺走她的生命？有时，人无权选择生，也无权选择死。

此后，很长的一段时间里，大家宁可绕路，也要到东厕去方便。

紧张的高考终于结束。不久，期末考也告终。

暑假来临，向天舒又喜又忧。

喜的是终于可以休息了。最后两个月，他几乎把所有的时间都花在教学上，同去年一样，他一直在私下对有望上大学的学生进行课外辅导，语文、英语，甚至数学，他都毫不吝惜，将自己当年高考的经验传授给他们。在整个黄龙镇，向天舒屋里的灯是最后熄灭的。他打算暑假在家静修，好友又从省城寄来一批书。

忧的是要同叶莲分离。

同顾芳闹翻以前，叶莲只要见到他们两人在一起，便低头匆匆走过，向天舒一开始不以为意，渐渐觉得不对劲。叶莲对他的态度也不如以前亲切，上课时常走神，笑容难得一见，似乎又变回最初那个忧郁的女孩。莫非她家里出事了？他百思不得其解。某个黄昏，他突然一拍大腿，恍然大悟。他将叶莲找来，故意问她顾老师的课上得怎么样？顾芳也是初二（3）班的化学老师。叶莲低头不语，许久，才抬起头来，说：为什么问我？表情倔强。向天舒笑笑，说：因为我信任你，想听真话。叶莲沉思片刻，毅然说：不怎么样，我们都不喜欢上她的课。这是实情，已经有不少学生向他反映过，说顾芳上课敷衍了事，然而，似叶莲这般心地善良的女孩，通常不会说别人的不是。他心里有了十分的把握，喜不自胜，看得叶莲莫名其妙。他一本正经地说：没办法，学校缺好老师，你自己在下面多用功。又故意说：这个顾芳，太自私了，谁娶她谁倒霉！叶莲双眼圆睁，好像在说：那你怎么还跟她好？他笑着又说：大家真会开玩笑，说我和顾芳相好，我怎么会和这种人谈恋爱？叶莲离去时，嘴角挂着一丝狡黠的笑意。不久，便发生了他和顾芳决裂的事情。

叶莲的笑靥常如枝头的石榴花，石榴花凝固成纺锤形的石榴果，在夏季里加速膨胀。

向天舒跟叶莲说好要去送她，想乘机跟她说些心里话，却被学生家长拉去吃喜酒，喝过了头。第二天很晚才醒来，叶莲早已离去，令他懊悔不已，在床上躺了整整一天，脑海里反复出现这样的画面：天未明，叶莲在校门口苦等他的到来，终于绝望，流泪走向车站，小小的背影，柔弱，孤单。

俟学生走光，校园便彻底静下来。叶莲离去后遗留的伤感，如烟似雾，笼罩在向天舒的心头。他只好用登山来排解，攀登的过程中可以做到无思无虑，专注于脚下，而一旦登顶远眺，忧思便凭空而来，目光极力向荷田村所在的方向延伸；或者一个人去游泳，所谓一个人，是指走去目的地的路途是一个人，抵达之后就热闹非凡了，无论蓝江、小红河，还是北门塘，暑假里游泳的人更多，常常遇见豁豁等家在镇上的学生。

只有阅读，可以让他完全忘却思念之苦。随着阅读的展开，伤感逐渐散去，沉浸在另一个世界里。他常常感叹：书真是好东西！人如果没有读书的自由，与囚徒何异？他就此问过任老师，在那场以文化的名义灭绝文化的大革命中，人只能读一种书，不知他是怎么熬过来的？任老师没有正面回答他，而是说：读书要乘早，当你有机会读书时，要尽量多读，把书都装在你的脑子里，人可以限制你的人身自由，但无法禁锢你的头脑。

放假后，午后的时光变得漫长，午睡也因此延迟。在书房看了一阵书，困意袭来，便搁下书，让目光在老人山上游荡。不经意用左手挖了一下鼻孔，竟带出一坨鼻屎来，鼻腔受到刺激，打了一个喷嚏，呼吸畅快了许多，低头看嵌在小指甲里的鼻屎，之前鼻腔的滞塞当与之有关，将鼻屎转移到左手食指和大拇指间，感觉有几分弹性，遂轻轻搓捻，成一个小小的圆球，左手的小指甲腾出来，继续挖鼻孔。不断有新的收获，鼻屎球渐渐增大，遂抖擞精神，将全部的精力都投入到挖鼻孔的工程上，左手小指不便用力处，求助于右手食指，一面挖，一面搓，忙得不亦乐乎，直至挖无可挖时，才罢手，又将鼻屎球伸到窗外，致其风干，顺手弹到花园里。想想好笑，如果挖鼻孔的全过程被学生看到，他的光辉形象恐怕要打个大大的折扣。

有时，会在午后到绿水塘边的大榕树下阅读，如果阒无一人，甚好，碧波，翠竹，白石塔，青山，他独自受用，困了，便将书盖在脸上，浅睡一会儿，任由午梦来袭；如果有人，也不打紧，通常是笑笑和乐乐他们，在塘边玩耍，能和孩子们分享这一方小天地，也是其乐无穷的事情。有时，兴之所至，便放下书本，参与他们的游戏，捉昆虫，会飞的，不会飞的，或者钓小马鱼。大鱼是不让钓的，孩子们守规矩，连鱼钩都是用大头针自制的，鱼线也是普通的缝衣服的线，而所谓的鱼竿，则是同他们的身高相当的一根竹竿，总之，只能钓岸边的小马鱼。他试着钓了几杆，看着贪吃的小马鱼一条条上钩，笑得像个孩子似的，并且得出了一个结论：鱼不在乎大小，在乎钓者的乐趣。因为向天舒常和孩子们在一起玩耍，孩子们都很喜欢他，单玉老师笑他是个“大娃娃”。

雨天不出门，坐在家里，看书，也看雨。雨丝常常成为联系过去与现在的纽带，往事空降下来，又化成水流走。

高考成绩出来了，有四个学生考上大学，比去年翻了一倍，其中有三个是镇上的，另外还有几个学生的分数离录取线就差一点点，他们必定会复读，明年很有希望考上。

照例又是一番庆祝。镇政府的大门口也张贴了大红榜。几家人相继大摆酒席，相关的老师都被请去赴宴。家不在镇上的那位学生的家长专程来感谢向天舒。郝校长也让单玉老师做了一桌好菜，专门犒劳他。他坚持说自己只教了一个科目，功劳是大家的；但那几个考上大学的学生都很清楚，他们的成绩多半要归功于向老师私底下为他们所做的一切。

闹腾了几日，才又清静下来。

二十一

向天舒对叶莲的思念渐渐占了上风，最后一发不可收拾，想起去年对她的承诺，离开学还有一个星期，终于按捺不住，决定去荷田村。

出发头夜，他辗转反侧，仿佛平生第一次出门。屠老板家杀猪，可怜的动物垂死挣扎，嚎叫声似要将夜撕碎。他躺不住了，出门去蹲厕，其实并无便意，纯粹是消磨时间。回来后，重新检点行李，双肩包里除了简单的洗漱用品，一套换洗衣服及一本书，并无别的东西。之后，便开着门，坐在客厅里吸烟。终于，启明星升上青龙山顶。他决定上路，提早到车站，可以买个靠前的座位。披星戴月，第一次这么早走在黄龙镇的街上，感觉很奇特，一切都很陌生，上次寒假前送叶莲，也很早，但摸着黑，而且心思都在叶莲的身上，于周围的事物，只记得雨声，及四只脚踩在泥地里的声音。时间还早，他故意放慢脚步，又担心惊醒狗，下脚很轻，幽灵一般飘过人家的门前。出了镇子，两侧的田地及远山依稀可见，小红河就在附近的某处，水流无声。

第一个到车站，售票口还没开。抽了一支烟，想象着叶莲此刻熟睡的样子，也许她做梦都想不到今天会见到他。天微明，终于开始卖票，向天舒如愿以偿地买到与司机并排的一号座位，中间隔着引擎盖，这是个单独的座位，视线最佳。乘客陆续到来，有认识的，有不认识的。有人卖煮鸡蛋和热气腾腾的包子，他买了几个包子当早点吃下，又买了几个鸡蛋，预备路上吃。

因最后赶来的乘客带着许多大行李，要绑在车顶，而车顶已有别的行李，需重新调整，行李的主人都站在高台上监视，以免自己的行李被压坏，中间起了争执，好歹被人劝住。待最后来的乘客上车，已经晚点了不少，合车的人都用责怪的眼神看他。车终于开动了。

车穿过镇子，经过东大桥，太阳迎面出来。

向天舒发了一支烟给司机，后者不认识他，闲聊中才知道他的来历，惊奇之余，对他格外客气。

土路颠簸，他却像坐在摇篮里的婴儿，很惬意地跟着摇摆。

经过瓦窑村，想起上次来姜泽后家的情形，不知姜父的病好些没有，对穷人家来说，夏天比冬天要好过一些。出了黄龙镇的地界，风景陌生起来。一路上有人搭车，也有人下车，向天舒认识的乘客都已下车，新上车的都不认识。

路程过半，就在向天舒开始激动的时候，车抛锚了。好在视野开阔，风景优美。乘客都下来走动。司机独自忙活，累得满头大汗。向天舒看一时半会儿也修不好，又帮不上忙，便跟司机打了声招呼，顺着公路往前走。走出去好一阵才突然想起应该背上双肩包，万一车子半天都修不好，自己完全可以走到荷田村去。懊悔之余，耳朵竖起来，留意身后的马达声。经过一个小村庄，路边玩耍的孩子向他招手，他也招手致意。稻子熟了，随处可见忙于收割的农人，稻草人则袖手旁观。太阳渐渐火辣。路边时见金色的野莓。约莫走出十几里地，身后终于传来马达的轰鸣声。

一路上，车走得很不稳当，令他提心吊胆，生怕再抛锚。进入一个很大的坝子，两侧都是稻田。司机说，荷田村就在前面。

不久，车停了下来，司机指着公路边的一条小路说，走到底就是荷田村。

他谢过司机，待班车离去，坐在路边将煮鸡蛋囫囵吃了，才踏上小路。

他有些纳闷，荷田村以荷闻名，为何只见稻，不见荷？小路向极远处的一列山脉延伸，荷田村大概就在山脚。

此处的稻子熟得晚，才刚刚变黄，在蓝天白云下，一片金色。

稻田里栽着电线杆，表明这个地方通了电。

突然，眼前展开一片宽广的水域，其后是连片的荷田，粉的，白的，荷花盛开其中。向天舒大喜，加快了步伐。岸边有人垂钓，因过于专注，并未留意有外乡人经过。水不深，水生植物茂盛，典型的湿地。乍一看，荷叶都是一个样子，实际上每片都不同，荷花亦然，令他目不暇接，不由得想起大学校园的荷塘，及与好友促膝谈心的情景。一个古老的村庄出现在路的尽头。荷田村及其周围的环境，比他想象的更美，就算没有朝思暮想的人，也不枉此行。

荷田村在望，他反而放慢了脚步，又激动，又紧张，磨磨蹭蹭，终于进了村子。

叶莲家不难找，只是指路的村民的眼神有些怪异，仿佛一片阴云掠过头顶。

院门虚掩，他轻轻推开门。叶莲恰好正在打扫院子。两人都惊呆了。

“向老师！”叶莲先反应过来，失声叫起来，“你真的来了！”

叫声惊动了叶莲的父母。

“小莲，他是……”叶莲妈开口问。

“向老师。”叶莲红着脸说。

“哎呀，向老师，稀客稀客。”叶莲的父亲伸出双手，紧紧握住向天舒的手。对方虽然文弱，但用了最大的热情，将力量都集中在双手上，犹如一股汹涌的暗流，令向天舒暗暗吃惊。

“你是叶老师吧？”

“是的是的，请坐请坐，小莲，快给向老师倒茶。”

院里有棵樱桃树，树下有一个方桌，叶莲妈已将椅子抹干净。

“向老师，路远吧？吃饭了没有？”叶莲妈问。向天舒想说吃过了，无奈肚子不争气，“咕咕”作响，叶莲妈二话没说，立刻进屋去给他煮面条。

“向老师，来了就多住些日子吧。”叶老师边说边发烟给他。他连忙起身给对方点烟。

叶莲提着茶壶出来，给向天舒和爸爸倒茶，依旧红着脸笑。向天舒当着叶老师的面，不好表现得太兴奋，只得乘他不注意，偷偷给叶莲递眼神，后者心领神会。

叶莲妈给向天舒端来一大碗面条。她和女儿一个模子，区别在于成熟，有丰韵，深陷的眼窝里似有某种隐忧，但掩饰不住迷人的眼波，令他不敢正视。叶莲妈叫上女儿到菜地里摘菜去了，向天舒和叶老师在院子里喝茶抽烟。向天舒觉得对方有点像他的父亲，慈祥、温和，说话不紧不慢，每句话都拖尾音，好像意犹未尽，偶尔泄漏出一声轻微的叹息，表明他有抑制不住的满腹心事。谈到孩子的教育，叶老师的叹息声更沉重了。

荷田村是当地最大村子，也最富裕，因此拥有一所小学，但规模小，算上叶老师，一共就三个教师。外村的孩子走路来上学，家远的来回要走几个小时，天不亮出门，天黑才回到家，却不以为苦，冬天，寒风刺骨，打着火把走路，单衣单裤薄得像纸。很多父母象征性送孩子上几年小学，就强行终止，让他们回家务农，因为实在太穷，养不起吃闲饭的人，哪怕只是个孩子；还在学校的，一面珍惜学习机会，一面提心吊胆，不知道哪天也要告别同学，很多孩子放学回家的路上顺便给家里捡柴火，或者割猪草，周末的时间则都在帮大人干活儿，小心翼翼，而父母知道孩子的良苦用心，也就不忍让孩子辍学。初中要到更远的地方去上，但这只是少数孩子的梦想。

他们还聊到打猎，叶老师小时候常随父亲去打猎，还亲手开枪打死过一只麂子。

叶老师有午睡的习惯，说话间不断打哈欠，向天舒请他去歇息，自己随处看看。

“也好，我先带你看看。”叶老师说着起身，带他各处参观了一下，便关上卧室的门睡了。

叶莲是独生女，她妈妈在村委会的莲藕收购站上班，与她爸爸俱有工资收入，双方老人都已过世，负担轻，是村里唯一不喂猪的人家，家中清洁无异味。一进小院，进门处是厨房，厨房后靠围墙的角落是个小小的茅厕，正房带两个小厢房，右手那间宿客，左边是叶老师批改作业和看书的地方，客厅有供桌和两把老式太师椅，祖上的遗物，挺雅致，两侧两个卧室，分别为叶莲和父母的卧室，阁楼的入口在供桌上方的侧面，平时盖住，仔细才会注意到，梯子放在厨房。

向天舒到厕所小便。茅厕仅一个蹲坑，粪坑通到围墙外，将臭味引到外面。回来坐在樱桃树下，边抽烟边思索。叶莲的父母对他都很热情，只是他们之间极少说话，连眼神的交流都很少，向天舒心细，一眼就看出有问题，而且，问题由来已久，叶莲的忧郁似与此有关。他一面遗憾，一面好奇：究竟是怎样的矛盾，横亘在叶莲父母之间？

叶莲她们回来后，向天舒想到村里走走，叶莲面有难色，勉强答应。叶莲的态度令他大惑不解。

村中的小路都铺着石板，显得很干净，房屋都是传统的土木建筑，瓦顶，墙上抹着白灰，剥落处露出土坯来，多数人家有门楼，门楼内有院子，同叶莲家相似，很多房屋年代久远，一条清澈的小溪从村子正中穿过。向天舒心想：也只有这么美丽的村庄才配得上叶莲。叶莲却一声不吭。

经过一幢大院，重檐门楼，新粉的白墙，向天舒停步欣赏门上方的精雕细刻，叶莲拉了一下他的衣角，示意他快走，他好生奇怪，并觉察到叶莲的不快似同这家大院有关。路人皆用异样的眼光打量他们，向天舒以为是因为他的面孔陌生的缘故，后来才知道其实是因为他和“叶家姑娘”在一起，当时只是奇怪为什么他们都不和叶莲打招呼，这在乡村是极罕见的情形。那是一种不信任的审视的目光，令向天舒很难受，如芒刺在背。他的心里堆积了越来越多的疑问。

叶莲说：我带你去看爸爸上课的地方。才出村子，叶莲的情绪便好了许多。村边有一个龙潭，水至清，游鱼无数，水面漂着一种小白花，花茎细长，在水下摇曳，龙潭的另一头便是荷田村小学，以前是个文昌庙，地势稍高，站在台阶上，可以看见合村的瓦顶，错落有致，倒映在龙潭中。倒影中还有一个寺庙，位于村后的半山腰，叶莲说是个佛寺，叫万福寺，周围都是裸岩，显得寺庙中的一棵参天大树十分突兀。小学房屋年久失修，摇摇欲坠，向天舒不觉为师生们的安全担心，而且这座古建筑做小学校舍未免可惜，理应作为文物被整修、保护。

回到家，叶莲去给妈妈帮厨。叶老师让向天舒去客房休息。客房已经拾掇整洁，换了干净的被褥。向天舒起得早，昨夜又几乎没睡，才沾床就睡着了。

叶莲敲门叫他吃饭。没动静，轻轻推门，探进头来，向天舒恰好起身，叶莲顽皮地伸了伸舌头，笑着将头又缩了回去。

因为天气好，晚饭就在院子里吃。

叶莲妈说：向老师来得突然，时间太仓促，不能好生预备，实在对不住，明晚多做几个下酒菜，小莲她爹好好陪你喝几杯。

向天舒忙说不用客气，已经很丰盛了，连夸叶莲妈做的菜好吃，其中有一道菜是素炒三叶草，他从没吃过，以前也不知道三叶草可以吃，口感极佳。

叶莲妈高兴地说：“向老师，好吃就多吃点。我们家小莲可喜欢你了，经常提起你，听说你以前在省城工作，怎么会跑到这么偏僻的乡下来？”

向天舒说他本来也是乡下人，去省城后才发现乡下好，乡下人好。在乡下人面前，自然要说乡下人好，这是礼数，其实这话只对了一半。

“乡下人有什么好的，愚昧无知！”叶莲妈的表情突变，垂下眼皮不言语，叶莲用脚尖轻轻勾了向天舒一下，他立刻明白说错了话，赶紧大口吃饭。

叶莲妈不断给向天舒夹菜，似要弥补刚才的失态。

“对了，谢谢你们送我的藕粉，太好吃了。这次我算是开了眼，荷田村的荷花果然名不虚传，我从没见过这么美这么壮观的荷花田！”向天舒说的是肺腑之言，并非为了讨主人的欢心。

“可惜了这一方水土！”叶老师突然冒出一句话，令他费解。席间，除了敬他酒，叶老师极少发言。向天舒发现一个规律，只要叶莲妈在场，叶老师就不怎么说话。叶莲妈白了叶老师一眼，接过向天舒的话说：

“我们这里水好，土质也好。可惜村里没钱，自己办不了加工厂，莲藕和莲子采收后都卖给外地人，上次让小莲给你带去的藕粉是来收购莲藕的人送给我的。”

叶莲妈先吃完饭，将菜热了一遍，让向天舒和叶老师慢慢喝酒吃菜，自己在厨房里收拾。叶莲故意吃得很慢，与向天舒无语相望，彼此似有许多话，却没有机会诉说。

看得出，叶老师平时不常喝酒，酒意上来，话便多起来。许多话让向天舒听不懂。

“你说，我们荷田村是不是风水宝地？是，又有什么用？我最大的愿望就是离开这里。可是，我一个穷教书匠，能去哪儿？”

“小莲她妈说得对，乡下人愚昧无知，没错，你，我，都是乡下人，可我们跟他们不一样。向老师，要不是为了我们小莲，我还真希望你回省城去。乡下有什么好？我们镇也有中学，为什么我要把小莲送去黄龙中学念书？其实，黄龙中学的教学质量也好不了多少。向老师，你真是个能人，你一来，黄龙中学就有人考上大学，听说今年考上大学的人数比去年还多，是不是？太好了，我们家小莲有指望了。你知道吗，我做梦都盼着小莲能考上大学，永远离开这个鬼地方，到时候把我们也接出去。”

“小莲，你要好好听向老师的话。”

“向老师，还没成家吧？想清楚了再成家，男人四海为家。要成家也要有本事，不像我，一个小学老师，没出息，人家说要开除你就开除你……”

叶莲妈突然大声说：“不能喝就少喝点，向老师不是来听你唠叨的！向老师，你别听他胡说。”转身进屋去了，再没出来。

“我胡说？她，她才胡说呢！”

叶莲忙说：“爸，向老师累了一天，让他早点睡吧。”

其实，向天舒并无睡意，但又没机会同叶莲独处，叶老师的一个建议挽救了他，让他甘心早早上床，且睡了一个安稳觉。

“向老师，我们小地方没什么消遣，风景倒是挺好的，明天让小莲陪你到后山走走。”叶老师的这番话令他对次日满怀期待。

清晨，向天舒被轻微的敲门声叫醒。是叶莲，她早早就起床了。

待向天舒和叶莲吃完面条，叶莲妈将烙好的大饼及一壶冷开水放在向天舒的双肩包里。

“今天收购站忙，午饭你们就在外面吃点饼，委屈向老师了。”

“没事的，你忙吧。”向天舒求之不得呢。

他们出门时叶老师还在睡。

叶莲如出笼的鸟，一路兴高采烈，到荷田里摘了六朵荷花，四朵白的，两朵粉的，预备供奉给万福寺的菩萨。向天舒替她拿着，不时轻捻一下花瓣，手感细腻柔嫩，又将每朵花轮流凑近鼻孔，嗅闻花心深处的芳香。

沿小路上山。居高望自远，金色的稻，银色的水，绿色的荷叶，红白相间的荷花，青灰色的瓦顶，美不胜收，令向天舒叹为观止。背山面水，荷田村确系传统观念中的风水宝地。

山路陡峭，有些地方需向天舒援手，叶莲才不至于很狼狈。终于，来到寺庙跟前，抬眼看见写着“万福寺”三个金字的牌匾。寺庙不大，由两个相连的院子组成，廊庑修洁，后院供奉着竖三世佛，前院是观音殿，塑像皆庄重古朴。他们先到后院，叶莲分出三朵荷花，两朵粉的，一朵白的，放在供桌上，在蒲团上跪下，双手合十，磕了三个头。旁边有一个老和尚，细眯着眼，并不搭理他们，向天舒猜想大概又跟“叶家姑娘”有关，便在心里冷笑，连佛门都不清静！因为受到叶莲的虔诚的感染，同时也为了让叶莲高兴，他往功德箱里放了不少钱，这个举动被老和尚看在眼里，后者立刻起身，满脸堆笑，到供桌前敲了一下桌上的铜钵，“叮……”似在向天上的佛祖报告向天舒的功德，同时也表明佛祖受用了他的功德，余下的事情，便由佛祖在人间的代理全权处置了；而真正的信徒如叶莲者，她的祈祷，不知佛祖听没听见。转到前院，叶莲将剩下的三朵荷花供在殿里的观音前，向天舒照例又捐了功德。前院其实是个高台，石栏很矮，山下的风光一览无余，院心立着那颗参天大树，不知是什么树，看上去很古老，树下有供人休息的石桌石凳。他们站在石栏边欣赏远处的风景，回头看观音殿的琉璃瓦，金色暗淡，似乎在时间里暴露得久了，有些泛绿，在阳光中变换着色彩。

到石桌前坐下，享受着古树的浓荫。老和尚依旧待在佛殿里，这倒好，他们落得清静。周围静极了，连风都没有。他们都不说话，或许，有许多话要说，却不知从何说起。叶莲穿着浅蓝色的衬衫，因为天热，领口开得稍低，露出里面的紧身白背心来。在城里，似她这般早熟的女孩，早就戴胸罩了。

“小莲，你很信佛吗？”向天舒突然改了称谓，连他自己都吃了一惊，许是因为听见叶莲的父母这么叫她，觉得亲切。

叶莲一愣，似也诧于对方这么叫她，随即笑着说：“信，我和妈妈都信。不过，信有什么用？”叶莲的情绪突变，黯然神伤。向天舒知道，是解开谜团的时候了，再这样下去，他会被憋疯的。正待开口，叶莲突然说：“你为什么不来送我？我当时好伤心，一路都望着车窗外哭。”说着，眼泪就掉下来了。他手足无措，连连解释没去送她的原因，狠狠检讨了一番，重复了几遍“喝酒误事”的话，叶莲破涕为笑，又说：“我天天都在想，你会不会来？什么时候来？”

“小莲，能告诉我你们家的事吗？”

叶莲一惊，定定看着他的眼睛，以确定他问话的意思。

“从见你的第一眼起，我就知道，你有心事，很大的心事。我能帮你吗？”

叶莲摇摇头，泪水夺眶而出，“嘤嘤”哭起来。向天舒没有阻止她，静静地等她哭完，从她眼里流出来的是痛苦和委屈，流出来反而更好。许久，她才止住哭，脸上挂着泪珠，如雨后的荷花，风姿秀逸。

“哭出来就好，给，喝点水。”

叶莲接过水壶，仰头喝下几口水，这才擦干泪，羞涩地抿嘴一笑，如风行荷上，叶舒展开来。

叶莲父母都是荷田村人，青梅竹马，一起上小学，一起到镇中学上初中，祖上都曾经做过私塾先生，与纯粹农民的后代不同。叶莲父亲考上师范学校，母亲没考上，回家务农。她父亲是为了她母亲才回荷田村的，在当时引起不小的轰动，因为他至少可以在镇上的小学或中学当老师，却不顾家人反对，甘愿回到贫穷落后的荷田村小学教书。他人善，对学生好，因为他，荷田村小学的教学质量有了很大的提高。叶莲母亲模样俊俏，与叶老师是天生的一对儿，婚后不久便生下叶莲。公公婆婆本来就对媳妇不满，因她生的是女儿，就更不满了。叶老师性格软弱，不会居间调停，矛盾加剧，后来干脆不来往。叶莲妈妈的漂亮脸蛋儿给她招来许多麻烦，婚前婚后，不停有人骚扰，本村的，外村的，但她性格刚烈，那些人都讨不了便宜，与夫家交恶后，夫家乘机造她的谣，把她说成个水性杨花的女人，别的人乐得附和，现在的村长上任后，因为一些说不清道不明的事情，流言更甚。

村长本是个好色无赖之徒，成家后才稍稍收敛，不知要了什么手段，一跃成为荷田村的父母官，一朝大权在握，便作威作福，村民皆敢怒不敢言。因为垂涎于叶莲母亲的美色，他对叶莲家格外“关心”，三番五次上门游说，要让叶莲母亲去村委会的莲藕收购站工作，“拿固定工资，不用风吹日晒下田干活”云云，且装出一副体贴民情的样子，说叶老师为荷田村的教学做出了贡献，家人理应得到照顾，收购站正缺个会计，叶莲母亲能写会算，再合适不过了。荷田村的莲藕出名后，全村人的收入都增加了，而得利最大者，便是以村长为首的收购站的工作人员，因此，收购站的工作对谁都是莫大的诱惑。叶莲母亲经不住村长的花言巧语，做了收购站的会计，无人不眼红，以前的谣言也因此得到印证。大家不敢说村长的坏话，便将对村长的怨气一股脑儿宣泄在叶莲母亲的身上，说她是个骚狐狸，和村长上过床等等，这些话正中村长的下怀。叶莲母亲到收购站工作后，家里的田地没人耕种，便让给亲戚种，只留下几块菜地，但亲戚并不因此领她家的情，也不跟他们来往，怕脏了自己的名声，甚至不让孩子们同叶莲玩耍。叶莲从上小学起就被人孤立，连堂表兄妹都不理她，说她是小骚狐狸，好在父亲是老师，别人还不敢把她怎样，她也争气，在班上年龄最小，学习却是最好的。叶莲是荷田村唯一上黄龙中学的孩子，别人家的孩子都上就近的中学，家里宁愿多花钱，让她到黄龙中学寄宿，原因有二：其一，黄龙中学的教育水平要高些；其二，让她远离是非之地，不被大人的事情连累。

一开始，除了各种难听的流言，还算平安无事，渐渐地，村长露出本来面目，彻底改变了叶莲家的生活。叶莲母亲到收购站工作以后，村长有了可乘之机，经常动手动脚，继而图谋不轨，但对方比他想象的更加难以驯服。叶莲母亲几番要辞职，他不让，威胁说，要辞连她男人一块儿辞，甚至还卑鄙地说，他会把他们之间的事情说出去，其实他们之间什么事情都没有。不过，他也不敢逼得太急，怕逼急了，鸡飞蛋打。叶莲母亲暗自流泪，有苦无处说，叶老师生性软弱，说了也没用。叶老师有所察觉，但从不过问，只是哀哀地看着妻子。有一次，叶老师去收购站找妻子，撞见村长正在纠缠她，回家生了三天的闷气，从此，夫妻俩的关系便冷淡了，还常常吵架。本来，一家三口相亲相爱，外面的风浪再大，家也是个安全的港湾，看见父母的感情不和，叶莲幼小的心灵受到了极大的伤害，经常躲在被子里哭泣。

叶老师夫妇的感情出现危机后，不约而同将爱和希望都集中到女儿一人身上。有一天，叶莲母亲终于憋不住满腹的委屈，同女儿谈了一夜心，叶莲聪明懂事，立刻明白了妈妈的苦衷，并且坚信妈妈是清白的，但又不知道如何让爸爸明白这一点，也许，妈妈也该和爸爸好好谈谈。她始终都不明白，妈妈为什么不离开莲藕收购站？这才是症结所在。她太小，没办法明白。其实，叶莲母亲离不开收购站，除了村长的原因，还有一个原因，在收购站有许多同外人打交道的机会，自从她到收购站以后，前来收购莲藕的客户便陡然增加，藕粉加工厂的，蔬菜公司的，这些人带来许多外面的信息，令她对外面的世界充满了幻想，并且幻想有朝一日，女儿能将她带出去，帮她实现她的幻想。久而久之，她舍不下这份工作；再说，她也不愿重新下田去干又苦又累的农活儿。叶莲成了妈妈倾诉的唯一对象。叶老师内向，除了跟妻子吵嘴，平时很少说话，叶莲和妈妈都不知道他整天在想些什么。

“你是唯一知道我们家秘密的人。你会替我保密吗？”

向天舒郑重地点点头。

“你说，为什么好人没好报，恶人没恶报？”

向天舒不是佛教徒，不信因果报应这一套，但善恶的道理天底下都是相通的，他想起一句现成的话，便拿来安慰叶莲："不是不报，时候未到，时候一到，一切都报。"

"真的吗？"

"真的。"他当时并不知道，这话只对了一半。

"我相信你。我第一天见你，就觉得特别亲切，你跟其他人都不一样。你真的不回省城去了吗？"

他摇摇头。

"现在你知道我妈为什么这么讨厌乡下了吧，其实哪儿都一样。我想，你肯定是因为讨厌省城才离开省城的。"叶莲重重地叹了一口气，像个大人。向天舒觉得她真是冰雪聪明，居然能够说出他离开省城的原因。向天舒为什么要离开省城到乡下来？这是一直困扰着黄龙镇人的问题，各种猜测都有：感情受到打击，对生活心灰意冷，到乡下有点自我放逐的味道？犯了事，躲到乡下来？一开始还有人怀疑"向天舒"不是他的真名实姓，直到向母从祖村来，又有人去过祖村，才确信他并没有伪造身份。

"至少，五年之内你别回省城，好吗？"

"为什么是五年？"

"因为我还有四年多才高中毕业。"

向天舒恍然大悟，笑起来。

"你还没答应我呢。"

"好的，我答应你，不离开黄龙镇。"

"我将来走了，你也不离开黄龙镇？"

"那要看你去哪儿了，还早着呢，计划没有变化快，别想这么多，你现在的任务是学习，先考上高中，以后再考上大学。有信心吗？"

"有你在，我就有信心。"

他们将烙饼吃了，在万福寺一直待到太阳偏西，才下山回家，路过村长家的大院，向天舒低头走过。

晚饭有鸡有鱼，还有新鲜的藕汤，因头天喝多了酒，叶老师晚饭便以茶代酒，很是过意不去。饭后在院中纳凉，喝茶，嗑瓜子，尽管叶老师夫妇对他十分殷勤，他因为知悉内情，还是能感受到弥漫在空气中的阴郁气氛，否则，远处荷田里的蛙鸣，头顶的星光，叶莲如乡间夜色般闪烁的明眸，他的心里该有多快活！这是他唯一一次的荷田村之行，后来无论是在记忆里还是在梦中，荷田村的美丽没有丝毫减退，只是荷田村的天空一直都不太干净，因为那些肮脏的权势和邪恶的人心。

第三天，向天舒在家里辅导叶莲功课，哪儿都没去，叶莲家的遭遇令他对这个地方兴味索然。他决定次日就回学校。叶莲也想早点返校，路上与向天舒有个伴儿，向天舒大喜，担心她的父母不同意。

“也好，小莲跟向老师一路回去，我们放心。”叶莲妈说。

叶老师却有些犹豫，看看妻子，又看看向天舒，说了一句“开学还早”，便不再发表意见。叶莲着手准备行李。临行前的晚上，叶老师同向天舒坐在院里喝酒，叶老师喝高了，说女儿是他的全部，不希望女儿有任何闪失。“向老师，你是见过世面的人，要多教孩子学好。小莲是我的全部希望……”他无声地哭起来，不停抹泪，既是为女儿的未来担心，也是为自己的现状悲戚。叶老师的这番话分量很重，向天舒连忙说：“叶老师，您放心，我一定照顾好小莲。”但他心里并不完全同意叶老师的话，无论如何，人应该是他自己的希望。

第二天午饭后，叶莲父母将他们送到村口，便作别回去。他们边走边看荷花。向天舒不知道什么时候再来，遂流连于荷花的美，其实，这里的人再丑陋，也不该让荷花受到牵连，美是无辜的，若非叶莲催促，怕误了班车，他还舍不得挪步。到公路边，坐下等车。因是过路车，没点儿，不过有叶莲在身旁，不用在乎时间。倒是叶莲起身瞭望了几次，嘴里嘟囔：“车怎么还不来呀？”

车终于来了。

车上没有认识的人，司机也不是那天来时的司机，最后一排正好空着几个座位。向天舒让叶莲靠窗坐。汽车的颠簸催人昏睡，所有的人都在打瞌睡。叶莲也在打盹儿，身体紧挨着向天舒，发丝撩着他的脸，痒到心里。他不知道叶莲是否真睡着了，头故意向她倾斜，碰到她的脸，稍事停留，又不舍地挪开，对方似乎并未真的睡去，脸干脆转向他，并且向上仰，两张脸便贴在一起。他的心里既紧张又激动，脸轻轻地摩擦着对方的脸，柔嫩光洁，似荷花的花瓣，鼻息交融在一起，最后，他做了一个决然的举动，腾出左手，搂住了叶莲的肩，叶莲顺势依偎在他的怀里。他抬头看四周，没有人注意他们，眼前出现叶老师说那番话时流泪的神情，令他克制住了亲吻叶莲的冲动。

回校后，向天舒先送叶莲去宿舍，未曾想已经有另一个女生也提前返校了，令他不免有些失望，但也大大松了一口气，将一路上各种不该有的念头收敛起来。

二十二

星期日。向天舒醒来后，突然想起一件事：卡梭和马缨花怎么还没来？他们是新生，有许多手续要办，不会不来吧？两个孩子的家人也许会乘今天赶集送孩子来，他怕万一他们来了找不到他，便决定破例不去赶集，在家里候着，早点也懒得吃，在床上多躺了一会儿，日迟方起，洗漱完毕，站在走廊里，看对面的青龙山。

“小向，不上街吗？”郝校长夫妇背着菜篮从楼上下来，准备去赶集。

“不了。对了，郝校长，我上次跟你说的水村的两个孩子上初中的事，他们今天应该会来，我带他们去找谁？”

“我已经和教务处说过了，安排在初一（1）班，班主任是小吴老师，你直接找她。”

“太好了！”

“小向，你前几天跑哪儿去了？晚上来家吃饭。”单玉老师说。

向天舒看着青龙山上的龙鼻子洞，附近浮着几缕散淡的白云，想起“云无心以出岫”的句子。近来因耽于另一种秀色，将青龙山的秀色冷落一旁，此刻发现，经过整整一个夏季的生长，翠色堆积得更厚了，飞鸟仿佛会陷入绿色的重围，再也飞不出来。

一群人远远走来，他一眼便认出其中身穿传统服装的诺玛，是诺玛的父母、大舅、卡梭、马缨花及其家人。向天舒在楼上向他们招手。

第一次走进黄龙中学校园，他们看一切都很惊奇，从前都只在校门外徘徊，不敢进来。

向天舒将卡梭和马缨花的行李放在书房，忙着给大家发烟，泡茶，拿糖果瓜子，一开始大家都很拘谨，待他将水烟筒递给卡梭的父亲，气氛一下子就活跃起来。卡梭父亲蹲在地上吸水烟，像在自己家里一样。

来人说得最多的是感谢话，不久，他们起身告辞，因为还要赶集，归家的路又十分迢遥，临走，两家人留下两个篮子，装满了牛肉干巴、干菌子等食物。向天舒连忙推辞，他一个人，用不着这些东西，诺玛父亲急了，说：“向老师，我们没什么更好的东西送给你，希望你一定收下。”他只得收下，再拒绝的话，反而会伤了对方的心。

向天舒将他们送到校门口，两家人分别拉着卡梭和马缨花的手反复叮咛。也许是因为从此不能再跟弟弟朝夕相处，或者是看到许多同龄的女孩快乐地走在校园里，受了触动，诺玛一言不发，向天舒也很感伤，默默看着她，直到她和家人一道离去。

他让卡梭和马缨花在家等他，自己去找小吴老师，她正好在家，很高兴能够做向天舒带来的这两个哈尼族学生的班主任。向天舒不把小吴老师当外人，坦陈了资助他们的事情，让她以后凡涉及钱方面的问题，都来找他，小吴老师感动得流下了眼泪。中午，他带卡梭和马缨花去食堂打饭吃，顺便领他们参观了一下校园。下午，又和小吴老师一起，将卡梭和马缨花的宿舍安排妥当，再到食堂给他们买足了一学期的饭菜票，叮嘱他们保管好。送马缨花回宿舍时顺便去看望叶莲，但她不在，令他没情没绪，回屋补了个午觉，一直睡到太阳落山。

在开学典礼上，郝校长总结了过去一个学年的工作，对新生表示欢迎，对高考取得的优异成绩表示祝贺，对未来进行了热切的展望。如果说上一次黄龙中学结束了高考升学率为零的历史，那么，从今往后，记录将会不断被刷新。在郝校长的倡议下，向天舒被评为模范教师，还得了一笔奖金。他不喜欢“模范教师”的称号，但是不好拂了郝校长的一番好意。模范教师的评选在黄龙中学不是第一次，但奖金的发放却是第一次。

郝校长有一个由来已久的想法，要在黄龙中学建立奖励制度，以调动教师的积极性，但是，奖励需要钱，国家的财政拨款勉强够现有的教学开支，他想把绿水塘北面的菜地利用起来，种上经济作物，以增加学校的收入。向天舒服膺于郝校长的想法，觉得他不仅正直，而且有头脑。新学年伊始，郝校长便将这个想法付诸实践，将绿水塘北面的菜地全部改种柑橘，从外地引进优良的柑橘树种，聘请专业人士护理。一开始，程文礼等人强烈反对，觉得学校做这种事情不合适，菜地是给学生劳动用的，目的是培养学生爱劳动的美德，学校是文化园地，是净土，怎么能被商业的铜臭气息所污染？郝校长反驳说，黄龙中学的学生大多来自农村，从小就会做农活儿，到学校的目的是读书，用不着再下地干活，浪费宝贵的时间，学校勤工俭学，充分利用土地资源，做正当的生意，以改善办学条件和教师的福利，有什么不好？最后，大家举手表决，绝大多数人赞同。几年后，橘子开始挂果，年年丰收，连县里都来人收购，黄龙中学每年都有一笔可观的额外收入，办学条件大大改善。橘子熟时，人站在老人山或青龙山上，会看见金色的橘林，与绿水塘交相辉映。当然，橘子免不了会像绿水塘里的鱼一样，遭到当地人的偷窃，学校除了加强保卫，也没有别的办法。

黄龙中学声名远播，祖村有人来找向天舒，说孩子没考上高中，想托他的关系走后门到黄龙中学上高中。他自然没答应，来人回去到向母跟前告状，令向母很没面子，埋怨儿子不近人情。

新学年重新选举班委，姜泽后依旧是班长，向天舒任命叶莲为语文科代表，科代表的主要任务，便是每天下午将全班同学的作业收齐，交给任课老师。如此安排的用意不言自明。从此，向天舒每天最期待的时刻，便是叶莲的到来，通常是在下午放学后，至晚饭前。每次来叶莲都要在书房里流连一番，遗憾没时间读课外书。

向天舒经常向吴燕问起卡梭和马缨花的学习和生活情况，两个孩子都很懂事，学习刻苦，与同学们相处甚洽。

离中考只有一个多学期，向天舒让姜泽后将精力都用到学习上，因为他天资不高，须十分刻苦，才有望考上中专。唯有一事难以说服他，他坚持要给他挑水，向天舒只好节约用水，以减少对方替他担水的次数。

向天舒没想到自己会吃醋，而对方只是一个少年。

田家鹤在班上的学习最好，又眉清目秀，女生都喜欢向他请教问题，包括叶莲。向天舒不止一次看见叶莲同田家鹤交头接耳说话，突然觉得他们挺般配，男才女貌，年龄又相仿，令他想起自己早恋的情形，心里颇不是滋味。无意中听到豁豁他们开田家鹤的玩笑，说他和叶莲是天生的一对儿，最可气者，田家鹤居然不予否认。没来由的妒忌令他心神郁结，但无凭无据，毫无发作的道理。有一次课间休息，见叶莲又在向田家鹤请教问题，他忍无可忍，将她叫到外面，低声质问："有问题为什么不问我？"看着叶莲不解的神色，他咬咬牙，终于说："我不喜欢看见你跟田家鹤在一起。"叶莲似懂非懂地答应下来，令向天舒不悦的事情，她自然不会去做。然而他还是不放心，一想到叶莲和田家鹤见面的时间比和他见面的时间多得多，他就不能自安，而且，他不在场时，谁知叶莲会不会去找田家鹤呢？几次想盘问她，话到口边又忍住了，觉得自己太小心眼，叶莲既然答应过他，就一定能够做到。可是，在这件事上，他的心眼就是大不了，除了妒忌，再容不下别的东西。妒忌犹如蛀虫，啮咬着他的心扉，他还得装出若无其事的样子，痛苦的滋味只有自己消受。上课时，田家鹤喜欢回答问题，特别是别人回答不了的问题，往往都能答上来，赢得许多女生仰慕的眼神，向天舒受不了叶莲看田家鹤的眼神，顿时方寸大乱，课也无心再好好上，事后很懊悔，觉得对不起别的学生，唯一的办法，便是上课时尽量少提问。有一阵子，向天舒一见到田家鹤就不自在，总想起豁豁他们开的玩笑，越想越不是滋味，终于明白，何以基督教里“妒忌”会被列为七宗罪之一，是罪就该受着，自作自受，直到赎清的那一天。经过多方跟踪、观察，他终于确信，叶莲信守了诺言，没有再跟田家鹤来往，相反，还刻意同对方保持着距离。他也努力调整自己的心态，日三省其身，终于平静下来。期末临近。

冬天依旧寒冷，一直没下雪，有几次像是要下的样子，但只落了些冰粒，即霰，就又下起了冷雨，令人失望。冬天要下雪才美。

然而，对向天舒而言，这个冬天无往而不美。没有叶的树很美，如雕塑般，将有力的筋骨展现出来；白色的天空很美，大地有如天空的阴影，天空越白，大地越黑，一个纯净的黑白分明的世界；就是冰冷的雨，刺骨的风，也都很美，虽然他和叶莲之间什么都没发生，但他却有一种恋爱的感觉，安静，温暖，像一个安乐窝，从安乐窝里看外面的世界，没有不美的。

叶莲每次来交作业前，向天舒都要将木炭火烧得很旺，这样，她一进门，就进入了一个温暖的世界。蓝色的火焰跳着热舞，似冬天里的一个童话。

向天舒之所以选择教书的职业，就是看中每年的三个月假期，而现在，因为不忍同叶莲分离的缘故，反令他害怕放假，时间偏偏过得飞快，转眼就放寒假了。

天不亮，向天舒送叶莲去车站，同去年一样，下着冷雨，同样的情形，同样的离别之苦，所不同者，两人之间不再有距离。他替叶莲背着包，右手打伞，左手打手电，叶莲紧紧挽着他的胳膊，一高一矮两个背影渐渐消失在镇外。

叶莲走后不久，向天舒也启程回祖村过年去了。

今年春节来得早，家人正在张罗着年饭。向母似乎料到他会回来，已事先将他小舅一家叫来一起过年。向天舒的心情格外好，开心得跟个孩子似的，母亲觉得奇怪，怀疑他交了女朋友，忍不住问他，他却笑着否认。

“是不是顾芳？”向母不甘心地问。向天舒把眼一瞪，她嘟哝了一句：“这么大的事情，你可不能瞒着你妈。”就不再吱声了。

过完元宵，寒假才过去一半。向天舒又待了几天，便借口学校有事，提早返回黄龙镇。他在祖村过年时，黄龙镇下了两场雪，令他十分惋惜。

虽然距开学尚有时日，他却忍不住时常到女生宿舍楼前张望，后来干脆每天下午都跑到街上，等荷田村方向来的班车开过。从东边来的班车通常先在镇上下客。乘客一个一个下来，不见叶莲的身影，才怏怏而回。学生们陆续返校，这更加重了他的失落感。

下雪了。他又喜又忧，喜的是，今年总算赶上了一场雪，忧的是，气温骤降，公路容易封冻，交通会中断，没有班车，叶莲就来不了，叶莲来不了，再美的雪，他也无心赏玩。

下午，雪积厚了，到处是玩雪的人，向天舒冒雪到街上去等班车，过了四点，较往常晚了近两个小时，还不见班车的影子，天早早暗下来，雪依旧在下，街上空无一人，就在他快绝望的时候，班车来了，在雪地里踉跄。他不敢高兴得太早，班车虽然来了，叶莲不一定在车上，天暗，隔着雪花，看不清乘客的面孔。差不多所有人都下了车，他绝望得想哭，班车还在原地，按理，下了人就该立马开走。一个熟悉的身影出现在车门口，才离开车门，班车便很不耐烦地吼叫着向镇西的车站驶去。叶莲没料到站在雪地里的人是向天舒。周围静悄悄的。

“你怎么耽搁这么久才下车？”向天舒问她，对方穿着红棉袄，戴着红头巾，同雪一样白净的脸被衬托得更加迷人。

“捆行李的绳子松了，我手僵，半天都弄不好。”

向天舒替她拿着行李，走到校门口，管大爹从门房的窗子里伸出头来跟向天舒打招呼，但看不清和他走在一起的人，叶莲低着头，大半个脸都被头巾遮住，管大爹不是爱管闲事的人，只是笑笑，又将头缩了回去。

向天舒将叶莲送回宿舍，让她吃完饭来找他，一起去雪地里走走，叶莲欣喜地答应了。

绿水塘四周视线开阔，虽然因为天暗的缘故，雪与天与水皆一色，连远处的白石塔都不甚分明，但叶莲还是看得呆了，喃喃地说：太美了！

雪澌澌下，不大不小，两人走在雪上，大榕树的黑色树干很显眼，其下没有积雪，野草地上的雪积得特别厚。叶莲回望雪地上的脚印，欣喜地说："你看，这么多脚印，都是我们两人的。"向天舒也笑了，突发奇想：如果此刻冰河纪来临，他们是仅存的人类，一群猛犸象朝他们走来，接下来会发生怎样的故事？猛犸象对他们很友好，领头者还让他们骑在自己身上，穿越茫茫雪原，大地回暖，终于看见绿洲，别过猛犸象后，他们开始繁衍新一代的人类。

叶莲突然摔倒，向天舒连忙将她抱起来，叶莲躺在他的臂弯里，双手勾住他的脖子，抬头看他，熟悉的眼神，令他回想起相似的一幕。

天色突然又亮起来。云层后隐约现出一轮圆月，令叶莲万分惊讶。向天舒也很惊奇，他从未见过此番景象，大概是因为雪已经下透，云变薄了，映出后面的月来，如古人隔着纸窗看见的月一般，似暗还明，同雪地上的反光一道，将周围照得比黄昏时还亮。他们一直走到东北角的围墙缺口处，跨过去，走在校园之外的雪地上，远处的长虫山几不可见，田地仿佛一望无际的雪原，在夜里伸展。

二十三

春雷响起，人的精神为之一振。单玉老师说：听见打雷没有？今天是惊蛰。

向天舒“哦”了一声，仿佛看见沉睡了一个冬天的动物虫豸被纷纷唤醒，从各自的窝里走出来，春日如此美好，没有理由再睡下去。天气转暖，绿水塘边柳绿初现，许多小鱼浮到水面晒太阳，连大鱼都忍不住靠岸，引得人欣羡不止。

春天，黄龙镇的庄稼以小麦和油菜为主，春色几乎为绿色的麦子和金黄色的油菜花所平分，校园北墙外至长虫山脚的油菜花田规模最大，每年都会引来一家养蜂人，在油菜花田与通往蒙地的小路边的草地上支起帐篷，十几个蜂箱沿田埂一字排开，无论养蜂人和蜜蜂，整天都很忙碌，两个穿开裆裤的小孩则独自在一旁玩耍。向天舒第一次见他们印象就很深刻，但只是远远观望，不好去打搅，对蜜蜂也不无忌惮。现在，他的心里装着蜜一样的爱情，便有一种要接近养蜂人家的冲动。他对他们的生活很好奇，常常将养蜂人的生活想象得很浪漫，似流浪的吉普赛人，又像大草原的牧民，蜜蜂似会飞的羊群，在养蜂人的带领下，逐鲜花而居。

“你好！”

一个丽日和风的午后，他专程去看养蜂人家。男子正在帐篷前烧火做饭，向天舒远远问候。

“你好！”男子也向他招手。

“还没吃饭呢？”向天舒边说边靠近。

“没有。”

声音惊动了两个小孩，从帐篷里出来，好奇地看着他。一男一女，男孩比女孩大些，都不过三四岁。

“快叫叔叔。”

两个小孩没吭声，目不转睛地看着来人。

“快请坐。”男子拿出一个小木凳，热情相邀，向天舒摸摸两个孩子的小脸，坐下来，发烟给男主人。

“我好像见过你。”

“我是黄龙中学的老师，我姓向。”

“哦，难怪呢。”

“贵姓？”

“我姓封。”

封氏的妻子也走过来，掀起面网，对向天舒笑笑，露出洁白的牙齿，脸黝黑。看得出，孩子虽小，夫妻俩的年龄却都不小。

“他是向老师。”封氏不无得意地对妻子说，表明他们已经认识。

“向老师，和我们一起吃饭吧。”女主人盛情邀请。

“我刚吃过，你们吃。”

“那，喝口酒吧，我们自己酿的蜂蜜酒。”

向天舒听到“蜂蜜酒”三个字，想客气都难。据说，蜂蜜酒是神的饮品，如玉液琼浆。

封氏从帐篷里抬出一张小木桌，将炒好的三碗菜摆上，都是蔬菜，不顾向天舒的反对，让妻子额外又做了一个肉菜。两个孩子抬着小碗，坐在一旁乖乖吃饭。

向天舒喝了一口酒，酒劲不大，蜜香浓郁，令五脏六腑都十分受用。

“来，多喝点，这酒可以解毒护肝。”封氏高兴地说。

封氏的妻子也能喝酒。向天舒的脑海中出现一幅画面：两个孩子在帐篷里熟睡，封氏夫妇在星空下对酌，一杯一杯复一杯。

吃完饭，封氏的妻子给他们倒了两杯茶，将碗筷收拾完毕，又去蜂箱旁忙碌，两个孩子跟在她后面。

“小孩子不怕被蜜蜂蜇吗？”向天舒担心地问。

“不会，蜜蜂同孩子熟，就像一家人一样，再说，除非受到侵犯，否则蜜蜂是不会主动攻击人的。”

蜜蜂的毒刺连着内脏，一旦使用，会连内脏一起带出体外，命亦不保，因此，不到万不得已，蜜蜂是不愿和敌人同归于尽的。但他还是不敢尝试亲近蜜蜂，万一蜜蜂将他的好意误会了呢？

他与封氏慢慢喝酒、抽烟，了解了许多与蜂蜜有关的知识。

蜂蜜的种类繁多，多以花命名，黄龙镇产的蜜叫菜花蜜，占全了色、香、味，金色，芬芳，甘甜。蜂蜜的口感与花有关，与季节有关，甚至，与养蜂人和蜜蜂的心情有关。养蜂人家居无定所，但都是鲜花盛开的地方，有时在田野，有时在公路边，有时在无人的山野。蜂蜜通常会有人来收购，或者是养蜂人自己去找买主，如果是在公路边，也可以直接卖给路人。

封氏夫妇一开始为生活所迫，以养蜂谋生，四处迁徙，许多年过去，习惯了远离人群的流浪生活，如果现在让他们回老家安顿下来，重新与人打交道，反而会适应不了，谋生的手段变为生存的目的。他们打算等孩子到了上学的年龄，便将他们送回老家，让老人照看。

“唉，他们迟早是要离开我们的！”

封氏望着两个孩子的背影，重重地叹了口气。待两个孩子都送走，便又只剩他们两人，辗转各地。

向天舒意识到封氏一家的生活不似他想象的那么浪漫，但他还是打心底羡慕，如果要他和叶莲过同样的生活，他也愿意。

一来二往，封氏知道了向天舒的来历，他这个省城来的人愿意和他们这样的人家来往，让他们深感荣幸。

春天结束前，向天舒又去找过封氏夫妇几次，两个孩子对他不再陌生，争着叫他“叔叔”，他常常给他们带些糖果点心，令他们十分欢欣。封氏夫妇却很过意不去，送给他一坛蜂蜜酒。他每次来都要买些蜂蜜回去，自己吃不了的，便拿去送给单玉老师和小吴老师家，还送给李善财和卡梭家，叶莲家自然也少不了。他每天都要喝蜂蜜水，连喝茶都要放点蜂蜜。蜂蜜润肠，可以治便秘，自打吃上封氏家的蜂蜜以后，他的大便通畅多了。

最后一次去找封氏夫妇，养蜂人一家却不知何时已经离去，令他怅惋久之，将再见的希望寄于来年的春天。

周五叶莲来交作业，向天舒说起第二天要去爬青龙山后山的事，叶莲也想去，他求之不得，约好午饭后在北墙缺口处见面。此后，他们几乎每周六下午都一起爬山，拣人迹罕至的地方去，但还是被人撞见了几次，浮言四起。

初三（3）班的学生也议论纷纷，特别是女生，在叶莲身后指指点点，虽然有人曾经开过她和向老师的玩笑，但并没有当真，难免生出嫉妒心理，纷纷孤立她，对她冷嘲热讽，连一向与她要好的女生也不例外；男生更多是出于好奇，纷纷猜测叶莲和向老师之间有没有做那个事。向天舒的形象大打折扣，有人甚至将他视为玩弄女生的色鬼。只有姜泽后和豁豁替向老师打抱不平，大家都不敢当着他们的面议论。而真正受影响的人，是田家鹤，他一直暗恋着叶莲，而且，受了关于向天舒和叶莲的流言刺激，竟一反常态，主动接近她，特别是在英语角，因为他的英语好，故意拉着叶莲说话，别的人插不上嘴。向天舒看在眼里，醋意大发，故意做脸色给叶莲看，叶莲不解而神伤，向天舒只好向她坦白，说自己不愿意看见他们在一起是因为妒忌。听说对方因为自己吃田家鹤的醋，叶莲又感动，又好笑，觉得她一向敬爱的男人竟然像个大孩子一样，为了彻底打消他的疑虑，不惜发毒誓，说自己对田家鹤没有一点那方面的意思。一天，田家鹤鼓起勇气，给叶莲写了一封情书。叶莲收到信，犹豫再三，最后还是没打开来看，直接交给向天舒。向天舒将田家鹤找来，义正词严地教育了一番，不外乎是早恋影响学习之类的话，说着说着，自己都觉得自己的腔调像程文礼；田家鹤没有认错，一声不吭，胸脯激烈起伏，显示内心的激动，神态中隐含着几丝轻蔑，令向天舒无地自容。田家鹤恨叶莲出卖了他，对叶莲和向天舒都有怨气，索性将自己封闭起来，除了学习，万事不关心。向天舒很难过，但无以自明。后来，叶莲和向天舒的关系成了公开的秘密，田家鹤对他的成见更深，远远见到他便躲开，躲不及时叫“向老师”的声音也很勉强；而田家鹤也成了向天舒最怕面对的人，似一面冰冷的镜子，照见他的虚伪。

叶莲承受着巨大的压力，周围人的敌意令她伤心欲绝，不敢再抬头看人；向天舒除了尽量不与她单独相处，暂时想不出应对的办法，只好静观其变。

物议甚嚣尘上，有说叶莲勾引老师的，有说向天舒诱骗女生的，说话者大抵是些好事之徒，正派人通常不发表意见，有人忧心忡忡，特别是有孩子在黄龙中学念书的家长，怕向老师因为这件事情被迫离开黄龙镇。叶莲有一次上街，路人像看怪物一样盯着她看，二流子公然对着她吹口哨，她从此不敢到街上去。向天舒最怕在街口见到包姥，后者总是一脸坏笑，似在说：瞧这个人，抽大烟，玩弄女生，还“模范教师”呢！有一次，包姥当着旁人问他：“向老师也喜欢嫩的？”言下之意，不只她包姥一人喜欢嫩的。

顾芳似乎找到了出气筒，在课堂上故意拿问题刁难叶莲，看她答不上来，窘得满脸通红，便阴阳怪气地说：当学生的，要把时间都花在学习上，不要搞那些乱七八糟的事情。叶莲刚坐下，顾芳厉声说：我让你坐下了吗？站着好好想，想出答案来再坐。叶莲只好又站起来，眼里噙着泪。直到下课铃响，叶莲都一直站着，示众一般，待顾芳离去，她才坐下，趴在桌子上，将头埋在双臂间，整个课间都没抬头，似在啜泣。大家都觉得顾芳是在打击报复，豁豁连骂了几声“狗日的”。

费武逢人就说：小妖是毕业以后才跟我的。这样说的目的，一方面同向天舒划清了界限，一方面揭示了向天舒勾引在校女生的真实面目，可谓一箭双雕。

而明目张胆乘机要将向天舒踩在脚下的人，是程文礼。

这一次，程文礼显得老谋深算，暗中调查，凡是见过向天舒和叶莲单独在一起的人，都要找来谈话，谈话的对象甚至超出校园的范围，连放牛娃都不放过。

郝校长忧心如焚，将向天舒叫到家里，劈面就问：“都是真的？”

向天舒点点头，郝校长叹了一口气，单玉老师急了，说：“小向，你好糊涂，找什么人不好，要找个学生？影响多不好！”

“你和她有没有那种事？”郝校长看看门外，压低嗓门问。

向天舒郑重地摇了摇头。

郝校长松了一口气，最后强调：千万别做傻事，以免让人抓到把柄。

豁豁爸请向天舒去家里吃饭。提起中考的事，豁豁闷闷不乐，只顾低头吃饭，豁豁爸乐呵呵的，不停给向天舒使眼色，终于，他自己忍不住，举杯对向天舒说：向老师，我替豁豁敬你这杯酒，你是我们家的大恩人！向天舒连忙让他不要客气，豁豁觉得气氛有些异样，奇怪地看着他们，豁豁爸这才对他说：儿子，你可以上高中了，向老师要替你出学费，还不快好好谢谢向老师。豁豁简直不敢相信自己的耳朵，用询问的目光去看向天舒，向天舒笑着点点头，他一下子蹦起来，要给向天舒下跪，被向天舒制止。向天舒看着豁豁，郑重地说："别谢我，要谢谢你爸爸，你看他这么多年，又当爹又当妈的，多不容易。"一席话，说得豁豁爸眼泪直流，自己喝干了两杯酒，抹干泪，说："儿子，你要不好好用功，就对不起向老师。"向天舒连忙说："豁豁不要有什么压力，也不要想着谢我，实在要谢的话，也要等你考上大学以后再说。"他叮嘱他们千万不要把这件事说出去。

中考完毕，除姜泽后和另一人报考了中专外，初三（3）班的绝大部分学生都考上了高中，包括豁豁、李善财等向天舒极喜爱的学生，破了黄龙中学的记录，而后来公布的高考成绩也优于去年。所有这些都证明了向天舒的价值，受损的名声再度恢复，多数人开始接受他与叶莲恋爱的事实。

他们的关系成了公开的秘密。向天舒反而轻松了下来，不再刻意避嫌。

本来，考完试到暑假放假的这段时间，叶莲没有学习之累，他们可以有更多时间单独相处，却不敢轻举妄动，暗中有很多不怀好意的眼睛，监视着他们的一举一动。有时，只要白天他的房门关着，费武便会找借口来敲门，门一开就往里闯，程文礼也常在门外逡巡，因此，他们直到放假都没机会单独在一起。

二十四

送走叶莲，向天舒沿紫溪走到尽头，情绪低落，想找个人说话，便到蓝江去找艄公，在他那里待了一整天。艄公也听说了他跟叶莲的事情。

“向老师，那个叫叶莲的姑娘有福气。”

“为什么？”

“因为你是个好男人。”

“过奖了。小姑娘是个好人，就怕对不起她。”

“不会的。除非……”艄公欲言又止。

“除非什么？”

艄公看着江面，黯然神伤。向天舒对艄公的性格已经了如指掌，明白跟阿霞有关。

“让你想起阿霞来了？”向天舒故意引他，说出来比憋在心里好。也只有向天舒能让艄公掏心窝子说话。

“既然你都猜到了，我就直说吧。当年我跟阿霞，我们谁都没做对不起对方的事情，可结果呢？天灾人祸，谁也预料不到。”

向天舒悚然一惊，在心里自问：他和叶莲会有什么天灾人祸？！

“向老师，你看我这是怎么了，净说不吉利的话。吉人天相，老天要是不保佑你这样的人，就是个王八蛋。”

向天舒笑起来，正好有人要过江，他也一路过去，夏季涨水，艄公手臂上的青筋暴突，足见撑船的不易，等闲人是做不来的。

接连数日，都靠登山来化解思念之苦，爬了几次白虎山，每次都带回一些罂粟花，瓷瓶里插不下，便插在普通的玻璃瓶里，满屋都是罂粟花。镇上的人都觉得好笑，说黄龙镇有两个人爱采花，一个是向天舒，一个是风三娘。向天舒曾在罂粟花丛里碰见过风三娘。毛师傅的两个小伙计闲来无事，蹲在店门口吸烟，看见向天舒手里的罂粟花，嬉笑着说：“向老师，采野花啊。”向天舒听出言外之意，也笑着说：“是啊，野花香得很呢。”小伙计大笑起来。二流子见不得向天舒拿着花在街上走，每每在后面说：两个疯子！

他暂时不去想叶莲，不去想这场爱情究竟会有什么样的结果，而将注意力转向别的事物，有一样东西，引起了他极大的兴趣。

暑期的绿水塘照例是孩子们的乐园，上学的，不上学的，以朱笑和朱乐等几个大孩子为首，重复着每个夏季的游戏。向天舒爱看乐乐他们用蜘蛛网粘蜻蜓，且喜欢随他们去搜集蛛网。他们将铁丝弯成椭圆或圆形的环，固定在竹竿一端，四处收集蜘蛛网，偏爱张在屋檐下的圆网，圆网少杂质，黏性强，对花蜘蛛的网则不屑一顾。花蜘蛛的网通常都挂在枝叶间，横七竖八，像个迷魂阵，不是靠蛛网自身的黏性粘住猎物，更多是靠杂乱无章的丝网兜捕猎物。先将坐在网中的圆网蛛吓跑，然后将铁丝环往上面一盖，左右翻转，蛛网便绷在铁丝环上。向天舒有时替蜘蛛难过，那么精致的一张大网，要花费多少精力才能织就啊，眼睁睁看着辛苦制成的谋生工具毁于一瞬，蜘蛛的愤恨可想而知。乐乐他们吹着口哨，奔下一张网而去，待铁丝环上绷了十数张网，便将竹竿扛在肩上，信步走向猎场。目标一旦锁定，蹑步接近，只要保证铁丝环伸到蜻蜓上方不远处，便十拿九稳，即便被发现，蜻蜓飞起来也会撞到网上。多数时候，蜻蜓意识不到天降之祸，枉自长了一头的眼睛。竹竿下降的力道不能太猛，蛛网正好接触并粘住蜻蜓翅膀，如此方可保证蜻蜓和蛛网皆完好无损。向天舒因此对圆网和圆网蛛发生了兴趣，读了许多与之有关的资料，法布尔的《昆虫记》里有很生动的描述，令他受益匪浅，但他的目的不在研究，如动物学者，而在别的方面，他看到了许多别人看不到的东西。

他发现，圆网酷似易经里的卦象图，经纬交织，经线呈放射形，纬线似涟漪向外扩散，蜘蛛端坐网中央，身体由头和躯干两部分组成，似一阴一阳，八足，每足分三节，如人的手掌、小臂及大臂，活脱脱一个阴阳八卦图，八卦又推演出六十四卦，包罗万象。这个发现令他激动不已，也许纯属巧合，也许，几千年前的某位先哲，和他一样被蜘蛛和蜘蛛网所吸引，经过长久的观察和思考，悟出了中国哲学里最深奥的易理。他无意做这方面的研究，但这个发现加深了他对蜘蛛的兴趣，见到蜘蛛就驻足观看。尤其对圆网蛛着迷，他觉得，端坐在圆网中央的蜘蛛像一个智者。

校园里，蛛网随处可见，屋檐、天花板、走廊、树木、围墙、厕所，以圆网为主。一天下午，朱乐他们到校外玩耍去了，绿水塘边很清静，向天舒到大榕树下纳凉，仰面躺下，看见高处有一张庞大的圆网，张在几根粗大的树枝间，蜘蛛硕大，在网中心纹丝不动。透过枝叶和蛛网，依稀可见蓝天，蜘蛛背着光，似一个黑色的圆球，一阵风过，他担心圆球会掉到自己脸上。蛛网在风中摇曳，黑蜘蛛像一艘小船，随波逐浪，却始终不离水面，颇有点处变不惊的气势。他想看看会不会有猎物触网，等了许久，不见动静，许多长翅膀的昆虫在阳光下飞舞，却不到榕树的阴影里来。他可没有蜘蛛的耐性，将整天的绝大部分时间都耗在无聊的等待上。从蜘蛛的体型看，年岁定当不轻。遗憾手头没有望远镜，不能看清蜘蛛的表情，不知它的眼睛是睁着还是闭着。想起那些除了打坐修行便无所事事的虔诚的宗教人士，外人看他们很无聊，其实他们的内心无比丰富，难道，这只蜘蛛也有思想？他宁可想象它有思想，那么，它都在想些什么呢？从那时起，向天舒就一直在琢磨蜘蛛的内心世界。

夜里，他做了一个神奇的梦，梦见一棵奇特的大树，遮天蔽日，他甚至知道这棵树的名称，叫“蜘蛛树”，树叶便是成千上万的蜘蛛，形态各异，五彩斑斓，靠尾部的一根长丝，从树枝上垂下，在微风中轻轻摆动。醒来后，他对那棵蜘蛛树念念不忘，神奇的感觉不啻亲眼目睹了传说中的生命树。

学生放暑假后，由县里出资的自来水工程在全镇施行，不久，黄龙镇的人就用上了自来水。姜泽后毕业以后，向天舒一直是自己挑水喝，现在突然不用再担着水走过镇子，反而不习惯，而更加不习惯的人是憨包，自来水的使用彻底改变了他的生活，虽然还可以到食堂干一些杂活儿，但终究不如无拘无束独来独往的运水工作那么惬意。

自来水入户后，有条件的人家开始用上洗衣机，向天舒却不愿意放弃周末去紫溪洗衣服的乐趣，再说他一人也没多少衣服，天冷时偷个懒，少换几次衣服便可。

自来水虽然方便，但还没方便到可以接到花园和菜地里的地步，给花园和菜地浇水仍需用人力。一连几天没下雨，向天舒便用水桶从屋里接了水，担到花园里去，往返几十趟，用了一整个下午才浇完水。太阳偏西时，坐在花园中的鹅卵石小径上休息，边抽烟，边欣赏着各种花草。近旁的一株月季开得正盛，月季月月开，花瓣不似玫瑰紧凑，但更素净些。目光在花叶间流连，突然定格，枝叶间有一张小小的圆网，网中央有一只很小的蜘蛛，他从未留意过这么小的蛛网和这么小的蜘蛛，小到可以忽略不计。整张网比月季花还小，精致的程度却与他在大榕树上见过的那张大网不相上下，具体而微罢了，而那只比灰尘大不了多少的蜘蛛，身体近乎透明，难以想象，那么小，又那么透明的身体里，何以能够源源不断地抽出丝来？为了要看得仔细，他将脸贴上去，同小圆网比起来，他的脸显得硕大无比，小蜘蛛的八条腿是张开的，一个平稳而悠闲的姿势。向天舒的脸让它警觉起来，立刻将肢体收回，藏在身下，一动不动，似在装死。向天舒的脸依旧笼罩在小圆网的上空，令小蜘蛛不能自安，觉得装死不大稳妥，突然动起来，在蛛网上飞跑，如履平地，转眼就溜到月季花后面去了。向天舒无意惊动它，不免有些歉疚，感叹大自然的奇妙与残酷，这么小的生命，已被迫独自谋生，为了生存，苦苦地等待着更加弱小的生命落网，谁也没教过它怎么织网，却能织出这么漂亮的网，似来自遗传，或者是靠潜意识中对祖先智慧的记忆。然而，是谁，编织了第一张蛛网？

向天舒在紫溪沿岸行走时，在一座独木桥附近，看见一张硕大的圆网，横亘在靠近左岸的溪水上方，其地水面宽阔，单靠左岸一侧的树枝，是无法固定那么大的一张网的。正在纳闷，看见溪水上方有一根闪亮的丝线，将蛛网与对岸的树连在一起，这是至关重要的一个固定点，然而，那根丝线分明不像蛛丝，有钓大鱼的渔线那么粗。他干脆席地而坐，一面观察一面思考，三根烟的工夫过后，目光停留在独木桥上，突然恍然大悟，不由得服膺于黑蜘蛛的智慧。织网前，蜘蛛先要选择地形，溪水回旋之地，无论水里和水面的生物都很丰富，是一个理想的猎场，然后将丝线的一头固定在左岸的树上，拖着这根丝线，走一段路，经过独木桥，到对岸，又往回走至固定丝线头的树的正对岸，选定一棵树，爬到高处，慢慢将丝线收紧，固定在树上，关键的第一根丝线便大功告成。接下来就简单了，但费事，因为水面宽阔，这跟丝线跨度大，风雨飘摇，不结实不行，须加厚、加固，于是，蜘蛛便拖着第二根丝，沿第一根丝线走到对岸，固定好，拖着第三根丝走回来，又固定好，如此反复，如走钢丝的杂耍高手，一根坚韧如钢的支撑线便完成了，奠定了大网的根基。不过，能这样做的蜘蛛，充沛的体力和旺盛的精力必不可少，根据他对圆网蛛的初步了解，这绝对是一只年轻力壮的蜘蛛，体型虽比不上大榕树上的那只，但更活跃，也更有谋略。许久没有猎物上网，它便自动从网上撤离，躲到树叶里去了，以麻痹猎物的警惕。果然，没多久就有一只大蝴蝶被网粘住，正在挣扎，蜘蛛飞快赶到，施与致命一击，随即迅速吐丝将蝴蝶包裹起来，干净利落，令向天舒惊叹不止。几天后，因惦记着这张蛛网，他又去了一趟紫溪，发现大网还在，却已破败，挂满了风干的小飞虫，显然，网已经废弃了，网的主人是换了地方，还是遭遇了什么不测？面对蜘蛛留下的美丽废墟，向天舒若有所失。

除了圆蛛，他还饶有兴致地观察过许多别的蜘蛛，所见最多的是花蜘蛛。有一种长脚蛛，从不织网，身子很小，被长脚高高撑起，样子十分怪异，性情却温和，不会咬人，小孩子都不怕，甚或断其数足，看它在地上笨拙地挣扎，慢慢等死。狼蛛也不织网，行踪不定，移动迅捷。

花蜘蛛色彩斑斓，黑黄为主色，偶尔也点缀些猩红色，或白色，圆形条形的都有，脚纤长，节肢上均有金色环纹。花蜘蛛的网也是圆网，只是它们喜群居，织网的地方又相对固定，新旧网交替，大大小小的网交织在一起，显得凌乱，像个迷宫，其实，仔细看的话，每张网都是圆的，同圆网蛛的网一样，只是没那么精致，向天舒对其用长肢在迷宫般的丝网上轻松来去深表惊叹。他最喜欢观察诸如此类的自然事物，并同儿时所见相比较。儿时只知这是花蜘蛛，且时时发生关系，因对蜻蜓的捕猎过于频繁，常常找不到足够的圆网蛛的网，退而求其次，花蜘蛛的网也派上了用场，再次看这些儿时熟识的事物时，远离实用，有了全新的认识，遂发现花蜘蛛悦目的色泽，以及轻巧的步态和残忍的猎杀手段。他还发现，在阳光的照射下，以绿叶为背景，丝线的颜色同花蜘蛛身上的金黄色一模一样，金色的大网仿佛是用阳光织成的，令他万分惊奇。

因为蜘蛛的缘故，向天舒对整个昆虫界都发生了浓厚的兴趣。童年在农村度过，对昆虫自然十分熟悉，但儿时知其然，不知其所以然，随着研究和观察的展开，昆虫将他带入了一个全新的世界。这个世界由许多小世界组成，除了人，还有昆虫，及别的许许多多的生命，即便被人视作无生物的存在物，都是由肉眼所不见的生命组成的，就本质而言，生命并无差别，而就表象而言，生命千差万别，没有一模一样的事物，差异恰是个体存在的意义。对生命的这些思考令他想到一个万花筒的比喻。儿时喜欢看万花筒，小小的万花筒，能够变幻出那么多图案，令他无限惊奇，于是，在好奇心的驱使下，他将万花筒拆开，想一探其中的奥秘，结果不免大失所望，炫目的图案只是一些彩色碎纸片，同样的碎片，永不重复的图案，但图案与图案之间总有惊人的相似之处，无论色彩、线条，可以说，既重复又不重复，生命正与万花筒相似，人们苦苦求索的生命的本质和奥秘，也许不过是些平淡无奇的碎片。

看似平常的生命，在有心人眼里，暗藏玄机，偶尔泄露出来，便产生了奇迹。生命因奇迹而精彩。向天舒就目睹了这样的奇迹，与他近来特别关注的蜘蛛有关。

紧邻白石塔的丝柏高及塔身一半处，如丝的细叶裹紧树干，向上收紧，如圆锥形，与白石塔形似，年龄亦相仿佛，颜色却正好相反，光几乎无法深入密叶的内部，远望，即便在阳光下，也呈黑色，如地底长出的黑暗。

向天舒对丝柏情有独钟，其名美，其形又极简，似瘦长的金字塔，此外，他还受了凡高的影响，那个长着红胡子的荷兰人，是他极喜爱的画家，其画中的丝柏如燃烧的黑色火焰，给他留下了至为深刻的印象。在他看来，丝柏同时象征着生命和死亡，其黑暗的内部有如死亡，而其锥形向上的外形则似顽强的生命。

与白石塔并立的这棵丝柏尤其令他倾心。无论造塔者还是种树者都已作古，塔与柏收藏了无数人世的秘密。几百年来的守望，塔与柏不能不发生爱恋，虽不能拥对方入怀，但守望的幸福胜似一切短暂的接触，塔白如昼，坚硬、伟岸，与夜色般的丝柏恰似一对，当风从身后吹来，将柏推向塔，柏便利用每次的接近向塔低语，月色中，柏影在塔的身体上轻轻柔柔舞蹈，塔的灵魂也从石缝中逸出，与柏影融为一体。

在白石塔与丝柏之间，有一张圆网，奇迹便发生在这张蛛网上。

一开始，这张网跟别的网并无两样，网上的蜘蛛也没有什么特别之处，白石塔和柏树立在空旷处，风大，蛛网却常常很新的样子，与网主的勤劳修补有关，令向天舒十分佩服。一天夜里，他刚上床，便下了一场罕见的暴雨，雷声惊心动魄，令他回忆起雷风寨的那场雷雨，最后一个雷离去后，他又听了好一阵雨。天亮后，迫不及待走到户外，桂花零落一地，委弃在烂泥里，令他顿足惋惜，本来打算好要摘桂花泡酒的，这下只能等到来年了。拾起一把干净的湿桂花，余香尚浓烈，令他不能自持。信步朝绿水塘边走去，想起白石塔上的那张蛛网，风雨后恐已荡然无存。令他吃惊的是，远远就看见那只圆网蛛，似一个小黑点，在白石塔和柏树之间，如坐虚空，稍稍走近，一张崭新的网挂在原处，在朝阳中闪闪发亮，至跟前欣赏，突然，他目瞪口呆，蛛网上有一个十字架！他以为是错觉，闭上眼，重新睁开，没错，分明就是个十字架，由横竖两串字母形状的符号构成，酷似大写英文字母 A 及 Z，横的全是 A，竖的则都是 Z，即便只是巧合，也是神奇的巧合。向天舒对那只蜘蛛刮目相看，对方却一动不动，若无其事的样子。他绕到另一面看，依旧是两串 A 和 Z 相交而成的十字架，蜘蛛置身于十字架的中心，令他联想起某个被钉在十字架上的人。十字架在蛛网上保持了几天，直到又一场暴风雨来临，才换成别的符号，是一串阿拉伯数字“3”，这一次，向天舒觉得绝非巧合那么简单，开始相信这是奇迹。后来，出现了几个不规则的字符，酷似中文里的“字”，或者是“宇”，两者的字形相近，或者都是。再后来，又出现了别的符号，大多无法辨认，仿佛神秘的天书。向天舒被这些奇迹弄得寝食不安，他想起民间说的“见非常之物者不吉”，不免有几分隐忧。他查阅了许多资料，发现蜘蛛网上出现怪异符号的事例并不鲜见，也许，真的只是巧合，将网织成这个样子并非蜘蛛的本意，可能是没休息好，走路歪斜，不能如常吐丝，人累时也常常会犯错误，这或许是最科学、最客观的解释，但他宁可相信，这是上天的某种启示，是奇迹。不幸的是，这张网被朱乐他们发现，屡次被掠走，终于不再出现，蜘蛛也消失得无影无踪。向天舒本想干预，又觉得不必，孩子也是自然的一部分，旁观者不应该干预自然中发生的一切，否则就不自然了。嗟叹之余，又想，网不会就此消失，存在过的将永远存在，况且，网还有很多，如渔网、情网、法网、人际关系网等，而整个世界就是一张无形的大网，将我们笼罩。

也许是心灵感应的结果，向天舒对蜘蛛的关注终于有了意外的收获。他在青龙山的密林里拾到了一个琥珀，里面有一只黑蜘蛛，姿态一如生前，悲剧发生得如此突然，其灵魂来不及逃遁，便同肉体一道被封存在透明的树脂里，他似乎看到了灵肉不灭的奇迹。他深爱这枚琥珀，置于书桌上，时常凝望着那只栩栩如生的黑蜘蛛。

二十五

离开学还有一个星期，姜泽后突然背着行李出现在门口。姜泽后考上了纬县师范，须提早去报到，来向他辞行。当初姜泽后离校时向天舒就很伤感，又见到他，喜上眉梢，留他吃饭，从食堂多打了几个菜，还备了一壶酒。第一次单独同向老师一起喝酒，姜泽后不敢举杯，向天舒让他别拘束，说到城里就不一样了，凡事都得靠自己，他已经成年，要像个大人一样，不仅要学习好，还要学会同人打交道，太老实会被城里人欺负，与人为善，但不要把人都当成善人。姜泽后表示一定记住老师的话，仰头把酒干了，然后同向天舒推杯换盏，喝至深夜，说了许多感激的话，说着说着就哭起来，向天舒心里也很难受，这么好的学生，就这么走了，委实舍不得，两人都有点醉意。夜里，姜泽后睡在书房，第二天向天舒醒来时，太阳老高，姜泽后已经离去，床叠得整整齐齐，碗筷洗刷得干干净净。他的心里空空的。以后，每次回家，姜泽后都要来看望他，手里总提着从县城给他买的礼物，他再三叮嘱他不要破费，都无济于事。也许是听了向天舒的话，在师范学校里，姜泽后不仅学习刻苦，人际关系也不错，吃苦耐劳的秉性终于得到回报，毕业后被保送到省城深造，学成后回到纬县师范任教，从此变成城里人，在家乡是个响当当的人物。姜泽芳后来也到黄龙中学上初中，向天舒没少帮助她，姜泽后坚持要妹妹念高中，说有向老师在就有希望，并按期寄来学费和生活费。她虽然高中毕业后只考上了一所中专，但至少做了三年的大学梦，如向天舒所言，人要有梦想，不论梦想能否实现，而高中三年的学识及经历令她的人生更加丰富。

叶莲给向天舒带来许多莲蓬，新鲜的莲子青翠可人，清香甜脆。

新学年，向天舒申请当叶莲他们班的班主任，不光是因为叶莲，大部分学生都是从初三（3）班升上来的，他对他们怀有深厚的感情。

班上出现了不少新面孔，而许多老面孔，如姜泽后者，却再也见不到，令向天舒颇有些不习惯。新面孔是从别的镇上考来的学生，因为黄龙中学教学质量的提升，吸引了很多外镇的生源。

选班委时，向天舒推荐田家鹤当班长，这样做也有试图改善两人关系的意思，但田家鹤不领情，坚决不当，他只得作罢，依旧让他当学习委员，叶莲还是语文科代表。新班长改选白先生。白医生为此专程来向他道谢，他却说不必，是白先生自己争气，白医生兴奋得直搓手，临走时说：向老师，有病来找我啊，千万别客气！

从这个学期开始，向天舒便只上高中班的课，学生更成熟，交流起来更加容易，上课的内容不拘泥于课本，形式也很自由，学生也不用像上其他老师的课那样正襟危坐，课堂气氛很放松。他鼓励学生提问，以刺激他们的求知欲，无论什么问题，他都会详细解答。有时，他会突然叫某位学生上去讲课，自己跑到对方的座位上坐着，他还喜欢将粉笔揣在裤兜里，方便随手取用，裤兜的边沿常常被粉笔染成各种颜色，讲到激动处，会将粉笔头砸向黑板，而他所讲的内容，也因此深深留在学生的记忆里。程文礼当然不放过攻击向天舒的机会，说他上课很随便，有时还坐在讲台上讲课，为师不尊。郝校长淡淡地说：效果好是最重要的。程文礼又说向天舒经常发泄对社会的不满，教学生很多离经叛道的东西。郝校长装作没听见，顾左右而言他。

向天舒的教学方法影响了很多人，尤其是年轻教师。他反对照本宣科，绝大部分学生都升不了学，要尽可能让他们在有限的求学生涯里，学到更多真正的知识，而对于少数有资质又刻苦的学生，课外知识开阔了眼界，活跃了思想，应试知识非但不受影响，考试成绩反而会大大提高。读书的乐趣就在读书的过程中，多读一天书，便多一天的乐趣。向天舒有一次在课堂上讲："你们不要想着将来会怎么样，而要想今晚以前会怎么样，因为一闭眼，谁也不能保证明天还会来，一场毁灭性的洪灾，一场8级大地震，或者，一块陨石自天而降，恰好就砸中你，都不是不可能的事情；但是，在夜晚来临前，我们还拥有一整个白天，还可以做很多有趣的事情，及对人对己都有益的事情，这其中就包括读书，孔子说的'朝闻道，夕死可矣'，就是这个意思。"这些话传出去后引起轩然大波，卫主任觉得向天舒是在向学生散布悲观思想，拿死吓唬学生，不利于他们的成长，郝校长却说：小向的说法是夸张了些，但将忧患意识灌输给学生，也没什么不对。

向天舒无意与同事讨论应试教育的弊端，这同体制有关，是政治，他对政治不感兴趣，有那么多人对政治感兴趣，不缺他一个；真正好的教育制度，是让所有人终生都有平等受教育的权利，考试应该只是手段，检验某一阶段的教学效果，而非目的，成为人继续受教育的障碍。但他不是盲目的理想主义者，深知人的自由是有限的，既然应试教育的现状一时无法改变，只好从权，在应试教育和素质教育之间找一个理想的结合点，何况，对于有能力的乡下学生来说，升学是改变命运的捷径。他只是一再向学生指明，哪些知识有用，哪些知识无用，无用的知识，纯粹是为了应试，不必往心里去，权当锻炼记忆力，考试一毕就可以扔到粪池里去，有用的知识，则要用心保留，终生受用。

一天，同学们正在上晚自习，向天舒进教室来巡视，见白先生对着一道立体几何题冥思苦想，突然来了兴趣，说：我来试试看，看我们谁先解出来。问白先生要了纸笔，到讲台上低头研究。他上高中时就很喜欢几何，特别是立体几何，可以很好地锻炼人的空间思维能力，一个几何图就像一个天体图，虚拟线穿插其中，有限中蕴含着无限。他终于找到了答案，忍不住叫出声来，惊动了所有人，他连忙道歉，示意白先生上台，压低声音给他讲解答案。看见大家都很好奇，他干脆在黑板上给所有人演示了一遍。大家都很惊讶，倒不是因为向老师会解几何题，而是因为他的表情生动，且将抽象的几何图形比作宇宙，闻所未闻。他说："很多同学怕学数学，觉得数学枯燥，其实数学既有趣又有用，1+1=2，这比任何一句政治口号都有趣，我们这间教室的面积是多少？答案再简单不过，长乘以宽，但如果不学数学，这就是一个天大的难题，再乘以高，便是我们这间教室的体积，多有意思！爱动脑子的人，会从数学里得到许许多多思维的乐趣。"

神秘的数字和几何图案，抽象中的抽象，概念化的完美，但要与现实区分开来，现实中找不到任何两条平行的线，也没有绝对圆的圆，一加一并不等于二（譬如：一斤米加一斤米等于两斤米，世上没有绝对精确的一斤米，也没有绝对精确的两斤米，所以这个等式在现实中并不成立）。当然，这些话未免太高深，他没有讲出来。

镇上的二流子又开始猖獗，公然勒索中学生的钱财，特别是住校生，常在街上被他们找茬儿打骂，调戏女生的事件时有发生。而漂亮如叶莲者，更是二流子们垂涎的对象。向天舒叮嘱叶莲不要到校外去，哪怕是和别的人一起。没想到，都市里常见的罪恶也开始在小镇盛行。他因为常常登山，又带领学生晨跑，身体素质很好，最近则提高了锻炼的强度，单双杠、俯卧撑，以增加膂力，万一哪天同二流子交手，也不至于太吃亏。

那天，正值上课时间，三个二流子大摇大摆，要往校园里闯，遭到管大爹的坚决阻止，恼羞成怒，对管大爹拳脚相加。管大爹头破血流，倒在地上，三人还不解气，将管大爹拖到正街上，在他身上又踩又跺。周围聚了很多人，但都不敢吭声。向天舒没课，正准备上街，远远看见，边喊“住手”，边飞奔过去。三人撇下管大爹，其中一人掏出一把匕首，拉开架势，此人向天舒认得，诨号皮条。见对方有凶器，且人多，向天舒刹住脚步。皮条一面摆弄手中的匕首，一面挑衅地看着向天舒，另两人竟又开始踢打躺在地上的管大爹。向天舒怒不可遏，脑子里“嗡”的一下，不及多想，向前冲去。皮条没想到他这么胆大，一下愣住，向天舒乘机将他的匕首打飞，两人扭打在一起，另两人赶过来参战。他的头上挨了几记重拳，两眼一黑，轰然倒地，整个身子蜷缩着，本能地用手死死护住头，几双脚在他身上又踢又踹，他一声不吭，心想他们为什么这么狠？人为什么这么狠？在省城被打的那一幕浮现眼前。二流子见他不叫，更不讨饶，下脚越发凶狠，口里嚷着：往死里打！最后，皮条捡起地上的匕首，在他胸部连扎两刀，闻讯赶来的师生正好目睹了这一幕，都惊呆了，女生当场就哭起来，皮条他们乘机逃走。郝校长一面叫人去派出所报案，一面让几个年轻教师轮流背着向天舒往卫生所跑，大批学生跟在后面，叶莲边跑边哭。

郝校长气得青筋暴起，跳到街边的一个土堆上，面对人群，发表了一通慷慨激昂的演说。

“你们这些没良心的东西！向老师和管大爹被打成这样，都不敢站出来，你们还算是人吗？你们这些二流子，屁本事没有，就会打人，猪狗不如，有种来打我，来呀！”人群里还有别的二流子，与众人一道，大张着嘴，惊讶地看着郝校长。郝校长稍稍平静，接着说，“你们的孩子，要出息，不靠老师教，难道跟坏人学不成？平时也知道老师好，关键时候怎么就没一个人站出来，麻木不仁，真替你们黄龙镇的人丢脸。”郝校长不是本地人，最后这句话戳到了围观者的痛处，有人出声，说校长讲得对，立时便有许多人回应，二流子见势悄悄溜走。郝校长继续慷慨陈词，像在开全校大会，而人群居然钉在原地，专心听他数落。“别以为我不知道，有人专门教年轻人学坏，连我的学生都不放过，这是造孽，会遭恶报的。”大家知道最后骂的是谁，包姥坐在摊后，咧嘴冷笑，郝校长恨不能冲过去撕烂那张大嘴，这么多年，明里暗里，他们一直在斗，可他拿她一点儿办法都没有，几年后发生的事情更是证明了的这一点。他最后说了一句："你们要记住，邪不压正。"就此结束了他的演讲。多年以后，镇上的人提起这件事，依然赞不绝口，说郝校长有口才，有正气。

郝校长的演说打动了很多人，镇上一半的人都涌到卫生所去看望向天舒。

白医生同助手一道紧急抢救，向天舒到晚上才苏醒过来。

他睁开眼，看见一屋子的人，单玉老师、郝校长、小吴老师、朱友庄、小吴老师等，费武也在，又看见豁豁等许多学生。目光停在叶莲的脸上，她两眼红肿，双颊尚有几滴泪珠，他满怀爱意地笑了，意在安慰，又笑着去看其他人。

"小向，你没事就好，吓死我们了！"单玉老师激动地说，"坏人抓住了，肯定会被判刑，这些臭流氓！"

"向老师，你真勇敢！"小吴老师又忍不住哭起来。

"可惜我来晚了，要不然那几个二流子死定了。"费武不免吹牛，见向天舒一时成了英雄，心里很是嫉妒。

"管大爹没事吧？"向天舒望着郝校长问。

"肋骨断了两根，已经做了手术，现在没事了。这帮狗娘养的杂种。"向天舒第一次听见郝校长说粗话。

麻药过后，伤口开始剧痛，向天舒露出痛苦的表情。

"大家回吧，让向老师好好休息。"郝校长说，一面安排田家鹤及别的几个学生留下来看护，豁豁主动要求留下来照顾向老师。叶莲不想走，又不得不走，向天舒恋恋不舍地看着她，心里更希望是她留下来照顾自己。

向天舒后来才知道，自己一度同死神擦肩而过，伤口离心脏只有两厘米。

后来，皮条和另外两个二流子交代了平时勒索甚至抢劫学生钱财的罪行，分别被判了刑，其余的二流子受到震慑，不敢再轻举妄动，黄龙镇因此享受了很长一段时间的太平。

向天舒住院期间，镇长派人来慰问了一番，县领导要求写材料，打算在全县表彰他见义勇为的事迹，并派记者下来采访他。记者希望写出一篇关于英雄成长历程的漂亮文章，向天舒却不领情，“英雄”两个字尤其令他恶心，反复说：“没什么好宣传的，纯粹是突发事件，没时间思考，如果有时间思考，也许就不会那么奋不顾身了。”记者纠缠不休，向天舒只好说：“如果你我都不撒谎，我以前的那些事写出来，恐怕只能做反面教材。”记者愕然，悻悻而去，回去后将他的“恶劣”态度添油加醋地向有关领导汇报了一番，领导深感失望，取消了要他到县里来做英雄事迹报告的计划，原本要给“英雄”发放的奖金也不了了之。在别人看来是沽名钓誉的好机会，向天舒却白白扔掉，还得罪了有关领导。“真是怪人！”此外别无解释。很多人都说他笨，南门街一个叫“世纪老人”的居士则说：人不能事事都聪明。

向天舒住了两个多星期的院，得到白医生的精心照顾，不时有人来探望他，包括叶莲，但她不是单独一个人，只能与他深情相望。管大爹先出院，买了许多补品来向他道谢。星期天，卫生所简直快挤爆了，来看望向天舒的学生家长络绎不绝，包括卡梭和马缨花的家人。他很高兴又见到诺玛，发现她比以前更漂亮了，也许是穿着盛装的缘故，但不明白她为什么会穿着重要节庆才穿的盛装，像是特意为他穿的。诺玛离他很近，一言不发地看着他，眼中充满哀戚。向天舒以为是在为他难过，后来才知道，诺玛已经许配了人家，是一个比水村更遥远的哈尼村，不久就要完婚，这是他们的最后一次见面。

卫生所到夜里极安静，管大爹走后，没有别的病人，白医生特意将自己的白班换成夜班，以便夜里照料他，令他十分感动。白医生的殷勤态度，除了因为向天舒是他儿子的班主任外，还有一个原因，向天舒来自省城，可以极大地满足他对省城的好奇心。向天舒迎合他包打听的癖好，尽量满足他提出的各种问题，以示回报。白医生自然不会放过向天舒和叶莲的事，以前没机会同叶莲接触，这次得以近距离观察，觉得叶莲是个好姑娘，让他不要理会那些流言，甚至郑重其事地向他建议，将来让叶莲学医，毕业后到卫生所来当他的助手。向天舒笑着应允，觉得白医生实在是个有趣的人，医术高，心地好，就是嘴闲不住。

白医生不在时，向天舒一人躺在病床上，望着窗外，思索许多问题。看见他和管大爹被打，为什么没人出手相助呢？这样的事在省城很常见，大家都恪守明哲保身的哲学，但乡下也信奉同样的哲学，他不能不感到失望。当然，最好的情形，是什么事都没发生过，不到万不得已，不要试探人。他始终不明白，面对持刀的二流子，自己当时为什么会那么勇敢？事实上，皮条拿出匕首来的时候，他胆怯了，是另外两个二流子继续殴打管大爹的行为刺激了他的神经，如果他们当时没那么做，他是肯定不会冲上去的，明智之举，便是先救人，再报警；还有一种情况，倘若被打的人不是自己熟识的管大爹，而是一个毫不相干的人，就算对方可能被打死，他也许只会采取呵斥和大声呼救的举动，而不会挺身冲向明晃晃的匕首。他为这些想法感到惭愧，觉得自己还没有摆脱贪生怕死的本能，又想起在清平岭上用来警示自己的那句话：你准备好去死了吗？答案如果是肯定的，斩钉截铁的，那么，死不足惧也。“请等一下，我还没准备好！”当死神来临时，人这样说是没有用的。凡事未雨绸缪，就不会慌乱，“人固有一死”，从明白这个道理的那一刻起，人就应该为死亡做好准备，并且提前哀悼自己，如此，方无后顾之忧，而专注于生，正所谓“置之死地而后生”。他打算将自己对死亡的思考拿到课堂上去讲，让每个学生对死亡都有充分的心理准备。后来，他特意问任老师要来一张宣纸，饱蘸笔墨，写下“准备好死亡”五个大字，贴在卧室的白墙上。

向天舒伤愈后第一次走在街上，包姥看他的眼神似与从前不同，好像在说：小子，没想到你还挺有种的！他淡然一笑，并没有丝毫自以为是的神情。皮条他们被抓以后，镇上又恢复了往日的宁静，二流子变得很低调，不再像以前那样，用挑衅的目光看他，眼神里多多少少有些敬畏。他不动声色，心里却好笑，俗话说“胆小的怕胆大的，胆大的怕不要命的”，人要是不太把死亡当回事，连死神都畏惧三分，想到这里，不由得又在心里问自己：你准备好去死了吗？然后，昂然向镇东头的金师傅家走去，问候完金师傅，又折向西，挨个儿跟熟人打招呼，至十字路口，走到他最喜爱的南门街，看小桥流水，经过龙潭，向汲水的人微笑致意，一直走到黄龙小学门口，走进校园，欣赏着从前文庙的老建筑，突然想，要是叶老师在黄龙小学教书就好了。下课铃恰好响起，孩子们如出笼的小鸟，飞出教室，开始了各种游戏，朱笑大声叫他“向叔叔”。他注意到跟朱笑站在一起的小女孩，眉眼清秀，却赤着脚，衣服也很破烂，枯瘦如柴，便问她的名字，她不好意思回答，眼睛瞪得大大的。

“她叫麦香，是我们班的。”朱笑大声替她答道。

“麦香，你怎么不穿鞋？”

“她没鞋。”还是朱笑。

“没鞋？”

“她家穷，买不起鞋。”朱笑又说。

“你们家是哪个村的？”

“大吉寨。”麦香终于小声开口说。寨名耳熟，好像尚科家憨包儿子的媳妇就是从这个寨子里买来的。

“向老师，你好。”一个女教师过来跟他打招呼。

“你好。”

“我是朱笑的班主任，我姓周。”

“周老师你好，麦香家有这么穷吗，小姑娘连鞋都没有？”

“可不是吗，她每天光脚来上学，来回要走两个多小时的山路，像她这样的学生，光我们班就不止她一个。”周老师指指不远处，有两个男生也赤着脚。

向天舒的心里一阵难过。上课铃刚好响起来，操场上只剩他一个人，麦香的赤足和褴褛的衣衫深印在他的脑海里，令他不安。他走出校门，径直来到百货公司，买了三双鞋，提在手上，又在南门街溜达，留心听着黄龙小学的下课铃声，刚一响，便快步走进去。朱笑又看见向天舒，开心地大叫“向叔叔”，因为是最后一节课，大家都背着书包往外走，向天舒叫住麦香和那两个赤足的男生，一人给他们一双鞋，让他们穿上。麦香害羞，不好意思穿，两个男生很意外，也很高兴，立刻就将鞋穿上，不会系鞋带，向天舒蹲下身去帮他们把鞋带系好，大小正合适。

“麦香，你们还不快谢谢向老师，来，老师帮你穿上。”周老师一面说一面替麦香穿上鞋。又内疚地说：“向老师，你看，我的学生，却让你破费……”其实，周老师已经为她的学生做了很多，除了说服许多家长不要让孩子们辍学以外，还常常给孩子们买学习用品，但她的收入有限，心有余而力不足。

这件事给向天舒的震动很大，那一夜他辗转难眠，以前的注意力都在中学里，没想到小学生上学会如此艰难，不说别的，每天来回几小时的山路就已经超出了常人的想象，何况还光着脚。他决定利用星期六去一趟大吉寨。他问好朱笑他们周末的放学时间，背上双肩包，提前到黄龙小学门口等候。

“麦香，向叔叔今天去你们家做客好吗？”

“好啊！”麦香高兴地说。

“向叔叔再见！”朱笑和朱乐大声说，向天舒挥手同他们再见，同麦香及另外两个与她同村的学生一路，向镇西走去。过了白虎山，向右拐上一条山路，白虎山后山是连绵不断的山脉。向天舒突然发现麦香不知什么时候将鞋脱了，又赤着小脚，停下来问她，她半天都不开口，旁边的同学说：“她怕把鞋磨坏了。”向天舒的嗓子里堵得慌，深吸了两口气，才说：“麦香，听叔叔的话，快穿上鞋，烂了叔叔再给你买。”麦香这才从书包里拿出鞋来穿上，向天舒帮她将鞋带系紧，因为有向天舒的陪伴，几个孩子特别兴奋，一路蹦蹦跳跳，有时故意跑远，回头齐声喊：“向叔叔！”令他感觉十分亲切。

大吉寨在一道山梁上，作为一个没有行政机构的自然村，并不算小，周围少田地，又缺水，房屋都是些低矮的土基茅草屋，简直可以用赤贫来形容，甚至比向天舒在清平岭上见过的村庄都穷。他不明白，大吉寨的祖先为什么会在这里安家，也许，早先的地质条件并没有这么恶劣。大吉寨唯一的好处是视野宽，看白云山很清晰，仿佛近在咫尺。

向天舒的到来自然令小山寨轰动，但村民只是出来看稀奇，并没有表示出特别的热情，表情都很木讷。他心里一怔，随即明白是贫穷使然，“仓廪实而知礼节”，怪不得他们，雷风寨也穷，可是自然条件好，人是自然的一部分，而这里的自然条件恶劣，人与自然对立。作为一个汉族村寨，大吉寨的人既没有独龙人那些丰富的灵魂世界，又缺少现代的精神文化，整个山寨竟无一人上过中学，因为政府要求学龄儿童必须上学，家长才被迫将孩子送去念小学，多数孩子读不了几年书就辍学了。

“爸爸，他是向叔叔，我的鞋子就是他买的。”麦香对着一个男子说。

“哦，谢谢，请屋里坐。”麦香的爸爸不善言辞，但是屋里黑乎乎的，不用看就知道内部的情形。向天舒没进屋，在门口的一个土墩上坐下，拿出烟来发给周围的人，大家接过烟，似有些意外，脸上依旧很麻木。

向天舒强忍着内心的失望，不想跟他们说话，转而问麦香：“麦香，喜欢读书吗？”麦香点头。又问：“想上中学吗？”麦香似乎不明白中学是什么意思，没说话，向天舒只好问她爸爸：“假如有条件，你会让麦香上中学吗？”男子“嘿嘿”一笑：“上什么中学，娃儿现在就该回家做活了。”向天舒知其不可理喻，便说：“以后麦香穿的衣服鞋子都由我替她买，好吗？”男子似乎没明白向天舒的意思，说：“女娃还小。”对方将他的话误会成是要买他的女儿，后来他才知道，时常有人贩子来大吉寨买孩子，居然也有人卖，有些被卖到沿海经济发达的地区做童工，再也没回来，是死是活都不知道。

“你打算让麦香什么时候回家做活？”

“下星期。”

“下星期？她才小学三年级啊！”

“反正，就是下星期。”

“我是黄龙中学的老师，我来是想帮助麦香，出钱供她念书，你愿不愿意？”向天舒一字一顿地大声说道，脸涨得通红。

周围人议论纷纷，因为情绪激动，向天舒的耳朵里“嗡嗡”作响，听不见他们在议论些什么。

“你要给我钱？”男子还是不大明白。

“不是给你，是给麦香。”

“娃儿小，不会用钱，要给就给我吧。”

“也不是给麦香，是给她的老师，帮她买作业本、课本，还有穿的衣服、裤子、鞋子。”向天舒此刻深切体会到叶莲妈妈所说的“乡下人愚昧无知”是什么意思。

男子似乎明白了，显得有些失望，张着嘴，想了半天才说：“她妈妈身体不好，吃得做不得，她得回家做活。”

向天舒这才发现，麦香的妈妈不在场，便问麦香：“妈妈呢？”

“在屋里。”

“带我去看看。”

麦香带向天舒进屋，向天舒闻见一股刺鼻的气味，好容易才看清墙角的床上躺着一个人。

“妈妈，这是向叔叔。”

“你好。”女子有气无力地说。

“你得了什么病？”

“慢性肾病。”因为长期的营养不良，病越拖越重，最后卧床不起。也因为这个病，他们家只有麦香一个女儿，想再生一个都不可能。

“好好歇着吧，再见。”

向天舒一分钟也不想在屋内多待，不是因为难闻的气味，而是不忍目睹贫穷的情形，他想，战争或动乱带给人的苦难，也不过如此。

出来后，麦香的爸爸依旧蹲在地上，抽着烟，同周围的人讨论着刚才的话题。

“这样吧，我负责给麦香她妈妈治病，条件是让麦香继续读书，好不好？”

“好好好。”男子一下从地上站起来，露出了笑容。

周围一下炸了锅，许多人都说自己家的娃娃也念不了书了，家里也有病人。

“你们去找政府吧。”向天舒没好气地说。

围观的人渐渐散去。向天舒拿出一百元钱，交给麦香爸爸，说：“给她妈妈买点吃的，我下次带药来。”

麦香爸爸拿着钱，不再怀疑向天舒的好意，张罗着要款待他。向天舒看看天色不算晚，来之前本来是打算好要在这里过夜的，看到当地的情形，便改了主意，对麦香爸爸说有什么吃什么，吃完他还要赶路回去。

他胡乱吃了点东西，便告别麦香和她爸爸，快步下山，天黑了下来，好在有月亮，但路不熟，深一脚浅一脚的，还摔了一跤，膝盖都破了。

后来，向天舒定期随麦香回家，从白医生那里买了药带去，还说服白医生跟他去了一趟大吉寨，给麦香的妈妈看病，顺便也给别的病人看了病，回头给他们也带了很多药去。麦香妈妈的病渐渐好转，全寨的人，特别是麦香的爸爸，对向天舒的态度发生了极大的转变，拿他当恩人看待，唯一能报答他的，便是让孩子继续念书，因为这是“向老师的愿望”。

黄龙小学都是走读生，有个简单的小食堂，供中午回不了家的乡下孩子打饭吃。向天舒让朱笑中午带麦香来黄龙中学，在他那里吃午饭。麦香的脸上渐渐有了血色。

天冷以后，向天舒给麦香和她妈妈买了棉衣棉裤，他知道还有很多人需要帮助，但是他的能力有限，虽然他有很多钱存放在省城好友那里，但是他知道，再多的钱，都只帮得了他们一时，而且，他觉得自己愿意帮助的人，定然同自己有某种缘分，之所以要帮麦香和她的家人，因为第一眼看见小姑娘，便再也无法忘怀，不为她做点事情，心里不安。他帮助最多的是他教的学生，而不是别的班级的学生，也是因为他们是“他的学生”，与他有感情，这样的帮助在他看来更有人情味，他也心甘情愿。自从来到黄龙镇，向天舒对物质的需求降至最低，省城带回来的衣服够他穿一辈子，除了吃，鲜有其他开销，买书则是通过邮寄，由省城好友一手操办，费用也都从存放在对方那里的钱里扣除，因此，光是每月工资的盈余，都足够支付他所提供的这些帮助，不够时便让好友从省城寄来，依旧从他的存款里扣除。后来，资助的人越来越多，从省城寄来的钱也越来越多，他对好友说，什么时候钱花完了，跟他说一声。他自己在钱方面很糊涂，从未计算过究竟花销了多少，待钱真的用尽以后，好友却没告诉他，只要他开口，照旧将钱如数汇来。

面对麦香，向天舒有一种做父亲的感觉，这是一种前所未有的感情，他不知道自己将来会不会有孩子，但他愿意做麦香的父亲，精神上的父亲，他愿意帮助她，保护她，教育她，改变她的一生。麦香很乖巧，每次吃完饭都要抢着洗碗，还常常问他一些学习上的问题，直到笑笑和乐乐来叫她，才高高兴兴地同他们一起去上学。

叶莲也很喜欢麦香，还将自己常戴的一个红发卡送给她。向天舒觉得她们有些神似，像两姐妹。麦香很珍惜叶莲姐姐送给她的红发卡，一直戴着。

向天舒常常跟学生说，要学会仰望星空，他让好友从省城捎来一副天文望远镜，新年前夜，与同学们一起观测星空。月亮出来前，珍珠般的卯星团当顶，北极星及勺子星十分醒目，十时许，天边一片红光，圆月现身山顶，唯我独尊的气势，逼得星星都暗了，待升上树梢，才恢复宁静的本来面目，且让人看清上面的斑点，映着叶影，夜色冰凉。

放寒假时，下了一场大雪，阻断了交通，部分要坐班车回家的学生被困在学校里，延迟了两日才启程，叶莲和向天舒正伤离别，闻讯转悲为喜。第二天上午，向天舒准备了干粮和水，和叶莲一起，冒着大雪，悄悄穿过围墙东北角的缺口，向北面远足，走到黄水河边。一座铁索桥横跨两岸，过了铁索桥，再走一段路，便是蒙地地界，但要到最近的苗寨，还须翻山越岭，晴日也要好几个小时。他拉着叶莲的手，晃晃悠悠，经过木板铺成的桥面，一直走到高峻的蒙山脚下，才止步。雪似乎是从蒙山上飘下来的，路向上蜿蜒，仿佛通向一个洁净的世界，这是向天舒到黄龙镇以来第一次在通往蒙地的路上走这么远。他们走回铁索桥，白雪不断被浑浊的河水卷走。

“为什么雪一到水里就不见了呢？”叶莲呆呆地问。

“因为水温更高。”

“那，水温更低的话，雪就会在水上堆起来，像在陆地上一样吗？”

“对啊，水温够低的话，河水就会结冰，冰是硬的，雪自然会堆起来。”

“哦，要是黄水河的水结成冰就好了。”叶莲天真地说。

向天舒突然觉得这一番问答很有趣，不觉联想到水的三种形态，固态水，如冰雪；液态水，如流水；气态水，如蒸汽，本质上都一样，因温度不同而形态各异，人在本质上亦无不同，人之所以异于人，因善恶美丑的程度各不相同。他在省城出差时去过冰天雪地的北方，见过人滑冰，觉得很美，不由得也幻想黄水河突然冻结，他和叶莲沿着冰面滑向未知的远方。

第三日，送叶莲去车站，雪未融尽，两颗离别的心却化成了水。

二十六

向天舒不打算回祖村过年，托人带了礼物回去。祖村通了电视，妹妹家也买了电视机，想必没有他也会很热闹，有电视以后，年味就变了，对他没有吸引力。一个人过年未免孤单，忽然有了个主意，去麦香家。

他提前到百货公司采办了许多年货，还特意买了礼花，同帐篷等户外用品一起装在大包背里，满满当当，重达几十公斤，大年三十一早，顶着凛冽的寒风，向大吉寨进发。因为天寒，又负重，行进的速度很慢，三个多小时才抵达。

毕竟是过年，大吉寨的贫屋都冒着不同寻常的炊烟。“向叔叔！”看见向天舒，麦香兴奋得大叫，她的父母也很惊喜，将他让进屋。麦香妈妈的病初见好转，勉强可以操持些家务，因为过年，屋里屋外都仔细清扫过，没有了往日的难闻气味。向天舒将送给他们的年货一一拿出来，喜得麦香一家合不拢嘴，麦香爸爸不住地说：“向老师，你太客气了，还带这么多东西来。”因为是过年，除了灶，屋里还有一个临时的火盆，麦香妈妈往火盆里加了很多柴火，麦香给向天舒倒了一杯热水，家里连茶都没有，倒是向天舒带来的年货里有几包茶叶，拆开来，让麦香给她爸妈也分别泡了两杯茶。向天舒边喝茶边烤火。麦香父母在小声商量着什么事情，向天舒知道他们在为他住宿的事情犯难，麦香家总共就一间屋子，一大一小两张板床，灶，桌椅等全在这间屋里，没法给客人提供过夜的地方，向天舒笑着说："你们别费心了，我有地方睡觉，等一下你们就知道了。"

麦香家的猪圈在屋后，门前是一块空地，向天舒很快将帐篷搭起来，令麦香一家大开眼界，别的人家也都放下手中的活计，跑来看稀奇。他打算吃完年饭，在帐篷前烧一堆篝火，热闹一下。麦香的父母听了他的主意，非常赞同。烧篝火要很多柴，向天舒不想动用麦香家的柴火，左右无事，吃完午饭，便让麦香带着他，到寨子外面寻柴去了。

到处都光秃秃的，笼罩着寒雾，既无植被，亦无庄稼，大概是缺水的缘故，触目荒凉，偶尔见到麦地，麦子的长势也不容乐观，走出很远才见到树木。向天舒将竹篓撂在地上，在树丛里搜索，找到一个很大的树根，大部分埋在地里，用砍刀一点一点将周围的土清理掉，露出很深的根部，够烧一个晚上的。麦香帮不上忙，在旁边看着，小手冻得通红。没多久，他的身上开始冒汗，将外套脱下来，继续往下刨树根，却越刨越深，由此可见大树生前的威仪，令他敬畏。两个多小时的功夫，终于将树根刨了出来，满头大汗，心里却很有成就感。

"麦香，见过这么大的树根吗？"

"从来没有，真的好大啊。"

"可惜了！"

"向叔叔，可惜什么呀？"

"你看树根像什么？像不像只老鹰？喏，这是头，这是翅膀。"

"真像！"

"稍微加工一下，就是一个不错的根雕。不过，也没什么可惜的。"向天舒的话自相矛盾，好在麦香没追问他为什么，因为他突然觉得，这是人的想法，也许，树根宁可被烧掉，在火中获得新生，而不愿被人改变得面目全非，终日示众。

向天舒动手将树根化整为零，与刚才出土的工程一样巨大，天色越来越暗，终于将竹篓都塞满，这才往回走。如此沉重的负荷，他竟然背得动，与他平时的锻炼分不开，连他自己都很佩服自己，麦香也很惊叹。来回几趟才将树根全部运回。回想起一路见到的荒地，向天舒动了帮助大吉寨人种柑橘的念头，柑橘需水量没有水稻那么大，经济效益却是水稻的好多倍，兼可绿化荒山。开春后，向天舒通过黄龙中学购买优质柑橘苗的渠道，自己掏钱买了许多柑橘苗，让大吉寨的村民背回寨子，又征得郝校长的同意，请黄龙中学负责护理柑橘的技术人员一道前往，指导他们种下，并教会他们许多日常维护的知识，叮嘱他们有疑问就派人来问，次年，黄龙中学的柑橘开始挂果，待大吉寨的柑橘也开始挂果的时候，黄龙中学的柑橘已经远近闻名，预先替大吉寨的柑橘打开了销路，大吉寨的生活从此大大改善。

向天舒和麦香刚回到家，年饭便上桌了，很丰盛，令他大吃一惊，因为他的光临，麦香的爸妈倾尽了家中所有。麦香爸爸将向天舒带来的酒打开，倒了三杯，向天舒将特意给麦香买的橘子水倒出来，又和麦香一起到屋外放了一挂鞭炮，宣布开饭，回到屋里，所有人都举起杯子，互相祝福，各家的鞭炮声相继响起，响过后，便安静下来，继之以狼吞虎咽的声音，对于贫穷的大吉寨人来说，过年的意义更多体现在吃上。

不知道叶莲家的年饭开始了没有？向天舒想。

酒足饭饱后，向天舒和麦香到外面的空地上烧起篝火，不一会儿，火光便照亮了整个山寨。因为穷，大吉寨人过年讲究不起，父母兄弟都不兴聚在一起，各吃各的年饭，初三过后才开始相互走动。今晚，许多人受了篝火的吸引，吃过年饭，纷纷走来，围着篝火说笑，有人还从自家端来酒菜，继续喝酒，孩子们又蹦又跳。向天舒将带来的礼花点燃，看着绽放的礼花，无论儿童和成人，都目瞪口呆，炫目的礼花，虽然短暂，带给大吉寨人的快乐，却是无穷的。大吉寨从未这么热闹过。

夜里，向天舒穿着衣服，裹紧睡袋，寒冷和对叶莲的思念令他很晚才睡着。第二天钻出帐篷，看见蓝天及白云山顶的皑皑白雪，精神为之一振，到处都是喜悦的神情，大吉寨人的灵魂似乎都被雪山照亮了。向天舒想，美不能济穷，但可以安慰贫瘠的心灵。一整天，他的视线都没有离开过雪峰。

因为惦记着任老师，向天舒初二便告别麦香一家，回到黄龙中学，去给任老师拜年。

这么多年，任老师都是一个人过年，对向天舒的到来深感意外，向天舒帮着他一起做饭，又回家拿了一瓶酒，顺便到单玉老师家讨了几个菜。单玉老师叹了口气，逢人便说："我就没见过像小向这么善的人，老任的那两个子女有什么脸皮活着！"

晚饭做好后，竟摆了满满一桌子菜。几十年来，任老师从未吃过这么丰盛的晚餐，破例多喝了几杯酒，借着酒意，老泪纵横地说："小向，大过年的，难为你来陪我这个老头子。唉，如果我从没结过婚，再孤独，我也不会这么难过，如果我结婚后没要过孩子，再难过，我也不会这么难过，可是，历史是不能假设的。"最后一句话令向天舒的心里一颤，这是他父亲生前常说的一句话。

寒假才过了三分之二，叶莲便回来了，令向天舒大喜过望，但立刻又觉得不正常，果然，她家里出事了。

叶莲扑进他的怀里，静静地流泪。向天舒一言不发，抚摩着她的头，待她哭够了，才给她洗了把热水脸，泡了杯热茶。她的头很烫，他便让她到床上去歇息，替她盖好被子，将火盆搬进卧室，去书房拿来靠背椅，挨着床头坐下，手背在她脸上来回轻轻滑动。经历了一路的劳累、寒冷和悲伤，终于同自己朝思暮想的人在一起，叶莲顿感安全、踏实，哭过以后，郁积很久的痛苦得到释放，人便完全放松下来，本来有许多话要说，竟不知不觉睡着了，孩子般的睡脸，令向天舒既爱又怜。他俯下身去轻吻她的面庞，她似有所察觉，嘴角流露出笑意。

向天舒轻轻关上门，出门去找药，食堂还没开，便到蔡家饭馆买了饭菜回来，但叶莲一直没醒，他就自己胡乱吃了点东西，夜里睡在书房。叶莲烧了一个晚上，身上滚烫，不时发出痛苦的呻吟声，令他十分揪心，好在第二天烧就退了，恶寒来得快去得也快。晚饭后，叶莲的精神好多了，不似头天憔悴。

“小莲，怎么这么早就来了？家里都好吗？”

叶莲摇摇头，半晌，才说：“是妈妈让我早点回来的，并且要我带话给你，要你好好照顾我。”

“你爸妈知道我们的事了？”

“爸爸不知道，妈妈知道，是我告诉她的。”

“你为什么要告诉她？”

“她问我，我就说了。”

“她问你？！”

“她说她早就猜到了，她不反对，只要你对我好。”

“到底出什么事了？”

叶莲咬紧嘴唇，忍了又忍，终于忍不住，又哭了起来。

其实，就算叶莲不说，向天舒也能大致猜到发生了什么事情。

叶莲放假回家，发现家里的气氛不对，虽然她已习惯了爸妈之间的冷淡，但这次不一样，像个火药桶，一触即发，只是碍于她的存在，才迟迟没有爆炸。爸爸常常喝闷酒，以前他一个人是从不喝酒的。妈妈也不去收购站上班，除了去菜地，整天在家里待着，对她的态度也一反常态，变得没有耐心，只要发现她没在温习功课，便大声数落：“不好好学习，难道想在乡下待一辈子？”这时候，爸爸就会附和说：“小莲，你妈说得对。”为此，她极少出门，天天在家看书，她也不愿意出门，村里人看她的眼神与黄龙镇人看她的眼神一样，有一次，背后有人说：“有其母必有其女，肯定不是黄花闺女了。不会是一个人干的吧？”说话的声音很大，显然是故意说给她听的，随即听见几个人不怀好意的笑声，她不敢回头，跑回家，关起门来大哭了一场。

年前，听说一个家在邻村的学生病重，叶老师便去探望。午后，叶莲正在睡午觉，听见有人敲门，进而听见有人在院子里小声说话，是一个男人的声音，再仔细听，是村长，她吓了一大跳。

“求你别这样，小莲在家。”

“哈哈，你男人在我都不怕。你真的不来上班了？”

“你还要怎样，放过我们吧！”

“不行，你要答应我，明天继续来上班。你以为不上班就可以躲吗？你身上有什么记号我可是记得清清楚楚的，别人不知道，你男人会不知道吗？你要是不听话，我就去告诉他。”

“别别，千万别这样。”

“怕什么，我就想当着你姑娘的面干你。”

叶莲听见一阵厮打的声音，再也忍不住，冲出门来，妈妈挣脱村长，低头整理衣服。

“小莲，嘿嘿，我还以为你不在家呢，我来找你妈谈工作。”

叶莲强忍着泪水，眼里充满仇恨。

“小莲，放假也不来家里玩，小模样比你妈还俊，给我儿子当媳妇吧。”村长恬不知耻地说。

叶莲看见妈妈在流泪，便走过去安慰，村长竟乘机摸了一下她的脸，妈妈发疯一样跳起来，大叫：“你再碰我女儿，我就跟你拼命！”村长吓了一跳，走到门口，回头色迷迷地打量着叶莲着说：“小蜜桃熟了，看谁有口福！”说完狂笑着扬长而去。叶莲与妈妈抱头痛哭。

“小莲，事到如今，妈也不瞒你。”妈妈哽咽着说，“两个月前，收购站招待县里来的采购员，那天你爸去梅村的学生家家访，要第二天才回来，我让他别在外面过夜，他就是不听，村长逼着我陪酒，我喝多了，一个人睡，那个畜生怎么进来的我都不知道，他力气大……有了这一次，他就得寸进尺，每次都威胁说，如果我不顺从他，就告诉你爸，你知道，我以前忍，都是为了这个家，我不敢跟你爸说，怕他受不了打击，你爸胆小，知道了也没用，我没办法，只能再忍下去，甚至在收购站，大白青天的，这个畜生都要做那种事，有一次被人看见了，我没脸见人，就没再去上班，可他还是不肯放过我。我对不起你爸，我猜你爸什么都知道，可他什么都不说，他越是不说，我越是内疚，可事情已经发生了，我就是死了，也不清白。”

“妈妈，你跟爸爸说实话吧，至少，他会明白你是被迫的。”

“他不会明白的。”妈妈又哭起来。

向天舒恨不得手刃了那个淫贼。

“后来呢？你妈跟你爸说了吗？”

叶莲摇摇头，又点点头，说：“我不知道，一天晚上，我听见他们吵得厉害，妈妈哭了很久，后来，只听见爸爸一个人的声音，但听不清他在说些什么。从第二天开始，爸爸像变了个人，对我和妈妈都很好，酒也不喝了，我觉得挺奇怪的。再后来，妈妈便让我早点回学校，爸爸没有阻拦，我想，这也许是爸爸的主意。”

向天舒有一种不祥的预感。

“你能保护我吗？”叶莲将心里的话倾诉完以后，柔柔地看着他的眼睛问。

“能，我不会让任何人伤害你的。”

“我相信你，唉，爸爸太善良、太软弱了。我要是男儿就好了，就不用担心自己和妈妈会被人欺负了。”

“不，是坏人太坏，又有权有势。但我相信，恶有恶报，一定的。”

“你会一直都对我好吗？”

向天舒用热吻回答了叶莲的问题。这个吻他渴求了很久，但一直不敢轻举妄动，他清楚这一步迈出后会发生什么事，以前对方还小，他只在心里起过不该有的欲念，现在她已经是婷婷少女，初熟的身体散发着醉人的芬芳。灵与肉展开决战，防线彻底崩溃，他最终向肉体妥协。

细心的人会发现，接连好几天，向天舒一向敞开的大门都紧闭着，客厅的窗帘也没拉开过。而食堂的小甄，也许会奇怪，向老师怎么突然间食量大增？如果与叶莲同宿舍的人提前返校，会发现叶莲的行李搁在床上，表明人已经回来了，却几天几夜都不见人影。

事实上，叶莲一直藏在向天舒的屋里，足不出户，与他一起度过了一生中最美好的时光。

向天舒虽然外表看上去比实际年龄小，但他清楚自己的年龄，三十岁的大坎正在来临，又经历了那么多世事，内心苍老，尤其是跟这些少年学生比起来，感觉不再年轻，而从叶莲的身上，他似乎找回了逝去的青春，以某种方式回到了少年时代，仿佛中学时代生涩的初恋终于瓜熟蒂落。他常常想起那本叫《洛丽塔》的小说，一个中年男子不择手段同少女洛丽塔发生性关系的惊世骇俗的故事，明眼人却知道这是一个象征，男子想要通过这种方式找回青春，留住残酷流逝的时间，但是徒劳，悲剧是注定了的，对向天舒来说，叶莲仿佛纯洁版的洛丽塔，他也会失去少女叶莲吗？答案是肯定的，即便最终能够如愿以偿地同她生活在一起，他也不得不面对一个残酷的现实：目睹她变老。再美妙的青春都会流逝，情何以堪？他不是理想主义者，但他不得不承认，他是个理想主义者。他突然发现，时间才是最大的情敌。

离开学只有两天，叶莲不得不回宿舍，以免引起别人的疑心。叶莲走后，向天舒才感觉到疲惫，整个身子都被掏空了一样，在床上躺了一整天。

中午去食堂打饭，遇见叶莲和另一个女生，他故作镇静，问她们一切可好，眼睛却看着叶莲一人，后者心领神会，点点头，笑着离去。他待在原地，看着她的背影，她再也不是从前那个神秘的小女生了，而是他所熟悉的爱人，与他的生活甚至整个生命都密不可分，从此，他将设想两个人的未来，他要帮叶莲实现她上大学的梦想，然后，他坚信，叶莲会回到他身边，他们相亲相爱，像郝校长夫妇一样，在这个偏僻的小镇，度过简单而又美丽的一生。

刚开学，便传来惊天的新闻：荷田村村长被杀了。临近的几个县都传遍了。荷田村的许多村民夜里听见一声巨响，接着便传来女人的号哭声。根据警察对现场的勘查，村长被人用火药枪击毙在床，全身中了上百颗铁砂，集中在头面部，似乎是仰面熟睡时被人从上往下近距离射杀的。案发时村长老婆就睡在旁边，痴呆了数日，清醒后也记不起当时的情形，似乎见过一个黑影，一闪就不见了。村长老婆平时睡觉警醒，之前没听见任何响动，警察分析，凶手一定事先潜伏在村长的卧室里。村长老婆对警察说叶家有重大嫌疑，村里人也都这么猜测，但叶老师如此文弱，别说人，连鸡都杀不了，终无丝毫证据，成了轰动一方的悬案。村长家平素作威作福，故而称快的人多，同情的人少，甚至有人放鞭炮庆祝。

叶莲开心地对向天舒说："你的话应验了，恶人有恶报！"向天舒也为她感到高兴，但不祥的预感并未因此消除，虽然荷田村村长被杀一案挂了起来，他的心里依旧惴惴不安。

向天舒还没来得及好好分享叶莲的快乐，便被母亲的突然到来所打断。

他没回家过年，令向母很意外，想起他上次回家过年的反常举止，她断定大儿子不回家过年一定有原因，多方打听，终于得到可靠的消息，他恋爱了，可是，对象却是个女生。这怎么了得，等这个女生念完书，再和儿子结婚，再生孩子，那得等多少年，而且，万一最后不成，儿子一把年纪，再想找对象可就不容易了。她决定当面向大儿子问个究竟，因为春耕忙，家里没人陪她去黄龙镇，她也顾不得，只身前往。

向母执意要见叶莲，向天舒不让，说人家还是个女生，影响不好，向母没好气地说：你也知道影响不好，那还不赶快跟她断掉！话不投机，母子难免争执起来，向母觉得儿子不尊重她，这么大的事也不跟她商量，向天舒说，这么多年，他一个人在外面过，凡事都是自己拿主意。向母很固执，说她是做妈的，别的事她不管，可儿子的婚姻大事，非管不可。向天舒知道没法跟母亲沟通，干脆装聋作哑，实在不耐烦，就跟以前一样，撂下一句话：我的事不用你管。向母万分伤心，又回想起以前的许多伤心往事，大哭了一场，弄得向天舒心烦意乱，跑出门去，一口气爬到老人山顶。向天舒刚走，向母便收了泪，到楼上去找单玉老师倾诉，说着说着又哭了起来，单玉老师连忙劝慰她。后来，她又去找过单玉老师几次，本来想请她带她去看叶莲，犹豫了一下，终觉不妥。单玉老师让她放心，说小向这么聪明的人，又见过大世面，做事一定有他的道理。一番话终于让她放下心来，又兼惦记着家里的活计，便回祖村去了。

油菜花刚开，封氏一家便来了，令向天舒十分欣喜。两个孩子都长高了一大截，老远就朝他奔过来，小脸激动得红扑扑的，他当然没忘了给他们预备糖果点心，两兄妹立刻就地平分，妹妹觉得哥哥分配不均，自己显然吃亏了，嘟着小嘴，向天舒从裤兜里摸出专门给她买的发夹，她才转嗔为喜。两兄妹一边一个，拉着向天舒的手向帐篷走去，封氏夫妇满面春风，在门口迎候他的到来。向天舒与封氏一家人结下了深厚的友谊，交往持续了一整个春天。

向天舒偶尔与叶莲到长虫山一个极其隐蔽的地方幽会。一日黄昏，从长虫山归来，经过封氏的帐篷，向天舒突然有个冲动，想把叶莲介绍给他们认识，也想让叶莲了解养蜂人的生活，同时分享他与封氏一家人的友谊。封氏夫妇很高兴见到叶莲，两个孩子也很喜欢这个漂亮的大姐姐，向天舒笑言他和叶莲既是师生又是恋人，封氏夫妇也笑了，说：这样最好。封氏的妻子拉着叶莲的手说："姑娘，向老师可不是一般人，跟着他准没错。"叶莲点点头，羞得眼睑低垂。两个孩子拉着叶莲去看蜂箱，叶莲一点儿都不怕蜜蜂，倒是向天舒替她捏了一把汗，之后，他们又到油菜花地里玩耍去了。封氏的妻子说："小姑娘看上去挺善的，长得又漂亮，向老师有眼光。"向天舒与封氏夫妇喝着蜂蜜酒，闲聊些男女之间的事，向天舒说，他要是能像他们一样跟心爱的人一起到处流浪就好了，封氏的妻子笑起来："其实，两个人在一起，感情好是最重要的。"言毕，瞟了一眼封氏，神情满足，向天舒看着在油菜花丛中同兄妹俩玩耍的叶莲的身影，也感到心满意足，花香弥漫在四周。这个黄昏，是向天舒一生中最美的黄昏之一。

清明前突然变天，人都收紧了毛孔，力图关闭身上的每一个通道，不让风寒长驱直入。向天舒将冬衣找出来穿上，走到东门街以南的田野里去看白鹭，却看见很多农人在插秧，难以想象，这么冷的天，那些裤脚高高挽起，裸足站在水田里的农民，正受着怎样的痛苦！他立刻失去了欣赏白鹭的心境。

天热起来。长虫山坟场的氛围毕竟不适宜幽会，他们找到另一个隐蔽处，青龙山后山，同样人迹罕至。通常是星期六下午，向天舒早早到绿水塘东北角的围墙缺口处，待叶莲来到，两人一前一后，跨过围墙，快步绕到青龙山的后山，进了山林，才牵着手慢慢爬山。

青龙山被当地人视为神山，禁樵采，植被丰厚，后山没有路，半山腰有许多参天古柏，因为争夺阳光，竞相往高处生长，叶都集中在树梢，树干笔直光滑，下午太阳转到西面，十分阴凉。待凉意加重后，他们才重新上路，继续登高，至能看见风景的地方坐下，边看风景，边吃干粮。夜幕降临前，他们从后山攀上灵鹫峰，并排躺下，看星星一颗一颗出现。许久，才在夜幕的掩护下，顺着前山的小路下山，下山的路向天舒烂熟于心，闭着眼睛都不会摔跤，但因为叶莲在，他还是很小心，太黑的地方便打着手电走，至亮处，关了手电，怕被山下的人看见。依旧从东北角的缺口回校园，向天舒让叶莲先行，目送她消失在竹林后，才到大榕树下坐下，慢慢抽支烟，细细回味之前同叶莲相处的每个细节，快感和幸福感交织在一起，惊叹自己竟能在如此偏僻的小镇邂逅如此美丽的爱情。

自从荷田村村长被人杀死后，叶莲的脸上常挂着笑，往日的阴霾不再，变得更漂亮了，无论到哪儿，都是目光的焦点。每星期一的外语角，许多高年级的男生将她围住，用蹩脚的英文轮番与她搭话，叶莲的英语口语反倒比他们中的许多人强。向天舒站在附近，心里隐隐有些醋意，叶莲被纠缠得发窘时，向他投来求助的目光，他即刻过去给她解围，见向老师过来，英文不好的同学便悄悄溜到一边去了。

叶莲被程文礼以“程爷爷”的名义骚扰过几次，向天舒怒不可遏，但没有亲见，无从发作，叮嘱她尽量躲着那厮。

叶莲主宰了向天舒的生活，他无时无刻不在想她，想他们的未来。他常常问自己，他到底能给她一个怎样的未来？他们的爱情会有圆满的结局吗？叶莲天使般的容颜，家庭的不幸，让他时常有种错觉，仿佛在经历一个童话，然而，真正的童话，在现实中是不存在的。

他们赶在雨季前又到青龙山后山幽会了几次，因为天热，一早便去，朝阳被枝叶层层过滤，一丝不挂的身体便浸在最纯净的阳光里。最后一次，竟出了意外。有人“吃吃”发笑，惊得他们飞快穿上衣服。向天舒让叶莲待在原地别动，自己朝笑声传来的方向跑去，两个身影一闪便消失了。向天舒徒劳地搜索了一番，才沮丧地走回来。叶莲抱膝坐在垫子上，身子不停颤抖。显然，那两人一直尾随着他们，目睹了整个过程。看着叶莲羞愧和无助的表情，向天舒强作镇定，将她搂在怀里。

“没事，他们走了，别怕，有我呢。”

“他们说出去怎么办？”

这个问题他想过千百遍，他知道，他们的事情迟早会被人发现，只是一时不知怎么回答。见他不做声，叶莲更不知所措。

“你说，他们会开除我吗？”

“不会的。”向天舒坚决地说，“除非他们连我一起开除。”

叶莲这才露出笑容。

“真的吗？你要是被开除了，你会回省城吗？”

“不会。不过总会有办法的。你愿意跟着我吗？”

“愿意，可是，可是我怕爸爸不愿意。”

“是啊，人总是不能想做什么就做什么。你后悔吗？”

叶莲坚定地摇摇头，令向天舒很感动。

“别担心，事情还没那么糟。就算他们说出去，俗呼说‘捉奸拿双’，别人未必信，就算信了，没有证据，也不能怎么样，只是免不了会有很多闲话，你要有勇气承受，好吗？记住，不管谁问你，都不要承认我们恋爱的事。”

叶莲点点头，靠在向天舒的怀里，痴痴地说：“我什么都给你了，你还要什么？”

向天舒捧起叶莲的头，看着她的眼睛，坚定地说：“我还要你的未来！”

话刚出口，连他自己都深受感动，叶莲的泪水涌出来，他俯身啜饮，热而咸的泪，流进他的身体。

在青龙山后山遭人窥视以后，向天舒一直心绪不宁，只是不敢在叶莲面前表露出来。他将黄龙镇当做理想的栖居之所，开始的意思是要“隐”，做一个旁观者，信中还向省城好友讨教过观察人的妙诀，本意并不想介入当地人的生活，殊不知很快就被卷进去，成了当事人，特别是在同叶莲的事上，窥视的眼睛无所不在，周围的每个人都变得举足轻重。他知道，此事一旦暴露，那些不喜欢他的人必定会大做文章，让他无法在黄龙镇立足，身为师长，同学生恋爱，而且还发生肉体的关系，是很严重的违纪行为。而最令他恐惧的事情，是怕叶莲受到连累。他暗下决心，无论发生什么事情，都要对叶莲负责到底。

向天舒最怕的事还是发生了。

卫主任领着两个人来找程文礼。

“你们跟程副校长说吧，他负责这件事。”卫主任说完就走了。

那两人正是青龙山后山的目击者，程文礼答应不暴露他们的身份。他们的叙述令程文礼欣喜若狂，他终于可以动手整治向天舒了。

他先把叶莲找来，目的是让她写一份交代材料，如果叶莲招认，铁证在手，向天舒就休想抵赖。但他的如意算盘打错了。叶莲谨记向天舒的话，坚决不承认跟向老师有恋爱关系，更别说肉体关系了。无论对方如何威逼利诱，她只是不松口。同多数人一样，她一向厌恶程文礼的为人，自己在他面前毫无愧色，最后干脆连正眼都不看他。程文礼没想到对方这么倔，恶狠狠地说：“别以为我不知道，有人看见了你们在青龙山后山干的好事。”叶莲吓了一跳，低头不语，程文礼看看外面没人，将办公室的门关上，走到叶莲身边，要她承认是向天舒“诱奸”了她，并且要她交代被强奸的“详细过程”，如果不承认，就要开除她。叶莲咬紧牙关，又紧张又害怕。程文礼见形势发生逆转，得意忘形，露出“程爷爷”的面目，笑眯眯地说：“你是受害者，我保证，你会没事的。”叶莲羞愧难当，头低得更低了。程文礼以为对方已经就范，色迷迷地说：“跟我说说，向天舒是怎么玩弄你的，啊！”说着，一只手便去摸叶莲的脸，另一只手去摸她的胸。

“别碰我！”叶莲触电一般往后跳了一步，失声大叫。

“向天舒碰得，我就碰不得吗？”

程文礼恼羞成怒，一手捂住她的嘴，另一只手就去扒她的裤子，危急关头，有人敲门，叶莲乘机挣脱，夺门而出。

叶莲没有把这件事告诉向天舒，她怕向天舒冲动，也怕向天舒难过，毕竟，被人非礼不是什么光彩的事情。

在一次例行的教师会议上，向天舒因去学生家家访而缺席，程文礼乘机发难，将他的调查公之于众，与会者都惊呆了。关于向天舒和叶莲的事情，大家都早有耳闻，但没想到程文礼会这么上心，青龙山后山一节，尤其令人震惊，这是很严重的违纪行为，程文礼扬言有确切的证人，可以证明向天舒和叶莲不是简单的恋爱关系，他义正词严地说：向天舒利用教师的身份，诱奸女生，伤风败俗，败坏了黄龙中学教师的光辉形象，是害群之马，应该坚决清除。大家议论纷纷，郝校长建议大事化小，但程文礼不同意，贾念慈、费武、顾芳等人也纷纷附和。卫主任不冷不热地冒出一句："纸包不住火，要不要往上面报一下？"会场上鸦雀无声。郝校长低头喝了几口水，抬头问："还有谁要发言吗？有吗？许多情况有待核实，下次再专门开会讨论，散会。"

向天舒向郝校长夫坦白了实情。

单玉老师不安地说："有人千方百计想把小向挤走，老郝，你想想办法？"

郝校长沉思了片刻，毅然说：小向走，我也走！

他们的理解和包容令向天舒万分感动。

郝校长毕竟当了几年校长，见过些风雨，不是当初那个"不在其位，不谋其政"的普通教书先生，师生恋并不是什么新鲜事，有学生主动追求老师的，有老师主动追求学生的，但究竟什么样的关系算是恋爱关系，却不好界定，除非发展到有性关系的地步，这是郝校长最担心的。他要向天舒矢口否认与叶莲的恋爱关系。

"叶莲这个小姑娘倒是挺不错的，学习好，长得又漂亮，只是她将来的路还长，谁知道以后会发生什么事情，你要有思想准备。"单玉老师忧心忡忡地说。

向天舒一阵冲动，差点将叶家的不幸遭遇告诉他们，但想到他对叶莲许下的诺言，才忍住了没说，其实，郝校长夫妇待他像亲人一样，就是说了也无妨。

赵本根也为这事来找向天舒，说：“我和小吴，还有朱友庄他们都商量好了，大家都支持你。”

几天后，针对向天舒和叶莲的事情，学校专门召开了职工大会，郝校长让向天舒回避。会上，大家展开了激烈的辩论，小吴老师、朱友庄等人极力为向天舒辩护，强调他对黄龙中学的贡献，这是有目共睹的事实，许多老师表示赞同，程文礼还是上次说的那些话，一口咬定，道德败坏的人不配做老师，费武等人跟着起哄，其他的人或者不表态，或者持中立态度，如卫主任，尚科，傅心灿等，坐在角落里的任老师突然起身，激动地说：我看，谁的道德好，谁的道德坏，摸摸良心就知道了！会场里一阵安静，听得见每个人的心跳，程文礼狠狠地瞪了他一眼，似在说：你这个临时工，有什么资格发言！最后，郝校长不紧不慢地说：“大家说的都有道理，校纪不能违反，教师更应该做表率，如果向天舒和女生叶莲有不正常的男女关系，我们决不姑息，可是，证据呢？程副校长说的目击者，我们可以找来当面对质，不过，他们要拿出有力的证据，空口无凭。这事闹大了对学校的名声不好，我看，等调查清楚了再下结论。”

这事被人故意宣扬出去，成了黄龙镇近代史上最轰动的桃色新闻。

向天舒得知了任老师在会上仗义执言的事，多年以来，任老师从不管闲事，这次为了他破例，令他深怀感激，上门去道谢。任老师笑着说没什么，只要他没事就好，并且说，全黄龙镇都找不出第二个比叶莲优秀的姑娘，令向天舒的心里十分受用。向天舒提议下棋，任老师很高兴，起身去拿象棋。向天舒突然发现，盛夏的季节，老人还穿着毛背心，显示身体的虚弱，心头不觉一紧，任老师迟早会离他而去，就像当年的父亲一样，而且，这一天只会早不会迟，暗暗叮嘱自己有时间要多来陪陪老人家。

程文礼本来想往县里举报，苦于没有真凭实据，又见多数人都站在向天舒一边，关键是不好得罪郝校长，只得咬牙忍住，伺机而动。

费武一直处心积虑，与程文礼沆瀣一气，想借叶莲的事把向天舒挤走，在学生中安排了很多眼线，想抓现行，但一直没有得逞。

“大不了回省城！”也许，面对潜在的各种危险，向天舒在潜意识里会这么想，省城好友在信中也不止一次问过他：想不想回省城？他的态度却很明确：不回，省城的一切都经历了，回去毫无意义，在他眼里，黄龙镇是一个完整的国度，象征的国度，他要尝试着做一个王者。但他怕叶莲受牵连。

叶老师突然来探望女儿，目的是找向天舒谈话。显然，他与叶莲的事已经传到了荷田村。

叶老师开门见山问他：“你跟小莲的关系到哪一步了？”

向天舒不知如何回答，他不能向叶老师撒谎，但也绝不能说实话，沉默片刻，郑重地说：我会永远对小莲好的。叶老师表情扭曲，内心的痛苦一览无余，许久才镇定下来，接过向天舒递来的烟，猛吸了几口，重重地叹了一口气，说：“小莲还小，你如果真对她好，不要做伤害她的事。我和她妈妈都希望她能考上大学，我怕你们的事会影响她的学习。”

“这个请你们放心，我会全力帮助小莲的，她的成绩很好，将来一定能考上大学。”向天舒诚恳地说。

叶老师松了一口气，起身告辞，向天舒留他吃饭，他谢绝了，说要同女儿一起吃，向天舒请他吃完饭到家里来，晚上就住他那儿，叶老师什么都没说，出门去了。看着他单薄的背影，向天舒心里说不出的难过。天黑后，叶老师带女儿来找向天舒，叶莲显然大哭过。

“你们的事小莲都告诉我了。”叶老师哽咽着说。

向天舒无地自容，叶莲楚楚可怜地看着他，似在为自己的坦白内疚。

叶老师低着头，用力抽完一支烟，情绪稍稍缓和，郑重地说：“小莲，爸爸对你只有一个恳求：把心思都用在学习上。以后的事，以后再说吧。”又对向天舒说，“向老师，我把小莲托付给你，希望你别辜负她。”向天舒使劲点头，泪水在眼眶里打转，叶老师通情达理，外表柔弱，内心却很坚强，换成他，不一定有这种心态，他暗暗发誓，要永远善待叶莲及其家人。叶老师同意在向天舒家过夜。叶莲离开后，他们聊得很晚，聊得最多的是一个男人的责任。向天舒猛然觉得，从内到外，叶老师像是变了一个人，不再是从前那个怯懦畏缩的小学教员，双目似剑。他本想问荷田村村长被杀一事，忍了又忍，最终还是没问。他坚信荷田村村长就是叶老师杀的。忍辱负重的叶老师终于在沉默中爆发，令他感到无限欣慰，那个弱不禁风的小学教员，终于奋起反击，所释放出的能量堪比传说中的任何一位英豪。第二天一早，向天舒同叶莲一起去车站送叶老师，临别时，叶莲泣不成声。向天舒也很难过，像是永别。

送走叶老师，向天舒和叶莲迈着沉重的步伐，沿紫溪慢慢走去，直到向天舒将一路采摘的一束小花递给她，叶莲才露出笑容。

草地上四散着漂亮的小黄花，花形略似雏菊，有暗香，原来是蒲公英花，同一株植物上有白绒绒的毛球，风一吹，许多白色的小降落伞飘散开来。蒲公英他很熟悉，花却没留意过，没想到这么美。他轻轻摘了茎绒毛球，递给叶莲，后者会意，举起来向空中一吹，降落伞形状的种子便飞起来。叶莲目送着它们，笑容突然一敛，喃喃地说：“小蒲公英的命运是风决定的。”

不久，叶莲告诉向天舒，家里捎信来，她爸爸要调动工作，调到另外一个县的一所小学教书，离荷田村和黄龙镇都很远。向天舒最担心的事情终于还是发生了：叶老师决定让女儿转学。

向天舒想去荷田村说服叶老师别让叶莲转学，但最终还是没去，他隐约看见了叶老师坚毅的眼神，知道无可挽回。他让叶莲利用周末回了趟家，以说服她父母让她好歹上完这个学期。叶莲父母同意她上完这个学期，期末考一结束就搬家。“以后再不会回荷田村了。”叶莲伤感地说，尽管这个地方给她留下了太多痛苦的回忆，但毕竟是她的故乡。“爸妈说，以后假期你可以来我们家。”这句话让向天舒看到了希望，心里多少得到点安慰。

此后，向天舒和叶莲频繁来往，珍惜在一起的每一分钟。周末都是在一起度过的，向天舒也不去赶集了，李善财等学生的家长来找过他几次，都没见到他，他便让学生转告他们，说最近一个月他都有事，请他们以后再来。

除了那件事仍须谨慎外，他们的关系几乎完全公开，顾不得旁人的目光。想到不久就要离开这些朝夕相处的同学，叶莲的心里便不再抱怨他们对自己的态度，反而笑脸相迎，令大家很惊讶，以前跟她要好的女生忍不住又接近她，这才知道了她要转学的事情，很快，全班同学都知道了。大家对她的态度立刻发生了逆转，很多人甚至很内疚，好像是他们的言行将她逼走了似的，说到底，没有人愿意失去这个善良美丽的女孩。

接连下了两个星期的大雨，江河泛滥，向天舒本来想去找艄公倾诉内心的苦楚，但被大水阻隔，只能同他隔江相望。岭上的人过不来，赶集的人明显减少。

天气放晴后，酷热难当，向天舒同叶莲豁豁等十几位学生去蓝江游泳，蓝江与黄水河一样混浊。突然，有人喊救命，向天舒正好在岸上，远远看见有个孩子在水里挣扎，顺流而下的速度极快，他拔腿就跑，奋力追上去，又多跑出一段距离，才跳进水中，以便截住那个孩子。孩子光滑的身体一次次从他的手中溜走，他奋力游水，终于抓住了孩子的胳膊。很多人在岸上跑。他不知呛了多少次水，体力到了极限，眼看就要坚持不住，抓住孩子的手却始终没有放松，眼里除了岸，看不见别的东西，岸一点点近了，他用尽最后的力气游到岸边，危急关头，岸上有人伸手抓住他及孩子。他失去了知觉，晕厥前的一刹那，他看到蓝天如江水般混浊不堪。不知过去多久，他飘在空中，身体仿佛不受重力的束缚，很轻，而且透明，阳光穿过自己，蓝天依旧很蓝，而更深远的蓝在诱惑着他，就在他慢慢升腾之际，无意中低头，看见自己躺在岸边的草地上，许多人在忙着给他控水，女人都在哭，其中一人哭得格外伤心，他想起来，这个人是叶莲，是他深爱的人，他舍不下她，他还想到了远在祖村的家人，他也撇不下他们，复生的念头令他掉头向下。向天舒“哇”地吐了一大摊水，随即睁开眼，耳边响起欢呼声和掌声，被救孩子的母亲跪在他的身边，看见他活过来，喜极而泣。他的目光在人群里搜索，找到叶莲，看见她带泪的笑脸上挂着两弯美丽的彩虹。

他又一次与死神擦肩而过。

郝校长和单玉老师也知道了叶莲要转学的事，都觉得很遗憾，叶莲转去的学校教学质量远不如现在的黄龙中学，不明白她的家长为什么要她转学。

“小向，想开点，‘两情若是久长时，又岂在朝朝暮暮’。”单玉老师反复用这句话开导他。

二十七

叶莲将行李打好包。晚上，郝校长特意请她和向天舒到家里吃饭，勉励她努力学习，将来考上大学，两个人才能更好地在一起。睡前同室友话别，大家都很难过，与她要好的女生同她抱头痛哭。

第二天一早，叶莲悄悄出门，向天舒在门口等她，帮她拿行李，两人径直到向天舒的家里。叶莲明天才走，最后一日一夜，当然要留给最心爱的人。

“其实爸妈都挺喜欢你的，怪我太小，爸爸说，如果你真对我好，就该替我着想，等我考上大学后再在一起。可我想，那得等多少年啊，只要能天天和你在一起，不念书我也愿意。”入夜，叶莲躺在向天舒的臂弯里，伤感地说。

“别傻了，你人聪明，好好学习，一定能考上大学，我会好好等你的，等你们安顿好了，我就去看你，给你补习功课，好吗？”

“好啊！”叶莲转悲为喜，如果这样的话，他们没多久就又可以见面了，可是，在一个完全陌生的地方，父母又在旁边，见面也不能尽兴，何况，暑假一结束，就是整整一个学期的分离，叶莲立刻又难过起来。

“反正，我就是不想离开你。”叶莲再也控制不住悲伤的眼泪，将头埋在向天舒的怀里，失声哭起来。

向天舒没有劝她，靠在床头，任由自己的泪水滑落。叶莲哭了一阵，抬头看见向天舒也在哭，抽噎着伸手替他擦泪，又仰起头去亲他的嘴，两个泪人抱在一起。

他们背着沉重的行李，迈着沉重的步伐，向车站走去，这段路显得很长，也很短。到车站后，因为行李大，须绑在车顶上，好容易弄妥，发车的时间也到了，没给他们留下充足的道别时间，也许这样更好，否则，当着全车人的面，向天舒不知道能不能控制住自己的感情。司机催促叶莲上车，叶莲突然转身，扑进向天舒的怀里，两人忘情吻别的场面将车上的人都惊呆了。大部分人都认识他们，司机也愣在那里，眼前的这一幕他只在电影里见过。车启动的一刹那，向天舒泪如泉涌，车子驶离视线很久，他还在不停地挥动右手，最后，右手垂下，颓然跪地，双手捂住眼睛，弯下腰，“呜呜呜”地哭出声来。

他沿紫溪往下走，边走边哭，一直走进紫溪谷，途穷方止，又走回来，穿过野罂粟地，向白虎山上走去，面对升起的太阳，忍不住又哭了起来。“人生自古伤离别”，向天舒不知为离别伤心过多少次，但这次跟以往的任何一次都不同，他不知道自己为什么会如此伤心，而且，接连几天都这么伤心。

不久，传来叶莲的死讯。

是单玉老师和郝校长来告诉他的。

不祥的预感终于应验。

向天舒呆呆地看着单玉老师，一言不发，想哭，但哭不出来，他已经预先将泪流干了，此前的伤心不是没有理由的，几日前的离别，竟成永诀！

“小向，别太难过，想哭就哭吧，哭出来会好受些。”单玉老师自己倒忍不住哭起来，“老天不公啊，多好的女孩！”

郝校长的眼睛也湿润了。

“太惨了，全家都没了!”单玉老师边说边擦眼泪。

“什么？全家？！”这是向天舒没想到的，他终于发出声来。

“可不是吗，车翻进蓝江，叶莲和她父母，还有驾驶员，一个都没上来。”

关于车祸的起因，众说纷纭，有说驾驶员酒后驾车的，有说刹车失灵的，有说路面塌陷的，莫衷一是。叶莲家雇了一辆大卡车，全家的家当都装在货箱里，人坐驾驶室，因为路远，司机连夜赶路，车在夜里翻进蓝江。下了一个多月的大雨，江面浊浪滔滔，车顺流而下，最后搁浅，一早被人发现，立刻报了警，当地派出所组织人力将车子打捞起来，人却不在车里，车窗已经破碎，搜救队一直寻到下游，一无所获，经过调查，弄清了失事车辆的来历及乘客的身份，尸体却一直都没找到，大概已葬身鱼腹了。

向天舒仿佛看见那辆卡车慢慢驶过黄龙镇，叶莲同父母坐在驾驶室里，看着窗外曾经熟悉的一切，路过黄龙中学岔路口时，她多么希望再见一眼心爱的人，但是她不能，前方的路还很遥远，而短暂的相见只会令人更加伤心，未知的未来令少女叶莲泪如雨下，卡车摇摇晃晃驶出黄龙镇，带着一家三口，踏上了一条不归之路。

向天舒的脑子里一片空白，嘴里反复喃喃地说：是你们夺走了我的小莲！

夜里，他梦见叶莲及其父母，坐在一艘白色的木船上，向他挥手，渐行渐远，消失在蓝江尽头。

因为是暑假，没有教学工作，向天舒的悲伤不受任何干扰。

整整一个多星期，他将自己关在屋里。单玉老师怕他想不开，借故敲了几次门，每次都看见他的胡子又长长了，脸又瘦了一圈，眼睛更加红肿。单玉老师知道劝说没用，流着泪离去，又常常做好饭给他送去，但他吃得很少，酒却喝得很凶，家里的酒喝完了，便请她帮他去买，语气近乎哀求，单玉老师不得已，只好去替他买酒，不免一再叮嘱他少喝点。方形花园里的许多花奄奄一息，单玉老师替他浇了水，才没干死。

接下来一个多星期的情形，则正好相反，向天舒整天不着家，单玉老师和郝校长提心吊胆，直到看见他的屋里亮灯，才放心。有两夜竟彻夜未归，郝校长的头发都急白了好多，正准备组织人手到山里和水边搜寻，他却回来了，为自己的失踪给郝校长夫妇造成的惊吓致歉，但没说去了哪里。

向天舒的情绪稍稍稳定，单玉老师便来叫他去家里吃饭，席间，她和郝校长只字不提叶莲的事，只喝酒，郝校长第一次将自己喝高了。第二天，小吴老师来请向天舒吃饭，赵本根与他频频举杯。第三天，朱友庄来请，吃饭时，笑笑和乐乐使劲逗他开心。酒精的麻醉作用果然不小，他的痛苦稍稍得到缓解，对这些好心人为了安慰他所做的努力深怀感激，任老师破天荒到他们这栋楼来，目的是看望他，进门第一句话便是：“小向，节哀顺变吧。”陆续有别的老师前来安慰他，连费武都假惺惺地表示难过。他想，有一个人，肯定也非常想安慰他，又不能上门来找他，此人是艄公。

蓝江水位稍退，却依旧浩荡，古渡的石级全部消失，因渡口才刚刚重新开放，艄公还未听说叶莲家遇难的事。向天舒形销骨立，胡子拉碴，艄公差点没认出他来。艄公什么都没问，将船用力撑出去。一个浪打来，水泼进船里，向天舒的脸上也溅了不少，艄公让他抓紧船舷。潮平两岸阔，又有无数旋涡，纵是游泳的好手，也不能不心生畏惧，船至江心，在一个漩涡里猛然调转，左右剧烈摇晃。向天舒紧紧抓住船舷，面色苍白，艄公一面全力撑篙，一面大声安慰他。漩涡过后才稍稍平静，竹篙没水的深度是常日的两倍，弯得像一张弓，幸亏韧性好，才没有折断。终于到了对岸，高岸变成平岸，倒也省事，不用再上石级。向天舒很惭愧，说自己从没这么胆小过，艄公笑笑说，这么大的江水，篙不在自己手上，命运便操纵在别人的手里，害怕很正常，事实上，渡口虽然重新开放，至今没人敢来过江。好在天晴了，水退得快。

向天舒意识到艄公尚未听说叶莲一家的不幸，心想这也好，省得他为自己担心。

艄公进屋煮茶，向天舒坐在岸上，望着江面出神。

艄公给他端来茶水，在他身边默默坐下。

“我对不起小莲！”

“是我害了她！”

“他们一家都是我害的！”

向天舒说完，才将叶莲家出车祸的事告诉艄公。艄公许久都没说话，这个消息太突然了。江面混浊，流过各种漂浮物，漩涡翻涌，却不发出一点声音。

向天舒不能忍受死一般的寂静，便将叶莲一家的不幸从头到尾向艄公细说了一遍。

“向老师，这是天灾人祸，你没有对不起任何人。”

“我就是对不起她。”

“我也对不起阿霞！”

“不，你对阿霞的感情是人所共知的。”

“我当时如果在阿霞身边，阿霞就不会出事。”

“谁知道呢？”

“是啊，谁知道呢？我们都用不着自责，你心里永远有她，这才是最重要的。”

向天舒沉思着艄公的话，他想，他一辈子都会爱叶莲，即便再没机会当面向她表达这份爱。也许，他并没有失去她，通过这种残酷的方式，他再也看不到叶莲变老的那一天，少女叶莲的形象就此凝固，在他的记忆里成为永恒。回忆将让他一次次回到从前，回到叶莲在他身上唤醒的少年时代。

那晚，向天舒喝了很多酒，艄公将他扶到床上睡了，艄公自己则到外面抽烟，在江边一直坐到天亮。

向天舒知道还有很多人关心他，便去找白医生喝了一顿酒。向老师精神面貌好转的消息迅速传开，令许多人放下心来。之前，他沉浸在巨大的悲痛中，偶尔出现在街上，不看任何人，不同任何人打招呼，径直出镇去了。众人都忧心忡忡，特别是学生家长，担心他受不了刺激，会离开这个伤心之地。平时对向天舒和叶莲的事说三道四的人也都噤了声，连包姥都一改嬉皮笑脸的样子，和颜悦色地说：“向老师，出门去啊！”向天舒没搭理她，她撇撇嘴，似在说：不识抬举！

向天舒回想起自己在叶莲死讯传来后两个多星期里的情形，恍若隔世。

他将自己囚禁在屋里，悲伤，悔恨，泪流不止。

虽然叶莲的死因很多，但有一点可以肯定，如果没有他，叶莲不会这样死。他不能原谅自己。

如果与叶莲没有肉体的关系，叶老师就不会不放心，一定会让叶莲继续在黄龙中学念完高中，因为黄龙中学近几年的高考升学率有目共睹。然而，历史是不能假设的，一切都无可挽回。

他想起叶莲在万福寺里向他提的果报问题，恶人受到恶报，这是荷田村村长的下场，可是，叶莲一家三口，都是好人，为什么也遭了恶报呢？难道，是因为和他这个恶人在一起？为什么遭报应的不是他？

他整天都在忏悔，连同省城作的恶一同忏悔。

从省城的那些劣迹开始，他一天都没有停止过犯罪。无论是在现行的法律上，还是在伦理道德上，他都罪不可赦。嫖娼是非法的，他不知道那些所谓的暗娼里，有多少是受了坏人的胁迫，就因为有着他这样的帮凶；而在伦理道德上，他所犯的罪不可胜数，最早的可以追溯到记事之初，妒忌，自私，褊狭，贪婪，自私，等等。但所有这些，都不该成为拿叶莲及其家人的死来惩罚他的理由。在这个世上，没有人有资格来审判他，更不配惩罚他，无论是法官，还是所谓的道德家，审判他人的人先要审判他自己。也许，惩罚他的人不在这个世界上，那人已经以另外的方式补偿了叶莲一家，此刻，他们正同那人坐在一起，默默地看着他遭受比坐牢更痛苦的责罚。

他又想，真爱，难道可以将灵与肉分开？不能用认罪的方式来减轻自己的悲痛，他没罪，他有的只是悲痛，他的悲痛足以证明他对叶莲的爱，爱之弥深，悲之弥痛，不论她去了哪里，要去多久，他都永远不会停止对她的爱。

叶莲的音容笑貌宛在眼前，看得见，却摸不着，房间里到处都有她留下的印记和气味，他将自己脱得一丝不挂，抱着叶莲睡过的枕头，在床上卷曲着身子，每一个关节，每一块肌肉，每一个毛孔，乃至五脏六腑，都在痛苦。为什么怀中抱着的不是小莲？

多数时候都醒着，直至心力交瘁，才合上双眼，到梦里去继续悲伤。

有几夜他完全失眠，想睡，却怎么也睡不着，同黑夜面面相觑，也许是尼古丁的作用。因为烟抽得太多，味觉一度完全丧失，家里存的烟都抽完了，又不想出门去买，就加大了酒量，用酒精来麻痹自己，身体麻醉了，脑子却依然清醒。叶莲留下的气息被烟酒的味道搅得乱七八糟，其面容也模糊起来，他决定出门去找寻她的身影。

他去的第一个地方是青龙山后山。空手出门，只在裤兜里揣了两块压缩饼干。自从那次被人偷窥以后，他再未涉足过那里。因连日的失眠，身体很虚弱，似无一处地平。太阳刚刚升上青龙山顶，刺得眼睛好一阵都睁不开，校园里静悄悄的，仿佛什么都没发生过，没有他，地球照样在转，然而，对他来说，没有他的地球再怎么转，也是毫无意义的，现在，他又参与到地球的转动中来，两者重新建立起紧密的联系，碧水蓝天，白塔青山，又一次展现在眼前。经过野草地时，想起那个中秋之夜坐在叶莲身边的情形，禁不住伏下身，将脸贴在草上。掬绿水塘的水洗了把脸，又漱了漱口，这是他一个多星期以来第一次洗脸、漱口，除了水的味道，绿水塘的水没有异味，冰凉的水，如醍醐灌顶，令他如梦初醒。走走停停，因为一路都有叶莲留下的足迹，至青龙山后山时，太阳已经升起很高，晨鸟将歌唱的舞台让给知了。一切依旧，树木将现场保护得很好。那片他们最喜爱的林中空地，虽然经过了无数雨水的冲刷，依然保持着原样，日影斑驳，许多不知名的小花，或在阴处，或在亮处，以前和叶莲来时，因专注于对方，并未留意到这些小花，许多小花被他们的身子碾碎了都不知道，不过，小花的根在土里，待他们走后，又重新生长出来。落在草地上的日影，曾经落在叶莲白皙的身体上，她趴着的时候，日影分明，仿佛在一张洁白的宣纸上，用极淡的笔墨，画上草木的图案；而当她仰卧时，淡墨画便零乱了，一阵风过，她的身体摇曳，仿佛就是光影本身。向天舒仰面躺下，目光顺着树干攀爬，在顶端的枝叶间跳动，最后，他来不及收回目光，便沉沉睡去，多日来第一次合眼，目光断了归路，只好跃向蓝天。

醒来时已近黄昏，所在的山阴处有几分寒凉，腹中空空，许多天以来第一次想吃东西，摸摸裤兜，压缩饼干还在，很快吃尽，没有水，饼干一时发不开，好像什么都没吃似的，他记得从后山往山顶爬的途中有一个地方有水，从高处的岩石上滴下来，便起身前往，水还在滴，他仰头接水喝，喝着喝着肚子就饱了。爬上青龙山顶，坐在龙角石上，摸摸口袋，才想起没烟，惦记着与叶莲看星星的情景，忍着烟瘾，待星星出来后才下山回家。

夜里，他居然睡着了。

天刚亮，一骨碌爬起来，带上两块压缩饼干，匆匆出门，奔车站而去。站台上有很多人在候车，正是那班开往荷田村方向的早班车，想起每次送别叶莲的情形，眼泪从干涸的眼底冒出来。向卖早点的小贩买了几个热气腾腾的包子和一碗豆浆，狼吞虎咽地吃下。认识他的人以为他也要坐车，见他表情漠然，便打住了要问候的念头，想等上了车再说，没想到直至车开，他都没动一下，只是呆呆地看着车窗，不知道在看谁。班车绝尘而去，他这才想起自己不是来送人的，他已无人可送，从今往后，这班车跟他再无任何关系，途经的荷田村也不再与他有关。

走到紫溪源头，在清泉里洗脸、漱口，太阳升起来，精神稍振。人如果没有被巨大的悲痛击垮，迟早是要平静下来的。悲痛化作哀思，哀思又化作追忆。自从和叶莲相爱以后，因为珍惜两人单独在一起的机会，他们很少再来紫溪洗衣服，紫溪给他留下了最初的美好记忆，那时，彼此暗恋着对方，一个眼神，一个动作，都会令对方怦然心动。走了一半，便不忍再走下去，因为与叶莲及其他人一起来洗衣服的时间都是午后，他要在同一时刻再来回味当时的情景，于是便转到白虎山上，罂粟花都已谢了。慢慢爬山，在曾经留下过叶莲足迹的地方流连，面向和煦的太阳，双手举过头顶，叶莲的年纪，恰似此刻的朝阳，无限美好！没有太阳的世界是悲惨的。念及此，步履变得沉重，白虎山的攀登从未如此艰难过。终于到达顶峰，看见远处的白云山，心情稍稍疏朗，白云山顶远在尘世之上。

当山顶的风变成热风时，他开始下山，至溪边时，出了一身汗，四野寂寂，绿色的稻穗低垂，似无数沉思的小脑袋，思想在内部成熟。他突然想到一个句子：垂下头颅，是为了让思想扬起。下意识地走到第一次随叶莲她们来洗衣服时独自在水里泡过的地方，脱了衣服，单穿着内裤，走进溪里，还是那块凸起的石头，水位也相似，躺下，整个世界都清凉了，那一刻，他什么都没想，与头枕的石头成为一体，水在石上流过。

巧的是，又飞来一只豆娘，将他的思绪唤醒，在他的脸上方悬停，但没有降落在他的鼻尖上。他不知道是否还是几年前的那一只，闭上眼，看见叶莲站在高高的溪岸上，许久都不敢睁眼，因为一睁眼，幻象就会消失。

上岸后，太阳开始偏西，该是收拾五颜六色的衣服往回走的时候了，回忆美好，但也令人心碎。他叹了口气，目光落在岸边的野花上，便循着各色的野花走去，每样只采一朵，直到太阳快落山时，再无未曾见过的野花，才作罢。用一根苇草将花仔细束好，将花束平放在溪水上，花束向下游流去，他跟着花束走，时快时慢，担心会沉，却一直都没沉，最后，目送花束消失在紫溪谷里，想象花束进入黄水河后的情形，黄水河迟早是要跟蓝江汇合的。他转过身，闭上眼，古老的太阳，用布满皱纹的慈祥的手，抚慰着他受伤的心灵。

第三天，于午后离家，向东大桥走去。本来，叶莲一家被蓝江吞没后，他没有勇气独自到蓝江边，但东大桥附近是蓝江最浅的地方，即便涨过大水，也有许多人前来游泳，他不会太孤单。果然，远远看见很多人在游泳。他没靠近，站在高高的田埂上，身后是绿色的稻田。连日放晴，江边的沙滩露出一小块来，堆满了衣服，小孩子不敢下水，在沙滩上张望，欢快的打水声和叫笑声不断。想起第一次来这里游泳时，看见叶莲的汗衫被水濡湿后的情形。突然，江里的人纷纷上岸，急急慌慌地穿衣服，乌云从四面八方赶来，如群鲨，天色很快黑下来，游泳的人作鸟兽散。雨还未下，没有风，空气闷热，喧嚣的江面忽然间阒无一人，十分诡异。他像着了魔一般向江边走去，脱得一丝不挂，步入冰凉的水中，打了个几个寒战，继续向江心走去，那情形很像是要投水自杀，水没过他的头顶，整个人都消失不见，好一阵子，江面死一般寂静。他沉入江底，慢慢翻滚，水声呜咽，似无数的哀魂在哭泣，不知道叶莲是否在其中，人不能活着见到死者。他冒出水面，惊魂未定，雨在电闪雷鸣中倾泻而下。仰面躺在水上，雨水将脸打得生疼，心里反而好受一些。他被天上的水和地上的水包围，就像江里的一个可有可无的漂浮物，或者云中的浮尘，他的悲伤显得微不足道。

向天舒终日在外游走的一个多星期里，黄龙镇发生了许多奇怪的事情。

有人夜里从长虫山西南坡的坟场前经过，见一个黑影在坟堆里游荡，吓得屁滚尿流，坟场闹鬼的传闻一时间甚嚣尘上。

而夜里从坟场隐隐传来的亮光，更是让人毛骨悚然。

其实，这些怪事都跟向天舒有关。

叶莲生前和他一起到过的地方，都一再出现他的身影，长虫山西南坡的坟场自然也不例外。

向天舒花钱请石匠在他们幽会过的坟场修了一座不起眼的小坟，将叶莲的遗物埋下。坟前立了一块碑，刻上叶莲的名字及卒日，刻得很浅，仔细看不出来，落款将自己的“舒”字拆开，成“舍予”两字。石匠是个哑巴，向天舒请他保密，他信守了诺言，全黄龙镇的人，除了向天舒本人和哑巴石匠，竟没有第三人知道这个秘密。两年后，哑巴石匠不幸被巨石砸死，将秘密永远带到了地下。

此外，他又在心里为叶莲修建了一座永久性的祭坛。

他特意用白纸和竹棍自制了一个坟标，插在坟头。在乡下，新坟都要插坟标，竹棍顶端系着无数细长的白纸条，风过时，如长发飘飘，大概是守护新魂不被恶鬼骚扰的意思，如稻草人吓唬小鸟。

他决定陪伴新坟两夜。

为了不引人注目，只带了睡袋，以及足够的水和压缩饼干，接连两个昼夜都是在叶莲的小坟前度过的。白天就在一个笔记本上写东西，用文字表达对叶莲的哀思和自己的忏悔。夜里独宿坟地，除了守灵，还有要用恐怖的体验来惩罚自己的意思。

夜凉如水，天上悬着薄云，云缝中时而露出几颗星子来，夜介乎黑白之间，似有若无。一开始，镇上人家的灯火多少是个慰藉，待灯火灭尽后，鬼火现身，令他胆战。这是他生平第一次看见鬼火，风很轻，那团惨绿色的火焰在坟堆里穿行，时远时近，虽然他知道这不过是磷火，但还是脊背发冷，紧紧靠在墓碑上，好似在寻求叶莲的保护，后来，干脆将头裹进睡袋，但不甘心就此被吓住，又冒出头来。鬼火消失，反令他失望，左右睡不着，索性起来走动。他觉得四周的老坟都太过于熟悉，便大着胆子走到别处去，连头灯都不带，越走越瘆，摔了一跤，爬起来就迷失了方向，在坟场上下乱撞，始终找不到归路。这恐怕就是所谓的“鬼打墙”，黑暗中似有无数的眼睛在看他，而他无论看什么都像鬼。鬼跟人一样，也分高矮胖瘦，阴风四起，一个长身鬼在远处张牙舞爪，令他动弹不得。他努力镇定自己，手脚却不听使唤，哆嗦不停，好容易从口袋里摸出打火机，点燃烟，坐在地上，猛吸了几口，稍稍定下神来，身上冷汗直冒，真想拔腿就跑，一口气跑回家去，但他不能，叶莲需要他的陪伴，据说新鬼最受气了。如果世上有鬼，说明阴间存在，那他巴不得碰上要命的恶鬼呢，死后就可以到阴间去找叶莲了；如果世上没鬼，还用得着怕吗?这么一想，胆便壮了几分，打消了逃跑的念头，终于找到通向叶莲新坟的路，远远看见地上躺着个人，正要惊恐，猛省是睡袋，自己都忍不住要笑话自己。鬼都是人自己想出来吓唬自己的，他在清平岭上没少露宿过，从未见过鬼，就是在据说遍地是鬼的雷风寨，也没亲眼见过一个鬼。人怕的是自己心中的鬼。钻进睡袋，耳畔一刻都没消停过，各种古怪的声音此起彼伏，天亮以后才睡着。

醒来后，到坟场的各处查看，所谓的长身鬼不过是一棵瘦高的杨树，别的形状各异的鬼也都找到了对应物，心里好笑，尽管如此，他还是很佩服自己独宿坟场的勇气。

有了第一晚的经验，第二晚就坦然了许多，不再失张失致，何况还有火给他壮胆。他白天到周围拾了足够的柴火，烧了一夜。野兽和鬼都怕火。他将写满字的笔记本一页页撕下，丢在火里，那些文字在火光里一闪，便到了另一个世界。火在叶莲的坟前燃烧，照亮了碑文，附近古坟的碑文也若隐若现，就是这堆火，令黄龙镇的人恐慌了好一阵子。

向母不知从哪里听说了叶莲一家罹难的消息，从祖村赶来劝慰儿子。向天舒的悲痛刚刚告一段落，想一个人静静，母亲的到来反令他不得安宁。母亲安慰他的方式完全不顾他的感受，令他恼火。母亲的一句话让他彻底爆发。

她说："这样倒好，谁知以后会是什么结果，依我看，还是顾芳合适，你要不喜欢顾芳，妈就给你重新介绍一个。"向天舒怒不可遏，说母亲自私到了极点，所谓的为儿子着想，其实是为她自己，人死了，不说怜悯的话也就罢了，还说这种鬼话，没有人能取代叶莲在他心目中的位置，别指望他娶什么媳妇，他是不会结婚的。向母没想到儿子为了一个女的对她这个当妈的恶语相向，大哭起来，单玉老师闻讯赶来，怎么劝都劝不住。母亲的面容变得异常陌生，也许是过于熟悉的缘故，反而陌生起来，这是一个同天底下的大多数女人都相似的女人，为什么会让他如此揪心？自己为什么不是个孤儿呢？"我究竟是谁的孩子？"向天舒默默问自己，耶稣不认母，出家人"无父无母"，都不是毫无道理的，肉体表面上受之父母，实则禀天地万物而生；也许，有更高的存在，借用母亲的身体，生下了他向天舒这个人。

向母第二日便回祖村去了。因为这一架，向天舒再也不想回祖村去了；也因为这一架，祖村的人，特别是亲戚都觉得他无情到了极点，弟妹先后上门来找他理论，均不欢而散。

暑假过了一大半，向天舒爬上老人山顶，远眺白云山，自言自语说：是去白云山的时候了。

二十八

向天舒收拾了简单的行囊，启程前往白云山。

天不亮便动身，徒步，出镇西，上一个长坡，左拐上一条石子路，地势陡然抬升，进入一个开阔地带。土里多沙石，少植被，景象大异，路消失不见，因为到处都可以当路走，有些地方类似迷你型的戈壁滩，而有些地方沙化严重，令人联想到无际的沙漠，忍不住弯腰捧起一捧沙子，沙质细密，从指缝间溜走。

向天舒后来将这一带唤做“荒漠地带”。不远处的白云山拔地而起，天气好时可观全貌，须仰视，至高处是圆锥形裸岩，状类神圣的须弥山，又似很不神圣的龟头，凡圣之间并无本质的差别，就时间而言，生殖崇拜远较须弥山崇拜古老。

远远望见庙宇一角，心知是白云寺，加快了步伐，迎面矗立着一座高大的石牌坊，上书“通天地绝”四个大字，古朴少雕饰，据说始于唐初，远比白云寺古老，意味深长，如四道白光，穿透了向天舒的灵魂。石牌坊后便是通向白云寺的陡峭石级，少说也有七八百级，且不说白云寺的现状如何，单单壮观的石阶，就让人肃然起敬。石阶历经磨损，苔痕却掩饰不住历史的光芒，两侧的汉白玉栏杆时断时续，完好处偶见精妙的浮雕，白云寺当年的辉煌可见一斑。白云寺又名白云禅寺，曾是禅宗圣地，名重一时。向天舒拾级而上，至一半处回头，已有置身高处的感觉，尽头是一个平台，对面是山门，左侧有一条小路继续上山。

山门残破，油漆剥落，匾文及两侧的对联皆不可辨，左侧红墙上依稀有个“禅”字。抬脚进门，赫然面对一尊崭新的笑弥勒像，新塑不久的样子，与周围的氛围极不协调，工艺粗劣，肚皮上已出现裂纹，露出灰泥，笑得比哭还难看，这样的佛，不拜也罢。弥勒两侧有四个空空的基座，是从前四大天王站立的地方，后面的院子很大，有一个放生池，水几乎干涸，池边有两棵梨树，其中一棵主干已中空，依然在惊人地开花结果，几盆茂盛的茶花显示有人打理的迹象。大雄宝殿前有一棵神奇的古柏，唯一的主干上，每个枝杈上都能找出三种形状完全不同的叶子，号称“三合柏”。大雄宝殿经过“文革”的劫难，沦落为堆放杂物的厅堂，从前的雕梁画栋几不可辨，被烟熏得漆黑，显见曾一度被灶王爷占领，根据县志的描述，这里过去供奉的是三世佛，代表过去、现在和未来，无知的人们可以毁掉佛像，却无法毁掉过去、现在和未来。绕过大雄宝殿，又是一个大院，中轴线上的大殿便是有名的观音殿，向天舒听镇上的人说过，“文革”期间，观音适时显灵，吓跑了前来搞破坏的无神论者，其塑像得以保存至今。观音看上去三十多岁，成熟女性的形象，慈祥美丽，眼睛随观者移动。向天舒久久凝视着她，心里有一种异样的感觉。他总觉得观音娘娘酷似西方的圣母玛利亚。观音殿后还有一个大院，主楼系藏经阁，基本完好，门雕尤为出色，色彩依稀可辨，内部却空空如也。除了几个老和尚，偌大的白云寺显得空空荡荡，令向天舒浩叹不已。

看过白云寺，出山门右转，沿小路继续上山。刚开始还是石级，渐渐变成土坎儿，后来便只是杂草丛生的土路，一口气走到力竭，才停步歇息，回望脚下及远处的景致。

再往上，林密路险，除樵者，绝少人来。因为山高，植被的垂直分布明显，高大的云杉随处可见。

终于见到一座破旧的庙宇，门洞开，事实上，门扇已不存，唯余门框和门楣上的雕饰，以及一块斑驳的匾。向天舒仔细辨认上面的字迹，终于拼凑出三个字，“三清殿”，没错，就是三清殿，白云山上只此一个道观，没料到会破败成这个样子。第一个院落仅剩断垣残壁，散落着各种房屋构件，第二个院落也只有中轴线上的一座石牌坊保存完好，大概是石材耐久的缘故，上有龙凤雕饰及许多铭文，古朴细腻，当有极高的文物和艺术价值，两侧靠墙处开辟成菜园，种满各种蔬菜。第三个院落的建筑基本完好，系主院，对面是大殿，两侧为两层楼的厢房，后来才知道，这都是怪老道的一人之功，系他积年累月，一砖，一瓦，一木，一个人慢慢修复的。大殿里的三圣像则以三个牌位代之，四时供奉不断，殿前西侧有一棵老海棠树，院心的青砖地面上晾着草药，夕阳照在大殿的木门上，大殿后层林渐高，传来清脆的鸟鸣。向天舒看大殿一侧有路，疑心后面还有院落，便转到大殿后面。其后并无院落，而是一面绝壁，壁上有摩崖石刻，其中的老子像和一个大大的“道”字格外醒目，其下有一石窟。

“你好！”一个声音从石窟里传来，吓了他一跳。怪老道走出来，合掌致意，向天舒又惊又喜，连忙合掌回礼。

“请向老师到前面吃茶。”

怪老道一改在镇上的做派，神情静穆，令向天舒肃然起敬。

怪老道给他倒了茶，收拾出一间屋子，将他安顿下来。

“来了就多住些日子，山上清静。”

晚饭都是素菜，怪老道深表歉意，说过两天他要去镇上赶集，如果客人没走的话，就可以吃上肉了。向天舒累了一天，没肉也吃得很香。灯火昏暗，看不清是些什么菜，有两个菜的口感像是野菜。饭桌上，向天舒同怪老道闲聊了一些与白云山和三清殿有关的话题，并未涉及各自的隐私。饭后不久便困倦得不行，早早就歇了。夜里凉，他将睡袋打开，加盖在身上，来不及多想叶莲，便沉沉睡去。睡了个死觉，一切都跟不存在似的。他将觉分为两种，活觉和死觉，前者有梦，表明人在睡眠里有意识，后者无梦，人无知无觉，与死无异。

第二天睁开眼，有种死而复苏的感觉，阳光从格子窗进来，起身打开窗户，山气扑面。窗下是峭壁，四五层楼那么高，视线恰好高出最高的那棵树，望见极远处的淡蓝色群山。深深吸了一口气，顿感神清气爽。他一面欣喜，一面纳闷，通常，凡有人的地方，中国老式建筑的窗户都是开向院心的，绝少开向外面的世界，从外面看，到处是墙，围墙，山墙，即或有向外开者，也只是极小的一个洞，人对人有戒备之心，都不愿意暴露自己，一切都在内部发生，同国人的内向性格一致；而在人烟稀少的大自然里，则多见四面敞开的亭子，同自然一体，国人的胸怀在自然面前才完全敞开。他将头伸出窗户，整整一面外墙只有这一扇窗户，显然是后来才开的，面向朝阳，仿佛开在人的心里。

环顾屋内，陈设简单，床头的墙上挂着一朵巨大的灵芝，十分惹眼。这间屋子是怪老道自己的卧室，每次他来都让给他睡，怪老道自己则睡在一楼厨房旁边临时收拾出来的一间屋里，令他十分感动。

怪老道正在打扫院子，见向天舒拿着毛巾下楼，便打了一盆水给他洗漱。又给他热了两个馒头，倒了一杯茶。感觉像在家里一样。他见怪老道担着木桶准备出门，主动要求担桶，怪老道笑笑，将桶交给他，在前面带路。三清殿对面有两条小路，一条向上，通向更高处，与他来时走的路实为一条；另一条平平地延伸进林中。他们走上那条平路。树间距较大，到处是他喜爱的林间空地，生长着软草及野花。没多久，路折向上，变得陡峭。担着空桶，走平路很轻松，开始爬坡后就不那么容易了。出了树林，看见对面的山脉，其间显然是个峡谷，至一峭壁，其下有一泓清泉，水缓缓流出，奔峡谷而去。向天舒从桶里拿出葫芦瓢，往桶里舀水。怪老道坐在一旁看他。他忍不住就着葫芦瓢喝了一口水，甘洌可口。水装满后，他往两只桶里放了几枝树叶，怪老道笑笑，表示赞许，看得出，向天舒不是第一次干这种力气活儿。向天舒担起水往回走，担水走坡路与走平路截然不同，两只桶一上一下，很难平衡，水不断泼溅出来，很快就吃不消了，肩膀磨得生疼。怪老道示意他将桶给他，两手扶着挂钩，担着桶朝前走去，如履平地，令向天舒咋舌，惊为天人。他早就注意到一个很不寻常的细节，怪老道两手手指都很粗大，莫非他会武功？这个念头令他十分兴奋，迫不及待想知道答案。

太阳落山前，他独自又去了一趟泉边，之后跟着水流走，但不能跟到底，水至悬崖，丝毫都不犹豫，便跳了下去，他甚至不敢离崖边太近，因有湿滑的青苔。两侧都是绝壁，似天门中开，他不敢到门边去看谷底的情形，退到溪水深的地方，将衣服脱光了，在清凉的水里洗澡，将身上仔细搓了一遍，然后躺下，看着石门外的天空。夕阳照进来，疑非人间，闭上眼，想象叶莲复活，从石门外凌空而至，到他身边躺下，柔肌似水。

对叶莲的哀思重上心头，怪老道没有打扰他，两人都没怎么说话，因为第二天要去镇上赶集，怪老道早早就睡了。他回到房间，将窗户打开，没有蚊子，清凉的夜气被小风吹进来，他顺势吹灭了蜡烛，到窗前看朦胧的夜色。月亮被云盖住，云似巨大的棉被，镶着银白的边，不知是谁一点点将被子掀开，露出一部分月亮，渐渐地，月亮的整个身体都露出来，躺在浩瀚的天床上，似叶莲洁白如玉的身体。

怪老道天不亮就下山去了。向天舒也起了个大早，吃了怪老道给他预备的馒头，一个人无事，正好利用这个机会去实现他接近白云山顶峰的夙愿，带上压缩饼干及水，背上双肩包出门。

行程刚过半，小路就没了，也许以前有，走的人少，被植物掩没了。摸索着往上走。走了不少冤枉路。他多了个心眼，在容易走错的地方都做上醒目的记号，以后再来就不会搞错了。温度随高度的增加而下降，植被愈见稀少，视线好，远远就能判断该往哪里走，周围的山越来越矮，这是他到过的最高的地方，距山顶尚有一段距离。

终于看见青灰色的圆锥形裸岩峰顶，令他激动万分。圆锥并非真圆锥，上半部如坟丘状，整体上略似一个尖顶被修剪成圆弧的金字塔，是白云山最高最坚硬的部分，四周无云，越发显得纯粹，在蓝天下放射出钻石般的光辉。他坐下吃干粮，空气稀薄，丝毫没有抽烟的欲望。突然觉得山峰似人的头，背对着他，他急切地想知道此人的模样。根据怪老道的描述，裸岩下方有一圈落叶松林，靠悬崖的一面有一个草坪，是唯一可以就近观赏峰顶全貌的地方，但要经过一个叫老虎嘴的地方，下临无地，险峻异常，不小心就会摔下去，有胆量通过者寥寥，草坪尽头的悬崖叫舍身崖，其下的深谷唤作寄魂谷，名字都挺吓人的。

至落叶松林前，沿林缘向左，寄魂谷在西面，一直向左便是悬崖，有一个小小的断层，仿佛天然的栈道，最窄处即有名的老虎嘴，临崖处一石凸起，高仅及膝，形如老虎张开的下颌。他背贴崖壁，一点点往前挪动，根本不敢往下看，过去后犹自后怕，觉得“老虎嘴”改叫“鬼门关”更恰当。转过弯，豁然开朗，果然有一块草坪，一面是落叶松林，一面是悬崖，裸岩峰尽收眼底，从老虎嘴过来的人，就像到了天堂。他索性将鞋脱了，背包往地上一扔，奔舍身崖而去。壁立万仞，他倒抽了一口冷气，下半身瘫软，尿了几滴尿出来，赶紧后退几步，将尿撒尽，才又回到崖边，探身看寄魂谷。这是他生平见过的最壮观的峡谷，幽深狭长，似女阴，与阳具形状的裸岩峰顶相对应，谷底林莽森然，怪石嶙峋，山上的水泻入谷中，化作深涧，行迹偶尔外露，谷中多瘴气，常有死于非命的鸟兽尸体，除了胆大的樵夫，无人敢进寄魂谷。

向天舒又害怕，又兴奋，往下跳的冲动空前强烈，遂不敢再站下去，稍稍退后，盘腿坐下。远处的山峰低了许多，其中一座上有一道细瀑，但见其形，不闻其声，更远处是成千上万的山头。所幸午后无风，不用担心自己会被烈风吹落。淡淡的云，高高低低，悬在空中。转过身，面对近在咫尺的裸岩峰顶，一向神秘的峰顶变得无比清晰，纵向有许多深色纹路，大概是雨水侵蚀所致，似发辫披垂，像一个女子的后脑，女子眺望着远方，面目神秘，他的脑海中浮现出美丽的南木女的形象。更高处，一只鹰在翱翔。忽然，老鹰似中了致命的毒箭，笔直坠落，以极快的速度从他的视线里消失，他抑制住好奇心，待在原地没动，鹰一定是看见了谷中的猎物，俯冲下去，不知成功与否。太阳一点点偏西，他很想再见到那只老鹰，也许，鹰巢就在悬崖下方的某处，人不得见，此刻，老鹰正在家里享用大餐呢。起了一阵风，云蒸腾上来，同高处的云会合，又散入蓝天。又一阵风，更大些，自下而上，老鹰从他的眼皮底下升起，迅速抬升，很快就升到先前的高度，他很惊讶，老鹰借着风势，丝毫不用自己扇翅膀，就飞那么高，羡煞人也。他让自己的灵魂骑在鹰背上，向日边飞去。

因为怕天黑，他不得不抑制住看落日的冲动，提早离开舍身崖，至三清殿时天色已暗。他洗了把脸，坐在院子里等怪老道。

天黑前怪老道才回来，买了许多肉。晚饭时，向天舒又吃到肉，觉得特别香，怪老道则只吃素菜。他突然有个疑问：怪老道既然吃素，平时为什么还会买肉？忍不住问他，怪老道笑而不答。

“向老师，不好意思，我这里没酒，只好让你光吃肉不喝酒了。”

怪老道除了在镇上喝酒外，平时滴酒不沾，令向天舒万分意外，且有几分不习惯。没有酒，少了点兴致，但对方是一个方外之人，行为举止异于常人，也在情理中，这样一想，喝酒的愿望立刻消失，呷了一口茶，由衷地说：“喝茶好，前辈以后就叫我小向吧。”

“好的，小向，山上住得惯吗？”

“惯，我喜欢这里。今天我去舍身崖了。”

“哦，过老虎嘴挺危险的，我很久没去了。”

“有人摔下去过吗？”

“那倒没有，有胆过老虎嘴的人摔不了。”

“我是指舍身崖。”

“古代有，近代好像没有。舍身崖不容易摔下去，除非是自己寻死，不过想寻死的人用不着走到舍身崖，三清殿附近就有很多悬崖，随便什么地方都可以粉身碎骨。”

次日早，怪老道拿出一大块肉，砍成小块，用南瓜叶包好，叫上向天舒，沿汲水的那条小路走去。向天舒一路走一路纳闷，不知道对方葫芦里卖的是什么药。至泉边，并不沿小溪走，折头向下，走到悬崖边，崖外凸，恰好可以看见右斜上方的细瀑，跌入幽深的谷底，对面的山上也有一道瀑布，两瀑遥相呼应，隐隐传来水声。白云山多瀑，有的隐匿在人到不了的悬崖后面，但闻其声，不见其形；有的既高且远，但见其形，不闻其声。

怪老道将肉放在崖边的石头上，打开南瓜叶，示意向天舒和他一起退到距崖边六七米处，席地而坐，从身上拿出一支竹笛，悠然吹响。向天舒吃了一惊，他是唯一有幸听到怪老道笛声的人，后者从不在人前吹笛。曲调并不完整，似即兴的吹奏，发自灵魂深处，在半空运行，试图往高处走，有几个音符成功逸去，颇有些高山飞流的味道。他正陶醉在玄妙的笛声里，突然飞来一只鹰，不偏不倚，降落在崖边的肉旁，低头就吃肉，从容不迫，显然，肉是为它准备的，而笛声是用来召唤它的。怪老道收了笛，面带微笑看着鹰，鹰将肉吃净，抬起头来，对着怪老道拍拍翅膀，似表示感谢，顺便扫了向天舒一眼，两脚一蹬，腾空而去。向天舒看得目瞪口呆。他疑心这只鹰就是他在舍身崖上看到的那只。至此，他终于明白了怪老道每次到镇上赶集都要买肉的原因，他是唯一知道这个秘密的人，在别人眼里，怪老道依旧是个酒肉道士。怪老道幽幽地说：“人首先要管好自己，所谓独善其身，大概就是这个意思，然后，尽可能也为别人做些好事。鹰吃了肉，暂时就不会去猎杀小动物了，对于那些弱小的生命来说，这是好事，但我不会天真到要求一只鹰跟我一样吃素，鹰有别的优良品质，是我所没有的。我刚开始修道的时候，也和别人一样，做梦都想羽化登仙，后来发现那是痴心妄想，鹰不用修道，天生就有翅膀，可以在空中自由翱翔，离神仙比我这个凡夫俗子近，有时候飞得很高，在蓝天中只剩一个小黑点，令我好生羡慕。”说完，怪老道抬头看天，向天舒顺着他的目光看去，除了几丝云，什么都没有。

怪老道与鹰的交往已经持续了许多年。

住了数日，向天舒又开始想念叶莲，悲伤无法抑制，忍不住还落过泪，怪老道却视若无睹。向天舒自己沉不住气，问怪老道为什么不问他悲伤的原因。怪老道说："我不知道你为什么悲伤。"不问当然不知道，他心里纳闷，怪老道却忽然说："人死不能复生。"他大吃一惊，对方明明知道，为什么要说不知道，怪老道似乎猜到了他的心思，接着说："我知道叶家出车祸的事情，也知道你同叶家女恋爱的各种传闻。但我确实不知道你为什么悲伤。"向天舒无语，显而易见的事情，被怪老道这么一问，反倒不同寻常。但怪老道的平静还是令他吃惊，也许，在一个高道的眼里，死不值得大惊小怪，正如庄子妻死，庄子鼓盆而歌。

"说说吧，如果这样能减轻你的悲伤。"怪老道慈祥地说。

向天舒便将整个事件的原委和盘道出。怪老道边听边点头，却不发表任何评论。

"你怨天吗？"怪老道忽然发问。

向天舒想，如果老天没有安排那场车祸，叶莲怎么会死？于是点点头。

"你当初同叶莲沉醉在爱情的喜乐中时，你也怨天吗？"

"当然不怨，我谢都谢不过来呢。"

"这么说，天是公平的。"

向天舒顿时明白了，悲喜由人不由天。

"你怨人吗？"怪老道又问。

向天舒明白他指是荷田村村长，叶莲家悲剧的罪魁祸首，便点点头。

"他又怨谁呢？"

"他自己，作恶多端，死有余辜。"

“我不是指他得到的报应，我是指他成为恶人，怨谁呢？谁一生下来就是恶人？谁给了他作恶的权势？谁纵容了他的恶？谁忍受了他的恶？”

向天舒被问得哑口无言，一时想不明白，便谨记斯言，以供日后慢慢参悟。

一阵沉默后，他忽然又说：“我怨我自己。”

“你不是人吗？”

向天舒心想：是啊，我也是人，我为什么要怨天尤人呢？

“可我还是放不下。”

“如果让你现在出家，不做和尚，也不做道士，仅仅是出家，终日面壁，做一个与世隔绝的隐者，你做得到吗？”

向天舒摇摇头。

“等你决定放下的时候，再来看是否放得下。现在，什么都别说了，吃茶。”

“前辈，我能斗胆问问你的身世吗？”第二天晚上，向天舒小心翼翼地开口问道。

上山的时候（向天舒私下将去白云山简称为“上山”，而将离开白云山叫“下山”，同高耸入云的白云山相比，别的山显得渺小，算不上真正的山），他没问怪老道的道号，更没问他的俗名，后来也没问过，尊称他为“前辈”。

怪老道沉默了许久，似在下决心，终于，开口说道：“我从没跟人提起过我的身世，对你就破回例吧。”

怪老道少年时，不幸赶上日本人侵华，全村人都遭到日本人的屠杀，他是唯一的幸存者。他目睹了母亲和妹妹被日本人先奸后杀的全过程。时间已过去半个多世纪，以怪老道的修为，情绪尚且受到这段记忆的冲击，可见其影响的深远。

向天舒没有经历过那场战争，而他讨厌日本人也与那场战争无关，与仇恨无关，仅仅是讨厌。每个人都有一些怪癖，向天舒的怪癖便是不读日本人写的书，这丝毫不妨碍他获取知识和智慧。在省城时，听见同事和朋友骂日本人不要脸，犯下天大的罪还不肯忏悔，他只是淡淡地说：不要跟我提这些人。

其实，讨厌一样东西，最好的办法就是忽略它，将它从生活中抹掉。

怪老道从死人堆里爬出来后，亡命至武当山，被好心的道士收留，便皈依了道教。其间一度离开道观，云游四海，以考验自己的修炼成果，难免做了些违犯清规戒律的事情，后来又回道观去继续修炼。“文革”开始后同师兄弟一起被逐出山门，浪迹天涯，最后栖止于白云山，动物为友，百草为邻，因为三清殿废弃已久，没有人再来干扰他的清修。

向天舒对怪老道行脚云游的经历很感兴趣，但不便多问，只好凭空去想象。后来忍不住问起“文革”，怪老道摆手长叹：“不堪回首！”再问便急了，厉声道：“知道了对你没好处。”话题转向道教方面，对道教及别的很多宗教，他都有过深入的了解，这也是怪老道最欣赏他的地方之一，而怪老道自己的识见也不局限于道教，涉猎甚广，胸襟开阔，两人聊得十分投机。

“‘白日飞升’、‘上天堂’、‘成佛’，各种宗教的理想大同小异，为了这些虚幻的理想，人须无欲无求，殊不知，宗教理想才是人世最大的欲求。事实上，欲望是生存的前提，有善恶高下美丑之分，欲望快散尽时，死期也就不远了。”向天舒侃侃而谈。

“小向，你说得太对了！”怪老道激动地说，“其实，我早就不指望成仙了。”

“那您干吗还做道士？”

“修心，让心得自由。”

向天舒又说：“人生的很多道理容易明白，但不容易做到。”

“悟道难，守道更难！”怪老道的这句话给他留下了至深的印象。

“不过，究竟什么是道呢？”向天舒当然知道“道可道，非常道”这句名言，还是忍不住要发问。

“不知道。”

向天舒笑起来，不知道，不知“道”也。怪老道已经回答了他的问题，道在人的认知范围之外。

他发现，怪老道从不说“我们”，而只说“我”，他对此十分赞许。任何时候，一个人都不应该以“我”代替“我们”，“我”只代表“我自己”，要对“我自己”的一切言行负责；“我们”是一种取巧的说法，即便说错了，做错了，错在“我们”，不要我一人负责。人应该在他的观点前都加一个“我”字，我认为某个女子很美，便赞叹说：“她太美了！”完整的话应该是：“我认为她太美了！”因为在别人眼里，这个女子不一定就美，美的标准因人而异；我欣赏某位好人，便赞美说：“他太善良了！”完整的话应该是：“我觉得他太善良了！”别人不一定同意我的观点，那人也不一定真善，没有绝对的善；我觉得某人很率真，便断言：“他是一个真实的人。”完整的话应该是：“我认为他是一个真实的人。”别人可不一定信，那人也不一定真实，绝对的真是不存在的。

他质疑怪老道之画符，后者云：“此系心理疗法，普通人无法晓以至理，安其心而已。我何曾为你画过符？”如果只是心理问题，符卦足矣，而于身上有病者，真正起作用的是那些草药，除了卦符，怪老道还要让对方服药，且故意将药说成“神药”，以坚定其信心，所谓“信则灵”，草药的功效因此倍增。

“前辈，我一直想问您一个问题？”

“你尽管问。”

“您为什么喜欢孩子？”

“你说呢？”

“‘能婴儿乎’？”

“近似，但不全对。”

“请指教。”

“孩子是受成人的影响长大的，影响好则好，影响坏则坏，我不忍袖手旁观。”

“你是想消除包姥对孩子们的影响？”向天舒忽然有些明白。

“嗯，但不止她一人，还有孩子的父母。”

事实上，带坏黄龙中学的学生只是包姥的第二步棋，她首先将邪恶的影响施加到小孩子身上，因为“人看从小，马看蹄爪”。包姥引诱孩子的工具是麦芽糖，金黄色的麦芽糖，又香又甜，没有哪个孩子能抵挡其诱惑，但麦芽糖需用钱换，没有钱，包姥便会唆使他们偷家里的钱或者粮食来换，甚至是别人家的钱和粮食，胆小不敢偷的，她会白白送他们一些麦芽糖，让他们记住她的好处，以便将来对他们发生影响。怪老道除了用好听的故事，和引孩子们发笑的佯狂举止，还动用了与包姥相同的物质手段，身上装着糖和小玩具，将孩子们吸引到自己的身边来。孩子们一周里的表现是得到他物质奖励的依据，孩子们不敢在他面前撒谎，因为他最痛恨说谎者，而且，他有一种神奇的能力，知道谁在撒谎，只要肯承认，犯了错的孩子也能得到奖励，当然免不了先要被他训斥一番。包姥每次见到怪老道，都会恶狠狠地扔下一句骂：老鸡巴疯子！

怪老道喜欢孩子，还有一个重要原因，他们令他想起自己的童年，那是他一生中最美好的时光。他父亲是乡里的私塾先生，他因此受过良好的早期教育，父亲因病早逝，躲过了日本人的暴行，不幸也幸；而最幸运的，是他的童年发生在恶魔到来之前，无论怎样的恶，都毁不掉被时间的甲胄护住的童年。

他们坐在院子里喝茶，月上中天，马灯的光似有若无。

最后，向天舒问起那朵大灵芝的来历。怪老道说，是他二十年前采草药时采到的，灵芝他见过不少，但似这般硕大且纹理清晰者，十分罕见，珍藏至今。

“在中医里，灵芝只是一味药，可健身，可祛病，并没有什么稀罕，但你不能只把它当药看。想想看，灵芝大多生长在枯树上，就像树的灵魂，不朽的灵魂，想明白了这一点，你就只用对着它看，用心看，就会在它的褶皱里看出许多肉眼看不见的东西来。”怪老道说得很玄。

因了怪老道的那番话，向天舒临睡前，就着烛火，反复看那朵灵芝，那些纹理荡漾起来，似波纹，慢慢扩散，遥远的记忆徐徐升起。从前，家里也有过类似的大灵芝，是在他很小的时候，爷爷从山中采回来的。

爷爷奶奶是向天舒极喜爱的人。

“文革”中，爷爷因出身地主家庭，被批斗得很厉害，还坐过五年牢。奶奶也是大户人家出身，裹脚像尖尖的粽子，不便远行，多数时间待在家中，料理家务，做针线，带孙儿，话不多，慢声细语，脸上总挂着笑；爷爷则闲不住，常常独自进山采草药。向家祖上靠行医发家，中国人对土地情有独钟，一有钱就置地产，然后坐地收租，慢慢就变成了地主。爷爷早年好学，精明能干，不满足于现状，将生意做到了省城，虽然兴趣不在行医上，却能背很多药方子，虽未派上正式的用场，却也因此养成了一项嗜好：采药。草药自用，或送人。照爷爷的说法，药草有灵性，可以炼性养身，而采药的过程本身就是一种健身之道，爷爷身板硬朗，健步如飞。

有一次，爷爷出去了三天，背回一朵巨型灵芝，看稀奇的人把门槛都踩破了。“少说有一千年”，村里的老人断言，继而感叹：“怕是成精了！”灵芝一直放在爷爷奶奶屋内的供桌上，爷爷死后移至堂屋，是向家最值得夸耀的两件宝贝之一，另一宝则是考上省城最好大学的向天舒。向天舒小时候最喜到爷爷屋里看灵芝，形似一圈圈的云朵，仿佛站在上面就可以腾云驾雾，像神仙一般飞到天上去。

他有时会随爷爷上山采药，爷爷有心教他识别药草，但他只是胡乱采些野草，意在玩耍，后来养成了爱登山的习惯，对草木的药性却知之甚少。

上初中时奶奶去世，爷爷变得少言寡语，动辄使气，也不采药了，整天窝在家里，不跟向天舒一家搭伙，自己做饭吃，以示独立，偶尔出门，常常找不到回家的路，由别人领回来。奶奶在世时，爷爷每每用小木梳把银须梳理得丝丝分明，一个人后便听之任之，如败絮一般，还常常粘着饭粒，印证了他和奶奶感情的深厚。爷爷最后一次走失，正值他高二暑期前期末考，村里人在爷爷从前采药常去的山里发现了他的尸体，像是失脚从高处坠下的，家里怕向天舒分心，没告诉他，暑假回家才知道家中的变故，到坟前磕了头，整整一个假期都沉浸在哀思中。

向父不幸身亡后，家道艰难，向母不顾亲戚的反对，将灵芝高价卖给了一位过路的贩子。向天舒后来在省城的药店里见过不少灵芝，但都没有什么特别的感觉，直至见到怪老道的这朵灵芝，才勾起了无尽的回忆，彻夜难眠。

起床时，怪老道早已洒扫完院子，早点也做好了，他很惭愧，决心次日一定要早起一回。本来想出去走走，去看看周围的植物和鸟，运气好的话，没准能碰上什么野兽，怪老道说，山上有鹿、麂、猴、山猫等小兽，但没见过伤人的大型野兽，据说冬天有雪豹，声名远播，却从未现形。天公不作美，下起雨来，将他困在院内，怪老道在殿后的石窟里打坐，他不便打扰，只好看雨，隔窗看，凭栏看，又冒雨走到大门口看，门框的遮挡有限，身上的许多地方都淋湿了，不以为意，雨稍小一点，便跑到附近的一棵大树下看，树上有松鼠，也在看雨。蹿出一只小鹿，湿漉漉的，稍一迟疑，立刻消失在树林里，这是他平生第一次在大自然里目睹了一只鹿，连灵魂都被勾了去，好一阵才回来。

雨下到夜里，何时住的不得而知。他又睡了一个死觉，睁眼时天已经蒙蒙亮，翻身下床，打开窗，看天边有鱼肚白，心里激动，便站着迎接曙光。

太阳将出未出之际，山头先亮起来，光仿佛源自山的内部，太阳露出四分之一时，山后似有人竭力挽留，竟又落回去，再次升起，这一次几乎完全露出来，剩底边同山顶粘连在一起，那人还不肯放手，终于挣脱，跳到空中。

欣赏完日出，这才开门出去，一下愣住了，怪老道正在院心打太极拳，看样子，已经打了好一阵了。他怕惊动对方，连大气都不敢出。在省城时常见人打太极拳，公园，广场，看见打得好的，便驻足观望，觉得姿态甚美，人的表情也极静穆安舒，老年人居多，也有中年人，年轻人绝无仅有，看多了，便看出点门道来。常人将太极拳作为健身的方式，练形养神而已，行家则注入劲道，隐含最原始的武技，太极拳柔中带刚，是上乘的功夫。怪老道的拳架很低，开步大，动作舒缓，上身中正挺拔，丝毫不晃，如高天流云，无所依傍，无疑是太极拳的行家里手。至此，向天舒确信他识武功，心里萌发一种冲动，想向对方拜师学武。练武几乎是每一个男人童年时的梦想，成年以后再来圆儿时的梦想，也是一件有意思的事情。怪老道似已觉察到他的存在，便不再抑制发声，打了一趟快拳，如疾风骤雨，口中随劲发出沉雷般的声音，惊心动魄，最后，收了势，微笑着抬头看他。

“前辈，打得太好了，能教教我吗？”他鼓完掌说。

“下来吧。”

他三步并作两步下楼。

怪老道教了他一些简单的架势，及吐纳的诀窍。动作看似简单，做起来却不易，不一会儿便出汗了。

“如果你真感兴趣，先把这些基本功练好了，以后我再教你别的。”

他的劲头很大，独自反复做那些动作，练了整整一个上午。

接连几天，向天舒像着了魔一样，天不亮就起床，跟着怪老道一起练功，一练一上午，腰酸背痛，兴趣却丝毫不减。

“你是个做大事的人。”怪老道不由得夸奖他。

“我没什么野心，我只想做我自己。”

“做你自己，还有比这更大的事业嘛？”

一句话令他幡然醒悟。很久以来，他时刻感到，某种伟大的元素在撞击着他的心扉，让他有种极强的使命感，总觉得自己不会无缘无故来到这个世上，但他不清楚是什么样的使命，至此，他忽然明白，他来世上的目的其实很简单：成就自己。无限，即无数的有限，他便是有限中的一员，在有限的生命中，他要努力成为自己。

其实，他沉迷于太极拳，还有一个重要原因，想借此减轻失去叶莲的悲伤，白天练功累，晚上倒头就睡，早睡早起，同山下的起居时间完全不同。

一有空就向怪老道请教与太极拳有关的知识，其中深厚的哲学内涵、古老的阴阳思想，令他叹为观止。

怪老道强调站桩，这不仅是最重要的基本功，还是磨炼心性的有效手段，同参禅打坐一样。太极拳的一个基本桩子叫抱球桩，将整个宇宙想象成一个无形的圆球，抱在怀里，与天地共呼吸。最初，才几分钟就开始摇晃，亏得常年做各种锻炼，身体素质好，进步神速，坚持的时间越来越长，十几分钟，半个小时，每次都要站到双腿颤抖，不能再坚持时，才慢慢收势。他后来在登山、晨跑之外增加了站桩的锻炼内容，黄龙镇的人常常见他像截木头一样，长时间一动也不动。

一天，向天舒比平时起得早，准备练功，怪老道起得更早，站在院心，似已打了一阵拳，但与往日不同的是，手里多了一把剑。省城公园里的人不仅打太极拳，也舞太极剑，不知怪老道的剑法与他们的有何不同。

“前辈，你每天都练剑吗？”

“练。”

“那怎么今天才见你练？”

“因为你今天起得早。”

“我想见识一下。”

“好吧。不过，如果你想学剑，得等拳练好了才行。”

“我记住了。”

怪老道气定神闲，以极慢的速度演练了一套太极剑法。剑仿佛是他手臂的延伸，与身体融为一体，如影随形，动时轻如鸿羽，定时重如千斤，定并非绝对的静止，是两个招式间的过渡，意和力未曾中断。如果把剑在空中的轨迹描摹出来，定是一幅上佳的行草，事实上，怪老道不仅精于剑法，也精于书法，二者是相通的。不难看出，怪老道的剑法已臻化境，向天舒为之大赞。

“前辈，你的太极剑与我从前在公园里见到的不同。”

“哪里不同？”

“说不出来，没那么花哨，更像剑术。”

怪老道微笑着说：“你的悟性高，的确不同，别的不说，你看看这把剑。”

向天舒随手接过剑，差点失手，没想到这么沉，仔细一看，剑开了刃，闪着寒光，剑身上刻有北斗七星的纹饰，从剑柄的磨损程度看，已经很有些年月了。这是一件真正的冷兵器。

“好剑，好剑法。”

向天舒由衷地赞道，掂了掂剑的重量，少说也有四五斤，比划几下都吃力，在怪老道手里却似一把轻飘飘的木剑，其功夫之深可见一斑。

内战结束后，怪老道回到武当山，继续修道，因他天资聪慧，又历经各种考验，深受道长器重，道长临终前将自己心爱的七星剑赠与了他。这把剑是道长年轻时护身用的，义和拳运动爆发后，他手刃过许多洋鬼子，包括东洋鬼子，后来躲到武当山避难，做了道士，因对世事的绝望，除了这把剑，其余的都抛下了，再未下过山。怪老道受道长的影响，绝了尘恋，悉心修道，打算终老于武当山。但世事难料，他想不到有一天会失去信仰的自由，被迫还俗后，四海为家，再度见识了各种见所未见的苦难，与他为伴的，只有这把七星剑。

七星剑杀过人！这是向天舒万万没想到的事情，再看剑时，目光里不觉带了几分怯意。

为了看怪老道练剑，他每日起得比对方还早。

征得怪老道的同意，他常常将七星剑拿在手里把玩，血雨腥风的历史仿佛就刻在剑身上，据说，饮了人血的剑有灵气，一双眼正从寒光凛凛的剑身上注视着他。

他下山后立刻请省城好友替他买了一把上好的太极剑寄来，无论材质和工艺都很精良，但毕竟只是健身用剑，与怪老道的七星剑相去甚远，但他已经很心满意足了，时常挑灯看剑，将自己想象成远古的剑客。

一日，向天舒问怪老道：太极拳实用吗？既是武功，可以防身吗？怪老道笑笑，让他打自己一拳。向天舒有些犹疑，怪老道鼓励他只管打，打哪儿都行，他便朝对方头上抡了一拳，拳没到对方头上，自己却一头栽倒在地，一下懵了，对方后发先至，出手快如闪电。怪老道随意站了一个马步，让他当胸推他，他使出吃奶的力气，对方竟不动，像一堵包着厚厚棉布的石墙，他惊以为神。怪老道又与他搭手，四手相缠，看谁让对方移位，有了前两次的体验，他心里完全没底，但不肯服输，刚想用力，便像触电一样，一股强有力的劲从对方手上传来，震得头皮发麻，两耳“嗡嗡”作响。他不甘心，趁对方不备，突然袭击，举全身之力推出，却瞬间倒地，并在地上翻了一个跟头，狼狈不堪，不如此手腕非折不可。怪老道忙将他拉起来，问伤到没有，抱歉手重了，所幸并无大碍。怪老道的功夫出神入化，已然成为本能，令他佩服得五体投地。

怪老道习武的初衷是要报仇雪恨，在武当山上发狠练了六年，除太极拳外，每日将道观后的一棵大树当日本人拍打，下山云游其实还有另一个目的，找日本人报仇。那时抗日战争已接近尾声，他只身潜入敌占区，寻找落单的日本人下手。一天，城郊树林里传来惨叫声，三个日本兵正在强奸一个妇女。他什么都没想，趋身上前，日本人的脑袋自然没有道观后的大树坚硬，站着的两个先倒下，趴在妇女身上的那个畜生刚起身，罪恶的源头便遭到致命的一击，妇女赤身从地上爬起来，也顾不得羞耻，从日本人身上抽出刀来，发疯般在三个还没有断气的日本人身上乱戳，最后才穿上衣服，对着他磕了三个响头，消失在林子里。他回过神来，看三个日本人已呜呼哀哉，也亡命而去。抗战结束前，他杀了几十个日本人。日本人被赶出中国后，家仇国恨也随之烟消云散。内战爆发后，他不止一次遭遇过土匪，都被他一一打跑，但没有再开过杀戒。

向天舒将怪老道想象成兵荒马乱年代里的一个独行侠，不胜仰慕，央求他教他拍树的功夫，幻想有朝一日能同二流子在武力上抗衡。怪老道说拍树只是外家功夫，当初之所以拍树，是想早日向日本人报仇，有点急功近利，不小心会伤身。但经不住他的一再央求，只好同意，一面做示范，一面讲解全身发力的要领。谁都会拍树，但能够天天拍树的人就罕见了，切忌心急，要由轻到重，不要伤了自己，树也要拣大树，这样树也不会受伤，人拍树，树拍人，天长日久，彼此建立一种独特的关系，相互渗透，由对抗变为亲密，人树一体。他从未听过类似的高论，迫不及待要到实践中去证实。怪老道强调说，拍树的功夫看似笨拙，其实很实用，但要出真功夫，还得将太极拳的基本功和招式练好，内在的功夫才是真功夫。

他又随怪老道去喂过两次鹰，鹰看他的眼神不再陌生。

短短一个多月的习武经历，已让向天舒的身体发生了不小的变化，更柔软了，力量更大了，手脚仿佛都不是自己的，有了独立的生命。人平日都在奴役自己的身体，用手取物，用脚行走，用眼看，用耳听，用肠胃消化，多数时候将肉体做了贪欲的工具，而习武时专注于四肢百骸本身，手脚显示了前所未有的威力，纯净的空气吸入体内，污浊之气排出体外，腰腹间充满活力，俗虑一空，心灵随身体的运动而舒展自己。挖掘身体的潜能，亦人生一大快事。既不拘泥于形骸，也绝不视形骸如粪土。不能因肉体的必朽而视肉体的修炼为虚妄。灵魂需要信仰，肉体也需要。人的身体并不比任何一位神祇低贱，当以合适的方式，对四肢百骸顶礼膜拜。太极拳的习练让他的身体找到了某种信仰。重要的是当下，存在一日，则多一日的发现与创造，不拘是肉体或精神。他打定主意，既然开了头，就一定要坚持练下去，他倒要看看，自己的身体究竟能发挥出多大的潜能。

他决心早日练好拳，以便向怪老道学剑。为了这个目的，他想正式拜怪老道为师，又担心要行传统的跪拜礼，他固执地认为，无论出于什么原因，人都不应该下跪，这是奴性的姿态，是东方专制传统的产物，当然，宗教礼仪除外。纠结了数日，心一横，决定破例一回。

“前辈，我想拜您为师。”

“为什么？你想学拳我教你便是了，何必拘泥？”

“我不是心血来潮，我想认认真真学，学到您的本事。”

“哦，先学着看。”怪老道不动声色地说，其态度没有回旋的余地，令向天舒又失望又尴尬，暗暗发狠，要向他证明自己的决心。

接下来的日子里，向天舒废寝忘食练拳，他的悟性极高，进步之快令怪老道惊讶。

一日，他问起怪老道当年拜师的情形。过去收徒很严格，要考察很久，礼仪也极繁琐，“一日为师，终身为父。”“现在不兴这些了。”怪老道最后说。就此事而言，向天舒不知是过去好，还是现在好。怪老道似明白了他的心事，说：小向，看得出，你是真心想练拳，你也是习武的好料，你愿意拜我为师，是我的荣幸，我答应你，不过，山上就你我二人，老套的拜师仪式就免了，你也不必叫我师父，你是个见多识广的人，新知识比我丰富，太极拳上我是你的师父，别的方面你是我的师父，咱们相互学习。怪老道的胸襟令向天舒深受感动，从此在心里认他作了自己的太极拳师父。

“你会下围棋吗？”一日，怪老道随口问。

“会下，不过下得不好。”

怪老道年轻时喜欢下围棋，得过高人指点，云游时常在有人下围棋的茶馆酒肆流连，后来一个人，经年无人对弈，棋艺不免荒疏，身边有一本老棋谱，偶尔翻翻，听说向天舒会下棋，不觉技痒。向天舒倒没觉得意外，也许是受了任老师关于象棋与围棋的那番议论的影响，心想怪老道不会下围棋才怪呢。他上大学时迷过一阵围棋，至今还存着一副围棋子，怪老道大喜，让他下次将棋子带来。

临近开学，他惦记着舍身崖的落日，决定下山前再去一次，怪老道让他带上手电，并嘱咐他路上当心。

来到舍身崖前的草坪，将鞋脱了，沿落叶松林边来回走了几遭，最后站在崖边，看远处的飞瀑，又探身去看寄魂谷，立刻就想撒尿，便对着空谷撒了一泡尿，但多半都落在脚边，想起那句感叹时光飞逝的俗话：想当年，顶风尿十丈，叹如今，顺风尿湿鞋！觉得好笑。后退几步，摆了个抱球桩的架势，目不斜视。身后林风阵阵，待风息了，深谷中隐隐传来另一种声响，似瀑布从高空坠落的声音，白云变换着姿态，静静地移动，落下去，又升起来，散入蔚蓝的天空，间或掠过几只小鸟。他始终一动不动，像一棵树，发如叶，被风撩起，双臂却纹丝不动，如主枝紧附树干，眼半闭，身体和意识似有若无，最后，眼完全闭上，内外的边界，光明与黑暗的边界，全都消失了，渐渐地，腰部以下似灌了铅，越来越沉，双足有一种要向地下延伸的欲望，每一个脚趾都似要长出长长的须根来，脖颈以上则呈相反的态势，头似氢气球，苦于被脖颈拴住，不能飞走，每次吸气后，即将呼气的刹那，似有物要从头顶夺路而出，慢慢地，身体摆脱了向上和向下的意图，呼吸匀称了，一切归于平静，仿佛整个宇宙，都抱在怀里，像个熟睡的婴儿，有一阵子，连他自己都似乎睡着了，感觉不到万物和自己的存在，许久，慢慢张开眼，一个全新的世界呈现在眼前，草木都变得格外清新。时间既久，双腿开始颤抖，直至忍无可忍时才收势，到草坪上蹦蹦跳跳，随心所欲地做些放松运动，不知道的人会以为他在发神经呢。

回到崖边，静待日落，一个熟悉的身影腾空而起，承载着夕阳的光辉，也承载着他的目光。他确信，鹰凭借锐眼，一定看见并认出了他，否则，何以会突然又从高空俯冲下来，在与他等高的峡谷上空盘旋逗留？鹰许久才扇动翅膀，朝着夕阳飞去。鲜红的夕阳，将鹰衬得发黑，两者与他的目光恰在一条直线上，让他有种错觉，鹰会一直飞到太阳里去，此景将他的思绪带回远古的埃及，与传说中的鹰神相遇。

远山连绵似海，在夕照中起伏，霞光万道，落日的辉煌令他热泪盈眶，恨不得此景永驻。落日好似有情，接触远山的刹那又跳开，反复了几次，才依依不舍地落下，渐渐隐没，身后拖着绚丽的云霞。

归途至一半时天就全黑了，幸亏带了头灯，有了坟地的经历，一个人在山林中走夜路的胆子更大了，夜行动物活跃，地上跑的，林间飞的，冷不丁就会吓他一跳。远远看见亮光，怪老道提着马灯，站在三清殿大门外等他，看样子已经等了很久，他像见到了久别的父亲，在黑暗中流下热泪来。

“饿了吗？”

“饿了。”

怪老道将晚饭做好后，自己也没吃，天黑后就一直在门口候望他，俟他回来才放心。很快，饭菜就加热了端上来。向天舒将自己到舍身崖的感受同怪老道分享，对方颔首微笑。

下山时，因为日后会常常在镇上与怪老道见面，并没有离别的痛苦，说了许多感激的话，怪老道却说：别客气，这里本来也不是我的家，我们在别人的地方相遇，彼此投缘，如此而已。话虽这么讲，向天舒的心里还是很过意不去，这么多天，白住，白吃，还白学了一通太极拳。他将随身携带的钱都掏了出来，压在枕头下，留了张纸条，写道：前辈，麻烦用这些钱替我买肉喂鹰。

怪老道送了他一程，让他有机会再上山来，嘱咐他坚持练太极拳，练拳时牢记八个字：顶天立地，虚心实腹。因为这一程的相送，让离别有了几分伤感。他拱手作别，步履沉重地下山去了。一路上想，怪老道虽然身体硬朗，但毕竟上了岁数，正常的话，会在他之前离开人世，老人已成了他生命的一部分，他不能想象这一天的到来。但是，一切皆有可能，否则，小小年纪的叶莲，何以就离开了人世？他觉得自己的格言“准备好死亡”应该稍加修改：为自己和别人的死亡做好准备。

单玉老师见到他，高兴得热泪盈眶。

“小向，怎么去了这么久？老郝天天盼你回来，我们都替你担着心。回来就好，回来就好！”

见他的脸色比以前好，单玉老师放心了不少。他不在的这段时间里，花园都是单玉老师和郝校长帮他打理，令他感激不尽。

二十九

大自然有春夏秋冬，黄龙中学也有自己的季节，学期与假期交替。新学期在即，同学们陆续返校，假期的宁静被打破，向天舒稍稍平静的心再起波澜。他不再像从前一样盼望开学，学生叫他，也只是淡淡地回一句：“哦，来了。”都来了，唯独最重要的人没来，而且永远都不会再来了。

开学的头天正好是星期天，向天舒又见到李善财、卡梭和马缨花的家人，他们刚好同时送孩子来学校，顺便给他带来许多土特产。众人在他家里济济一堂，这是善财爹一行与另外两家人头一次碰面，彼此都很亲切，大伙并不知道暑假里发生的事情，有说有笑。向天舒言语不多，回想起玉香和诺玛，在心里叹了一口气：为什么有些美会让人忧伤？他们走后，又来了许多别的家长。他恢复了星期天接待访客的习惯。

除了家在本镇的，叶莲的同班同学是开学以后才知道她的不幸的，紧接着，全校都传遍了，大家都用异样的目光看向天舒，目光中更多的是一种关切和同情。

他走进教室，白先生喊起立，按理，他应该说“同学们好！”同学们回答“老师好！”后方能坐下，但他的表情游离在另一个世界里，许久，才如梦初醒，忙让大家坐下。他的目光在每位同学的脸上停留，教师里静悄悄的。最后，目光停留在叶莲坐过的地方，座位空着。他感觉胸闷，喘气都很困难。

“对不起，我很难过，叶莲同学不在了。”

同学们受他情绪的感染，默不作声，女生小声抽泣起来，田家鹤怔怔地看着他，竭力克制住眼泪。豁豁忍不住哭出声来。当初，许多女生嫉妒叶莲同向老师的关系，与她疏远，以田家鹤为首的许多男生也与她保持距离，只有豁豁同她最亲近，有什么事全力帮她，如果有人当他的面说叶莲的坏话，他会立马翻脸，他心里明白，帮助叶莲就是在回报向老师。叶莲之死令他伤心了整整一个暑假。

豁豁住了哭声，教室里完全静下来。

“今天是你们升高二的第一堂课，我们来说说死亡。”

向天舒平静下来，缓缓地将自己对死亡的思考告诉在座的每一个人。这不是他第一次在课堂上谈死亡，但这次不同，叶莲之死令死亡变得异常真实、具体。

他在黑板上写下五个触目惊心的大字：准备好死亡。

有些深奥的语言令同学们有如云里雾里，但他坚信总有一天他们会明白。

“死亡离我们并不遥远，它就在我们中间。”

“要想不怕死，只有直面死亡，对死亡有充分的认识和心理准备。”

“关于未来，我们唯一可以预见的，只有死亡。”

“面对注定要到来的死亡，我们忧心如焚，然而，为何不安？因为自身的不存在？那么，我们从前也并不存在，生前与死后，我们同样都不存在，没有理由只为死亡哀叹，否则，回首我们出生前的整个人类史，我们也该为没有我们的参与而悲伤。”

“重要的不是生前死后的去向，而是此生何为。”

“我们要珍惜现在，假如明天来临，明天便是现在。”

“死亡是面旗帜，在生命的上空飘扬。”

“死亡是生命的镜子。时时将镜子擦亮，让影像更加清晰。”

“……”

事实上，这些话对在场的每个人都产生了深远的影响，很多人至今对那堂课还记忆犹新。

有一件事令向天舒稍感欣慰，田家鹤消除了对他的成见。

黄昏的光线柔软而忧伤，他坐在客厅里，望着青龙山发呆，田家鹤的身影出现在门口。

“向老师。”田家鹤嗫嚅着，欲言又止。

向天舒连忙招呼他进屋，给他倒了杯茶。

“找我有事吗？”

“我想向你道歉。”

“为什么？”

“我不该怨恨你。”

“你为什么怨恨我？因为我和叶莲的事？”

对方点点头，又摇摇头。

“我诅咒过你们。”

“叶莲不在了，你很内疚，是吗？”

田家鹤顿时流下了泪水，抽噎起来。

“快别哭了，该道歉的是我，叶莲之死与你无关，都是我的错。”

田家鹤收住泪，不解地看着他。

“有些事你还不太懂，总之，没有我，叶莲不会死，没有我，你和叶莲也许会有一段美好的初恋经历，是我横刀夺爱，该道歉的人是我。”

“不不，向老师，早恋本来就不对，你是为我们好。”

“那我让叶莲跟我早恋就对吗？”他起身到书房，拿着一个信封出来。

“这是你写给叶莲的情书，物归原主，收好，留作纪念。”

田家鹤接过信封，低头不语。

“我当时批评你的那些话，都是假正经，是为了我自己，其实，我们是情敌。”

“情敌？”

“是的，黄龙镇除了我，只有你配得上叶莲，我当时嫉妒你，嫉妒得发疯。”

“我也嫉妒得发疯！”田家鹤失声叫起来。

“既然这样，咱们扯平了，我唯一要道歉的，就是当时说的那些假正经的话，你一定觉得我很虚伪，对吧？”

田家鹤用力点点头。

“我对叶莲的感情，你也觉得虚伪吗？”

田家鹤摇摇头，突然说：“向老师，对不起，我背后说你是玩弄女生的好色之徒。”

他笑起来，说：“我们又扯平了。好色并没有错，‘君子好色而不淫’，但我没玩弄女生，我对叶莲的感情天地可鉴。”

那晚，田家鹤没去上晚自习，与向天舒推心置腹谈心，像两个成年的男人，关系从此改善，向天舒将他当自己的亲弟弟一般对待，不遗余力培养他。田家鹤常常来找他借书看，他也不阻止，他知道，会学习的人，课外书不但不会耽误功课，而且大大有益。田家鹤后来考上中国的最高学府，整个纬县都为之轰动，大红榜贴在县城主街的显眼处，再后来，大学没毕业就被公派出国深造，无论做人还是做学问，皆高人一筹。

黄龙中学连续四年有人考上大学，大家渐渐习以为常，在某些人眼里，似乎本该如此，同向天舒的到来并无必然的联系，他觉得这样很好，榜样的任务已经完成，黄龙中学将形成一个好的学习传统，他也没有多少压力。田家鹤考上中国的最高学府以后，将写给向老师的感谢信张贴在黑板报上，信写得感人至深，在全镇传为佳话，许多学生抄录下来珍藏，令那些想否认向天舒功绩的人哑口无言。

麦香跟从前一样，每次见到向天舒都很开心，丝毫意识不到他有什么变化，头上依然戴着叶莲送给她的那个红发卡。

“麦香，能把这个发卡送给向叔叔吗？”

“这是叶莲姐姐给我的。”

“我知道，叔叔另外给你买一个。”

麦香很懂事，没多说什么，将发卡取下来交给他。

“向叔叔，我好久都没见叶莲姐姐了，她去哪儿啦？”

“她转学了，不来了。”

“真可惜，我喜欢叶莲姐姐。”

“是啊，我也喜欢。”

他将红发卡放在书桌上，常常睹物思人，有时候会联想到任老师的红木漆盒，同样的红色，生命的颜色，却用来纪念死亡。

他在集市上给麦香买了一个一模一样的红发卡。

麦香后来知道她的叶莲姐姐是去了另一个世界，再也回不来了，大哭了一场。

向天舒一直对麦香很好，她似乎成了联系他和另一世界的叶莲的纽带，一看见她，就会想起叶莲，他这样做还有一个目的，希望麦香能顺利成长，以补偿对叶莲的全部愧疚。

人生有失有得，正如秋季，树落叶，稻丰收。向天舒失去了挚爱的姑娘，却收获了许多智慧，而且，因为与怪老道的交往，开始练太极拳，圆了儿时习武的梦想。他托省城好友买了许多画画的书籍和工具寄来，开始自学画画，以便有一天能将记忆中的叶莲再现出来。

他偏好西洋画，西洋画不拘泥于某几类题材，包罗万象，如生活本身，巨细无遗，欣赏西洋画，尤其是大师的作品时，令他心潮澎湃，要积极地投入到生活中去的欲望空前强烈；省城好友则喜欢传统的水墨画，尤其是古人的画作，又偏爱其中的山水画，非禅即道，令人做物外之想，而现代人的仿古之作，除寥寥几位大家外，皆形似而神不似，所画的内容，在现实生活中难觅踪迹，而画者的心境，与古人更不可同日而语。绘画成了他生活的一部分，他学画画的目的不是为了成名成家，全凭兴趣，一开始就从中得到乐趣，人物的比例，透视的技巧，色彩的科学，无不令他感到新奇。

照他每日的时间分配来看，教书更像是业余爱好，他早就不再备课，都记在脑子里，省下很多时间。

向天舒将课余时间表排得很满，阅读，写信，跑步，练太极拳，登山，画画。起床后先跑到绿水塘边去拍打榕树，他对大榕树最有感情，这么大的树，正符合怪老道的标准，随后便安静下来，开始站桩，与榕树并立，像两棵树，同之前拍树时判若两人。之后来到操场，与同学们一道晨跑。晚睡早起，午觉就格外重要，吃完午饭，待麦香走后，便上床午睡，醒来后背上双肩包去登山，直到吃晚饭时才回，之所以背双肩包，是因为有学画的工具要装，虽是最初级的素描阶段，只需照着教材练习，但对自然的观察比以前更加仔细，梦想尽快掌握绘画技艺，可以背着画夹到处写生。晚饭后批改作业，效率很高，上晚自习时便发到各班同学的手上，巡视完晚自习课，回屋阅读、写信，写信是对一日生活的总结和反省，同写日记差不多，信写完，这一日便算结束了。

除星期日，他几乎每天下午都去爬山，途中难免触景生情，引发许多伤感的回忆，到处都有叶莲留下的印迹，唯一的例外是孩儿山，他没带叶莲去过，不是没想过，孩儿山上的碉楼废墟很隐蔽，但他怕被风三娘撞见，因此，爬孩儿山时，所思多与风三娘有关。一天，他在碉楼废墟的断垣后看见风三娘，正仰面朝天，躺在一堆破棉被里晒太阳，不知是从哪里捡来的棉被，以前没见过，也不知她是不是在这里过的夜，四周散落着几束枯败的野花。风三娘对着蓝天说笑，含混不清。他饶有兴味地观察着她的一举一动。忽然，风三娘坐起身，开始脱衣服，很快脱得精赤，他吓了一跳，看看周围，生怕被人发现他在偷窥。风三娘的身子很白，很净，乳房下垂，却依旧饱满，腰上有赘肉，但不显臃肿。她用双手将乳房高高托起，欣赏着自己的身体，站起身，原地转了几圈，像是在舞蹈，双手突然垂下，蒙住私处，脸上泛起红晕，像个害羞的小女孩。他看得呆了，脑子里呈现出一幅幅美丽的油画。

叶莲之死遗留的悲伤远未消散，他也无意回避悲伤，经历了那些最悲痛的梦魇般的日子，他想，悲伤将会是个长久的过程，汹涌澎湃的激流化为涓涓溪水，在他的一生里流淌。叶莲有形的存在被时间隔开，渐远渐淡，而无形的存在将须臾不离。

第一场秋雨下在夜里。向天舒半夜被冻醒，起来添衣服，顺便小解，昨天从白虎山顶看白云山，裸岩峰顶依旧裸露着，这场雨后兴许会积雪，他满怀期待重新入睡，第二天便迫不及待登上老人山顶。白云山顶果然变白了，裸岩若隐若现，雪薄，如华发，如女子头顶的轻纱。头夜的雨虽不大，天也放晴了，气温却明显下降，山顶隐隐有些寒意。从老人山的另一面下山，走到北门塘附近，水入秋后日见减退，变成名副其实的一个小水塘。北门塘与长虫山的坟场遥遥相望，坟，水，都是阴性的东西，晚上无人敢到水边来，因此，这里也成了他和叶莲幽会的地方。他遥望着对面的坟场，其中有叶莲的一席之地，不知她是否也在遥望自己。流星划过天宇，短暂的美，令人心碎。他在心里绝望地呼唤：小莲，你究竟在哪里？

因为麦香与叶莲的神似，向天舒越来越喜欢她，偶尔没来跟他一起吃午饭，会令他失神一整个下午。有一阵子，麦香身上的气息令他焦躁不安，与童年的某种经历有关，上小学时，常与小女孩追逐嬉戏，出了汗，小女孩身上便散发出一种特殊的味道，夹在汗味里，令他神魂颠倒，成年后回味时才明白那是女孩下体分泌物的味道。面对麦香，他不能有半点不道德的想法，常常深刻反省，以确信自己并无恋童的变态心理，他已经迈过三十岁的大坎儿，年龄够做麦香的父亲，但随着她的一天天长大，他不知道自己的心态会不会起变化，他不想将她变成另一个叶莲，因此小心翼翼，不让自己有背德的念头，反复对自己，也对麦香说，她就像是自己的女儿。

他随麦香去大吉寨，目的是查看柑橘的长势，顺便问她父母麦香有没有干爹，他们说有过，是一个外村人，不幸得病死了，他问自己能不能接任麦香的干爹，麦香父母高兴都来不及，哪有不能的？做了麦香的干爹以后，向天舒的心里就更多了一份责任，他喜欢听麦香脆声叫他“干爹”。

于是他便有了一个干儿子，和一个干女儿。

“干爹！”

是小吴老师的儿子赵叶，大家都叫他小叶子。小叶子长大了，好像昨天还不会爬，不知从何时起就开始满地乱跑，张口管他叫干爹了。儿童的成长和变化反衬了成人变老的残酷现实。

“小叶子，干爹今晚去你们家吃饭好吗？”

“好，干爹，我去告诉妈妈！”

他去百货公司买了一瓶好酒。

小吴老师两口子已经预备了一桌子菜，酒也有了，向天舒坚持要喝他买的，赵本根就不再跟他争，把酒杯满上，小吴老师也喝，三人举杯。小吴老师觉得应该说点什么，便说：“向老师，过去的就让它过去吧，祝你开始新的生活。”

“提这些干吗？真是的，来，向老师，喝酒，吃菜。”赵本根一脸埋怨的表情。

小吴老师笑着吐了吐舌头，给小叶子搛了一箸菜。

“没事，小吴老师说得对，再难过也得过去，我已经不怕面对了。历史是改变不了的，对吧？”

“对对对，历史改变不了。”赵本根说。

“叶莲是个好姑娘，我和本根都想不通，怎么会出这种事呢？”小吴老师忍不住又说。这一次，赵本根什么都没说，既然向天舒都不怕面对，他也不好再说什么。

“向老师，有件事不知道能不能讲？”小吴老师小声问。

“有什么不能讲的，什么事？”

“顾芳来找过我。”

“她找你？她还好意思找你？！”

“我也奇怪，本根跟我说，她一定是因为我们和你关系好，想通过我们和你重修旧好。”

“重修旧好？我什么时候跟她好过？别说我心里只有叶莲，就算没有叶莲，也不会跟她好。”

“我猜得没错吧？向老师怎么会看得上她！”赵本根撇撇嘴说。

“其实，她除了自命清高，说话刻薄，别的也没什么大的缺点，我倒觉得你们挺般配的。”小吴老师不甘心地说。

“你的好意我心领了，你就跟她说，我对她一点儿那方面的意思都没有。”

表面上，顾芳不再搭理向天舒，其实并未死心，希望有一天他会回心转意来找她，而大家也觉得，如果向天舒当真不回省城，要在黄龙镇娶媳妇安家的话，没有比顾芳更合适的人选，即便知道了他和叶莲的事情，也认为他是一时糊涂，迟早还是要和顾芳好的。叶莲之死令顾芳暗喜，迫不及待要跟他改善关系，结果事与愿违。吴燕说话不会拐弯，将向天舒的话原原本本转达给顾芳，令她恼羞成怒，见他就跟见到仇人似的，且迁怒于小吴老师夫妇，到处说他们的坏话，恶意嘲笑吴燕的长相。

中秋月圆，向天舒没参加教职工的茶话会，班上的茶话会也比往年简单，早早就散了。一人走到绿水塘边，静听鱼的唼喋声，抬头望月，心想：月圆人不圆！悲从中来，匆匆走回家，将中秋食品全部拿上，又匆匆出门，找艄公去了。

中秋节之夜不会有人摆渡，两个同病相怜的人便泛舟江上。这是他与艄公第二次夜游蓝江，与前次不同，这次不打渔，只赏月。秋江月夜，极美的意境，他却无心赏玩，对月不抱任何幻想，月失去了往日的光环，现形为一个了无生气的星体，所谓月光，不过是太阳光的反射而已，水中的月稍稍可爱一些，但浆一打就碎了。艄公默默划船，经过上次煮鱼的沙渚，枯树已经不在，大概被洪水冲走了，那只孤独的鸦不知栖身何处？

三十

深秋，落叶悲风。

冬天不请自来，向天舒抱着火盆，心里却一阵寒似一阵。

初雪飘零，白色的忧伤无边无际。

春节前不久，通向黄龙镇的电视天线终于架设完毕，有条件的人家竞相到县城去买电视，一时间，全镇的人都只对电视一事感兴趣。大家第一次在电视上看到省城，及比省城更加遥远的地方。

妹妹托人带话给向天舒，让他回家过年，想到上次和母亲的争吵，他没心思回家，便找了个托辞，买了礼物请来人带回祖村，单玉老师的邀请也谢绝了。

大年三十，他给自己预备了几个下酒菜，一个人没情没绪，看看天色尚早，突然想去爬青龙山。慢慢登顶，坐在龙角石的边沿，头顶灰白的天空，黄龙镇尽收眼底，如果此刻有人抬头，能隐约看见青龙山顶有人。

一到过年就阴天，好像是老天特意营造的气氛，没有风，炊烟袅袅升起，没入半空，整个镇子被氤氲之气包裹着，没有任何东西能够逃逸，此刻，连最贫穷人家的灶台，也冒着喷香的热气。照例，年饭前都要放鞭炮，因为“年”这个吃人的怪物总在门外逡巡，要用鞭炮声轰走，同时大声宣告：开年饭喽！乡下年饭吃得早，五点不到，第一声爆竹就破空而起，被厚厚的云层弹了回来，如急先锋，不待令下就冲向敌阵，双方都慌了阵脚，胡乱厮杀开来，四方的爆竹群起响应，渐渐连成一片，东西南北莫辨，唯有远近之分，远处的爆竹声如正在奋力赶来的援军，迅即投入战斗，喧嚣突然变成了单一的声音，如水终于汇聚成大海．仿佛静止了，暗流却在内部汹涌澎湃，终于掀起滔天巨浪，其势更加凶猛。他仿佛看见鞭炮被炸得血肉横飞，满地红纸屑，而此刻，灰白的天空压得更低，且沉默依旧。

另一个世界的人也过年吗？小莲和她的父母在一起，应当不会孤单，也许，他们比在阳世里还幸福呢。小莲的在天之灵，是回荷田村，还是穿越黄龙镇上空的层云，在找寻着自己？然而，幽明异路，就算他们面对面，也看不见对方，念及此，黄龙镇的几千户人家在眼中湿热起来，渐渐模糊，正待消失，陡然滑落冰冷的面颊。他擦干泪，点燃一支烟，猛吸了一口，抬头向天，缓缓吐出，权当对叶莲的馨香祷祝。爆竹声渐渐式微，天色越发阴沉。俯瞰着喧嚣的尘世，涌起一阵往下跳的冲动，生与死都在脚下，只需一步跨出，灵与肉便会在空中分离，他仿佛看见灵魂升起，而躯体摔在地上，四分五裂，不成样子。爆竹声隐去，几近于无，人们已经开始痛啖年饭，天黑下来，死亡的气息在四周游荡。他逃也似的下山去了。

也许是心灵感应，回家前，向天舒突然想去看望任老师，给他拜年。刚走进大院，他就从各家饭菜的香味中嗅出一股可疑的气味，是从大院的尽头传来的，不祥的预感袭来。他快步走进去，一股浓烟从任老师家的门缝中冒出来，夹着肉被烤焦的味道，他一脚踢开门，被眼前的景象惊呆了，任老师的头歪在炉上，火，正蔓延开来。其他老师也闻讯赶到，火即刻被扑灭。地上有一只烤得焦黄的猪脚，任老师显然是在烤猪脚时中了煤火的毒，晕倒在炉子上，被烧得面目全非，胆小的人根本不敢看。有人在吐，向天舒也一阵阵发恶心，但被极大的悲哀堵回去，因此可以沉着地忙里忙外，并敲开施大爷家的棺材铺，自己掏钱买了一口棺材。事发突然，人都忙于过年，不可能等任老师的亲属来，校方请人将他草草装殓，特意用白纱将头包裹起来，不让人看见他被毁容后的惨状，停放在大礼堂中。任老师生前不喜欢照相，连张遗像都找不出来，向天舒便把他和他妻子的那张发黄的结婚照放在灵前。没有追悼会，没有亲人，只有他一人给任老师守灵。大寒的天，到晚上更冷，单玉老师几番来劝他回去，每次都泪花花的，不知是为任老师悲伤，还是心疼向天舒，也许都有一点，最后一次，她同郝校长一道，给他送来了被褥及一盆火，还有很多柴火，他低声谢过。他们离去后，黑暗中隐隐传来单玉老师哽咽的声音：小向真是个大好人！

大礼堂平时用不着电，没装电灯，需要用电时，如开文艺晚会什么的，便从外面拉电线进来，因此，柴火和蜡烛成了唯一的光源，照亮了寒夜，风从门窗的罅隙里挤进来，桌上三支蜡烛的火苗忽前忽后，忽左忽右，照片上的两个人因此忽明忽暗。向天舒丝毫不感到恐惧，悲痛远远胜过了恐惧，他看着照片上的人，一个英武，一个美丽，很难将他们同棺材里躺着的人联系在一起。他将被褥挨着火铺在地上，坐在上面，累了，就斜躺一会儿，却全无睡意，一支接一支抽烟。半夜，迷迷糊糊中，他看见任老师从照片上走下来，一身戎装，身后跟着千军万马，又看见任老师和妻子带着尖尖的纸帽子，一齐被批斗、毒打的情形。他不信佛，叶莲遇难后，就更不信了，但任老师的死又让他想起因果报应的说法，任老师不是说过他还会遭报应吗？也许，客观上，因果之间并无必然的联系，但主观上，任老师如果在天有灵，当觉得这是极公平的事情，他当年在战争的烈火中犯下的杀戮之罪，终于在一炉小火上偿还。

第二天，他在家补了一上午瞌睡，下午到竹林里砍了一根竹子，请祝师傅帮忙编成一个很大的竹环，从白石塔旁的丝柏上折下许多枝条，缠在竹环上，又剪了一些纸花插在上面，做成花圈，置于任老师的棺材前。夜里继续守夜。因为身心太过疲惫，半夜迷迷糊糊睡着了。任老师突然复活，从棺材里走出来，到他身边坐下，慈祥地看着他，火盆里的火受了惊吓，奄奄一息。他想开口同对方说话，但话卡在喉咙里出不来，对方也说不出话，两人面面相觑。任老师犹豫了片刻，终于伸出右手，轻轻抚摸了一下他的脸，手掌比冰还寒，冻得他的脸生疼，寒冷迅速传遍全身，最后在腰间滞留，似要将他的内脏都冻成冰。他被惊醒，坐起身，觉寒意未消，桌上的蜡烛灭了两只，剩一只还在颤巍巍地燃着，棺木依旧虚掩着，并无动静。最初的惊恐过后，他平静下来，相信任老师的魂魄来过，此刻还在黑暗中的某处，怯怯地，因为他醒着，且恢复了元气，不敢再接近他。据说死者在头七时要收脚印，将生前所去过的地方都走一遍，遇上曾经亲近的人，还要乘机亲近一番。

向天舒连续守了三夜灵，第四天还要去，郝校长坚决不答应，他也感觉四肢乏力，悲痛，寒冷，劳累，终于抵挡不住风寒的入侵，病倒在床。单玉老师给他熬了姜汤，赵本根过来陪他，直到他睡着，才带上门出去，夜里，他谵妄不断，老是看见任老师生前的样子。

他在床上躺了整整两天，单玉老师和小吴老师两家人轮流来照顾他，第三天才下地活动。

任老师之死，让黄龙中学没有了往年的节日气氛，孩子们都不敢走近大礼堂，晚上早早就回家，好在有几家人特意赶在除夕前购买了电视，将左邻右舍都吸引了过去。孩子们第一次看电视，兴高采烈，暂时忘却了大礼堂里躺着的死人。

任老师去世的消息已经通知了他的子女，棺盖一直虚掩着，按理，要等子女来看过，才能把棺材封死，但一个星期过去，他的子女毫无音讯，尽管是冬天，尸体也不能这么一直晾着，校方决定封棺。盖棺前，向天舒突然想起一件事，急匆匆跑出去，又急匆匆跑回来，手里拿着一个崭新的红漆木盒，放在任老师头部的左侧，映照在白纱上，人似乎看见白纱下面的脸放出了红色的光辉。大家都很诧异，但没人问，向天舒也不作解释，直到后来有人提起这事，他才道出原委，闻者无不动容，小吴老师更是泪流满面，喃喃地说："他们的爱情太感人了！太伟大了！"

任老师的儿女初八才到，趴在棺材上嚎哭了一场，哭得很假，末了找学校要抚恤金，因为任老师从头到尾都只是个临时工，没有抚恤金，便到郝校长家去闹，郝校长被纠缠得火起，干脆说："别说没有，就算有，不孝的子女也不配拿，棺材钱都是向老师出的，没找你们要就不错了。"他们这才将棺材抬到雇来的卡车上，悻然离去。

任老师回老家安葬，也算是叶落归根了。

向天舒请好友从省城寄来一副军用望远镜，目的是看鸟和其他目力所不及的东西，偶尔也用于偷窥。任老师死后，他无意中听人说，圆形花园是任老师当年做园丁时开辟的，难怪如此复杂，其中定有讲究，激起了他的好奇心。他带上军用望远镜，爬上老人山，仔细观察圆形花园的结构，结果令他大吃一惊，匆匆下山，带上纸笔重新上山，将圆形花园的轮廓画在纸上，用望远镜反复比对，直至精确无误，活像一个老练的间谍。圆形花园的构造似一朵造型奇特的花，或坛城，或远古的神秘布阵图，令他百思不得其解，后悔没有在任老师生前时就发现这个秘密。

任老师的死令向天舒更加珍惜与另一位老人的交往。

怪老道逢集必至，向天舒每次待他收摊，都要请他到蔡家小饭馆喝酒吃饭，这也是他唯一能与他对饮的机会，但不敢太耽搁，因为怪老道还要将时间留给孩子们，而他也须赶回家接待各种访客。节后的第一个集市赶上下大雪，怪老道没有如期出现，无论多么恶劣的天气，他都不会不来赶集，向天舒忧心忡忡，决定冒雪前去探望，还特意买了很多肉带去。

同许多人一道，挤在一辆拖拉机的拖斗里，天冷，挤着倒也暖和，但时刻冒着翻车的危险，至岔路口下车，踏雪前行。攀登白云山的艰难可想而知。天黑后才抵达三清殿。

怪老道果然卧病在床。向天舒连忙生火烧水，熬了一锅姜汤给他喝下，自己也喝了两碗。次日起床，水缸里的水用尽，雪中去泉边挑水，在他几不可能，亦不必，到处都是水源，何必舍近求远，便提着桶，到外面装了一桶雪，回来放在火上煮，才化为水，便迫不及待喝了一口，同泉水一样甘洌。看雪在火上融化，是件极美的事情。

在他的照料下，怪老道的病很快好转。

听到任老师的死讯，怪老道颇感意外，继而平静地说："他是个能人，我很早以前就听说过关于他的许多传奇故事。"又说，"你和任老师的关系一定不一般，所以你为他难过，对吗？"向天舒点点头，任老师故去不久，他的哀伤远未停息。"这个世界时刻都有人在死，我说这话的时候，又有人死了，你会为刚才死去的人悲伤吗？"向天舒吃了一惊，继而摇摇头。"为与自己亲近的人悲伤，是小悲，为与自己毫不相干的人悲伤，是大悲。可是，我们为什么要悲伤？无悲者无悲也，智者无悲。"向天舒若有所悟，心悦于怪老道的开导。但他有一个疑问，忍不住问："前辈，为什么我第一次上山时您不说这些话？您知道我那时比现在更悲痛。"

“人如果不经历悲喜，便不会有悲喜的觉悟。我第一次离开道观云游四海，除了检验自己的修为，除了报仇，还有一个重要的目的，增长见闻，无论自然的，人文的，宗教的，我都尝试着去了解，去学习。我甚至不畏艰险，去了神奇的藏地。在一个近似荒漠的地方，我见到一座半风化的石山，山腰有一个喇嘛庙，我就前往参拜，僧人没见过像我这样打扮的人，都很稀罕，其中一人懂汉话，知道我也是有信仰的人，对我倒也客气，我在与他们攀谈的过程中惊讶地发现，许多喇嘛从小就被父母送进寺庙，过着与世隔绝的生活，经书里描述的山川万物及世道人心，他们知之甚少，有一个小喇嘛甚至除了母亲便不知道天底下还有别的女人，苦难为何物都不知道，谈何解脱？你说，这样念经有用吗？我不知道，如果当年我没有杀死那些日本人，还要多久才能化解心中的悲痛，但即便没有遇上向日本人报仇的机会，我的悲痛也必须化解掉，否则，我就不配穿这身道袍了。”最后，怪老道说了八个字，令向天舒受益匪浅，“悲定思悲，转悲成智。”

怪老道大病初愈，须在屋里将息，便请向天舒替他去喂鹰。

向天舒很喜欢这个差事，既有单独跟老鹰交流的机会，又可以乘机赏雪。雪两日前便住了，但因为山高，一时还化不开。可是，他不会吹笛，如何召唤鹰呢？

怪老道笑起来，问：“将笛子吹响，你会吗？”

这个倒不难，他以前胡乱吹过。

“那就行，你只管胡乱吹，要紧的是发出声音，鹰是听到笛声才来的，与音乐无关，其实音乐是给我自己听的，就像喂鹰的行为，与其说是为鹰，不如说是为我，为了我自己的良心。按理，这样做干预了自然，违背了无为之道，而为了我的良心，又违背了无我之道。不光是道教，所有的宗教都追求无我的境界，但我不这么看，其实，我才是最重要的。无我是有我的另外一种形态，先有我，才有无我。打坐的时候，物我两忘，混混沌沌，这种境界其实是为了能够清醒后细细回味，是我在回味无我的境界，说到底，真正的无我是不存在的，除非我再也醒不过来，死是迟早的事，何必着急呢？既然我醒着，活着，就正视自己，好好做一回我，这比什么都重要。”

这些观点与向天舒的不谋而合，但出自一个高道之口，未免有些离经叛道，换作别人，肯定会以为怪老道是个假道士。他庆幸自己结识了这么一位特立独行的道人。

清早，向天舒自己热了两个馒头吃下，拿上竹笛，背上双肩包，悄悄出门。

雪遮没了林中小径，处处有路，又处处无路，他小心翼翼地走着，担心滑跌，或者踏空，掉到什么陷阱里。他注意到雪上有鸟兽的脚印，便放慢脚步，用雷风寨村长教他辨别鸟兽脚印的方法，仔细察看，像个老练的猎人，野鸡是肯定有的，有鹿，或者是麂子，有些是肉食动物，但拿不准是什么，几串小小的脚印让他颇费踌躇，突然，脖子里一阵冰凉，抬头一看，恍然大悟，原来是这些小东西留下的，几只松鼠在树上玩耍，将雪踢落，掉在他身上。经过泉水，喝了几口，凉到骨子里，路越来越陡峭，需手脚并用，才不致摔倒，至目的地时，手已完全冻僵。

袖手坐在悬崖边，看寄魂谷上下的雪景，似黑白的水墨画，待手恢复了知觉，才从包里拿出肉来，摊在雪上，很显眼，退回到怪老道吹笛的地方，在石上盘腿而坐，摆了一个吹笛的架势，不吹还有几分模样，一吹模样就全毁了，他自己都“扑哧”笑出声来。胡乱吹了半天，鹰却迟迟不来，索性专心试音，随意变换控制音阶的手指，碰到和谐的音调便反复练习，竟成曲调，有点无师自通的感觉，令他兴奋不已。笛是中国最古老的乐器，简单易学，境界却很高，在向天舒看来，怪老道和牧童吹笛的水平高低有别，意境却是一样的。他决心要找机会学吹笛。

始终不见鹰来，笛吹腻了，拿出烟来抽，抽完后闭目打坐，有我和无我的问题在脑子里纠缠不休。睁眼时，鹰不知何时已经来了，正低头吃肉，用锋利的爪和喙将肉撕碎吞下，笛声歇了很久，鹰的到来当与笛声无关，这出乎他的预料，也许连怪老道都想不到，但他不打算将这个发现告诉他。他屏住呼吸，怕惊了鹰，不知鹰是否注意到他的存在，也许，来的时候留心看过他，他当时闭着眼，并不知道。鹰终于吃完肉，心满意足地扇了扇翅膀，又将喙在石上磕了磕，抬起头，看他。他相信，这是一只雄鹰，琥珀色的锐眼，明亮如冰雪，洞穿了他的心灵。

到处都能听见融雪的声音，檐上的冰凌开始萎缩，水从瓦沟坠落，发出“滴答声”，竹子试图伸展被雪压弯的身体，发出“嘎吱”声。极高处的雪则被冻住，一时化不掉，掩映在高高低低的植物中，有些裸露在岩石和草地上，被烈风吹得片片立起，齐齐地向一方倾斜，像被谁梳理过一样。

向天舒从未与雪待过这么久，恋恋不舍，便追随雪退去的脚步，不顾老虎嘴的危险，一直来到舍身崖前的草坪。草上和树上残留着雪迹，而峰顶的雪，依旧纯净，纯粹的裸岩被更加纯粹的雪覆盖，散发出淡蓝色的光辉，仿佛是个削了皮的大果子，果核坚实，白色的果肉裸露，谁有福，能吃上一口？

他每日随怪老道练拳。一天，想起一件事，连连拍打自己的额头。

“前辈，我走得匆忙，忘了带围棋来。”

“天冷，脑袋和手一样僵硬，不适合下棋。下次，下次吧。”怪老道笑着说。

他的太极拳打得有些模样了，怪老道却不置一评，只偶尔提醒他动作要领，便由他自已练。怪老道曾经有言：拳是练出来的，不是讲出来的。他在山上一直住到开学的头天才下山。

树芽伸展成小叶，枯黄的冬草被新绿覆盖，春花应时开放，春天的景致年年如此，总是如此，诗人已赋不出新章，只好老调重弹，其实，所有的花朵，都是初涉人世，惊奇地打量周围的世界，看大人小孩，看城市乡村，看远山近水，一切都新新鲜鲜，可还没等完全熟悉，就已走完生命的旅程，缤纷坠落，短暂的美，几乎来不及被尘世玷污，幸矣？不幸矣？

封氏夫妇归来，得知叶莲遇难的噩耗，震惊之余，不知说什么好，封氏的妻子一再哀叹：“可怜的姑娘！”

开学后，向天舒从教学楼的通道里经过，习惯性看看黑板上的内容，这个习惯源自对任老师书法的欣赏，从前的板书已被抹去，换成别人的字迹，倒也工整，但与任老师的书法不可同日而语。任老师去世后，向天舒再也没下过象棋。

新学期文理科分班，向天舒当文科班的班主任，因为他的缘故，一开始，文科班的人数大大超员，而理科班的人数又太少。在他的劝说下，才有一些擅长理科的学生同意转到理科班去，这些学生之所以被说服，因为他同意教两个班的语文，加上现任高中毕业班两个班的英文，他同时上四个班的课程，工作量加大了许多，常常忙得连看书的时间都没有，但他却丝毫不以为苦，这些付出恰恰是他所需要的，多少减轻了一些对叶莲之死的负罪心理。他喜爱的田家鹤、豁豁、白先生、李善财等都在文科班，他打定主意，俟豁豁他们毕业以后，便不再当班主任，课程也要减少。

叶莲逝去后的第一个春天，因为任老师之死，向天舒背负着双重的忧伤，花园疏于打理，许多花死去了，杂草入侵，单玉老师不忍目睹，亲自指挥，叫白先生带着班上的学生替他将花园整饬了一番。等他发现时，花园已是一派欣欣向荣的景象，令他感激不已，没事时便倚窗欣赏。

傍晚，他来到大榕树边，坐下准备看书，瞥见一个黑影，在绿水塘边逡巡，是黑猫。许久不见了。他放下书，饶有兴致地观察黑猫的举动。黑猫很专注，不意有人在窥视他。他跳到水中的一块石头上，慢慢挪到石头边缘，嘴几乎触到水面，看样子，是想抓鱼，真有点不敢相信。向天舒想走近去看，又怕惊动他，只好待在原地，远远地看着。四周这么静，水里的鱼失了警觉，被猫逮住也未可知。果然，黑猫开始行动了，试探性地伸出右前爪，悬在水面，等待着出击的最佳时机，换了几个方位，摆出同样的姿势，却始终没有出击。如此反复，向天舒怀疑他只是在玩耍，便将悬着的心放了下来。黑猫却出击了，结果很有戏剧性，水里的鱼有没有仓皇逃窜他不知道，但见黑猫“啊呜”一声，“扑通”掉水里。向天舒惊得跳了起来，黑猫落水的姿势甚狼狈，绝不像是要到水里抓鱼的样子。众所周知，猫怕水。黑猫在水里扑腾了几下，游到岸边，趔趄着爬上岸，连打了几个冷噤，抖了几下身子，毛湿漉漉的，紧贴着身子，一阵风过，瑟缩着身子，平时的威武气概荡然无存。他忍住笑，迎上去，对着黑猫“喵呜”了几声，想表示一下关心，对方却不领情，没好气地走开了，或许是他的发音有问题，在猫语里是别的意思，诸如“活该”、“笨蛋”一类。

黑猫捕鱼落水的事令他好笑了一阵。突然想起许久都没往窗台上的碗里放食了，连忙去找朱乐，让他们帮他钓些小马鱼，黑猫闻腥而来，重新进入他的视野，恢复了到窗台上觅食的习惯。他又将小马鱼匀出一部分来，送去给花猫的孩子。

“向老师，你半年多都没来瞧它们了。”憨包似有些不满，三个小家伙已经长大了。

“向叔叔。”

“小芹，你也长大了，今年该上小学了吧？”

“嗯。”

他看着这个没妈的小女孩，心里很不是滋味。

细心的人都发现了一个奇怪的现象，绿水塘边大榕树的树干上裹满了草绳，也许是为了保护这棵古树，他们并不知道是向天舒所为。他依旧每早拍树、打太极拳，寒假上山时，怪老道看他拍树太用力，怕他受伤，遂教了他这个办法，将树用稻草绳层层包裹，打烂后再换新的，日久自见功力，他绝早起床练功，所以无人知晓这个秘密。

每天习武之前，他都要先做几遍瑜伽的拜日式，既延续了多年的积习，又起到热身的作用，并借此向古老的印度文明致敬。他常常回忆起那个叫里希的印度瑜伽老师。在他看来，瑜伽用一种人为的外力将内在的“我”逼出来，以同外在的“梵”合一，印度苦行僧的修行方式便是其极端的体现，故意要让身体受苦，以摆脱形骸的束缚；太极拳则相反，在运动中将外在的“道”纳入内心，“道我合一”在内心完成，身体仿佛也是外在的“道”的一部分，不仅不相违抗，还要努力与之一道长存不灭。他有时还会拿太极拳和西洋拳击作比较，在省城时结识过一个练拳击的朋友，对拳击有所了解，二者的不同恰好显示了东西方文化的差异，与东方“合一”的追求相反，西方喜欢对抗、征服，譬如拳击，总有一个假想敌。

日积月累，向天舒的太极拳初见功力，两手掌也变得十分厚实有力，怪老道便开始教他推手，这是一种近乎实战的训练，一开始还有固定的招式，经反复练习，招式尽弃，变化随心，其中的奥妙非语言所能形容。

三清殿的老海棠开花了，花瓣粉白，花托淡紫，不似桃花艳芳，日头渐高，蜜蜂纷至沓来，花间响起混沌的“嗡嗡”声，与远处的山风相应和。怪老道一身白袍，在海棠树下打太极，蜜蜂不知就里，以为他在采空气里的蜜。风吹落一阵花雨，刚消歇，一只黄腹画眉飞来，在花枝间蹦跳，惊落片片花瓣。此景令向天舒如饮琼浆，突然想起里希当年问他的话：你们的道教这么有意思，为什么修道的人那么少？脑子里突然冒出一个前所未有的念头，令他激动万分：何不在太极拳里加入宗教信仰的成分？太极拳源自古老的易经和道家思想，偏理性，一旦灌注了宗教情怀，立刻变得感性而亲切。他看见道化身为万物，有一张张生动的面孔。“道我合一”将成为他练太极拳的终极感受。这个想法令怪老道又惊又喜，深以为然。

此后，向天舒果真以信仰的姿态打拳，太极拳变成了神秘的敬神仪式，神便是太极，或道，或最高的存在。

万象更新，向天舒对叶莲的思念也不同以往，不再拘泥于她曾经留下过痕迹的地方。他想，叶莲必定已化身万物，无处不在，须用诗人的眼睛和心灵去寻觅。凡美的事物，都令他想起叶莲。燕归人不归，固然令人伤怀，但燕子的优美身姿，不能不令他赞叹，在千百只燕子中，他不知道自己更钟情于哪一只，即便知道了，也不会想到要将对方占为己有，燕子与家养的鸟不同，不自由毋宁死，更何况，燕子醉人的飞行弧线，转瞬即逝，如何能够据为己有？人为什么会对美生出贪婪的占有之心？美可以独占吗？当初，他为什么不能像欣赏燕子一样欣赏叶莲的美呢？如果他知道后来的结局，还会受欲望的驱使吗？历史是不能假设的，但可以避免历史重演。他既栽花，又毁花，虽然花园里移栽了许多罂粟花，但每到罂粟花开的季节，他的家里到处插着从白虎山脚采摘来的罂粟花，因为他的爱，这些花早早丢了性命，而他未曾因此悲伤，难道要花才会为花悲伤，所谓物伤其类？那么，在别的物种眼里，叶莲之死也不值一提。他是杀死这些花的直接凶手，也是杀死叶莲的间接凶手。也许，他应该成为一个彻底的素食主义者，杜绝任何危及别的生命的行为。没有人不是凶手。他想，叶莲如果在天有灵，绝不会怪罪他，是他在怪罪他自己，并且下决心要赎罪。

三十一

向天舒与祝师傅闲聊时说起想学吹笛的事情，对方一拍大腿：怎不早说，南门街上的世纪老人就是个吹笛的行家！他一惊，关于这个叫世纪老人的居士，他听到过一些传闻，但都不甚了了，据说他以前是白云寺的住持，法号寒禅，出生于世纪初，年近九十，镇上的人亲切地管他叫“世纪老人”，而拜他的人则尊称他为“大师”。因为自己同世纪老人的年岁相差太大，后者又深居简出，竟一直无缘结识。

“世纪老人不仅会吹笛，还会制笛，他当年制笛的竹子都是托我替他找的呢。”祝师傅不无得意地说。

这越发奇了，向天舒迫不及待想认识这位德高望重的老人。

祝师傅起身进屋，许久才出来，手里拿着一只笛。

“总算找到了。你看，这笛是老人送给我的，说是他制得最好的一只笛，送给我作纪念，算是谢我，我说不要，我又不会吹笛，他说没关系，迟早会有人吹的。向老师，送给你。”

“祝师傅，使不得，这是好笛，你自己留着，‘君子不夺人所爱’。”

“我留着没用，等你学会了，吹给我听，不是更好吗？”

祝师傅将笛塞到他手里，那笛似有魔力一般，再也甩不掉。

“那就谢谢了。”

祝师傅摆摆手，低头做活儿。向天舒端详着那只笛，一端有铭文，是“秋月”二字，字迹秀逸，心里生出一种异样的感觉。

他决定去拜访世纪老人。

南门街深巷一座不起眼的小院，门虚掩着，他探头张望，院内有树，有花草，他不便擅入，扣了几声门环，里面有人说：“门开着的。”意思是说：门开着，要进便进，客气什么？

他轻轻推门进去，站在院子里，院子不大，一正房而已，此外便是照壁和墙，自成一体，很清幽。格子门大开着，迎面一个供桌，香烟缭绕，其后正上方一个大大的“禅”字，供桌前有一个蒲团，盘腿坐着一个老人，背对外面。

“您好，我是向天舒。”

“请进。”

老人没动，他也没动。过了一会儿，老人起身走出来，步履稳健，鹤发童颜，长身，长须，长发，不似现实中人。

进来一个面熟的妇人，提着一篮水果，先叫了一声“大师”，又亲切地和向天舒打了个招呼，进屋将水果放在供桌上。

“大师，我走了。”妇人毕恭毕敬。

老人点点头。

“向老师，吃水果。”

“不客气，大师叫我小向就可以了。”

“你也别叫我大师，叫我寒禅吧。”

“不敢，我喜欢“寒禅”这个法号，我就叫您‘寒禅法师’吧。”

“你来的时间不短了吧？”

“四年多了。”

“黄龙镇很小，我们这么久才第一次见面，不知是有缘，还是无缘？”

“也是有缘，也是无缘。”

“找我有事吗？”

“无事不登三宝殿。”

“我这里没有佛，没有法，更没有和尚。”

“那您有什么？”

“有我，还不够吗？”

“够，也不够，否则，您就不会让门开着。”

寒禅朗声笑起来，说：“果然名不虚传，请进屋喝茶。”

向天舒爱读禅宗公案，没想到会在现实中遇见一位真正的禅师，而自己居然能对答如流，又是激动，又是后悔，悔不该这么晚才登门拜访。

征得寒禅的同意，他在室内随意参观了一下。进门左手边是卧室，一床而已，右手边是书房，墙上挂着几幅卷轴画，意境清幽，桌上有笔砚，无疑是寒禅的手笔。各类的书都有一些。客厅里的“禅”字也系寒禅手书，耐人寻味。他有一个疑问，寒禅身为居士，又做过大和尚，家中怎么连一尊佛像都没有？

“供那些泥偶做什么？”寒禅的回答令他意外，细想也不意外。

听了向天舒的来意，寒禅突然像变了个人似的，白眉攒在一起。

“你有慧根，干吗不学佛，要学笛？”

“有区别吗？”

寒禅展颜一笑，说：“百川归海，到大海以前，各走各的路。好，我教你吹笛。”

向天舒将身上的笛拿出来，双手递给寒禅。

寒禅一愣。

“祝师傅送给我的。”

“祝师傅有眼力。”

寒禅试了试音，满意地点点头。

“真是好竹，这么多年都不走音。”

“文革”不让念经，寒禅只好在脑子里念，除了参禅打坐，他还想出了一个消磨时间的办法：制笛。黄龙镇有一种质地精良的竹子，特别适宜制笛，一开始尝试着做，渐臻佳境。制笛全凭兴趣，慢工出细活，笛制好后，只送人，不卖，那些私下供养他的人都珍藏着他制的笛。除了给新笛试音，极少有人听到他吹笛。“文革”后，悠扬的笛声在南门街响起来，人们才知道世间还有这么美妙的音乐，纷纷登门学艺，年轻人居多，也有外乡人。寒禅不吝赐教，一时间，吹笛成了黄龙镇最时髦的事情，但渐渐被更加时髦的金钱所取代，虽然同外间比起来，黄龙镇落后了十几年，金钱尚未开始发臭。倒是牧童在襁褓中就听惯了笛声，后来多少会吹点，放牛时便吹笛自娱。寒禅自己也早已不再吹笛，也不再制笛，因年岁已高，精力不允许。

寒禅起身走到院子里，来回踱步，仿佛在酝酿情绪，之后在院心立定，将笛横在嘴上，须发似瀑，颇有点高山流水的味道，整个人一下子年轻了，令向天舒动容。

悠扬的笛声再度响彻黄龙镇的上空。

“太美了！”向天舒由衷地赞叹。

“你有空就来吧，我都在家。”

向天舒见老人有些疲倦，便告辞出门。

夜里，他拿出笛来把玩，摩挲着“秋月”两个字，有一种超越时空的感觉，寒禅的笛声依旧在耳边回荡。

过了两天，向天舒正式去找寒禅学笛，每次都用祝师傅送他的那支笛，寒禅边讲解边做示范，让他反复练习。

学艺之初，向天舒不想让外人知道，也怕影响周围的人，因此从不在家中吹笛，而利用登山的机会操练。画画，吹笛，到了忘食的地步，恨不得将时间掰开来用。无论画画和吹笛，皆进步神速。

“寒禅法师，秋月是谁？”一天，他突然发问。

寒禅一惊，目光落在他手里的笛上，明白了他提问的原因。

“是个女子的名字吧？”他不依不饶，这个谜纠缠了他很久，不弄明白，无法安心学笛。

“既然你猜到了，我也就不瞒你。秋月是我年轻时的相好，我有愧于她。”

向天舒闻言耸然，好像在说他和叶莲。

寒禅走进卧室，从床下拉出一只老式大木箱，从箱底翻出一个物件，红布包裹，一层层打开，是一支笛，无款，年代久远，笛身上有飘逸的凤纹，系着红丝线，显系闺中之物。

“秋月送我的，是最有名的玉屏笛。”寒禅说着，随口吹出一曲，音色润滑如丝，确是好笛。

向天舒万万没想到，自己笛艺的师承会追溯到一个青楼女子。

寒禅是大家子，能书擅文，年轻时风流不拘，是青楼的常客。秋月本系大家女，儿时受过良好的教育，无奈时乖命蹇，父母双亡，被亲戚卖给人贩子，人贩子将她养在家里，待价而沽，其间多次将她强暴，后来卖给一户有钱人家做妾，这家人的大老婆凶悍异常，对她百般凌辱，最后竟阴谋将她卖进了窑子。人间的悲苦，秋月都尝尽了。秋月美姿容，又通诗书，成了风雅人士竞相追逐的对象，其中便有寒禅。寒禅见到秋月，大有相见恨晚的感觉，被她的悲惨遭遇深深打动，对自己纸醉金迷的浪子生涯痛恨不已，便收了心，一意同她交往。秋月不顾行规，也对寒禅动了情，两人深深相爱。寒禅将她包下来，与她日夜厮守。秋月吹得一手好笛，教会寒禅，两人常在黄昏时携手登上城墙，月亮在笛声中缓缓升起。他们开始计划将来，寒禅要先替她赎身，然后再娶她。但秋月的赎身费高昂，寒禅只好向家里求助，结果可想而知，就算普通人家，也不会接受一个烟花女子，何况豪门？迫于家庭的压力，经济上又受制于父母，寒禅替秋月赎身的计划一拖再拖，后来在父母的逼迫下，同门当户对的一户人家的女儿结了婚，夫妻间鲜有共同语言。他结婚后便无脸再见秋月。秋月伤心之余，自己攒钱赎了身，落发为尼。秋月出家的事寒禅并不知晓，正值内乱，他同家人一道四处飘零，倍极艰辛，多年后回到故里，几经周折，才在一个尼姑庵里见到秋月。他永远忘不了当时的情形。秋月尼姑打扮，素面，素服，美似观音。他问：“你恨我吗？”她看着他的眼睛，平静地说：“恨，不仅恨你，还恨这个世道，不过是当时；现在，我的心里只有慈悲。”他的灵魂深受震动，毅然抛家，在距秋月的尼姑庵不远的一座寺庙里落了发，钟鼓之声相闻。青灯古佛，一天天过去，两人定期见面，交流学佛心得，而将儿女私情藏在内心的最深处。一天，秋月说："我是女人，身子又不净，加倍修炼，尚不知能否修成正果，你在附近，我的心静不下来。"又说，"你既然入了空门，就应该将过去放下。"他会意，回到寺庙，跟长老说要去做行脚的云水僧，长老很惋惜，因为他是个根器极深的人，原本指望他将来继承自己的衣钵呢。他简单收拾了行囊，作别秋月，从此远走他乡，伴随他上路的，是秋月的两行清泪，及她送给他的那支玉屏笛。他们的身体虽然不能再亲近，灵魂却在共同的信仰中融为一体。

寒禅云游多年，最后在白云寺安定下来，潜心参禅，成了名动一方的禅师，专程来听他讲经的人络绎不绝，白云寺因此复兴，他做了住持。后来，爆发了众所周知的"文化大革命"，寺庙被毁坏，他不仅被赶出山门，还遭受了接二连三的批斗，不下雨时批斗会在黄龙中学的操场上进行，下雨时就挪到大礼堂。再大的波澜，都无法撼动他内心的宁静，无论怎样的侮辱，他都倘然接受，诵经不辍，赢得了许多人的敬重。有人悄悄拜他，说他是活菩萨，正好南门街空着一个院子，院子的主人在"文革"前的大饥荒中举家饿死，便拾掇出来，将他安置在里面，每日给他送饭。信仰重获自由后，寒禅却无意返回白云寺，倒不是因为白云寺已破败不堪，他觉得出家在家都一样，不必再拘泥于形式，正如头上的发，再做和尚的话，时刻都要理，还俗后不去管它，有便跟无一般。做居士清静，当年他做住持的时候，整日忙，有时连打坐的时间都没有，宗教事务、俗务，都得应付，寺庙内部的权利之争尤其令他忧烦。"出家人还争什么权利？"向天舒打断他问，寒禅叹口气说："寺庙是修行的地方，比外面清静些，但远非净土。"向天舒想起黄龙中学内部钩心斗角的情形，及郝校长的不易，何其相似乃尔，许多人不配为人师表，正如许多人不配做和尚一样。寒禅说，他此生最放不下的就是秋月，不知道"文革"中她遭了怎样的罪，也不知她是否尚在人世。

寒禅和秋月的故事，令向天舒嗟叹了整整一个月。

他专程去了一趟白云寺，走访了寺里的几个老和尚，寒禅当年的声望超出了他的想象。一个半路出家的人，竟有那么高的修为，令他敬佩不已，随着交往的深入，他惊喜地发现，寒禅不仅精通禅宗，还深谙藏传佛教。

虽从未去过藏地，向天舒却对世界屋脊情有独钟，阅读过大量与藏地有关的书籍、宗教、民俗、地理、历史，对藏密尤其痴迷。

一天，他去找寒禅，屋里没人，等了一会儿，还不见他回来，便四处走动，瞥见床底的大木箱，勾起了他的好奇心。第一次寒禅从箱里往外拿笛子时，他隐约看见箱里还有很多物件，似都裹着红布，当时就觉得神秘，此番再见，更觉异样，心跳为之加速，犹豫了一下，返身出门，看外面没有动静，立刻奔回，将木箱拖出，掀开盖，随手抓了一个物件，迅速打开，顿时目瞪口呆。

一尊铜鎏金度母像。

他不及细看，又打开一包东西，是厚厚的手书藏文经书。

还有金刚铃杵、藏式念珠及令人骇异的颅骨碗和人腿骨号，此外，还有很多不认识的物件，显然都来自藏地。而在箱底，有一套喇嘛服，陈旧，但很干净，叠放齐整。

他倒吸了一口冷气，将东西原样放好，只留着度母像，捧在手中端详，其面相与汉地的观音相似，姿态娴雅，表情安详，丰胸细腰，衣饰飘逸。

他没等寒禅回来就离开了。他既想知道箱子的来历，又怕寒禅知道自己偷看了他的东西，纠结了数日，终于下决心去向他坦白。

“寒禅法师，我想向您道歉。”

“为箱子的事？”

“您怎么知道的？！”

“我自己的东西，当然知道。”

“对不起。”他无地自容。

“不怪你，箱子又没上锁，谁都可以看的，别人没看，你看了，说明它和你有缘。”

“多谢法师宽容。”

“这个木箱，和里面的东西，除了秋月的笛子，都是我从藏地带回来的，幸亏我藏得及时，它们才逃过了‘文革’的劫难。”

“您去过藏地？！”

“岂止去过，我在那里生活了十几年。”

言毕，寒禅走进卧室，从木箱里拿出一幅唐卡，挂在供桌右侧的墙壁上，中心人物是绿度母，秀美异常，栩栩如生。

一段惊人的往事就此展开。

寒禅离开秋月后，在很多寺庙里挂过单，少则数月，多则一两年，佛学精进，犹会心于禅宗，最后只身向西，一路走一路参禅。随身带的盘缠用完了，便开始化缘，或到人家借宿，或露宿，一路步行，不觉到了藏地，看到很多美景，雪山、草地、牧群、连片的野花。

无论语言、相貌、宗教、文化，藏人都与汉人迥异，当地人看他是僧侣，对他格外热情，争相接待他，虽语言不通，但不妨碍彼此的交流。

藏人的生活环境虽美，气候和生活条件却极其恶劣，饮食简单到极致，寒禅素食，除了糌粑便是酥油茶，起初很不习惯，一旦适应，便觉出滋味来，物质需求愈少，精神需求愈高，难怪藏族都是虔诚的佛教信徒。汉人拜佛，迷信和功利的成分较大，藏人的信仰却更加纯粹。寒禅不止一次遇见磕长头的人，他们每三步一个长头，少则一年，多则数载，如此极端的朝圣方式，别的民族没有，必定有一种神奇的力量在支撑着这些人。寒禅被深深震撼。他决定深入到这个民族的内部，去探寻力量的源泉。

第一次走进喇嘛庙，浓烈的酥油味，幽暗的酥油灯，繁复的壁画，怪异的神像，与内地佛寺内闲适的氛围截然不同，让寒禅深感压抑，不敢久留。

再次路过喇嘛庙时，便没再进去，只在远处参详。

随着在藏地旅行的深入，寒禅对喇嘛教的了解逐渐增多，决定再次走进喇嘛寺。

一座大寺，占据了整个山头，主殿金碧辉煌，拾级而上，逢着许多和尚，一面问询一面对他咧嘴笑，有些试图交谈，终因语言的障碍而作罢。主殿前系开阔的小广场，极目远眺，雪山连绵，大河蜿蜒。走进大经堂，坐满了僧侣，大多在冥想，偶尔喝一口茶，有几位注意到他的出现，对他点头微笑，六七个小喇嘛端着茶壶，往座位上喇嘛的碗里倾倒酥油茶，倒完后奔出，装满茶后又奔回，动作迅捷，落地轻，几无脚步声，神色严峻，仿佛庄严仪式的一部分。最靠里的宝座上坐着一位高僧，高高在上。他猜测要诵经，寻了一个隐蔽的角落，双手合十等待。诵经声突然响起，缓慢而低沉，像从黑暗的地下冒出，是高僧一人的声音，充满了整个大殿，尾音拖得很长，不换气，至嘶哑，并最终消失，他正对声音的去向疑惑时，所有的喇嘛开始发声，整齐划一，节奏鲜明，由慢到快，声震屋宇。寒禅不觉热血沸腾，他从未听过如此激昂的哞诵。第一轮诵毕，长号和鼓铙齐鸣，幽暗的大殿霎时变亮了，诵经声又起，如此反复，他不复知道自己是谁，身在何处。诵经毕，和尚们纷纷离座。他沿顺时针方向走到高僧的宝座下，向上合掌施礼，未曾想，对方竟开口同他说汉话。他表达了自己对他们诵经的喜爱。通过交谈，他得知对方是位大活佛，去过内地。

此后，寒禅逢庙必进，每次都要听几场诵经，有时干脆宿在庙里，对喇嘛诵经的喜爱与日俱增，也许是藏文更接近梵文的缘故。他决定学习藏文。先从口语开始，向路上遇见的每一个人学习，待他抵达圣城拉萨时，已经会简单的藏话了。

对秋月的思念沉入心底。

圣城名副其实，布达拉宫的宏伟令人晕眩，到处是转经磕头的人，人间的悲苦却与别处一样。寒禅在拉萨逗留了两年，租住在布达拉宫脚下村庄的老屋内，日常用度全靠化缘。拉萨有不少汉人，但眼神都很空洞，与周围以信仰为生的藏人格格不入，他极少与他们打交道。

寒禅结识了一位绘制唐卡的独身老艺人，向他学习藏文，渐能诵读一些简单的经文。文字开启了一个全新的世界。

第三年的春天，寒禅离开拉萨，继续向西，历时一年多，经尼泊尔到印度，沿着当年玄奘的足迹，游历了大半个印度，在那烂陀寺附近呆了近半个月，回来后又去转了冈仁布齐和玛旁雍错，藏人眼里最神圣的山和湖，返拉萨时随身带了一皮囊神湖水，分给拉萨的友人。

与内地和尚不同，喇嘛大多蓄短发，寒禅也不再将头发剃光，算是入乡随俗。他随身穿的僧衣补了又补，直至无法再穿，才洗净了珍藏起来，换上一身藏装，走在街上，与藏人无别。如此装扮，连他本人都怀疑自己的和尚身份，不好意思再去化缘，一面靠打短工糊口，一面继续学习藏文。跟唐卡老艺人在一起的时间既久，他对绘制唐卡发生了兴趣，暗自模仿，因有水墨画的基础，很快便学会了，令老艺人很惊讶，让他不必再到外面打工，而给自己打下手。他感激不尽，如此，既可学习唐卡技艺，又可谋生，可谓一举两得。不幸的是，两年后，老艺人与世长辞，临终前，将唐卡都赠与了他。

寒禅将老艺人背上天葬台，目睹了他的身体被肢解后饲鹰鹫的全过程，灵魂受到前所未有的震动，将生死看得更加分明。

此后，他便以画唐卡为生，最喜画坛城，每画一次，灵魂便得到一次净化。

他常去色拉寺学经，结识了一位叫丹增白马的年轻喇嘛。丹增白马让他对自己的汉人身份保密，因寺里有几个大喇嘛不喜欢汉人。他笑言：不会等视众生的喇嘛不是好喇嘛。丹增白马来自藏北草原，虽在寺庙里长大，对外面的世界却充满好奇，又因长相俊美，深受女孩喜爱，但受了戒规的约束，不敢越轨，竟有痴情女为他削发为尼，令寒禅唏嘘不已。

布达拉宫前面很开阔，尽头是定期赶集的场所，节庆时则有盛大的集会，帐篷密布，尘世的喧嚣和凡俗恰与布达拉宫的神圣相映衬。节庆时也是寒禅售卖唐卡的最佳时机。集会持续数日，他总要留出一整日的时间来到处闲逛，最喜听人演唱《格萨尔王传》，虽不能全听懂，演唱者和听众的表情却让他陶醉。《格萨尔王传》似乎有很多版本，每个演唱者都有即兴发挥的本领，口口相传，将最初的故事演绎成世界上最长的史诗，令人惊叹。格萨尔系神投胎而成，是神在人间的代表，最后又回归神，这一点与耶稣很像，所不同者，他通过现实的征战建立了一个人间的岭国，而耶稣试图将天国建在人的心中。格萨尔集凡圣于一身，既是一个无所不能的神，又是一个有七情六欲的人，演唱者亦庄亦谐，偶尔还会加点荤料，令大口喝青稞酒的男女听众笑得忘乎所以。

就算创造了格萨尔的民族消亡了，格萨尔也会长存于天地之间。

八廓街镇日熙熙攘攘，大昭寺正门前密布磕长头的人，此起彼伏，擦地声不绝于耳，此外，除了坐地商贩，人皆沿顺时针方向绕大昭寺转经，似永恒的漩涡。大昭寺后有很多安静的巷道，其中一条通向仓姑寺。仓姑寺是座尼姑庵，小巧精致，尼姑们除了佛事，还经营着一个茶馆，意在自食其力。寒禅常去尼姑庵喝茶，与人聊天，也看尼姑，一面看，一面想秋月，年轻者误会了他的眼神，羞得不敢抬头。他发现，无论汉藏，尼姑都很相似，秋月好似她们中的一员。人都当他是操外地口音的藏人。

这天下午，寒禅照例去喝茶。给他倒茶的是一位美丽的少女，俗家打扮。

"你叫什么名字？"

"琼英卓玛。"

"以前没见过你。"

"我刚来。"

"家里送你来的。"

"不，我自己来的。"

"怎么会想做尼姑？"

"做尼姑？"

"来尼姑庵不做尼姑做什么？"

"那你来做什么？也做尼姑？"

女孩"扑哧"笑了。

寒禅也笑了。

女孩的表姐在这里做尼姑，她是来看她的。

女孩家在遥远的藏东。其表姐是一位年轻的尼姑，眉清目秀，少言寡语，从小与她要好，十四岁被家人送到拉萨来做了尼姑。寒禅常常想象她披着长发的样子，一定更好看。

"'卓玛'是什么意思？""卓玛"意即度母，寒禅当然知道，很多藏族女子都叫卓玛，他是明知故问。

“你又不是汉人，怎么会不懂卓玛的意思。”

“我就是汉人。”

卓玛不信，寒禅便与她讲汉话，卓玛听不懂，满脸疑惑，周围的人也很惊讶，恰好有人懂汉话，与寒禅对答一番，才信了他的话，众皆称奇。

他很喜欢卓玛，每天必来尼姑庵，两人渐渐熟了，彼此感到亲切。卓玛对汉人的事好奇，寒禅有问必答，唯独没提自己的和尚身份。

寒禅一连画了几幅度母唐卡，原型都是卓玛。

卓玛要回家了，寒禅不舍，卓玛也很难过。

“你陪我回家吧。”卓玛突然说。

他又惊又喜，即刻答应了。况且，他也想家了，向东，正好是回家的方向。

本来，卓玛是要与同来拉萨朝圣的人一起回家的，山高路远，一个人不安全，寒禅的出现让她改变了主意，推说要多陪陪表姐，让别的人先走。

寒禅不舍住了许多年的村庄，接连几天，将每栋熟悉的房屋都看了几遍，摸了几遍，这才变卖了老艺人留给他的唐卡，与卓玛一道购置了马匹、帐篷及充足的食物，作别布达拉宫及其脚下的古老村庄。

寒禅别过丹增白马，又目睹了卓玛与表姐催人泪下的道别场面，再次体会到“爱别离”的痛苦。

寒禅牵着马，与卓玛并肩，离开拉萨城，渐行渐远。

那时没有公路，只有供马帮行走的小道，崎岖蜿蜒。时逢六月，野花遍地，到处是融雪汇集而成的水流。

到了相宜的宿营地，支起帐篷，寒禅打着火镰，将火生起来，卓玛煮茶，又将茶倒进酥油桶，同盐和酥油混合。多年的藏地生活，寒禅对这一切早已不再陌生，但今天却像是第一次见，痴迷于卓玛打酥油茶的姿势。

两人席地而坐，一面吃糌粑一面喝茶，寒禅不吃风干的牦牛肉，却不说明原因。夜幕降临，星星很多，触手可及，卓玛很美，寒禅不觉动了凡心。

夜冰凉，他们并排躺在同一个帐篷里，辗转难眠，倒是卓玛主动抱他，黑暗中，两张脸紧紧贴在一起，一整夜都没分开。此后，他们每晚都抱着睡，像是为了相互取暖。

寒禅的防线终于崩溃，与卓玛融为一体，仿佛多年藏地生活的艰辛，都只是为了这一刻的来临。

卓玛的身体与他想象的一样，与高原的山川大地一样。

欲望一旦开闸，便一发不可收，延缓了旅程的进度，常常一日只走半日的路，反正不用赶路，如果可能，宁愿就这么一直走在路上。肉体的欢愉被卓玛的月经打断。寒禅这才冷静下来，开始不安，觉得辜负了秋月，而且，他还会辜负卓玛，因为他从未想过还俗，即便破了戒，也不会还俗，毫无疑问，天真的卓玛肯定以为他会娶她呢。他决定不再隐瞒，将自己的身份向卓玛坦白，未曾想她不仅不失望，还很惊喜，藏族极敬僧人，卓玛也不例外，并将两人的关系与传说中的双修法联系起来，觉得无上荣幸。况且，喇嘛也有娶妻生子的。但寒禅强调自己是汉人，汉和尚绝对不能有家室，卓玛这才转喜为悲，流下泪来。卓玛的经期过后，寒禅忍不住又想要她，但她的一番话彻底打消了他的欲望，她说："我想替你生个孩子，不用你负责，我会独自把孩子养大。"最后，寒禅说："如果我修不成佛，我们来世就做夫妻吧。"卓玛含泪应允。

他们不再耽搁，快速赶路，旅程接近终点时，却遇到强盗，将马匹和行囊掳走，卓玛差点还被劫色，寒禅殊死护卫，身中数刀，情急中高声念经，强盗这才罢手，他们也信佛。

"这些坏蛋，真丢我们藏人的脸。"卓玛一面给寒禅包扎伤口，一面含着泪说。"这世上，哪儿都有好人，哪儿都有坏人。"他笑着安慰她。

卓玛搀着他，艰难跋涉，终于遇见好心的牧人，将他们安置在自家的黑帐篷里，直至寒禅的伤口痊愈。

此后的村庄多起来，两人夜里都到人家投宿，无一例外都受到盛情款待。

卓玛家所在的村庄很大，其地开阔，背靠雪山，面朝大河，一条小路通向雪山深处，隐约可见一座寺庙的金顶，天空中有鹰翱翔，高原上罕见的桃树三五成群，桃花盛开，恍若置身世外桃源。

卓玛的父母当寒禅是未来的女婿，对他热情有加，即便后来知道了实情，对他的态度亦未稍变，令他万分感动和愧疚。卓玛及其家人对他愈好，他愈不安，不知如何报答。卓玛对他的痴情一刻都没改变。

寒禅住在卓玛家的经堂里，他惊讶地发现，经堂里藏经颇丰，原来卓玛的舅舅是位远近闻名的大活佛，偶尔回来，便住在这里。他每日读藏文经书，卓玛的家人无论如何不相信他是汉人，他便换上他的汉式僧服，虽破旧不堪，形象却为之一变，赢得周围人的赞许，合村的人都来看，管他叫“汉喇嘛”。

卓玛带他去寺庙里见舅舅。寺庙建在山坳里，看不见人家村落，不大，仅一百多个僧侣，却十分齐整，金顶耀人眼目，雪峰近在咫尺，其下有一个神湖，风景绝美。

卓玛的舅舅叫龙多。

经过一番长谈，龙多对寒禅刮目相看，后者的佛学造诣和藏文水平远胜过一个寻常的喇嘛，而龙多的识见也令寒禅敬佩不已。龙多留他在寺里住几日，他欣然答应，看到卓玛的表情黯然，龙多立刻猜到了他们的关系，让寒禅自己决定。他坚持要留下来。

寒禅向龙多坦白了他与卓玛的关系，并忏悔了自己的破戒行为，龙多只淡淡地说：不破不立，放下就好。

他一直想学藏密，龙多表示赞许，说他已具备了修密者的学识和根器，他于是打消了东归的念头，决定跟随龙多学习密法。

几日后，龙多与寒禅一道下山。龙多一路受到村民的顶礼膜拜。

寒禅此番是来同卓玛道别的，卓玛的泪，如同当年秋月的泪，滴在他心里。

他拜龙多为上师，经过宝瓶灌顶的仪轨，正式成为密宗修行者。龙多给他选定的本尊是绿度母，“卓玛”其名便来自绿度母，或者说，绿度母便是最好的卓玛。龙多知道他和卓玛的故事，其用意不言自明，令他感念不已。

寺院生活是寒禅熟悉的，修行的内容却截然不同，日程排得很满，转眼就过了一年。一年里，他从未下过山，怕见到卓玛。倒是卓玛来寺里寻过他，都被他躲过了。

一天，他独自走到神湖边，呆看雪峰及其倒影，脑子里突然冒出一连串的问题：为何贪恋美景？为何要做和尚？为何要成佛？继而想：佛教人无欲，殊不知，成佛便是最大的欲念。不觉悚然，遂决定闭关，只面对自己。

他的闭关请求得到允准。按照惯例，闭关者须独自在天葬台上待满三天三夜后，方能进入关房。

天葬台位于神湖西侧山上的一块巨石上，视野开阔，雪山神湖、寺庙村落、大河远山，都尽收眼底，确系死者归天的的绝佳处。巨石有如天然祭台，寒禅结跏趺坐其上。昼日过得快，为了不受眼前美景的迷惑，他多数时候都闭着眼，累了，便卧倒，双手抱膝，身子蜷成胎儿状，事实上，当年唐卡老艺人就是以这样的姿势被包裹着送上天葬台的。口鼻贴着石面，陈年的血腥味从石头内部渗出来，他试图去经历唐卡老艺人曾经经历的最后一幕。闭上眼，四周香烟缭绕，一把无形的刀在分解自己，从后背开始，依次是下肢、上肢、内脏、腹腔、颈椎，最后才是头，仿佛是特意的安排，以便让死者看到自己被肢解的全过程。他始终忘不了老艺人的头颅，瘦得只剩下轮廓，眼和唇紧闭，表情似喜还悲，在晨光中变幻不定，一如生前，天葬师忙于处理身体其余部分的时候，那颗同身体彻底分离的头颅被弃置一旁，无比孤独。头颅被高高举起，同石面撞击，顷刻粉碎，等候多时的秃鹫扑上来，肉体被迅速吞食，灵魂随香烟缓缓升天。他睁开眼，仰望蓝天，天上有许多秃鹫的身影，他赶紧摸摸自己的身体，都还在。夜里，天葬台活跃起来，各种恐怖的幻象联袂袭来，须整夜醒着，用极大的定力，才能与之对抗。至第三天后半夜，终于入睡，无梦无觉。

关房位于寺后的山腰上，有三个，彼此不相邻。所谓关房，其实是个洞，专门在岩石上凿出来闭关修行用的，逾八百年历史，洞外是一个露天小院，所见唯峭壁与蓝天，三面高墙，门开向小路一侧，门与门槛之间留有空隙，给闭关者的食物便放在门槛里，因门比门槛稍低，内外的人皆不能见到对方，总之，这是一个与世隔绝的所在。

一俟寒禅进了关房，门便从外锁上，这一锁就是三年三月零三天，数字“三”重复了三次，似有很深的含义。

他准备了许多经书，外加一本藏历，以知时序，又在院中立一竹竿，上悬经幡，以观测风和日影。

开始时特别难，如身陷囹圄，囚徒却只有自己一人。

多数时间是在洞内度过的，偶尔到院里活动，像是放风，但不敢贪恋蓝天和阳光。

寺里有专人给他送饮食。开始是正常的食量，与日俱减，少到不能再少，近乎绝食。负责照看他的僧人定期前来查看，见到放回门槛里的食具，便往里面添加食物，同时也知道闭关者还活着。

除了念经打坐，他还练一些特别的功法，以对抗身体的虚弱，欲求几乎消失，连大小便都很少，头两年竟没生一场病，不能不说是个奇迹。

这一切都指向唯一的目标：精神的修炼。

带进关房的经书读了许多遍，重要章节熟记于心，便不再翻阅，大部分时间都是在打坐冥想中度过的。

每晚睡得极少，至多三四个小时，有时完全不眠，在心里细数自己的呼吸。

最后一个年头，形销骨立，了无血色，似一具干尸。

他常常在心中筑建各种坛城，以抵御来自心内外的邪魔，身体却一天天羸弱，终至病倒，命若游丝，仰卧在院心。靛蓝色的天空向更高处退去，连一片云都留不住，眼皮像两扇沉重的铁门，渐渐被不可抗拒的外力合上，剩最后一条隙缝时，他一跃而起，跳入空中，徐徐上升，要追赶远去的蓝天。突然，高处现出一座五彩坛城，一座真正的坛城，外圆内方，大智者文殊端坐主殿正中，护法环侍，三重城墙，分别由莲花、金刚杵及火焰构成，坛城浮在空中，慢慢旋转，上下四周有无数空行母在曼舞，梵音和妙香充满他的六根，似有声音在唤他，要他加入他们的行列，从此摆脱生死轮回。他突然想起秋月和卓玛，不由得一低头，先看见悬崖，及悬崖上的关房小院，最后看见自己躺在地上的形骸，一念悲起，即往下降，回归身体，五彩坛城慢慢消失在天际。他努力睁开眼，深湛的蓝天触手可及。

三年三月三日终了，龙多活佛带领众人，砸开锈迹斑斑的大锁，迎接寒禅出关，漫山都是欢迎他的人。

他用了许多日才恢复正常人的样子。

思乡之情日浓，寒禅想回汉地弘扬佛法，藏地的信仰根基好，并不缺他一个僧人。

还有一个原因，促使他下决心离去，卓玛对他痴情不改，一直未嫁，甚至动了出家的念头，他不想耽误她。

离别时，以寒禅的修为，按理不该流泪，至少不该当着众人的面流泪，但他无法面对悲伤的卓玛。人群消失了，唯有卓玛，最后的卓玛，与秋月的形象重合，曾经向他开启了智慧之门的伟大女性，令他泪流满面。

一路向东。不幸的是，正值倭人侵华，归家之路受阻，只好南下，路过黄龙镇时，为白云山的气象所吸引，遂留在白云寺，结合藏密与禅宗，努力光大佛学，名倾一时。

向天舒被寒禅的叙说深深打动，同他比起来，自己的阅历简直微不足道。

很多人的经历，在外人听来，不过是个故事罢了，个中的滋味，唯故事的主人公能真切体会到；向天舒却能感同身受，将自己幻想成当年的寒禅，去经历他所经历的一切。藏地是他向往的地方，印度也是，他一度迷恋过阿育王的故事，于佛教的兴盛和传播，阿育王居功至伟，但不知为什么，中国的佛教徒很少提起他，很难想象，黑白阿育王是同一个人，两千多年的传说，真实的成分有多少？善恶难道真的只在一念之间？

一日，向天舒见寒禅在香案前跪拜，便问：

“法师，您跪在蒲团上拜谁？”

“这里除了我，还有谁？”

“法师，我看您这里有很多经书，您还在读经啊？”

“是吗？你不说我都不知道，我以为都被俗家弟子拿走了。我要念的经都在脑子里。”

“我听说高明的禅师不焚香礼佛，您这里的香火好像从未断过。”

“佛闻得香，我闻不得吗？我喜欢闻香的味道，我这里什么香都有，印度的，藏地的，内地的，有檀香、沉香、丁香、龙脑香、郁金香、乳香、茉莉香、迷迭香、安息香等等。”

寒禅一口气罗列了一大堆香，令向天舒叹为观止。

“弟子们投我所好，想方设法送我各种香，真难为他们了。”

“我空手来见您，真不好意思，下次我请朋友从省城给您寄些好香来。”

“不必客气，其实，最好闻的是心香，但你得点燃它。”

向天舒合十受教。

临走，寒禅送给他几只香，回家后点上，黑暗中，飘飘然，欲仙欲佛。后来，他果真送给寒禅很多来自省城的好香，令后者十分欢喜。他还定期请省城好友邮来上好的宣纸，送给寒禅和怪老道。

受寒禅的影响，向天舒后来决定不再买书，也不再读书。他想，书是读不完的，人如果只会读书，便是呆子。博学带来精神上的困扰。先贤于身后几千年的文化，闻所未闻，甚至不知道地球是圆的，遑论火箭、电脑等现代的高科技玩意儿，然而，他们的思想和道德境界，后人却无法逾越。学问不等于智慧，重要的是转识成智。

寒禅在镇上有不少俗家弟子，包括小罗锅在内，不定期来听他讲经说法，这些人大多文化不高，无法领会禅的深意，他也不强求，只教他们行善积德；其他人则将他看作一个睿智的长者，邻里有矛盾，常请他出面调停。当年风三娘被抓，有人请他出来主持公道，以为他代表正教，而风三娘的巫术无疑是邪教，水火不相容，殊不知他三缄其口，得知风三娘被折磨至疯时说了两个字：造孽！大家以为是在说风三娘，便心安理得了。

寒禅吃素，影响了很多人，他倒没宣扬吃素的好处，他的年龄就是明证，人若问他长寿的秘诀，答曰“吃素”。屠老板的猪肉一度滞销，但真正能坚持吃素的人凤毛麟角，屠老板这才没有改行，伍蛮子一语双关地说：“宁可短命，也要吃肉。”

俗家弟子想给寒禅做寿，但不知他的生日，他也不说，之所以不说，就是不想做寿，俗家人信佛，其实并不懂佛，否则就不会羡慕他的长寿了。他自己也没想到会这么长寿，但也无意求死，一切随缘，住时便住，了时便了，生死皆不足惜。以他的高龄，再好的身板儿，也不久于人世，但向天舒丝毫不为这一天的到来而难过，并非他与寒禅的交情不深，而是受了寒禅自己面对死亡的态度的影响。寒禅说，他早就准备好了，每天坐禅前，都会想，也许这一坐就起不来了。谁都想不到，寒禅活得比向天舒还长。

向天舒已能将寒禅教他的曲子完整吹奏出来，没有曲谱，全凭记忆。一日，他将自己最喜爱的一曲吹给寒禅听，他私下将这首曲子命名为“秋月曲”，对方听完，红着眼说：“这是秋月教我的第一支曲子。”他深受触动，以寒禅的修为，尚且放不下年轻时的那段情缘，看来，情是极重的东西。

“放不下就放不下吧，要都放下了，我就不在这里了。”寒禅意味深长地说，又说：“佛即众生，佛亦有情。”

向天舒的笛艺小有所成，便不再避人，时常带着笛，随兴吹奏。

他特意带上笛去找艄公，在小屋外喝酒。夕阳满江红，笛声悠扬，博得艄公的喝彩声。艄公返身进屋，拿着一个荷包出来，轻轻拍去上面的灰尘，取出一个小小的物件。“口弦”，向天舒眼前一亮，艄公点点头，面江坐下，将口弦放在唇上，一种简单而韵味十足的乐音响起。向天舒第一次听到口弦声，思绪被带到过去的山林。艄公眼里噙着泪，几十年没吹过口弦了。水上的残阳在口弦声中慢慢消散。

三十二

清明节过后，向天舒奇怪封氏一家还在。封氏的妻子说：“我们不忙走，柑橘花开了。”难怪路经柑橘林时闻见一阵芳香，还以为是菜花香，没有在意，事实上，菜花早已谢尽，粉白的柑橘花在暗绿色的叶中隐现，散发出清香，将封氏家的蜜蜂都引来了。封氏夫妇暂时不用迁徙，坐收柑橘蜜，而向天舒每年可以多一个月的时间同他们相处，且能吃到口感上佳的柑橘蜜，皆大欢喜。同菜花蜜相比，柑橘蜜色泽稍浅，味道却更鲜美。可惜柑橘林有限，蜜的产量不大，多半都被向天舒买去，自己吃，或者送人，凡与他有交情的都送，如金师傅，祝师傅者，而交情一般的老谭，因为肺不好，获赠更多，柑橘蜜有很好的化痰止咳的功效。封氏夫妇常常笑着说："将蜜送人，功德无量啊。"封氏夫妇都是虔诚的佛教徒，帐篷里供着观音菩萨。

柑橘开花，是结果的兆头，郝校长几年来的心血看来没有白费，向天舒很高兴，对大吉寨的柑橘也充满了希望。

时间过得飞快，转眼高考结束，期末考结束，校园里空空荡荡。

叶莲的忌日。向天舒准备了许多食物，及酒，黄昏时来到她的坟前，将食物一一排列，点上香，酹酒祭奠，自饮了三杯酒，盘腿坐在碑前，拿出笛来，凄丽的"秋月曲"悠然响起，两个毫不相干的女子，在笛声里相遇，曲终时，他的两眼完全被泪水模糊。

"小莲，我每年的今天都会来看你。"

向天舒对着酒瓶喝酒，渐渐有了醉意。月色中，他仿佛看见叶莲坐在坟头，目光忧郁。

"小莲，我不会忘记我们的约定，我迟早会来找你的。"

他突然笑起来，说："不过，不能太迟，太迟我就老了，你不会喜欢一个老头的。"

叶莲也笑了。

酒瓶见了底，他醉倒在坟前，半夜被蚊虫叮醒，踉跄着离去。

过了几日，向天舒惦记着要同怪老道下棋的事情，便背上围棋，又将学生家长送的一只火腿装进包里，顺道找屠老板买了些生肉，向白云山走去，因负荷重，须留着体力登山，半路搭了一程拖拉机。

向天舒的到来令怪老道欣喜，第二天一早便拉着他去喂鹰，眼里有异样的光彩。他的好奇心陡起，不知道会有什么事情发生。

他主动要求吹笛，虽然他知道，吹不吹笛鹰都会来，怪老道将笛交给他，闭目打坐。笛声甫起，怪老道的眼睛就睁开了，讶异万分，他不无得意，一口气吹完了一曲。

“这是什么曲子？”

“秋月曲。”

“秋月曲？！”

“是我自己取的名字。”

“谁教你的？”

“寒禅法师。”

“哦，难怪！”

怪老道与寒禅法师早年有过交往，知道后者跟秋月的事。

向天舒把他会的曲子都吹了一遍，怪老道闭目聆听，若有所思。

笛声戛然而止，向天舒两眼瞪圆，笛兀自横在嘴上。

鹰来了，但不是一只，是两只！

两只鹰飞走后，怪老道才告诉他，另一只鹰刚来不久，是一只雌鹰，两只鹰正好配成一对。说话时神采飞扬，好像是他做的媒一般。

“你等着瞧，迟早会再来一只小的。”怪老道兴奋地说。

新来的鹰慢慢同向天舒熟了。

晨练毕，吃完早餐，向天舒用竹帚打扫完院子，便寂然无事。怪老道提议下棋，将桌椅抬到院心，沏了一壶茶，朝阳从屋顶上滑下来，充当看客。

“执黑先行。”

怪老道让他先下，浑圆的黑子落在棋盘上，将向天舒自己惊了一跳，他从未有过这种感觉，谁规定的“执黑先行”？从前下棋只是下棋，很少去参悟其中的哲理。万物皆从黑暗中来。一盘棋，光有黑子不成，白子跟下，黑白交替，很快，棋盘上落了很多子。黑色有如死亡，白色有如生命，孰重孰轻？他还没把道理想明白，已经败下阵来。

“你不用心。”怪老道笑着说。

“我在想围棋的道理。”

“道理是想不明白的。专心下棋。”

“前辈的意思，道理是下出来的，不是想出来的？”

怪老道笑而不答。

他将漫无边际的思绪收回来，专注于棋盘，这才发现，自己根本不是对方的对手。后来便让子下，一子，两子，三子，仍然下不过，怪老道的棋艺之高超，远超他的想象。

他犯了倔毛病，执着于输赢，缠着怪老道下了整整一天，晚饭随便扒了几口饭，便想挑灯夜战。怪老道笑着说：围棋是慢活儿，急不来的。说完，走到一边做事去了，丢下他一人对着棋盘发呆。他知道怪老道晚上要打坐，不好再叨扰，心里却着实不甘，独自对着棋谱摆棋，上床后辗转反侧，输棋的不快挥之不去，后半夜才勉强睡着，天不亮就醒了，起床后第一件事便是去找怪老道下棋。怪老道愣了一下，随即应允，但要他先吃完早点，然后带他打了几遍拳，慢慢煮了一壶茶，这才到院心坐下，开始同他下棋。他求胜心切，一旦局面不利，便方寸大乱，连续几局都是中盘败，额头冷汗直冒，与对方的气定神闲恰成对照。日头渐辣，他浑身燥热，怪老道提议将棋盘移到阴影里，起身去煮了一壶新茶。他的身上稍稍清凉了一些，抬眼看屋檐后高大的绿色树冠，注意到屋檐上轻声鸣唤的几只小鸟，及正殿侧墙上零星的壁画，虽年代久远，在日照中呈现出鲜艳的色彩来。正看着壁画出神，怪老道回来了，他即刻低下头，重新沉溺到黑白的世界里。怪老道一反谦逊的常态，竟一盘都没让他赢。中午简单吃了点东西，不待他要求，怪老道主动坐到棋盘边，直下到日影西斜。

向天舒的脑袋似灌了铅，一丝活缝儿都没有，颈椎承压，胸闷气短，拥有三百六十一个交叉点的广袤棋盘，竟越下越小，还没开盘，就已经不知所措，每一子都似有千斤重，黑白世界犹如迷宫，令他迷失，横平竖直的棋盘线开始扭曲、变形，似一张大网将他缚住，且越收越紧，令他窒息。

“前辈，今天就下到这儿吧，再下我要吐了。”他终于说。

“也好，照这样下下去，你的棋艺不仅不会有长进，还会退步。”

“这两天有点走火入魔了。”

“没关系，不入魔不知有魔。”

“前辈，以前我很向往神仙对弈的境界，原以为可以在围棋简单的黑白世界里修心，殊不知会有这么多困扰，按照任老师的说法，象棋是儒家的东西，围棋是道家的产物，儒家入世，道家出世，为什么与任老师下象棋时我的心反而更加安定？”

“任何事物都会走向它的反面，道家的清静是自然而然水到渠成的事，刻意不得。要紧的是心态。如果你抱定了争输赢的心态，你的心将永远难平，我的棋艺比你高，但比我高明的人何止千万，如果都去争，那还怎么修道？下棋与做人一样，需要很多磨砺，不瞒你说，我年轻时也争过，但迷途知返，很快就看淡了，看淡以后，反而容易赢棋。”

“为什么我会有棋盘越下越小的感觉？”

“因为你眼里只有棋。棋盘应该越下越大，天地有多大，棋盘就有多大。三百六十一个交叉点好比三百六十一度，比圆还多了一度，这一度便是棋盘正中的天元，是一切的起点和终点。圆形棋子有如日月，方形棋盘有如阡陌纵横的大地，日月经天，江河行地，技巧关乎细节，心态决定全局。下棋之意不在棋，在乎天地之间。”

怪老道的棋论令向天舒大为叹服，“下棋之意不在棋，在乎天地之间”，他三复斯言，后来再下棋时，便松快了许多，一壶茶，一局棋，云淡风轻。

他虚心向怪老道学习，学围棋，学太极。围棋与太极拳相似，都守实务虚，契合阴阳之道。

也学他吃素，没坚持几天，就素得发慌，遂每顿都准备一点火腿，哪怕只是看看，也能起到解馋的作用。他就纳闷，人怎么能一年到头都不沾荤腥？并在心里安慰自己：其实，我们日日吃的都是尸体，自然死亡的，或被我们杀死的，连素食者都不例外，因为生命无所不在，在牙的锯齿间，魂魄飞溅。

向天舒是个爱走极端的人，因为没时间慢慢体验吃素的感受，干脆就尝试起辟谷来。怪老道没阻止他，只是教了他一些吐纳静养的功夫，及循序渐进的方法。除了水，只吃少许食物，且每日递减，除散步及写毛笔字外，尽量少活动，连大气都不敢出，把自己想象成一只蜘蛛，许多天都捕不到猎物，待在网中央，纹丝不动。三天就饿瘫了，腹中似火烧一般，还不断放屁，涕泗横流。怪老道笑起来，说自己年轻时也断过食，深知其中的不易，劝他浅尝辄止，凡事顺其自然，过犹不及。他很倔，非要考验自己的极限。极限一旦突破，身心反而舒泰了，除了清晨的一小杯水，戒绝了所有的饮食，除却写字，余下的时间都在石窟里盘腿静坐，日落便息。渐渐地，颧骨凹进去了，体重锐减是预料中的事，精神却变轻灵了，思维敏捷，一向困扰他的许多形而上的问题豁然而解，表里俱澄澈，正是他孜孜以求的极端体验。肉体的需求降至最低，体轻易净，但他知道，如果一直继续，便是死路一条，此种精神状态搞不好是回光返照。于是，他依照怪老道的意思，开始吃少许的稀粥，渐渐增加食量，与辟谷的顺序正好相反，最后恢复到常态。怪老道很欣赏他的毅力，说像他这种没有过任何宗教实践的人，居然做到了许多宗教人士都做不到的事情，实在难能可贵，必成大器。向天舒自己也感到身心愉悦，后来虽然没再尝试过辟谷，但此番的体验却刻骨铭心，并由此得出一个结论：谁想永远待在峰顶，就必须承受风雨，及最终的晕眩；谁想长享精神的盛宴，就必须忍受肉体的饥渴。

这次上山还有一个收获，受怪老道的影响，他的书法比以前多了几分神韵。前两次来就发现怪老道的书法高妙，只是心里装着逝去的叶莲，又忙于学太极拳，无暇向他请教．这次特意提出来，对方并无太多的言辞，只是动笔写，让他在一旁看，写完毁掉，让他凭记忆临摹，如此反复，收效甚巨。怪老道的书法乍一看很随意，似无骨，外行看来，连笔画都不正，明眼人却能看出由繁入简的至高境界．似乎并不是附在白纸上，而是悬在虚空里，余味无穷，与他的剑法如出一辙。

现在，抄写教学楼走廊里黑板报的工作由董老师负责，他闲暇时间多，虽只是教体育的，文化程度不高，却写得一手好字。向天舒兴起时，会主动帮董老师抄黑板报，顺便在空白处画几幅小画，引得学生们驻足观看，啧啧称赞。

下山前，他将围棋留给怪老道，说："前辈，下次来再好好向您请教。"

途中，下起雨来，下一阵住一阵，不得不边走边躲雨，走走停停，竟耽搁了一整天。天没有要放晴的意思，才下午五点多，便似黄昏一般，经过百货公司时，走进去买烟，里面更加昏暗。

"你好！"

"你好！给我两包这种烟。"向天舒低着头，指着玻璃柜台里的香烟说。

不对！他感觉有些异样，售货员有时是个中年妇女，有时是个中年男子，星期天时两人都在，刚才那声"你好"却很年轻。他抬起头，一张陌生的面孔，笑盈盈地看着他，他呆住了，平生第一次体验到"惊艳"的感觉。

"你是……新来的？"他张口结舌，半天缓不过神来。

"我来一个多月了，我叫英素花。"

"我叫向天舒。"

"原来是大名鼎鼎的向老师！"

"听口音你是本地人？"

"当然是！我知道你不是本地人。"

"我以前怎么没见过你啊？"

"嘻嘻！我也奇怪，怎么今天才见到省城来的向老师！"

这个叫英素花的女孩，貌似天人，却落落大方，令向天舒感到万分亲切，后悔没早一点下山，迟了这么些日子才见到她。

待要继续攀谈，有人进来买东西，便不好赖着，付了烟钱，告辞出门。女孩的笑，仿佛月光中的瀑布，缥缥缈缈，又如花瓣上滴落的雨露，伸手就可以接住，他不觉在心里吟咏："巧笑倩兮，美目盼兮！"下了台阶，三步一回头，黑云压得更低，百货公司却通体明亮。

他本想打听英素花的来历，却又觉得不必，人就在那儿，何不亲自去揭开谜底。接连数日，他频繁出入百货公司，买了一堆无用的东西。因为是暑假，学校里没人留意到他的反常举动，倒是街上的人有所察觉，开他的玩笑说:“向老师，又去百货公司买东西啊！”

其实，他有所不知，他离开的那段日子里，黄龙镇的男子因为英素花的出现一度骚动不安，走马灯一样往百货公司跑，星期天更甚，差点没挤出人命来。

他也同许多见过英素花的男人一样，夜里想入非非，用她做自渎的对象。

除了星期天，百货公司从没这么热闹过，连伍蛮子都进来凑热闹，向天舒没有单独跟英素花交流的机会。唯有一个现象反常，不见二流子们的身影。

他终于逮住一个空隙，同英素花多说了几句话。对方性格直爽，丝毫不掩饰对他的好感，令他不饮自醉。

她有意无意向他透露，明天她休息，要去北门塘游泳。

他闻言大喜，暗自决定第二天也去北门塘游泳。

不久前还在与高人参禅论道，且亲身体验了辟谷，突然间冒出一个如花似玉的女子，令他方寸大乱，到绿水塘边徘徊，心情不可名状。乐乐和笑笑他们在水边玩耍，小叶子也加入了他们的队伍，远远叫他“干爹”。相比之下，麦香就没这么快乐了，因假期要帮着家里做活儿。无论怎样的童年，迟早都会变成回忆，时间便是这么流走的，孩子们在抓紧时间玩耍，而他也不能让青春轻易溜走。从绿水塘回来，从楼前桂花树下过，被芳香惊醒，他已经错过了好多泡桂花酒的时机，这一次无论如何不能再错过，于是便到家里拿了一个袋子，爬上楼前的那棵大桂花树，将够得到的桂花都采摘下来。

“小向，担心摔下来！”单玉老师在走廊里大声叫。这一叫反倒让他差点摔下树来。

泡酒自然要有酒，时辰已晚，百货公司要关门了，他三步并作两步，急匆匆跑去。

“向老师，这么急啊？”百货公司对面的人打趣他说，故意说得很大声，让百货公司里的人听到。他刚进去，英素花便迎过来，笑着看他。

“我，我来买酒。”他喘息未定。

“这么急？”

“我要泡桂花酒，刚摘的桂花，今天不泡，明天就坏了。”

“嘻嘻，你还会泡酒。”

“你以为我只会泡妞啊！”他脱口而出，自己都吃了一惊，连忙说，“对不起，我是开玩笑的。”

英素花一笑而过。

他提着一大壶包谷酒，走出百货公司，路边的人笑着说：“买这么多酒，担心醉！”

“酒不醉人人自醉！”他在心里应道，脚步轻飘飘的。

他没想到又与英素花见了一面，更加骚动不安，好容易将黄昏熬过去，入夜后，满脑子都是关于第二天游泳的想象，一阵风起，云移月隐，令他心惊肉跳，万一变天，游泳的事情可就泡汤了。

一早起来，迫不及待打开窗子，可人的蓝天，一丝云都没有，窗外挂着一张崭新的蛛网，刚完工不久的样子，这是好天气的兆头，蜘蛛敏感，能预知天气的变化，要是会下雨，便不会在户外织网了，雨天空气潮湿，蛛网没有黏性，织也白织。他先到绿水塘边拍树、练拳，慢慢吃完早点，按捺住性子，坐在客厅看书，不时跑到太阳下面，对气温的升高表示满意，这样的天气，连旱鸭子都想下水。

午饭后稍事歇息，无心午睡，便带上游泳的装备，顶着烈日出门。所谓装备，跟游泳有关的其实只有一条泳裤，别的用具，毛巾、香皂、洗发水等，则是为洗澡准备的，乡下洗澡不方便，大家都乘游泳的机会洗澡，所以当地人又将游泳叫做洗澡，水塘大，谁都不介意，河里就更不成问题了。

他跟别人一样，翻墙走捷径，绕过老人山，不知为什么，越接近北门塘，心里越紧张，像个从未尝过爱情滋味的毛头小伙子。他有两个担心，怕英素花因故不来，又怕因为她的到来，北门塘人满为患。其实第二种担心纯属多余，英素花绝不会到处宣扬她要游泳的事，只告诉了他向天舒一人亦未可知。

远远看见北门塘，游泳的人尚少，通常要稍晚一些，太阳没这么毒辣的时候，人才会多起来。

他预感到她还没来，心情反而平静了。

碧水蓝天，游泳的人都集中在南岸，将北岸留给一群家鸭，偶尔会有几只野鸭混迹其中，飞起来时才看得出来。

“向老师也来洗澡啊？”岸边的人，水里的人，纷纷同他打招呼。

他留心看了看，没有同事，窃喜。英素花还没来，他也就不着急下水，坐在草地上抽烟，看水里的植物，这些植物并非水生植物，整整一个夏季都浸泡在水里，居然不死，不知道它们靠什么呼吸。

人渐渐多起来。

他被烤得像一块烧红的铁，脱了鞋，到水边的一块石头上坐下，将脚伸进水里，引发一阵快感，恨不得将下半身都浸到水里。

她不会不来吧！

他有点灰心了，看着对岸及远处的坟场发呆，突然，水里的人有些异样，纷纷朝岸上张望，他下意识地转过身，五米开外，英素花居高临下，笑着看他。英素花的出现引发一阵骚动，男人的目光忙个不停，恨爹娘只生了两只眼睛。

“你好！你们好！”他起身迎上去，同英素花及跟她站在一起的几个姑娘打招呼。

英素花仿佛知道他会来一样，抿着嘴笑。

“你怎么不下水？”她问。

“等你。”他毫不犹豫地说。

四目含情，其余的人似不存在一样。

“我们先换衣服去了。”同英素花一起来的姑娘不等她，到隐蔽处更衣去了。

英素花与向天舒说话的亲热劲儿惹恼了同来的姑娘，事实上，她们压根儿就不愿意同她一道来游泳，因为她是包姥的女儿，更因为她长得漂亮，走在一起像是给她作陪衬；而在场的许多男人见英素花对向天舒这么热情，也炉火中烧。两人都感觉到来自周围的敌意，但没工夫去理会。

“我去换衣服。”英素花说。

“我也去换。”

两人暂时分开，向天舒以极快的速度换上游泳裤出来。英素花的第二番出场所引起的反响只能用“轰动”俩字来形容。她穿着连体游泳衣，将在场的人看得目瞪口呆，连向天舒都觉得耳目一新。黄龙镇人落后、保守，几年来，他从未见过一个穿游泳衣的女子。英素花生活了许多年的那个镇子比黄龙镇发达，游泳衣早已不是什么新鲜事物，因此，她对众人的反应感到吃惊，不知道自己做错了什么，同来的女伴儿更不理会她，“扑通扑通”跳水里去了。轰动效应不仅仅来自罕见的游泳衣，还来自裸露的胳膊、小腿、大腿、腹股沟、脖颈以下的部位。以及游泳衣勾勒出来的近乎完美的身材，在挺拔的乳峰上，男人的目光拥挤不堪，向天舒只好另辟蹊径，对丰臀格外关注，待发现对方向自己投来的求救目光时，才意识到她的窘境，赶紧说：“咱们下水去吧。”

英素花躲进水里，再也不想上岸，向天舒也随之下水，不离左右，像是她的保护神。众人闹不清他俩究竟是什么关系，惊讶万分。

他提议游向北岸，她欣然同意。

英素花的泳姿曼妙，自由式、蛙式、仰泳，随心所欲，令他赞赏不已。他故意落后，潜入水中，看见一双白玉似的长腿及高耸的臀部，不觉呼吸急促，忘了自己不是鱼，不能在水里呼吸，连呛了几大口水。

远离了喧闹的人群，前方的水面空无一物，鸭子也不知去向，两人不说话，慢慢游水，中途并排躺在水上休息，双手在身体两侧似鱼鳍一般上下摆动，不让身体下沉。英素花出神地看着天上的云，她的侧影很美，额头，耳，脸颊，下颌，唇，柔软起伏，唯鼻梁挺直，令面部的曲线得以伸展，他的目光沿鼻梁攀登，至最高点滑落，过了一道浅谷，翻越沟壑，再度滑落，经过相对平缓的地带，异峰凸起，登顶令他激奋不已。

岸上有两棵小树，枝叶交通，他们坐在树荫下歇息，南岸有许多人朝这边张望，虽看不清表情，但他们有一种被人监视的感觉，浑身不舒服，干脆转到树的另一面，一人靠着一棵树，从那些人的视线里消失了。长虫山及白虎山在望，中间隔着金黄的稻田，稻草人在酷日下坚守岗位，鸟雀越过稻田上方，飞去，又飞回，心有不甘。

“向哥，跟我讲讲省城吧。”

听到这么亲切的称呼，他全身都酥了。他将自己在省城的生活简要叙述了一遍。英素花听了不觉叹息，不明白他为什么离开省城。

“你不希望我离开省城吗？”他故意逗她。

她愣了一下，随即明白了他话里的意思，便故意回答：“不希望！”

“其实我已经决定要回去了。”他正色说道。

“真的吗？”英素花花容失色，直起身，怔怔地说，咬着下嘴唇。

他点点头。

“那你还来找我干什么？”英素花看着远处，喃喃地说。

“你希望我回去吗？”

“不希望！”她转过头，直视他的眼睛。

向天舒心里有了底，便不忍再逗她，连忙说：“骗你的，我不会回去。”

“咳，你回不回去跟我有什么关系！”

“我真的是骗你的，我发过誓，永远都不离开黄龙镇。”

“为什么？黄龙镇有什么好的？”

“好不好，要比较，我在省城待了那么多年，自然知道什么好，什么不好。我跟黄龙镇有缘。”他说这话的时候，心里想的是叶莲。

“跟谁有缘？”

“跟你！”

“瞎说！”英素花笑起来，更加迷人，他心知是动了情的缘故，目光像蛇一样，从她微露的乳沟里游了进去，弄得她满脸通红。

“你今天是第一次来游泳？”他想起她穿着泳装出现时的情形。

“是啊，一直忙着上班，上星期想游泳，又不能下水。”

“不能下水？”

英素花看着他，眼神似在说："这个你都不懂？"他恍然大悟，这么说，她刚来完例假，此念刚起，立刻在生理上引起了连锁反应。

南岸渐渐空了，最后一批人离去，太阳落山，他们起身往回游去。

上了岸，到草地上坐下，让身上的水慢慢蒸发，暖风吹拂，知了拖着长调，英素花的长发有些自然卷，浸过水后，发梢卷成小卷，将一张瓜子脸衬得更加妩媚。两人虽然肚子饿，却都没有流露出要走的意思，似乎心照不宣，预感到即将要发生的一切。

向天舒突然想起不远处的地里有红薯，让英素花就地等他，不久，捧着几个红薯回来，到水里洗净了，两人并排坐在草地上，看着晚霞，将红薯吃下。他拿出一支烟来点燃。有一阵子，他想起同叶莲夜晚来水边幽会的情形，不觉失神，忘了英素花的存在，后者也在想自己的心事。

"扑通"一声，两人都吓了一跳，是一只青蛙。不久，响起了零星的蛙鸣声，蟋蟀也开始织布了，月亮升上来，似拉开的弓。起了一阵小风，英素花打了一个冷噤。

"冷吗？把衣服穿上吧。"

她摇摇头，双眼迷离似星，裸露在外的肌肤如月光流泻，令他在想象中溯流而上，抵达光流的源头。这次，轮到向天舒打冷噤，而且接连打了好几个。英素花笑起来。

"你真美！"他终于忍不住说。

她低下头，他将她轻轻往怀里揽，她欲拒还迎，最后仰头看着他，看着这个刚认识不久的男人，一切都似乎太快了，然而，对方无论是外表还是修养，都令她难以抗拒，而且，关于他的种种传闻，早已在她心里生根，她的唇不由得开启，对方乘虚而入。长久的令人窒息的吻！这是一个比她大很多岁的成熟男人，很快就瓦解了她的最后一道防线。

向天舒以最快的速度将两人的衣服铺在草地上，然后将英素花的泳衣褪下，一面褪一面亲吻，本来静谧的月光和水，因乳房的摇荡而骚动不安。蚊虫也来凑热闹，两人都顾不得。

英素花的肉体横陈，在欲望的驱使下，向天舒没来得及好好欣赏，便直奔主题，而英素花也是有过一点性经验的人，如鱼得水。

两人穿好衣服，身上被蚊虫叮咬的地方开始发痒，坐不住，起身离去。

牵手走在田埂上，他冷不丁站住，将英素花紧紧抱在怀里，几令她窒息，又松开，吻她的嘴，她又惊又喜，长吻过后便“咯咯咯”笑起来，如此反复，不长的路程，竟似没有尽头一般。

他们舍不得过早到家，故意兜了一大圈，才从西面走回正街，至十字路口停下。

“我家住北门街，你回吧。”

“我送你。”

“不用了，别让人看见。”

“怕什么？”

“不怕什么。不想这么快就让人知道我们的事情。”

“好的。”

英素花飞快亲了一下他的脸，消失在北门巷里。

向天舒回到家，随便吃了点东西，便熄了灯，坐在黑暗中，边抽烟，边回味之前发生的一切，唯一的遗憾，英素花不是处女，但要怪也只能怪他自己，或者怪命，没有安排他早一些认识她，可再早的话，就会和叶莲发生冲突，二者必选其一，他做不到。凭直觉，他知道英素花绝非那种水性杨花的女子，比他这个劣迹斑斑的人不知纯洁多少倍，他有什么资格挑剔？想到这里，心就平了，而且，正因为英素花不是第一次，他们的第一次性爱才如此销魂，他已经迫不及待想要有第二次了。

夜里睡不着，脑子里不断出现英素花的各种样子，穿衣的，不穿衣的，不时拿她跟叶莲相比较，梦中人一旦拥有，反而不真实，但细节的真实又不容置疑，他不知道这一切将对他的生活产生怎样的影响，但有一点可以肯定，他的生活将与这个美丽的女子联系在一起。他甚至想到了婚姻，隐隐觉得，除非离开黄龙镇，除非一辈子不结婚，否则，没有比英素花更适合他的了。

第二天一早，他便跑到百货公司去见英素花。

百货公司刚开门，还没有顾客，英素花看见他，喜不自禁，她眼睛四周有黑眼圈，但无损她的光彩。

“睡得好吗？”他问。

“不好。想你！”

“我也一样。”

英素花看看门外，突然说：“亲亲我。”

他趴在柜台上，将头伸过去亲她的嘴，但不敢久留。

“晚上有时间吗？”

“有，但不能太晚，我妈起疑心了。”

“好吧，就想跟你说说话。”他违心地说，不敢暴露自己迫切想要她的心思，以免造成误会，好像自己跟她在一起就只是为了性一样。

约会的地点颇费踌躇，思来想去，还是北门塘边最保险。

夏日炎炎，向天舒刚上床躺下，准备好好睡个午觉，养足精神，晚上好与佳人幽会，后山便传来高声骂娘的声音，窗户敞着，听得格外真切。下床到窗口一看究竟。坡地里立着一位三四十岁的农妇，一会儿捶胸顿足，一会儿指着山下破口大骂，边骂边哭，如丧考妣。

“哪个挨千刀的……贼养的……老鸹啄的……偷老娘的包谷啊……呜呜呜……”

这是很罕见的事情，乡下也有小偷，但偷别人庄稼的小偷却没听说过。老人山石头多，不宜开荒种地，仅有的几块地就很显眼，正值包谷成熟的时节，人看了眼热，乘夜黑之际下手，多半是好恶作剧的孩子干的。农妇家住北门巷，向天舒对她的一嘴暴牙有印象，姓名却不得而知。

“狗日的……猪日的……牛日的……马日的……老娘饶不了你啊……呜呜呜……”

农妇用手指着山下，全镇的人都成了嫌疑犯，又提高音量，要让全镇都听见。

“老娘辛辛苦苦种的包谷啊……吃死你这个短命鬼啊……让你断子绝孙啊……呜呜呜……”

农妇哭得悲悲切切，一把泪，一把汗，其实，那一块地里的包谷也卖不了几个钱，家里也不会因此断炊，但贫穷与辛劳让一个没有文化的农妇饱受煎熬，借机发泄出来，踏地呼天，不断重复那几句骂人的话。向天舒站累了，重新上床躺下，耳朵里依旧充斥着农妇骂娘的声音，有一阵子只剩下干号，声音渐低，以为要歇，骂声又起，同先前一样，大有排山倒海之势，如此反复，竟持续了整整一个下午。他算是见识了农妇骂娘的本领。骂声仿佛是咒语，将他禁锢在床上，午觉拖了整整一个下午。

晚饭后，他早早来到约会地点，想着昨晚在同一地点发生的事情，下面坚硬如铁，晚霞铺在水面，将他的思绪引开，勃起的状态慢慢消失。英素花远远走来，婀娜多姿，看得他全身都酥了。他迎上去，将她紧紧抱住，狂吻不止。天气余热未消，两人俱出了点汗，到水边坐下，英素花脱了鞋袜，将双足泡在水里。

“真想游泳，可惜没带游泳衣。”

“那有什么关系。”

英素花睁大眼睛，迟疑地问：“你想让我裸泳啊？”

“是啊，我陪你。”

英素花看看四周，静悄悄的，连知了都停止了叫唤。她迅速脱光衣服，跳进水里，向天舒也赤身下了水。两人了无羁绊，在水里得到完全的自由，向水中央游去，很快就被晚霞包围。他们仰面躺在水上，陶醉在灿烂的晚霞中。天上的云霞，水中的云霞，不知道谁是倒影，谁是实像。两人与晚霞浑然一体。可惜，晚霞不能持久，渐渐露出天空的本色，黑暗从水底渗出来。他们游回岸边。

靠岸的地方水不深，人可以站在水里，露出肩来。他们在水里相拥，像两条鱼，融为一体，又像两个水泡，交接，融合，最后破灭，成为液体中的液体。

两人上岸穿好衣服，坐在水边说话，心满意足。

他说起下午听农妇骂娘的事情，英素花也觉得好笑。

“素花，你说你是本地人，这么多年，你都去哪儿了？”

“在爷爷奶奶家。”

“你父母呢？”

“说来话长。你知道我妈是谁吗？”

“我怎么会知道？”

“那你要有心理准备。”

“别卖关子了，快说吧。”

“我妈是包姥。”

“谁？！”

英素花没说话，眼里充满哀怨，似当年的叶莲。向天舒定下神来，他知道包姥有一个女儿，可万万没想到会是她，其实只要稍稍想一下，完全能想到，黄龙镇没有几个人姓英。命运真会开人的玩笑，为什么会这么巧？

“怎么会这么巧？”

“让你失望了？不喜欢我了？”

“没有，你是你，你妈是你妈。”

“我知道我妈是什么人，我跟她不一样。不过，你现在后悔还来得及。”

“后悔？不，我现在不后悔。”

“将来会后悔吗？”

“将来的事谁说得清楚，我想不会的。”

他陷入沉默。

“你在想什么？”

他在想，别人知道了他跟包姥的女儿相好后会作何感想，但没说出来。

包姥四十岁时生下英素花，这事在当年轰动不小，谁都不信是英背时的种。明眼人却分析说，包姥以前不生，不是不能生，是不愿意生，据说她年轻时没少堕过胎，不愿意生的原因有二，其一，不愿意同自己的窝囊男人生，其二，有了孩子不自由，关键是，下过崽的女人，在男人眼里就会大打折扣，后来要生，因为青春不再．半老徐娘，勾引男人不仅仅靠姿色，还有许多别的手段，连不学好的小年轻都着了她的手，她信佛，造了半辈子孽，怕菩萨怪罪，替英家留种，也算是积德。本意是要个儿子，没想到是个囡，包姥因此很失望，对女儿也不上心，连奶都懒得喂，倒是英背时宝贝一般照料她。小姑娘的眉眼越来越像英背时，大家才不得不相信她是英背时亲生的。

英素花小学毕业后，因包姥和黄龙中学的矛盾，不能就近念中学，包姥不由英背时分说，让他将女儿送到她爷爷奶奶家。女儿走后，英背时的快乐源泉随之干涸，人越变越邋遢。爷爷奶奶家所在的小镇远离黄龙镇，英素花就在小镇上的中学念书。英家人因为讨厌包姥，一开始给英素花脸色看，但她长得水灵，嘴又甜，很快就改变了大家对她的态度，爷爷奶奶格外宠她，一晃许多年过去了。英素花很少回家，包姥也不愿意她回来，嫌她碍事，而且，她自己对女儿不好，便不愿意看到英背时对她好，以免自己被孤立。果然，时间一长，英素花同父亲渐渐疏远，偶尔回家，看见父亲的形象，难免失望，而母亲的德行更令她在镇上抬不起头来，索性就不回家。不回家还有一个原因，奶奶家所在的镇子比黄龙镇发达。

英素花没考上大学，复读了一年，又闲了一年，闲不住，便开始恋爱。男友是镇上的一个帅小伙。后来，男友想到省城打工挣钱，要她一起去，她下不了决心，男友却执意要走。她和男友都太小，并不懂什么爱情，两性相悦而已，稀里糊涂过了两年，临别，想到未来的渺茫，便稀里糊涂上了床，将童贞交给了对方，想借此留住对方，偷偷摸摸做了几次，并不懂什么是真正的性爱，也不知道采取保护措施，侥幸没有怀孕。男友最终还是走了。她没情没绪，萌生了回黄龙镇的念头，正在犹豫，包姥来找她，说替她找好了工作，让她回去，便随包姥回到阔别已久的老家。

两年前包姥出远门，顺道去看女儿，发现女儿出落成一个标致的大姑娘，比她年轻时还漂亮，自己风华不再，难道女儿不可以做自己的接班人？今后的好日子就指望她了。英素花却死活不肯跟她回黄龙镇。包姥不死心，决定先给她找工作，有了工作，不愁她不回，便运用手段，四处活动，最后将主管百货公司的某领导说动了心，她将女儿的容貌如实描绘了一番，说女儿往百货公司一站，百货公司的生意肯定会更加红火，那位领导说：好吧，看看她本人再说。英素花回家后，包姥将那位领导请到家里，看见英素花本人，领导大悦，当即拍板，第三天，英素花便被安排到百货公司上班。

该领导打错了如意算盘，英素花跟她母亲并非一路人，性子又刚烈。一天，该领导踱进百货公司，英素花知道他为自己的工作出了大力，出柜台来跟他打招呼，他也摆出一副恩人的姿态，嘴里说：素花，工作满意吗？见左右无人，突然抓过英素花的手，说：瞧瞧，细皮嫩肉的，天生就不是干农活的手嘛。左手捏紧对方的手腕，右手在对方的手背上摩挲，就势要往怀里拽。英素花愣了一下，猛地将手抽回，转身进柜台去了，拿背对着他，因为情绪激动，肩背都在抽动。正好有人进来，该领导灰溜溜地离开，临走还说：素花，我改天再来看你。该领导隔三岔五去百货公司视察工作，顺便对英素花表示关怀，她没再给过他好脸色，他却只管涎着脸。后来，向天舒同英素花相好的事得罪了许多人，好人坏人都有，尤其是这位给英素花安排工作的领导大人，白忙活了一阵，气得尿血。既然从英素花身上捞不到一丝便宜，他自然也不想便宜了她，扬言要让百货公司开除她，但紧接着发生的事情，让他立马改了口风。他儿子被蒙面人暴打了一顿，家里窗户接连被砸，有一次在半夜，“咣”一声，鹅蛋大的石头落在他枕头边，黄昏时身后总跟着可疑的身影，弄得他不敢和老婆出门散步，他终于明白，包姥不是好得罪的。有一回，有人到派出所举报包姥在家里聚赌，等警察去时，早散了，显然有人通风报信，举报者不久就遭人暗算，一条腿被打断。俗话说，请神容易送神难，英素花如果是神，也是美神，这句话与她无关，送不走的是包姥这样的恶煞神。该领导将百货公司的员工召集起来开会，会上将英素花大大表扬了一番，说她的到来给百货公司带来了活力，令百货公司的生意更加兴隆，并亲自给英素花发放了一笔奖金。第二天，包姥便提了一袋好烟好酒，登门向他致谢，从此井水不犯河水。

一切妥当，包姥将女儿居为奇货，预备卖个大价钱。

向天舒与英素花如胶似漆，一刻都离不开。英素花请了五天事假，骗包姥说要去一趟爷爷奶奶家，其实躲在向天舒屋里，神不知鬼不觉。向天舒除了打饭，足不出户。每次见他打双份饭菜，食堂的小甄便忍不住问：向老师，有客人啊？

英素花在黑夜的掩护下，第一次来到向天舒家。在她的记忆里，最后一次进入黄龙中学的校园，是八年前，上小学五年级的时候。虽然是在夜里，她却睁大了眼睛，有点故地重游的味道，特意要向天舒带她到绿水塘边走了一圈，他自然不会放过在大榕树下与她缠绵的机会。耽搁至夜深人静时才悄悄回屋。进屋后，英素花对一切都很新鲜，书房自然令她惊异万分，反复问："读书这么有意思吗？"

两人不分白天黑夜做爱。与叶莲不同，英素花成熟，解风情，向天舒又比她以前的男友老练，将深藏她体内的性潜力挖掘了出来。

向天舒生平第一次知道女人来高潮是怎么回事。被囚禁的声音如发狂的母兽，拼命要冲破牢笼，又如排天巨浪，将他彻底淹没。待风平浪静，他漂浮在海面，如死尸一般。至此，向天舒才明白为什么当年陈冉会抱怨他太快了，让她来不了高潮，当时他并不知道女人的高潮为何物，他太稚嫩，不懂爱，也不懂性。宛云温顺含蓄，没有高潮也很满足。后来在风月场所倒是听过不少叫床的声音，但他知道那都是伪装出来的，当不得真。此后，英素花便一发不可收拾，每次都会来高潮，有时高潮迭起，反复来好几次，她发现，女上位的姿势更容易获得快感，于是，每次高潮前都会翻身上马，肆意驰骋。对她来说，做爱不来高潮，跟没做一样，甚至比不做还难受；向天舒受此影响，也觉得如果只是一人登上快感的高峰，心理上便会有缺憾，连累身理不爽。英素花来高潮的样子极大满足了他的虚荣心，欣欣然以为自己是天底下最强悍的男人，但她失控的声音常常令他惊慌失措，怕人听见。

后半夜，向天舒被月光惊醒，月大如斗，两人都没盖被，裸着身，透过窗棂投下的影与月光交织在一起，分布在白床单及英素花白皙的身体上。他情不自禁地轻抚她，手背在她的肌肤表面游走，如舟行水上，她似有所觉，最后“嗯”的一声睁开眼，迷离的眼，渐渐澄清如水，如皎洁的月，带着少女的娇羞，并有某种魅惑，仿佛水中仙子，即刻就要浮起来，溯月光之流而上，消失在茫茫夜空。他忙用嘴堵住她的去路，深深的吻，使身体颤动，搅乱了光与影的和谐，两个白色的身体融为一体，在似水的月光中翻滚、起伏，月如镜，如果此刻有人醒着，会看见月中有两个人体，似活的雕塑，变幻出各种造型。这一次英素花没叫出声来，也许是因为夜里太静的缘故，她极力将声音压制住了，不能用声音发泄，面部表情便万分痛苦，嘴开到极限，作无声的叫喊，窗外窗内的月光仿佛都是她的叫喊声。

五个日日夜夜，整个世界似乎便只剩两个赤裸的身体，如基督徒的祖先，有时一天只吃一顿饭，片刻都不想分开，体力一恢复，立刻又投入到激情的性爱中。向天舒的精力丝毫不亚于二十岁出头的毛头小伙，且更持久，平时的锻炼起了很大的作用，饶是如此，事后常常四仰八叉地躺着，余喘未消地感叹：做爱还真是件体力活儿啊！这是一种与世隔绝的极端状态，非生非死，小小的卧室，被他唤作“情欲的天堂”。

两人尝尽了肉体的欢愉，但再旺盛的性欲，也有餍足的时候，人不能靠做爱过日子。

除了做爱，便是说话，互诉衷肠，曾经陌生的两个人，洞悉了彼此的一切。

英素花的痛苦更多地来自一个无法改变的现实：她是包姥的女儿。包姥的能耐超出了向天舒的想象，镇上的二流子都在她的掌控之中，二流子因此不敢在英素花面前放肆，难怪百货公司里很少见到他们的身影，他们对别的女子说下流话，甚至做下流事，对英素花却毕恭毕敬，这倒让他放心，但她却不喜欢，好像她跟他们是一伙的。她还有一个苦衷，不甘心一辈子待在穷乡僻壤，认识向天舒以前，她一度起过要去省城找前男友的念头。

向天舒将自己的过去毫无保留地告诉了她，他不明白为什么要说这些，也许，基于男人的一种普遍心理，觉得经历越丰富，越复杂，就越像个男人，待他后悔这样做时，已覆水难收。他过去在省城的浪荡行为令英素花目瞪口呆，进而刺激了她的想象，令她做爱时更加疯狂，有时要他把她当做最淫荡的妓女，她并不知道，妓女其实并不淫荡，被迫者自不必说，主动卖身者，赚钱是唯一的目的，并非是因为淫荡。她在他们感情甚笃时并不在意他在省城的糜烂生活，相比之下，她不能容忍的，倒是他与叶莲的爱情，因为无论时间和地理上都离她最近，也因此对黄龙中学的漂亮女生怀着戒心，尤其是他班上的女生；而当他们的感情出现危机后，他的过去便都成了她攻击他的口实，这是后话，热恋中的人，什么都不计较。

三十三

向天舒同英素花的恋爱关系确定下来后，觉得不必再遮遮掩掩，本来就不是什么见不得人的事情，何况，再想隐瞒，也不可能了。到处都是关于他们相好的传闻。很快，包姥知道了，黄龙中学的老师知道了，全镇都知道了。

郝校长急匆匆找他谈话。

“小向，听说你跟包姥的姑娘好上了？”

“是的。”

“这件事要慎重，你知道包姥是个什么人。”

“我知道。但她们不是一类人。”

“有其母必有其女，我劝你别光看外表。”单玉老师插话说。

“你们的关系到哪一步了？能不能断？”郝校长神色严峻地说。向天舒很为难，不忍令郝校长失望，可感情由不得自己，更由不得别人。

“我和她已经不是一般的关系了，现在恐怕断不掉，往后的事说不清楚。”

郝校长长叹了一口气。

“老郝，既然都这样了，也别难为小向，英素花这么多年都不和她父母生活在一起，也许，真的没受她妈的影响，小向是明辨是非的人，合不合适，他心里清楚。”

“郝校长，单老师说得对，您放心，我会把握好分寸的。”

“有些事，就怕由不得你。”郝校长忧心忡忡地说。

他知道这话的意思，包姥是问题的症结，长期以来，包姥与黄龙中学为敌，他和她女儿恋爱，她势必通过这层关系，将她的负面影响渗透到学校里来。想起那次鬼使神差抽大烟的经历，他心有余悸，不知如何同包姥相处。

很快，程文礼便去找郝校长，坚决反对向天舒跟英素花谈恋爱。

“我也反对，可人家是成年人，有恋爱的自由，谁也管不了。”

“我看，向天舒是色迷心窍了。”程文礼愤愤地说。

“话不能这么说。我倒觉得，他们挺般配的，没准，小向可以感化包姥，让她别再带坏青少年。”程文礼道貌岸然的德性激起了郝校长的逆反心理，反倒帮着向天舒说话。

“狗改不了吃屎！等着看好戏吧。”程文礼冷笑着离去。

这一次，无论什么人，众口一词，都不赞成向天舒和英素花恋爱。他只好在心里说：你们的道德与我无关。

合镇都在议论他们的事情。与女生叶莲不同，英素花是成熟女性，有自由恋爱的权利，在这一点上大家没二话说，可她是包姥的女儿，“有其母必有其女，向老师会吃亏的”，这是多数人的看法，少数人则认为，他们很般配，男才女貌，英素花是本地人，向老师如果和她结婚，就永远都不会离开黄龙镇了，这倒是大多数人的愿望，黄龙中学能有今天的教学成果，向天舒居功至伟，有良知的人都不希望他离开。另有一类人，不表态，心里却嫉妒得要命，男的针对向天舒，女的自然针对英素花，最甚者要数顾芳，英素花的出现令她彻底绝望。谁也想不到，顾芳会嫁给年龄比她小的万老二，婚事是两家父母说和的，对方是土财主，有钱没文化，而她堪称知识分子，有文化没钱，正好互补，感情倒在其次，这是一年后的事情。不怀好意的人开始造谣，说英素花是个水性杨花的女人，与包姥沆瀣一气，到处勾引男人。向天舒在给省城好友的信中写道：素花是位好姑娘，却屡屡被小镇的人中伤，怪谁呢？

怪他们有眼无珠，而我将独享她的美丽和芬芳。

倒是二流子对他客气了许多，见面对他点头微笑。

其实，他与英素花恋爱的事，怪老道是最早知道的人。他与英素花第二次在北门塘约会的次日，便是星期天，照例请怪老道去蔡家小饭馆吃饭。

“前辈，我又恋爱了。”

“嘿嘿，难怪你脸上有喜气。让我猜猜，是百货公司的素花姑娘？”

“前辈真是好眼力。”

“嗨，黄龙镇就巴掌大点地方，有什么难猜的，我还知道她是包姥的女儿。其实，你在山上的时候，我来赶集，第一次见到素花姑娘，就有种预感，觉得肯定会和你有事，当时你在辟谷，没告诉你。不过，你的动作比我想象的快，呵呵。”

“您觉得我和她合适吗？”

“你现在舍得下她吗？”

“舍不下。”

“那还管合不合适做什么？顺其自然，人的情感，人的身体，都是自然的一部分，太理智，反而不自然了。”

他很欣赏怪老道的这番话，觉得没什么事是他看不明白的。

“我想介绍你们认识认识。”

“不用，我们早就认识了。太正式，反而别扭。”怪老道笑着说。

他回头跟英素花说起怪老道，这才知道，她跟怪老道打交道比跟他还早。因为怪老道的摊子就在百货公司门口，英素花一上班就留意到这个疯疯癫癫的老道士，看他坐在台阶上与孩子们玩耍，听他唱歌，觉得特别有意思，每次见面都主动跟他打招呼，现在知道他不是一般人，又与向天舒交情深厚，越发喜欢他了。向天舒因为向怪老道保证过不说破他的家世，才忍住了没告诉英素花，否则她会更喜欢他的。

向天舒讨厌“有其母必有其女”的谬论，英素花与其母根本就是两码事，而她能“出污泥而不染”，更加难能可贵。他不无庆幸地想，英素花遗传了英背时的善良秉性，及包姥的狂野性格，假如反过来，遗传的是包姥的邪恶和英背时的软弱，他们的关系恐怕就会是另一番情形了。

好一阵都不见包姥摆摊儿。暑假没学生，生意清淡，包姥偶尔才来摆摊，平时不知道在干些什么，有时在家，有时不在家，神出鬼没。

英素花休息，赶上包姥出门，便让她爹留在家里，将向天舒介绍给他。

英背时很惊讶，也很欣喜，口拙，不知道怎么说话。不难看出，他年轻时一定十分标致，眉眼同英素花极像。英素花这次回来，对父亲很好，常常护着他，包姥也不似以前那么嚣张，女儿出落得如此漂亮，奇货可居，难免迁就她，凡她讨厌的事情，尽量隐忍着不去做。

英素花下厨去给他们做午饭，向天舒没想到她还这么能干，很是欣慰。

他同英背时说不上话，便四处转悠，第一次仔细参观这座老宅。后面还有一个院子，四面都围着房子，有两层，角上有一道后门，楼上楼下，屋子很多，像个迷宫，大白天都有几分阴森，暗处似有无数双眼睛，楼上的房间或空着，或堆放杂物，人住楼下，包姥，英素花，英背时，各住一间。包姥的房间向天舒不陌生，那次抽大烟的不堪经历就发生在这里；英素花的卧室在后院里，十分精洁，他到她的床上躺下，看着顶上的横梁，有一种想跟她在老宅里做爱的冲动；英背时睡角门旁的一间小屋，十分简陋，以前是下人的房间。他猜包家一定有暗室，以前的大户人家都有暗室，用来藏宝或躲避兵匪之祸，包姥的秘密就深藏其中。他睁大眼睛搜索，却没有发现任何可疑之处，这么容易找到的暗室就不叫暗室了，他后来就暗室的事问过英素花，她却一口否认，说自己从小在老宅中长大，要有暗室，不会一点儿都不知道，但他不甘心，每次来都要暗中查看，均无所获。

英素花大声叫他吃饭。

“英大叔，我敬您一杯。”

“向老师请！”英背时连忙起身，双手捧着酒杯，很谦卑的样子，倒像他是晚辈，向天舒是长辈。

英素花轮流给他们搛菜。

英背时只顾低头吃喝，向天舒乘机与英素花眉目传情。刚吃完饭，包姥回来了。

“学会偷懒了，还不干活去！”包姥对着英背时呵斥，后者不敢吱声，到院子里拿上锄头出门去了。

“我说呢，原来有贵客临门！”包姥装作突然瞥见向天舒的样子，满脸堆笑。她早就知道女儿和向天舒的事情了，之所以没问，是不想过早惊动他们。女儿和向天舒好令她很意外，她还没开始琢磨女儿的婚姻大事，怎么就有主了，这也太快了，不愧是她的女儿，手段了得！经过一番深思熟虑，她觉得女儿的眼光没错。向天舒虽无权无势，但在黄龙镇的地位众人皆知；她坚信，他迟早是要回省城的，再傻的人也不会在乡下待一辈子，换言之，如果她有了个省城的女婿，省城便不再遥远，没准有一天她可以去省城养老呢；向天舒的相貌也深得她的欢心，平时苦于没有机会接近，她甚至冒出了与女儿共享一男的邪恶念头；最后，也是他首肯向天舒的最重要的原因，他是黄龙中学的老师，黄龙中学的老师多了去了，但似向天舒这般赫赫有名者，却找不出第二个，正好成为她跟黄龙中学较量的一个重要砝码，从此，天平将向她这一边倾斜。

“素花，给小向泡茶啊。”

英素花泡了两杯茶，到厨房洗碗去了。包姥拿出烟来发给向天舒，他接过去，没点，想起那次抽大烟的情形，如坐针毡。包姥跷着二郎腿，朝天吐了一口浓烟。

“小向，你跟素花的事我不反对。”包姥做出一副大度的样子。向天舒每次听她叫自己“小向”，都觉得别扭，可谁让她是素花的妈呢？“素花的追求者一大堆，偏偏看上你，缘分啊，你可别欺负她。”

“不会的。”

“全黄龙镇，我包姥看得上的人，也就你小向一个，你可别辜负我啊。”

向天舒装作没听见，正好英素花叫他，立刻起身进厨房去了。

“天舒，不管我妈说什么，你都别往心里去。”

“不会的，我了解她。”

“你了解她？”

“我什么人没见过？放心，她是你妈，我不会和她过不去的。”

“你真好！”她亲了他一下。

“想要你。”他在她耳边说。

“你这个色鬼！”英素花一脸害羞。

“不喜欢吗？”

“喜欢，但只喜欢你对我一个人好色。”

“我保证！”

“别保证了，我还不了解你吗？”

“我早就改邪归正了。”

“至少现在你还舍不得变心，是不是？”她将身子贴紧他。

“去我那儿吧。”向天舒急不可耐地说，下面直挺挺的，生怕包姥闯进来。

听说他们要出门，包姥很失望，原以为向天舒会留下来吃晚饭的。

向天舒去百货公司等英素花下班，见她双眼红肿，吃了一惊，忙问她怎么了，她说没什么，他不信，一再追问，她才说：廖老板来过了。向天舒的眼前闪过廖老板的八字胡和厚嘴唇，立刻意识到有不好的事情发生。

“他欺负你了？”

英素花没有回答，与他四目相对，眼里又溢出泪来。

“快说，他怎么欺负你了？！”

“没怎么，只是摸了摸我的手。”

“这个王八蛋，简直色胆包天，我找他去。”

“天舒，算了，当时没别人在场，他不承认怎么办，再说只是摸了摸手，没做别的，况且他不知道你和我的关系，我以后不给他好脸色就是了。”

“那你怎么哭成这样？事情不会就这么简单，素花，你要跟我说实话。”

“他让我给他做小，说会给我很多钱。”

“这个老色鬼，以为有几个臭钱就可以为所欲为，你该扇他几个大耳光。”

“我当时愣了，只是把手甩开，正好有人进来，他就走了，临走说让我好好思量思量。顾客一走，我就哭了，越想越委屈，太欺负人了。”

“是啊，他把你当什么人了！”

“天舒，今后我想跟你回省城，我们也可以挣很多钱，过好日子。”英素花突然说，眼里满含期盼。

他一时无语，这事他们谈论过，他已经向她明确表明过自己的态度，此刻不想为这事纠缠，恨恨地骂道：“姓廖的再敢对你无礼，我打断他的手。”

这事以后，他再没在榨油铺门前停留过。廖老板也知道了他和英素花相好的事，见他像见了仇人似的。

他决心公开他和英素花的关系，以免再有人打她的主意。

在向天舒的陪同下，英素花多年以来第一次在大白天走进黄龙中学。

“向老师回来了。”管大爹伸出头来打招呼，眼睛却瞅着英素花，后者大方地对他露齿一笑，这一笑非同小可，管大爹的心脏经历了一次巨大的考验。

“管大爹，她是英素花，素花，这是管大爹。”

“管大爹你好。”英素花热情问候他。

“你好你好。”

管大爹恪尽职守，活动范围几乎不出校园，因此是第一次见英素花，之前听了许多流言，将她想象成一个戴着美女面具的魔鬼，随时会现出青面獠牙的原形来，此番见了，觉得她很随和，天生丽质，同妖魔一点儿都不沾边。英素花的形象让管大爹回味深长，此后，每当他这个老光棍夜里一个人做些见不得人的事情时，她便成了他独一无二的参照对象，这也是人之常情。后来，每次见她时，他都会亲切地管她叫“素花姑娘”，有一次被程文礼听见，立刻遭到训斥：“还‘素花姑娘’呢，叫得挺亲热嘛，老不正经！”

向天舒预先提醒过英素花，说学校里有很多人对她有成见，让她有心理准备，她一笑，说：“习惯了。”

贾念慈迎面走来。

“哟，向老师，这不是百货公司的小英吗？啧啧，瞧这模样长的，脸上能拧出水来，小向，你可要看好啊。”贾念慈说着，朝向天舒挤挤眼，英素花不知道她的底细，以为真的是在夸她呢。

“去家里坐啊。”贾念慈假惺惺地说，事实上，向天舒从未踏进过她的家门，英素花不知是虚假的客套话，看着向天舒，意思是由他来决定。

“嘿嘿，改日吧。”他干笑了两声说。

“好好，那就改日，小英，一定要来啊。”

“嗯。”英素花连忙答道，目送对方扭着肥臀远去。

“素花，别信她的，这种人，假得很，慢慢你就知道了。”

英素花迷惑不解。

在楼梯口遇见憨包，直勾勾地看着英素花。

“憨包，好看吗？”

“嘿嘿，好看，向老师，你媳妇真好看。”

原来是个憨包，英素花也就不计较他看她的目光，而且，他把自己叫成向天舒的媳妇，单凭这一点，就该奖励他多看几眼。

“向老师，带你媳妇去看我们家的猫吧。”

“媳妇，咱们去看看？”

向天舒煞有介事地说，英素花乐不可支。憨包兴高采烈地走在前面，小芹迎上来叫“爸爸”，英素花大吃一惊，正要问个究竟，尚科从屋里出来，向天舒给她使了个眼色，她便打住了没问。尚科撮嘴笑着同她打招呼，向天舒忙说：“尚老师，她是英素花，我们来看猫。”

“好好，请进请进。丢了一只小猫，花猫找去了。”尚科看着英素花说，眼里闪现出异样的光芒，同样的眼神，向天舒几年前同他聊科学时见过。

“是吗？”他许久没来看猫，没想到出了这么大的事，心里惋惜。

“是的，向叔叔，猫妈妈到现在都没回来。”小芹伤心地说。

“急什么，会回来的。”憨包胸有成竹地说。

剩下的两只猫在嬉戏打闹，虽已成年，在向天舒眼里，跟从前一样调皮可爱。英素花蹲下身，两只猫立刻安静下来，争着要她抚摸。

从憨包家出来，在楼梯上遇见马兰花。马兰花与英素花互相看了看，向天舒生怕程文礼跟在后面，简单做了介绍。马兰花很大方地同英素花握了握手，令她很意外，遂在心里对她产生了好感。马兰花似乎在英素花身上看到了自己年轻时的样子。英素花知道程文礼的为人以后，为她惋惜不已。

上楼后，向天舒先带英素花去吴燕家，他确信，他们夫妇俩一定会接受她的。吴燕和赵本根没有思想准备，很局促，好像她知道他们反对向天舒和她恋爱似的，小叶子嘴里叫“干爹”，眼睛却看着干爹身边的漂亮阿姨。

“小叶子，叫阿姨。”向天舒说。

小叶子害羞地叫了声阿姨，英素花笑着摸摸他的小脸。

“请坐，我给你们沏茶。”小吴老师连忙张罗。

向天舒在心里感叹造物的不公平，单论外表，英素花与吴燕在一起，相互衬托，美者更美，丑者更丑，似美与丑的两个极端。

赵本根一言不发，低头喝茶，向天舒只得引着他说话。

小吴老师则很坦然，主动与英素花拉家常。英素花一开始不敢盯着吴燕的脸看，怕引起误会，很快发现对方的性格很好，是个磊落爽快的人，便放松下来，心想难怪向天舒和他们家的关系好。

后来，赵本根喝酒时告诉向天舒，他和吴燕私下将英素花与顾芳比较了一番，觉得除了文化，英素花的长相和为人都远在顾芳之上，何况，顾芳虽有文化，却毫无师德，对学生一点儿都不负责，相比之下，他们更喜欢英素花。小吴老师对英素花的长相赞不绝口。

小吴老师夫妇要留他们吃晚饭，向天舒谢绝了，他们还有很重要的事要办呢。

两人关起门来，办完事，向天舒犹豫着要不要将英素花介绍给郝校长夫妇，最终放弃了这个打算，迟早要见面的，顺其自然吧。后来见了面，单玉老师表现得彬彬有礼，郝校长则不言语，看着别处，令他颇尴尬，之前他跟英素花说了许多郝校长夫妇的好处，没想到他们对她有这么深的成见。不知谁对谁错?

费武终于决定同小妖结婚，筹备了两场婚礼，先到小妖的老家办，等开学后再在黄龙镇办，整个暑假都不在学校。开学前，费武和小妖回来，在楼道里遇见英素花，费武的眼珠子差点没蹦出来，小妖给了他屁股上一脚，顺便白了英素花一眼。费武很快就打听到这个美女的来历，后悔不迭，要是暑假不跟小妖去结什么鬼婚，他岂会放过追求英素花的机会？为了这个大美人，他绝不惮于跟小妖撕破脸，现在，让向天舒这小子捡了便宜，自己又进了婚姻的坟墓，一点儿机会都没有了！他只好过过眼瘾和嘴瘾，借故往百货公司跑，如果看见英素花在向天舒屋里，立刻就进去搭讪。费武叮嘱向天舒带上英素花去参加他和小妖的婚礼，但向天舒没带。他们结婚后，郝校长兑现了承诺，将小妖安排在后勤部上班。

英素花略施粉黛，无论穿什么都很得体，成了黄龙镇的姑娘们竞相仿效的对象，服装店每次到新货，易老板都要先拿去给她看，她喜欢的，打本也会卖给她，她往身上一穿，便是个活广告，同样款式的衣服立刻就销售一空。她成了黄龙镇最时髦的人，小妖的风光因此丧失殆尽，“小妖小妖屁股翘”的童谣也不再响起，俟小妖做了准妈妈，肚子一天比一天大时，便不敢再上街，渐渐被人遗忘，直至身材恢复，才又抛头露面。小妖背后没少说英素花的坏话。英素花已习惯了来自同性的嫉妒，通常都不计较，但如果对方有恶意，她也不是好惹的。英素花和小妖，可谓针尖对麦芒，偏偏又低头不见抬头见，弄得向天舒和费武都很为难，特别是费武，只敢偷偷跟英素花搭讪。英素花只要见到费武夫妇在一起，就故意对着费武媚笑，将小妖气得七窍生烟。

外地学生返校后，听说百货公司来了个美女售货员，男生们按捺不住，相继邀约着去百货公司，假装买东西，偷眼觑英素花，她却只是笑。高年级的男生看过她以后，不约而同都往厕所跑。待她在校园里出现时，引起不小的骚动。教学楼的走廊里站满了人，操场上踢球的人都忘了踢球。

“快看，她就是包姥的姑娘，向老师的相好。”

“长得真好看！”

“别流口水！”

“她叫英素花。”

“哼，小狐狸精！”

“不许说向老师的坏话。”

“人家是男才女貌。”

“……”

向天舒有意带英素花在众人前亮相，省得大家少见多怪。晚饭时，两人一起去食堂打饭。因为她的出现，许多学生打了饭不急于离开，排队打饭的人也不似平常拥挤，排在前面的，忙着看英素花，到了窗口都不知道，侯小甄用饭勺敲击窗台，才如梦初醒。他们打了饭，并不回宿舍楼，款步向绿水塘边走去，天边有壮丽的云霞，将英素花的脸映红，更加妩媚，吃饭前将口红擦干净，唇色红，唇线分明，她其实用不着涂口红，连向天舒都看呆了，想亲又不敢，附近有不少学生，坐在草地上吃饭，边吃便朝他们张望。吃完饭，又坐了一阵，向天舒替英素花拿着碗，绕绿水塘一周，穿过竹林，经过大院，到球场边看高三两个班的男生比赛篮球，李善财和田家鹤也在场上，场边观战的学生纷纷向向天舒致意，眼睛却瞅着英素花，董老师嘴里含着哨子，回头向他们俩打了个招呼，他与向天舒的关系好，乐意为高中毕业班每星期一次的篮球赛当义务裁判。

“豁豁，叫素花姐。”

豁豁受宠若惊，却很腼腆，在喉咙里叫了一声“素花姐”，连眼皮都不敢抬，英素花笑着答应。

“素花，我们都叫他豁豁，很聪明懂事的，家住南门街。”向天舒故意当面表扬豁豁。豁豁不似从前那么顽皮，学习很用功。

英素花专心看球赛，场上的人都跟打了兴奋剂似的，格外卖力，场面十分火爆。

球赛散后，离晚自习还有一点时间，他们便到操场一角的草地上闲坐。

上晚自习的铃声很快就要响起，走廊里还站着许多学生，草地上温书的学生也不急于进教室，终于，铃声响起，教学楼前出现一个人，抬头对着楼上的学生嚷：“看什么看，还不进教室去！”是程文礼。

向天舒惦记着同英素花亲嘴的事情，两人回家将碗洗了，再度出门，在夜色的掩护下，手拉着手，又来到绿水塘边，长虫山山脊上燃起野火，似失落的晚霞，渐渐蔓延成一条火蛇，将他看得呆了。英素花以前也见过长虫山上的野火，但没有太在留意，受向天舒的感染，又因静谧的夜，寥落的星，暗昧的水，神秘的气息弥漫，不觉将头靠在他肩上，看着野火出神。他下意识地将她紧紧搂在怀里，长久地一动不动。最后，他从冥思里清醒，看着她的眼睛，她却迟迟未回过神来，野火在她的眸中熊熊燃烧，他想起要做的事情，将她的头轻轻转过来，捧在手心，舌便似口中冒出的火焰，将她的唇也点燃了。

与大人不同，孩子们都喜欢英素花，原因很简单，这么漂亮的阿姨，谁不喜欢？笑笑和乐乐主动亲近她，后来干脆拉着她的手，得意地在校园里走。朱友庄本来对英素花持保留意见，见她跟自己的孩子要好，便没有理由不信她是个好姑娘，很快改变了对她的看法。

而与笑笑同龄的麦香，同英素花的关系却很微妙，原因出在英素花身上。

开学后，麦香照例又到干爹家吃午饭。一日，英素花休息，也来和他们一起吃，第一次见到麦香。向天舒跟他说起过麦香和大吉寨的事，她很赞赏向天舒的做法，见到麦香，却愣住了，心里有一种说不出来的滋味。

“麦香，叫素花阿姨。”

麦香清脆地叫了一声“素花阿姨”。她笑着摸摸她的头，说：“麦香，你长得真好看！”心里却有些酸溜溜的。她没见过叶莲，只能想象叶莲的样子，见了麦香，对叶莲的想象一下子变得具体起来，麦香似乎就是缩小版的叶莲。待麦香到黄龙中学上初中以后，便成了她的心病。

渐渐地，英素花来校园里的次数多了，大家习以为常，但每次出现，依然是各种目光的焦点。

向天舒几乎将白天的所有时间都用在教学上，有两个好处，其一，不用为白天见不到英素花而难过，其二，两个毕业班上都有许多学生与他相处了五年，见证了他和叶莲的那段刻骨铭心的爱情，他对他们抱着特殊的感情，为他们付出也是一种纪念叶莲的方式，而且，大部分学生因为多年来受了他的直接影响，学习刻苦，方法灵活，有望考上大学，他想创造一个奇迹。英素花也很支持他，但条件是晚上的时间要留给她。

三十四

听说儿子又有了相好，向母第一时间便赶来了，向天舒心情好，母子都不计前嫌。英素花同向母见了面，举手投足无不得体，向母一开始还对她热情有加，交谈中得知她是百货公司的售货员后，掩饰不住内心的失望，脱口而出："是个卖货的！"英素花闻言色变，向天舒连忙将话题岔开。

回家的路上，英素花闷闷不乐，向天舒不迭声地向她赔不是，详细描述了母亲的为人，将他和母亲的矛盾也如实相告。

"你看，我妈跟我都这样，你就别跟她计较了。"

英素花这才消了气，但隐患已经埋下。

他回家后，向母还没睡，坐在客厅等他。

"天舒，你怎么还没买电视？晚上没电视看，无聊死了。"

"以前没电视不也过得好好的吗？"

"听妈的，买台电视吧，要不，我帮你买。"

"不用，我不喜欢看电视。"

"你真怪，跟你爹一样固执。"

"妈，时间不早了，睡吧。"

"不忙，我有事问你。"

“什么事？”

“你的那个对象，叫什么英素花，名字怪怪的，妈觉得她的工作不好，整天站柜台，抛头露面，接触的人复杂，她又长得那么漂亮，万一……”

“妈，你有完没完，以后别当着人家的面说不好的话，卖货的怎么了，那我找个种地的。”

“妈不是这个意思，妈的意思是，你要多几个心眼，不合适马上重新找，凭你的条件，还愁找不到更好的？”

他知道说多了又要吵，随意敷衍了几句，上床睡觉去了。

向母对英素花不冷不热，有一次吃饭时问：小英以前谈过恋爱吗？被向天舒瞪了一眼，才没问下去，但心里已然在犯嘀咕：肯定有什么见不得人的事才不敢说。总之，她对儿子新交的女朋友不是很满意，住了一个星期，惦记着家里的活儿，要走，向天舒让她过一天再走，英素花休息，可以一起去送她，她一听，铁了心要马上走，向天舒无奈，只好一人去送她，她在车站反复跟他说：“儿子，知人知面不知心，别只看外表。”

英素花下班回来，听说向母已走，脸上掠过一丝喜悦，嘴上却说：“唉，早知道我就请假去送她了。”向天舒当然不会说母亲是故意不要她送才走得这么匆忙的。

两人终于又单独在一起，有种小别的感觉，饭也顾不上去吃，关上门，激情拥吻，刚准备上床，有人敲门，不予理会。

“小向在吗？”是包姥的声音。

两人面面相觑，她怎么会找上门来了？！

“素花在吗？”

敲门声更重了。

包姥大呼小叫，不由他们不开门。

“妈，你来做什么？”英素花一脸的不高兴，头发还有些凌乱。

“怎么？我不能来？我来找我闺女不行吗？”

“坐吧，我给你倒茶。”向天舒无奈地说。

“不用，我先瞅瞅，我还没见过知识分子的家是什么样子呢，哎哟，不得了，这么多书，啧啧，不愧是读书人。”

卧室的门虚掩着，包姥推门就进去，床上零乱，她装作没看见，走到窗前。

“这么多菜地，老师还兴种菜啊？咦，菜地里怎么会有个花园？”

“那是天舒的花园，只有他不种菜，种花。”英素花没好气地说。

“中看不中用，还是种菜好，要不，小向，我叫素花她爹来帮你改成菜地？”

“不必，我就喜欢花。”向天舒将被子整理了一下，随口答道。

“嘻嘻，有情调，不愧是省城来的知识分子。”

包姥回到客厅，坐在沙发上喝茶。

向天舒和英素花站在窗前看花园，他突然说：“其实，我有两个花园。”

“那还有一个呢？”她费解地问。他咬着她的耳朵轻轻道出，她的脸一阵潮红，低声说：“你这个大色鬼！”后来，他们约定了一个暗号，把“做爱”叫做“浇花”，有做爱的冲动时，人前也敢说“想浇花了”，感觉格外刺激。

“你们还没吃饭吧。”包姥大声问。

“没吃。”英素花应道。

“我也没吃。”

向天舒知道报姥打发不走，便提议一起到蔡家饭馆去吃饭，他请客。

“何必这么破费，简单吃点就行了，听说你们食堂的伙食不错，我正好见识见识。”

“那，你们等着，我去食堂打回来吃。”

“你一个人怎么拿得下，一起去吧，走，素花，我们跟小向一起去。”包姥站起来要往外走。

“不用不用，我跟素花去就行了。”向天舒连忙改口说，对英素花使眼色，她会意，说：“妈，你在家等着，我和天舒去就可以了。”

“好好，你们去吧。小向，你还会抽水烟筒？”包姥大惊小怪地说，拿起水烟筒，空嘴试了试，向天舒将茶几上装烟丝的铁盒递给她，拿上碗，和英素花到食堂去了。包姥吸了几口水烟，便带上门出去了，其实，她早有预谋，要在黄龙中学的校园里招摇一番。

包姥昂首挺胸，目空一切，所到之处，似在平静的水面投了一块石头。

“她怎么在这儿？”

“人家快做向老师的丈母娘了。”

“瞧她那副德性！”

“听说她年轻时风骚得很。”

“你以为她现在不骚啊。”

“听说她会采阳补阴，你小心点！”

“别乱说，小心我揍你。”

“……”

许多学生在窃窃私语。

卫主任迎面走来。

“卫主任，你好啊。”包姥主动笑着打招呼。

卫主任打她的左边经过，眼里似笑非笑，虽然没搭理她，但态度还不算坏，她并不知道这是只羊眼睛。

包姥从大院前经过，仔细看门口的两只石狮，又到大院里转了一圈，大院的主人过去一度是她家的座上客，如今门庭依旧，却物是人非，出门遇见打饭回来的年轻教师，便一一对他们假笑，谁也没料到会在家门口撞见包姥，都莫名其妙，她乘机走远。

食堂外很热闹，包姥抖擞精神，径直走过去，引起一阵骚动。

“妈，你怎么来了？”英素花端着饭迎上来，低声责问。包姥装作没听见。

向天舒的脸上火辣辣的。包姥的出现，似在向众人宣布，她和英素花是母女俩，这是谁都无法改变的事实。郝校长和单玉老师从食堂里出来，看见她，一下愣了。郝校长一言不发地看着她。

包姥脸上的笑立刻躲进褶子里，与郝校长对视了一番，终于败下阵来，朝天翻着白眼。全黄龙镇，她最忌惮的人是郝校长。倒不是因为后者长着三头六臂，她不明白，怎么还有这么正派的领导，以前的校长都对她礼让三分，唯独这个郝校长，公然跟她叫板。

“小向，伙食不错嘛！”包姥凑近向天舒，揭开碗盖说，这是一个亲密的举动，向天舒避无可避。郝校长一声长叹，大踏步离去。

包姥吃完饭，坐在客厅喝茶，没有要即刻离去的意思，向天舒和英素花只好陪她坐着，费武走进来，给向天舒和包姥一人发了只烟，大大咧咧地坐下。

“小英和我们向老师挺般配的。”

“那是。你们家小妖呢？婚礼办得挺风光的嘛。”包姥叼着烟，乜斜着眼说，费武的为人，她清楚得很，丝毫不客气。

“还好。什么时候喝你们的喜酒啊？”费武看着英素花说，小妖不在，他的目光便跟苍蝇一样，须臾不离她的身体。英素花没理他，小妖在时，她才会理他，为了气小妖；小妖不在时，她压根儿就不睬他，这让费武很矛盾，要想让英素花理他，得小妖在，而小妖在，他又不敢正眼看她，他不知道是希望小妖在呢，还是希望小妖不在。

“快了，是吧，小向？”包姥替女儿回答。

向天舒懒得应她。

费武走后，他同英素花耳语：“今天就算了，你不走，你妈不会走的，明天再要你。”

英素花怏怏不乐地离去，临走，包姥笑嘻嘻地说：“小向，黄龙中学校园美，伙食好，我会常来看你的。”

向天舒享受热恋的同时，也承受着巨大的压力。压力更多来自他所喜欢的人，似费武、程文礼者，根本不在他考虑的范围内，他们愈是恼火，他愈是快意；而以郝校长夫妇为代表的许多人，为英素花的事与他疏远，却令他很难过，和英素花恋爱以后，他没再去郝校长家吃过饭，英素花在，单玉老师想单独请他都没机会。不过，英素花的为人，时间一久，大家渐渐都看明白了，和她妈不是一路人。偏偏包姥借机兴风作浪，校方要对付她，又碍着向天舒的面子，投鼠忌器。有一次，包姥公然跟几个逃课的男生在男生宿舍里抽烟，郝校长听说后火冒三丈，说：“不要被我逮住。”

本来，包姥与黄龙中学势同水火，向天舒与英素花的关系让这种冲突白热化。她以前从未踏进过黄龙中学大门，她自己不屑，黄龙中学也不欢迎，此后，她只要说一句："我找小向。"故意说得很大声，便大摇大摆走进黄龙中学的校门，管大爹也无可奈何，只能在她背后做几个呕吐的动作。她的身影在教师宿舍楼乃至整个校园频频出现，后来俨然以向天舒的准岳母自居，令单玉老师恨得牙痒，但也只能在心里抱怨向天舒。程文礼、费武之流则袖手旁观，等着看笑话。向天舒无奈，谁让英素花有这么一个妈呢？有时，他又把包姥的存在当成一种挑战，善与恶，光明与黑暗。

向天舒喜欢包家的老宅，常常趁英素花休息时去她家，与她在院中闲坐，兴致来时，便栓上门在院里做爱。

英素花是个爱憎分明的人，对母亲抽大烟的恶习深恶痛绝，尤其不能忍受二流子来家里，但也无可奈何，虚与委蛇，因为她是包姥的女儿，二流子嘴上讨点便宜，不敢太放肆，时间长了，除了个别的，二流子在英素花眼里并不似别人说的下作，她也不十分讨厌他们了。

那天合该有事，包姥没去摆摊儿。

向天舒午饭后去找英素花。她临时有事到百货公司去了，英背时照例在地里干活，包姥对向天舒殷勤备至，给他泡了一壶茶，烟瘾犯起来，便到卧室里抽大烟去了，丝毫不避他，让门开着。熟悉的味道飘到堂屋里来，钻进向天舒的鼻孔，芬芳的邪恶，令他难以抗拒。他再次冲动，因为同包姥熟稔，不必再遮遮掩掩，径直走进卧室，包姥愣了一下，似乎明白了他的来意，说："小向，来一口？"他没动，包姥已过足了瘾，将嘴里的烟缓缓吐出，起身将烟枪塞给他，自己上茅厕去了。向天舒着了魔一般，就着烟灯抽起来，双眼迷离，三魂出窍。

门口出现一个人影，没等他回过神来，烟枪已被劈手夺过去，烟灯也摔在地上，是英素花。

他跳下床，不知所措，"啪"一声，脸上重重挨了一记耳光。

“你太让我失望了！”英素花杏眼圆睁，气咻咻地说，胸脯激烈起伏。

他一言不发，脸上火辣辣的。

“素花，你疯了，怎么打人呢？小向，没事吧？哎呀，我的烟灯！我的烟灯！！还好没摔坏！！！摔坏就没有了！”包姥刚好进屋，大呼小叫，从地上捡起烟灯，小心藏好。

“妈，你干吗要教他学坏？”

“哼，我教他学坏？！他这么大的男人，用得着我教？！”包姥没好气地出去了。

“素花，我错了，以后绝不再犯。”

“老实讲，你抽过几次？”

“两次。”

“就两次？”

“就两次，上一次还是五年前的事。”

“你骗人！我从没亲眼见过我妈抽大烟，你倒好，才抽两次，就被我撞上一次，有这么巧吗？”

向天舒便将那次如何找学生，如何在好奇心的驱使下抽了大烟，向英素花原原本本坦白。

“今天也不知怎么搞的，鬼迷心窍了。我知道这不好，说出去丢人。”

“谁会说出去？你发誓以后再也不抽了。”

“我发誓，再抽我就得肺癌。”

“不许瞎说。你以后少抽点纸烟，行吗？”

“行。”

英素花这才消了气。伸手摸他的脸，问：“还疼吗？”

他摇摇头。

“对不起！”

“打得好，把我打醒了。再打几下才好呢，来，再打几下。”

向天舒将脸伸过去。

“嬉皮笑脸！”她说着，轻轻拍了一下他的脸，就势扑进他怀里。

“我摆摊去了，你们可别打架。”包姥在院子里大声说，出门去了。

“我们到院子里去吧。”他突然一阵冲动。

“又想干坏事了！”她软在他怀里。

他拴好大门，到堂屋里将躺椅抬到前院中，放在枣树下，树影婆娑。

“搬椅子出来干吗？”

他却只是笑，突然将她拦腰抱起，放在躺椅上，她这才明白了他的意图，羞得满脸通红。

“坏人，又玩什么新花样？”

他将她的衣服脱了，两腿分置于扶手上，像朵盛开的花，蕊的秘密一览无余，他立刻变身为蜜蜂，飞在空中，一开始只是试探，终于抵御不了蜜的诱惑，消失在花心里。

英素花恨不得每晚都跟向天舒待在一起，但后者的工作忙，连晚上都要去辅导学生上自习，好容易熬到他回来，又忙着批改作业。她生过几次气，向天舒耐心跟她解释，实在不行，便上床解决，那时双方有的是激情，无论什么矛盾，一上了床，立刻就化解掉。为了不影响他工作，及避免生些不该生的气，除了周末，英素花偶尔才留下来过夜，晚饭及黄昏则都在一起，夜里常常被思念所困扰。她想了一个打发时间的办法，将自己有限的积蓄全部交给包姥，让她再添些钱，买了台电视，有了电视，她就不寂寞了。其实，她更希望向天舒家里有电视，这样她夜夜不回家都可以，但他偏偏讨厌电视，她不理解，但也没多说什么。

星期天下午，李善财和卡梭两家父母来向天舒家小坐，不知是谁说起百货公司的美女售货员，大家议论纷纷。“这么漂亮的女娃，要配我们向老师才行。”善财爹说。

向天舒笑着说：“她就是我女朋友。”

在场的人都很惊讶，善财爹甭提有多得意了，大家对黄龙镇的人事不了解，心思也不如镇上的汉人复杂，觉得英素花与向老师再般配不过。

他送他们出门，顺路带他们去百货公司见英素花。集散了不久，还有许多人赖在百货公司里不走，英素花对向天舒介绍的一干人笑脸相迎，令其他人嫉妒，而令善财爹他们觉得无上荣耀。他跟她说要去看个朋友，让她晚上自己吃饭。他想看的人是艄公，便同李善财和卡梭的家人一路，离开百货公司，向渡口走去。一行人有说有笑，一路都在夸英素花，说她开朗大方，有礼貌，木船划过来，善财爹嘴快，将他们的事说给艄公听，向天舒本想亲自告诉艄公的。

许久以来，他不是忙工作就是跟英素花在一起，又见艄公，格外亲切。艄公也很高兴，头天网到的鱼还养在盆里，捞起来剖了，小的炸，大的煮，又炒了一碗腊肉，煎了四个荷包蛋，又用过江人送的新鲜野菜煮了一大碗汤，煞是丰盛。向天舒受怪老道和寒禅吃素的影响，不忍看鱼被活宰的场面，吃起来却把这一幕给忘了。

“小向，恭喜你！”

他与艄公连干了两杯，突然有些惭愧，让一个长年与孤独为伴的人分享自己恋爱的喜悦，是否欠妥？

“小向，听那些人的口气，你的对象是个不错的人，合适的话，就早点结婚，省得夜长梦多。”

“你说，我像个会结婚的人吗？”他半开玩笑地问。

“这还有什么像不像的？”

“那你为什么不结婚？听说前不久还有人给你介绍对象呢。”

“那些人吃饱了没事做，给我介绍什么对象，我都这把年纪了！”艄公古铜色的脸，喝了酒，一激动，变成绛红色的了。

“这跟岁数无关，你看起来很年轻的。”

“小向，你也开我的玩笑。”

“好好，不开这种玩笑，我知道阿霞在你心中的地位是无人可以取代的。”

“莫非，你心里还装着叶莲姑娘？”

“当然，但并不碍事，我的心大，再来几个都装得下。”人愁时，或喜时，易醉，向天舒今天的情形自然是后一种，口不择言，跟艄公说俏皮话。

“小向，说正经的，你老大不小的了，该考虑结婚的事了。”

“会的，我会慎重考虑的。”他认真地说，他确实有过娶英素花的念头。

向天舒对安全套的需求量剧增，总让省城好友买了寄来，不方便，而且，对方是独身，不好总拿这种事去刺激他，想起白医生，便去找他帮忙，卫生所有免费发放的避孕套。

他的光临让白医生兴奋不已，听说他并不是来找自己看病的，白医生有些失望，自从儿子当了班长以后，他对向天舒一直很感激，时刻都想报答他。

卫生所很安静，从白医生二楼办公室的窗户看出去，田园山水尽收眼底，倒是个修身养性的好地方。桌上有一台老式收音机，向白医生发布了很多年的新闻，自从有了电视，白医生的新闻来源丰富了，收音机被冷落；但随着电视的普及，他知道的新闻，大家也都知道，并非他一人的专利，他不甘心，将目光收回来，着力挖掘本地新闻。

白医生忙着给向天舒发烟倒茶。

“白医生，有点私事请你帮忙。”

“何必这么客气？尽管说。”

“我需要避孕套。”

“多大个事情！要多少？”

“多多益善！”

白医生二话没说，转身出去，没多久，提着一个纸袋回来，递给向天舒。

“够用一阵的了。”白医生挤挤眼，两人都笑起来。

“是百货公司的小英吧？”白医生明知故问。

“是啊。”

“这姑娘漂亮，真漂亮！”

“可惜，她是包姥的女儿，说闲话的不少。”向天舒故意叹了口气。

“向老师，别理会，这些人是嫉妒，没安好心。包姥那个老蛊婆，养出这么好个姑娘，也不知上辈子积了什么德，下辈子再生，肯定是个癞蛤蟆。”白医生心直口快，并非为了讨好他才这么说的。向天舒满心欢喜，夸英素花，比夸他本人还令他受用。

“不过，老蛊婆不好对付，你可要多长几个心眼。”

“你要替我保密啊。”

“那当然。”

其实，说出去也无妨，婚前性行为早已不是新鲜事，白医生也知道这样的新闻没什么轰动效应，直到向天舒再次来找他拿避孕套时，惊骇之余，才发现了其中的新闻价值。白医生没想到避孕套用得这么快，亏他还多了个心眼，将给对方的避孕套一五一十点过数，心里的小算盘一打，乖乖，刨除女方的经期，几乎每天一个，而且，他不信他们安全期还避孕，也就是说，有时一天不止用一个。不久，镇上开始流传，说向天舒的床上功夫十分了得，丝毫不逊于伍蛮子。待他再走到街上时，妇人看他的目光发生了微妙的变化。他为此又得了一个外号：金刚。

与省城好友寄来的避孕套相比，卫生所的免费避孕套档次差了一大截，英素花不喜欢，但又不得不用，兴起时会将套扯掉，这样做自然很危险，向天舒只得拿出忍功，以免发生漏泄事故；而在月经前后的安全期内，她死活都不让用套，他常常捏着一把汗，因为安全期也有不安全的时候，两人为此起过不少争执，英素花任性，他只得让步，事后提心吊胆，直到她下次来潮，才放下心来，可没过多久，心又悬了起来。他们从未试过避孕药，他不放心这种看不见的防护措施。

秋凉冬寒，两人恋爱的热情却丝毫不减，衣服再厚，也遮不住英素花身体的魅力，向天舒最喜欢做的事情，便是将她的衣服一件一件脱下来，如剥茧抽丝一般。两人的性爱为外人所不知，却惊天动地。英素花在床上的开放姿态，有时会令他想起陈冉，事实上，两人有某些相似之处，都激情四溢，都向往外面的世界。

向天舒的素描已经画得不错了，天凉以前，常常用英素花做模特，但画着画着就不能自已，扔下画笔，与她颠鸾倒凤去了，现实中的人对他的吸引力更大。天凉后，英素花不能再光着身子给他做模特，他便凭记忆画，画完后给她看，她有时说画得好，有时又说画得不好。有一次，他画完一幅素描，没给她看，是她自己看见的。

“噫，怎么画好了也不给我看？这是我吗？我没那么小吧。”

他不知如何回答，后悔没有及时毁掉。这不是他第一次偷偷画叶莲。

“是她？”

英素花这么聪明的人，岂能不明就里，他点点头。她没说什么，仔仔细细看画，像要牢牢记住画中人的模样。但她一直耿耿于怀，好一阵都不让向天舒画她，直到他潜心替她画了一幅很美的头像后，她才原谅了他。他还亲自动手制作了一个画框，将头像镶嵌起来，挂在莫奈的画的位置，而将莫奈的画移至书房，进门的人，常常被英素花的画像惊呆，麦香每次都会对着画说：“素花阿姨真好看！”他很得意，连英素花都常常看着自己的画像出神，喃喃自语：我有这么美吗？

向天舒喜欢波德莱尔的《恶之花》，书名每每令他联想到英素花的名字。他画过一朵想象中的奇花，根部是恶魔的形象，巨大的花瓣打开，英素花一丝不挂，从蕊中升起，长发披垂，双眼迷离。

生活中不仅有画画这样极雅的事，也有极俗的事。

有一次，向天舒不小心在英素花面前放了一个响屁，她非但不以为意，还欣欣然，令他讶异。她解释说：这说明你跟我在一起时无拘无束。他想想有道理，两人相爱时，两人也似一人，谁独自一人时放屁不出声？遂戏谑说：我也要你无拘无束。英素花笑而不答。后来，向天舒再放响屁时便不再避着英素花，还摇头晃脑地说：响屁不臭，臭屁不响！而她也当他面放过几次响屁，都是过于放松的缘故，非有意为之，不似他那么肆无忌惮。

今年就下了一场雪。百货公司里很冷，英素花一面烤火，一面看着门外的大雪，闷闷不乐，向天舒适时出现，令她欣喜。

“下雪了！”

“是啊，等我下班，天就黑了。”

“没关系，我陪着你。”

但他只能在柜台外陪她，百货公司里有规定，柜台内不许外人进。

一个顾客都没有，英素花不停看表，时间过得奇慢。向天舒冻得直跺脚，她要将火盆给他，他不要，不时到门外看雪，街上的雪积厚了，又跑回来，将头伸进柜台，同她亲嘴。亲嘴不过瘾，便动手去解她的上衣纽扣，她紧张地看着门外说：“小心有人。”好容易将她的上衣纽扣都解开，他转身跑到门口，左右看看，确信无人，又跑回来，像个孩子一样，抱着英素花白里透红的乳房吮吸，欲望一下就被撩拨起来，全然忘了寒冷。

“有人来了！”

他从柜台弹开，英素花“咯咯咯”笑起来，一面笑一面扣好纽扣，他意识到受骗，假装生气地说：“看我晚上怎么收拾你。”

吃完晚饭，他们向了一阵火，看雪住了，便出门到绿水塘边去。

天很黑，待眼睛适应了黑暗，便没那么黑了，雪已住，天上隐约有亮，雪上有极微弱的反光，依稀能看见三四米外的东西。此情此景，令向天舒想起了另一个雪夜，及另一个人。

“天舒，太冷了，回家吧。”

“不，你忘了我说过要惩罚你的事了？”

“怎么惩罚？”英素花想起下午的事来，在黑暗中笑道。

向天舒在她耳边小声说了两个字，顺便将热气吹进她的耳朵，弄得她的心里痒酥酥的。

“不会吧，在雪地上？会着凉的。”英素花的话音刚落，便“啊”的一声，对方的手已经伸进她的衣服，又冰又刺激。

所有的雪都被他们融化了。

两人穿好衣服，抱紧对方。

“你刚才像个强奸犯。”

“我也有这种感觉，太刺激了。”

“舒服吗？”

“舒服！没弄伤你吧？”

“疼！坏人，担心感冒。”

“喜欢吗？”

“喜欢！特别喜欢！”

不幸被英素花说中，向天舒为一时的贪欢付出了代价，第二天就开始发烧，她却什么事都没有，取笑他说：“你天天练武，身体还不如我呢。”他在床上躺了两日，烧退去，右肩却开始剧痛，肩周炎的老毛病又犯了。他上大学打工的时候，右肩受过伤，转成顽疾，练武时收不住力，复发过几次，英素花让他去找白医生看看，他却懒得去。

第三天，雪完全化了，同过去相比，雪下得越来越少，化得越来越快，如此偏僻的小镇，也难逃全球气候变暖的厄运，迟早有一天，雪会变成遥远的记忆。

春节来得早，寒假放了没多久，便过年了。在英素花的一再坚持下，向天舒随她回家吃年饭。这么多年来，英素花第一次在家过年。她不在的时候，包姥会叫一帮二流子来家里吃年饭，将英背时赶回他的小屋，来人都带着酒菜，一伙人喝酒猜拳，闹得乌烟瘴气，然后打一宿麻将，闲着的人便轮流进包姥的卧室吸大烟，满屋弥漫着邪恶的气味。英素花回来了，包姥不敢放肆，何况向天舒也在，便叫英背时和英素花去准备年夜饭，让向天舒陪她说话，向天舒不肯，帮厨去了，她只好一人看电视。

电视里的联欢晚会热火朝天，吸引了所有人的目光，将外面的花花世界展现在黄龙镇人的眼前，令他们不甘于现状。

包姥喝高了一点，早早上床去睡了。

英背时难得有机会享受过年的滋味，津津有味地看电视，零点的钟声敲过很久，才回屋去睡。

向天舒也和英素花洗漱了准备睡觉。他拿出一包东西。

“什么呀？”英素花奇怪地问。

“送你的过年礼物，打开看看。”

原来，他一个月前就让好友帮他从省城给英素花买了一套衣服寄来，预备过年送给她。当地人还保持着过年穿新衣的传统。

英素花乐坏了，当即试穿，很合身，抱着他亲个不停。

他借着酒兴，将她抱上床，弄出很大的动静。“啪”一声，包姥闯进来，两人裹着被子坐起来，英素花失声大叫：“妈，你怎么能……”包姥却振振有词地说：“你们鬼喊狼叫的，我以为出什么事了呢，再说，小向，谁允许你跟我们家素花睡了？”两人反倒被她说得哑口无言。包姥装模作样地对向天舒说：“素花现在是你的人了，你要对她负责到底。”临走，还故意说，“别再忘了闩门。”两人好容易才又重新调动起情绪来，不敢出声，折腾至后半夜。

第二天，包姥看见英素花身上的新衣服，不免嫉妒，恨自己不再年轻。午饭后，英素花拉着向天舒出门去了。

街上很热闹，本地的，乡下的，跟赶集一样，每个人都穿着新衣服，英素花的出现让别的女子黯然失色，她生得美也就罢了，偏偏又配上这么漂亮、时髦的衣服，小镇的人哪里见过，她的虚荣心得到了前所未有的满足。

从今年起高考时间大大提前，备考时间仓促，放寒假前，向天舒征得郝校长的同意，让两个高中毕业班提前收假，别的任课老师也很愿意牺牲假期的时间来辅导学生，除个别学生外，大家都很积极。唯一不高兴的人是英素花，好容易盼来的假期，消停了没几天，向天舒便又跟平时一样忙碌起来。

三十五

封氏夫妇归来，儿子却没一起来，在老家上小学，哥哥不在，妹妹落落寡合，对向天舒十分依恋。他将预备给兄妹俩的糖果全给了她，心里感伤，待她也上了学，就再也见不到了。

春末夏初，向天舒从封氏那里买来新鲜的柑橘蜜，给老谭送去，门关着，奇怪老谭怎么还没醒，黄昏时再去，门还关着，这就不正常了，老谭一向勤劳，不可能歇业的。他敲了敲门，没有动静，许是出门去了，索性坐在门口抽烟等他。来了一男一女，东门街的人，也找老谭，说是今天来取棉被，家里有客，等着用，说好的，老谭也太不讲信用了。女的开始捶门。

“怕是出门去了。”向天舒说。

“他能去哪儿，要去一整天？我们下午就来过了，不会拿着我们的钱跑了吧？”女的气哼哼地说。

“要不，撬开窗户看看？”向天舒提议，老式门板窗，容易撬开，他早有此意，一个人不便擅自行动，以免瓜田李下之嫌。

他和那男的一起动手，卸下一块窗板来，男的刚往里探头，“啊”一声缩了回来，面色苍白，向天舒伸进头去一看，老谭直挺挺地躺在屋中，大概死了。那女的叫起来，惊动了四邻，大家围在门外，不敢近前，派出所的警察来了，其中一人翻进窗户，从内部将门打开，别的警察鱼贯而入，白医生也来了，警察请他进去帮忙，外面的人越积越多。不久，老谭被抬了出来，盖着白布，白布很旧，大概是老谭自己的被单。据白医生说，老谭因肺癌猝死，已死了两日。老谭没有亲戚，公家出钱将他葬在长虫山上的坟场，没有任何仪式，甚至连墓碑都没有，渐渐被荒草淹没。

弹棉花的声音从黄龙镇永远消失了。

老谭住过的老屋一直空着，门窗紧闭，人经过时很少停留，据说有人在夜里听见过“哐哐哐哐”的声音，黄昏以后，小孩便不敢在附近玩耍。多年以后，黄龙镇大搞建设，老屋被推土机推平。

向天舒将英素花介绍给封氏夫妇，他们很喜欢她，替他高兴，两个人比一个人好，一个人太孤单了。“但是，”封氏的妻子后来在他单独来访时说，“向老师如果想过我们这样的生活，素花姑娘不一定乐意。”他问为什么，她说：“感觉她更向往城里人的生活。”他不得不佩服对方的眼力。事实上，英素花不止一次问过他：“真的不回省城吗？”他明白她的意思，是希望他带着她一起回去。每次他都无比坚决地说：“不回。”以消除她的幻想，她心有不甘，嘴上却说：“无论你在哪儿，我都不会离开你。”

天气转热，英素花身上的衣服越减越少，有一天他开玩笑说：“再减，就没有了。”其实，她的打扮不算过分，要搁在省城，还算保守的呢，但小地方的人少见多怪，连向天舒都受了影响，一开始数落过她穿得暴露。究其实，他不愿意其他男人的目光有机可乘。英素花的个性和她的长相一样出众，限制多了，反倒没味了，想明白这层道理，他就没再介意；何况，她这样穿并非为了炫耀，或如某些居心不良的人所言，是为了勾引野汉子，而是出自对美的追求。许多女子受了她的影响，穿着也渐渐开放。她成了黄龙镇首开风气的人。

英素花喜欢听向天舒吹笛，有一天调皮地说：

“你会吹笛，我会吹箫。”

“当真？”

“当真！”她一脸坏笑，他即刻明白了她的意思，笑着说：“我要你现在就吹。”

封氏夫妇离开不久，白虎山脚的罂粟花竞相绽放。

在英素花的陪伴下，向天舒恢复了去紫溪洗衣服的习惯。叶莲离世后，他没再到紫溪洗过衣服，再次去洗衣服，心里有些异样。叶莲的形象变得模糊，任他怎么捕捉，都捉不到，不免责怪自己的忘性大，时间不是问题，而是爱情有了张新面孔，旧的爱情功成身退，藏在记忆的深处。因为要就英素花的休息时间，他们去洗衣服时都不在周末，而周末以外，极少有人来洗衣服，很安静。他们洗完衣服，将衣服晾在草地上，便到溪里洗澡。

英素花躺在溪里，一丝不挂，让向天舒站在岸上帮她放哨，洁白的身体在水里荡漾，沉甸甸的乳房浮在水面，似睡莲一般轻盈，乳头被泡成淡粉色，美不可言，他怕有人来，不敢下水去亲近。他带着画板，便坐下来画画。英素花知道他在画她，索性闭上眼，似睡非睡，与水不分彼此。他的画艺有了不小的进步，早已从素描过渡到水彩画的阶段，但他确信，就算是达 · 芬奇，也无法将眼前的美都画出来。

待太阳西斜，他们到白虎山脚采罂粟花，因为与爱人的名字谐音，罂粟花备受向天舒的青睐，整个夏季，那个明代梅瓶里都未断过罂粟花。

入夏后，陆续吃到杨梅。路边野生的青梅十分酸涩，但可以让焦渴的嘴里生津。紫红色的杨梅，有人挑来镇上卖，甜中带酸，色泽诱人，英素花爱买来吃，并且喜欢向天舒用嘴喂她。她熬的酸梅汤妙不可言。

顾芳结婚了，除向天舒外，别的老师都收到了请柬。

英素花的出现令顾芳深受刺激，她对英素花忌恨到了极点，想不通自己为什么还不如一个文化不高、作风不正的女人。英素花一开始莫名其妙，待知道她和向天舒的故事后，对她的敌意采取不屑的态度，胜者不跟败者计较，方显大度。

很多人说，顾芳嫁给万家的二儿子万老二，说明她不仅爱慕虚荣，还爱财，难怪朱友庄和向天舒都瞧不上她。

万家是黄龙镇仅次于廖家和马家的土财主，财源来自万家酒楼，靠公款吃请和婚宴赚了不少钱。万家酒楼是镇上唯一上档次的酒楼，三层砖混平房，三楼自家住，二楼包间，一楼摆了十几张桌子，门外高悬一块匾，上书“万家酒楼”四个大字，系祖传之物，字体宛如流水样的岁月，与没有血肉的骷髅似的水泥房极不协调。万家祖上就是靠开酒楼发家的，有酒窖，因隐秘，数十坛老酒得以保存下来，名声因此大振，遂成了上面来视察的各种领导定点吃喝的所在。

万家大宴宾客，镇上的头面人物无不在座，极尽铺张奢华，令贫穷人家咋舌不止。单是不绝于耳的鞭炮声就所费不赀。英素花听着没完没了的鞭炮声，撇撇嘴说：“只会烧钱炫耀的土包子！”

结婚后，按照万家的财力，顾芳用不着再工作，可她偏偏不辞职，因为教师这个职业可以给万家人脸上贴金，只是工作的态度更加恶劣，将对向天舒的怨气都发泄到学生身上，郝校长拿她无法。

高考临近，向天舒和英素花只有周末才在一起，平时连晚饭都不在一起吃，他将全部身心都投入到工作里去，仿佛要高考的是他，而不是学生。课余时间，学生有问题就到家里来问他，络绎不绝。

他常常抽空到家在镇上的学生家里去家访。一次去豁豁家，赶上豁豁爸在生气。

“豁豁他爸，怎么了？”

“向老师，你看，豁豁太不懂事了，跑去看录像了，都什么时候了，还看录像， 你为他做了这么多，他要考不上大学，怎么对得起你啊！”自从黄龙镇有电视以后，街上便出现了录像放映厅，就在大石桥的东侧，老板是东北人，长得像个流窜犯，常常弄些色情片来吸引观众，对青少年的负面影响绝不亚于包姥。后来不知犯了什么事，房租未付就跑路了，黄龙镇才又恢复了往日的宁静。

“是吗？我等他回来问问。”

“向老师，豁豁这孩子，我的全部希望都寄托在他身上！”

向天舒立刻纠正说：“你是你自己的希望。孩子是他自己的希望。不要给孩子压力。你忘了傅耀祖自杀的事了？不要把希望寄托在别人身上。”

豁豁爸虽不太明白他的意思，还是说：“对对，要他自己自觉。”

豁豁进门，看见向天舒，愣住了。

“豁豁，看录像去了？什么片子？”

“我也不知道，进去的时候片头已经放过了。”

“不是色情片？”

“不是。”

“那就好，学习紧张，放松一下也对，不过，下次要看就从头看。”

豁豁爸以为他会批评豁豁，没想到还鼓励他再去看录像。

“向老师，你怎么……”

“豁豁这么大的人了，知道什么该做，什么不该做，对吧，豁豁？”

豁豁低着头，向老师没批评他，反倒让他难受，高考前再也没进过录像室。

功夫不负有心人，这两个班创造了黄龙中学的升学记录，连县城里的中学都被比下去了，有十几个人考上大学，豁豁和白先生都上了本科，李善财虽只是专科，却是少数民族学生里成绩最好的，还有很多考上中专的，田家鹤一枝独秀，考上了中国的最高学府，轰动可想而知。向天舒得了一笔不菲的奖金，除了少数人，大部分老师心服口服。黄龙中学因此名声大噪，甚至有县城里的家长将孩子送下来寄读，县里也加大了财政拨款，并且一口气给黄龙中学分配了好几个本科生。

柑橘也丰收了。

第一次收获柑橘，举镇轰动，学校有了一笔不小的收入，第二年便有人专门开车来收购，校方免去了零售的麻烦。后来，每逢柑橘成熟，学校还拿大车拉到县里请各级领导尝鲜，吃柑橘的人自然都记住了郝校长的功劳，说他有商业头脑，郝校长的声名如日中天。

双喜临门，郝校长决定组织一次拉网打鱼。

同以往一样，校方请来打鱼的行家，带着全套网具，青年教师自告奋勇加入。大家在打鱼行家的指挥下，边凫水，边将一张大网拉开。由东南角向水浅的西北角慢慢挺进，一面鼓噪，弄出许多动静。塘四周围满了师生，围墙上也坐着闻风赶来看热闹的各色人等。大大小小的鱼，平时养尊处优，除上了年纪的，哪里见过这种阵势，纷纷落网，一条鲜红的大鲤鱼高高跳起，从网上跃过，尾巴狠狠地打在向天舒的脸上，似一记响亮的耳光，痛得他龇牙咧嘴，岸上的人都笑了，英素花也哈哈大笑，她特意请了假来看。网拖上岸时，伴随着一阵又一阵的惊叫声，鱼实在是太多了。鱼按各家的人头平均分配，令向天舒联想起雷风寨的原始共产主义，他的那一份则拿到英素花家，与英背时和包姥一起分享，席间，他喝得兴起，与包姥斗起嘴来，包姥也喝了不少，像个孩子一样，两人天一句地一句，全没正经，将英素花逗得直乐，连英背时都破天荒笑了起来。包姥以前最痛恨的事情，便是听说黄龙中学的学生考上大学，这次心态却有所变化，再恨，也阻止不了别人上大学，何况，这都是向天舒的功劳，自己作为未来的丈母娘，脸上有光，便借着酒意，将他大大夸奖了一番。英素花悄悄跟他说，要是她妈平时也这么可爱就好了。向天舒也很感慨，善恶并不是绝对的。

照例，高中班在离校前要会餐。这次不同以往，两个班有这么多学生考上大学和中专，有必要大大庆祝一番，学校特别拨了一笔经费，给他们会餐用，以资奖励。大礼堂张灯结彩，布置得跟过节一样。

餐前，郝校长即席发言，说今年的高考成绩将载入黄龙镇的史册，特别提到向天舒，对他的付出以及灵活有效的教学方法给予了很高的评价，听到这里，同学们拼命鼓掌，弄得向天舒很不好意思。

“同学们，你们毕业了，成年了，从今往后，有人继续念书，有人进入社会，我预祝你们有一个美好的未来！”郝校长动情地说，带头干杯。

大家开怀吃喝。喝了点酒，学生们便不再拘束，纷纷给老师敬酒，又互相敬酒，活跃者在饭桌间穿梭不停，煞是热闹。

向天舒自然是焦点人物，即便没考上学校的学生，也都很感激他，这么多年，他们从他身上学到很多有用的知识，及做人的道理，大家轮番来给他敬酒，连一向不说话的学生，此刻都说了许多感谢他的话。费武与他同桌，脸上未免无光。学生们与向天舒的感情如此深厚，令郝校长很感动，虽然因为英素花的事，一度对他不满，但是他为黄龙中学所做的贡献，却是不可磨灭的，高考成绩出来以后，他彻底改变了对他的态度，尽释前嫌，还郑重邀请英素花到他们家做客，令向天舒喜出望外。单玉老师也发现，英素花其实挺招人喜爱的。

女生破例喝了点酒，感情更不容易控制，想到要与多年的同窗离别，想到以后不能再听向老师讲课，纷纷哭起来，感染了在座的人，而早恋者，此刻都不再掩饰，在酒精的作用下，动作稍稍亲密，甚至抱头痛哭，程文礼看得两眼冒火。到这时，除了年轻教师，别的老师都纷纷退席。领导不在，大家更加无所顾忌。有人喝高了，到外面呕吐，吐完回来又接着喝，实在喝得太多的，老师便出面干预，怕出问题。向天舒酒量再好，也受不了这么多酒，何况他整晚都在怀念叶莲，要是她还活着，一定也实现了上大学的愿望。自从与英素花好上以后，他很少这么思念叶莲，情到深处，不能自已，看豁豁、田家鹤、李善财他们，一个个都模糊了。英素花来寻他，见他醉得不省人事，心疼不已。

次日，他在床上躺了一整天。

家长们轮流来谢他，镇上的，如豁豁爸，便请他到家里去喝酒，镇上以外的，远道而来，请他到饭馆里吃饭，两个小饭馆一时人满为患。他成天在外面吃酒，令英素花很无奈，属于她的时间都被人占据了，但人家是来感恩的，却之不恭。李善财虽只是专科，却是土村的第一个大学生，合村都很激动，善财爹将向天舒请去参加庆祝活动，跟过节一样，盛况空前。

家在镇上的学生，不管考上没考上，总还有见面的机会，离镇上远的寄宿生，则不知何时再见，向天舒与他们一一道别，很多人哭了，他也很伤感。他特意叫田家鹤到家里来吃饭，两人喝酒说话至深夜，说起很多人，很多事，包括张力的那三个屁，但最关键的人物，叶莲，却谁都没提，两千个日日夜夜，就这么逝去了。在向天舒，这么好的学生，恐怕很难再遇见；在田家鹤，这么好的老师，也不会再有了。临别，他对田家鹤说了些勉励的话，再也控制不住自己的感情，流下了眼泪，田家鹤更是泣不成声。

学生都离了校，向天舒像被掏空了一样，常常登高望远，无限惆怅。他沉浸在自己的世界里，英素花第一次受到冷遇，但她表现得很宽容，尽量不去打搅他。他要去白云山找怪老道，她虽不情愿，但还是同意了。他在山上待了一个多星期，喂鹰，下棋，打拳，写字，冥想，仿佛给灵魂洗了个澡，下山时身轻如燕。

他去了一趟豁豁家。豁豁爸正为豁豁上大学的事愁苦，大学学费对他来说简直是天文数字，他并不知道上大学还要花那么多钱，东挪西借，都还是杯水车薪，看来只能放弃了，一向活泼的豁豁，茶饭不思，精神状态令人担忧。这事全镇的人都知道了，考上大学却没钱去读，令人痛心。向天舒让豁豁爸尽管放心，豁豁上大学的费用由他负责。豁豁爸绝处逢生，“扑通”给他跪下。

“豁豁他爸，快起来！当初是我让豁豁念高中考大学的，要是他考上大学都读不了，我怎么会过意得去，快请起来。”

豁豁爸涕泗横流，说什么都不起来，向天舒只好也跪下，对方这才起来。豁豁在一旁泪如雨下。豁豁的妹妹也跟着哭。他的心里说不出的难受，贫穷真是人生最大的苦难之一！

向天舒不好说他有钱寄存在省城好友那里，只说豁豁路上带着那么多钱不安全，他会寄过去，一切手续都由在省城的好友帮忙办理。他将好友的详细地址抄给豁豁，让他一到省城就去找他，并且以后的学费都去找他拿。

豁豁没钱上大学的事备受关注，向天舒的举动自然瞒不了众人。郝校长在全校大会上公开褒奖，大家都很受感动，后来再有类似的情况，大家便主动捐款，包括教职工和学生家长，竟成风气。

姜泽后突然来访。事实上，常有学生来看望他，考上大学和中专的，回家务农的，皆怀着一颗感恩之心。

姜泽后在省城深造，边学习边打工，养活自己，还攒了点钱，预备下学期送妹妹来黄龙中学念初中。向天舒回想起自己在大学期间打工的那些日子，感慨万端，让他不要太劳累，学业为主，至于姜泽芳的学费及生活费，不用考虑，一切由他来承担。姜泽后连忙摇头：

“向老师，我当年得了您那么多的帮助，还没报答，怎么能……”

“怎么没报答？你现在学业有成，不就是对我最好的报答吗？”

“我牢记您的教诲，不敢松懈。可是，我妹妹的事不能再麻烦您了。”

“你不用管，这是我向你父母保证过的事情，你要让我失信于他们吗？”

“真的吗？”

“真的。”向天舒看见自己随口编的谎言奏效，笑了起来。

“我一定会跟姜泽芳说，让她好好学习，不辜负您的恩德。”

姜泽后走了以后，他的心情归于平静，他打定主意，以后不上那么多课，也不再当班主任，将更多的时间留给自己。从本学年开始，星期六的课取消了，一周有两个整天的休息日，令他多出了很多闲暇时光。郝校长尊重了他的愿望，只安排他上两个高中毕业班的语文课。不做班主任，他与学生的关系自然不会像以前那么密切，但他是一个传奇，他的存在本身激励着学生们的学习热情，有他参与的英语角始终如火如荼。

三十六

向天舒资助豁豁的事竟然传到向母那里，她急匆匆赶来。

“天舒，真有这事吗？”

“有。”

“我一年到头省吃俭用，你倒好，把钱给别人！”当初向母知道向天舒资助麦香的事情后，也闹过很大的不愉快，但麦香嘴甜，长得又乖巧，她慢慢也就不计较了，可这样的事情，岂可再一再二？

“妈，你如果缺钱，就告诉我，我没说不管啊。”

“我不是这个意思，你的钱又不是多得花不完，各人有各人的命，世界上有那么多穷人，你能帮几个？要帮，也要帮自己的亲人。”

“他们有困难，我当然会帮，我看弟妹家都过得去，祖村这些年经济越来越好。”

“反正，以后不准再拿钱给别人，娶媳妇，生孩子，哪样不要钱？要不，你把钱给我，我帮你保管。”

“妈，你就别瞎操心了，我的事不用你管。”

“不用我管不用我管，我听够了，我是你妈，我不管，谁管？”

他实在不想跟母亲吵，做了三次深呼吸，闭口不言。

“你有没有给英素花钱？”

“没有，她自己有钱。”他开始烦躁。

“别骗妈了，她那种人，还不是看重你的钱？”

“她没这么庸俗，再说，你儿子也没几个钱。”

“所以才要看紧自己的钱包。要不，你还是回省城去，妈就算见不到你，心里也高兴。”

“你又来了！我——绝——对——不——回——省——城。”

“不回就不回，不回也好，等哪天我吃得做不得时，就来跟你住，你是大儿子，不能不管老妈，你妹妹家跟我住，不拿钱给我不说，还经常问我要钱，你妹夫是外姓，到时候我可不想看他的脸色过日子。”

他没吱声，他不敢想象，母亲搬来跟他住会是什么情形，还不如回省城去呢，可是，母亲难道不会去省城找他吗？他无处可逃。

事实上，向母讲了假话，妹妹后来跟他说，他们从未伸手向母亲要过钱，家里的开销都是他们出的，妹夫勤劳，日子过得比以前殷实，从不跟母亲计较，逢年过节还会给她钱。母亲上年纪以后，性格越来越乖张，变得很吝啬，将钱看得跟命根子似的。

向天舒不明白，有些人为什么越老越贪财，在省城炒股的那几年，他在股票交易大厅里见得最多的就是老人，情绪随股票的波动而波动，甚或大喜大悲，他亲眼见过一个老年男子因股票飙升引起的过度兴奋而猝死，更惨的一次，股票狂跌，一个老太太接连几天神志不清，最后跳楼身亡，这些老人大多衣食无忧，何苦还要劳神？人到这时候都还没活明白，就没机会明白了。

人要乘年轻，努力成为一个睿智的人，否则，越老越顽固，年轻时做不到的，老以后就更无望了。

向母听说顾芳已经结婚，失望之极，埋怨儿子放脱了这么好的姑娘。向天舒只是苦笑。

英素花见到向母，赔着笑脸，但向母因为顾芳结婚的事闹心，看她不顺眼，好像是她把向天舒和顾芳的好事给搅黄了似的。她岂是受得气的人，索性不来找向天舒，对他说："我可不想老拿热脸去贴你妈的冷屁股。"话虽难听，但是实情，他两头为难。

晚饭后，小妖趁向天舒不在，将向母请到家中吃茶。费武他妈也在，费武让她来照顾小妖。

"姑娘，几个月了？"向母用羡慕的眼光看着小妖的大肚子。

"九个月了。"

"快生了，多吃点酸的，酸儿辣女。"

"向老师什么时候结婚？"

"别提了，我早跟他说过，发早财不如生早子，可他连媳妇的影子都没有，哪能跟你们家费武比。"

"咦，他不是要跟英素花结婚了吗？"

"谁说的？我这个当妈的都没同意，结什么婚？"向母一下就跳起来。

"大妈，您别急，我也只是听说而已，您知道英素花的家庭背景吗？"

"不知道，天舒什么都瞒我，我这个当妈的还不如个外人。"

"包姥是谁您都不知道？！"

"不知道。"

小妖窃喜，将包姥的为人添油加醋描绘了一番，最后还不忘将那些恶意诬蔑英素花的流言转告给向母。

"原来如此！怪不得我怎么看她都不对劲，天舒要是娶了她，这辈子不就毁了？"向母的反应正中小妖的下怀。

向母在气愤之余，却也不敢轻信，去找单玉老师核实，除关于英素花的流言外，基本属实，而且，连一向正派的郝校长夫妇都不是很赞成向天舒和英素花的事情，就更坚定了她要让他们分手的决心。单玉老师对向母的脾气有所了解，劝她别管得太多，她哪里肯听。

向天舒陪英素花到镇外散步归来，见母亲阴沉着脸，知道又要闹，暗暗叫苦。

“你老说费武为人差，你看人家多孝顺，把妈接来一起住，他妈真有福气，等着抱孙子呢。你也老大不小的了，别再玩了，妈劝你，跟姓英的断了吧，找个好人家的闺女。”

他没吭声。

“今天费武老婆请我吃茶，跟我讲了包姥的事情。我不放心，又去问单玉老师。真没想到，英素花她妈是那种人。”向母尽量说得委婉，怕激化矛盾，见儿子不吱声，又接着说，“俗话说‘有其母必有其女’，难怪姓英的名声这么差。”

“妈，你别听人胡说八道行不行？素花跟她妈不一样。”

“怎么不一样了？家教是最重要的。”

他想反驳说，在英素花的事上，为什么大家都不说“有其父必有其女”？但须花很多时间向母亲解释英背时其人，她信不信还是另外一回事，就忍住了没说；还有一个反驳的理由，就更不能讲了，只能在心里说：为什么你和我，无论思想和性格，差异会那么大呢？事实上，这个问题困扰了他很久，换做父亲，绝对不会似母亲这般看问题，看来，他的“家教”更多来自父亲一方，但为什么母亲对他的生活会有那么大的影响呢？即便在省城发誓不再回家的岁月里，母亲的形象也挥之不去，越想忘，越忘不掉。他的目光不敢在母亲衰老的面容上多加停留，越看越陌生，这是母亲吗？除父亲在省城照过相，过去的祖村人都没有机会照相，母亲没有留下过任何年轻时的影像，那个曾经以美丽著称的渔家女，他怎么一点儿印象都没有呢？父亲是祖村有名的文化人，同母亲是男才女貌的一对儿，唯一的缺憾是母亲文化低，两人极少精神方面的交流，父亲喜欢一个人想问题，置身于那场残酷而可笑的大革命中，有许许多多的问题要想，便与母亲分工，他负责打鱼，她负责种地，互不相扰。他跟随父亲的时间多，因此受父亲的影响更大，但父亲在家中沉默寡言，凡事由母亲操持，母亲喜欢唠叨，他耳濡目染了她说话和行动的方式，不免也会受到影响。父亲有文化，对新思想持开放的态度，母亲身为一个少文化的农民，骨子里藏着几千年来形成的集体无意识，传统，守旧。他过去对母亲的态度是一种叛逆心理，是维新的表现。现在，他的内心深处有某种回归传统的倾向，令他时时警醒，他觉得，人只要活着，就要一直向前看。母亲代表了异常强大的传统力量，一道无形的障碍，激起他极大的反抗心理，想推倒又无从下手，只好迂回绕行。与母亲的矛盾其实是他自己内心冲突的外在表现，是现实与理想之间的矛盾。

“天舒，你怎么不说话？你要把妈气死啊！”

无论说什么都会吵，他索性出门去了。向母被一人撇下，伤心透顶。第二天便回祖村去了。

向母回祖村后，整天怄气，觉得自己这一走正中了姓英的下怀，儿子一人势单力薄，怎么斗得过那家母女二人？不到半个月，又动身来黄龙镇，且搬了很多家当来，一副打持久战的架势，令向天舒和英素花叫苦不迭。英素花一开始还客客气气，虽然笑得很勉强，意在改善关系，谁知来者不善，但向母不是住一天两天的样子，总回避也不是办法，她便耐着性子，照常来找向天舒，对向母的言辞脸色不予理会。向母怕跟儿子闹翻，也不敢和英素花发生正面冲突。向天舒不能撵母亲走，也只好忍着。一时间竟相安无事。向母耐不住寂寞，时常跑到小妖家看电视。

开学了。

小妖对向母说：“包姥来摆摊了。”

向母并不知道包姥的利害，天真地想，如果能说服她让女儿别跟大儿子来往就好了，要不然，就拣难听的话说，她一生气，没准也就不会让女儿跟天舒好了。主意打定，出校门去找包姥。

包姥见到一个陌生的老妇人冲自己走来，便端坐不动，叼着烟，眯着眼看她，姿态傲慢。

“你是英素花她妈？”

包姥没回答，来人说话的口气令她不悦。

“我是向天舒他妈。”

“我说怎么没见过呢？你好你好！”包姥的脸上立刻变出笑容来，拿对方当未来的亲家看待，客客气气，从摊子下拿出一个小板凳，请她坐。

向母不坐，居高临下站着，令包姥很不舒服。

“请你让你姑娘别再跟我们家天舒来往。”

包姥立刻收回笑容，拿大眼睛照对方，压着火说：“你说什么？我听不懂。”

向母重复了一遍刚才说的话。

“年轻人的事，我管不着。”

“你女儿配不上我儿子。”

“放屁！”

“你怎么骂人？”

“骂你算客气的。”

“你……你和你女儿都不是好东西！”

“你要不是向天舒他妈，老娘今天非撕烂你的屄嘴不可，滚远点，别妨碍我做生意。”包姥说完，将白眼翻到天上。

周围聚了不少看热闹的人，向母想扑上去跟她厮打，又怕当众出丑，愤然离去。

向母回到家，气得浑身发抖，对向天舒说，她死也不会和这种人做亲家。

向天舒见母亲受气，也过意不去，便说：“我也没说过要和素花结婚啊。”

“儿子，真的吗？”她半信半疑，“那你为什么还要和她在一起？”

“不结婚就不能在一起？”

“你不怕她赖上你。”

“她还怕我赖上她呢。”

向母虽然还很不满，但觉得自己的苦心终究没有白费，至少，儿子不会和姓英的结婚了，持久战取得了第一个阶段性的胜利。

包姥收了摊，到百货公司去找英素花，把向母的话向她复述了一遍，将英素花气得够呛，一下班就来找向天舒，当着他的面，质问向母为什么说她“不是好东西”。向天舒问明情况，便指责母亲乱说话。向母还在气头上，一听儿子帮英素花的腔，三尸暴跳。

“我就说了，怎么了？她是什么人她自己清楚。”

英素花的泪水夺眶而出，别人污蔑她也就罢了，自己深爱着的人的母亲也这么说，令她心如刀绞，转身跑出门。向天舒连忙追出去。

“天舒，别管她，由她去，你回来！”向母在后面大叫。

他追上英素花，向她赔不是，她哪肯接受，快步往镇东走，祝师傅正准备收工，见到他们，刚要开口打招呼，他们便已经走过去了。出了镇子，向天舒几次去拉她的手，想让她停下，都被她甩开，眼开就要走到东大桥了，他气喘吁吁，她也终于走不动了，一屁股坐在路边，掩面大哭。他默默地在她身边坐下，待她哭不动了，才试探着去搂她，她没动，他便用两手抱住她，抱得很紧，许久，才捧起她的脸，用舌舐尽她脸上残留的泪水，两唇相接。

“天舒，你说实话，你认为我是坏女人吗？”

“素花，哪怕全世界的人都说你坏，我都不会认为你坏。”

“可他们凭什么说我的坏话？”

“妒忌，妒忌我们两个人。”

“你妈呢？她也妒忌我？”

“不知道，我想，不论我找谁，她都不会百分之百满意的，她的个性太强，总以为她的大儿子是天底下最了不起的人，又受了那些说三道四的人的影响，关键是，你妈的为人，确实让人接受不了。”

“我知道，我是我妈的替罪羊。怪我上辈子投错了胎。”

“人不能选择自己的出生。何况，如果换了另一个妈，你会有这么好的长相吗？人不能什么都占全。”

“那，我要是长得不好看，你会爱上我吗？”

“这……我还真没想过，事实无法改变，历史不能假设，反正，我爱你。”事实上，他想过这个问题，而且想过不止一次，如果英素花长相一般，修养和爱好跟现在一样，恐怕很难吸引他，更谈不上爱。但他不能这样说。

“别骗人了，我有自知之明，你爱不爱我，为什么爱我，有多爱我，都不重要，重要的是我爱你。”

他心里一热，其实，她身上最难能可贵的地方，便是这种对爱的执着和坦荡。

他牵着英素花的手，继续往东大桥走去，到了桥上，两头的公路空空荡荡，既无行人又无车辆，夕阳映红了江水，他背靠水泥护栏，将她抱在怀里，闭上眼，静听水流之声，两人都动了情，眼里也有水在流淌。

“不知道桥下的铁剑还在不在。”向天舒说。

“铁剑？哦，屠龙剑啊。”

“走，看看去。”

他们下到江边，走到离桥孔最近的地方，桥下有风，三把铁剑却纹丝不动，与至柔的水面面相觑。

看过剑，沿江走去，经过一片花生地，向天舒眼珠一转，犯了一桩小小的盗窃罪，和英素花一起拔了很多花生，至平常游泳的沙滩上，在水里将花生上的泥洗尽，新鲜的花生，脆甜，富含水分，既可口又充饥。时近中秋，天气微凉，两人遗憾不能下水游泳。他们的第一次肉体接触与水有关，因此，每次见到水都会冲动。月亮升起来。

母亲来以后，向天舒一直没机会亲近英素花的身子，岂肯放过眼前的机会，一方面也有将功补过的意思，虽然他并没有什么过错。他将英素花放倒在沙滩上，一面吻她一面去掉她的衣服，把自己也脱光了。沙滩被太阳晒了一天，余热尚存。白色的月光，白色的沙滩，白色的身体。他在进入对方身体的同时，脑海里浮现出一个画面，屠龙剑挣脱铁链，插入水中。英素花经不住他的猛烈撞击，叫出声来，声音被对岸的山弹回来，在江面上回荡，她第一次在野外来高潮，又紧张，又刺激。因为没有安全套，也不在安全期内，向天舒只能在体外射精，不能尽兴，英素花却坚持要他射在里面。

“怀孕了怎么办？”

“我不管。”

两人争执了一番，他差点动摇，理智最终占了上风，紧要关头全身而退。至此，英素花也就无话可说，紧紧抱住他。

“你妈要一直住下去怎么办？”

“我也为这事苦恼，就算没有你，我一个人也不愿意她和我住在一起，我自由惯了，她话又多，耳朵都起老茧了。”

“可是，她是你妈，有什么办法？”

“我倒是有一个办法，不过要让你受点委屈。”

“你说吧。”

“今后无论她说什么做什么，你都不用理会，以礼相待就行，同时要显得我们特别恩爱，她看我们的感情好，也许就会死心了。”

“好吧，就依你的。”

“另外，你晚上住我那儿。”

“行吗？你不是说你妈保守，不能让她知道我们有那种事吗？”

“不得已而为之。她看不下去，没准就回去了。”

“没想到你还挺坏的！”英素花笑起来，也觉得除此之外别无良策。

“各人有各人的生活方式，分开了对大家都好。远香近臭，在一起反而有矛盾。”

两人决定当晚就开始按计划行事。

向母在小妖家看完电视，在客厅里等儿子回家，见他和英素花一起回来，便将脸扭朝一边。向天舒对英素花使了个脸色，英素花吐吐舌头，做了一个怪样。

“妈，早点睡吧。”

“我不困。”

向天舒便和英素花进了卧室，将门从里面反锁起来，蚊虫几乎绝迹，敞开窗户，看月下的老人山，时间一分一秒地过去。想象母亲此刻在客厅里坐立不安的情形，心里有些不是滋味，可他实在想不出别的能让母亲通情达理的办法。他听见门口有动静，知道母亲在偷听，担心她会敲门进来，于是悄悄在英素花耳朵边说："你出点声，让我妈以为我们正在做那事，否则，我怕她会闯进来。"英素花不好意思，他便将她抱上床，说："我给你点气氛。"然后就将她的上身脱光，亲她的敏感部位，不由她不呻吟了。呻吟声起了作用，向母在外面弄出"乒乒乓乓"的声响，显然是在撒气，书房门"砰"地关上了。他们忍不住笑起来，英素花不敢笑出声，身体剧烈抖动，两只白色的乳房随之晃动，向天舒不由得又兴奋起来，遂假戏真做。

第二天，英素花一早陪向天舒去晨练，在食堂吃完早点后上班去了。向天舒端着给母亲打的早点回来，书房门还关着，他轻轻敲了几下门。

"妈，吃早点了。"

"我不饿。"

"那，我放茶几上，你起床后自己热了吃，我上课去了。"

他一上午都有课，课间也不回家休息，好让母亲一人消化昨晚发生的事情。

"奶奶。"向天舒刚进屋，麦香就来了。

"麦香，过来，奶奶给你编辫子。"向母故意对麦香亲热，而对向天舒冷淡。他心里好笑，说："麦香，你陪着奶奶，干爹去打饭。"

"麦香，可惜你年龄太小了。"向母没来由地说，只有向天舒听得懂。

吃完饭，麦香洗了碗，便和笑笑他们一起上学去了。

向母一肚子的话，终于憋不住了。

"天舒，老实跟妈讲，昨晚是怎么回事？"

"妈，你都知道了，还问我干什么？"

"你们还没结婚，怎么就做那种事？"

"都什么年代了，未婚同居很正常，费武和他老婆不也这样吗？"

"她怀孕了怎么办？"

“不会的，我们有预防措施。”

“万一她故意怀孕，你这辈子就甭想甩掉她了。”

“不会的，她不是那种人。”

“天舒，知人知面不知心，你怎么一点儿都不听妈的话，妈都是为你好，求你了。”

向母几乎要给儿子下跪，求他别再跟英素花在一起，至少，别再做那种事，他却断然说“不可能了”，她已经是他的人了，他得对她负责。又故意加上一句：否则，包姥会来找我拼命的！

向母想哭又不敢哭，因为她每次一哭，向天舒就会跑出去，令她更伤心。

英素花每晚都在向天舒处过夜，向母睡不着，夜里睁着眼，难免又听见一些不该听见的声音，想到自己辛苦养大的儿子，就这样被一个狐狸精一样的女子给勾走了，眼泪“哗啦啦”直流，天亮后反而睡着了。忙惯的人，突然闲了这许多日子，身上到处都不舒服，身心疲惫，再住下去，非但于事无补，还会被气出病来，便一声不响地回祖村去了。向天舒下课回来，到处找不见母亲，听人说在车站见过她，如释重负。

母亲走后，向天舒的教学工作不似从前繁忙，英素花住惯了，夜里便离不开他，偶尔才回自己家去住。女儿不在，包姥又放肆起来，英背时又变得和从前一样，英素花不忍心，每星期回去住一两次，不住的时候，也常常吃了晚饭才到向天舒这儿来。

不久，她将许多生活用品也搬了来，正式与向天舒同居，虽然没有结婚，却有点过日子的感觉。向天舒将木板床加宽，换上席梦思，舒适，宽敞，又买了洗衣机，从洗衣服的劳动里解放出来，然而，去紫溪洗衣服的快乐也因此一去不复返。

两人在一起时间长了，矛盾慢慢显露出来。

英素花爱美，爱整洁，向天舒单身惯了，不拘小节，乱中取静，英素花每天都要花不少时间收拾屋子，难免抱怨几句，他却只当耳边风，照样我行我素。有一天，他突然意识到，英素花其实跟母亲一样唠叨，只是他们现在的爱情热烈，此唠叨比彼唠叨动听。

在英素花到来前，向天舒从不清理家中的蛛网，蜘蛛也知趣，只在天花板和墙面相交的夹角处张网，居高临下，并不妨碍主人的生活，且努力灭杀蚊虫。英素花却见不得屋里有蛛网，不明白他何以会对面目可憎的蜘蛛情有独钟，常人尤其是女孩子，大多讨厌蜘蛛，将蜘蛛当宠物对待，是向天舒自己的怪癖，怨不得她，但如果她居然能接受他的怪癖，甚至与他有一样的爱好，岂不更好？他天真地想。然而，她的个性鲜明，做不到或者不喜欢的事，绝对不会勉强自己去做，一见蜘蛛，马上扫地出门，令他惋惜，徒劳地向她解释蛛网之美及蜘蛛的种种可爱之处，越说对方的眉头皱得越紧，他只好打住，安慰自己说：人各有所好，何必强求！有一次窗外一夜间冒出一张大网，一只黑蜘蛛赫然端坐在网中央，他叹赏良久，怕被英素花瞅见，借故不开窗，且拉上窗帘，但蛛网最终还是被她清理掉了。

英素花喜欢憨包家的花猫，及路上遇见的各种小猫，独独讨厌黑猫。黑猫来窗台觅食时，与她打过几次照面，彼此都不喜欢对方，同多数人一样，她觉得黑猫不吉利，黑色主凶。她要向天舒将盛猫食的碗拿走，他不依，她就悄悄藏起来，他换上一个，她又藏了起来。他一开始不计较，闹着玩儿似的，后来便失去耐心，生了几次气，她只得让步，对黑猫却始终耿耿于怀，在她看来，黑猫已然引发了他们之间的矛盾，果然不吉利。她常常乘他不在时将黑猫从窗台赶走，也怪，黑猫似乎有意与她为敌，才赶走又转回来，有一次，她拿了扫帚作势要打，黑猫突然“咆哮”起来，样子十分吓人，咆哮声将向天舒引来，她只得罢手。

英素花一直不理解，向天舒为什么会用一面老旧的铜镜照镜子，她一点儿都不喜欢，说铜镜会将人照出鬼气。

她对他爱登山的怪癖也颇有微词，既不愿意他撇下她一人独自去登山，又不愿意陪他，觉得累，没意思，情愿看电视，但要看电视就得回她自己家，陷入两难的境地，唯一的解决办法便是让向天舒买电视，但无论她怎样央求，他只是不松口，强调生活中有比电视更“有意义的事情”。

“你可以看看书嘛。”这句话几乎成了向天舒的口头禅。

她一开始出于好奇，没事就翻书看，但限于向天舒藏书中的小说一类，她人极聪明，悟性高，常就书中的内容提出一些让对方讶异的观点。他最喜看她专心看书的情景，觉得格外生动，可以入画，可惜她在读书方面没有常性，没多久就腻了，又不甘寂寞，要他陪她说话，或出门去散步，常常弄得他想静下来做自己的事情都不能。柔情蜜意的话说了千百遍，她还嫌不够，他却腻了，此外便找不到多少话讲，两人又都对张家长李家短不感兴趣，文化的差异令他们缺乏共同语言，他一度想改变她，提升她的文化修养，终告失败。他由此得出一个结论：不要试图去改变人，除非他自己想变。

她嫌贴在卧室里的“准备好死亡”那幅字晦气，逼他取了下来。

她从未放弃过随向天舒回省城去的幻想。她不甘心在黄龙镇待一辈子，憧憬着外面的世界。她万万没料到，向天舒的出现不仅没有帮她实现远走高飞的梦想，相反，将她永远禁锢在这个偏僻的小镇上。

英素花有个好处，无论多大的情绪，从不持久，且不记仇，过了就过了，笑时便笑，哭时便哭，不掩饰。倒是向天舒城府深，思虑重，有了情绪，不容易平复。本来，论年纪，英素花比他小很多，他应该哄着她才是，但脾气一上来，便控制不住自己，像个任性的孩子，常常倒要英素花来哄他。头两年，无论谁生谁的气，都只是小插曲，爱的主旋律不变，且激情不断；一旦激情减退，小插曲便喧宾夺主。无论性爱和感情，最初两年，都是他们的黄金时代，后来依次经历了白银时代，青铜时代，乃至战火纷飞的黑铁时代，每况愈下。

音乐和绘画是他们生活中的主要调剂品，英素花喜欢听向天舒吹笛，也喜欢听音乐，但倾向于流行歌曲，对古典音乐的兴趣不大，而看他画画，或者给他当模特儿，都是她极喜爱的事情。他的画艺有了长足的进步，面对她近乎完美的身体，他从不缺少画画的激情，且将这份激情转移到周围的事物上，就是画一棵树，一只鸟，也画得风情万种。他惊异于自己在绘画方面的才能，他甚至想，也许某一天，他会全身心都投入到绘画中去，画出一些传世之作也未可知。他欣慰地看到，因为对绘画的学习，自己的生活平添了崭新的内容。他始终认为，人应该不断丰富自己的生活，尤其是精神生活。他还有很多计划，包括写一部书。

天冷了，向天舒惦记着艄公，想把英素花介绍给他认识。英素花小时候去渡口玩耍时见过艄公，离开黄龙镇后再没见过他，与他有关的传奇故事还是从向天舒的嘴里听说的，被阿霞的悲剧深深打动，迫不及待想去见他。

阴云密布，天水俱白，艄公披着黑斗篷，如黑色的幽灵，格外分明。

“你好！”英素花站在岸上说。

“你好！”艄公没想到英素花这么美，不敢看，又忍不住看。

没等船靠稳，英素花便一步跳上去，船剧烈晃动，若非及时抓住艄公的手，恐怕掉江里去了。有惊无险，她“咯咯咯”笑起来，抓住艄公的手却没有即刻放开，艄公的脸窘得通红。向天舒从未见过艄公如此失态，暗暗好笑。

船滑向江心，风寒，英素花紧紧依偎着向天舒，他却不想当着艄公的面与她过分亲昵，又不能推开她，只好正襟危坐，找话转移艄公的注意力。

“大哥，你见过素花吗？”

“好像没有。”

“我十几年前见过你。你一点儿都没变。”英素花抢着说。

“哦，十几年！小姑娘长成漂亮的大姑娘了。”

对自己的赞誉出自一个传奇人物之口，令英素花十分开怀。

关于英素花，艄公没少听坐船的人议论过，毁誉参半，但他只相信自己的眼睛，而且，向老师看上的人准没错。

艄公无论如何要留他们吃晚饭，向天舒遗憾事先没有准备，至少应该带瓶好酒来。正好有人送给艄公一只活鸡，养在屋后的笼子里，捉来杀了，英素花帮着他一起拾掇，向天舒则乐得清闲。

有鸡有鱼，外加过江人送的新鲜蔬菜，晚餐丰盛，火塘里的火也拨旺了，屋里很温馨，三个人像一家人一样。

艄公将屋里常备的包谷酒倒在三个土碗里，英素花能喝酒，令他格外欢喜，说："素花姑娘像我们彝族女子。"

他以前和向天舒喝酒，很少劝酒，慢慢喝，大概是职业的缘故，随时会有人来摆渡，不能喝过头，今天却一反常态，频频举杯，竟喝多了，坐不稳，"扑通"摔在地上。

向天舒与英素花合力将他扶到床上躺下，又一起将桌子收拾干净，坐在火塘边，这可怎么回去呢？两人都犯了愁。向天舒坐到英素花的身后，将右手从她的衣服里伸进去，轻轻摩挲，以示安慰。英素花很受用，愁容顿消，扭头与他亲嘴。他又将左手伸进她的裤子里，令她不能自持，只可惜有艄公在场。两人保持着这个姿势，静中有动，等待艄公醒来。

艄公酒醒后，为自己的失态深感不安，即刻出门，送他们过江。

向天舒搂着英素花，摸黑走回镇子，半路上，她突然在黑暗中问：如果我现在死了，你也会守我一辈子吗？他说：不许说不吉利的话。她说：艄公不是谁都学得了的，不过，如果你现在死了，我就去当尼姑，真的。说完赶紧"呸呸呸"了三声，将不吉利的话唾掉。

向天舒与英素花一道去她爷爷家过年。

他们坐了将近一天的汽车，到了一个比黄龙镇繁华的镇子，其规模快赶上一个小县城了，但不是向天舒喜欢的那种地方，唯一让他欣慰的是英素花爷爷家的老宅子，一大家人住在一起，又是过年，煞是热闹。对他们的到来，一家人都很高兴，大家都很喜欢向天舒。他们没有结婚，不好住在一起，好在向天舒独宿一房，可以偷偷在一起，反而增加了刺激感，跟偷情似的，随时提防有人敲门进来。过年的内容，不外乎看电视，打麻将，吃饭时便放量吃喝，向天舒喝了几天酒，昏昏沉沉的，初三一早，英素花说："天舒，下午我想出去一趟，你不介意吧？"他知道她想去跟以前的男友见一面，便大度地说："去吧，早点回来。"她天黑以后才回来，他有些不悦，但没表现出来，她没提及跟前男友见面的情形，跟什么事都没发生过一样，反倒让他狐疑，脑海里出现他们重温旧情的各种画面。待他们的关系变得紧张以后，他便时常提起这件事，甚至一口咬定，英素花那天肯定和前男友上过床，任她怎么解释，他都不信，英素花只好拿头撞墙，差点闹出人命来。

向母不知怎么知道了向天舒去英素花爷爷家过年的事，带话叫他回祖村过小年，口气强硬。他无奈，只得回去，想叫英素花一起去，又觉不妥，她要上班，况且，她去了反而会扫大家的兴。

大儿子回来，向母热情了几天。

“费武老婆生了吧？”向母突然问。

“生了，是个儿子。”

“儿子？！哎哟，他妈真是好福气。”

他知道母亲话里有话，便没接他的茬。

“天舒，你老大不小了，岁数大了不好要孩子。”

“没事，素花年纪小。”

“我可没让你跟她要孩子，妈的意思是，你赶快跟她分了，找一个正经过日子的。”

“素花不正经吗？我看她比谁都正经。”向天舒最受不了别人说英素花的坏话。

向母积郁已久的怨气也爆发出来，抱怨他几年都不回家过年，还没结婚，就跑去女方家过年，是不是想做人家的上门女婿？当着全家人的面，将包姥和英素花狠狠数落了一通，激动之余，声泪俱下，妹妹怎么劝都劝不住，向天舒只管低头喝闷酒。

没过几天，他又为大侄子的事跟家人闹别扭。大侄子今年升初中，家里的意思是要将他送到大伯那里去。向天舒的第一反应却令家人失望，他说：“祖村附近就有中学，还不用住校，为什么要舍近求远呢？”向母立刻反驳：“照你这么说，你爸当年也不应该瞎操心，花许多钱送你去纬县念高中？”他无语，母亲说的没错，当年要不是父亲将他弄进纬县一中，他没准就上不了省城最好的大学。他之所以不愿意让大侄子来黄龙中学上学，完全是一种自卫的本能，对自由的捍卫，他不愿意家人离自己太近，但他们如何能明白他的心事，弟弟看他的眼神一下子疏远了，他只好改口说："到时候你们送他来就是了。"

他没情没绪，独自划船出湖。

向母上年纪以后，不再出湖打鱼，妹妹家自己有船，向父当年打鱼的船便闲置着，向天舒每次回来时都会驾船出湖，要不是因为怕见母亲，他其实很愿意回祖村，因为这个美丽的大湖。他常常跟英素花提起青溟湖，希望有一天带她来看看，这个希望却因她和母亲的矛盾一直未能实现。

天寒地冻，他特意将父亲留下的一双手套戴上，又瞒着母亲，带了一葫芦酒及一些下酒菜，一个人，一条船，在白色的湖面飘荡，雾迷远岸，青溟湖便似无边的大海。他歇了桨，拿出酒来，往湖里倒了一点酒，算是对父亲的祭奠，喝了几口，身子稍稍暖和，风很轻，不易察觉的细浪将船越推越远。

回到家，天已擦黑，母亲坐在门口等他，白发被风吹乱，他眼里一热，突然意识到母爱的分量，从内心深处叫出一声"妈"来。

三十七

今年反常，春天来得特别早。开学前一个星期，有感于桃红李白，向天舒计划去蒙地游历，这个念头由来已久，听说离黄龙镇最近的两个苗村，梨村和桃村，分别以梨花和桃花闻名，来镇上赶集的苗人也多来自这两个村子，据说两个村子都很美，建筑风格与别的民族迥异，特别是梨村，全村信仰天主教，有一个远近闻名的教堂。来黄龙镇这么多年，周边地方没少去，清平岭上走得最远，唯独苗人聚居的蒙地，计划了几次，都因故未能成行，其实蒙地距镇上并不远，以他的脚力，也就几小时的功夫，正因为不远，才不着急，拖得越久，蒙地在他心目中越神秘，每次集散后，远观青龙山上对歌的苗族青年男女，静听歌声，心里都会有所触动，而每次见到那位卖草药的苗女，内心都有一种隐秘的冲动。

然而，蒙地之行的计划再次流产，英素花怀孕了。

英素花的月经延迟了一个多星期，身体上起了些微妙的变化，令他忧从中来，她自己也觉得不妙，但还怀着一丝侥幸心理，迟迟未见动静，便都慌了。英素花开始发恶心，最初是干呕，接着便吐起来，不用说，肯定是有了。

面对怀孕的事实，向天舒的反应令英素花伤心，他没有表现出应有的关心，而是愁眉不展，心里还怀着怨气，怪她任性，贪图一时之乐。

“天舒，你看怎么办？”

“我不知道。”

“你是男人，该你做主。”

“我真的不知道。”

“你不打算娶我吗？”

英素花道出了他最怕听到的话，虽然有过同她结婚的念头，但没想要这么快，他还没准备好，随着各种矛盾的显露，他更加犹豫。他想起母亲的告诫，难道是她故意怀孕？不可能，她绝不是那种人，可事已至此，该怎么办呢？他的心里乱糟糟的。

英素花的脸色在向天舒的沉默中黯淡下去。

“我们结婚吧。”一天，他终于开了口，不这么说不行，听上去却像是要下地狱的口气。

“不勉强。我跟你开玩笑的，我还没想好要不要嫁给你呢！”

“你怎么能开这种玩笑？！”他假意问，心里却松了一口气。

她淡淡一笑，令他无地自容。

当晚，两人各怀心思，第一次有同床异梦的感觉，背对背睡了一夜。平时闹别扭，也有背对背的时候，但时间不会很长，要么是向天舒妥协，要么是英素花让步，而且，因为身体受了冷落，转身相拥后反而更加热烈，有加倍补偿的意思。

接下来的日子，双方都不提怀孕的事情，上班，吃饭，睡觉，生活照常，外人看不出什么变化，只有少数敏感的学生，发现向老师一反常态，上课时有些心不在焉。他无心看书，无心写信，无心写字画画，亦无心吹笛，无心打太极，唯有登山，可以稍稍解忧。

他很矛盾，孩子是肯定不能要的，他既没准备好结婚，更没准备好承担做父亲的责任，除了将孩子打掉，别无选择；但他深知，堕胎对女人身心的伤害都很大，为许多宗教所禁绝，被视作罪，近乎谋杀，他们有权力扼杀正在成形的生命吗？

他去找寒禅，想请他替自己指点迷津。

“小向，有心事？”

他点点头，长叹一声。

“来，到蒲团上来，盘腿坐下，什么都别想，我去给你泡茶。”

要他什么都不想，似乎办不到，但他还是照寒禅的话做了，可也怪，刚坐上蒲团，便有一种异样的感觉，似乎不是他自己，而是寒禅坐在那里，眼前那个大大的“禅”字将他的心思完全笼罩。他学寒禅结了一个禅印，眼微闭，调匀呼吸，渐渐地，自身与万物完全融合，如水归水，又一并消散，似水蒸发，连时间都不存在了。

他第一次有完全入定的体验，非常激动，觉得这是一个值得纪念的日子。

“法师，今天几号了？”

“不知道，我不看日历，我不记得上一次看日历是什么时候，大概是二十年前吧，对我而言，现在是何年何月几点几分，毫无意义。日影是最好的时钟，而寒暑的变化显示了四季的交替，当你不受人为规定的时间限制时，时间便无所谓长短，每一刻都是永恒。”

“‘山僧不解数甲子，一叶落知天下秋。’”向天舒若有所思地说。

寒禅笑笑，将泡好的茶端到他面前，绿茶的芬芳，令他回味起入定的感受，滋味无穷。

寒禅自己也呷了一口茶，缓缓问道：“在你看来，现在什么最重要？”

他不知怎么回答。

“喝茶。”

寒禅要他喝茶，想必是要他欣赏自己煮茶的技艺，他便将心思集中在品茶上。

“现在呢？什么最重要？”

他还是不知道如何回答。

“再喝茶。”

“我知道了，寒禅法师，现在最重要的事情是喝茶。”

寒禅颔首微笑。

他们又喝了一阵茶。

“茶喝过了，小向，说说吧，遇到什么烦心事了？”

他将心事一股脑儿道出。寒禅陷入深思，一改静穆的表情，神色严峻。

“你还没做好结婚的准备？”

“是的。”

“你对婚姻没有信心？”

“是的。”

“这么说，你别无选择。”

“是的。”

“那你还犹豫什么？”

“我心里不安，堕胎是谋杀。”

“避孕不是谋杀吗？有多少潜在的生命被扼杀？难道只有杀死具备人形的生命才叫谋杀？在我看来，杀死一只蚂蚁与杀死一个人并没有分别，甚至，不比踩死一株小草的罪大，生命是平等的。人每天都在杀生，包括我，欲望越大，杀生越多。”

“法师，您是说，避孕与堕胎本质上并没有区别？”

“可以这么说吧，只是，堕胎对女方的身体有伤害。”

“是啊，我于心不忍。”

“长痛不如短痛，要趁早。”寒禅断然说道，口气强硬，令向天舒很吃惊，这可不是寒禅的一贯作风。寒禅冷静下来，缓缓说道：“我这一生，除了愧对秋月和卓玛，还愧对我的孩子。”

向天舒这才知道，寒禅有过两个孩子，一男一女，当年出家，最不忍抛下的便是他们，与生离死别无异。儿女到庙里来看望过他几次，女儿每次都哭得很伤心，哀求他回家，他之所以远走他乡，除了秋月的缘故，也为了摆脱亲情，此后跟他们再无联系。

“我不配做父亲。”寒禅黯然说道。

寒禅坚定了向天舒的决心，但他没有勇气向英素花提出来，度日如年。

一天就寝前，英素花突然说：“天舒，我想把孩子做掉，你去问问，看怎么做。”

他如释重负，却装作吃惊的样子，想要表达点什么，英素花的眼似冰冷的照妖镜，令他原形毕露，做声不得。

两人默默上床，依旧背对背，半夜，他听见抽泣的声音，想安慰对方，却不知道怎么安慰，只好装睡，竟真的睡着了，鼾声不断，抽泣声倒像是催眠的夜雨。一觉睡到天亮，醒来时英素花已经出门去了，离上班时间还早，不知她上哪儿去了。他在床上躺了很久，才起床去卫生所找白医生。

“向老师，你们确定不要？再想想吧。”白医生又惊讶又兴奋，这件事的新闻价值实在是太大了。

“不结婚怎么要？”

“那就结婚啊！”

“我可不想奉子成婚。”

“对对，婚姻大事，草率不得。妇科的夏医生跟我关系最好，嘴又紧，我让她偷偷做，绝不会让外人知道。”夏医生是个女医生，向天舒跟她打过照面。他松了一口气，谢了又谢。

“别谢我，我要是会做，就亲自给她做了。”白医生遗憾地说。

幸亏他不会做，向天舒心想，让一个异性接触英素花最私密的部位，就算是医生，他也接受不了。

晚饭时，英素花随便吃了两口，便停了筷。

“素花，多吃点，你现在是非常时期。”

“我没胃口。”

“你想吃什么，我去给你买？”

“真的没胃口。对了，那件事你去打听了吗？”

“去了。”

“还挺快，一点儿都不耽误，真好！”

英素花将头扭向门外，看青龙山。他很惶惑，半天没开口。

“说吧。”英素花回头看着他的眼睛，好像要将他看穿一样。

“我找白医生问的。”

“白医生！怎么问他？他又不是妇产科的，他那张嘴，全世界的人都会知道的。”

“不会的，他向我保证过，因为白先生的事，他一直很感激我，再说，卫生所我就跟他熟，妇产科的夏医生跟他关系好，保证神不知鬼不觉。”

“你放心就好，传出去，我倒无所谓，反正我的名声不好，只怕连累你。”

“素花，别这么说话，我也很难受，你如果不想做，咱们就不做了。”

“做，明天我休息，明天就做。”英素花的话掷地有声，令他无地自容。

第二天上午，卫生所里静悄悄的，白医生领他们去找夏医生，没有旁人。

“夏医生，你多费心了。”白医生说完，告辞出去。

“向老师请坐。小英，我先给你查一下。”

检查的结果毫无悬念，马上手术。英素花先进了手术室。

“夏医生，您一个人行吗？”

“向老师，放心吧，这是个小手术，只是小英要受点苦。”

“会很疼吗？”

“现在知道疼她了？以后别只顾自己快活！”夏医生笑着说，向天舒却有苦说不出。

他坐在外面等。传来痛苦的呻吟声，越来越大，如受伤的母兽，他的心都碎了。

夏医生探出头来说："向老师，你可以进来了。"

英素花正在穿裤子，脸上还有泪痕，他忙过去扶她。

"疼吗？"

她点点头，顺势倒在他身上，他亲了亲她的脸。

向天舒交了费，搀着英素花下楼，遇见白医生。

"向老师，都顺利吧？"白医生显得神采奕奕，很高兴能帮上他的忙。

"顺利，谢谢。"

"我买了些补品，手术虽小，伤了元气，要好好补补。"白医生将手里的一袋东西递给他。

"白医生，这怎么好意思？不用不用。"

"你不用，我也不用，是小英要用。"

"谢谢你，白医生。"英素花说道。

"不客气。下次尽管来找我。"

向天舒在心里哭笑不得，他可不希望还有下次。

两人走出卫生所。

"我想到溪边走走。"

"你刚做了手术，要静养。"

"我现在不想回家。"英素花突然提高音量，将他吓了一跳，这才发现她的眼中含着泪。

他一手提着白医生送的补品，一手搂着英素花的腰，慢慢往紫溪走去。

早春二月，虽走在太阳下，寒意侵体，草色遥看有些绿意，走近却依旧枯黄，与田里的麦苗形成反差，其间流淌着清亮的紫溪，四野寂寂，水车的吱呀声听上去很刺耳。

英素花疲惫不堪，在溪岸草地上坐下，木然地望着溪水，表情令向天舒不安。

“天舒，我难过。”许久，她终于开口说话，眼泪哗哗直流。

“没事，都过去了。”向天舒连忙安慰她，帮她擦眼泪，却越擦越多。

“再怎么说，也是条生命啊，在我肚子里待了那么久，夏医生说，都看出人样了！”英素花说完，放声大哭。向天舒不敢再劝，由她哭，哭出来就好了。他的脑子里浮现出婴儿的雏形，负罪感顿生。

英素花其实并不愿意将孩子做掉，所以才犹豫了那么久，向天舒的表现说明他还没有做好结婚的准备，令她又失望又伤心，打消了要立刻结婚的念头，即便能够结婚，也不想马上要孩子，她始终有个愿望，想随向天舒回省城，孩子是个拖累。

因为这次堕胎，他们的感情第一次出现裂痕，虽然不久就弥合了，但为以后的再次撕裂埋下了隐患。

英素花没有请假，照常去上班，向天舒处处陪着小心，每天去百货公司接她下班，又请单玉老师帮忙炖了几次滋补的汤，英素花的气色慢慢好起来，两人渐渐和好如初。但有一件事还需忍耐，夏医生交代过他们，手术后一月内不能同房。春色偏来撩人，向天舒按捺不住，背着英素花自己解决了几次。

春雨打在地上，落英缤纷。

封氏夫妇的小女儿没同他们一道回来，让向天舒很伤感，预备等柑橘花谢时，买些糖果和文具，让他们给小兄妹俩带去。

英素花又来月经了，受手术的影响，淋漓不尽，拖了十几天才完，找夏医生复查，有炎症，开了一个疗程的药，夏医生让他们再忍耐些时日，不要急着同房。别的都可以忍受，唯独这件事难忍，两人睡在一张床上，肌肤却不敢亲近，怕受不了刺激。英素花受煎熬的程度似比向天舒还要强烈。

“天舒，再这样憋下去我会发疯的！”

“素花，再忍忍吧，你的身体要紧。”

“我不管。”

第二天，许多人都在议论头晚的声音。英素花以前也常常叫出声来，只是这次因憋得太久，更加惊心动魄，费武眉飞色舞，程文礼却骂道：“不要脸！”

郝校长为此找向天舒谈过一次话，委婉地提醒他注意影响。

向天舒有裸睡的习惯，中午热，常常不盖被。一天中午，包姥偷拿了英素花的钥匙，径直开门进来，将他惊醒，令他又羞又怒。包姥站在卧室门口，一脸淫笑，也不知她已经站了多久。

“干什么？滚出去！”他拉过被子盖住身体。

“叫什么？老娘又不是故意的，真是！”包姥冷笑着转过身去。

他有种被人强奸的感觉，在被子里待了好一阵。

“天热，素花让我来帮她找条裙子。”包姥坐在客厅的沙发上抽烟。

她这么一说，他就不好再发作。因为这次的意外，他后来养成了午睡时反锁房门的习惯。

他不理会包姥，在书房看书，包姥自己倒了杯茶，慢慢喝完，才起身离去。

晚上见到英素花，他责问她为什么要将钥匙给包姥，她却一口否认，说她压根儿就没让她妈来拿过什么裙子。

“我妈怎么是这种人？她到底想干什么？”英素花怒不可遏，当即就要回家去找包姥理论，被向天舒劝住。

“算了，她就是这么个人。”

她晚饭后还是回家去了，跟包姥大吵了一架，包姥待要撒泼，她的一句话让她立刻软了下来。她说：“你要再这样，我就不认你这个妈了。”

英素花走后，包姥越想越气，将不值钱的瓶瓶罐罐摔了一地，又吆喝着让英背时收拾，后者动作稍慢，屁股上挨了几大脚。她还不解气，上床去猛抽大烟，第二天一早便去百货公司找英素花。

“素花，姓向的睡了你，就是我们家的人，他不能拿我当外人。”

“妈，没人拿你当外人。”

“既然是一家人，那你配一把他的房门钥匙给我，我什么时候想去就什么时候去，用不着偷偷摸摸的。”

“妈，你昏头了，天舒最忌讳别人干涉他的隐私了，他不会答应的。”

“隐私？哼，你妈什么没见过！不配也可以，从今天起，你回家来睡。”

“不可能！”

“不回来也行，我每晚到他家静坐，我接我自己的闺女回家，难道不行吗？”

“妈，你别无理取闹。”

“你去跟他说，行不行今晚给句话。”包姥转身离去。

英素花将母亲要钥匙的事跟向天舒说了，他断然拒绝。

晚饭后，包姥果然来了，坐在客厅里抽烟，一言不发，没有要走的意思，向天舒也不理会，反正家里有她睡的地方。到时间便与英素花关门上床去睡了，听见包姥离去的声音，窃喜，起来将大门反锁上，刚睡着，敲门声便响起来，跟擂鼓似的，一栋楼都被惊动了，他急忙去开门，包姥站在门外，笑嘻嘻地说：“我去大解了，黑灯瞎火的，差点没掉茅坑里。”他咬着牙根，转身回卧室。包姥一直在客厅里走动，让他们无法入睡，包姥在门外说：“小向，我去小解，给我留着门。”出门时却“砰”地将门带上了，他只好睁着眼睛等她回来，许久都没动静。“素花，你妈这泡尿撒得也太久了。”英素花迷迷糊糊应了一声，翻身睡过去。他的眼皮刚合上，擂门声又响起来，他冲出卧室，怒气冲冲打开门，“你就不能轻点儿，一栋楼都被你吵醒了。”“嘻嘻，我怕你们睡得死，听不见。哎哟，不知怎么搞的，一泡尿屙成一泡屎，老娘肚子疼，可能还会起夜。”他知道她是存心的，这样下去，他的神经非崩溃不可，便进卧室去将给英素花的房门钥匙拿出来，“给你钥匙，别弄丢了。”“嘿嘿，丢不了。”包姥达到目的，即刻出门，消失在黑夜中。

自从包姥有了向天舒的房门钥匙，更加频繁地在黄龙中学出入，他每次开门前都会想：“但愿老妖婆不在。”有一次，天气酷热无比，他刚打开门，就立刻又将门关上，不敢进去，包姥几乎半裸着，在客厅的沙发上呼呼大睡。

天气转热以后，英素花特意让易老板给她进了两条超短裙，成了黄龙镇第一个穿超短裙的人，合镇的人都看傻了眼，令向天舒多少有些难堪，让她别这么穿，她却不认为自己有错，反问他：省城的女孩子能穿，我为什么不能？

他无言以对，其实，英素花的身材不逊于他见过的任何一个省城女子，为什么要藏着？

三十八

暑假，向天舒谎称回祖村，去怪老道处住了三个星期，出门时将太极剑悄悄放进大旅行包，没引起英素花的疑心。

他让怪老道替他保密。

“怎么，你和素花姑娘闹别扭了！”

“倒也没有，但我如果说到你这儿来，她肯定不干，她一刻都不想离开我。我有时挺怀念一个人的生活的。”

“两人不能有一人的好，一人不能有两人的好。”怪老道幽幽地说。

歇了没多久，他迫不及待让怪老道看他打了两遍拳。

“不错，你果然有毅力，这样练下去，会出功夫的。”

“前辈，我现在能学剑了吗？”

怪老道笑笑：“我看你是有备而来的。”

他笑着说：“什么都瞒不了前辈的眼睛。”说完，从旅行包里抽出太极剑，递给怪老道。

怪老道从剑鞘里拔出剑，试了试，说道：“尚可。”

“前辈，您那样的真剑属于管制刀具，买不到。”

“没关系，剑法的好坏在人不在剑，再说，这种剑更适合初学者，我最开始接触的太极剑，也和这把相似。”

一番话打消了他的顾虑，这把剑后来一直伴随着他，彼此产生了深厚的感情。

他起早摸黑学剑。怪老道悉心传授，对他的悟性和勤奋赞不绝口，短短两个星期，便掌握了全部套路。怪老道到集上去后，他独自在院子里练剑，忍不住试了试七星剑，动作完全走样，勉强练完最后一个动作，剑“当啷”掉在地上，手腕再也抬不起来，对怪老道的功力更加佩服，他决定短时间内不再摸七星剑，以戒除好高骛远之心。

下午，他背着剑去喂鹰，先吹了一阵笛，待鹰走后，在崖边的空地上舞起剑来，松涛阵阵，剑光辉映着远处的瀑，恍惚间觉得自己是一位高蹈的剑客，与时代无关。

他后来制定了严格的习剑计划，每天趁学生上晚自习时，到绿水塘边的草地上练剑。英素花起初不明白他为什么要偷偷摸摸的，又不是什么见不得人的事，他说没练好以前，怕人看见笑话，她不以为然地说：“你还在乎别人笑话？不像你的风格嘛。”绿水塘边夜里罕有人至，有时有月，有时无月，有时竟全黑。几年过去，他的剑法仿佛得了天地的灵气，越来越精湛，连怪老道都喝彩，让他使自己的七星剑，慢慢地，两种剑他都习惯了，举重若轻，举轻若重，正应验了怪老道的话，“在人不在剑”，就算是一把木剑，也能练出铁剑的沉重感来。

怪老道去镇上赶了两次集，第二次到百货公司打酒，同英素花说笑了一番，故意问她：“怎么不见小向？”她撇撇嘴：“回他老家去了。”他逗她说：“想不想他？”她说：“当然想了，就怕他不想我。”怪老道回来跟向天舒说起时还忍不住“呵呵呵”笑，说：“素花姑娘真是个性情中人。”上山以来，向天舒还真没怎么想过英素花，听怪老道这么一说，动了思念之心，本来预备再住两个星期的，又住了一个星期，至星期天，便与怪老道一同下山回来。

走进百货公司，英素花愣住了，却抽不开身，隔着拥挤的顾客，朝他投来深情的一瞥，眼里似有泪花闪烁。他示意她先忙，到门外去看怪老道摆摊，其意倒在观察顾客，尤其是前来问卦求符的人，多半是老实巴交的乡下人，皆诚惶诚恐，将怪老道奉若神明。

“前辈，您忙着，我到处走走。”

他跟往常一样，东南西北闲逛，见有人争执，停下来观看，双方眼看要动起手来，便上前劝阻，看客中有认得他的，叫他“向老师”，争执的双方听说过他的大名，甘心接受他的调停。他继续闲逛。几个哈尼族老年妇女蹲在地上，衣服残破，面前摆着几堆辣椒，及屈指可数的几个蘑菇，就为了出售这点不值几个钱的东西，来回要走几十里山路，还未必都能卖出去，他的心里一阵发凉，不忍再看下去，随拥挤的人流向前走去。至苗女的地摊前，心情才稍稍好转，蹲下身，好奇地研究起地上的药材来，有认识的，有不认识的，末了，装作不经意抬头，与苗女四目相对。苗女的坐姿娴雅，居高临下看他，笑得意味深长。这么多年，她的容颜未曾改变，依旧是他心目中的高贵女王。他总觉得他们之间有某种默契，但不知道这意味着什么。他站起身，笑着对她点点头，转身离去。

走回怪老道摊前，吃惊地发现英素花跟他坐在一起，因为她的出现，怪老道的摊前从未这么拥挤过，真正的顾客却一个都没有。“收摊了收摊了！”怪老道一面嚷嚷一面做鬼脸，将人群里的小孩子逗得“哈哈”大笑。怪老道将摊收了，围观者失去了驻足的理由，只好散去。

“素花，你怎么有空？”

“我让人顶一下班，来跟你们吃午饭。”

英素花知道向天舒照例要请怪老道吃午饭，等不到下班才见他，找借口溜了出来。

蔡老板见他们三人，兴奋地张罗开来。向天舒看着英素花，恨不得立刻就去亲她，怪老道眯缝着眼，将空中的通道让出来，好让他们眉目传情。

吃饭时，英素花话多，与怪老道有说有笑，后者一高兴，酒下得快，脖子都红了，白须里渗出汗来。

吃过饭，怪老道与孩子们玩耍去了，英素花回去继续上班，向天舒则回家去等访客，与卡梭、马缨花及他们的家人在校门口不期而遇，一群人涌到他家。他们每次来都要给他带东西，令他过意不去，他叮嘱卡梭和马缨花暑假也要抽时间温习功课。

“娃娃用功得很，怕对不起向老师。”两家父母争着说。

送走他们，他关起门来，用盆接冷水洗身子，一面洗，一面盼着英素花下班，身心都很激动。他不在的期间，英素花多半时间都在他这儿睡，屋里比他在时反倒更整洁。

英素花提前下班，才进屋，就遭到向天舒的袭击，亲吻似雨点一般，将她的全身浇透。秋老虎天气，知了热得拼命叫唤，掩盖了另一种叫声，两人被汗水彻底淹没，英素花多日来的委屈和怨气也一起被淹没。

临近暑期末，麦香突然来找向天舒。

他惊奇地发现，不到两个月的分别，小姑娘似乎一下长大了许多，如疯长了一个夏季的小树，眼瞅着就枝繁叶茂了。

“麦香，假期都在家？”

“嗯，活儿太多了。干爹，我们大吉寨的柑橘丰收了。”

“是吗？太好了！”

大概是山上的土壤更适合柑橘生长的缘故，大吉寨的柑橘比黄龙中学的还优良，收购柑橘的车子早早就来到路边，大吉寨的人背着柑橘下山，络绎不绝，场面甚是壮观。收入按人头分到各家，人人欢喜，树上还有零星青涩的柑橘，待熟了以后自己吃，或拿到镇上卖，大吉寨的人从没这么开心过，举寨庆祝。向天舒是恩人，寨里人让麦香来请他去参加他们的庆祝活动。

向天舒和麦香吃过午饭，即刻上路，顺路到百货公司跟英素花打招呼。英素花见到麦香，眼神有些异样，对向天舒说：“不去不行吗？我今天身上不舒服。”他敏感地意识到她不悦的原因，但不能因为她不高兴就不去啊，便问：“哪儿不舒服？”

“哪儿都不舒服。”

“那你早点回家歇息，我回来好好陪你。”

“你还是要去？”

“当然要去，人家大老远地来请，不去不好。”

“恐怕不是谁请你都会去吧？”

“你什么意思？”麦香在场，他不好发作。

“你不能为了我不去吗？”

“素花，你为什么不让我去？”

她看着麦香，没有回答。

“我知道你在想什么，你多心了，我们要是连这点信任都没有，就太没意思了。”

“我不是不信任你，只是有些担心……你去吧，不过你要保证吃完饭就回来，少喝点酒。”

“好的。我走了，别再胡思乱想。麦香，跟素花阿姨再见。”

向天舒和麦香出了镇子。

“干爹，素花阿姨好像不高兴？”

“没事，她怕我喝多酒。”

“那你少喝点，不要让她担心。”

“好的。”

“干爹，你好像也不太高兴？”

“是吗？”他被英素花一闹，情绪低落，有一阵，完全忽略了麦香的存在，独自想心事。他提议唱歌，以掩饰内心的不快。

两人你一首我一首，将能想起来的歌都唱了一遍。遇到两人都会唱的儿歌，便合唱，麦香会唱的歌里多半带着浓厚的政治色彩，令他蹙额，但看麦香的表情天真，知道她并未受到歌曲内容的影响，心里才稍稍释然。他唱的流行歌曲麦香大多没听过，他便教她唱了两首，歌声在山谷里回荡，他的心情也随之好转，与麦香有说有笑。

他从一开始就发誓，绝不让麦香成为第二个叶莲，即便没有英素花，也不允许自己那么做，他要正心诚意将麦香当做干女儿，甚至是亲女儿一般看待。他不能再放纵自己的情欲，世上还有很多比情欲更美好的事物。而且，他开始形成了一整套属于自己的伦理、哲学和宗教观。在他自己的宗教里，宽容为第一要义，智善美为核心，对欲望的克制则为行动的准绳，此外，也给不可知的神预留了一席之地，虚位以待，请合适的神自己上坐。他在给好友的一封信里写道：我时刻感到神在注视自己，记录自己。我不知道会被哪位神拣选，末世的天堂何在？唯有小心翼翼做好自己，无愧此生。配得“神”称号的神，不会漏掉一位有资格进他天堂的人，人不必孜孜以求。如果要我排队进天堂，我会老老实实排队，绝不争抢；如果只能下地狱，那是我活该。

大吉寨张灯结彩，比过年都热闹，大家争相问候他，寨前空地上摆满了桌椅，才下午五点，丰盛的晚餐就已上桌。每桌的菜都一样，所谓庆祝，就是全寨人聚餐，他喜欢这种场面，对于一向贫穷的村民来说，没有什么庆典比吃喝更实在。他坐在高处显眼的位置，正对白云山，视野极佳。开饭前，不断有人上来敬烟，他也忙不迭地回敬对方，带的烟很快就发完了，便抽别人发的烟，当然不是什么好烟，呛得嗓子眼难受，索性改吸水烟筒。开饭后，他还没来得及好好享受美食，就先喝了一通水酒，每桌都派代表来向他敬酒，说了很多感激话，弄得他不好意思拒绝，将英素花的叮嘱抛诸脑后，喝得不亦乐乎。太阳将一天中最柔美的光线洒在每张笑脸上，他突然明白这么早开饭的道理，大吉寨没电，要充分利用自然光线，生活条件一旦改善，通电是迟早的事，他很高兴自己能够改变这个小山寨的命运。

酒喝到一定程度，便不用人劝，自己抢着喝，任麦香怎么劝阻都没用。

“干爹，你喝多了，素花阿姨会不高兴的！”

“管她，管她高不高兴的。”他的舌头开始打结，“再说，她才不在乎我喝没喝多呢，她在乎的是你。”

“我？！”

“麦香，你还小，不懂大人的事。”

众人一直喝到对面看不清人样时才散，他结结实实醉了，就在麦香家歇宿，日迟方起。在麦香家吃过午饭才走，山路崎岖，又浑身乏力，一路走一路歇，不小心还睡了一觉。抵达黄龙镇时，快到英素花下班的时间，便直接到百货公司去，想同她一起回家，未曾想她没来上班，说是生病请假了。“还真的生病了！”他急忙赶回家。

“素花，哪儿不舒服？好些了吗？”他自己用钥匙打开门，见英素花坐在客厅，脸色非常难看。

“你说话不算话！”她抬头看着他，眼里布满血丝，一宿没睡的样子。

“对不起，喝多了。”

“不是让你少喝点吗？”

“我是不想多喝，可由不得我。”

“由不得你？我看你是巴不得呢。”

“素花，我真不想喝多。”

“那今天呢？今天为什么回来这么晚？”

“你知道喝多了酒第二天难受，我在麦香家吃了午饭才回来的。”

“你一个人？没人送你？”

“我这么大的人要谁送？”

“吃过午饭就走的？”

“是啊。”

“你骗谁啊？从大吉寨到镇上，要走那么久吗？”

“我半路睡着了。”

“睡着了？谁信？！”

他见怎么解释都没用，就懒得再解释，对方却不依不饶，令他忍无可忍，也发作起来，两人大吵了一场，这是他们相爱以来吵得最凶的一次。看到英素花歇斯底里的样子，他感到未来的日子一片迷茫。

夜幕降临后，双方都冷静下来，他索性把话讲开，说自己对麦香真的没有一点歪念，让英素花不要白白吃醋。矛盾最终在床上化解掉，英素花发了疯一般做爱，在他身上咬出许多血痕，以示对他的独占。

母亲、弟弟及弟媳一起送大侄子来黄龙中学。

除了向母，其他人都是第一次来黄龙镇，一切都很新鲜，黄龙中学优美的校园环境比他们想象的好，而英素花的出现更是让他们眼界大开。因向母刻意将英素花妖魔化的缘故，他们都以为她是个青面獠牙的女鬼，殊不知是个美若天仙的女子，惊得目瞪口呆。

家里住不下，英素花主动回家去住，向天舒便将卧室让给弟弟和弟媳，母亲依旧睡书房，他自己睡客厅，大侄子则去小吴老师家睡。英素花每天吃完晚饭才回自己家，因为不是单独面对向母，态度格外殷勤，向天舒的大侄子喜欢与她亲近，向母也不好再板着脸，一时相安无事。

住了几日，向母又唠叨起买电视的事，抱怨到大儿子这里来没电视看，想多住些日子都待不住，这反倒更坚定了向天舒不买电视的决心。

开学头一天，他为侄子住宿的事情与母亲和弟弟生了一通气。母亲和弟弟的意思，大侄子自然应该在大伯家吃住，节省开支，又方便照顾，他却坚持让侄子住宿舍，费用由他来承担，他们觉得他未免自私，连自己的亲侄子都不想管，母亲甚至对弟弟说："他是怕妨碍他和英素花的好事！"弟弟赌气自己到教务处缴纳了第一个学期的住宿费。

向母心里正憋着气，包姥有事上门来找英素花，两人大眼瞪小眼，"仇人相见，分外眼红"，向母率先发难。向天舒和英素花正好都在食堂打饭，弟弟一家三口在场。

"你走错门了吧！"

包姥冷冷一笑，做了一个让在场的人惊讶的举动，转身出门，用力将门带上，随即开门进来，手里举着钥匙，有意炫耀，慢条斯理地将钥匙挂在腰带上。

向母没想到她来了这么一手，更没想到她会有大儿子的家门钥匙，气得直翻白眼。

包姥往沙发上一坐，掏出烟来点上，斜眼打量在场的人。

"你们就是小向的弟弟弟媳吧，你是他大侄子？还挺像你大伯，好好念书，别给你大伯丢脸。"

"我们向家的事，用不着你操心！"向母定下神来，发起反击。

“你们向家！？你姓向吗？”包姥冷冷地回了一句。

向母确实不姓向，但在她的传统观念里，嫁给向家，自然就是向家的人，自然可以代表向家说话，但她没想到对方会问出这种狗屁问题来，一时语塞。

“素花他们呢？”包姥随口问道，并不针对屋里的某个人。

“打饭去了。”向天舒的大侄子答道。

“别理她！”向母冲着孙子嚷道，“以后离她远点，这个人阴毒得很。”

“向天舒他妈，你给我听着，老娘的忍耐是有限的。”包姥跳起来咆哮，样子十分吓人，在场的人都不敢吭声。向天舒和英素花恰好回来，见到这个阵势，暗暗叫苦。

“天舒，把这个老贼婆撵出去，她偷了你的钥匙。”

“老子撕烂你的屄嘴。”包姥跳起来，一副拼命的架势，被英素花死死抱住。英素花本来怕母亲生事，听到向母这么说话，也不乐意了，看着向天舒，意在说：你妈不讲理，你自己看着办吧。

“妈，你别乱说话，钥匙是我给她的。”向天舒也觉得母亲说话过分。

“天舒，你不帮妈，却去帮外人，你还是不是我儿子？还有你们，只会看着老妈被人欺负！”后面的话是针对向天舒的弟弟和弟媳的，他们一直保持沉默。

包姥被英素花拽着出门去了。

这一仗，向母处于下风，两个儿子都不帮她，令她既悲愤，又无助，包姥和英素花刚走，便号啕大哭起来，一栋楼都惊动了，她有意闹开，好让众人知道她的态度，无论如何，也不能让英家母女得逞。这一架吵得太凶，全镇都知道了，令那些等着看向天舒笑话的人将嘴都笑歪了，传闻走了样，说向天舒为了一个女人同母亲大打出手，不孝之至。

英素花与向母的矛盾再次激化。

弟弟和弟媳好歹将向母劝回祖村去了。

开学后，向天舒隔三岔五叫侄子来家里吃饭，侄子与英素花的关系融洽。侄子很懂事，品学兼优，后来的所有开支都由向天舒负担，弟弟和母亲才没话说。

麦香与向天舒的大侄子在一个班，正好有个照应，像兄妹一样要好。麦香上初中后的学费及生活费依旧是向天舒负责，吃饭都在食堂。一开始，她还常常来找干爹，慢慢意识到英素花的敌意，便来得少了。向天舒让她别往心里去，有事尽管来找他，不用理会英素花的脸色。麦香放下了思想包袱，但只在英素花上班时来找干爹。费武和小妖不知怎么知道了他们的这种关系，每次见麦香来找向天舒，有意无意都要透露给英素花听，但他没做亏心事，任她怎么闹，只是不理会。

一天，英素花身体不舒服，提前下班，用钥匙打开门，眼前的一幕把她气懵了，麦香在。

“素花阿姨！”麦香怯怯地叫了一声。

她没搭理。

“麦香，你先回去吧，不懂的再来问我。素花，我在帮麦香补习英文。”

麦香勤奋，常常来找干爹补习英语，向天舒怕费武之流的人看见麦香来找他，才将房门关上，没想到英素花这么早就回来了。

麦香在英素花的冷眼中匆匆离去。

“素花，你至于这样吗？”

“你还怪起我来了！既然是补习英文，为什么关门？”

向天舒语塞。

英素花一屁股坐在沙发上，强忍着泪。

“素花，你别这样，干吗跟一个小姑娘计较？”

“跟她？哼，我是在跟你计较！”

“我怎么了？”

“你自己清楚。”

“我清楚什么？！麦香是我干女儿，你把我想成什么人了？”

“干女儿！说得好听，干女儿怎么了？又不是亲女儿！”

“素花，你怎么这么不讲理，吃醋也要看对象，”

“是啊，我干吗不吃别人的醋？单单吃她的醋？你资助的人少吗，为什么偏偏对她那么热心？”

他低头不语。

“说话啊，怎么不说话了？”

他深知，这种时候，他越不说话，对方的火气越大，但不知怎么开口。

“你倒是说话呀！”英素花厉声叫起来，他赶紧将房门关上，以免惊动四邻。

英素花突然跑进书房，出来时手里拿着一样东西，向天舒一看，在心里叫苦，怪自己太大意了，是叶莲的红发卡，与麦香整天戴在头上的发卡一模一样，他不该把它放在外面，而且是在书房的显眼位置。

“我不说，你以为我无所谓，我不计较你的过去，是因为我爱你，可我不明白，麦香为什么也有一个？是你送她的吧？”

“是，不过你听我解释。”

“不用解释。”英素花将发卡扔给他，一屁股坐回沙发。

“好吧，既然你那么不信任我，我也问你，上次回你爷爷家过年，你去见过去的男友，那么晚才回来，你们都干什么去了？别以为我不知道。”

英素花没想到他会把这事翻出来，一下愣住了。

“我就不信你们什么都没做。”他其实也拿不准他们是否做了，按照他对英素花的了解，她决不会做什么对不起他的事，之所以这么说，意在转守为攻。

“天舒，你怎么能这么想？当时为什么不说？没想到你还这么记仇！”英素花急得哭起来。“我要是做了什么对不起你的事，不得好死！”

向天舒故意撇撇嘴，表示不信，暗自为形势的急遽扭转得意。

英素花无由自白，突然起身，一头撞在墙上，顿时倒地不起，向天舒吓坏了，赶紧将她抱起来。

“素花，对不起！我相信你！你别这样！求求你别这样！”

好一阵，英素花才睁开眼，安静地看着他，血从额角渗出来。

英素花的个性如此刚烈，向天舒震惊之余，反躬自省，觉得自己在内心深处的确有愧于她，遂将感情的羁绊稍稍收紧，但也不会就此疏远麦香，后来想了一个两全其美的办法，让大侄子和麦香一起来找他补习英语。英素花无话可说，渐渐消除了对麦香的戒心，偶尔还会留他们两人吃晚饭。

英素花的出现令向天舒的日常生活发生了剧变，然而，他的生活里不光有她，有她带来的快乐和痛苦，还有很多别的内容，她是这段时期的主角，但不是唯一的角色。事实上，她也不是绝对的主角，某个月明星稀的夜晚，他独自赏月，此刻，月亮是主角；秋风起时，一片摇摇欲坠的黄叶将他深深吸引住，他看着它，直到它坠落，整个过程，他的世界里便只有这片黄叶；上课时，他的眼里唯有那几十双渴求知识的眼睛。而夜里，展开信纸，开始习惯性地给省城好友写信时，好友的音容笑貌复现眼前，他是他倾诉的对象，他在同他交谈，任何人都不能打搅他们。有几次，英素花偏不知趣，突然闯进书房，要他与她亲热，他不乐意，待她赌气睡了以后，点上一支烟，让情绪慢慢平复，继续与他交谈，顺便将刚刚发生的事也告诉他。英素花有时想成为绝对的主角，结果适得其反。

三十九

秋老虎天气，从东边来了一个男疯子，不知从哪里来，又要到哪里去，在镇上待了大半日。常日，普通的陌生人都会受到关注，何况是个过路疯子，而且是个不寻常的过路疯子。与沉浸在自己世界里的风三娘不同，过路疯子站在百货公司的台阶上，大声发表演说，观者如堵，站在最前面的是小孩子。大家听不懂他说的话，但被他生动的表情和手势所吸引。

向天舒至中午才听说了过路疯子的事，一吃完饭就跑去看，为了不让人误会，以为他对疯子感兴趣，从疯子身边经过时，故意不看对方一眼，径直走进百货公司里去了。

“天舒，你怎么来了？看疯子？还是看我？”英素花见他，高兴地说。

“看你，也看疯子，你就是个小疯子。”他见周围没人，朝她挤挤眼，“小疯子”是他们做爱时他对她的一个昵称。

“坏死了！”英素花受不了这个，胸部激荡，脸潮红。

“想要你！”他见此情景，也冲动起来，忍不住说。

“在这里要啊？！你这个大疯子！”

两人都笑了。外面的真疯子提高了演讲的音调。

“这个疯子，也不知从哪儿蹦出来的，才开门就来了，吵死人了！”

“我出去看看。”

“我就知道你是来看他的。”

正好有顾客进来，向天舒乘机抽身，走下台阶，同别的看客站在一起。

过路疯子的年龄与风三娘相仿，长发如乱絮，与胡须纠结在一起，显得头很大，酷似那位把共产主义理想当做人类终极理想的人，罩着破旧的灰布长衫，似民国初期的装扮，脚边有一个包袱和一根打狗棒，在邋遢的外表下，有一双明亮的眼，如果他不说话，人们会以为他只是个流浪汉。

有个二流子阴阳怪气地说：“要是风三娘在就好了，两个疯子，一男一女，正好配对。”许多人不怀好意地笑了。

向天舒没笑，用心听他演讲。

“你们以为我死了，我死了吗？”过路疯子做了个翻白眼的表情，惹得孩子们哈哈大笑。

“小孩可以笑，他们不懂，你们这些大人，说你们呢，不准笑。”

“只有醉鬼才会说自己没喝多，只有疯子才会说自己不是疯子，我是疯子，你们不是疯子，哈哈哈！”

“放心，我不会赖着不走的，我只是路过而已，谁不是路过啊？别以为你们是本地人，这里真的属于你们吗？

“你们看，除了这些，我一无所有。”过路疯子打开两手，表示两手空空，又将长衫撩起来，里面只穿着一条破内裤，露出黑瘦的身体，故意收紧肚皮，令肋骨更加突出，在场的人都笑起来。二流子怪叫道：“脱，接着脱啊！”

“做人要有廉耻！”过路疯子双手捂着私处，故作严肃地说，却又对着人群里的女性挤眉弄眼，将在场的男性逗得乐不可支。

“我真的一无所有。”过路疯子拾起地上的包袱，解开结，将里面的东西抖落一地，都是些破衣烂衫。“看见了吗？什么都没有。”

“可是，我有的正是你们缺的，你们缺的正是我有的。”这句话他翻来覆去说了好几遍，像绕口令一样。

过路疯子的表情比他说的话有趣，看客中有人离开，又补充进新来的人，孩子们却一个都不少，向天舒站在原地，一动不动，过路疯子似乎注意到他的与众不同，目光定格在他身上。

“你们当中有跟我一样的外乡人，他迟早要回家的，可他的家在哪儿呢？”这话像是有意说给向天舒听的，过路疯子用手搭了个凉棚，到处张望，不迭声地重复：“家在哪儿？”孩子们也学他的样儿，像一群小猴子，嘴里嚷着“家在哪儿，家在哪儿”。

“你们知道疯子与正常人的区别吗？正常人偶尔发疯，疯子偶尔正常，我现在很正常，不要把我的话当疯话。”

“你们有理想吗？你们的理想很理想吗？想实现你们的理想吗？”

“这些问题很重要，比吃饭拉屎重要，想知道答案的话，得付报酬，我要的报酬很小，就一根烟，谁给我根烟抽？”

向天舒将一包烟扔给他，他伸手接住，抽出一支，并没有将烟扔回给向天舒，而是自己装了，顺手掏出火柴点上，大口大口吸起来。大家都看着向天舒笑，笑他蚀了一包烟，他却不以为意。

过路疯子边抽烟边来回踱步，双眉紧锁，似在做紧张的思索，烟抽到一半，才又重新发言。

“告诉你们，会实现的理想就不是真正的理想，真正的理想要如何才能实现呢？”

“这个问题很重要……”

过路疯子顿了一顿，刚要接着说话，小孩们齐声叫起来：“比吃饭拉屎重要！”人群笑得乱颤，过路疯子自己也笑了。

“小孩子就是机灵。我已经得过报酬了，决不贪心，这就告诉你们答案。给我报酬的人是有福之人，你们好好看看这个人，他比你们舍得，比你们都更了解我。”

大家看着向天舒，好像不认识他一样。

“刚才的问题是，怎样实现真正的理想？”

“这个问题很重要，比吃饭拉屎重要！”小孩们故伎重演，齐声叫道，这一次没有一个大人笑。

“答案其实很简单，你们只需像我一样，做个疯子，因为，正常人实现不了的理想，疯子可以实现。哈哈哈！”

看客的反应似在过路疯子的预料中，除一人外，都露出被愚弄的表情，好像在说：“什么狗屁答案！教人做疯子。”过路疯子笑得打跌，大家不知道他为什么笑，也就没有跟他计较。

“以前我跟你们一样，也是个正常人，后来我死了，我是说那个正常的我死了，就变成了你们现在看见的样子。我不正常，我看什么都不正常，我生活在一个不正常的世界里。可是，凭什么说我的世界不正常？我告诉你们，这世界是你们的，我不争抢；有更加宽广的世界，向所有人敞开，而你们却不知道努力前往。别以为我整天除了疯癫，便什么都不会做，庸人们，你们连自己能做什么都不知道，凭什么知道我不能做什么？……”过路疯子的语速越来越快，含混不清，不知所云，低着头，在高台上不安地来回踱步。

“说了半天，却没人鼓掌，不想说了。”孩子们虽不明白他的话，但对他的古怪表情感兴趣，怕他真的不说了，使劲鼓起掌来。

“算了，我给你们跳个舞吧。”

过路疯子的提议令观者振奋，以为疯子跳舞，一定很有趣。

然而，过路疯子的舞蹈令大家很失望，抬脚，扬手，转圈，动作极慢，面无表情，低头时头发盖住了整个脸，反反复复做同样的动作，显得很枯燥，只有向天舒一人看得津津有味。过了很长时间，舞蹈的节奏逐渐加快，面部表情也丰富起来，嘴里发出含混的声音，似雷风寨的南木萨作法时的情形，表情突然变得怪异起来，面目狰狞，年龄小的孩子躲到大人身后，饶是胆大的顽童，也瞪大了惊恐的眼睛，所有人都像被施了魔法一样，动弹不得。最后，他突然倒地，蜷着身子，双手抱头，脸贴着地面，一动不动，许久才站起来。

“走了走了。”过路疯子大声说着，收拾好包袱，斜挎在身上，抄起打狗棒，大踏步走下台阶，头也不回，往镇西走去。大人都散了，小孩子却紧随不舍，向天舒也远远跟着。

至镇西头，过路疯子回头向孩子们挥了挥手，突然加快了脚步，孩子们跟不上，只好止步，怏怏而回。向天舒与他始终保持着一段距离。至岔路口，过路疯子放慢脚步，走上通往白云山的石子路，来到荒漠地带，停下脚步，似在看远处的白云山，又似在等身后的人。向天舒犹豫不前。两人僵立着，像两根沙柱，显得四周更加荒芜。一阵风在远处旋起一个小龙卷，风定后，骄阳似火。过路疯子转过身，目不转睛地看着向天舒，突然单膝跪地，放下打狗棒，捧起一捧尘土，立起身，示意他近前。向天舒不由自主地走过去，对方朝他迈了一步，双手举过他头顶，他只来得及闭上眼，那捧土便从头上淋下。他睁开眼，虽惊异，却未露出丝毫愠色。过路疯子哈哈大笑：我们都是来接受尘洗的。又正色道：你是唯一跟我走这么远的人，我没有更多的话要说。祝福你，年轻人！没等他回过神来，过路疯子已经飘然远去。

他有一种恍惚的感觉，此情此景，似曾相识，不知是在梦里，还是在前生，蓝天，雪峰，若隐若现的热浪，沙地散发出麦熟的味道，鹧鸪声声。

向天舒被过路疯子的话深深震撼，接连数日都在思考“尘洗”的深意。生命便是一场尘洗。

英素花的月经没有如期而至，两人都紧张起来，又不好去医院检查，抱着一丝希望，过了半个多月，妊娠反应越来越明显，这才确信又怀孕了。

因为有了第一次怀孕的教训，英素花不再任性，还让向天舒帮她买了一些生理方面的书籍，认真阅读，对自己的身体有了全新的认识，除安全期外，不再厌恶避孕套。不过，照向天舒的意思，安全期也不安全，也应该采取避孕措施，何况，女人的身体同情绪一样善变，难免有紊乱的时候，英素花却坚持说她现在熟知自己的身体，对排卵的周期了如指掌，如果安全期都不能好好享受性爱，还有什么意思？他拗不过她，只好听天由命，所幸一直没出岔子，两人每个月的性爱高潮，便都集中在英素花月经前后的几天，平日的矛盾，也往往在这几天里一笔勾销。

几乎从一开始，向天舒就惊奇地发现，英素花月经前一星期的胸部会发生很大变化，较常日更丰满，兴许别的女人也会有同样的变化，只是他从前未加留意，这种神奇的变化令他欣喜若狂。月亮与女人之间，似乎有一种神秘的感应。对方身体的奇妙变化，加上没有安全套的束缚，令他亢奋无比，但须竭力克制住欲望，待她的最后一波高潮来临时，才释放出来。弄潮儿因过度的激奋而窒息，被最猛烈的巨浪吞没，大潮退去，白色的尸身搁浅在沙滩上，软软的，在细浪中轻轻摇晃，仿佛摇篮中沉睡的婴儿。

在肉体的极度欢愉中，向天舒自以为拥有了尘世的最高幸福，可惜幸福转瞬即逝，而英素花的再次怀孕，令短暂的幸福也中断了。

他表面上安慰她，心里却在抱怨，怪她不听他的话。她的表现却出乎他的意料，远不如上次难过，主动说：“天舒，咱们去找夏医生吧。”而且，想到手术后要禁欲好一阵，反而抓紧时间要他，他勉力为之，以近乎旁观者的姿态，看着她一次又一次在高潮中扭曲变形的面目，自己来的时候，肉体的快感依旧，心理却得不到相应的满足，相反，完事后，精神极度空虚。

他们没跟白医生打招呼，直接去找夏医生。夏医生很惊讶，让他们过一段时间再来，太早不能做。好容易熬到手术时间，英素花的尖叫声在空寂的卫生所里回响，秘密就此泄漏。

白医生很惊讶，责怪向天舒太不爱惜对方的身体，人流做多了，会影响生育。

向天舒当时心情不好，没怎么搭理白医生，过后很懊悔，要是交代一声“千万别说出去”就好了。白医生的热心肠受到冷遇，自然不痛快，既然向天舒他们不愿听劝，一而再地犯错，说明他们无所谓，何必还替他们隐瞒呢。

英素花打胎的消息不胫而走。

“向天舒把英素花的肚子搞大了。”

“打掉了。”

“还没结婚就堕胎，真不要脸！”

“她怎么没赖上向老师啊？！”

“姓英的跟她妈一个德行！”

“肯定不是向老师的，要不怎么会打掉呢？”

“……”

英素花打胎的新闻成了全镇热议的话题。舆论自然偏袒向天舒，几乎是一边倒。英素花为此愤愤不平：个个都说你好，你也到处装好人，在别人眼里，你有多好，我就有多坏。学生们看向天舒的眼神都很异样，他的形象也受到了不小的影响，但他无所谓，只是觉得舆论对英素花不公，激起他的逆反心理，对她格外温柔，每天去接她下班。

郝校长和善玉老师来找向天舒谈话，自从他跟英素花好了以后，很少有机会再去他们家吃饭。

“小向，你们要是不能在一起，就早点断。”郝校长说。

“我们挺好的啊。”

“那为什么要把孩子打掉？”单玉老师比谁都着急，抢过话头问。

“因为我们还没结婚。”

“那就结婚啊。”

“还没想好。”

“还没想好就要孩子？”

“是意外。”

“我看才不是意外呢，你们年轻人啊，不为孩子想，也要为自己想，特别是素花姑娘，身体遭罪啊。”

“这个我知道。”

单玉老师和郝校长不好再说什么，叮嘱他不要再犯同样的错误。晚上，向天舒和英素花正准备开饭，单玉老师给他们端来一钵鸡汤和一盘炒猪肝，令他们很感动，过后，又陆陆续续给英素花送来许多营养品。

小吴老师也给英素花送来补品。

有一个人却被这件事给大大惹恼了。长久以来，包姥都以向天舒的准岳母自居，终究不甘心，想早日正名，催促他们完婚，谁知二人毫无动静，渐渐地，她也懒得再操心，反正是铁板钉钉的事情，迟早而已。自从她有了向天舒的房门钥匙后，便找机会在他们的避孕套上做手脚，心想一旦女儿怀孕，不愁他们不结婚，阴谋被向天舒及时发现。他有个习惯，每次用避孕套前都要吹气，有点孩子气，但也有谨慎的原因，怕有破损，倒不是为了提防包姥，他压根儿就没想到包姥会做手脚，直到发现避孕套末端的针眼，惊讶万分，怀疑是英素花做的，心里不痛快，索性不举，任她怎么摆弄都没用，待他道出实情，她恼怒异常，质问他：“凭什么认为是我干的？我为什么这么干？”他也觉得不可能，如果她想以此要挟他，要他“奉子成婚”，也不用等到现在，她又不是没怀过孕，左思右想，恍然大悟：“是你妈，对，你妈干的好事！”她一愣，随即也明白了，又好气又好笑地说：“亏她想得出！”他打趣说：“她是怕我不娶你。”

“你会吗？”英素花正色说。

“不会，素花，其实，我们现在的生活跟夫妻生活也没什么两样。”

“可本质上还是不同，没打结婚证，不算夫妻。”

“那你希望我们现在就结婚吗？”他试探性地问，隐隐有些不安。

英素花看着他的眼睛，半晌才说：“等你想好了再说。”

他将话题岔开了。此后，他便将避孕套锁在柜子里，包姥只好望锁兴叹。

包姥先到百货公司找女儿问罪。

“你们干的好事，害不害臊！全世界的人都知道了，姓向的如果不要你，谁还会要你？！你这个赔钱货，贱货！”

“你才是贱货！”

英素花受了舆论的气，心里憋屈，也爆发出来，同包姥对骂，几条街都惊动了，向百货公司聚集过来，包姥见这么多人看她母女的笑话，脸上无光，矛头陡转，对着众人撒起泼来：“你们都听着，谁再说我家素花的坏话，老娘跟他没完，跟他全家都没完！”二流子也在一旁帮腔，众人不敢言语，顷刻散去。

包姥又跑到黄龙中学找向天舒闹。

向天舒正好坐在客厅望着青龙山发呆，房门开着，包姥将身子堵在门口，大叫大喊，故意让人听见。

“姓向的，你什么意思？不想和我家素花结婚啦？”

“没有啊！别嚷嚷，进屋说话。”

“老娘就在这里说，让大伙儿都听听，今天你非把话说明了不可。”

小妖抱着手，站在走廊的尽头，小儿子紧紧抓着她的衣袖，怯生生的样子，费武也回来了，将他抱起来，他于是将大人们的闹剧看得更加清楚。

“你不进来，那我出来，免得别人以为我是缩头乌龟。”向天舒索性往外走，包姥只好从门口退后，战场转移到走廊里。

“你把我们家素花的肚子搞大了，你说怎么办？”

“你说怎么办？”

“结婚，马上结婚。”

“这是我和素花的事，跟你无关。”

“我是她妈！”

“你是我妈也没用！”

“向天舒，你长本事了，学会耍嘴皮了，跟老娘斗，你还嫩点！好，你们什么时候结婚我不管，素花左右是你的人了，你要对她三心二意，我饶不了你。”

“她要对我三心二意呢？”

“哼，那是你活该！”

可惜英素花不是包姥，他就是想“活该”都没机会，想到这里，他忍不住笑起来。

“老娘不跟你嬉皮笑脸。你们都做个见证，姓向的要是对不住我女儿，我—让—他—做—不—成—男—人。”

最后这句话很恶毒，令在场的人不寒而栗，向天舒自己也吸了口冷气，包姥对这句话的效果很满意，乘机收兵，扬长而去。

向天舒在校园里遇见顾芳。

“向天舒。”

他没想到对方会叫他，两人一年多未说过话，见面形同陌路。

“你怎么不跟她结婚？”

“跟你有关系吗？”他讨厌别人干涉他的私生活。

“没关系，不过，我就想知道，既然她那么好，你为什么不娶她？”

“她当然好了，我会娶她的。”

“肚子搞大了都不娶，谁信？”

“那你呢，结婚都一年半了，怎么还不要孩子？”他话锋一转，以攻为守，他知道，顾芳不是不想要，是要不上，婆家已经开始对她有意见了，各种传言都有，有的说他们夫妻不和，有的说万老二有生理缺陷，有的说顾芳年纪大了，怀不上孩子，等等，总之，这是顾芳的痛处。

“你挺幸灾乐祸吧，告诉你，向天舒，我都怀孕四个月了。”

他吃了一惊，上下一打量，对方的身形果然有变化，同时，他也注意到对方的打扮俗不可耐，以前衣着多少还有些品味，现在什么贵穿什么，搭配倒在其次了，明晃晃的金项链和玉镯头直戳眼睛。

“哦，原来你是看笑话来了，恭喜恭喜，万老二这个大老粗，真是有福气！”

“向天舒，你以为我愿意嫁个大老粗？还不是因为你！！！”顾芳突然叫起来，面部肌肉扭曲，泪水在眼眶里打转，他不敢再招惹，快步溜走，走出很远才回头，顾芳背对着他，在原地抽泣。他的心里很不是滋味，喜欢他，不是她的错，但她变成这般模样，也不是他向天舒的错，人应该做一个什么样的人，由己不由人。

英素花堕胎的事情闹得沸沸扬扬，令白医生坐卧不安，悄悄掌自己的嘴，向天舒于自己有恩，自己却把他的隐私抖了出去，未免有点恩将仇报。但他是个要面子的人，道歉的话想了一箩筐，就是拉不下脸来，拖了两个月，终于跑来向他道歉，说他不是有意要说出去的，发誓说他只告诉过一个朋友，谁知道那个朋友管不住嘴，向天舒苦笑着说："迟早会传出去的，素花又怀孕了。"

白医生惊得差点一屁股坐地上。

"哎哟，你们这是……小向，你放心，这回我绝对不会再告诉任何人！可你们也不能一而再再而三地做傻事嘛！要不，留下孩子吧。"

向天舒摇摇头，索性将一肚子的苦水都倒了出来。其实，英素花经历了第二次堕胎，无论心理和身体，都有点习以为常的意思，渐渐放松了警惕，与向天舒之间的矛盾无法调和时，便将全部的激情都投入到性爱中去，兴起时，还会嫌避孕套碍事，一把扯掉，向天舒只好在紧要关头抽身，但漏泄事故难免发生，遂生根发芽，没办法，按照英素花自己的话说，谁让她的土壤这么肥沃呢？白医生没想到世上还有这么任性的姑娘，而向天舒把这么大的床上秘密都告诉了他，令他又感动，又激动，不停地搓着双手，不知该如何守口如瓶。

照例，还要等一个多月才能手术。英素花的反应比前两次大，肠胃不适，吐了好几次，精神萎靡，向天舒看她遭罪，忍不住想，不如结婚吧，待要开口，又犹豫了。这两次怀孕的间隔时间太短，令他措手不及，本来，她上次手术后，他就下定决心不让她再受苦，再有孩子的话就认命，娶她，与她生养众多，但没想到这么快，他们甚至来不及将横亘在两人间的障碍稍事清除，而且，他悄悄咨询过夏医生，才做完人流后怀上的孩子不能要，至少要修养半年以上，他的良心有了这个借口，稍稍减轻了一些自责的程度。

隆冬，冷雨不断，爬不成山，索性连太极拳也不练了，除了上课，向天舒多数时间都抱着火盆，捧着书发呆，待英素花下班，还得强颜欢笑。他到黄龙镇以来，心情从未如此糟糕过。

英素花没胃口，吃不下食堂的饭菜，他便常常带她到蔡家饭馆吃饭，蔡老板自然欢欣，单玉老师私下对他说："小向，你们天天下馆子，花销太大了，大家都在议论，说日子不是这样过法，小英又爱穿漂亮衣服，你那点工资，怎么够用。"他没办法解释，只是苦笑。单玉老师叹口气，心疼地说："你瞧你，天天吃馆子，反而瘦了，脸色这么难看！"他回家拿铜镜仔细照了照，果然憔悴，且面容模糊，他想，该找人磨镜了。

手术是年前做的，同前两次比起来，这一次的时间特别长，夏医生出来时脸色铁青，一言不发，好一阵，英素花才趔趄着走出来，眼角挂着泪。他连忙上前搀她，将她扶到走廊里的长椅上坐下，见白医生给他递眼色，便走过去，白医生压低声音说：

"小向，我刚才问夏医生了，好险，子宫壁越刮越薄，差点没大出血，这次你无论如何要让素花姑娘好好卧床休养，关键是，不能再有下次了。"

后来，白医生专门配制了一服中药，让英素花坚持服用，不愧是"白神医"，药效显著，英素花的身体康复如初。向天舒为此专程登门致谢。

两人没情绪过年，包姥不知就里，依旧跑来凑热闹，将英背时一人撇在家里，英素花没力气管，向天舒不过意，冒着寒风去叫他。许久不见，英背时又跟从前一样邋遢，冻得瑟瑟发抖，他不愿意英素花看见她爹的这副模样，让英背时将自己拾掇了一番，换上干净衣服，毕竟是过年。

年后，下了一场小雪，向天舒的心情稍稍敞亮，搂着英素花在雪中漫步，不时亲吻她，久违的浪漫令她惊喜异常，两人一直走到蒙山脚下，山上的雪更大，阻碍了视线，他默默伫立，心想，开春以后，无论如何要抽时间去蒙地走走。第二天放晴，雪很快融化，他登上老人山，凝望白云山的雪峰，不觉感叹，许久没去找怪老道了，虽然逢集都能见面，但终不如在山上见面的好，老鹰也让他十分挂怀。

四十

封氏夫妇同燕子一道归来。向天舒很高兴又见到老朋友，老朋友不止封氏夫妇俩，还有数不清的小蜜蜂，英素花也很高兴，因为又有新鲜的蜜吃了，蜂蜜既美味又养颜，去年向封氏夫妇买的蜜不待秋尽就已吃完。

向天舒恢复了登山的习惯，频频攀登四周的山。通常都是一个人，出发前，在脑子里预备了几个问题，形而上的居多，一面爬山一面寻找答案，也怪，一到山上，思维就特别活跃，有种豁然开朗的感觉，也有直到山顶都还想不明白的问题，便坐下来继续思索，常常遗憾山不能再高些，山越高，越有助于他找到答案。

英素花偶尔会利用休息日陪他去爬白虎山。他的几样爱好，看书，登山，练武，她都不喜欢，但为了讨好他，有时也逼着自己去喜欢。和风丽日，一路上两人有说有笑，心情似早春的花草，开始登山后，向天舒便不再吭声，习惯性地开始思考问题，英素花边唱歌边采野花，倒也快乐，久了不见他睬自己，不觉烦闷起来。“你怎么不说话？”“你倒是说话呀！”“你哑啦？”这种时候他不喜欢被人打扰，流露出厌恶的表情，她一见就来了气，质问他：我好心陪你登山，你还嫌我烦？！他没吭声，加速往上走，她紧赶了几步，气喘吁吁地说：“你这人真没意思！”他突然吼道：“没意思就回去！”“回去就回去！”她赌气下山去了。一个人反而更轻松，他继续向高处走去。她发誓再也不陪他爬山了。她怀孕期间，向天舒压抑着自己，凡事由着她的性子，事情一过，立刻恢复了原样，令她难以适应，觉得他反复无常，两人的矛盾因此加剧。

向天舒又开始练武，早早起床，拍树，站桩，打太极拳，练剑，之后与学生一道出操，然后将早点从食堂打回来，同英素花一道吃了，她去上班，他则开始准备上午的课；如果头晚与她行过房事，体力消耗大，第二天便起不来锻炼，晚饭后必要补上。那天，他早早吃过晚饭，在客厅闲坐，英素花因头晚尽兴，情绪甚佳，担心他吃完饭马上锻炼伤胃，故意粘着他，待胃里的食物基本消化了，他才换上运动服，出门去锻炼。先跑步，通常都不绕操场跑，而是在校园里随意跑，边跑边看周围的景致，最后再跑到绿水塘边。经过圆形花园时，不远处出现一个黑影，是黑猫，黑猫也认出了他，待他靠近，“嗖”地蹿了出去，他紧随其后。黑猫并不拐弯，一直往前跑。他一时兴起，撒开两腿紧追不舍。黑猫似在有意逗他，他慢则慢，他快则快。他停下喘气时，黑猫也停下来，回望着他，“喵呜喵呜”地叫，似在召唤他。一直追到绿水塘另一端，黑猫“噌”地上了墙头，这是他第一次目睹黑猫上墙的英姿。他也不甘示弱，稍稍退后，助跑，起跳，两手攀住墙头的瞬间，一拉，一按，便上了墙头，趔趄着跑了几步，差点摔下围墙，遂放慢了脚步。许是黑猫觉得在围墙上跑，对他未免有失公允，便跳到另一侧去了，他也随之跳下，加速追去。黑猫突然变向，顺着老人山的小路上山，这条路他熟，便不假思索，向山上跑去，但没跑多远就累瘫在地，朝黑猫挥挥手，“再见”的意思，黑猫会意，一拧身，消失在旁边的灌木里。从此，每逢他黄昏时出来跑步，黑猫便会现身，与他玩追逐的游戏。

又见黑猫，令向天舒十分高兴。自从他与英素花正式同居以后，因为她对黑猫不友好的态度，后者极少再来窗台觅食，而向天舒也无暇多顾及两人以外的世界，黑猫渐渐从他的视野里淡出，尤其是这半年多以来，黑猫仿佛完全消失了，他感到奇怪：这之前，黑猫都去了哪里？其实，黑猫一直在，之所以看不见，是被生活的琐事蒙蔽了双眼。他常常教导学生说，自由是最重要的，尤其是心灵的自由，他不想做言行不一的人，决定要摆脱现实和情感的束缚。

黑猫一旦重现，便无处不在，似幽灵一般，在他预想不到的地方现身。

星期日，晴，英素花前脚刚走，他后脚就出门了，集上人还不多，索性往孩儿山走去，穿过麦地，来到山脚，慢慢爬上山顶。快到碉楼废墟时，听见歌声，知道是风三娘，心里一喜，悄悄靠近，从隐蔽处往里偷看。眼前的场面令他大吃一惊。风三娘坐在高台上，晒着太阳，出神地哼着小曲儿，黑猫躺在她怀里，半眯着眼，无比惬意的神态。过了一会儿，她低下头，轻抚着黑猫的身体，眼里满含爱意，嘴里说着一些含混不清的话，黑猫抬头看着她，他从未见过黑猫如此驯顺的表情。他甚至有些嫉妒，原以为自己同黑猫最默契，现在看来，黑猫与风三娘更亲密，也许，是因为他们都专注于同一个世界的缘故，不像他，心思太散。他希望有一天黑猫也能同自己这么亲密。

英素花比较自我，但不自私，至少在对向天舒的爱上毫无保留；向天舒心怀天下，却自私，任何人都不能妨碍他的远大抱负，无论对方是他的亲人、友人，抑或爱人。所谓抱负，与现实无关，受某种使命感的驱使，不满足于当下的存在，非要去追索终极存在的真实面目，时常感到某些伟大的元素在撞击着他的胸膛。这些都太抽象，太高深，令英素花望尘莫及。他常对她说自己不是一个普通人，有“大痛苦”，但何为大痛苦，她不懂，他也不知该如何解释，遂沉默，有时一整天都不说话，令她忍无可忍，叫道：“你的沉默，你的大痛苦，我一个小女子，如何承受得了。”看见她绝望的表情，他如梦初醒，觉得这样对她不公，也许，分手才是最明智的选择，但他知道，那样做会更伤她，况且他自己也下不了决心，她鲜明的个性，美丽的容颜，令他难舍，再说，谁又能忍受他身上的那些个毛病呢？除非打一辈子光棍儿，但独身不易，他下不了决心，现实也不容他独身，母亲这一关就过不掉，当然，他可以狠心置母亲的感受于不顾，或者，干脆远走高飞，但逃避是懦夫的表现，他决意面对，面对一切，尤其是自己。

在他看来，他与英素花之间的矛盾，是理想与现实的矛盾，是精神与物质的矛盾，与两人的文化差异有极大的关系，他天真地认为，英素花冰雪聪明，完全可以通过自学，成为一个知性的女子，因此，他再次尝试改变她，敦促她读书，鼓励她跟他一起画画，憧憬着两个人在智慧的田园里男耕女织的浪漫场景。英素花也努力过，但是，照她后来的说法，是为了让他开心，自己却一点儿都不开心，慢慢失去了耐心。努力以失败告终。

他们常常为买电视的事情争吵。她离不开他，而他离不开自己的精神世界，她不甘心受冷落，常常找茬发气，令他不得安宁。

"天舒，有了电视，我就不会烦你了，你做你的事，我看我的电视，岂不两全其美？"

她的这番话令他最终心动，是啊，既然不能强迫对方做她不喜欢的事情，又不愿意她无所事事整天缠着自己，买台电视回来给她打发时间多少可以缓解这些矛盾。他将电视买回家，从此告别了没有电视的时代。

听说儿子买了电视，向母第一时间赶来，并且将妹妹一家也带来了，说妹夫没来过黄龙镇，带他来看看。向天舒疲于应付。一日，英素花不在，向母看着电视说："天舒，我让你买电视你不买，别人让买你就买了，你心里到底有没有我这个妈？"妹妹连忙将话题岔开，避免了不快的发生。有一件事令向母很满意。小妖以为将英素花打胎的事情告诉向母，可以起到挑拨离间的效果，结果令她大失所望，向母满心欢喜地说：我儿子明智，就是应该把孩子打掉。但她终归不放心，下次姓英的不同意打胎怎么办？忍不住又开始唠叨，惹恼了向天舒。她本来打算让女儿一家先回，自己再住一段时间，有电视就不会闷了，但她受不了儿子的顶撞，赌气与女儿他们一道回祖村去了。

电视向英素花打开了外面的世界，令她痴迷，一下班就抱着电视。书房门不隔音，向天舒静不下心来看书，要她将音量关小，她极不情愿，甚至还要他陪她看，说一个人看电视无聊，不答应就缠着他闹，他不胜其烦。有时也只好让步，让自己的脑子停滞下来，盯着电视画面发傻，有他在身旁，英素花欢喜无限，紧紧抱着他，生怕他溜掉一样。人是有惰性的，有一阵子，向天舒居然每晚都陪英素花看电视，眼睛盯着电视画面，怀抱软玉温香的女人，不用动脑，浑浑噩噩，一天一天过去，两人的感情一时波澜不惊，直到他猛醒，逃回自己的精神世界里去时，表面的平静才被打破。

两人的关系如同他的肩周炎，好一阵，犯一阵。

向天舒常常生自己的气，或者没来由地跟自己过不去，如果是一个人，登山也好，呼呼大睡也好，去找艄公也好，看书也好，有许多种排解的方式，偏偏英素花受不了无缘无故的气，跟他较上劲，令他欲罢不能，每次都以争吵收场。有时还收不了场，愈吵愈凶，看着英素花的脸，他突然有种要晕厥的感觉，对方的整个面孔开始变小，仿佛在向后退缩，眼看就要消失，彻底消失。双方都借题发挥，数落对方的不是，如果他不小心触到她的痛处，诸如她文化低，只会看电视等等，她便会歇斯底里大闹起来，有一次，她一面哭叫着："你不是很有文化吗？还看什么书？用不着再看了。"一面将书架上的书通通掀翻在地，在书上又踩又跺。他心如刀绞，眼睁睁看着许多书遭到毁损，却不敢上前阻止，他很清楚，这种时候，他的任何举动都会火上浇油，逼急了，对方什么事都做得出来，包括自残。

他每天都要挤时间看书，天气晴好时，带本书去登山，在山上阅读，晚上，为了不受英素花看电视的影响，借口辅导学生上晚自习，带着书到教室里读，学生受到他阅读时肃穆神情的感染，安静异常。读的书多了，脑子里渐渐成了个图书馆，分门别类，随时调阅，人有时看他两手空空，做发呆状，并不知道他正在脑子里阅读。

他又开始家访，按理大可不必，家访是班主任的事，之所以这么做，有两个原因，加深对学生的了解，以便更好地因材施教；同英素花拉开距离，以缓和关系，正所谓距离产生美，天天粘在一起，她再美，他也看麻木了。他决意不受她的束缚，争取更多的自由。他喜欢去中心镇以外的学生家家访，以便乘机在学生家过夜，一开始英素花不愿意，闹了几次，见他宁可分手也不妥协，只得让步，所幸有电视为伴，渐渐习以为常。她一个人也有个好处，电视音量想开多大就开多大。向天舒心里不痛快时，便找一家离黄龙镇特别远的学生家去访问，星期五星期六两晚都在外面过夜。事实证明，双方都有了一些自由的空间后，对感情反而更好，每次向天舒从外面回来，英素花都格外温柔。

向天舒每次家访，兜里都装着不少钱，至穷苦的学生家，便慷慨解囊，刚发的工资没多久便花完了，他也不对英素花隐瞒，后者二话没说，将自己的工资交给他，供日常的开销用，他很感动，念及英素花的种种好来，她为人磊落、仗义，可惜真正了解她的人太少，忍不住深情地对她说了一声久违的"我爱你"，令她流下泪来。随着交往的深入，小吴老师、赵本根和朱友庄，渐渐改变了对英素花的成见，越来越喜欢她，后两者因为是男性，被不怀好意的人说成是对她有意思，弄得不敢跟她单独接触，而她很珍惜这种友谊，从不避嫌。

向天舒的颈椎出了问题。早晨练完太极拳，跟学生一起出操，大汗淋漓，又在单杠上做了三十个引体向上，体力严重透支，回去后觉得颈椎不适，头部转动困难，开始不以为意，到下午，颈椎后肩背开始剧痛，竟至不能动，一动就钻心疼，同侧面的人说话不能扭头，须整个身子转过去，像个木偶人。英素花一开始还打趣他，后来发现不对劲儿，便给他按摩，但只能缓解片刻的疼痛，到晚上，不动也疼，坐卧不安，会不会是颈椎出大问题了？不会瘫痪了吧？他一面胡思乱想，一面惶恐不安。

“我要是瘫痪了，生活不能自理，你还会爱我吗？”他半开玩笑地问英素花。

“不准瞎说。”

向天舒也觉得这个问题无聊，没再纠缠，设身处地想，如果对方瘫痪了，更可怕的是，如果对方被病魔折磨得不成人形，自己还会照样爱她吗？不敢说。又想起自己的原则：不到万不得已，不要考验人。

他早早上床，脊椎压迫着脑神经，感觉恶心、胸闷，枕席似也成了帮凶，与他为难，侧身睡稍好一点。

他侧着身子，嘴里长吁短叹，英素花也侧身对着他，目不转睛地看他，嘴角始终挂着笑意。

“我爱你！”她突然动情地说。

“我……也爱你！”他有气无力地说。

她伸手去摸他下面，做了一个鬼脸。

“别穿裤子好吗？”

他没兴致，又不好让对方失望，便说：“你自己脱吧，我动不了。”

她将他的内裤拽下来，攥住自己喜欢的东西，心满意足地笑了。

过了一会儿，她说热，把自己脱得精光，转过身去，要他从后面抱她。他一开始还老大不情愿，忍着痛，从后面贴上去抱她，手刚触到她身上至柔的部位，便被吸附住，忍不住揉捏起来，揉着揉着，下面就有了反应，她有所察觉，反手一摸，嘴里发出惊叹声。

向天舒感觉自己像只蜜蜂，被芳香所吸引，花蜜黏稠而漫溢。刹那间，疼痛奇迹般消逝，他亢奋起来，就着侧身的体位撞击对方，娇声四溅。

双方一齐丢了。

短暂的欢愉过后，疼痛卷土重来，且攻势更猛，疼得龇牙咧嘴。英素花开始还轻轻帮他按摩，不知不觉就熟睡过去，撇下他一人在黑暗里孤军奋战，直至天光大亮。他生平第一次体会到什么是生不如死，难怪佛家视“病”为人生的四大疾苦之一。

第二天，他觉得非看医生不行，英素花要去上班，他不能走远路，便让一个学生去请白医生。

白医生背着药箱匆匆赶来。

“向老师，快躺下。”

白医生让他趴在床上，先给他检查。

“绝对是骨质增生。”白医生的手顺着向天舒的脊柱一捋，立刻断言说。

“严重吗？还有治吗？”他吓了一跳。

“还好，不算严重，慢慢调理，这是顽疾，根治是不可能的，不痛就好。来，我给你按摩一下，保你舒服。”

白医生的手法精妙，穴位拿捏得准确到位，脖颈立时松活了许多。

白医生一面按摩，一面给他讲中医的好处。中医最注重调理，风调雨顺年成丰，人也一样，呼吸调畅，脉理不乱，自然神旺气足，内毒自消，外毒不侵。中医重在预防，无病养生，此为预先的调理；有病要对症下药，用药来调理，病毒一旦入侵，体内的和谐便遭破坏，牵一发而动全身，譬如肠胃上的疟疾，也会引发恶寒，令人周身不适，如按感冒医治，自然不会见效，“头痛医脚”，正是这个道理。

纯粹的中医或是坐井观天，或囿于门户之见，常常贬损西医，白医生则不同，兼通中西，讲求实效，正所谓“治病救人，不择手段”。

白医生讲得兴起，不免将他多年以来种种救死扶伤的事迹吹嘘了一番，许多向天舒是第一次听说，对白医生心怀敬意。他丝毫不怀疑对方的医术，不过，真人不露相，白医生离高人尚有一步之遥，须在涵养上再下工夫。

约莫一个小时，向天舒的脖子已能大幅度转动，端的好多了。

临走，白医生交代了注意事项，告知他一些锻炼的方法，又给了他一些膏药，叮嘱如疼痛依旧，再让人去找他。

他深表谢意，问及医药费，对方抵死不收。白先生能有今天，都是向天舒的功劳，要让白医生不做这个人情，除非要他改姓黑。向天舒坚持将他送出校园大门。

几天以后，疼痛大大缓解。回想起疼痛最剧时的情景，恍若隔世。

但脊椎及肩部的毛病终是隐患，尤其是肩部，天气一变就发作，苦不堪言。又不好经常麻烦白医生，他要是收费就好了，堂堂正正的医患关系。向天舒很讨厌“人情”这种东西，把简单的人际关系弄得乱七八糟。

星期天是英素花最忙的一天，百货公司里挤得水泄不通，多数人在买东西，也有观望的，除了看货柜上琳琅满目的商品，也乘机看英素花，其中有专程从外地赶来的人，只为一睹黄龙镇百货公司美女售货员的芳颜。

向天舒的颈部还在隐隐作痛，像是有只蛀虫，在慢慢将他的脊柱掏空，又不敢随便晃动脖颈，举全身之力顶着脑袋移动，姿态僵硬。

尽管如此，他还是老习惯不改，在集上流连，小心不让人撞到自己，以免疼痛加剧。来到苗女的药摊前，不觉驻足，仔细看那些草药，苗女则留心看他。两人虽从未搭腔，但算来也有许多年的神交了，彼此不陌生。

他今天之所以在药摊前久驻，是因为之前已有打算，想找苗女看看他的病，一来确实有病要看，二来可以借机结识一下这位美丽的苗族女子，从第一次见她至今，她的容颜并未稍变，透着神秘的气质。

“你好！”

“向老师，你好！”苗女颔首微笑。

黄龙中学没有蒙地来的苗族学生，除了苗女，整个蒙地无人知道向天舒的事迹，苗女听来看病的人说起过他，对他多少有些了解。

“我的肩膀和颈椎有毛病，麻烦你看看好吗？”

苗女递给他一个小马扎，他到摊的侧面坐下，以免当街影响通行。

苗女简单询问了一番病情，建议先推拿，再拔火罐，然后用药酒擦。

她开始给向天舒的整个肩背部进行按摩。不知是心理作用，还是事实如此，苗女的手法比白医生的更妙，疼痛部位比身体的其余部位更加受用。

交谈中，向天舒得知苗女出生于医药世家，家在桃村，丈夫是个巫师。“巫师”两个字触动了他的神经，他决心找机会去拜访一下那位苗族巫师。

“家里有几个小孩？”他想起许多年前同苗女在一起的那个小女孩。

“一个女儿。以前有过一个儿子，不在了。”

虽然背对苗女，但从她说话的语气，及手上力道的突然变化，能感觉到她至今没有摆脱丧子之痛。他打住了要继续打听那个小女孩的念头。

本来围观者就不少，待向天舒赤裸着上身，苗女开始给他拔火罐的时候，周围挤满了看热闹的人，人们议论纷纷：“他就是向老师！”“向老师怎么了？”“那个苗医是桃村人。”

“向老师看病啊？”有人大声问，好像同向天舒很熟识一样，他嘴里应着，却不认识对方。

拔火罐儿的罐子是用竹筒做的，紧紧吸附在他的颈肩部，将肌肉用力往外拉拽，形成一种持续的张力，意在将他体内的病毒拔出来。他从未经历过，感觉新鲜，且十分受用，但众目睽睽之下，裸背上立着十几个竹筒子，未免滑稽，要是被自己的学生看见可就有失尊严了。溜了一眼周围的人，都不熟识，多半不是镇上的，都是些憨厚的面孔，而路过的人要想再往铁桶似的人圈里挤，则是万万不可能了。他放下心来，有一句没一句地同周围的人搭腔。

最后，擦药酒，凉丝丝的药酒，从苗女的手掌传递到他的肌肤上，引发生理和心理两方面的快感。

约摸一小时，治疗完毕，他通体舒泰，穿好衣服，问苗女价钱。周围的人立刻噤了声，要看苗女如何出价。

她坦然地说：十块钱。从周围人的表情可以看出，这是一个合理的价钱，向天舒却很惊诧，这要换了省城，起码是十倍的价格，他真想多给一点，但又不能坏了规矩，钱不一定能带来好感。苗女收下钱，说了一声“谢谢”，他忙说“该我谢谢你才对”，对方莞尔一笑。苗女的温文尔雅给他留下了至深的印象。

苗女说，集上人多拥挤，不方便治疗，如果他有意，抽空去家里，她可以给他好好调理，不过去桃村路远，又是山路，怕他这个省城来的人吃不了苦。向天舒心想，她还不知道自己登山的嗜好呢，也不分辨，心下却计较已定，去蒙地是他的夙愿，此番机缘凑巧，一举两得。

临别，苗女说：向老师，你要是来桃村，就说找秀秀家。

四十一

春日，每一片叶都透着喜悦。

经过一个冬天的沉寂，苗族青年男女又开始在青龙山的翠绿丛中曼声歌唱，惹人驻足。

春花闹，新绿则静。向天舒喜欢新绿。其实，所有的植物他都喜欢，尤其是树，他对树的喜爱到了痴迷的地步，绿水塘边野草地上的大榕树被他视为知己。树是自然的杰作，活的雕塑，姿态万千，拥有土、水、空气和阳光，连通了天地，根向四面八方延伸。情绪低落时，便去看树，高兴时，也去看树，四时的树，都很熟稔。树花很特别，开在高高的枝头，不是所有的树都会开花。树开花时，他便格外留意。梨树、李树和桃树的花相继开了，前两者都白，李花似较梨花更白，桃花独红，花期都不长，年年如此，今年似有所不同，他明白，是看花人的心态变了，惜春之情从未如此强烈。春雨过后，桃树上的残红摇摇欲坠，令他伤怀，正不知如何排解，青龙山上传来对歌声，脑海里闪现出一个地名：桃村。蒙山高，桃村的桃花必定还未谢。他决定去桃村。同时想起了另外两个理由：找苗女治肩病及拜访她的巫师丈夫。

还有一个更重要的理由，想换换空气，蒙地的空气或许更好，找苗女治病只是个借口，灵魂深处的病更需要良方。他隐隐觉得，这是新一轮的逃离。

英素花习惯了向天舒周末不在家的生活，听说他要去桃村找苗女根治肩病，撇撇嘴，没多说什么。考虑到山高路远，他同别的老师换了课，将星期五的课提到头天下午上，星期五一早就出发了。

背着双肩包，路过封氏夫妇的帐篷，向他们买了一罐蜂蜜，满面春风地向蒙地进发。

这是他第一次去蒙地，虽只有两天时间，不能从容游历，但毕竟开了个头，值得再去的话，再去无妨。一年多来，他都在重复同样的生活，终于迈向一个全新的领域，令他激奋，看一切都很新鲜，阴影依次被春日照亮。

至铁索桥，稍事休息，一面抽烟，一面看流水。春汛未至，黄水河尚不甚混浊，但依然带着冲出峡谷的气势，卷起无数漩涡。他与英素花散步时最远也就走到这里，此刻，他却想起另一个人，叶莲，其面貌许久都没这么清晰过了，宛若生前。每逢她的忌日，他都瞒着英素花去她的坟前致祭，有时还会在墓前打坐，一坐一整夜。抽完烟，放下回忆，继续走路。

踏上蒙山小路，有一种异样的感觉，脚底生风，不久便置身高处，黄水河成了一线，他不由得想，如果没有山，单靠双脚，人如何能到达这么高的地方。但他很快就累得不行，走得太快的缘故，匀速才能持久，尤其是走山路。坐下喘气。歇够了，才重新起身，有了前番的教训，不敢走快，再说也走不快，山路陡峭。一路上，他以为能看到黄龙镇，其实不然，路并非笔直向上，而像根绶带，斜挎在蒙山上，走着走着，就走到蒙山的侧面去了。经过几个山坳，平时惯见的山一座也见不到，完全置身于另外一个世界。蒙山由许许多多的山头组成，山脊纵横交错，除非站在最高峰，否则窥不到全貌。

经过一片稍稍平坦的树林，赫然看见一个树桩，刚被伐过的样子，四周散落着许多碎木屑，像是松木，从年轮推断，当年近半百。心里一阵悲叹，许多地方已禁樵采，似这样的穷乡僻壤，当地人烧火做饭主要靠柴，人与树，谁更值得同情？费了半天思量，想不出个究竟。从地上拾起一块稍大的木屑，下意识地闻了一下，新新鲜鲜的木香立刻令他回过神来，木屑的肌理缜密洁白，新鲜湿润，鼻孔凑上去，闭上嘴，深深吸气，芳香直透心底。继续赶路，手里却一直握着那块木屑，一路走一路贪婪地嗅闻，身体里似乎融入了新的生命力。木屑渐渐干燥，木香减退，仿佛是被他吸尽了的，快消散时，接上了另一种气息，将他引向遥远的童年，引到正在专心做木活的父亲身边，各种木香扑鼻而来，刨花如潮水一般涌起。

一路上，既无田畴，亦无村落，山高林深，幸亏没有岔路，在向天舒看来，虽身在蒙地，不见苗人，便不觉得是在蒙地。已经走了三个多小时，不免心焦，路仿佛没有尽头一样。走热了，将外衣脱下来，扎在腰间。有一阵子，只顾低头走路。

终于，出现了小块的麦地，新苗才二三十公分高，精神为之一振。接着，眼前一亮，几个穿着鲜艳传统服饰的苗女在不远处的地里劳作，看见他，直起身来朝他笑，他也笑了，周围的风景一下子生动起来。

远远见到一个村子，点缀着雪样的梨花，想必是梨村了，梨花开得早，花期已近尾声。至通向梨村的岔路口，停步张望，觉得梨村的房屋甚美，其中一座建筑格外醒目，鹤立鸡群，天主教堂无疑。他犹豫了一番，决定下次再去一探究竟，有了这个悬念，不容他不再来蒙地了。

梨村过后才是桃村，沿小路继续上山，至一平旷处，冒出好几条小路来，通向不同的山头，许多像是樵采的路，拿不准哪一条通向桃村，便坐下来吃干粮，待有人经过时问路。

一阵杂乱的“哞哞”之声，上来一群牛，十来头，黄牛水牛都有，领头的水牛背上坐着一个光腚牧童，天气还不算热，不知牧童光屁股的原因是家里穷，还是他就喜欢光屁股，光屁股才自在。向天舒起身向牧童打听去桃村的路，他笑嘻嘻地抬手向极高处一指，吆喝着牛群走上另一条小路，很快便消失了。

吃完干粮，顺着牧童指引的方向走去，经过一段陡峭的山路，坡放缓，视野开阔，风景越走越美，山花灿烂，新旧绿相间，日头渐高，山阴道上，阳光看得见摸不着，有丝丝凉意，脚下许是麻木了，反而轻松起来，鸟鸣相随，偶尔跳出一只山雀，小小巧巧，疾步向前，给他带路，又突然飞起，像受到什么惊吓，仔细察看，并无异物。如此清幽的所在，该不会有美女狐仙出没吧，遂想起《聊斋志异》里的许多故事，一路神往。

突然，“汪汪汪”，一条白狗从弯道后蹿出来，朝他叫唤。白狗是条短毛狗，洁白无杂毛，模样俊朗，看上去并无恶意，他打消了要捡石头驱赶的念头。白狗后面转出一位身着苗装的女孩，同白狗并立，目不转睛地看着他。

向天舒有一种眩晕的感觉。他从未见过这么美的女孩，疑心自己已经不在人间。女孩的出现给周围的风景涂上了神话色彩。他有一种十分强烈的冲动，想跪在她面前，对她说：女神，请赎我心中的罪！

“你是谁？”

“我叫向天舒，是黄龙中学的老师。”

“你找谁？”

“找秀秀家。”

“找她家做什么？”

“看病。我认识她妈妈。”

“哦，跟我来吧。阿丹，走！”

白狗叫阿丹。

女孩的眉眼有几分熟悉，大概在梦里见过。不知是谁家的女孩？

女孩和阿丹在前面走，并不回头，但向天舒总有种感觉，女孩能看见他。

左侧出现一条溪涧，地势平缓开阔，小路在溪谷中蜿蜒。阿丹停下来喝水，女孩回眸一笑，露出洁白整齐的牙齿。他再次眩晕。女孩身上汇集了所有的美，不可方物。

“溪水干净吗？”他故意问，看见白狗喝水，也想喝。

女孩并不回答，蹲下身，掬一捧水喝下，起身，用衣袖拭拭嘴角，一言不发地看着他。他会意，为了表示自己的诚意，索性趴在地上，将头探进溪里大口喝水，像刚才阿丹所做的那样。女孩大笑起来。向天舒对这个效果很满意，也笑起来。

“你叫什么？”

“不告诉你。”

“我又不是坏人。”

“谁说你是坏人了？”

“那你为什么不告诉我？”

“为什么要告诉你？”

向天舒一时语塞，不知为何，他今天嘴特别笨，看见他发窘的样子，女孩“哈哈”大笑。

“你真的是老师？”

“这还有假？”

“那你怎么连话都不会说？”

他抓抓头皮，又不知该如何对答，也许，是他的心思过于复杂的缘故，女孩似从天上掉下来的，令他想入非非，山野寂寂，溪流无声。

“你的衣服真好看，是你自己做的？”

“是的。”这次，女孩回答得很干脆。“你是汉族？”

“是的。教我一句苗话好吗？”

女孩笑了笑，眼睛滴溜溜转，说出一句苗话来，听上去很简单。他试着重复，八成走了样，女孩大笑，他要她再说一遍，她却不说，怎么恳求都没用，也许跟那句话的含义有关。他将音节记下了，预备去问别人。

他喜欢和女孩说话，喜欢看她说话的样子，恨不得一直这样说下去。

阿丹却不耐烦了，用嘴咬女孩的裤脚，示意她快往前走。他注意到阿丹是条公狗。

接下来是很缓的上坡路。

这是一段梦幻般的旅程，向天舒故意放慢脚步，想让旅程迟些结束。

“瞧，我们村！”女孩大声说道。

这么快就到了！桃村在望，他却没有预期中的兴奋劲儿，反嫌对方碍事。然而，桃村的美不容忽视。整个村子依山而建，背北朝南，清一色的木楼，建在高高的石基上，二三层不等，错落有致，斜顶上覆着青瓦，其后的山坡上开满了桃花，灿若云霞，恰如他所料想的，桃花正当时，村前地势开阔平坦，除一个大水塘外，全是水田，翠绿的秧苗与桃花相映成趣。溪水至此宽阔了许多，像条小河，一座廊桥连着进村的石板路。山路逆流而上，向蒙地的腹地延伸。溪右不远处系坡地，梯田绵延至坡顶。

廊桥是一座古老的木桥，有顶覆盖，起遮风挡雨的作用，抬头可见白色瓦底，上书各种符号，装饰意味浓厚，两边的栏杆可坐人，不像是供人通行的桥，倒像个长亭，事实上，这里也是过路的外村人歇脚的地方。这是他生平见过的最美的小桥。附近立着几棵高大的枫树。隐约传来打水的声音。

廊桥以北不远处，有座石头房子，横跨溪上，打水声就是从里面出来的。

“那是我们村的水磨房。”女孩适时说。

“那就是秀秀家。”女孩指着最近的一座房屋说。从桥头看去，秀秀家的房子在视线的前景，隔几块水田与别的房子相望，十分突出，进村的石板路从房前经过。

他一边走，一边欣赏村寨的建筑及周围的风光。

“你们村真美！”

“那当然。”

后来，他也向别的村民发过类似的感叹，多数人的回答却是：有什么美的，穷得很。

他随女孩上楼，苗女正在忙活儿，各种药材摊了一地。

“秀秀，你怎么会和向老师在一起？！”

屋里就他们三人。女孩狡黠地笑了。向天舒也笑了。

女孩就是秀秀，就是八年前依偎在苗女身旁的那个美丽的小女孩。

“向老师，我就知道你会来，你果然来了。秀秀，还愣着做什么？”

秀秀泡茶去了。

“请随便坐。”苗女笑着说。

他将包放在地上，在火塘边的小木凳上坐下，朝对面的阿丹挤了挤眼睛。

“不好意思，家里乱得很，我收拾一下。”苗女动手将地上的草药收起来，放进挂在墙上的一个大竹筐里。

“你喝茶。”秀秀捧着茶杯，递给向天舒，其手柔美，不像做过农活的样子，令他想起叶莲的手来。

“秀秀，什么你不你的，对客人要有礼貌。”

“哦！”秀秀伸了伸舌头。

苗女笑着说：“向老师，你的全名是向天舒，对吧？秀秀就叫你‘天舒哥’吧。”

“天舒哥！”秀秀当即改口。

向天舒从未听谁将自己的名字叫得如此动听，手上的茶泼溅出来。

他一直在心里琢磨，不知该如何称呼苗女，她看上去很年轻，他很想叫她“大姐”，但秀秀既已对自己以哥相称，他自然就不能叫她的妈妈为“姐”了。除了秀秀，苗女还有过一个儿子，推算起来，她的岁数定然不小。

他从背包里拿出那罐蜂蜜来。

“你看，也没带什么东西来，这是镇上有名的菜花蜜。”

“向老师，你还这么客气，谢谢了。”

秀秀抢先将蜂蜜接过去，打开盖闻。

“真香啊！”她忍不住用食指蘸了一点蜂蜜，放进嘴里，咂咂嘴，又说：“真甜啊！”

阿丹朝前挪了两步，眼巴巴地看着秀秀手上的蜂蜜。

“秀秀，看你馋的，快拿去厨房放好。”

向天舒突然想起一件事，说出秀秀教他的那句苗话，问秀秀妈是什么意思，秀秀从厨房跳出来阻止，但为时已晚，秀秀妈脱口而出：“‘我是傻瓜’的意思。”他哑然失笑，秀秀臊得满脸通红，埋怨妈妈多嘴，秀秀妈似有所悟，连忙说：“向老师，我们家秀秀调皮得很，你别介意。”

“不介意，不介意，一点儿都不介意。”他老老实实地说。

“向老师，既然来了，就在家住两日。”

“好的，我星期天回去。”

秀秀妈同秀秀一道动手收拾客房，客房久未住人，堆满杂物，拾掇起来颇费事，向天舒乘机四处打量。木墙上并排挂着的两个物件吸引了他的注意力，一杆火药枪及一把无鞘的猎刀，无论枪柄和刀柄，都磨得黑亮，留下了悠远岁月的痕迹，而枪管和刀面保养得很好，刀面能照见人。火药枪下悬着两个葫芦，他凑近闻了闻，确定一个装酒，另一个装火药，此外，壁上还挂着竹篓、簸箕、镰刀一类的杂物。

综合后面了解到的细节，向天舒对秀秀家的木楼有了清晰的认识。事实上，桃村的房屋结构大同小异。一楼放农具，养牲畜，二楼住人，阁楼为粮仓，客厅宽敞，半开放式，同汉人封闭式的院落迥异，蒙地的建筑明亮、开放，同苗人开放的性格一致，且有可供远眺的小走廊，栏杆中段外凸，呈椅状，可坐两三人，俗称“美人靠”，少女常于此刺绣、凭栏。火塘在客厅中央，长燃不熄，铁三角上煨着水，秀秀的闺房在正对美人靠的右侧，接待向天舒的房间则在左侧，紧隔壁是秀秀爹妈的卧室，中间是过道，每间卧室都有窗子，秀秀爹妈卧室一侧的窗子面向南面的廊桥方向，秀秀房间的窗子开向北面，村子一览无遗，从半露天的美人靠探头出去，能看见整个桃村及远山，秀秀的闺房隔壁则是厨房，灶旁有一个盛水的大陶缸，覆着木盖，盖上有一把葫芦瓢，后来，向天舒也像其他人一样，常常用葫芦瓢舀缸里的生水喝，厨房侧面有个外挑的厕所，很简陋，仅一道小门和一个小坑而已，从坑中下望，隐约可见排泄物，离地高，无丝毫异味，粪坑就在菜地里，三面用石围住，另一面连着牛圈，人和牲畜每天都在生产最好的肥料。

桃村的房屋南北向，美人靠皆向南，唯秀秀家与众不同，东西向，与别家的房子恰好垂直，美人靠向西，大门正对斜坡，斜坡向东面的大山延伸。向天舒斜坐在美人靠上，别的房屋在望，桃村仿佛不是建在山上，而是长在山上，桃花在斜阳中静静绽放。他从未见过这么美的画面，在肚肠里搜索着与桃花有关的诗句，屋顶渐次升起炊烟，袅袅腾腾。

他看得呆了，直到烟瘾犯，才回过神来，起身去外衣口袋里拿烟。

“向老师，屋子收拾好了，我帮你把包放进去。”秀秀妈说，没等向天舒说“我自己来”，已将他的包拿屋里去了。

“向老师，你累的话就上床躺一会儿，我出去一下。”秀秀妈说。

向天舒寻思着要不要到村里走走，顺便去看桃花，秀秀搂着阿丹坐在美人靠上，静静地看他，嘴角带着笑意，他立刻打消了出门的念头，秀秀的出现，将他此行的计划完全打乱了。秀秀妈一走，屋里只剩他、秀秀和阿丹，而阿丹已经习惯了他的存在，背对着他，从美人靠栏杆的缝隙中看外面，秀秀则关注着他的一举一动。

他去房间里拿烟，客房不大，就一张木板床和一把竹椅，墙角立着一把很精致的芦笙，收拾得十分整洁，窗外的景致很美，能见枫树和廊桥。

他从客房出来，正要点烟，瞥见屋角有个水烟筒，便改了主意。

“秀秀，你爸爸呢？”

“在地里。”

“我能抽他的水烟筒吗？”

“当然了。”

他拿着水烟筒，到火塘边坐下。秀秀替他找来烟丝和一支点烟的香，在火塘的另一头坐下。他将香伸进火里点燃，慢慢捻了一小撮烟丝，放在烟嘴里，边用香点，边用嘴“呼噜呼噜”吸，香烟在屋里弥漫开来。向天舒是到黄龙镇以后才学会抽水烟的，到学生家家访时，他通常都给在场的人发纸烟，自己则抽水烟，这个举动拉近了他和在场人的距离，谁都没想到，他这个从省城来的人会抽乡下人的水烟筒。

向天舒吸了一阵烟，歇下来，对秀秀笑笑，秀秀嘴角的笑意立刻荡漾开来。阿丹还在看外面，头顶的白毛银光闪烁。向天舒后来慢慢发现，阿丹是一条心思极重的狗。阳光斜进来，照在秀秀的脸上，似乎故意要让他看清她的面庞。有些人，乍看很美，但总有美中不足之处，不经看；秀秀的美则无可挑剔。从见秀秀的第一眼起，向天舒就有一种直觉，他的生活将从此发生变化，他不知道会是怎样的变化，但他清楚，秀秀的出现不是毫无缘故的。生平第一次，面对一个美丽的女孩，肉体的欲望被一种神圣的感觉所取代，这让他可以坦然地说出赞美的话来。

“秀秀，你真好看！”

秀秀低下头去。她当然知道自己好看，整个蒙地都知道秀秀的美，且以她为傲，但赞美的话从一个让她颇有好感的异乡男子口中道出，令她又欢喜又羞赧。

“秀秀，你几岁了？”

“十八。”

“快高中毕业了吧？”

“嘻嘻，我连初中都没上过。”

向天舒吃了一惊，他没想到，这个聪明伶俐的美丽姑娘，竟连初中都没念过，而且，听口气，她好像并无丝毫的遗憾。

“你才小学毕业？！为什么不读书了？”

“阿爸阿妈不让我读，读初中要住校，很远的。”

向天舒对秀秀妈的好感一下没了。难道，秀秀的父母也跟别人一样，因为秀秀是个女儿，就不让她继续上学？

他叹了一口气。

“天舒哥，你为什么叹气？怎么了？”

“秀秀，你应该上学才对，你要愿意的话，现在也不晚。”

“为什么一定要上学啊？”

“学校里可以学文化，有文化才会有美好的未来。”他用做老师的口吻说道。

“我在家里也可以学文化，阿爸教我。”

秀秀的这番话令他惭愧，觉得不该将自己的意志强加给她，看来，他得修正对秀秀爹妈的偏见。

“你阿爸教你？！”

“是啊，阿爸是巫师，懂的东西可多了。”

原来如此！当年他去清平岭游历时，一心想结交一位毕摩，未能如愿，此刻身在一个苗人巫师的家里，庶几可以弥补见不到彝人巫师的遗憾。多年来，蒙地之行迟迟未能实现，反而激起了他对苗人的好奇心，读了许多与苗人有关的书，民俗、历史、民间传说、文学作品，越读越喜欢，对这个民族心怀敬意。

看来，秀秀家的与众不同不是没有原因的，位居村口，似有守护全村之意，但与别的房屋隔开，又显得孤单。

向天舒迫不及待想见到秀秀爹，想知道他的为人及长相，能够有秀秀这么美丽绝伦的女儿，秀秀妈一人的功劳似乎远远不够。

秀秀带他去看父母的卧室。他暗暗吃惊，这不像乡下人的卧室，虽然他打门前经过时探头看过里面，但没看仔细，靠墙有一个自制的竹柜，秀秀打开柜门，他更加吃惊，里面摆着许多书，及一些从未见过的器具，像是法器，浏览了一下书目，多与苗族有关，有几本是他看过的，另有几本苗文书，他看不懂。其实，真正的苗文早已不存，所谓的苗文，是一种根据苗族口语创造的拼音文字，二十世纪初才出现。

“秀秀，这些书你也看吗？”

“嗯。”

向天舒对法器感兴趣，秀秀便一件件拿出来给他看，其中一件很特别，人形，由青铜与兽角镶嵌而成，头胸系青铜，五官分明，似远古的土著，四肢则巧用兽角，似麂子角，两只角截断后重新拼接在一起，恰似张开的两条腿，而每只角根部的小杈恰如两只手，兽角与青铜浑然一体，巧夺天工，很老的物件，拿在手上，似有一种神奇的魔力。

“阿爸今后还会教我用这些法器。”

他越发惊奇，难道，秀秀爹想让女儿继承他的事业？果真如此的话，秀秀将是古今中外最美丽的巫女，这个想法令他激奋不已。

“秀秀，我能参观一下你的房间吗？”

“当然可以。”

秀秀的房间跟客房一样，不大，一览无余，唯多了一个木制的小立柜，置身其中，感觉却不一样，被褥叠得整整齐齐，背面是手绣的各种图案，窗前有一个小小的梳妆台，竹椅背上搭着几块刚完工的绣片。

“这都是你自己绣的？”

“是的，好看吗？”

“好看，真好看！”

“还有呢。”秀秀说着，将靠墙的立柜打开，除一部分服饰外，均是各种绣品，向天舒赞叹不已。

秀秀得意地笑起来。他后来才知道，秀秀刺绣的手艺在村里数第一，就是整个蒙地，恐也无人能及。

秀秀爹回来了，还没进门，阿丹就已经冲出去迎接了。

“阿爸，他是天舒哥！”

“谁？”

秀秀爹将锄头放下，这才发现屋里有客人。

“大叔，你好，我是向天舒，在黄龙中学当老师，来找秀秀妈治病。”

“哦，你好你好，听秀秀妈说起过你，你可是黄龙镇的名人。”

秀秀爹刚要同他握手，手伸到半路又缩回去了，手上有泥，向天舒却将手伸过去，抓住他的手，这个举动显然赢得了他的好感。

“我去厨房洗洗，你先坐。”

秀秀给阿爸倒了一杯茶，又给向天舒重新换了一杯热茶。待秀秀爹坐下时，向天舒将准备好的香烟递过去，对方笑着接过烟。

“向老师，第一次来蒙地吧？”

“是的，大叔，你就叫我小向吧。”

“小向，你从省城来黄龙镇多少年了。”

“八年。”

“不简单。成家了吧？”

“没有。”他有意说得很大声，眼睛的余光告诉他，秀秀特别在意这个问题。

秀秀妈也回来了，篮子里满是新鲜蔬菜，还有一只杀好洗净的鸡。

秀秀爹与向天舒边喝茶边聊天。秀秀爹善言，又和蔼可亲，向天舒在他面前丝毫不感到拘束，一见如故。阿丹陪着他们。秀秀妈和秀秀在厨房里准备晚餐。

说实在的，就外形而言，秀秀爹的长相让向天舒稍感失望，显然，他对秀秀的美丽贡献不大，功劳似乎都让秀秀妈占了。秀秀妈的美丽，又来自哪里？也许要追溯到秀秀的阿婆，可惜她已不在人世，且未留下照片，直到很久以后，向天舒知悉了那段往事，才揭开其中的秘密。

其实，如果不是他的期望值过高的话，秀秀爹的相貌虽算不上特别出众，起码也是中上之姿，且男人味十足，脸瘦削，有棱有角，被时间精心雕琢过，看上去比秀秀妈大许多，事实上，他们的年岁相仿。

秀秀妈有种静穆的美，秀秀的外向性格显然来自她阿爸，但后来向天舒又发现，秀秀也有安静的一面。

饭菜飘香，阿丹伸长鼻子，吸了吸空气，伸出舌头，舔了舔上嘴唇，坐卧不安，终于站起来，进厨房去了。向天舒中午吃的是干粮，早已消化殆尽，忍着饥，继续同秀秀爹聊天。

秀秀爹随便问了一些省城的情况，话题便转到向天舒在黄龙镇的生活和工作上。

“小向，你真不简单，情愿离开大城市，来乡下生活。”

“大城市空气不好，到处是冷冰冰的钢筋水泥楼房，没有灵魂。”

“乡下就有灵魂吗？”

“比城里多些，但没以前多，人心变了。大叔，你是巫师，应该比我更清楚这一点。”

“是啊，你说得太对了。我这个巫师是祖传的，到我这里，怕是要绝了。”

“为什么？”

“现在的人不怎么信神了。”

“那你现在还做法事吗？”

“做，只是不常做，逢婚丧嫁娶时最忙。”

“大叔，听秀秀妈说，秀秀有过一个哥哥。”向天舒忍不住问，他一直想弄明白这件事，不好去问秀秀妈。秀秀爹显然没料到他会提起这个话题，陷入沉默。向天舒的心里忐忑不安。

“秀秀哥哥出事时，还没有秀秀呢。他去梨村玩儿，赶上梨村人和黄龙镇的马家武斗，被乱棍打死。他才十岁，就这样不明不白地死了。”秀秀爹情绪激动，抓过水烟筒，猛吸起来，脸被烟雾完全淹没。

“许多年后，我们才生下秀秀，一直想要个儿子，但没要上，倒不是重男轻女，可巫术传男不传女，眼看着就要断送了。”

“你不是在教秀秀巫术吗？”

“是啊，我在想，祖宗的规矩也是人定的，实在没办法，也只能改改了。秀秀这孩子聪明，什么东西一学就会，现在的人不在乎这些东西了，连梨村信天主教的人都少了，没人会计较我将巫术传给女儿，秀秀学了有用无用并不重要，重要的是祖先的东西由她传下去，族人总有一天还会需要它的。”

这番话令向天舒感慨万千，心中充满敬意。

“大叔，现在还打猎吗？”他看着墙上的火药枪和猎刀问。

“早就禁猎了，再说，也没什么野兽了。”

“大叔，我能看看火药枪吗？”

秀秀爹起身将火药枪取下来，递给他。火药枪沉甸甸的，同他在雷风寨见过的相似，但做工更好，枪柄上刻有精美的叶饰，只不知当年将荷田村村长击毙在床的那支火药枪是什么样子。似秀秀爹这般高明的猎手，一分钟内装药、击发，可连放二三枪。他想，中国人发明了火药，火器随之产生，火药枪算是最早的火器之一，大大提高了杀戮的效率，令传说中的武功高手黯然失色，游侠传统因此消亡，但同各种先进的现代化武器比起来，火药枪更接近冷兵器时代，多少有些浪漫的色彩。政府宣布禁猎令以后，火药枪都要上缴，因秀秀爹身份特殊，重大法事须用到火药枪，才特许他保留。

向天舒将火药枪挂回壁上，顺手取下猎刀欣赏。刀面最宽处有一拃，长一尺多，带血槽，寒光逼人，刀柄是用上好的乌木做成的，油黑发亮，长度近刀面的三分之二，微曲，隐约有纹饰，仔细看，略具人形，又似人兽合体，很怪异，刀鞘已失。

秀秀爹说，这是祖传之物，从未用来做过打猎之外的事情，是个“嗜血的家伙”，向天舒很喜欢这个表述，仿佛是在说一个老朋友。虽经年不用，刀刃却异常锋利，有一块专门为它打造的磨刀石，定期磨砺，仿佛随时都会派上用场一样，事实上，禁猎以来，猎刀仅扮演了另一时代遗留物的角色，早已不是猎刀了。猎刀要实现其自身的价值，须饮猎物的血。向天舒双手捧着猎刀，感觉无比庄严，甚至有一种莫名的亢奋，未来发生的事情仿佛在那一刻就已经注定了。后来，每次来秀秀家，他都要将猎刀取下来把玩，就像多年前把玩怪老道的七星剑一样，爱不释手。

开饭了。长方形木桌挨着美人靠，秀秀和向天舒坐在美人靠上，秀秀爹妈坐对面的条凳上。

饭桌上，秀秀妈跟着秀秀爹改口叫向天舒“小向”，他叫秀秀爹为“大叔”，叫秀秀妈为“大妈”也就是顺理成章的事情，虽然一开始有点别扭。其实这样叫也没什么不妥，秀秀妈只是显得年轻，如果儿子活到今天，必定早当外婆了。

晚饭异常丰盛，酸汤鸡、蒜苗腊肉、豆腐圆子、炒时蔬，无一样不爽口，令向天舒赞不绝口。

“都是秀秀的手艺，我只是给她打下手。”秀秀妈笑着说。秀秀掩饰不住得意之色，笑盈盈地看着他说：“天舒哥，好吃就多吃点。”

秀秀爹妈疼女儿，不让她下地干活，其实搁谁都舍不得，农活又脏又累，秀秀这么美，谁忍心玷污了。秀秀为此还生他们的气，说不让她干农活是小看她，不过他们的理由也很充足，家里总要有人做饭吧，再说女孩子家，要紧的是先学会刺绣。秀秀变着花样给阿爸阿妈做好吃的，农忙时，将晌午送到田间，离地头还老远的，就大声招呼，像牧羊女唤小羊吃草一样，看他们美美地吃完，在树荫下歇息，但不敢贪凉，又下地去了，才慢慢走回家，独自坐在美人靠上刺绣，累了，看看远山近水，或者想想心事，发好一阵呆，待日头低了，便开始准备晚饭。秀秀的厨艺精妙，是给辛苦了一天的阿爸阿妈最好的酬劳。

秀秀和妈妈轮番给向天舒搛菜，他不住道谢，反复说：“我自己来，我自己来。”

阿丹有自己的食具，是个大土碗，与人吃一样的食物，除因体型与人不一样，不能上桌拿筷子吃饭外，与家中其他成员的地位平等，吃相斯文，不像别的狗狼吞虎咽，吃完后到火塘边卧下，静静地看外面，夜幕降临后，便开始尽守夜的职责，耳朵、鼻子、眼睛，无不警醒。

席间，向天舒在心里感慨，来秀秀家不过一日，却无比亲切，仿佛交往了很久，甚至觉得自己就是这个家的一员。事实上，秀秀爹妈也对他深怀好感，他的谈吐和相貌均不俗，而论年龄，他们早夭的儿子与他相当。

他问起秀秀爹当年打猎的情形。

“阿爸是蒙地最有名的猎手。”

“别听秀秀瞎吹。”秀秀爹说完，喝了一大口酒。

“她爸确实是个好猎手，年轻时打死过老虎、老熊、豹子、豺狼、野猪，像麂子这样普通的野兽，更是不计其数。”秀秀妈不轻易在外人前夸自己的丈夫，显然，她没把向天舒当外人。

“好汉不提当年勇。”话虽这么说，秀秀爹还是有点喜不自禁，两眼放光，似乎又看到了当年的辉煌。

向天舒后来才知道，秀秀爹成为好猎手是有原因的。秀秀的爷爷当年是一等一的巫师，在蒙地无人不知，有一次独自进山采药，遭遇了两只老虎，没跑脱，命丧虎口，秀秀爹刚满十八岁，悲痛之余，发誓杀绝所有的老虎，遂苦练打猎本领，但老虎不是他一人杀绝的，很多人和他一起杀，当然，不仅杀虎，也杀别的野兽，但这并不是导致许多野兽在蒙地灭绝的真正原因。

“大叔，有机会给我讲讲当年打猎的经历。”

“好好，来，小向，喝酒。”

秀秀爹见向天舒与他一样能喝，不觉兴起，频频劝酒。苗家的水酒，初喝味淡，亦不甚烈，越喝越有味，待醇香四溢时，离醉也就不远了。秀秀妈没有放任他们，及时制止。

桃村和梨村都没通电，晚饭吃得早，这样在天黑前还可以做点事。

吃完饭，又喝了一阵茶，秀秀妈开始给向天舒治疗，先拔火罐。向天舒袒露出右肩臂，当秀秀的面，有点不好意思，秀秀却显得若无其事，在一旁观摩。苗医同传统的汉医相似，以自然的疗法为主。秀秀妈的医术是家传的，秀秀爹也通医术，两人常在一起交流。向天舒肩上扛着几个竹罐，静静地坐着。

天慢慢黑下来。山高，虽是四月天，夜间还有些凉，火塘不仅可以照明，还可以供暖，此外屋里还点着三盏煤油灯，并不昏暗，秀秀和她妈妈身上的苗装，几千年前就是这个样式，向天舒竟忘了自己身在二十世纪，“不知今夕何夕”的感觉异常强烈，当年在清平岭上游历时也有过不少类似的体验。

最后，秀秀妈用草药给他慢慢揉肩。治疗完毕，向天舒觉得右肩比左肩还舒服。

“大妈，我应该怎么谢你？”向天舒犹豫着要不要付钱。

“小向，你说这话就见外了，在集上，你给我钱，我收，在家里，免费。”

“是啊，小向，你就当在自己家里一样。”秀秀爹说。

他点点头，心里还是在琢磨着如何表示谢意。

秀秀爹喝了不少酒，第二天要下地，而秀秀妈要去采草药，先后都去睡了。

同别家比起来，秀秀家地里的活儿不算多，因人少，分得的田地也少，但日子还过得去，另有卖药的收入，秀秀又不念书，开支小，攒下的钱预备着给她置办嫁妆。除了农忙季节，平时都是秀秀爹一人下地做活，秀秀妈则负责上山采药，加工以后拿到集上卖，也卖给本村人。秀秀妈常常在外面赶集，日子不固定，除黄龙镇的大集是星期天外，苗地的集按生肖推算，诸如蛇猪集，逢蛇猪日赶，此外还有鼠马集、龙羊集等，外乡人常常一头雾水，拿着黄历问当地人才搞得明白，当地人则很熟稔，就算想不起来，周围的人也会提醒：明天某地有集。秀秀偶尔陪阿妈赶集，但不赶黄龙镇的集，只有在苗人自己的地方她才感到自在，多数时候一人在家，有阿丹陪伴，并不感到孤独。

向天舒豪无睡意，斜倚美人靠，看夜景，秀秀陪着他。

星星疏朗，能一颗一颗数出来，草虫低鸣，山形依稀可见，村里的灯火明灭，桃林消隐，他想：在黑暗中，桃花依旧红艳吗？

他没抽烟，怕烟味破坏了清新的夜气。秀秀坐在美人靠上，离他很近，他虽然没有阿丹的嗅觉灵敏，但在想象力的帮助下，闻到了秀秀身体里散发出来的味道，暗自将这种醉人的味道唤作“秘香”。

田间传来轻微的搅水声。

“秀秀，是什么东西？”

“鱼。”

“鱼？”

“是啊，田里灌水以后，就往田里放鱼苗，小鱼同水稻一起生长，待六七月谷子开花时，就可以吃了，我们把这种鱼叫做‘谷花鱼’。谷花开，田鱼肥。”

这个办法聪明，既得米，又得鱼。“谷花鱼”，很美的名字，向天舒回想起暑期前后常常在集上见到苗人卖鱼，想必就是谷花鱼了。

想起田间的那个大水塘，问秀秀是不是鱼塘。

“是我们村的公塘。”

他第一次听到这种说法，所谓公塘，即全村人共有的塘，地势较水田低洼，谷花鱼收获以后，放干田水，水流往公塘，公塘便起到储水的作用，像个小水库，既蓄田水，也蓄雨水，旱季时灌溉用，此外，有些谷花鱼太小，吃了可惜，任其流入公塘，继续生长，渐渐长成大鱼，大的有一二十斤重，逢年过节时下网打捞，平均分给各家，打鱼的场面热闹，更增添了节日的气氛。公塘是桃村人的创举，向天舒在别的地方从未见过。

“桃村人真聪明！”他忍不住赞叹。

秀秀给他准备了热水，将火塘里的火用灰捂上，像是给明火盖了床被子，火并未熄灭，只是睡着了，第二天同人一道醒来。他洗漱完毕，笑着同秀秀道了晚安，进屋后，将门关上，坐到窗口，抽烟，看夜色，耳朵却不放过门外一丝一毫的动静，直到“吱呀”一声，秀秀的门关上，他才上床，抱着各种奇特的感受睡去。

好一个死觉！向天舒睁开眼，在床上躺了一阵，才完全复活。原以为会做梦，结果没有。看看表，已九点过，外面悄无声息。

秀秀坐在美人靠上刺绣，见他出来，嫣然一笑。阿丹跑过来，围着他绕了两圈，嗅嗅他的鞋面，退后几步，抬头看他，尾巴轻摇，以示问候。他摸摸阿丹的头，阿丹满意地哼了两声，转回秀秀身边去了。

“秀秀，你阿爸阿妈呢？”

“天不亮就走了。他们说家里有客人，要早去早回。”

他窃喜，他很喜欢秀秀的父母，但更喜欢与秀秀独处。

早点是煎饼和稀饭，吃完后，他想到村里走走，然后再去桃林。

天蓝而透明，似春水，浮着几朵天鹅似的白云。

“秀秀，你们这里的天气都这么好吗？”

“是你运气好，赶上下雨，七八天都见不到太阳。”

桃村是个有四五百户人家的大村，石板路纵横交错，像个迷宫。木屋虽无雕饰，但显示了一种空间结构的美，内部的情形同秀秀家大同小异。村里静极，人都出工去了，偶尔见到几个倚着美人靠刺绣的年轻女子，老远就同秀秀打招呼，眼睛却瞅着她身边的外乡人。向天舒面带微笑，突然明白了美人靠的另一个功效，从那里，姑娘家不仅可以看人，也可以被人看。几个小童飞奔过来，将宁静打破，“叽里咕噜”向秀秀问话，显然是在打探外乡人的来历。秀秀笑着回答，看得出，她与孩子们很亲。

“向叔叔好！”小童们齐声说，显然是秀秀教的。

“你们好！”向天舒说着，伸手去摸其中一位小男孩的头，对方像泥鳅一样躲开了，在场的人都笑起来。路过的几个老太太也停下脚步看，咧嘴对他笑，每张嘴里都只有四五颗牙，令他不笑都不行，她们拉着秀秀的手“叽里咕噜”说了一阵话后才离开。

阿丹对小童们很友善，但不喜顽皮者，不让向天舒摸头的小男孩试图要骑它，被它甩翻在地，疼得龇牙咧嘴，成了其他小童的笑柄。一行人往上走，来到一个四方广场。广场上有几个老者在晒太阳，穿着浆过的旧式斜襟麻布衣，叼着烟袋，笑眯眯地看他们。秀秀依次问候了他们，又依次向他们介绍了向天舒。老者们纷纷起身与他握手。他从兜里拿出烟来分发给他们，坐下与他们聊天，目光却始终不离秀秀。秀秀同小童们在广场上玩耍，像个大孩子，因为秀秀的参与，阿丹格外兴奋，东奔西跑，不小心将一个小女孩撞翻在地，小女孩“哇哇”大哭，秀秀连忙将她抱起来，小女孩在她的怀里抽泣了一阵，又重新下地玩耍，像什么事都没发生过一样。广场由白色鹅卵石铺就，鹅卵石是精选过的，颜色和大小相近，十分平整，中心用彩色石子嵌成长尾鸟的形状，东南西北共四只，凌风飞舞的姿态，似凤凰，很精美，这里是全村人聚会的场所，也是节庆时歌舞的地方。

小孩们玩得兴起，不再尾随他们，走出很远，还听得见他们叫嚣的声音。至村头，美人靠上坐着三个姑娘，秀秀仰着头，与她们“叽里咕噜”搭话，不知说了什么，上面的人哄然大笑，秀秀也跟着笑，向天舒被笑蒙了，待要问秀秀是什么意思，秀秀却朝村外跑去，阿丹跟了上去，他傻乎乎地朝那三个姑娘挥手再见，她们笑得更厉害了。他追上秀秀，问她刚才笑什么，秀秀笑而不答。

阿丹仿佛知道他们的目的地一样，在前引路，跑跑跳跳。

“阿丹是条聪明漂亮的狗。”

“阿丹可不是普通的狗，村里人都说他是条巫狗。”

爬上一个高台，其上是一块不小的平地，是桃村的游方坪，逢节时青年男女对歌的地方，游方坪再往上才是桃林。桃花似排天的巨浪，迎面扑来，向天舒惊呆了，脑子里冒出“桃花海”三个字，后来，他便管桃村的桃花叫“桃花海”。虽然远眺过桃花海，知其气势不凡，也只是欣赏而已，看过就看过了，仿佛是舞台上的布景，再美，人的注意力都集中在前台，到跟前就不同了，这是一种迫人的美，铺天盖地，甚至，连秀秀的美都被桃花海淹没了。其实，若论美的质量，桃花海的几百万朵桃花加起来，才刚刚与秀秀打个平手，这是他在最初的震撼过后，将两种美平心比较后得出的结论。人面桃花，相得益彰。如果说，桃花海是自然美的极端体现，那么，秀秀便是人间至美的化身。

“天舒哥，你怎么了？”

“我怎么了？”

“你呆掉了！”

向天舒回过神来，看看秀秀，又看看桃花，笑着说：“美呆了！”

一阵风起，芬芳如雪崩一样滚下山，将他淹没。他索性闭上眼。

秀秀受了他的感染，也出神地看着桃花。

许久，两人才迈步走入桃林。

“天舒哥，我怎么觉得今天的桃花比往日的更好看。”

“再美的东西，日日看，也会麻木，这叫审美疲劳，今天你受了我这个外乡人的影响，用我的目光来欣赏，自然就与往日不同了。”

“好像是这么回事。”秀秀若要所思地说，“不过，别人都没你这么会欣赏。”

“秀秀，你们村的桃花谢得真迟。”

“是你运气好，要是碰到刮大风下大雨，早就没了。”

“看来，我是交桃花运了。”向天舒在心里说。

桃林里全是百年以上的老树，枝干遒劲，老树发新花，反差惊人。秀秀说：“天舒哥，桃子熟的时候，你一定要来啊。”正合他意，桃村的桃是出了名的，他没少买过吃，但他更希望就地品尝。他的脑海里浮现出桃子的形状，目光却在秀秀的胸部滞留，直到秀秀有所察觉，才赶紧移开。

山风吹过，桃花片片飘落，他第一次发现，落红竟这样美!

他们快一点钟才回家，菜早凉了，秀秀妈将菜都回了下锅。吃完午饭，秀秀妈建议休息一会儿后就给向天舒治疗，这样不影响他们晚上喝酒，昨晚若非要治疗，他和秀秀爹会喝得更迟些。

“今天我们换一种方法，不拔火罐，扎针，你怕吗？”

向天舒没想到秀秀妈还会汉人的针灸。虽说针灸已经有几千年的历史，但他从未尝试过，因为信任秀秀妈，不仅不怕，还很好奇。

秀秀妈的表情凝重，向天舒犹豫了一下，还是没看她怎么下针。

痛感比他想象的轻微，针扎完后，向天舒扭头去看，吓了一跳，十几公分长的针，就剩针头在外面，整整五根。

秀秀妈轻捻针头，问他有没有酸胀的感觉，他说有。“有就对了。”秀秀妈说。

约莫半个时辰过去，其间秀秀妈不时捻一下针头，让酸胀的感觉持续，最后，将针慢慢拔出来，一点儿血都没出，令向天舒叹为观止。扎过针就不擦药了，按摩一下即可。

秀秀妈到菜地里去了。

“秀秀，我能看看你绣的东西吗？”

“你昨天不是看过了吗？”

“没看仔细，今天要好好欣赏欣赏。”

秀秀打开立柜，将绣片都拿出来，堆在床上。向天舒小心翼翼拿起来，一件一件过目，各种植物、人、兽、半人半兽、神、山川大地、抽象的几何图案等等，应有尽有，即便题材相同，构图及绣法也绝不雷同。他见识过各种民族的刺绣，似这般精美而丰富者，却从未见过。

女孩子天生对女红感兴趣，秀秀从小看阿妈刺绣，不知不觉就会了，但要绣好，还须多多上心，长大一些，阿妈便正式教她刺绣，她学得快，手艺在同龄人中无与伦比。通常，刺绣的图案皆有固定的样式，集上有卖，买回来依样绣即可，渐渐地，秀秀不再看样，图案都熟记在心，而且，她深谙图案的内容，知其所以然，绣出来的东西别具神韵，这得益于她做巫师的阿爸，因为苗族没有文字，其宗教、历史、风俗等等，都藏在这些图案里，巫师作为苗族文化的传承者，自然知晓。秀秀并不墨守成规，自然中令她心仪的一切，都会绣到布上，因此，除技法超群外，内容也与众不同，常常成为别的女孩竞相仿效的对象，且在蒙地传播开来，久而久之，成了新的样式。

向天舒想讨一件绣片作纪念，因与秀秀是初识，不便启齿。

秀秀爹兴冲冲回家来，用瓜叶包着一包肉，交给秀秀。

“小向，今晚有麂子肉吃。”

“大叔，不是禁猎了吗？”

“是啊，不过还是有人偷偷下套子，几千年的习惯，不容易改。”

秀秀妈也回来了，见有麂子肉，又到屋外采薄荷去了。

阿丹寸步不离秀秀，无疑，他已经嗅到了野味，秀秀切下一小块肉来，扔进他嘴里，他囫囵吃了，舔舔嘴。秀秀说：“阿丹，尝尝就行了，客人都还没吃呢，要学会省嘴待客啊。”阿丹像听懂了她的话，到美人靠上看风景去了。

向天舒和秀秀爹在火塘边喝茶、吸烟。

“大叔，山里的野生动物还多吗？”

“不多，像豹子老虎这样珍贵的动物早就绝迹了，寻常的还有些，野猪、麂子、獐子、野兔、野鸡，但也越来越少。”

“还有狼吗？”向天舒在清平岭游历时，没少听过狼嚎，还瞥见过一头。

“大概还有吧，躲在深山里，人见不到。”

向天舒讲起他随雷风寨猎人出猎的那次经历，秀秀爹听得津津有味，对雷风寨的独龙人羡慕不已。

晚餐主菜是黄焖麂子肉，还没上桌，香味已经飘得到处都是，屋里屋外，只怕全寨的人都闻到了。向天舒没少吃过麂子肉，但没吃过这般美味的。

正吃得兴起，突然想起山里又少了一只奔跑如飞的麂子，不觉放慢了咀嚼的速度，竟至难以下咽，偏偏秀秀又给他碗里搛了一大块肉，赶忙喝了一大口酒，酒精驱散了不适的感觉，他生平最恨假道学，既吃之，则安之，况且，怎么能辜负秀秀的一番心意呢？

头天酒没喝尽兴，秀秀爹让向天舒放开来喝，秀秀妈没说什么，与秀秀先吃完，为第二天赶集做准备去了。

秀秀爹借着酒兴，同向天舒聊起苗族的历史。

“你不知道，我们苗族有多不容易，我们有首歌，汉话的意思是‘老鸹无树桩 / 苗族无地方 / 到处漂泊 / 到处流浪’。”

他觉得歌词很有意思。苗族的历史他早已熟稔，只不过从秀秀爹的嘴里再次得到印证罢了。

桌上的菜吃尽了，酒还没尽兴，秀秀炸了一盘花生给他们下酒。

向天舒终于提及自己最感兴趣的话题：苗人的信仰。他知道，除少部分皈依天主教外，苗人信万物有灵，类萨满教，只是不知道现今巫师的境况如何。秀秀妈和秀秀也坐下来，静静地听他们说话。

“一言难尽！”秀秀爹重重地叹了口气。

说到金钱的诱惑，秀秀爹讲起一件事，与黄龙镇的马家有关。

蒙山有金矿，曾经有人在省城的古董黑市上交易过几件黄金饰品，据说是早年在蒙山某洞穴深处发现的，有五千年以上的历史，最著者系一黄金面具，被国外的神秘买家重金买走，辗转海外，至今下落不明。觊觎蒙山金矿者代不乏人，但蒙地的苗人誓死捍卫蒙山大神的尊严，要想在大神的身上开肠破肚，除非先让他们从地球上消失。可是，有一天，蒙山的一座山头突然来了许多不速之客，都是马家的人，为首者系马老爹的长子，人称马老大，还有全副武装的警察，开矿的设备也搬来了，立马开工。他们既然知道这个山头有金子，前期定然做了不少秘密工作。苗人闻讯赶来阻止，马老大拿出县政府的批文，说是合法开采，且振振有词地说，资源是国家的，国家有权处置，什么大神不大神的，都是迷信。秀秀爹赶到时，山已经被挖开了。秀秀爹警告马老大，说蒙山大神迟早会发怒的，后者却只是冷笑。开矿需要大量的劳力，马家便派人到各苗寨去招工，许以重酬，既可以就近招募劳力，又可以分化苗人，可谓一箭双雕。一开始不奏效，响应者寥寥，渐渐地，物质的诱惑占了上风，一个月的工钱，顶很多人家一年的收入，许多人便见利忘义，加入到开矿的劳动大军里，其中不乏桃村和梨村的人，一时间，开矿的场面蔚为壮观。马家大发横财。县城里大大小小的领导太太们掀起了佩带黄金首饰的狂潮。两年后，秀秀爹的预言应验，蒙山大神发怒，淘金引起山体大滑坡，死伤无数，马老大也一命呜呼，真可谓是“人为财死”，只可怜了那些陪他一起死的苗人。苗民的抗议一发不可阻挡，马家只好断了继续开矿的念头。

“从前，桃村人知足常乐，爱祖敬神，现在却不容易满足，那两年，从马家那里拿工钱的人公然炫耀，搅得人心不安，灾祸发生以后，这些人还不思悔改，整天就想着钱，甚至偷砍神树去卖，我忍不住说了他们几句，他们反怪我多管闲事，还说我过时了。”

秀秀爹仰天长叹。

“阿爸，别跟那些人一般见识，他们迟早会后悔的。”秀秀愤愤不平地说。

向天舒受了秀秀爹情绪的影响，又喝了很多酒，胸口有些闷，秀秀的发言让他如梦初醒，这才发现，光顾着跟秀秀爹讲话，没有多留意秀秀的存在，明天就要回去，不知什么时候再见到她，遂打起精神，看着秀秀笑，其实秀秀一直在关注他，见他对自己笑，也立刻笑了，夜色生动起来。

“时候不早了，让小向歇着吧，明天还要早起呢。”秀秀妈说。

秀秀爹言犹未尽，老大不情愿的样子。

“小向又不是不来了，以后再聊。秀秀，给天舒哥准备洗脸水。小向，明天你和我们一道回黄龙镇好吗？”

“好的。秀秀也去？”

“秀秀和她爸在家，我和村里人一起去。”

向天舒心里有些失落，但也不感到意外，如果秀秀会去黄龙镇赶集，他不会到现在才见到她。秀秀只赶离桃村最近的苗族集市，每次出现都会引起不小的轰动，同去的女伴虽然在心里嫉妒她，但因为她的缘故，她们这个小团体才受到格外的关注，所以也就把心放平，乐得沾她的光。

“天舒哥，你什么时候再来？”

“不知道，肯定会再来的。”

秀秀虽然对这个答案不是很满意，但还是咧嘴笑了，毕竟，对方说“肯定会再来”，将希望留下了。

向天舒半夜醒来，再难入睡，悄然早起，到溪边洗漱，目光随山势溯流而上，尽头处的山峰渐渐明亮起来。不断有担桶的女子前来汲水，都冲他微笑，最后是秀秀，他执意要帮她挑水。黄龙镇通自来水以后，他就没再挑过水，一时不习惯，水桶直晃悠，水泼洒出来，溅湿了裤腿，脚下趔趄，秀秀笑着抢过水桶，轻快地走着，仿佛担着花篮，步步生姿。

他吃了秀秀煮的一大碗面条，赞不绝口，简单的面条也被她做得这么可口，秀秀说：“下次再来吃。”

四十二

辞别秀秀和秀秀爹，向天舒与秀秀妈及许多别的村民一道上路，天蒙蒙亮，一行人走得很快，他勉强才能跟上。

苗人惯走山路，上下坡如履平地，向天舒第一次去桃村，一路走走停停，花了五个多小时，苗人则只用一半的时间，他因为有练武的身板，走惯以后，便与苗人不相上下，回来时下坡，走得快时，两个小时都不用。不知不觉，一行人就走到通向梨村的岔路口，又加入了一些梨村的苗民，队伍壮大，鱼贯走在山路上，有唱歌的，有大声说笑的，脚下却一刻都不耽误。向天舒深受感染，遗憾秀秀不与他们同来，他不明白为什么秀秀不来，后来才知道秀秀不到黄龙镇赶集的原因，她自己不愿意来，她的父母也不让她来。秀秀因为美若天仙，赶蒙地的小集都会造成拥堵，更不用说黄龙镇的大集，何况，黄龙镇的二流子一贯欺辱苗人，还是不要让他们见到秀秀的好，故此，秀秀在蒙地的名气大，在黄龙镇却无人知晓。至黄龙镇，苗人取道黄龙中学围墙与青龙山之间的小路，向天舒与他们道了别，翻墙回校园，看时间，还不到十点钟。

坐在大榕树下，看阳光下的白石塔，这个点儿，无论大人小孩、学生教师，都赶集去了，校园里异常安静。他不忙去集上，想独自静静，等他的心回来，人虽回来了，心却还在桃村。

青龙山上响起布谷鸟的叫声，被老人山挡住，又传回来，似另一只布谷鸟在叫，事实上，在更远的地方，长虫山方向，确有一只布谷鸟在叫，似在与青龙山的这只应和，其声断续，因为静，才能传得这么远。向天舒初至黄龙镇时，喜闻布谷鸟叫，每年春夏之交，无处不闻，且昼夜不断，渐渐习以为常，反而充耳不闻，而今天的叫声似不同寻常，令他凝神谛听。

在他度过的一万多个日子里，桃村之行不过两日，秀秀有如惊鸿一现，却再也飞不出他的天空。

他在水塘边待了近两个小时，方起身去集上，进百货公司跟英素花打了个招呼，出来看怪老道给人画符，待他收摊后，照例请他到蔡家小饭馆吃饭喝酒。

在怪老道面前，他从不掩饰自己的情绪。

“小向，人逢喜事精神爽，碰到什么好事了？”

“前辈，你去过蒙地吗？”

“很早以前去过。”

“你对苗人的印象如何？”

“很好，是个不屈不挠的民族，有血性。怎么，你去了蒙地？”

“是啊，来黄龙镇这么多年，才第一次去。”

“也不知变化大不大。”

“应该不大，不通公路，也不通电。”

“这就好。”

“前辈，什么是道？”

“你明知故问。”

“那，什么是美呢？”

“你看着美的就是美。”

“大音希声，大象无形，大美呢？”

“美是一种没有杂念的愉悦感，作用于人的身心，感觉越强烈，美越大。大美不常有。”

“太对了。”

“小向，你今天说这些，一定跟你去蒙地有关，让我猜猜，离黄龙镇最近的村子，无非梨村和桃村，现在是四月，你是不是看桃花去了？”

“前辈猜对了。”

“蒙地出美女，小向，你该不会是交桃花运了吧？！”怪老道向他挤挤眼，像孩子一样调皮，喝了酒，脸红彤彤的。

他本不想隐瞒，但怪老道与英素花要好，他就没将秀秀的事告诉他，一笑而过。

他的情绪高涨，不免多喝了一阵，突然想起一件事，忙结了账，告别怪老道，快步向秀秀妈摆摊的地方走去，街上人已不多，老远就见那地方空着，令他懊恼不已。

英素花下班回来，觉得有些异样，向天舒像变了个人似的，谈笑风生，还跑到蔡家小饭馆炒了两个肉回来，同她喝酒，没少说甜言蜜语的话。

向天舒在心里拿英素花和秀秀比，发现两者没有可比性，似乎是两种不同性质的美，倒可以互补，正如一片叶的正面和背面，秀秀像翠绿的叶面，沐浴在阳光中，但置身背阴处也不是英素花的错，人生而不平等，出生的时代、地点、家庭、长相，等等，都由不得自己。他当然有诸多理由更喜欢秀秀，但是，他必须克制，人不能喜欢什么就要什么。面对秀秀超尘脱俗的美，他不敢也不忍有杂念。他准备给省城好友写一封长长的信，将心中的秘密告诉他，然而，要想安静地写信，须待英素花睡后，他想了一个让英素花早点入睡的办法，将新的激情倾泻在她身上，与她纵情做爱，完事后，她很快就沉沉睡去，他歇了一会儿，泡了一杯浓茶，到书房写信。

信很长，有太多的话要说。信件是他和好友交谈的方式，心灵的知己用不着见面，虽时空遥隔，却始终心心相印，从未有过疏远的感觉。无论巨细，他经历过的生活通过这种方式被保留下来，仿佛可以脱离他独立存在一样。

他在描述秀秀的美时犯了难，久久下不了笔，最后，他写道：秀秀的美无法言传，这么跟你说吧，我现在见到美的事物，脑海里都会跳出两个字：秀秀。秀秀的美无处不在。

同秀秀的初识，令向天舒面貌一新，悠扬的笛声再度响起。

他提着刚从封氏夫妇那里买的蜂蜜酒，去看艄公。艄公早已觉察到了他与英素花之间的矛盾，替他担心，这次见他春风满面，以为他们的关系改善了，十分欣慰。

向天舒对秀秀的思念，一刻都不停息，对英素花却比以前温柔，是补偿，也是掩饰；英素花虽然喜欢，心里终究不踏实，不知道他为什么会有这么大的变化。也许是做贼心虚的缘故，他不好马上又去桃村，隐忍了几个星期。平日故意在英素花面前夸说苗女的医术，为再去桃村作铺垫。

他决定去向寒禅法师请教画艺，以排解对秀秀的思念之苦。习画近四年，具备了一定的绘画功底，以写实的西洋技法为主，素描和水彩画都有了不俗的模样，油画却不敢尝试，但已经从中得到了莫大的乐趣，他想尝试写意的国画，所谓“写意”，不同的人，有不同的寓意，禅者寓禅，道者寓道。

几个月不见，寒禅法师还是那么硬朗。午后的阳光洒满院子，十分可人。寒禅让他将桌椅搬到院心，沏了茶，坐在院子里喝茶。传来响亮的鞭炮声，接着便听见嚎哭声，有很多声部，由远及近。

“王家老爹几日前没了，今天发丧。”寒禅淡淡地说。

向天舒的心里有一种倒春寒的感觉，明媚的晚春，死亡显得不合时宜。

“小向，说说你对死亡的看法。”

寒禅从不讳言死，他对向天舒“准备好死亡”的观点很赞赏，事实上，他自己早已做好了准备，拿他的话说：就等最后那把火啦。虽不住寺，以他的修为，配得上被火化。他说，如果身体不好，老而不死是件很可怕的事情。向天舒问他长寿健康的秘诀，答曰：信仰，不管信什么，人一定要有信仰，坚定的信仰。此外，养身也很有必要。养身之道很多，健体为其一。向天舒以为寒禅足不出户，其实，他除了打坐，每日都到外面行走，但止于南门街的老巷，从不到正街上来，他恪守过午不食的清规，趁人在家吃晚饭时出门，快步走，街巷空无一人。

他与寒禅说起蒙地，事实上，他恨不得与所有人谈论与蒙地有关的一切。

喝了一肚子茶，向天舒起身出门小解，这才想起此番是来找寒禅学画的。

寒禅笑着应允，领他到书房，拿出纸笔，递给他。

“小向，既然你已经有西洋画的功底，先随便画点什么给我看看。”

他犹豫了一下，突然说：“我画您，行吗？”

“当然可以。”

向天舒请寒禅随意坐着，开始对着他写生，半个时辰过后，肖像完成。

“不错不错，小向，送给我作个纪念吧。”

向天舒自己也很满意，寒禅的长相原本就很有特点，自己又与他相熟，要画得形神毕肖并不难。

“你等我一会儿。”寒禅进书房去了，两杯茶的功夫，拿着一幅画出来。

“法师，您画的是我。”

画上的人与向天舒只是神似，不熟的人绝认不出来，寥寥数笔，便将他整个人都勾勒了出来，看似随意，实则功力深厚，留白很多，似无垠的天空，任他自由来去，飘然凌虚，黑色的身形，似要被白色吞没，却又岿然不动，牢牢占据了画面的中心。他也请求留作纪念。

此后，向天舒一有空就来找寒禅学习国画。每次目睹寒禅挥毫作画的过程，他都很惊讶，山水、人物、花木、鸟兽，寒禅虽足不出户，大千世界却尽在掌握，而画中的禅意，尤其令他神往。

起初，寒禅先画，让他临摹，不久毁掉，重新画一张，他学得快，寒禅便随画随毁，让他凭记忆临摹，与怪老道教书法的方式不谋而合。

他学会了画鹰。寥寥数笔，一只雄鹰便跃然纸上，目光犀利，无所羁绊，爪与喙皆异常锋利。向天舒画了很多鹰，翱翔的，振翅的，栖息的，入睡的，鹰眼似会说话，有时看着观者，有时看着虚空。他拿去给怪老道看，后者很惊讶，说："像，真像！"言下之意是：像舍身崖上的那两只鹰。

一天，向天舒试着画了一幅寒江垂钓图，寒禅笑曰：这不是渡口的艄公吗？他们于是聊起艄公。寒禅说："此人不凡，没几个人一辈子都甘愿面对'爱别离'的痛苦，爱也是禅。""爱也是禅"的表述十分新颖，且振聋发聩，令向天舒再次感到愧对叶莲，如果他是爱情的忠实信徒，就不该再有别的女人。眼前浮现出秀秀的形象，暗暗对自己说："女神，请替我赎罪！"秀秀是考验他的天使，从此，他将挣扎于圣洁与欲望之间。

又到星期天，见不到秀秀，见到秀秀妈也好，一早便上街去守候。前两日下雨，今天放晴，路人的精神头都很足。向天舒从未这么早到过集上，遂看见了商贩预备摊点的各种情形。

远道来的纬县商贩们正在卸货，货卸毕，卡车掉头开到镇外去等，摊位是固定的，当地人近水楼台，没等他们将货品摆好，就开始挑拣，开张生意令商贩们顾不得旅途的劳累，斗志昂扬，待第一拨客人消停了，才轮流到小饭馆吃早点，不敢耽搁，吃完嘴一抹就回来了。通常不会将货再带回去，集将散时，卖剩下的作贱处理，自然有人专门等着捡便宜货，尽管没有多少挑选的余地。

岭上的彝人和哈尼人纷至沓来，终于，蒙地的苗人也来了，秀秀妈却不在其中，他的心凉了半截，一刻钟后，又来了一拨苗人，就算他不认识秀秀妈，也能一眼就看到人群里最出众的那位苗族女子。他大步迎上去，秀秀妈也看见了他，微笑着走过来，在旁人惊讶的目光中，他帮着秀秀妈将地摊布置好，坐在她递来的马扎上。

“秀秀好吗？”憋了许久的话，终于说出口。

“好。她整天念叨你，问我你什么时候再来家里。”

“哦，最近工作忙，我下星期来。”

“真的？秀秀会高兴死的。”

“你先别告诉她，怕万一有事来不了。”

“没关系，来不了就下次，总之，你什么时候想来就来吧。秀秀她爹也很喜欢你。”

“也”字让向天舒心花怒放，秀秀妈的潜台词是：秀秀喜欢你，秀秀她爹也喜欢你。

“小向，你的肩怎么样了？”

“时好时坏。”

“来，让我看看。”

向天舒求之不得，将肩交给秀秀妈。治疗完毕，拿出十元钱递给秀秀妈，她笑了笑，将钱接过去。自从向天舒找秀秀妈治病以后，秀秀妈便多了许多镇上的顾客，以前，因了苗人会放蛊的传闻，镇上的人对苗医多少有些忌讳，见向老师一而再再而三地让她治病，纷纷仿效，秀秀妈的医术独到，许多人的老毛病显见好转。

向天舒在集上流连，照例请怪老道吃午饭，但不敢耽搁，还想再见秀秀妈一面。秀秀妈已经收了摊，与同村的人汇合一处，正要离开，其中不少人上次见过向天舒，笑着同他打招呼，七嘴八舌地邀请他去村里玩儿，他看着秀秀妈说：一定来。

到青龙山脚听苗族青年男女对歌，虽看不清他们的长相，感觉却从未如此亲切过。一直有个疑问，蒙地距黄龙镇远，他们为何要在青龙山对歌，从蒙地回来后，他明白了其中的奥妙。路远，恰是对歌的理由。平时难得见面的各村男女青年，在集上互通款曲，最后邀约着到葱翠的青龙山上对歌，至太阳快下山时才散去，成双结对走上回村的路，暮色半明半暗，情意深厚者便在半路成就了好事，天气晴好时竟在野外过夜，相拥相依，次日回家，只说是在某某村的某某伙伴家过的夜，家长也不深究，他们是过来人，风尚如此，大家习以为常，女方不小心有了身孕，家里便赶紧去男方家提亲，婚礼旋即举行。这也是秀秀爹妈不让女儿到黄龙镇赶集的原因之一，秀秀还小，秀秀爹要将巫术传给她，不想让她过早结婚。

绕到大院后，穿过竹林，走到白石塔跟前，一张大网张在塔与柏树间，几年前，同一地点，在几乎同等大小的蛛网上，出现过许多神秘的符号，难道是同一只蜘蛛？个头倒是差不多，相貌是否一致就不得而知了，美丽的大网，令他想起秀秀的刺绣，皆巧夺天工。一切都争相向他呈现各自的美，甚至，一株不知名的草在微风中摇曳的姿态都引起了他的注意，更不用说抢眼的流云、碧水、青山。翻过北墙，径直走到菜花地里，头顶四周都是忙碌的蜜蜂，菜花谢了大半。见到他，封氏放下手中的活计来招呼他，封氏的妻子笑着问候了一声，继续忙活。封氏给他倒了一杯新酿的蜂蜜酒，他一口饮尽，不便多打扰，买了两瓶蜂蜜就走，预备下次去桃村时给秀秀家带去。

向天舒的脑子里总在重复一个名字：秀秀。生活因此发生了巨变，连做爱都恢复了昔日的神勇和激情，令蒙在鼓里的英素花受益匪浅，待他提出再去桃村时，她没有表示异议。

四十三

同上次一样，向天舒提前将星期五的课上了，星期五一早，英素花刚出门，他便即刻上路，随身带着干粮。一路匆匆，想赶出时间来，好好参观一下梨村的教堂。

天气阴凉，他担心下雨，却始终没下，也许是前两日下过雨的缘故，沿途见到许多鲜艳的蘑菇，八成有毒，无毒的早被人捡走了。突然内急，便离开山路，往林子里走去，竟走到一片开阔地带，看见满地的杜鹃花，水红色的花，与阴霾的天空形成鲜明的对比，走到花丛中，先畅闻了一番花香，然后迎风蹲下大解。这是他记忆中少有的几次美妙的拉野屎的经历之一，离去时，他留心记住这个地方，以便日后再来。

因为即将见到秀秀，便暂时将她放下，让思绪在山野里游荡。一个人，走了很久，还是一个人，仿佛整个山野都为他所独有，颇自得，享受着迷人的孤独。他突然想，好的东西应该与人分享，孤独能与人分享吗？能与人分享的孤独还是孤独吗？望着小路的尽头，希望与人相逢，然而，别说人，这会儿连只鸟都不见，他似乎嗅到了几丝异样的气息，情绪陡然低落，忧伤弥漫四周。加快脚步，直至看到田间劳作的苗人，才歇下来喘气，梨村就在不远处。

至岔路口，远远看见教堂的尖顶，指向灰白的天空。

路两侧都是田园，地分成小块，种满各类小春作物，油菜，小麦，蚕豆，洋芋，豌豆等，一应俱全。路有弯道，梨村时见时不见，拐过最后一道弯，整个村子便展现在眼前。梨村在洼子里，其地甚平，一条小溪横穿整个村子，教堂位于村西头，似一只大鸟的头，高昂着，面向西方，村后的山坡上，乃至庭前屋后，都是梨树。梨树都很老，梨花谢了，叶独绿，生机勃勃。梨村的建筑与桃村异趣，桃村是干栏式木楼，梨村则以石为主体，石地基、石墙、石片瓦，因多石，田间、水边、坡上，随处可见黑色的石头，形态各异，教堂的外立面也由石头砌成，令他想起新约里关于“磐石”的比喻。

步入村子，四处张望。此时，村里只有老人和孩子，见到他都很惊讶，有的老人主动跟他打招呼，但因为语言不通，只得一笑而过。将村子逛了个遍，门皆虚掩着，没有一道上锁，足见民风的淳厚，偶尔探头进去看，屋内黑，又将头缩了回来，其实，就是进去也无妨，但他更喜欢征得主人的同意。

教堂正对一片水田，再远才是山，视野开阔。至跟前，发现钟楼比想像的高，灰白的天空又极低，颇有点高耸入云的感觉，之所以从远处看不高，是因为周围的山太高，将它衬矮了，恰如巨人与侏儒的反差，然而，他想，每一个虔诚的信徒，祷告之后，从教堂里出来，精神轻易就能超越周围的高山。

教堂的两扇大木门锁着，令他不免失望，教堂应该是开放的场所，怎么反倒锁着？省城有过一座古老的哥特式教堂，除夜间都开着，逛街累了，随时进去歇脚，心灵也得到小憩，教堂内外是绝然不同的两个世界，可惜被拆除了。

“叔叔，你要看教堂吗？”

身后传来一个女孩的声音，刹那间，向天舒有种错觉，身后站着一位天使，转过身，见到一位模样清秀的女孩，扎着两个辫子，衣现代服装，系着红领巾，十一二岁的样子。

“是的，可是进不去。”

“你等着。”

女孩转身就跑，辫子在头顶跳舞。

他坐在台阶上吸烟，思绪集中在马上就要一窥究竟的这座山村教堂上。

热心的小女孩蹦蹦跳跳地回来了，跟着一位男子，四十岁出头，见到向天舒，加快了步伐，老远就将双手伸过来，一双热情有力的大手。

“不好意思，让您久等了。”

“是我不好意思，太麻烦您了。”

“不麻烦，不麻烦。”

“贵姓？”

“向天舒，黄龙中学的老师。”

“向老师，幸会幸会！”

“您贵姓呢？”

“姓吴，口天吴，名吞，吞口的吞。我是这里的神甫。”

向天舒一惊，不觉肃然起敬。

“您从地里来？”向天舒看他手上有泥，忍不住问道。

“是啊，这两天忙春耕。”

向天舒没想到，神甫也下地干活儿。

吴吞神甫极瘦极高，在当地人中显得鹤立鸡群，每次见他，向天舒都会想到堂吉诃德。

吴吞从腰间取下一串钥匙，将教堂门打开。小女孩并未离去，随他们进了教堂。

步入教堂，向天舒吃了一惊。这是一座典型的哥特式教堂，石柱，尖拱顶，虽然没有省城的哥特式教堂大，但有一种质朴简约的美，平面构造呈十字架形，十字架顶端是唱诗台，顶上悬着一盏巨大的老式烛台吊灯，中央偏左的地方放着一个一米多高的木质诵经台，右侧靠墙处立着一个老旧的西式柜子，与中式柜子大异其趣，柜门锁着，柜前有一个长方形凳，尽头的墙上挂着耶稣受难的木雕像，古拙，色彩依稀可见，耶稣的嘴微启，似有所言，左侧竖着一面大旗，其上是圣母的画像，两边的高墙顶端各有十二扇长条形的窗洞，镶着木格子窗，天光照亮了教堂的内部。最让向天舒惊叹的是，每扇窗的下方都悬着一幅油画，一共二十四幅，不是印刷品，而是真正的油画，令这个乡村教堂蓬荜生辉，油画的作者绝非等闲之辈，其历史亦在百年以上，油画之美，几令他窒息，画风介乎传统与现代之间，画作者的个人风格强烈，这不是通常意义上的宗教画，有些画面非同寻常，他不记得《圣经》里是否记载过相关的内容，梨村的人自然不懂这些，视为圣物。吴吞神甫见他如此反应，十分欢喜，将他视作知音，兴奋地按照他自己的理解为客人讲解每幅画的内容，出于尊重，向天舒做出认真听讲的样子，注意力倒在绘画的技法上，显然，油画出自同一人之手。

吴吞神甫又带他登上钟楼。钟楼上并无钟，更像个瞭望台，从顶端的窗洞看出去，视线恰好穿过西边两座大山的丫口，延伸向远方。他突然明白了杨伯来将钟楼建得这么高的用意，他定然时时来此远眺，思绪越过崇山峻岭，一次次回到遥远的故乡。

眼看就要走到上次遇见秀秀的弯道，向天舒的心跳加速，传来三声狗吠，是阿丹。

秀秀从弯道后走出来，立住不动，看着他笑。秀秀妈忍不住跟她说了向天舒要来的事，她早早带着阿丹来守候。

“秀秀，你和阿丹来等我？”

“是啊。”

“你们还没吃饭？”

“没有。”

“都怪我，在梨村耽搁得太久了，饿坏了吧？我这里还有点干粮。”

“我不饿，你给阿丹吧。”

阿丹倒不谦让，一口气将干粮吃尽，抬头看着向天舒，不停摇尾巴，以示谢意。

“天舒哥，你去梨村做什么？”

“看教堂。”

“嗯，教堂好看。”

他们慢慢往桃村走去，向天舒又有一种走在梦里的感觉。

天阴凉，秀秀的笑灿若丽日，令他想起小璇，虽不能将两人相提并论，但笑容同样甜美，而小璇的肉体因未曾得到，被想象和记忆所美化，变得圣洁而遥不可及。

“秀秀，还有桃花吗？”

“都谢了，谁让你不早点来。”

向天舒略略有些遗憾，但天底下没有不谢的花，好在明年还会再开，花还是一样的花，只是桃树又老了一岁，但树寿长，多一岁少一岁不打紧，人比不了，人非惜花，而是惜时，自己老也就罢了，他不敢想象，秀秀也会变老，“美人迟暮”，乃人生最大的悲剧之一。

“天舒哥，你怎么了？这么严肃！桃花还会开的。”

“我在想，人要是永远年轻就好了。”

“那不变成老妖童了。”

“你不怕老？”

“人人都会老，为什么要怕？阿妈阿爸老了，我也没觉得哪里不好呀。”

向天舒一方面欣赏秀秀的回答，一方面觉得自己的问题无聊，秀秀还远没到要用减法计算日子的年龄，为什么要她现在就开始为此苦恼？现在苦恼，并不能消除将来的苦恼，何苦呢？

阿丹一直走在他们两人中间，好像故意要将他们隔开，路窄的地方，容不下他们三个，秀秀便让阿丹上前，它不乐意，又不能违抗秀秀，赌气跑出好远，头也不回地走着，秀秀和向天舒交换了一个眼神，都笑起来。至更窄处，两人不能并排，秀秀在前，与头次不同，这次离得近，风迎面吹来，裹挟着秀秀的体味，令向天舒不能自持。阿丹消失在弯道的另一头，山野里只剩他们两人，一股罪恶的念头突如其来，令他张皇失措。

“秀秀，你先走，我方便一下，随后就来。”

秀秀笑着自去了。

向天舒待秀秀走远，转身小便，将欲望也一并尿走。

阿丹见秀秀一人，以为她是来寻自己的，跑回来亲近她，十分开心。向天舒赶上他们，路宽了，虽可以同他们并排，但心里羞愧，故意落后，一面走一面检讨自己，不该对秀秀起邪念。

近村时，逢着许多人，争相同他们打招呼，其中有见过向天舒的，有没见过的，他的到来很快传遍了全村，所有人都知道，秀秀家来客人了。

过了廊桥，他停步欣赏，一切都不再陌生，只是桃村换了背景，沉静的绿叶，不似红花抢眼，更显出桃村建筑的美来。

阿丹先跑回家报信去了，秀秀妈迎出来。

“大妈，你好！”

“小向来了，快进屋。”

向天舒像到家一样，径直走进客房，将双肩包放在床上，客房保持着他上次离开时的模样，自他来以后，客房就没再堆放过杂物，秀秀时刻打扫，不让蒙尘。

秀秀妈出门去了。

秀秀去厕所。向天舒到美人靠上坐下，面朝村子，将双脚也放上去，伸直了，摆出一个惬意的坐姿，享受着静谧的下午时光。他的脑海里突然出现了一幅男耕女织的画面，女主人是秀秀，穿着她平时穿的传统服装，而他是男主人，他拿不定该穿哪个时代的服装，反正不能是现代的，想起“不知有汉，无论魏晋”的句子，那就先秦吧，春秋战国是他最向往的时代。会不会真有这一天，他离开黄龙镇，就像当年离开省城一样，来桃村，与秀秀过一种田园生活？这个想法似乎太理想化了，却激励着他。

秀秀还在厕所。对秀秀正在大解的想象令他一阵骚动，虽然没有吃“金粒餐”的日本男人那么变态，脑海里还是出现了一些不该有的画面，且作用于双腿之间。

一根烟的工夫，他的思绪就发生了巨大的变化，雅俗只在一念之间。记起初读《喧哗与骚动》的情景。此书虽有名，几年前才读，开头不知所云，一度想放弃，耐着性子看下去，渐入佳境，昆丁自杀前，他一直在抠脚底板的死皮，那阵子因维生素缺乏，脚底板溃烂，死皮杂陈，十分不雅，他将抠下的死皮集中在茶几上，渐渐蔓延，将他的注意力吸引过去，遂放下书，一意抠死皮，直到抠无所抠时，才想起之前在做的雅事，哑然失笑，昆丁在书里走向自杀，而他却在抠死皮，英素花走进来，一眼看见茶几上的那堆死皮，失声叫道：你恶不恶心啊！

他将心放正了，用最自然的微笑迎接秀秀。

“天舒哥，我饿了。”

他这才想起秀秀没吃午饭，他自己也有点饿了。

“那你赶快吃点东西。”

“我去煮碗面条，你吃吗？”

他赶紧点头，秀秀的面条，他想了好几个星期呢。

秀秀下工夫煮了两碗美味的面条，在向天舒的碗里放了许多平时舍不得吃的油鸡枞。

“村长他们要来家里吃饭。”秀秀妈一进门就大声宣布。

村长听说秀秀家来了贵客，要来探望，秀秀妈便盛情邀请他和另外几人来家里吃晚饭。

秀秀和秀秀妈忙活去了，向天舒帮不上忙，便出门到田间走动，许多小鱼苗在秧苗间游走，至公塘边的草地上，看秀秀家，及整个村子，角度换了，景致自然不同。秀秀家的位置恰如梨村的教堂，引领着全村。秀秀从美人靠上向他招手，他笑着回应，秀秀的出现，如一幅美图上的点睛之笔。秀秀指指厨房的方向，意思是她不得不走了，她离开后，他的目光在美人靠上停留了很久，直到秀秀爹的身影出现，大声同他打招呼。

秀秀爹收工回来后，知道向天舒来了，且听说晚饭要来很多人，兴奋得像个孩子，怕酒不够，出门讨酒去了，顺便借几个凳子回来。

今天，同别家比起来，秀秀家的炊烟异常浓烈。

来了七个人，都是与秀秀爹一向要好的，年纪相仿，个个笑容满面，争着同向天舒握手，村长最年长，平易近人。大家坐下来喝茶、吸烟，高声说笑，屋子里顿时烟雾腾腾，幸亏客厅是半开放式的，否则会把人呛晕。虽然他们也是来做客的，看那情形，倒仿佛只有向天舒一个是客。也许，对他们来说，秀秀家的客人，便是大家的客人，天下苗人是一家嘛。况且，秀秀家的人缘极好，秀秀爹是大家尊敬的巫师，虽然巫风不再盛行，但他的存在让人踏实，是医治人心的一剂良药；秀秀妈是远近闻名的苗医，苗药制得好，心地又善良，遇上穷苦人家，看病分文不取，还白送很多药；秀秀的亲和力更不必说，高尚的心灵来自良好的家教，美丽的外形则归功于上天的眷顾，无论男女老少，见她没有不欢喜的。

秀秀爹向众人介绍向天舒，着重提及他的来历，大家都很惊讶。好奇的问题自然少不了，答案是现成的，不知重复过多少遍，自己觉得机械，听者却不觉得，见秀秀也侧着耳朵听，便抖擞精神，说了许多大城市里的奇闻怪事，令在场的人无不咂舌，末了，自然还要应付那个最关键的问题：为什么来黄龙镇？省城不好在吗？

“不好在。”

“为什么呢？”有人替大家问到。

“不自在。”

秀秀爹插话说：“人活着就是图个自在。”

“没钱，在哪儿都不自在！”一个人说，别的人附和，这人最活跃，也最年轻，后来，别的人干脆不吭声，包括村长，由他一人代表大家同向天舒对话。

“自在不自在，在人不在钱。”向天舒说。

“那，向老师，你觉得我们桃村怎么样？”

“美，太美了，像世外桃源。”

“美？！美能当饭吃？当然，现在比从前好，温饱不成问题，可是，有饭吃就够了吗？”

“当然，还要有别的追求。”

“我们现在连电都还没有，太落后了，别说省城，跟黄龙镇都没法比，娃娃们做梦都想看电视呢。”

向天舒一时无语，想起自己在县城初看电视时的惊奇，及后来对电视的迷恋，那时，他无论如何想不到，自己有一天会讨厌这东西。也许，要等桃村人都看上了电视，且习以为常后，再告诉他们电视的诸多弊端，再让他们选择：看，还是不看？多看，还是少看？老子所说的“绝圣弃智”，也要等先有了“圣与智”后再谈。如所罗门者，荣华富贵享尽，再来慨叹“都是虚空，都是捕风”，与临终才受洗的君士坦丁大帝一样，未免虚伪。

“你刚才说，现在的日子比以前好些，你们都是长辈，经历过政治运动以前的时代，那时自在，还是现在自在？”

对方不知如何回答，便征求其他人的意见，意见很不统一，一时争论不休。最后，村长说：“我看那时自在。我虽然还小，却记忆深刻，父辈们过得比我们现在自在，不说别的，树比现在多，鸟兽比现在多，环境比现在美。”

村长发话，不论是否真的同意，大家都表示赞成。

“吃饭了。”秀秀妈的一声吆喝，将大家从纠结不清的问题中解救出来，就目下而言，没有比吃饭喝酒更迫切的事情。

人多桌子小，秀秀妈和秀秀便不上桌，搛了菜到火塘边吃。饭菜是她们辛苦做出来的，反而不能上桌，由此看来，即便在蒙地，男人的地位也比女人高，向天舒在心里为她们鸣不平。

向天舒的肚子里事先有秀秀的面条垫底，喝酒不容易醉，秀秀爹了解他的酒量，有意要在众人前炫耀一番，带头频频敬酒。村长他们见他喝酒如此豪爽，便不把他当客，纷纷说：向老师像我们苗家人。

“秀秀，给向老师唱个歌。”有人提议。

“是啊，秀秀，唱吧。”村长也说，又说：“向老师，秀秀是我们村的骄傲，不论唱歌还是刺绣，在蒙地都是数一数二的。”

向天舒闻言大喜，想起多年前在土村听玉香唱歌的那个美好夜晚，对秀秀的歌声充满期待。

秀秀妈也轻轻推推秀秀，说：“秀秀，唱吧。”

大家都很奇怪，秀秀一向大方，今天怎么这么腼腆？莫非与客人有关？看看秀秀，又看看向天舒，都笑了。事实上，当着众人的面，秀秀一直不好意思看向天舒，故意侧着身子，偶尔偷看几眼，仿佛有什么不可告人的心思一样，未曾想欲盖弥彰，大家一笑，她更不好意思了，她越不好意思，大家越发好笑，竟你一言我一语，胡乱开起玩笑来。

“秀秀没喝酒，怎么脸红了？”

“秀秀是大姑娘了，当然会脸红了。”

“秀秀，该找婆家了吧。”

“秀秀这么好的姑娘，谁配得上她？”

“向老师还没成家吧，你既然喜欢桃村，就做我们桃村的女婿吧。”

最后这句话，让秀秀臊得将头埋在妈妈的怀里。

众人开怀大笑。

就在大家以为秀秀不好意思唱的时候，她却走到桌前，倒了一杯酒，捧在手里，走到向天舒跟前。向天舒慌忙也端起酒杯站起来，村长却将他的酒杯夺过去，依旧放回桌上，他的手不知往哪儿放，傻站在那里。秀秀看着他的眼睛，轻启皓齿，歌声便似泉水一般，流过草地林间，或激荡，或平滑，至悬崖处，跃入虚空，似白练一般舒展。

秀秀唱罢一曲，在众人的叫好声中，将酒杯递给向天舒，他一饮而尽，秀秀示意他将酒杯交还给她，又斟满酒，表情更加镇定，又唱了一首敬酒歌，其音更高，其意更殷，众人都惊呆了。秀秀的歌声，不是轻易能听到的，今天的发挥又较以往出色，酒杯里装的仿佛不是酒，而是秀秀的歌声，向天舒恨不得一醉方休。

秀秀的歌声让在座的长辈们深受刺激，年轻时对歌的场景宛在眼前，有人借着酒劲，扯开嗓子唱起来，屋里一下子闹腾开了，或独唱，或对唱，或合唱，有些调子向天舒听过，但歌词不一样，唱的人不一样，传达的情绪也就不同。论酒，向天舒当仁不让，论歌，他自愧弗如。末了，大家一致要求秀秀妈与秀秀爹对歌，村长说：秀秀妈年轻时，歌声不输给秀秀。秀秀妈喝了些酒，脸色红润，推不脱，只好说：小向，献丑了。

秀秀妈的歌声果然不同凡响，秀秀爹刚一接腔，众人便叫起来，似与歌词有关。向天舒乘大家不注意，悄悄挪到秀秀身旁坐下，问她歌词的意思，她红着脸，笑而不答。每当众人起哄而秀秀害臊时，他就知道歌词必定不素，心痒痒的。虽是两人对歌，秀秀爹却只起了个陪衬的作用，众人的目光都集中在秀秀妈身上，她仿佛一下子年轻了几十岁，令观者痴醉，从他们毫无遮拦的眼神里，向天舒断定，他们当年或多或少都做过秀秀爹的情敌，有的至今都还没死心呢。

秀秀妈额外点了好几支蜡烛，将屋里照得跟白昼似的，光线与歌声一道，传出去很远，引来不少村民，先站在门口看，门口站不住，便都进了屋，依次跟向天舒打过招呼，秀秀从厨房搬来一摞土碗，倒上酒，来者无论男女，都毫不客气，“咕咚咚”饮尽了，有人用汉话喊：“怎么不唱了？”歌声又响起来，看热闹的人不甘做旁观者，纷纷加入，边唱边喝，酒仿佛是润嗓的饮料一般。向天舒发现，苗族壮年妇女特别好酒，正值如狼似虎的年龄，精力旺盛，又没有少女的娇羞，借着酒劲，撒起疯来，又跳又唱，且有意挑逗在场的男子，也不管向天舒的客人身份，硬拽着他跳舞，他不会跳，像头被牵着鼻子转的笨牛，狼狈不堪，秀秀笑得前仰后合。

山里人日入而息，第二天要做活，不好闹得太晚，虽意犹未尽，还是散了，临走，村长拉着向天舒的手说：向老师，改日去我家啊。

秀秀开始收拾桌椅碗筷，秀秀妈则给向天舒治肩病，将他的整个肩背部都按摩了一番，喝了酒，血脉畅通，要多舒服有多舒服。待秀秀爹妈都歇了，向天舒坐在美人靠上抽烟，看夜色，秀秀陪着他。所谓夜色，几乎不存在，因为天阴。此刻的寂静与之前的喧嚣反差极大。

“秀秀，明天会出太阳吗？”

“会。”

“那么肯定？”

“当然，我能闻见太阳的味道。”

向天舒笑起来，这个说法倒很美。

不久，云后现出月影，越来越亮，最后竟破云而出。

渐渐地，星星也出来了，夜丰富起来，令他们流连。

“秀秀，你们还不睡啊？”秀秀妈出来上厕所。

“就睡就睡。”秀秀做了一个鬼脸。

向天舒左右为难，不睡吧，怕第二天精神不好，睡吧，又舍不得。转念一想，自己可以不睡，但不能不让秀秀睡啊，他希望第二天看见她神采奕奕的样子，于是，便故意打了几个大大的呵欠，秀秀立刻就去给他准备洗脸的热水去了。

上次来，向天舒对出门没有太大的兴趣，秀秀令周围的风景失色。这次在秀秀的陪同下，将周边都看尽了，对桃村的地貌有了更加清晰的认识。溪涧以东，山势和缓，改造成梯田，蔓延至坡顶，翻过去，稍稍陡峭，是一片旱地，田埂用石块垒成，种小麦等农作物。从村子的西侧往上走不远，有个小小的丫口，穿过丫口，有一个山坳，向阳坡缓，生长着上千棵枫木，形成一片小树林，树龄都不大，而往北，沿坡上行，穿过桃林，山脊后是个更大的山坳，有一片更大的枫林，基本都是老枫树，甚至有过千年的，藤蔓杂乱其间。

两片枫林的来历令向天舒十分着迷。秀秀告诉他，两片林子分别是“生林”和“死林”，西面的枫林是“生林”，北面的则是“死林”。顾名思义，“生林”与生者有关，“死林”与死者有关，新生者的家人为他在生林中植一棵枫树，使其得到枫木始祖的护佑，这棵树便是他的生命树，伴随他一生，大限来临时，人们将这棵树砍下，绑缚尸身，抬到死林，挖一个坑埋下，在坟上再植一棵枫树，坟前立一小块碑。桃村的这个风俗在蒙地绝无仅有。生林的数目与生者相当，而死者陈陈相因，死林的规模便不断扩大，成了真正的森林，“死林”不中听，当地人因此改称“老林”。

老林的树盘根错节，墓碑多已不存，人不小心会迷失方向，连阿丹都犯糊涂，在每棵树前停下，撒几滴尿，像是在做记号。秀秀带向天舒看老林里的神树，因为是神树，自古以来都有人祭拜，踩出一条小路来，很容易找到。神树枝杈横斜，树干上有硕大的树瘤，恍若老人的脸，目光幽幽，无人知其年代，据说开天辟地之初就有了。秀秀将她哥哥的坟指给向天舒看，令他感慨万端，秀秀从未见过哥哥，哀思无所凭依，对墓中人的情怀游离在眉间。

他们又来到生林。地上有青草及蕨类植物，树高低不等，很容易辨认出年代的远近，有几棵树干已中空，为苔藓和古藤覆盖，斑驳陆离，末梢的叶却依然苍翠，如无数的手掌，向蓝天张开。与老林里自然生长的枫树不同，生林里的枫树都被修剪过，人们希望树同人一样，不断突破生命的高度，树干上因此留下许多美丽的疤痕，酷似人眼，注视着闯入者。

向天舒边走边抬头，欣赏着光线在枝叶间的变幻，以及风和跳动的鸣禽，脚下顾及不到，摔了一跤，秀秀大笑。生林虽不大，但树形大同小异，若非本人，要找到某人的生命树殊非易事。他们来到秀秀的生命树前，那是她出生的第二天秀秀爹亲手植下的，树干光滑笔直，色近银白，同她一样娉婷玉立。

向天舒用心记住了。

青龙山上也有枫树，秋天叶色变成美丽的红，但很零散，除桃村那两片特殊的枫林外，蒙地随处可见枫木。枫是苗族最古老的图腾，始祖姜央源自树心。这是一种诗意的表述，深得向天舒的欢心，同他儿时的想象不谋而合，他以为自己就是从树肚子里蹦出来的。枫木之所以吸引他，除叶色外，还有叶形，多一叶三裂，三个尖角呈扇形打开，“三”是他最喜欢的数字，涵盖了万事万物，如道家所言：道生一，一生二，二生三，三生万物。秀秀问他最喜欢什么树，他毫不犹豫地回答：枫树。并非想讨好秀秀，事实如此。

白天，村外反较村里人多，一路上遇见许多做农活的人。向天舒念念不忘秀秀的歌声，想再听她唱，秀秀害羞，没有立刻答应。

他发现，秀秀常常自言自语，用他不懂的话同大自然交流。

她走到一棵大树跟前，仰头看茂盛的树冠，又用手摩挲着粗壮的树干，口中念念有词，像在同树说话。树形奇异，令人心生敬畏。向天舒突然想：人不知道树在想什么，树也不知道人在想什么。通过交流了解对方。一定有某种方式，让万物相互沟通。

秀秀说话的对象无所不有，花、草、虫、流云、溪流，等等。无疑，在秀秀眼中，万物皆有灵，灵与灵并无分别，唯灵能感受灵。常人对自己及周围的灵毫无知觉，如行尸走肉一般。灵是肉体的主人，而非囚徒。人不仅仅用耳听，用眼看，用嘴说话，还要用心灵去感应。大自然不像人，会把自己的灵藏起来，但只向懂它的人开启。秀秀能与大自然中的一切交流，其灵与万物的灵浑然一体；而向天舒须通过观想，把自身的灵投射到万物上，万物也因此有了灵性，但这是后天努力的结果。

阿丹似乎习惯了这一切，与秀秀拉开距离，同向天舒并排，悄悄跟在后面。

秀秀回头莞尔一笑，那是一种尘世里没有的笑容，向天舒担心她会突然离去，消失在万物之中。

他们沿着那条通向蒙地腹地的山路往上走，渐渐远离了人烟，至一高岗歇息，林风吹过，四野寂寂。

秀秀突然说：“天舒哥，我现在唱歌给你听吧。”

向天舒惊喜万分。

秀秀一连唱了三首，眼波流泻，仿佛不是用嘴，而是用眼唱一般，美妙的歌声，及歌者，令整个山野动容。

他想，秀秀的歌声，也许只有传说中塞壬的歌声可以媲美，就算有着同样的魔力，令闻者丧生，他也心甘情愿。

又翻过一个山头，远远看见很大的水面，秀秀说是草海，他们一口气走到水边。正对岸的山较高，水面也最宽，左右两侧的山都极矮，遮不住远山，远山似浅蓝色水面的延伸。

岸边的水极清浅，生长着许多水生植物，如芦苇，灯芯草，菖蒲等，高高低低，随风起伏，间有水禽游弋，白鹭尤醒目，在水里昂首阔步。向天舒问秀秀是哪里来的白鹭，她不清楚，只知它们朝来暮去，他忽然明白，它们就是栖居在小红河夹岸大榕树上的白鹭，至此，那些白鹭在日间的去向终于真相大白。后来，每当在小红河边看到白鹭，他就会想起秀秀，这些往返于黄龙镇和蒙地间的大鸟，仿佛白衣天使，替他们传递着彼此的信息。

几个上了年纪的男子在草海边垂钓，每人都有数根竹制渔竿，远远跟他们打招呼。他们并未过去，而是朝相反的方向走去，不想打扰他们，也不想被打扰。走到看不见人的地方，方坐下来吃干粮。

不知受了什么惊吓，几只野鸭飞离水面，不久又飞回来，扎了几个猛子，继而同别的水鸟一起，安静地浮在水面。

“秀秀，没人打这些水鸟？”

“没有，以前更多。”

当地苗人虽穷，却从不射杀草海里的水鸟，之所以数量减少，因水中的鱼虾被人捕捞得厉害，食物链受影响的缘故。向天舒贪婪地看着眼前的美景，不知这样的景象还能持续多久。

“天舒哥，你在想什么？”

“我在想，美无处不在，但人要真想留住美，却很难。”

“这有什么难的？美本来就在你心里。”

他大吃一惊，秀秀的话颇有些禅的味道，其实，有些道理是不用刻意去参的。

吃完干粮，又坐了很久，才起身往回走。

途经水磨房时，已是夕阳时分。水磨房系全村公用，横跨溪流两岸，下方为螺旋式叶片，靠水力冲刷旋转，带动上方的转轴，横木连接圆形铁碾子，底部为巨大的石头圆盘，周围一圈圆槽，铁碾子便在槽中做圆周运动，碾在堆满槽中的稻谷上，使谷粒从壳中脱出。墙角另有一个手摇的木制风箱，用风力使谷粒与较轻的秕谷和稗草分离。现在不是磨谷的时节，磨盘空转着，不舍昼夜。

秀秀爹在火塘边吸水烟筒，见他们进来，“呵呵”笑着，拉过一把矮凳，让向天舒坐，又将水烟筒递给他，秀秀妈给他端来茶水。他心里说不出的温暖，他知道，他们拿自己当儿子看待，虽然秀秀妈与母亲的性格相去甚远，但母爱却是共通的，而秀秀爹令他想起父亲，都是有很深内涵的人。

因是秀秀主厨，晚饭延时，秀秀妈埋怨秀秀不早些回来，几番问向天舒饿不饿。

菜终于上桌了，虽然赶时间，做工却一点儿都不含糊。

向天舒提起昨晚的热闹情形，觉得桃村的人实在是太可爱了。

“不常这样，也不是所有人都这样。以前比现在穷，却比现在快乐。”

秀秀爹的话给他提了个醒，让他看清理想与现实的差距。穷不等于快乐，富也不等于快乐，“在人不在钱”，这是他昨晚跟村长他们说的话，人若失了快乐的心，是怎么样也快乐不起来的。

秀秀爹因昨晚酒喝得多，又劳累了一日，饭后不久便上床去了。秀秀妈将次日赶集的背篓准备好，又给向天舒治了肩病，才去睡下。

向天舒发现，阿丹白天常常抽空小睡，以养精蓄锐，天黑后保持警醒。

“看阿丹的样子，好像随时会有歹徒进屋一样。”

“哪有什么歹徒，只有鬼。”

“阿丹能看见鬼？”

秀秀将食指放在唇上，向天舒会意，这是他在雷风寨得来的经验，说鬼会招来鬼，上次秀秀之所以敢说出一大堆鬼来吓唬他，因为是在白天，不似夜里那么忌讳。

向天舒依旧与秀秀妈及别的村民一道回黄龙镇。他故意走在最后，至廊桥回头，秀秀还在原地，同阿丹并排站着，晨光熹微，秀秀挥挥手，他也挥挥手，后来，每次离别都会出现同样的场景，令他伤怀。

至去梨村的岔路口，他想去听赞美诗，便让秀秀妈他们先走，自己随后慢慢回去。

离开小路，爬上一个能看到梨村全貌的制高点，盘腿坐下，一面抽烟，一面思念秀秀，朝阳将梨村照亮了。

教堂内外都很热闹，男女老少齐聚。唱诗班的成员已经在讲经台后列队站好，都很年轻，女的穿着节日盛装，连最小的安琪也不例外，她见到向天舒，兴奋地跑过来跟他打招呼，身上的银饰“丁零零”作响，引得众人都看他们；男的也穿着传统服饰，现在除了老人，没有男子这样穿着了，而在梨村，每逢唱诗，唱诗班的男性成员都要如是着装，按照吴吞神甫的说法，这是“一百多年来的传统”。

教堂里座无虚席，再小的孩子都噤了声。

吴吞坐在讲经台右侧的那个西式柜子前，柜门敞开，露出排列整齐的金属管，原来是一部小管风琴，令向天舒大开眼界。管风琴是杨伯来当年费了很大的财力请人从本国捎来的。

吴吞先弹了一首曲子，柔美的音乐将神圣的情感注入每个人心中，第二支曲子稍稍激昂，浑厚的乐音似要将小教堂连同在场的人托向蓝天。

唱诗在管风琴的伴奏中进行。

向天舒被唱诗班的演唱深深震撼，有时女声部唱，男生部和，有时男生部唱，女声部和，有时男女声同时唱，女声空灵，男声嘹亮，每个人的脸上都泛着圣洁的光辉。先前听安琪一人唱时，就觉得很美，许多声部组成的和音，将这种美无限放大，且坚定了信徒的信心。虽然是苗语，听不懂，但音乐是不受语言限制的。因为向天舒在场的缘故，吴香特意让他们用汉语演唱了三首赞美诗。

先是歌颂圣父的《赞美之泉》：

“从天父而来的爱和恩典 / 把我们冰冷的心溶解 / 让我们献出每个音符 / 把它化为赞美之泉 / 让我们张开口，举起手 / 向永生之主称谢 / 使赞美之泉流入 / 每个人的心间”

继而是《圣灵之歌》：

“噢！ / 让主用他无限的爱 / 围绕在你我身旁 / 使我们枯干的心灵得满足 / 噢！ / 让主鸽子般的圣灵 / 降临在你我身上 / 使我们一生得到引领扶持 。”

最后是《和散那》：

“和散那，和散那 / 和散那归于至高神 / 和散那，和散那 / 和散那归于至高神 / 我们齐声赞美你至圣尊名 / 权柄、尊荣归于主我神 / 和散那归于至高神 / 荣耀，荣耀 / 愿荣耀归万王之王 / 荣耀，荣耀 / 愿荣耀归万王之王 / 我们齐声赞美你至圣尊名 / 权柄、尊荣归于主我神 / 愿荣耀归万王之王。”

唱《和散那》时群情激昂，歌者皆随节奏抚掌，身体左右摇摆，在场的人无不动容。“和散那”系耶稣骑驴进圣城时百姓对他的欢呼语。

歌词触动了向天舒的每一根神经，化为强烈的宗教情怀，令他有做了一回基督徒的感觉，虽短暂，却无比虔诚，自始至终，他的眼眶里都盈着热泪。

他留意到唱诗班里的一位英俊青年，其嗓音和相貌一样出众，旁人告诉他，那个青年叫龙尤，是梨村最棒的小伙子，赞美诗唱得好，山歌也唱得好，为人果敢、仗义。他的脑海里突然冒出一个奇怪的念头，如果他只是个纯粹的旁观者，他会觉得，梨村的龙尤和桃村的秀秀，简直就是天生的一对儿，但他不是旁观者，这个念头令他不爽，甚至不安，那时他还不知道龙尤与秀秀的关系。

唱诗毕，吴香开始用苗文诵经、布道，最后是领取圣餐，一切如仪，所有人的表情都很肃穆。这里虽然贫穷，但有爱，有尊重，每个人都是那么友善，除了自身的民族性格外，对天主教的信仰也让人更加向善。

目睹了这一切，向天舒不明白，吴吞为什么说现在村民信教的热情不如从前，其实，像这样的仪式，每星期就一次，因为有唱诗班的缘故，大家才保持着一定的热情，别的日子，除了老人，来教堂的人很少，大家都忙于生计，想多干活挣钱。

中午，唱诗班的成员惯例要集体用餐，吴吞盛情邀请向天舒加入。饭菜放在教堂前的空地上，围观者只有几个孩子，别的人都回家去了，那个叫龙尤的青年有事也先走了。吃饭前先祷告，向天舒置身其间，感觉很奇特。之后开始吃饭，大家或站，或蹲，或席地而坐，像亲兄弟亲姐妹一般，饭菜简单，却很可口。大家都不说话，静静吃饭，安琪跟他在一处，不时往他碗里搛菜。饭毕，大家陆续散去。

向天舒独自来到杨伯来的墓前，双膝跪地，开始向墓中人忏悔。有一道光，射进记忆之门，将最阴暗的角落都照亮了，大罪小过皆无可遁形，如丛生的荆棘，令脚下的路异常艰难，待走回遥远的童年时，已遍体鳞伤，最后，忏悔集中在叶莲身上，叶莲之死系他肉体的贪欲所致，叶莲的面容浮现，眼里满含哀怨，令他泪如雨下，他不祈求宽恕，他要用行动来替自己赎罪。

回到教堂里时，已空无一人，管风琴已经上锁，变回柜子的模样，他又细细观赏了一番油画，初次观画的迷惑非但没有减弱，反而加强了。所有的女性形象都很相似，仿佛是同一个模特儿，不仅如此，她们的长相都有些东方特点，特别是夏娃和圣母玛利亚，怎么看怎么像中国女子，令他惊讶不已。

走出教堂，安琪还在，和吴吞一起站在门口，等着跟他告别，看得出，小姑娘很依恋他，他对她也有一种特别的感情，像对麦香一样。

四十四

向天舒着手寻访杨伯来的过去。

没有人能提供杨伯来的生卒日，及他来黄龙镇的准确日期，但可以肯定是在清末民初。

亲眼见过杨伯来的活人既少，又都老得神志不清，向天舒只好退而求其次，走访当年与杨伯来有过交往的人的后代，毛师傅就是一个。

毛师傅的爷爷替杨伯来剪过头。因对方是大名鼎鼎的洋教士，毛师傅的爷爷从不肯收钱，后来，作为回报，杨伯来请人从老家给他爷爷捎来一把剃刀，轰动一时，理发店门前排起了长队，许多人大老远地赶来，就为了有一回被洋剃刀理过发的经历。得知剃刀的来历后，向天舒更加喜欢毛师傅用它来给自己修面。

在他走访过的人中，白医生提供的信息最多，不愧为包打听，其曾祖父生前同杨伯来过从甚密。白家世代开医馆，杨伯来常常上门找白医生的曾祖父买药，后者知道他买药是为给穷人治病，常常半卖半送。那时，白医生的爷爷还小，却对杨伯来记忆深刻，且通过不厌其烦的重复，将这份记忆变成了他孙子也就是白医生的记忆，白医生额外又收集了许多关于杨伯来的掌故。

综合所有人的讲述，向天舒大致还原了那段与杨伯来有关的历史。

一百多年前的黄龙镇远比现在繁华，商铺林立，常日也很热闹，光客栈就有十几家，此外，还有小酒馆，茶馆，洋烟馆，甚至有一个专供行商解闷的小妓院。

本镇的人从未见过洋人，杨伯来一出现，就被围了个水泄不通，他似乎已经习惯了这种场面，笑眯眯地看着周围的人，一开口就将在场的人吓了一跳，谁都没想到，这个红头发绿眼睛的“怪物”会说中国话！

杨伯来到黄龙镇时的年龄不得而知，不年轻，也不老，不过中年吧，因为留着络腮胡，显得比实际年龄大些。

杨伯来在客栈住下，常常泡在小酒馆里，跟当地人渐渐熟了，大家都觉得他很亲切。

小酒馆就在毛家理发店隔壁，酒馆老板喜欢杨伯来不是没有道理的，他一来，立刻就顾客盈门，本地的，外地的，纷纷掏钱买酒喝，为了能有在小酒馆里逗留的资格，且因此成为同洋人一样平等的消费者，可以放胆与他交谈。

杨伯来的外形及一口流利的中文，让初见他的人大惊失色。许多人，特别是山里来的少数民族，做梦都想不到世上还有这般模样的人，红头发，红胡子，绿眼睛，又厚又长的体毛，同传说中的鬼一样。有人竟直呼杨伯来为“洋鬼子”，他也不计较。因为几件事，让大家觉得他不仅可亲，而且可敬。

他开始走访镇上的穷人，见谁家揭不开锅，立刻送去米面。他还会治病，随身背着一个大药箱，专门给看不起病的穷人治病，渐渐地，大家不再叫他洋鬼子，而叫他“洋善人”。

他一面行善，一面传教。

但镇上的人因为传统观念根深蒂固，喜欢杨伯来，却不喜欢他宣扬的宗教，他也不恼，真正的信仰是不能强求的。

在镇上盘桓数月后，杨伯来开始到周边游历，清平岭、蒙地，无所不至，最终选定了梨村，就此落脚。

因为蒙地的闭塞，黄龙镇成为杨伯来同外界联络的纽带，即便要理个发，也须到镇上来。

同怪老道一样，当年的杨伯来逢集都到镇上来。

通常，杨伯来先在集上转悠，或走访朋友，如白医生的曾祖父，然后到小酒馆里喝酒，同各种人聊天，集散后，到街面上同孩子们玩耍。

镇上的孩子们，包括白医生的爷爷，都很喜欢杨伯来。他也很喜欢孩子们，给他们讲故事，教他们唱歌，还教他们说他的家乡话，譬如“再见”，不说“再见”，而说“瞧瞧”，每次同孩子们再见，几十个孩子都会异口同声地大叫“瞧瞧”。孩子们整天将“瞧瞧”挂在嘴边，有事没事都“瞧瞧”，连大人们都受影响，也跟着“瞧瞧”，杨伯来去世很多年后，“瞧瞧”才渐渐被人淡忘。

最让镇上人惊叹的是，杨伯来居然学会了苗话，看见他同苗人“叽里咕噜”说苗话，大家佩服得一塌糊涂。

向天舒始终惦记着画中的东方面孔。起先，他以为与梨村当年的某女子有关，但无论吴吞还是梨村别的什么人，都不能给他任何线索，只好寄希望于镇上的渠道，最终无望。一位见过杨伯来的老人突然神志清醒，向天舒听说后，立刻赶去见他。老人家在南门街，向天舒走访过他，同先前相比，此刻像换了一个人，双目炯炯。老人听父亲讲过，杨伯来喜欢过镇上的一位姑娘，不是一般的喜欢，不幸的是，姑娘得霍乱死了，因是致命的传染病，大家都躲着，只有杨伯来一人前来吊唁，并哀求姑娘的家人，由他来主持葬礼，也因此吸引了不少人来参加葬礼，杨伯来用他本国的语言宣读悼词，在场的人虽然听不懂，但都被他的表情深深打动。永远不会有人知道，杨伯来在姑娘的葬礼上都说了些什么。这个故事似乎平淡无奇，但在向天舒眼里，其非凡之处正在于它的无奇。老人几日后离世，突然的清醒不过是回光返照罢了。也许，有人暗中让他清醒，为了还原杨伯来的这段历史，谁知道呢？

对于生活在那个年代的黄龙镇和蒙地的人来说，杨伯来的存在就是一个奇迹，他也创造了很多奇迹。

那时，因教育缺失，蒙地的苗人极不开化，懂汉话者不多，会写汉字的更少，杨伯来做出一个惊人的举动，在教堂里开课授中文，无论本村外村，无论大人小孩，愿意学的都可以来。几年后初见成效，他又将学习好的几个孩子送到黄龙镇上的学堂里深造。洋人教苗人学中文，这可是千古奇闻。在镇上念书的孩子没有辜负杨伯来，均学有所成，成为蒙地的第一批知识分子。奇迹真的发生了。

说起国籍，乡下人很健忘，也许是地理知识欠缺的缘故，同样的问题要问好多次：洋善人，您是哪国人？久而久之，杨伯来懒得再回答，便说：我忘了。一个人怎么会忘了自己的国家？杨伯来笑着说：真的忘了。一开始只是开玩笑，随着时间的推移，慢慢认真起来，最后，就是第一次见面的人问他国籍，他都说：我忘了。不喜欢他的人乘机说：洋鬼子脑子有问题，连自己是哪国人都不知道。

这件逸事让向天舒琢磨了很久，一日猛省，对杨伯来更加佩服。人到一定年龄，思想成熟的话，就该超越国界，不局限于某一民族，某一国度，胸怀四海。自此，他常常在课堂上给学生讲“我是中国人，又不是中国人”的道理，他们太年轻，听不懂，但迟早会有人懂的。这些话传到程文礼之流的耳朵里，自然又成了他们攻击他的武器，说他教学生崇洋媚外。

杨伯来到蒙地前的生平是个谜，他无力还原，只好做出种种猜测，包括最坏的猜测，如圣保罗的前半生一样，或许，杨伯来的前半生也不光彩，要用整个后半生来忏悔。

那一阵子，杨伯来在向天舒心目中的位置，几与秀秀相埒。他隐隐觉得，杨伯来与他，虽分处幽明两界，却灵犀相通，他们之间的交流从宗教延伸到各个领域，历史、人文、艺术，等等，在他眼里，杨伯来代表了整个西方。

常常，经由杨伯来这座虹桥，向天舒的思绪前往西方，从现代西方到古代西方，直至西方文明的源头——古希腊，他对古希腊的喜爱程度，不亚于对中国春秋战国时期的喜爱。中国在一定程度上代表了东方，东方顺从，西方叛逆；东方融合，西方对立；东方感性，西方理性；东方神秘，西方明晰；东方阴柔，西方阳刚，东西方的差异正是各自欠缺的。若单从地理上看，东西方并无严格的界定，地球是圆的，东方也是西方。

后来，每次去桃村，他都要绕到梨村的教堂小憩，如教堂门开着，就不打扰吴吞，悄悄走进去，先看油画，欣赏其独特的形式美，及深刻的内涵，每次都有新发现，然后到角落里坐下，偶有村民进来祷告，他向对方点头致意后，依旧回到冥想中，良久，起身至花园，表达对墓中人的仰慕之情。每次都要先低头，在墓碑上找到依稀可辨的“PAOLO”几个大写字母，才直起身，久久凝望着墓碑。

杨伯来占据了向天舒的大部分心思，几星期转眼就过去了。毕业班的教学工作繁重起来，读书，思考，登山，习武，还要去找寒禅法师学画，他觉得时间怎么分配都不够，暑假前是不可能再去桃村了。

还须挤出时间和精力来与英素花做爱，其肉体若受冷落，闹将起来，反会令他损失双倍的时间和精力。

单单苦了秀秀。

好在逢集都能见到秀秀妈，见到她就如见到秀秀一般。他告诉她，要等放暑假后才有时间去桃村。

偏偏向母又来凑热闹。

向母上次赌气回家后，越想越气，病了一场，让人捎话给向天舒，说她病了，向天舒托人带去很多营养品，人却没回去，向母伤透了心，自己最疼爱的大儿子，怎会变得如此绝情？都是因为那个狐狸精，不行，一定要把儿子夺回来！病刚好，她便抖擞精神，又杀回黄龙镇来。

向天舒和英素花叫苦不迭。

一个人的力量是有限的，向母便将向天舒的大侄子和麦香都拉到自己的阵营中来。之所以拉麦香，因为小妖将麦香与英素花的矛盾透露给了她。向母常常自作主张，叫他们来家里吃晚饭，说是要给他们改善一下伙食，名正言顺，谁要说“不”，可就显得小心眼了。英素花只得忍着。

但有一件事英素花忍不了，向母和她争电视看。

两代人的趣味不同，对电视节目的选择自然大相径庭，向母是长辈，自然当仁不让，而英素花已经习惯了用电视来消磨时间，不能看她想看的电视节目，向天舒又只顾做他自己的事情，让她如何打发寂寞的时光。有时，乘向母中途上厕所，她立刻换了频道，且坐在沙发的正中央，向母回来后，二话不说，又将频道换了回来，有一次英素花忍无可忍，说：“大妈，让我看完这个节目好吗？”向母眼都不抬一下说：“我在我儿子家，想怎么看就怎么看！”英素花顶了一句：“不讲理！”火药桶就此被点燃。

“你算什么？敢说我不讲理！你嫁到我们向家了吗？”

“我算什么？问你儿子去！他让我走，我立马就走。”英素花知道对方是故意找茬，目的是撵她走，索性不吃这一套，不论对方出什么招，都照接不误。

英素花的话触到了向母的短处，事实上，两人都仗着同一个人，向母毫无优势可言，更多的时候，儿子非但不偏袒她，反倒帮着狐狸精。向母在口头上占不了便宜，便不则声，死死护住遥控器。英素花自然不能动手去抢，气得干瞪眼。

对这一切，向天舒充耳不闻，躲在书房里看书，虽然他知道母亲有些过分，照英素花的说法，是“倚老卖老”，但他无心再管，只觉得这一切太滑稽。

小妖的肚子又大了，儿子两岁多，满楼道乱窜。向母深受刺激。

“天舒，你都有白头发了。”一天，屋里就他们两人，向母语重心长地说，伸手要替向天舒拔白头发。

他低头躲过去，说：“不就几根白头发吗，大惊小怪！”心里却不像嘴上那么坦然。第一次发现自己长白头发，他就慌了，偷偷拔掉。拔掉又长出来。英素花发现后，便替他拔。拔掉后又长出来。英素花常常拿白头发的事打趣他，说他老了。后来，便不敢再拔，照这样拔下去，头发迟早会被拔光的。说也怪，住手以后，白发基本维持在同样的数量，也就屈指可数的七八根，且分散，近距离才看得出来。但他清楚每一根白发的位置，在镜子里触目惊心。头发也是有生命的，当颜色褪尽，生命也就结束了，剩下的便是苍白的尸体。白色的死亡，正在蔓延。向天舒对死亡有所准备，但还不够充分，与秀秀的相识令他自以为又焕发了青春。尽管他显年轻，但毕竟比秀秀大了很多，想想都会吓一跳，幸亏秀秀从未问起过他的年龄。他可以坦然面对死亡，却不能用同样的心态面对衰老。他做过一个梦，一个可怕的梦，梦里，秀秀对他说：“哇，你有这么多白头发，我不能再叫你‘天舒哥’了，今后我要管你叫‘向叔叔’！”

其实，向母的用意并不在白头发。她说“天舒，你看费武家，老二都快生了。妈就盼着早日抱孙子。”

“等你和素花的关系改善了再说。”

“我说让你跟她生啦？妈还是那句话，快点跟她分手，找个好人家的。”

“你又来了，我还是那句话，我的事不用你管。”

“我是不是你妈？”

“是。”

“那你就要听我的。”

“我只听我自己的。妈，你不了解我，就别瞎操心了。”

“哪有儿子不听妈的？”

“说了你也不懂。”

“你就这么跟妈说话？”

“你为什么不吸取教训呢？为什么非要闹得大家都不愉快？”

“我不懂你什么意思，我就知道，儿子要孝顺。”

向天舒一听就火了，他最烦别人拿“孝顺”两个字来说事。然而，没有人能忽视传统的力量，或多或少，或明或暗，人都受制于传统观念。在心理学方面，他一度受到弗洛伊德的影响，后者将人的许多潜意识乃至无意识都揭示出来，后来，他更服膺于荣格的理论，以为更进一步，将个体放在一个广阔的社会背景中，集体意识和集体无意识，乃个体意识和个体无意识的渊源。似他母亲这种没多少文化的人，只能盲从，受传统思想的影响更深。

既然说什么都没用，他便用沉默来对抗。

向天舒的这种态度，向母自然受不了，她没输给那个狐狸精，却输给了儿子。她决定回祖村，临走，痛痛快快哭了一场，惹得单玉老师和小吴老师等人轮番来劝。他们说，全镇的人都觉得向天舒和英素花不合适，但有什么办法呢？迟早他会醒悟的。也只能这样了。

五月之晨，气温尚未升起来，阳光却已经很明亮了，轻风拂柳，晚春的记忆远去。向天舒站在窗前看花园，也不只看他自己的花园，两旁的菜园也在游目的范围内。两个黑影闯入视线，是黑猫，及其影子。阳光愈亮，影愈黑，黑猫与自己的影没有丝毫分别，让人分不清彼此，仿佛是影的影。

黑猫无意中抬起头，看见向天舒，吃了一惊，眯着眼，与他对视了很久。

英素花仍旧不容黑猫，她迷信，总觉得黑猫来自另一个世界，会影响她所在的这个世界。因毕业班的教学工作忙，向天舒好久没在黄昏与黑猫玩追逐的游戏，但时时留心它的动向，别的猫经过一个春天的折腾，都不再孤单，黑猫依旧孑然一身。

进入雨季，黑猫极少现身，向天舒的心绪被绵长的雨左右，一半在地上，一半在云中。

星期天的清晨，一切都显得无所事事，只有雨还在下，他早早起来，没有洗漱，看着窗外，英素花头晚看电视至深夜，照例要睡到中午，整个屋子都被她的气息占满，让人郁闷，他便带上门出去。刚下楼，凉意顿生，雨不大不小，仿佛永远都不会停息，斜进屋檐，扫在脸上，将他从瞌睡中完全打醒。他呆望着雨，不知该往哪里去。夏雨一开始还有诗意，十天半月不停，便让人烦忧，打在瓦上，打在水泥地上，打在洋铁皮上，都是雨声，老是雨声，风陷在泥里，连太阳都霉了。他不喜欢连阴雨，喜欢干脆的阵雨。

头晚因为看电视的事情，向天舒忍不住说了英素花几句，惹恼了她，与他闹了一场。先是英素花身体不适，请假在家，因为第二天不用上班，电视便看得很晚，向天舒平时就烦她看电视，催了几次，见她凌晨一点都还没有要上床的意思，便说：你除了看电视，还会做什么？英素花勃然大怒，问他：你这话是什么意思？你要嫌我俗，我现在就走。他略一迟疑，英素花立刻理解成他嫌她俗的回答，起身要回自己家去。他最怕这一出，一方面担心她的安全，一方面担心包姥兴师问罪，之前发生过几次，有一次是在半夜，英素花连衣服都没换，穿着睡衣就消失在黑夜里，他追了出去，及时将她截住，说尽好话才将她劝回。他连连道歉，说自己并没有这个意思，但道歉的口气显然不够真诚，言不由衷，他不觉得英素花俗，但她做的事情很俗，长此以往，她迟早也会变得俗不可耐。英素花开始翻旧账，尤其是第一次堕胎的事，向天舒没有尽到一个男人应尽的责任，以及向母对她的态度，这几乎成了每次吵架的保留节目，说到伤心处，竟至痛哭流涕，说什么也要走。一个坚决要走，一个坚决不让，近乎肉搏，英素花失声尖叫，向天舒怕将人吵醒，恨不得给她下跪，好在她发泄够了，抽抽搭搭自己上床去睡了。

向天舒没打伞，在雨里溜达了一圈，走到绿水塘边的大榕树下，雨竟停了，久违的太阳破云而出，虹却没有出现，气温很快升高，被雨淋潮的衣服不久就干了，知了开始叫唤。

回来时英素花还在睡。他没有食欲，但到了吃饭时间，只好去食堂打饭，很辣的太阳，十分闷热。回到家，英素花已经起床，在看电视，一动不动。向天舒说：吃饭吧。她头也不抬地说：没胃口。他便独个儿囫囵吃了，坐在旁边盯着电视画面发呆。英素花起身关了电视，走回卧室，顺手将门带上。他一人在客厅枯坐，天气愈发闷热，青龙山顶重新集结了厚厚的乌云。他到沙发上躺下，却怎么也睡不着，想要释放的感觉空前强烈。蹑步走到卧室门边，侧耳听里面的动静，什么声息都没有，轻轻拧开门，眼前的景象令他窒息。英素花背对门侧卧床上，许是闷热的缘故，一丝不挂，这是西方油画里常见的裸女姿态，是线条与明暗的交响。他用目光抚摸着可见的部位，白里透红的脚趾，柔软起伏的足底，圆润的脚踵，匀称修长的小腿和大腿，叠放在一起，几无缝隙，峡谷幽深，目光上山时着实费了一番力气，终于站在凝脂般堆高的臀上，另一侧虽然陡峭，却一滑就下去了，在腰部稍事停留，便来到脊背，攀至肩上，看见另一面的无限风光，脖颈似明亮的小河，蹚过去，迷失在凌乱的头发丛林里。他的身体不断下坠，仿佛承受不了自身的重量，好容易才迈出脚步，又须费力轻轻落地，怕惊醒对方，至床沿，用极快的动作将自己脱光了，手颤抖着降落在对方的肩上，对方颤了一下，他就势卧下，正要用身子去贴她，窗外突然响起一个炸雷，英素花像受了惊吓，转身扑进他怀里，两个身体紧紧贴在一起，似要将对方融化，两张嘴也吸附在一起。窗子开着，风不断撩起窗帘，阴沉的天空被闪电照亮，断断续续的雨点打在窗台上，打在窗外的槐树叶上，仿佛在驱散积蓄了半日的光热，迎接一场真正的暴雨的到来。云后沉雷滚滚，如虎啸龙吟，分不清哪些是雷本身的声音，哪些是雷的回声。

向天舒很想拉开窗帘欣赏雷雨，但英素花的身体上下已经开始了另一场雷雨，他也就顾不了窗外，如闪电一般进入她的身体，令她抽搐起来。伴着雷声的鼓点，暴雨如千军万马，风逃得无影无踪，一个霹雳，又一个霹雳，英素花不受任何约束的叫声腾空而起，与天上的雷猛烈撞击。闪电如银河的支流，河道满溢，大水如注。

盛夏来临，英素花穿得越清凉，看她的人越热，与那些只能意淫的男人不同，他是唯一能得实惠者，英素花甚至用不着撩拨他，他自己就会冲动，一次又一次进入她的身体。性带来的愉悦是空前的，至少在其进行的过程中，那一刻，整个世界便只剩两个赤裸裸的身体，然而，再怎么能折腾，也就个把小时，一旦结束，肉体的快感随即消失，要到下一次性爱时才会回来。

相比之下，精神的愉悦却很持久。向天舒对秀秀的思念绵绵不绝。有时，思念过于专注，魂不守舍，英素花难免起疑心，半开玩笑地问：天舒，你在想谁呀？他吓了一跳，连忙申辩，心里却很惭愧。他圣贤书读了不少，可在“声名狼藉”的英素花面前，却问心有愧，从第一次见秀秀起，就已经在精神上背叛了她，令他感到惭愧的还不止这一点，事实上，整个黄龙镇，似英素花这般磊落者，寥寥无几。

黄龙中学的教学已经走上正轨，因为教学成绩年年攀升，县里重视，调来几位有能力的教师，几年前分来的大学生也安心留下来，性急者甚至同当地人结了婚，变成了黄龙镇人，黄龙中学的师资力量堪与县城里的中学抗衡。向天舒的个人影响力减弱，就是没有他，黄龙中学也不会再回到八年前的样子，但其模范作用却远未结束，无论怎样，他对黄龙中学的贡献无人能否认，新来的年轻教师多少也受了他的影响，由他创始的英语角已成传统，而他对学生的资助，从未间断，外人不知道而已。当有人向他请教把书教好的秘诀时，他说：其实很简单，调动学生求知的兴趣和学习的热情，学生靠他们自己的努力成功。

这样的局面是向天舒乐见的，他已经付出很多，正是功成身退的时候，不是说要辞职不干，而是少干一些，将更多的时间留给自己，他跟郝校长说，等这个学期结束，他就只上一个高中毕业班的语文课，郝校长虽然惋惜，却也无话可说。

高考终于结束了。

郝校长推荐向天舒到县城里参加高考阅卷工作，按理，这是件美差，有额外的补贴，又可以进城，别的老师求之不得，他却婉言谢绝了。

星期六，他一早就去找寒禅法师学画，至中午，寒禅法师吩咐信徒送来两份斋饭，让向天舒与他一起吃，下午接着画。

短短几个月，虽然每日能用于画画的时间有限，向天舒的水墨画却进步神速，寒禅法师夸他悟性高，当然，这也得益于他的书法和西洋画基础。不过，技巧一旦掌握，便应该深入到本质里去，所谓得鱼忘筌。他发现，彩色还原为简单的黑白，表现力反而加强了，更接近事物的本质。他最初接触绘画的时候，按照相同的比例，试着将红黄蓝三原色调和，尽管有心理准备，黑色的结果还是让他大吃一惊，仿佛五彩的世界回到了创世之初，世上其实并无纯粹的黑色，黑色中蕴含了所有的色彩。在水墨画中，山水非真山水，绘画的对象不是眼见的对象，却有一种自由自在的乐趣。

小院的一方天空留不住太阳，纯净的蓝天现出清凉的本色，向天舒收了工，同寒禅坐在院里聊天。

“法师，您整日都在参禅吗？”

“无禅可参。”

“那您一天到晚都在做些什么呢？”

“饱食终日，无所用心。”

向天舒闻言肃然，通常，这句话用来说那些浑浑噩噩过日子的人，但他当即就明白了，“饱食终日”，是生存的前提，“无所用心”，则是生活的智慧，常人就是心操得太多了，所以活得累，他也不例外。

“‘饱食终日，无所用心’，太难了。”

“所以才会有出家人，你必须排除干扰，独自面对。”

“那您为何不回寺庙？”

“心中有精舍，天地一禅房。”

“像我这种在家的俗人，应该如何面对？”

“尽力而为。”

四十五

暑假终于来临，向天舒又隐忍了数日，才对英素花说，他想利用暑假去蒙地好好游历一番。

“你不是去过了吗？”

“我想去更远的地方。”他不动声色地说。

她知道拦不住他，叹了口气，说：“真想跟你一块儿去。”

他心里愧疚，以前也想过要带她去，现在有了秀秀，就不同了。

之所以又隐忍了数日才动身，因为走之前有一件重要的事要做：祭奠叶莲。

每逢叶莲的忌日，他都要去上坟，从未间断。

他在叶莲的坟前待了整整一天，大部分时间都在忏悔，当年的负罪心理从未放下。

往事历历在目。

他觉得对不住叶莲，许久以来，除了忌日，他几乎将她淡忘，她完全被英素花取代，而今又添了个秀秀，当初那种刻骨铭心的感情，已成过眼云烟，同艄公对爱情的忠贞比起来，他实在是羞愧。然而，历史一旦成为历史，无论个体的，全人类的，便再也抹不去，叶莲永远在他心中，当一切都成为往事，他将对她们一视同仁，而她们也会像亲姐妹一般，在他的记忆深处，和谐相处。

英素花替他收拾行装，神情黯然，为了表示他要去的地方既远又偏，他还带上了帐篷、睡袋及许多压缩饼干，没想到后来会派上用场。

出发前，英素花预感到他会离开很久，要他晚上好好待她，而他因为心里有愧，想加倍补偿，顾不了第二天要出远门，将本事都使出来，与她尽情做爱。英素花许久没来过这么多高潮了，一次又一次，如洪波涌起，越发舍不得他走，最后一次，泪如雨下，在他身上咬出许多血痕。

第二天一早，英素花轻轻吻了吻他熟睡的脸，流着泪上班去了。

太阳出来很久向天舒才起床出门。四肢乏力，英素花昨晚的表现令他不能释怀，才出门就开始牵挂，步履沉重，好在不用赶路，想歇便歇。

快到梨村时，心情才慢慢平复。

关于杨伯来，他还有很多问题要问吴吞神甫。

吴吞在教堂，安琪也在，见到向天舒，惊喜异常。吴吞给安琪分配了倒茶的任务，后者愉快地完成了。他们边喝茶边聊天。向天舒不时看看安琪，奇怪为什么小姑娘总在教堂。后来他才知道，安琪很小的时候父亲就病逝了，本来不是什么绝症，因为穷，没钱医治，越拖越重，竟离开了人世，母亲深受打击，除了做活，不同人说话，包括她和她弟弟，村里人都当她是哑巴，幸亏有爷爷奶奶在，她和弟弟白天的大部分时间都是在爷爷奶奶家过的。她喜欢教堂，喜欢看那些画，喜欢唱赞美诗。

向天舒将油画的秘密告诉了吴吞，后者起初不信，他便带他看墙角的油彩，又将油画里的梨树和长着东方面孔的玛利亚一一指给他看，吴吞恍然大悟，惊得合不拢嘴，同时请他保密，以免引起不必要的猜疑。

因他在交谈中提到秀秀，吴吞便也向他道出了一个很大的秘密，与秀秀有关。

杨伯来预感自己不久于人世，托人从外省请来一位做神甫的同胞接替他。新来的洋人年轻俊美，金发碧眼，充满朝气，无论在哪儿出现，都会引起轰动，观者如堵。杨伯来故世后，年轻神甫便接手了他的工作。年轻神甫想做一件杨伯来不敢想的事，让全蒙地的苗人都皈依天主教，当然，要成就这番大业，首先要在比邻的桃村建功。于是，他频频出现在桃村，结果，事情没办成，却爱上了秀秀的曾外祖母。据另一个版本的传说，从一开始，传教就只是个借口，他去桃村的真正目的是勾引秀秀的曾外祖母。

秀秀的曾外祖母当年是闻名一方的美人，早已许配了人家，年轻神甫第一次见到她就迷失了心性，而秀秀的曾外祖母也“鬼迷心窍”，暗恋上了这位异国男子。本来，洋神甫在桃村就不怎么受欢迎，两人的暧昧关系被许多人看在眼里，一时沸反盈天，大家纷纷斥责新来的洋神甫是好色之徒，连梨村人都觉得丢脸，人们感叹：洋人与洋人不同啊！杨伯来当年洁身自好，从未有过拈花惹草的事。在巨大的舆论压力下，秀秀的曾外祖母终日以泪洗面。谁也没想到，在一个月黑风高的夜晚，他们双双私奔了。这还了得，一个犯了教规，一个犯了族规，梨村和桃村的人打着火把到处找。接连几天，找遍了蒙地及黄龙镇，都没找到，两人从此杳无音信。很多年后，秀秀的曾外祖母只身带着女儿归来，终日沉默，精神似出了很大的问题，族人看她的情形，便放弃了要对她沉塘惩罚的打算。在她身上究竟发生了怎样的悲剧？至今是个谜。家人接纳了她们母女。再后来，秀秀的曾外祖母嫁给了本村一个本分的男子，因为秀秀的阿婆长得像个洋娃娃，人见了都稀罕，秀秀的曾外祖父也拿她当亲生女儿看待。桃村人的心胸并不狭隘，但经过这件事的刺激，便不再信任外族人，形成了一条不成文的族规：不与外族人通婚。

秀秀的阿婆是混血儿，美得不寻常，秀秀身上自然也有些西方的血统，而桃村的老人都说，秀秀比她阿婆年轻时还美。

年轻洋神甫跑了以后，梨村的神甫便一直由本村人担任。

向天舒想去安琪家看看。

“安琪，你带向老师去吧。”吴吞说。

安琪犹豫了一下，同意了。

到她家，向天舒才明白她为什么犹豫，家里实在是太穷了，黑，窄，散发着浓烈的霉味。

安琪的妈妈在地里做活儿，弟弟在爷爷奶奶家。

“向叔叔，我带你去我爷爷奶奶家吧。”安琪的声音近乎哀求。

安琪爷爷奶奶家的境况稍好，老人的身体也都还不错，安琪做翻译，气氛很快就变得融洽，安琪爷爷很健谈。交谈中得知，安琪能上初中，多亏了两个老人，但眼看她弟弟也到了上小学的年龄，他们无力负担两个孩子的上学费用，因为重男轻女的思想，准备牺牲安琪，让她辍学。说到这里，安琪的眼里流露出淡淡的忧伤，触痛了向天舒，他当即表示要资助安琪上学。安琪和两个老人都大吃一惊，向天舒怕他们不信，从身上拿出六百块钱，交给安琪的爷爷，作为她新学期的费用。

他们又回到教堂，安琪跟吴吞说了一阵苗话，估计是将向天舒资助她上学的事告诉了他，果然，吴吞紧紧握住他的手说："向老师，我替安琪谢谢你。"安琪做了一个让向天舒吃惊的举动，牵着他的手，将他带到耶稣的十字架前，说："向叔叔，第一次见你，我就觉得你像他。"他像耶稣？！安琪不像是在开玩笑。

"我像他吗？"一路上，向天舒不停地问自己。

蒙地的温度比黄龙镇低些，但时值盛夏，一路走来，汗流浃背。

至他与秀秀初次相逢的弯道，却不见秀秀和阿丹，略略有些失落，其实秀秀来过，刚走不久。暑期开始后，秀秀每天都带阿丹来这里守候他，每次都等到必须回家给阿爸阿妈做晚饭时才离开。

才过廊桥，就传来三声犬吠。阿丹跟向天舒熟识以后，见面叫三声，是给这位贵客的格外礼遇，对陌生人照旧狂吠不止。

"天舒哥，你总算来了！"

他仔细打量了秀秀一番，像从未见过她一样，将秀秀看得有几分害羞，他却在心里想：秀秀是混血儿的后代，难怪这么出众。

秀秀妈闻讯出门，笑着与他打招呼。

他的背包让她们惊奇，他谎称要到处走走，所以才背了这么大的旅行包。

向天舒身上的汗没干透，想起廊桥下流淌的溪水，便拿上洗涤用品，到磨房上游的溪里洗澡。

秀秀爹收工回来，也到溪里来洗濯，与他相遇，喜不自胜。

秀秀爹很快将手脚上的泥洗净，将背心脱下来，在水里搓了几把，他虽然瘦，却很结实，用湿背心擦了擦背，又穿在身上，先行离去。

向天舒顺势躺在水里，如当年躺在紫溪里一样，回忆流下来，经过他的身体，又流走，传来鹧鸪的叫声，“金金嘎嘎”。

晚饭有一道令向天舒没想到的佳肴，盛在一个很大的陶钵里，是用谷花鱼做的酸汤鱼。他从未吃过这么美味的鱼，汤味更美，肚子喝得浑圆，对秀秀的手艺赞不绝口。

向天舒提起杨伯来，说自己很钦佩这个洋人。

秀秀爹呷了口酒，说：“杨伯来确实了不起。”

因为秀秀爹的曾祖父也是个了不起的人，杨伯来便放弃了在桃村传教的努力，两人并未反目成仇，相反还惺惺相惜，时常走动，村民受他们的影响，都很宽容，信仰的差异丝毫没有阻止两村的人友好相处。

“大妈，我知道秀秀阿婆的事。”

“是吗？”秀秀妈很惊讶，“你怎么知道的。”

“吴吞神甫告诉我的。”

“这个吴吞！”秀秀爹埋怨说，“不过，都过去这么多年了，说说也无妨。”

秀秀爹又将那段历史叙述了一遍。

秀秀是第一次听说，惊得合不拢嘴，对“不与外族人通婚”这条族规却不以为然。

“妈妈，阿婆怎么从没跟我说起过？”

“连她都不知道，怎么会对你说。”

“她不知道？”

“是啊，大家都不愿意再提洋神甫的事，所以就隐瞒了，但她长得实在是太与众不同了，有人背地里说她是‘杂种’，你阿婆很聪明，也很懂事，不计较，也从没问过那些人为什么会那样叫她。”

“那你为什么知道？”

“你阿爸告诉我的。”

“你们为什么不让我知道呢？”

“你这个孩子，现在不是知道了吗？”

秀秀低头不语，突然如梦惊醒一般大声说："这么说，我还有外国血统？"

大家都笑了起来。

因为这次打算在桃村待的时间久长，住了几日，向天舒便动了想看看蒙地其他地方的念头，又舍不得离开秀秀，左右为难。要是秀秀能跟他一起去就好了，想想而已，不敢奢望，也不好意思提出来。

秀秀妈仿佛猜到了他的心思，一日问他："小向，你不是要到别处去看看吗？什么时候去？"

他正不知如何回答，秀秀突然插话，说她一直想去看阿公，何不让天舒哥跟她一起去。

秀秀阿公所在的村子距桃村甚远，地处蒙地的中心地带。秀秀的阿婆和奶奶在她很小时就过世了，而葬身虎口的爷爷从未见过，因此，她从小跟阿公亲，阿公也很喜欢她。在秀秀眼中，阿公是个善良、可爱的老头，什么都好，唯有一个缺点：贪杯。因为他和阿婆的感情好，后者的去世对他的打击很大，借酒浇愁，染上了酒瘾，整日半醉半醒，秀秀妈不放心，接他来住了几年，因为秀秀的缘故，他答应了，但他不喜受人约束，在女婿家不如在自己家自在，执意回去了，一个人过，逢年过节才来，目的是看秀秀，住不了几日又走，独自走山路，从不搭车，随身总带着酒壶，常常醉卧山野。

秀秀的提议令向天舒喜出望外。秀秀爹妈则很犹豫，尤其是秀秀妈，开始不同意，说"不要拖累天舒哥"。向天舒连忙说不介意，秀秀妈低下头，久久不语，最后，抬头看着他的眼睛，似要看穿他。他突然醒悟。

"大妈，你放心，我不会让秀秀受委屈的。"

"小向，我相信你，你们去吧。"

秀秀高兴得抱着阿丹亲了又亲，阿丹却没有那么好的兴致，将头扭向身后，似乎知道秀秀要离开他，跟一个男人出门远行。

半夜，向天舒起夜，经过秀秀爹妈的卧房，听见他们在小声说话，侧耳听了一阵，听不懂，隐隐听见秀秀妈的叹息声。躺下后，白天秀秀妈看他的眼神再度浮现眼前，沉重的责任感油然而生。

第二天，秀秀变了一个模样，考虑到天热，又要走远路，便换下了苗装，穿上红T恤和蓝牛仔裤，白旅游鞋是秀秀妈在黄龙镇的集上给她买的，平时很少穿，像新的一样，T恤凸现出胸部的曲线，裸露出雪白的胳膊，别有风韵，令向天舒耳目一新，一时看呆了。

他将自己的小双肩包腾空给秀秀用。

秀秀妈给他们准备了许多干粮，本想托他们带些东西给秀秀阿公，路远难拿，便作罢，说："秀秀，见了阿公，让他跟你们一块儿来家住一阵。"

秀秀爹递给向天舒一样东西，裹着厚厚的麻布，是墙上挂的那把猎刀，说："小向，带上防身，蒙地民风好，但要小心野兽。"

秀秀爹妈将他们送过廊桥，秀秀妈看着向天舒，他一字一顿地说："大妈，请放心！"秀秀则忙着同阿丹话别。

就此上路。

早晨的太阳不辣，至草海的这段路走得很轻松。

过了草海，有两个选择，一个是到最近的苗镇上坐一段班车，可以少走许多路，费时短，当天可到，另一个是继续走山路，直线距离更近，但要用脚走，须在路上过夜。向天舒喜欢走路，也没多想，提议走山路，秀秀欣然同意。

这条路秀秀以前常走。

"秀秀，路上有村子吗？"

"有。"

"你愿意去村里借宿还是在野外露宿？"

向天舒很紧张，不知道这个问题是否唐突。

秀秀歪着脑袋，看着他，没说话，看得他心里发窘。

"我从没在野外睡过觉，我怕……"

"你怕就算了，我们到村里投宿。"

"其实也没什么好怕的。"

“这样吧，我们也不赶路，走到太阳下山为止，有村子就在村子里歇，没有就露宿，好吗？”

“好。”

多年前的清平岭之行，令向天舒最难忘的便是独宿夜外的经历，如果能同秀秀有一番类似的经历，不知该有多美，这是电影里才有的浪漫情节。秀秀的犹豫令他反省，反省的结果令他释然，天地良心，他绝无不可告人的目的，并且，后来发生的事情证明，秀秀的犹豫与他是否有歹意毫不相干。

草深林密，秀秀从地上拾起一根树枝，朝前探路，也给草丛里的蛇报个信，免得发生误会。

“秀秀，这里蛇很多吗？”

“多，你怕不怕。”

“怕。”向天舒老实回答，被五步蛇咬的经历刻骨铭心。“你不怕吗？”

“不怕。你不惹它，它自然不会咬你。”

正说着，一个翠绿的身影蹿起来，沿路边的树干蜿蜒而上。

“青蛇！”向天舒叫起来，非但不怕，还很激动，因为蛇在明处。

秀秀出神地看着蛇，口中念念有词。

青蛇突然停下，回头望他们。

向天舒惊呆了。

一种摄人心魄的美瞬间呈现：翠玉般颀长的身体，纤细的颈，三角形的头，眼如金豆，蛇信子一伸一缩，在空气里震颤。

青蛇消失在同样翠绿的茂叶中。

确切说，青蛇叫竹叶青，是一种常见的剧毒蛇，向天舒以前见过，活的死的都有，但似这般近距离对视的经验却从未有过，感觉堪称美妙。

他一路留心，希望再遇见蛇，却未能如愿。

突然，他看见地上有个彩色挎包，便抢到秀秀前面，弯腰要检。

“不要！”秀秀失声尖叫。

他一愣，随即说：哦，是黑巫术，过灾病的包，谁拿过给谁。

秀秀惊奇地问：你怎么知道的？

他笑着说：书上看的。

峰回路转，秀秀走累了，拽着他的手，乘机偷点懒，表情自然，似小妹妹拉着大哥哥的手，向天舒的表情却很不自然。

“天舒哥，你的手心出汗了！”

他当然知道自己的手心出汗了，岂止是手心，全身都在出汗，与秀秀肌肤的接触，令他又激动，又紧张，像个初恋的小男生。不知何故，一到蒙地，他就变成另一个人，与之前的人似是而非，好像年轻了十岁，十年来的经验和智慧所剩无几。

进入长长的宽谷地带，地势平，草木疏密有致，是这一路风景最美的地方，不远处有一个小水潭，确切说是小溪的转弯处。向天舒奔过去，将背包丢在草地上，将脸浸入潭里，秀秀也洗了把脸，水珠挂在她脸上，晶莹透明。潭中有许多白色的石子及游鱼，风静时，鱼“皆若空游无所依”，待风摇动阳光与树影，人便分不清动的是鱼还是石子了。

“秀秀，岸边的石缝里肯定有大鱼，我去抓几条上来。”他说着，挽起裤脚就要下水。

“天舒哥，让这些鱼自由自在活着，不好吗？”

他笑着应允，凭他的本事，想徒手捉鱼，不被鱼笑话才怪呢。

潭边是个宿营的好地方，可惜时辰尚早，令他惋惜。

他们在潭边流连，看鱼在云中游，恋恋不舍。

此后的很长一段路都伴着小溪。

太阳终于要落山了，他们决定宿营，其地平旷，小溪就在不远处。

秀秀在四周走了一圈，口中念念有词，像是在跟看不见的人说话，向天舒没打断她。

帐篷搭好后，秀秀很欣喜，钻出钻进。

到周围拾柴火。向天舒本想用猎刀砍柴，想起秀秀爹从未用它做过跟打猎无关的事，便没用，再说，枯枝随地都是。

火刚生起来，天就黑了。

向天舒再次问秀秀怕不怕，她笑着摇摇头，说：我跟周围的神灵都打过招呼了，他们会保护我们的。他想起之前她念念有词的情形，便问她念什么，她说是阿爸教的咒语，驱邪远害。向天舒并不在乎咒语的功效，但喜其形式，及念咒者的可爱神态。

“那你不怕我？”

“怕你？为什么怕你？你又不是鬼。”

“我倒不是鬼，我心里有鬼。”天舒笑着说。

“我帮你捉鬼。”秀秀也笑了。

吃过干粮，走了一天的山路，两人都困了。他们不可能都睡帐篷，何况是顶单人帐篷，向天舒自然要让给秀秀，自己打算在火边坐一宿，秀秀不干，坚持要他也进来睡，说挤点没关系，秀秀的天真不是装的，他还是忍不住好笑，说：秀秀，我晚上睡觉不老实。秀秀不明白他的意思。他笑笑，说：这样吧，我们一人睡半宿，你先睡，半夜我叫醒你。秀秀信以为真，钻进帐篷，她不会用睡袋，向天舒跪在门口，替她打开睡袋，秀秀“咯咯”笑着，照他的吩咐钻进睡袋，他将睡袋的拉链拉上。秀秀生平第一次睡帐篷，很兴奋，双眸似跳跃的火光，向天舒俯身替她将拉链拉到颈部，嗅到她的鼻息，吓得不敢出气，怕心从嘴里蹦出来，缩回身，挤挤眼说：“睡个好觉。”顺手将帐篷门拉上。

“天舒哥！”

“什么事？”他一愣，停下手上的动作。

“记得半夜叫醒我。”

“哦，好的。”

他将帐篷门关严，到火边坐下，添了几根柴，拿出烟来抽，回想起秀秀躺在帐篷里的可爱模样，遗憾没有亲亲她，如果他一时冲动，亲了她，接下来不知道会发生什么事情，记起对秀秀妈的保证，深深吸了口烟。

坐着坐着，就倚着背包睡着了，不久被冷醒，发现火快熄灭了，连忙将火重新烧旺，如此反复，至后半夜，再一次睡着，被秀秀轻轻摇醒。

“天舒哥，你怎么不叫我，快进去睡。”

“我睡了好几觉，不困了，你进去接着睡吧。”

“不行，你要说话算话。”

秀秀的出现令他睡意顿消，不舍得去睡，再说，他压根儿就没打算要跟秀秀换着睡，故意骗她，好让她安心入睡，没想到她自己醒来了。他只好说：“这样吧，你不进去睡也可以，我陪着你。”

秀秀便不再坚持，和他一起坐在火边。

两人都发了一阵呆，直至火光将瞌睡虫全部赶跑。

向天舒的目光在秀秀微微敞开的领口处逡巡，颈及与颈连接的部位，常为日光炙晒，却依然白细，如精致的薄胎瓷，何况那些终日见不到阳光的部位，不知该有多美。秀秀的身体和她明澈的眼睛一样，毫不设防，其地又是荒野，其时又是深夜，他似乎可以为所欲为，但他不能。旅途才刚刚开始。

整个后半夜，他都在与肉体的欲望作绝望的抗争。省城好友的话在耳边回响：实现了的理想便不再是理想，真正的理想是不会被实现的。他甚至要克制亲吻秀秀的欲望，让这个吻永远高悬在理想的夜空，如璀璨的星，可望而不可即。对他来说，这不啻是活受罪，但这是他该受的，如此方可洗清他曾经犯下的罪。如果当年不汲汲于叶莲的肉体，她一家的悲剧就不会发生，此念一直折磨着他；然而，历史不能假设，唯有以史为鉴。

天微明，山鸟将万物唤醒，两人反而卧在草地上睡着了，第一缕阳光照在身上都不知道，余烬化作青烟，袅袅飘散。

他们简单洗漱了一下，吃了点干粮，收起帐篷上路。

一个苗族老太太背着柴火缓缓走来，粗布苗装，七八十岁，经过时嘟囔了几句苗话，秀秀抿着嘴笑，他想一定跟老太太说的话有关，用眼神问她。

“老婆婆刚才说：‘一个汉族小伙和一个汉族姑娘在一起’，重复了好几遍，你说好不好玩，她不知道我也是苗族。”

秀秀唯一区别于大多数苗人的特征是秀挺的鼻梁，不细看眉眼，衣汉装，还真像个汉族女子。汉人很少到这种地方来，老太太大概觉得有趣，自言自语了一番。

“秀秀，这里的人喜欢汉人吗？”

秀秀没有回答，在他的一再追问下，才如实回答了他的问题。

因历史原因，蒙地苗族对汉族并无好感。过去，苗族分两类，熟苗与生苗，前者顺从官府，后者却桀骜不驯，常与压榨他们的官府作对，即便是元清两代，统治蒙地的官府依然以汉人为主，因此，蒙地的苗人，尤其是深山里的苗人，保留了祖先对汉人的成见。

“天舒哥，我对汉人可没有偏见。”秀秀认真地说。

“我对苗族却有偏见。”向天舒说。

秀秀一愣，低头不语。

他连忙笑着说：秀秀，你误会了，我的意思是，我更偏向苗族。

旅程的后半段，山路一直在缓慢爬升，显示他们要去的地方很高，温度随高度的升高而降低，清凉宜人，又兼一路的修竹茂林，疑非人间。

看着秀秀婀娜的身姿，向天舒突然想起当年与叶莲在青龙山后山幽会的情景，不能自持。他不该想这些，然挥之不去，只好借故方便，放下背包，躲到一边去抽烟，待思绪平复，才走回来。

“天舒哥，我也去解个小手。”

一石激起千层浪，刚刚平静的心又乱了。

秀秀就在不远处的灌木后小解，清泉流淌。

向天舒几乎要绝望了！

他抬头向天，在心里祷告：上天，让我的欲望远离秀秀！

风骤起，许多声音在响应，草木摇荡，整座山都在动。

事实上，只是山的皮毛在动，山本身却纹丝不动。

他当下醒悟，让理智在心里像山一样立起来。

风消歇，鸟鸣山幽。

随着地势的升高，野花多起来，见过的，没见过的，有些开成一片，似人为的花田，紫色，黄色，红色，高高低低，映衬着远近的翠色。

向天舒有种感觉，他们正在远离尘世。秀秀的阿公仿佛生活在另一个世界上。他想起烂柯的故事，山中一日，人间十年，待他再回黄龙镇时，母亲早已化作黄土，英素花即便健在，也已经老得不成样子，但那时的黄龙镇，会是个什么样子？他不敢去想，他喜欢现在的黄龙镇。

秀秀在花丛中飞舞。

“天舒哥，看这些花，太美了！”

他突然想起封氏夫妇，这里很适合他们牧蜂，不过，他们现在所在的地方，一定也很美。

他幻想过与叶莲一起过养蜂人的生活，和秀秀在一起，他更希望过蜜蜂的生活，不是蜂箱里的蜜蜂，而是自由自在的野蜜蜂。

从桃村至此，感觉走出了很远，却始终都没走出蒙山，同大山比起来，人实在是微不足道；然而，如果没有人，没有这些植物，这些鸟，及藏在暗处的各种生命，山便没有生命力，空有其表。

终于，秀秀阿公的村子出现在视线里，四周立着几座秀挺的山峰，如莲瓣，一道瀑布从其中的两峰之间泻下。

“秀秀，老天是公平的，苗人被迫四处漂泊，却因祸得福，在这么美的地方重建家园。”向天舒赞曰。

秀秀笑着点了点头。

“不过，这里太闭塞了，又没多少耕地，人都很穷。”

他顿时无语，脑海里掠过有关瑞士的图片，风景相似，人的生存状态却有天壤之别。所幸这里的人除了穷，还有美景，不似蛮荒之地的穷人，一无所有。

天上乌云集结，凉风阵阵，将雨的样子，突然，天边的云破了一个大洞，万道霞光，将山峰及山坳里的村庄都照亮了。

秀秀阿公所在的村子叫囤村。

确切说，囤村是一个小坝子，人家与不多的田园相间，村民靠山吃山，禁猎以后，靠采集各种山货换钱，以夏天的蘑菇最出名，每至夏季，便有汉族贩子远道来村里收蘑菇，雇村里的马将蘑菇运出去，获利十数倍。

时值夏季，村中心有几个简易木板房，住着收蘑菇的贩子。

囤村的房子同梨村相似，石材为主，唯屋顶不同，是瓦顶。

秀秀阿公的房子在村子另一头。他们从村外绕过去，以免遇见人耽搁时间。秀秀阿公的房前有一个篱笆墙围成的小院子，秀秀用苗话喊了几声“阿公”，无人应答。

“你阿公不会不在吧？”向天舒担心白跑一趟。

“不会的。”

秀秀又喊了几声，听见有人应答。

“是阿公！”秀秀高兴地说。

门开了，出来一个精瘦的老头，趔趄着向他们跑来，不是腿有问题，而是喝了酒的缘故。秀秀迎上去，同他热烈拥抱在一起。

秀秀阿公喜极而泣，用衣袖擦了擦泪，看着秀秀“嘿嘿嘿”笑，像个孩子，末了，才发现秀秀不是一个人来，忙跟向天舒打招呼。

“阿公，天舒哥是汉族，听不懂苗话。”

“大爷，您好！”

“你好你好，快进屋！”

秀秀阿公蹦蹦跳跳地先进屋去了。向天舒与秀秀忍俊不禁。

“秀秀，你阿公太高兴了。”

“是啊，阿公最喜欢我了。”

屋里不似想象的昏暗，顶上有两片亮瓦。

秀秀阿公将桌子抹干净。

“小伙子，你叫……”

“向天舒，您叫我小向。”

“哦，小向，喝酒吗？”

“阿公，现在喝什么酒，我让你少喝点酒，你就是不听话。”

“秀秀说得对，我去泡茶。”

“我去，你陪天舒哥坐吧。”

秀秀阿公朝向天舒挤挤眼，仿佛在说：你看我这个外孙女，管着她阿公。

向天舒给他发烟，自己则抽水烟筒。

秀秀的阿公是个有趣的老头，留着山羊胡，身材匀称，面部轮廓清晰，当年的风华毁于时间和酒精，但可以肯定，年轻时必定是蒙地数一数二的美男子，否则，如何能得到秀秀阿婆的垂青呢？

一开始，秀秀阿公以为向天舒是秀秀的男朋友，知道不是以后，有些失望，不知用苗话跟秀秀说了什么，羞得秀秀满脸通红。

快到晚饭时间了，秀秀阿公一个人吃得简单，客人来了，拿不出好东西来招待，要出门去亲戚家讨要，被秀秀阻止。阿公这一去，亲戚就都知道他们来了，少不了要应酬，走了一天的路，想早点歇着。

秀秀将阿公家里的存货搜罗了一遍，又到院里拔了些小菜，竟做出五六样菜来，阿公乐不可支，对向天舒说：“秀秀真是心灵手巧！”

秀秀的菜做得香，想不让阿公多喝几口都难，何况还有人陪他喝，很快，秀秀阿公的脸便喝成了关公脸，神志倒还清醒，话更多了，说话时都看着向天舒，以示对客人的尊重。

“秀秀小时候，我和她阿婆都很喜欢她，可惜她阿婆死得早，没看见她长大后的样子，她比她阿婆还好看。”

秀秀阿公大概觉得这样的表述欠说服力，光说秀秀比她阿婆好看还不够，必须说明，秀秀的阿婆已经很好看了，才能证明秀秀好看到什么程度。

“要说她阿婆啊，年轻时可是有名的美女，长得很洋气，你知道吗，她阿婆是混血儿。”

秀秀阿公一脸神秘的样子。

“我知道，我们都知道。”向天舒说着，与秀秀相视而笑。

“知道就好，知道就好，能娶到她阿婆是我的福气。”

“那是因为您也很出色。”向天舒插话说。

“阿公年轻时可帅了，能歌善舞。”秀秀也说。

秀秀阿公不经夸，山羊胡都翘上天了。

“难为她阿婆，跟着我，没过几天好日子。囤村以前更穷，比桃村差远了。所以啊，秀秀她妈出生以后，我就有一个想法，等她长大了，将她嫁回桃村去，后来她自己和秀秀爹好上了，秀秀爹人不错，又是桃村人，我和她阿婆都很满意，事情就成了。”

秀秀阿公沉浸在往事中，事实上，他一直生活在往事中。

秀秀阿公从来不让秀秀阿婆干重活儿，宁可自己苦点累点。子女独立后，他们自己过，感情老而弥笃，是远近闻名的恩爱夫妻，常常做出一些让村里人觉得好笑的事情，换句话说，是年轻人才会做的事情。一般的人，结婚便是恋爱行为的终结，过普普通通的日子，做活，吃饭，睡觉（当然也包括性生活）；秀秀阿公却常常拉着老伴的手到山里散步，温习年轻时唱过的情歌。

秀秀阿公懂医，在村里受人敬重，老伴去世后，便不再上山采药，也无心替人看病，因为他自己就是个病人，害相思病，而相思的对象在另一个世界，无药可治。

说到动情处，秀秀阿公老泪纵横，竟“呜呜呜”哭起来。

“阿婆真有福气，生前生后，阿公都对她那么好。”秀秀的眼睛也红了。

天色暗下来，秀秀将油灯点上。

到秀秀家以后，向天舒习惯了没有电灯的夜晚，虽然在他看来，油灯和蜡火别有一番情趣，但为当地人计，电灯还是更方便些。电迟早会通的，随之而来的各种变化也是可以预料的，他不主张复古，也排斥对未来的盲目乐观，未来不见得好，至少，秀秀的青春会被剥夺，那是他绝对不愿意看到的。

秀秀阿公开始说苗话，含混不清，连秀秀都听不懂，显然醉了，他们将他扶上床，很快就打起呼噜来。

秀秀开始收拾桌子，向天舒到外面去抽烟，天还没有全黑，相比之下，云更黑一些，风很潮湿。

他细细思量秀秀阿公对秀秀阿婆的感情，感慨万分，他一直有个疑问，艄公对阿霞的爱是否能经受住婚姻的考验？他似乎在秀秀阿公的身上找到了答案。

下雨了，来势凶猛，他避到屋檐下，看电闪雷鸣。秀秀走出来，和他站在一起，脸庞被每一道闪电照亮，他有个错觉，不是闪电照亮了秀秀，而是秀秀照亮了天空。雷声渐渐弱了，像一头小兽，正同主人玩耍，在天宇的地板上奔跑、翻滚。囤村海拔高，下了雨，夏天也跟秋冬一般。按理，秀秀穿得单薄，向天舒伸手去搂搂她再自然不过了，他也想这么做，愈是想，愈是不敢，不敢越雷池一步，哪怕一小步，一旦越过，就会一发不可收拾。雷像是打在他的心上，将他的心震碎了。

秀秀说：明天可以去捡蘑菇了。

他想起同雷风寨的人一起去捡蘑菇的情形，想起脸上有许多雀斑的依古，恍若隔世。

他们回到屋里，将火塘里的火点燃，像露营时的篝火，温暖，明亮。

秀秀阿公的鼾声让他们不必小声说话。

"天舒哥，你喜欢我阿公吗？"

"喜欢，你阿公很有意思。"

"阿公也喜欢你，他说你跟别的汉人不一样。"

"你也这样认为吗？"

"我觉得你跟所有人都不一样。"

秀秀替他整理好床铺，让他早点歇息。秀秀阿公的鼾声减弱了一些，显得很遥远。

秀秀就睡在隔壁，令向天舒心猿意马。

房间很久没人睡过，散发着浓烈的霉臭味，极度的困倦战胜了欲望和难闻的气味，他沉沉睡去。

秀秀一早起来，独自忙活，里里外外清扫。向天舒起床后帮她，屋子长期不打理，饶是两个人，也耗了一整个上午。

中午，秀秀将面条煮好，秀秀阿公醒来后看见屋里焕然一新，高兴得手舞足蹈，大声说："跟秀秀阿婆在时一样干净。"

"也有天舒哥的功劳。"

"好好，你们都很好。"秀秀阿公完全清醒时，说话有分寸。

才吃完面条，秀秀阿公的朋友就来看他，手里提着酒壶，显然是酒友，个性也同秀秀阿公相似，见到秀秀，高兴得大呼小叫。得知向天舒是汉人，立刻改口说汉话。

"秀秀长大了，越长越好看！你阿公天天念叨你呢。"

两个老人不顾秀秀的反对，当即喝了两杯，还让向天舒也陪了一杯。向天舒估摸着，要这样住上一个月，他也非变成酒鬼不可。

秀秀带他到村里参观。

天一早就晴开了，温度升得很快。

单从建筑样式看，囤村几百年来都是这个样子，古意盎然，这是一种延续的美，迷宫般的小路曲曲弯弯，有些地方还残留着青石板，从磨损的程度看，年代久远。囤村一度兴盛过，村里的路全是青石板，后来没落了，青石板被用作建屋的材料，所剩无几。

村里几乎不见人，跟蒸发了一样。

村中心的简易木板房前站着几个人，城里人打扮，与周围的环境格格不入，眼睛都盯着秀秀，将秀秀看得很不自在。向天舒很烦这些人的眼神，其中一位中年男子向他点头致意。

"秀秀，村里人都哪去了？连小孩子都不见。"

"我也奇怪。啊呀，我怎么忘了，肯定都采蘑菇去了。"

向天舒恍然大悟，环顾四周的山，在雷风寨时采蘑菇的情形又浮现眼前。

一个老妇人迎面走来，发出一声惊叫，跑过来抓住秀秀的手"叽里咕噜"说话，是秀秀阿公的姐姐，邀他们去家里吃茶。

茶具是个黑陶罐，放在火塘上煮，芳香满屋，未喝茶，先已被茶香熏醉，向天舒暗暗称奇。待茶端上来，细细品味，果然不同凡响，初喝时有几分生涩，不习惯的缘故，几口过后，生涩转为醇厚，且润滑，口、喉、心脾，依次舒爽。

“什么茶，这么好喝？”

秀秀说，这是大树茶，村里人从山里采摘回来自己加工的。

大树茶，来自大茶树，树龄少说也在五百年以上，他听说过，喝却是头一次，大茶树汲取了整座森林的气味，沉淀出上千年的芳香。

临走，秀秀答应再来老太太家吃饭。

村里看完，又到周围溜达，田间，山林，但没有遇见采蘑菇的人，秀秀说还须再翻过一个山头，才到蘑菇集中处。但他们无意中捡到的蘑菇着实也不少。可惜没东西装，向天舒便将T恤脱下来兜着，赤着膊，秀秀看着他“咯咯咯”笑。

“秀秀，你笑什么？”

“你自己看。”

他低头一看，晒到太阳的地方，和没晒到太阳的地方，黑白分明，自己也笑了。

“你脱了也跟我一样啊。”话刚出口，他就觉得有些唐突，果然，秀秀羞得满脸通红，看着秀秀被汗微微浸湿的T恤及凸起的部位，他一阵冲动，差点就说：其实，怎么会一样呢？

“今晚有蘑菇吃了。”他改口说。

秀秀阿公在门口迎候他们，脸又喝得通红，跟昨天他们见到他时一样，见了他们捡回来的蘑菇，乐不可支。

秀秀在家准备“蘑菇晚宴”，向天舒独自出门，去看采蘑菇回来的人。

远远就听见喧闹声，先前寂静的村庄成了集市，人都集中在那几间简易木板房前，买的，卖的，均忙得不可开交，且不断起争执，蘑菇的成色不同，价格也不同，而成色的好坏全凭贩子一句话，最不让人放心的还是贩子的秤，却也无奈，蘑菇采来，不卖给他们又卖给谁呢？

向天舒看着眼前这一幕，想起雷风寨人将蘑菇平分到各家的情景，相比之下，囤村人从蘑菇里得到的实惠更多，而雷风寨人得到的乐趣更大。

晚上，亲友听说了秀秀到来的消息，轮番来看，争相邀请他们去家里吃饭。秀秀阿公做了分派，从第二天开始，轮流到各家去吃晚饭。

秀秀同村里每一个人都熟，大家都夸她越长越漂亮了。

秀秀的光芒让向天舒相形见绌，况且，因为蘑菇的缘故，囤村常有外人来，村民见怪不怪，因为他跟秀秀在一起，对他格外友善，而对住在村里收蘑菇的那几个贩子，则颇有微词，照秀秀阿公的说法：这些汉人不厚道。他们将蘑菇的收购价压得极低不说，还在秤上做手脚，短斤少两。

晚上应酬，白天则去周围远足。带上干粮，背上背包，一早出发，太阳落山前赶回来。

在秀秀的指引下，向天舒大开眼界。

她先带他看了几棵千年古茶树，树干要几个人才能合抱，高可参天。

又带他看了著名的岩画，他没料到，此行可以看到大名鼎鼎的蒙地岩画，距囤村三小时的路程，令他想起当年在清平岭避雨的洞里见到的岩画，内容相似，只是规模更大，且知名，连《纬县县志》里都有记载。正因为知名，他有所期待，且是大白天，并没有当年夜里无意中看到的那些岩画神秘，但依然很震撼，驻足良久，一面看，一面给秀秀讲解画里的内容。

“秀秀，你看，这个头上装饰着长羽毛的人，大概就是最早的巫师。”

“天舒哥，你懂的东西真多。”秀秀很惊讶，以前只当这些画是小孩子的涂鸦之作，没想到这么有趣。

一整天，向天舒对岩画都念念不忘，秀秀说：我带你去一个地方，你肯定更喜欢，不过你要保密，只有我们苗人知道。

因路远，天不亮就出发，皓月当空。

山路崎岖，向天舒不时伸手去拉秀秀，十指连心，似乎能感受到对方和自己的心合在一起跳动。日月交替，景致渐明，晓岚，晨曦，如仙境一般。

一路都在下山，林木葱郁，接近谷底，异常闷热。其地人迹罕至，古树参天，地表生长着各种蕨类植物，到处是巨蟒似的古藤，向天舒爬上一根古藤，做猴子望月状，逗得秀秀直乐。

沿谷底前行，地势渐渐开阔，竟走入一片原始森林，他担心迷路，秀秀说：马上就到了。

眼前出现破败的石阶，长满青苔，时断时续，将他们引向一块高地。一路上见到一些散落的巨石，显然经过了人为的加工，且从别处运送至此，又有许多古老的榕树，巨大的块根扎进巨石中，甚者将其裂作两半，惊心动魄。远远望见一片巨石废墟，他知道那就是秀秀要带他看的地方，不觉屏住了呼吸。

秀秀加快了步伐，将他落在后面。

石阶上方出现门的形状，仿佛是废墟的入口，他突然感到恐惧，担心秀秀被那道石门吞噬。

“秀秀，等等我！”

秀秀刚走到石门口，居高临下，闻声回眸，惊得他目瞪口呆，石门两侧各有一尊雕像，似远古的女神，秀秀站在她们中间，竟似她们中的一员。这一惊非同小可，连迈步的力气都没有了，膝盖磕到石阶，顺势跪下，仿佛在向三位女神顶礼膜拜。

“天舒哥，你走不动了？我来拉你。”

他回过神来，三步并作两步向秀秀走去。

站在巨石废墟的入口处，眼前的情景令他晕眩。

石头的庙宇，布满怪异的浮雕，风格粗犷原始，人，兽，半人半兽，乳房和阳具的形象随处可见，似丰硕的果实，巨大的石头，无不经过精细的切割，墙面尚存的地方，石与石之间结合得如此紧密，间不容针，连废墟都如此宏伟，当年的盛况可想而知。

居然还有一幅残缺的壁画，斑驳的墙上依稀可见一个女子的绿色背影，赤足，手提花篮，在花间行走，似传说中的春天女神。

“秀秀，这是什么建筑？”

“我也不知道，没有人知道，据说有好几千年了，我们都觉得很神奇。”

他们进入废墟，很多地方没有路，须手脚并用攀爬，不小心会掉到石缝里去，巨石重重叠叠，像是经历过一场大地震。榕树的入侵触目惊心，块根向四面八方延伸，如巨蟒缠绕巨石，最终令其窒息而亡。神秘的气氛给人以压迫感。两人连大气都不敢出。秀秀突然叫了一声，扑到他怀里，一只硕大的蜥蜴蹿起来，擦着她的鼻尖跳到另一块石上，迅即遁去，秀秀随即从他的怀里跳开，像是又受了什么惊吓。与秀秀身体的深度接触令向天舒不能自已，原始的欲望空前强烈，而周围的氛围，恰与当年邂逅奇奇时电视里正在讲述的古老文明一样，眼前浮现出各种交媾的场面，他想即刻就拥有秀秀的身体，难道，他真的抵御不了肉体的诱惑？理智最终占了上风，他转过身，背对秀秀，仰天长叹：上天啊，请让我的欲望远离秀秀！

两年后，噩耗传来，巨石废墟被毁，先是被偷猎的汉人发现，很快来了许多汉人，不到一年的时间，将巨石悉数运走，烧成了石灰。向天舒欲哭无泪。时间的力量可谓强大，将一座恢宏的石头庙宇变成了废墟，而废墟的存在，一千年？数千年？无人得知，而仅仅一年的功夫，便被人化为灰烬，可见，时间的力量再大，也不如人的力量大。有学者模样的人从遥远的首都闻风赶来，面对空无一物的废墟遗址，拊膺长叹。

向天舒见过的巨石废墟，沉入海洋的谜底。

归途中，两人又热又渴，秀秀说，她知道哪里有泉水，可以喝水，还可以洗澡，不过要绕一点路。向天舒闻言大喜，倒不是为了解渴，而是因为可以洗澡，不是他想洗澡，而是对秀秀洗澡的想象刺激了他，哪里还会介意绕路。

出现一条小溪，无声流淌，秀秀欣喜地说：泉不远了。果然，不久便走到小溪的尽头。其地幽静，人迹罕至，秀秀儿时随阿公采药来过这里。两人喝足水，又将水壶装满，秀秀让向天舒先洗澡，他却随便洗了把脸，将头浸湿，便让秀秀洗，不由分说，避到树林里去了，大声说：“你洗好了叫我！”秀秀应了一声，便再无声响。

他一边抽烟，一边想象秀秀赤身躺在泉水里的样子，终于按捺不住，悄悄靠近，拨开枝叶，先看见草地上的衣服，接着看见了裸露的背，温润，似无骨一般，在水光叶影中摇曳，他恨不得变作一只小鸟，飞到离泉水最近的树枝上，好看清水中人的正面。又想学董永，将秀秀的衣服藏起来，待她起水，到处找衣服的时候，冷不丁将她捉住。正想着，秀秀突然起身，站在水中，背对着他，轻轻拧头发上的水，令他几乎窒息，接下来，出现了让他永生难忘的一幕，秀秀转过身，他从未见过如此完美的身体。

欲望在囚笼里咆哮，几欲破笼而出。

秀秀进入他的生活以前，他同英素花的矛盾加剧，争吵越来越频繁，以致寝食不安，面有菜色，周围的熟人和他自己都感觉他老了许多，虽然不了解他年龄的外人依然觉得他还年轻，向母又常常故意提及他的年龄，以给他施加压力。按理，在婚姻方面，男人的年龄不是个大问题，城里人结婚越来越晚，但他是在乡下，以母亲为代表的传统势力依旧十分强大，令他十分苦恼，时间也似乎在嘲笑他，他正在丧失人生最大的资本：时间。秀秀令他的精神面貌彻底改变，脸色变红润了，也更显年轻了，同秀秀在一起只有快乐，但他无论如何不想让叶莲的故事在他和秀秀之间发生。当初，如果他只是同叶莲相恋，而不急于同她发生肉体的关系，叶莲就不会转学，也就不会在那场车祸中死去，因为她不用转学，她的父母就不用等到期末再搬家，就不会碰上那个喝了酒的司机，她的父母也不会死。他终于找到了最好的悔罪方式，用惩罚欲望来惩罚自己，况且，得不到的才是最好的，他视秀秀为至高无上的理想，纯粹的、远离尘世之上的理想，永远都可望而不可即。真正的理想是不会被实现的。

后来，向天舒常常将秀秀当成寒禅画中的绿度母来观想，不放过她身体的任何一个细节，从头到脚，再从脚到头，一个周期下来，至少半个时辰，恍惚间，自己变成了秀秀。有一阵子，他不满足于对秀秀身体的观想，试图观想一种超尘脱俗的美，终归徒然，一天，他突然醒悟，自言：美在美中，何必他求？观想多了，见到秀秀本人时，便产生了幻觉，秀秀真的变成了寒禅所绘唐卡上的绿度母，虽然秀秀和绿度母的原型卓玛之间，无论种族和宗教，都绝无关联，但此幻觉一起，便挥之不去，冷不丁就会冒出来。

他自觉是个唐璜式的人物，能从每个女子身上发现其可爱之处，所有的可爱之处，如果集中在一个女子身上，这个女子便是神，世间是没有的。秀秀几于神。

每次见向天舒和秀秀打村中央过，蘑菇贩子都会盯着秀秀看，边看边流口水。第一次向他点头致意的中年男子一再邀请他喝酒，他推辞不过，只得硬着头皮去了，秀秀在家陪着阿公。

请他喝酒的中年男子见他一人来，大失所望，说：那个姑娘怎么没和你一起来啊？他笑笑，没搭茬儿。另外几位贩子也来了，还算客气。他们都是纬县城里的人，对乡下人尤其是山里的苗族十分不屑。他们不信向天舒是黄龙镇人。

“兄弟，我们看你不像乡下人？”请他喝酒的男子问。

“我原来在省城，待腻了，就跑乡下来了。”

几个人愕然。

“我喜欢乡下，清静。”

“你不会在乡下安家吧？”

“为什么不会？”

“也难怪，那姑娘真漂亮，我这辈子没见过这么漂亮的姑娘！她是哪里人？”

“桃村人。”

“是个苗族？！”

“玩玩就行了，别跟苗倮倮当真。”旁边的人突然冒出一句话，将向天舒激怒。

“你说的是人话吗？不会尊重人的人，猪狗不如。”

那人跳起来要同他打架，被其他人拉住。

向天舒愤然离去，临走时对那人说：今天没动手算你走运。

晚上，向天舒与秀秀阿公聊起当地苗人的境况，不容乐观，相比之下，囤村的生活条件算好的，好歹有蘑菇，可以贴补地里有限的收成，向天舒想去最穷的苗村看看，第二天便和秀秀上路了。

其地偏狭、荒芜，是鸟雀都不到的地方，向天舒奇怪他们的祖先为什么要在这里安家，也许，当初的生存环境远没有后来恶劣，就像他最初见过的大吉寨一样，即便那时的大吉寨，也比这个村子强很多倍。这里的房屋十分低矮、粗糙，随时都会垮塌的样子，除村长家稍稍像个家外，别的房屋充其量是些土石垒成的窝棚。小孩都光着屁股，与天气无关，也非因为喜欢光屁股，连大人的衣服都不够，有些人家甚至几个成人合穿一条裤子，谁出门谁穿，没裤子穿的人自然不敢出门见人，地少，活儿也少，一人穿着裤子下地已经足够了，别的人也就用不着出门。小米和包谷是村里的主食，无论男女老少都面黄肌瘦，遇上荒年，挨饿便不可避免，痨病和大脖子病十分普遍。该村的赤贫令向天舒和秀秀十分震惊，秀秀忍不住哭了。

村里人见到他们，就跟见了仙人一般，除了无衣蔽体的人，都拢来看，张着嘴，呆呆地，表情空洞。秀秀用苗话跟他们打招呼，反令他们吃了一惊，不相信眼前这个天人一般的女子是个苗人。村长闻讯赶来，分别用苗话和汉话问候他们，现场的气氛才稍稍热烈，女子都拉着秀秀的手看她，小孩子则缠着向天舒，摸他的双肩包。秀秀这才露出笑容，但笑得很心酸。

向天舒身上带的钱不多，全部掏出来交给村长，请他分给最穷的人家。

村长要留他们吃饭，他们谢绝了对方的好意，匆匆离去，路上，秀秀忍不住又落泪。

“世上怎么还有这么穷的地方？”

“还有更穷的。”

“在哪儿？”

“黑非洲，非洲难民的悲惨从未间断过。”

“为什么？”

“一句话说不清楚，秀秀，不过，还有一种贫穷，才是真正的贫穷。”

“真的吗？那是什么样子的贫穷？”

“精神的贫穷。”向天舒被秀秀的善良深深打动，怕她摆脱不了悲惨的画面，故意转移了话题。

秀秀的善良不仅表现在脸上，也表现在行动上。有一次，桃村一个小男孩病了，秀秀随阿妈去给他看病，对方家里劳力少，白天没人陪生病的男孩，她索性把他接来家里，悉心照料，直到病好才将他送回去。

眨眼的工夫，一个多星期过去了。

长这么大，秀秀第一次离家这么久，既想多陪陪阿公，又想念阿爸阿妈，唯一的办法，就是让阿公跟他们走。

离开囤村的头天，无论秀秀和向天舒怎么劝说，秀秀阿公就是不愿意跟他们回桃村。

“秀秀，你和小向陪了阿公这么多天，阿公已经很开心了，阿公这把老骨头，说不定哪一天就去找你阿婆了，还是离她近点好。”

秀秀哭起来，上前紧紧抱着阿公，后者老泪纵横，祖孙哭作一处，向天舒不知所措。

“阿公，今后我们会常来看你的。”秀秀擦干泪说，看着向天舒。

“是的是的，我们会常来看你的。”向天舒连忙也说。

“好好，小向是个好人。”

当夜，秀秀阿公喝得酩酊大醉，第二天他们走的时候都还没醒，屋里充斥着浓烈的酒气。

秀秀一路郁郁寡欢，向天舒变着法子逗她开心，她才终于又笑了。

他们来到上次歇气的水潭，舍不得就走，太阳已经偏西了，如果一口气走，当天就可以到家，只是要走一段夜路，又累又不安全。向天舒建议宿营，秀秀满心欢喜地同意了。

帐篷搭起来，秀秀高兴地说：真像个小家。

向天舒的心里一动，如果此地真是世外桃源，他倒愿意与秀秀就此安家。

秀秀的亲戚送了他们一些腊肉和包谷饼，还将向天舒的水壶里灌满了酒，篝火生起来后，秀秀将腊肉烤熟，向天舒边吃边喝酒，十分惬意。

他发现，经过一个多星期的单独相处，秀秀对他的态度起了微妙的变化，一向活泼顽皮的秀秀，流露出沉静柔婉的一面，常常默默看他，嘴角带笑，凭经验，他知道，少女秀秀动情了。

如果他要做点什么，今夜是最后的机会了，他开怀畅饮，倒不是想借酒壮胆，俗话说，“酒是色媒人”，酒多了，理智便守不住防线，那事也就成了。

夜深了，他让秀秀先进帐篷去睡。

他从众多的星中辨认出牛郎星和织女星，传说中的爱情比现实中的美丽。

他走近帐篷，轻轻拉开门上的拉练，出乎他的意料，秀秀睡在睡袋外，大概是热的缘故，眼睛闭着，面庞在火光中闪烁。他犹豫了片刻，终于下定决心，俯下身，用唇沿轻轻碰了碰她的脸，这是一个试探性的动作，如果她醒了，什么都不说，他就可以更进一步，或者，她没醒（也许是在装睡），他也可以进入下一步骤。秀秀没动，嘴微启，感性而又性感的嘴唇似在向他发出召唤，他不再犹豫，终于实现了亲吻她的理想，梦幻般的吻，热烈，持久。最后，他脱光了她的衣服，准备进入她的身体。一粒火星溅到脸上，惊破了他的美梦，他并未离开篝火半步，整个身体却要炸了，仓皇起身，奔到黑暗中，望着帐篷手淫，动作异常猛烈，欲望瞬间宣泄，再次回到篝火边时，心情平复如初，帐篷里传来轻微的鼻息声。

秀秀同小鸟一道醒来，因为不久就要到家，很兴奋，向天舒却困倦得不行，因遭受纷乱思绪和蚊虫的双重攻击，一整夜都没合眼，反正也要等帐篷上的露水干了以后才能收拾上路，便钻进帐篷去补补瞌睡。

然而，意料不到的事情发生了，令他想补瞌睡的愿望落空，枕头上，睡袋里，秀秀的余香尚存，他脱掉外裤，钻进睡袋，将脸埋在枕头里，顿感失重，在无际的星空里飘荡。

尽管睡不着，但身体舒展，闭着眼睛，也算是一种休息。太阳将帐篷照亮了。

他决定起身，探出头，看见了一幅极美的画面，秀秀坐在潭边，凝神看着水面，似在看游鱼，潋滟水波在她面庞上轻轻柔柔地舞蹈。

临走时有些不舍，这是他见过的最美的宿营地。

阿丹见到他们，像疯了一样，一会儿咬秀秀的裤子，一会儿咬向天舒的裤子，咬法却有差别。咬秀秀的裤子表示开心：你终于回来了，想得我好苦！咬向天舒的裤子则是一种泄愤：都是因为你，秀秀才会离开我那么久！向天舒的裤子也因此被他紧咬不放，还摇头晃脑，不撕烂不罢休的架势，被秀秀妈喝止。

看得出，秀秀妈也很想念女儿，拉着秀秀的手，仔细看，向天舒心里明白，她同时也在看秀秀是否还是原来的秀秀，有没有发生她不愿意看到的变化。

“大妈，我没让秀秀受委屈。”他诚恳地说。

“这就好，这就好。”秀秀妈笑了。

客厅里堆了许多包谷。

秀秀爹还在地里，秀秀迫不及待想见到爸爸。

“妈妈，我跟天舒哥去看阿爸。”

“好啊，早点回来。”

他们穿过梯田，至坡顶，远远看见很多包谷地，正是收获的季节，许多人在忙碌。

阿丹带头跑下山，秀秀也小跑起来，向天舒反被落下，秀秀爹听见喊声，从包谷地里走出来，头戴草帽。

秀秀情不自禁同阿爸拥抱在一起，惹得周围地里的村民探头观看，纷纷大声问候：“秀秀回来了！”

“小向，来，喝口凉茶。”

田埂上有两棵石榴树，树下堆着掰下来的包谷，其间放着一个锑茶壶，向天舒发烟给秀秀爹，接过他递来的茶壶，对着壶嘴喝了一大口茶，然后与秀秀爹坐在树阴中，秀秀将囤村之行大略叙述了一遍。

因活儿还没干完，不敢贪凉，又开工了，加入了秀秀和向天舒，进度大大提速。掰包谷是件很有趣的事情，只是日头毒，不久便汗涔涔下，包谷叶枯脆，碎片不时掉进脖子里，同汗沾在一起，痒酥酥的极不舒服。

终于，一整块地的包谷都收完了，秀秀和向天舒仔细检视了一遍，秀秀眼尖，发现了好几个“漏网之鱼”。

最后装篮。背篓很高，撇口，最上面的包谷须挨个儿插紧，似花篮一般。

向天舒抢着背包谷，没想到那么沉，少说也有五六十公斤，秀秀爹今天已经往家里背了两趟，这是最后一趟。饶是他有武功，没走多远就喘，但他顽强坚持住，赢得了秀秀爹的夸奖，有几次脚底打滑，幸亏秀秀扶了他一把，才没翻倒。

“阿爸，天舒哥昨晚没睡好。”

秀秀爹笑着接过背篓，向天舒也就不再勉强，看秀秀爹走得很轻松，心里纳闷，按说，对方的力气绝没有自己的大，怎么回事呢？他发现，秀秀爹的重心压得较低，迈步稳健匀称，负荷均匀分配到肩、背、腰、膝、脚。然而，力再巧，也省不了多少，还有个习惯问题，对劳动强度的习惯，对艰苦的习惯。

到家后，大家一起将包谷叶剥开，但并不撕下来，而是就着包谷叶，像编辫子一样将包谷串在一起，悬挂在梁上，美人靠上，内壁上，外壁上。每至包谷收获的季节，整个桃村的房屋，里里外外，都挂着一串串金黄色的包谷，好似凝固的阳光。

（未完待续）

网

向天舒传

·下·

沈飞飞 著

中国言实出版社

四十六

向天舒和秀秀随秀秀妈一起去枫香镇赶集，秀秀爹从不赶集，忙时下地，闲时看书，偶尔替人做做法事。同行的人很多，热闹异常。大家一路上都在拿秀秀和向天舒开玩笑。向天舒听不懂，跟着傻笑。

枫香镇是离桃村最近的苗镇。在距草海几里的地方有条岔路，左边去草海，往右再走半个多小时，便到枫香镇了。

枫香镇很小，与黄龙镇不可同日而语，不长的一条土街，平时很冷清，倒似为集日专设一般。这里以前没有人家，随着人们对交换商品的需求的提高，渐渐从商品的聚散地变成了一个镇子。同蒙地的其他地方一样，枫香镇的集没有固定的日子，须按生肖推算，若非当地人，预先不知道哪天赶集。

至镇边，见很多人围成一圈，秀秀说：他们在斗画眉。

“秀秀，你又逗我？”

“不是逗你，是斗画眉。”秀秀嬉笑着说。

向天舒听说过斗鸡斗蟋蟀斗狗什么的，独独没听说过斗画眉，想象不出美丽的画眉鸟怎么会变成角斗士，想看个究竟。秀秀妈与其他人先到集上去了。

他们挤进围观的人群，秀秀的出现引起一阵骚动，但画眉鸟的叫声很快又将人的目光吸引了过去。果真是在斗画眉。蒙地的男人喜欢斗画眉。

场中有十几个鸟笼，紧挨着放在地上，鸟主人围成一圈蹲着，双手抱胸，聚精会神地看。所有的动物，包括人这种高级动物，领地一旦受到侵犯，便会反击，从而爆发战争，作为笼养的画眉，其领地便是鸟笼里那几尺见方的天地，现在鸟笼紧靠在一起，笼中的鸟立刻受到威胁，且来自四面八方，仿佛隔壁的画眉随时会闯入自己的领地，所有的画眉都在怒吼，意在驱赶，在局外人听来像是一场歌咏比赛，唯斗鸟的行家能听出其中的杀气。睿智者，或天性软弱者，虚张声势一番后，不见有真的入侵者，便不再吱声，不时有人变换一下鸟笼的位置，把最傲慢、最易怒的放到一起，笼门相对，观察它们的反应。漫无目的的愤怒终于锁定了目标，双方怒目而视，且不断亮翅，发出攻击的信号，有人轻轻抽掉门上的小竹栓，两只红了眼的画眉专注于对手，对人的教唆伎俩视而不见，其中一只立刻闯入另一只的笼中，战争爆发。四只翅膀在狭窄的空间里扑腾，爪，喙，所有的武器都用上了，观者亢奋，一面品评，一面助威，被侵入者发起反攻，双方扭打着，穿过笼门，战场转移到入侵者一方，羽毛纷飞，且溅起血点。终于，一方丧失了斗志，被压在另一方的身下动弹不得，胜负已判，人即刻将它们分开，否则会造成更大的伤亡。蒙地的苗人斗画眉鸟，并不下注，纯属找乐。输家不服气，难免会引发争执，甚至动起手来。向天舒心里好笑，觉得和那场著名的特洛伊战争十分相似，特洛伊战争系神一手导演，人在流血时，诸神高高在上，一面饮着玉液琼浆，一面对战争评头品足，争论不休，心气高者愤然离席，分别加入到交战的双方，战争愈演愈烈。他由此想出一个理儿，不要战争，而当战争不可避免时，也须三思：为谁而战？

秀秀脱口而出：太残忍了。

这话斗画眉的人不喜听，但因为是秀秀，他们便很宽容，一笑了之。

战斗在继续。

秀秀和向天舒退出人群，往镇上走去。

这里的集市虽不如黄龙镇的大，却也很热闹，且以苗人为主体，汉人倒成了点缀，多是外地商贩。

秀秀的到来引起一阵混乱，如果人的目光有重量，秀秀恐怕早就被压垮了。路人不自觉地为她让出一条道来，仿佛夹道欢迎一般，向天舒像个随从，似有若无。秀秀早习惯了这种场面，昂着头，笑着同相识的人打招呼。

“秀秀！”有人在后面叫。

“龙哥，是你们！”秀秀惊喜地说。

向天舒的心里“咯噔”一下，是龙尤，那个他在唱诗班里见过的帅小伙。

和龙尤一起的，还有四五个小伙子，有两个眼熟，大概也是唱诗班的成员。向天舒能明显感觉到某种敌意。

秀秀主动替他们介绍：龙哥，他是天舒哥。龙尤看秀秀的眼神，秀秀对龙尤的热切态度，均让向天舒不自在，他并不希望，将来有一天，自己和龙尤，也像那两只画眉鸟一样，斗得不可开交。

秀秀和龙尤很早就认识了。

相邻两村最出色的两个年轻人，没有理由不认识，然而，因为龙尤长秀秀好几岁，他对秀秀动情的时候，秀秀还很懵懂，只是将他当大哥哥看待，久而久之，便一直将他当大哥哥看待。因为信仰的差异，龙尤一开始怕见秀秀爹，秀秀爹却很豁达，十分喜欢这位小伙子，龙尤也就放开胆，农忙时常来家帮忙。龙哥在时，秀秀做饭的劲头更足，饭菜的量加倍，因他的胃口好。

龙尤初中没念完就辍学在家，除了《圣经》，不喜读书，或者说，不喜欢受学校的管束，与他桀骜不驯的个性有关。因为秀秀的缘故，龙尤从不到黄龙镇赶集，而只赶枫香镇的集，每次都会成为众多姑娘追逐的对象，但他只是躲避，因为他的心里只有秀秀，好容易等到秀秀情窦初开之时，还没来得及表白，杀出个向天舒，令他懊悔不已。向天舒第二次来桃村以后，关于他与秀秀相好的传言便不胫而走，龙尤很快打听到他的底细，尽管觉得他已经有了女友就不该三心二意，再来纠缠秀秀，但因为没有事先表白，不好发作，秀秀又不是自己的什么人，凭什么去管她的“闲事”？只得按捺住性子，对秀秀的喜欢未曾稍变，至于别的姑娘对他的爱意，不拘本村外村的，依旧不理会，要好的兄弟为他鸣不平，毕竟，向天舒是“外族人”，撺掇他对向天舒施以颜色，但都被他拒绝。向天舒出现以后，龙尤很少再去秀秀家串门，开始时秀秀遇见他还问：龙哥，怎不到家里来坐？后来风闻了龙尤对自己的意思，就不再问，见面脸红。秀秀仔细思量，天舒哥没来之前，她和龙哥是挺要好的，也有人拿他们俩开玩笑，什么“天生一对”的，什么“龙凤配”的，但她并没往那方面想，可能是还没来得及想，后来回想起龙哥的音容笑貌，念及他对自己的好来，很是惆怅。

这其中发生的事情向天舒当时并不知情，更不知道秀秀对自己的感情，事实上，最初，秀秀对他还没有那方面的意思，也只是将他当大哥哥看，是向天舒对她有意思，后来，他成功地抑制了对她的欲望，而她对他的喜欢却与日俱增。

向天舒和龙尤似乎没听到秀秀的介绍，看着对方。

“你们怎么了？”秀秀叫了起来。

两人这才勉强握了握手。

几个模样俊俏的姑娘恰好经过，不知是哪个村的，龙尤的伙伴乘机挑逗，姑娘们停下脚步，并不示弱，双方调笑开来。说笑间，姑娘们将好奇的目光集中在秀秀、龙尤和向天舒身上，三人都有些尴尬，很快，龙尤如梦初醒一般，对姑娘们笑笑，大声招呼自己的伙伴，不知说了些什么，两拨人并作一处，向集外走去。他们大概邀约着对歌去了。对歌是苗族青年习以为常的事情，也是他们赶集的主要目的，秀秀却从未经历过，因秀秀爹不让，以免女儿太早成家，且将监管的任务交给秀秀妈，而秀秀也很听话，每次赶集，大部分时间都陪在妈妈身边，集散后一道回村，无论同村的伙伴怎样劝说，都不为所动，因此，秀秀空有一副好歌喉，鲜有展示的机会。

龙尤他们走后，秀秀待在原地，黯然神伤。向天舒当然明白龙尤此举的用意，一面在心里为秀秀叫屈，一面又暗自高兴。

他们漫不经心地走着，至秀秀妈的药摊前逗留了一会儿。秀秀始终打不精神来，向天舒很少见她闷闷不乐的样子，瞥见远处有一个加工首饰的作坊，灵机一动，让秀秀在原地等他一会儿。

“秀秀，送给你。”他很快回来，将一个红包递到秀秀手里。

“送我？！什么东西呀？”秀秀的脸上立刻绽开了笑容。

是一个银手镯，凤鸟穿花的图案。

秀秀将手镯戴在左手上，刚合适，与她身上的传统服饰恰成一体，秀秀不常戴首饰，但向天舒送的这个手镯，一旦戴上，就再没取下来过。

两人在集上来回逛了几遍，秀秀买了很多刺绣用的丝线，近中午，在小食摊上吃了点东西，天气炎热难耐，向天舒想到草海的清凉，提议去水边。

他们别过秀秀妈，将喧嚣的集市抛在身后。

集还未散，路上少有行人，向天舒时而与秀秀并排，时而走在她身后，秀秀的汗香阵阵袭来。

至山阴道，放慢了脚步，身体浸在凉气里，知了在远处叫，似有若无，衬得四周更静，令向天舒生出世外的感觉，某种旋律在脑海里升起，如游丝般，不可捉摸，许久，才回过神来，意识到旋律来自记忆深处秀秀的歌声。

“秀秀，我想听你唱歌。”

秀秀也沉浸在自己的心思里，闻言一惊，随即笑允。

她边走边唱，眼睛看着前方，表情凝重，歌声柔细，有几丝哀婉。

他的眼里有种湿漉漉的感觉，竟想起叶莲来。

“天舒哥，你怎么了？”

“没什么，这歌听得人想哭，是什么歌？”

“‘安魂曲’，阿爸教我的。不知为什么，我突然就想唱这首歌。”

“好听，我喜欢。”

向天舒想让秀秀接着唱，又担心太过伤感，正犹豫间，几只白鹭飞起来，又落下去，草海到了。

水边空无一人，平时垂钓的人大概都赶集去了，几只野鸭在水中游弋，白鹭在水浅处闲走，波光粼粼，近山绿，远山蓝。

沿顺时针方向走。水边没有路，高低不平，有些地方湿滑，须十分小心，以免陷进去，向天舒紧拉着秀秀的手，一直走到水面开阔处，方才停下。

岸边有干燥的沙石，向天舒脱了衣服，单穿着内裤，趔趄着向深水处走去，水漫过头顶。

秀秀不会游泳，坐在岸边，脱了鞋袜，将赤足泡在水中，看向天舒游泳。

彩云满天，秀秀的脸上覆着金色的光辉，如远古的某位女神，集众美于一身。

枫香镇的集，向天舒和秀秀又去过两次，每次都到草海游泳，同第一次的情形相似，令他回味无穷。此外，便没再出过远门，偶尔在近处走走。秀秀爹妈白天都不在家，吃过早点便带着干粮出门去了，因不是农忙季节，秀秀妈到山里采药，秀秀爹一人下地。

向天舒重新开始打太极，荒疏了一段时间，身体发出不满的信号，周身不适。至游方坪靠近桃林处，其地平坦，又为村里的人所不见，十分安静，天气晴好时，林风，日影，令他成了自然的一部分。秀秀一开始很好奇，陪过他两次，但终究看不明白，又见他专注，怕影响他，便在家做自己的事。他常常会打一上午，完全沉浸在另一个世界里。

其余时间与秀秀分坐美人靠的两头，一个刺绣，一个看书，看秀秀爹的书，秀秀有时也看书，且会问他很多问题，阿丹卧在秀秀的脚前，偶尔起来走动一下。有时，他会觉得阿丹碍事，像个第三者，而每当看到秀秀与阿丹亲密接触的时候，他又觉得自己才像个第三者，对阿丹无限妒忌。他觉得阿丹对秀秀的感情不太正常，不是一般狗对待主人的那种感情。阿丹同别的狗尤其是母狗保持着距离，这一点与黑猫相似，秀秀从不阻止它与母狗相处，是它自己不愿意，发情时越发依恋秀秀，甚至不让向天舒靠近她，弄得两人哭笑不得。有一天，他无意中看见阿丹勃起的阳具，大吃了一惊，怕秀秀看见后会尴尬，殊不知他不停地往秀秀身上蹭，做出一些不雅的动作，秀秀却若无其事，不停将它推开，看来，秀秀是清楚这种事的，男女间的事也不会一无所知，向天舒深受刺激。“难道，你会为秀秀打一辈子光棍不成？”他看着阿丹的眼睛没好气地想。

午饭虽然简单，却依然可口，且很少重复，显见秀秀的用心。两人一起用餐的情形令他浮想联翩，梦想娶秀秀为妻，天天过这样的日子，他不得不面对一个残酷的现实，目睹秀秀老去，他什么都可以接受，唯独不能接受秀秀也会老的现实。吃过午饭，他抢着洗碗，但每次都徒然，秀秀坚决不让，只好到美人靠上吸烟，看风景。待秀秀收拾完毕，他的困劲儿也上来了，便去午睡，沾床反而清醒了，听外面的动静。秀秀乘他午睡时开始预备晚饭，如此，待他醒来后便可以陪着他，不用再花很多时间在做晚饭上面。通常，秀秀做完事后会小睡一下，他仰面躺在在床上，等待这一刻的到来，终于，秀秀进了她的卧室，关门，上床，所有的声音都逃不过他的耳朵，直到一丝动静都没有。想象秀秀睡觉的情形，这么热的天，秀秀当不会和衣而卧，这么一想，他身上便热得不行，连唯一的内裤都穿不住了。一阵小风，将他的身体吹皱，欲望与四周静寂的程度恰成反比，突然想起英素花的身体，想起她来高潮的情形，英素花与秀秀的形象交织在一起，令他在绝望中呻吟。高潮来得如此突然，他都来不及准备清洁用的纸，只好用内裤擦拭，之后在极度困倦中睡去。不知睡了多久，他起床来到客厅，秀秀看着他笑，他有些不自在，好像秀秀知道他做了什么事一样。两人重新坐回美人靠，秀秀接着刺绣，他无心看书，点了一支烟，看太阳偏西，又将目光收回，看秀秀，她正低头刺绣，眼睑上垂着长睫毛，胸脯轻微起伏，似乎知道他在看自己，保持着同样的姿势，胸脯的起伏却加剧了，许久，抬起头，迎着他的目光，笑里带着浅浅的羞涩。

“秀秀，让我看看你绣的东西。”

没等秀秀递过来，他便将身体挪近，看她手上的绣片，两人的头几乎挨在一起，气息交融，他竭力遏制住伸手去搂对方的冲动，将注意力引到刺绣的工艺上去。

苗族现存的刺绣工艺很多，如挑绣、平绣、皱绣、叠绣、破线绣、堆绣、双针锁绣等等，不胜枚举，有些独一无二，最早的可以追溯到汉代。秀秀索性拿起一块白布，边讲解边示范，飞针走线，如老练的画者在纸上作画一般，令向天舒叹服。

秀秀又从爸妈的卧室里抱出一堆衣物，是祖传的绣品，有成套的衣服，也有零散的绣片，悠悠岁月藏在皱褶中，而表面的磨损留下了主人的印记，最老的有好几百年了。

“有妈妈家的，也有爸爸家的，‘文革’时差点被收缴了。”

秀秀一面展示，一面摩挲着衣物上的图案，手不时挪开，让位于目光，专注时忘了向天舒的存在，沉浸在图案里。向天舒被秀秀专注的神情所吸引，反而忽视了刺绣的图案。

他将秀秀拉入怀中，亲吻那张思慕了千百次的嘴，但这只是想象，他不敢，一旦迈出这一步，接下来便一发不可收拾了，他要为秀秀负责，要为自己的誓言负责，他在心里哀叹了一声，将目光移开，看外面的稻田。

碧绿的稻田中传来短促的叫声，是秧鸡，藏身隐秘，情急时会扑腾而起，褐色的身影一闪而逝。秧鸡有长长的爪子，可在湿地迅捷奔跑，甚至能够踩着浮萍掠过水面。听说秧鸡肉极美，向天舒从未吃过，但并不遗憾。他纳闷，没有秧田的时节，秧鸡在哪里？秀秀说在草海的苇丛中。

晚饭后，他边喝茶，边与秀秀爹妈闲聊，因为是夏天，火塘里的火很弱，仅够煨茶，因为他的缘故，屋里多点了两盏油灯，不似平常时昏暗。夏天蚊虫多，秀秀妈点燃了一种奇香的驱蚊草，蚊子便不敢进屋。与秀秀独处时，因受欲望的折磨，不能从容欣赏她的美；有她父母在，欲望藏匿，其美便不受任何干扰，显得纯粹、圣洁。阿丹坐在秀秀身旁，挺直腰板，望着外面，恪尽守夜的职责，不时抽动鼻翼，想嗅出空气中的可疑气息，然后看看大家，像在说：平安无事。

“秀秀，阿丹离得开人吗？”向天舒突然问。

“为什么要离开？我才不让阿丹离开呢！”

“我是假设，好吧，不说阿丹，别的狗能离开人吗？”

“应该能吧，我见过好多野狗呢。”

“但它们都在村子附近，离人并不远。”

“好像是的。”秀秀想了想说，“不过，那么多野狗都去哪了？”

一句话提醒了向天舒，他也自言自语地问：“是啊，都去哪儿啦？”无意中看到秀秀爹在给自己挤眼睛，当下明白，野狗多半葬身人腹了。苗人爱吃狗肉，按理，狗被他们视为神圣，不该吃的。也许，很久以前不吃，后来受汉人的影响，便开始吃了。秀秀痛恨吃狗肉的人，秀秀爹则相反，同别的苗人一样，只是不敢当女儿的面吃。向天舒连忙把话题岔开，以免引起秀秀的不快。

一天，秀秀爹神秘地对向天舒说：今晚吃野味。叫秀秀去屋后采点薄荷，秀秀后脚刚跨出门，秀秀爹忙说：是老朋友送的一腿狗肉，今晚好好喝几杯！兴奋得直搓手，秀秀妈在一旁说：越老嘴越馋，小心被秀秀知道！

狗肉才上桌，秀秀就闻出来了，揭开缸钵的盖儿，一只狗爪赫然在目，待要发作，秀秀爹忙说：乖乖，下不为例，再说你天舒哥也想吃。秀秀瞪了向天舒一眼，说："那你们好好享用吧，我没胃口吃饭了，走，阿丹！"

秀秀真生气了。

"小孩子脾气，别管她，来，吃肉。"

向天舒硬着头皮吃饭，平生第一次感觉狗肉难以下咽，心里牵挂着秀秀。终于忍不住说："我吃饱了，我去找找秀秀吧。"秀秀妈说："你拿上两个饼，捎上一壶水。"

过了磨房，看见秀秀坐在溪边的草地上，用石子打水，明知有人靠近，而且肯定知道是谁，故作不知，头都不偏一下。

"秀秀，我保证今后不吃狗肉了！"

"可你今天吃了！"秀秀突然转过头，嘟着嘴看他。"干脆，你们把阿丹也吃了算了！"秀秀一面说，一面把阿丹拉到怀中，好像阿丹即刻就要被吃掉似的。

"我真的不想吃，可又不能当面反对你阿爸。好人难做啊。"他故意重重地叹了口气，满脸委屈的样子，他深知，要让秀秀回心转意，绝招就是装可怜，屡试不爽。

"不骗我！"

"骗你我是被吃掉的那只狗！"

秀秀"扑哧"笑起来，即刻又正色说："害得我饭也没吃！"

向天舒从兜里掏出烙饼，连水壶一块儿递过去。

秀秀心满意足地吃饼、喝水，免不了分些给阿丹吃，他后悔饼拿少了。

夜色渐浓，秀秀、阿丹和向天舒一道，坐在溪边，看山头的星星亮起，很晚才归家。

向天舒目睹了桃村四周的稻田由绿变黄的全过程，丰收在望，正是稻草人最忙碌的时节。穿花衣的稻草人，穿破衣烂衫的稻草人，什么也没穿的稻草人，触目皆是，白天，稻草人忠实地守护着稻田，夜晚也不歇息，依旧立着。

须乘天晴抢收稻子，到处都是忙碌的景象。秀秀家人手不够，向天舒不谙农事，帮不上多少忙，正在犯愁，龙尤来了。

“龙哥，你能来太好了。”

龙尤对秀秀笑笑，笑得不太自然，又亲切地用苗语同秀秀爹妈打招呼，却拿后脑勺儿对着向天舒，弄得他十分尴尬。

龙尤话不多，埋头干活，光着膀子，露出结实的肌肉来。

秀秀爹和秀秀妈负责割稻，进度极快，一会儿就放倒一片；龙尤负责脱粒，脱粒是力气活儿，双手高举一束稻子，拍打在一个敞口大竹筐内侧口沿处，稻粒溅到筐中，用力要恰到好处，以确保稻粒脱净，且粒粒入筐；秀秀和向天舒负责运送和晾晒稻谷。桃村可用于晒谷的平地极少，只有村中广场和游方坪可以晒谷，但场地不够，秀秀家在村头，便不去与人争晒场，将晒簟铺在磨房附近的草地上，虽不十分平整，但也是个办法。此外，他们两人还利用空闲的时间捆扎稻草，将脱过粒的稻草捆成小垛，稻草根对齐，在靠近稻草尖儿处用稻草拧成的绳扎紧，如束腰一般，上细下粗，直立在田里。丰收后，每家地里都站着很多这样的稻垛，远望似穿百褶裙的苗女，引发人的无限遐思，相信她们会在月下婆娑起舞，如谷神的化身。

向天舒与秀秀在一组劳动，却不敢表露出内心的欢喜，设身处地替龙尤想，隐隐有些不安，像是自己抢了别人的东西，不敢正眼看对方。一旦远离龙尤的视线，他才稍稍放松，享受与秀秀一起劳动的快乐。

劳动中，两人时常有身体的接触，都不动声色，不避开，也不刻意寻求更多的接触，风从秀秀一方吹来，他正好蹲在地上捆扎稻垛，面向秀秀，头齐她的胯骨处，一股浓烈的气味扑面而来，是一种裹挟在汗味里的体味，令他顿时停止了手上的动作，呆若木鸡，只进气，不出气，以免失掉那气味，儿时的经验同时被唤醒。炎热的下午，他与小伙伴们玩过家家的游戏，女孩扮妈妈，叉开两腿仰卧在地上，他则头里脚外躺在她的两腿间，扮演刚被生出来的小宝宝，闻到女孩下体散发出来的浓烈气味，一种与男孩决然不同的气味，神秘的气味，在他成长的过程中无数次袭来，后来被时间像一阵横风吹断，而今又被另一阵风吹了回来，他想顺着气味逆流而上，回到气味的源头，回到生命之初。

头两日收工晚，龙尤没留下来吃晚饭，借口家里还有活儿要做。其他人因为太累，晚饭吃得简单，随便洗洗就上床睡了。

第三日，也是最后一日，早早就收了工，秀秀爹无论如何要龙尤留下来吃晚饭，帮了几天忙，连顿好酒都没喝上就走，主人家如何过意得去。龙尤坚持要走，秀秀也劝了两句，龙尤却低头不语，秀秀赌气走开，秀秀妈早看出端倪来，给秀秀爹使了好几个眼色，他才不再坚持。秀秀妈去送龙尤，很久才回来。

秀秀妈和秀秀打算简单梳洗一下后，着手准备一顿丰盛的晚餐，以犒赏几日的辛劳，龙尤不在，但向天舒在，不能比往年马虎，恰在这时，村长来了。今年秋收早，秀秀家算是最晚的，半年的劳作有了确定的收获，且收成比往年好，全村都洋溢着喜庆的气氛，村长提议举行篝火晚会，以示庆祝。村长除了通知他们开篝火晚会的事，还特别邀请他们去他家里吃晚饭，尤其是向天舒，他一直想找机会款待他。

秀秀不用做饭，便与向天舒一道去溪中洗澡。一路上秀秀都不说话，他知道是为龙尤的事。

“秀秀，你有心事？”

秀秀点点头。

“是因为我？”他故意问。

“不，是因为龙哥。”

“为什么？”

“他凭什么不睬我？”

向天舒自然知道原因，秀秀在内心深处也知道，只是没有解决的办法。

他们往上溪走，至无人处，秀秀先下水，在一块岩石后洗濯，向天舒帮她放哨。想起上次偷看她在泉水中洗澡的那一幕，他脸上燥热，眼下的情形如同让狼看护小羊，狼随时会露出本来的面目。狼有狼的苦衷，一次又一次的考验，并未平息他的欲望，欲望也没有丝毫的减损，只是被压缩在一个极狭小的空间里，如原子弹一般，爆炸将是毁灭性的。

秀秀出浴，换上干净衣服，清新可人，与前两日劳作时判若两人。轮到向天舒洗，秀秀带着阿丹到远处的草地上晾头发。他蹲在水里，将内裤也脱了，享受水的清凉，水流过胯间，似有许多水草在荡漾。他也换了一身干净衣服，与秀秀一道坐在岸边，夕阳照在身上。

秀秀爹妈也换洗一新，秀秀妈穿上平时很少穿的节日盛装，仿佛重回少女时代，显得格外漂亮。秀秀见到妈妈的样子，也去换上节日盛装。向天舒第一次见她们穿得如此隆重，眼花缭乱。每个人都干干净净，身心俱轻，高高兴兴向村里走去。

五条小巷从广场向各处辐射，村长家是其中一条小巷的第一家，从美人靠上就能看见广场。一路上都有人与他们打招呼，大家的脸上都堆满笑容。向天舒感觉自己成了村里的一员，而全村的人都已习惯了他的存在，以为他成为桃村的女婿是迟早的事情。

村长家比秀秀家更宽敞，已经坐了几桌人，单空着靠美人靠的一张方桌，是留给他们的，见他们进来，大家都起身招呼，村长与他们坐一桌，酒菜随即端上来。菜未动，酒先行，三杯米酒下肚，场面立刻热烈起来，猜拳的，高声说笑的，劝酒的，连秀秀都喝了几杯。

美人靠上方挂着一只竹编鸟笼，很精致，里面有一只神气的画眉，似受了热烈气氛的影响，不时昂首啼叫几声，其音清丽。村长见向天舒对画眉感兴趣，便对着画眉吹了几声口哨，画眉听罢，应和了几声，音调柔细婉转，与之前的叫声不同。旁边的人说，这只画眉很有名气，号称“画眉王”，连续两年夺得斗画眉大赛的冠军。向天舒仔细观察那只画眉，它在笼中跳跃的姿态十分敏捷，翅膀却从未展开过，看天空的眼神似有淡淡的哀思，被禁锢的画眉王，其王国如此狭小，并不比山林中最弱小的画眉幸福。秀秀喜欢听画眉叫，但家里从未养过画眉，要听画眉叫，只需走到到蒙山深处去。蒙地多画眉，秀秀听着画眉的歌声长大，又常常到山林中倾听，时间既久，竟能分辨不同画眉的叫声。自由之声最美；但被囚禁的歌声亦非千篇一律，依各自的个性而定。因人人都有失去自由的可能，向天舒对笼中画眉的叫声更感兴趣，向秀秀讨教，想知道它们失去自由后如何歌唱。从小失去自由的，意识不到自由的可贵，歌声一派天真，听上去很自然，但鸟笼的栅栏令声音的传递不畅，在精细的耳里并不自然；觉悟者则向往外面的自由，但心态不尽相同，豁达的，悲观的，忧郁的，淡定的，皆通过歌声表现出来，激愤者则通过殴斗泄愤，如古罗马的角斗士。本来自由，却不幸被猎获的画眉，深知失去自由的悲哀，苟且偷生者依旧歌唱，但全不着调，个性强烈者则拒绝发声，甚者绝食而亡。

因为要开篝火晚会，平常的日子立刻有了过节的气氛，每家都把晚餐做得跟过节一样丰盛，杀鸡打鸭，舍不得吃的最后一点火腿和腊肉也下了锅。篝火晚会开始前，大家都已酒足饭饱，换上节日盛装，陆续到广场上来，预备在舞蹈中将胃里不能消化的食物和酒气发散出去。

广场边摆了两张桌子，有酒有肉，任人取食。绾头的已婚妇女大口吃肉，大碗喝酒，有几位开始踢踏放歌，舞姿狂野，爆笑声近乎淫荡，体内的原始本能在酒精中不断发酵。篝火点燃，人群爆发出欢呼声，芦笙手开始表演炫目的芦笙舞，一面吹芦笙，一面做出各种高难度动作，辗转腾挪，甚至头肩着地倒立，音乐声却丝毫不乱，令人惊绝，尖叫声和掌声此起彼伏。之后是群舞，逆时针绕广场转圈，边走边舞。最后是自由舞，队列全无，男女混杂，十分热烈。虽然大家都知道秀秀和向天舒的关系特殊，但并不能阻止小伙子们想亲近她的冲动，更何况都喝了酒，胆子格外大，秀秀也喝得薄醉，不介意被骚扰，只巧妙地回避某些过火的肢体接触。她的舞步如此娴熟，姿态如此曼妙，身体轻盈得不见双脚着地，银饰“铃铃”作响。向天舒又妒又恼，因为不会跳舞，只好在一旁干瞪眼。秀秀要教他跳舞，他死活不肯，怕出丑，直到看见秀秀真的动了气，才随她来到广场中央，学着她跳舞，步伐笨拙零乱，好在大家都在忘情地舞蹈，没人笑话他，几次跌进秀秀的怀里，赶忙跳开，秀秀并不在意，边旋边看他笑，他却因肌肤的深度接触而心旌摇荡，鼻孔里充斥着对方身体的汗香，和她嘴里呼出的婴儿般的乳香气息。

归期在即。

连向天舒自己都没想到，这次会在桃村待这么久，与秀秀相处得如此融洽，像是很多年的相知，恨不能永远在一起。

眼看就要开学，不走不行了。

秀秀闷闷不乐，黄昏时独自带着阿丹出门，向天舒不放心，在水磨房后寻见他们。

“天舒哥，你什么时候再来？”

他觉得秀秀的表情有些异样，一滴泪如流星一般划过她的脸颊。

“瞧你，别难过，我会再来的。”

“听阿妈说，你有女朋友，是黄龙镇最美丽的女子，她叫什么？”

向天舒吃了一惊，他还没准备好告诉秀秀，一定是秀秀妈赶集时打听到的，联想到她每次看他和秀秀在一起的眼神，没准她早就知道了呢，告诉秀秀也是情理中的事，她不愿女儿受不明不白的伤害。

“叫英素花，不过……”他欲言又止。

“真想见见素花姐。”秀秀后来确实有过想见英素花的冲动，最终下不了决心。有时忍不住会问妈妈：英素花真的很漂亮吗？秀秀妈知道女儿的心思，每次都笑着说：没你漂亮。

两人各怀心事，在水边一直坐到天黑。自从知道了向天舒与英素花的关系以后，秀秀很矛盾，既想知道有关她的一切，又怕知道；向天舒似乎觉察到了她的心思，偶尔谈及他与英素花的关系，但又不便说得太多，十分纠结，索性选择沉默，久而久之，英素花成了他们之间的禁忌话题。

临别，秀秀忍不住当着爸妈的面哭起来。

“秀秀，快别哭了，小向又不是不来了。”秀秀妈安慰她说。

“小向，你看这丫头，舍不得你走呢！”秀秀爹笑着对向天舒说。

向天舒一点儿都笑不出来，心里也在流泪，此去不知何时再来？他自然还会再来，但不会马上，出来了这么久，不好即刻又来。

“小向，你等一下。”秀秀爹突然说，快步回屋，拿着一样东西出来，包着麻布，向天舒的眼前一亮，是猎刀。

“小向，送给你。”

“不，大叔，这是你珍爱的东西，我怎么好意思要。”

“别客气，收下吧，我用不着了。”

他一时很为难。

“小向，收下吧，这是她阿爸的一番心意。”秀秀妈恳切地说。

他用眼神向秀秀求助，秀秀已收了泪，微笑着点点头。

他接过猎刀，不知说什么好。回家后，将猎刀挂在书架上的醒目位置，时常取下来把玩。

顺道去梨村教堂。

教堂门口有两个村民在下棋，走近一看，是国际象棋。

梨村人会下国际象棋，令向天舒大吃一惊。想必是受杨伯来的影响，一问果然，杨伯来当年教会村民下国际象棋后，下棋便成了他最大的消遣，有人赢他反而高兴，这副国际象棋就是他当年的遗物，棋子一颗不少，大家都格外珍惜。

见向天舒对棋感兴趣，下棋的人便站起身，要让他来下。

“向老师会下吗？”恰在这时，吴吞走出教堂，笑着问他。

“不会不会。”

他蹲下身，饶有兴趣地观看棋盘，又拿起棋子来研究，棋子很精致，似一座座小巧的木雕，令他爱不释手。

“你们接着下，我学习学习。”

两个村民接着下了几盘，吴吞在一旁细心给他讲解，规则其实很简单，关键是下棋的人会不会灵活应用，他很快就学会了，不觉技痒，想要跟吴吞实战练习，下棋的人便让位给他们，做了旁观者。

下了几盘，竟互有胜负，向天舒心知是对方有意让他，连忙说："承让承让。"吴吞笑着说："向老师不愧是文化人，悟性高。"

观棋的人不明就里，都冲着他竖大拇指。

向天舒生平第一次接触国际象棋，却发现了一个有趣的现象，国际象棋中，王后和小卒一样冲锋陷阵，很民主，而在中国象棋里，将帅躲在一个小方框里，要别的角色来保护，唯我独尊，专制的色彩浓厚，东西方的差异彰明较著。

后来，每次来梨村，他都会和吴吞下几盘棋。

安琪远远跑来，看得出，她是得知了向天舒到来的消息后赶来见他的。

"安琪，家里都好吧？"

"都好。妈妈让我谢谢你。"

"你妈妈？"他一惊，她不是不跟人说话吗？

"是啊，真奇怪，上次你走了以后，安琪妈妈就开口说话了。"吴吞说。

向天舒在欣慰之余，恨自己没能力帮助更多的人。

四十七

在桃村时，向天舒没少想过英素花，但更多的是想她的身体，甚至连她的身体都做了秀秀的替代品。离开梨村，开始下山后，才将秀秀搁置一旁，专心想着同英素花重逢的情形，肉体的欲求空前强烈。

回到家，放下行李，来不及跟人打招呼，便直奔百货公司而去。

英素花和另外一个售货员正忙着接待顾客，没看见向天舒进来，出门的顾客大声招呼"向老师好"，在场的人都应声望过来，英素花咬着下嘴唇，怔怔地看着他，看得他愧疚不已。

英素花的同事让她提前下班。

她一路沉默，向天舒也不知说什么好。

“素花，对不起，这次出去的时间有点长了。”

“你还知道回来？！”

她停下脚步，望着他的眼睛，粉泪盈盈。

向天舒看四下无人，迅速吻了一下她的眼睛，英素花一愣，随即扑进他的怀里，泪如泉涌。

进屋，关门，热吻，两个肉体很快融为一体。

英素花一连来了十次高潮，泪如雨下，最猛烈的一次用力抓挠向天舒的胸膛，似要将他的心掏出来，他在剧痛中体验到一种受虐的快感，被对方的高潮彻底淹没。每次看见对方来高潮，比他自己来更让他满足，很多女人终其一生都不知道高潮为何物，而能每次都来高潮且高潮迭起的女人少之又少，仅就性爱而言，向天舒从英素花那里得到了前所未有的满足。

英素花饶有兴趣地听他讲起蒙地之行，蒙地的美令她向往。要是她知道了秀秀的存在，会怎么样？向天舒不敢去想，隐隐有些不安，及愧疚。

入夜后，英素花又要了一次，虽只来了一次高潮，猛烈的程度却不亚于之前的那十次。

向天舒疲惫地仰面躺着，想起去桃村的前夜，也是同样的情形，其间，好像只是做了一个长长的梦，现在梦醒了，秀秀，乃至整个蒙地都消失了。

第二天酣睡了大半日，拉开窗帘，阳光一涌而入，照在墙上，照在床上，照在英素花裸露在外的臀上，无数微尘在阳光里旋舞，他不由轻拍了一下床沿，更多的微尘腾空而起，拥挤着，争抢着，有些被挤出阳光，倏忽消失，即刻又冲杀回来，有些逸向他的口鼻。人原来每天都和无数的微尘生活在一起。微尘也有生命吗？有谁在意微尘的一生？我们无视微尘的存在，殊不知，我们也被更高级的存在所忽视。但我必须展示自己的存在。这样想着，目光落在那轮在阳光中熠熠生辉的白臀上，不觉又动了性致，用手轻轻摩挲。英素花哼哼了几声，似又睡过去，臀却微微展开，令他忍无可忍，顾不得拉上窗帘，在对面山上草木鸟石的注视下，将裤子褪下，就着床沿，闯进了对方的身体。微尘受到惊扰，在阳光里溃逃。

接连两个星期，向天舒奋勇做爱，为了自身的需要，更为了补偿英素花的等待，同时，也为了减少思念秀秀的痛苦，直到英素花的月经来袭，才戛然而止。

肉体的狂欢过后，精神再度空虚，对秀秀的思念却有增无减，要是会分身术就好了。与秀秀相处不到两个月，却比两年都长，秀秀完全融入了他的生命，要想分离出来，已不可能。有时，想得多了，秀秀的形象反而模糊起来，变成一种抽象的概念，甚至怀疑是自己杜撰出来的人物，虚幻的感觉挥之不去，除非再次踏上那片土地，以亲证她的真实存在。

他常常走到铁索桥上，遥望蒙山，脑海里重复着同样的问题：桃村、梨村、草海、枫香镇、囤村，都还在吗？当他不在场的时候，如何证明蒙山之后不是空无一物？这一切，在他第一次去蒙地以前，对他而言，并不存在，对永远没有机会去这些地方的人来说，更不存在。个体所能感知的世界是有限的，而世界是无限的，但如果没有个体的感知，世界的无限也毫无意义。个体既从属于世界，又是世界的主宰，没有个体，便没有被个体感知的世界，世界的存在有赖于个体的存在。个体好比一个圆，无论大小，与外界的关系都是包含与被包含的关系，正如笼中的豹子，人隔着囚笼的栅栏看它，它何尝不是也隔了栅栏看人。人所能做的，便是让自己这个圆尽量大些，而能将圆放大的，只有精神。贝克莱说得好，“存在就是被感知”，不懂这句话的人是感觉迟钝的人。个体可以在短暂的直觉中感知全体。于自己也要用心去感知，既感知身体的有，又感知身体的无；但心在身体里，这是感知的前提。

向天舒现在只上一个高中毕业班的语文课，郝校长不勉强他，他为黄龙中学做了那么多贡献，谁都无话可说。他不知道生活还会持续多久，但哪怕只剩一天，也不能空过。读书、思考、写信、画画、练字、吹笛、练太极拳，重新主导了他的生活，英素花又被冷落，其实，他并没有要冷落她的意思，是她自己有被冷落的感觉，她想要他多陪陪她，但他的意思很明确，人都是独立的个体，不要依赖别人，他不再强求她做他眼中“有意义的事情”，但至少不要妨碍他去做。好在英素花白天要去上班，将许多独处的时间留给他，因每天都要晚睡早起，午睡习惯只得保留，压缩为半小时。英素花轮休在家的时候，他便做一些平时无暇顾及的事情，譬如拾掇花园，英素花也爱做这件事，天气晴好时，两人便会劳动一整个上午，下午则到蓝江边散步，顺便看望艄公。

晚饭后，向天舒独自出门，从篾匠铺旁的小路走到平旷的田畴间，遥望小红河夹岸的树，太阳西坠，将天上的云映红了，稻子青黄相间，白鹭翩然而至，落在榕树上，但并不就此消歇，在树梢起起落落，似在做黄昏的舞蹈。叹赏了许久，看云霞越发灿烂，便想置身高处，以便更好地欣赏晚霞，唯一的办法是登山。时间不多，登老人山最相宜，即刻上路，快步走过正街，拐上北门巷，很快便站在老人山顶的石基上。太阳已经落山，天地间反而更亮，晚霞似火，烧红了整个天空，又烧到大地上，将所有的物体都点燃了，校园操场上、街上，很多人跑出来看，隐隐传来孩子们的叫嚣声和狗吠声。向天舒被眼前壮丽的景象惊呆了，感觉自己从内到外都被烧得通红通红的。好景不长，只持续了七八分钟。当地人管这种景象叫“火烧天”，很贴切。他的脑海里冒出一个句子：美是给生命的最高奖赏。他激动万分，这是迄今为止他找到的对美的最好定义。

他一面下山，一面回味着那个句子，瞥见一个黑影，在不远处移动，走近一看，是黑猫。黑猫没看见他，消失在一块大石后面。他悄悄靠近，藏在大石的另一侧，探出头，轻轻拨开灌木，看见黑猫和一只山猫面对面站着，四目相对，黑猫比山猫小，仰视着对方。向天舒内心的感动不亚于看“火烧天”时，从山猫的眼神和体态判断，与他多年前见过的那只山猫似乎是同一只。果然是只母山猫。山猫的苗条身材抵消了体型的高大，两只尖耳立在头顶上。他断定他们是在用眼神交流，遗憾自己看不懂。突然，黑猫嘴里发出奇怪的叫声，一声比一声大，他惊奇地发现，黑猫的叫声怎么听怎么像汉语的“我爱你”三个字，三个音节依次拉长，弱—强—弱，“爱”字的发音近乎嘶喊，“我……爱……你……”，“我……爱……你……”，“我……爱……你……”，看样子，他们不是第一次幽会，但黑猫却似首次表白，同样的叫声重复了一遍又一遍，近乎哀求，山猫不吭声，眼神迷离，不知是什么态度。向天舒好生着急，恨不得替她回应。终于，山猫轻轻叫唤了几声，其声柔细娇羞，并顺势躺下，接受黑猫的爱抚。他松了口气，替黑猫高兴。夜色渐浓，黑猫和山猫能看清的东西，他却看不清，遂起身离去，一路猜测接下来会发生的事。他从未见过家猫交尾，一只家猫和一只山猫交尾的场面就更难想象了。回家后，他迫不及待将英素花抱上床，飞快进入她的身体，英素花又惊又喜，高潮很快降临，他要她小声叫唤，“像只小山猫一样”，她很配合，别有一种风情，其间，他不停叫她“小山猫”。从此，英素花多了一个“小山猫”的外号，她也很喜欢这个昵称，无论人前人后，只要一听他这么叫她，隐秘的欲望即刻迷离了双眼。

向天舒念念不忘黑猫与母山猫的事，但再未见过黑猫，疑心已随山猫遁入人迹罕至的山林中去了。

他突然心血来潮，临时决定上白云山。请了两天假，星期三上午课毕，一分钟都没耽搁便出发了。顺路向屠老板买了几斤肉，天黑后才抵达三清殿。怪老道没想到他会这么晚来，喜出望外。

他定好闹钟，第二天天不亮就起床，往东走到能近观日出的地方，看过日出，回院里练了一上午拳。因为羡慕怪老道穿着道袍打太极的飘逸，他灵机一动，向小罗锅订做了两身太极服，一白一黑，寓阴阳之意，左胸前还绣了阴阳鱼太极符，衣服上身后，拳打得更有味、更轻灵。这次特意带了一套白色的太极服来，令怪老道赞不绝口。他的拳法已登堂入室，悟性固然重要，但也与他多年来的钻研有关。他请省城好友寄来许多与太极有关的书籍和光碟，从各门各派中吸取精华，经过多方比较和实践，他发现，太极拳多已沦为健身操，与功夫二字无涉，而怪老道的太极拳接近本源，是真正的功夫，因此信心倍增，练功更勤。

午饭后替怪老道挑了一担水，顺便喂鹰，回来后并不歇息，也不知打哪儿来的精力，紧接着便上舍身崖观落日去了。

他看着裸岩峰顶想，山顶虽然陡峭，如果有必要的装备，即便不是专业的登山运动员，征服峰顶也不是件难事，问题是，征服有意义吗？给想象留点余地，不更好吗？脑海里突然跳出一个词：理想之巅。就将白云山的峰顶当做“理想之巅”的化身吧，永远可望而不可即。他决定今后不再管白云山峰顶叫“圆锥形裸岩”，而叫“理想之巅”，这个念头令他激奋不已。每至覆雪的季节，理想之巅更加耀眼。

要不要也给自己重新命名？“向天舒”三个字只是一个符号，并没有实在的意义，也许，作为姓氏，“向”具有深远的意义，但并非他一人的专利，然而名呢？取决于父母的选择，与他无关，姓名一旦确定，便依赖他的存在而存在，但并不随他的消亡而消亡，终将与他分离，名存实亡，如果他只是个可有可无的人，名字也会慢慢飘散，不再被人记起。青史留名是许多人的梦想，但只有少数人的名字会被传扬下去。其实，名字只是一部大书的目录，翻开书，找到与之相对应的人，才算有意义。意义是人赋予的，与名字无关，改不改名都无关紧要。

他到崖边站完桩，盘腿坐下，突然想到一个名字：普罗米修斯，他甚至觉得，那个给人类盗来天火的神，此刻就被缚在他脚下的悬崖上。人被无形的绳索捆绑着，苦苦挣扎，物质的火显然无济于事，谁盗来精神的火，烧毁这绳索，照亮并温暖人心？

接下来的两天里，他潜心练剑。

他的太极剑术经历了从生到熟，从熟到精的过程，照怪老道的说法，余下还有两个过程，从精到妙，从妙到神，令他无限憧憬。

许久没摸七星剑，上手依然沉重，慢慢才又习惯，一气能将两套剑法练完，但要喘好一阵，离怪老道气定神闲的境界尚远。怪老道耐心给他做示范，强调除了功力，还须平衡的技巧，聚于丹田和腰脊的能量分配到四肢百骸，虽是单手持剑，力道却来自全身，甚至，来自整个大地。一番话令他豁然开朗，边习练边揣摩，渐得要领。

向天舒着魔一般练剑，废寝忘食，令怪老道既赞许又心疼。他不论做什么事都这么投入，追求极致与完美，既是优点，又是缺点，怪老道隐隐有些担心。

星期天，向天舒与怪老道一起下山，中午又请他到蔡家饭馆吃午饭，回来后，坐在客厅里喝茶，看着青龙山出神，不期来了一群多年未见的访客，是卡梭和马缨花两家人。

宾主相见甚欢。

卡梭没考上中专，又不愿上高中，想早点出来工作，向天舒托姜泽后的关系，替他在纬县找了一所好的技校，学费也替他付了，卡梭没有辜负他，学了一门好手艺，在县城找了一份稳定的工作，开始了一种与农民完全不同的生活。马缨花读书很成器，在向天舒的鼓励下，没考中专，继续念高中，竟考上了外省的一所大学，是水村的第一个大学生，全村人凑学费给她上学，不够的由向天舒补齐了，不要说马缨花的家人，连整个水村的人都感激他。

四十八

一段时间以来，向天舒不止一次发现，英素花没在看电视，而在看书，忍不住问："素花，电视节目不好看？"她白了他一眼，说："你以为我只会看电视！"新鲜劲儿一过，加之向天舒对电视的反感态度，英素花便没以前那么迷恋电视了，而且，从他对自己有意无意疏远的举动中，她隐隐觉出了某种危机，她想通过他看的书籍，去重新接近他的内心世界。许多书对她来说不啻天书，她就挑她看得懂的书看，她悟性高，慢慢地，"天书"也不那么高不可攀了，居然硬着头皮，花了一个月的时间，将一本介绍哲学的书看完了，而且还就书中的内容问了向天舒许多问题。

英素花的反常举动令向天舒又惊又喜，他由此得出一个结论：人的可塑性是很强的，只看他愿不愿意努力塑造自己，让自己变得更好。他与英素花的幸福生活并非不可期。

然而，好景不长，梦想在现实面前不堪一击。

一个巨大的变化在黄龙镇及其周边的村庄悄然发生。

到处都在议论：进城。

进城打工，挣钱。

城里到处是黄金。

就是乞讨，也比乡下好。

进城的人回来了，原先很穷的人，也都换了一身乡下少见的行头，招摇过市，颇有点衣锦还乡的味道。

其实，很多年前，二流子就开始进城了，只是他们赚钱的方式很特别，直接从城里人的荷包里拿，迅速致富，衣履光鲜地回到镇上，人模狗样，派头十足，尤其喜欢在黄龙中学女生面前招摇，令别的二流子惊羡不止；但本分人不会羡慕他们，本分人只会羡慕本分人。

镇上邮电所的业务繁忙起来，很多人家定期收到外来的汇款。回来的人自动形成一种默契，绝口不提进城打工的艰辛，令观望者下定决心，跟他们一道进城。

进城！进城！！进城！！！

县城，地区首府，省城，京城！

黄龙镇人终于赶上了潮流，如迁徙的鸟，辗转于城乡之间。

从一开始，英素花就梦想着有朝一日向天舒会带她回省城，她坚信这一天的到来。从常人的角度看，人往高处走，她并没有错，如果有机会，她是绝不甘心老死在这个偏远的小镇上的，眼看着越来越多的同龄人进城去闯世界，而向天舒却无意返回省城，她的心都碎了。

她一度想只身出走，甚至有过去省城找前男友的念头，但始终下不了决心，因为爱得太深，为了这个她深爱的人，她甘愿放弃一切梦想，眼巴巴看着别的女孩兴高采烈地结伴进城。最令她难受的是过年，打工的女孩子们纷纷回家，言行衣着都跟脱胎换骨似的，且故意显摆，对在城里遇到的委屈，和种种艰辛，则一概不提，面子要紧嘛，给在家的人一种假象，以为城市就是天堂。

受进城回来的人的刺激，又兼对韶华流逝的恐惧，英素花开始化妆。以前她基本都是素颜，其容貌也用不着修饰，修饰以后又是一番风韵，正所谓“淡妆浓抹总相宜”。但化妆品有点像毒品，人会产生依赖，时间越久越离不开，不会更淡，只会更浓，结果是，化妆前与化妆后，卸装前与卸装后，判若两人。她托进城去的人给她带化妆品。她很会化妆，化完妆艳光四射，谁见了都会倒抽一口气。一开始的妆很淡，渐渐加深，徒劳地想抹去时光的痕迹。向天舒一开始还饶有兴味地为她描眉，随着关系的紧张，渐渐流露出厌恶的心理来，时刻提醒她衰老的必至，唯有内在的美不会随时间一道流逝。

每次出门前，英素花都要问向天舒：我好看吗？

“好看！”他嘴上这么说，眼睛却在对方的脸上挑毛病，挑化妆品的毛病。英素花却以为是在挑她的毛病，很好的心情，立刻就被破坏了。

为这事，两人没少起过争执。英素花常说：你以为我爱化妆吗？谁不想留住青春？我最美的岁月都是与你一起度过的，你珍惜了吗？说得向天舒哑口无言。有一次，他不小心说了一句“金玉其外，败絮其中”的话，英素花恼羞成怒，用猎刀将他的书架砍得伤痕累累。

向天舒忍不住又去了趟桃村，谎称去白云山找怪老道。英素花信任怪老道，向天舒说去找他，她深信不疑，什么都没问。见英素花信以为真，他很难受，所有的宗教里都有不许撒谎的戒规，他自己的宗教里亦不例外，他不知该怎么责罚自己？这是他欠下的债，迟早要还。

为避免穿帮，他提前将撒谎的事知会了怪老道。

“前辈，我知道你喜欢素花，你不会怪我吧？”

“怎么会！这样做自然有你的道理，按理，我不该说谎，不过……放心吧，我不会说漏嘴的。”

怪老道心里终究过意不去，又说：“但愿素花姑娘不要问起，她不问，我就用不着撒谎了。”

他向怪老道坦白了自己去桃村的目的。以怪老道的阅历，自然听说过秀秀曾外祖母与洋人私奔的事，他懂草药，很早以前研究过秀秀妈的药摊，两人还交流过，彼此印象都很好，对秀秀则没有印象，既然向天舒说她比她妈妈更美，那就是天人了，凡人岂能不受诱惑？怪老道叹口气说：“你要多加小心，素花姑娘性情刚烈。”

秀秀一人在家，没想到他会来，喜出望外。

向天舒到厨房看秀秀煮茶，目光落在茶罐上，这是本地常见的一种黑陶，形制古朴。

“秀秀，这茶罐是在哪里买的？”

“我们自己做的。”

“真的？”

“不过，是以前做的，现在不做了，集市上什么都能买到。”

“可惜了。买的没有自己做的美。”

罐鼓腹，敞口，口部有个小巧的流，柄将罐口和罐身连接在一起，像一座拱桥，扩展了罐子的空间感。罐身有几道看似随意的旋纹，意味深长。

陶器蕴含了佛家眼里的四大——地火水风。人不能无中生有，但可以让有更加丰富。将简单的泥土变形，便是人最早的创造。甚至，在传说中，无论东西方，人自己就是泥土做成的。向天舒在省城的博物馆里见过很多远古的彩陶，为之倾心，本来，泥土归于泥土，而今被发掘出来，陈列在现代化的博物馆内，被聚光灯照亮，承受着各种好奇目光的打量，那些神迷的纹饰，有如历史的眼睛，隔着玻璃，看着他，看着成千上万的现代人，然而他不能抚摸它们，只能在脑海里想象：远古，某位汲水的美丽少女，裸身立在河边，怀抱陶罐，若有所思。

“秀秀，你知道陶和瓷的区别吗？”

秀秀摇摇头。

“将烧陶的温度提高到一定程度，陶质便会瓷化。这是一个顶大的秘密，是我们中国人发现的．以前，中国瓷器在西方是稀罕物。”

秀秀听着新鲜，突然说：“我有个主意，咱们来做陶吧。”

向天舒眼前一亮说：“好啊！”

立刻行动，去不远的山坳里挖来黏土。秀秀从家里将石转盘找出来，在磨房附近一块平地上安装好，向天舒主动承担了和泥的任务。水是现成的。他赤脚站在溪里，用力揉捏木盆里的黏土，秀秀蹲在地上，不时伸把手，看看黏土的黏度是否合适。四只手不经意碰在一起，秀秀顽皮地抓住他的手，他反过来也去抓她的手，四只手便在泥里捉迷藏，手指好像许多钻土的泥鳅。他捉住秀秀的双手，正要攥紧，以防它们溜走，然而它们却没有要溜的意思，软软地被他捏着，纵然隔着黏稠的泥，向天舒也能感觉到自己的心在那双柔嫩、纤细的手指上跳动。

接下来做泥条，最后塑形，秀秀转动石转盘，利用转盘飞快的转速，在上面灵巧地做出各种器形，水罐、碗、瓶，及其他即兴发挥的各种形状的器具，均比例协调，光滑圆润，向天舒尝试着做了几个，但歪七扭八，不成样子。他有些气馁，歇了手，看秀秀做，突然有了主意，与秀秀分工合作，待陶坯稍稍干燥，他便在上面用树枝刻画图案，画画是他拿手的，想起在省城博物馆里见过的古陶样式，凭记忆临摹，螺旋纹、蛙纹、水纹，等等，还照着秀秀衣上的图案画。因陶坯潮，刻图案时须十分小心。秀秀开始只是觉得好玩儿，待看见他专心致志的样子，便也认真起来。一口气做了十几个器具。向天舒在一个陶罐的底部刻上“秀秀”两个字，秀秀又惊又喜，也挑了一个陶罐，刻上向天舒的名字。他们将陶坯放在阴处，待第二天下午再移至阳光下晾晒。

因为耽于做陶，竟错过了做晚饭的时间。秀秀妈已经先回来了，正在生火做饭，见到向天舒，笑着说：“我说这丫头野哪儿去了呢，原来是小向来了。”

秀秀忙着做饭去了。秀秀妈着手收拾采回的药草。客厅里散发着山野的清香。

“大妈，你一个人去采药，真够辛苦的。”

“也不辛苦，这么多年，早习惯了，再说，做什么不辛苦呀。”

向天舒好奇地拿起药草来看，都是些他不认识的植物，看似普通的草，却有治病的功效，令他感到神奇，不仅仅是大自然的神奇，还有熟谙大自然的人的神奇，他决心以后向秀秀妈请教这方面的知识。

秀秀爹从地里回来，看见向天舒，忙不得洗，先坐下与他喝了一阵茶。

“小向，你走了以后，秀秀天天念叨你，像丢了魂一样。”秀秀爹是个心直口快的人，不巧被刚进屋的秀秀听见了。

“阿爸，不准瞎说！”

“不瞎说，不瞎说！”秀秀爹说着，低头吸水烟，抬起头，笑着吐出一大口烟。

晚饭时，向天舒提起下午做陶器的事，遗憾桃村的黑陶制作已经消失，秀秀爹妈都有同感，秀秀爹叹息说：“很多老手艺都消失了，现在，有些村连手工刺绣都废了，到集上买机织的，这样倒省事，可是不美，你看秀秀的手工，谁见了不夸呢？”

“是啊，苗族将历史穿在身上，这历史是活的，如果被机器和文字取代了，历史就僵化了。”

“小向，你真是太了解我们苗族了。”秀秀爹说。

秀秀妈和秀秀也向他投来赞许的目光，令他十分受用。

“大叔，我了解得还不够，想多听你讲讲苗族的历史，凡与苗族有关的，我都想听。”

秀秀爹便将他的记忆翻出来，他对本族文明的了解和识见，令向天舒叹服。

秀秀爹的记忆似没有尽头一般。秀秀也静静地在一旁听讲。

很晚了，他们还坐在饭桌边，秀秀妈催他们歇息。

“小向难得来，明天我下午再去地里，可以睡个懒觉。”秀秀爹让秀秀炸了一盘花生，继续与向天舒喝酒、说话。

“那明天我也偷回懒，秀秀，给我也拿个杯子，我陪陪小向。”

“那我也喝一杯。”秀秀说。

秀秀爹朝向天舒挤挤眼，因为有了酒意，表情显得很顽皮，向天舒也有些飘飘然，在灯火的掩映下，看秀秀妈和秀秀都像天人一般，四个人，像是其乐融融的一家子，天堂的快乐也不过如此，他突然想：天堂也分白天和黑夜吗？他无法想象没有夜晚的世界，也无法想象没有死亡的人生。

阿丹不解地看看他们，又看看外面的黑夜，这么晚，通常都只有它醒着，既然有这么多人醒着，那还用得着它守夜吗？于是它也偷了个懒，闭上眼睛，呼呼大睡起来。

夜里，他起来上厕所，阿丹在客厅酣睡，他蹑手蹑脚来到秀秀的卧室外，将耳贴在门上，什么动静都没有，想到秀秀喝酒后看他的眼神，就情不自禁想推门进去，思想斗争异常激烈，不巧被起夜的秀秀妈撞见，赶紧逃回自己的房间。

第二天，向天舒很晚才醒，躺在床上发呆，一想到夜里尴尬的那一幕，他就羞愧难当，不知该怎么面对秀秀妈。

“小向，睡得好吗？”秀秀妈关切地问他，像什么事都没发生过一样。

秀秀妈的态度让他松了口气。后来，每逢起夜，他忍不住都会在秀秀的卧室外逗留，眼睛则紧盯着秀秀爹妈的卧室，以防有人突然出来，阿丹则见怪不怪，哼都不哼一声。

下午，秀秀妈陪秀秀爹到地里去了，秀秀和向天舒将陶坯移到太阳下。向天舒问秀秀要了几根大针，在刻有秀秀名字的陶罐腹部空白处，用针细细刻出一幅少女的画像。秀秀一看是她本人，兴奋得跳起来：天舒哥，没想到你还会画画！她哪里知道，向天舒私下不知画了多少她的画像，写实的，写意的，穿衣的，没穿衣的，早已轻车驾熟。秀秀要他将他的画像也刻在有他名字的罐上，他不喜画自己，就像不喜自己出现在照片上一样，但不能拒绝秀秀，便以极快的速度完成了画像，神似形不似，若非熟悉他的人，绝认不出来。秀秀有些失望，怪他没有用心，他骗她说，他看不见自己，不好画，所以画不好，秀秀信以为真。

“不过，天舒哥，我一看就知道是你，怪了，怎么越看越像？”秀秀皱着眉说。

接连两夜，向天舒都梦见古陶，持陶少女全身赤裸，与秀秀的长相一样。在远古，陶罐可以装水，装食物，还可以装孩子的尸体，古陶丰盈的内部，万物发芽、生长，开出美丽的花朵。他迫不及待想看见陶器烧出来的效果。

第三日，陶坯终于干燥了，进入最后的工序，用火烧，在地面铺一层干树枝，把陶器堆在上面，覆以稻草松茅草枯叶，点火燃烧，余烬慢烤，大半天的工夫过后，向天舒惊奇地发现泥土获得了全新的生命。因陶坯的干燥程度不够，陶器多少都有些变形，恰恰是那两只刻有他和秀秀名字的陶罐烧得最好，透着金黄的色泽，两人的画像在夕阳中熠熠生辉。他想要有秀秀名字和画像的罐作纪念，但没法向英素花交代，只得作罢。后来，这两个罐子一直放在秀秀的卧室里，他每次来都要细细欣赏一番。

秀秀说：陶罐会唱歌。向天舒捧着罐子，愣愣地问：当真？此时正好起风，陶罐发出“呜呜”的声音，秀秀笑着说：你听。他便把陶罐举高，迎着风，两人都不说话，倾听陶罐苍凉的歌声，树林在远处发出沉郁的回响。

星期天一早，向天舒告别秀秀，与秀秀妈他们一道上路，至梨村口道别，拐上去梨村的路。星期天是英素花最忙的日子，只要赶在她下班前回到黄龙镇就行。

因有龙尤在，他打消了进教堂听赞美诗的念头，背对大门，看远处的田园，优美的歌声似流云，飘扬在群山之上。待歌声住了，他绕到教堂一侧，翻墙进入花园，在杨伯来的墓前盘腿坐下，与墓中人默默交流。

弥撒仪式结束后，本想等人都走了再去见吴吞，转念又想：见到龙尤又何妨？做人还是磊落些好。心顿时宽了。村民陆续从教堂里出来，吴吞见到他，跑过来招呼他，安琪也欢呼着跑过来，龙尤却很不自在，身边的两个伙伴冷眼看着他，他主动上前跟龙尤打招呼，后者似有些意外，应了一声，同两个伙伴迅速离去。

吴吞要向天舒与他们一起聚餐，他欣然答应，许多年轻女孩都过来与他说笑。饭后，唱诗班的人散去，吴吞搬来一张小桌子和两把椅子，放在阴凉处，与他下了两盘棋，安琪给他们烧水沏茶，两人边喝茶边聊天。

吴吞说起梨村孩子上学的艰难，最近的小学校在枫香镇上，不能寄宿，每天走读，路上耗去很多时间，孩子们自己倒不觉得辛苦，有学上就不错了。梨村的孩子每天要往返几十里山路去枫香镇上学，令向天舒又吃惊，又难过，事实上，桃村的孩子也一样，离枫香镇稍近而已。他琢磨着要为他们做点什么，一时想不出办法。

“安琪，走路上学辛苦吗？”

安琪笑着摇摇头。

他突然很想去看看她妈妈。

安琪妈妈见到他，又惊又喜，大概因为激动的缘故，说话有些结巴。

屋内跟上次迥然不同，他没想到，同样的房子，因主人心境的改变，竟会发生如此大的变化，空间未变，还是那么窄小，但拾掇得很整洁，了无异味，顶上安了两片亮瓦，屋内亮堂了许多。他打心底里感到欣慰。

四十九

从桃村回来不久，便出了一件大事。

大侄子溺水身亡了。

秋老虎天气，与盛夏时一样热，那天是星期六，尤其热。向天舒叫大侄子来家里吃午饭，顺便问问他的学习情况，大侄子下午要和同学去北门塘游泳。

“大伯，你也跟我们去吧。”

他许久没游泳了，因为忙，连登山都顾不上。

“天真热，我也想跟你们去，不过没时间。”

“大伯，你说怪不怪，今年北门塘到现在都没淹死过人。”

他“哦”了一声，心想，北门塘每年都会淹死人，但愿今年是个例外。

“你们可要注意安全，下水前要做准备活动。”

大侄子走后，向天舒突然有种不好的预感，到走廊上大声叮嘱：一定要注意安全啊！大侄子远远地答应着，与他挥手再见，谁曾想，竟是永别。

大侄子走后，他坐在客厅，边抽烟，边消食，脑子里空空的。本打算抽完烟去午睡的，青龙山的翠绿映入眼帘，其实，他一直在看着青龙山发呆，因为意识的停滞，眼里的信息传不到大脑，以至于视而不见，待思维重新活动以后，这才开始接纳感官得到的信息，看见山，听见蝉噪，嗅到午后的气息，感觉出空气中的燥热，遂被山上的浓荫所吸引，起了牺牲午觉去爬山的念头。爬到山顶，满眼的绿让他感到生命的旺盛，他并不知道，此刻，一个熟悉的生命已经走到了尽头。他立在龙角石上，看熟悉的风景，目光定格在蒙山方向，在思念的引领下，看见秀秀坐在美人靠上，斜倚着北面的栏杆，南面看他。他在山顶一直待到夕阳西下。

下山后才知道大侄子出事了，他赶到北门塘，大侄子刚被打捞上来，身子已经硬了。

悲剧来得如此突然，将普通的日子变得异乎寻常，向天舒在悲痛中努力寻找悲剧的缘由，后悔没有陪大侄子去游泳，并因此自责，既然有闲暇爬山，为什么就不能去游泳呢？水的清凉不远胜山的凉阴吗？

现场聚集了很多师生，在等派出所的人，单玉老师老师紧紧挽着郝校长的胳膊，眼睛红肿着，看见向天舒来也只用眼神示意了一下。赵本根搀着小吴老师，她已经哭得不成人形。大侄子仰面躺着，身上盖着衣服，露出苍白的胳膊和小腿，脸显得比在场人的亮。谁都不敢出声，怕引起死者阴魂的注意，胆小的女生站得远远的。

残霞挂在天边，夜藏在水底，拽着黄昏的尾巴。

向天舒欲哭无泪，呆呆地坐在大侄子的尸体旁。人群起了一阵小小的骚动，警察来了。

“小向，别太难过！”是单玉老师的声音。

“小向，起来吧，警察要验尸。”是郝校长的声音。

“死者是向老师的侄子。”不知谁在说。

“向老师，麻烦让一让。”是个陌生的声音，那声音又说，“我们要验一下尸体。”

“天舒，天舒！”有人在拉他，是英素花。

他竭力想站起来，脚下一软，摔在死者身上，现场一片惊呼。郝校长和赵本根连忙同英素花一道将他扶起来，搀到一旁坐下。

大侄子被抬回学校，寄放在大礼堂里。向天舒在英素花的怀里昏睡到第二天天亮。

向家人第二天夜里赶到，向母和弟媳当场晕了过去。向母醒来后大放悲声，最后干脆躺在地上哀嚎，谁劝都没用，英素花试图搀她起来，却被她一把推开，踉跄了几步，头撞在墙上，向天舒忙去安慰她。向母坐在地上，突然发飙，指着英素花叫道：你这个丧门星，都是因为你，快滚！英素花和向天舒都愣了，在场有很多人，英素花强忍着泪水，看着向天舒，向天舒的眼神没让她失望，若非情况特殊，向天舒非跟母亲撕破脸不可。他一言不发，当着众人的面，将英素花紧紧搂在怀里。向母从地上爬起来，作势要去撞墙，现场一片混乱。

向天舒去施大爷家选了一口棺材，将大侄子装殓了，赁车送回祖村安葬。他没跟母亲他们一同回去。

向家人都怨他，怪他没照顾好大侄子，如果他当初让大侄子与他同住，悲剧也许就不会发生了，而他不愿意与大侄子同住的原因，照他们的理解，是因为英素花那个女人，弟弟从此与他疏远。他不做分辩，此后就一直没去祖村，向母也很久都不到黄龙镇上来。

向天舒每次看到麦香，就会想起大侄子，麦香也因为失去了一个要好的朋友悲痛不已。

大侄子的死令向天舒无心过中秋节，英素花不好勉强他，回自己家吃月饼去了。他独自来到北门塘，表达对大侄子的哀思。北门塘的水干了很多，他绕到对面，一直走到长虫山脚，爬上坟场，来到叶莲的小坟前，几个月的时间，草又长长了，他拔掉长草，将墓碑拭净，看着碑上的字，大侄子的死勾起了他对叶莲之死的回忆，月白风清，他不知道世间有什么东西是永恒的。

对秀秀的思念令他渐渐走出死亡的阴影。

见不到秀秀，见到秀秀妈也是极大的安慰，他每星期都要到秀秀妈的地摊旁闲坐，偶尔也治治肩病，从她那里得到秀秀的许多消息，也把自己不能去桃村的缘由告诉她，她自然会转达给秀秀，好让她安心。

中秋后，小红河夹岸的杨树叶变黄，紫溪两旁的灌木变红，黄龙镇及周边的秋色渐次展开，十月初，蔓延至长虫山北麓及蒙地，漆树、枫树、杨树不知不觉就变了颜色，红黄为主，深浅不一，或集中，或分散，令阴天不愁，晴天更喜，到十月下旬，秋色赶趟儿似的，爬上白云山，迫近皑皑雪峰，将落叶松林染黄，落叶松林便如金色的立领，令白云山的头颅更加挺拔。

国庆节放一星期的长假，向天舒自然不会放过去桃村的机会，思来想去，还是用去找怪老道的借口最稳妥，怪老道觉得自己简直成了他的帮凶，愧对素花姑娘。

他一路走，一路欣赏秋色，但落尽叶子的树不免让他联想起不久前的死亡，心情随之沉重起来，秋色变得触目惊心，仿佛死亡的灿烂面孔。拐过熟悉的弯道，走到溪边，水里漂过许多枫叶，令他想起“红叶满寒溪”的句子来。捞起一片枫叶，叹息着端详，又抬头看不远处的枫树，叶死了，树还活着，人也似长在宇宙上的叶，宇宙长存，人却迟早会飘零。

秀秀从阿妈那里得知了天舒哥大侄子溺亡的事，一直在替他难过，耐心等他来，以便安慰他；而他受了秀秀情绪的感染，把见到她的喜悦收敛了起来。晚上，他向秀秀一家说起大侄子的死，在场的人都不胜唏嘘。

第二天，秀秀露出笑容，将他心里的阴霾驱散，他知道，死者已矣，生者须珍惜生的时光。他要秀秀陪他去看枫林，无论生林和老林，这个时节都应该是最好看的。

深红的、浅红的、黄的、橙的，色彩斑斓的枫叶，在树上，在空中，在地上，晴朗的日子，分外妖娆，浅草完全被覆盖。向天舒忍不住躺在松软的叶上，透过枝叶看蓝天，深远的蓝，令枫叶的色彩更加绚丽。秀秀却静不住，和阿丹一起，把厚厚的叶踩响。

“秀秀，你也来躺下。”

秀秀便挨着他躺下。

“天舒哥，真美！”秀秀出神地看着上方。

他扭过头，看着秀秀的侧影，说：“是啊，真美！”一片红叶飘飘荡荡，冲秀秀飞来，眼看就要掉到脸上，秀秀并不躲，那叶却改变了方向，轻轻落在她额际的发上，恰似一种天然的装饰，两种美相得益彰。

秀秀的生命树已经有碗口粗，主干挺拔，枝繁叶茂，在向天舒眼里，连叶都比其他树红得好看，想到这棵树还要长大，但迟早有一天，因秀秀生命的完结而被砍倒，就觉得万分可惜，不过他是绝对看不到这一天的，这同他与秀秀的年龄差距无关，甚至，秀秀远在死亡到来前的衰老他都看不到，他不能。生林的树注定都不会长久，所幸不断有新树补充进来。

老林的秋色更壮观，无论占地面积和树形都更大，显得死者的世界热闹非凡。蓝天下，红叶，黄叶，大小不一，“沙沙”飘坠，仿佛色彩的舞蹈，又如被风吹落的阳光的碎片。

村里传来一声巨响，像是火药枪的声音，阿丹“汪汪”叫了两声，向天舒皱眉看着秀秀，她说：村里有老人去世了。蒙地老人去世后，家人第一时间请秀秀爹鸣响火药枪，以通知所有人。一家的大事便是全村人的大事，秀秀着急回去，向天舒隐隐有些激动，他想看秀秀爹给死者做法事。

死者家在村东头，靠秀秀家这边，老远就听见嚎哭声。已经聚了很多人，本家和村里的重要人物在堂屋内，其余的人都在外围，秀秀和向天舒一出现，人群便自动为他们让道，确切说，是为秀秀让道，因为她是巫师的女儿。村长朝他们点点头。丧家戴着白孝，刚住了哭声，目不转睛地看着秀秀爹。秀秀爹穿着法服，与常日判若两人，正在给死者做安魂的法事，现场静得出奇，谁都不敢惊扰了死者的阴魂。秀秀爹先用竹片起卦，竹片合在一起，是一节完整的竹子，秀秀爹将两块竹片扔到死者床前的地上，反复扔了几次，将阴阳向背的结果记录下来，仔细掐算，看死者的灵魂是否受到恶魂的侵扰。他闭上眼，似乎去了另一个世界，许久，睁开眼，对丧家点点头，丧家松了一口气，重新放出悲声。

死者是位七十几岁的男性老人，躺在枫木板上，像在深睡中，面容清瘦，眼窝深陷，许是嘴里少牙的缘故，唇抿得很紧，微内收，眼也紧闭着，像是怕灵魂走脱了一样。

秀秀爹退出来，与村长和死者的几个儿子商议葬礼事宜，屋外有平地，先搭个灵堂，等本家和舅家的亲戚来吊唁，尤其是舅家，已派人火速去通知。

灵堂很快搭建起来，塑料布铺顶，上覆带叶的柏枝、枫枝等，枫木棺已做好，等母舅家的人来后一起装殓。夜里，秀秀爹同丧家一起给老人清洗、剃头，穿上寿衣，将死者放到灵堂里，头朝里脚朝外，供桌放在最里面，点燃香火。笙鼓手开始演奏“安魂曲”，丧家的几个亲戚轮流和着节奏唱歌，曲调低沉悲凉，一夜到亮。

秀秀爹回到家时，已疲惫不堪，吃完饭，秀秀倒热水给他泡脚，又替他揉捏双肩，秀秀妈用热毛巾给他擦脸。

“天舒哥，你也泡个脚吧？”

“是啊，让秀秀也给你捏捏肩，你的肩病还犯吗？”秀秀妈笑着说。

向天舒正待阻止，秀秀已经起身倒水去了，他只好说：右肩锻炼时还会疼，平时还好。

“那就让秀秀用药酒给你揉揉。”

他心里巴不得呢，但同秀秀爹比起来，自己无功受禄，不免有些难为情。

他与秀秀爹都泡着脚，面面相对，自己都觉得好笑。夜气本来很凉，双脚一热和，身上跟着就暖了，他将衬衣褪下一点，单露出肩部。秀秀轻轻给他揉肩，意外的享受令他露出惬意的表情来。

“大叔，死者家的亲戚明天都会到吗？”

“不一定，路远的要后天才到，不过明天舅家的人肯定会到。”

“舅家的人很重要吗？”

“是啊，娘亲舅大。”

向天舒似乎明白了，这同古老的母系社会有关，无论是枫木娘娘，还是蝴蝶妈妈，都是苗人极崇拜的祖先，或许，还有另外一层寓意，人死后，要通过母舅家的接引，才能回到祖地去，人从祖地来，通过母腹诞生，死后自然也要循着来时的路回去。

他把这些想法说出来后，在场的人都很惊奇，觉得他分析得很有道理。

“天舒哥，你比苗族更了解苗族！”秀秀忍不住赞叹。

“是啊，小向的学问和见识太不简单了。”秀秀爹也赞道。

“你们泡完脚，就早点歇着吧，明天还要忙呢。”秀秀妈说。

向天舒和秀秀自然舍不得睡，待秀秀爹妈上床以后，又坐了一阵，聊了些与死有关的话题。

“秀秀，你怕死吗？”

“不怕，人都要死，怕有什么用？”

“那你怕别人死吗？”

“别人？也不怕，只要死人的魂有个好去处，不为难活人就行。”

“那，如果是你的亲人呢？”向天舒犹豫了一下说。

“亲人？阿爸阿妈？”

向天舒郑重地点点头。

“不，他们不能死。”秀秀急得眼泪都出来了。

“我能死吗？”

“不能，也不能，天舒哥，不许说不吉利的话。”

“可你说过，人都要死的呀。”

“人好好地活着，怎么能死呢？！可是，又怎么能不死呢？”秀秀失神地说。

夜里，丧家的鼓吹时高时低，未曾间断，令向天舒辗转难眠。

第二天，秀秀一家刚吃过早点，就听见震天响的鞭炮声，秀秀爹拔腿出门，秀秀和向天舒随后赶出去，是死者舅家的人到了。果然气势不凡，还带来了几个芦笙手，边吹边舞，死者的子女跪地迎接，双方见面后先哭了一场，然后舅家的长者率众人走入灵堂，看过死者，出来提了很多问题，死者的长子一一作答。秀秀悄悄告诉向天舒：他问死者是怎么死的，什么时辰死的，留下什么话没有，安魂的法事做了没有。舅家长者与秀秀爹认识，两人握过手，商定了下午装殓的事宜。

装殓时，死者的子女不能在场，怕死者的灵魂留恋他们，不肯入棺，更怕死者把他们的魂带走。因此，入殓的事宜便由秀秀爹和舅家长者负责。死者入棺后，子女回到灵堂，跪在棺木两侧，迎接前来吊丧的亲人。长者送上舅家带来的祭礼，是一头大山羊，秀秀爹用一根线拴在死者的左手食指上，线的另一头拴在羊角上，表示羊已被死者接纳，接下来，无论祭礼大小，都是同样的仪式。

第三天，亲友陆续到齐。

第四天，举行隆重的打牛和给亡灵引路的祭祀活动，全村的人都来观看。

秀秀一直很专注，似在用心记引路词的内容，向天舒在心里替她叫苦，要记住这么多内容殊非易事，须付出很多努力。

第五天出殡，八人抬着棺木，穿过村子，往西北方去，送葬的人尾随其后，鞭炮声大作，秀秀爹在棺木前引路，边走边撒纸钱，口中念念有词，出村口不远，队伍突然停下，现场一片静寂，连孩子都不敢出声，棺木搁在地上。秀秀爹将一头系在死者手指上，一头露在棺盖外面的麻线剪断，立即有人将棺木封死，大家发一声喊，重新起棺，悲声大作，女眷都哭倒在地。秀秀爹做了个手势，抬棺的人小跑起来，似很紧急，送葬的人不得再跟，连秀秀和向天舒都没让去。人死了就得走，亲人不得有任何挽留之意，否则于死者生者都不利。将死者三魂之一接回家是稍后的事，到时还须做一堂复杂的巫事，同时在坟上种一株枫树苗，坟前立一块碑。

当晚，丧家请亲友和帮忙的人吃饭，摆了十几桌，秀秀一家和向天舒也在受邀之列，秀秀爹被奉为上宾，与村长和死者舅家的人同桌。几日来的悲伤气氛一扫而空，死者的子女端着盛酒的牛角给宾客敬酒，一边唱着敬酒歌，气氛十分热烈。死者年岁虽不太高，但也算寿终正寝，丧事堪称白喜事，悲悼过后有理由庆祝，而且，丧事办得圆满，无一丝苟且，因为巫师的功劳，死者的灵魂得以和祖先团聚，真真值得庆贺。桌上的主菜便是昨天被打杀的那头牛，一想起牛的眼神，向天舒就下不了筷，他和秀秀一点儿牛肉都没吃。许多村民吃过饭后也来看热闹，气氛跟过节一样。

向天舒庆幸自己亲历了一场蒙地苗人的葬礼，但因为这场葬礼，一个星期过得飞快，归期转眼就到了。

村长来秀秀家吃晚饭，说起建小学校的事情。桃村和梨村一样，也没有学校，孩子们每天步行去枫香镇上小学，十分艰辛，许多家长便不愿送孩子上学，两村合计着要在桃村建一所小学，好容易向镇政府申请到一笔经费，但还不够。向天舒心里一动，问明了资金缺口的大概数目，盘算了一下，在自己的能力范围内，便说剩下的钱他来出。村长和秀秀一家十分惊讶，但他一个老师，哪里来这么多钱？向天舒笑着说是他以前在省城攒下的。

“不行，你还没成家，今后用钱的地方还很多。”村长说。

“孩子们上学比我成家重要，再说，我还有钱，你们不用担心。”

村长激动不已，立刻让人去将梨村的村长叫来，大家都很兴奋，商量至深夜，建小学校的事就此敲定，择日开工，地点早已选好，就在游方坪左后方，居高临下，紧靠桃林。向天舒的脑海里出现孩子们在桃花海中诵读的美丽景象。大家为学校的名称争持不下，因是两村合办的，叫桃村小学不合适，向天舒顺口说：何不就叫“桃源小学”？当即得到所有人的认可。

向天舒让好友直接将钱寄到桃村，蒙地以外的人并不知道此事。他又从小卖部购置了大批文具，既照顾了贾老板的生意，又帮助了桃源小学的学生。

他常想，给予是种幸福，有给予的能力则是实现这种幸福的先决条件。人一旦得到最初的生命，便不断获取，阳光雨露，知识阅历，成长到一定的时候，就要考虑给予，而非一味地获取。愿给，并且能给。能给是件值得自豪的事情，说明有给的资本，无论是钱财、知识、善良，只要是人乐于接受的，都应该给，不给也留不住，终会被死神收走。给予分为两种，物质的，精神的，物质短暂，精神久远，因此，一个有丰富的精神世界而又愿意给予的人是高尚的人。

第二天别过秀秀，去梨村看望吴吞和安琪。吴吞知道了他捐资建校的事，感佩不已，说不亚于当年杨伯来建造教堂的功绩，事实上，梨村的几位长寿老人都说他像当年的杨伯来，向天舒觉得这是对他最大的褒奖。

五十

向天舒走惯了去桃村的山路，竟然快过当地人。差不多每两个星期就要去一次桃村，只待一晚，星期六早上去，星期日下午回。频繁的桃村之行似不断重复的旋律，但绝非简单的重复，每次都会出现新的音符，引起小小的变奏，令主旋律不断升华，犹如一条大江，沿途得到大大小小支流的补给，不断壮大，奔向永恒的大海。

为了找借口去桃村，可谓绞尽脑汁，家访、上白云山，偶尔也会直说是去找苗女治肩病。其中，家访的借口最频繁。按理，他不是班主任，家访非他分内的事，但他坚持家访，且将家访了解到的学生家庭的情形通报给班主任，学生因此同他亲近，他任课的班总受到其他班的羡慕，学生们都很喜欢他，家访成了他生活的一部分，提供了远足和了解当地风土人情的机会，现在，家访被桃村之行取代，他不能不感到遗憾，但也别无良策。

除了去桃村，他每天有很多时间做自己的事，教书早已不是他的生活重心，经过那么多年的付出，他有资格享受更多的闲暇。学校又来了几个新老师，在郝校长的努力下，黄龙中学的教学质量稳步上升，学生的数量大大增加，令向天舒感到很欣慰。教育是立国之本，读书是人认识自己和世界的最佳途径，虽然还有个别学生被包姥带坏，但已无伤大雅，一定程度上应验了郝校长当年说的话：邪不压正！

蒙地从前多狼，据说还有，无人得见。向天舒却遭遇了一头。那一次，他没有像往常一样，星期天离开桃村回镇上，流连至星期一才返回（回去后谎称喝多了，学生家长不放心，死活要多留他一天，英素花信以为真），为了不耽误星期一上午的课，摸黑出门，深一脚浅一脚赶路，月亮斜在天边，寒气逼人。晨光初现时，瞥见一个灰色的身影，第一反应是条狗，但又觉得不对，走路的姿态与狗截然不同，是狼。他打了一个冷战，一动也不敢动，对方斜了他一眼，眼神灰冷，比周围的寒气更甚，尾巴僵直，几乎拖地，眼中全无猎获的欢欣，充满疲惫和失意，大概白忙了一夜。他镇静下来，试图尾随对方，但灰狼不理会他，加快速度，径直走入树林。他后来与秀秀爹说起遇见狼的事，秀秀爹兴奋之余，嘱咐他路上小心，他便自制了一根圆木棍，去桃村时带上，狼再也没见过，棍子却始终不离身，边走边挥舞，如顽童一般，自得其乐，不好走的地方便做拐杖用。

入冬后，去桃村的路途变得异常艰难，空气湿冷，景色的萧瑟令人落寞，刺骨的寒风阻人前行，去路尚可忍受，因为有秀秀面容的引领，与秀秀一家团聚在火塘边的情景如此美好，善良的秀秀爹妈，温暖明亮的火塘，善解人意的阿丹，热气腾腾的饭菜，喷香的米酒，令旅途的劳苦一扫而空，他甘愿接受艰苦的考验，以享受苦尽甘来的欢欣；归途却无限凄楚，因为思念与相聚的时间不成比例，离别总让人伤怀，秀秀的面容愈行愈远，到处是让人绝望的寒，有些地段雾大，连小路都消失了，须摸索着前行，亏了那根随身带着的圆木棍，才避免了摔下山崖的危险，路途过半时，会遇见几个赶集归来的苗人，简单寒暄几句后，又匆匆踏上各自的旅程，赶在天黑前到家，不幸又遇上雨的话，再多的“惨”字都不够形容，冬雨很小，却没完没了，令他感受到一种从未有过的凄苦，与见到秀秀的快乐恰成反比，仿佛全世界的苦难都堆积在他身上。

秀秀很矛盾，一方面心疼他，不忍他受路途上的劳苦，一方面又想见他，委决不下，只好等他来时给他烧最旺的火塘，做最可口的饭菜。

秀秀家的火塘温暖了整个冬天，当一切成为回忆，火塘驱散了所有的寒冷，让他度过了一生中最温馨的时光。寒冬来临前，秀秀妈抓紧时间采药，储备了可以卖一个冬天的药草，和秀秀爹一起将小麦种下以后，便开始享受一年中最悠闲的时光，因天气恶劣，极少赶黄龙镇的集，多半时间都在火塘边度过，与秀秀一起刺绣，秀秀开始学习巫术以后，她又多了一项乐趣，看丈夫教女儿巫术。

美人靠前挂了一块布，以遮挡寒风，但挡不住无孔不入的冷气，火塘成了每户人家的中心，是冬日里的主角，不仅提供热，还提供亮，无论白天黑夜，美人靠被遮挡以后，客厅在白天也显得昏暗。向天舒的到来令秀秀一家人都高兴，给冬日平添了欢悦的色彩。

连阿丹都变得懒惰了，须臾不离火塘，时常耷拉着眼皮，看见向天舒和秀秀出门也只抬抬眼皮，像在说：这么冷还出去！幸得秀秀妈在，如果人都不在，它就不好意思独自留在火塘边。夜里，阿丹独享火塘，余烬被灰盖住，只散发出很少的一点儿热，向天舒每次起夜都见它醒着。

有一回，秀秀爹妈先去睡了，向天舒和秀秀照例舍不得睡，在火塘边呆到深夜。向天舒的身上突然发痒，痒会到处跑一样，忽东忽西，他疑心是跳蚤，伸手到衣服里去摸，逮到一只虱子，在两指间挣扎，似要将他的手指撑开，虽然相对于人来说，这是很小的力，但显然已倾尽了毕生之力。乘秀秀不注意，将虱子丢到火塘里，“噼”的一声，很小，但屋里阒寂（因是临睡前，火塘里不再添柴，只剩静静的炭火），秀秀看了他一眼，低下头去笑，那笑容表明，他掩人耳目的举动纯属徒劳。他为自己的不雅之举感到局促。

“秀秀，让你见笑了，这些该死的小东西！”

“这有什么？冬天谁不生虱子。”

秀秀的身上也有虱子，这个想法不仅无损于她的形象，反令向天舒激动。乡下冬天洗澡不方便，生虱子很正常，但干净如秀秀者，虱子必不会多，那几只虱子令他羡慕不已，恨不能自己也变成它们中的一员，可以在秀秀的身上肆意溜达。

即便是天寒地冻的隆冬时节，向天舒也坚持长途跋涉去秀秀家，但每次都遭到英素花的阻挠。好歹去了，回来时免不了都要面对英素花质疑的眼神，这种天气他还坚持“家访”，没法不让人生疑。英素花不让他去“家访”，还有一个原因，她怕冷，不愿一个人睡。他好说歹说，她才同意他偶尔“家访”一次。

前两天下了一场小雪，但显然没下透，天空中酝酿着一场更大的雪，令他既兴奋又不安，怕大雪下得过早或过迟，他希望下大雪时他恰好在桃村，他还没见过蒙地下雪的情形。

天从人愿，上路没多久就开始飘雪，小小的雪，伴随他一路。上次来时小麦刚出苗，现在有一拃多高了，薄雪盖住土，衬得绿色更加分明，他想，此刻小麦的心情定然同他一样，希望雪下得大一点，久一点。

雪当真大起来，不甚密集，能看清每片雪花在空中飞翔的姿态，且不妨碍视线。

他提着木棍，在雪中的山路上独行，没有任何活物，没有一丝风，雪花落在他的发上，有些不偏不倚，落在他的后脖颈里，令他打了几个大大的寒噤，如果他站定，一动不动，不消两个时辰，就会像那些树和山头一样，全身披白。下雪时反不如平时冷，悦目的雪景令旅程充满诗意，脚下从容，思维也空前活跃，随漫天的雪片飞扬。黑色的树干，黑色的峭壁，与白雪形成对比，蒙山主峰与天空一色，隐隐有宋人画意，他仿佛是画中似有若无的旅人，在时间中行进。

远处的两个身影将他的思绪拉回到现实中来，旋即又把他带到另一种非现实中去。他站住，等阿丹叫他，果然，阿丹冲他“汪汪汪”叫了三声，声音被雪吸去了一半，显得短促、干涩，他快步走向秀秀。秀秀垂着手，头饰上堆积的雪表明她已经候了很久，现在他定期来，她也定期来等他，他几星期没来，秀秀的失望可想而知。

他们转过弯道，立在溪边看雪。流水和雪花呈不同的动势，一水平，一垂直，一浑然，一空灵，水与雪的本质相同，外形却相去甚远，常态的水，经多方的努力，升华为雪，如蛹化蝶一般，蝶只有几十天的生命，雪更短，几日便尽了，却在两个从未谋面的季节里各擅其美。

他们本不打算即刻回家，想在雪里流连，无奈起了大风，将雪花吹乱了，扑打在脸上，迷了双眼。雪受了风的鼓动，一改之前的温柔，变得暴躁起来，好像有人在天上撒酒疯，撕破所有的棉被，将里面的棉絮全部抖落出来，他们于是加快了脚步，先躲过这阵暴风雪再说。

秀秀爹妈正在为秀秀担心，见她与向天舒一起回来，大喜过望，异口同声地说：小向，这种天气你还来？快进屋向火！

秀秀爹兴致高昂，让秀秀妈弄了两个下酒菜，不等吃午饭，就与向天舒坐在火塘边喝起来。向天舒的身子很快暖和起来。窗外的雪乱作一团，像激战正酣的两支部队，风向变时，雪片被吹到布帘和美人靠两侧的窗玻璃上，发出声响。

吃过午饭，尽管有些犯困，他不舍得睡，想出门去看雪。秀秀陪着他，阿丹早已失了对雪的兴趣，宁愿待在火塘边。

风小了，雪却不见小，向天舒举着伞，秀秀紧挨着他。两人的身体若即若离，离秀秀这么近，他的心跳却没有加速，万千雪片好像下在他心里，将他的心也铺成一个洁净的世界。伞渐渐沉重，伞面的雪越积越多，他不忍抖掉，就这么撑着，小小的伞并未将他们与雪隔绝，相反，他们成了雪的一部分，雪下得如此密集，如果此刻有人，哪怕离得近，也不容易看见他们。他们到村里走了一圈，一个人影儿都没有，连平时常见的鸡啊狗啊猪啊，也一概不见，走上游方坪，看桃树开白花的奇观，许多枝条被雪压断了。

他们走回来，没有进家，继续走到廊桥，收了伞，看桥下的水流。风几乎停了，流水的声音，从远处磨房隐约传来转轴的“咯吱”声，显得雪没有一丝声响，又恢复了刮大风前的柔静。雪越下越紧，视线完全被阻，连对面的山都看不见，他们决定回家，待明日雪小了以后再出门。

窗玻璃上蒙了一层雾，看不清外面的雪，向天舒觉得遗憾，秀秀会意，把遮挡美人靠的布帘卷了起来，冷气立刻灌进屋里，人一离开火塘便冻得受不了，好在没有风。他过意不去，想去把帘子放下来，却被秀秀爹妈阻止，他们说不介意，难得下这么大的雪，是该好好欣赏欣赏，阿丹鼻子里发出不满的声音，将身子蜷成一团。

秀秀妈同秀秀一起准备晚饭，秀秀爹与向天舒在火塘边抽烟、喝茶，他过意不去，觉得两个大老爷们儿（算上阿丹的话便是三个大老爷们儿）守着火，却让两个女子挨冻受累，便走到厨房，看能不能帮上什么忙，秀秀妈笑着说不用，秀秀说：快去歇着，别帮倒忙了！他这才回到火塘边，心里踏实了一点儿，秀秀爹笑着对他挤挤眼，好像在说：别说你，连我都帮不上忙！

眼看天要黑了，向天舒索性一咬牙，离开火塘，坐到美人靠上看雪。雪没有先前密，能看清许多雪片的样子，摇摇摆摆在他眼前坠落，连绵不绝。不远处的水塘依稀可见。

雪在夜里的动静格外分明，时大时小，始终没有停息。

一早起床，雪还在下，只是小了很多，远近高低，白茫茫一片。雪没过小腿一半处，最深处及膝，走路变成高抬腿运动。无论大人小孩，都出来看大雪，中心广场上已经堆了好几个雪人，看见他，大家都很惊讶，这么恶劣的天气他还来找秀秀，就连平时持怀疑态度的人，都深信他和秀秀会终成眷属。

他和秀秀成了很多雪球攻击的目标，一面躲避，一面还击，到处是欢声笑语。

雪停了一阵，不久又下起来。人已见识过昨日的大雪，不把这点小雪放在眼里，而专注于被雪装点一新的世界，房屋、树、山、地面，皆与往日不同，十分的美，三分要归功于白雪。

这场雪不同以往的任何一场，打一开始就主宰了向天舒的心思，甚至挤占了秀秀的位置，在视觉、听觉、触觉和感觉中，雪无处不在，那是一种热恋的感觉。他确信，在融化以前，这场雪就是他的恋人，短暂的爱情，与尘世的爱情毫不冲突，这样的爱情经历还有很多，他爱过某阵风，某场雨，某个夜晚，某轮月，某朵花，某只猫，某滴露珠，某张笑脸，生活的一部分意义便由这些爱构成。

他提议去草海边赏雪，秀秀欣然同意，回家蒸了几个馒头作干粮，放在她刚做好的一个绣花包里，斜挎在身上。

“秀秀，你跟天舒哥要注意安全，晚饭我来做，不用急着赶回来。”

“草海又不远，不会太久的，还是我回来做吧。”

阿丹看看秀秀，又看看秀秀妈，犹豫着要不要跟他们去，早上就没跟他们去了，因为他们走得急，忘了叫它，秀秀当然想带着阿丹，但这么深的雪，它行动不便。阿丹过来蹭她，她说：阿丹，你还是在家陪着阿爸阿妈吧。秀秀妈也过来安抚它，阿丹这才留下。

他们慢慢走上通向草海的山路。视线里并无路，路被埋在雪下，全凭记忆。这段路向天舒很熟了，却像是第一次见，一切都很新鲜，雪改变了一切。

雪一直在下，似有若无，刚好给白茫茫的寂静山野平添了几分灵气，有时会将人的目光引向高处，虽然不能更高，但厚厚的云层似无尽的雪源，让人以为雪永远都下不完。

终于，雪中的草海展现在眼前，对岸的山显得更加邈远，其上的村庄几不可辨，高高低低的水草都覆了雪，以芦苇丛最显眼，似开满了芦花，一对野鸭在离岸不远的水草中相拥而眠。

草海的雪令向天舒想起青溟湖的雪，祖村不常下雪，仅有的几场在他的童年记忆中从未融化。

秀秀惦记着做晚饭的事情，时辰尚早，便催着回家。

下坡时，秀秀脚下一滑，摔在雪上，滚了几圈才停住。向天舒跑过去将她抱起来，但没有即刻放下，低下头，与她四目相对，雪映得她的眼眸更黑，脸上的肌肤如此细嫩，似要被冷空气冻破，隐约可见淡蓝色的血管，红唇微启，对他形成致命的诱惑，两张嘴离得这么近，他只用稍稍低头，便可与她接吻。他被一种恍惚的感觉攫住，当年，也是雪天，也是这样抱着叶莲，他以为可以一直抱着她，但她却永远消失了。他轻轻将秀秀放下，用一种近乎哀伤的眼神看着她，秀秀不明白他的心思，眉梢掠过一片阴云。

“天舒哥，你看！”

秀秀的惊呼声将他拉回到现实中来，一只小鸟在不远处扑腾着翅膀，受了伤的样子。是只画眉。秀秀蹲下身，捧起画眉，画眉并不挣扎，软软地躺在她手心，眼皮慢慢地一开一合。

“腿上有血，好像折了。下大雪的时候，很多鸟找不到吃的，最终死于饥寒。”向天舒说。

“可怜的小画眉，咱们把它带回家吧。”秀秀心疼得眼泪都快出来了。

一路上，秀秀用手焐着画眉，不时看看它。

到家后，秀秀与妈妈一起给画眉包扎了伤口，将它放在阿丹够不着的地方。再后来，在秀秀的精心照料下，画眉养好了伤，飞回大自然里去了。

晚餐很丰盛，秀秀爹与向天舒推杯换盏，大快朵颐。

“小向，我们都沾你的光，你一来，秀秀就做这么多好吃的。”秀秀爹开玩笑说。

“阿爸，你说些什么呀！平时也没委屈你呀。”秀秀半含羞地说。

“就是，有这么好的女儿你还不知足。”秀秀妈笑着说。

“知足知足，我不仅有这么好的女儿，还有这么好的老婆，怎么敢不知足？！”秀秀爹显然喝多了一点儿。

不知秀秀妈用苗语回了一句什么话，说完飞快地看了向天舒一样，红着脸低下头去，秀秀朝他使了个眼色，两人会心一笑。秀秀爹妈的感情很含蓄，偶尔外露，便像雪上的足印，无处遁形。他们的感情与村里其他夫妇的不同，不仅有世俗的，还有世俗之上的，巫医本是一家，他们对彼此的世界丝毫不陌生。向天舒想，除了不可预知的自然力量，人力无法将他们拆分，默默祈愿他们白头偕老。秀秀爹妈和郝校长夫妇都是他眼中的模范夫妻，如果他要成家，他们便是他学习的榜样，但有些东西他却学不来，也许，问题就出在“知足”二字上。

因为要赶路，第二天很早就起床，刚洗漱完毕，秀秀就将热面条端到他面前，秀秀爹妈也起来送他，嘱咐他路上小心。秀秀眼里闪着晶莹的泪花。重逢，离别，思念，这是他们共同演奏的三部曲，三部曲的基调从未变过：重逢喜，离别悲，思念悠长。

雪天亮得早，依稀似黄昏。

雪住了，天却没有要放晴的样子，似意犹未尽，上下四周都很静，静得可以听见久远的声音。向天舒握着圆木棍的中段，恍若某位仗剑的古人，脚踏千年古雪。快到梨村路口时，他突然改了主意，想去看雪中的教堂。这么多年，他从未无故缺过课，但这次有一个极好的借口，这么美的雪天，学生在室内待不住，他的缺席正好让他们有溜出去玩雪的机会，当然，程文礼之流少不得又要说三道四，爱怎么说就怎么说吧，他索性放慢脚步，打算在路上消磨一整日的时光。

梨村许多人还睡着，只有很少几家人的屋顶冒着炊烟，他决定先不进村，以免惊动狗，从外围绕到教堂跟前。钟楼的尖顶是唯一没有覆雪的地方，因为太尖、太细，几近于无，雪没有立足处。翻墙进入花园，杨伯来的残碑挺立在雪中，格外显眼，玫瑰与百合的枝条被雪压弯，一半埋在雪里。他面向墓碑，盘腿坐在松软的雪上，点燃一支烟。不知道杨伯来是否也抽烟，抽烟不是好习惯，他下决心要戒掉。不知杨伯来的家乡是否也下雪，即便不下，他对雪一定不陌生，因为有阿尔卑斯山的终年积雪。天国也下雪吗？不下未免遗憾。

瞻仰过杨伯来的墓，重新回到教堂外，走到地边，田垄莫辨，不敢走上去，怕踩到雪里的小麦，沿顺时针绕村子走，远远看见斜坡上的梨树林，蔓延到村边，端的是“忽如一夜春风来，千树万树梨花开”，他还没见过梨村的梨花竞放时的盛况，大概就是此番情形。

天已大亮，狗吠声此起彼伏，梨村被彻底唤醒。脸冻得生疼，手也不听使唤了，他决定去敲吴吞家的门。

吴吞见到他，惊喜万分，立刻招呼他进屋，将火塘烧旺，给他端来一杯热茶。

“向老师是从桃村来的吧？”

他点点头。

“大雪天的，真不容易！你好久没来，今天就别回去了。”

“我本来昨天就应该回去的，不敢再耽误了。”

“那，吃过午饭再走，就这么说定了。”

他没再推辞，只要在英素花下班以前回到家就行了。

见他应允，吴吞开心之余，却暗地里犯起愁来，他一人的生活极简，拿什么招待贵客呢？他想到了安琪家，便借口去一趟教堂，让向天舒向着火等他。吴吞没多久便回来了，后面跟着安琪。安琪的脸红扑扑的，因为寒冷和兴奋的缘故。

“向叔叔，你好久都没来了！”

“哦，安琪，我这段时间忙。你怎么没去上学？”他不好说去桃村的事，没想到会见到安琪。

“下大雪，学校放假，过两天才去。”

他心想有道理，这么远的山路，孩子们在雪上走不安全。

“那你在家要好好温习功课。”

“嗯！向叔叔，中午去我们家吃火锅，妈妈已经在预备了。”

“去你们家？”

“向老师，不瞒你说，我家里没有好吃的招待你，我去找安琪妈妈帮忙。”吴吞局促地说。

“这太麻烦你们了！”他后悔答应了吴吞的邀请，他早该想到吴吞一人生活的不易，而安琪家的拮据更让他不安。

“不麻烦，向叔叔，你又不是外人，妈妈高兴还来不及呢！”

安琪的话令他感动不已。

“向叔叔，我先回去帮妈妈准备。”

安琪走后，向天舒越想越过意不去，便掏出两百元钱，交给吴吞，请他过后转给安琪妈妈，给安琪买学习用品。

“向老师，你太客气了。”

“安琪这孩子懂事。”

“是啊，村里人都喜欢她，从小没爹，怪可怜的。”

安琪妈妈精心准备了一个大火锅，在火塘上冒着热气，里面煮着腊肉火腿，洗干净的菜放在旁边的小桌子上，这么多蔬菜，从雪地里拔来，洗净，要花很多功夫。向天舒心里着实过意不去。

“安琪妈妈，太麻烦你了。”

“不麻烦，不麻烦，向老师别见外。”

四个人围着火塘吃火锅。安琪妈妈让安琪给向天舒和吴吞倒酒，她自己也陪着喝了两杯。吴吞平时不喝酒，今天破例，向天舒不惯中午喝酒，但这么可口的饭菜，火塘，可爱的安琪，善良的安琪妈妈，屋外的雪，不由他不喝几口了，但不敢贪杯。他突然觉得，如果吴吞不是神甫，与安琪妈妈倒是一对儿，安琪对他的依恋就像女儿对父亲的依恋。吴吞喝了酒以后，话比平时多，说话时总看着安琪。向天舒突然有种异样的感觉，吴吞的眼神似曾相识，他最初看叶莲时也是这种眼神，他不敢想，换了他是吴吞，会以怎样的心态面对安琪？幸亏吴吞不是他，凭直觉，吴吞的信仰会让他克制住不该有的念头和欲望，但人的本能会折磨他，就像他要克制住面对秀秀时的欲望一样。吴吞没喝酒时，看安琪的眼神不是这个样子，是父辈看晚辈的眼神，很平和，充满爱怜，欲望深藏不露。吴吞也手淫吗？这是个问题，也许只有上帝知道。

吃过午饭，感觉头有些沉，苗家米酒后劲大，安琪妈妈要他睡个午觉再走，他答应了。吴吞告辞后，他倒在床上呼呼大睡，睡前叮嘱安琪过半小时叫他。安琪见他睡得好，不忍心叫他，他竟睡了一个多小时，醒来时一看表，叫声“糟了”，起身就往外走，安琪小跑着，一直将他送到岔路口。

他一口气赶了一小时的路，停下来喘气，雪地里走不快，他担心不能赶在英素花下班前到家，因为走得急，摔了好几跤。最终还是迟了，英素花先他一步回家。

“天舒，怎么回事？”

他正不知如何解释，英素花往脸盆里倒上热水，浸湿毛巾，拧干后给他擦脸，毛巾上有很多血渍，他这才意识到，脸上摔破皮了，因为天冷，又忙于赶路，竟丝毫没有察觉。英素花的问话是心疼他，并非要他解释滞留不归的原因。

“素花，大雪封山，一时走不了，我怕你怪我，无论如何也要赶回来。”

“傻瓜，我怎么会怪你，这么大的雪，我真担心你，回来就好！”

英素花的一番话令他既内疚又感动，情不自禁将她抱在怀里，与她热烈接吻。

晚饭后，英素花让他陪她去看雪。他们谁都没说话，挽着手，静静走在雪地上，雪那么净，那么美，将人世的恩怨化于无形。

放寒假后，没有了到学生家家访的借口，说去白云山找怪老道也不合适，天太冷，说不过去，再说，他也不能一而再再而三地要怪老道替他圆谎。左思右想，想到了一个绝好的主意，借口回祖村过年，去秀秀家过年。

等待的日子又长又冷。

霜霰天，他想起去瓦窑村路上的树挂，便穿上羽绒服出门，先找白医生开了许多治痨病的药，向瓦窑村走去。看了一路的冰花，一个路人都没有，时间似乎也冻住了，不知走了多久，远远看见很多白气，不久便走到砖瓦窑和陶器作坊跟前，几个工人在冒着热气的窑前向火。他的到来令姜泽后的父母十分惊喜。姜泽芳长成大姑娘了，在家里见到向老师，与在学校见到的感觉不同，有些害羞。姜母接过给姜父的药，千恩万谢，姜父的痨病同家里的境况一样，姜泽后工作后便大大改善，向天舒说吃过午饭就走，坚决不让他们杀鸡，吃过饭，又向了一阵火，虽然火盆温暖，但此行的目的是路两旁的树挂，便不耽误，起身上路。寒风凛冽，清鼻涕流下来，用手一抹，长长的一串，与树挂的颜色一致，亮晶晶的，源源不断，向天舒便不管它，袖着手，不时将头一甩，鼻涕飞出去老远，在周遭肃杀的氛围里，这算是唯一有活力的动作。

五十一

向天舒早早就开始筹备年货。每次去秀秀家，秀秀都绞尽脑汁给他做好吃的，秀秀家也不宽裕，给钱又见外，他想利用这次过年的机会答谢他们。给秀秀的礼物自然不能去英素花上班的百货公司买，而利用星期天从城里来的商贩那里购买，选择多，式样新，买回来后不敢搁家里，悄悄寄存在小吴老师家。

英素花很奇怪，在她印象中，向天舒并不喜欢回老家，这么积极地为回家做准备更是反常，但也不好问，只是遗憾自己不能随他一块儿回去。

年前出现了几日小阳春天气。寒冬的太阳弥足珍贵，似某种感召，让人有摆脱蜗居的欲望，向天舒慢慢走到紫溪，看瘦弱的溪水，映着许多枯败的身影。

他对此番的桃村之行充满期待，不知苗族怎么过年，一定有趣。

寒冬，秀秀妈同别的苗人一样，不常赶黄龙镇的集，但年前的最后一个集，无论如何都不会错过，因为要置办年货，而枫香镇集的货品远不如黄龙镇集的丰富便宜，这也是黄龙镇一年里最热闹的集日，商贩云集，蒙地和岭上来的人远较别的集日多。照例，向天舒的兴趣在人不在集，在浓稠的人流里游走，与秀秀妈不期而遇，彼此都很惊喜，秀秀妈没摆摊，与同村人一道采购年货，向天舒没告诉她要去与他们过年的事，意在给他们一个大大的惊喜。

行前，他担心英素花去车站送他，做好了坐车的准备，待车开出去以后再下车，从白虎山绕到去蒙地的路上去，那样既费事又辛苦，但舍此别无良策。节前是百货公司最忙碌的时候，英素花起早摸黑，十分疲惫，便没去送他，正中他的下怀。

这是他去桃村走得最辛苦的一趟，大旅行包塞得满满当当，十分沉重，行进的速度极慢，每半小时就要歇一气，又不能歇得太久，凛冽的寒风一下就将汗水吹干了，冻得连牙关都咬不紧，无处藏身。桃村从未如此遥远过，有一阵子，他几乎要绝望了。空手上路固然轻松，但有些行囊却是必须背负的，譬如给秀秀一家的礼物，他还嫌包不够大呢。他想，在人生的旅程上，人背负着有形和无形的行囊，有些放得下，有些放不下，有些能放下，有些却不能。

秀秀一家的惊喜超出了他的预期。他将礼物一件件拿出来。

“小向，买这么多礼物，太破费了！其实，你就是最好的礼物！”秀秀妈的话既得体又感人。

秀秀爹穿上向天舒给他买的鞋，喜笑颜开。

秀秀的礼物自然最多，简直可以开个小衣饰店了。她试了几件衣服，都很合体，像比着她的身材做的，她哪知道，向天舒对她的身材早已了然于胸。他喜欢秀秀穿苗装，但也乐见她偶尔换换新式服装，别有风韵。

谁也没想到，向天舒会来桃村过年。村长打过招呼，初三后先去他们家吃饭，别的人家也纷纷找上门来，定好了请客的日子，秀秀家的客便是全村的客，再说，他赞助桃源小学的事赢得了普遍的赞誉，平时没机会请他吃饭，过年岂能错过。

除了秀秀家，桃村家家养猪，一年的功夫，小猪长成大家伙，生命也到了尽头，被绑上案板．做徒劳的挣扎，脖子上那一刀很痛，叫声惨烈，血喷涌而出。杀猪声不绝于耳，牵动着向天舒的神经；秀秀和阿丹也皱着眉，面带忧思。儿时见杀猪，并不觉得残忍，长大后却动了恻隐之心，虽不戒吃猪肉，但不忍再见杀猪的血腥场面，且愧对素食者。

苗族喜欢过节，越穷的地方越喜欢过节，既过自己的节，也过汉人的节，年被视作大节，隆重异常。

秀秀全家早早就开始准备年饭，杀鸡，烤猪脚，炖肉。中午简单吃了点面，秀秀爹便换上祭服出门去了，因下午要做一件极重要的法事：取新火。过年的主题是除旧迎新，洒扫门庭，连火都要换新的，用了一年的火，沾了很多人间的气息，吉利不吉利的都有，换成新的最保险。仪式浓重而神秘，非巫师主持不可。

向天舒目睹了仪式的整个过程。仪式的起源也许可以追溯到钻燧取火的年代，神圣的火，将人领出了茹毛饮血的蛮荒时代。

村长派人守住进村的各个路口，以防外人闯入。秀秀爹抱着一只大公鸡，带上阿丹，到村里各处巡视，一面走一面高声念咒语，意在驱赶藏在村里的恶灵，阿丹似已习惯了这个角色，昂首阔步，令别的狗既妒忌又仰慕，最后来到广场中央，阿丹的使命即告完成，与秀秀和向天舒站在一起。此时，负责灭火的人已挨家挨户将全村的老火熄灭了，并从每个火塘中取了一些灰来，堆在地上的一块布上，秀秀爹割开大公鸡的喉咙，将鲜血淋在老火的灰烬上，两个小伙子迅速上前，将灰用布包了，拎着大公鸡飞快离开，送到村外很远的地方埋掉。按理，与公鸡一道巡视的狗也要被杀死，或被埋掉，或被吃掉，阿丹例外，因为他是公认的巫狗。接下来，秀秀爹将两块竹片扔到地上，正好一上一下，一阴一阳，诸事顺遂的意思，两个中年男子拾起竹片，一人握住一片，将两片竹交叉，在交叉处放一些易燃的火草，开始来回用力摩擦竹片，速度越来越快，终于，腾起一股青烟，火草着了，事先堆在地上的干竹随即被点燃，人群发出欢呼声。最后，每家派出一名代表，将新火取回家，秀秀家由秀秀代表，大家欢天喜地，回家生火去了。

新火点燃后，也许是心理作用的缘故，向天舒总觉得火塘里的火有些异样。

天黑下来时，丰盛的年饭上桌了。屋里多点了几支蜡烛，十分亮堂，鞭炮声此起彼伏，向天舒将鞭炮挂在竹竿上，点燃引信，伸到美人靠外，立刻响起“噼噼啪啪”的爆炸声，秀秀捂着耳朵笑。敬完祖，秀秀将每样肉菜都匀出一点儿来，盛在阿丹的大土碗里。

“今天喝小向带来的酒，秀秀，给你天舒哥倒酒。”秀秀爹兴奋地说。

秀秀给每人斟上酒。

“小向，过年有你在，真是再喜庆不过了，我们敬你一杯。”秀秀妈说。

“跟你们过年是我的荣幸，祝你和大叔健康长寿，祝秀秀越长越漂亮。”

“你还嫌她不够漂亮啊？再漂亮就上天了！”秀秀爹看着秀秀，打趣地说。

“阿爸，瞧你说的！我也祝阿爸阿妈健康，祝天舒哥万事如意，祝我自己心想事成！”

大家笑着将杯里的酒干了。

“好酒！”秀秀爹赞道。

“好辣的酒！”秀秀赶紧吃了一大口菜，说，“还是我们苗家的水酒好喝。”

“这丫头，不会说话！”秀秀妈笑着说。

因为是过年，向天舒想听秀秀唱歌，秀秀爹表示赞同。秀秀便从敬酒歌唱起，将拿手的歌都唱了一遍，屋里静，柴火在火塘里吐着火舌，发出低语，秀秀将嗓音降了几度，如果此刻有人打屋外过，要仔细听，才能听清她所唱的内容。外面是漆黑的夜，秀秀家又远离其他人家，歌声便显得孤绝，似世外之音，将听歌人的思绪带到远方。

一直吃到深夜，秀秀妈热了几次菜，酒喝得慢，酒劲来不及上头就散了。阿丹熬不住，在火塘边打起呼噜，秀秀笑着说：阿丹以前从不打呼，最近呼噜声越来越大。向天舒想说：狗同人一样，不打呼的人上年纪后也会打呼。话到口边又咽了回去，怕秀秀听了不高兴。同他一样，阿丹也不显老，事实上，他常常忘了自己与秀秀的年龄差距，偶尔想起来，会倒抽一口冷气，秀秀隐约知道他的真实年龄，却从未提起过。

如果没有鞭炮声的吵闹，他会一直睡到中午，起床后，因时辰不早，早点与午饭并做一顿吃。吃完饭，他与秀秀带着阿丹出门，一直走到枫香镇。

街上很热闹，但没有集日拥挤，年轻人和孩子居多，女性都身着盛装，平时不穿，像新的一样，除老人和少数守旧的男性外，男人们都摈弃了传统服饰，一水儿的新式衣服。天阴着，风依旧寒，人脸上却已经换上了春天的表情。路边摊贩大声招呼着路过的孩子，他们是今天的主要顾客，除夕夜收了压岁钱后，多多少少，孩子们的口袋里都有些可以自由支配的钱。因为秀秀的目标太大，她和向天舒便成为恶作剧的对象，鞭炮冷不防会在脚边炸响，将他们吓得跳起来，促狭鬼都是些半大的孩子，到了开始对姑娘发生浓厚兴趣的年龄，他们只是笑笑，并不和这些孩子计较，时刻提防着新的恶作剧。

向天舒担心遇见龙尤，但他始终没有出现。有人在卖礼花，他便买了一大包，预备晚上到桃村广场放。他们到街边的小吃摊坐下，小吃摊立刻人满为患，周围也站满了人，是来自不同村寨的小伙子，目光齐齐落在秀秀身上，对向天舒则视而不见，偶尔瞟他一眼，也不十分友好。他们大概都知道了他的汉人身份，关于秀秀的一切在蒙地广为流传。他有些不自在，低头吃东西，秀秀为了照顾他的情绪，尽量不与人搭腔。他们决定离开枫香镇，到草海边去。

草海边比往日热闹，许多人在水边玩耍，孩子们将鞭炮点燃后投入水中，时响时不响，响时发出沉闷的声音，翻起水花，随之而起的还有几条被炸昏的小鱼。他们沿顺时针往人少的地方走，比平时走得远，看见一条樵采小路，便顺着路往山上走。向天舒走在前面，拉着秀秀的手，秀秀的另一只手拽着长裙。沿途看见了很多新绿，惊飞了几只画眉。至山顶，经过一片树林，竟走到主道上来，下山便是桃村，令他们十分惊喜，以后再去草海，就不必往枫香镇方向绕了。

村长来通知，晚上开篝火晚会。他们早早吃了晚饭，一起走到广场上，人陆续来到。天黑下来，篝火还未点燃，向天舒拿出礼花来放，吸引了所有人的目光，桃村人不富裕，没有闲钱买礼花，他们欣赏礼花的表情，与当年大吉寨村民的一样。

篝火晚会他经历过，渐渐从舞蹈里看出些仪式的味道，事实上，很多舞蹈都是从最早的巫舞继承下来的。这一次，他主动加入到舞蹈的人群中，不离秀秀左右，在酒精的作用下，与众人一起狂欢。

从初四开始，向天舒就被人轮番请去吃酒，有时单独去，有时和秀秀爹去，有时和秀秀全家一起去。第一次走进桃村的很多人家，令他对桃村人的生活有了更切实的了解。相比之下，村长家和秀秀家的境况算好的，多数人家很穷，令他心酸，自己平时从外部看桃村，觉得一切甚美，殊不知，美丽的外表下藏着丑陋的贫寒。穷人有穷欢乐，就算倾其所有，也要把年过好，何况有贵客临门，所到之处都受到盛情款待，大碗喝酒，大块吃肉，饶是他酒量好，也经不住主人家的轮番劝酒，醉了不止一次。

在村长家那次醉得最厉害，村长家人多，知道向天舒酒量好，像约好了似的，非把他灌醉不可，秀秀想要阻止，结果适得其反，有人借着醉意开玩笑说：还没过门就管上了！羞得秀秀直想往桌子下钻。饭菜吃了一半，向天舒就醉了，醉得痛快。秀秀妈让秀秀扶他回去歇息。出门后，他被冷风吹醒，奇怪自己为什么会在外面，胃里翻江倒海，没走几步就吐起来。秀秀用自己的手帕给他擦嘴，他将手帕捂在鼻子上，舍不得放下。秀秀搀着他走，他乘势靠在秀秀的怀里，感觉很奇妙，他想紧紧抓住这种奇妙的感觉，越想抓越抓不住，头枕在绵软的云朵上，在空中飘来荡去，摔倒了几回，秀秀费了很大的劲才将他扶起，回去后倒头便睡。第二天醒来，脑子里只剩一些模糊的感觉，隐约记得发生过一些事，具体的细节却一片空白，秀秀见他时的表情羞涩，证明的确发生了很多事情，但他怎么也想不起来，悔不该醉得那么厉害，可是，不醉成那样，理智又怎会让他与秀秀如此亲近？

苗族青年男女逢节时喜欢游方，走村串寨，对歌，恋爱。别的地方只限男子去外村游方，与所去村寨的姑娘们对歌，蒙地过大节时，则男女不限，独具特色，赶上几个村的人碰巧聚到一处时，场面着实壮观。秀秀从不去外村游方，但其他村寨的人来桃村游方时，小伙子们最想见的人自然是秀秀，她不好不露面。女伴们来邀，秀秀征求向天舒的意见，他鼓励她去。

“你跟我们去吧。”

“不行不行，我是外人，去了会影响你们。”

“你不是外人！”

“在你眼里，我当然不是外人，但我不会苗话，更不会对歌，在他们眼里，我确实是个外人。”

秀秀便不再坚持，换上节日盛装出门去了。待她走后，向天舒也悄悄出门，穿过桃林，爬到能看见游方坪全貌的地方，藏身石后，看他们对歌。

他被眼前的景象惊呆了。

游方坪上挤满了青年男女，姑娘们身着节日盛装，款式不尽相同，像服饰展览一样，小伙子们有的身着蓝黑色传统服饰，有的穿着新式服装，将姑娘们衬托得更加艳丽。对歌开始前，男女相互调笑，与集散后的情形相似，规模大好几倍而已。秀秀和同村的女伴们被围在坪中央。人群起了一阵骚动，让出一条道来，以龙尤为首的梨村人来了，直奔坪中央而去。接下来出现了向天舒最不愿看到的情形。男女方自动分成两个阵营，秀秀和龙尤被推到两个阵营的最前头，面对面站着，由他们起头对歌的意思，身后的人怪叫着起哄。因距离远，向天舒看不见他们的眼神，正因为看不见，想象力便乘机作祟，将他们的目光想象得无比多情。在他出现以前，他们一直都是这样看对方的，他心酸地想，嫉妒屏蔽了心智，令他无心欣赏他们的歌声。他想逃走，又怕秀秀被龙尤带走，只好忍着嫉妒的折磨，看两个阵营的人轮番上前对歌。有一阵，秀秀从他的视线里消失了，龙尤也不见了，等了很久，还不见他们的身影，万般焦躁时，龙尤回来了，秀秀也重新现身。他们去哪儿了？怎么去了这么久？这两个问题一直纠缠着他。

天黑前，游方坪上的人渐渐散去，若非寒冷的冬春之交，游方会一直持续到夜里，远村的到就近的村里投亲靠友，第二日接着去别的村子游方。向天舒看见龙尤带着梨村的人离去，松了一口气，待人都散尽了，才慢慢走回秀秀家来。

“天舒哥，你去哪儿啦？”秀秀迎面问，她回到家，等了很久都不见他回来，心里着急。

“我……”

“你怎么了？”

他使了个眼色，秀秀会意，与他到屋外说话。

“我去看你们对歌了。”

“真的？！你怎么偷看人家？！”秀秀羞得脸红。

他等着秀秀坦白，以为既然自己已经看到她和龙尤对歌的情形了，秀秀就应该给个解释，可她只字不提，他以为是她心中有鬼的缘故。

“龙尤也来了？”只好他提。

“来了。”

“你们是最先对歌的一对儿？”

“嗯。”

“你们都唱了些什么？”

“过年嘛，大家开心，都是些玩笑话。”

他不好再追问，接下来是他最关心的问题：“你和龙尤中间离开了好一阵，干什么去了？”

秀秀低头不语。他意识到自己的语气有问题，像在审犯人，遂换了一种口气说：“秀秀，对不起，我不该这么小心眼，也不该偷窥你们。”

“没关系的，天舒哥，我没什么要对你隐瞒的，龙哥想约我明天去梨村，我回绝了，但他一再坚持，我只好说你来了，他听了以后很不高兴，说了些难听的话，我也不高兴，我们就吵起来，现在想起来，我还很难过，不该跟他吵，他对我一直很好……”

向天舒得到了满意的答案，不忍看秀秀忧伤的表情，却又不知如何安慰她。

他没留下来过元宵节。无论与秀秀在一起多快乐，心里始终放不下英素花，想回去与她过小年。

每次离别的痛苦恰与他们相处的时间成正比。秀秀和阿丹将他送至他们初次相逢处，立在寒风中，目送他远去。

五十二

“天舒，你跑哪儿去了？”

是向母。

向天舒的脑子里“嗡”的一下。

“妈，你怎么来了？”他带着哭腔问。

“我怎么来了？你不回家过年，还不许我来看你？”

“素花呢？”

“她？回去了，她才不会伺候我呢，家门钥匙都给我了。”

他瘫坐在沙发上。

“儿啊，快跟妈说，你都到哪去了？怎么连她都不知道？你们是不是分了？分了她的东西怎么还在这里？

“没分！”向天舒失声叫起来。

“大过年的，你就朝妈发火？你妈不该来吗？”

“不是，你来也该事先打个招呼。”他的口气软下来。

“我来自己儿子家，还用跟谁打招呼？我都来三天了，单老师天天叫我去吃饭，我实在过意不去。你到底去哪儿了？”

“去学生家了。”他没好气地说。

“自己家不回，跑别人家去过年，唉！”

向天舒拿上秀秀家送的腊肉，去郝校长家致谢。

“小向，你没回老家过年，去哪了？”单玉老师关切地问。

他支吾了半天，才说：去蒙地了。

“蒙地？蒙地没你的学生啊？”

“随便走走。”

郝校长夫妇相互看了看，没再追问。

他不知该如何去见英素花，既然她都知道了，战争不可避免，先把母亲送走了再说吧。

向母又住了三日，向天舒整天愁眉苦脸，英素花也不来，令她好生奇怪。

“儿啊，你有事瞒着妈。”

“没事。”

“那她怎么不来？”

“你希望她来吗？”

“我才不希望呢，不来更好！可你们又没分手……”

还是向母自己想明白了，说：“我知道她为什么不来了，因为我在！行行，我在这里碍你们的事，我明天就走。”向天舒送走母亲，回头去百货公司找英素花。

“素花！”

英素花没搭理他。

连叫几声都不应，有顾客进来，他不好再出声。

“秀秀是谁？”

向天舒从一开始就知道，纸包不住火，但没想到这么快。

向母的到来令英素花如梦初醒，其实，很久以来他就对向天舒的行踪有疑心，他不是班主任，却热衷于去学生家家访，这本身就有问题，大过年的，家访的可能性很小，如果是去白云山找怪老道，用得着撒谎吗？那么，他会去哪儿呢？蒙地，只有蒙地。

他为什么要去蒙地？他以前当真是去桃村找苗医治病吗？

英素花立刻展开调查，很快，信息反馈回来，向天舒去找苗医治病不假，但苗医有个女儿，叫秀秀，号称蒙地第一美女，原来如此！

因为不断有顾客进来，向天舒不便解释，便说：“素花，下班我来接你，我坦白。”

她看着他的眼睛，默默点了点头。

向天舒将英素花接回家，试图跟她亲热。她断然拒绝。从前行之有效的方法已不起作用。

他索性豁了出去，如实交代了去桃村过年的事情。

“你以前真的是去学生家家访？”向天舒咬定是，但对方的一句话让他立刻败下阵来，“那好，我们现在就去对质，随便找一家，不管多远，我们现在就去。”

英素花号啕大哭。她没想到自己一直活在欺骗中。

左邻右舍都惊动了，向天舒无地自容，恨不得跪下来求她不要这么大声，急得眼泪都出来了，这下英素花不吭声了，定睛看着他：“你哭了？！为什么？”他没想到眼泪有这么好的功效，索性哭个痛快，竟抽泣起来，英素花冷冷地看着他。

“素花，我真的没骗你，我和她是清白的。”

他赌咒发誓，说他只是将秀秀看作自己的小妹妹，从未有过非分之想。

“那你干吗老往桃村跑，让我独守空房？”

“我喜欢桃村，还喜欢梨村，我就喜欢去这两个地方。”

“就算你们之间什么都没发生？你敢说，你不喜欢她？她不喜欢你？”

他不敢说。出乎他的意料，英素花不再言语，紧咬下唇，咬得鲜血直流，泪水“哗哗”的，他过去抱她，她拼命挣脱，跑进卧室，将门反锁起来，任他怎么哀求都不开。他不敢走开，将耳朵贴在门上，听见哭声，一会儿大一会儿小，夹杂着含混不清的说话声，只听明白了一句：我……图的……什么呀……

终于安静了。英素花开门出来。

“天舒，既往不咎，我只要你答应我一件事。”

“什么事？”

“今后别再去桃村了，好吗？”

他紧咬牙关，没吱声，见不到秀秀，等于要他的命。

英素花又发作起来。

接下来的几个星期，两人不断为这事争吵，开学后接着吵。

白天要工作，到晚上才有充足的时间吵架，上床后都不消停。

向天舒疲于应付。

英素花却越闹越凶，有一次，向天舒天快亮时醒来，发现她不在，半夜回娘家去了。他正担心她的安全，有人开门进来，不是英素花，是包姥，直奔床前，指着他的鼻子破口大骂，他不敢还嘴。包姥嫌骂得不过瘾，以迅雷不及掩耳之势，将他的被子掀了，幸亏他穿着内裤。

一天晚上，争吵的序幕又拉开了，向天舒的意思是，既然吵不出结果，就没必要再吵下去，该吃饭吃饭，该睡觉睡觉，日子还得过下去，英素花不依，非要他说清楚他和秀秀的事，可他实在说不清楚，“我和秀秀是清白的”这句话，不知重复了多少遍，说也白说。

夜深了，他又困又乏，提议先睡觉，第二天再接着理论，也许到第二天，双方的火气就消了，说完翻过身，立刻就睡着了。

英素花不干，她睡不着，奇怪他为什么睡得着，还打呼噜，越想越气，便将他摇醒。向天舒睡得正香，嘟嘟囔囔欠起身子，英素花盘腿坐在床上，怒视着他，他只得也坐起来。

“素花，别闹了行不行？明天再说。”

“不行，今晚就要说清楚！”

“说不清楚！”

“说不清楚就别睡。”

“不睡觉怎么上班，求求你，别孩子气了！”

“谁孩子气了？”

向天舒哭丧着脸，强打精神坐着，坐着坐着眼皮就耷拉下去。

“你说不说？”英素花叫起来。

“小声点儿，一栋楼的人都被你吵醒了！”

“那你说啊。”

“我不知道该说什么！我错了，我错了还不行吗！”

“不行，谁稀罕你认错。”

“那你说怎么办？杀了我吧！”他的火气也上来了，睡意全无。

英素花腾地跳下床，迅速穿上衣服裤子。

“你做什么？”

“我回家。”

“你疯了？深更半夜的！”

“再待下去我才真的要疯呢！”

向天舒见对方动真格，怕她出事，也怕包姥又来掀被子，连忙跳下床去拦她。她甩开他，往外就走，他追上去抱住她，她使劲挣扎，力大无比，他却只管死死抱住不放。

“你放开我。”

“求你了，别这样！”

英素花挣不脱，哭起来，身子随即软下来。向天舒轻轻拍着她的背，她越哭越伤心。他任由她哭，心想哭够了就好了。哭声渐渐小下去，转为抽泣，似乎到了尾声，奇怪的是，抽泣声没有要住的意思，伴随着头部的抽动，整个身子都抽动起来。他觉得不对劲，将她的头轻轻从肩头移开，用手捧起她的脸，她并不看他，脸上露出痛苦的表情，目光游移，身子像无骨一般，他试图去握她的手，她的拳头却攥得很紧，掰不开，稍一用力，她便发出痛苦的哀叫声，像头受伤的小鹿。他不敢再掰，连声唤“素花”，她似乎听不见，喃喃自语，有几声像是在叫“妈妈”，四肢突然变硬，身子不停抽搐，越抽越厉害，两眼上翻，声音也不是她的声音，仿佛有另外的东西侵入了她的身体，主宰了她的灵魂，十分骇人。他抱紧她，靠墙坐在地上，手足无措，只会不停地唤“素花”。许久，她安静下来，他将她抱上床，她似乎很累的样子，想说话又张不开口，四肢渐渐松弛，脸上残留的痛苦仿佛一条巨蛇，慢慢游回幽深的洞府，重新潜藏起来，不一会儿，沉沉睡去，与刚才判若两人，像一只安静的小猫，任他怎样吻她的嘴，都毫无动静。向天舒感到从未有过的心疼和自责。

英素花第二天很晚才醒来，要水喝，一个劲儿说头疼，让向天舒给她捏捏，继而又倒在他怀里睡去，像什么事都没发生过一样。她压根儿就不记得自己头晚歇斯底里大发作的情形，他也没提。

他很清楚，这是一种癫痫。

魔鬼一旦出笼，便很难管制，英素花又犯了几次病。

这样的日子，是向天舒始料不及的，他想出去透气，更想见秀秀，他决定去桃村，既然不能再找借口，就直说了。英素花岂肯容他去，他却非去不可，不慎脱口而出：如果连这点自由都没有，我宁可一个人过。这句话彻底将英素花激怒，对方居然为了这件事要跟她分手，那就分吧，收拾行李准备离去，任他怎么劝都没用，眼看她又要发病，向天舒“扑通”跪下，说：“我答应你，以后再不去桃村了。”英素花愣住了，人也从歇斯底里的边缘回来，看着他，泪流不止。他替她擦干泪，将她哄睡了，自己到客厅抽烟，一根接一根，难道真的不能再去找秀秀了吗？要他不见秀秀，还不如要了他的命，但他已经向英素花许了诺，怎么办？当时情急之下说的话，令他追悔莫及，又想不出别的办法，只好成天长吁短叹，希望借此博得英素花的同情，好让她网开一面，英素花却不吃这一套，装作没看见。他改变了策略，将冷漠的表情挂在脸上，对英素花不理不睬，但这一招早就行不通了，她久经沙场，热战也好，冷战也罢，她只是不应战，将电视做了挡箭牌，看得津津有味。

向天舒黔驴技穷。

时间停滞了，虽然太阳照样升起，但一切都只是重复。

一个星期过去，又一个星期过去，春光像有意气他，让花开得格外繁盛，封氏夫妇的蜂箱增加了好几个，蜜蜂比往年忙碌。他又开始赠人蜂蜜，艄公、怪老道、寒禅、郝校长夫妇、小吴老师家，每个人都会赠他比蜜更甜的笑容，却丝毫意识不到他内心的苦楚。他不能将痛苦赠人。他将每日的行程安排得满满的，登山，画画，吹笛，阅读，教书，练拳，他不让自己闲着，一个月过去，又一个月过去，时令进入夏天。夜里，教学楼前的夜来香发出刺鼻的气味，令他心烦意乱。他甚至没脸去集上见秀秀妈，怕她问他为什么不去桃村。他知道他不会真的不再去桃村，他为自己赌气的话后悔，但始终想不出别的办法。英素花的歇斯底里让他害怕，就像怪老道说的，她的性情刚烈，什么事都做得出来，包括自残。去年的桃村之行那么美好，如同永恒的旋律，没想到这么短暂，秀秀才刚刚进入他的世界，却似久远的记忆，蒙地近在咫尺，却似隔着万水千山。有一件事令他苦不堪言，像毒虫钻进心里，他怕龙尤乘他不在与秀秀亲近，无端的嫉妒挥之不去，随着时间的推移，嫉妒有增无减，在他的幻想里，秀秀最终被龙尤打动，在某次枫香镇的集散后，双双隐入丛林。

向天舒忍不住向艄公吐露了心思。

艄公陷入沉思。他没想到向天舒与英素花闹得这么凶，深感惋惜。他隐约觉得那个叫秀秀的苗家女有几分像阿霞，也许是因为她也是少数民族的缘故。他只全心全意爱过一个人，不知如何宽慰对方。

有人过江，艄公起身下船，一撑篙，船荡开去，将篙放在舱底，坐在船头，借着惯性慢慢划桨，与岸上的向天舒渐渐拉开距离。雨季来临前，江清波平。

向天舒看着对面的镇子和远山，突然觉得遥远，甚至陌生，无论英素花和秀秀，都在另一个世界里，与他山水相隔，如果他不再过江，苦乐都将与他无关。

摆渡的人上了岸，艄公并未起身，独自将船划回来。船悠然，令他想起第一次与艄公夜游蓝江的情景。

他突然有个疑问：艄公将无数人送到对岸，自己是否也上去过？

艄公很惊讶，抬着头仔细回忆，最终摇了摇头，神情茫然，连自己都不相信这个答案似的。

“这么多年来，我还真没上过对岸，连船都没下，人送过去就回。”

“你是故意不上岸去的？你从没想过去镇上走走？”

艄公摇摇头。

因为阿霞的事，艄公心里怀着仇恨，既不上清平岭，也不去镇上，竟习以为常，仇恨淡后也没想过要改。向天舒由此想到自己，如果自己压根儿就没去过蒙地，会一直习惯镇上的生活吗？父亲仿佛又在对他说，“历史是不能假设的”，任何假设都不能改变已经发生的历史，不仅过去的历史，就是将来的历史，都已经发生了，都无法改变。

局面完全僵住，向天舒无力打破，一咬牙，请了一星期假，去白云山找怪老道。

英素花没阻止他，确信他不会趁机去桃村。怪老道一直为撒谎的事自责，秀秀的事暴露后，他当着向天舒的面向英素花道了歉，向天舒不会愚蠢到再拿他来为自己去蒙地打掩护。

向天舒在山上发狠一般练拳、练剑，刚多柔少，特意乘大风起时舞剑，风里似有一个假想敌，被他刺得遍体凌伤，魂飞魄溅。

静下来的情形则相反，一言不发，终日打坐。

一日，向天舒兴奋地对怪老道说：前辈，我发现道教所言不虚，如果体内的阴阳达到终极平衡，长生不老并非不可期。怪老道以为他在说笑，也笑着说：那感情好，不过要趁早，等像我这么老了，就没可能了。他却认真地说：前辈说得对，我这就去用功！

怪老道颇不安，第二天提起长生不老的话题，向天舒却一脸茫然，丝毫不记得自己有过如此荒谬的想法。

向天舒去了一趟舍身崖，向怪老道描述了晚霞的灿烂，后者惊疑万分，阴了一整天，何来晚霞？三清殿离山顶不算太远，天气差别不会这么大，但对方言之凿凿，他不便根究。

两人为鹰的事起过争执。向天舒独自去喂过几次鹰，开始说只来了一只鹰，也许另一只生病了，或者在孵蛋，但终究是稀罕情形，最后一次却说来了三只鹰，两大一小，令怪老道不敢置信，雏鹰不会这么快就会飞，亲自去看，依旧还是两只鹰。

几日后再提起这件事，向天舒觉得不可思议，记忆再出偏差，也不至于分不清一二三。他怀疑怪老道的神智出了问题，一而再再而三地说些莫名其妙的话，也许是上了年纪的缘故，或者是老年痴呆的前兆，暗自替对方担心，却不说破。

怪老道怀疑向天舒的理智偏离了的常轨，留心观察他的一举一动。发现他的面部和身体常不自觉地抽动，以前也有过类似的现象，但没这么严重。向天舒并不讳言，说自己有强迫性多动症，消停了近十年，最近又犯了，控制不住，与精神压力大有关。怪老道明白是因为秀秀的缘故，想劝他放弃。

“小向，不是我偏袒素花姑娘，我觉得你和秀秀不现实。”怪老道未曾见过秀秀，按理不能下此结论，但向天舒的精神状况反证了这一点。

“前辈，你的话也许有道理，可我做不到。”

怪老道长叹了一口气，无话可说。

因连日来练拳过猛，向天舒的肩病又犯了，右胳膊抬不起来，怪老道用药酒给他按摩，令他想起秀秀妈给他按摩的情形，竟哭起来，靠在怪老道怀里，像孩子一样泣不成声。怪老道暗暗吃惊，依然不动声色地给他按摩，并加重了手上的力道，慢慢将他的情绪抚平了。

从白云山下来，向天舒的心境丝毫未改善，对一切都失了兴趣，包括英素花的身体，整天神思恍惚，精神面貌堪忧。

英素花强忍着怒火，对方的表现出乎她的预料，看来，他与秀秀的关系没那么简单！唯一的办法就是不让他们见面。她决定忍，哪怕身体受冷落，感情受冷落，她也要忍，但最终忍来的却是一个意想不到的结果。

向天舒像马贡多人一样失眠了。

开始，谁都不以为意。

他整晚睁着眼，在黑暗中看见了更黑的黑暗。

英素花照旧去上班。向天舒夜里不断起来，到客厅和书房走动，折腾得她也睡不好，几天过去，她终于忍无可忍。

“天舒，你的相思病害得不轻嘛！”

“什么相思病？是失眠症。”向天舒有气无力地说。

“你晚上不睡，白天来补，这叫失眠症？”

“晚上都睡不着，白天怎么睡得着？”

“什么？！你白天没睡觉？”

“没睡，睡不着。以前觉得睡觉是浪费生命，现在真想连命都不要了。”

“别说胡话了。”英素花屈指一算，这样的情形已经五天了，这才意识到事态的严重。

夜里，英素花陪着他，实在熬不住，睡过去，又惊醒，如此反复，每次都见他瞪着天花板。

他们一起想了许多办法，譬如喝酒，以为喝醉了会睡，吃安眠药，但不敢多吃，甚至做爱，将向天舒仅剩的一点精力都耗尽了，均无济于事。

向天舒卧床不起。

英素花去上班前将所有的光源堵死，试图让无边的黑暗逼迫他入睡，他变成了睁眼瞎，与瞎老八同在一个世界里。

无论白天黑夜，向天舒谵语不断，英素花费了很大劲，才勉强听懂他说的话，反反复复都是同样的话，他说："只有我……和黑夜……睁着眼睛，我看见了……黑夜的……全部秘密！"

看到向老师的样子，同学们都很难过，单玉老师忍不住流泪，除了少数几个偷着乐的人外，大家都很着急。来探视的人无不用责备的目光看英素花，仿佛这一切都是她酿成的，她有口难辩，暗自伤心，但向天舒的病情令她顾不得伤心。

白医生来看过几次，无计可施，说身体没什么毛病，可能是心理问题，英素花却不告诉他原因，令他失望，爱莫能助。

"心理？"英素花恍然大悟，这一切都是因为她不让他去桃村引起的，但是，她怎么能改口，让他去桃村呢？连包姥都急了，说这样下去会出人命的。

她横下一条心，哭着说：天舒，今后我不拦你，你要去桃村便去吧，别做对不起我的事就行。

向天舒似乎听不见她的话了。

整整四个星期，他没合过一下眼。

单玉老师当着英素花的面，哭着跟郝校长说：老郝，怕是要让人去请小向的家人来了。言下之意，该准备后事了。

英素花一听急了，向天舒变成这样，她怎么向他的家人交代，尤其是向母？情急之下，她想到了一个人：秀秀妈。

第二天是星期天，英素花找到秀秀妈，告知原委。

秀秀妈随她赶来。看过向天舒的病情后，她让在场的人回避，将卧室的门反锁上，俯下身，对着向天舒的耳朵轻唤："小向……小向……天舒……天舒……"没有反应，她忍不住流下泪来，将他的头抱在怀里，隔着衣服，用温暖的乳房轻轻摩挲他的面部，在黑暗中像摇篮一样摇摆着身子，反复柔声说："天舒，我是秀秀妈！"没想到，向天舒开始出声了，微弱的呻吟声里杂着“秀秀”两个音。“你乖乖睡觉，睡好了，才有力气跟我回家去见秀秀，秀秀等着你呢，啊！”秀秀妈不停重复这几句话，同时感到向天舒的脸在往她的怀里拱，身体似乎有了几丝活力，她又羞又喜，将他的头紧紧抱在怀里，就像当年抱着襁褓中的儿子，热泪盈眶。时间过去了很久，很久，向天舒沉沉睡去。

秀秀妈整理好衣服，走出房门，待眼睛适应了外面的光亮，才对众人说：小向睡着了。

向天舒大睡了四天四夜，事后觉得不可思议，也许，睡得沉是为了更清醒。醒来后便不停进食，体力渐渐恢复。

他一直在回忆一个幻觉，以为秀秀来过了，谵妄中他将秀秀妈当成了秀秀，待知道真相后，大吃一惊，同时有一种异样的感觉，脑海里浮现出秀秀妈的容颜，是第一次在集上见到的样子，美丽而高贵的女王。这个秘密只有省城好友知道。

待能下地走动以后，他便到集上去谢秀秀妈，两人一开始都有些尴尬，聊了很多与秀秀有关的话题，慢慢才自然起来。约好下星期五去桃村。

秀秀妈的出现令向天舒和秀秀的关系浮出水面，各种猜测都有。

向天舒要去桃村，英素花没有阻拦，以后也都随着他，把嫉妒的苦果往肚里咽。凭直觉，她知道他们之间并没有什么实质性的关系，这多少是个安慰。

向天舒迫不及待踏上了去桃村的路。

大病初愈，一路走得很艰辛，又兼天气炎热，几次差点虚脱，全靠要见秀秀的信念支撑着。

终于，在他们初次见面的地方，他见到了朝思暮想的人。

“天舒哥，我还以为你不来了呢？”秀秀哽咽着说。

“傻姑娘，除非蒙山变为平地，否则我不会不来的。”

秀秀抬头看了看远处的山峰，似乎担心它真的会变成平地一样。

最初的两个月里，秀秀望穿秋水，以为他不会再来了，伤心欲绝。眼看着女儿一天天憔悴下去，秀秀妈心疼不已，犹豫了几次，最终还是没去找向天舒。终于，传来向天舒生病的消息，也不知道得了什么病，秀秀的伤心转变成无尽的牵挂。

“天舒哥，你的病好全了吗？到底是什么病？”

原来，秀秀妈并未将实情告诉她，秀秀自然也不知道他的病是如何被治愈的。

“相思病。”他笑着说。

“相思病？！”秀秀瞪大眼睛，想从对方的眼神中找答案，很快就赧然了。

他忍不住问起龙尤，秀秀淡淡地说：龙哥来过几次，还约我去枫香镇赶集，但我没去。他想问龙尤来家里的细节，但忍住了没问，每次提起龙尤，秀秀的表情都会发生小小的变化，他知道，不管秀秀承不承认，龙尤在她心里都有一席之地，他因此时常遭到醋意的侵袭，但他没有权力将秀秀的心全部据为已有。

向天舒的身体虚弱，在家里养息，秀秀妈给他配了一副草药，每天由秀秀熬给他喝。白天，秀秀爹妈不在家，屋内不似外面炎热，山风吹进来，伴随着知了的长鸣，秀秀穿得清凉，令他耳热，须不断调整心绪，才能让自己镇定下来。

从美人靠上能看见桃源小学。桃源小学的施工接近尾声，预备九月份正式投入使用，向天舒在村长的陪同下参观了校舍，明净的教学楼，平整的篮球场，令他十分欣悦。

一天下午，秀秀将药端给他，待他喝完后问：“天舒哥，你到底得了什么病？不能告诉我吗？”

他知道不能再隐瞒，也不想对她撒谎，便将之前发生的事原原本本讲述了一遍。秀秀静静地听着，替他的失眠症难过，从眼里滚下两颗大泪珠来。

他们去了一趟草海，从樵采的小路去，十分便捷。草海边有好几个垂钓者，是对面山上的村民，同他们热情打招呼。他们走近去看，钓上来的鱼不多，几条巴掌大的鲫鱼，养在浸在水中的鱼篓里。向天舒看着水里的浮漂，微风吹动水皮，浮漂似在细浪里行进，有耐心的渔者却不为所动。他想起从前在青溟湖边垂钓的经历，屈指算来，最后一次拿钓竿至今，快二十年了，心里涌起钓鱼的冲动。

晚上，向天舒与秀秀爹说起想钓鱼的事，村长也在，表现出极大的兴趣，以前草海鱼多，他还带头下网打过渔，但那是几十年前的事了，一天，来了许多汉人，在草海边安营扎寨，开始大规模捕鱼，一开始用网捕，网眼很小，无论大鱼小鱼，都被一网打尽，鱼的再生能力被破坏，数量锐减，待鱼少了，他们便改用炸药炸，不顾当地人的反对，将成捆的炸药丢到草海里，水面上到处漂着死鱼，鱼几乎绝迹，那些人也像鬼一样消失了，打那以后，草海里的鱼再没恢复过元气。说起这些事，村长很不痛快，吸了一阵闷烟，才说：现在鱼不好钓，要不去野炊，万一钓不到鱼也不白去。大家都觉得这个主意甚妙。村长回去一张罗，有好几家人响应，第二天上午，聚集了近二十人，男女老少都有，扛着鱼竿，背着炊具和食物，迤逦来到草海边。草海边的垂钓者见来了这么多人，吃了一惊，笑着说：桃村来这么多人，是钓鱼，还是吓鱼？大家走到开阔处，负责钓鱼的人分头打窝子，将头晚准备好的酒糟撒到水里，用香味把鱼引来，其余的人挖了几眼灶，到附近拾了些柴火，开始烧水泡茶。午饭吃干粮，不用动火，大家都盼望钓上鱼来，好给晚餐增色。

向天舒选了一个僻静的地方，将渔线甩到离岸十几米的地方，秀秀不钓鱼，挨着他坐下，有秀秀的陪伴，等待自然不枯燥。

村长和秀秀爹最先有收获，各钓上两条大鲫鱼，令向天舒好生羡慕，直到中午，别的人都一无所获。吃过干粮，正是最热的时候，鱼上钩的可能性更小，大家都有了些倦意，找阴凉处小睡，小孩子则到远离钓竿的地方游泳，向天舒也很想下水，但此行的目的是钓鱼，不好一心二用。他所在之处正好背阴，不用躲避毒日头，其地又只有他和秀秀，别的人仿佛都不存在一样，便将心思都放在秀秀身上。秀秀倚着他打盹儿，他将头轻轻转向她，嗅她的味道，相似的感觉漂浮在时间的另一头，长途班车上，叶莲也是这样倚着他，但他不敢像当年对待叶莲那样对待秀秀。他感觉自己就像一条鱼，在诱饵前徘徊不定，鱼的痛苦不在上钩，而在决定是否上钩。

换了几次饵，浮漂依旧没有动静，秀秀似乎真的睡着了，有几次差点跌到他怀里，他赶紧将她扶正，担心被人看见。他将注意力移向远处的野鸭和白鹭，看云卷云舒，既在等待，又不在等待，时间可有可无。

远处的欢呼声将秀秀惊醒。

太阳偏西，鱼相继上钩。

“小向，我这个窝子好，你来这里钓。”村长大声招呼他。

他谢绝了，又回到自己的钓点，他很执拗，就算一条鱼都钓不到，也绝不挪窝。

秀秀起身帮忙准备晚餐去了，向天舒独自面对空旷的水面。

他将全部心思都集中在钓鱼上，眼里唯有浮漂，偶尔休息一下眼睛，抬头看高天流云，脑子里空茫茫的，心同浮在水面的几片叶一样，闲闲的，蓝色的水波很美。

换了几次食，浮漂依旧没有动静，他开始走神，所思同渔有关。最著者莫过于姜太公钓鱼，三千年前的姜太公终日垂钓，其意不在鱼，在人，圣经里也有得人如得鱼的典故，前者凡，后者圣，东西方的两种智慧，在不同的领域里各臻其妙。凡圣从来都不是绝对的，东方亦不乏超凡入圣者，如“烟波钓徒”张志和，而酷爱钓鱼的海明威，是西方的代表人物之一，充了一世的硬汉，却最终饮弹自尽。

终于，浮漂动了一下，意识随之大动，钓丝另一端悬着的仿佛不是鱼钩，而是他的心。恰好风平浪静，浮漂的动作虽轻，却显而易见，水下的鱼似很犹疑，不断做出试探性的动作，他不敢眨眼，手心冒汗，随时准备起竿，然而，浮漂再度沉寂，许久没有动静，令他沮丧。将竿提起来，饵所剩无几，换上新饵，抛到原先的位置，没多久，浮漂又动，幅度明显增大，对方吃到甜头，戒备之心全无，竟一口连饵带钩吞下，将浮漂整个拽入水中。他抑制不住内心的激动，猛一提竿，手上沉重，不敢用力往回带，因是普通的竹竿，易断，鱼在水里拼命挣扎，竹竿眼看要折了，他做好了下水的准备，无论如何不能让鱼逃脱了。对方筋疲力尽，任由他拖上岸来，是一条少见的青鱼，足有两斤重。一天的守候终于有了结果，上一次钓到鱼是在二十年前，完全可以说，这条鱼让他等了二十年。他将青鱼拿去给秀秀看。

“阿爸，天舒哥钓到一条大青鱼。”秀秀兴奋地叫道，大家都围过来看，七嘴八舌地赞叹。

“多少年没见过这么漂亮的鱼了！”村长感叹道。

向天舒信心十足地回到原位，不久又钓到一条鲫鱼，鱼上钩的感觉美不可言，想起蓝江边垂钓的艄公，在流水中垂钓一定更有趣，遗憾自己没有早些体验，决定今后找机会去跟艄公钓鱼。夕照铺在水上，将鱼也吸引到水面上来，不时划过水面，牵引着钓者的神经。

准备晚餐的地方在上风口，飘来炖鸡的香味，向天舒不觉食指大动，中午吃得少，口腹之欲被饥饿感刺激起来，再钓到一条鱼的希望看似不大，注意力便从浮漂上移开，一面等待开餐，一面看落日的美景。

终于，秀秀来叫他吃饭。其地开阔，大家席地而坐，将丰盛的饭菜围在中间，鱼自然是主菜，收获比预期的大。钓鱼看似静，其实有很多内在的活动，一日下来，也很辛劳。鱼清炖，只放了点姜葱，鲜美异常，向天舒赞叹道：“用草海里的水煮草海里的鱼，原汁原味。”众皆称是。

酒足饭饱后，天已黑了，繁星满天，大家并不急于离开，将篝火烧旺了，原地踏歌，引得对面山上的人出来观看，远远将呼哨打过来。

五十三

向母听说了大儿子生病的事，匆匆赶来，所幸他已痊愈，架不住小妖的挑拨，认定儿子的病源是英素花，对她破口大骂。英素花没回一句嘴。向天舒听不下去，对向母发了一通脾气。向母里外不是人，待要大发作，向天舒的一句话让她立刻安静下来：再吵，我又要失眠了。

听说儿子的失眠症跟一个叫秀秀的姑娘有关，向母立刻来了兴趣，多方打听，结果却大失所望。首先，她不喜欢蒙地的苗族，认为这些人穷，不开化，而那个姑娘连初中都没上过，等于没文化。她立刻就此事向儿子发表了自己的意见，话没说完，就被儿子粗暴地打断。向天舒不能容忍任何人说秀秀的坏话，哪怕这人是他的母亲。

英素花的事还没解决，又冒出个什么秀秀来，令向母感到绝望。她的身体大不如前，有一次在地头无缘无故晕倒，因此，紧迫感越来越强，怕见不到大儿子成家。

“天舒，妈也没几天好活了，就盼着你快点成家，你是妈的全部依靠。”

向天舒觉得这话很恐怖，英素花以前也说过类似的话，好在现在不说了。无论如何，人只能依靠他自己。

母亲晕倒的事他是知道的，她确实老了，正不知如何安慰她，脑子里却冒出一个骇人的念头：母亲死了就清静了。他十分惶恐，因为这个大逆不道的念头，负罪感更加沉重，然而，从此以后，任他怎样忏悔，盼母亲死的念头却日趋强烈。

向母做梦都想不到大儿子会盼她死。

事实上，向天舒还希望英素花也从这个世界消失，那样她将一劳永逸地专属于自己，纯粹的拥有，不受任何现实生活的搅扰。这个念头藏在内心最阴暗的角落里，不可告人。在他的幻想中，英素花以各种方式死去，每一次都让他痛苦万状。

向母将气撒在英素花身上，后者忍无可忍，奋起反击。向天舒在家里待不住，吃完晚饭就到绿水塘边散步去了，或者去辅导学生上晚自习，很晚才归家。

家里的气氛压抑到极点。

儿子不听话，同英素花的斗争又不占上风，向母别无选择，拖着老迈的身躯回祖村去了。

向天舒送她去车站。

“儿啊，妈再也不来黄龙镇了，你心里要还有我这个妈的话，就常来祖村看我。”

向母哭起来。

车上的人都看着向天舒。

他又难堪又难过，好在车开动了。

包姥也知道了秀秀的事，气不忿儿，决定教训一下向天舒。

向天舒去爬白虎山，在紫溪边被几个二流子拦住，见来者不善，他攥紧了拳头，但脚下发软，心跳加剧，对方扑过来时，竟无招架之功，跟怪老道学的功夫瞬间化为乌有，很快就被打倒在地，不过，这次对方没下狠手，因包姥交代过，给点颜色就行。二流子临走说：姓向的，听好了，别再跟那个小苗子鬼混，否则，下次就没这么便宜了。他明白是包姥指使的，羞愤交加。

向天舒身上的伤不免引起英素花的疑心，他谎称是爬山时不小心摔的，问多了，便发作起来，弄得英素花又委屈又莫名其妙。

他独自生了几天闷气，终于按捺不住，请了一星期假，上白云山去了。

怪老道听了他的遭遇，微微一笑，说：你来攻击我。

他正在迟疑，怪老道却突然发招，将他摔倒，他刚爬起来，怪老道又作势要打，他连忙躲闪，本能还击，二人过了几招，虽都留着手，却已接近实战。

“你现在的身手，对付几个从没练过武的人是不成问题的。”

“那，我的问题出在哪里？”

“心里。”

“心里？”

“你刚才心慌吗？”

他摇摇头。

“因为你知道我不会伤害你。你跟二流子交手时呢？”

他想了想说："还没交手腿就软了，心跳急速，像要虚脱一样。"

"下盘无力，心气上浮，还怎么打？你先已被自己打败了。"

向天舒点点头，像在问自己："怎么会这样呢？"

"因为害怕。害怕打不过，害怕被打伤、打残，甚至被打死。"

怪老道说的没错，只是他一直不愿意向自己承认罢了。

"前辈，我为什么会怕呢？"

"因为顾虑太多，《金刚经》里说'无挂碍故，无有恐怖'，有挂碍，自然就有恐怖。"

"可是，我当时脑子里一片空白，并无挂碍啊。"

"这是一种心态，积习所致。这样吧，假设当时你有充足的时间想，你会有什么顾虑？"

向天舒闭上眼，重新回到当时的场景，怕打不过，这是很自然的，虽练了很多年的功夫，从未检验，心里没底，但为何不敢放胆一搏呢？当年扑向二流子匕首的勇气何在？对方人多，其中不乏亡命徒，拿命跟这些人拼，值吗？且不说别的，单单秀秀一人，他就放不下。

"'准备好死亡'，是你说的吧？"

"是的，正如前辈所言，'悟道难，守道更难。'"他心里惭愧，知行合一，谈何容易？

"难，也不难。把你悟出的道放在心里，时刻检视，不要弄丢。《论语》里说'吾日三省其身"，要学会观心，直至观无所观。"

"观心？"

"打坐时不是要'眼观鼻鼻观心'吗？你可以多练练打坐的功夫。"

怪老道说完，盘腿坐下，他也跟着坐下。

"前辈，这好像是佛教的功夫？"

"三教合一，由来已久，不要去分别，好的功夫到处适用。记住，观心，不是用眼观，更不是用鼻子观，以心观心，同时调匀呼吸，气息要轻，要慢，直到你感觉不到自己在呼吸，就像大海看着蓝天，没有云，没有风。"

怪老道的语气缓慢深沉，说完，闭上眼，一动不动，向天舒受到感染，也进入打坐的状态。打坐他尝试过，可惜没有坚持。各种念头纷至沓来，甚至比不打坐时还多，他知道不能理会，任其来去，只专心调匀呼吸，许久，睁开眼，怪老道依旧纹丝不动，虽在近旁，却无丝毫气息，仿佛一座雕像，又像熟睡的婴儿。他强忍住想要起身的念头，吞咽了几次口水，重新闭上眼，终于，进入一种混沌的境界，不复分辨物我，最后，意识完全消失，直到传来怪老道起身的声音，他才睁开眼。两人相视而笑，周围的一切仿佛都是新的。

“小向，打一套拳我看看。”

他的头部从未这样轻盈过，意识像微风，双臂虽沉，看上去却似婆娑的柳条，双腿则似柳树根，扎得很深。

不待他收势，怪老道就忍不住喝彩起来。

接着，他又与怪老道推手，动作与力道恰到好处，略无凝滞。

“前辈，我今天的状态特别好。”

“因为你的心静下来了，太极拳讲究一个‘松’字，心意松，身体才松，气才沉得下去。”

“可是，我不知道，再碰到二流子，我的心还会不会乱？”

“深呼吸，什么都别想，你练了这么多年，身体自己会对付的。”

接下来的一个星期里，早晚打坐，怪老道坐多久，向天舒就坐多久，他疑心，为了磨炼他，怪老道有意拖长了打坐的时间，之后便练习推手，及一些实用的格斗技法。其间喂过两次鹰。直到星期天才同怪老道一起下山。

向天舒按照怪老道的方法苦练了一个月，甚至顾不上去桃村，伺机一试身手。

他在东大桥上碰到臭鱼和死猫，他们是二流子中比较凶悍的两个，便用含讥带笑的眼神挑衅对方，对方正闲得痒痒，二话不说就扑上来。他向后跳开，深吸一口气，缓缓吐出，定住神，看对方挥拳的动作又笨又慢，空当完全暴露，简直就是个活靶子，便揸开五指，后发先至，迎面拍在臭鱼的脸上。臭鱼的脸岂能和绿水塘边的大榕树比，当即仰面倒地，鼻血横流，死猫惊得不敢动弹，向天舒顺势用肘顶了一下他的胃，他立刻弯腰倒地，痛苦万状。

因四周无人，两个二流子虽然落败，面子还在，但岂肯罢休，去找包姥，包姥震惊之余，日日与他们策划如何报复向天舒。

英背时无意中听到了他们的密谋，悄悄告诉女儿，英素花忙去找包姥质问。

“姓向的对你三心二意，你还护着他？”

“反正，谁都不许伤害天舒。”

英素花对向天舒的痴情令包姥更加不平，既然不能碰向天舒，收拾那个小苗子总可以吧，让她以后不敢再跟向天舒来往。奉命行事的两个二流子，一个是马屌，马老爹的小儿子，另一个是王八。他们没见过秀秀，踩了两次点，弄清秀秀家的住处，在附近潜伏下来。

一个女孩子同一条白狗从秀秀家出来，往后山走去。马屌和王八跟了上去，边走边察看周围，至偏僻处，跳出来截住秀秀。正面看清秀秀的长相时，两人都傻了眼，万万没想到她会长得这么好看，直到秀秀厉声叫起来：“你们是哪儿来的？想干什么？”他们才如梦初醒，嬉皮笑脸地说：“有人叫我们来教训你，不准你再跟那个姓向的来往。”

“谁叫你们来的？”

“不告诉你。不过，这么漂亮的妞儿，怎么下得了手？”

面对美色，两人顿生歹意，交头接耳了一番，马屌淫笑着说：“你给我们俩玩玩，我们就饶了你。”

“阿丹！”

阿丹跳起来攻击敌人，无奈它只能对付一个，而王八预先准备了大木棍，阿丹的头上重重挨了一下，鲜血直流，转身跑开，站在高处，对着桃村的方向狂吠不止。秀秀被马屌扑倒在地，一面拼死挣扎，一面呼救。秀秀如受伤的野兽，又抓又咬，马屌一时难以得逞，王八将阿丹打跑后，过来帮凶，将秀秀的长裤拽了下来。正在万分紧急之时，有人叫喊着飞奔过来，是远处做活的村民，听到阿丹不同寻常的叫声，提着锄头赶来，马屌提上裤子，和王八落荒而逃，虽没被追上，却已暴露了身份，马屌没少带头欺负过赶集的苗人，大家记得他的面孔。秀秀穿好衣服，坐在地上放声大哭。

“秀秀，他们没把你怎么样吧？”待秀秀安静下来，陆续赶来的村民焦急地问。

“没有，差一点！”

“这些流氓，欺负我们苗人欺负到家了，我们一定要为秀秀报仇！”

“对，报仇！”所有人都响应。秀秀从自己被扯烂的衣服上撕下几条布来，替阿丹包扎伤口，抱着阿丹一言不发。

晚上，龙尤带着犁村的年轻人赶到桃村。两村人聚在村中广场上，群情激昂。因为马屌是马家人，大家便把矛头指向马家，新仇旧恨一触即发。两个村的年轻人纷纷提议远征马家，为秀秀报仇，单等秀秀爹和村长发话。村长将秀秀爹拉到一边，说一切按后者的意思办。秀秀爹两眼通红，经过长久的沉默，缓缓地说：冤家宜解不宜结，走正常的司法程序吧。村长好歹才平息了众怒，亲自带人去黄龙镇派出所报案。事关民族纠纷，警察不敢怠慢，火速立案侦查，最后将马屌和王八逮捕归案，以强奸未遂罪论处。

马屌被判刑后，马老爹迁怒于向天舒，两人从此交恶，向天舒再未踏进过清真寺一步。

向天舒疑心包姥是幕后指使者，让英素花回去问，包姥丝毫不否认，说：“我是为你好，本来只是让他们去教训那个小妮子一顿，谁知道他们会去强奸她。这两个脓包，成事不足，败事有余。”英素花气得七窍生烟，将包姥狠狠骂了一顿。包姥理亏，但脸皮厚，由着她骂。

向天舒赶到桃村，见秀秀没事，才放下心来。他意外地从桃村人的眼里看到了一种从未有过的敌意，十分难堪。秀秀受辱的原因大白于天下后，桃村的人这才知道，向天舒在黄龙镇有相好，都为秀秀鸣不平，尽管有他为桃源小学捐资的善举在前，但谁让他们喜爱的秀秀受委屈，谁就是他们的敌人。后来，大家看秀秀一家对向天舒的态度丝毫未变，就不好再说什么，敌意也随之慢慢消失。

秀秀隐约知道这事与英素花有关，不敢相信是她指使的，但不是她，又会是谁呢？人心的险恶令她陷入迷茫。过了很久，她才敢像从前一样，独自远离村子，去亲近她喜爱的自然，阿丹须臾不离左右。

这件事让秀秀在黄龙镇出了名，其实，秀秀早已声名远播，连跟随县长下来处理这件事的许多领导都知道她，对她赞不绝口，说这么好的姑娘要是真被糟蹋了，老天都会降罪的。

两年前，县里的干部团到桃村考察，所有人都被秀秀的美惊呆了，其中一位年轻人眼睛都看直了，秀秀只是笑，张罗着请他们吃茶，为首的领导向秀秀妈问起她的情况，得知她没上过初中，深表遗憾，表示愿意资助，待明白不是钱的问题后，便彻底糊涂了。他提出想听秀秀唱苗歌，其余的人热烈响应，秀秀大大方方地唱起来。其声之曼妙，不可形容，最后是一个长长的拖音，把在场的人托上了云端。秀秀妈自豪地看着女儿，客人傻愣着，半晌，为首的领导带头鼓掌，一面说：太好听了，一定不能埋没了！又对秀秀妈说，县里文工团正在招人，秀秀应该去，秀秀妈笑笑说：我们听秀秀的。大家都看着秀秀，秀秀略一思索，轻轻摇摇了头。“可惜，可惜！”领导再次表示遗憾和不解，临走，大家又拿未婚的年轻干部打趣：别走了，留下来做上门女婿吧！小伙子脸涨得通红，依依不舍的样子。干部团回去后，免不了把在桃村见到的苗族美女宣扬了一番，县里再有人来苗寨视察，不约而同都会到秀秀家坐坐。秀秀是整个蒙地的骄傲。

向天舒与秀秀的事不再是秘密，而公开的说法却是，秀秀家给向天舒下了蛊，要招他为婿。包姥骂秀秀妈是老蛊婆，连英素花都信以为真，问他：“是不是小苗子她妈给你治病时乘机下了蛊，否则，你为什么老是要去她家？你敢说你们真的很清白？？”向天舒讨厌包姥叫秀秀妈“老蛊婆”，这个称呼更适合包姥她自己，也讨厌英素花叫秀秀“小苗子”，秀秀岂是可以玷污的？但放蛊的说法并不令他反感，且被他做了另一种理解：他确乎中了秀秀妈的蛊，但蛊就是秀秀，美丽的秀秀蛊，他再也摆脱不掉，哪怕要付出生命的代价，他也甘之若饴。

包姥老实了一阵，不敢见向天舒，将小食摊挪到黄龙小学门口，直到英素花出事，才又蹦跶起来。

向天舒对英素花越来越冷淡。秀秀受辱，他迁怒于她，甚至疑心是她让包姥干的。

母亲的龌龊行为让英素花很愧疚，向天舒的态度反令她好受些。

但时间没有改变向天舒的态度，冷暴力愈演愈烈，去桃村也不打招呼，仿佛她不存在一样。

英素花最受不了冷战，她的性格外向，心里搁不住火，有火就要发出来，向天舒的冷漠将她的火凝固在心里，积久了，非但发不出来，慢慢发霉，腐蚀周围的器官。渐渐地，一个活泼外向的姑娘，因为一场不寻常的爱情，变得沉默内向。因为心情的压抑，英素花的月事开始紊乱，常常痛经，痛经时性情大变，“像只刺猬”——向天舒语，扎得他伤痕累累。

眼见进城务工的人越来越多，比自己大的，与自己同龄的，比自己小的，逢年过节回来，显得风风光光，带回很多时髦的玩意儿，看看自己，再也不是当年那个引领潮流的英素花了，如果没有向天舒，她肯定也会加入迁徙的大军，在省城还有她早年的相好呢。她很矛盾，既放不下对向天舒的爱，又不甘心蹉跎下去，任韶华白白流逝。

向天舒有时也过意不去，觉得自己未免过分了，但又控制不住自己的情绪。也许，如果没有秀秀，他会甘心与英素花妥协，结婚生子，像所有人一样，了此一生。事实上，连这个“也许”都不成立，他是一个彻底的理想主义者，即便没有秀秀，也会在心里造一个秀秀出来。

英素花终于忍无可忍，回家住去了。不久便做出了一件惊天动地的事情。

包姥的枕头下居然放着一块大烟膏，被英素花翻出来，回到自己房间，一口吞了，又在手腕上拉了一刀，仰面躺下，任由鲜血和泪水流淌。本以为万无一失，包姥在摆摊儿，英背时在地里干活儿，不会有人打扰她，但命不该绝。英背时身体不舒服，提早收工回家，进家后，看见女儿的卧室门关着，敲了敲门，无人应答，轻轻推了推，门从里面反锁着，以为女儿和向天舒在里面，不好打扰，正要离开，好奇心陡起，悄悄隔着门缝窥视，看不到床，却见地上有一摊红色的东西，正在扩散，是血，他失声叫起来，将门撞开，英素花已经不省人事。

向天舒赶到卫生所，白医生将他拉到一旁，用颤抖的声音说："刚洗过胃，命保住了！乖乖，她真是铁了心想死，不仅割腕，还吞了大烟。"

英素花闭着眼，表情痛苦，喉咙里不时发出一些奇怪的声音，向天舒欲哭无泪，将脸轻轻贴在她的脸上。

包姥闻讯赶来，在走廊里撞见向天舒，拉开拼命的架势，被众人劝住。不等英素花醒来，包姥便乘向天舒不在，跑到黄龙中学闹，将他的许多书和物件扔到走廊里，在上面跳脚大骂，谁也不敢去阻止她。本不关学校的事，她非要将这件事情跟学校扯在一起，跑到操场上，对着所有师生破口大骂：

"瞧瞧瞧瞧，瞧瞧你们的老师，把我姑娘往绝路上逼，有这样的老师吗？呸，狗屁！狗屎！！狗鸡巴！！！呸！呸！！呸！！！"

包姥尽情发泄了一通，第二天重新将小食摊摆到黄龙中学的岔路口。

这事的影响非常恶劣。程文礼未经郝校长批准，便召开了全体员工大会，在会上将向天舒狠批了一通。这一次，郝校长没有替向天舒说话，他心里也有怨气。会后，他摇着头对单玉老师说："我早知道会有这一天！"

单玉老师对向天舒说："小向，听我一句劝，这次无论如何要跟英素花断了。"

"我知道你和郝校长都是为我好，可这件事，我只能听自己的。"向天舒的回答让单玉老师伤心了好一阵子。

向天舒对外界的议论漠不关心，专心反省自己，同时希望英素花的身心两方面都尽早康复。

英素花出院后，包姥不让她去向天舒那里，她却执意要去，还帮着向天舒说话，令包姥失望之极，愤愤地说："贱货，老娘再不管你的死活了！"

英素花想跟她吵，却没力气，被向天舒架着离开了。

接连几个星期，向天舒陪着小心，对英素花殷勤备至，绝口不提去桃村的事。

英素花又开始上班。日子慢慢回到原来的样子。感情的事，死神也无能为力，何况英素花并非是用自杀来让向天舒回心转意，她一再强调，她只是不想活了，跟别人无关。

秀秀妈听说了英素花寻短见的事，星期天见面，劝慰向天舒说："好好对素花姑娘，她是真爱你！"向天舒却说："我也爱她，可是，我们不合适。"末了，忍不住问："秀秀好吗？"秀秀妈犹豫了片刻，才说："不太好，见不到你，跟丢了魂似的，唉……"

向天舒对秀秀的思念一发不可收拾，又不敢表露出来，整日唉声叹气。

"天舒，我知道你想去桃村，你去吧。"一天，英素花突然说。

"素花，你别这么想，我不去，为了你。"

"为了我？！天舒，别骗自己了，我们在一起这么多年，我还不了解你？去吧，我没事的。"

"不去。"

"这两个月，你对我真好，我挺感激的，去吧，为了我。"

"为了你？！"

"是的，人死过一次，很多事情都想明白了，你不去，我反倒不安。你不开心，我也不开心，去吧，真的！"

向天舒这才知道她说的是真心话，心里很感动。

"我就是想出去走走，你知道，我跟秀秀是清白的。"

"我知道，你别解释了。"

五十四

英素花自杀的事传到蒙地，对秀秀的打击很大，令她自责，常常以泪洗面。

她不知道天舒哥还会不会来，来了又将如何面对，心里预备了遥遥无期的等待，将思念变成生活的常态，慢慢消受。在外人眼里，秀秀还是从前那个秀秀，阿丹却似乎什么都知道，苦不能言，静静地陪着她，她流泪时，便坐到她的正对面，用同样哀伤的眼神劝慰她，当然，秀秀爹妈也知道女儿的心思，只不去打扰她。

秀秀爹比往常收工早，回来教秀秀巫术，要教的东西很多，怕来不及，女儿迟早是要嫁人的，秀秀的心思越重，他的紧迫感越强，况且，这样可以分她的心，让她少受情感的折磨。

秀秀的巫术学习进步很快，她本来就对万物的灵性深信不疑，巫术教会她许多与万物沟通的方法，仪式化的动作，程式化的咒语，在她看来，都有神奇的效应，虽然她不能如基督教里的上帝，说要有什么就会有什么，但一旦施行巫术，变化就会发生，在肉眼所不见的事物内部发生。

秀秀妈开始叫秀秀随她去采药，教她认识各种药草，以前不叫她，是因为采药很辛苦，而且危险。现在，秀秀长大了，秀秀妈见她认真学习巫术的样子，也想将苗医的知识传给她，最早时，巫医是不分的。采药的事令秀秀稍稍展颜，同样高兴的还有阿丹，因为可以去远足。

向天舒的到来令秀秀爹妈惊喜万分，秀秀却远没有以前开心。

他不愿提英素花自杀一事，秀秀不便多问，只是喃喃地说：素花姐对你太痴情了！

他发现，秀秀像变了一个人，少笑容，神态游离。

“小向，你劝劝秀秀，她一直为素花姑娘的事内疚。”秀秀妈终于忍不住说。

向天舒也觉得避而不谈不是办法。

秀秀坚持认为英素花的自杀是因她而起，自己是个可耻的第三者。说到激动处，竟哭着要向天舒回到英素花的身边去。

“既然她不想让你来，你就别来了。不要再为难素花姐。”

“是她让我来的。”

“真的？”

“真的。”

“素花姐真好，你为什么还要同她闹呢？”

“是我不知足。”

“你答应我，要对素花姐好。”

“我答应。”

秀秀的理解，英素花的宽容，显得他更加自私。他想，如果可以像旧社会一样娶几个老婆，她们必定会相处融洽，像好姐妹一样。人的自由是受限的，内心的自由才是真正的自由。

经过几次交谈，秀秀的心结似乎打开了，脸上重现往日的笑容。

随着年龄的增长以及对巫术和医术的学习，秀秀不似从前那么调皮，变得成熟，散发着智慧的光芒。向天舒惊喜地看到，她正在成为他想象中的“古今中外最美丽的巫女”，透着神秘的美，令他心醉神迷。

他跟秀秀说起雷风寨的南木萨和南木女的故事，南木女满头的发辫令秀秀神往，她让妈妈花了一上午的时间给她编了一头的细辫，别有风姿，见者无不称赞。向天舒在的那几日，秀秀没舍得洗头，睡觉都小心翼翼，生怕把发辫弄乱了。

秀秀跟妈妈学医的事令向天舒十分意外，他想跟他们去采药，秀秀和阿丹自然很开心，秀秀妈也很高兴，有向天舒陪着，她可以去更远的地方采药。

天不亮动身，出村西头，穿过生林，顺小路在山间蜿蜒行进，一直向西。

秀秀妈背着竹篓，一大一小，小的套在大的里面，装着水和干粮，及采药草的工具，向天舒几次要替她背，她都不让。秀秀妈与阿丹走在前面，秀秀和向天舒空着手跟着，有时脚下稍慢，阿丹便不高兴，回头来催促他们，几番下来，被秀秀妈数落了一顿，这才不敢再来叨扰他们。秀秀妈加快了步伐，与他们渐渐拉开距离，有时便只剩他们两人，走在清晨的雾气中，雾深处偶尔传来早起鸟儿的啁啾声。

向天舒故意落在秀秀后面，看她发辫披垂的背影，如飘忽的南木女。

太阳出来后，云开雾散，他们在一个视野开阔的地方稍事休息，秀秀与妈妈坐在草地上说话，向天舒和阿丹一样，对周围的一切都感到好奇。他惊讶地发现，蒙山主峰就在前方不远处。

“大妈，是去那儿采药吗？”向天舒指着主峰问。

秀秀妈笑着做了一个翻山的手势。

上主峰没有路，秀秀妈在前面带路，穿过各色草木，其间指给向天舒看了几种药草，并不急于采，因为今天要去平时不常去的地方，回头再采不迟。

蒙山主峰外形平常，似馒头形状，容易攀登，须置身其上，方能体会其殊胜之处。蒙地尽收眼底，白云山的雪峰隐约可见，黄水河及黄龙镇隐在南面的几座山头背后。秀秀妈指着近处的一座山头说：那里便是当年回子挖过金矿的地方。山头被撕掉一大块，植被稀疏，像个硕大的伤疤。

翻过主峰，很快下到山坳里，又翻了一座山头，才到达目的地，周围都是大大小小的山头，植被丰茂。

秀秀妈让他们先歇口气，吃东西，喝水，自己则背着小竹篓四处查看。连阿丹都累得不想动弹。向天舒对秀秀妈的体力佩服得五体投地。一个人常年在人迹罕至的深山里采药，没有过人的精力和勇气是做不到的。

“秀秀，前几次你陪阿妈采药，也这么累吗？”

“没有，这次走得最远，而且没歇几口气。”

“不管怎么说，采药挺辛苦的，你受得了吗？”

“阿妈受得了，我当然也受得了。”

“你阿妈真不简单，跑这么远的地方来采药。”

“她喜欢，她说药草有灵性，相处久了，人会更有灵性，而且不会生病。”

“这个说法有意思。其实，我也采过草药，不过是在小时候。”向天舒说起儿时随爷爷上山采药的事，还提到爷爷采到的那朵灵芝。

“阿妈也采到过灵芝，不过磨成粉做成药了。”

“是吗？没准我们今天会采到灵芝呢。”

“灵芝那么好采就不灵了！”

秀秀妈走回来，篮子里已经装了不少药草，秀秀连忙接过篮子，将药草都倒出来，一一辨认。虽有儿时随爷爷采草药的经历，向天舒对草药的认识几近于零，况且这里的许多草药都是蒙山独有的，他一概不认识，十分惭愧，秀秀便耐心地向他讲解药草的名称、性状及药性，秀秀妈一面吃干粮一面微笑着听她讲，不时纠正她讲错的地方。

向天舒仔细嗅闻药草，各种味道，夹杂着泥土的气息，沁人心脾

他用心记住了几种常见药草的外形。

“大妈，苗医和苗药的历史长吗？”

“很长，俗话说，‘千年苗医，万年苗药’，你们汉族的神农尝百草的时候，我们的祖先也在做同样的事情，不过，我们的药王是个女的。”

事实上，苗医的历史可以追溯到遥远的母系氏族时期。

“我觉得，苗医和中医都很神奇，都崇尚自然，药草是大自然的产物，吸收了天地的精华。”向天舒由衷地说。

“是的，我们也讲阴阳五行，人得病是因为这些东西紊乱了，要重新协调。大自然也会生病，比如旱灾，要用雨水来调理。其实，所有的植物都可以入药，包括我们平时吃的蔬菜，只是药性大小不同而已，有良药，也有毒药，看你怎么用，不懂药是会出事的。药草的精华在根部，我们习惯说采草药，实际上，说挖草药更恰当些，你想，植物的根在地里，吸收了地里的养分，其中便有人体所需的各种物质，人生活在大地上，自然与大地的关系最密切。”

“听秀秀说，你觉得药草有灵性，真的吗？”

秀秀妈笑着说：“物质都是相通的，灵也是相通的。不要以为只有人才有灵魂。如果用平等的眼光去看待万物，万物都有灵性。人的灵性是从万物中来的。药草因为可以治病，它们的灵性被我们吸收的可能性更大。”

秀秀妈的话很有哲理，令向天舒惊讶，他想，秀秀之所以成为秀秀，与

她父母的优秀是分不开的。

秀秀妈将药草装在大篮子里，秀秀背上小篮子，分头到四周去采药。

向天舒依照脑海中药草的形状去寻找，很快便有了收获，但因为只有两把锄头，分别被秀秀妈和秀秀拿着，他只得用树枝自制了一根撬棍，费力将根撬起来。

一行人沿着山坡搜寻，彼此相距不远，以免走散，阿丹有了选择的自由，自然愿意跟着秀秀。向天舒有时走到秀秀妈旁边，看她新采到的药草，有没见过的便仔细端详。

他发现，人对大自然的了解越多，越觉得大自然奇妙，从前不知名的野草，突然有了名字，且各具特性，与人有着各种潜在的关系，随着熟悉程度的加深，竟似朋友一般，漫山遍野都是朋友。

向天舒专注于药草，远离其他人都不知道，等他想起来要找他们时，竟不见了，大声呼喊，侧耳倾听，没有任何动静。他慌了神，迷路就麻烦了，找不到他们不说，恐怕连桃村都回不去，自己两手空空，没有装备，秋夜寒冷，露宿绝无可能，如何是好？他爬上高处，手搭凉棚，四处都不见人影，不敢再乱跑，怕越走越远，唯一的办法是原地等待，等他们来寻自己。他沮丧地靠着一棵大树坐下。耳里唯有风声。“万物都有灵性”，他的脑子里突然闪过秀秀妈的这句话，他不会无缘无故走失，肯定有某种东西在感召他，周围的一切都变得神秘起来。他留心观察，地上有很多落叶，这个发现促使他抬头，目光穿越枝头，直抵蓝天。他收回目光，开始研究身后这棵不知名的大树。这是一棵古老的阔叶树，主干龟裂、扭曲，留下了风霜岁月的印记，如静脉曲张严重的老人的腿，叶落得早，所剩无几，有点望秋先零的意思，主干的上半段显然已经枯死，依然挺立着，除非遭遇雷击，否则不会离开大树的身躯，尽头有物突出，似鸟巢，又似蜂窝，隐约有很多褶皱，更像蜂窝，仔细看了半天，没见到野蜂，也许是废弃的蜂巢。他对那个东西发生了浓厚的情趣，左右都是等，不如做点什么，遂起了爬树的念头，从那上面也许能看见其他人。

爬树是儿时的记忆，一开始很笨拙，好在他的臂力不小，竟慢慢升高，至中途停下，一则休息，一则出于谨慎，怕真的有野蜂，被野蜂螫可不是耍的，抬头再看那个突起物时，惊得差点摔下树来，那不是蜂巢，更不是鸟巢，是一朵硕大的灵芝！

果然是有灵性的东西！

他强忍着激动，越往上，树在风中摇摆的幅度越大，他死死抱住枯树干，像只树懒一样缓慢移动，终于够到灵芝，接触灵芝的刹那，神奇的感觉流遍全身，爷爷的灵芝，怪老道的灵芝，与眼前的灵芝仿佛是同一朵，其上似有无数布满皱纹的眼睛。要将灵芝完好无损地掰下来殊非易事，他先站稳当了，利用两阵风的间隙，小心翼翼地将灵芝从树干上掰了下来，脱下外衣裹住，扎好袖口和衣角，一只手提着，准备下树，行动前突然想起来找秀秀他们，便立起身子，像猴子一样四处眺望，结果令他失望，抵消了得到灵芝的喜悦。

费了九牛二虎之力，才带着灵芝从树上下来，瘫坐在地上，喘息定了，将灵芝拿出来欣赏。隐约听见秀秀的声音，他激动得蹦了起来。

“天舒哥，你跑哪儿去了？我和阿妈都快急死了！”秀秀半是埋怨，半是心疼，眼泪都快出来了。

“秀秀你看，这是什么？”

“灵芝！”秀秀欢呼雀跃，秀秀妈随后赶到，看见灵芝也很惊喜，夸向天舒“眼力好”。

“天不早了，到此为止吧，今天收获很大，多亏了你们两个。”秀秀妈说。

他们天黑后才回到家，看到他们，秀秀爹悬着的心放了下来，秀秀妈给他看向天舒采到的灵芝，他赞叹不已，连说声：小向真有福气。

后来，秀秀将灵芝挂在自己的床头，向天舒借口看灵芝，时常走进她的卧室，每次都要同它相对很久，又恨不得与对方交换灵魂，好让自己的灵魂日夜陪伴着秀秀。

第二天一早，向天舒和秀秀帮着秀秀妈一起加工药草，清洗，切割，晾晒，忙了一整天，屋里弥漫着药草的芳香。因次日要赶枫香镇的集，须配药，将药草变成草药，刚采的药草用不上，要用以前晒干的料，向天舒是门外汉，秀秀也只是在一旁观看、学习，只有秀秀爹能帮上忙。他们配了许多副成药，既可煎煮后直接服用，也可泡酒喝，有治风湿的，治关节炎的，治寒毒的，治胃病的，令向天舒眼界大开，他对这些药的药效深信不疑。

晚上聊天时向天舒无意中提到包姥抽大烟的事。

“谁是包姥？”秀秀问。

向天舒从未在秀秀面前提起过包姥。秀秀做梦都想不到，她险些被人强暴的事情会和英素花的母亲有关。

“你们倒是说啊，到底谁是包姥？你们怎么什么事都不告诉我？我不是小孩子了！”秀秀急得眼泪都快出来了。

“小向，你就说说吧，我们也听听。”秀秀爹妈知道包姥其人，但不具体，因此，同秀秀一样好奇。

向天舒于是将包姥与英素花的关系，包姥与二流子的关系，包姥与黄龙中学的关系，包姥与鸦片的关系，从头到尾细说了一遍，听得秀秀目瞪口呆。

“没想到，素花姐的妈妈是这么一个人！”秀秀呆呆地说。

“摊上这么一个妈，素花姑娘怪可怜的！”秀秀妈感叹道。

“难得素花姑娘没跟她妈学坏。”秀秀爹不紧不慢地说。

秀秀爹要与他们一道去赶集，秀秀妈笑着说：他从来不陪我们赶集的，还是小向的面子大。

向天舒和秀秀一到集上就溜了，将阿丹交给秀秀爹看管。向天舒不想在集上流连，怕遇到龙尤他们，可偏偏遇上了。龙尤硬着头皮与秀秀打招呼，故意不拿正眼看他。秀秀的表情很不自在，好像做了什么见不得人的事情一样。龙尤依然只赶枫香镇的集，因为秀秀非凡的美，和龙尤的出众，蒙地的青年男女虽然对他们心怀爱慕，却不敢出面争，突然冒出个向天舒来，大家都觉得不平，条件好的女孩却看到了希望，但龙尤公然表过态，“非秀秀不娶”，他不去赶黄龙镇的集也是为了向秀秀表明他的清白，这些事传到秀秀那里，令她越发感到歉疚和惆怅。

两人吃过东西，早早离开集市，向草海走去。向天舒一直有个愿望，要去爬草海对面的山，对面山上有几个苗村，建筑风格与桃村的一样，掩映在林木中。他很羡慕那些村民，能够每天看见草海的水光山色。

他们沿逆时针方向走到对岸，隔着水，回望来时的地方，山上的秋色令向天舒大吃一惊，红枫为主，此外还有各种层次的黄色，铺陈到水中，此前因置身其中而不觉。他后悔没有早点走出来，与美景错过了这么久。他贪婪地看着，似要将过去的损失都补回来，秀秀也受他神情的感染，与他一道默默欣赏对岸的秋色。

这个发现鼓舞了他们登山的欲望，路是现成的，经过村庄时没有停留，一口气爬到了山顶。

古朴的村庄，潋滟的草海，浅淡的远山，秋色集中在正对面，层层叠叠，绵延至蒙山的最高峰，高天中有许多白云，如长裙的舞女，在蓝色的舞台上曼妙起舞，眼前的大美仿佛交响乐的高潮部分，令他们心潮澎湃。

面对自然的美，除了欣赏，他别无想法；而秀秀的美却让他万般纠结，痛苦与快乐并存。自然的美，秀秀的美，都是美，为什么会带给他如此不同的感受？

秀秀到山另一侧的小树林里解手去了。

一想到秀秀正在树林里方便，向天舒就心神不宁，草地上的一朵小蓝花吸引了他的目光。花瓣五，蕊黄，蓝中带着淡淡的紫，不知名的野花，挺立在一根柔弱的茎上，在微风中摇曳，美不可言。他感叹于小蓝花的美，观之不足，遂盘腿坐在对面，他不知道，小蓝花是否也欣悦于他的出现。是什么让小蓝花如此美丽？为什么只有一朵小蓝花展示了惊人的美？科学的解释是，植物的美丽是为了招蜂引蝶，以便传播花粉，可是，放眼周围的草地，除了野草及别的普通野花外，并无美似小蓝花者，除了生存，一定还有另一种意志，灌注在小蓝花的生命里，大美有呈现自己的意志。不知小蓝花香否？凑近去闻，略略有些失望，没有香味，不甘心，凑得更近，鼻尖几乎碰到花蕊，游丝一般的芬芳，似有若无，深藏其内部，不轻易外泄。其实，花的芳香是给帮它传播花粉的昆虫预备的，昆虫的嗅觉远比人的灵。越是难得的东西，越是可贵，他用力吸气，花蕊颤抖了一下，似不满于他的冒犯，他赶紧将脸移开，意识到自己的举止欠妥，近乎狎亵，适当的距离，才会让彼此都自在。按照道家的思路，物皆有精气，过分的欲求会损伤彼此的精气，若即若离的相处之道，庶几可以达成一种于彼此有益的平衡。“观花时，不要被花损耗了精气，也不要损耗了花的精气。不失我之精，亦不失花之精。美不是负担，美让人充盈。”他一面想，一面实践，依旧是打坐的姿势，两手搭在膝上，全身放松，与小蓝花做精神的交流，相互欣赏，却又相互独立。与小蓝花的相遇注定是短暂的，不免有些伤怀，转念想，再美好的事物，都不能太留恋，因为美好的事物总是易逝的，即非如此，欣赏美好事物的人也不会长久，譬如眼前的这朵小蓝花，他如果执意要看下去，且倾注了过多的感情，花谢带来的悲伤将不可避免，因此，倒不如离开，美一旦从有形转化为无形，便永远都不会消失。眼前突然出现一个人，意味深长地看着他，目光温柔深邃，是“蓝花诗人”诺瓦利斯，其面容令人过目不忘，在小蓝花的见证下，他们穿越时空相遇。

因专注于小蓝花引发的思考和幻象，秀秀走近都没有察觉，她顺着他的目光看见了小蓝花，也惊诧于小蓝花的美，蹲下身与他一道欣赏。

晚秋的天空，纯净如秀秀的脸，太阳似她的眸，阳光似她盈盈的笑，整个空气里都充满了她的气息，而她的身体，便似安静的山川大地。此外，还有什么样的美，堪与秀秀相匹？

向天舒恢复了去桃村的常态，只是没以前勤。他在双肩包里放一本书，歇息时既可以看风景，也可以看书，同秀秀在一起的时间虽短暂，但不能总说话，也不能一直盯着她看，秀秀刺绣时，他便在旁边看书，偶尔抬头看对方，会心一笑，如两圈涟漪交汇，两颗心之间似有一座温柔的桥，但始终隔着桥的距离。有时，秀秀会对他的书发生兴趣，拿过去翻翻，似懂非懂，他看的书都不寻常，秀秀觉得那是一个神奇的世界，他却在心里说：你有你自己的神奇世界，两个世界是相通的。

后来，他开始带上画夹，给秀秀画画。

向天舒的画技精熟后，除了画英素花，还偷偷画记忆中的叶莲，后来又画秀秀，自然也是偷着画，随画随毁，穿衣服的，不穿衣服的，衣服以苗装为主，画得最多的，是没穿衣服的，但凭想象，自从那次见过秀秀的裸体以后，便只画她的裸体，每次画完，呆呆地看，直到画中人随光线的消失而隐退，才点火烧掉。有时，他将自己也画到画中，赤身同秀秀在一起，但没有任何不端之举，背景都很美，如人之初的乐园。

秀秀最喜陪他到周围写生，对他画画的本领赞不绝口，看见喜欢的花草，便让他画下来，回去依样刺绣。

有一次，向天舒想看秀秀正在绣的东西，她却不让，令他奇怪。

“天舒哥，我终于绣完了，送给你和素花姐。”

他恍然大悟，同时又很感动。一个圣洁的世界呈现在眼前。

蓝色的水波，绿色的荷叶和水草，点缀着红红白白的莲花，针脚细密而繁复，仿佛一阵风过，荷、叶、水、草，都会动起来。图案正中是一朵粉红色的并蒂莲。

五十五

很长一段时间里，英素花没再为秀秀的事情与向天舒闹过，向天舒也陪着小心，像从前一样对她，一方面问心有愧，一方面要实现对秀秀的承诺。

一切都显得很平静。

一个人的出现，令他们的关系大大改善。

入冬，黄龙镇来了一个小乞丐，七八岁的样子，破胶鞋，破棉裤，破棉袄，蓬头垢面，先到范家小饭馆伸手，老板将他赶了出来，又到蔡家小饭馆门口张望，蔡老板打发了他两个馒头，他便坐在百货公司的台阶上吃。因为是小乞丐，引不起大人的兴趣，围观者都是孩子，嘻嘻哈哈取笑，他也不理会，大咧咧吃完馒头，倒头便睡，身子缩成一个刺猬。围观的孩子甚觉无趣，又不甘心，朝他身上扔小石头，他只是不动，他们这才散去。

“大姐姐，外面太冷了，我能在里面待会儿吗？”

小乞丐走进百货公司，背着光，脸漆黑一团，眼睛却很亮。

“我还以为你走了呢。没事，你待着吧。”英素花很可怜这个小乞丐，听口音，他不是纬县人。她想让小乞丐进来烤烤火，但按规定柜台内不许外人进，便找了个杯子，倒了杯热水递给他。小乞丐很意外，双手捧过杯子，焐在脸上。

英素花又自己掏钱，从柜上拿了一包饼干给他。小乞丐开怀大吃。待他吃完，英素花又给了他一颗糖，令他喜出望外，将糖纸小心剥开，舍不得一口吃掉，用舌头慢慢舔。

“你叫什么？”

“叫花子。”

英素花忍不住笑起来。

“我问你名字，没问是你做什么的。”

“我没名字，别人都叫我小叫花。”

“我也叫你小叫花？”

“当然了，你叫‘小叫花’我才知道是在叫我嘛。”

“那，小叫花，跟大姐姐讲讲你的经历。”

小叫花打记事起就是一个人，不知父母是谁，也不知家在何方，天南海北流浪，乞讨度日，成人没吃过的苦他都吃了。

“你真的去过省城？”听说他到过省城，英素花大吃一惊，即刻对他刮目相看。

“岂止去过，我在省城待了两年。”

“省城不好吗？干吗要离开？”

“好跟我有什么关系？！我是谁？叫花子！再说，也不见得好。”

“不好？为什么不好？”

“人不好。”

“怎么不好？”

“我告诉你，你可不能跟别人说，算了，我还是不说吧。”

“小叫花，你还会吊人胃口，快说吧，我不跟人说。”

“我怕吓到你。”

“嘻嘻！”

“我见过杀人！”

“真的？！”

“不骗你。我在街边的花台里睡觉，半夜听见有人喊救命，冒头一看，几个人提着砍刀追杀一个男子，追上来将他砍死了，幸亏他们没看见我，要不我的小命就没了，你说吓不吓人！”

“吓人！”

“我还见过吸毒的，偷东西的，省城到处是小偷，大人小孩都有，他们还想拉我入伙，不答应就打，我们丐帮有规矩，‘宁可饿死也不偷’，我趁他们不注意跑掉了。”

“有骨气。”

“那是当然，我小叫花没做过一件亏心事。有一次，我捡到一个钱包，交给了警察，警察还以为我是去自首的小偷呢，问我的同伙是谁，你说气不气人？后来，他们非要我等丢钱包的人来，说那人要当面感谢我，我才不要人谢呢，一溜烟跑了。”

“小叫花，你还真有骨气，我没看错人。”

“大姐姐，你对我真好。你有男朋友吗？”

“姐姐这么漂亮，你说能没有吗？”

“以后我要能找个大姐姐这样的女朋友就好了。”

“小孩子乱说话，你才几岁啊。”

“人小志气大。”

英素花笑得前仰后合，她打心里喜欢这个小叫花。

进来买东西的顾客都用惊讶的目光看小叫花，他把头扭向一边，等顾客走了才又跟英素花说话。

到打烊的时间。

“小叫花，要关门了，你打算去哪儿？”

“我四海为家，走到哪儿算哪。今天要不是遇见大姐姐你，我早就走了。”

“天都快黑了，你还要走吗？”

“我当然不会走夜路，我又不赶路，明天再走。”

“那今晚你睡哪儿？”

“小叫花当然睡马路边。”

“这么冷，你会冻坏的。”

“动不坏，要冻坏早就冻坏了。”

英素花不忍见小叫花露宿寒夜，正好这几日另外一位同事请假，她一人顶两人的班，遂做了一个大胆的决定，让小叫花在百货公司里过夜，门从外面反锁，第二天一早放他出来。

小叫花深感意外。

英素花没把这事告诉向天舒，次日匆匆吃过早点出门，顺路到蔡家饭馆买了几个包子，打开百货公司的大门，小叫花刚刚醒来。

“冷吗？”

“不冷，一点儿都不冷，比外面暖和多了。”

“来，趁热吃了。”

小叫花狼吞虎咽，将包子全部吃下。

英素花出去打了一壶热水，又自己掏钱从柜上拿了一个脸盆，一条毛巾，一块香皂，动手给小叫花洗脸，整整三盆水，才将他的脸洗净，是个清秀机灵的小男孩，连小叫花自己都不习惯，死活不愿照镜子。英素花又从柜上挑了一套衣服，一双鞋，让他换上，打算有机会再给他洗个澡。小叫花焕然一新，头天取笑他的孩子都没认出他来。

中午，小叫花同英素花一起吃盒饭。

“大姐姐，你对我真好，我都舍不得走了。”

“那就多住几日再走，有大姐姐在，饿不着你。”

有这么漂亮的大姐姐照顾自己，小叫花一时还哪儿都不想去了。

“大姐姐，我能认你作干姐吗？”

英素花一愣，随即笑起来：“好啊！不过，你是因为喜欢我才认我做干姐呢，还是因为我给你吃的穿的？”

“当然是因为喜欢干姐，干姐是善人，长得又好看，我在城里都没见过比干姐漂亮的女人。”

“你这个油嘴滑舌的小叫花！”

几日来，英素花早出晚归，难免让向天舒起疑心，她只好坦白，将她跟小叫花的交往如实做了交代。向天舒很受感动，让她带小叫花回家来吃晚饭。

第一眼见小叫花，向天舒就很喜欢，小叫花对这位省城来的叔叔也充满好感，夸干姐“有眼光”。

吃完饭，向天舒觉得再让小叫花去百货公司过夜不妥，让人发现了不好，正迟疑间，英素花说：“要不，让他去我家。”向天舒立刻说：“不行！我不放心你妈，你还嫌她带坏的人少啊！”英素花无语，向天舒思忖再三，一咬牙，让小叫花留了下来，至少，挨过冬天再说。第二天，向天舒带小叫花去澡堂洗了个澡，去毛师傅那里理了个发，额外又给他买了一套换洗的衣服。

有一件事让向天舒颇不平，小叫花叫英素花“干姐”，而叫他“向叔叔”。英素花笑着说：“你比他大两轮多，不叫叔叔叫什么？”“那我不也成你的叔叔了吗？”“我本来就比你小好多，叔叔！叔叔！”英素花有意寻他的开心。他掐指一算，惊出了一身冷汗，一转眼，他来黄龙镇快十年了，若非相貌显年轻，早被人看作中年人了，难怪母亲成天为他的婚事操心。

他觉得“小叫花”不好听，而且小叫花早就不像个叫花子了。

“那叫什么？”英素花叫顺了，觉得叫“小叫花”挺亲切。

“叫‘小望’吧。”

“为什么？”

“我也不知道，突然冒出来的念头，你不觉得挺贴切吗？你想啊，小叫花不是成天眼巴巴‘望’着别人的饭碗吗？现在不用‘望’了，有吃有喝，小叫花也不叫‘小叫花’了，他的未来不就有‘望’了吗？小望，从今以后，这里就是你的家。”

英素花拍手叫好。

“小叫花，我和你向叔叔今后就叫你‘小望’如何？”

“好，比‘小叫花’好。”小叫花一本正经地说。

三人都笑起来。

小望央向天舒带他去了一趟白云寺。他将寺庙里所有的神像都拜过，模样十分虔诚，令向天舒吃惊。小望告诉他，省城有很多寺庙，他们行乞时常去，容易要到钱，他人小，可以随意出入寺庙。

“我最喜欢看菩萨像，特别是观音，就跟见了娘一样。”小望说毕，双手合十，在那尊有名的观音像前久久伫立。

向天舒本想带他去三清殿，顺便问候怪老道，但三清殿没有塑像，怕他会失望，便没去。

“向叔叔，你知道吗，我也偷过东西。”回来的路上，小望突然说。

“是吗？！你不是跟干姐说，你没做过一件亏心事吗？”

“是说过，我是想给她留个好印象，回去我就向她坦白。”

“你偷过什么东西？偷过几次？”

“就一次，也不能算偷，而且也没偷成。”

“到底是怎么回事？”

“你知道，省城市中心有个寺庙，以前，我从没见过寺庙，第一次进去，稀奇得很，到处看，看见好多人往一些木箱里塞钱，觉得奇怪，钱在我们乞丐眼里可是天底下最好的东西，这些人干吗要白白扔掉？有个人可大方了，往每个箱子里都塞了一张五十块钱的钞票，我就跟着他，他走到哪儿我就跟到哪儿，他离开后，我看周围没人，伸手将他刚放进去的钱掏了出来，钱就在箱子口边，我的手小，刚好能够着。我又害怕，又高兴，将钱塞进口袋，急忙往外走，却被一个老和尚拦下，他也不说话，笑眯眯的，就是不让我走，我以为他在逗我呢，最后他笑着指指我藏钱的口袋，原来他一直在跟踪我，我只看见钱，没看见他，只好将钱掏出来给他。我以为他会打我，他却笑着问我吃饭没有，我摇摇头，眼泪就出来了，我太饿了，正准备用刚偷来的钱买饭吃呢。他让我跟他走，给我舀了一大碗饭，里面有好多菜，可惜没肉，我一口气吃完了，忍不住说了一声：‘谢谢老爷爷。’老和尚笑着说：‘不错，你还懂礼貌，以后别再拿别人的东西。’我说我以前从来没拿过，以后当然也不会再拿，他听了以后十分高兴，带我参观了整个寺庙，教我拜佛菩萨像，让我以后要经常拜，说他们会保佑好人，惩罚坏人，因为和尚老爷爷对我好，我一点儿都不怀疑他说的话。向叔叔，现在你知道我为什么喜欢拜佛菩萨了吧。”

黄龙镇上来了一个乞丐，中年男子，没有双腿，用两只手走路，像划桨一样，引来许多人围观。顽童朝他身上吐唾沫取乐，只听“扑”的一声，为首的小男孩脸上挨了一拳，是小望打的。向天舒与小望站在一起，两人皆怒容满面。被打的小男孩“哇哇”大哭，家长冲上来要打小望，被向天舒制止。向天舒阴着脸，从兜里掏出两百元钱，递给那个乞丐，在场的人都惊呆了，包括小望。

“不要欺负弱者！”向天舒对刚才被打的小男孩说。

乞丐千恩万谢，划着双手走了。

“向叔叔，你知道他为什么没腿吗？”

“可能是被车轧断的。”向天舒专注于那人走路的姿态，随口答道。

“不是，是被人砍掉的。”

他一惊，随即恍然大悟，他早在省城时就听说过这种事情，歹人将拐来的小孩截肢，当做替他们乞讨赚钱的工具，小孩长大以后，除了继续乞讨，没有别的办法生存。

“你怎么知道的？”

“我见过。”

“你见过？！你没跟干姐说过这事啊。”

“这事太恐怖，女人受不了。”小望将“女人”这两个字眼说得很自然，仿佛他已经是个大男人了。

“小望，你是怎么成为乞丐的？”

“人贩子用几颗糖把我骗走，卖给了丐帮的头目。”

“你还记得当时的情形？”

“除了糖的味道，都不记得了。”

“也不记得父母的模样？”

“不记得。”

“你怎么知道是被卖掉的？”

“因为七爷——丐帮头目让我们叫他‘七爷’，他常常恶狠狠地说：你们是我花了很多钱买来的，你们要挣钱还给我。我们一共有十几个小孩子，男孩女孩都有。”

“这么多？‘七爷’一人管得了？你们不会逃跑吗？”

“逃？谁敢！他们会用刀割我们的肉。”郝望将裤子褪下，屁股和大腿上有几块永久性的伤疤。

“他们？还有谁？”

“还有两个男人，可凶了。我们被分成三组，每组由一个人带，到城里固定的地方去要钱，七爷带我们这个组。”

“钱好要吗？”向天舒想起在省城时被小乞丐纠缠的场面。

“不好要，但每天非要到一定数目不可，否则就挨打，挨饿。”

“但你还是逃出来了？”

“当然了！”小望得意地说。“一开始我也没想逃，因为我还太小，逃走怎么活呀？有一天，跟我睡一起的小孩突然不见了，他比我大一点儿，但很笨，要的钱最少，天天挨打，过了一段时间，他又回来了，但两条腿没了，七爷说是被车碾断的，我们都信了，断腿小孩每天要到的钱最多，再没挨过打，七爷还常常夸他，给他好吃的，但他一点儿都高兴不起来，从不说一句话，我们都叫他“小哑巴”，我想，谁没了腿都会不开心的。又过了一段时间，又有几个小孩没了双腿，其中一个是我们这个组的，我开始害怕了，心想总有一天会轮到我的。我离断腿的小孩远远的，一看见他们我就想哭，我恨自己不是个女孩，因为女孩没有一个失去双腿的，有一次我听见七爷和那两个男人说：别弄女娃，留着腿，将来更有用。一个男人说：到时候咱们先用。不知道这句话有什么好笑的，七爷他们笑得跟鬼一样，肯定没安好心，从那以后，我就打消了想当女孩的念头。七爷常常盯着我的腿看，我想逃，又不敢，怕被抓回来后会更快失去双腿，但有腿的时候不逃，没腿后就更没指望了，我想，先保住腿再说，只有一个办法，我要比没腿的孩子要钱多，但这很难，谁会可怜一个好手好脚的孩子呢？我豁出去了，每天出门前，先把自己撞得头破血流，将左腿的小腿绑在大腿上，藏在裤脚里，让人以为我只有一条腿，很多假乞丐都是这么做的，但会引起人的怀疑，因为真的乞丐都会把断腿露出来，以博得人的同情，但我会演戏，眼神最重要，你要让人从你的眼睛里看到你真的很悲惨，其实，也不用演戏，我只用拼命想象被砍腿的情形，眼泪就会自然而然流出来，甚至忍不住号啕大哭，好心人于是大把大把给我钱。七爷对我的表现十分满意，说我是个‘人精’，我的腿暂时保住了，但想要逃走的念头却一刻都没停止过。我们并不固定在一个城市，七爷有车，拉着我们到处去，我记不得去过多少个城市，可惜都记不住名字。有一天，在去另一个城市的路上，我们下车解手，我跑到铁路的另一边去屙屎，刚屙完，火车就开过来了，是一列货车，你说怪不怪，火车到跟前突然慢了下来，我想都没想，转身飞跑，瞅准机会扒上了火车。我爬上车顶，看着远去的七爷他们，高兴得大喊大叫，我自由了。我边走边乞讨，要不到钱也没关系，餐馆里有的是剩饭，饿不死就行。我离七爷他们越来越远，最后来到省城，在那里待了两年，有几次被警察强行送进收容所，但第二天就离开了，收容所怎么管得住一个能从七爷那里逃出来的人。”

“你怎么会到黄龙镇这种小地方来？”

“在省城那两年，什么悲惨的事我都见过，我想到别处去，我想走遍天南海北，但没想好要去哪里，正当我犹豫的时候，大街上突然冒出很多断腿的小叫花子，我认出了“小哑巴”，七爷他们来了，我当挽就扒火车走了。我想，七爷他们不会去穷地方，于是便往偏僻的乡下走，就这样走到了黄龙镇，遇见了干姐，她是我的贵人，还有你向叔叔，你也是我的贵人，我做梦都想不到会有今天。”

小望的遭遇令向天舒感叹不已。

“向叔叔，你真好，给那个叫花子那么多钱。”

“这个世界上要都只有坏人，那成什么世界了？”

“地狱。”

“你还知道地狱？”

“和尚老爷爷告诉我的。向叔叔，你跟他都是好人。”

“向叔叔可没有和尚老爷爷好，你今天做得也很好啊，好人比坏人难做，咱们要努力做好人。”

向天舒对外也不隐瞒小望的来历，大家都很称奇，单玉老师觉得小望可怜，天天来看他，常常叫他去家里吃饭，有时还留他在家里睡觉，郝校长也很喜欢这个机灵的男孩。天长日久，小望跟郝校长夫妇倒比跟向天舒和英素花亲，英素花一开始有点不高兴，毕竟，小望最该感谢的人是她，经向天舒耐心劝解，心才放平。

“素花，我有个想法，你看怎么样。郝校长夫妇没有孩子，小望喜欢他们，不如建议他们收养他算了。”

“好啊，小望肯定乐意，不知道郝校长他们愿不愿意？”

“没问题，我去说。”

其实单玉老师早有此意，他爱怜小望，看他早过了上学的年龄，心里着急，不忍见他流浪一辈子。这事就这么成了。领养手续复杂，郝校长跑了好几趟县城，总算办下来了。小望随养父姓，自然就叫“郝望”。这事在黄龙镇轰动不小，大家都说郝校长夫妇是活菩萨，在农村，没有儿子只有女儿的人家巴不得领养一个儿子，但小叫花已经不小，流浪了那么多年，野性难驯，照当地的话说，“养不家了”。谁也没想到，郝望在养父母的精心抚育下，健康成长，且学业有成，对郝校长夫妇比亲生父母还好。

郝校长夫妇意外得子，英素花功不可没，单玉老师虽然没有打心底消除对她的成见，但对她的态度转变了很多，何况她是郝望的干姐，便常常叫她和向天舒去家里吃饭，坐在一起，倒像是一家三代人。

郝望开始去黄龙小学读书，因年龄偏大，又是中途插班，身世又不寻常，难免遭到别的孩子尤其是高年级孩子的取笑，叫“小叫花”的人比叫“郝望”的人多，他也不恼。向天舒有一次去学校看他，见七八个小孩齐声叫“小叫花”取乐，为他鸣不平，他反而安慰他说：“向叔叔，这些孩子没见过世面，我不跟他们一般见识。”他暗暗叫好，心想这孩子将来一定会有出息。

向天舒跟秀秀说起郝望的事，秀秀连声赞叹，说：“素花姐的心真好。”

他带郝望去见艄公，郝望对木船十分着迷，船是自由的象征，与他不拘的天性契合，也因此同艄公十分要好，向天舒灵机一动，问艄公愿不愿意认郝望作干儿子，艄公满心欢喜，郝望也很干脆，张口就叫“干爹”。向天舒回头跟郝校长和单玉老师说了这事，他们也很赞成，说艄公是个性情中人，很有男子气。后来，郝望常常一个人去找干爹玩耍，特别是暑假，从木船上扎猛子是他最大的乐趣。摆渡的人都知道艄公认了一个干儿子，艄公一向不苟言笑，但只要干儿子在，便有说有笑，跟换了个人似的。

向天舒又将郝望介绍给怪老道。郝望特别喜欢怪老道，听他讲故事时，别的孩子嘻嘻哈哈，他却听得很认真，不仅如此，还会问问题，怪老道对向天舒说：小望根器好，前途不可限量。

郝望很爱学习，天资又聪明，进步神速，出乎所有人的意外。向天舒的书房最让他入迷，为了早日读懂这些书，他发奋认字，把其他孩子玩耍的时间都用来认字，再说，那些孩子的游戏在他眼里太“小儿科”了，一年不到，他就能自己看书了，向天舒专门请好友买了一整套儿童读物来给他，很快就被他看完了。郝望开始看向天舒的藏书，令他惊叹不已，与郝校长夫妇一合计，让他连跳了两级，与他的年龄相符，这事又在黄龙镇引起轰动。

谁会想到，一个流浪的小乞丐，命运会发生如此大的逆转。

郝望的变化体现在眼神上，最初，野性不拘，似小松鼠，明亮的小眼睛很警惕，随时准备溜走，溜得远远的；后来，渐渐驯顺，开始留意与自己息息相关的人；最后，沉静下来，嗜书如命，只有书，能再次将他的心灵带向远方，做一个自由的文明人。

郝望早熟，对干姐有一种特殊的依恋之情。向天舒提醒英素花不要跟他过于亲密，怕他产生不好的幻想，对他的成长不利，她则说他小题大做，说："怎么？吃醋了？"他还确实吃醋了，想起以前英素花为自己和麦香的关系吃醋的事情，觉得有点报应的意思。

其实，不光向天舒，单玉老师和郝校长也不喜欢见英素花与郝望这么要好，但又不便说，郝望的脾气倔，别的事都听养父母的，唯独这件事不听，而且，谁要说英素花的坏话，他就跟谁急。

郝望不喜欢包姥，令后者恨恨不已，一直管他叫"小要饭的"。别看他小，却能一眼看出人的好坏，且爱憎分明。除了包姥，别的如程文礼、贾念慈等，都是他不喜欢的人。有一次，程文礼如厕，他偷偷往粪坑里扔石头，屎尿溅了程文礼一屁股，屎屙到一半，程文礼无法立刻起身抓恶作剧者，只得破口大骂，声闻数百米之外。另一次，他趁程文礼去女生宿舍查夜时，躲在暗处，待后者经过时伸脚一绊，只听"哎哟"一声，程文礼摔了个狗吃屎，嘴上缝了四针。

教师子女一开始瞧不起郝望，慢慢改变了态度，开始崇拜他，爱听他讲走南闯北的神奇经历，最后，郝望成了黄龙中学校园内的娃娃头。教师子女多少受了些书香的濡染，不似外面的孩子野，也因此常常吃亏，在校园内还好，毕竟是自己的地盘，在校外却不少受气。郝望当头以后，在街上同别的孩子打了几架，从未吃亏，校园内的孩子因此扬眉吐气，对郝望更加仰慕。

今年的春节比较平淡，向天舒上次是去桃村过的年，不好再去，祖村又不愿意回，便与英素花一起回家过年，包姥对他们不冷不热，两人吃完年饭就回来了，去郝校长家拜年。因为郝望的出现，郝校长和单玉老师的这个年过得格外有滋味，向天舒和英素花的到来更增添了家里的喜气。向天舒和英素花给郝望发压岁钱，他“扑通”跪下，要给他们磕头致谢，向天舒连忙阻止，说现在不兴这一套了。“小向，你就让他磕吧，大过年的，喜庆！”单玉老师乐呵呵地说，郝望显然已经给她和郝校长磕过头了，向天舒没想到他们心里还有守旧的一面，不好与他们争执，便由着郝望，郝望磕了三个头，把英素花逗得直乐，向天舒却笑不起来，忍不住说：“小望，以后别磕头了，这是陋习，男儿膝下有黄金。”“小向说得对，以后不磕就是了。”郝校长说，单玉老师点头称是，他们都是通情达理的人。

五十六

向天舒从封氏夫妇那里买了早春的第一罐蜜，拿去送给寒禅法师，顺便向他请教画技。一只苍蝇落在宣纸上，他的手在纸面一扫，便抓在手心，用力往地上一砸，苍蝇即刻毙命，出手快，劲道猛，另一只刚落下，也遭受了相同的命运，待要打第三只时，手腕被攥住，是寒禅，他立时醒悟，连忙道歉，说自己不该当着他的面杀生。

“背着我也不该杀生，生命都是平等的。”

事情虽小，却让向天舒震动很大，从此很小心，连蚊子都尽量不打，并且改变了以前对孩子们打鸟雀等杀生行为听之任之的态度，将道理告诉郝望，让他带头，保护这些小生命。郝望自然听他的，组织了一支“护鸟队”，没事便在校园里巡逻，小鸟得到了前所未有的安宁，久而久之，竟不怕人，一到吃饭时间，许多小鸟便在人前出没，因为总有人从碗里分出一些食物来给它们。麻雀不会双脚交替走路，到哪儿都是一蹦一蹦的，显得很不安分；喜鹊则很淡定，走路慢慢腾腾的，叫声虽不悦耳，身形却很美，羽色黑白相间，飞行姿态曼妙，如在空气中游蝶泳。各处的鸟都闻讯而来，纷纷在黄龙中学校园里安家，一棵树上有好几个鸟窝，镇上的人都惊呼稀奇，爱鸟的观念竟传播开来。

“生命都是平等的。”一天，向天舒忽然想起寒禅的这句话，这似乎同他自己常说的“人生而不平等”矛盾，其实也不矛盾，寒禅的话是一种期望，要将“不平等”变为“平等”，但是，佛教为何要将生命分成六个等级？

他带着疑问去找寒禅，不知怎么开口，心生一计。

“法师，您帮我看看我的书法有没有长进？”

他在纸上写下两行字：既然等视众生，何必规定六道？

寒禅陷入沉默，显然没料到会有人提出这个问题，许久，眉头才舒展开来，开言道：

“小向，字写得不错，问题也问得好！不过，在回答这个问题以前，我先反问你一个问题：这个问题你是什么时候想到的？”

“昨天。”

“怎么？昨天才想到？以前怎么没想到？”

“这个……是没想到吧……”

“是没想到，还是想不到？”

向天舒无言以对，等着对方的下文。

“以你的学识和修养，尚且要到一定的年龄才提出这个问题，那么，你岂能苛求普通的信众？正如读书，从小学到中学再到大学，有一个循序渐进的过程，六道只是方便法门，是下智上达的台阶，到头来都是要抛弃的，不过，能走到头的人很少，老朽自己都没有把握。”

“法师是大智者，我领教了。”向天舒心悦诚服地说。

向天舒想起怪老道在藏地遇见小喇嘛的事情，便将怪老道的观点告诉寒禅，寒禅吃了一惊，他没想到怪老道也去过藏地。

“他说的不无道理，连释迦牟尼都有过妻室，我当然希望信众越多越好，但绝非越小越好，不过，藏传佛教的渊源太深了，不容易改。”

“无论如何，要让人有选择的权利。”向天舒说。

“小向，你想问题很深刻，老朽受益匪浅。”

寒禅的夸奖令向天舒受宠若惊，佛教的高明处，不正是这种博大的胸襟吗？

校园里的梨花谢了。向天舒因人事一再错过梨村的梨花，今年无论如何不能再错过了。蒙地节气迟，梨花正当时。

因为看梨花是此番去蒙地的主要缘由，他便一改从前的习惯，先去梨村，再去桃村。

这条路走熟了，他知道哪里有棵古松，哪里有片栗树林，哪里有几棵野杨梅树和山楂树，哪里有一簇野兰花，以及山如何起伏，光影怎样变换，等等，而新的发现层出不穷，自然中可见不可见的事物都向他开启，令他放慢了脚步。其实，他也只是自然的一部分，是自然中别的事物的观照对象，否则，小松鼠和画眉何以要盯着他看？他隐约觉得，周围有许多窥视的眼睛。一只雉鸡从身旁的草丛中腾空而起，翅膀带动的气流将他的头发撩起，绚丽的翎翅横越山谷，没入对面的山林。

熟悉的麦田依次出现，劳作的人却一个都不见，今年风调雨顺，麦苗长势好，主人无需操心。向天舒自始至终都没遇见人，正遂了他的心愿，他想一个人走完这段旅程。

远远看见耀眼的白，梨村到了。他没有即刻进村，而是爬到附近的山上，远眺梨花。

村后的梨树林与上次雪中的景象似没有分别，倒是村里各家庭前屋后的梨花，同深色的石墙瓦形成反差，看上去格外显眼。看了一阵，脑子里始终挥不去雪中梨树的记忆，要区分两种美，须走到跟前去。在亲近梨花前，他不想被人打扰，从村外悄悄绕过去，幸喜未逢着一个人。风迎面吹来，令他却步，闭上眼，在芳香里沉浮。仅凭芳香，梨花便将自己同雪花区分开来。爬上缓坡，走到梨树林中，粉白的花海浮在空中，每片花都被春日照亮，虽大同小异，却又绝不重复。雪花一旦凝聚就无迹可觅，梨花飘落枝头的姿态似雪花，在地上却片片可寻。他从地上拾起几片梨花，夹在书页里。走到较低的枝下，仔细观看梨花的形状，梨花时常见，却从未近观过，既没留意过花瓣的数目，也不知蕊的模样。一只蜜蜂忽视他的存在，将他眼前的花朵占住，拿屁股对着他，身上的黄色条纹正与蕊的颜色一致，让人疑心是长期采花蜜的结果。仔细看，到处都有忙碌的蜜蜂，不知是哪里来的蜜蜂，多半是野蜜蜂，他遗憾封氏夫妇的蜜蜂不来采这里的梨花蜜，不过，野蜜蜂更自在，辛苦采到的蜜不会被人拿走。

他从梨花之美中得出一个结论：美是由许多要素构成的。单单白色，并不能成就梨花的美，白色的事物成千上万，有的并不美，譬如死亡的白色面孔，有的美，如雪花，百合花，蓝天里的白云，呈现的却是与梨花截然不同的美。他试着给美丽的梨花下一个定义：白色，花分五瓣，黄蕊，以梨树为载体，有生命和芳香，少数几朵还不够美，须开满树，连成林，方汇集成撼人心魄的大美。

流连了很久，才走出梨树林，到附近的高处去眺望梨花，与刚开始的眺望不同，虽然还是一样的白，却白得生动、独特，与别的白绝不混淆。芳香在他的意识里浮动，村里的房屋似突兀的礁石，其间的梨花便似海水在礁石上激起的浪花。

他管桃村的桃花叫“桃花海”，梨村的梨花自然也配得上“梨花海”的称谓；梨白，套用古人的一个美称，叫“香雪海”，也很相宜。

梨村的梨花成为他此刻生命里的主角。

教堂的门开着，但里面没人，吴吞也不在，他独自在杨伯来的油画前驻足，将注意力集中到画中有梨花的地方，其中一棵的树形与花园里的那棵梨树一样，他第一次惊讶地发现，梨花被画得如此空灵，似有生命和灵魂一般，在画中举足轻重，与他之前观梨花的诸多感触契合。他走到花园里，先去看墙边的那棵梨树，素白的花，开满饱经风霜的枝干，再到杨伯来的墓前打坐，就梨花与他交换了看法。

吴吞匆匆走来，打断了他的思路。

“向老师，我刚听说你来了，走，到家里去。”吴吞喘息着说。

向天舒在吴吞那里吃了碗面，喝了一阵茶，回到教堂，同他下了几盘棋，待安琪来，三人一道来到梨树林，又欣赏了一番梨花，才动身去桃村。

到桃村时，太阳已经偏西。

向天舒将夹在书里的梨花送给秀秀，秀秀爱不释手。秀秀面若桃花，身子却像梨花一样白净，这个念头令他很不自在。

今年春节早，寒假还有好几天才结束，他预备在桃村待到开学，出门前额外多带了两本书，白天的许多时间在阅读中度过，秀秀特意为他绣了一树的梨花，挂在客卧的床头，他每晚睡前都要欣赏一番。

桃林里的花含苞未放，只有零星几朵早熟的花在枝头隐现，呈现出另一种含蓄的美。

夜里，猫叫声将向天舒惊醒，据他观察，桃村没有养猫的人家，他在村里见过几只流浪猫，但从不逗留，像是路过，猫叫春的声音来自廊桥方向。他想到了黑猫。黑猫与山猫过得怎么样？在哪里生活？屈指算来，它们的后代应该已经长大了。蒙地山高林深，比别处安全。

接连几夜的猫叫，令向天舒焦躁不安，频频起夜，每次都在秀秀门前停留，侧耳倾听里面的动静。有一次，他听见秀秀的门响，忍不住爬起来，隔着门听外面的动静，夜里那么静，居然听见了秀秀小便的声音，令他差点小便失禁，秀秀走回来，却停在他的门外，他的心狂跳不止。两人隔着一道薄薄的门，他只需一个小小的动作，便可将梦里的人迎进来，但这个念头被他习惯性地遏制住，且找了秀秀爹妈在隔壁的借口来安慰自己，如果家里只有他和秀秀，不敢想象会发生什么事情。

五十七

离开黄龙镇的人，有回来的，有没回来的，回来的有又离开的，有不再离开的，没回来的不知道什么时候回来，也不知道还会不会回来。

回来的人中，有一人很特别，此人虽年轻，却是最早离开黄龙镇到外面闯世界的人之一。

他很快就会成为黄龙镇叱咤风云的人物。

他是郑镇长的二儿子，叫郑权生。

向天舒到黄龙镇的同一年，郑权生刚好离开黄龙镇。他没考上高中，因为他爹的特权，他可以破例升学，但他更愿意在街上闲逛，差点成为二流子中的一员，镇长大人脸上挂不住，逼着他参了军。郑权生入伍后，走南闯北，看了外面的世界，就瞧不起黄龙镇了，当了三年义务兵，不想退伍，转成志愿兵，因服役的地方远，极少回黄龙镇。他是见过世面的人，本不想再回来，但他爹是黄龙镇的镇长，别的地方没这么好的后台，最终还是回来了。

郑权生转业前，派出所所长被调离，所长职位空缺，这一切并非偶然，他来以后，先做了一段时间的代理所长，不久便转正了。

郑权生刚回来时还挺精神，颇有点军人的风范，半年后就开始发福，几年后，体形便直追镇长大人。

第一次见英素花，郑权生的魂就没了，没想到黄龙镇还有这么个尤物，但他很快又泄了气，因为名花有主，后悔自己没早几年回来。不久，他又发现，种种迹象表明，向天舒和英素花的关系不谐，有机可乘。

强攻是不行的，向天舒各方面的条件都不亚于他，须从长计议。

先博得英素花的好感，再想办法离间他们。

郑权生没事就到百货公司同英素花套近乎。英素花对外面的世界感兴趣，郑权生见识过世面，又拿出吹牛的本领，很快，英素花就对他产生了好感。

下一步计划，则需要一个人的帮助，包姥。

按理，包姥臭名昭著，郑权生身为派出所的所长，不该结交，但黑与白常常混淆不清。

包姥没想到，镇上警察的头号人物，镇长大人的公子，会来巴结自己；但她是聪明人，立刻心领神会，只恨向天舒碍事。

很久以来，她对向天舒不再抱什么希望，省城之梦也早已破灭，郑权生的出现令她欣喜若狂，女儿要是嫁给他，自己岂不是镇长的亲家了吗？得想办法把姓向的这块绊脚石踢开。

一来二去，郑权生和包姥发现彼此趣味相投，遂做了一路人，暗通款曲。

包姥安排郑权生和英素花在家里见过两次面，英素花觉察到他们的意图，立刻就没有好脸色，借故走开，事后对包姥说：你别掺和我的事。

见女儿不领情，包姥恼羞成怒：想做镇长家媳妇儿的人头都挤破了，现在人家自己送上门来，你赶快跟姓向的分了，跟郑权生好。

英素花岂是趋炎附势的人，再说她跟包姥本来就没什么感情，她凭什么干涉自己的私生活？

两人吵得不可开交。

论口才，包姥不敌英素花，气得将八仙桌都掀翻了。

“你再这样，我就不认你这个妈！”英素花亮出了杀手锏，包姥立刻败下阵来，腆着脸向女儿赔不是，女儿不认她，她的如意算盘岂不白打了？

本来，英素花对郑权生印象不坏，知道他的企图后，便爱答不理。

郑权生岂肯善罢甘休，照样涎着脸往百货公司跑，时间一长，流言便起来了，诸如郑权生与英素花调情，喂她瓜子吃，甚至搂她的腰等等，某些话不堪入耳。有些谣言是包姥和郑权生一手策划，由二流子到处散布的，为了离间英素花和向天舒，他们无所不用其极。包姥以前嫉恨秀秀，现在则相反，希望秀秀与向天舒好，但种种迹象表明，他们之间确乎没有什么实质性的恋爱关系，也没有任何越轨的男女关系。郑权生不甘心，动用便衣，要抓到向天舒与秀秀关系亲密的证据，结果却令他大失所望，他不明白，面对貌似天人的秀秀，姓向的怎么还能坐怀不乱？只好无中生有，造出些谣来动摇英素花，又常故意在她面前提秀秀，说向天舒脚踩两条船，是个玩弄异性感情的无耻之徒，且拿九泉之下的叶莲说事。英素花自然不睬他，但一旦她和向天舒起争执，这些话便会在她心里发酵，起推波助澜的作用，令他们的关系更加紧张。

向天舒对郑权生持蔑视的态度，从不拿正眼看他，令他十分恼恨，就算没有英素花，他也容不下这个姓向的。向天舒深知英素花的为人，丝毫不为那些谣言所动，令她十分感激，但并不能平息她对秀秀的醋意。一天，她突然想，镇上有那么多关于她和郑权生的闲话，向天舒无动于衷的原因真是因为信任她吗？还是他压根儿就无所谓？难道他心里只有那个小苗子？此念一起，就再难扭转。郑权生出现以前，虽然她一直是男人目光的焦点，但除了向天舒，并没有别的男子向她示爱，因为她是包姥的女儿，也因为她的性格直爽，不会逢迎人，因此，说她好话的人几乎没有，名声坏了，自然遭人嫌。郑权生固然讨人厌，但他敢追求她，令她有被人重视的感觉，填补了向天舒的疏离留下的感情空白，如此一想，便转变了对郑权生的态度，重新给他笑脸。

一天，向天舒从东大桥溜达回来，去百货公司看英素花，撞见她在跟郑权生说笑，十分震惊。郑权生斜了他一眼，并没有要立刻离开的意思，向天舒没看他，只是冷冷地看着英素花。

“天舒，你怎么来了？”英素花的表情很不自然。

“我不能来吗？”他压着火反问。

郑权生在一旁笑出声来，英素花瞪了他一眼，他立刻敛起笑，压抑着内心的不快，故作亲热地说：“小英，我走了。”与向天舒擦肩而出。

“他怎么在这儿？”

“他来买烟。”

“买烟？没事就来买烟？”

“天舒，我不是犯人，你不用审我，他干什么我管不了。”

“你可以不搭理他啊。”

“他又没对我做什么，我凭什么给他脸色看？”

“他是什么人你是知道的！”

“我是什么人你也是知道的！”英素花提高了嗓门，胸口激烈起伏。向天舒一时语塞。

“素花，我不是那个意思，我只是不愿意你跟他交往。”

“天舒，我有我做人的原则，我问心无愧！”

向天舒不再吭声，他知道，再纠缠下去，势必要提到他和秀秀的事，在感情上亏欠对方的不是英素花，而是他。他试图阻止英素花同郑权生交往，结果适得其反。她不能忍受别人限制她的自由，也无法想象郑权生能坏到什么程度，向天舒对他的嫉妒恰好平衡了她对秀秀的嫉妒，令她既惊又喜，此后便常常用郑权生来刺激他。

“许你找那个秀秀，就不许我找郑权生吗？”两人又为郑权生的事起争执，英素花脱口而出。包姥刚好走到门口，无意中听到这句话，欢天喜地报告郑权生去了。

郑权生会错了意，以为英素花真对自己有意，迫不及待展开攻势，竟想去亲英素花的嘴，被英素花狠狠抽了一个耳光。

包姥安慰郑权生说：“我了解我们家素花，心急吃不了热馒头，她和姓向的早晚要掰。”

郑权生无奈，只好咽下这口气，蓄势待发。

郑权生的下作令英素花倒了胃口，对他的态度一落千丈。

这个结果令包姥大失所望，无奈之下，她只好展开心理攻势，不断在英素花面前提秀秀。英素花明白她的用意，当没听见，听多了却也烦，渐渐产生影响，又开始为秀秀的事同向天舒闹，秀秀就像长在她和向天舒感情上的毒瘤，毒性持续发作。

眼见无法挽回向天舒的心，英素花心灰意冷，回娘家住的频率高起来，包姥乘机安排郑权生与她见面，每次都似无意。郑权生处处陪着小心，甚至对英背时都毕恭毕敬，给他发烟，陪他喝酒，包姥在一旁假惺惺地说：“郑所长对你爸可真好！”

郑权生对英背时的态度收到奇效，虽然向天舒对英背时也很好，但不常见面，英背时在包姥的压榨下，过得一天不如一天，如果没有英素花的回护，境况会更糟，因此，突然冒出个对他好的人，虽然很假，客观上却对他有益。英素花再次转变了态度，又开始搭理郑权生，这个效果令包姥颇感意外，同时也令她发现了英背时存在的价值，遂换上一副假慈悲的面容，不再对他恶语相向，目的达到后再收拾他不迟。为了配合郑权生，包姥也假装对英背时好，笑眼中暗藏凶光，意在说：便宜你这个老不死的东西，今后有你好受的！英素花发现父亲从头到脚换了一身崭新的行头，头发也理过了。包姥说：是郑所长给你爸买的，老东西——不对——老头子看起来年轻多了！英素花笑而不言。

为了英素花，郑权生将自己的缺点都掩饰了起来，夹起尾巴做人，并且，在他和包姥的授意下，二流子一个个都老实起来，黄龙镇的治安大大改善，这自然是所有人乐见的，不明真相者竟归功于郑所长，对他交口称赞。

所有这些，向天舒一概不知，他的心思都在蒙地。

凭直觉，英素花知道向天舒和秀秀之间没有肉体关系，其身体只属于她一人，她一刻也不肯放松。

向天舒每次去桃村的前夕，英素花不折腾到半夜不罢休，有意要掏空他的身子，以免他有多余的精力给别的女人，作为补偿，向天舒不好好应付都不行。但他越来越力不从心，只好趁英素花来例假时去桃村，而这恰恰是英素花最忌讳的，两人为此闹得不可开交。

恰在这时，向天舒的身体出了问题，照他自己的看法，这是报应，是还风流债。

头几年同英素花尽享肉体的狂欢时，向天舒惊异于英素花体内所能释放出来的巨大能量，别的女人从未给过他如此强烈的肉体刺激，他简直无法想象，如果以后不和她在一起，换成别的女人，不会像她那样来高潮的话，做爱会是一件多么无趣的事情啊！完美的性爱让他有种无限满足的幻觉，然而女人不仅仅满足于肉体，更希望感情上也能得到同样的满足。英素花时常问他：

你只爱我的身体吗？为什么我只有在同你做爱时才能感受到你的爱？他不胜其烦。同绝大部分女人一样，英素花几乎把感情看做生活的全部，为之不惜牺牲一切，而向天舒却对人生的智慧更感兴趣，且在生活中检验自己的智慧及善行，“对外人慷慨，对自己的女人却很自私”，英素花常常说他。俟他的身体出了问题，性方面越来越不能满足英素花，后者因此连肉体的爱也很少能感受到时，感情的危机便一发而不可收拾。

一开始向天舒以为是心理上的问题，有一阵子，他对性事厌恶到了极点，奔四的人，精力自然不如从前旺盛，且不愿把精力消耗在无休止的性爱上，“生活中有更重要的事要做”，这是他常说而英素花最不爱听的话。英素花的性暗示已不起作用，直接挑逗又适得其反，以前的性感妩媚反令他畏惧，甚至反感。

英素花的一句话让他心惊肉跳。那天，向天舒从桃村回来，英素花的月经刚尽，照理，这是他们最期待的做爱时机，无拘无束。他不好再推诿，勉强上阵，却怎么也硬不起来，英素花使出浑身本领，收效甚微，他自己也急了，这是从未有过的状况，折腾的时间越长，成功的迹象越渺茫，他不甘心，休息一番后强打精神再战，最终败下阵来。英素花突然说：天舒，你有病！联想到这段时间的表现，向天舒也觉出不正常，难道，他真有病吗？英素花怕他有压力，连忙宽慰他说：别急，也许过一阵就好了。

向天舒跟自己较上了劲，努力做成几次，令英素花稍稍得到满足，但与从前的状态不可同日而语。一次，英素花眼看就要来高潮，他却突然溃败，像泄了气的皮球，英素花难受得直抽搐，气急败坏之下，断定他真的“有病”。

同样的情形不断出现，要么不举，要么不久。

英素花建议他去看病，向天舒为此大动肝火，自尊心受到了莫大的打击，最终在她的逼迫下去找白医生，遂证实了自己的确有病。

见到向天舒，白医生劈头就说：“向老师，这么久没来，我给你准备了一大包避孕套。”

“不用了，以前的都还没用完呢。”

“这怎么可能？！怎么，你跟小英闹矛盾了？”

“我就是为这个来的。我的身体出问题了。”

“出问题了？我看看，脸色倒是不大好，说说，到底怎么回事？”

“说出来羞人，你可别说出去啊。”

“不说不说。”

“我下面不好，小便困难，做那个事情时要么起不来，要么早泄。”

“小便顺畅吗？”

“不顺畅。”

“小腹会痛吗？”

“会。”

“睾丸呢？”

“也会。”

“滴白吗？”

“什么滴白？”

“小便不净时会从尿道口渗出白色黏液吗？”

“会，会。”

“前列腺炎，没错，就是前列腺炎，多长时间了？”

“大半年了。”

“转慢性了，我给你开一个疗程的西药，再抓些中药，先试试看。”

按理，应该化验以后才能确诊，但卫生所没有设备，白医生说：你的症状这么明显，还用化验吗？向天舒就不好多说。

“我怎么会得前列腺炎呢？！”

“房事过于频繁，经常忍精不射，都会导致前列腺炎。我说得没错吧？”

“没错，乐极生悲啊！”他面有愧色，此病也许同他早年的放荡生活有关。

“别紧张，也没什么大不了的，你还年轻，慢慢调理，会好起来的。”

“那，要忌房事吗？”

“不要，忌了反而不好，有节制就行。”

向天舒松了一口气，至少，症结找到了。

白医生兴奋地搓着手，不知该如何保守这个重大而有趣的秘密。

白医生的药多少有些作用，但治不了根，向天舒只好再去找他，反反复复。

向天舒得病的事终于还是泄露了，他虽然生气，却不好去质问白医生。多数人不知道前列腺炎是怎么回事，只当是阳痿，向老师阳痿了，这可是天大的新闻，难怪英素花整日闷闷不乐，对顾客不理不睬。向天舒的敌人就不用说了，个个幸灾乐祸，程文礼阴阳怪气地说：难怪夜里这么安静！郑权生恨不得立刻顶替向天舒，以慰佳人的闺中之苦。妇人看向天舒的眼神都很怪异。伍蛮子再度一枝独秀，时常到百货公司里走动。伍蛮子因当年他老婆的事，镇上的人都瞧不起他，没见过比他更无耻的人，但他总能引起各种女人的无限遐想。向天舒最讨厌看见伍蛮子跟英素花套近乎，也讨厌英素花的态度，伍蛮子和风三娘出事时英素花还小，后来长期不在镇上，因此她对伍蛮子非但没有抱应有的恶感，还有几分好奇。有一次，向天舒好容易硬起来，英素花突然说："伍蛮子的床上功夫一定厉害吧！"他立刻就软了，翻身下床，到客厅抽烟，生闷气，英素花被半道撇下，气不打一处来，大声说他小肚鸡肠，开不起玩笑，两人吵到半夜。

好在伍蛮子死了。

先是他妈死，伍蛮子唯一的好处是孝顺，对老母亲一直很好，厚葬了他妈以后，便将妇人往家里领，有时一天换一个，终致纵欲过度，暴毙在床，死了三天才被人发现，赤身裸体，硕大的阳具摄人心魄。从现场勘验的结果来看，伍蛮子死前有过激烈的性行为，且排除了他杀和自杀的可能，伍蛮子的死法，照民间的说法是：爆阳而死。只不知那妇人是谁。

在风三娘的世界里，伍蛮子早就死了。

有些人死了，就彻底死了，伍蛮子很快被人遗忘。

不知是病减退了他的激情，还是激情本身到了退潮的时候，也许兼而有之，向天舒每个月最盼望的事情是英素花来月经，以让紧绷的神经松弛一个星期，和他们相爱最初几年的情形正好相反，那时，只要英素花下面的分泌物稍稍变色，两人就脸色大变，因为要忍受整整一个星期的煎熬。今非昔比，向天舒做男人的自尊饱受了前所未有的打击，他突然很羡慕独身生活的人，如怪老道、艄公、寒禅、省城好友，假使他此刻独身，有一个他们所没有的优势：他的病赶走了本能的性欲，连手淫的冲动都不会有，比出家人更像出家人。性欲乃人之大欲，没有性欲，很多欲望都会消失，随之消失的是欲望不被实现的痛苦，然而，他的身边偏偏有一个精力旺盛的年轻女子，令他心力交瘁。

五十八

地质勘探队的出现，揭开了黄龙镇巨变的序幕，也打乱了郑权生的计划。

地质队在镇东头搭建了简易平房，开始在周边探矿，黄龙镇除了煤矿，还有丰富的铜矿资源。接下来的半年里，地质队的年轻人成了黄龙镇的一道风景。他们中不少人来自城市，做了地质勘探的工作以后，便辗转于乡野，旺盛的精力无处发泄，每至一地，总要与当地的姑娘惹出些是非来，类似水手的生活。

地质队来后，英素花的名声更差了。

他们平时在深山里勘探，休息日则轮番往百货公司跑，各种不堪入耳的流言在空气里传播。

英素花早就不在乎自己的名声了，就算她做了尼姑，人也不会还她清白。

无端的蜚语反而激起了她的逆反心理，她故意跟地质队的小伙子们亲近，顺便也报复一下向天舒，凭什么他可以去找秀秀，她却不能和这些人交往？况且，她打心底里喜欢他们，他们精力旺盛，幽默风趣，告诉她一大堆外面的事情，但也只是口头上与他们说笑，没给他们任何得寸进尺的机会。地质队的小伙子们则认为她是在要欲擒故纵的把戏，一个个神魂颠倒，像蜜蜂一样往百货公司飞。

郑权生的事还没了结，又冒出这么多令向天舒不自在的男性来，令他既恼恨又无奈，只得委婉地提醒英素花注意影响，此外无权过多干涉，除非他不去找秀秀。

他减少了去桃村的次数，专心应付这件事，当务之急，是让自己的身体再度雄起，他想到了一个人，秀秀妈，据说有这方面的苗药。星期天，他去找秀秀妈，支吾了半天，才说起要壮阳药的事，秀秀妈笑着答应了，第二个星期给他配了一服药，泡酒喝，叮嘱他不可滥用，如果身体有亏欠，更须十分小心。苗药果有奇效，英素花得到了久违的满足。向天舒向她坦白了药酒的来历，她却半开玩笑地问：这不是你第一次用吧？

“秀秀不是那种人！”他恼羞成怒，他不能容忍别人拿秀秀开这种玩笑。

“我说你跟她用了吗？”他的过度反应刺激了英素花的神经，她的玩笑话并不针对任何人，却被他会错了意。

他顿时语塞。

他谨记秀秀妈的叮嘱，不敢放肆，一瓶药酒用了几个月，喝完后继续添加白酒，并未换药，效果不减，渐渐地，不用药时也能如常行房事。但病根未除，他终究不安，犹豫再三，才鼓起勇气，跟秀秀妈说起自己的病，秀秀妈听了，只是淡然一笑，给他配了几副草药，他每次吃药时都会想起秀秀妈的眼神，坚毅的、沉静的眼神，本来极苦的药，变得甘甜，感觉才喝下去，药性就开始起作用，周流体内，身心都很熨帖。

经过长期的调理，向天舒的前列腺问题似已解决，性功能基本恢复，这是唯一令英素花欣慰的事情。有一阵子，两人报复性做爱，他故意要英素花将声音叫出来，以向所有人宣示：他向天舒还是个响当当的男人！

郑权生也不喜欢地质队的人，但他采取观望的态度，希望能得渔翁之利。

铜矿初步探明，在黄龙镇和瓦窑村中段的山里，储量惊人。最后两个月，地质队的人闲散下来，大部分时间都待在镇上，与英素花接触的时间更多。

包姥和郑权生合谋造谣，说英素花和地质队的人有不正当的男女关系，这一招其实对谁都不好，英素花的名声受损，谁娶了她都不光彩，但为了得到她，郑权生豁出去了，何况，对他这种人来说，名声算个鸟！包姥对名声更不屑，她年轻时的名声更烂，且名副其实。

谣言果然生效，当地人给英素花起了个“大客车”的外号，谁都可以上的意思。

总之，在许多人眼里，英素花是个人尽可夫的女人。

向天舒不信谣，但众口铄金，时间一长，不能不受影响，忍不住盘问英素花，要她说出个子丑寅卯来，她勃然大怒，别人造谣中伤她也就罢了，自己的男人也偏听偏信，是可忍孰不可忍？两人开始没日没夜的争吵，吵得尽人皆知，把某些人给乐坏了。

其实，令向天舒不自在的并非谣言，而是醋意，但他不愿意承认他在为这事吃醋。一次，他从桃村回来，听说了一件让他震惊的事情。

英素花去了地质队的宿舍。

怒火与妒火齐烧，照谣言的说法，英素花同时跟地质队的好几个男人睡。纯粹的污蔑！他当然不会信。然而，她确实去了地质队的宿舍。

对他的反应，英素花早有心理准备。

“天舒，你摸摸良心，我是他们说的那种女人吗？你要信这种话，我们现在就分手。”

“你知道我讨厌地质队的人，为什么还去找他们？”

“你知道我讨厌秀秀，为什么还要去找她？”

“那不一样，我跟秀秀是清白的，而且，你也是同意的。”

“向天舒，你什么意思？我跟人不清白？”

“我不是这个意思，那些人不怀好意，万一……”

“没有万一，他们没你想的那么下流。”

“这半年，他们坏事还干得少吗？”

“那是有人投怀送抱，他们又没强迫过谁。”

“你还替他们开脱，你怎么知道？”

“我当然知道。他们怎么不强迫我？跟你说实话吧，他们请我去吃饭，说了好多次，反正你不在家，我就去了，还喝了不少酒，人家没把我怎样。”

“你跑去跟一帮男人吃饭喝酒，难怪别人要说那么难听的闲话。”

“你那么在乎别人说什么吗？这好像不是你的风格。我无所谓，我就是当尼姑，也会有人说闲话的。”

“素花，我不在乎别人说什么，我只在乎你，我不放心，今后别去了，好吗？”向天舒口气软了下来，近乎哀求。

“你还会为我吃醋？！”英素花也变了腔调，透出喜悦，女人听不得好听的话，为了“我只在乎你”这句话，她连死都愿意。

“天舒，我答应你，以后不跟他们来往。”

向天舒有种失而复得的感觉，要好好享受一番，便将英素花抱上床，一面进入她的身体，一面说：这是我的私人领地，外人休想进入。英素花仰面迎上去，娇喘着说：天舒，我是你的，我是你一个人的！

他究竟还是不放心，一咬牙，暂时终止了桃村之行，将英素花看得很紧。对英素花来说，这倒是一个意外的收获，只盼对方从此不再去桃村。

英素花为了向天舒不再搭理地质队的人，他们却不死心，依旧往百货公司跑。向天舒对他们的厌恶达到极点，恨不得找机会教训他们一下。

机会终于来了。

因为闲下来的时间多，地质队的年轻人便常常到黄龙中学踢足球、打篮球，乘机勾引女生，有两个高三女生的肚子都被搞大了，学校只能将她们开除，却管不了这些人，找镇领导，领导却说：这些人探出了铜矿，对当地的发展有功，再说他们迟早是要离开的。

地质队的年轻人主动下战书，要同黄龙中学的老师赛篮球，口气很大，丝毫没把对手放在眼里。向天舒主动请战。

球赛在傍晚时开打，观者如堵。

篮球赛的肢体接触本来就多，向天舒心里憋着火，使了几个阴招，对方陆续人仰马翻。他们岂肯吃哑巴亏，事实上，他们看向天舒也不顺眼，因为他妨碍了他们同镇上第一美女的交往。很快，肢体接触演变成冲突，对方先动手，向天舒躲闪还击，眨眼的工夫，领头的壮汉已经趴在地上，另外几个人一起上来，别的老师还来不及出手，那几个人也都倒在地上，口鼻流血。女生都吓得惊叫，谁都没想到向天舒会有这么好的身手，地质队的人颜面全失，连百货公司都不好意思再去了。

向天舒的名声大噪，合镇人无不称奇。以前他打败过二流子，但只有二流子知道，其他人并不知道他会武功。这件事以后，他身后常有人影晃动，起初以为是二流子伺机暗算，后来才发现是仰慕他武功的人，想偷看他练武，还有人要拜他为师，弄得他哭笑不得。郝望也缠着他，要跟他学武功，以便将来做一个除暴安良的侠客。他教了他一些基本功，郝望学得很认真，他便叫他早起，每日与自己一道练功，郝望竟坚持了下来。

英素花心里清楚，向天舒是因为她才与地质队的人动手的，她虽然知道他一直在练武，但不知练得怎么样，这次事件令她惊喜异常，为自己有这样的男人而自豪。

郑权生对这个结果深感失望。

不久，地质队离开了黄龙镇。

地质队刚走，开矿的先头部队就来了，家属也来了，在镇东头安营扎寨，这里很快就变成黄龙镇最繁华的地段。

一开始，外来的人还能引起本地人的兴趣，很快便麻木了，因陌生的面孔越来越多，口音南腔北调。本地人以为只是暂时现象，待铜矿挖完，这些人自然就会离去。未曾想，许多与挖矿无关的人也来了，赁屋住下，开展各种商业活动，餐饮业尤为兴盛，无论是高档的万家酒楼，还是低档的蔡家小饭馆，都受到竞争的威胁，而一家时髦发廊的出现，将毛师傅的顾客抢走了一大半。裁缝店的生意也不如从前，向天舒给小罗锅出了个主意，让他做块匾，以招揽生意，且亲自出面，请寒禅写了“量体裁衣”四个字，意味无穷，做成黑底金字的匾，挂在裁缝店门头，果然有效，吸引了不少外地人上门。

外地人的要求千奇百怪，却难不倒小裁缝，慢慢地，小裁缝挂出来的衣服式样比对面服装店的还时髦，将易老板的生意抢走了不少，后者因此不平，两家的关系遂不如从前和睦。

蓝江上开始出现可疑的漂浮物，向天舒心里清楚，这是污染物，与铜矿的开采有关，幸亏是在黄龙镇的下游。

大卡车越来越多，呼啸而过，打破了往日的宁静，相继有小童命丧车轮，家长们到镇政府门前抗议，镇长却说：发展是有代价的，各家看好各家的孩子。后来，孩子们学乖了，在街边玩耍时，一听见汽车马达声就飞快逃逸。再后来，孩子们习惯了这些机械怪物，常常瞅准时机飞跑几步，一纵身，挂在卡车尾箱外，随车驰过镇子，上坡减速时才撒手跳下，司机发现后会一个急刹车，跳下驾驶室破口大骂，还作势撵出一段。乡下孩子安全意识差，父母又无暇管束，摔死过两个，但并未让别的顽童却步。

起初，挖出来的铜矿都运到城里去加工，但随着开采的深入，铜矿储量远超预期，就地建冶炼厂显得很有必要，既可利用当地的人力，又可节约运输成本，很快，黄龙镇以东不远的开阔处立起了厂房，大烟囱格外醒目，失地农民被招进工厂，摇身变成了工人，黄龙镇从此进入了工业时代。镇东头的临时建筑被推倒，建起了永久性的办公楼和住宅楼，相关的产业迅猛发展起来，外来人口很快超过黄龙镇的原住民，且有增无减。上年岁的人都感叹说：黄龙镇不再是黄龙镇人的黄龙镇了。

其实，向天舒早就知道，黄龙镇的变化是迟早的事，但没想到来得这么快。

受外界的影响，本地人也开始做起了发财梦。金钱令人心都动摇了。

要说黄龙镇最早发财的人，伍蛮子算一个，但好景不长。有人将自家的田地改造成鱼塘，靠养鱼赚了钱，许多人便纷纷仿效，没有能力的人家眼红得厉害，暗中干些偷鱼的勾当，或者干脆下毒，自己发不了财，也不让别人发财，有一家的鱼塘一夜间鱼都翻了白肚皮，阖家恸哭，派出所调查了半天，也没查出个所以然来，人们开始相互猜忌，别的人家加紧了对鱼塘的防范，盖了守夜的茅屋，养了狼狗，有钱后，日子过得反倒不踏实了。鱼塘里的鱼是私人的，江河里的鱼却是大家的，从前，黄水河和蓝江的鱼很多，除了垂钓，便是拉网，饱口福而已，现在则不同，要卖钱，什么手段都使上了，炸药炸，电击，渔网的网眼越做越小，鱼的数量锐减。艄公常常感叹，鱼越来越难钓了，运气不好时，几天都钓不上来一条。

人心变得浮躁，从前的恬淡烟消云散，一场没有硝烟的战争在每个人心里爆发。人的火气都很大，斗殴频发，且已不满足于挥老拳，动辄亮刀子。两个男人为争田水大打出手，手里都握着锄头，将对方的脑袋当做地来挖，一人当场倒毙，另一人因过失杀人被判无期，两个家庭因此陷入无尽的苦难之中。

虐待老人的事件屡屡发生，以前也有，但没这么频繁。中国农民的命运同地里的庄稼一样，由不得自己，握在老天手里，到老得干不动农活时，便握在子女的手里。一位老人在小红河的上段投水自尽，这种悲剧已不是第一次发生。老人的儿子同媳妇一起虐待他，对他非打即骂，从不给吃饱。“老不死的”是儿媳的口头禅。老人自杀前吃了一顿饱饭。趁家里没人，将家里有的菜都搜出来，做了满满一桌子菜，吃饱后便上路了。儿子和儿媳回到家，看见一桌的剩饭剩菜，气得七窍生烟，提着木棍到处寻他，有人跑来说：“你爹投河了！”他们便将桌上的剩饭剩菜装上，沿河撒到水里，以示祭奠，那女人一路干号，痛不欲生的样子，听者无不冷笑。

老刁回来了，向天舒一见，果然是无赖中的极品，有了坐牢的资本，更加无赖，身形比以前健壮，脸上的横肉将眼睛挤成一条缝，容不下一粒沙，一副随时要寻衅滋事的神态。

繁华刺激着人的各种欲望。老刁想自己做老大，同包姥分庭抗礼，但不久便改变了态度，包姥傍上了郑家，黑白通吃，随时可以收拾他。老刁服软后，包姥让他坐了第二把交椅，凡事由他出面，自己在幕后操控，依旧摆她的小吃摊，外地人绝看不出这个妇人的能耐。

外来人口成倍增长，鱼龙混杂，外地二流子渐成气候，开始同本地二流子抗衡，两股恶势力火拼的事件时有发生。老刁的浴血奋战外加郑权生的手段，外地二流子最终一败涂地，作鸟兽散，所谓强龙斗不过地头蛇，有的甘愿为包姥效力，把自己也变成一条地头蛇。

黄龙镇宵小横行，治安每况愈下，许多人家的窗户上装了防盗笼，黄龙中学的围墙也加高了。

顾芳家出事了。万家酒楼的生意一直很好，顾芳与万老二育有一女一男，一天，小儿子突然失踪了，家人收到一张纸条，上面歪歪斜斜写着拿钱赎人的字样，这是黄龙镇现代史上的第一桩绑架案。黄龙镇巴掌大的地方，绑架又是新鲜事，绑匪要想掩人耳目拿到赎金，殊非易事，后来竟沉寂了，神秘的纸条再未出现过，一星期后，人们在绿水塘里发现了万家小儿子的尸体。两个月后，顾芳重新回校上课，老了许多，向天舒不敢正视她，倒像他是同案犯似的。她上课时魂不守舍，有时会突然停下来，也不管学生，看着窗外流泪，弄得大家都很难过，同学们自然同情她，但学业也不能耽误，反映了几次，郝校长考虑再三，怕她再受刺激，不好停她的课，让别的老师利用晚自习时间给学生补课。案子拖了大半年才破，是两个外地二流子干的，之所以要抛尸绿水塘，大概是受了包姥的影响，有意嫁祸给黄龙中学的人。案子破了以后，顾芳渐渐恢复正常，后来又生了一个儿子，多少是个安慰。

人性复杂，只要是人，就自然而然打上了人性的烙印，善恶美丑，有些是显性的，有些是隐性的，其程度因人而异。向天舒很清楚自己身上都有哪些人性，而没有机会显现的人性，他便在想象中完成，将自己想象成某位虚构的文学形象，或某位真实的历史人物，或在现实生活中道听途说的某个小人物，他没杀过人，却偏要设身处地去揣摩杀人犯的心理。他的内心在施暴者与受害者之间转换，片刻不得安宁。他常常想：我为何害怕自己？罪恶的源头何在？每一个罪犯都是我的邪恶的替身，每一起判决都让我不寒而栗。他深知无往不还的道理，正如战争与和平，生命与死亡，喧嚣与宁静，黄龙镇的宁静他拥有过，与之相关的回忆令他感到幸福，而今不再，假以时日，新的宁静会再度降临，但那是另一个故事，与他不相干了。

黄龙镇的喧嚣令向天舒烦闷，只有到了蒙地，他的心才稍稍安定。梨村的教堂，以及桃村的秀秀家，成了他的避难所。

地质队的风波平息后，他又恢复了桃村之行。

他不好告诉秀秀这么久不去看她的真正原因，胡乱找了个借口，秀秀却深信不疑。

英素花已经习惯了向天舒天天在家的生活，秀秀一度淡出她的世界，谁知又回来了，两人的关系再度紧张起来。在频繁的争吵中，英素花常提及死。看到她以死相拼的架势，向天舒只得先软下来。他知道对方说得到做得到，又不是没发生过。英素花便讥笑他胆小怕死。死是英素花爱的铁证，她可以为了对方去死；向天舒却做不到，他只想象过一种死：为了自己去死。

郑权生也回来了。他决定不再等待，每天去百货公司纠缠英素花。英素花一开始没有好脸色，但对方专拣女人爱听的话说，又无恶意，她便不好撵他，要撵也撵不走，时间一长，便习惯了他的出现，又因受到向天舒去找秀秀的刺激，对他的态度又一次发生逆转。郑权生受到鼓舞，对英素花更加殷勤，到百货公司买东西的人便常常撞见他们在一起说笑的情形。

包姥对郑权生的做法很赞赏，说只要英素花松动，剩下的事就好办了。因为有包姥通风报信，英素花每次回自己家时，前脚刚进门，后脚郑权生就跟来了。

包姥又让二流子造谣，在谣言中下了很多猛料，说有人看见郑权生与英素花亲嘴等等，谣言止于智者，向天舒不再理会这些谣言，他清楚郑权生的为人，英素花是不会和这种人有事的。某些人，如郝校长夫妇和吴燕夫妇，虽也都是明白人，却希望这些谣言能对向天舒发生影响，让他下决心离开英素花，郑家有权有势，英素花不动心才怪呢。

春节将近，向天舒正不知该去何处过年，母亲来了。

向母虽然说过“再也不来黄龙镇”的话，但有一个保留条件，儿子要常去祖村看她，但儿子竟一次都没去，她只好来了。

向天舒没想到母亲会来，他几乎忘了母亲及祖村的存在，母亲的出现令他不得不又面对一个现实：他不是一个人在生活。

向母没想到，她没来的这一年多里，发生了那么多的事情。小妖第一时间就将英素花与郑权生的谣言传达给她，并且不忘提及地质队在时闹过的各种风波。“我早就知道她是个骚货！”向母恨不得立刻去找那个“骚货”算账。

向天舒将郝望介绍给向母，郝望老老实实叫她“奶奶”，向母很惊讶，问清他的来历后，并不喜欢这个曾经的“小叫花”，尤其不能容忍他管英素花叫“干姐”，碍于他是郝校长夫妇的养子，不好多说什么。

因为最近与向天舒的关系紧张，英素花在自己家吃了晚饭后才来，见到向母，吃了一惊，向母的脸色让她立刻打消了问候的念头，坐下来看电视，向母霸着遥控器，她也不争，有什么看什么。向母断定她是跟姓郑的厮混去了，经过这几年的交锋，她总结了不少实战经验，不能先乱了阵脚，谋定而后动。一时间，两个女人竟谁也不吭声，看完电视，各自回屋去睡了。这样的局面是向天舒始料未及的。只要不吵不闹，她们爱怎么较劲儿都行，他落得清静。

向母这次来的本意是想让向天舒随她回祖村过年，但这些事情让她临时改了主意，决定留下来过年，她要替大儿子“看着家”。

她在，英素花几乎不回来吃晚饭，她有很多时间与大儿子独处，但向天舒却不让她提英素花的事，一提就上脸，她只好去找人倾诉，小妖、单玉老师、小吴老师，黄龙中学的女职工都成了她的倾诉对象，包括向天舒讨厌的贾念慈。

一天，很晚了，英素花还没回来。向天舒关着门，在卧室里看书。向母看着电视，不时瞅一眼大门。敲门声一直都没响起。向母坐不住了。

“天舒，这么晚了，她怎么还不回来？！”

她提高嗓门，重复了一遍刚才的话。其实，向天舒第一遍就听见了，懒得应。她按捺不住，推开卧室门，第三次问：“她怎么还不回来？！”

“不回来就不回来吧，别闲操心！”向天舒头也不抬地说道。

“‘不回来就不回来’，说得轻巧！她既然还没跟你分手，就是你的人，深更半夜的在外面鬼混，丢向家的脸！”

“妈，你怎么知道她不是在她自己家，是在外面鬼混？我的事你不能不管吗？”向天舒的气不打一处来。

“我是你妈，我……行行行，我不管，我管不着！”向母牢记以前的教训，退回客厅坐下。

书是看不进去了，向天舒看了看表，皱起头，起身推开窗户，冷风灌进来，连忙又关上，点燃一支烟，猛吸了几口。他犹豫着要不要去找她。因为郑权生的缘故，他很介意英素花回家去过夜，英素花知道他的心思，也为了避嫌，两人吵得再凶，也轻易不在娘家过夜。他最终决定不去找她，他还有长长的信要写，便找了一个安慰自己的借口：她不回来睡，一定与母亲有关。

英素花并非存心不想回来，吃晚饭时郑权生来了，提着一瓶好酒，因天寒，经不住劝，她便喝了一杯。向母的到来令她最近心里烦闷，忍不住又喝了几杯，酒度数高，不觉半醉，没法跟向天舒交代，索性就在自己家里睡了。

第二天，因为心里有愧，英素花特意回来吃晚饭，饭桌上，向母的脸色令她作呕，向天舒的脸色也好不到哪儿去，她忍无可忍，撂下碗，拔腿出门。向天舒本能地追出去。向母在身后叫：儿子，你回来，让她去找野男人！

英素花并没有往校外走，而是小跑着走到绿水塘边，看着冰冷的水面。天快黑了。

“素花，我妈那样是不对，你还不了解她吗？别跟她一般见识。”

“那你呢？”英素花转过身，含着泪问。

“我？你还没解释昨晚的事呢！”

“你给我机会了吗？”

“对不起。现在能告诉我，昨晚为什么没回来睡？”

“我……”

“说呀，为什么？”

“那我说了你别生气。”

“你先说。”

“不行，你不生气我才说。”

“你如果没做亏心事，我怎么会生气？”

“我会做什么亏心事？你当我是什么人？！”

“那你告诉我，昨晚为什么不回来？”

“郑权生来我们家吃饭，我喝多了，这就是你要的实话。”英素花被逼急了，索性不再隐瞒。

“难怪……就你和他？”向天舒冷冷地问。

“我和他？你想什么呢？我爸妈都在！不信，不信你去问我爸！”

“只怕你爸已经被他给收买了。”郑权生讨好英背时的事他略有所闻，他当然知道这是姓郑的手段，并非真的想对英背时好。

“连我爸这么老实的人你都信不过，看来，我们家的人在你眼中都一无是处，你还要我干吗？我们分手吧。”“我们分手吧”的话她不知说过多少次，要能分早分了，因此，双方都不把这句话当真。

英素花突然大哭起来，歇斯底里的样子，向天舒看她又要犯病，便不敢再紧逼，违心地说：“素花，我信你，别哭了，咱们回家吧！”

英素花却只是哭，瘫倒在地上，他连忙将她抱起，用热吻去抚慰她，将她从另一个世界拽了回来。

向母见他们又和好如初，气得直哼哼，隐忍了那么久，局势毫无改观，年前两天终于找机会与英素花大闹了一场，英素花赌气回自己家过年去了。向天舒筋疲力尽，决定袖手旁观，由着她们闹去。

单玉老师来叫他们去吃年饭，向天舒推辞不过，只得与母亲去了。郝望对向母的态度很冷淡，原因有两个：她不喜欢他；她对干姐不友善。饭后，见向天舒给郝望发压岁钱，向母的脸色立刻就变了，那意思是：压岁钱怎么给外人？

向母在，向天舒去不了桃村，索性连门都不出，在家里看书，耳朵忍受着不间断的鞭炮的轰炸。

向母一人无聊，儿子又不给她好脸色看，郁闷之极，不等过元宵节就拖着老迈的身躯回祖村去了。她一走，向天舒便将英素花接回来，短暂的床笫之欢后，日子又恢复了常态，像什么事都没发生过一样。

向母走前，常与单玉老师当着郝望的面说英素花的不是，故意离间他们。郝望很矛盾，干姐是他的恩人，他一直护着她，但谣言不是空穴来风，干姐自己也承认郑权生常去她家的事实，他试图说服干姐不要再跟姓郑的交往，干姐却让他别管大人的事，他争辩说：向叔叔再不好，也不能找姓郑的，姓郑的不是好东西。英素花厉声说：郝望，你凭什么说他不是好东西？你怎么跟你向叔叔一样。干姐第一次对他发这么大的火，郝望很委屈，流下泪来。英素花替他擦泪：对不起，干姐不该对你发火，别哭，要像个男子汉。郝望知道一切都无可往回，哭得更伤心了，他长这么大还没这么哭过。

郝望失踪了。盛传他又重操就业，做回乞丐去了，单玉老师急得泪流满面，四处寻找，英素花和向天舒也很着急，怕他出什么意外，没想到第三天他自己回来了。他一个人跑去白云寺烧香，之后上了白云山，在怪老道那里住了三日。

郝望开始躲着英素花，与向天舒却越来越亲近，之前曾为秀秀的事替英素花打抱不平，一度与他疏远。

郝望的态度令英素花幡然醒悟，决定不再理会郑权生，郑权生恼羞成怒，迁怒于向天舒，伺机对他下黑手。

向天舒的后脑被人打了一闷棍，昏迷了两日。英素花以为又是母亲干的，要同她拼命，包姥岂是受得冤枉的人，跳起脚将她骂了回来。那会是谁干的呢？郑权生的嫌疑最大，她去找他，他却矢口否认，还假惺惺保证要彻查此事。无凭无据，英素花只得说，要是向天舒有个三长两短，她也绝不苟活。郑权生只得忍着，暗中与包姥商议对策。郝望却认定是郑权生干的，提着菜刀要去找他拼命，被英素花死死抱住，郝校长闻讯赶来，强行将他带回家。他回头对英素花说：“你要再理姓郑的王八蛋，就不是我干姐。”英素花泪如泉涌，与郑权生一度中断了来往。

向天舒从医院回来，在家休养，他知道是郑权生指使二流子干的，如果能决斗，他倒愿意像普希金一样死得壮烈，但与那种人拼命不值当，只好在想象中一次次让郑权生死得惨不忍睹。英素花哭着请他原谅，他没说什么，在他，世界不过又动摇了一次，慢慢复归平静，离毁灭性的大地震尚远，只是人一旦卧床，就会生出依赖心理，所以英素花请假回来照料他，他嘴上不肯，也没坚拒。两人每晚肌肤相摩，肉体的欲望渐被勾起，他便忍着伤痛，与英素花重拾床第之欢。

向天舒被打一事令郝校长义愤填膺，向县里打了几个报告，坚持一查到底。郑镇长因此怀恨在心，他当然知道是儿子干的，这事要抖出来，不仅危及儿子的前途，弄不好连自己都脱不了干系，幸亏县里的关系疏通得好，这事最终不了了之。

出了一件奇事，令郝望拍手称快。

郑权生的左耳进了只苍蝇，开始不以为意，不久，耳朵深处奇痒难忍，怎么掏挖都不济事。一日，郑权生和他爹一起在万家酒楼的包房里吃请，起身夹菜，耳朵里掉出一样东西，不偏不倚，正好落在镇长的饭碗里，是一条白白胖胖的蛆。众人大吃一惊，目光齐聚郑权生的左耳，接连又掉出来三条，第四条已经爬到耳边。郑权生慌忙捂住耳朵，狼狈离席，向卫生所飞奔，蛆洒了一路。白医生从未见过如此骇人的情形，慌了手脚，酒精、醋、药水，一股脑儿往郑权生耳朵里灌，许久不见动静，估摸着蛆不被淹死也被呛死，不被呛死也被毒死了，便着手清理，往外搬出十几具白蛆的尸体。处理完毕，白医生舒了一口气，突然笑起来，这么蹊跷可笑的事情，平生还是第一次遇到，郑权生恶声问：好笑吗?

这件事很快传遍大街小巷，陪镇长父子吃饭的人自然不会乱说，肯定是白医生的那张嘴，无奈镇上他的医术最好，而疾病是不会趋炎附势的，镇长家的人也会生病，也有求于他，郑权生只好暂时咽下这口气。最可恨的是，那些好恶作剧的小屁孩从厕所里弄来许多蛆，躲在暗处，冷不丁撒在他面前，他赶紧去捂耳朵，孩子们发出爆笑声，等他明白过来，人已逃得无影无踪。

不久，郑权生的左耳开始化脓，最后彻底失聪，白医生也无可奈何。郝望说这是报应，恨不得他的右耳也聋掉才好。

老刁回来后，不思悔改，将入狱的账都算到黄龙中学头上，又开始频频骚扰黄龙中学的女生，学校加强了防备，巡夜的年轻教师找到向天舒，要他教他们武功，万一跟坏人交起手来，也不至于太吃亏。他觉得这是个不错的主意，真正的太极拳是一种出神入化的技击术，既可防身健体，又可修身养性，而且可以让人重拾某种古老的信仰，这么好的东西，不让更多的人学会，未免可惜。

他不再避着人练拳，每练必穿太极服，以示郑重，有时故意提高拳速，且加入很多发劲的动作，让不懂太极拳的人也能看出其中的威力。有人摸清他练拳的规律，特意在绿水塘边守候，他也不以为意，有时一身黑，有时一身白，如青山绿水间活泼的精灵；天光不明时，则像黑白无常。

单玉老师每次见他打拳，都啧啧称赞，夸他身体棒，其实，他病不少，细数起来不下十种，堪称病魔缠身。一开始拍树时急于求成，手腕关节受损，疼痛的感觉从未消失过，此外还有肩周炎、鼻炎、扁桃腺炎、肠炎、痔疮、前列腺炎、耳鸣、飞蚊症、感统症、强迫性多动症、幽闭恐惧症，等等，程度有轻重，但都是慢性的，而种种迹象表明，他的心理也远称不上健康。时间既久，这些病成了他身体的一部分，一段时间不出症状反令他不习惯，有些通过习练太极拳减缓甚至消除，其余的依旧与他为伴。他正视这些病，清醒地意识到，人的肉体何其脆弱，只有精神可以同一切抗衡。

向天舒开始在学校的操场上教拳，许多学生也加入进来，队伍逐渐壮大。男教师和男生练得特别起劲，他瞬间将地质队人放倒的事迹被传得神乎其神，给学拳的人树立了莫大的信心，但太极拳是慢中出活儿的功夫，难免有人对其技击的功效持怀疑态度，非要亲自与他试手后，才心服口服。全校的师生几乎都被带动起来，连课间的广播操都改成了太极拳，场面蔚为壮观。

有经济能力者纷纷向小罗锅订做太极服，订黑白两套者不在少数，小罗锅喜不自胜，额外做了两套送给向天舒，以示谢意。

校外的人，无论原住民或新来的移民，对黄龙中学的太极拳热无不称奇，向天舒的名声在新来的移民中传播开来。以老刁为首的二流子开始犯急，长此以往，黄龙中学更不好对付了，有几个二流子降低了姿态，诚心想见识向天舒的武功，被他耍得东倒西歪，佩服得五体投地，想学却不行，他说太极拳是文明拳，是智慧拳，不学无术和心术不正的人学不来，他也不会教。

怪老道对向天舒教拳的事表示赞许，但要他保密，不让人知道他是跟他学的拳，因此，向天舒突然就会功夫的原因始终都是个谜。

向天舒的武功和教拳的事也传到了蒙地，每次去桃村，总有不少年轻男子缠着他学拳，他索性到广场中教大家练拳。秀秀在一旁观看，却不好意思下场跟他学。事实上，学拳者几乎都是男性，外村包括梨村的许多年轻人闻讯赶来，一时间热闹非凡。照例，大家都不信这种慢吞吞的拳术能打人，待切身领了打，才惊为神术，就中有悟性好的，慢慢学到一些真功夫。苗族因为迁徙的历史，要同自然和别的族类抗争，也有自己的技击术，几个老拳师对向天舒的身手赞赏有加，对他倾心授拳的胸怀敬佩不已，因为自古以来，无论苗汉，功夫的门户之见根深蒂固，都不愿意将自家的真本事传授给外人，向天舒却以此为乐。姑娘们看他的眼神令他重新焕发了青春，为了秀秀，他必须年轻，事实上，除了秀秀一家，蒙地并无人知道他的真实年龄。他将自己当成中世纪某位武功高强的骑士，而秀秀便是他宣誓效忠的理想中的爱人。

这些事令郑权生恼恨不已，向天舒既是他的情敌，又威胁到他在黄龙镇的地位，一日，他当街射杀了张家的大黄狗，冷笑着说：看是你的爪牙厉害，还是我的子弹厉害！张家问他要狗，他恶狠狠地说：疯狗，不该打吗？唬得对方不敢再吱声。

郑权生击毙大黄狗的那一枪让向天舒陷入深思，更加向往遥远的冷兵器时代，自从发明了火器，一个手无缚鸡之力的阴险小人，也能轻而易举击毙任何一个武林高手，习武的终极意义不再是战胜对手，而是战胜自己。

五十九

又一个春天来临。可怪的是，春色非但没带来欣悦感，还触动了忧郁的神经，引发无边的空虚和颓丧。

向天舒正无计消愁，突然想起土村的杏花，决定去岭上走一趟。

因在艄公处耽搁了一阵，到土村时已是下午。虽几年没来，土村的面貌依旧，李善财家异常热闹，原来是李善财回家来了，玉香也回来了。李善财大学毕业后在纬县县城工作，不久就结了婚，刚生了儿子，特意请假回家来过给儿子过满月。玉香已是两个孩子的母亲，带孩子回来吃弟弟儿子的满月酒。见到向天舒，全家人的惊喜可想而知，简直有点双喜临门的感觉。

“向老师，你一点儿都没变。”玉香说。她的身材虽稍稍走形，风韵犹存，看向天舒的眼神与当年一样。

“向老师的孩子多大了？”有人问。

听说他还没成家，在场的人都很吃惊。

“向老师显年轻，不急不急。”善财爹连忙打圆场。

“向老师，要不要给你介绍一个？”有人半开玩笑地问。

“不用，我有女朋友。”

“向老师这么优秀的人，怎么会没对象。”有人插嘴说。

“还是百货公司的小英？”善财爹试探着问。

他点点头。

“都这么多年了！难得难得！”善财爹感叹道。幸亏他没追问：这么多年了，怎么还不结婚？

向天舒本打算只住一宿，第二天看过杏花后再到别的地方走走，因次日就办满月酒，李善财一家说什么也不让走，他只得留下。第二天吃完早点，他带了点干粮出门，先欣赏了一番杏花，然后跋涉到大草甸，至悬崖边静坐，遥想阿霞与艄公的往事。下午回来时李善财家的院子里已经摆满饭桌，贺喜的人陆续到来。

席间，玉香给大家唱歌助兴，唱歌时看着向天舒的眼睛，歌声升上云端，与十一年前的歌声接在一起。向天舒的眼里噙着泪，不知是感动还是感伤。

夜里，他出门小解，繁星满天，那把木梯还在，他顺梯爬到屋顶，猫步潜行，从屋顶到屋顶，绕了一圈，最后回到李善财家的屋顶，就地躺下，边抽烟，边看星河，辨认出许多星系，远处传来几声狗吠，近处隐约有婴儿的啼声，想是夜里饿醒了，哭着要吃奶。这一切与当年别无二致，他像一个幽灵，回到了十一年前土村的屋顶。

本想去水村看梯田，顺便探望卡梭一家，但因在土村多住了一夜，时间仓促，便改了主意，决定另找机会去，殊不知，机会再未出现。

这是他最后一次上清平岭。

欣欣向荣的春天并不能阻止悲剧的发生，马缨花自杀了，还差最后半年毕业，竟跳楼自杀了。马缨花可是水村唯一的大学生啊！这个消息震惊了所有人，对向天舒的打击尤其大，如果没有他当年的资助，马缨花也许不会走这一步，但谁知道呢？知识会害人吗？黄龙镇每年都有人寻短见，其中大多是文盲。那一阵子，向天舒连课都没心思上了，他不知道，谁会成为下一个马缨花。

马缨花之死渐被人遗忘。一个星期天，向天舒家里突然来了几个客人，他万万没想到，是马缨花和卡梭的家人。

“卡梭和诺玛好吗？”

卡梭父亲连连说好。

向天舒不知该对马缨花的父母说些什么。

“向老师，我家缨花对不起你。”马缨花的父亲颤抖着说。

“哪儿的话！都怪我……”

“不，向老师，怎么能怪你？其实，缨花死得值……”马缨花的父亲说不下去，用衣袖抹抹眼泪，从上衣口袋里掏出一张皱巴巴的纸，递给向天舒。

纸上有两行字，字迹工整：敬爱的向老师，我走了，从您资助我上学到现在，快十年了，这是我生命中最幸福的十年，谢谢您！

客人没有久留，显然是专为转达马缨花的遗言而来，他们走后，向天舒又看了几遍马缨花的遗言，忍不住哭了起来。

马缨花之死的影响渐渐消退，向天舒重新留意四处的春景，物事与人事似毫不相关，人间不论发生多大的事，万物只是不语，四季依旧交替。

他到绿水塘边散步，见小叶子他们在钓小马鱼玩儿，勾起两年前草海垂钓的记忆，当时想找机会与艄公到蓝江里钓鱼，却一直未能如愿，两年竟这么快就过去了。

下午，他到百货公司买了一瓶酒和一些下酒的零食，顺便与英素花打了声招呼，说要去与艄公钓鱼，夜里回来得迟。

艄公只有一根鱼竿，便让给他钓。竿是艄公自制的，用烘烤过的竹子做成，一节一节套在一起，弹性极好，末节上安着一个绞盘。艄公坐在一旁看他钓，一面看，一面告诉他一些钓江鱼的经验，但直到太阳快落山时，都一无所获。他有些沮丧，艄公笑着说："江水在动，鱼也在动，不容易碰上，连我都经常抬滑竿。其实，钓鱼不能太在意结果。"末一句话令他心里一动，觉得没有文化的艄公比许多有文化的人有智慧，真想吃鱼的话，直接撒网，何必钓呢？虽然这两年江里的鱼量锐减，艄公屋里依旧不缺鱼，但很少是钓来的，而他常常坐在船头垂钓，垂钓而不为得鱼，境界自高。这么多年过去，艄公还和他初见时一样，丝毫不出老，同这种生活状态大有关系。智慧不等于文化，更不局限于书本，通向智慧王国的路很多。他索性拿出酒和零食，将鱼竿固定在岸边，与艄公喝起酒来。

有人摆渡，是水村的人，令向天舒又想起马缨花来，艄公见他情绪有变，以为还是钓鱼惹的，听他道出原委后，神色也为之一变，马缨花去年还坐过他的摆渡船呢。他们都在想同一个问题：是什么样的痛苦将她推向绝路？

"你发现没有，黄龙镇变了！"向天舒转移了话题。

“听说来了很多外地人。”

“是啊，闹腾得慌，往后更不敢想象。”

“听说下游的江水没以前干净了！”

“是被铜矿冶炼厂污染的，据说上游也要建厂……”向天舒没往下说，怕艄公难过，外来人口的增加带动了各种产业，有人打算在蓝江上游沿岸建造纸厂，以就近利用蓝江的水资源。

“鱼要遭殃了！”艄公叹口气说。

他们看着被夕阳染红的水面，替蓝江的未来担心。

“吃完饭，我们划船出去夜钓。”

艄公的提议令向天舒转忧为喜，艄公准备晚饭时，他坐在岸边吸烟，夜从江底浮上来，升上天，长庚当空，凸月现出来，与之为伴。

夜钓不能太早，怕有人摆渡，因此他们在油灯下慢慢吃菜喝酒，饭后又到门外吸了一阵烟。

春夜寒，向天舒穿得薄，艄公执意将自己的批毡给他，这是他第一次见艄公没有批羊毛毡的形象，稍稍有些不习惯，好在夜里看东西不甚分明。他披着沉甸甸的批毡，身心俱感到温暖，恍惚中觉得自己变成了艄公，经历了艄公所经历过的一切。

看看时辰已晚，他们登船出发，艄公在船尾划桨，向天舒坐在船头，船行进中，无风也似有风一般，是船与船上的人搅动了气流，夜的清寂，并未被桨声打破。至一江水回旋处，艄公将船靠岸，系好缆绳，提着鱼竿和马灯，登上一块巨石。马灯只是备用，能看见亮，就不用点灯。对岸是平旷的田畴，隐约传来虫鸣的声音，身后则是南山的陡坡，林木森森，月光比先前亮，气氛却更神秘。向天舒不时回头看山林，担心有东西走出来，脚下的江水虽无声，却显得急，隐约翻起漩涡，似有东西在水里活动。他虽有过独宿野外的经验，若是一人，未必敢在此久留，艄公却神态自若，令他心安。

艄公说，在这种地方钓鱼，只能盲钓，全凭手感和耐心。艄公将钩抛出，鱼线在月光中一闪，大部分被江水吞没，小部分在水面上绷直，竿梢微微弯曲。

艄公将竿递给他，他立刻觉出沉重感，手一松，竿就会被江水卷走，总觉得有东西把竿往水底拽。他不知道鱼上钩是什么情形，手上毫无感觉，站了没多久，手就酸了。艄公将竿接过去，一动不动地立着，显得很轻松，令他十分佩服。

没多久，一条鲫鱼上钩了，令向天舒既惊喜，又遗憾，遗憾不是自己钓到的，只怪自己没坚持住。他将鱼取下来，月光下，鱼嘴一张一合，血丝挂在嘴角。他将鱼放进鱼篓，浸在江水里。

向天舒受到鼓舞，发誓要亲手钓起一条鱼来，双手握着鱼竿，拿出站桩的功夫，让身心放松，手上的劲道恰与江水的拉力平衡，好一阵都不觉得累。艄公到附近大解去了。

大江月夜，不觉有些诗意萦怀，想到几个好句子：我是烟波一钓客，我钓鱼，鱼钓我，我钓鱼的形骸，鱼钓我的精神。微微侧身，背对月，凝望着自己投在石上的影，突然想：人的灵魂有影吗？人的影有灵魂吗？月光浮在江面上，不似阳光有穿透力，这么弱的月光，恐进不到水中，如果他此刻是在水里，眼睛不露出水面的话，即便紧挨着水皮，怕也看不见亮，水里一定很黑，鱼怎么看得见饵呢？饵有香味，鱼在水里能闻见味道，人的嗅觉到水里就失灵了，鱼和人的差别怎么这么大呢？其实，别说是鱼和人，就是鱼和鱼的差别也很大，人和人的差别就更大了，差别有先天的，有后天的，有自身原因造成的，也有命中注定的。刚才那条上钩的鱼，在江里自由了那么久，却在这样一个夜晚，这样一个地点，断送了自由和生命，要怎样的巧合，才能导致此番结局？是偶然？还是必然？其实，所有的偶然都是必然，必然是由一个又一个的偶然构成的。那条鱼虽然是艄公钓到的，但今天提议钓鱼的人是他向天舒，它无论如何想不到，它的噩运和一个叫向天舒的人有关。他替那条鱼浩叹了一番，远处的江面似静止不动，月影分明，将他的目光引到天上，抵达目力所能抵达的最远的星星，不期而至的忧伤浩瀚无际。

直到艄公回来，向天舒才将意识转到鱼竿上，手上突然一紧，下意识地往回带了一下，艄公叫他别太用力，放一点线，但不能放太多，从鱼在水里挣扎的强度判断，鱼不大，很快提上岸来，是白条鱼，在月光中如银梭一般。

白条鱼在鱼篓中与鲫鱼做了伴。

平生第一次在江里钓到鱼，令向天舒兴奋不已。艄公换上一种专钓鲶鱼的饵，依旧将竿交给他。

这一次守候的时间更久，因为有了前番的成果，他的斗志丝毫不减，看来，不论做什么事，信心才是最重要的。

艄公拿出酒来，先递给他，两人就着瓶口喝，寒意即刻被烧酒驱散。

果然钓上一条鲶鱼来，鲶鱼劲儿大，若非艄公帮忙，竿就被拉折了，鲶鱼扎手，且嘴里有利牙，取钩时须十分小心，费了不少工夫，鲶鱼的嘴被撕烂了一块，发出痛苦的叫声，有几分瘆人。

他打算歇会儿，一松懈下来，就觉得四肢疲惫麻木，便将竿交给艄公，坐石上休息。艄公又钓上几条鲫鱼，夜深了，空气更冷，他们决定收竿。

返程顺流，艄公干脆歇了桨，与他坐在船中喝剩下的酒，两人都有些淡淡的酒意和睡意。

他突然说：大哥，咱们把鱼放了吧。

艄公一愣，随即笑着说：放了好！

他即刻起身，提起舱里的鱼篓，到船头蹲下，将鱼篓浸到水里，打开盖子，那些鱼似乎没明白他的意思，一动也不动，他将鱼篓稍稍倾斜，最机灵的一条鲫鱼先游出了篓，其他鱼也相继游回江里，最后是那条鲶鱼，因为头大，调整了半天，才拱出篓去。它们无论如何想不到，钓它们起来的人又会把它们放掉，失而复得的生命和自由不知能延续多久。

艄公吸着烟，笑着看他放生。

“我把鱼都放掉了，你不心疼吗？”

“这有什么心疼的！既体会到了钓鱼的乐趣，又没有杀生，还有比这更好的结果吗？”

“说得好，我今晚真是再愉快不过了。”向天舒情不自禁地说，又无缘无故补充了一句，“但愿不是最后一次。”

“什么时候想钓鱼了，就来找我。”

他万万没想到，这是第一次也是最后一次与艄公钓鱼。后来回想起来，深怪自己当时为什么会说‘但愿不是最后一次’的话，也许，这就是所谓的预感，不祥的预感吧！

清明节，向天舒同秀秀家一起去扫墓，雨纷纷落，地面泥泞不堪，至老林，雨稍住，天依然阴沉而清冷，桃村的人差不多都去了，皆衣着盛装，场面甚是壮观。他们在秀秀爷爷奶奶以及哥哥的墓前摆上贡品，点燃香烛，将鞭炮挂在枫树上，同别家的鞭炮一起，“噼噼啪啪”响彻山野。新近失去亲人的人家放出悲声，把气氛渲染得很是悲凉，秀秀站在哥哥的碑前，神情肃穆，秀秀妈的眼中闪着泪花，秀秀爹以酒酹地，口中念念有词。向天舒默立一旁，想起很多亡人，近者有马缨花，往前，有大侄子，小莲，任老师，父亲，不知不觉中，他也流下泪来。

清明节后不久，地震了。

黄龙镇的历史上，有过几次地震的记载，上一次发生在半个世纪以前。地震前有很多预兆，老鼠不避人，到处乱窜，牲畜死活不愿归圈，青蛙从水田里排着队跑到街上来，狗和猫整晚叫唤，经历过上一次地震的老人都说要地震了，人心惶惶，但谁也不知道噩运何时降临，紧张了一段时间后，渐渐麻木，采取听天由命的态度。

有人不放心，去找瞎老八算命，他面朝天说：履霜坚冰至，天谴在即！

地震似乎应验了瞎老八的话。

地震发生在上午，持续的时间很短，就像魔鬼在地下翻了个身。

震中在清平岭的另一端，靠近雷风寨，雷风寨所在处发生地陷，大地裂开，将全寨人吞没，旋即合拢。多年以后，每逢雷雨天，地里便会传出哀哭声。向天舒悲痛不已，不断想起那个叫依古的女孩，远在时空的另一端，一笑就绽开脸上的雀斑。两年前，雷风寨附近的山上发现了上等玉石，各处的人蜂拥而至，马家也派了人去，命案接二连三发生，有人头天得到一块天价玉石，第二天便横尸山野，不知道雷风寨的人如何面对这一切，是加入发财的行列，还是被这些从文明世界里来的人吓得举寨遁入原始丛林，向天舒不敢问，更不敢去证实。四大归四大，雷风寨原先长在土上，最后又回到土里，其消失令他的记忆更加完整，雷风寨永远都是他当年去过的那个雷风寨。

南门街的老屋都不同程度受损，死伤数十人，大吉寨受灾最严重，麦香家的房屋被夷为平地。

地震中发生的一件事令向天舒的名誉受损。

地震发生时他正好在上课，站在讲台上，第一个觉察到教学楼的晃动，因为讲台离教室门最近，他喊了声“地震了”，便一个箭步冲出门去，飞一般下楼，眨眼工夫便已站在操场的正中央，周围还一个人都没有。他看见教学楼在猛烈摇晃，许多学生从二楼跳下，走廊里挤满了尖叫的女生，仿佛世界末日的预演，幸运的是，教学楼没倒。事后，有人指责他不顾学生自己先逃命的行为，别的老师都跑在学生后面，他也很羞愧，不明白自己为什么会反应那么快，也许这就是所谓的本能吧，求生的本能，自私的本能，他有武功，本能的反应自然比别人快些。这件事被程文礼抓住不放，在全校大会上点名批评。他坦然面对指责，并当众检讨，他愿意别人看到他忏悔的态度，以及改过的决心，捐了许多钱出来，以帮助受灾的人家。

包家大院受损严重，郑权生给包姥送去一笔可观的修缮经费，向天舒也不好袖手旁观，与英素花一道里外忙活儿，一时竟不能抽身去桃村给秀秀报平安。

蒙地几乎没受到地震的波及。秀秀一家都替向天舒担着心，秀秀整天魂不守舍，秀秀妈决定去一趟黄龙镇，向天舒见到她，既意外又感动。

从全国各地赶来赈灾的人发现了黄龙镇的美。古色古香的南门街，颇有水乡的风韵，而周边的山水，白云山的雪，多彩的少数民族风情，无不令人赞叹。黄龙镇因祸得福，慕名而来者与日俱增。嗅觉灵敏的商人也像发现新大陆一样发现了黄龙镇这块宝地，预备开发旅游和房地产。

天灾让旧的信仰受益，劫后余生的人们争相到白云寺烧高香，白云寺收到很多捐款，其历史文化价值也受到重视，政府拨了专款，要恢复白云寺从前的辉煌，修复工作有序展开。向天舒对白云寺的修复事宜很好奇，郝望想去白云寺烧香，便陪他一道前往。

寺庙像个工地，来进香的人却络绎不绝，香火之旺令向天舒瞠目，和尚的身影随处可见，仿佛是一夜间冒出来的，回想起黄龙镇近年来的变化，他想明白一个道理，人们对现实越失望，对信仰的需求便越强烈。

郝望很认真地烧香、跪拜，将向天舒给他的钱放入每个功德箱，向天舒问他祈求的内容，他犹豫了片刻，才说：希望你和干姐永远都在一起。他默然，正在发愣，听见有人叫他，循声看去，一个人从高高的脚手架上向他招手，是张力。

张力下来同向天舒热烈握手，向天舒上次见他时，答应要给他孩子取名字的，竟忘了，很过意不去。

“我知道向老师忙，没关系的。”

“有几个孩子了？”

“两个，都是女孩。”张力乐呵呵地说。

“好福气！”

张力做了几年木工，突然对木雕很感兴趣，跟一个资深的老师傅学习，十分刻苦，且显示出某种天分，不久便成了师傅的得力助手，随师傅一道参与了白云寺的修复工程。向天舒仔细看了他雕的格子门和窗花，惊叹不已，这只是附带的工作，他和师傅的主要任务是雕刻十八罗汉，因为罗汉的重要性，须上等的木材，暂时还没找到，不知何时开工。张力给向天舒介绍了自己的师傅，一个带着老花眼镜留着山羊胡的老艺人，向天舒向他表达了自己的敬佩之情，老艺人自然听说过他，彼此都有些惺惺相惜。向天舒感叹说，像他这样精通传统手艺的人不多了，勉励张力好好跟师傅学习。他问张力：要雕好罗汉，除了手艺精，还需什么条件？张力抓耳挠腮，回答不出，用眼神向师傅求助，实际上，向天舒的这个问题是问给老艺人听的，用张力做个缓冲，以免唐突。老艺人微微一笑说：还要心诚，对罗汉有极大的敬意。向天舒点点头说：这么说，老师傅信佛？

“是啊，我师傅一辈子都信佛，我以前不信，受师傅的影响，现在也信。”张力抢着回答。

“我也信。”郝望插嘴说，大家都笑了。

英素花也信佛，但是一种实用的信仰，同内地许多信佛的人一样，近乎迷信，求财、福、寿、好运、爱情的长久等等。向天舒陪她来白云寺上过香，求了一串佛珠，常戴在手上，两人争吵时佛珠不慎被向天舒扯断，滚落一地，向天舒待要拾起重新穿上时，英素花凄然说：不用了，咱俩有缘无分。向天舒将散落的佛珠找到，重新穿好，但差了一颗，英素花没要，他就自己留着。

祸不单行，春天地震，夏天又发大水，百年不遇的大水，将黄龙镇变成了泽国。

“第一滴雨淹死了夏季”，埃利蒂斯的诗句仿佛是这场大洪水的预言。入夏后，雨一直下，震后重建的工作被迫中止，各处都在塌方，进出黄龙镇的公路被泥石流冲毁。绿水塘的水漫上来，将野草地淹没，柑橘树也泡在水里。江河里的水每天都在上涨。黄龙镇像个孤岛，在风雨中飘摇。

向天舒的桃村之行受阻，每天望雨发愁。英素花对雨的态度恰恰相反，雨拴不住向天舒的心，至少拴住了他的身体，且增添了做爱的气氛。她喜欢在这样的雨天做爱，有响亮的雨声掩护，不必克制叫床的声音，欲望上来时便不顾向天舒的情绪，使出撩拨的本事，不由他不回应。对向天舒来说，做爱多少能缓解愁绪，事后却更加愁苦。

快一个月了，雨没有丝毫要住的意思，星期天赶集的人寥寥无几，几乎不见中心镇以外的人，艄公也被隔在大江的另一岸，向天舒对秀秀的思念如大河涨水，浊浪滔滔。他决定冒雨去桃村。

这是一段异常艰难的旅程。

雨鞋雨衣丝毫不起作用，风很乱，将雨水刮进领口，顺胸膛往下淌，渗透进内裤，沿大腿流到鞋里。山路泥泞湿滑，雨遮挡了视线，须十分小心，至陡峭的路段，时刻提防着头顶的落石和脚底的悬崖。山被撕掉大块的肌肉，溪流混浊，如汩汩流淌的血。

行进的速度连平时的一半都不到，因为想早点见到秀秀，能不歇就不歇，实在走不动了，找避雨的地方喘气，身上瑟瑟发抖，似深秋一般寒凉。好在烟和打火机没被淋潮，烟火多少带来点暖意，一面抽烟，一面看雨，想起第一次上清平岭时在岩洞里避雨的情形。两场雨看似一样，实则有别，而观雨者也绝非同一人，事实上，那场雨还在下，沿时间之路往回走，便能再见到那场雨。他的脑子活跃起来，同雨有关的一切都成为思考的对象。

桃村终于到了，他的泪水夺眶而出。

“汪！汪！汪！”雨水并没有阻断阿丹的嗅觉，向天舒才过廊桥，他就叫着冲出门，秀秀随之跑出来。

“天舒哥！”秀秀在雨里向他跑来，脸上分不清是泪水还是雨水。秀秀爹妈也闻讯出来，在门口迎候他。

“小向，这么大的雨还来，难为你了。”秀秀妈关切地说。

“不要紧，看样子恐怕要发大水，再不来，就不知什么时候才能来了。”

“发大水？天舒哥，那你别回去了。”

“我也不想回去，可我不能不上课啊，现在要是暑假就好了。”

“今年怪呢，才震完就涝！”秀秀爹忧心忡忡地说。

“是啊，老天爷的脾气越来越捉摸不透了。”向天舒说。

他在秀秀家看了两日的雨，实在不想走，一方面舍不下秀秀，一方面惮于路途的艰苦，就多仨了一日，雨越下越大，像在催促他回去。

秀秀一家将他送过廊桥，千叮万嘱，要他一路小心。他走出不远，听见有人唤她，是秀秀，冒雨向他跑来。他的心里一热，泪水在雨水的掩护下滂沱而下。

“秀秀，回吧，水一退我就来看你。”

“天舒哥，我怕，我怕见不到你了。”

他与秀秀隔雨相看，仿佛在接受一场圣洁的洗礼，沐浴在世界之初的大水中。

归途更加艰辛，因为心里想着秀秀，不能专意于走路，摔了好几跤，有一次很险，差点滚下山崖，幸被一棵大树拦住，膝盖被割破，鲜血直流，然而，比起内心的苦楚来，皮肉的疼痛几乎可以忽略不计。终于走下蒙山，铁索桥已经挨着河面，令他倒抽了一口冷气，好险，再迟一天就回不来了！

山洪暴发。各处的洪流汇集到盆地里，江河容留不下，便往陆地上走，所到之处，一片汪洋。

传说中的大洪水突现眼前，比之前的地震更令向天舒震惊。

许多肿胀的尸体从上游飘下来，被树枝挂住，女性身体的每个部位都被放大，乳房触目惊心，令人在不该有的邪念中战栗。

黄龙中学地势稍高，被淹得浅，成了临时的避难所。

据说大洪水是恶龙引发的，看来，东大桥下的屠龙剑虚有其名，不仅如此，有两把还被大水冲走，剩下一把，孤零零的悬在那里。

在迷信人眼里，龙不仅能引发洪灾，也是旱灾的罪魁祸首。上岁数的人，还记得早年的那场大旱，三年不下一场雨，真是件不可思议的事情。先是地没水喝，河干井枯，田园荒芜，后来人也没水喝了，三天不吃饭可以，三天不喝水不行，为了祈雨，什么法子都想了，包括在烈日下集体性交，企图用人的云雨之事感染老天，也顾不上廉耻，将近乎干涸的体液折腾得更少，却一滴雨都换不来，人们因此绝望，继而愤怒，将龙王庙里的龙王拖到干裂的大地上暴晒，龙王被晒急了，也许就会施点雨，但依然不起作用，激动者开始鞭打他，边打边说："你一日不给雨，我们就一日不给你好日子过！"搁平时，谁敢冒犯龙王？这也是被逼无奈啊！逃难成了最后的选择，大家都奔有雨的地方去了。

眼下是洪灾。

艄公划着船到处救人，大水将人从上游冲下来，被艄公截住，小屋后的山上挤满了被救起的人。又一个人飘下来，离岸很远，艄公奋力划船过去，慌乱中，垂死的人将木船拉翻，艄公落入水中，倒扣的木船迅速向下游飘去，艄公游水去追木船，眼看就要追上，一个漩涡将他缠住，他奋力挣扎，岸上的人远远看着，艄公被漩涡吞噬，永远消失在蓝江里。

向天舒也忙于救人，第二天才听到艄公遇难的噩耗，不顾危险，凫水来到蓝江边，爬上一棵大树，远远看着被水淹得只剩顶的小茅屋，仰天大哭。

他想起瞎老八当年对艄公说的话，“家在水里也不错”，是巧合？还是谶语？

被艄公救起的，全是汉人。

事后，艄公的英勇事迹被四处传扬，感动了很多人，向天舒的心里却无限悲痛。

大水退去后，他每天都到江边祭奠，总觉得艄公还在对岸的小屋里，随时会出来，向他招手。英素花陪他来过两次，每次都流下眼泪，令他感动，第一次将她介绍给艄公的情形浮现眼前，那天艄公喝醉了，英素花让他想起了阿霞，艄公是他们曾经有过的美好爱情的见证人，而今安在？

那个批着羊毛毡披风的黑脸膛彝族汉子，永远伫立在他心中。

郝望也为干爹的离世难过了很久。

艄公的离去令蓝江变得孤单，很长一段时间里，古渡形同虚设，岭上的人须绕道来镇上。

政府决定修一座桥，一劳永逸。

几个月后，一座供人畜通行的铁索桥横跨古渡两岸，小茅屋被毁弃，艄公及与他有关的传奇，爱恨情仇，逐渐被大多数人遗忘。

如果洪水没有夺去艄公的生命，如果秀秀压根儿就没出现过，向天舒会希望这场洪水再迟些退，待所有的丑恶都被洗净后再退去，让黄龙镇回到从前的样子。

六十

地震和洪水颠覆了向天舒生活了许多年的这个小世界，令他生出一种强烈的虚幻感，事实上，这种虚幻的感觉由来已久。他常常觉得，他只是一部大书里的一个角色，周围的一切都是虚构的，他眼中的世界其实是由文字构成的，连他自己都是一堆文字，漂泊在无边的文字的海洋中。

深夜，他揽镜自问：书写我的神秘作者是谁？放下铜镜，关了灯，打开书房的窗，层云遮没了星月的光，除了风，黑暗中似一无所有。他突然很想与书写他的作者对话。

“请告诉我，你究竟是谁？为什么要写我？为什么要让我痛苦？”

许久没有回应。

“好吧，既然你不愿开尊口，我来替你回答。不过，这样的话，你的回答便是我的虚构，你能虚构我，我何尝不能虚构你呢？”

“我是谁无关紧要，要紧的是你是向天舒。”

“你总算开口了。我是向天舒，这没错，问题是，我为什么是这个样子？是你想要的吗？是我想要的吗？”

“我不会虚构一个自己不喜欢的人物，至于是不是你想要的，恐怕由不得你。”

“你说话的口气像个造物主。”

“从某种意义上讲，我就是个造物主。我创造了你，创造了书中的其他人。”

“你为什么要创造？”

“通过创造获得自由。”

“我自由吗？”

“谁束缚你？”

“你是我的神，因为你创造了我。你要我拜你吗？”

“拜你自己。”

“神我合一？”

“正是。”

“你也是按照自己的形象创造了我？”

“不，是一切的形象，我只是其中的一小部分。”

“这么说，被创造者超越了创造者？”

“这正是我的目的。”

“我真是你的创造物？”

“这还用问？”

“之前有人创造过我吗？”

“你想说你只是个复制品？”

“那倒不想，我希望自己是独一无二的。”

“这也是我的希望。”

“创造我时，你用了些什么新材料？”

“新材料？我不明白你的意思。”

“就是没被人用过的材料，独一无二的材料。”

“好像……好像没用什么新材料，每个字都有出处。”

“那我如何是独一无二的呢？难道说是我的名字？‘向天舒’，这个名字我挺喜欢，但绝不是唯一的。”

“向天舒，即非向天舒，是名向天舒。就名字而言，你当然不同于那些不叫‘向天舒’的人，而与你同姓名者很有限，在有限的人中脱颖而出并非难事，我丝毫不怀疑，一提到‘向天舒’，人们首先想到的是你。就算你叫别的名字，你还是你。”

“你还没回答我的问题。”

“你是你，不是别人，这还不够吗？事实上，每个个体都是独一无二的，‘世上没有两片完全相同的树叶’，但我要努力使你更加独一无二。”

“愿闻其详。”

“我要使你成为一个完人。”

“完人？怎么可能？人无完人。”

“不是完美的人，是完整的人，既然生而为人，就要做一个彻头彻尾的人。”

“野心倒不小！能告诉我‘完人’的结局吗？”

“不明智的问题。我还想知道我自己的结局呢，谁会告诉我？！”

“你为什么要让世界变成现在这般模样？”

“世界本来就是这般模样，与我无关。”

“你既然能创造我，为什么不能创造一个我想要的世界？”

“我不能。”

“为什么？”

“世界就是这个样子，我不想创造已经存在的东西。”

“你真让我失望！我简直怀疑是不是你创造的我！”

“你想说，我只是别人用来书写你的工具？也许，你还想知道那人是谁？我也问过他，可他不应我。你能越过我去和他对话吗？”

“不能。我甚至不能越过我自己去和你对话，你是我虚构的，这些话不过是我的自言自语，谁让你始终一言不发呢？”

夜里，向天舒梦见了书写他的作者。

洪水退去，黄水河上的铁索桥却迟迟未露出水面，令向天舒的桃村之行受阻。同秀秀相识以来，除患失眠症和英素花自杀的那两次以外，这次离别的时间最长，铁索桥一通，他便迫不及待踏上了去桃村的路。

蒙地没有受到洪灾的影响，依旧同从前一样，向天舒有种劫后余生的感觉，看一切既熟悉又新鲜。

他先到梨村，向吴吞和安琪报平安，他们都牵挂着他的安危，不期遇上龙尤，令他很尴尬，站在原地，不知该进还是退，龙尤却朝他走来。

“向老师，镇上都还好吧？需要我们做些什么吗？”

他心里一热，连忙答道：“水都退了，政府在安排善后事宜，谢谢你的关心！”

“哦，那……再见！”龙尤嘴角带着一丝笑，与他擦肩而过。

很久以来，梨村和桃村成了他现实中的避难所，而秀秀是他的心灵和情感的避难所。去梨村的次数多了，难免会经常遇到龙尤，他又喜欢听赞美诗，龙尤几乎每次都在，一开始对他冷眼相向，后来便无视他的存在，再后来，像是变了一个人，坦然面对他，最初那种近乎仇恨的眼神无迹可寻，且向他点头致意，继而平静地看着他，仿佛在用眼神说：我不与你争秀秀，希望你好生待她。龙尤的转变源自信仰，明证是他唱赞美诗时越来越虔诚的眼神，仿佛在用整个灵魂演唱，令向天舒动容。

秀秀一见他就哭了，悬了几个月的心终于放了下来。

他与秀秀一家说起艄公的死，秀秀爹妈唏嘘不已，秀秀则泪如泉涌。向天舒跟她讲过艄公的经历，令她无限感慨，且羡慕如此伟大的爱情，如今，爱情的主人公都已离开人世，但他们的爱情将永驻她心中。

秀秀爹很少去黄龙镇，最后一次去是多年以前的事了，每次听向天舒讲起黄龙镇的各种变化，都会感叹不已，他隐隐觉得，变化似乎离蒙地越来越近了。说起地震和洪水，秀秀爹面带忧思地说：还会有灾变的，这两次蒙地都躲过了，下一次怕是躲不过了！

秀秀爹的话令向天舒凛然一惊，不祥的预感掠过脑海，他想问秀秀爹是天灾还是人祸，但忍住了没问，在心里默默念叨：是福不是祸，是祸躲不过。他突然有一种紧迫感，似乎自己的生命也将发生重大的变故。会是怎样的变故？与谁或什么东西有关？

世事无常，但他却希望秀秀常在，他深知这份希望终将落空，但他不愿放弃，每过一天，便多一天的希望，也少一天的希望。选择决定命运，人既是选择的主体，又是选择的客体。秀秀的命运似乎掌握在他的手里，但谁又攥着他的命运？他不忍心告诉秀秀，他一直在欺骗她，她只希冀尘世的爱情，而他的爱情却远在尘世之上。也许，他该听从肉体的召唤，将神圣的誓言抛诸脑后，此念一起，欲望的洪水便翻腾起来，要将他淹没。

夜里，他再次走到秀秀的房门前，将耳朵贴在门上，除了他自己越来越急迫的喘息声，并无别的声响，膨胀的欲望压迫着他的身体，令他双腿发软，倚着门勉强站立，他已顾不得被秀秀爹妈发现，在秀秀门外站了大半夜。

第二天，他很晚才起床，发现秀秀同他一样，眼肿着，一宿没睡的样子，难道，秀秀知道他在门外？秀秀的眼神里充满疑惑，令他不敢正视。

“天舒哥，我想出去走走。”

“好啊，今天天气好。”

“阿妈，我们中午不回来吃饭了。”

“嗯，别忘了带上干粮。”

秀秀爹妈目送他们出门后，相互看看，试图从对方的眼中寻求答案，看到的却都是疑问。

阿丹不更事，蹦蹦跳跳在前面开路，秀秀和向天舒则走得很慢，如果它知道目的地，就可以一径去了，省得老是要停下来等他们；事实上，秀秀和向天舒之所以走得慢，就是不知道目的地的缘故。

秀秀一反常态，几乎不说话，默默走在向天舒身边。

绿色日渐式微，各处都现出早秋的气象，天蓝得如此纯净，仿佛所有的云，都跑到他们的心里去了。

“天舒哥，你和素花姐还好吗？”

向天舒正待顺嘴说“还好”，舌头却不听他的吩咐，擅自改了口，答道：“不太好！”

秀秀没追问，抬头看着悠远的蓝天，蓝映在她的眼眸里，向天舒突然惊奇地发现，她的眸子里有淡淡的蓝色。

“秀秀，你的眼珠是蓝的。”他失声叫起来。

秀秀不解地看着他，瞳孔却变得更大了，似要让对方看得更真切。

向天舒以为是蓝天的倒影，秀秀眼眸中的淡蓝色却并未消失，他闭上眼，以消除蓝天在自己眼中的影响，再睁开眼时，蓝依然还在，很淡，若隐若现，如夜色中暗蓝的天空。这个发现令他激动万分，越发确信秀秀是造物的奇迹，萃取了各种美的精华。

“肯定与那个金发碧眼的洋神甫有关。”他断言。

秀秀半信半疑，遗憾身边没有镜子，不能立刻求证。秀秀极少照镜，别人都是她的镜子。

阿丹不知跑哪去了，山野里只有向天舒和秀秀，秀秀的美再次令他倾倒，他用目光抚摸着她的面庞，在她的唇上久久停留，红唇微启，流泻出笑的清波，勾起他啜饮的欲望。致命的吻，深深地诱惑着他。秀秀似也觉察出他眼神的变化，目不转睛地凝视着他。

阿丹还没回来，是什么东西，能对它有这么大的吸引力？竟放心将女主人交给一个男人，虽然这个男人是它熟悉的向天舒，与它有很深的交情，但人心不可测。

向天舒的欲望已不满足于一个吻，他紧张地看看四周，不远处有一片小树林，林中有一片草地，野花星星点点。

他将秀秀轻轻抱起，走到林中，放在如茵的草地上，溪水潺潺，阳光如透明的帐幔。

就在他即将打开秀秀身体的刹那，阿丹却不知打哪儿冒了出来，幻象消失了。

阿丹蹭着秀秀的腿，秀秀似乎也经历了一场幻象，蹲下身，将脸贴在阿丹的头上。阿丹受宠若惊，双眼微闭，一动不动。

向天舒丝毫不怨阿丹，相反倒要感谢它，是它将自己从欲望的边缘拉了回来。

地震让黄龙镇名声大噪，洪灾又让这个小地方不断出现在各大媒体的显要位置，按照某些人的说法，黄龙镇“一再因祸得福”，两场天灾替它打了“免费广告”，虽然死了一些人，损失了不少财产。一度中断的铜业又开展起来，善后工作进展迅速，前来视察的领导络绎不绝，郑镇长岂敢怠慢，甚至来了省里的领导，轰动可想而知。省领导回去后说，黄龙镇是个不错的地方，应该好好开发一下，不久，黄龙镇有可能升级为县的说法流传开来。

新学期开学不久，黄龙中学发生了巨大的人事变动，郝校长下台，新任校长是卫主任，舆论哗然。

当初县长和县委书记有矛盾，都想让自家的亲戚出任黄龙中学校长，相持不下，干脆另觅人选，郝校长这才当上了校长，应了“无心插柳柳成荫”这句话。县委书记因贪污事发被刑拘后，因郝校长的口碑太好，没有理由撵他下台，县长只好让他的亲戚再忍忍，一忍再忍，直到忍无可忍，便想出了一条妙计，让黄龙中学搞一次民主选举，不记名投票，选下任校长，因为在整个纬县没有过先例，美其名曰民主改革，同时作为县长的政绩大肆宣传，可谓一箭双雕。选举的公告贴出来后，大家也没多想，凭郝校长多年的政绩，被选掉的可能性为零。县里派专人下来计票，计票工作进行得特别认真，特别仔细，甚至通宵达旦，结果特别精确，郝校长仅以三票之差落选。更让人想不到的是，新校长竟是一向低调的卫主任。年轻教师私底下相互探问：你给卫主任投票了吗？均摇头，鬼才晓得他哪里来的那么多选票！许多人在私下为郝校长鸣不平，他自己倒很坦然，反正校长也是捡来当的，身外之物，何必挂怀，再说当校长很辛苦，卸任后乐得过清闲日子。除了少数几个人，大家还管他叫郝校长。

好事者终于弄清了其中的玄机，原来县长家的亲戚便是卫主任。这么多年，亏他隐藏得这么深！！！

其实，郝校长不久就要退休了，他们之所以不愿意再等，因为县长也快退休了。

向天舒一方面为郝校长惋惜，一方面也不觉得意外。他常常将黄龙中学比作一个独立王国，校长就是王，大权在握，有权力的地方就有斗争，宫廷内外的种种阴谋，史不绝书，古今中外，概莫能外，黄龙中学也一样，具体而微罢了。

惯例，“一朝天子一朝臣”，学校的领导班子大换血，但某些善于见风使舵溜须拍马的人却风雨不动，程文礼被返聘为副校长，他去年退休，一度像只丧家之犬，小人再度得志，比先前更嚣张，钱岩依旧是总务主任，他们终于可以在郝校长面前昂首挺胸了，第一时间就改口，叫他“老郝”。

郝校长笑着对向天舒说：我终于可以睡个整觉了。说起民主选举的阴谋，单玉老师愤愤不平，郝校长软言劝慰她，说自己侥幸当了这么多年的校长，为黄龙中学做了很多事，知足了。单玉老师又骂钱岩是个“白眼狼”。“你以为他以前不是‘白眼狼’吗？”郝校长笑着说。

本来，从一开始，卫主任就不怎么待见向天舒，现在是卫校长，便公开表示出对他的不满，说他尽给学生灌输离经叛道的思想，说白了，就是教年轻人学坏，为进一步整治他张本。

向天舒得罪卫校长的原因很多，最重要的有两条，其一，他与郝校长家交情深厚；其二，他是镇长家的死对头。卫校长同镇长家亲密无间。黄龙镇一旦升级为县，黄龙中学自然就会脱离纬县，“到那时，黄龙中学就变成我们自己的学校了。”郑镇长信心十足地说。

秋天，各种商人接踵而至，小红河沿岸的许多土地被围了起来，拟建仿古建筑，以呼应南门街的老房子，这情形令向天舒想到早年英国的“圈地运动”，形式有所不同，结果却是一样的，失地农民越来越多，很多农民被迫离开家乡，到城里去打工。

东门街被规划成商业中心，拟建现代化的高楼，少不得要让旧的住户搬离，包括金师傅家及其铁匠铺，但总有人不愿意搬，哪怕加倍给补偿也不愿意，马还恋栈呢，何况不可能加倍给补偿，不少给就不错了。不愿接受补偿条件而搬家的人成了商人和政府的“眼中钉”，拔掉钉子成了当务之急。野蛮拆迁的事时有所闻，以老刁为首的二流子们大显神威，常常趁夜将顽固分子从床上拖出家门，房屋瞬间被推土机抹平，有个老太太被人遗漏，竟被活活埋掉，人命关天，最后却不了了之，利益的操纵者都是些有钱有势的人，将人捍卫自由的权利踩在脚下。不平者要去省城上访，却被半路截住，音信杳无，再现时非痴即傻。

黄龙镇的发达来得如此突然，令没见过世面的老人们傻了眼，外来人口蜂拥而至，外出打工的本地人也相继回来，因为家乡也有赚钱的机会了。这是英素花乐见的结果，她对外来的一切都很感兴趣，黄龙镇一旦变为县城，在家也能实现她进城的梦想，她早就不指望向天舒带她去省城了。

郑家利用与信用社的特殊关系，贷款买下临街的一栋楼，预备开酒店，连名字都取好了，叫龙宝酒店，郑权生的大嫂是名义上的法人代表，身为国家公职人员，郑镇长和郑权生自然不能出面经商，郑家的发达指日可待。包姥不放过任何向英素花夸耀郑家的机会。

这个冬天只下了一场雪，十分反常，温室效应终于影响到黄龙镇，谁知不是最后一场呢？

霁月当空，仿佛经过了长久的打扮，终于盛装出场，辉映夜空，夜深人静，月华流逝，一夜孤独后，月在拂晓的薄雾中黯然退去。

向天舒没有错过第二晚的月，皎洁的月，近乎圆满，孤高，清冷，令他想起叶莲，及其他逝去的人，思念如月光一般清澈。

天又阴了。

英素花回家去了。向天舒向着火，坐在客厅看书，外面传来寒风的怒号声。他点燃一炷香，屋里平添了几分暖意，不是因为幽微的香火，而是因为芬芳本身，让人有温暖的错觉。

他是冬天出生的，生日都在深冬里过，这天是他的生日，谁都没想起来，连单玉老师都忘了。单玉老师生性乐观，好热闹，爱过生日，记得向天舒的生日，每年都会提醒他过，他却不爱过，觉得过一天老一天，她更正说，过生日是庆贺自己又多活了一岁，谁知往后会怎样呢。他下意识地看看表，再过几分钟，就是第二天了。突然想到一个问题，为什么人会将漆黑的零点规定为一日的开始？早晨不是更好吗？一日既然可以从黑夜开始，一年为什么不能从最黑的季节开始？节序以春为首，春夏秋冬，但这是人为的规定，自然可以做人为的更改。人到了一定年龄，就应该改一改四季的顺序，以冬为首，冬春夏秋，冬天是死亡的季节，春天是复活的季节，夏天是生长的季节，秋天是收获的季节，死亡正是一切的重新开始。他觉得，自己也到了将人生四季改为以冬为首的年龄。这个想法让他突然记起自己的生日来，吃了一惊，不就是今天吗？怎么给忘了？难道不是今天吗？连忙翻开日历，没错，就是今天，只剩几分钟了。手忙脚乱点燃三根蜡烛，每根蜡烛代表一个十年，再过一年，就要换成四根蜡烛了。他关了电灯，默默给自己唱了一首生日歌，但没有许愿，因时间仓促，来不及想愿望，要赶在零点前吹灭蜡烛。他紧张地看着手表，分针已经快走完最后一圈，他一口气将三根蜡烛吹灭了。坐在黑暗里，感受出生后的感觉，在这个深冬的夜里，他的一生拉开了序幕。他想：对我而言，时空始于我的生，终于我的死。大幕何时拉上？

因人口增加，今年的春节比以往任何一年都热闹，烟花爆竹的生意格外红火，离春节还有一个多星期，性急的人就开始放鞭炮，将寒假的宁静彻底打破，令向天舒如坐针毡。

向母带信来让他务必回家过年，他想去秀秀家，但两年前的美好记忆尚在，他不确定那样的美好是否能被超越，秀秀对他的感情越来越让他愧疚和不安。回英素花家吗？他现在一眼都见不得包姥，当然，包姥也见不得他。左思右想，干脆，上白云山，远离尘世的喧嚣。

他跟英素花说是回祖村过年，因为过年不跟她在一起，而去找怪老道，怎么都说不过去；又托人给母亲捎了口信，谎称要去趟省城，只有这样，才会避免母亲突然来找他的可能；最后，到集上去找秀秀妈，将预先给他们一家买的礼物交给她。

他置办了很多年货，以素食干货居多，将大旅行包塞得满满当当，英素花见他将太极剑塞进包里，撇撇嘴，没说什么，她很清楚他对这把剑的痴迷，她甚至说过，她在他心目中的地位还不如这把剑。

向天舒背着包走出镇子，遇上车大爷赶着空车往回走。

“车大爷，今天没生意？”

“班车没来，路上结冰，向老师这是要去哪儿呀？”车大爷哈着热气说，大灰马也哈着热气。

车大爷比他初来时老多了，须发全白，而且稀疏，大灰马也显出老相，鬃毛耷拉着。

“要不，你送我一程。”向天舒本来想搭去白云寺的拖拉机，这样走得快些，但见了车大爷老态龙钟的模样，以及他身上打着补丁的棉袄，便改了主意，要照顾一下他的生意，反正还早，天黑前准定能到三清殿。

“向老师快上车。”

车大爷兴奋地跳下车，不由分说，替向天舒卸下旅行包，在车里放平了，与他并肩坐着，调转马头，轻轻一挥鞭，大灰马便小跑起来，似乎极愿小跑，好让身子热和些。

“去白云山。”

“这么冷的天，还去烧香啊？”车大爷回头看了看车上的大旅行包，有些疑惑，烧香也不用带这么大的包啊。

“去跟怪老道过年。”

车大爷惊得忘了哈热气。老黄龙镇的人都知道向天舒与怪老道交往的事，一开始不理解，向老师这么优秀的人，怎么会和一个疯疯癫癫的老道交往呢？向天舒对风三娘的态度似乎佐证了这种怪异现象，“黄龙镇三怪”果然名不虚传，这么多年过去，大家早就见怪不怪了，只是谁都不知道，他们究竟有多深的交情。

“他老人家一个人孤单，我去陪陪他。”向天舒没说是去让怪老道陪自己。

“哦，难得向老师心这么好。”

“对了，车大爷，我去白云山的事请不要跟人说起。”

“为什么？”

“我怕传到素花耳朵里，我跟她说是回老家过年。”

“哦，不说不说。你们还不打算结婚？”

他不知如何回答，陷入沉默。

“向老师来我们镇有十年了吧？”车大爷转移了话题。

“不止，时间过得真快！”

“是啊，我的大半截身子都在土里了。”

“您老这么大年纪还能做活，说明身体好，身体好就能长寿。”

“我也想歇着，可哪敢呀，棺材板都还没着落呢！也不敢指望长寿，活一天是一天吧。”

“镇上这两年变化大呀。”

“没变好，从前多清静啊。”

说话间就出了镇子，拐上去白云山的路，向天舒的眼前一亮，路两边有许多透明的树挂，但到荒漠地带就没了，浓雾遮蔽了视线，荒寒好似无边一般。大灰马的脚步慢下来，在沙地上不出声地走，向天舒和车大爷袖着手，不自觉地紧挨着取暖。

抵达山脚，向天舒付给车大爷几倍的车钱，车大爷推脱不掉，万分不过意地收下了。向天舒看着他离去的背影，眼里一热，大声说：车大爷，过个好年啊！车大爷回过头，向他挥挥手说：向老师也过个好年！

因为负重，上山的路无比艰难，至三清殿时，天已擦黑。

怪老道正在准备晚饭，见到向天舒，惊喜无限，将火烧旺，给他沏了一杯热茶。向天舒将包里的年货都拿出来，堆在厨房的一角。

“嚯，带了这么多东西来！”

“过年当然要比平时隆重。”

“你要在这里过年？！”

“是啊，没两天就过年了。”

“那……也好，也好，我也破例过一回年吧！”怪老道不记得自己最后一次过年是什么时候了。

怪老道先吃完饭，将楼上的床铺铺好，自从向天舒第一次来以后，他额外准备了一整套被褥，完全独居的生活状态被打破，但向天舒不仅没妨碍他的清修，还给他带来很多有益的思想，在他本来了无牵挂的心里平添了一份牵挂。

极度的疲劳令向天舒顾不上衾冷枕寒，沾床便睡着了。

他没贪睡，睡前上好了闹钟，一早就爬起来，像以前一样随怪老道练拳、练剑，身上的寒气很快被驱散了。

怪老道没料到他会来，只储备了一人用的柴火，向天舒吃完素面，到周围的林里拾了一天柴，第二天继续拾，第三天还拾了小半天，这才开始与怪老道一起预备年饭。他不会炊事，只能打个下手。怪老道在做给他一人吃的荤菜时，神情自若，令他敬佩，究其实，这与给鹰准备肉食并无不同。

炉火烧得很旺，外加两盏油灯，厨房里很亮堂，也很暖和，光透过窗户纸，将窗棂映在地上，是整座破败道观里唯一可见的亮。小桌上挤满了菜肴，向天舒打开从山下带来的酒，倒在两个小碗里，说：前辈，今天过年，你就破例喝几杯吧。怪老道颔首，拿起碗，倾倒在地上，脸上露出悠远的神情，向天舒见状，也酹酒祭奠了另一世界的人。

向天舒又斟满酒。

“小向，谢谢你来陪我过年，我敬你！”

“不不，前辈，该我敬您才是！”

“好，都不客气，为新的一年干杯！”

“干杯！”

两人一饮而尽。

他们一面吃菜，一面喝酒，聊了许多人和事。向天舒向怪老道坦承了与英素花的矛盾，他的失眠症，英素花未遂的自杀，他与秀秀的交往，等等，怪老道一言不发地听着，眉头微皱。

“这些事我早有所闻，你不提，我也不好问，按理，我不该再操心世事，但因为是你的事，我一直不能释怀。”

向天舒心里一热，仰头喝下一大口酒。

“平心而论，我喜欢素花姑娘，她模样俊俏，为人率真，可惜文化浅，话说回来，以你的精神境界，这世上又有几人配得上你？”

“可我觉得，我配不上秀秀。”

怪老道微微一笑，抿了一口酒，说：“聪明人也有糊涂的时候，但我觉得你是甘愿糊涂。”

“请前辈明示。”

“我没见过秀秀，但从别人口中，从你对她的迷恋态度，我完全能想象得到她是个什么样的人，连天仙都不足以与她媲美，问题是，你从她身上究竟想得到什么？如果我没猜错，你们之间没有肉体关系，对吧？”

向天舒点点头。

“她真实吗？你真的了解她吗？”

这个问题让向天舒有些不知所措。

“这世上有实象，譬如佛，譬如道，譬如终极存在，也有幻象，譬如人的各种妄念，还有介乎两者之间的表象，万物莫非表象，秀秀也只是一个表象，你想通过她去探索深藏不露的实象，可她常常变成你心里的幻象，你只是在追求你心目中的秀秀而已。”

向天舒陷入长久的沉思。

夜深了，两人俱有了浓浓的醉意。

看着炉膛里的火光，他想起陪秀秀去她阿公家露宿野外时的篝火，和在叶莲坟前烧的那堆火，以及清平岭之行独宿野外的篝火，思绪慢慢往回走。他突然发现，怪老道的思绪也在往回走，而且因为年长，走得比他更远。怪老道的脸上挂着浓浓的酒意，被火光映红，忧戚的表情却是他从未见过的，无疑，他在受不堪回首的往事的折磨，惨死的家人，动荡的岁月，填满了他脸上的每一道皱褶。向天舒有些内疚，如果自己不来，没有营造出过年的气氛，怪老道只把除夕当常日来过，心绪当不会有如此大的起伏。事实上，怪老道过年期间从不下山，向天舒以前以为是因为天冷的缘故，现在明白，他是故意要避开这个喧嚣的节庆，是为了清静？还是害怕面对？

那一晚，他们喝了很多酒，什么时候散的，怎么上的床，向天舒后来一概都记不清了。

第二天很晚才起床，怪老道却早起来了，像什么事都没发生过一样。

山上气温比山下低了好几度，大年初三这天，竟意外飘下雪来。今年过年迟，向天舒来之前山上已下过雪了，下得还不小，令他遗憾，以为不会再下了。雪不大，这样的雪，只会在高处下，镇上想必在落冷雨。起床后没有即刻下楼，站在窗前看雪，一开始很模糊，只是些自上而下流动的影，天光稍亮，近旁的雪清晰起来，稍远处的依旧与迷茫的天色一体，雪花很大，但稀疏，互相不挨着，落得很慢，让他有时间看清每一片的模样，飘飘洒洒，落在他看不见的峭壁下，引得他也想变成一片雪花，随它们一道安静地落下去，落下去。他此刻并不知道，这是他生命中的最后一场雪。

怪老道也比平日晚起了一些，刚开始练剑，着一身轻便的白色道服。空中的雪花似被剑搅动了，上下飞舞，地上铺了薄薄的一层雪，被脚踩过的地方露出地面，没有即刻被雪覆盖，脚印便呈黑色，纵横交错，人与剑似雪花凝聚而成，顷刻又散作雪花。向天舒不忍打断，凭栏而立，一面叹赏，一面在心里随对方舞剑。

雪霁，天气反而更冷，向天舒站在院子里看寒星点点，突然想：其实，那些星岂都是寒的？人觉得寒，便看一切都寒。

因为天太冷，路又湿滑，他放弃了去舍身崖的念头，每日与怪老道一起练功，打坐，喂鹰，无一天空过，粗茶淡饭，却乐在其中，一直呆到过完小年才下山。对秀秀的思念是每日的功课，思念具备各种色彩，红的、白的、蓝的、灰的，分别是枫叶的颜色，雪的颜色，及天空的颜色。

从山上回来后，屋里冷冷清清的，没有即刻去找英素花，黄昏时，独坐书房。他已经许久没看过书了，半年多来，他没再买过一本书，书也读得少了。随手取出一本，上面积满尘垢，书房很久没人打理过，英素花打扫房间时，有意无意，总忽略了这间屋子。他觉得愧对这些陪伴了他这么多年的书，虽已决定不再读它们，对这些神圣的字纸却不能不敬。他动手清洁书房，将每一本书都仔细擦拭过，利用每一本书停留在手上的时间回忆其中的内容，即便从未读过的，多少也知道个大概。一直忙到深夜，忙完后，焚了三炷香，算是给书的一个祭奠仪式，此后，除了对书表面的清洁，他没再翻开过一本书。

六十一

苟延至深冬的树叶，在枝头格外醒目，多数叶子已归了土，少部分枯黄的尸体挂在枝头，不时被风吹落，幸存者绿意苍老，也许会熬过严冬，但生命的绿色终将褪尽，在最有希望的季节告别这个世界，投向生机勃勃的春天的最后一瞥必定黯然而神伤。

冬季是死亡的季节，正所谓“年关难过”，能在冬季结束前死去，就绝不要拖到春天。

春节刚过，便出了一件怪事。

镇上接连死人，一开始都是老人。按理，年关过了，离鬼门关最近的老人都松了一口气，以为又可以多活一年，可事与愿违，丧家的鼓吹此起彼伏。所谓鼓吹，即鼓点和唢呐声，吹吹打打，反反复复就几个调子，像哭又像笑，婚丧一个样，谈不上旋律，发声热闹而已。

车大爷也死了。

尽管如此，大家也不觉得异常，人老了，总会死的。紧接着发生的事情就不正常了。

相继有年轻人死去，死因各异，车祸，溺水，暴病，仇杀，等等，但有一个共同的征兆，死前都会传来一种声音，打过猎的人都知道，是麂子的叫声。事实上，老人们死前，也有过这种声音，当时谁也没在意。

清平岭和蒙地也开始死人，同样的征兆。

那是一种不连续的尖利的叫声，如短促的丧钟，倏忽来去，无处不在，又无处可寻，夜深人静时分，方圆几十里的地方都能听到，叫必死人，仿佛来自另一世界的神秘召唤。大家都相信这是一只索命的神麂，人人自危，那些饱尝过美味麂肉的人，惶惶不可终日，更甭提亲手猎杀过麂子的人。

恐怖的儿歌响起：神麂叫，阎王到！

死亡与春天格格不入，十里长风犹如死神的号角，刺激着每个人的神经。

也许，这就是秀秀爹所预言的“灾变”吧！

要说是巧合，这可是致命的巧合。到了这般田地，再不迷信的人，都宁可信其有；至少，把这只所谓的“神麃”杀了，如果继续死人，则可证明与之无关。然而，真要是神麃的话，凡人奈何得了吗？

有人去找瞎老八，想知道死亡在这个春天流行的原因，他却说“天机不可泄露”，这是他第一次说这种话，越发加重了大家的恐慌。瞎老八更加频繁地在夜里出来走动。

向天舒不相信死人与所谓的神麃之间有什么必然的联系，在他看来，古往今来，世间比这巧合的事数不胜数。然而，神麃的叫声已经在人心中引起了极大的恐慌，唯一的解决办法就是让那只野兽彻底消失。自告奋勇者众多，组成搜捕队，连派出所都派出荷枪实弹的警员参加，轰轰烈烈，结果却十分令人失望，“被神麃牵着鼻子耍弄了一番”，这个说法很快在全镇传开。更蹊跷的是，参加猎捕行动的一名警察不幸滚下山坡，“差点丢了小命”，说这话的人掩饰不住内心的恐惧。没有人再提围捕的事。直到某一天，南门街有位老人一拍大腿，说：怎么就没想到他呢？你们还不快去请他出山。他说的是秀秀爹。

之所以请秀秀爹出面猎杀神麃，不光因为他曾经是个好猎手，还因为他的巫师身份，那只麃既然被视为神麃，普通人自然杀不了。

秀秀爹犹豫了数日，谁也不知道他在想什么，秀秀妈神色忧郁，劝他不要应，他依然犹豫，秀秀妈不放心，让秀秀也劝他，他却最终应了下来。

秀秀爹只带了三天的干粮就出门了。未曾想，竟走了十几天。风餐露宿，历尽千难万苦，神麃没击毙，自己却失足坠落深涧，昏迷了数日，被人发现背回，从此卧床不起。

一开始，大家以为只是外伤，待伤口痊愈，秀秀爹还是下不了床。秀秀妈把能用的药都用了，能想的办法都想了，依然不见好转。向天舒请白医生去看，却怎么也找不到病因，无从对症下药。

到处都在议论，说秀秀爹看见了不该看见的东西，民间咸信：见非常之物者不吉。

向天舒不顾英素花的反对，请了两个星期的假，到桃村去照顾秀秀爹。

秀秀妈在客厅紧挨着火塘临时搭了一张床，供秀秀爹白天用，方便照料，且光线好，对他的身心都有益。

向天舒与秀秀在床前守候，秀秀爹的精神时好时坏，常常一言不发，思绪游离于另一个世界。向天舒乘他精神好时问他追捕神麂的经过，他犹豫再三，终于开口。

秀秀爹先后遇见几只雄麂，并不畏人，相反还做出挑衅的姿态。雄麂都长獠牙，拼起命来会伤人，他早年打猎时也曾接连遇过几只麂，现在却很稀罕，按理，他该射杀它们，没准其中就有神麂，但他没这样做，两个原因，第一，现在保护野生动物，他不想错杀，第二，好猎手从不抱侥幸心理，没有十拿九稳的把握决不胡乱放枪。他有一种奇怪的感觉，它们仿佛是被派来侦察他的行踪的，他的一举一动都在神麂的掌握之中。

各种麂子的脚印又将他带回老林边际。一只麂的身影闪现，比他生平见过的任何一只麂都大，直觉告诉他，是神麂，他追上去，对方闪入老林。

他迷路了。按说老林不算大，至少白天不会迷路，但他居然迷路了，总也走不出去，总是回到神树跟前，好像树都长着脚，在他四周穿梭。正当他精疲力竭之时，一个身影在近处一晃，消失在神树后。他的心都提到嗓子眼了，蹑步走过去，端着枪，食指搭在扳机上，身子擦着树干一点一点移动，树影斑驳，突然，身后传来低沉的喘息声。他一动不动，故作不知，猛然回头，与神麂面面相觑。神麂的头顶被阳光镀了一层金，像笼罩着一圈光环。这是他离神麂最近的一次，甚至能看清对方修长的睫毛。他却像着了魔一般，食指明明就在扳机上，却始终没有扣动，魔力来自对方的眼神，仿佛兼具了雄性的威武和雌性的温柔，美丽，忧郁，坚毅，诡谲，这是他从猎生涯中从未有过的迷惑。秀秀爹在叙述的过程中反复说：“神麂就像女王一样，我完全被她迷住了！”他后来想，之所以失手，是因为离神麂太近的缘故，照以前的习惯，这么近的距离，通常不会浪费火药，猎刀就可以解决，但他已将猎刀送给了向天舒，他清楚地记得，当时还下意识地摸了一下腰间。神鹿咧咧嘴，似嘲笑，旋踵即逝。他追上去，虽已失了神鹿的踪影，却无意中出了老林。

他没回家，继续沿神鹿消失的方向搜索，往北，越走越远。

每晚露宿山野，彻夜难眠，总觉得神鹿就在附近，想让紧绷的神经松弛一下都不能。

干粮吃完了，靠野菜和野果充饥，季节不合适，野菜野果不容易找到，接连两天，别说麂子，连只野兔都见不着，又不肯浪费火药打鸟，只好饿着肚子。年轻时打猎，从不带干粮，一走就是十天半月，满山都是野味，岂有挨饿的道理？今非昔比啊！

每当他想放弃的时候，神鹿就会出现，引他去追。有一次，他恼羞成怒，在一点儿把握都没有的情况下，朝神鹿露头的地方放了一枪，树叶纷坠，火药味弥散在空气里。神鹿悠闲地从树后转出来，目不转睛地看着他。他仰天大叫，以发泄心中的愤懑。

一天，他突然意识到自己做了一件蠢事，不觉捶胸顿足。原来，出猎前，他忘了祭拜蒙山大神。这是一个十分低级的错误，连普通的猎手都不会犯，身为巫师，竟鬼使神差坏了祖宗的规矩，山神没敬就进山打猎，山神岂会乐意将猎物给他？

秀秀爹决定亡羊补牢，以重新获得蒙山大神的护佑。他垒了一个土堆，将几个野果放在上面，抽出小刀，忍着致命的疼痛，将小指指尖削下一截来，带着半个指甲和皮肉，放在野果旁，血流如注，土堆被染红。他从衣服上撕下一块布条，将小指包扎好，面向遥远的蒙山主峰，在土堆前跪下，先祈请蒙山大神的原谅，然后念了长长的咒语。仪式毕，他瘫倒在地，昏睡过去。

蒙山大神果然开恩，他当天就打到了两只野兔和一只山鸡，体力得到补充，信心和希望一起回来了。他发誓要完成使命。

野兽的脚印多起来，没有不认识的，狐狸，野猪，獐子，都很寻常，只是没想到还有这么多，须仔细辨认，才能发现混杂其中的神鹿脚印。

在一片荒芜地带，他看见无数狼的脚印，及许多灰白色狼粪，他已经有很多年没见过狼了，怎么一下子冒出这么多狼来？这可不是耍的，须加倍小心。接下来，发生了更加令他震惊的事，出现了豹子的脚印，狼或许还会有，成群的狼却不可思议，而豹子在当地肯定早已绝迹。有些脚印更蹊跷，他仔细察看，越发不敢相信自己的眼睛，是老虎的脚印，老虎不是已经被他们打光了吗？他有一种错觉，死去的野兽都复活了，神鹿在把他引向另一个世界的密林深处。

他花了几天的时间，才穿越了一片丛林，在他的记忆中，蒙地没有这么茂密的森林，好像一夜之间长出来的一样，也许，他走得太远，已经远离了蒙地，待他看见大象的脚印，就觉得完全不可思议了。他只在书上见过大象，及大象脚印，印象深刻，但没想到会见到真正的大象脚印，巨大的脚印，成百上千。

向天舒也觉得不可思议，据他所知，自有历史记载以来，蒙地从未有过大象，他突发奇想：莫非，是猛犸象的脚印？想象着秀秀爹面对这些野兽的脚印时激动而震悚的表情，他无限神往。他记得某本书里讲过，北美的印第安人认为，跟随猎物的足迹，便是沿着通向圣灵的道路前进。

秀秀爹幽幽地看着天花板，向天舒和秀秀交换了一下半信半疑的眼神，然而，秀秀爹此刻的神志甚至比任何时候都清醒，也许，他只是做了很多神奇的梦，或在昏迷中看见了这些幻象，或是无意中服用了什么致幻剂，信以为真。事实上，真正让向天舒动心的正是秀秀爹故事中的这些神秘成分。

“干吗不信呢？如果有人信文盲如穆罕默德者能够写下《古兰经》，并曾经骑着布拉格升天，如果有人信耶稣可以用五个饼两条干鱼喂饱五千人，且死后三天复活，如果有人信某位目不识丁的藏人突然就成了能背诵并演唱长达数千万字的《格萨尔王传》的说唱艺人，如果有人信天书，如果有人信彭祖能活八百岁，如果有人信释迦牟尼是从摩耶夫人的肋下生出来的，如果有人信形形色色的“乌托邦”，及别的许许多多不可能的事情，他向天舒干吗就不能信这个苗族巫师所讲述的这一切呢？”想到这里，向天舒肃然起敬，其实，对神秘与未知的敬畏本身就是一种信仰。

“秀秀，你阿爸说的这些，你信吗？”

“信，我信。”秀秀略一思忖，决然地说。这正是他想要的答案。

“我也信！”

他们看着对方的眼，听见彼此心跳的声音，灵魂携手在空中漫步。

因猎刀不在身边，秀秀爹错过了杀死神麂的唯一机会，这件事令向天舒久久不能释怀。如果猎刀还跟着原来的主人，神麂必已毙命刀下，如此说来，倒是他救了神麂一命，或者说，是他害秀秀爹没能完成使命，且差点送了命。他更加服膺瞎老八的话，人命相连，他在秀秀家的出现，不仅影响了秀秀的命，也影响了秀秀爹的命。如果猎刀有知，必不甘心错失杀死神麂的机会。向天舒每次看到猎刀，都会有种愧疚心理，觉得自己不配拥有它，猎刀不是用来装饰的，其嗜血的本性一刻都没有改变过，也许，它在等待下一次杀戮的机会，这个想法令他既害怕又兴奋，常常忍不住将猎刀取下来，在空中做出种种劈刺动作。

一天，向天舒仔细观看秀秀家祖传的服饰，一件上衣引起了他的注意，胸前繁复的绣花中，有一头鹿样的动物，四脚棕色，尾及短角呈黑色，此外以翠绿为主，杂着极淡的青、黄，白线勾勒出轮廓，使之从同样的背景色中分离出来，四肢茁壮，整个姿态似奔跑中猛然止步，回头向不明追击物怒吼，他心里一惊：神麂！

他将自己的发现告诉秀秀，她起初不肯信，慢慢地越看越像，以后他每次来都要看看那件让他联想到神麂的上衣，秀秀自己却不敢再看。

麂是极普通的兽，与“神”字似乎沾不上边。近亲如鹿者则不同，与之有关的传说不可胜数，最著者无疑是九色鹿，几千年前的优美诗句“呦呦鹿鸣，食野之苹”至今被人吟诵，“神麂”的称谓却没有太多的诗意，但就是这只麂，被黄龙镇及其周边的人奉为神，与人的生死攸关，在向天舒看来，此中大有深意。

秀秀爹的病让人不安，流言四起，说他的生魂被神麂勾走了，恐将不久于人世。许久没有响起神麂的叫声，人们反而不习惯，不知是福是祸。

秀秀妈托人请来远村一位有名的巫师，在秀秀爹床前念了一夜的咒语，还唱了招魂词，怕秀秀爹的魂跑回祖地去了，要劝他回来。

秀秀爹的病丝毫不见好转。

秀秀妈决定自己喊魂。

黄昏时分，秀秀妈备好一桌秀秀爹喜欢吃的酒菜，到村外去喊他的魂，向天舒和秀秀远远跟着，秀秀妈在村子四周踉跄走着，边走边颤声喊（苗话，是事后秀秀翻译给向天舒听的）：“秀秀她爹，快回来，乘饭菜还热，快回来，外面山高水低，有一顿没一顿，哪比在自己家里，饿不着你，苦不着你，秀秀她爹，不看我的面，也要看秀秀的面，秀秀是你最疼的女儿啊，回来，快回来……”其声回荡在群山中，摄人心魄，催人泪下。

秀秀爹的病却越发重了。

向天舒几乎每个周末都要去桃村，有时干脆请假，每次待的时间越来越长。英素花一反常态，平静得出奇，他要走便走，回来也就回来了，要做爱便做爱，不做爱也不强求；而向天舒丝毫没有留意到英素花的变化，心思都在桃村，秀秀爹病入膏肓，秀秀比任何时候都更需要他。

白天，秀秀爹在客厅昏睡，秀秀与向天舒用眼神代替说话，以免吵醒病人，而病人的存在令氛围变得凝重，让人没有开口的勇气。秀秀完全变了一个人，早先无忧无虑的少女愁云满面，难得一笑。秀秀爹偶尔醒来，看见向天舒，露出一丝笑意，表达对他到来的喜悦和感激，有时会挣扎着半坐起来，秀秀连忙从卧室抱来枕头和被子，垫在他身后，他的目光越过美人靠，痴痴地看着外面。这时，秀秀会说：天舒哥一来阿爸的病就好多了。秀秀爹看看向天舒，又看看秀秀，意味深长地笑了笑，秀秀低下头，满脸绯红。屋里有一种难得的温馨，但很快被秀秀爹的叹息赶走，他无力维持看风景的姿势，重新躺下，闭上眼，回到另一个世界里去了。

一天，秀秀妈突然问向天舒：听说你们汉族有冲喜的习俗，不知道灵不灵？

向天舒不置可否，有种不祥的预感。

秀秀爹卧床后，龙尤常来帮忙，家里的，地里的，什么活儿都做，但向天舒一来，他便不吭声，只埋头干活。向天舒很惭愧，地里的活儿他不会，只能做点力所能及的事。两人见面的态度不似从前生硬，大概有病人在，个人恩怨都放到了一边。秀秀见他们在一起相安无事，稍稍减轻了阿爸病重给她带来的悲伤。她对他们深怀感激，但一样的感激，不一样的眼神，当事者都很清楚。每当秀秀痴痴地望着向天舒时，龙尤便低着头，或找借口避开，掩饰不住内心的痛苦。向天舒不便当着龙尤的面回应秀秀的眼神，他甚至很愧疚，仿佛是他在半路抢走了龙尤应得的眼神。秀秀妈看在眼里，替龙尤难过。秀秀无疑更喜欢向天舒，但无论是谁，都必须有个结果，秀秀妈预感到秀秀爹将不久于人世，他不止一次表示过，想亲眼看见女儿成家，女儿的出嫁兴许真能给她阿爸带来冲喜的效应，希望再渺茫，也绝不放弃。

秀秀妈专程来镇上找向天舒，欲言又止的样子。

“大妈，有话直说，我不介意。”

秀秀妈直视着向天舒的眼睛，良久，才说：“小向，你和秀秀这样下去，不是长久之计。”

“我知道，我不会耽误秀秀的。”

“其实，素花姑娘挺好的。”

他很惊讶，很少有人夸英素花好。

“以前，我也不怎么喜欢她，上次她来请我给你看病，改变了我对她的看法，而且，她能容忍你跟秀秀交往，不容易啊！”

“是啊，她是个好姑娘！”

“那你怎么还不娶她？”

“这个……一言难尽。”

秀秀妈沉默了许久。

“小向，你觉得龙尤怎么样？”

向天舒自然明白她问话的意思，迟疑了一下，说：“很出色，和秀秀挺般配的。”话一出口，连他自己都很吃惊，这是他最不愿意听见的话，没想到会由自己亲口道出。

秀秀妈也深感意外。

“小向，你舍得下秀秀吗？”

他摇摇头。

“如果没有素花姑娘，你会娶秀秀吗？”

向天舒点点头，又摇摇头，沉默片刻，才说：“我不配娶秀秀。”

秀秀妈以为他在说赌气的话，连忙说：“其实，是我们家秀秀配不上你，你是个有文化有思想的人，秀秀太简单了。”

“不，大妈，你误会我的意思了，我怕我给不了她幸福。”向天舒朝天吐出一大口烟，心想：幸福是什么呢？

“记得我上次问过你‘冲喜’的事吗？我想把秀秀许配给龙尤。”

“龙尤知道吗？”

秀秀妈摇摇头。

“秀秀知道吗？”

秀秀妈又摇摇头。

向天舒松了一口气。

“秀秀放不下你。你能帮我说服她吗？这事挺难为你的，可这丫头只听你的。”秀秀妈的眼神近乎哀求。

他犹豫不决。

“其实，我对冲喜并不抱什么希望，秀秀爹放心不下秀秀，我怕他来不及看见秀秀成家。”秀秀妈的眼睛一下就红了，声音哽咽。

“大妈，让我好好想想。”

秀秀妈含泪离去。

其实，向天舒从一开始就很清楚，他迟早会失去秀秀，秀秀仿佛是他做的一个美梦，他努力想让这个梦长久些，但事与愿违，梦很快就醒了，是被神鹿的叫声惊醒的。莫名的绝望涌上心头，他在心里反复问：秀秀，你为何让我如此忧伤？

他去找寒禅，将这些年来感情上的纠葛向他和盘托出。寒禅陷入长久的沉默，他明白，自己勾起了老人的往事。

“秀秀是谁？”

“她是……”他奇怪对方没听说过秀秀，正要解释，被寒禅打断。

“我当然知道秀秀是谁。我是问你：秀秀是谁？”

向天舒这下懵了，不过他已习惯了寒禅的机锋，当即省悟。

“小向，我以前跟你说过，我愧对许多人，但有一人我没提，一直压在我心上，你能猜到是谁吗？”

“我猜不到。”

“是我的结发妻子。”

向天舒大吃一惊。按理，寒禅的婚姻是父母包办，与妻子并无感情可言。

“我和她虽然只有名分，但她毕竟是孩子的母亲，而且我们一起走过了那么多艰难的岁月，同甘共苦，要说一点感情都没有，是自欺欺人。秋月早已远去，我整天追逐的只是她虚幻的影。我后来毅然离开藏地，就是不想让卓玛变成另一个影。”

“法师，谢谢您，我知道该怎么做了。”

他先去了梨村。

在村口遇见安琪，许久不见，安琪出落得楚楚动人。安琪没考上高中，在家务农，没事时便到教堂帮忙，对向天舒还是那么依恋，令他怦然心动，脑海里幻想起另一个故事来，男女主人公是他和安琪，不能同他与秀秀的故事相提并论，即或与当年他同叶莲的故事比起来，也不会有任何新意，何苦要重复呢？而况，他已不再年轻，不配再做故事的主人公，安琪不是管他叫“向叔叔”吗？想到这里，他发出一声长长的叹息。

他随安琪来到教堂，吴吞正在扫地，安琪立刻抢过扫帚去打扫。

“向老师来了！走，到后面喝杯茶。安琪，桌椅也擦一下，辛苦你了。”

“不辛苦。”安琪脆声应道，笑吟吟地看着向天舒。

“吴神甫，我想向你了解一下龙尤的为人。”刚一坐定，向天舒就说。

“龙尤？出色的年轻人，唉！”吴吞一面沏茶一面答道。

向天舒不明白他为什么叹气，其实，龙尤的为人他是清楚的，只是想得到进一步的证实，之所以这么做，也是为了坚定自己离开秀秀的决心，他要把秀秀托付给能够让她幸福的人。

“龙尤前几天找过我，说要做神甫。”

“他要做神甫？”向天舒大吃一惊，隐约觉得这事跟自己有关。

“是啊，我也不信，不过，我年岁也不小了，至今没有合适的继承人，梨村不能没有神甫。”

“可是……”向天舒没往下说，他想说，做神甫意味着独身，龙尤这么优秀的小伙子，独身岂不可惜？但吴吞独身了大半辈子，谁又仔细替他想过？

“不过我没答应他。”

“为什么？”

“做神甫意味着献身，一辈子侍奉上帝，意味着孤独，为他人谋幸福。”

“神甫自己不幸福吗？”

“当然幸福，天堂的门向他敞开着，但如果不能坚持，受到的惩罚倍于常人，你要知道，通往天堂的路很崎岖，进天堂的门很窄。”

“坚持不容易！”向天舒想起那个誓言，感同身受地说。

“是啊，所以动机很重要，动机不纯，无论如何坚持不下来。”

“那他为什么想做神甫？”

“一开始，他怎么也不愿告诉我。”

向天舒明白了，换做他，这样的动机也难于启齿。一切都是因为秀秀，也因为他。

“后来呢？”

“他找过我，说要忏悔，我很吃惊，这么好的小伙子，有什么要忏悔的？向老师，你别介意，他说他恨你，嫉妒你，我们都知道你和秀秀的事，也知道龙尤对秀秀的痴情，但身为天主教徒，不能有恨，也不能有嫉妒，所以他要忏悔。但我觉得，忏悔不是他要做神甫的原因。”

“是因为秀秀。”向天舒忍不住说。

“对，就是因为秀秀，没有秀秀，他宁愿独身，而独身是做神甫的先决条件。”

这时，有人来找吴吞，吴吞让向天舒稍坐，随来人出去了。

向天舒起身来到花园。脑子很乱。没想到龙尤对秀秀如此痴心，不亚于艄公之于阿霞，他们的专情令他惭愧。他该怎么办？他盘腿坐在杨伯来的墓碑前，试图向他讨个答案。

“向老师，原来你在这里！”吴吞看见他在打坐，很惊讶，直待他睁开眼才开口说道。

“龙尤不会独身的。”向天舒决然说，并向吴吞坦陈了原委。

“你要说服龙尤娶秀秀？！向老师，你真的愿意放手？”

“我别无选择。”

吴吞虽然为失去龙尤这么好的继承人惋惜，但打心底为他高兴，也对向天舒的无私敬佩不已。

“向老师，你虽然不信天主教，但你比任何一个信徒都配上天堂。”

向天舒笑而不答，他有他自己的天堂。

“吴吞神甫，我想独自再待一会儿。”

吴吞会意，说：“那我在家等你。”

向天舒重新盘腿坐下，一言不发地看着墓中人。叶莲的面容再次浮现，一如生前，眼里流泻出快慰的笑意。

他登上钟楼，极目远眺，又收回目光，环顾四周，隐约觉得墙上有字。以前只顾看外面的风景，对内部未加留意，待眼睛适应了室内的光线，那些字清晰起来，是意大利文，一看就是杨伯来的手迹，其意甚明：上帝啊，不要试图在地上建立您的国，也不要毁坏地上的国，您的国在天上！一道光将钟楼和他的内部都照亮了。

吴吞陪他去龙尤家。

龙尤看见向天舒，愣住了。

“龙尤，给你带好消息来了！”吴吞看看向天舒，又看看龙尤，欲言又止。

“你们聊，我一会儿再来。”

吴吞说完转身离去，向天舒和龙尤都吃了一惊，没想到吴吞说走就走，将俩人撂给尴尬。

“请进屋吧。”龙尤淡淡地说。

“龙尤，我来是想告诉你一件事，秀秀妈想把秀秀嫁给你。”向天舒开门见山地说。

龙尤瞪大了眼睛，不敢相信自己的耳朵。

“秀秀爹的病情你是知道的，秀秀妈准备用秀秀的婚礼来给他冲喜，没准儿，秀秀爹一高兴，病就好了。”

“那，那你呢？”龙尤支吾了半天才问。

“我赞成。”

“我是说，你，你跟秀秀……”

“我跟秀秀不合适，再说，我有女朋友。”

向天舒突然觉得自己很伟大，居然愿意牺牲自己成全他们，幸亏他们都是他喜爱的人，如果不是龙尤，他会让秀秀嫁给别人吗？不让又有什么办法呢？

龙尤确信向天舒的话没有假，悲喜交加，泪水夺眶而出。向天舒的喉咙里也有东西堵着，忙掏出烟来，递了一支给龙尤，龙尤不抽烟，他自己点上，用浓烟将喉咙疏通了，看着龙尤的眼睛。不抽烟，挺难得的，他想。第一次这么近看龙尤，他的确是一个俊朗的小伙子，眼底的清澈亦非一般的青年男子可比，更不用说郑权生之流，在品德上，郑权生替他提鞋都不配，而在精神上，龙尤好比遨游云霄的龙，郑权生只是条在地上爬的虫。

不知身为天主教徒的龙尤如何看待玛利亚未婚先孕的故事，向天舒突发奇想：秀秀也会纯洁受孕吗？谁会让她纯洁受孕呢？他确信，自己和秀秀在精神上已经结合了。

龙尤的父母本是极善良的人，因秀秀的事为儿子鸣不平，一开始不待见向天舒，见他们的关系发生突变，问明缘由后，立刻变得热情万分，竟似拿他当恩人一般，因为他们知道，儿子要是娶不上秀秀，一定会打一辈子光棍。

吴吞来了，看见两人的表情，知道事情已经说开，欣慰地笑了。

龙尤父母做了一桌子好菜，留吴吞一起吃饭，席间，龙尤频频举杯敬向天舒，称呼他为“天舒哥”，两人俱有了些醉意。

晚饭后，向天舒起身告辞，吴吞和龙尤极力挽留。

“向老师，留下来看我们做晚祷吧。”

吴吞的提议让向天舒动了心，遂留了下来。

昼长夜短，村民三三两两来到教堂，待教堂坐满时，天黑下来，唱诗台上的大吊灯里点满了蜡烛。向天舒拣了一个靠近管风琴的位置，回头看见很多模模糊糊的脸，晚祷开始前先演奏圣乐，所有人都噤了声，思绪在天籁般的音乐声中漂浮。

没想到演奏者是龙尤，事实上，除了吴吞神甫，梨村的很多年轻人都会弹奏管风琴，全赖吴吞的努力，吴吞不仅教他们演奏，还教他们维修管风琴，这也是上一任神甫的遗风，仿佛全梨村的信仰都靠这部管风琴维系着，一日管风琴不响了，信仰也就走到了末路。

吴吞站在诵经台后，将经书放在台上，开始用苗语布道，向天舒熟悉圣经，就算听不懂，也不妨碍他用心去感受。之后全体起立，与吴吞一起诵经，显然是大家熟稔的内容，念得十分齐整，在小教堂内轰鸣，将向天舒这个局外人彻底淹没。

晚祷结束后，龙尤一家希望向天舒到他们家去过夜，但安琪和安琪妈妈更热心，向天舒自己也更愿意去安琪家。

“向老师，你就去安琪家吧。”吴吞的一句话替他解了围。

安琪打着手电给他引路，抑制不住内心的喜悦，一路都在“咯咯”笑，向天舒也深受感染，被一种简单、纯洁的快乐包围着。

安琪去跟妈妈睡，将自己的床让给向天舒。安琪的弟弟依旧在爷爷奶奶家住，她单独睡一间。

三人说了一会儿话，便早早歇了。天气闷热，向天舒只穿着内裤，躺在安琪的床上。安琪是个爱干净的女孩子，床铺散发着她的味道，令他有些不能自持，在对秀秀的思念中沉沉睡去。

次日早，向天舒告别安琪，刚走出村口不远，听见有人叫他，是龙尤。

“天舒哥，我以前错怪你了。”

“没有，你没有错怪我。我会说服秀秀的。你要多去看看秀秀她阿爸。要对秀秀好。你和秀秀都是有信仰的人，要互相包容，信什么不重要，重要的是信。”

向天舒默默走向桃村。这条走了不知多少遍的路，还能走几次？他不敢想。脚步不由慢了，贪婪地看着远近的风景，一草，一木，一石，乃至远山的轮廓，都详加打量，牢记在心，怕哪一天就见不着了。他的心情与脚步一样沉重，“如果不曾来蒙地……”这个念头刚起，就被他打住，因为这样的“如果”是没有完结的，他既来到黄龙镇，就没有理由不来蒙地，那么只好重新假设，“如果不曾来黄龙镇……”为什么要来黄龙镇，还不是因为他要离开省城，他不能不离开省城，他不后悔来黄龙镇，至少，他的到来改变了许多孩子的命运，而对生命的领悟，远比在省城时透彻。只是，所有的开始都会有结局，不论结局好坏。今天就要向秀秀摊牌了，也许，失去秀秀才是留住秀秀的唯一办法。

眼看就要走到第一次见秀秀的拐弯处，心跳加速，既渴望秀秀出现，又担心她出现，他还没有做好见她的准备。拐过弯，不见秀秀的身影，略略有些失望，却也松了一口气，秀秀爹病重，她走不开。俯身去饮溪里的水，像第一次一样，渴望再次听到秀秀的大笑声。索性脱了鞋，赤脚走到溪里，冰凉的水让他再一次面对即将到来的现实。

桃村在望，从桃源小学传来隐约的读书声，令他的心得到些许慰藉。

秀秀爹睡在卧室里，他的病加重后，受不了风，白天夜晚都躺在卧室里。秀秀妈采药未归。

“你阿爸好些了吗？”

秀秀摇摇头，强忍着泪水。

“天舒哥，走累了吧，我给你煮茶去。”

他已经习惯了秀秀爹躺在火塘边的情形，客厅恢复了原样，反令他不习惯。到美人靠上坐下，点了支烟，看墨绿色的稻田，及稻田中央波光粼粼的水塘。

“天舒哥，你喝着茶，我去煮面条。”

向天舒忘了要吃午饭这件事，只想跟秀秀静静地待着，待要阻止，秀秀已经进厨房去了。阿丹留下来陪他。他蹲下身，轻柔地抚摸阿丹的头，阿丹就势卧下，与他四目相对。洁白的毛色将阿丹的黑眼仁衬得很深邃，有个人从里面看他，他吃了一惊，随即发现那人是自己，阿丹的眼似明镜一般。

他坐在美人靠上看风景。阿丹睡着了，呼吸明显比以前沉重，他再次意识到，阿丹上年纪了。他很羡慕阿丹，可以同秀秀生死相守，而身为狗的阿丹，就算走到生命的尽头，也看不到秀秀老去的容颜。

秀秀煮的面条还是那么可口，他把所有的心思都抛到脑后，和秀秀一起专心吃面。

秀秀的额头渗出汗水，脸绯红，身体的曲线在薄衫下若隐若现，向天舒的身上一阵灼热，豆大的汗水滴在面碗里，他连忙默念：“圣洁的女神！圣洁的女神！圣洁的女神！”

“天舒哥，你要热，就把上衣脱了吧。”

“不热不热！”他神色慌张地说。

秀秀“扑哧”一笑，秀秀爹出事后，秀秀很少笑，能让难得一笑的秀秀笑出声来，他的神态一定很好笑。秀秀的笑声解救了他，令他得到久违的快乐。为什么快乐不能长久呢？

他不忍开口说那件事，不想破坏了所剩不多的与秀秀独处的时光。

一阵呻吟声传来，两人不约而同向卧室跑去。

秀秀爹睁着眼，看见向天舒，努力笑了笑，随即叹了口气，看着天花板。

“阿爸，你饿了吗？”

秀秀爹轻轻摇摇头。

秀秀爹的病更重了，向天舒不知说什么好，只能用眼神去安慰秀秀。

“天舒哥，你陪着阿爸，我去给他热点稀饭。”

秀秀爹用力抬起手，示意向天舒靠近，他连忙坐到床沿，手一下被秀秀爹攥住往回拽，力度之大出乎他的意外，秀秀爹对着他的耳朵说：小——向，我——不——放——心——秀——秀！向天舒说：大叔你放心，我们会照顾好秀秀的！秀秀爹这才将手松开，精神好了许多。

“小向，他在等我。”

“谁？”

“神鹿！”

“大叔，你会好起来的！”

“没关系，这是迟早的事。我最近总在想，神鹿是祖先派来的，我真想早点跟他走，就是放不下秀秀和她阿妈。”

“大叔，快别这么说，秀秀听了会伤心的，你要有信心，有信心才能战胜病魔。”

“只怕我得的不是病。其实，我挺想念他的，想听他的叫声，我们不是敌人，是朋友。”

秀秀爹的两眼放出异样的光彩，脸上因为激动有了几丝血色，但无力再说话，急促喘气，只得闭眼休息。向天舒环顾屋内，惊奇地发现原先挂在客厅的火药枪挂在床对面的墙上。

秀秀端着稀饭进来，示意向天舒将爸爸扶起来，向天舒坐在床头，让秀秀爹靠着自己，秀秀坐在床边喂他稀饭，每两勺之间的间隔很长，秀秀与向天舒默默相视。

秀秀爹吃了小半碗饭，向天舒将他放平，与秀秀一道退出来。

“阿爸好久没吃这么多饭了，你来了他高兴。”

“我会常来的。”话音刚落，向天舒突然觉得很违心，秀秀嫁人后，他还会再来吗？秀秀爹如果因为心情好而食量大增，自然是个好兆头，待真的喜事临门时，兴许病就好了。

秀秀爹又沉沉睡去。

向天舒和秀秀依旧回到美人靠上坐下，天上出现很多云，一直没有风，仿佛云是自己走来的，远远传来知了的叫声，异常低沉，云伸展开来，垂向天边。

他突然有种幻觉，仿佛在梦里，一旦醒来，秀秀连同周围的一切都会不见，他无凭无依，失去了生存的意义，被闷热的午后渐渐稀释。

“天舒哥，你的肩还疼吗？”

“偶尔还会疼，不过好多了。”

“我给你按按。”

秀秀的提议令他很意外，让他暂时打消了要对秀秀摊牌的念头。

秀秀坐在美人靠上，他坐在凳子上，背对着秀秀。

“天舒哥，你出汗了，天这么热，你把衣服脱了，这样凉快些，我也好用力。”

秀秀温柔的话语已将他的身体按摩了一遍。

赤膊带来的舒爽令向天舒很受用，当秀秀的手接触身体的一刹那，快感达到极致，与此同时，他通过秀秀的手感到她打了一个冷战。他闭上眼，嘴巴微启，一副情欲得到满足的模样，秀秀在身后，他不用担心她会看见自己的表情。秀秀的双手在他的肩背结合处游走，走走停停，那么柔软，那么温润，他恨不得自己全身都是毛病，好让那双手到处走。从知了的噪音里分辨出秀秀的喘息声，时近时远，有几次挨着他的耳朵。

秀秀按得很轻，不像按摩，而像抚摸，手仿佛会思考，他便将思维都集中到与那双手接触的部位，去感受她的思想。

那双手在告诉他，她不想离开他，永远都不想。

伤感弥漫在两人的心头。

秀秀手上的动作越来越迟疑、缓慢。

突然，他感到背上一阵湿热，吃了一惊，转过头，秀秀在流泪。

恰在这时，秀秀妈回来了，秀秀掩面跑出家门。

“小向，你来了。”秀秀妈看见向天舒赤着膊，吃了一惊。

“秀秀在帮我按摩。”他迅速穿好衣服。

“哦！你的肩好些了吗？”

“好多了。”

“秀秀怎么了？”秀秀妈指指外面，低声问。

向天舒摇摇头。秀秀妈疑惑地看着他。

“小向，那件事……”

“我想好了，就按你说的办。我去找龙尤了。”

“他怎么说？”

“他很意外，也很高兴。”

“哦，这就好，真难为你了。”

“我想今晚跟秀秀说。”

“小向，你是好人，秀秀没福气跟你。”秀秀妈哽咽着说。

“不，是我没福气跟她。”

秀秀妈帮着秀秀一起，早早将晚饭做好，秀秀的神情一直都很忧郁。饭桌上，三人都不说话，阿丹轮番看着每一个人，不时小声哼哼，似在问：你们这是怎么了？

晚饭后，向天舒与秀秀到村外散步，秀秀妈将阿丹留在家里。两人的步子都很沉重，经过磨房，顺溪流往上走出去很远。倒是秀秀先开口，打破了僵局。

“天舒哥，妈妈要我嫁给龙哥。”秀秀说完，静静地看着向天舒，等他的回应。阿妈的话在她耳边回响：“秀秀，阿妈知道你喜欢天舒哥，但他有女朋友，而且，这么多年，你都看到了，你拴不住他的心。”“秀秀，你也知道，龙哥一直喜欢你，阿妈看他不错。”“就当是为了你阿爸！”为了阿爸，秀秀做什么都情愿，独独这件事，她犹豫了。“冲喜”固然是个不错的主意，但为什么非得是龙哥？

向天舒没想到秀秀已经知道了，一下乱了方寸，预先想好的话无从说起，他明白，秀秀在等他的答复。在他，答案已经很明确，但看着秀秀既紧张又充满期盼的眼神，他不忍说出那个答案。

他目不转睛地看着秀秀的眼睛，试图用眼神让秀秀明白他的态度。

两人相对无言。

时间一分一秒过去。

泪水从秀秀的眼底漫上来，溢出眼眶，顺着颧骨和鼻翼两侧流淌。

往日的欢笑在泪水中流走。

向天舒早已在心里哭过了，此刻显得很平静，用无限爱怜的眼神看着秀秀。造化赋予她绝世的美，却又心怀嫉妒，要夺走她的快乐。

“你真的愿意我嫁给龙哥？”

“龙尤和你很般配，你们在一起会幸福的。”

“如果我不愿意呢？”

“为什么？”

“因为你。”

这是向天舒最想听到但又最怕听到的话。

“秀秀，说心里话，我不愿意你嫁给任何人，要是我们还能像以前一样该多好啊！”

“我们为什么不能像以前一样？”

“因为我们留不住时间。”

“我不懂。”

“我太理想化了，但时间会改变我的理想，我们在时间之内，而真正的理想在时间之外，因此，我们无法实现真正的理想。”他固执地认为：真正的理想不会被实现，但可以无限接近。在他心里，秀秀俨然成了理想的化身，桃村仿佛世外桃源，他无法接受秀秀会被时间改变的事实，因为有这个前提在，秀秀是否适合做妻子，今后的家庭生活是否和谐，都不在他的考虑范围内，即便发生奇迹，秀秀的青春可以保持到他生命终结的那一天，桃村也终将会被时间改变，黄龙镇的剧变正向蒙地蔓延，他唯有再次出走，去寻找可以安置理想的地方，但秀秀愿意跟他走吗？秀秀一旦离开家乡，还是秀秀吗？

“什么是真正的理想？这太高深了！我们不能像以前一样简单点儿吗？”

“是的，太高深了。我也很想回到从前，和你快快乐乐、简简单单地在一起，可回不去了，我本来就很复杂，以前是不忍心给你看我复杂的一面。秀秀，你不也变了吗？其实，在你阿爸出事以前，你就开始变了，阿妈教你医术，阿爸教你巫术，你的内心世界越来越丰富，而家里的变故让你想了很多你以前不曾想过的问题，譬如说死亡，对吗？”秀秀点点头，向天舒接着说：“你不再是那个简单、快乐的秀秀，你也会越变越复杂，但我坚信，你会得到更高级的快乐。最高级的快乐不在人间，可我偏要苦苦追求，太苦了，我不能让你跟着我一起受苦。”

“天舒哥，只要能和你在一起，我什么苦都愿意受。”

“可我不愿意你受。”向天舒心想：别人求婚时都会说“嫁给我吧，我会让你幸福”，难道要他说“嫁给我吧，我会让你受苦”？

“为什么就一定会苦呢？”秀秀喃喃地说，伤心地看着汩汩流淌的溪水。

“秀秀，你知道龙尤为了你想做神甫的事吗？”

秀秀摇摇头。

听完向天舒的叙说，秀秀瞪大了眼睛，她没料到龙哥对她这么痴情，其程度绝不亚于她对天舒哥的痴情。

向天舒乘机说了许多龙尤的好话，发自肺腑，就差说，如果他是个女人，也会毫不犹豫地嫁给龙尤这样的男子。与龙尤冰释前嫌后，他开始打心底喜欢他，他深信，有龙尤在，秀秀的痛苦终将过去，但不知他自己的痛苦能否过去。

“可是，我和龙哥在一起的感觉就像兄妹。”

“你们的姜央始祖和他的亲妹妹成亲以后，不也过得很幸福吗？”

风云突变。从下午开始积聚的云已经密布天空，起风了，山雨欲来，他们却丝毫没有察觉，沉浸在悲伤的话题里，雨倾盆而下，终止了他们的谈话，加重了凄苦的氛围。他们并不走避，泪水在暴雨的掩护下狂泻而出，隔着雨和泪，竭力要看清对方的脸。

向天舒唯愿雨一直下，将世界都淹没了，剩他和秀秀两人，走到最高的山顶，担负起繁衍新人类的重任。

第二天，秀秀终日不语，急坏了秀秀妈。

晚上，向天舒决定撒谎，以让秀秀死心。他当着秀秀妈和秀秀的面说，其实，他已经和英素花订了婚，之前不说是怕伤害秀秀，思来想去，觉得还是不隐瞒的好。

空气凝固了。

“好吧，我同意嫁给龙哥。”秀秀哭着跑出家门，阿丹追了出去。

“小向，你真的和素花姑娘订婚了？”

向天舒摇摇头。

“小向，我替秀秀她爸谢谢你！”

“大妈，秀秀她不会有事吧？我去看看。”

头天下了雨，星月格外明，向天舒先往上走，走出很久都不见秀秀，便折头往山下跑，快到他们初次相逢的地方，才看见秀秀和阿丹的身影。

“秀秀！”

阿丹跑过来迎他，眼眸在黑暗中隐现，他摸摸阿丹的头，一起走回秀秀身边。

“秀秀！”他又叫了一声。

秀秀没动，他靠近她，看见她的胸口在剧烈起伏，显示情绪的激动，他犹豫了片刻，做了一个决然的动作，轻轻搂住她的肩。秀秀颤抖了一下，两腿发软，瘫倒在他身上，将头倚在他胸口，任由没有流干的眼泪继续流淌。他低头看着秀秀，贪婪地用目光抚摸着她脸上的每一个部位，最后停留在唇上，想与她接吻的冲动空前强烈，然而，那个誓言横亘在两张嘴之间。

秀秀妈将秀秀的终身大事与秀秀爹说了，强调说，小向也赞成，秀秀爹有些意外，随即首肯，龙尤为所有人称道，与女儿也要好，实为难得的一对。

向天舒离开桃村时天色已晚，一路上有一种被抛弃的感觉，想到不久的将来秀秀就会和龙尤在一起，妒忌和绝望联袂袭来，心如刀绞。月亮像一只邪恶的眼，不怀好意地盯着他。

他整天魂不守舍，完全忽视了英素花的存在，后者彻底绝望，完全改变了对郑权生的态度，开始与他暗中交往，郑权生牢记以前的教训，处处陪着小心，不敢有任何操之过急的非分举动。

因为秀秀爹病重的缘故，秀秀和龙尤的婚礼从简，蒙地最出色的一对，婚礼竟如此简略，令大家深感遗憾。

秀秀结婚后，按照蒙地的习俗，一年内不落夫家，龙尤白天来帮忙，晚上回自己家去住，有时也留下来，但单独睡在客房，两人的关系与婚前无异，尤其在秀秀，很尊重新婚的丈夫，但并无任何亲密的表示。向天舒想说服自己不再见秀秀，但他不能，何况，他不能不去探望秀秀爹，秀秀还是“完整”的，这多少是个安慰。

向天舒没去参加秀秀的婚礼，之后也一直没去桃村，直到听说秀秀爹病危，才赶去探望，也只跟秀秀妈说话，接连几天，秀秀的眼睛始终没离开过他，但他始终没有主动看她一眼，令她凄然泪下。龙尤见此情形，走到一旁去。

秀秀爹已经无法同人交流，向天舒的心里无限悲凉。他原以为这次来是见秀秀爹最后一面，但秀秀爹弥留的情形似乎还会拖很长时间。每天面对秀秀，却又不能和她交流，令向天舒痛彻心扉，表面上却装作没事儿一样，事实上，是他不愿和她交流，仿佛赌气的孩子一般。头几日龙尤在客厅打地铺（他死活要将客房让给向天舒睡），见秀秀爹不会马上过去，便找借口回梨村去了。明眼人都看得出来，他是特意避开，以便秀秀和向天舒能够单独相处，然而才过了一日，向天舒便待不下去了。

“大妈，我明天回黄龙镇。”向天舒吃晚饭时说。

“这些天耽误你工作了。”秀秀妈惆怅地说。

“那倒没有，大叔有什么事一定要及时通知我，他会好起来的。”向天舒说话时眼睛望着秀秀，秀秀背过身去，肩膀轻轻抽动。

“小向，你过来一下。”

向天舒跟秀秀妈来到厨房。

“小向，吃完饭你陪秀秀出去走走，跟她说说话，这孩子，会憋出病来的，大妈求你了。”

“好的，你放心。”

夕阳刚刚落山，向天舒与秀秀走过廊桥，顺着草海的方向走。

“秀秀，这些天委屈你了，原谅我。”

“天舒哥，你根本就没跟素花姐订婚，也没打算要娶她，对吗？”

他无言以对。

秀秀将头扭向一边，任泪水“扑簌簌”掉落。

向天舒不知怎么安慰她，下意识地伸右手去替她拭泪，手却被秀秀抓住，紧紧贴在她的脸上，顿感天旋地转，好容易才没让自己跌倒。他犹豫了一下，用左手轻轻抚摸着秀秀的头发。

许久，秀秀抬起头，含泪看着他说：“其实，你每次夜里站在我门外时，我都知道，可你为什么不进来？为什么？你不用怕担什么责任的！”

秀秀爹临终前的情形是龙尤告诉向天舒的。

半夜，秀秀爹突然清醒，显得很激动，努力想坐起身来，秀秀攥紧他的左手，问他要什么，同时感到他的左手向上抬的力量，顺势把他的手抬起来，至一定高度，感觉没有再用力才停下。秀秀爹缓缓伸出食指，秀秀顺着食指的方向，看见对面墙上斜挂着的猎枪，赶忙示意龙尤取下来，横放在他胸前，枪把正好搁在他靠里床的右手掌心，他神情坚定地看着屋顶，一动不动。后山传来三声凄厉的叫声，是神麂，顿一顿，又叫了三声，就这样，每次叫三声，时远时近，有一阵子，恍若就在门外，立刻就要进屋的样子，却又荡开去。

龙尤替秀秀爹合上双眼，用力从他手里抽出火药枪，填满火药，到屋外朝天放了一枪，全寨的人都知道巫师走了。

秀秀妈和秀秀忍着悲痛，打来溪水，煮菖蒲、桃叶，与龙尤一起，替秀秀爹净了身，换上干净的寿服，置于铺着白垫单的门板上。

第二天一早，所有人都在惊悸中议论头晚的叫声。近中午，向天舒得到口信，秀秀爹天快亮前不在了，抓了几个馒头，匆匆上路。

秀秀爹躺在门板上，眼窝深陷，颧骨突出，坚毅的神情一如生前，眉头却完全舒展，显示内心的平静，令人肃然起敬，向天舒的脑海里突然响起荷尔德林的诗句：唯有这样的人方可还乡……

向天舒与众人一道，去生林将秀秀爹的枫木砍倒，同预先备好的几块枫木板一起制成棺材，之后，入殓，下葬，一切如仪。与秀秀爹一起下葬的，还有他的猎枪和两个装火药和酒的葫芦。

葬礼上，秀秀唱起引路歌，向天舒虽然听不懂歌词的内容，灵魂却随歌声去了很远的地方。秀秀妈眼里噙着泪，因死者年纪不大，又是巫师，参加葬礼的人表情都很凝重，安静得出奇。

秀秀爹死后，神麂再没叫过，但谁也不敢说，神麂不会再叫。

葬礼持续了三天，向天舒很少同秀秀说话，用眼神默默与她交流，秀秀爹下葬后，天色已晚，亲友散去。通常，这么晚，他会留下来过夜，当他提出来要走时，秀秀妈和秀秀都吃了一惊，龙尤竭力挽留，说要和他好好喝几杯，他却执意要走。秀秀突然说：阿妈，天舒哥急着回去，一定有事，我送送他。秀秀妈只得说：也好，小向，路上小心，以后常来家里玩。

秀秀默默地送向天舒出门，阿丹一声不吭地跟着，过了廊桥，走上下山的路。向天舒几次说：秀秀，回吧！秀秀只是无声地朝前走。他停下脚步，看见秀秀脸上不断滑落的泪珠，顿感痛彻心扉，好容易才开口说：秀秀，别哭！秀秀哭出声来。他刚要伸手替她拭泪，秀秀扑到他怀里，埋头痛哭，他的眼泪也掉了下来。他抱紧她，这是秀秀的身体，想见过千百次的秀秀的身体，依然完整，此刻就在怀里，只要他愿意，还有机会得到，但他不能，以前不能，现在更不能。他的衣服被秀秀的泪水浸透，他有种预感，今后不会再见秀秀。他突然又有了想要亲吻她的冲动，但最终只是把鼻子埋进她的长发，像要把她肌体的芳香，乃至整个灵魂都吮吸一干。

“秀秀，这是我给你画的画。”向天舒从背包里拿出一个布包，裹得很严实，这段时间他一直在画这幅画，画虽不大，但凝聚了他的全部心血。

秀秀含泪接过，紧紧抱在怀里。

天完全黑下来，向天舒催促秀秀回去。他蹲下身，摸了摸阿丹的脸，算是永别。秀秀与阿丹，三步一回头，缓缓离去。他瘫倒在地，泪水汩汩流淌，不知过了多久，抬眼看秀秀消失的方向，夜色中，秀秀再度出现，是幻觉，他彻底绝望，起身下山。这是他一生中最痛苦的一段旅程，偏偏有月光照见他的痛苦，他机械地挪动着双脚，被一块石头绊倒，重重摔在地上，身心俱痛，伏在地上大放悲声，似鬼哭狼嚎一般。他再也无力迈步，找了一个避风的地方，将身上的烟都抽尽了，迷迷糊糊睡去，第二天到家后就病了，在床上躺了整整一个星期。

六十二

卧病期间，向天舒一言不发，英素花默默照顾他。看到不是自己，而是另一个人让他如此丧魂失魄，英素花彻底心寒。

“我不会再去桃村了。”这是向天舒下床后的第一句话。

英素花没有回应。

“天舒，我想搬回家去住。”

“为什么？”

“不为什么。”

他突然发现，英素花的表情异乎寻常地陌生，令他惊慌失措，才失去一个人，不想立刻又失去另一个人。他坚决不同意她回家去住。

正好，向母来了。

英素花乘机回家去了，临走时说："天舒，白虎山脚的罂粟花快谢了，今年夏天你的花瓶一直空着。"向天舒赶到白虎山，罂粟花所剩无几，耷拉着头，失却了往日的鲜艳。

这次来，向母打算长住。因为身体不好，地里的活儿都撂下了，家里的活儿向天舒的妹妹也不让她做，成天用对大儿子的思念打发时间，一想到大儿子这么大年纪还没成家，她就闹心，终于下定决心，要到黄龙镇长住，大儿子的个人问题一日不解决，她就一日不离开。

向天舒无可奈何。

向母的脾气一天比一天坏，越来越唠叨，总说眼睛快瞎了，都是盼儿子娶媳妇盼的。向天舒每次回到家，不到三分钟，母亲就开始没完没了地数落，令他焦躁不安，发作不得。

不过，向母的出现也有一个意外的好处，他无法待在秀秀离去的悲哀中。

"妈仔细想过了，你要娶那个苗族女孩子也行。"向母主动做出让步。

"我和秀秀不会再见面了！"

向母愕然，待要问原因，见儿子表情不耐烦，便忍住了，去找小妖问。

既然秀秀不行，那就应该重新找一个。向天舒断然否决，说他和英素花还没分呢。一提起英素花向母就来气。向天舒也没耐心了，撂下一句话：那我就打一辈子光棍。他已经无数次表示过要独身的意思，甚至说过"大不了就去当和尚"的话，向母不敢再刺激她，决定采取另一种策略，"以退为进"，这种策略要付出很大的代价，因为这与她的性格相悖。具体说来，就是装可怜，茶饭不思，起床后也不收拾，让自己显得越发老态龙钟，也不说话，只是唉声叹气，几个星期天下来，眼看着真的就要病倒了。向天舒慌了，要带她去看病，她只淡淡地说：不用看，我这是心病。向天舒恍然大悟，遂不加理会，由着母亲自己去折腾。

身为农民的向母，生活在土地上，如一株植物，除了身体，别的似乎都不是自己的，根在地下的黑暗中，用传统做养分，地面部分在风吹日晒雨淋中成长，接受外部环境提供给她的一切，老了以后，便不再生长，拒绝新时代的影响。不幸的是，她一生中最重要的岁月是在一个非人的时代里度过的，之后，她便带着那个年代的印记慢慢老去。她活在过去，开口便是“我们那时……”，且越来越偏执，言词激烈，凡事与向天舒唱反调，像个逆反耍混的孩子。

在向天舒看来，母亲的生活并非不可救药，譬如说，她可以多认字，文字能向她开启一个全新的世界，她可以寻找一种新的信仰，她可以尝试理解她不理解的道理，等等。

“我这么大年纪，认那么多字干什么？我虽然识字不多，生活的道理还是很明白的，‘不孝有三，无后为大’，你怎么就不明白呢？”

向天舒无语。那么信仰呢？

“妈，你有信仰吗？”

“信仰？我是唯物主义者，既不信鬼，也不信神。”她没说信仰共产主义，令他多少有些欣慰，事实证明，共产主义理想看上去很美，但太遥远，太虚幻，如果母亲还像从前一样信这玩意儿，他如何才能让她明白，真正的理想是不会被实现的？

“你知道什么是唯物主义？”

“不知道。”

“那你凭什么做唯物主义者？”

“那年头，人家让做什么我们就做什么。现在谁还操心这些？除了你的终身大事，妈再没别的念想。”话虽如此，向母从小在农村长大，不迷信是不可能的，家里供桌上除了祖宗牌位，还有一尊瓷观音。

向天舒长叹了一声，又问：“妈，你有缺点吗？”

“缺点？我有什么缺点？文化少也算缺点吗？我这辈子做人问心无愧！”

向天舒又长叹了一声，在心里说：没有信仰的人不会有忏悔精神，有缺点和罪过而不自知，永无改正的希望！

“天舒，你都快四十的人了，妈盼你成家眼睛都快盼瞎了！”向母见装病不奏效，便又恢复了唠叨的本来面目，向天舒不胜其烦，无意中说了一句：

“妈，你还是回祖村去吧。”他的意思是，这样就可以让她“眼不见为净”，她却理解为儿子要撵她走，大放悲声。

“我把你养大，你却这样对我啊……”

“你弟妹没出息，我这辈子本来指望你啊……”

“人老遭人嫌啊……”

“我还不如去找你爹啊……”

单玉老师和小吴老师都来劝。向母边哭边收拾行李，向天舒于心不忍，向她道歉，她却执意要走。第二天真的回祖村去了。

走了倒好，清静，向天舒想。

母亲走后，向天舒去百货公司公司找英素花，让她回来。

“过几天吧。”她淡淡地说。

“为什么？”

“我在来例假。”

向天舒见英素花的表情坚决，便没再坚持。后来回想起来，才发现不是滋味，她回来跟“例假”有什么关系？像是为了要与她做爱才让她回来一样，可当时怎么没意识到这一点呢？

他又去找英素花，对方依旧不愿意回来，表情更坚决，每次都说“再过几天”。

如果向天舒有心，早该觉察到英素花身上的变化，但他脑子里只有秀秀离去后的空虚。英素花已经默许了郑权生的求爱，但要等她和向天舒的事情了结以后，才能正式交往。郑权生不敢催她，咬着牙等待。

向天舒上课的积极性比任何时候都高，每次一面对几十双求知的眼睛，烦恼也好，痛苦也好，即刻烟消云散。待夜深人静后，伏案疾书，将心事都倾注在给好友的信中。周末便去爬山。然而，无论怎样努力，都无法摆脱回忆的纠缠，与秀秀有关的一切，历历在目，一日比一日清晰，一个念头再度折磨着他：亲吻秀秀。梦里，秀秀的双唇不断开启，却怎么也够不着。曾经，别说一个吻，哪怕上千个吻，哪怕秀秀的整个身体，都不在话下，他会为自己的克制后悔终生吗？他不能后悔，相反，应该欢欣，因为他信守了当年的誓言：要像对待圣洁的女神一样对待秀秀，借此洗清自己的罪孽。虽然他还有很多罪孽，但秀秀确乎变成了他的女神，永远年轻、美丽、聪慧、善良。

妹夫带来了母亲病危的消息。

向天舒同他坐上去祖村的班车。因为来回奔波的劳累，妹夫一路上都在打瞌睡。盼母亲死的可怕念头再度袭来，令向天舒惶恐不安，万一母亲真的去世了，他会以怎样的心情面对？他溜了一眼四周，像是怕其他乘客看破他的心思似的。如果母亲不那么传统，他和母亲之间的关系会更纯粹些，世俗的伦理道德亵渎了天然的母子之情，令他逃之唯恐不及。“我是你妈”，是母亲常挂在嘴边的话，每次听到都很反感，像是拿他无法选择的出生来要挟他似的，向母万万想不到，这话在大儿子身上只起了相反的作用。母亲永远都不会明白，他既是她的孩子，又不是她的孩子，她只是上天借用来生养他的工具罢了。父亲则不同，与他灵犀相通，有如知己。亲情如果不能转化为友情，便只有那点名分在。

向母其实是个弃儿。战争让人背井离乡，流亡的路途如此艰难，许多婴儿被遗弃，向母便是其中之一，幸被好心人收养，才活了下来。向天舒很早就知道这段历史，也因此跟母亲的娘家有种本能的距离，母亲对他的养父母很好，心怀感激，但很少回去，把向家当做自己真正的家。向天舒对母亲的身世一直很好奇，据外公讲，他们是在自家的地里捡到她的，包在襁褓里，襁褓很漂亮，最外层的材质是上等的丝绸，一看就是大户人家的东西，里面有张纸条，拿去给识字的人看，是孩子的生辰八字和原籍，系北方某省城，并无亲生父母的姓名，曾经显赫一时的大家族，落到抛家弃儿的田地，不能不让人慨叹。这个细节深印在向天舒的脑海里，让他坚信，母亲虽没多少文化，出身却很高贵，母亲出身的高贵自然意味着他自己出身的高贵，也许，因为这个缘故，虽生长在农村，他从未觉得自己是个农民。真正的农民，要经一代，甚至几代的努力，才能将身上的泥土去尽。农民如果失去本真的淳朴，便无多少可取之处，而淳朴是很容易失去的。传统的力量异常强大，如极端伊斯兰教社会里的妇女地位，以及印度的种姓制度，很难改变，有的看似被新生事物淹没了，其实只是变为暗流，在深处潜行，就像一个人的过去，影响着他的现在和将来。传统在农村尤其顽固，母亲无法不受影响。在向天舒眼里，母亲俨然就是旧传统的化身。

村民热情同向天舒打招呼，表明他家里没有不幸的事情发生，他略感失望，待看到母亲病重的情形，却又情不自禁流下泪来，责怪自己不该有盼母亲死的念头。向母神志不清，完全认不出他来，床榻散发出腐尸的气息，令人窒息。

“妈怎么病成这样，为什么不去医院？！”

“去过了，但查不出什么毛病。”妹妹顿了一顿，又说，“还不是因为操心你的事！”

他顿时语塞。

他接替了妹妹的工作，从早到晚照顾母亲，但给母亲擦拭身子的任务依旧由妹妹完成，他做不到，他不愿接触母亲的身体。

弟弟见他依旧不言语，令他感到悲哀，童年时在一起的快乐真的一去不复返了吗？母亲成了他回祖村的唯一理由，如果哪天母亲不在了，他和弟弟就不再来往了吗？他决定和弟弟好好沟通一番。

弟弟家的院子拾掇得很整洁，显示出主人尤其是女主人的勤快，弟媳朝他笑笑，将他让进屋。弟媳是个本性善良的女人，儿子溺水的事过去两年多了，丈夫不该还记着恨，再说，也不是大哥的错，恨无从说起。

“大哥，你今天就在家里吃晚饭吧。”弟媳边倒茶边说。

“好的。”他应道，弟弟不吭气，翻眼看着天花板。

他给弟弟递了一支烟，手伸了半天，对方才接过去。

“二弟，我来是想把话说开，消除我们之间的误会。”

弟弟低头吸烟。

“我没有尽到做大哥的责任。”

“大哥，我对你的怨气不是一天两天了，你为这个家做过些什么？妈要不病成这样，你会回来吗？”弟弟突然说。

他无言以对。

“我知道，儿子的死怪不得你，可不知怎么，我心里的气就是顺不过来。”

“你是我们家最有出息的，我和三妹一直为你感到骄傲，可你在省城那么多年，想过我们吗？”弟弟接着说。

向天舒很惭愧，他当然想过他们，但想得更多的是从前的兄妹情。难道这是成长的代价吗？人在成长的路上往前走，必然要将很多东西抛在身后。在祖村，他的童年与少年没有明显的过渡，或者说，少年也只是童年的延续，直到他离开家乡去纬县上学的那一刻，童年才戛然而止。

向天舒与弟弟一起回忆童年。

吃晚饭时继续回忆。

吃完饭后接着回忆。

喝了一夜酒，其间多次流泪，像两个孩子。

向母的病情有所好转，认出向天舒来，精神一振，不愿再躺在床上。他极力劝说，她就是不听，且挪动身子，要自己下来，妹妹不在，向天舒慌了神，怕她摔跤，不知如何是好。向母身体虚弱，无论怎样努力，都不能从床上坐起，情急之下，向儿子伸出双手，眼里满含热望，向天舒无法拒绝，将她抱起，搁到院里的躺椅上，向母闭上眼，享受着久违的阳光。向天舒浑身不自在，几十年来第一次接触母亲的身体，感觉很别扭。后来，他又抱了母亲几次，对其身体的陌生感逐渐消失，时光倒流，他躺在风华正茂的母亲怀里，整个童年都被唤醒。

向母恢复神志后的第一件事，是要他发誓赶快结婚，就算跟姓英的也罢。

“做人不要自私，不要只想自己，要为这个家族想想。”母亲不姓向，但中了“嫁鸡随鸡”的传统观念的毒，把自己视作向家的一员，极力要维护家族的利益。传统的力量如此强大，令向天舒哭笑不得，好在这只是种世俗传统，遵循与否取决于自己，不似某些宗教和政治传统那么可怕，用严酷的律令迫人就范。

“你都快到中年了，真想打一辈子光棍吗？你就不想生个儿子，给向家续香火吗？你就跟姓英的结了吧，妈是快死的人了，你别让妈死不瞑目。”向母哀哀地说。

“草率结婚，将来离婚怎么办？”

“只要她为向家生了儿女，到时把孩子留下，由她去，怕什么？”

这话令向天舒大吃一惊，同时为残留在母亲身上的卑劣、狭隘的传统观念感到悲哀，但也只能在心里骂一声：屁话！

看到母亲行将就木的样子，向天舒把心一横，结就结吧。

向母竟奇迹般好起来。向天舒甚至疑心她之前是装的，想反悔结婚的事。向母哪里肯依，要他立马结婚，现成的就有，前不久还有人来说亲呢，并且以死相逼。

看见母亲一大把年纪还寻死觅活，向天舒几乎崩溃，叫道：好好，我这就回去跟素花结婚！

傍晚，他来到青溟湖边，烟波微茫，无涯涘一般，但他知道，眼虽不见，岸就在那里，就算是大海，也有尽头，何处是他生命的尽头？起风了，他觉得冷！岸边的小船被水波推搡着，有几艘横过来，相互发生摩擦。父亲用过的船早已退役，船板被母亲劈成柴火，他抱怨母亲没有征得他的同意，父亲的船没了，父亲与这个世界的联系也就彻底中断了。

他在回黄龙镇的路上想：秀秀为了她阿爸结婚，他也可以为了母亲结婚。但仔细想想，又觉得两者没有任何可比性。

向天舒先去找怪老道，和他去喂鹰，未曾想来了三只，一只是雏鹰，刚会飞，这次不是幻觉。他又惊又喜，突然很羡慕他们，同时坚定了要同英素花结婚的决心，并且一结婚就生孩子，生很多孩子，这个念头令他激动万分，迫不及待想见到她。

英素花不在百货公司，也不在他家。

“一定在她自己家。”他想，奔北门巷而去。

最近两年，英素花常回娘家去住，多数时候向天舒都不以为意，回去更好，他落得清静，今天却感觉不一样，他需要她。因为结婚的决定，一路上便只想着两人在一起的好处，身体也发出了久违的信号，无论如何要见到她。

包姥堵住门不让他进，两人吵起来。

“你还有脸来见我们家素花！”

向天舒在外面反复大叫：

“素花，我要见你！”

“素花，我有重要的事情跟你说。”

左邻右舍都惊动了。

英素花终于出现，拎着一个小包，脸色苍白，眼睛红肿。

“素花，你还要跟这个没心没肺的人去？”包姥恨不得将向天舒活吃了。

英素花没理她，淡淡地对向天舒说：“走吧。”

回到家，两人都不说话，直接上床，许久未享受过的性爱卷土重来。

他没提结婚的事情，过两天再提也不迟。

夜里，两人赤身相拥，抱得很紧，生怕对方跑掉一样。向天舒再次进入对方的身体，英素花的高潮一波高过一波，击碎了夜空。

第二天，全校都在议论头晚的声音。

很快，全镇都在议论英素花骇人的叫床声，很多人抑制不住兴奋的表情。

向天舒不再压制英素花叫床，甚至希望她叫得更响亮，让全世界的人都听见才好。他像是回光返照一般，奋力与英素花做爱，完全沉溺在一种半疯狂的状态中，借此发泄失去秀秀的痛苦；英素花压抑已久的肉体也得到尽情释放，虽然她知道一切即将结束，就像音乐剧尾声的高潮部分，在夜空久久激荡。周围的人在惊栗中度过了一个又一个不眠之夜。

单玉老师提醒向天舒注意影响，听说他要娶英素花，她坚决反对，见他一意孤行，便说：“她不一定愿意嫁给你！”

“不可能！”

“你知道英素花跟郑权生的事情吗？”

“跟谁？姓郑的？那些谣言？”

“你一点儿都不知道？合镇的人都知道，也难怪，你成天往桃村跑，人在曹营心在汉。”

“什么事？”

“他们早就好上了。”

“这怎么可能？！”

“你去问她。”

英素花默认了。

向天舒懵了。

他知道，自己对不住英素花，她真要移情别恋，也是自己罪有应得，可是，为什么是郑权生那厮？

“素花，我以前对不起你，以后不会这样了，我们结婚吧。”

“不，天舒，别骗自己了，你不会变的。”

“素花，我不会让你走的。”

“太晚了。”

“你跟姓郑的到哪一步了？”

“这跟郑权生没关系。”

“你们没有‘那种’关系吧？”

英素花跟郑权生自然还没有‘那种’关系，否则郑权生不会让她再跟向天舒在一起。但向天舒不信，或者说，他的心智偏离了正轨，无法理性地看待问题。她索性说道：“就算有，又怎么样？”以让对方死心。

“跟谁不好，要跟姓郑的那种人？！”向天舒瘫倒在地，他不能想象自己的女人会和自己讨厌的男人上床。

英素花冷笑道：“我英素花只配得上姓郑的那种人！”从某种意义上讲，她选择郑权生也是迫不得已，且出于对周围人的不满和报复。

“只要不是郑权生，你跟谁好都行。”他几乎绝望了。

“跟谁好都行，你倒挺大度！向天舒，我还就告诉你，我跟郑权生好定了，这都是你们逼的！”英素花歇斯底里叫起来。她说的是“你们”，而不是“你”，令向天舒意识到，她是多么的孤独、无助！

至此，他突然醒悟，英素花此番回来，是要同他做个彻底的了断，一切都无可挽回了。他陷入沉默。

两人没吃晚饭，静静地坐着，从黄昏坐到黑夜。

英素花起身走进书房，打开灯，从架上抽出一本自己看过的书，快速翻了一遍，又抽出一本，慢慢将她看过的书都浏览遍了，将目光转向其他书，喃喃地说：还真舍不得这些书！

英素花半夜醒过来，悄悄起身，将卧室门关上，到客厅穿好衣服，坐在沙发上发呆，许久才如梦初醒般站起来，将客厅和书房仔细打扫了一遍，又将书一本一本擦拭干净。向天舒被惊醒，躺在床上一动不动，听着外面的动静，眼泪滑落枕头，他知道，最后的时刻到了，不禁蒙着被子抽泣起来。

“天舒，我走了，你自己多保重！”被子外传来英素花的声音，他止住哭，想动，却没动，像个赌气的孩子。屋里静得像黑牢。英素花咬着下唇，站了一会儿，毅然转身出去。向天舒听见她开门的声音，一掀被子，跳下床，冲出卧室，身上依旧一丝不挂。英素花愣了一下，将他从头到脚看了一遍，决然打开门，临走，突然转身，两眼饱含着泪水说：“天舒，我永远都只爱你！”说完，头也不回地消失在夜色里。

人去屋空，静寂的夜，不安的夜，仿佛无边的虚无。

向天舒彻夜未眠，天不亮出门，河边，山上，到处走。

包姥叫上几个二流子，将英素花的东西都搬了回去，乘机拿了许多向天舒的私人物品，临走，故意在走道里大声说：“这个破地方，老娘再也不会来了！”

向天舒晚上回来，看见家里被翻得乱七八糟，心如刀绞。

他接连几天做噩梦，都与英素花有关。梦见她同别的男人苟合，对面不认他，他痛哭流涕，有如被遗弃的孩子；梦见她全身赤裸，跳楼自杀，坠地后身子蜷起，外面罩了一层透明的膜，连肌肤都是透明的，如在母腹中的形状；

梦见她变成了一个面目狰狞的女巫，独眼，独牙，独乳。

听说向天舒和英素花分了手，单玉老师等人都很高兴，但为他的精神面貌担忧，劝他说："不值得难过。"

郑权生乘机提亲，英素花怕自己心软，不能彻底离开向天舒，当即同意。郑权生立刻将这条消息公布出来，且在万家酒楼大肆宴请，英素花本人没有出席。

向天舒深受刺激，几番去找英素花，想要她回来，英素花平素对他的好，从前的美好回忆，在他此刻因秀秀一事的打击而变得脆弱的情感中再现，英素花仿佛成了他的救命稻草，俗世生活的全部意义所在。但她避而不见。最后一次，他使劲儿砸门，包姥打开门，怒气冲冲，一个要进，一个不让，最后扭打在一起。没想到包姥力气那么大，而向天舒心绪紊乱，又不习惯跟妇人动手，两人竟僵在原地，谁也奈何不了对方。周围立刻围了许多看热闹的人。

郑权生带人赶到，向天舒立刻挣脱包姥，向他扑去。郑权生知道打不过他，也不想跟他动手，便朝天鸣枪，说："你私闯民宅，还敢袭警，把他抓起来。"

幸亏朱友庄和赵本根等几位老师闻讯赶到，好说歹说，郑权生才罢手，大家将向天舒架了回去。

英素花一直没露面。

向天舒明白，她再也不会回来了。

六十三

向天舒开始酗酒，常常宿醉未消，课上到一半就趴在讲桌上睡着了。这样的情形自然无法再上课，他的课被停了，由别的老师顶替。

因为酗酒的缘故，他犯了一个不可饶恕的错误，失手将梅瓶打碎了。他的心同瓷瓶一样碎得彻底，永远不可修复，所幸有罂粟花图案的部位还完整，他将其余的碎片收集起来，在大榕树旁挖了个坑，深深埋下，他再也触摸不到往昔了。

停课后，向天舒有了大把的闲暇时间，常到街上溜达，经过篾匠铺时，依旧喝一杯祝师傅倒上来的茶，后者并未因他的变化而慢待他，十几年如一日，只是看他的眼神里充满了关切。他有时话少，甚至一言不发，喝一杯茶就走；有时话多，将一壶茶都喝尽了，还在喋喋不休，祝师傅听着，偶尔应一声。

“祝师傅，你发现没有，黄龙镇变了？”这是他说得最多的一句话。

祝师傅当然知道黄龙镇变了，他还知道，他的篾匠铺迟早也会被拆掉。

常常，在篾匠铺前喝完茶，向天舒便从旁的小路走到空旷的田野，看白鹭飞起飞落，白鹭照例每天都去蒙地的草海觅食。

星期天，除了陪怪老道，大部分时间都在人群里闲逛，每从秀秀妈摆过摊的地方经过，都要出神观望，秀秀爹去世后，秀秀妈一直都没来赶过黄龙镇的集。

他常在教学楼过厅里的黑板上奋笔疾书，书法狂乱，许多字无法辨认，像天书一般，有些话意味无穷，被有心者抄录了下来：

“我是我的创造者，是我自己的主人。无我，便无一切。万物皆是我的注脚。”

“如果宇宙是个大果子，我便是果核。”

“我与万物的关系，很简单，将里外翻转，把我之外的当做里，我之内的当做外，我便包含了一切。”

“生前与死后并无分别，重要的是生命。”

“人迟早归无，为何孜孜以求无？当执着于有。”

“人只有一世的机会，不要浪费。”

“用无限的追求来充实有限的生命！”

“生命的意义在于生命本身。”

“成就你自己！”

“做精神的杂耍者。人不仅要挑战身体的极限，更要挑战精神的极限。”

“知识之于生命，有如空气和水。”

“要赶在人禁锢你以前，多学知识，思想的自由才是真正的自由。”

“只有思想能将人无限放大。”

“是谁，播下罪恶？又是谁，让土壤变得肥沃？”

“不作恶，善待一切。”

“善是无形的美。”

“世间的恶无法根除，唯有努力行善，让善恶天平向善的一方倾斜。”

“无论谁告诉你，他的话是真理，都不要信。”

“何为德？多数人决定的吗？多数人都是庸人；少数人决定的吗？居高位者才有如此大的话语权。庸人与掌权者的话皆不可信。你们的道德与我无关。好德不如好色。”

“美是给生命的最高奖赏。”

“生命就是一个不断失去的过程。”

“战无不胜的亚历山大却战胜不了死亡。”

“人类越来越自大，也越来越不自信，就像一个人功成名就，志得意满之时，死亡的巨大阴影敝空而来，幸福的阳光顿时消失。人终有一死，人类终有一死。惜乎！哀哉！！”

“人类也会自杀吗？”

“存在，似无边之圆。”

“无限，即无数的有限；无穷，乃无数的穷尽。”

“永恒便是无数的瞬间。”

“为什么徒劳地想揭开永恒的神秘面纱，而我们自己短暂的一生中还有那么多不解之谜？”

“我分担了永恒的痛苦，也分享了永恒的快乐，所有的个体串起永恒之链，任何一环的缺失都将导致永恒之链的解体，我是永恒之链上的一环，也许是重要的一环。”

“如果我们生而成为永恒，那么永恒将比死亡更不足道。”

“此生再短，也强似无生。来了，在了，走了。为什么还要贪图永生？”

“唯少数人，能承载终极存在的意志，如古老柱石下静伏的乌龟。”

“谁派我来的？”

“不是每一个问题都有答案，不是每一个迷都有解，让神秘的永远神秘，最终，我也将成为神秘的一部分，像风一样到处游荡，藏身于乌鸦的叫声，或猫的眼神，或黑暗，或深山，或者，某位少女的身上。”

“人是他自己的地狱和天堂。”

“人当自赎其罪！”

“你是你自己的末日审判者，当你弥留之际，你会给自己一个怎样的判决？”

“让我来向你们解释什么是天堂和地狱：天堂是美的精粹，地狱是丑的堆积。美者，善与智慧；丑者，恶与愚昧。人生终结时，美丑的较量决出胜负，灵魂归胜方所有。”

“未知是唯一可以预见的未来。”

“让我借用你们的神，向未知的一切致敬。”

“……”

卫校长和程文礼之流都见不得向天舒写的东西，斥之为“胡言乱语”，尤其是程文礼，一见就要擦掉，但他毕竟是摇过笔杆子的人，对文字的嗅觉比狗还灵，在毁掉向天舒的笔迹前，先要仔细琢磨一番，看有没有什么把柄能被他抓住，在他看来，向天舒这种人，不满于现状，一定会有很多反政府的言论。赵本根觉察到他的险恶用心，回家告诉吴燕，两人都替向天舒担心，但以向天舒目下的精神状态，绝听不进任何劝告。一天，向天舒又在过道里奋笔疾书，赵本根看左右无人，将他们夫妇的担心告诉了他，他愣了一下，歪头看着天花板，末了似笑非笑地说：不必担心，你看。说着，他在空白处大大地写了一行字：恺撒的归恺撒，上帝的上帝！赵本根不明其意，依旧忧心忡忡。

有时，向天舒会在黑板上画画，画面内容很古怪，引得学生们指指点点，满面疑惑。有一次，他画了一幅很大的裸女像，长相酷似英素花，恰好卫校长和程文礼都到县城里开会去了，那幅画便在黑板上滞留了两天，轰动全校。另一次，他将黑板报的内容全部擦掉，将黑板擦得油黑发亮，画上长身并立的三个女子，一式的长裙，如汉代的风格，被无形的风吹动，分别是红色，黄色，和蓝色，因是用彩色粉笔画的，色彩稍淡，便有一种古老壁画的斑驳感，超越了时空。观者议论纷纷，黄裙者系英素花无疑，红裙者有些让人疑惑，“叶莲！”不知是谁惊叫了一声，“谁是叶莲？”除了资历较老的教师，知道那段历史的人并不多，蓝裙者最美，也最费思量，“莫不是那个叫秀秀的蒙地第一美女？”此语一出，观者的目光便再难从她身上移开。夜里，画像被人暗中抹去，令那些想再睹芳容的人愤恨不已。

除了写字和画画，向天舒还会当众发表演说，在校园内，通常是在中午，端着饭碗在露天里吃饭的学生很多，他对着他们演说；只有一次是在校园外，站在百货公司门前的高台上，对着目瞪口呆的人群慷慨陈词，如当年的过路疯子。英素花不在百货公司里，她一直没来上班。新来的移民不知向天舒的底细，以为他一贯如此，随父母来此谋生的孩子自然也不认识他，纷纷说：瞧这个人！他的话很高深，除了极少数会思考的人，大家都只当笑话看，他说的话越来越深奥，每个字，人都听清了，而且都知道是什么字，但合成句子，便不明其意，只好当“疯话”来听。他的话越来越疯，最后，连基本的字都听不清了，像在说外语，但肯定不是有人略懂的英语；有人说，他说的不是外语，是神仙语，他在同神说话，闻者惊心。

此外，他常常四处走动，一言不发，目不视人，健步如飞。

关于向天舒发疯的消息不胫而走，明证是有人看见他跟风三娘在一起说笑，两人显得亲密无间，表情意味深长，没有人知道他们在说什么，又为何发笑。此事令程文礼忍无可忍，逢人便说：“疯了，真疯了！”

他甚至会在绿水塘里裸泳，绿水塘严禁游泳，何况是裸泳，程文礼立在岸上呵斥他，男生则在一旁笑，女生站得远远的，想看又不敢看。向天舒仰面躺在水上，旁若无人。

有一天，他爬上白石塔顶，谁也不知道他是如何爬上去的，怎么劝都不下来。在郝校长夫妇的带领下，大家火速找来被褥，铺在塔下，看他的神情不像是要寻短见，但万一滑落，后果不堪设想。他用两只手抱住塔尖，双脚站在最后一层塔檐上，眼望白云山方向，神情肃穆，最后，做了一个让所有人惊呼的动作，左手松开，左脚离开支撑点，呈“大”字，像个高空杂耍者，嘴里发出兴奋的叫声。胆小的女生吓得大哭，单玉老师流着泪叫他下来。他似乎清醒了，看着脚下的人群，犹豫了片刻，才小心翼翼地下来。

向天舒的精神状态让人忧心，谁也不知道他是真疯还是佯狂，或者只是暂时的，过一阵就会恢复理智。

好事者开始对向天舒的狂乱行为感兴趣，每日将跟踪他的结果向周围人吹嘘，最令人惊惧的，是他的夜宿坟场。听者不信，说的人恨不得把祖宗三代都搬出来作证，最后，众人决定一起去探个究竟。天黑下来，幸有星光给众人壮胆，至长虫山脚，远远看见斜坡上的坟场中有半截人影，众人匍匐前行至近处，果然是他，盘腿坐在坟头，高高在上，似一尊神像。

这些事传到寒禅那里，老人面不改色地说：不疯魔，不成佛！

一日，向天舒的神智突然清醒，且断了酒，要求重新上课，卫校长不答应，他便提着猎刀去找他理论，在场还有别的老师，都大惊失色，卫校长不敢吱声。

向天舒又开始上课。

他抛开课本，给学生朗诵了很多自己喜爱的文章，动情处潸然泪下，惹得女生们跟着一起哭。同学们永远都忘不了向老师给他们上的这几堂课。最后一课，他立在讲桌后，自始至终都一言不发，教室里静悄悄的，从未有过的奇怪氛围。他时而低头，时而看窗外，时而看学生，眼里似有泪花闪烁，看得大家想哭，下课铃响了，他如梦初醒，开口说：我走了，但我还会回来的！

向天舒又开始喝酒。

单玉老师泪汪汪地劝诫：小向，别糟蹋自己了，为了这么个女人，不值！

他又开始在教学楼过道的黑板上写字，这一次的字写得工整、漂亮，内容却都和死有关，令人不安。

“生活，便是不断死亡，又不断复活的过程，如昼夜的交替。起初，我们只是部分地死去，部分地复活。当最终的死亡来临，全新的复活指日可待。复活，而非复原；重复没有意义，你将不再是你。我愿永在轮回中，此乃另一种永生。”

“不仅要学习生活，还要学习死亡。不知死，焉知生。置之死地而后生。”

“死亡，是生命的惩罚，也是生命的酬劳，因人而异。”

“死亡是生命的阴影。没有阴影的物体不是真实的物体。万物互为阴影。阴影并非都是黑色的，绿色是红色的阴影，天空是大地的阴影，无是有的阴影，撒旦是上帝的阴影。如果终极存在是大光明神，我们实为其阴影。”

“我们要用一生来弥留，把每一刻都当做弥留之际。”

“你们现在拥有的，并不属于你们。”

“你们迟早会失去一切。”

“无论以何种方式死，结局一致，所有的生命最终都会成为牺牲；我是我自己的牺牲，我将为自己献祭。”

“没有人真正死去，如果能穿越时间，你将看到所有人都活着。”

“我们若无其事地生活，彼此心照不宣，但谁都知道，一个重大事件正在发生：死亡。我们每天都在死去。要赶紧，乘最终的死亡还没来临，让自己的人生更有意义。人生的意义在智慧与善行中。”

“我的生命如此富足，除死而外，夫复何求？”

“肉归肉，灵归灵。”

“……”

一天，单玉老师来告诉向天舒，英素花和郑权生将在下月举行婚礼，以让他彻底死心。果然，他平静下来，接连几天与学生一起出操，并带领大家打拳。

向天舒恢复了晨练的习惯，没有云雾遮挡时，启明星如约等候，同他久久交流，直到阳光从青龙山顶泻下。

他又开始登山。

他惊讶地发现，白虎山靠近公路一侧冒出了许多紫茎泽兰，白花随风飘扬，烈日下打紫茎泽兰丛中走过，白色的花籽立刻扬起，钻进鼻孔、嘴、眼睛、脖颈，同汗水粘在一起，让人浑身不自在，衣服上也沾满白毛。紫茎泽兰是外来物种，所到之处疯狂肆虐，当地植物被驱赶一空，造成所谓的“绿色荒漠”，且牲口不能吃，亦不能作圈肥用，百害而无一利。他在各处都发现了紫茎泽兰的踪迹。他替原生植物担忧，尤其是那片美丽的罂粟花。

每当黄昏降临，向天舒的屋里就会传出音乐声，音量开得很大，远近的人都能听见，音乐深沉婉转，闻者动容。夜幕降临，他坐在黑暗中，泪流满面，不是音乐悲伤，是他的心悲伤，这么多年来，他的生活在变，世界在变，他的心却依然多愁善感。

种种迹象表明，向天舒正在向理智回归。

尤为可喜的是，他开始拾掇花园，证明他依然热爱生命。篱笆脚的隐蔽处有几朵还在开放的罂粟花，令他十分意外，将它们都摘下来，插在一个玻璃瓶里，屋内一下子又有了生机。

方形花园荒废了很久，同周围生机勃勃的菜地形成鲜明对比。单玉老师是爱花之人，不忍见花园败落，帮他打理了几次，终因工作繁忙而无暇顾及，野草长驱直入，占领了大半个花园。单玉老师叫了几个学生来给他帮忙，又将自家花盆里的花匀出一些来给他。整整一下午，翻地，锄草，将枯死的花拔掉，补种上新的花，男女生有说有笑，其中一个女生长得很秀气，每次与向天舒对视都会脸红，似当年的叶莲，姜泽后和叶莲他们第一次帮他收拾花园的情景如昨。他同当年一样赤着脚，踩在新翻起来的泥土里，在柔软而冰凉的泥土的挤压下，快感沿尾椎爬到头顶，回忆展开来，直到被一条缓缓爬过脚踝的蚯蚓惊醒。

有一件事却让单玉老师担心，向天舒开始吃素，到食堂打饭从不打肉，就是蔬菜也抱怨猪油太多。单玉老师请他来家里吃饭，煞费苦心做的肉菜他连碰都不碰。酒照常喝，虽几番说要戒，却一直没戒。单玉老师口快，心里憋不住事，不顾郝校长的反对，问向天舒是不是开始信佛了，答案的否定令她更加迷惑：不信佛，那为什么吃素？吃素对身体不好，营养不均衡。向天舒说：不为什么，就是不想吃肉，见肉就反胃。郝校长说：吃素也没什么不好，没见寒禅法师九十几岁了身体还那么硬朗？单玉老师瞪了郝校长一眼。

一日午后，费武端着茶，剔着牙，迈着八字步进来，因为肚子大，没法迈正步，从身量上看，他这些年没有白过，每年都要添点儿膘，才坐下，沙发的弹簧便大声表示不满。

“你和姓英的分了好，我早就看出来了，她不是什么好货。”

“那你说她是什么货？”

“骚货！”

“你这么说她，是不是癞蛤蟆吃不着天鹅肉就说天鹅肉难吃。”向天舒憋着火，突然觉得对方的体型与癞蛤蟆一样，立刻想到了这句讥讽的话，说完自己都忍不住笑起来。

“怎么说话的？谁是癞蛤蟆？！”

“说你是癞蛤蟆还抬举你了。”

费武声势浩大地从沙发上站起来，冷笑着说：“我是癞蛤蟆，我是吃不到天鹅肉，吃到天鹅肉的人多了去了，现在还有人在抱着啃呢！”

向天舒迎面一拳，将他打趴在地上，半天爬不起来，在地上“嗷嗷”乱叫，惊动了一楼的人，小妖尖叫着将他扶起来，一脸的血，分不清哪是鼻子哪是眼。

大家弄清原委后，都明白了一件事，向天舒不能容忍任何人说英素花的坏话。

费武挨了打，想报仇又不敢，逢人便说：我不跟疯子计较！

卫校长最近十分恼火，因为向天舒有事没事就盯着他的羊眼看，他转方向，用真眼瞪他，对方也跟着转方向，依旧盯着他的羊眼，含讥带笑。

向天舒一日路遇程文礼，当众人面，堵住了他的去路，他欲左则左，欲右则右。程文礼的脸红一阵白一阵，进不得，又无颜退，悻悻说：好狗不挡道！

向天舒却嬉笑着说：好狗不咬人！

“神经病！”程文礼骂道。

“竖子，杀人犯，还不忏悔！”向天舒突然指着他的鼻子大喝一声，瞠目裂眦，不光程文礼，围观的人都被震住了。

“跟众人说说，你以前写文章害死了多少人？”向天舒的表情咄咄逼人。

“他在发神经，他疯了！”程文礼回过神来，歇斯底里叫道。

向天舒却不理会他，仰天长叹：作孽而不知悔罪者，老天会收了你们！

说完自顾自地走了。

不管怎么说，同先前的疯狂行径相比，他变得平和了。整日穿着白衬衫，天热，不扣扣，敞着怀，像半长的白袍，趿着拖鞋，穿街走巷，经过商铺和人家，同遇见的人打招呼，或者停下来与对方攀谈，提各种问题，有浅显的，有高深的，有俗的，有雅的，答不上来也不恼，耐心启发，仍旧答不上来时，便给出答案，始终微笑着，像是为了配合他似的，对方做出恍然大悟的样子，他便带着满意的神情飘一样走开。频频现身于黄龙中学校园各处，因这里对话者的文化水平显然更高。几乎不在户内逗留，遗憾夜幕的降临，恨光明不常驻，满心憧憬古雅典的日光。

向天舒天不亮就出门上山，在三清殿待了三天三夜，这是他与怪老道的最后一次见面。

怪老道当然知道最近发生的事情，但对方不提，他也就不问。

向天舒独自去喂鹰。

笛声起，响彻空谷，至《秋月曲》时，老鹰一家三口联翩而至。他沉浸在自己的笛声里，待《秋月曲》奏完，才放下笛，看老鹰吃肉，对方似讶于音乐的消失，都住了口，抬头看他，他的脸上露出一丝笑意，对方重又低头吃肉。老鹰吃完肉后飞走，越飞越高，逐渐模糊成三个黑影，两大一小。向天舒泪眼蒙眬，默默为它们祝福。

午饭后，到大殿后面的洞里打坐，坐了整整一个下午。

天空阴沉着。

晚上下了点小雨，有几丝凉意。

早早上床睡了。

第二日放晴，云似轻烟，在朝阳中袅袅飘散。

请怪老道多做了几个馒头，随身带着，动身前往舍身崖。

有一整日的时间，不用着急抵达目的地，便走走停停，时而离开正道，欣赏远近的风景，空气格外清新。

仲夏时节，高山上还在过春天，花开得正盛，以杜鹃为最，红的白的黄的都有，一丛丛，一簇簇，叶色分出不同层次，经过夜雨的清洗，皆鲜亮可人，风拨动朝阳的丝弦，四周好鸟相鸣。

向天舒内心的阴霾一扫而空，仿佛一切都可以重新开始。

正午，来到舍身崖，理想之巅近在咫尺。

没有即刻走到崖边，而在离崖十几米的地方盘腿坐下，抬头看理想之巅，再次觉得，理想之巅酷似女子的头颅，背向他，朝着无尽的远方。他努力想象她的眉眼，突然，幻象出现了。岩石上纵向的深色纹路变成了真正的发辫，理想之巅变成了女子的头颅，肉红色的双耳近乎透明，巨大的头颅离开山体，升向空中，留下大片空地，似草坪的延伸，头颅悬停在一定高度，开始缓缓转动。他屏住呼吸，双眼圆睁，既兴奋又恐惧，只有神女才能拥有如此硕大的头颅，他迫不及待要一睹神女的芳容，眼看头颅就要转过来，他不由得跪在地上，终于……“秀秀！”他叫了一声，旋即昏厥。

醒来时，太阳已经偏西，幻象早已消失，理想之巅披着金光，岿然不动。

他努力回忆幻象的每个细节，但腹中空空，便暂时将心思放下，吃馒头，喝水。谷中传来风的啸声，而草坪尽头的落叶松林却纹丝不动，令他感到惊讶，那风仿佛不是风，而是尘世的反响，有一阵子，风小了一些，像是许多人在说话，有男有女，说话声越来越响，甚至能分辨出说话的内容，他不敢走近去看，怕看到别的幻象，那些声音继续着，时而清晰，时而模糊，时而舒缓，时而激越。空气是透明的，失去了阻力，许多声音从很远的地方传来，与谷中的声音汇聚在一起，像一条大河，他闭上眼，逆流而上，经过各种声音，城市、郊野、村镇、街巷、集市，相应的各种往事在声音之流上漂浮，愈往前，漂浮物愈少，河面洁净起来，抵达源头，唯余声音的世界，如泳者潜入水中，被水包围，四周全是水，水声浩荡而混沌。

太阳向谷中落去，他抑制不住欣赏落日的欲望，起身走到悬崖边，克制住强烈的尿意，看云蒸霞蔚，落日壮美依然。

突然，谷底吹来一阵阴风，令天地易容，太阳一变而为黑色。他的脑海中闪过一个念头：黑太阳。太阳漆黑一团，被一圈白光包裹着，白光的存在只是为了照亮黑暗的中心。

一开始以为是日全食，但这个猜测很快就被否定了，因为黑太阳开始急剧膨胀，放大了几百倍，似传说中的黑洞。黑洞逼近，眼看着就要将他吞噬，却又荡开去，浮在深谷的上方，像一面巨大的黑镜。他的目光吸附在黑镜上，似置身于圆形剧场中，灯光全部熄灭，演出开始，人世的各种景象登场，似海市蜃楼一般，都市、乡村，熙来攘往的人，先是现代的，接着是近代的，然后是古代的，其间有战争，有和平，世间发生过的一切依次展开，时光倒流，洪荒时代、冰川时代、恐龙时代，直至最初的黑暗。

眼前一阵发黑。

“别倒下，挺住！”体内有个声音在叫，他意识到自己的半个身体已经探出崖边，于是与晕眩作殊死的抗争。幻象消失。

退到草坪中央，惊魂甫定，突然有一种想要起舞的冲动，但他不会跳舞，于是打了一套太极拳。这是他一生中打得最好的一套拳，更慢，更沉，更柔，如微风中舒卷自如的云，每一个毛孔都舒张开来，五脏六腑皆化为无形，融入虚空。他仿佛是天地间唯一的舞者，每一个动作都透露出生命的秘密，都将他引向那个被他叫做“易神”的最高存在。

第三日早，向天舒打了几遍拳，请怪老道指教。

“形在，神不在。”

他无奈地点点头，他知道，舍身崖上的那套拳已成绝唱。

“小向，最近还在写字吗？”

他点点头，请怪老道拿来纸笔，立身桌前，脑子里浮现出在舍身崖上打的那套拳，缓缓提笔，写下一句话：不要有物质的贪恋，也不要有精神的贪恋。

怪老道细细品味了一番后，赞道：“字好，内容也好！”

“前辈，我想见识一下道教的斋醮仪式。”

怪老道一怔，那眼神仿佛在说：通神的事岂能随意为之。

“小向，你是因为好奇还是有别的原因？”

“我也说不准，但这事对我很重要。”他诚恳地说。

怪老道思忖了片刻，决然说：“也罢，就为你破回例吧。”

“多谢前辈！”

“你想看简单的？还是复杂的？复杂的我一人做不了。”

“简单的好，越早时越简单。”

“没错。不过，再简单也须有必要的法器和供养，也罢，因陋就简，心诚最重要。”

虽说一切从简，怪老道一点儿都不马虎，在向天舒的帮助下，将前院中的废弃砖石搬来，忙了整整一天，在主院里垒起一个简易坛场，有半米高，靠北边设了香案，供上一些简单的茶饭。

“前辈，还要写青词吗？”

怪老道一愣，笑言：“差点忘了，四十多年没打过斋醮了，这样吧，咱们也不必拘泥，既然是为你一人举行的仪式，青词便由你来写。”

“可是，我不会写。”

“将你想同上天沟通的内容写下来就是，我不看。”

“这合适吗？”

“合适，既是神仙，就没有看不懂的。”

向天舒又惊又喜，一口气写满了三页纸，叠整齐，有字的一面朝内，置于香案上，好似一封准备寄给上天的书信。

两人都没吃晚餐，以示斋戒的诚意。怪老道换上一身干净的道袍，将头发披散开来，飘然若仙。

夜幕降临，怪老道在坛上点了油灯，又在院里的各处都点上蜡烛，所幸风轻，烛火始终不灭。

星斗满天，装点了仪式的氛围。向天舒盘腿坐在离坛稍远处。怪老道走上坛，敬香，跪拜，之后右手持七星剑，左手捻诀，口中念念有词，步罡踏斗，似神秘的舞蹈。因怪老道有太极拳的深厚功力，身法与步法融为一体，长发，长须，长袍，轻灵似影，又如香烟般袅娜。向天舒读过有关斋醮科仪的书，知道这些步伐的象征意义，其路线正与天上的星座相符，寓行走天庭之意。怪老道的步伐比向天舒想象的繁复，先绕大圈，渐渐收缩，至坛中心时静止不动，闭眼沉思，良久，睁开眼，叩响上下齿，重新迈动脚步，朝四面八方走去，随后又回到中心，如此反复，两手的姿势不停变换，似有一定之规，又似很随意，口中的言语抑扬顿挫，皆含混不清。向天舒想起雷风寨南木萨作法的情景，独龙族巫师和怪老道的神情如出一辙。怪老道似乎忘了这是一场替别人做的仪式，甚至忘了向天舒的存在，沉浸在另一个世界里。斗转星移，向天舒无意中抬头，一颗流星划过。

怪老道终于返回大地，但不是一个人，向天舒似乎看见了许多缥缈的身影。

怪老道拿起向天舒的字纸，在香案前跪下，将纸高举过头顶。向天舒的心跟着悬了起来，目不转睛，此刻，怪老道的每个举动都与他息息相关，他的一生都在里面，是与非，功与过，罪与救赎，均一一列出，善恶的天平忽高忽低，至叶莲之死时，完全向恶的一方倾斜，英素花的出场并未改变这种态势，还剩最关键的砝码——秀秀，他信守了自己的诺言，无愧于秀秀的圣洁，秀秀成就了最终的救赎，引领他升向他自己的天堂。怪老道将纸在蜡烛上点燃，天地瞬间被照亮，纸化作青烟，并未即刻消失，在空中扭曲、变形，如泼墨，瞬间凝聚成一个人形。向天舒确信，人形正是他自己，慢慢升上夜空，与之前那颗流星的轨迹正好相反，这是他此番上山后看到的第三个幻象。怪老道低着头，并未看到这一幕。

向天舒次日一大早便下山了，行色匆匆，似有紧急的事要办。

他让省城好友将他剩下的钱都寄了回来。他并不知道，他寄放在对方那里的钱早已用完。想到这是最后一次给他寄钱，好友将自己一半的存款都寄给了他。

他去吴燕老师家与赵本根喝了一晚上酒，纵论天下，他主讲，他的历史知识令赵本根望尘莫及，最后，他拿出一沓钱，交给吴燕，说是给干儿子的，吴燕说什么也不收。他急了，瞪着血红的双眼说：你难道要我拿去给死人？样子很吓人，吴燕只得答应，他这才转嗔为喜，吴燕夫妇感激得不知说什么好。

他分别给母亲、妹妹和弟弟寄去一笔钱，余下的拿去给郝校长和单玉老师，借口自己手散，怕不小心将这些钱花掉，请他们替他保存，一部分用来供麦香读书，剩下的都做郝望今后的“成长经费”。郝校长和单玉老师很意外，但因为只是保存，便没有过多推辞，第二天单玉老师便到信用社将钱都存了起来。

向天舒将郝望叫到屋里，与他长谈了一夜，让他永远不要辜负他的养父母，而且，尤其不能忘了改变他命运的人：英素花。

“记住，不论发生什么事，都不要怨她。”

最后，他从书架上抽出一本书，很薄，是海明威的《老人与海》。

“小望，这是向叔叔很喜欢的一本书，送你做个纪念。”在递给郝望前，他略一思忖，在扉页上题了几个字：离不开海的人，要先离开海，到远方去，然后同狮子一起回来。郝望接过书，将题词小声念了几遍，一脸茫然，以他的年龄和阅历，自然不懂其中的深意。

“这本书讲的是一个老人在海里捕鱼的故事，书中还有一个孩子，记住，你就是那个孩子。”向天舒意味深长地说。

第二天，向天舒将书打包，寄给省城好友，一本都没留。书架上空空如也，挂在上面的猎刀越发显眼。他屈指一算，自己来黄龙镇快十二个年头了，十二年，仿佛只是一年的十二个月，春夏秋冬，一眨眼就过去了，却已发生了那么多事，将四千多个日子填得满满当当的，似无一日空过，回忆将是漫长的。“我相信我日日夜夜的贫穷和富足，与上帝和所有人相等。”他常常念叨博尔赫斯的这番话。

去找寒禅喝茶，顺便再看一眼绿度母唐卡。

“小向，你这么喜欢，就送给你。”

他沉吟片刻，说：“多谢法师，这么美的礼物，我很想要，可是我不能要。我要出远门，带着不方便。”

寒禅微微一怔，随即说：“你什么时候想要，就来取。”并没问他为什么要出远门，要去哪里，更没问为什么“带着不方便”，他可以搁家里啊，难道，他不打算回来了吗？

“小向，最近还在画画吗？”

“在心里画。”

“画出来看看。”

寒禅将宣纸铺在桌上。向天舒立在桌前，怎么画已经不是问题，可画什么呢？一面沉思一面将毛笔浸入墨中，许久才提起笔，至纸面上空，意甚踌躇，不知如何落下。毛笔高悬空中，笔尖与纸面垂直，仿佛吊在线上的铅垂，又似座钟的钟摆，至六点钟刻度时停滞不前，时间静止。饱蘸过的墨汁在重力作用下聚在笔尖，仿佛无中生有，渐渐胀大，似一颗巨大的黑珍珠，最终挣脱笔尖，坠落在洁白的宣纸上，迅速向四周扩散，由一个黑点变成一个黑色的圆面，距圆心越远，颜色越淡，最终渗入白色，黑与白没有明显的过渡，浑然一体，有一滴溅了出去，摆脱了圆面，其存在似有若无。向天舒呆住了。

“寒禅法师，我实在想不出要画什么。”他回过神来，不好意思地说，惋惜浪费了一张好纸。

“你已经画完了！”寒禅意味深长地说。

向天舒突然很想念黑猫，让郝望弄来许多小马鱼，放在窗台上，黑猫却始终没有现身，倒便宜了一群苍蝇，待鱼臭了，又让郝望弄了些新鲜的来，但还是不见黑猫的身影。就在他差不多要绝望时，黄昏，窗台上响起“喵呜”声，连忙走到窗边，是黑猫。老朋友相见，似有千言万语，但不敢立刻开窗，怕惊扰了对方，且稍稍退后，以免影响黑猫用餐。奇怪的是，黑猫并不看鱼，而是定睛看着他，尾巴轻轻摆动，他犹豫了一下，轻轻打开窗，黑猫立刻迎上来，向他伸出右前脚，他又惊又喜，摊开右手掌，让对方的爪子落在自己的手心，如此轻柔，似一片黑色的羽毛，却联通了两个世界。他用左手去抚摸对方的头，黑猫半眯着眼，发出喜悦的声音，良久，缩回脚，退后两步，默默看了看他，转身离开窗台，跳到花园里，花园的尽头有一个身影，是母山猫，一起跳上墙头，回头朝他望了一眼，纵身消失。他知道，黑猫是来同自己道别的，也许，是永别。

泪水浸湿了整个黄昏。

接连几天，他都做了同一个梦：大榕树下，站着一只雪白的狗，白狗背上站着一只黑猫，黑猫背上站着一只灰松鼠，呈金字塔形，灰松鼠的尾巴高高翘起，合手做祈祷状，除了绿叶，整个世界都没有任何彩色。梦中仿佛有声音在说："从个头看，白狗最大，黑猫次之，灰松鼠最小，但最小的却是最大的。"

深夜，向天舒的脑海里一片空白，老人山上的猫头鹰笑了好几声，他才听见钟摆的声音，仿佛很多小人在列队操练，步调一致，节奏鲜明。抬眼看墙上的挂钟，时针指向一点，钟一直在走，但此前时间被关在意识的门外，完全不存在。一只硕大的蛾子从窗外飞进来，落在桌上，背部图案形似鬼魅，十分瘆人，他突然抄起一本书，用力拍去，飞蛾当即毙命，体内的白浆同翅上的粉末一道溅起。

这是一个不祥之夜，但除了那只不幸的蛾子，什么都没发生。

六十四

英素花和郑权生的婚礼在即。郑权生比谁都清楚，英素花放不下向天舒，所以要趁热打铁，赶快完婚，以免日久生变。但这不是人们关心的事情，大家只关心此事对向老师的影响，他最近再正常不过，登山，打拳，吹笛，与人谈古论今，连烟都戒了，神清气朗，似已得到解脱，关心他的人都松了口气，然而，却出事了。

向天舒杀人了。

时间：上午！

地点：百货公司！！

受害者：英家母女！！！

目击者还原了事件的整个经过。

向天舒出现在百货公司门口，两眼通红，满嘴酒气，提着刀，径直向英素花走去。包姥一早便来找女儿商量婚礼事宜，见此情形，瘫软在地。英素花似乎明白了即将发生的一切，既不跑，也不呼救，眼里放出异样的光彩，仿佛期盼已久的幸福终于来临。周围人都吓呆了，向天舒也愣了一下，似要从迷狂中惊醒，然而，他分明从英素花的眼中得到了鼓励的信号，刀仿佛自动按照主人预先下达的指令，高高跃向目标。包姥首当其冲。据目击者事后分析，包姥中刀时英素花完全有时间逃命，但她没动，甚至没做出任何遮挡的动作，脸上焕发出前所未有的美丽容光。

凶器遗留在现场，是秀秀爹送给向天舒的那把猎刀。

英素花和包姥倒在血泊中，在场的人吓得一动也不动，还是包姥自己先号叫起来：杀人啦！死人啦！！救命啦！！！

郑权生带人赶来。救人要紧。众人手忙脚乱把英素花和包姥送往卫生所抢救，伤势虽重，但没有生命危险，英素花胸前的每一刀都擦着心脏，不能不说是个奇迹。

镇上的广播响起，号召抓捕凶手。

有人说，向天舒搭乘了一辆拖拉机，往白云山方向去了。

许多人，以郑权生为首的警察，以赵本根为首的师生，凑热闹的，汇作一处，浩浩荡荡，奔白云山而去。

据和尚说，向天舒来过白云寺，且说他向来都不烧香礼佛的，这一次很奇怪，郑重地烧了三柱香，当时在旁的和尚听到他在口中反复叨念：小莲，素花，秀秀！此外含糊不清，之后他便往山上去了。

众人迤逦上山，至三清殿，这是镇上人第一次来到怪老道的居所，怪老道并无任何惊诧的表情，淡淡地说：我想他应该去舍身崖了。郑权生想到向天舒同怪老道的关系密切，心下生疑，恶声道：你要说实话，向天舒可是杀人犯！“杀人犯？”怪老道正自惊疑，旁边的警察厉声补充道：“他杀了英家母女！”怪老道“哦”了一声，便闭上眼，不再理会他们。郑权生打了一个手势，手下人便到处搜寻，包括石窟，但没发现任何可疑的迹象，郑权生这才说：走，去舍身崖，他跑不了。怪老道依旧闭着目。

众人继续爬山，临近舍身崖时，皆已累得上气不接下气，遇见一个樵夫，说见过向天舒，还同他说了几句话，之后到舍身崖那边去了，见这么多人，忙悄悄问学生出了什么事，答曰：向老师杀了人！樵夫惊得合不拢嘴。众人来到老虎嘴，胆小的却步，郑权生也畏缩不前，只有三个警察和两个学生冒险通过，至草坪，先到松林里搜索了一番，林子不大，藏不了人，再往上是陡峭的裸岩峰，插翅难飞，几个人面面相觑，不约而同地往舍身崖边望去，发出低低的惊叹声。一个学生失声叫道：“鞋！向老师的鞋！！向老师跳崖了！！！”两只鞋整齐地摆放在一起，袜子委弃一旁，鞋尖背向寄魂谷，一副留恋尘世的姿态，众人相继胆战心惊地探出头去，白云缭绕，深不见底。

“死要见尸！”郑权生咬牙切齿地说。

既是跳崖，尸体必在寄魂谷中，天黑下来，众人匆匆下山，待来日再到谷中搜寻。

郑权生多了个心眼，悄悄吩咐几个警察留下，潜伏在下山的必经之路旁，以防向天舒是诈死。第二天让别的警察换班，监视了三天三夜才作罢。

向天舒跳崖的消息震惊了所有人。他教过的学生沉浸在悲痛中，女生都哭红了眼，小吴老师的眼睛被眼泪泡得有平素的两个大，相貌更加难看，周围人却被她的善良深深打动。

“为这么个女人，太不值了！”单玉老师流着泪说。

“哼，自杀，倒便宜了他！”镇长大人说。

寄魂谷阴森可怖，似鬼怪的渊薮，又多瘴气，除胆大的樵夫外，没人进去过，向天舒的学生出于对老师的爱戴，在赵本根的带领下，斗胆前往，郝望也加入到搜索的队伍中，郑权生率警察随后进去，除他外，别的警察都不过塞责罢了，匆匆了事。接连数日，除了几具深度腐烂的动物尸体，一无所获，也许，人卡在了峻嶒悬崖上的某一石缝里，但谁也没有攀崖的本领，可以上去一探究竟。

见不到向天舒的尸体，郑权生一刻都不得安宁。

那几天，风三娘见人就说：“叫了，叫了，又叫了！”人问她是什么叫了，她却摇头，神秘莫测的样子。憨包逢人也说：又叫了！却不说是什么又叫了，大家不甘心，逼他说，他喉咙里突然发出一连串奇怪的声音，听者愕然，不约而同地说：神麂！原来憨包听到的是神麂的叫声，风三娘听到的定然也是神麂，可正常人都没听到，凭什么信一个疯子和一个傻子？憨包又叫了几声，模仿得惟妙惟肖，令众人失色，纷纷喝止他，大家的过度反应反令他兴奋，竟撒腿就跑，边跑边叫，甚至跑到老人山上叫，跑到青龙山上叫，跑到孩儿山上叫，神麂的叫声传遍全镇，一时人心惶惶。尚科用铁链将憨包锁在家里，很久才放出来。尚科的举动出乎所有人的预料，他先前将神麂的传闻斥为迷信，凡与科学违背的他都不信，向天舒之死令他震惊，憨包儿子对神麂叫声的模仿触动了他的神经，他显得比谁都惊恐。

包姥虽伤得更重，却先于女儿出院，右脸上留上了一道永久性的刀疤，似魔鬼的印记。英素花在卫生所里躺了很久，照白医生的说法，“肉伤好治，心伤难愈”，郑权生和她的婚礼被迫延后。

向母深受打击，变得神志不清，常望空发呆，又常对旁边的人说：“你们瞧，天舒在天上呢！”一开始大家都很同情她，老年人还陪着流泪，任由旁人怎么劝说，她都只是这句话：“你们瞧，天舒在天上呢！”反反复复，人的同情心便麻木了，待她再重复那句话时，有人便故意说：“天舒死了，埋在地下呢。”意在刺激她，让她回到现实中来，她却说：“胡说！天舒回省城去了，他要来接我去呢，我去玩玩就回来，省城那么大，住不惯。”又说：“你们不知道，我生他的那天晚上，有颗很大的星子从天上下来，钻进我的肚子里，我的肚子就开始疼，疼得满地打滚。天舒生下来时，满屋子亮呢！你们说，他是不是回到他来的地方去了。”又说：“天舒出事前还托梦给我，说他不是我的儿子，那是谁的儿子？”向母压低嗓音，神秘地说：“是神的！”大家这才确信，向母疯了。

怪老道不幸坠崖身亡。

向天舒死后不久，人们在集上最后一次见到怪老道，也不摆摊，坐在百货公司的台阶上，用手指在空中作书写状，口中念念有词，集散后，也不像从前一样跟儿童玩耍，独自喝得酩酊大醉。

镇上人议论纷纷，怪老道死得蹊跷，难道与向天舒的死有关？两人的死亡时间如此接近，绝非偶然。一则传闻较可信，说他是采草药时不慎失足坠崖的。

好心人捐钱给怪老道买了一口简易棺木，将他葬在白云山脚石牌坊附近的林子里，没有墓碑，因无人知其姓氏和来历，坟包不久便被长草覆盖，无迹可寻了。

有传言说，怪老道并没死，只是尸解了。

向天舒的葬礼颇费周折。

郑镇长与卫校长意见统一，向天舒是犯罪嫌疑人，不得为他举行葬礼。这个决定引起普遍的不满，尤其是黄龙中学的师生，向天舒所教的学生自发为他戴孝，在胸前戴一朵自制的小白花，别的学生受到感染，也纷纷仿效，有人倡议为他搭建灵堂，被校方严厉制止。卫校长召开紧急会议，说这件事影响恶劣，连省城的各种媒体都报道了，上面有指示，案子未了结前不准举行任何追悼活动，违者必究，再说死不见尸，谁知他不是畏罪潜逃了呢。赵本根大声抗议：人都死了还这么说，太过分了！卫校长拿羊眼瞪着赵本根，严正地说：这是个政治问题！

向天舒教过的学生陆续赶来。

姜泽后最先赶到，大哭了一场，张罗着联系所有能联系到的同学，包括远在省城甚至首都的，有钱的出钱，没钱的出力，要为向老师发丧。镇长和卫校长见来了这么多人，有的还携着家眷，关系复杂，万一里面有几个有来头的，得罪了可了不得，只得咬牙旁观。

田家鹤专程从国外赶回来。

向天舒的省城好友也来了，除少数人外，大家对他都很热情。在校长办公室，卫校长用狐疑的眼光打量他，仔细询问了他与向天舒的关系以及后者在省城的所作所为。进来几个警察，为首的是那个叫郑权生的镇长的儿子，显然有人通风报信。卫校长借故走开。郑权生让他坐下，自己则坐在对面的校长办公桌后，随行的警察搬来椅子，在办公桌的两侧坐下，其中有个戴眼镜的拿出纸笔，预备记录，现场的情形与审问犯人无异。郑权生发问，不外乎还是他与向天舒的关系及向天舒在省城的经历等问题，他把之前回答卫校长的话复述了一遍。郑权生拿出一封信，让眼镜递给他，他接过来，眼镜并不走开，似在提防他撕毁物证。信已被拆开，是一封挂号信，信封上署着他的名字和地址，贴着邮票，还盖了邮戳，显然是一封被截获的信件。这是他的私信，他们有什么权利扣留？他强忍着愤怒，瞪了姓郑的一眼，将信抽出来。信的内容很简单，没有抬头，更像是一份遗嘱。“你读到这封信时我已不在人世。我现在要去做件大事。这事以前，我的善恶天平向善的一方倾斜，这事以后，则倒向恶的一方。我只能用自己的生命赎罪。我的死与任何人无关。现在，善恶两讫了。”落款是“向天舒”三个大字。他捧着信发愣。郑权生早等得不耐烦，示意眼镜将信收回。

“他要去做什么大事？”

“我不知道，你们应该比我更清楚。”

“我们当然清楚，他要去杀人。他为什么要赎罪？他犯了什么罪？”

“我不知道，每个人都有罪。”

“你想说我们也有罪？什么屁话！”

他因处处受监视，只在黄龙镇做了短暂的逗留，其间去了一趟蒙地，别的时间都待在镇上，葬礼一毕便回省城去了。

十几年来，合镇的人都知道，向老师的信特别多，一部分是在外地求学或工作的学生来信，其余的则来自同一个人。刚开始，大家还以为是他在省城的相好，名字很中性化，并不能一下子分辨寄信人的性别，虽然向天舒自己说是同性朋友，但不可信，同性朋友怎么可能写那么多信？同性恋的观念尚未波及偏远的黄龙镇，否则，大家一定会接受同性朋友的说法，但会强调是“同性恋朋友”，因此，关于向天舒在省城有相好的说法一直在流传，且成了他玩弄叶莲感情的明证，直到他和英素花的关系公开后，才证实了寄信人大概的确是和向老师亲密得不得了的同性朋友，因为英素花从未就信件的事同他闹过，但向天舒讳莫如深，人的好奇心受到很大挫折，久而久之，没人再议论这件事，连寄信人的姓名都懒得提，用“他”代替，管大爹每次都会对着向天舒吆喝：他的信！直到向天舒出事，才有人旧事重提，说他和向老师这么好，不会不来参加葬礼吧，好奇之火重燃。他果然来了，多年的悬念揭开，也只是一个普通的城里人，来去匆匆，令众人颇感失望。

在姜泽后等人的努力下，追悼会在大礼堂内举行。施大爷特意做了一口小棺材，分文不取，棺材里放着向天舒遗留在舍身崖上的鞋袜，及他珍爱的一些物品。他留下了一个白纸盒，上书“请用这些东西为我陪葬”几个字，里面有他生前常用的铜镜及太极剑，一个蜘蛛琥珀，一块有罂粟花纹饰的瓷片，一条野猪牙吊坠，一个心形香包，一个红发卡，一串佛珠，一块绣着荷花的绣片。棺材放在舞台正中，环绕着柏树枝和花圈。单玉老师宣读了郝校长写的一篇长长的悼文，文中提到向天舒的生平，他的学识，他的善良，及他对黄龙中学的巨大贡献，单玉老师本来就是易动感情的人，此刻更是如泣如诉，在场的人无不为之泪下，待哀乐声起时，很多人泣不成声。

因为只是衣冠冢，向天舒的家人并未坚持一定要回祖村安葬，似还怀着一丝希望。墓址就选在向天舒生前极爱攀登的青龙山半山腰的一块平地上，视线极佳，俯瞰着黄龙中学和黄龙镇。

发丧的日子到了。

麦香戴着重孝，同向天舒的妹妹一道，搀着向母。向母的神智有时清，有时不清，清时大放悲声：我的儿啊！我的儿啊！不清时两眼放着光芒说：我的神啊！我的神啊！

秀秀妈和龙尤来了，带着一个土陶罐，给向天舒做陪葬品，眼尖的人看见了罐身上的画像，大家争着传看，发现了罐底的“秀秀”字样，发出惊呼声，单玉老师连忙将罐子藏起来，以免引起混乱。秀秀没来，令众人失望。

桃源小学的师生及家长都来了。

吴吞、安琪和安琪妈妈来了。

大吉寨的人来了。

除少数几个人外，黄龙中学的师生基本都来了。

慕名而来者不可胜数。

送葬队伍蜿蜒行进。

漫山都是人，没地方站的人便从山脚一直延伸到黄龙中学校园内。

新来的移民及许多过客并不知道向天舒为何许人，只是呆呆地看热闹。

鞭炮声响彻云霄。

黄龙镇的历史上从未有过如此壮观的场面。

后　记

我想，这会是一篇很长的后记，因为我有很多话要说。

也许你们不信，我并非本书的真正作者；我只是第一人称，并不代表谁。有时，连我自己都闹不明白，哪一个是现实中的我，哪一个是书中的我。

不要问我是谁，你们记住天舒就行了，天舒远比我重要；也不要问我的故乡在哪里，你们记住黄龙镇就行了，黄龙镇远比我的故乡真实。

现在，我管向天舒叫天舒，这样称呼才亲切，通过写作，我们越来越熟识，几乎成为一体，他实现了我的很多梦想，而我在继续他未竟的生活。这么说吧，天舒就是我的精神知己；而我现实中的知己，是“他”，将天舒的传记托付给我的那个人。看过序言的读者不会忘记他，不能直呼其名令人头疼，但我必须信守诺言，为了避免一再的混乱，我决定在适当的地方用双引号把他跟别的人区分开来。

这是一篇开放式的后记，我料想还会通过各种渠道得到关于天舒的最新资料，而且，后天舒时代已经来临，凡与天舒有关的，且与其精神相匹配的解读，也都可以成为后记的一部分。

天舒的故事本身很精彩，我力图把它写好。好的故事既有美丽的外表，又有深刻的内涵，像一个秀外慧中的女子，外在美取悦所有人，内在美则只供少数人欣赏。

一开始，在叙述的风格上，我颇为踌躇，因为天舒的非凡，普通文体未免与他不配。我绞尽脑汁，将自己熟识的大作家的文体在脑海中一一比较，最终，我决定采用一般的文体，老老实实按时间顺序写。重要的不是文体，而是天舒的事迹，我的工作只是记录，用恰到好处的文字，而非炫耀文采。文字是用来揭示事物内在意义的工具，而非障碍。寒禅法师说，爱是禅，其实，语言也是禅，不拐弯抹角，直指人心。正如我在序言里说过的，如果本书能让人阅过后掩卷深思，生活从此发生一些有益的变化，我的目的便达到了。

我想再次强调，天舒真实不虚，存在过，并将继续存在下去；我并没有创造向天舒这个人物，是他创造了他自己，或者说，我通过他创造了我自己。

天舒的传记似乎是另一种纯粹的生活，使我得以超然于纷扰的尘世之上。

写作常受外界的影响，有好的影响，譬如某春日，我正伏案写作，抬头看窗外，让眼睛和大脑休息，外面在下雨，雨丝如无数的琴弦，被风的手指拨动，天边透着亮，太阳影影绰绰，似在沐浴，我看这一切很美，便让窗外的雨下到文字里，然后等待书中的人物自己走到雨中来；也有不好的影响，来自生存、人际、家庭等，写作被迫中断，但这就是生活，着急也没用，好在故事在那儿摆着，完成是迟早的事情，索性顺其自然。你要是不把时间太当回事，时间就奈何你不得，书有实现它自己的意愿，就像人的成长，发育有先后，但最终都要长大成人，发育迟缓者往往后来居上，正所谓大器晚成也。人要学会像石头一样等待。可以说，本书的写作从十几年前就开始了，天舒、“他”和我，都是本书的作者；也可以说，世上的每个人都是本书的作者。

我一遍又一遍地重读他的手稿，沉浸其中，好像自己变成了天舒的生前知己，一切恍若亲历；而在重读我的书稿时，仿佛走进了一片象征的森林。天舒的一生就像一个巨大的象征，抑或是一个深刻的寓言，解读的方式因人而异。我无法不把全身心都投入到写作中，仿佛多年飘摇的经历与思考抓到了救命稻草。未婚妻说我过得“人不像人，鬼不像鬼”，连累她吃了无尽的苦头。我一直处在一种近乎迷狂的创作状态中，未婚妻的耐心受到了前所未有的考验。我们的关系一度非常紧张，婚姻也陷入无望的境地。短短一年多，我仿佛已经过了一生一世。没有人知道我在写作过程中所经历的空前的精神危机。

初稿终于完成，而我却感到空虚，激情释放完毕的空虚阵阵袭来。接下来将是同样艰巨的修改工作。

之所以这么快就写完初稿，“他”的手稿居功之首。较之原稿，传记篇幅扩充了三倍多，所有章节都经过改写甚至重写。我感到，我用文字给天舒塑的像越来越接近天舒本人。他对我说：关于天舒，我已无话可说，你现在同我一样了解他，甚至，写作让你比我更接近他。我当时不明白这话的意思，以为再怎么样我都不可能比他更接近天舒，直到精神危机爆发后，才恍然大悟。

有一天，我惊恐地发现，自己的人格分裂了，在家人和同事眼里，我还是我，一旦开始写作，或者思考，我便成了天舒。为了体验天舒跳崖前的心态，我不断爬上高楼，心胆俱裂地站在楼顶边缘。与未婚妻为琐事争吵时，甚至会有一种可怕的暴力冲动，不敢想象，如果秀秀爹送给天舒的猎刀在我手上，我会做出怎样疯狂的举动来。有时，我又变成了“他”，一个完全活在精神世界里的他，像幽灵一般在都市里游走，自觉高高在上，冷眼俯瞰着尘世，无视未婚妻充满恐惧的眼神。她后来说，我当时的表情很诡异，好像去了另一个世界。当我恢复正常以后，有种大梦初醒的感觉，我甚至怀疑天舒和“他”都不存在，都是我杜撰的，或者，我自己根本不存在，是天舒或“他”杜撰的，我们在对方的梦里，就像庄子梦见的蝴蝶。庄子的蝴蝶是永恒的，因为它不是一只真实的蝴蝶。

的确，通过写作，我越来越接近天舒的世界，常常把自己当做天舒，去经历他所经历的一切；纷扰的尘世却让我不断面对自己。想做天舒而不能的痛苦折磨着我，我想找个地方遁去，像当年天舒离开省城一样。

无处可逃，但至少可以离开喧嚣的都市，找个宁静的地方待一阵，然而，即便是短暂的逃离，世俗的羁绊也不容易摆脱。人要逃避的是自己。

像所有作者一样，我常常对自己的写作产生怀疑。有一天，我突然问自己：天舒不会是"他"杜撰的吧？如果天舒不存在，与之有关的一切当然也不成立。难以想象，我如此喜爱的秀秀并无其人。奇怪此前从未意识到这一点，大概是他的诚恳不容置疑的缘故。我假装开玩笑问他：天舒不会是你虚构的吧？他立时正色敛容，直视着我，仿佛看透了我的心思，弄得我不知所措。但疑心并未就此打消。天舒的存在与否及其死因对我是个致命诱惑，我决定前往黄龙镇，寻访与天舒相关的一切。我是到了黄龙镇以后才给他去电话的，他淡淡地说：我知道你会去。

我计划在黄龙镇待两个月，但没人会准我这么长的假，特别是在没有正当理由的情况下，于是，我做了个惊人的决定：辞职。未婚妻为此差点与我分手，经过几番争吵，她接受了我的选择，并且愿意等我。现代社会，两个月的分离，长也不长，短也不短，许多人的爱情却经受不住考验。我向未婚妻保证，以后会另谋职业，用汗水养活自己和家人，并且努力改善物质生活。未婚妻说，她能养活自己，甚至还能养活我，只要我不怕人笑话。我倒不怕人笑话，只是不忍看她一人辛苦。

我吸取了"他"在黄龙镇受刁难的教训，通过朋友弄到一张记者证和一份盖着公章的介绍信，伪装成某著名报社的记者，预备三月底出发。我特意购置了睡袋帐篷等野外用品，行囊因此变得异常沉重。

我对黄龙镇的地理位置早已熟稔，出发前又仔细研究了地图，以防出错，世界上同名的人很多，同名的地点也很多。在世界地图里，黄龙镇根本就不存在，不熟悉的人要费很大力气才能在某本较详尽的国家地图上找到它，即便在本省的分区地图上，它也只是个不起眼的小点；但在我眼里，它就是世界的中心。事实上，单凭肉眼，哪怕配备了世上最先进的卫星导航器，也不一定能找到黄龙镇。

一路上，我暗暗把自己想象成当年的天舒，或者，干脆就做一回天舒吧。在人世的剧院里，不外乎三种人，演员、观众、幕后操纵者，上演的是一出循环的、永无终止的戏，谁都有厌倦的时候，因此，三种人并非一成不变，走马灯一样变换着，整个剧院从未停止过混乱、嘈杂。

我有一种还乡的感觉。人皆有还乡情节，形骸有家乡，灵魂亦不可无故园，何处是灵魂的家园？

还乡，其实只是回来看看，然后离开；传统的还乡，是经历长久的漂泊后，归来，结庐，永驻。真正的故乡在心中，精舍筑其间。还有一种故乡，不在尘世，是我们共有的，哪怕素不相识，你我都是故人。

故园的意义要等离开以后才会凸现出来。

当年告别童年时生长过的地方，踏上去异乡求学的路，除了假期，很少回老家，假期回去也像做客一样，再后来，父母调到县城工作，没有了回老家的理由，故乡越来越遥远，距离没变，但时间变了，十几年转瞬即逝。时间最公平也最无情，作用于是非美丑，却又置身其外。这么多年，我不是没有过回老家看看的念头，但不敢，越久越不敢，只偶尔从旁人那里听到一些关于故乡的消息。同别的地方一样，故乡的变化甚巨，我想，多半不是我想要的样子，不如不见，就像一个少年时代的梦中情人，记忆里本来很美，多年之后重逢，面目全非，反而糟蹋了美好的记忆。黄龙镇虽也在剧变中，但变化远较别的地方晚。“他”曾说，去参加天舒的葬礼时，对黄龙镇一点儿都不陌生，也许是听天舒讲得太多的缘故，他甚至觉得，自己曾经在一个相似的地方生活过，感觉如此强烈，仿佛记忆缺失的童年就在那里向他招手。我比他幸运，满脑子的童年往事，黄龙镇同故乡又如此相像，无论山川草木，还是街区的布局，都很像，我的童年恰好又在一所酷似黄龙中学的校园里度过，校园里也有一个天然的大水塘，天底下还有比这更巧合的事情吗？这恐怕也是他将手稿托付给我的原因之一吧。此番去黄龙镇，除了弄清天舒的真实存在及其死因，还有另一个使命：寻找童年。

黄龙镇之行实现了我还乡的愿望，我希望借此寻回我的童年。

童年是已知的天堂，天堂里悲喜参半，回忆将使我既快乐又忧伤。

还原童年的目的，既为我，也为“他”，让他与我一起分享童年，并以这种方式帮他找回遗失的童年。对童年的追忆一直是我的梦想，我是说，以叙述的方式复活整个童年；不知为什么，迟迟都没有动笔，大概是因为童年太美好，而文字的缺陷显而易见，但除了文字，还有别的法子吗？天舒死了，童年的我也死了；我想用文字复活我的童年，正如我试图用文字复活天舒一样。我坚信，无论是我的童年，还是天舒，都将在文字中得永生。难度在于，童年并非由一系列按时间先后顺序发生的故事组成，而是一个模糊的概念，一些不断重复的场景，有着某种永恒的韵律，被后来的成长打破，四散成记忆的碎片。我所要做的，便是找到这些碎片，将它们拼接起来，就像做一幅神秘的拼图游戏。

我想再次强调，我的故乡早已不是从前的样子了，好事者非要寻根究底的话，会大失所望的。你们姑且把黄龙镇当成我的故乡吧，两者极其相似，我在正传中有意无意地强调了这种相似性，有时，甚至将两者混淆起来，到最后，连我自己都不知道，哪一个是黄龙镇，哪一个是我的故乡。这么做有一个很私人的原因，我想让天舒的故事发生在我记忆中的故乡，亦即童年所在的环境中，借此复活我的故乡，并唤醒整个童年。山水姑且不论，只要是没被污染或破坏过的山水，哪儿都一样，都很美；至于那些见证过历史的老屋，据说都拆了，但他们拆不掉我记忆中的老屋；人物则大同小异，我小时候对镇上卖棺材的大爷印象深刻，他当然不姓施，但在我心目中，他就是施大爷，我们镇上也有过一个篾匠，当然不姓祝，但他的形象与祝师傅别无二致，那个伴随了我整个童年的女疯子，我想，故乡的人肯定都忘不了她，并且会发现她就是风三娘，而郝校长无疑与我的父亲相似，单玉老师身上隐约也有母亲的影子，他们曾是镇上中学的老师，父亲还一度做过校长，每次写到郝校长，我都满怀深情，脑子里不断出现记忆里父亲的形象。天舒仿佛在跟我童年时熟识的各种人物打交道。黄龙镇和我的故乡，我不知道哪一个更真实，我甚至会有种错觉，小时候见过天舒。

恕我借用黄龙镇及其周边的各种地名，来还原我的童年；地名和人名一样，都只是代号，重要的是背后的事件。细心的读者会问：“早在天舒生前，黄龙镇已然发生了巨变，何况现在，那些地名还有意义吗？”问得好，此黄龙镇非彼黄龙镇，彼黄龙镇仅存于天舒的传记中，仅存于文字中，永不会变。真正的黄龙镇已不复存在。事实上，因为天舒的缘故，黄龙镇已变成一个象征，是所有人的故乡。我要再三重申，我的童年是在“当年的黄龙镇”上度过的。

去黄龙镇的路线并不复杂，但颇费周折，先乘火车到一个小城，歇一宿，次日坐直达纬县的长途班车，再歇一宿，第三日方可抵达。旅途的迢遥反而激起了冒险精神，令我对一路的见闻充满期待。

火车启动。我恍惚觉得，火车不仅在空间里运行，也在时间里运行，从现在驶向过往。

这是一列老式的绿皮火车，即便是空车，也有一股浓烈的霉锈味。车厢里拥挤不堪，有多少人，就有多少气味，因各自饮食的差异、环境的差异、文化的差异、生活习惯的差异。几乎所有人都带着零食，预备用来消磨漫长的旅途时光，列车还没开出远郊，零食的味道便弥漫开来，腌的、熏的、炸的、煮的、酸的、臭的，应有尽有，桌上，地上，很快一片狼藉，抽烟者不计其数，不抽烟的人只好尽量少换气，各种表情随列车一起晃动，且在晃动中变化着。我不动声色地扫视着车厢，竟未发现一张平静的面孔，气氛隐隐有些不安，单身的年轻姑娘神情紧张，仿佛周围都是些不怀好意的男人，一个中年男子不时用手摸摸上衣口袋，以确定里面的东西还在，他对面的男子歪着头，似睡非睡，其长相确实不让人放心，有人无缘无故在拥挤的过道上来回走动，更加剧了车厢里的紧张气氛。列车很慢，每站必停，有时无缘无故停下，一动也不动，我不知道，是火车性子慢，还是开火车的性子慢，总之，里程不长，却走了一整天。

我在黄昏前下车，进入一座陌生的小城。

这是一座毫无特色的城市，找不到任何过去的痕迹，在我看来，这样的城市可有可无，连名字都懒得记住。

我每每利用出差之便，看别的城市，特别喜欢在不同的城市里行走。据说要了解一个城市，行走是最好的方式，但我用最好的方式，却无法了解这些城市。它们都太像了，像一个模子里复制出来的，没有灵魂，真正的古建筑寥寥，仿古建筑不伦不类，许多街区让我误以为回到了省城，有时竟按记忆中的方位走去，结果完全迷失了方向。

客运站距火车站不远，我买好车票，就近找旅馆，看了几家，选定一家相对干净的，要了一个标间，放好行李，出门吃东西。

旅馆地处火车站与客运站附近，人员复杂，须十分警惕。我用右手护住钱包，留心接近我的每一个人，事实上，别人也同样防着我。陆续有人上来搭讪，卖假发票的、拉皮条的、兜售赃物的、拉客住店的、乞讨的，形形色色。我做出老于世故的样子，冷冷地看着前方，任他巧舌如簧，一概不搭腔。不能开腔，一开腔，就暴露了外地口音。对方见我油盐不进，没好气地走开了。

早早躺下，时间不知过去了多久。响起敲门声，很轻。我下意识地坐起身，看着门的方向。

"服务员。"是一个年轻女子的声音。

我松了一口气，但还是不敢贸然开门，便说："睡了。什么事？"

"您还没登记呢。"

"早干吗去了？现在才让我登记！"我嘟囔着，打开灯，起身开门。

门一开，闪进一个人来，随手关上门，是一个十八九岁的女孩，化着浓妆，看不出本来面目，我刚要开口，她就扑进我怀里，死死抱住我不放。

"大哥，你一人寂寞，我来陪陪你。"

我知道她是妓女，窘得不知所措，同时担心她是色抢的诱饵，有同伙在门外，随时会闯进来取我的钱财，甚至性命。

"姑娘，先别这样，还没谈好价钱呢。"

这是缓兵之计，她果然中计，放开我，走到床边，斜靠在床上，两腿分开，露出红色底裤。我咽了下口水，毅然将门打开。

"麻烦你出去，我不要人陪。"

"大哥，你怎么说话不算话，很便宜的。"

"不是钱的问题，我对这种事不感兴趣。"

“大哥，你是个男人，怎么可能对这种事不感兴趣呢？！”

我不再说话，索性走出门，站在走廊里抽烟，反正，她不出来，我就不进去。僵持了一阵，她只好出来，不死心，伸手要来拉我，被我躲开。

“你再不走，我喊人了。”我恼怒地说。

“喊啊，我还要喊人呢。”她也恼怒地说。

我怕她当真喊起来，就是一身的嘴都说不清，万一来的是她的同伙，就更糟了，于是不再吭声。

“没见过你这样的衰男人。”她终于死心，骂骂咧咧下楼去了。

我在走廊里站了一阵，又走到楼下，门厅里一个人都没有，返身上楼，将门反锁好，拉开窗帘，看外面，夜深人静。

后半夜才睡着，被噩梦惊醒了几次，最后一次身上直冒冷汗，干脆睁着眼等天亮。

好容易熬到天亮，在街边囫囵吃了点东西，便登上了一辆老式长途班车。我运气好，买到座票，还是个靠窗的位置。车内一开始还不算拥挤，路上不断有人上车，没多久，站着的人便与坐着的人一样多。车内空气污浊，每个人都在晃动，站着的人晃得更厉害。柏油路年久失修，极不平坦，似坎坷的岁月，向过去延伸。

因昨夜没睡好，一路上昏昏沉沉，错过了许多风景。每遇爬坡，车便作痛苦的吼叫，偏偏坡路多，最后，好容易爬上一个大坡，车彻底累趴下了，说什么也不愿意再走。大家下了车，活动的活动，方便的方便，等司机将车修好。司机仰面躺在车底下，许多人围着看，因为只能看见他肚脐以下的部位，有些人便蹲下来，勾着头看。司机从车底爬出来，满头大汗，一筹莫展的样子。我见一时半会儿修不好，便到远处走动。此地视野好，能极目远眺，山势连绵，却不见村落，显得荒凉，突然有些害怕，万一车修好了，抛下我绝尘而去，行李损失了不说，我如何独自面对黑夜的恐怖？赶紧往回走，在近处做无聊的等待。

几小时过去，车终于修好了，呻吟着重新上路，但马达声一直不能让人放心，果然，没走多远，又抛锚了。

太阳偏西，我打听到十几公里外有村落，便不想在原地傻等，背上旅行包，同司机打了个招呼，在同车人惊诧的目光中，迈步向前。我做了两手准备，汽车修好了从后面赶上来，自然再好不过，否则，便到前方的村子里投宿。

至拐弯处，我回头看看班车及散落四周的人，毅然拐过弯去。除了我的脚步声，周围什么声响都没有。整个世界仿佛就剩下我一个人。

行囊虽重，十几公里路，倒也不难对付；孤独感却油然而生，看什么都凄凉。太阳快落山时，希望中的村庄却一直没有出现，乡下人对数字没有概念，看来远不止十几公里。步履越来越沉重，歇了几口气，又不敢多歇，怕天黑都到不了目的地。留心听着身后，希望听见班车的马达声，被扬尘而过的货车欺骗了几次，想哭的心都有，不得已，便拿天舒在清平岭上游历的经历来鼓舞自己，果然奏效。我决定把自己想象成天舒，去经历他在旅途中所经历过的种种苦厄。

天黑下来，没有月，借着星光，依稀能看见路面，两侧山里传来鸟兽的叫声，汗毛倒竖，绝望之际，远处的灯光救了我。在某种求生欲的驱使下，我差不多小跑起来，不久便听见狗吠声。

敲开路边一户人家的大门，女主人狐疑地看着我，好像我是个流窜犯。我说明来意，问能不能借宿，她不置可否，但还是将我让进了屋。屋里有几个人在看电视，见我进来，都扭头看我，看得我浑身不自在。听说我来自省城，屋里人的表情顿时松活了许多，男主人起身打招呼，并吩咐女主人给我倒茶，顺口问我有没有吃饭，我的肚子大声替我做了回答。他立刻下厨，很快，一盘泡椒炒肉，一碗腌菜红豆汤和一大碗米饭就端到我面前，令我感动得不知说什么好。在场的人向我提了很多关于省城的问题，我耐心回答，作为对他们热情接待的报答。但我始终不明白，为什么“省城”两个字会对他们有如此巨大的魔力。一个青年男子表示了要去省城打工的决心。

第二天，主人家给我煮了一碗面，死活不肯收我的钱，我怀着万分感激的心情告辞出门，到村外去候车。这么早，怕不会有班车经过，我拿出一本书来看。

一辆班车驶来，招手即停，上车后才发现，竟是自己头天坐的那辆车，一面好笑，一面庆幸自己没有在车上过夜。司机一脸坏笑，假装不认识我，按理我回到原车，用不着再买票，但他坚持说不认识我，有人替我说话，他却只是板着脸，考虑到他这一夜的不易，我便不跟他计较，按剩下的里程重新付了车费，没有座，一直站到终点。置身颠簸的长途班车上，如舟行海上，令我联想起奥德修斯艰难的还乡之旅。

中午时到达纬县，有足够的时间去了解天舒生活过的这座小城。有一种旧地重游的感觉。

我高中也寄宿，所在小城与纬县相似。与天舒上学时相比，纬县县城已扩大了数倍，中学附近还有一些老房子，与我高中母校所处的环境相像，而今母校周围的老房子都被拆光了，看纬县发展的情形，这些代表文化和历史记忆的老房子迟早也会被拆掉，这便是中国的普遍现状，令我感到悲哀。在没有文化的人眼里，文化实在不值几个钱；有的人有文化，却为了私利而无视文化，这样的人更可鄙。让文化消亡的罪不可恕。

走进纬县中学，回忆起高中三年的寄宿生活，老师和同学的音容，青春期的困惑，青涩的早恋，宛在眼前；当年天舒离开省城，途经纬县时，在纬县中学做过短暂的逗留，想必与我此刻的心情一样。

次日是星期天，坐车的人很多，我天不亮就来到车站，好歹买到一张坐票，上了一辆更加拥挤更加肮脏的长途班车，继续沿时间之路逆行。

喂奶的妇人，鼾睡的汉子，一号座位上和司机大声闲聊的老者，满地的烟头、瓜子壳、果皮，当然，少不了还有一两泡浓痰，仿佛是另一个时代的画面，与我的童年记忆吻合。

吃奶的婴儿和妇人一起不知何时睡去，妇人的领子没扣好，丰乳隐约晃动，我的思绪便往肉欲的方向荡去。偷窥者自然不止我一人，汽车的颠簸，加剧了两腿间的摩擦、振荡，下面本能地硬起来，我忙用外衣盖住。窗外的景色，时而美丽，时而普通，时而杂乱丑陋，不停地掠过去，掠过去，膨胀的欲望终于被控制住，再看妇人时，从容了许多，注意到她和婴儿的脸上都有健康的红晕，从表情看，是无忧无虑的睡眠，心里突然生出感动来。

峰回路转，风景时刻都在变化，既陌生又熟悉。我一面同轮下凹凸的土路抗争，一面睁大眼睛看风景，其他旅客则表情呆滞，像是魂被颠掉了。

现在并不比从前清晰，时间在原地踏步，刚发生的好像没发生过一样，遥远的回忆却无比真实。母亲把我送到县城的外婆家，住了一阵——这是我的推测，我只记得后面的事情。外婆把我送回乡下，我在长途车上睡着了，醒来后，外婆正背着我四处寻找母亲的住处。正午的阳光炙烤着我的头顶和脊背，从外婆的肩上看出去，茅舍，瓦房，土街，在白花花的热气中蒸腾，眼睛被刺得很痛，外婆不时停下来问路，但我看不清对方的面孔。我嗅到从外婆藏青色旧式斜襟粗布衫里发出的浓烈的汗臭味，时间过去很久，太阳似乎一动不动，我再度昏昏沉沉地睡去。一觉醒来，我已经成年，正坐在一辆长途班车上。正午时分，尘土，刺目的阳光，外婆有如摇篮一般湿热的脊背，又回到昏昏欲睡的感觉中来。我最终没抵挡住睡意，到达黄龙镇时还在沉睡，预期中的激动自然就没有出现。

我背着行囊，从镇西头向镇上走去，一路见到许多人，想起今天是集日，便加快了步伐，不久便汇入人流。

在城市人眼里，这不过是一乡下集市，土里土气；在村寨人眼里，这是镇上的大集，当节日来对待。

在童年的奏鸣曲中，赶集是个响亮的音符，不断重现，也是乡下风俗画里最浓重的一笔。从大路上，田间小路上，山路上，像群杂色的蚂蚁，人们纷至沓来，寻找各自要搬回家去的东西，将整条街占满。从街头到街尾，到处可见盯着新奇玩意儿发呆的孩子，迟疑不决、左顾右盼的老汉，一门心思跟人讲价的妇女，人群中闪现出各种生动、滑稽的面孔，山里人的憨厚模样，长舌妇变了形的圆鼻子，以及女人背上被挤得东倒西歪却熟睡依旧的婴儿。星期天的集市风雨无阻，下雨天，打伞的人多，更显拥挤，街上泥泞不堪，赶集回来后，鞋底覆着厚厚的黄泥，鞋的重量陡增了两三倍；盛夏的太阳则会将拥挤的人群烤得流油；最喜阳春三月，每个人的步子都很轻快。

人群中闪动着服饰各异的少数民族女子，把长街旷坝点缀得分外鲜艳。忽然瞥见路边草药地摊后面坐着的苗族女子，形容姣好，气质非凡。我心里一颤：该不会是她？上前一问，果然是秀秀妈。她笑着看我，我恍惚觉得，当年她也是这么看天舒的。她递给我一个小马扎，我将背包放下，坐下与她说话。交谈不断被买药的顾客打断，我不便打搅，告辞离去。

秀秀妈的出现令我振奋，由此看来，秀秀确有其人，我有种十分强烈的幻觉，仿佛走进了自己写的一本书里。

过去也见过一个卖草药的苗族中年女子，也很漂亮，我那时小，不懂她为什么漂亮，只是觉得漂亮，尤其是那身华丽的苗装，简直就是童话里的王后。然而，大人的一番话彻底颠覆了我对她的印象。他们不止一次说，苗女是个巫婆，专挖小孩的心，做成药来卖，我被唬住了，所有的孩子都被唬住了，不敢再正眼看她，生怕哪天自己的心也出现在药摊上。成人后，我常常告诫自己，不要撒谎，尤其不要向孩子撒谎。

上小学三年级后的一个星期天，我照例在集上乱窜，路过苗女的药摊时依旧不敢走近，但忍不住要去看她，突然，我混沌未开的小世界被照亮了。她身边多了一个美丽的小女孩，也穿着苗装，年龄与我相仿，瞪大眼睛看我。我从没见过这么好看的女孩！我们隔着拥挤的人群相望。后来她再也没有出现过，令我失落了很久，其形象伴随了我的整个童年，历久弥新。青龙山上苗族青年男女的对歌声响彻了我的整个童年，而因为那个小女孩的缘故，蒙地让我无限神往。

我在百货公司旁边的旅馆里安顿下来，只有三人间和大通铺，住宿费低廉，我便多付了两个床位的钱，包下三楼临街的一个三人间。三张床，一桌，一椅，一个从天花板吊下的白炽灯泡，天花板一角残留着半张蛛网，蚊帐和被褥还算干净，是绣花的缎子被面。我到对面的小饭馆里饱餐一顿后，将集市逛了个遍，集快散时才回到秀秀妈摆摊处，她已离去，令我怅然若失。

回旅馆睡了一觉，以消除旅途的困顿。待我从旅馆出来时，黄昏正在降临。下午被淹没在集市的人海里，不被任何人注意，此刻走在空荡荡的街面上，引人注目，而我也用探照灯一样的目光扫视着周围人。

一个面色忧郁的妇人径直向我走来，仿佛在哪里见过，突然咧嘴对我笑，我一愣，随即醒悟，是风三娘。我绕开她，故作镇静地往前走，身后响起低回婉转的歌声："小宝宝……睡觉觉……小宝宝……长高高……"

风三娘比我想象的年轻，也许，从天舒第一次见她到现在，都是这个样子。

风三娘很像那个伴随了我整个童年的女疯子。女疯子为什么发疯，她现在的情形如何，我不得而知，她令我既好奇又害怕。我没有欺负过她，但许多同龄的孩子却喜欢捉弄她，取笑她，模仿她的动作，扔石头打她，好好的一个文疯子，被他们生生逼成了武疯子。其报复可怕而漫无目的，曾经逮住一个无辜的小男孩，往死里掐他的脖子，若非大人及时赶到，后果不堪设想，她因此遭到一顿毒打，以后一见到孩子就躲。孩子们得寸进尺，她越躲，越觉得她好欺负，逼急了，她只得使出绝招，将裤子拉到膝盖以下，用阴部对着目瞪口呆的孩子们。此情形我只见过一次，当晚就失眠了。女疯子是弱者，是被唾弃的对象，这便是多数成人对她的态度，孩子们的暴力倾向因此受到鼓舞，在对弱者的施虐中得到快感。

不要欺负弱者，这是我的家教，但我没有完全遵守。镇上来了几个乞丐，一家四口，夫妇带着一男一女两个孩子，过路乞丐并不少见，要不到钱，还无端遭到顽童的打骂，我通常很同情这些乞丐，只是没钱给他们，但这次不同，大人们警告说，他们有麻风病，明证是那几张溃烂的脸。我担心被传染，只敢远远地看。连成人都加入到驱赶的队伍中，大声呵斥，孩子们则向他们扔石块。他们似已习惯了这样的待遇，男人一面护着家人，一面龇牙，摆出拼命的架势，模样十分吓人。终于，他们退却了。孩子们却不依不饶，一直追到镇外很远的地方，才心满意足地站住，望着他们狼狈逃窜的背影，拍手狂笑。我参与了最后的追逐。麻风病人在我眼里跟魔鬼无异，对魔鬼是不能心软的。他们也许只是想从镇上过，并没有要乞讨的意思，却连这点希望都破灭了。

风三娘的现身更坚定了我的信心，我不再质疑与天舒有关的一切。不用问人，我知道南门街在哪里，黄龙中学在哪里，孩儿山在哪里。我将沿着天舒的足迹，一步步走下去。

瞎老八坐在大石桥上。我像天舒当年一样，也在对面坐下，静静地看他。路过的人对我很好奇，但因为不认识我，也就没有吱声，我因此可以长时间不动声色地观察他。瞎老八比我想象的老，毕竟已七十出头，但身板看上去还很硬朗，低着头，我疑心他是在睡觉，以补充体力，好在夜里出来活动。此行也解开了我心中的一个谜团。当年瞎老八是怎么知道天舒要和叶莲交桃花运的？事实上，他跟白医生一样，喜欢打探别人的隐私，只不过做得更隐秘，谁都不会提防一个瞎子，黄龙镇当年人口不多，并不难了解每个人的底细，猜到叶莲会和天舒有事也就不足为奇了。但这并不妨碍我对他的敬重，因为天舒敬重他。

我将注意力转向桥下的小红河。夏季尚未到来，河面很安静，我却在想象中看到许多游泳的孩子，胆大者从桥上跳水，其中便有我，站在桥墩上，手脚并拢，一蹬腿，头上脚下，笔直插进水里，有时触到底，有时触不到底，起跳时的恐惧，坠落时的兴奋，入水时的快感，交织在一起，水提供了体验自由落体的机会和乐趣，叫声和笑声在桥洞里回响，清凉的水，火热的太阳，遥远的夏季，在记忆中生动如初。

蓝江、黄水河、北门塘、小红河，这么多水，让童年的夏天趣味无穷。因为选择太多，去哪里游泳成了件颇费思量的事情。小红河最方便，离小学校园近，课间都可以跑去游几分钟，边跑边脱衣服，至河边纵身一跳，在水里闹腾一番后，迅速上岸，套上衣服就往回跑，总能赶在上课铃响前滴着水跑回教室，乡下孩子野惯了，学校想管也管不住。蓝江水面阔，水势缓，又有白沙滩，是我们心仪的地方。因在镇外，路远，须提前计划，若非暑期，都在周末去，唯其如此，每次去蓝江游泳都很尽兴。早早吃完午饭上路，剩下的时间都泡在水里，太阳落山后才肯上岸。每回必要游到东大桥下看屠龙剑。水中沙渚是最热闹的地方，人们仿佛一群水鸟，累了，便到渚上歇息。蓝江水浅处多，不会游泳的人也能享受玩水的乐趣，包括很小的孩子。无论男女，孩子们大多光着身子，我身为其中一员，对男女间身体的差异并不十分在意，待学会游泳后，小女孩的身体让我好奇的同时，带给我水一样的愉悦，上小学以后，目光便往少女的身上去，猜测她们衣服下的样子，甚至还会偷看成年的妇人。在黄水河里游泳的经验是到小学快毕业时才有的，因河水常年浑浊，水又急，没有高超的泳技，和过人的胆量，是不敢向黄水河的激流发起挑战的，每次游泳都是一场历险，父母若知道，一定会被吓个半死。下水前，须看好上岸地点，在水里不容你分心，拼着命向对岸游去，上岸处有时在百米开外，而我们的原意只是要以最快的速度渡河，水流的湍急可想而知。北门塘像个季节性的湖泊，夏天才有水，每年一换，并非一成不变的死水，既净又静，深得我们的欢心，但恰恰是这个文静的大水塘，每年总要淹死人，当地人信命，该死的躲不过，照游不误，溺亡者往往都是会游泳的人，正所谓“善泳者溺”，也许不关命的事，是太大意的缘故。

我到吃午饭的那家小饭馆吃晚饭。

很快，几个小菜及一杯本地的包谷酒端上桌来。

“老板姓蔡吧？”我给他发了一支烟。我现在极少抽烟，但出门在外，烟是一种交际的手段。

“对对，你怎么知道的？我看你有些面善。”

“哦，我认识向老师。”

“唉，多好的一个人，怎么会想不开呢？！”

蔡老板在围裙上擦了擦手，将烟点燃，在邻桌坐下。

“你怎么会认识向老师？”

“我是记者，来了解他的情况，不过，你千万别跟别人说。”我压低声音说，饭馆里还有几桌人在吃饭，不像本地人。

“不说不说。”蔡老板显然很意外，同时感动于我对他的信任。

“生意好吗？”

“比以前好，外地人多。”蔡老板看看周围的食客，小声说，“不过，我宁可少挣点钱，也喜欢清静，你还没去东门街吧？那里全是外地人，杂得很。”

有客人进来，蔡老板支应去了。

我慢慢喝酒吃菜，等其他人吃完饭走了，才向他打听天舒的事。

我在镇上的日子里，几乎每天都要和蔡老板打交道，因他为人和善，饭菜既廉又可口，他的小饭馆简直成了我的食堂，他也欣喜有我这么个长期主顾，什么话都愿意同我讲。

太阳已经落山，南门街的老屋显得更加古老，迷宫般的街巷，永远令我好奇，一有机会就去走，有时一个人，有时与小伙伴们一起，有时在白天，有时在夜里。

穿过南门街，走出镇子，看见一片大工地，是正在施工的仿古建筑群，令我失望，快步走过去，直到看见预想中的田园，才慢下脚步。脚下依然是土路，地里四散着几座坟，蓝江就在不远处，我隐隐有些激动。突然想起艄公不再，没有渡船，也没有小茅屋，我一下泄了气。一个没有了艄公的渡口，和一个没有了怪老道的三清殿，对我来说都形同虚设。我犹豫着要不要走到江边去。理智最终占了上风，见不到艄公，至少，可以见到蓝江，蓝江承载了许多与艄公和天舒有关的历史，见物如见人。

终于看见蓝江！

铁索桥虽不如渡船有诗意，但比公路桥有特色，古渡的石级还在，印证了往昔，雨季来临前，石级都露着，可以一直走到底。我立在水边，在想象中眺望对面的小茅屋、木船，及那位黑脸膛的彝族汉子，一个美丽的彝族女子从水里升起，同他并立。夜铺在水面上。

我迫不及待开始走访与天舒生前打过交道的人。

先去了一趟东门街，果然如蔡老板所言，路两旁有很多临时店铺，各种楼房正在兴建中，与黄龙镇的其他地方是决然不同的两个世界。

回头去找篾匠铺的祝师傅，他很高兴与我聊天舒，我后来常去找他喝茶，就像当年天舒常做的那样。我对他的手艺赞赏不已，他很自豪，但更加深了对篾匠铺命运的忧虑。我后来才知道，篾匠铺已被划入拆迁范围，祝师傅自己却不知情。

接下来要找的人是豁豁爸。回到南门老街，先到街巷里转了一圈，一面欣赏，一面担心旅游开发会带来的负面影响。突然想到寒禅法师，决定先去拜访他，他是我极其崇敬的人。

寒禅与我的想象相符，只是身体大不如前，坐在躺椅上，起居要专人服侍，因是晴天，在院里晒太阳。我双手合十向他致敬，他微笑点头，我在他耳畔说：我为天舒的事来，我在替他写传记。他两眼放光，指指我，指指天，点点头，我不明白是什么意思。照顾他的人说，大师中了风，说不出话来。因无法正常交流，我不便多打扰，告辞出门。

没想到寒禅会中风，但从他的笑貌中依然能看见与天舒交往的那个矍铄的智者，两者的人生交相辉映，谁将书写寒禅的一生？

寒禅与秋月，与卓玛，两场爱情皆轰轰烈烈，最终都升华为灵魂恋爱。

我向往寒禅的传奇经历，遗憾不能与他深交，他丰富了天舒的生活，我甚至觉得，他就是天舒的一个重要组成部分，任老师也是，杨伯来也是，怪老道也是，或多或少，其他所有人都是天舒生命中的一分子。

我多年前有幸去过一次拉萨，见识了宏伟的布达拉宫，然而，布达拉宫脚下的村庄已被拆毁，取而代之的是一个死气沉沉的现代化广场，原先的集市也了无踪迹。即便寒禅没有中风，我也不忍心告诉他，曾经给他留下那么多美好回忆的古老村庄早已荡然无存。

豁豁爸在家，屋里依然很简陋。豁豁在纬县县城里工作，妹妹在他的帮助下考上了县城的一所中专，即将毕业。我没有隐瞒自己的真实身份，请豁豁爸保密，天舒于他们家有恩，我信任他。他并不明白什么是传记，但知道书不是什么人都可以写的，拿我当大人物接待，对天舒被写进书的事倒是一点儿都不惊讶，因为他和很多人一样，觉得“向老师不是一般人”。他将当年天舒替他驱鬼的事绘声绘色地表演了一遍。说起天舒资助豁豁的事，他热泪盈眶。

“没有向老师，我家豁豁上不了大学，他不仅书教得好，心地也好，我这辈子没见过这么善的人。”

豁豁爸留我吃饭，要杀鸡，被我死活拦住了。

豁豁爸的款待令我很感动，不知该怎么谢他，该做的都被天舒做了。

我走进毛师傅的理发店，打算先理个发，再同他聊天舒。毛师傅很惊讶，镇上已经有两家外地人开的时髦发廊，除本地的老主顾外，极少有外地人来找他理发。他有些局促，不知道能不能满足我的发型要求。我灵机一动，笑着说：你就照着向老师的发型给我理吧。听说我认识向老师，毛师傅立刻就放松了，说：这个不难。毛师傅的手艺精熟，理完发，问我要不要修面，我求之不得，问能不能就用那把祖传的进口剃刀给我修面，他欢天喜地地说：“当然当然。连这个你都知道，真不敢相信你不是本地人。”我躺在椅子上，闭着眼，用心体会天舒当年的感受。走出理发店时，我仿佛变成了另一个人。

综合走访的结果，我大致还原了天舒死后的情形。但我同时发现，越是接近真实，就越是远离真实。真正的历史是无法还原的。说到底，人类史就是一部虚构的历史，至少，真伪莫辨。本来，上世纪以来，利用高科技手段，各种事件，包括其声音、图像，最微末的细节，都被记录在案，为将来留下了一段翔实的历史记载；不幸，科技太过发达，电脑可以合成一切，眼见不再为实，“假作真时真亦假”，相信再过几百年，即便那些用最诚实的手段保留下来的资料也会遭到质疑。

某些事件的时间众说纷纭，风三娘发疯的年代几乎没人说得清，关于天舒与英素花相好的时间，有说是在夏天，有说是在秋天，天舒具体是哪一年开始去的蒙地，也没个准头。时间有时并不重要，譬如某个传说，发生在一千年前，还是八百年前，除了学者，一般人不会在意，而该传说带给人的兴味与启迪并未稍减。荷马的年代，特洛伊战争的年代，至今没有定论，甚者竟有两百多年之差，但丝毫不影响我们对《荷马史诗》的欣赏。

在许多人眼里，天舒无论生前死后都像个谜。

有人说他生前积了很多阴德，白日飞升了。

有这么一则传闻：几个孩子在去白云山的岔路口玩耍，远远看见一个人，从白云山方向走来，衣着怪异，酷似当年的过路疯子，须发遮面，经过时并不停留，仿佛孩子们不存在一样，走出去几步，突然回头一笑，之后便大踏步朝西边去了。孩子们惊呆了：那人是向天舒！这事引起了不小的轰动，但没人真的相信孩子们的话，谁会信这些惯于扯白撩谎的小屁孩呢？就算没撒谎，肯定也是看花眼了，有人幽幽地冒出一句：怕是见鬼了！讨厌天舒的人却说：短命鬼！没错，天舒是很短命，哪怕最长寿的人，同永恒的时间相比，也都是短命鬼，生命的意义与长短无关。蜉蝣一世，不过几小时数日，该做的事一刻都没有耽搁，生命可谓完整，多活无益；龟虽寿，未见有任何生趣，苟延、重复而已。

类似的传闻很多，虽然不经，但死不见尸终究是咄咄怪事，有点像老子西出函谷关——不知所终。

郑权生不能自安，倒不是怕鬼，而是担心天舒并未真死；老刁放话出来，说哪怕姓向的没死，也别想再回来，回来便是找死。郑权生一面差人继续搜索天舒的尸体，一面加紧收集他的犯罪证据，亲自去抄他的家，但一无所获，在门上贴了封条。后来又去过几次，封条贴了揭，揭了贴。他已同英素花完婚，家里的龙宝酒店也开张了，说不出有多风光，但一想起天舒的尸体毫无消息，就如坐针毡，夜里噩梦连连，好像天舒本人，或其幽灵，随时都会回来一样。连镇长大人都不得安生，时常拿一句话来给自己打气：姓向的生前做了亏心事，死后都不敢见人！

沉寂了一段时间后，一天，一干穿制服的人，在郑权生的带领下，突然又出现在天舒的宿舍前，撕开封条，重新来了一番地毯式的搜索。走廊里聚集了很多师生，郝校长和单玉老师也在，谁都不让靠近，以免妨碍公务。突然，屋里骚动起来，郑权生在喊："快撬开！"像是故意要让外面的人听见似的，里面一阵响动，接着便是一片大呼小叫，"有东西！""什么东西？""摸到了，好像是枪！""是枪！火药枪！""快拿出来！""哇！""哇！""终于找到了！"郑权生得意洋洋地走出来，手上赫然拿着一把生锈的火药枪，是从书柜后面的墙壁中搜出来的。按照官方的说法，“案情有了重大突破”。

很快，真相大白，当年荷田村村长之死系天舒所为。荷田村村长与叶莲母亲有染，叶莲怀恨在心，而天舒为师不尊，公然与女生叶莲恋爱，并为后者报私仇，携火药枪潜入荷田村，趁夜将荷田村村长射死在床。根据当年的问讯笔录，他并无不在犯罪现场的证明，荷田村村长被射杀的当天，没人见过他。事实上，那天恰逢周末，天舒与叶莲登山去了，夜深人静后才悄然返校，回来也没开灯，径直上床去睡了，警察讯问他时，他自然不会说出与叶莲幽会的事，假称不舒服，在家里躺了一天，但没有其他人的证明。重要的人证也找到了，荷田村村民魏某证实，出事当天曾在村外见过天舒，可是，这么重要的线索，他当年为什么不说？谁又能证明他没有撒谎？

人证物证俱在，天舒此前的罪名是“行凶未遂，畏罪自杀”，现在又添上了一条：“曾经行凶致死一人”。轰动可想而知。当事者已死，谁会出来对质呢？不平者也只能在私下议论。

多年的悬案一朝破获，身为派出所所长，郑权生功不可没，全县通报嘉奖。

天舒的事件被整理成材料，保存在县档案馆里。他抽大烟的事也被捅了出来，郑权生居然从省城调来他的档案，因找到“此人生活作风不正”的评语而欣喜若狂，大肆宣扬。我想，连天舒自己都想不到，他的档案中会有这么一笔，不用说，与他当年得罪公司总经理的那件事有关。天舒俨然成了反面教材，勾引女学生、吸毒、杀人、道德败坏，等等，可谓劣迹斑斑。

最后，他们搞了一场别开生面的缺席审判，被告席上放着一块牌子，上书“向天舒”三个字，程序皆合乎章程，公开透明，没有丝毫舞弊的嫌疑，旁听者甚众，判决书下来：死刑！

明眼人都知道这是在演戏，天舒成了替罪羊，死人不会说话，只好由着他们糟蹋。

据我所知，本国的法律目前还不允许缺席审判，正所谓“山高皇帝远”，判了也就判了。

郑家从此高枕无忧。

天舒死后的遭遇令我感叹不已。法定的罪才是罪吗？谁无罪？给人定罪的人先得给自己定罪。罪都是自己犯下的，不要推脱给别人，也不要推脱给天。每个人都不同程度地委身于魔鬼，并“作恶多端”。

躺在旅馆床上，我激动得整宿难眠，因为明天要进黄龙中学校园。黄龙中学近在咫尺，之所以按捺住性子，第三日才去，是因为我童年的大部分时间都是在这样一所校园里度过的，对我意义非凡，就像一个急于归家的游子，近家时反而放慢了脚步。

天舒的真实存在，即将回归的童年，让我百感交集，我突然有种想写东西的冲动，一念顿起：给“他”写信，将我此行的见闻告诉他，并让他分享我寻找童年的全过程。即刻起身，坐到桌前，给他写了一封长长的信。

日上三竿，我先去青龙山拜谒天舒的墓。

从黄龙中学围墙后的小路上山，至能看见校园的高度时，并没有回头往下看，怕干扰我去见天舒的心情，但我知道它就在山脚下。

终于站在天舒墓前。碑前放着很多贡品和花，很新鲜的样子。我低下头，找到“向天舒”三个字，泪水夺眶而出，虽然只是衣冠冢，但我相信他就在里面。我与天舒从未谋面，我知道他，他却不知道我，但他是我生命中最重要的人。

天舒为什么自杀？这个问题一直困扰着我。仅仅是为了赎罪？杀人与自杀间有因果关系吗？我疑心，天舒自杀的念头在前，杀人的念头在后，自杀是深思熟虑的结果，而杀人只是个突发事件。

我点燃一支烟，猛吸了几口，单腿跪下，将烟横放在碑上，看它烧尽，方立起身，闭上眼，默立了很久。山风吹过，撩起我的衣襟。

慢慢转过身，黄龙中学一览无遗，泪水再度涌出。绿水塘、白石塔、操场、教学楼、宿舍楼、大礼堂、菜地、花园、毛竹林，依稀还是当年的样子，我甚至看见了自己在操场上奔跑的身影。

我出生在一个不幸的时代。人类的很多不幸是人类自己制造的。因为政治的动荡，我在襁褓里的记忆只有母亲，她被迫与父亲分离，带着我独自在一个遥远的山村小学教书，每年只能与父亲团聚一次。每逢周末，本地师生都回家去了，校园里就剩我们母子俩。教师宿舍从前是一座关帝庙，鼠蛇出没，阴森恐怖，母亲后来常对我说：没有你，我活不下来！

我三岁以前的婴幼儿时期是与母亲单独过的。关于那段时间的记忆很模糊，但绝非没有，“瞻之在前，忽焉在后”，是一种缥缈的感觉。如果真的有前世，从理论上说，我们就应该有关于前世的记忆，只是因为太久远，记不起来了，连婴幼儿时期的记忆都这么模糊，别提更早的前世了。我不知道，关于我人生最初阶段的经历，哪些是我自己记住的，哪些是根据母亲的讲述想象出来的，她关于我在婴儿期的回忆对我毫无触动，我只能靠想象，或者观察其他婴儿的举止、表情来推测我当年的情形。

母亲话多，恰与父亲相反，话多的人，不说话就难受，无话可说时，便重复说过的话，久而久之，重复成了一种习惯。多年以来，母亲总在重复同样的讲述，想不记住她的话都难，我的童年记忆因此被一再强化，而且，因为那段经历的不同寻常，为了加深自己和听者的印象，母亲在讲述时未免添枝加叶，迈入老年后，也许是出于自身的某种需要，也许是记忆力出了问题，这些讲述不再一成不变，甚而自相矛盾，漏洞百出，令我迷惑不解。当人不再有追求时，便靠回忆来生活，回过头将一生再过几遍，且有意无意修正过去，没有的事实也会臆造出来，以让自己的人生少些缺憾，久而久之，回忆变得虚浮。我对母亲的讲述渐渐持怀疑的态度，疑心她在虚构一些压根儿就不存在的往事，我沮丧地发现，要想还原母亲替我保留下来的早期记忆，殊非易事。

有些记忆，确切说是一些模糊的意识，肯定是我自己的，因母亲不在身边。譬如说趴在外婆背上的那段记忆，没有谁告诉过我，但外婆在世时，一见到她，我就会立刻想起那天的情形，土街、蒸腾的热气、汗臭味，随外婆的脊背起伏的光影；外婆去世后，一想起她，那天的各种印象也会纷至沓来。

夏日午后，我常常独自走到校外，爬上一块大石头，看远处盘山公路上的汽车移动。那年头车少，大多是卡车，要等很久才能见到一辆，在盘山公路上绕圈，不比蜗牛快多少，这正合我意，好容易才盼来一辆车，一下子就从视线里消失掉，岂不可惜。事实上，我的目的就是看车如何慢慢地移动。赶上车抛锚，对它重新启动的期待有时会耗掉一整个下午，直到母亲来寻。她知道在哪儿能找到我，也不怕我被人拐走，那时离计划生育的实施还早，农民除了干活就是生孩子，能生多少就生多少，不稀罕别人家的孩子，哪怕是个可爱的男孩。也许是看爬山的卡车看多了，我的早年生活显得十分漫长，爱看卡车爬坡的癖好贯穿了整个童年，这似乎是一种让时间慢下来，甚至停滞的方法。

有一次，我独自在外溜达，听见一种奇怪的声音，循声走去，发现荆棘丛里有两个人，一男一女，光溜溜的重叠在一起，声音就是从他们嘴里发出的，我愣住了，不知道他们在做什么游戏。幸亏我当时还小，没受他们的影响，也没去影响他们，继续走我的路。

离小学不远的山洞里有一眼泉，母亲偶尔去那里洗澡，我站在泉边不安地大哭，意在催促她从水里出来，据说，很小的孩子有天眼，能看见藏在附近的危险。

小学校外有菜地，母亲分到一小块，种些蔬菜辣椒什么的，我学步早，常一人去地里摘辣椒，用小手绢包着回来交给母亲，这事母亲提了一辈子，以证明我的聪明和懂事。摘辣椒的经过我没有丝毫印象，但一路上的风至今吹拂着我的脸，我依然能看见远山近树，及路旁红红白白的野花。

小庙里的阴郁氛围至今笼罩着我。据说，当年农民斗地主时曾在庙里活剐过好几个地主。我还小，不畏死，也不畏鬼，无知者无畏嘛，也因此无法体会母亲的艰难处境，除了传闻中可怖的鬼，她还得提防比鬼更坏的人。有一次，我独自在家，被几只老鼠攻击，情急之下，爬上高高的独凳，它们够不着我，却不甘心，在四周此起彼伏地向上跳跃，个个眼冒红光，我被吓得屁滚尿流，哇哇大哭，在我小小的眼睛里，那几只老鼠堪称硕鼠，我不知道它们为什么要攻击我，是欺我小，想借我报复大人？还是……我不敢往下想，那年头连人都没多少东西吃，更别说老鼠了。还有一次，我与一条长蛇遭遇，我下楼，它上楼，老旧的楼梯，光线昏暗，情急之下，我翻过栏杆，脚下踏空，双手却紧紧抓住栏杆不放，整个人悬在空中，居然坚持到母亲赶来都没撒手。这事经过母亲的一再渲染，成了我儿时最豪壮的举动。

母亲调到瓦窑村小学，每星期可以同父亲团聚一次。因为二弟的出世，母亲一人带不了两个孩子，我便跟父亲住，黄龙镇从此进入我的记忆。

周末是最开心的日子，因为要同父亲一道去瓦窑村看母亲。五公里，是黄龙镇到瓦窑村的距离，但在我小小的脚下，不啻长途跋涉，而且因为贪玩的缘故，常要走出两三个小时来。但我并不觉得漫长，更不会觉得无聊，每棵树，每座桥，每个弯道，每个山头，都像要好的小伙伴一样，日日在一起玩耍都不会生厌。路旁常见车前草，蒲公英，及会开紫红花的带刺的蓟。父亲每次去见母亲的心情一定很迫切，恨不得飞着去，但为了我这个小不点儿，不得不放慢脚步，而我偏又少不更事，一路走一路玩耍，蜻蜓、蝴蝶、蚂蚱、小鸟、野莓、溪水，无不让我驻足。父亲只好找一块草地坐下，耐心等待，默默地看着我的一举一动，那种眼神，后来知道叫父爱；有时看远处的山水，想他自己的心事，那个年代的人有很多很多的心事。当然，耽搁得太久的话，他也会催促，并用讲故事来分散我的注意力，因为要听故事，只得乖乖跟上他的步伐。故事纵然好听，眼睛却觑着路边的一只小松鼠，蹦蹦跳跳，好像在逗我去追它，真让人为难。路两边的灌木中有鹌鹑，不小心跑到路上来，不待我发完“啊”的惊叹声，就已飞快遁入对面的草丛里去了。一路上，父亲还会教我背古诗，我不明白其中的含义，却极愿意背诵，因为韵律美，如歌一般。

与父亲单独住在一起的记忆是我自己的，因为他是个沉默的人，很少谈及过去。

初夏，父亲照例去插秧，这是一种经常性的强迫劳动。那天下大雨，我被困在屋里。早过了父亲应该回家做晚饭的时间，孤独，饥饿，以及见到父亲的渴望，使我倍感凄凉。我冒雨走到校门口，守望父亲的归来。雨淅淅沥沥下，我站在屋檐下，不时走到雨中，翘首路尽头。天渐暗，偶尔有人走过，但都不是父亲，我忍住哭，差不多绝望了。终于，雨停了，天黑了，昏暗的路灯下，父亲疲惫的身影显现，走近后才看到我，说：爸爸回来晚了，肚子饿了吧？我本来想好，见到父亲时要跟他说我等了好几个钟头，以博得他更大的同情，然而话卡在喉咙里，鼻子不由自主地抽动，忍了很久的泪狂泻而下。这次的守望长留记忆，成为后来各种守望的预演。

父亲有时工作忙，午饭吃得晚，我就开始抱怨、吵闹，直到他心烦得咆哮起来，我才吓得噤声，代之以哭泣。饥饿固然是原因之一，更重要的是，午饭后至下午上课前有很长的间歇，是和小学同学尽情玩耍的宝贵时段。时间一分一秒地过去，游戏早已开始，我甚至听见了他们兴奋的叫嚷声，而父亲脸色铁青，怒吼道：哭什么哭？晚点吃饭会死人？在那个非人的年代，父亲同大多数人一样，只能在家里发泄痛苦。我知道，哭下去的下场是棍棒加身，便咽了哭声，噙着泪，万般委屈在胸口激烈起伏。我无法体会到父亲的痛苦，只觉得自己是天底下最悲惨的人，而他也无法体会到我的痛苦，甚至无法想象，居然还有人有心思做游戏。

又到了去瓦窑村的日子。晚春，小麦刚收完，学校组织我们拾麦穗，将漏在地里的麦穗拾起来交还给农民，既帮助了农民，又学会了珍爱粮食。父亲有事，让我劳动完后直接去母亲那里。那是我唯一一次独自走完漫长的五公里路，一路上除了大自然，便没有别人。我并不害怕，但也没敢太耽搁，摇摇晃晃走到了瓦窑村。父亲办完事，发现我还没回家，急得满头大汗，满镇子寻我，全然忘了让我自己先去母亲那里的事。那年头，日子过得完全不正常，许多人都有健忘症，现实惨不忍睹，不如忘却。天黑下来，他在绝望中跑到瓦窑村，我正在母亲的屋里玩耍呢，一见到我，他便晕倒在门口，急性肾炎发作，在卫生所里躺了半个多月。

二弟也来与父亲和我同住，但他走不了从黄龙镇到瓦窑村那么远的路，父亲便把母亲接来黄龙中学过周末，我每星期随父亲跋涉到瓦窑村的经历从此结束。等待父母的到来是那段生活的主要记忆，在以后的生活中，我经历了各种等待，有些等待刻骨铭心，有些等待最终无望，可以料想，今后还会有很多等待在等待着我，童年的那些等待开启了后来所有等待的先河。

父亲星期六午饭后去接母亲，星期天午饭后送母亲回去，往返要一整个下午，如果即去即回，不要那么久，我想他们一定是在路上耽搁了，为什么耽搁我说不清楚，就像父亲以前因为我而放慢了脚步一样，他也会因为母亲而放慢脚步，共同欣赏路上的风景，共同小憩，或者做些我们小孩子不懂的事情。那一个个漫长的下午，让我初次体会到父母都不在身边的感受，后来我独自离家求学，不仅远离父母，而且离开的时间还很长（一年才回家两次），类似的感受却远没那么强烈。所幸身边有二弟，我还不算孤单，但他太小，不能分担我的忧愁。每至星期六，父亲一离开，我们就开始了漫长的等待，游戏也无心去做，早早走到东大桥外，爬上附近的小山坡，眺望着通往瓦窑村的马路。有时，直到夕阳西斜，都不见父母的身影。那时的马路很寂寥，令等待更加辛酸。我敢说，如果没有二弟在，我一定会流泪。被抛弃的感觉空前强烈。久不见父母来，难免会胡思乱想，以为他们再不会来了，原因有多种，其中一种令我不寒而栗，我不止一次想：他们被坏人杀死了，不仅如此，坏人还乔装成他们的模样，要来将我们拐走。当然，因为这种想象的无稽，我没跟二弟讲，讲了他也不懂，只能一人承受想象引起的恐慌。每次见到父母远远走来，欢呼雀跃的同时，我的心却悬着，要待他们走近了，看见他们熟悉的笑脸，才完全放下来。我甚至记住了他们脸上的某些细微特征，以便确信再次见到的是他们，而非另外两个伪装成他们的坏人。

一家人终于团聚了，母亲调到黄龙中学教书，但父亲不久就被剥夺了教书资格，做了多年的清洁工。我和弟弟也因此被人瞧不起，甚至受到不公平的待遇，一些孩子不愿意跟我们玩耍，还朝我们吐口水，好像我们是小鬼，据说，鬼遇到人的口水会立刻现形。我瞪着迷惘的眼睛看周围的世界。一个姓程的男教师让我彻底看清了人性的恶，每次见我，非打即骂，我不曾得罪过他，不明白他为什么要那样对我。我至今记得那张脸，在作恶的快感中狰狞地笑。每次被打后，我都不敢告诉父亲，怕他受连累。最后一次，我的右耳差点被揪下来，血流如注。母亲正怀着三弟，二话不说，操起两把菜刀，冲去与他拼命，姓程的被吓得尿了裤子，从此不敢再欺负我。这也算是个“以暴制暴”的实例，母亲的勇气时常鼓舞着我，令我敢于直面以后的人生。那家伙有两个孩子，和我们一边大，后来被我和二弟找机会痛打了一顿，算是报了前仇。

我一面回忆童年的这些往事，一面思索其中的意义，有些显而易见，且具普遍性，有些则深藏不露，似毫无意义。可是，无意义的事情怎么会被保留下来呢？记忆都是有选择性的，不会留住毫无意义的往事，或许，更深的意义潜藏在无意义的外表下，要到某一天才会突然向我开启，又或许，无意义正是其意义的所在。对我而言，从我出生的那一刻起，我的存在本身便是最大的意义，所有的意义都建立在这个意义上，正如萨特所言：存在先于本质。

回忆似水，将我淹没，真想坐下来，品味童年的每个细节，但这才第三天，我还要在黄龙镇逗留很久，来日方长，越是口渴时越要小口喝水，回忆的甘泉不可一气饮尽。既然已经身处青龙山半山腰，何不登顶，以览黄龙镇全貌？

我特意绕到龙鼻子洞前，朝里张望，两个龙鼻子洞都被我们探访过，其中一个很浅，钻另一个洞的经历却终生难忘。

龙鼻子洞远远可见，每日张着大口，仿佛无声的呼唤。传说里面藏着当年地主家的金银财宝。在校园内的娃娃头老望的鼓动下，我们决定去寻宝。洞口很小，须挨个爬进去，我故意拖后，想到一块大石就可以把洞口封死，不由得冷汗直冒。老望举着火把，我们像幽灵一般鱼贯向前。洞内很干燥，是个早已定型的石灰岩洞。开始很惊险，有的地段须手脚并用攀爬，胆小者说话带着哭腔，两壁怪石嶙峋，火光摇曳，不时闪出几张鬼脸。突然开阔起来，来到一个大厅，极高处有几个小洞，几乎上不去。老望突然大叫：我捡到一块金币！我们立刻兴奋起来，因为空间太大，火光十分微弱，况且火把所剩不多，须留待出洞时用，于是灭了火，大家四处散开，在地上瞎摸一气。我干脆闭上眼睛，两手在灰土里游走，几只满是小脚的虫豸飞快爬过手背，有可能是蜈蚣一类的毒虫，但哪里顾得上，一心只想着金银财宝。其间，我有一种空前膨胀的感觉，便对着黑暗撒了一泡尿，整个身心都浮起来，飘向无尽的黑暗。结果一无所获，老望捡到的“金币”也只是块烂铜钱。我因为贪婪的缘故，别人走了还在地上摸索，等想起来要离开时，其他人已经走远。我大声叫唤，无人应答，我没有火把，吓得想哭，但又不敢哭，怕招来黑暗里的鬼怪，我从未见过这么黑的黑。我四处乱摸，想找到出口，却完全迷失了方向。好在我还机灵，贴着石壁，往一个方向走，终于摸到通道，顺着通道往前走，通道越来越窄，我匍匐前进，始终没有亮，疑心洞口被人堵死了，恐惧感几令我窒息，幸亏没有岔洞，终于看见亮。后来我一直害怕狭小的空间，想象一下都难受，有点儿轻微的幽闭恐惧症，似与这次的经历有关。后来真的有人找到几罐鸦片和其他值钱的物件，就在大厅顶上的某个小洞里，令我们万分痛惜。

那几罐鸦片引起了很大的轰动，据说是过去的大财主家留下的。中国的近代史与鸦片密不可分。母亲告诉我，她外婆吸大烟，时常朝她脸上喷一口烟，其香无比，人小，也不知鸦片的危害，而外婆竟以寿终。父亲说：“洋烟花好看得很！”他从小见惯田地里生长的大烟，还吃过大烟籽，所谓收鸦片，即在大烟果上划开几个口子，让里面的白浆流出来自行凝固，刮下来后，稍事加工，便成褐色的大烟膏，大烟果里的籽粒状如芝麻，可以生吃，异香满口。那些年打仗，没人来管大烟的事，种大烟同种包谷一样寻常，到处是卖烟膏的人，价极廉。

我登上龙角石，黄龙镇尽收眼底，白云山高耸入云，残雪依稀可见。向东眺望瓦窑村方向。瓦窑村再向东，经过荷田村，路一直延伸到外婆家所在的旌县县城，记忆也随之延伸。

三弟会说话以后，我们每年都会去一次外婆家，去外婆家意味着进城，乡巴佬进城，想不兴奋都难。车况与路况都极差，经瓦窑村，到荷田村时，才走了一小半路。但我和弟弟们丝毫不以为苦，一路上都在笑闹，不明白大人们为什么都绷着脸，他们也不明白我们为什么那么乐。快乐是相对的，成人以为小的，儿童却以为大。时常有妇女对母亲说：三个儿子，您真有福气！直到现在，重男轻女的观念还植根在大部分国人的脑袋里。母亲掩饰住得意的神色，故意说：儿子调皮，有个女儿就好了！快到县城前，有十几公里的下坡路，视野开阔，远处的山头不高，一个接着一个，似波浪起伏，车像飞一般，恰似我们迫切的心情。

我们从未去过纬县县城，旌县县城是唯一见识过的“大城市”，其实也就是个小县城，但通铁路，看火车便成了我们的乐趣之一；另一乐趣是看电视，镇上没电视，可惜外婆家经济状况不好，买不起电视，连稳定的落脚处都没有，一直赁房住，时常要看房东家的脸色，虽然房租一分不少，但总有寄人篱下的感觉。母亲家祖上曾经显赫一时，家大业大，皆是用诚实的汗水换来的，后来被迫充公，不存片瓦，每念及此，当过几年大小姐的母亲便唏嘘不已。

每次去外婆家，都会看见房东的两个儿子打架，小的那个比我大不了多少，暴力的程度却让我震惊。因有我和弟弟们在场，他们更加亢奋，有意要在外人前表现，谁也不愿丢面子，不打到头破血流不收场。有一次，大的将小的推进一个深坑，许久没有动静，我们很害怕，以为他摔死了，他竟爬了上来，满脸是血，叫嚣着扑向大的，两人又扭打在一起。有时还会动刀子，一副要置对方于死地的架势。我们三兄弟之间从不打架，顶多闹个小别扭，不明白那两兄弟间何以有那么大的仇恨，也许是前世结下的，要今生来报；也许，人天生就有暴力倾向，多数被抑制了，在某些人身上却泛滥成灾，与环境和教育的关系甚大，待读了该隐杀亚伯的故事，方明白古已有之。

母亲是好走亲戚的人，到外婆家后，便马不停蹄到各家去拜访，我们乘机在亲戚家里贪看电视，每次离开都很不舍，也因此被视作没见过世面的“小乡巴佬”。也许是受不了“小乡巴佬”的奚落，二弟开始学城里人的口音，就连跟我们说话时也拿腔拿调，令我和三弟很不满，觉得这是没骨气的表现。住不了几日，我们便开始想念乡下，乡下有城里没有的东西，况且，家还是自己的好。返程同样开心，单是将路边的电杆和土堆再数一遍，就其乐无穷；更重要的是，父母再拮据，难得进次城，必会给我们买些小礼物，亲戚们也会送几样小玩具，我们迫不及待要在小伙伴们面前展示。

去外婆家的经历是我和弟弟们共有的，不知他们将如何回忆这段往事？

事实上，我和他们的许多童年记忆重合，但同样的记忆，因各自长大后际遇的不同而涂上了异样的色彩。

旌县让我见识了外面的世界，也因此生出许多嫉妒心来，因为城里有的我们没有，嫉妒虽小，失落感却大，但与童年后期的一次嫉妒经历比起来，这些嫉妒简直不足挂齿。

以前的小学是五年制，我刚上初中时，看上去还跟小学生一样，我自己也不觉得有什么区别，童年在继续。无疑，班上最好看的女生是所有男生的梦中情人，包括我。因为我的学习好，自然会生出“才子佳人”的幻想，就连别的同学，甚至某些好逗乐的年轻教师，都说我和她是一对儿，令我十分受用。然而，她却不睬我，让我郁闷了好一阵。通过细心的观察，我发现，她并非不睬我，而是因为害羞（她必定也耳闻了一些关于我和她的传闻），故意要同我保持距离，目光却时常不经意地落在我身上。有一天，我吃惊地发现，她同另一个男生很亲近，常在一起说笑，这本来很正常，却被我的嫉妒心无限放大，曲解了她对我的所有态度。我故意不看她，以发泄心中的不满，结果受罚的却是我自己，因为她就在那里，不看她不如剜掉我的眼睛。这样的情形持续了整整三年，直到我离家求学，其音容才成为记忆花园里的一朵奇葩。人的一生都在努力摆脱各种嫉妒的折磨。

我将目光转到蒙地方向，但被长虫山阻隔，对面的老人山又挡住了孩儿山和白虎山，最后，目光定格在南山上，此番来我还有个计划，到清平岭游历。几只乌鸦的黑影朝南山飞去。

我慢慢下山，到蔡家小饭馆吃了一碗面，回旅馆午睡。本不想午睡，有那么多新鲜事物等着我去发现，睡觉未免浪费时间；但我需要躺下来，整理堆积了一上午的思绪。我并没有真睡着，耳里充斥着街上的各种声响，现实与虚构，过去和现在，交织成一张大网，我像蜘蛛一样，在网中央假寐。

午睡起来，去爬老人山，以便换一个角度看黄龙中学。

沿北门巷走，经过一幢大院，新修过的门楼很气派，我猜是包家。我在门口待了一会儿，希望英素花走出来，但又怕出来的是包姥，隔壁的狗突然吠起来，我本能地拔腿就走，沿黄龙中学的围墙走到老人山山脚，缓步上山。老人山易爬，边走边回头看山下的景致。最后，站在山顶的石基上，看四面，北门塘里还没有水，像个很大的草坑，孩儿山的碉楼废墟未曾稍变。

老人山是童年时爬得最多的一座山，有时一人爬，有时与小伙伴爬，有时与弟弟们爬，有时与父母和弟弟们一起爬。全家爬山都是母亲的提议，她还预先备了些糕点糖果，找一个风景绝佳处，在草地上铺陈开来，令我们无限惊喜，因为平时难得吃到这些东西，像过节一样。我们边吃边在附近玩耍，母亲靠父亲坐着，两人有说有笑，有时看着我们，有时看着对方。我不时偷看他们，在我眼里，那是男女间的一种亲密行为，神秘而充满诱惑。母亲不甘于枯燥贫穷的现状，总会想出一些点子，给生活增加些许趣味。她毕竟是大户人家出生的人，比其他人有情调，歌唱得好，父亲会弹月琴，两人一弹一唱，黄昏时，琴声和歌声飘扬出屋，在两山之间回荡，在那个万马齐喑的年代，堪称稀世之音，这样做有风险，因为美是一种罪。

从另一面下山，爬上一块大岩石，点燃一支烟，看北面的坟场。不知为什么，来黄龙镇没几天，烟瘾大了不少，随身带的一包烟抽完，又在百货公司买了一包。我担心旧态复萌，在心里约束自己，暗下决心，回省城后一定要彻底戒绝。倘若学好像学坏那么容易，世人就不会有那么多恶习了。我吐出一个大烟圈，又用力吐出一个小烟圈，它追上大烟圈，从中穿过，大圆套着小圆，仿佛成年的我套着童年的我，过去的我一下子追上了现在的我。

在我眼里，抽烟是成人的标志，时刻都想模仿，见到不学好的男孩叼着烟，就更加按捺不住，无论如何要尝试一次。一个小伙伴与我不谋而合，但我们被一个问题难住了：去哪儿弄钱买烟？

我偷了家里的钱。那是我平生第一次偷东西。

我们买了一包烟，是最廉价的春耕牌香烟，没有过滤嘴，性甚烈，事实上，那时乡下能买到的烟都没有过滤嘴。又用余钱买了一包水果糖。至老人山后山的一块岩石上，抽烟，吃糖。烟很呛，虽只是过过嘴，不敢吸到喉咙里去，但难免会吸进去几口，呛得流泪，不断吃水果糖，以缓和烟味的辛辣。后来就麻木了，两个从未抽过烟的小男孩，竟将一整包烟都抽完了，水果糖也吃尽了，不知不觉就晕了，比成年后醉酒的滋味更难受，天旋地转，在岩石上躺了一整个下午，类似昏迷的状态，直到太阳落山才醒过来，踉跄着下山回家，幸亏没被人发现。抽烟是一种不犯法的吸毒行为，毒性虽比不上鸦片海洛因等名副其实的毒品，但死于吸烟者比比皆是。这次醉烟的经历让我犯了两种罪：偷盗和吸毒。幸亏我没有在这条路上走下去，相反，在我以后的人生道路上，时刻引以为戒。没有人的一生是清白的，从孩提时起，罪便开始萌芽了。

我对平生第二次偷东西的记忆更加深刻。

邻居家有一个漂亮的水晶球，既透明似水，又可映出外面的世界，还会变幻出各种色彩，诱发了我的贪欲心，乘无人时藏在兜里带回家。我知道这是一种可耻的偷窃行为，整天做贼心虚，不敢正视父亲的目光，每次都只敢躲在被窝里用手电筒照着玩耍，短暂的欢愉过后便是无尽的恐慌，仿佛偷了整个世界。沉重的犯罪感令我惶惶不可终日，想还回去，又舍不得。水晶球竟意外失踪了，我也永远失去了改过的机会。

再后来，说起来难为情，我还偷过情，不过那是成人以后的事了。

我想，如果用佛教徒的标准来衡量我的所作所为，我不配做佛教徒，单是佛门五戒，就一条都没守住，当然，我目前也没有想要做佛教徒的意思，只是想学习他们的优点；即或用基督徒的标准来衡量，七宗罪几乎占全，当然，我还没有要成为基督徒的打算，只是想学习他们的忏悔精神，这是东方文化里极度匮乏的。许多罪都已清算，现在轮到童年，我一面回忆，一面替那时的自己忏悔。那时并不知道自己犯了这些罪，现在知道了，忏悔不迟。

回忆显得杂乱无章，我试图从中理出头绪来，我发现，成年后的所有情感、心理，都能在童年找到对应。可以说，个人的童年预演了个人的成年，正如人类的童年预演了人类的成年一样。在成人眼里一派天真的儿童，其实复杂得很，所有的人性都已初露端倪。

黄昏，我沿东墙走到黄龙中学北面，准备翻墙进入校园。

头顶乱纷纷掠过一群乌鸦，飞往南山方向，令我想起那场鹰鸦大战，如果没有那三只鹰的护卫，怪老道的尸体定然饲了乌鸦，也不失为好的归宿。我常常问，怪老道之死，是自杀？还是意外？无论如何，他是坠空而死，后来据说“尸解”了，尸解后成仙，御风而行，空，或者风，乃四大之一，四大归四大，怪老道可谓死得其所。

刚到省城时，还经常见到乌鸦，似夜的碎片，飘过城市上空，后来竟完全绝迹，也不知去了哪里。再次见到乌鸦，令我感到异常亲切，思绪追随当年横越省城上空的最后一批乌鸦，飞回童年的天空。

乌鸦常漫天飞起，在黄龙镇上空南来北往，有些降至黄龙中学的操场及绿水塘边觅食。乌鸦色黑，叫声又难听，被人视为不吉，附会了种种可怖的传闻，我们因此从不敢将弹弓瞄准它们，更别说吃它们的肉了，据说乌鸦肉也不好吃，除非年馑，万不得已时，才会用乌鸦充饥。乌鸦因其恶名而不受孩子们的侵扰，可谓因祸得福，也因此不怎么畏人，我们可以就近看它们。乌鸦并非全黑，偶尔有一两只红嘴的，还有更加罕见的黑嘴白颈的，传说有一只红乌鸦，镇上的火灾都因它而起，但我从未见过。寒冬，校园北墙外不远处的麦地里添了一座新坟，一只乌鸦立在坟头，一动不动，似守护神，人走近时，才一挫身，飞到附近的树上，不久又飞回。我趴在墙头，与它面面相觑，想上墙又不敢，半个身子悬在空中，小手冻得通红。它为什么待在坟上不走？我既好奇，又恐惧。因为是新坟，坟前有很多红红绿绿的花圈，及一些祭食，也许这些才是留住那只乌鸦的真正原因。

我稍稍退后，助跑，起跳，双手攀住墙头，在惯性作用下引体向上，略略一按，便上了围墙，依稀有当年的风采。刚一上墙，就变回了几十年前的样子。没有即刻跳下，而是像从前一样，在围墙上行走，试着跑了几步，腿软心惊，从前像黑猫一样在围墙上疾行的敏捷不再，令我慨叹。跳下围墙，穿过柑橘林，闻见淡淡的花香，花却不易见，在茂密的叶中时隐时现。绿水塘边寂无一人，令我又惊又喜，冥冥中似有人清空了现场，以迎接我的归来。一切都那么熟悉，一阵风起，大榕树摇动着身躯，远远问候我，一条鱼在近岸处跃出水面，同我打了个照面，白石塔还是那么淡定，旁边的丝柏长高了许多。坐在野草地上，看青龙山，看老人山，看长虫山，毛竹林屏蔽了校园的建筑物，将校园分成了两片天地，我独享这一片天地，舍不得起身，直到天黑。

穿过毛竹林，经过迷宫般的圆形花园，来到大礼堂门前，门开着，我走进去。里面黑咕隆咚，咳嗽了一声，四周传来回响，待眼睛适应了黑暗，隐约见到舞台。

大礼堂里经常开批斗会，一种成人的残忍游戏，将我也卷了进去。受现场气氛的感染，我亢奋异常，朝跪在舞台上的“坏人”吐唾沫。批斗会后是更加热闹的游街示众。我喜欢看游街，恨不得天天有人游街，与别的顽童一道，朝双手反剪头戴高帽的人扔石块，被击中者表情痛苦，却不敢抬头，抬头会招来更大的打击。一个长得像任老师的人突然抬头看我，镜片后浮现出一种不可捉摸的笑容，令我大吃一惊，多年后回忆起他的笑，才明白其中的深意，耳边回响着他低声对我说的话语：孩子，你不懂你在做什么，我原谅你，我只原谅你！！！然而，我只有替那时的自己悔罪，并向被我伤害过的人道歉，才有资格得到他的原谅。曾有那么多红卫兵作恶、杀人，却几乎无人忏悔，而将罪过推给历史，推给年少的无知。无论个人和民族，忏悔精神的缺失是更大的悲剧。

大礼堂是捉迷藏的最佳场所。石头剪子布，输者闭上眼，从十倒数到一，其他人飞快藏匿，偌大的空间，又极昏暗，要将人一个个都找出来，殊非易事，实在找不到时，允许寻找者请求躲藏者发出“咕咕”声，方位在晦暗中不易辨认，如果还是找不到，便失了耐心，大声叫道：不玩了，不玩了！待对方露面时，却又要赖说：找到了，找到了！人一生都在玩捉迷藏的游戏，同各种人玩，同大自然玩，多数时候充当寻找者的角色，有些东西藏得如此隐秘，至死都找不到。

教学楼亮着灯，晚自习已经开始，操场上有孩子在奔跑嬉戏，我站在暗处，看他们玩耍，耳畔响起母亲的呼叫声。因为贪玩，我们不愿早早回家睡觉，对母亲喊回家睡觉的声音充耳不闻，直到那声音换成父亲的，才极不情愿地与伙伴们道别，约好第二天接着再玩。赶上放露天电影时，随便扒两口饭，便到操场上替全家占好位，然后开始游戏，看电影的人陆续到来，操场上格外热闹，像在给我们助兴，因有露天电影的好戏在后头，我们便加快了游戏的进度，叫嚣的音量高于常日。

晚饭吃得早，但我们还嫌不够早，心急火燎扒下最后一口饭，便“呼啦啦”冲出家门，分头去招呼小伙伴们。大大小小，高高矮矮，很快在操场上聚齐，开始那些永不腻味的游戏。欢叫声在两山之间回响。大汗淋漓，气喘吁吁，实在玩不动了，便停下来看别人玩，即刻又加入进去。与我们一起玩耍的，还有蠓虫，不叮人，但喜欢成群地在头顶上飞，走到哪儿跟到哪儿，因为有会飞的优势，不容易摆脱，口鼻里吸进几只是常有的事，并不在意。不知不觉，天光暗下来，讨厌的夜阴险地逼近了，稍远一点就看不清对方的脸，为了不搞错人，争相提高嗓门，吓得夜放慢了脚步，在不远处逡巡。呼叫声直上云天，显得悠远、空灵。这是一天游戏的顶峰，继之而来的自然是低谷。夜终于还是来了，游戏节奏大大放缓，我们知道，大人们喊回家睡觉的声音随时都会响起。虽然很累，且玩兴已减，却舍不得结束，不甘心钻讨厌的被窝。我们一面玩，一面竖直耳朵，提防着家长的叫声。终于，家长的喊声缓缓传来，男女声交织在一起，我们反而加快了游戏的速度。喊声近了，虽然看不见人，听声音就知道是谁家的家长在喊，偏假装听不见，喊急了才不耐烦地应道：“马上就来！”同时高声抱怨说时间还早回去也睡不着。所有这些声音，以及山里此起彼伏的夜鸟的叫声，似一首夏夜协奏曲。大家虽嘴上互相鼓劲再玩会儿，但知道老例，家长是决不许的，只好草草收场，各回各家。没有兄弟姐妹的孩子，回家后只能气恼地上床就睡，我们弟兄三人则乘着余兴，上床后先打闹一通，待父亲的大巴掌举到面前时（有时竟真打），才各自归被，还要隔着床闲扯好一阵，待灯被强行关掉后，才不敢再做声，争先恐后睡去，最后睡着的，要独自面对恐怖的黑夜。

我沉浸在童年游戏的回忆中，突然觉得，人生其实就是一场游戏，游戏内容因人而异，能用儿童的心态去游戏的人，才能得到游戏的乐趣，但你得时刻准备着，游戏终将结束，有人会来喊你回家。

初夏的黄昏，早开的夜来香释放着令人心旷神怡的幽香，待花都开齐了，香味的过分堆积形成一种刺鼻的气味，夜幕降临后，在白天余热的烘烤下，有时简直同臭气一样熏人，但那是盛夏特有的味道，浓烈、持久，如满天的繁星，如我们尽情游戏时回荡在两山之间的欢笑声。

我羡慕儿时痛快淋漓的笑，和没有遮拦的哭。现实中似乎有一堵高墙，横亘在现在的我和童年的我之间，以及现在的我和现在的孩子们之间，我顶多只能骑在墙上，痴痴地看他们游戏，回忆却让我跳下高墙，加入到他们的游戏里去。

坐在春草上，思绪万千，学生下晚自习，教学楼的灯都灭了，我还坐着，头顶的星更亮了，令我想起童年的夏夜。蚊虫漫天飞舞，与小伙伴们戏耍至夜幕降临，他们都回家了，连弟弟们都先走了，我还留在操场上，用石块垒一个小屋，点燃马灯放进去，头朝门口躺下，望着夜空，灯光摇曳在脸上，其他人似乎都消失了，只剩我和我的小屋，如果屋子再大一点，我就不用回家，而可以在里面过夜，睡在我“自己”的家里。银河沐浴着群星，鹊桥的传说深入童心，我幻想着会有美丽的仙女下凡。独立和自我意识的觉醒便是从那时开始的。

一颗流星划过，令我惊喜万分，期待下一颗，却没再出现，惹得我一直抬着头。童年时因为关注星空，常常看见流星；成年后却再没见过流星，也许是因为城里的能见度不好，但再不好，多少也能见到些别的星星，为何独独不见流星？也曾利用旅游的机会在远离城市的星空里寻找过，但每每落空。流星毕竟稀罕，溜得又快，你要是不经常盯着星空，遇见它的几率小之又小。当然，现在科技发达了，甚至可以预报流星雨，通常在半夜发生，因为贪睡的缘故，都错过了，也不觉得十分遗憾，因为这种观测显得不太自然，我喜欢与流星不期而遇。

“快看流星！”当夜幕降临后，我们还在游戏，某个孩子突然大叫了一声，所有人都定住了，仰望着夜空，根据我们的经验，不会只有一颗流星，果然，又一颗划过，引发一片惊叹声，及长久的思索。当时并不知道，流星只是一种陨石的火花，而以为是某一颗固定的星，不小心掉下来，天上挂着那么多星星，指不定什么时候就会掉下几颗来呢。

来日方长，最初的迫切心情归于平静，窗外下着小雨，索性在床上赖着，整理几日来的思绪，吃午饭时才出门。到百货公司买了把伞，寻思着要去哪里，突然想到一个人——白医生，他是个包打听，消息定然不少。

白医生见我时愣住了，上下打量我，我被他看得发窘，连忙亮出记者身份，他一下子从座位上弹起来，隔着桌子与我握手，不迭声地说：幸会幸会！

办公室的墙上挂着不少锦旗，其中一面写道：医术精湛，医德高尚。

我很想将自己的真实身份告诉他，但他那张嘴实在不保险，只好在他面前演戏，心里着实别扭。我还没问话，他倒先问了我一大堆省城的事。

话题终于落在天舒身上。

“你千万别写向老师的坏话。”

“不会不会。”

“我不怕得罪谁，有一说一，有二说二！”

白医生将他所知与天舒有关的一切滔滔不绝地告诉我，不厌其烦地回答我的问题。其叙述与“他”在手稿中的描述惊人的一致，令我不得不佩服白医生的能耐，完全可以编一部“隐私大全”。

我问起神鹿。他的表情先是吃惊，似乎我包打听的能力并不在他之下，继而变得神秘，看看门外，压低声音说：“你不知道，神鹿的叫声是人装的。”这回轮到我吃惊了，他紧接着说：“不过，确实有只鹿子在人死时叫过，你听那些叫声……”白医生竖起耳朵，一副神经兮兮的样子，引得我也竖起了耳朵，好像随时会传来神鹿的叫声一样。“不一样，有些肯定是人装的。”他决然地说。据他所言，神鹿的流言四起后，便有人乘人死时模仿其叫声，以制造恐慌，其目的不可告人。我问是谁，他说不知道，或者知道，只是不说。我突然想起憨包模仿神鹿叫声的事，莫非，白医生所说的那些人装的声音与憨包有关？果真如此的话，正常人都被一个傻子给戏弄了。但这终究只是一种猜测，事过境迁，谁也无法证实。

“我儿子在省城教书，你也可以去采访一下他。”临走前，白医生不无得意地将白先生的地址写给了我。

我一再表示感谢，临了故意请他为我的身份保密，他满口答应，表情既兴奋又为难。我暗自好笑，要他保守秘密，就像要老天不刮风一样困难。

离开卫生所，走到紫溪边，看溪流，听雨声，四周是金黄的麦田，几块秧田十分醒目，嫩绿的秧苗刚出土，浸在水里，似有若无，停放了一个冬天的稻谷尸体，于春天下葬，在夏天彻底复活，繁衍无数。我想起英素花第一次打胎后天舒陪她走到这里的情形，天上下的仿佛是她当年的泪水，令我感伤。往上游走，头顶的天空开始放亮，雨眼看要停歇了，心情也渐渐开朗起来，眼前重现从前到紫溪浣衣的美好时光。

那时没有自来水，校园里的蓄水池水量有限，经常要到南门街的龙潭里挑水，镇上不缺水，家里却缺水，不敢用来洗衣，每年春暖花开后，到秋末前，常到紫溪洗衣服。

午饭后出发，一整个下午都在紫溪边度过。洗衣服当然要不了这么久，而且洗衣服是父母的事，我们只管玩耍。戏水，抓鱼，捉蜻蜓，摘野杨梅，或者，只是在草地上奔跑跳跃，衣服早已洗好晒干，还舍不得走，父母催得急了，才踩着太阳的尾巴回家。沿溪有很多浣衣人，大部分是黄龙中学的师生，但不是所有人都来这里洗衣服，因路远，大石桥附近更便捷些。秋日，紫溪水落石出，涓涓细流在石间穿行，附近的稻田收割后，蚂蚱还未散去，成了我们的猎物，捉蚂蚱是件令人兴奋的事情。我们在田间奔跑跳跃，忙得不亦乐乎，抓到蚂蚱后，用一根有韧性的草经腮从嘴里穿过。教科书上说，蚂蚱是害虫，虽不在“四害”之列，也该灭。好坏都是人规定的。

黄昏时放晴，吃过晚饭，踯躅在南门街狭窄的街巷中。青石板路湿滑，远远看去，白亮亮的，老木受了潮，散发出湿漉漉的陈腐气息，我翕动鼻翼，让感觉在嗅觉中逆流而上，回到清新的源头。

夜里，躺在旅馆床上，计划着明天要做的事情。我向来不认床，但到黄龙镇以后，前半夜都会失眠，愈晚愈静，仿佛只有我和黑暗在一起，我担心自己也患失眠症，好在不用早起，心理上放松了，后半夜睡得特别实，哪怕一早被人吵醒，白天也不会没精神。我决定去瓦窑村。

丽日长空，一丝云都没有，似早秋的晴日，满眼的绿提醒我是春天，因是晚春，浅绿开始转深，到处是草长莺飞的景象。我的心情同天气一样明朗，踏上了走过上百遍的土路。

经过东大桥，特意离开公路，走到能看见屠龙剑的地方，没被大水冲走的那把剑孤零零地悬着。我不知道它还要孤独多久，笔直地垂着，似一根巨大的时针，肉眼看不见它在转动；时针亦如剑一般，指向所有的生命，每个生命的上方都高悬着一把时间之剑，迟早会坠落。

再往东，铜矿冶炼厂的烟囱赫然出现在原先的田地里，我加快了步伐，将那片煞风景的厂区远远甩在身后，拐过第一个熟悉的弯道，才放慢脚步，从前的足迹变得清晰起来。好景不长，拉矿的大车飞驰而过，一辆接一辆，扬起漫天的尘土。我终于不堪其扰，远离大路，抄小路走，宁可多绕点路。经过一条小河，走上一座古老的小石拱桥，我还记得叫“仙人桥”，因桥上有两个浅坑，酷似人的脚印，据说是某位仙人路过时留下的。小河是蓝江的一条支流，水流平缓。有一次全家远足至此，父亲在河里钓鱼，我和弟弟们则在岸边玩耍，父亲钓到很多鲫鱼，我们一日的快乐却远不止那些鲫鱼。

砖瓦窑的规模远不如从前，甚至有些破落，令我叹惋，一头眼蒙红布的老水牛在坑里和泥，我走近去看它转圈，一圈一圈又一圈，仿佛时钟的指针，永远在往前，又永远在原地。老水牛沿逆时针方向转，托着我的思绪，慢慢转回童年。

世道艰难，乡下尤甚，玩具基本都是自己动手做的，就地取材，什么材料都有，木头、竹子、废纸、废金属，甚至泥巴。

泥巴有两种玩法，一种受天气的制约，要在一场大雨后，节令也须在春末至夏末间，即便下雨也不冷，雷雨天最好，雨倏忽来去，量却很充足，到处都有水流，像许多小溪，将泥土地面冲出纵横交错的沟壑，雨还没完全住，我们就已赤脚走到泥水里，开始玩泥巴。拦河坝是我们的保留项目之一，用泥巴堆成一座坝，将较大的水流拦住，工程可谓浩大，但我们的热情更大，不亚于那些想让高峡出平湖的成人。此外，我们也用泥垒成一些城堡形状的建筑，其乐趣不亚于海边玩沙的孩子。

另一种则不太受天气的约束，除寒冬外的所有季节都可以玩，所用的泥巴亦很特别，是一种黏土，取自瓦窑村附近的砖瓦窑，这种制陶用的泥黏性好，可塑性强，以之捏塑的玩具干燥后可以长久保存。取泥的路途迢遥，但丝毫不会让我们却步，对我来说更不成问题，因为更小的时候与父亲常走这条路。去时空手，回时却要负重。砖瓦窑的主人都很友善，不介意损失那么一点儿黏土，随我们拿，黏土经过水牛耐心的踩踏，变得更有黏性和韧性，密度也更大，又湿又重，谅我们几个小人儿也拿不了多少，但我们常常因为贪心，所搬取的黏土超过了自身的承受能力，不得不在半路舍弃一部分。回来后须马上动手加工，否则黏土会板结，搬运黏土的艰辛即刻消散在玩泥的欢欣中。用黏土捏出的玩具五花八门，车子、轮船、手枪、房子、小动物、人，等等，做工谈不上考究，与雕塑家不可同日而语，但认真的程度却不遑多让，所得创造的快乐甚至更大些，因为人小，同样的快乐就显得特别大。结果并不重要，重要的是过程，是在手与泥的接触中所得到的快感。我疑心，上帝和女娲的本意并非要用泥土造人，也许只是觉得泥巴好玩，顺手按照自己的形象做了几个玩具而已，玩具一旦有智慧，便不好玩了。也可以说，童年的创造等同于上帝的创造，创造事物的同时也在创造自己。黏土玩具干燥后，虽然能够长期保存，但我们并不珍惜，不中看的最先消失，中看的最终也会被摔碎，以给下次玩泥找个借口，泥制玩具的结局正应验了一句老话：尘归尘，土归土。

瓦窑村因为离铜矿山近，许多村民在矿上当工人，村子比以前扩大了许多倍，不复是当年的模样。我去看望姜泽后的父母，直言我是天舒的朋友，他们的热情简直让我惭愧，就像我是打着天舒的名义骗吃骗喝一样。吃完茶不让走，执意要留我吃午饭。姜泽芳在小学教书，中午下课回家，见到我，愣住了。她很高，很文静，不像乡下人。姜父的身体还是不大好，按理不能喝酒，却非要与我喝两口，我不惯中午喝酒，盛情难却，只好奉陪了两杯。谈话的主题自然是天舒。天舒是姜家的恩人。姜泽芳说：对我来说，努力把书教好，不让一个孩子辍学，便是对向老师最好的报答。我听了眼里一阵发热。我问她有对象没有，她面带羞色，姜母笑着替她应道：有了，是小芳的同事，日子已定下了。我连忙恭喜，她微笑道谢。我与她一道出门，顺便去看了一下小学校。我对瓦窑村小学的记忆很浅，想必早已不是当年的模样了。姜泽芳将我送到校门口。走出十几米，回头看见她还立在原地目送我，我挥挥手，加快脚步，拐上大路，心里有一丝淡淡的忧伤。姜泽芳注定只会在我生命中出现几个小时，却让我终生难忘。

归程近半，因酒精的缘故，倦意袭来，便到远离大路的山坡上午睡，梦见远征瓦窑村的壮举。

瓦窑村虽近，在镇上孩子们的眼里，不啻另一国度，渐渐生出征服的野心，特别是东门街的娃娃头老刁，支配欲空前高涨，恨不得做所有娃娃的头领。老刁的父亲酗酒，没事就拿老婆孩子撒气，有一次还当着他的面强行同老婆行房事，老刁受其影响，路越走越歪。

老刁喜怒无常，动辄发怒，令跟随他的孩子战战兢兢，虽然他不会把嗔怒发泄到我们这些教职工的孩子头上，但我们见了他也很害怕。他有一个亲信，外号“皮猴”，须臾不离左右，随意支配、打骂，且故意当着我们的面，如皇帝与弄臣的关系。两人配合默契，通常，老刁的兴致一上来，一脚先把皮猴踢翻，皮猴个子小，老刁的脚可以到达他身体的任何部位，从不计后果，踢到哪儿算哪儿，皮猴嗷嗷大叫，不像叫苦，倒像在给老刁助兴，后者一个饿虎扑食，骑在前者身上，或打屁股，或抽嘴巴，一面亢奋地吼叫着，像一条大灰狼在欺负一只小黄鼠狼。女孩子远远躲开，男孩子虽有几分战栗，毕竟见惯了，大着胆子围观，有几个还张着嘴“呵呵呵”笑。皮猴龇牙咧嘴，有时被打得鼻涕横飞，鼻血飞溅，依然看不出他是在哭，还是在笑，让人不得不佩服他超常的耐受力。他有一次被老刁从高高的围墙上一脚踹下，跌得头破血流，竟跟没事一样，爬起来便跑，故意引老刁去追，两人玩起猫捉老鼠的游戏，结果自然又被逮住，拳脚加身。皮猴瘦小的身体虽饱受老刁的蹂躏，却好像挺乐意似的，仿佛这是他作为老刁亲信的明证，别人还没有这个福分呢。

一天，老刁发表了一番激昂的演说，数落了瓦窑村娃娃头的罪过，诸如对我等的小看，他只身前往瓦窑村时险遭暗算，等等。他颇有口才，煽动起我们的好战情绪，大小数十个男孩子振臂高呼：教训他们！让他们知道厉害！！！并即刻随他上路，五公里的路程，在孩子们眼里，与长征无异，士气十分高涨，声势可谓浩大，颇似八百年前的那支儿童十字军。临近目的地时，胆小的开始退缩，逃兵不断，老刁多方威逼利诱，均不能阻止，坚持到最后的，只有十数人，已是人困马乏。对方早有准备，以逸待劳，埋伏在村口的路两边，用石头和土块招呼我们。我们猝不及防，落荒而逃，皮猴跑得比谁都快，老刁紧随其后，顾不上被石块击中的同伴，有几个被击中倒地，血流满面，差点闹出人命。远征以失败告终，至于报仇，只好等对方自己送上门来再说。这场征伐，虽只是孩子间的斗殴，却已具备了杀戮的雏形，如果拥有成人的体力，情形会变得更加残忍、血腥，手里再多一样武器，刀，枪，炮，原子弹，其后果，我们已知的人类史早就一一验证过。

老刁后来成了镇上人见人怕的二流子。当年二流子远没有后来多，我每次见到都很畏惧，远远绕道走，在我眼里，他们就是恶的化身。

一觉醒来，太阳已经偏西，将柔和的光洒在绿色的油菜地和金色的麦地上。

油菜花谢了没多久，令我深感遗憾，后悔来迟了，只好用记忆中的油菜花来弥补眼前的缺憾。事实上，油菜花几乎成了童年记忆中春天的标志。

春节过后，不知不觉中，柳芽初吐，迎春花渐次打开，人在户外的活动多起来，但要到成片的油菜花开放以后，春才会成为真正的主宰。十里长风将菜花香送到千家万户。校园北墙外就是油菜花地，我们喜欢骑在围墙上，看菜花的金黄，又受了春色的鼓舞，在围墙上飞跑。围墙不厚，没有一定的平衡能力，别说跑，慢走都不能，而我们从小跟围墙打交道，知道哪里安全，就算不小心掉下来，也会掉到平地上，不会有大碍。与我们的小身量相比，围墙不可谓不高，但从高处往下跳是我们日常玩耍的保留节目之一，也有摔断腿的，却丝毫吓不倒其他人。我们常常跳下围墙，走到菜花地里去。菜花地外的小路边有养蜂人家的帐篷及蜂箱，我们怕蜜蜂，不敢靠近，只远远地看，在我眼里，养蜂人家的生活十分神秘。我们在垄上奔跑，捉迷藏，被花香熏得东倒西歪，每次离开菜花地，都会和那些蜜蜂一样，身上沾满金色的花粉。有时还会钻进菜花地大解，但须十分小心，以免白臀遭到蜜蜂的攻击。

对油菜花的回忆让我想起两个人，封氏夫妇，他们还在吗？不免责怪自己的疏忽，来了这么些天，竟然没想起来去拜访他们。

我不再耽搁，走回黄龙镇，沿青龙山脚的小路往北走，远远见到蜂箱和帐篷，蜜蜂四溢。封氏夫妇很热情地接待了我，脸上的风霜绽开，像美丽的花朵。他们并没问我的来历，大家很自然地聊起天舒，仿佛他才来过一样。说到天舒的死时，两人都黯然神伤。我连忙转移了话题，问了许多养蜂的知识。我看见旁边的面罩，便问："蜜蜂也会蜇主人吗？"女主人笑着说："会，它们不喜欢人动它们的窝，每天都会被蜇几下，不碍事的。"我立刻对头顶的蜜蜂警觉起来，原以为它们像小狗一样，未经主人同意，是不会咬外人的。

封氏夫妇忙活去了，我一人坐在帐篷前喝茶，留心避开扑面而来的蜜蜂，想起捅马蜂窝的惊险场面。

大礼堂和大院的屋檐下时常有马蜂做窝，一开始很小，不去管它，眼见得一天天大起来，便时刻留意，准备去捅下来。之所以要捅马蜂窝，不为蜜，而是为了吃酥脆白嫩的油炸蜂蛹。马蜂窝膨胀到一定大小，便须动手，待蜂蛹的翅膀长全，一切都晚矣。事先准备好长竹竿及一件外套。我胆子稍大，弟弟们躲在远处看。头上顶着外套，将竹竿慢慢升高，手心冒汗，却不敢颤抖，以免引起马蜂的警觉，竹竿接近马蜂窝时，负责警戒的马蜂立刻飞出窝，绕着竹竿飞，有两只还歇在竹竿上，我的手一阵发麻，仿佛竹竿是手的延伸，时刻有被蜇的危险。镇定下来，瞅准马蜂窝与墙壁的粘连处，用力一捅，马蜂窝动摇，但没有断根，马蜂"嗡"地飞起来，像四溅的水花，乘它们还没弄明白怎么回事时，连捅几下，马蜂窝离开墙面，许多马蜂随之俯冲下来，徒劳地想要阻止它的坠落。我将竹竿一扔，撒腿就跑，但不能一直跑，再快也快不过马蜂的翅膀，它们一旦发现移动的目标，会施以疯狂的复仇。跑出不远，将外套往头上一裹，蹲在地上，一动也不敢动，隔着衣服，胆战心惊地听着马蜂在头顶盘旋的轰鸣声。终于，没有动静了，撩开衣服一角，马蜂已经飞回窝原先在的地方，悲鸣不已，我悄悄走回墙根，捡起地上的蜂窝，用外套包了，一口气跑到安全处，弟弟们报以欢呼声。也有失手的时候，马蜂窝没捅下来，还被几只马蜂追着狂奔，最终被赶上，头顶立时坟起，一只眼肿得像个小馒头，回家后被父亲一顿痛骂，禁止我再做同样的蠢事。我心里委屈：吃蜂蛹时你怎么什么都不说？但不能分辨，以免遭到更严厉的责罚。父辈有绝对的权威，像上帝一样对我们发号施令，不能违抗，心里却老大不服气。父辈高高在上，殊不知，有更加高高在上的人在逼迫他们。

我现在绝没有再去捅马蜂窝的勇气，我不知道，人长大后胆子更大了，还是更小了，儿时玩过的很多小虫，诸如金龟子、熊蜂、屎壳郎、米汤虫，甚至蚂蚱，现在都不敢碰，游泳也要选择百分之百安全的地方，同激流嬉戏的勇气荡然无存。像神仙一样腾云驾雾，是从前幻想得最多的事情之一，因此喜欢爬到高处，幻想着跳向空中的情形，随着年龄的增长，这种冲动并未稍减，不同的是，多了恐惧的心理，生怕哪天控制不住冲动，一命呜呼，渐渐地，我竟然染上了轻微的恐高症，与童年时判若两人。

我告辞封氏夫妇，他们要送我一瓶蜂蜜，我说什么都要付钱，他们犟不过我，只好收下，额外给了我一瓶蜂蜜酒。

睡前喝了几口蜂蜜酒，竟沾床就着，直到被鞭炮声吵醒。“噼噼啪啪”的鞭炮声提醒我：今天是清明节。急忙起床，到施大爷家买了些祭品，去给天舒扫墓。

落了点雨，很快又放晴了。

天舒的墓前已经放了很多祭品，地上铺着鞭炮的红纸屑，前来祭奠的人络绎不绝，大家都低着头，并未留意到我的存在。后来我才知道，去年清明节前，镇政府贴出告示，不许给“杀人犯向天舒”扫墓，激起民愤，给天舒扫墓的人成群结队，郑权生带着警察去阻止，双方发生冲突，镇长怕事情闹大，影响了他即将到来的锦绣前程，只得让步，将闹事者的名字都记录下来，待日后再算账。

鞭炮声从长虫山方向传来，时断时续，显得很遥远，让人想起大年初三以后的鞭炮声，与之前三天里的热烈程度不可同日而语。无疑，鞭炮声是儿童记忆里最喧嚣的声音。放鞭炮的缘由很多，红白喜事会放，节庆时会放，单听声响，并不能确定是因何而放。听之不足，则观之，只要鞭炮声一响，便会引得我们飞奔去看。

镇上无论谁家盖新房，上大梁时，都会贴红联，放鞭炮，热闹非凡。传统土木房的建造，先在地基上建木结构，梁柱交织，然后再砌土坯墙，最后上瓦，而木结构最重要的环节，是安放大梁，为隆重其事，必要举行一番仪式。立柱上贴满对联，红纸黑字，种种吉祥语，待安放的大梁打扮得像个新媳妇儿，除红联外，还扎着红布，时辰一到，众人发声喊，屋顶的人与地上的人协力，用绳索牵拉，大梁徐徐升高，安放在预定的位置，屋顶的人点燃预备好的鞭炮，同时往人群中抛撒钱币、糖果，寓红红火火、富足甜蜜之意，红纸屑漫天飞舞，地上的人你争我抢，孩子们更是忙得不亦乐乎，但也会有乐极生悲的事发生，有些鞭炮在空中没炸，被粗心的孩子当糖果捡起后才响。

小时候喜欢看别人放鞭炮，更喜欢自己放，可惜只有过年时才有机会。通常，离过年还有一两个月的时间，便会早早用平时攒下的一点小钱买两盒鞭炮，放在隐秘处，时常偷偷欣赏，遥想它们炸响的各种情形。对过年的渴望便是对放鞭炮的渴望，这种渴望随着春节的临近与日俱增。这点鞭炮自然不够放，年前父母会给我们买些鞭炮，但买多少并不是我们说了算，在我看来，每次都少得可怜，幸亏还有压岁钱，大年初一赶娃娃场时用一部分压岁钱再添些鞭炮，这才放心去享受放鞭炮的乐趣。

我对鞭炮的特性很熟悉，知道哪些引信慢，哪些引信快，引信慢的可以用手拿着放，引信燃至末端时，望空一扔，“啪”地在空中炸响，腾起的青烟，四溅的红纸屑，简直如礼花一般美丽；引信快的则要置于地上放，但也有冒险用手放的时候，须手疾眼快，刚一点着就撒手，颇有些惊心动魄，每年都有人因此被炸伤，我却从未失手。我自然偏爱引信慢的鞭炮，拆散了装在裤包里，边走边摸出来放，到处走，手里握着点火用的香，走到哪里都冒着青烟，在围墙上走，在河边走，在田野里走，走到哪响到哪。四处都很热闹，人皆穿新衣，相互展示，因平时难得有穿新衣的机会，后来生活条件改善了，时常有新衣穿，过年反而不稀奇了。我们最喜欢到绿水塘边炸小鱼，以显示放鞭炮的最高技艺。要让鞭炮在水里炸响，引信不能被濡湿，因此，须燃到鞭炮内部，也就是在火药被引爆前的瞬间扔进水里，才会爆炸，这么危险的游戏，连大人都不敢轻易尝试，在我和老望等大孩子眼里却稀松平常。这种乐趣是以牺牲无辜小鱼的生命为代价的。鞭炮入水后，发出“嘭”的一声闷响，水花翻卷，许多小鱼翻着白肚皮漂在水面。我们变着花样放鞭炮，将瓶盖炸上天，或者炸牛屎。有时故意使坏，乘穿着漂亮新衣服的大姑娘走近前，将插在牛屎里的鞭炮点燃，跑开躲起来，当对方意识到危险时为时已晚。有时也会遭到报应，有一次，插在牛屎里的鞭炮没响，等了半天都不见动静，老望走过去，预备重新换一个，刚蹲下，哑炮就响了，连鼻孔里都塞满了牛屎。

不记得是从几岁开始这样放鞭炮的，有一点可以确信，虽然生活还很艰难，但能如此从容地放鞭炮，必定在“文革”后。

我一直想去坟场看望叶莲的墓，今天正好是个契机，但须稍晚再去，以免被别的扫墓人撞见。

先走到长虫山东南坡看桐花。老远就看见几十棵高大的桐树，开满一串串紫色和白色的花，引得我加快了步伐。坡缓，但长草里没有路，看不见脚下，一面走一面留心看草里的动静，担心真的遇见长虫，惊蛰已过去了一月。至最高的一棵桐树下，费了半天劲才爬上去，但没有冒险爬到最顶端，而找了一个较宽的树杈坐下，两手扶着树枝，很稳当，南面看着黄龙镇。小风吹过，像在荡秋千，四周飘着淡淡的桐花香。

乡下孩子没有不喜欢爬树的，我亦不例外。黄龙镇树多，被我爬过的树不可胜数，平地上的，山上的，水边的，谷里的。如果是为摘果子而爬树，只要有果子的树都爬，对树本身并不挑剔；但假如是为了爬树而爬树的话，必选高大且枝繁叶茂者，爬得越高越显出自己的能耐，且望得越远，离天越近，虽然我不能像鸟儿一样飞向高空，但至少可以像它们一样站在高高的枝头。每次都想爬到最高的枝头，又担心树枝折断，兴奋与恐惧并具。遇大风时，树猛烈摇晃，树叶如波浪翻卷，我紧紧抓住树枝，像海中的孤舟，“嗷嗷嗷”大叫，分不清是亢奋还是绝望。

“金金嘎嘎”，附近的鹧鸪声令我又惊又喜，短暂的静寂后，远处隐约传来另一只鹧鸪的叫声，“金金嘎嘎”，仿佛站在岁月的另一头，与这只相呼相应。鹧鸪声四个音节，“金金嘎嘎”，我们就叫它“金嘎嘎”鸟，但我从未见过金嘎嘎的样子，总在空旷的山野响起，寂寞，惆怅，将我的小小思绪带到远方，带到遥远的未来。

夕阳西斜，我走到西南坡上的坟场，找遍了所有的坟，才最终找到叶莲的小坟。我抚摸着墓碑，指尖久久留在“舍予”俩字上。我常常问自己：假如叶莲没死，天舒和她会在一起吗？心里打了一个大大的问号。也许，不完整的爱情倒是理想的爱情，在想象中延续。太阳下山，我也下山，不敢在坟场久留。我没有天舒独宿坟场的勇气，他有可以化为力量和勇气的悲痛，似寒禅那般无喜无悲却能在天葬台上独在三天三夜的勇气，堪称大勇，大智者有大勇。

父母并非土生土长的黄龙镇人，有各自的故乡，工作后才来此间，在本地无墓可扫。对我而言，黄龙镇是我现实中的故乡，我的精神故乡则在遥远的地方。

田间，山坡上，墓随处可见，凸起在地面，如孕妇的肚子，孕育着新的生命。我对坟既好奇又畏惧，远远绕着走。有一年涨大水，绿水塘泛滥，现在的柑橘林地里有几座老坟，进了水，石缝里冒出一条硕大的黄鳝，三角形的头，往上瞪着两只诡异的眼，如果是在水稻田里，肯定有人下手捕捉，但出现在坟里，谁也没这个胆子，据说是鬼魂的化身，我至今还记得那条黄鳝的眼神。但对新坟的态度却例外。坟头的土还有几分潮湿，上面插着坟标，周围堆着花圈，煞是热闹。为了证明自己的大胆，我不止一次将新坟上的坟标拔起，在空中舞动，如挥舞一面凯旋的旗帜，这是对刚入土者的大不敬，好在他不与小孩子计较。

坟自然是鬼最常出没的地方。生活在乡下，对鬼的想象特别生动，而关于鬼的传闻又多，诸如孩儿山上的小鬼，老人山上的长毛鬼，青龙山上的白面鬼，种类繁多，白天与小伙伴们一起肆无忌惮地谈论鬼，天一黑，当后山响起猫头鹰或别的难以名状的夜行动物的叫声时，便不敢再放肆。夜壶是夜里急用的，时间不晚的话，小便可以到楼下空地上解决，大便则无法，非到公厕去不可，弟弟们人小，特许在附近的露天解决，我却不行，父亲似乎有意要锻炼我的胆量，逼我自己去公厕。如果是假期，到处都黑，公厕里的灯光十分昏暗，又时常停电，想想都恐怖。我抗议过几次，但抗议无效，只好哭丧着脸上路，边走边东张西望，且唱歌来给自己壮胆，入厕后恐惧达到高潮，边大便边用手电到处照，看什么都可疑，差点没把胆屙出来。有一次听到异样的响动，来不及擦屁股，提起裤子就跑。后来，听说鬼怕金属的撞击声，我便准备了两块铁片，夜里如厕时不停敲击，心为之稍安，又置于枕边，以备不时之用，与铁片放在一起的还有一块红布，因为鬼怕红色，红色是血的颜色，代表生命力。如此看来，人怕鬼，鬼何尝又不怕人呢！

自己怕鬼，偏要装鬼吓人，小孩子的很多行为，其实一点儿都不可爱。晚上，我们常常躲在女生宿舍的走廊里，冷不丁跳出来，将路过的女生吓得尖叫；或者，到男生宿舍的黑暗角落里支绊脚，对方被绊倒时又惊又恼，但不好拿我们这些教职工孩子怎么样，骂几句也就罢了。有一次，我们跑到大礼堂里学鬼叫，弄得人心惶惶，教职工去世后，灵堂通常都设在大礼堂内，大人们的恐慌与此有关，原来大人们也怕鬼！

一个星期很快就过去了，我又走在拥挤的人群里，秀秀妈没来，后来我才知道，她现在偶尔才来黄龙镇赶集。我失望之极，但还下不了去蒙地的决心，蒙地是此行的重头戏，要待一切都有了眉目，才最后揭开它的神秘面纱。

我的思绪很快从蒙地转到集市上，这样深具乡土特色的集市令我倾心，我将自己变小，穿梭在拥挤的人流里。有时，裤兜里装着过年省下的压岁钱，将集市逛了几遍，虽有心仪的东西要买，但迟迟下不了决心，钱一旦花出去就不是自己的了。手放在裤兜里，攥着钱，倒不是怕被偷，小偷才瞧不上我那几个可怜的小钱呢，再说那年头小偷很少。直到集市快散时，我才会掏出被手汗浸湿的钱币，通过一番讨价还价，买下早就相中的东西。讲价的技巧是跟母亲学的，虽然我很讨厌讲价，尤其讨厌陪母亲讲价，她常常为了一分钱同卖东西的人展开持久战，我在旁边等得不耐烦，又不敢催促她，根据我的经验，越催促，越坚定她志在必得的决心，卖者耗不起，为了一分钱耽误更多的生意不上算，最终只好让步。我身上没钱时，有时会厚着脸皮向父母要，但无论怎么央求，哪怕动之以泪，也不能取得预期的效果。那时连分币都显得精贵，几分钱就可以买一个鸡蛋，母亲常说，“钱要花在刀刃上”，城里孩子常有的零花钱，在我们只是一种奢望，无奈，没钱时只好在集市上干逛，过过眼瘾。

集散后，走到青龙山脚，听苗族男女对歌，对蒙地更加神往。又到百货公司的台阶上闲坐，想象怪老道与孩子们嬉戏的情形。在我心目中，怪老道是位得道的高人，却又一派天真，憨态可掬。黄龙镇的原住民对怪老道记忆犹新，我与他们交谈时发现，多数人并不觉得他脑子有毛病，他画的符至今还贴在一些人家的门上。天舒对怪老道神智的质疑让我一度动摇，事实上，他比谁都清醒。

记忆中也有过一个类似怪老道的孤老头，手里拿着一根长长的铜烟袋，眉飞色舞地给我们讲故事。他好酒，常常满面通红，挥舞着烟袋又唱又跳，乐得我们屁颠屁颠的。他有一个神奇的本领，知道哪个小孩做了什么坏事，有时会突然用烟袋敲那孩子的头，半认真半开玩笑地训他：“不要以为自己是小孩子就什么都可以做！地狱不分年龄！”而对听话的、乐于助人的孩子，他赞许有加，甚至还会买水果糖给他，久而久之，大家都以得到他的水果糖为荣。

我的存在终于引起了郑权生的疑心，他来查夜，我亮出记者证和介绍信，谎称系上面委派，要写一篇专题报道，全面披露天舒行凶一案，以儆效尤。他闻言大喜，对我的身份深信不疑。我提出要见英素花，以了解“凶手”行凶的动机所在，他有些犹豫，最后勉强说：我回去问问她。第二天，他给我的答复令我有些失望，但也在预料之中，他说英素花怀孕了，在家保胎，不愿见人。

血案发生后，英素花便辞了工作，深居简出，极少到街面上来。我到最后都没见到她，因为没见到，她在我心中始终像个谜，许多谜一般的问题挥之不去：她过得好吗？她到底爱不爱天舒？我相信，她对天舒倾注了全部感情，留给郑权生的，仅是躯壳而已。我至今还在想象鲜血飞溅前两人刹那间生离死别的悲壮场面。

见不到英素花，我便用从前镇上一位女子的形象做了她的替身。那个女子是当年我们的“镇花”，围绕着她的是是非非恰与英素花的遭遇一样。镇上人私下都叫她“全国粮票”，那时候买粮食要凭粮票，有各地发行的地方粮票，只能在本省用，有中央发行的全国粮票，通行全国，“全国粮票”的外号不言而喻，谁都可以用的意思。毫无疑问，她是所有男人意淫的对象。各种关于她的传闻刺激着我的想象力。虽然我还小，但每次见到她都会做非分之想。本来，她吸引我的只是纯粹的美，精巧的五官，比例协调的身材，似一朵娇媚的罂粟花，又如蓝天中一片优雅的白云，赏心悦目，令人看了还想再看，仅此而已；那些让人耳热心跳的流言，粗俗甚至下流的物议，蒙蔽了我欣赏美的眼睛，将我引入复杂的成人世界，罂粟花让我联想到鸦片，那片白云变成了阴险的乌云。

郑权生要请我吃饭，我推辞不过，只得将戏演到底。原以为会见到赫赫有名的镇长，但他不在，到省里的干部培训班学习去了，因为黄龙镇要升级为县，通过学习，才能更好地胜任县长大人的职位。包姥在座。她果然是邪恶的化身，叼着烟，斜着眼看我，皮笑肉不笑，脸上的疤似一把刀，寒光闪闪，令我不寒而栗。

我去派出所找郑权生，提出要看天舒被他们截获的那封信，他有点疑惑，但不好拒绝，那封信其实算不上什么物证，何况案子早已了结，索性就送给了我，令我窃喜。我还想看别的物证。火药枪是重要物证，封存在镇政府里，看不到，我也不感兴趣；他给我看了猎刀，这正是我想看的。猎刀保持着原样，血渍尚在，寒光照人，像只犀利的眼。握着沉甸甸的猎刀，我的心里有一种莫名的冲动和亢奋。我突然想，如果没有这把猎刀，天舒兴许不会杀人。在这把嗜血成性的猎刀眼里，人与普通动物无别，都是猎物。英素花始终都是天舒的猎物，曾经被他活捉，却得而复失，他要再次逮住她，但她不肯就范，猎刀在手，他别无选择。刀面映出我的脸，我仿佛看见了天舒虚幻的面容，脑海里浮现出他出事前夜的情形：喝了很多酒，从书架上取下猎刀，猎刀里映出一张扭曲的面孔，他不能确定这张面孔是不是自己，于是去照铜镜，铜镜中的影像似更近于本来面目，随即被镜底浮出的无数模糊的人面淹没，惊魂甫定，所有的面孔又还原为一张面孔，他平静地看了自己最后一眼，把铜镜翻扣在桌上。

我躺在旅馆的床上，将天舒的信读了一遍又一遍，试图找到他自杀的蛛丝马迹。反复思考信末“善恶两讫了”这句话，如果善恶两讫，他既不能上天堂，也不能下地狱，只能在天地间漂泊流浪；但这句话是建立在他以为自己犯了杀戮重罪的基础之上的，众所周知，包姥和英素花并没有死，因此，他的善恶天平最终倾向善的一方，我想，他已经如愿进入了他自己的天堂。可我还是不解，他这样一个人，无论思想和行为，都达到了人生的至高境界，为什么会去杀人？事实上，这个问题一直困扰着我。动机也许合乎逻辑，他不愿英素花嫁给一个卑鄙小人，要将她带去另一个世界；可是，以他的智慧高度，不会不明白，人无权剥夺他人的生命。也许，精神分裂是唯一合理的解释。但我不能确认，天舒是真疯，还是佯狂？我又读了几遍信，突然有了惊人的发现。遗书寥寥数语，字迹却很凌乱，若非字形大，不易辨认，且行列歪斜，好像白纸的空间太大，字都不知往哪里站，相互间毫无关联似的。信封上的字也很潦草，因是写惯了的地址，比信里的字稍稍规整，但漏掉了几个关键字眼，地址因此不完整，根本无法寄达，这是一封注定会被退回的挂号信。我差点忘了，行凶前天舒喝了酒，喝得还不少。我想，即使他没有全疯，也已经站在理智的悬崖边，被酒精一推就下去了。

遗憾天舒没有留下更多的文字，他教过的学生数以千计，他说过的话，当有人铭记于心，且对他们的生活产生或多或少的影响，如果将这些话都收集起来，定是一本精彩的语录。我突然想起一件顶重要的事，“他”寄给天舒的信至今下落不明，难道，也被天舒销毁了吗？我的脑子里冒出一个大胆的猜测，这些信并未被毁，连天舒给他写的信都还在，藏在某个地方，譬如龙鼻子洞，我差点动了要去龙鼻子洞里一探究竟的念头。不过，如果天舒真的将书信秘藏起来，必定不想让人即刻得到，因为他对目下这个浮躁的年代没有信心，要到将来的某一天，待人心都安定了，那些书信才会被懂得欣赏的人们所接纳。我不由得担心，倘若真有这一天，人们对照着天舒本人的书信来看我写的传记，不知会作何感想。我设想有一种宗教，叫天舒教，我写的传记与《福音书》的功能相似，对天舒的事迹起到了传播的作用，天舒本人书信的发现无疑会掀起一场原教旨主义运动，其规模与影响非我所能逆料，我实在也不必操这份心，因为我的寿数有限，看不到这一天。

既然身份已经暴露，我便不再躲躲闪闪，而以记者的身份招摇过市，昂首走进黄龙中学校园。门口的管大爹看了我一眼，刚缩回头，又将头从窗户里伸出来，盯着我看，我对他笑笑，说：我找你们卫校长。

我走进校长办公室，向卫校长出示了记者证，将对郑权生说过的谎言又对他说了一遍，他诚惶诚恐，表示一定全力配合我的工作。看到他很认真地被愚弄的样子，我差点动了恻隐之心，幸亏多年的社会经验已经把我的心磨炼得十分坚硬。

我获准进入天舒的房间，不仅如此，卫校长还特意将天舒房门的钥匙给我，任由我出入，令我喜出望外。

远远望见二楼的蓝门窗，不觉眼中湿热，似朝圣者看见了圣地。

门上的封条早被撕掉，没撕干净的纸残留在门框上。房间基本保持原貌。大部分家具都已被天舒的家人搬走，四壁空空，只有卧室的木床上方挂着一幅凡·高油画的印刷品，画的是凡·高自己的房间。书桌和椅子还在，书架上散落着一些作业本。我翻开天舒批改过的学生作文，徒劳地想从中找到与他的死有关的只言片语。我在书架上找到几条很深的刀痕，眼前浮现出天舒与英素花激烈争吵的场面。

我到书桌前的木椅上坐下，想象着天舒伏案的情形，抬眼看见右上方的墙上贴着一张白纸，上面有几行毛笔字，中楷，极工整漂亮，因为有些近视，我便欠身向前，是海子的诗句：山冈上的三姐妹啊 / 所有的风都向你们吹 / 所有的生活都为你们破碎。我记得海子原诗里写的是“四姐妹”。我将纸小心翼翼揭下来，叠好，夹在随身带的一本书里，这张纸字后来一直伴随着我。

天舒的花园已经变成菜地，只有篱笆上的蔷薇还是当年的模样，开着不关世事的花。

槐树枝斜在卧室窗前，叶不甚密，似弱不禁风。

我的沉思被程文礼打断。他特意来找我，要请我去他家里坐坐，为了把戏做足，我只好随他去了。不等茶上桌，他就说了一大堆天舒的坏话。马兰花的在场分散了我的注意力，她的神态告诉我，她并不同意程文礼的胡说八道。马兰花给我的印象很好，我不时拿眼瞟她，完全忽略了程文礼的存在。

马兰花让我想起一位女教师，人长得也很漂亮。在那个年代，漂亮并非幸事。漂亮也就罢了，那位女教师偏偏又是独身，过了婚嫁年龄，还是独身，让为人妻者十分嫉恨。母亲管她叫“野鸡”，我觉得这多少是个侮辱性的称谓，不仅如此，她还严禁我们接近“野鸡”，我和弟弟们偏偏喜欢亲近“野鸡”，因为她好看，对我们又热情，常拿东西给我们吃。三弟嘴馋，一见人吃东西便走不动路，到那人跟前站定，仰着头，像条小狗，嘴里发出“呜呜呜——呜呜呜——”的哼哼声，以引起对方的注意，如果对方不给吃点——那时有点吃的东西不容易，他就会一哼到底，对方走到哪里就跟到哪里，轻易甩不掉。我和二弟觉得很丢脸，训斥过他几次，但只要我们不在，他照样到人前去哼哼。三弟不捡嘴，只是贪吃，好像从没吃过饱饭一样，只要是吃的，抓过来就往嘴里塞，塞得两腮鼓鼓的，像豚鼠囤食，有时撑得呕吐，吐完后又接着吃。三弟当着母亲的面也敢伸手去接“野鸡”递给他的食物，被母亲一把拽回家，屁股上一顿好打。母亲再三叮嘱，“野鸡”是坏女人，她的东西有毒，但事实证明母亲说了谎，我们一个都没被毒死，哪怕最轻微的中毒现象都不曾发生过。母亲无论如何想不到，当时我们就已对她的话产生怀疑。这个事例再次告诉我：不要撒谎，尤其不要向孩子撒谎，因为孩子会长大，谎言经不起时间的考验。父亲不是圣贤，同别的男教师一样，难免会多看“野鸡”几眼，有时还会同她搭讪，大家是同事，避不开的，为此，母亲没少与他吵架。

那些年，人的心态都不正常，父母常吵架，缘由很多，父亲嘴拙，气发不出来，我们便做了牺牲品。他们一吵架，父亲便拿我们出气，巴掌没头没脑地打下来，可也奇怪，打人的是父亲，我们怨恨的却是母亲。母亲个性强悍，近乎偏执，是家里的实权人物，常常一意孤行，有点独裁者的味道。每次他们吵架，我们都觉得是她在无理取闹，因此常常站在父亲这边来反对她，多少也有点讨好父亲的意思，但依然免不了挨打。母亲感到委屈，声泪俱下地说我们欺负她，四个男的欺负一个女的，的确不太公平。有一次，我的手被父亲用荆条抽得鲜血直流，两个弟弟心疼得流泪，一致认为这个家不能再待了，合计着要离家出走，但最终也只是嘴上说说，没有父母的日子，想都不敢想。有时被父亲打急了，会生出一种仇恨的心理，但要向父亲这么大的人报仇，须等长大以后再说。我比较老成，被打时忍着，能不哭就不哭，免得在弟弟们面前丢脸；三弟最乖巧，也最狡猾，见势不对，“扑通”先跪下，父亲自然就下不了手；二弟最倔，不轻易认错，更不会下跪，还会拿眼睛瞪着父亲，也因此挨打最多。我不明白，同样的家庭，近乎相同的成长经历，三兄弟的性格为何如此迥异。

在我和三弟眼里，二弟懒得出奇，懒得做家务，懒得洗脸，懒得洗脚，上学后懒得做作业，常被留堂，父亲督促我们做作业时，他是借口跑厕所跑得最勤的，为了让借口更加充分，他便拼命喝水，每次父亲都忍不住要骂他“懒牛懒马屎尿多”。有时，父亲气急了，会怒斥二弟说：你这么懒惰，将来想要饭吗？他的话让我想起那些要饭的河南壮汉，不知为什么，黄龙镇距河南几千里，却常常出现要饭的河南人，站在门口，一脸卑微，但丝毫不以行乞为耻。那年头日子不好过，人心却比现在善，再说人家大老远地来也不容易，只是谁都不明白，他们好手好脚，又年轻，为什么不用力气换饭吃？也许，原因不外乎两个字：懒惰。同做苦力相比，伸手当然轻松。父亲不能禁绝二弟频繁上厕所，久而久之，二弟形成条件反射，一见水就想撒尿，我们在绿水塘边钓小马鱼时，他因为尿得太勤，不胜其烦，干脆不拉裤子，让小鸡鸡暴露在风中，间或就挤一小泡尿出来。

作为教师子女，我和弟弟们自觉比纯粹农民的孩子高一等，生出傲慢的心理来。我离家到外地求学后，弟弟们也不再甘心待在偏僻的小镇上，在我放假回家时向我抱怨，甚至痛恨雨天泥泞的街道，及愚昧无知的农民，人小，口气却不小，充满傲慢与偏见。如今他们都早已成人，说起共同的故乡，都怀着眷恋之情，一如对童年的思念。故乡与童年紧密相连，时间与空间的距离拉得越开，就越让人惦念。

我决定回旅馆休息一会儿。迎面见到一辆木制独轮车，在百货公司台阶下停住，车上的货品琳琅满目，都是针头线脑一类的小百货，及各种廉价的儿童玩具。货郎很年轻，一边擦头上的汗，一边摇动拨浪鼓，周围很快就聚了很多妇女儿童，热闹了好一阵，东西卖出去不少。近中午，人渐渐回家吃饭去了，货郎独自坐在台阶上吃干粮，我便上前攀谈。我瞅见一个万花筒，是儿时经常玩的纸糊的那种，心里一动，便向他买下。买卖做成，买卖双方的关系自然就进了一步，货郎边吃干粮边与我聊天。他是个孤儿，没念过几年书，经人指点，做起了货郎的营生，走村串寨，偶尔才到城里进一次货，独轮车上铺盖卷等生活用品一应俱全，走哪儿歇哪儿，他喜欢这种自由的生活方式。黄龙镇还是第一次来，并不打算久留，下午便离开。我问他将来成家怎么办，他笑着说，成家后自然就不能做货郎了，不过还早呢。我笑着问他有没有相好，他一愣，随即也笑了，说像他这样东奔西跑的人，哪有机会跟人相好，话虽如此，两眼却放出异样的光芒，令我一下子想起尚科的儿媳跟货郎私奔的事。

我躺在床上，钻进万花筒，几十年后的今天，那些永不重复的图案依旧令我惊讶。拨浪鼓的声音有一阵没一阵，我不知不觉睡着了，醒来时探头看窗外，货郎已经离去，令我有几分莫名的惆怅。目光落在枕边的万花筒上，磨砂玻璃后的彩色碎纸片隐隐约约。因着迷于万花筒里的世界，我小时候也同天舒一样，拆开过一只万花筒，看里面究竟藏着什么秘密，结果同样大失所望。原来，让每个孩子入迷的万花筒，永不重复的花样，不过是一堆普普通通的彩色碎片！我没发现什么了不得的秘密，却把一个好好的万花筒给毁了，也许，人们苦苦探索的终极存在，也不过是些无趣的碎片，值得为了这些碎片毁掉整个生活吗？

再回到天舒的房间时，正是午休时间。坐在书桌前看老人山。周围如此阒静，我听见了自己思想的声音。那声音慢慢消失，忧郁来袭，突然感到无所适从。头顶仿佛开了一个口子，直指胯间，形成一条通道，却没有任何东西经过，空空的，无力，整个身体都要委顿下去，欲望乘虚而入，向体内各处蔓延。我仿佛看见天舒在午后手淫的情形，我不想放任自己，走到窗前，看碧山蓝天，风流云散。

午后是一天中最无聊的时光，特别是在炎热的夏季，不明白大人们为什么一定要午睡。太阳白热，草木耷拉着脑袋，蝉鸣有气无力，万物昏沉，静得闷人，我感到百无聊赖，在幻想中寻找刺激，做似懂非懂的色情白日梦，或者坐在屋檐下，直勾勾看着地面，幻想突然从地里冒出美女来同自己交合。有时，我会独自跑到镇外，看着远处的盘山公路发呆，一辆卡车进入视线，缓慢爬升，与早年的经验重合，因为太远，听不见马达声，像一只无声的蜗牛，或者是一只大甲虫，被太阳灼烤得举步维艰，仿佛永远都到不了山顶。

那时，买粮食凭购粮本，因此有专门的粮管所，我们常在午后去玩耍。

因为总有洒落的米粒，粮仓里麻雀特别多，简直就是捕猎的天堂。粮仓通常开着，保管员很和蔼，允许我们进去搜寻猎物，巨大的粮仓，雪白的大米堆积如山，米香中夹杂着谷壳和干木头的味道。偶尔会撞见老鼠，无疑，它们的收获比我们的要大得多。赤日炎炎，连鸟雀都不见了踪影，我和几个小伙伴坐在粮管所的凉亭里，聊些不着边际的话题，甚至聊到类似"我们从哪里来，又到哪里去"这样高深的话题。关于"从哪里来"的问题，答案千奇百怪，有说是从树洞里掏出来的，有说是路边捡的，有说是石头里蹦出来的，就是不知道是母亲生的，后来知道了，但怎么生的问题，却始终悬而未决；关于"到哪里去"的问题，就更难了，这是一个连成人都不知道答案的问题。最后，争论的焦点集中在到底有没有神仙上。如果有神仙，"到哪里去"的问题便迎刃而解，神仙不死，无所不在，无往而不快乐，不想做神仙的人简直就不是正常人；也有坚持神仙不存在的，因为受了成人世界观的影响，这种观点了无意趣，并不能引起其他孩子的共鸣。聊无可聊时，便只剩无聊，因不甘于无聊，有人提议比赛射尿，这是男孩间私底下的一个游戏，看谁尿得远。比赛前要先憋尿，憋得越充分，射得越远，先到附近的水龙头下灌一肚子生水，回来等着，当小鸡鸡同脸一样涨得通红时，便开始比赛，射尿的效果十分惊人，无疑会令所有的成人惭愧。

除了午后，下大雨时，或者一个人找不到人玩耍时，也会感到无聊。成年后也常常无聊，两种无聊遥相呼应。人一生有多少时间是在无聊中度过的？无聊是心灵的最大杀手，切不可轻看，相反要好生对付。我试图用文字描绘童年的无聊，赋予它某种诗意，令无聊的不再无聊，或者，以这种方式充实过去的无聊时光。当我们意识到无聊的无聊时，理应警醒，去做有趣的事情。

无聊也有一个好处，让我学会思考，只有在百无聊赖之际，我才会从游戏和玩具中抬起头来，向茫茫宇宙发问，得不到想要的答案时，我就想：那个创造了我们这个世界的人一定也和我一样无聊。

"补锅……补铜锅铁锅锑锅……"补锅匠悠长的吆喝声给童年的午后带来了几分生趣。

有时会响起卖丁丁糖的声音，令我怦然心动。

丁丁糖就是麦芽糖，“丁丁糖，丁丁糖，丁丁丁丁丁丁糖！”是两块铁片被反复碰撞后发出的清脆声，铁片既是敲响后招揽小顾客的道具，又是售卖时用来切割丁丁糖的工具，口沿锋利，一片的口沿置于所要切割的位置，另一片在其背面用力一敲，便崩下一块糖来。不能指望父母给我们买丁丁糖吃，他们怕我们吃坏牙，但我以为这是不想花钱的托词。为了得到香甜可口的丁丁糖，我们动用了一切手段，用到处搜罗到的废铜烂铁去换，甚至偷家里的包谷和大米去换。丁丁糖有软硬两种，软的呈须状，好下口，但也因此不经吃；硬的黏性大，须小口咬下来，在嘴里慢慢嚼，会粘牙，但牙就喜欢被这么甜的东西黏糊着。

我在校园里闲逛，彷徨至黄昏来临。黄龙中学因近年来时常有人参观，对外来人早已习以为常，倒是几个女生多看了我几眼，使我的心跳快了一些。肚子突然一阵绞痛，拔腿向新教师楼旁的公厕走去，刚蹲下，便喷薄而出。进来一个人，朝我点了一下头，与我隔着三个蹲坑蹲下，先掏出一支烟来点上，抽了几口，便“哼哼”起来，又进来一个流着鼻涕的男童，端着饭碗，一面好奇地打量我们，一面慢条斯理地吃他的饭。一切都很自然。走出公厕，到绿水塘边坐下，看白石塔和青龙山，及其倒影，不远处有温书的学生，或坐，或站，同傍晚一样安静。夜从水底爬出来，不安的气氛开始降临。

夜深人静，我怎么也睡不着，一个大胆的念头闪过，即刻起身，背上睡袋，穿过漆黑的北门巷，从菜园翻墙进入校园，溜进天舒的房间。借着打火机的光，将睡袋铺在天舒的床上，躺在上面，那是一种无以言表的奇妙感受，我与天舒合而为一。有一阵子，甚至感到英素花就睡在身旁，令我冲动，忍不住做了一件尴尬事，在天舒的床上永久地留下了自己的印记。半夜，一个声音远远传来，很细，很小，弱不禁风，我一惊：神麂？！待要细听，却没了，但闻树叶沙沙作响。我一夜未眠，天明前悄悄离去。

我去拜访郝校长夫妇。郝校长比我想象的苍老，单玉老师两鬓斑白，见到我，都愣了，我不知道自己身上哪儿不对劲儿，也愣了。

单玉老师脱口而出："你长得有点像小向！"我愣住了，下意识地摸摸头，恍然大悟，是发型的原因。

我的记者身份让他们心怀戒备。我索性实话实说，请他们保密。此行的目的已初步达到，就算真实身份暴露，郑权生他们要逼迫我离开，我也认了。单玉老师立刻变得欢天喜地，无论如何要留我吃饭。

"小向死得太自私！人不能光为自己活，光为自己死，那么多人需要他，他妈因为他都疯了，条件又不是不好，天涯何处无芳草，为情自杀，太不值，太不值！！！唉，除了自杀这件事，他倒是个不折不扣的好人，资助了那么多人，书教得好，又聪明，又有学问，学生们都很崇拜他……"单玉老师是性情中人，直到现在，一提起天舒就落泪。

郝望很懂事，眼里透着灵气，静静地看我，听我们说话。

"祝你早日写完小向的传记！"席间，郝校长频频举杯。

郝校长夫妇让我想起"他"的父母，一样的遭遇，不一样的生活态度。不用说，我更欣赏郝校长夫妇，经历了那样的厄运，还能够热情地生活，积极地善待每一个人。

吃完饭，我突然想起一件事，问单玉老师有没有天舒的照片。所有上过学的人都有过照毕业照的经历，在摄影师的张罗下，男女生各站一处，矮的在前，高的在后，任课老师及校领导端坐在前排的椅子上。单玉老师说：有，有，他教过那么多毕业班，毕业照照了不少。她拿出一沓照片来，最初是黑白的，后来是彩色的，有些已经发黄。单玉老师戴上老花眼镜，一张张查找，我按捺不住激动的心情，那个令我魂牵梦绕的人的真实面目即将显露，怎能不激动呢？单玉老师又从头将照片翻看了一遍，我想她是要挑一张最清晰的给我看，然而她却说：我以前怎么没发现呢？像在问她自己，见我纳闷，忙说：你看，这是小向，你看你看，都是他，但没一张看得清脸，不是低着头，就是背过身子，奇怪，我以前怎么没发现呢？！失望之余，我若有所悟。单玉老师难过地说：小向这么优秀的人，连一张像样的照片都没留下！说着眼睛又湿了，我忙安慰她，说没关系，天舒不爱照相，自有他的道理，恐怕就是不愿意人看见他的样子。单玉老师不太明白我的话。记得有一次未婚妻开玩笑说：天舒都快成你的偶像了，你要有他的照片，是不是要把他供起来啊？其实，按照天舒的意思，人该是他自己的偶像，换言之，人除了他自己，不应再有别的偶像。天舒是榜样，不是偶像。

我将目光从天舒的身上移开，去看他周围的人，那么多面孔，齐齐地看着我，好像认识我一样，我的脑海里闪过一句话：陌生人，如果我说我认识你，不是指你的容貌，你的身体，而是指你的灵魂。我有过多次这样的体验：突然就被一种恍惚的感觉攫住，闭上眼，看见有许多人的集体照，黑白的，从低到高站成几排，其中总有几个头像清晰可辨，都认识，叫得出名的，叫不出名的，稍纵即逝。我突然想，天舒教过那么多学生，受他影响至深者不在少数，如果其中有做文学的，将来某一天将他的故事写出来发表，与我笔下的正传相比，内容当不会有大异，唯叙述的方式有别，细节也会有所出入，但绝不冲突，相反，相互补充、印证。一个困扰我多年的问题豁然而解：《福音书》为什么会有四部？事实上，历史上关于耶稣生平的《福音书》远不止四部。

我不甘心看不到天舒的容貌，请单玉老师描述了一下她眼中的天舒，综合她的描述，我大致得出这样的印象：中等身材，匀称，结实，五官俊秀，阴柔与阳刚并具。末了，单老师看看我，说：男人长女人相，有福气。

郝望来旅馆找过我几次，我们成了无话不谈的朋友。他见多识广，又伶俐，说话口气老成，同我没有代沟。天舒的死对他打击很大，他将悲痛深藏心底，极少在人前流露，如果不是郝校长夫妇对他那么好的话，他大概已经离开黄龙镇，再度流浪去了。

“我不怕流浪，但我不忍心离开爸爸妈妈。”郝望说的“爸爸妈妈”自然是郝校长夫妇。

“看得出，他们很爱你。”

“告诉你一个秘密，向叔叔没死。”

我吃了一惊，警惕地看看房门，担心有人偷听。

“真的？！他在哪儿？”我的脑子高速运转，仿佛看见天舒像查拉图斯特拉一样从山上下来。

“不知道，反正，他每天都在看着我。”

我略感失望，同时也很欣慰，我坚信，天舒不仅活在郝望心中，也活在别的许许多多人的心中。老子云：死而不亡者寿。天舒会比我活得更久，如一盏明灯，将未来的路照亮。

“小望，你想家吗？”

他愣了一下，随即明白了我问话的意思。

“想。”

郝望惆怅的表情突然令我想起“他”来。

“你还记得被人拐走前的事情吗？”

“不记得了，我每天都在努力回忆：我是从哪儿来的，谁是我的亲生父母。有时会想起一点儿东西来，但太模糊了。”

“你还记得人贩子的模样吗？”

“不记得，连是男是女都记不起来了，你说怪不怪，将我骗走的那儿颗糖的滋味，我却记得清清楚楚，糖纸的颜色是红的。”

“小孩子没有不喜欢吃糖的。”

“所以，我既爱吃糖，又怕吃糖。我想，我的亲生父母一定很痛苦，也许，他们的一生都会很痛苦。”

说到这里，郝望的眼红了，令我深受震动，我深信，如果他知道亲生父母的下落，一定会毫不犹豫回到他们身边；但为郝校长夫妇计，我并不希望这种事情发生。如此看来，人更同情与自己相关的人。

郝望是个重情义的人，我提到英素花时，他流下了眼泪，看得出，这泪他忍了很久。这泪他不会在养父母面前流，因为他们不喜欢英素花，事实上，按照单玉老师的说法，正派人都不喜欢这个女人，但郝望谨记天舒的话，丝毫不怨她。郝望命运的巨变一直令我感慨，没有英素花，就没有他的今天，换了我也一样，无论英素花变成什么人，都不会改变对她的感激之情。

“干姐现在不见人，我在街上遇见过她一次，刚想叫她一声‘干姐’，她就跑开了。”郝望哽咽着说。

郝望受天舒的影响极深，我突然想，他不会变成第二个天舒吧？也许，或多或少，我们每个人的身上都有天舒的影子。

郝望令我想起校园里的娃娃头老望，名字的雷同纯属巧合。老望从小丧母，同后妈生活在一起，心理早熟，身材也较高大，很自然就成了校园内的娃娃头。因为常有校外的孩子来偷果子，在我和老望的倡议下，学校的职工子女组成了一个孩儿帮，成天在校园里玩耍、巡逻，果园从此安然无恙。偶尔我们也会监守自盗。收果的时候，校方郑重其事地额外分给我们一些水果，作为奖励。我痛打了姓程的两个孩子后，在孩儿帮里的地位大大提升，威胁到老望的声望，他便率领别的孩子孤立我，连二弟都被他拉拢了过去，所有人都不理我，可谓众叛亲离，有人甚至当着我的面发出“孤孤”的叫声，意在讥笑我之被孤立。不久，我遭到暗算，一块鸡蛋大的石头飞到我脸上，离左眼只差两厘米，血光飞溅的同时，我看到一个熟悉的身影闪过毛竹林，是老望，他看见我看见了他。父亲气得够呛，以为我又在外面惹是生非，不问青红皂白先打了我一顿。母亲赶来，火速带我去卫生所包扎，回头怪父亲不去找凶手，反拿自己的孩子出气。我始终没说是谁干的。老望也许只是想跟我开个玩笑，如果说了，母亲非找他们家的麻烦不可。我伤得不轻，在家里躺了好几天。成年后提起这件事，父母都很惊讶，怪我当时为什么不说出真相。我想，这就是义气吧，无论如何，都不要出卖人。这事以后，老望对我特别好，我们尽释前嫌，我成了他的得力助手，校园内的孩子们紧密团结在我们周围，外面的孩子轻易不敢来招惹我们。很多年后，我发现，古今中外，成人间的权力斗争，与我和老望当年的纷争何其相似，令我对“人是政治动物”这句话十分服膺，究其源，恐怕可以追溯到动物的本能，领地之争，统治地位之争，交配权之争，等等，按照“物竞天择”的理论，生存便是战斗。

我陆续见到了黄龙中学的其他教师，有的对不上号，也许是因为太普通，天舒未提起过，有些则是新近才调来的。我喜欢大院，常常走进去欣赏那些古建筑，每次都会在任老师生前住过的屋前逡巡，屋子早已易主，只能在想象中与他会面。

见过尚科两面，皆行色匆匆，单看外表，很难将“科学怪人”的绰号与他联系在一起，虽然很想见识一下他那间神秘的实验室，但没有合适的机会，只得作罢。小芹已经上初中，不再叫憨包爸爸，怕别人耻笑。憨包比我想象的老，也似乎更憨一些。

尚科令我想起曾经有过的科学情结。我喜欢摆弄一些机器的零部件，将废旧电池拆开研究，还试图做过电动玩具，但都没有成功，有一次弄到几个手电筒的小灯泡，用电线将它们串联起来，居然都亮了，挂在蚊帐里，像在旌县城里见过的霓虹灯，令弟弟们称奇。我迷恋过一套叫《动脑筋爷爷》的儿童科普读物，用拣废铜烂铁卖的钱一本本换回来，得到许多粗浅的科学知识。后来读到《十万个为什么》，虽然内容更翔实丰富，但已没有《动脑筋爷爷》那么吸引我了。与许多那个年代的孩子一样，“当科学家”一度是我的理想。科学是一种认知世界的简单方式，但不是唯一的方式，另一种兴趣与科学相悖，却与对科学的兴趣并存。我幻想自己会无所不能的法术，想什么，便有什么，因为耳闻了不少周围苗族巫师的神奇本领，便梦想自己也会一种咒语，可以将那些作恶的人咒死。

小吴老师比我想象的还丑，但我有心理准备，没有流露出丝毫异样的表情，而她的热情和善良立刻美化了她的容颜，令我敬慕。在她面前，我没勇气说谎，也没必要说谎。听说我在给天舒作传，赵本根很激动，小吴老师却哭起来，弄得我不知所措。赵本根一面安慰她，一面埋怨她不该在客人面前失态。和单玉老师一样，天舒离世后，每次提起他，小吴老师都会流泪。小吴老师止住泪，开始跟我讲天舒的各种事迹，眼里放射出异样的光芒，同样的光芒，我在虔诚的宗教信徒眼里也看到过。

他们留我吃饭。小叶子放学回家，脆声叫我“叔叔”，令我感到亲切。他给我看他养的蚕，半大的蚕，有好几百条，养在一个簸箕里，与新鲜的桑叶白绿分明。

养蚕经历几乎伴随了我的整个童年。我最多时养过几千条蚕，装满两大簸箕。很庆幸没有遭到父母的反对，让我主宰了一个完全属于自己的世界。

春节前后，把粘满蚕子的纸轻轻折叠起来，揣在贴身处，用体温加快孵化速度，不时拿出来看看，心中充满期待。终于，黑色的小东西诞生了，火速准备桑叶，选最嫩的，小心地用鹅毛把它们掸到桑叶上，新一轮的生命就此展开。我就像它们命运的主人，它们却绝不认识我，因为我从未见它们抬头看过我一眼。

采桑叶是头等大事，辛苦，但有趣。有两种桑树，一种很普遍，所结的果便是人们通常吃的桑葚；另一种则不多见，叶小汁多，绿水塘边就有两棵，蚕刚出世时食量小，这两棵桑树的供给暂时够用。桑叶不能受潮，否则蚕会拉肚子，有性命之虞。蚕的颜色很快变白，经过两次蜕皮，食量大增。蚕进食的神情如此专注，争分夺秒，昼夜不息，令我明白了生命的短暂和宝贵。养蚕的大簸箕就在我的床边，夜里，那么多蚕一起吃桑叶，发出整齐的“沙沙”声，比催眠曲还动听。我忍不住半夜起来，打开手电看它们进食。蚕长得很快，绿水塘边的桑叶所剩无几，但我知道哪里有桑树，都是野桑，集中在东大桥附近和白虎坡脚，偶尔会与要好的同学一道，去采他家里的桑叶。新鲜的桑叶，直接倒在簸箕里，将蚕盖住，但要不了多久，蚕就会吃到面上来。我时常梦想拥有一棵自己的桑树，让蚕宝宝在上面生长，自由自在，我也省去了采桑叶的劳苦。

渐渐地，蚕的身子变得浑圆油亮，进食不那么积极了，这是要吐丝的信号。我时刻关注着，一旦发现某只蚕停止进食，就立刻将它放在一块悬空的木板上。蚕吐丝的目的是作茧，将自己藏在茧中蛹化，但须有树枝等依附物，平板上作不了茧，但不吐又不行，否则会有不吐不快的痛苦。蚕将丝吐在平板上，边吐便爬，至边缘时将头探到空中，犹豫了一下，又返回到木板中央。丝吐尽后，便一动不动，像死了一样，慢慢化成蛹。有一件事令我深感遗憾，蚕边吐丝边排泄，黑色的屎粒好办，扫掉就是，尿液却无法清洁，发黄的尿渍经久不褪。

我长大后才知道如何从茧里抽丝，如何纺丝，如何织布，当年即便知道这些工序，自己也办不到，因此，让蚕在木板上吐丝，虽然得到的丝料有瑕疵，却也聊胜于无，我还送了几张丝给外婆，被她制成冬衣的夹层，算是物尽其用，是我养蚕经历的最大业绩。我至今还保留着几张蚕丝，上面除了蚕的尿渍，还有岁月的痕迹。每次看到有关丝绸之路的书籍和报道时，亲切感都会油然而生，仿佛我也是国人引以为豪的丝绸文化的一分子。

多数蚕的寿数止于蛹化阶段，成了盘中美食；余下的则任其蜕变，变成蛾子。短短几天的工夫，蚕蛾不吃不喝，忙着交配、产卵，雄性先死，死前要抽搐很久，痛苦万状，雌性则要完成传宗接代的任务，但也只是多活数小时而已。我喜欢看雌蛾产卵，屁股贴着我给它们准备的白纸，稍一用力，一颗黑色的小圆卵便冒出来，粘在纸上，身子微微移动，又产下一个卵，并不看身后，却绝对不会让两粒卵重叠，且卵与卵之间的距离几乎相等，全凭本能，令我惊叹不已。我将铺满蚕子的纸收藏好，待冬尽时才会拿出来。

又一个春天来临，新一轮幼蚕的出世指日可待。

童年仿佛是一首曲子，在往昔的岁月里飘扬，有些旋律是连续的、回旋的，如每年春天的养蚕经历，而蚕宝宝便似一个个可爱的音符。

小叶子在做作业，我征得他的同意，翻看了他写的作文，小学三年级的作文，笔迹和内容都很稚嫩，令我忍俊不禁。

我上小学时写的作文，至今只记得一篇，题目是“我最好的朋友”。我与班上最要好的伙伴形影不离，好得穿一条裤子，有一次闹矛盾，后果苦不堪言，原因不记得了，但肯定不是什么大不了的原因。以前也闹过别扭，几天后又和好如初，这次却不同，正好赶上期末，一放暑假，便没有了和好的机会。没有他，我的整个暑假都过得没滋没味，但又没有勇气去找他。开学后，老师布置了这篇作文，我和他不约而同都写到了对方，表达了对对方的思念和歉疚之情。原来，他的暑假也没过好。我们尽释前嫌，再没闹过矛盾。成年后，我在友情里经历过不少风雨，每次都会想起这段经历。友情与爱情和亲情一样，都是世间最可宝贵的感情。天舒与“他”的友谊堪称典范。真正的朋友是心灵的朋友，超越一切时空。

小叶子令我回忆起小学时光。

上小学时还在批判孔子，在课堂上批，在广播里批，还要排成戏，在舞台上批，但我始终不知道孔子是谁。当有人告诉我孔子是两千多年前的人时，我简直惊呆了，不明白人们为什么要跟一个两千多年前的人过不去，太滑稽了！

小学校占地面积不小，校舍却很简陋，教室里的桌椅都是用水泥砌的，耐用，一劳永逸，夏凉，冬天却极冰冷，但有一个好处，不怕火烤，因为冬天太冷，我们都带着烧木炭的小火炉上学。炉系陶质，圆腹，外罩用竹篾编就，有提手，烧木炭，火势不大，不会将竹衣烤坏，抱在怀里也不碍事，上课时置于脚下，常常把两腿间吊着的那截小肉烤得硬邦邦的。提着火炉上学，是以前乡下才有的乐趣，城里孩子永远都体会不到。小火炉不仅可以取暖，还可以炸爆米花，用铁丝做一个小瓢，每次放一两颗玉米，“噗”一声，玉米爆开，雪白可人，上课时也偷着炸。另有一种火炉，用锑盆改装而成，烧木柴，不能带去上学，纯粹是为了取暖和玩耍。

上学条件很艰苦，但乐趣并不少，尤其是课间、午后及放学后回家前的那段时间，无时不在游戏。

男生常玩一种打豆腐块的游戏，所谓豆腐块，是用纸叠成的正方形方块，大小不一，与财富无异，游戏近赌博，悲喜系之。用粉笔在地上画个圆圈，每人出等量的豆腐块，如赌注，摞放在圆圈中央，包剪锤猜先后，依次从远处用石块投击，被击出圆圈的豆腐块即归自己。有时，输红了眼，才买的作业本也撕下来叠豆腐块，代价可想而知，被父亲一顿痛揍，长大后向父亲报仇的决心更加不可动摇。鼎盛时期，我的床下塞了满满三大纸箱豆腐块。

女生不玩打豆腐块的游戏，就像男生不跳橡皮筋一样。女生一边跳橡皮筋，一边唱着相应的歌谣，让小男生看得如痴如醉。跳绳则男女生都会，且会在一起跳，或单人跳，或双人跳，或多人跳，我动作笨，常常和女生撞个满怀，对方随汗水渗出的体味灌进我的鼻孔，异样的感觉周流全身。男女生常在一起追逐嬉戏，女生通常发育早，比男生高大，我又是男生里身体发育偏晚的（与我的心理发育恰成反比），自然成为众多女生的追逐对象，一旦被追上就惨了，没面子不说，还会被当马骑。男厕是最后的避难所，每次被追急了，我便往男厕跑，尽管如此，我还是很享受被女生追得抱头鼠窜的过程。

放学后并不急于回家，与几个小伙伴在校园里流连，除了弹玻璃珠，玩得更多的是打子弹壳，轮流用自己的子弹壳击打对方的，先击中者得胜，对方的子弹壳归自己。有各种子弹壳，手枪的最小，步枪的不大不小，机枪的最大，也最宝贵，轻易不肯拿出来。我至今不知道那些子弹壳的来源，打靶场？周围没有常驻部队，据说有些来自刑场，令我在把玩子弹壳时感到莫名的兴奋和恐惧。老望不知从哪里弄到了两颗真子弹，分给我一颗，手枪子弹，弹头椭圆形，并不似想象中尖利，奇怪它怎么能钻进人体将人杀死，我知道连着弹头的弹壳里有火药，会爆炸，又爱又怕，格外小心。这颗真子弹被我藏得很隐秘，连弟弟们都没让知道，后来竟不知所终。

暑假期间，小学的操场被用作打谷场，我们在稻草堆里捉迷藏，从高处往厚厚的稻草里扎猛子，看人用连枷打谷，用风箱将谷粒与稻草屑分离，都是极有趣的事情。

小学中途换了一位算术老师，是位没几年就要退休的男教师，性格比他的年龄还老，又有点口吃，头上永远戴着一顶那个年代特有的蓝帽子。算术课本来就枯燥，他又没有威仪，认真听课者极少。常常，他背过身在黑板上写字时，班上最调皮的男生便在过道里走动，边走边做鬼脸，惹得哄堂大笑，他刚一转身，那个男生便以极快的速度回到座位上，像什么事都没发生过一样，有一次被他逮住罚站，结果更糟，那男生脸皮厚，并不以罚站为耻，发出各种怪声，弄得课难以为继，他气得嘴唇发黑，一把将头上的帽子摔在讲台上，以宣泄怒气，我们先是一惊，继而大笑，笑得前仰后合，原来他是个秃子，难怪总要戴着帽子，他的整张脸都在颤抖，将帽子往头上一扣，愤然离去。从此，我们私底下都叫他“秃老师”。现在想起这一幕，并不觉得好笑，反而觉得有几分残忍。

从小学开始，成人就将他们的荣誉感强加到孩子身上，通过考试，通过各种竞赛，将孩子们分出优劣先后来，患得患失的心态也从此植根于每个孩子的心中，伴随他们成长。体育非我的强项，从未得过奖，每次运动会后，宣布得奖名单时，我痛彻心扉，得奖者不仅有奖状，还有奖品，令我眼冒金星，羡慕与嫉妒交织。好在我的功课好，有一次期末考得了全年级第一，班主任不由分说，在我胸前戴了一朵大红花，带着我穿街走巷，颇有点招摇过市的意思，窘得我无地自容，心里却不无得意。殊不知班主任是在炫耀他自己。他是位小个中年男子，教语文，很会讲故事，肢体语言丰富，深得我们的喜爱，脸上常带笑，有人却在背后叫他“笑面虎”，我心里很不平，觉得那些人不怀好意，直到听说了他过去的经历，才明白了这个外号的来历。他曾是红卫兵骨干，对“阶级敌人”心狠手辣，在武斗中还打死过人，人见人怕，这段不光彩的历史令他在我心目中的形象大打折扣，但他讲故事的才能终究影响了我，他的复杂性格亦令我深知人性的难测，从此不再以貌取人。

据母亲说，我从小就喜欢竖着耳朵听大人聊天，我的早熟当源于此。儿童天天与成人打交道，却不知道他们真实的生活状态，尤其是他们的思想，是一个完全不同的世界，其他孩子也许毫不关心，连想都想不到这一层，而我生性敏感，很早就对成人世界充满好奇，譬如成人所说的“谈恋爱”，我无数次在想象中徒劳地想把这种说法具体化，却怎么也弄不明白，什么是恋爱？恋爱怎么个谈法？心里涌起无限的遗憾和惆怅，并偷偷寻觅可以和自己“谈恋爱”的对象。上小学后，班上有两个女生，一个胖些，一个瘦些，都很可爱，让我无法取舍。我做梦都在掂量这事。倘若思想有形，父母看见了我的这些想法不知会作何感想。我在幻想中找到了一个解决办法：我突然拥有了一座会飞的宫殿，将她们都带上，远离人世，过上了快乐的生活。后来我才知道，中国的男人过去可以娶很多老婆，很多伊斯兰教国家至今还是一夫多妻，古代的帝王就更不用说了。

离开小吴老师家时，我给了小叶子三百块钱，算是见面礼，赵本根和小吴老师坚决不收，我的一句话令他们不好再推却，我说：就当是我替天舒给他的。

我天不亮就进入黄龙中学校园，在操场上静候启明星和第一抹朝阳。暮春之晨，乍暖还寒，忍不住沿跑道跑了几圈，拉了几个引体向上，在双杠上做了几个高难度动作，压腿，下腰，练了两遍刚学会不久的一套简易太极拳。受天舒的影响，我开始学太极拳，因时间紧，进度缓慢，却已隐约觉出其中的妙处。启明星不知何时升上青龙山顶，晨跑的学生纷至沓来。我到绿水塘边继续呼吸晨气。甫过毛竹林，被远处一个白色的身影吓了一跳，细看是一个穿着白色太极服的人在打拳，犹自不放心，悄悄靠近，是朱友庄。朱友庄给我的印象深刻，留着满嘴胡须，神情飘逸。他心无旁骛，丝毫未留意到我的出现，拳打得沉稳流畅，刚柔相济，上身始终笔直中正，慢极，似住非住，外行人一定会以为他每个动作都要想半天才想得起来，实则连绵不绝，同我见过的拳路都不同，显得挺拔大气，发劲时威力十足。待他收了势，我上前打招呼。

“朱老师你好！拳打得真棒！”

“你好你好！不好意思，见笑了。”

我向他请教了几招。见我也会一点儿太极拳，朱友庄顿时来了兴致，边比划边同我交流，令我茅塞顿开。他每天都坚持打拳，事实上，他的生活已离不开太极拳。

“向老师对太极拳的理解非同寻常，他把太极拳当成一种信仰的方式。说来惭愧，向老师去世后，我才领悟到其中的妙处，打拳时有一种神圣感，像在同天地万物沟通，并且，好像是一种怀念他，甚至是崇拜他的仪式。”

朱友庄的话令我震惊，我突然冒出一个强烈的愿望，想学会这套太极拳，以便将来以同样的方式纪念天舒。对方一口应承。从此，我每日跟朱友庄学拳，在离开黄龙镇前，将整套拳都学会了。

我又陆续见过其他人打这套拳。我欣慰地看到，怪老道传给天舒，又经天舒发扬光大的这套古老的太极拳后继有人。

黄龙中学盛行的太极拳令我想起一位远房亲戚，也会打拳，但不是太极拳，是一种外家拳。

父亲一个在省城的远房亲戚将儿子送到乡下来念高中，因为他很贪玩，学习成绩不好，且开始同校外不三不四的人来往，其父希望他在我父亲的管束下，改掉不良嗜好，考上大学（最终未能如愿，他实在不是读书的料）。我们对他很敬畏，因为他来自省城，还会武术。他只向我们展示过一次武功——据说高手都不轻易暴露自己武功，十分刚猛，令我们惊羡，但无论我们怎样哀求，他都不屑教我们。春节，我们要到外婆家过年，父母商定，让他留下看家，得知此事后我极力反对，弟弟们太小，没办法鼓动他们跟我一起同父母抗争，我只能孤身奋战。我哀求母亲带他一块儿去，母亲说他不是外婆这边的亲戚，人多了住宿也不方便，他那么大的人了，会照顾自己，再说他还巴不得呢，但我以为母亲在说谎，一个劲儿地哀求，一会儿威胁说他不去我也不去，一会儿又哭哭啼啼。闹腾了几天，母亲渐渐烦腻了，父亲干脆不予理睬，我彻底绝望了。每次一看到他，就会想到所有人都在欢度春节之际，他远在异乡，被孤零零地撇下，该有多凄惨啊，便忍不住偷偷流泪。临近出发，我的悲伤更甚。临别头天，我简直不敢正眼看他，而他却始终笑嘻嘻的，我觉得他是在强作欢颜，后来才知道他是真的很高兴，他那时上高三，学习不好，平时受到拘管，终于有机会可以放任几天，何乐不为？听说他当时在谈女朋友呢。这些是后话了，而我当时的痛苦，有谁能够明白？其程度丝毫不亚于我成年后遇到的各种痛苦。

失去的并不一定是乐园，回忆是个能工巧匠，单留下那些或美好或奇异的花草树木，把花园拾掇得比实际上漂亮好几倍。回忆往往夸大事实，或有意，为了迎合现在的需要，或无意，是时间在暗中作祟。关键在于，那时我几乎不用为将来操心，甚至不用为当下的柴米油盐操心，而生活在父母的荫庇之下，相反，还很羡慕成人的生活，至少，对大孩子羡慕得不得了。在乡下，穿开裆裤的时间很长，好容易熬到穿蒙裆松紧裤的年龄，又巴望着像大孩子一样，能穿系皮带的裤子，并且拥有一条威武的军用皮带。在儿童的憧憬里，未来的何尝不是乐园。所以，过去与未来，都只能在想象中存在，回忆是另一种形式上的想象，而能够切身感受的，唯有现在，现在的快乐，现在的痛苦，现在的回忆，现在的憧憬。事实上，只有一种时态，那就是“现在”，过去的现在，现在的现在，以及将来的现在。

失乐园是个永恒的主题，当下总有这样那样的不如意，过去的乐园和未来的天堂，便成了人们的美好愿望，永远不可企及的理想。就中国史而言，春秋战国是我比较心仪的年代，然而，身处那个时期的孔子，却整天想梦见周公，老庄的梦更遥远；我也很向往古希腊，古希腊人则向往神人共处的黄金时代。所谓乐园，无论过去的还是将来的，都是我们“现在”感觉中的乐园，希望中的乐园。即便是已经过去的痛苦，只要不再殃及现在，都会在回忆中摇身变成现在的快乐；而那也许根本不存在的未来的天堂，如果你信了，也多少会慰藉你现在的心灵。当年我日日哭泣，因为父母要把寄宿的亲戚单独留下，而不带他跟我们一道去外婆家过年，我无论如何想不到，将来有一天，我会以如此轻松的心情来回忆这段痛苦的、暗无天日的经历，并且让成人后在各种痛苦中挣扎的我露出会心的笑来。

黄龙中学的鸟雀之多，令我吃惊，我想这都归功于天舒所传递的护鸟意识，而以郝望为首的护鸟队则功不可没。看着那些不惧人的鸟雀，回想起对麻雀的杀戮，我不觉感到惭愧。几乎可以说，儿童是小鸟和昆虫最大的天敌。我当年虐杀小动物的行径与蒙古人的屠城同样令人发指，所不同者，生而为人的我好歹比那些小动物高级些，而蒙古人却比被他们残杀的很多人低劣，集愚昧和野蛮之大成。

捉麻雀的目的是为了吃它们，捕捉的方式很多，以下套为主。簸箕，砖头，都可以做成圈套。

用细木棍将簸箕支起来，麻线拴在木棍上，簸箕靠里的地上放着米粒，我们躲在隐蔽处，手里握着麻线的另一头。麻雀在簸箕外逡巡时，我们不敢出气，甚至克制住心跳，怕将它们惊飞。终于，麻雀一跳一跳进了簸箕，此时还不能拉线，要等几只都进去，放胆吃米时，才能拉线。簸箕扣下的瞬间会产生气流，反应快的麻雀还有机会逃脱，但多数都会被扣在里面，被我们活捉。吃以前照例要戏耍一番，用麻绳拴住麻雀的一只脚，放它飞，它以为得了自由，“嗖”的一声往高处飞去，结果被麻绳拽住，狠狠砸向地面，有时竟一命呜呼。猫吃耗子以前要先要弄一番，倭人当年屠戮中国人以前也会百般戏辱，可见残暴不仅普遍，而且手法相同。二弟喜欢用手拿着麻雀玩，我们警告他别这样，据说，玩过小鸟的手将来写字会发抖，他不听，后来写字手真的会抖，字也因此写不好，不知是不是麻雀在冥冥中报复。

砖头做的圈套稍稍复杂，一旦做好就省事了，不用守候。用两块砖，一块平放地上，另一块与之并排立起，与地面成夹角，用细木棍做成一个三角支架，以平放的砖做支点，支撑住另一块砖，米粒放其下，麻雀进去后，触动支架，“啪”一声，立砖砸下来，非死即伤。没死的也要杀死，然后去毛，洗净，烧一堆火，用南瓜叶或竹叶包着烧，烧熟后撒盐，大孩子负责分配，名副其实的野味，惜乎太少，漫长的狩猎与等待只换来每人的几小口，连骨头都嚼尽，吃完后直舔嘴，实在不过瘾。

为了小小的口腹之乐，许多生命惨遭屠戮；甚至，不为口腹之乐，仅仅出于好玩，甲虫、天牛、螳螂、蜻蜓、毛毛虫，被我们无端折磨致死者不计其数。但也会有立时遭报的事发生，我有一次捏死了一只臭蟀，被它身上的臭味熏得恶心了好久，以后一见到臭蟀就犯怵。而于小松鼠这样机灵的小动物，想伤害的企图却从未得逞。我从小就对松鼠着迷，它总是在你不经意时出现，让你发出一连串的惊叹声，惊叹之余，便想捕捉，但不能用弹弓打，要抓活的，于是多方设陷诱捕，均告失败，何等机敏的小动物，似乎未卜先知。也试过乘松鼠冬眠时下手，但其藏身之所如此隐秘，搜寻终成徒劳之举，松鼠的窝究竟在哪里？好像根本就不在这个世上。

老望不知从哪里弄来一架梯子，很高，要几人协力才能竖起来。我们将梯子搬到麻雀出入的屋檐下，靠墙立住，我爬到顶端，正好够到雀巢，伸手进去掏，除了雀蛋，还掏出几只幼雀，没睁眼的呈粉红色，几乎能看见内脏，已睁眼的羽翼远未丰满，“吱吱”哀鸣着，没多久就被我们玩死了，随手一扔，成了野猫的腹中物。

我们对麻雀造成的伤害，与“灭四害”的运动比起来，简直不可同日而语，但我并不因此原谅曾经犯下的暴行，并要告诫自己将来的孩子不要再作同样的恶。

暑期，我们常常在绿水塘边伏击绿大头。我至今弄不懂，绿大头为何总贴着岸边沿顺时针飞行，一圈一圈又一圈，哪怕危险在前，也丝毫不更改路线。我们手持树枝，翘首绿大头的来向，以逸待劳，待它像飞机一样平飞过来时，迎头一击，打落水中，多数还活着。我们的目的是要活的，下手轻，打晕就行。绿大头或被打死，或负伤遁走，我们并不离开，因为不久又会来一只替补的，我奇怪它们为什么从不同时出现。有时整整一下午就干这一件事，要这么多绿大头也没用，真正要的是猎捕的乐趣，当然，我们也喜欢用线拴住它们，像放风筝一样，跟在后面奔跑，有时还将它们放在蚊帐里，希望它们捉蚊子，其结局无一例外都是死亡，在绿大头的万千复眼里，我们这些孩子与恶魔无异。

我们还打死过一条蛇。那条蛇突然出现在空旷的操场上，我们又惊又怕，远远朝它扔石头，它不幸被击中，爬行的速度放慢，我们看它受了伤，提着棍子放胆靠近，乱棍齐下。蛇的模样诡异，据说通灵，我怕其他蛇找上门来报复，惶恐了数日。

一开始，镇上人知道我是记者，有些疑惧，记者就是上头派下来的人，自然不好招惹，再说镇长家还请我吃过饭。见我老待着不走，在四乡走动，逢人一脸和气，都动了好奇之心，陆续有人来旅馆找我，与我聊天舒。他们一致认定天舒是清白的，请我不要写他的坏话。我发现，喜欢天舒的人心地都很善良。我们的谈话常常被郑权生的突然出现打断。监视的眼睛无所不在，须十分小心。

我受冥冥中天舒的召唤和指引，前往他走过的每一个地方，所到之处，因为留下过他的足迹，都显得意义非凡，令我有一种朝圣的感觉。

我花了半个月的时间游历清平岭，最远到达哈尼族地界。我曾试图寻找天舒当年避雨的山洞，目的是那些史前壁画，但转了一整天都没找到，差点迷路，终究没有一个人露宿山野的勇气，天黑前匆匆借宿人家，随身带的帐篷一次也没派上用场。

因时间和精力有限，我没能走遍天舒走过的所有地方，只能在想象中完成他的清平岭之行，这样也许更好，许多地方大概已不再是原来的样子，据说木村已经完全商业化，而雷风寨早已不存；但在我心里，天舒的清平岭依然完整，每走一次，都仿佛在人类的历史中溯流而上，抵达最初的源头。我看过一篇报道，在清平岭最深处的原始森林中，至今生活着一个原始部落，几乎全裸，过着与世隔绝的生活，曾经有一个民族学家就近观察过他们，他们说一种奇怪的语言，更像是一种叫声，比一般的动物多了些音调上的变化而已。天舒的清平岭之行意义重大，象征性地追忆了人类的童年，与我个人的童年回忆遥相呼应。

看风景与同风景共处是截然不同的心境。山川树木，绚烂的传统服饰，劳作的农人，古朴的村寨，无不是美的，过客单摄取了赏心悦目的那一面，其地的偏僻，其人的艰辛，却难得体会。

天气热起来，我走进一个彝族村寨。村里有一眼泉，是全村唯一的饮用水，泉周围有半圆形的石围栏，栏杆上有浅浮雕，点缀着些青苔，年代久远。一个女孩独自在泉边的石台上浣衣，白衬衫，蓝裤，赤脚，神情专注而忧郁。我向她讨水喝，见是外人，她吃了一惊，红着脸，把头低下，而我已在刹那间看清了她的容貌，惊为天人，脑海中闪过那句话：女神，请赎我心中的罪。台上放着一把木勺，大概是专供人饮水用的，她拿起木勺，舀水，递给我，同时抬起头来，这次轮到我感到害羞，忙把头埋在勺里，大口喝水，呛了两口。我把勺还给她，她笑着接过去，大概是因为我刚才喝水的狼狈相。我突然想：饥饿时进食，口渴时喝水，内急时入厕，乃至肉欲的发泄，得到满足的神态都一样。我定下神来，问她几岁，上几年级。她的脸立刻阴沉下来，半晌，才说：十二岁，没上学。我问：怎么不上学？她低头不语，我明白了，一定是家里穷，让她辍了学，不知该说什么好。我又问：想上学吗？她瞪大眼睛，像在说：这还用问，当然想啦！我无可奈何地离开了，但记住了这个村子的位置。

我念念不忘那个女孩，过了几天，又回到遇见她的那个村子，径直走到泉边，真是有缘，她恰好来担水，穿着传统服饰，更加可人，巨大的水桶可以让任何一个城里汉子发憷。又见我，她似乎比上次更害羞。我接过她递来的水，小口地喝，故意拖延时间。一个中年男子走来，手里提着水烟筒，乐呵呵地跟我打招呼，说：这是我闺女，你是哪里人？来做什么？我说：省城的，来旅游。他说：旅游？我们穷地方，有什么好看的？我说：好看。你闺女不上学了？他笑着说：不上了，没钱。我突然想到很多同事家都有农村来的小保姆，问他：愿意让小姑娘进城做工吗？他高兴地说：巴不得呢！女孩垂手站在一旁，专心听我们讲话。我让中年男子留下地址。临走，她定定地看着我，眼里充满了迷惑和期待。我的心狂跳不止。游历的路上一直在想，我真的能为她做什么吗？徒然地扔下一个希望？从这天起，她会一直想着、梦着这个希望。或许真能把她带回省城，替她找一份工作，但于小小年纪的她，究竟何益？我一拍脑袋，恍然大悟地说：我应该资助她上学，初中，高中，大学。这个念头令我激动不已，急切地要回去。

她仿佛一直在泉边等我，见到我，低声说“来了”，继续往水桶里打水，我反而局促起来，伸手要去拿木勺舀水喝，她抢先拿过木勺，舀水递给我。我决定去她家借宿，不知为何，竟难以启齿，看见她担起水要走，才鼓起勇气说出自己的请求，她两眼一眯，笑着说：跟我来吧！挑水的背影令我陶醉。

女孩父亲见我，激动不已，女孩母亲似乎听说了我上次说的事，将我奉为上宾。他们的热情令我很过意不去。我开门见山，道出要资助女孩上学的想法，女孩父母深感意外，似乎不大相信我的话。为了表示我的诚意，我当即掏出一千块钱，交给女孩父亲，请他尽快送女儿复学，并留下了我的地址及电话号码。女孩父亲双手捧着钱，眼睛红红的，我不忍看，想起天舒的话：给予是种幸福。我看见女孩背过身去，许久才转过身来冲我笑，如雨过天晴，脸上挂着两弯迷人的彩虹。

我怕我的举动惊动全村的人，极力阻止女孩父亲要摆酒席答谢我的提议，他们只得作罢，但还是杀了一只鸡，做了许多菜。席间，女孩父亲告诉我，全寨人最担心的事情是泉水断流，这样的事情从未发生过，但没有发生过并不代表不会发生。我说，也许，到时候政府会将自来水引到每户人家，即便有泉水，自来水也是很方便的，不用费力担水。他说，自来水哪有泉水好喝。

第二天，女孩送我到村口，细声说："大哥哥，谢谢你，再来家玩。"按年纪，她应该叫我叔叔，是因为我比实际年龄年轻吗？我整个人都酥软了，不敢直视她的眼，心里却想说：不，小妹妹，该我谢你，你给我的远胜过我给你的。话自然出不了口，她也听不懂，也许，有一天她会懂的。

回黄龙镇的路上，我突然发现，我完全把自己当成了天舒，经历了只有在想象中才会出现的场景，如梦似幻。

后来，我定期给彝家女孩寄学费，不经意时，她的容颜会浮现在我眼前，引发无限的遐想，我甚至担心她会早恋，一定有很多男生喜欢她，并生出莫名的嫉妒心来。我承认我不该有这些念头，但我绝对不会混淆幻想与现实。人的欲望总不容易满足，妻妾成群是许多男人的梦想，我在生活中遇到过很多令我心仪的女子，大同小异的脸、臀部、大腿、胸，为什么长在另一个女人身上就会构成致命的诱惑？但我最终和未婚妻结了婚，并且决心与她生活一辈子。不久前，我在街头与一位可爱的女孩迎面走过，心为之一动，陌生的女孩，让我瞬间经历了一场爱情。现实是有限的，想象则没有穷尽。

我从清平岭绕道去了祖村，被向母错当成天舒，想必是我的发型和身上的城里人打扮引发了这场误会。

祖村人知悉天舒的过去，虽然他上了省城最好的大学，做了十几年的省城人，但既然回来了，终究还是和大家一样；黄龙镇的人则不同，所谓距离产生美，始终将他当省城人看，虽然他一再强调，自己也只是个乡下人。等他死后，他的声名才从黄龙镇传到老家，令老家的人幡然醒悟，将他当大人物看待，且从他过去一些异于常人的举动中寻找明证，甚至有人说他出生时有一条黑龙在他家的屋顶盘旋。

向母虽然半疯半癫，生活却能自理，整天笑嘻嘻的，身子骨反而更好，脸色红润。周围人一面同情她，一面也替她庆幸，至少，正常人的痛苦她是不会再有了。她观音也不拜了，改拜自己的儿子，将天舒的灵位放在供桌的正中央，每天三炷香。合村的人都笑话她，哪有母亲拜儿子的？她却正色说道：“天舒不是我儿子，天舒是神。”大家听了，联想到与天舒有关的种种传闻，便不敢再取笑她。

我征得天舒妹夫的同意，划着他家的木船出湖，我水性好，不惧水。一直划到湖心，静静体会当年天舒及其父亲在水上的感受。斜晖脉脉，岁月将忧愁斟满我的双眼，我看得见它们，却流不出来。天黑后，我往回划桨，老远就听见歌声，不久便看见闪烁的霓虹灯，原来，离祖村不远处已经建起了几家滨湖酒店，祖村的繁荣指日可待。

再回到黄龙镇时，大家都很惊讶，以为我回省城去了。蔡老板陪我喝了几杯酒，颇有些久别重逢的感觉。待我在镇上又住了几日后，大家便重新习惯了我的存在，好像我永远都不会再离开一样。关于天舒，我已经没有更多要了解的东西了，我只用静静地去感受他经历过的一切，感受这个与我当年的故乡别无二致的小镇。

我再次带着睡袋潜入天舒的宿舍，并且特意准备了蜡烛，待夜深人静时，在书桌前坐下，点亮蜡烛，借着微弱的烛火，给“他”写信。窗玻璃上映出屋内的景象，在烛火摇曳的光影里，我仿佛看见天舒正在给省城的好友写信。

我成了黄龙中学的常客。时间一长，大家都习惯了见到我，认识不认识的师生都同我打招呼。我有时在操场边静坐，看学生们上体育课，女生的身影令我浮想联翩。

仲夏之际，我爱到绿水塘边散步，凤仙花正做着粉红色的梦。

凤仙花俗称指甲花，女孩子喜欢把花瓣揉碎，涂在指甲上，粉红色经久不褪，偶尔也擦到脸上，小脸蛋越发红扑扑的，像一个个小仙子。除了常见的粉红色，指甲花还有其他颜色，紫的、黄的、白的，田野里随处可见，于我们小男孩也有吸引力，因为果实会炸开。将桃形的果实摘下，放在手心，屏气凝神，用另一只手的大拇指和食指轻轻一捏，即感到一股细小但顽强的反弹力，富于肉感，仿佛一个更小的小人儿，把我推开的同时还发出不满的声音，只有我听见了那声音，并看见黑色的籽粒溅满手掌，引发莫名的快感。几十年后，很多往事都被时间抹去了，这件事——严格说，这远算不上一个事件——却让我记忆犹新，我与凤仙花果的接触并非看上去那么简单，其中一定隐藏着更深的奥秘，等待我去开启。孩子很小，事物的核心也很小，小的与小的亲近；成年后，每当我用孩子的眼光去看世界时，隔阂立刻就变浅了。如果不假人手，凤仙花的果实也会自动炸开，就像宇宙中那些被称作“黑洞”的果实一样，内部的能量积聚到一定程度，必会爆炸，爆炸的瞬间，籽粒向四周弹射出去，有幸者被土壤接纳，生根，发芽，新的凤仙花长成，重新开花结果，孕育新一轮的爆炸。

黄昏，独立塘边，野火在长虫山脊上烧，映红了山顶的天空。心被神秘的山火攫住，不敢跳动。我仿佛又看见了北门街的那场火灾，也是黄昏时分，火光冲天，我和弟弟们并排站在校园高处，震慑于烈焰残酷的美，双腿颤抖。火被扑灭了，我鼓起勇气，独自跑去现场看，据说废墟内有一具烧焦的尸体，我没看见，也不敢看见，老妇人睡在地上号哭，小孩坐在地上大哭，男人蹲在地上默默流泪，死者是孩子的妈。

小叶子他们在绿水塘边捉蜻蜓，我也一试身手，却一只都没逮住。我敢说，小时候的身手绝不在他们之下，也许，是不想真逮的缘故，更喜欢看这些小精灵自由地飞翔。捉蜻蜓有两种方法，一种与朱笑他们的完全一致，用蜘蛛网粘捕；另一种则是用马尾毛做成的活套去套取。

星期天赶集，镇东头学校围墙后是牲口市场，牛、马、骡、驴、羊、猪，等等，单单满地的屎尿，就十分壮观。我们对马最感兴趣，不是因其雄壮的体魄，高挑的身材，或者炯炯有神的眼眸，而是那条不断晃动的马尾。马尾很漂亮，但这也不是我等的兴趣所在，马尾上的毛才是我们的终极目标。要拔马尾毛，确切说是偷马尾毛，须胆大心细，被马主人发现了，自然不妙，被马发现了，就更糟，马尥蹶子可不是闹着玩儿的。牲口市场粪便多，招来大批虫蝇，马不堪其扰，不断挥动尾巴驱赶，我们悄悄接近马后，乘虫蝇准备重新发动攻势的间歇，眼疾手快，拽下几根毛就跑。马在原地尥蹶子，一副怒不可遏的样子，我们则站在安全距离外，得意地看着手中的战利品。长长的马尾毛系于长竹竿的顶端，悬垂下来，尽头做成环形活套儿，如蒙古人的套马索，伸向静止的蜻蜓，马尾毛轻细，活套穿过蜻蜓的头部及翅膀，蜻蜓均毫不知觉，然后往上一提，马尾毛顺滑，活套锁紧，蜻蜓被缚住，带动马尾毛，绕竹竿飞舞，在空中做徒劳的挣扎，令我们笑逐颜开。

我们忙着偷马尾毛取乐，一旁却有许多卖马草的孩子，年龄与我们相仿，有些上学，有些没上学，光是头天上山去割这些马草，又将它们背回，就已倍极艰辛，现在还要做漫长的等待，卖得的几个小钱并不归自己，要补贴家用，或者买点上学用的纸笔，他们看我们玩耍时羡慕的眼神，至今令我难忘。那时的日子虽苦，但同这些更加穷苦的山里孩子比起来，我们算是幸运的了。

有一种蜻蜓，不需用上述的任何一种方法捕捉。这是一种浅黄色的薄翅蜻蜓，俗名天蟌，因为总在天上飞，永远都不会着陆一样，飞得很慢，天生柔弱，操场上空特别多，只需挥舞树枝，随手就可以打下几只来，有些当即毙命，没死的也经不住我们折腾。我一直以为，天蟌会不停地飞到夜幕降临以后，一次偶然的发现改变了我的看法。阳光下，几只天蟌挂在草茎上，静静歇息，轻盈得像几片枯叶，随风摇曳，复眼全无警戒之意，不像别的蜻蜓，立在草叶或树枝的尖儿上，一有风吹草动便飞走。

绿水塘沿岸没入水中的石头上静伏着许多大头细尾的蝌蚪，脚还没长出来，我走近时，它们受到惊吓，摇头摆尾，游到石缝里去了。我仿佛已经听见稻花香里的一片蛙声。我喜欢将小蝌蚪捞上来，放在玻璃瓶里养着，想看它们怎样变成青蛙，但没有耐心，也没有喂养的知识，令它们永远失去了变成青蛙的机会。青蛙又叫田鸡，因肉鲜美似鸡，又生长在田野中，但我小时候从未吃过，算是对没有长成青蛙的蝌蚪的补偿吧。同学约我去捉田鸡，因为要夜里去，我不敢。捉黄鳝我倒愿意，大白天，顶着烈日，在田埂上逡巡，还亲自逮过几条，引以为豪。

午后，趁绿水塘边无人，我在大榕树下避暑，面朝绿水塘和青龙山，风习习送凉，很舒爽，不知不觉入睡，梦见了天舒的那个梦：大榕树下，白狗背上站着黑猫，黑猫背上站着灰松鼠，一只更小的黑蜘蛛坐在树上的网中。一个声音反复说：我要那大的成为小，小的成为大。除了这个梦，时间与整个世界都在我的意识之外，直到我被爬到脸上的蚂蚁弄醒，迷迷糊糊回到现实中来。左胳膊无端被一只大红蚂蚁咬了一口，扬手一拍，对方当即毙命。我无意杀死它，但它把我咬得生疼，我的反应算是一种本能的防卫，只是有点防卫过当了。很久以来，我都告诫自己，不要杀生，今天却犯了戒。我出了身汗，风不知跑哪里去了，来了很多云，堵住热量的去路。坐起身，看见很多小黑蚂蚁在列队行进，顺着树干往上爬，行色匆匆，丝毫不理会我这个旁观者。蚂蚁搬家是大雨的先兆，我常常惊扰它们，用石块或木棍截断他们的队伍，它们张皇了一阵，很快镇定下来，绕过障碍物，重新集结，加速去追赶前面的队伍，偶尔会有掉队的蚂蚁，顺着我骗它的木棍往另一端爬，木棍悬空，小蚂蚁到尽头才发现无路可走，两根触须在空中不停摆动，似在探路。我戏耍够了，有时便将蚂蚁放走，有时连棍子一起扔到绿水塘中，看它会不会游泳，有的挣扎了几下就被淹死了，机灵者会抓住棍子或漂在水面的树叶逃生。小时候不知弄死过多少只蚂蚁，可怜的小东西，生死一点儿都由不得自己；在更大的存在面前，我比蚂蚁大不了多少，能活到今天简直就是个奇迹。

天堂的晚宴一直持续到深夜，诸神喝得兴起，击鼓传花，玉液琼浆洒向大地。今夜雷鸣不止，那些罪孽深重的人，正瑟缩在各自的角落里，失魂丧胆。我从旅馆的床上坐起，隔着窗，看见黑夜中的大雨，在闪电中匆匆赶路，窗棂被雷震得劈啪作响，我双手合十，对自然的威力充满敬畏。无论科学怎样解释雷电的成因，当惊心动魄的雷电发生时，人的心里依旧满是非理性的惊悸和恐惧。但也有例外的时候，为了显示自己的男子气，我和弟弟们不顾大人的警告，兴起时会在雷雨中发足狂奔，丝毫意识不到雷电的危险，即便听说过雷打死人的事，但自以为良善，不会被雷劈。

雨总是唤起我对大洪水的遥远记忆。

雨从夜下到晨，过午后，渐无声息，要仔细才能看到雨丝，天也放亮了些，人的心绪却没有太大的变化，这样的天气，对大多数人而言，身子发懒，哪儿都不想去，懒得连懒字都懒得说，只有极少数的头脑，会更加卖力，用雨丝编织思想之网。雨又下起来，我干脆走到雨中，不打伞，一切都被洗净，包括心情，童年的回忆湿漉漉的。

最喜夏雨，因为可以玩水玩泥巴，且不会感冒；尤爱夏日里常见的太阳雨，觉得稀奇，雨只合阴天里出来，怎么会和太阳在一起？“太阳雨，太阳雨，彩虹在哪里？”我们在闪亮的雨中又跳又唱，彩虹果然被唤出来，立在天边，探头看我们。彩虹既美丽又神秘，可望而不可即，据说有生命，类似龙一样的怪物，出来喝水，但分不清哪是头哪是尾，如果不小心被它舔到脸，会留下难看的永久性白斑。一位小伙伴的妈妈脸上就有这样的白斑，触目惊心，他丝毫不否认是被彩虹舔的，不由我不信，因此，每次见到彩虹，我都庆幸它站得那么高，离得那么远。父亲不信彩虹会舔人，从科学的角度向我解释了彩虹的成因，还给我做了一个实验，嘴里含一大口水，迎着太阳猛劲喷出，水气中出现了一道极淡的彩虹，转瞬即逝，令我目瞪口呆，央求他再试了一次，结果一样；后来我自已依法试验了几次，也得到了小小的彩虹，屡试不爽，彩虹的神秘面纱就此被揭开，看彩虹的趣味却大不如前了。多年以后，我在一本介绍甲骨文的书里看到最初的“虹”字，像一条长虫，身子呈弓形，两边都有头，像在张嘴喝水，尔后，每当见到彩虹，我都会想起“虹”字的古老写法，并且愿意相信它有生命，正饮水。

雨后的天空敞亮，倒映在地上的积水里，云气依然集结着，没有风，水珠凝结在树上、草上、花上，屋檐的滴水缓慢下来，到处都是凝滞的湿漉漉的感觉，唯有蜻蜓在飞，很多成双成对，是雨天的浪漫之功，尾交接在一起，身子弯成弓形，时而高飞，时而低飞，时而轻轻点一下水。每次见蜻蜓交尾，我都若有所思，渐渐明白了这种行为的普遍性，有翅膀的，没翅膀的，动物都会交尾，就中以蜻蜓和豆娘的姿态最优雅。特别惊讶于狗的交尾，屁股对屁股，十分不美，刺激了我们的顽劣秉性，用棍棒去击打它们，想迫使它们分开，更有甚者，照准它们正在交尾的部位猛击，但它们却只是原地避让，忍着剧痛，死活不分开，当时我就在想：一定有种神奇的力量，让它们如此坚忍不拔。

积水里有很多小虫在倏来倏去，是一种叫水板凳的小虫子。夏天，到处都能见到轻捷的水板凳，绿水塘里最多，雨后积水处也有，像是同雨一起从天而降的。我后来查过资料，这种小虫叫水黾，水板凳是俗名，它们利用水面的张力，用四条长腿像滑冰一样在水面随意滑行，如会移动的四条腿的长凳，实则有六条腿，两条前腿较短，缩在胸前，不容易被看见，所以我们一直以为是四条腿，也因此觉得水板凳的称呼很贴切，因为谁也没见过有六条腿的板凳。

天完全晴开后，知了的叫声嘈杂起来，一开始我只当耳边风，但叫声如此执着，最终引起了我的注意。

蝉鸣无处不有，不是故乡和童年的专利，省城及我去过的许多别的地方，一到夏季，便会响起，司空见惯的东西反易被忽略。闭上眼，将所有的知觉都交给蝉鸣，纯粹的声音，一下子超越了所有时空。我至今不明白，知了为什么要弄出那么大的声响，不怕招来天敌吗？至少，会将想捕捉它们的小孩子招来，其中便有我。先要确定是哪棵树，再悄悄走到树下，如果叫声不停，说明没被发现，可以用目光在树上搜寻，如果声音戛然而止，便不用再白费力气。有时会听见“嗖”的一声，一个小小的黑影一闪，便消失在另一棵树上去了，有时，对方只是收了声，待在原地，待我走开，才又放出声来，气得我懒得再转回去。我下决心要捉到一只蝉，从一棵树转到另一棵树，我在明处，蝉在暗处，我疑心它们已经用我听不懂的语言相互通报了敌人的临近，不停变换着藏身之处，听之在前，忽焉在后，仿佛有上千只蝉在同我捉迷藏，而我想捉的仅是一只而已，我完全迷失在蝉鸣的海洋里，随波逐流，忘掉了一切，仿佛我要捕捉的不是蝉，而是那些声音。逮到知了的时候极少，因为是徒手，全凭运气；知了的尸体倒时常见到。歌唱了一个多月的知了，到了生命的尽头，从树上坠落，成了蚂蚁们争夺的美食，幸运者在坠落前，或坠落中完成死亡的过程，可谓万事皆休，无知无觉；不幸者落地后尚余残喘，在被蚂蚁撕裂的痛苦和悲哀中死去。

我徜徉在圆形花园迷宫一般的小径上，闻见阵阵清香，似有淡淡的甜味，又听见许多“嗡嗡”声，这才发现冬青树上有成串的小白花，引来许多带翅膀的昆虫，一片忙碌的景象。蜜蜂，熊蜂，蝴蝶，专注于花朵，丝毫未留意到旁观者的存在。同一朵花，会引来许多采花客，并不知道花蜜已被捷足先登者采走，多数时候是在做无用功，可是，那么多花，那么多采花客，谁知道哪朵花被采过，哪朵花没被采过。我的鼻尖几乎要触到一只肥壮的雄蜂，它浑然不觉，也许是故作不知，谅我也不敢碰它，尾上的毒刺可不是摆设。现在我当然不会去碰它，从前却未必。

菜园里有许多南瓜，开着黄花，似金喇叭，许多毛茸茸的熊蜂进进出出，因为花心深，若非亲眼看见熊蜂钻进去，很难知道哪朵花里有熊蜂。我突然有一种想捕捉熊蜂的冲动，终究不敢，当然也不会这么做，冲动源于久远的记忆，熊蜂这么危险的昆虫也敢徒手捕捉，令现在的我钦佩不已。

乘熊蜂沉醉于南瓜花蜜时，一只手捏住南瓜花的花口，另一只手齐根部将花掐下来，熊蜂便成瓮中之鳖，在花里“嗡嗡”乱撞，不知道发生了什么事，尾刺无用武之地。这时须十分小心，不能将花弄破，捏住花口的手一点点往下移，收窄熊蜂的活动空间，将它逼到花心，另一只手协力，隔着花瓣，摸到它的头和身子，用力捏住，将花口往下翻开，露出熊蜂的尾部，毒刺一伸一缩，随时准备攻击，但它的身子已被我控制，又看不见目标，只好由着噩运的摆布。我用力挤压它的身体，毒刺几乎脱出体外，被我一下拔掉，至此才大大松了一口气，没有了毒刺的雄蜂不再可怕，装进玻璃瓶，观其试图摆脱囚笼的徒劳之举，以此取乐。我丝毫没意识到，为了自己那点小乐趣，对熊蜂造成的伤害有多大！

黄昏时，小叶子他们在圆形花园的小径上抓金龟子，这也是我童年的乐趣之一。夹道的冬青树上栖息着很多金龟子，傍晚开始活跃，时常飞起来，撞在行人脸上。我们将抓到的金龟子放进玻璃瓶中，没多久便装满一瓶。乐趣不仅在于看它们如何在瓶里挣扎，看它们在阳光下炫目的盔甲，看它们的翅膀如何从甲底冒出、展开，却飞不出牢笼，或者，看它们怎么装死；更在于捕捉的过程，歇在树上的，落在地上的，飞在空中的，手到擒来，手心被它们挣扎的小脚挠得痒酥酥的。也许，在大人们眼里，金龟子活该被我们伤害，因为它们是害虫，危害果树，是非都是大人们定的，与我们无关，我们就图好玩儿。

屎壳郎也是甲虫，玩法却与金龟子不一样。古埃及人管屎壳郎叫“圣甲虫”，在他们眼里，太阳就是一个大粪球，每天被神圣的屎壳郎从东滚到西。而我们管屎壳郎叫“牛屎虫”，因为它们多在牛屎中出没，马粪中也有，甚至人拉的野屎中都有，我们并不嫌脏，反正用水冲洗后在阳光下一例都油黑发亮，偶尔还烤来吃。因为屎壳郎的缘故，我们特别在意地上的屎。我从未见过屎壳郎滚粪球，在我印象中，它们都是就地打洞，因此，屎堆里有洞的话，通常就有屎壳郎，用水往洞里灌，手边没水时就撒泡尿，屎壳郎家里被淹，只好往外走，顾不得危险，爬出洞来换气，成了我们的战利品。尤喜长尖角的雄屎壳郎，呼为将军，威风凛凛。我疑心，在到达捕捉屎壳郎的年龄以前，我曾经用自己的排泄物给这些小东西提供过滋养。人小，并不觉得随地大小便有何不妥，开裆裤又极便利，就地一蹲，便开始享受排泄的快感。如果有野狗在，便没有屎壳郎的份了，刚挪开身子，就听见它“吧嗒吧嗒”吃屎的声音，有时甚至等不及我挪开，就把嘴伸过来，最后，我翘起屁股，让它将屁股舔干净，像馋嘴的人舔盘子一样，如此，既不用擦屁股，也不用拉裤子，站起来就走，方便之极，偶尔因为久蹲的缘故，会打几个趔趄，野狗也心满意足地转身离去，彼此都不用客套。

在大自然里，最让我放心的是植物，即便带刺的荆棘，和荨麻一类的有毒植物，除非自己不小心，都不会主动来伤害你。

植物在我的童年里扮演了很重要的角色。但如何还原与植物相处的童年时光？与人会发生故事，虽然只是些片段，与动物也会有更多的交流，与植物则常常两忘，相信对方看我也与它们无异。植物好歹也是生物，但许多非生物也举足轻重，石子、黏土、陀螺、铁环、金属零件、纸张，等等，伴随着我的整个童年。如果从发生关系的先后来看，非生物倒是最早的，而生物里植物最先，动物其次，最后才是人。我一直为童年回忆没有一条主线烦恼，此刻突然发现，其实有一根隐形的线，将整个童年串起：人→动物→植物→无生物。

我们像蜜蜂一样被春天的各种花所吸引，踏青时会顺便采一束野花，多数时候只是看，当然，也绝不嫌弃各种小草，就中最喜狗尾草。狗尾草因形似狗尾而得名，其实也像狐尾狼尾以及别的许多动物的尾巴，随处可见，在朝阳或夕照中呈茸茸的金色。有一种草，十分有韧性，被我们用来玩斗草的游戏，在相当于人颈部的位置，结活套，进攻一方将光滑的茎穿过另一方的活套，拉紧，双方的颈部被套牢，往相反方向同时用力，脆弱者便被拉断，身首异处,胜负立见,胜者永远是进攻的一方,如果所向无敌,则被封为“将军”。当时并不知道这种草叫什么名字，因为太普通太熟悉了，叫不叫名字都无所谓，因为这段回忆，我特意查阅了相关书籍，才知道叫“牛筋草”，大概是秆像牛筋一样坚韧的缘故，很贴切，又叫“蟋蟀草”，斗蟋蟀时用来做激怒交战双方的工具。讨厌的鬼针草到处都是，开黄白小花时却令人喜爱，花谢后，便只剩许多黑色的针状果实，末端有倒刺毛，挂在人畜身上，到别的地方生根，鬼针草的黑针常常粘我们一身，抖是抖不掉的，要一颗颗拿。柳树常见，无论旱柳水柳，皆在童年的记忆里婆娑。旱柳的枝条卷曲，如成熟女性烫过并做了花式的卷发，水柳则如女子长而直的秀发。天热以后，我们喜欢将柳条编成帽子，戴在头上，既遮阴，又别致。秋天的桂花不容错过，校园里有两棵很大的桂花树，花开时，孩子们爬满树，像群小猴子，采下碎金子一般的小黄花，回家交给大人泡酒，那么香的花，又金灿灿的，叫金香花也不错。

秋天，叶红了，我忍不住会从地上拾起几片来把玩，或者夹在书里。蓝江边的芦花也开了，白绒绒的，在水天之间飘荡，长虫山山坡上也有成群的芦苇，远比其他的长草高。我之所以喜欢芦苇，除了好看的芦花，不是因为可以像潘神一样用来制排箫，而是因为光滑笔直的芦秆是作箭杆的最佳选择，前者为艺术，后者则有点暴力的倾向。箭头用与芦秆一般粗细带竹节的一小段竹子做成，套在芦秆上，有时在竹套上钉上钉子，便具有真箭一般的杀伤力，于无人处射标靶，看谁射得准，或在开阔处望空放箭，比谁射得高。除了弓箭，我还做过许多竹剑，身为想象中的威风凛凛的大将军，这些装备必不可少，有个要好的小伙伴对《三国演义》的连环画十分迷恋，整天描摹里面的战争场景，竟无师自通，画得八九不离十，尤其是各个武将的甲胄和兵器，惟妙惟肖，令我十分羡慕。由此可见，男孩跟雄性动物一样，都有好战的本能。

竹子四季常青，无论春夏秋冬，与我们的关系都很密切。毛竹林的竹子太粗，除了端午节包粽子时需用到宽大的竹叶外，平时不大能引起我们的兴趣，我们喜欢一种直而细的小叶竹，叫“金竹”，有野生的，有人家院里种的。金竹可以做鱼竿；做弓，挑一截相宜的竹子，慢慢烘烤使之弯曲定型，两头拴上麻绳，与芦秆做成的箭一起合成弓箭；做吹管，油菜地里，小麦地里，田埂上，草地上，到处都有马豌豆，其豆粒同棕巴掌树的黄色籽粒一样，都是男孩们的子弹，含在嘴里，对准目标，从中空笔直的竹管吹出去，打在脸上生疼，颇有点火铳的威力；或者，就做成一根简单的竹棍，既是男孩手中的武器，又是女孩胯下的竹马。

有时，无辜的植物会成为伤害其他生命的帮凶。每见“Y”字形的枝杈，第一反应是看它适不适合做弹弓。弹弓是须臾不离的装备。与用来玩耍的弓箭不一样，弹弓的目的是杀戮。同老望比起来，我打弹弓的技艺不算高明，在我手上丧命的鸟雀屈指可数，但因受我惊吓而惶惶不可终日的小鸟则不可胜数。我想，世上有两种人对鸟特别感兴趣，一种是爱鸟的人，一种是害鸟的人。除非有打鸟的计划，平时弹弓都揣在兜里，或者插在裤腰带上，兜里还装着沉甸甸的弹弓子弹，一些大小和形状相宜的小石子，即便没有打鸟的计划，也随时留心鸟的行踪。春天，灌木丛中，柳树上，有很多柳莺，柳莺俗名树串儿，天性好动，本来目标就小，又在枝叶中飞快闪动，弹弓简直就无可奈何，我从未射中过一只柳莺。杨雀也让我白费了许多子弹。杨雀顶着白色头冠，如白发，故被我们唤做“老杨雀”，我不知道它的名字与杨树有没有关系，但它们确乎常常栖于高大的杨树上，远在弹弓的有效射程之外。

自然里的各种野果，令夏季又酸又甜。白虎坡上的野杨梅很酸，其实，如果熟透了，也不见得怎么酸，因为是野生的，还没到熟透的那一天，早被人采摘一空。去瓦窑村的路上有几棵高大的核桃树，既提供果实，又提供荫凉，但主干粗滑，最低的树枝离地也很高，无法攀爬，想吃核桃，须往树上扔石头，然后用石头砸掉带绿皮的硬壳，多汁的新鲜核桃又香又甜。路边、山上，鲜红的火把果随处可见，有的脆甜，有的绵甜，有时干脆折一下枝，边走边吃上面的果，可惜果太小，过过嘴瘾而已。刺梨是与火棘一样的荆棘，也很常见，刺梨果比李略小，带刺，味似梨，比火把果多汁多肉，但很费事，要先将刺像抹包谷一样抹掉，刺一般都很软，偶尔有坚硬的乘势钻到肉里，心会收缩一下，但无大碍，等把刺梨果吃了，再慢慢挑刺。此外，还有不堪入口的野李和野桃，但不摘下来咬几口是不甘心的。不用说，野果中的上品是莓。

一想起野莓，脑海里先出现颜色和形状，黄的、黑红的、鲜红的、紫红的，圆的，椭圆的，再一一分辨不同的口味。黄莓最常见，也最可口。黄莓生长在带刺的荆棘上，我们对其分布了然于心，但何时果熟才最重要，果熟时又恰好被我们撞见，那种喜悦无以言表，附近顶好有荷叶，用来盛采下的莓。金黄的莓，软软地躺在绿色的荷叶上，令童年的滋味无穷。星期天的集上也能买到黄莓，但终究不如自己采摘的甜美。

随着夏季的深入，我经不住水的诱惑，把自己变成当地人，加入到游泳的行列中，去北门塘（几场大雨就让塘里蓄满了水），大石桥下的小红河，东大桥附近的蓝江，一边游，一边看孩子们在水中嬉戏，当然，也看女学生，让青春的气息将自己淹没。黄水河则没有勇气尝试，真是人越大胆越小，更重要的是，与激流搏斗，不仅需要勇气，也需要激情。

不游泳时，也常常走到蓝江边去。

热浪在远处的灰土路面上微颤，那些与盛夏有关的童年往事蒸腾起来。江边开阔处晾晒着许多土坯，这是儿时熟悉的场景，但从未仔细打量过。土坯是用黏性较高的黄土掺入少许稻草后模制而成，镇上的老房子几乎都是土木结构，砌墙用的砖便是这种土坯。想起儿时与父亲一起做蜂窝煤的情景，同制作土坯的程序大抵相似，土坯模具是一个简单的长方形木框，蜂窝煤模具则要先进些，是专门的铁制模具，做好后的蜂窝煤以同样的姿态晒太阳。那时烧火用的煤以蜂窝煤为主，方便耐用，但须自制。每家楼前都备有一堆散煤，上覆塑料布防雨。选晴好的休息日，先取一定量的散煤，混入相应比例的黄土，以增加其黏性，加水搅拌，像和面一样，我和弟弟们常常将裤脚高高卷起，赤脚在里面踩踏，既完成了搅拌的任务，又得到跟玩泥巴一样的乐趣，不小心还会将脸抹黑，彼此相视大笑，父亲也不恼，笑着看我们玩闹。待煤的黏稠度合适时，我们才不得不走到水龙头下清洗，回来时地上已经陈列着几个蜂窝煤成品。我年稍长，获准一试身手，将模具在拌好的煤里用力按下去，模具立刻变得沉重，被煤充满，提到空地上，紧挨地面，手往上提的同时脚往下踩，蜂窝状的圆形煤块便从模具里被挤出来，模样齐整地贴在地上，在太阳下慢慢变干变硬。有时一上午要做上百个蜂窝煤，够个把月的用度，待蜂窝煤晒干后，便几个一摞地搬回家里储备起来。烧蜂窝煤的炉子自然也是特制的，火引着后，因有中空的蜂窝状圆孔透气，几个蜂窝煤摞在一起，从下往上烧，蓝色火焰便从孔中蹿起来，最底层的最先变成灰，形状却不变，用火钳将上面的夹出来，将烧过的煤夹走，上层的煤依次降下，新换上的煤自然置于最上层，每天都要换几个。夏天，蜂窝煤火的功用是烧水做饭，冬天则兼供暖，因此，冬天向火时便与这些自制的蜂窝煤亲近，守着火炉，守着温暖的火焰，看黑色的煤被烧得通红，慢慢成灰。

周末以外的北门塘较清静，我在水里待了很久，起水后沿岸边散步，看见许多葵花，开在田间地头，花盘没有盛开时大，但因为身量高，又呈明黄色，十分惹眼，有些自成一片，像喧闹的阳光。

与成人后的矫情不同，儿时看向日葵，意不在花，在籽。虽是别人田地里的向日葵，只要不是成片的，看上去都像是野生的，觉得摘一两朵不算偷，于心并无不安。葵花籽成熟时，花已基本谢了，将花盘摘下，拿在手上，将覆在上面的黄蕊用手抹掉，露出整齐排列的葵花籽，呈黑白灰三色，大头朝外，掏出来扔进嘴里，在舌与牙的配合下壳肉分离，边走边玩边吃，一盘葵花可以吃一整个下午。葵花籽待过的地方像一个个蜂窝。

吃完新鲜的葵花籽不久，便可吃包谷秆了，通常是那种不结穗的秸秆，清甜，不似甘蔗甜腻。包谷秆通常是喂牛和猪的，我们吃包谷秆时，便得到了猪和牛吃包谷秆的乐趣。在野外玩耍时，常在包谷地里大便，因为隐蔽，且可以就地取材，用包谷叶擦屁股，是那种嫩绿的叶，较柔软。蹲在垄里，四周是横竖成列的包谷，显得很高大，根脚清洁少杂草，散发着泥土、包谷叶及秆的清香，旋即被另一种外来物的味道打破，好在迎面有风，排泄物的味道散淡了许多，近旁坟起的小土堆里有蟋蟀在“吱吱”鸣唤，透过包谷秆的间隙，可以看到垄外的景致，起身后，顺便折断一两根包谷秆，边啃边走出包谷地。

又走到白虎山脚看罂粟花。但这种花除了引发与天舒有关的各种感想外，并未触动我的记忆神经，我压根儿就没有关于这种花的童年记忆。我深感遗憾，甚至有些沮丧，这么美的花，居然没开在我记忆的花园里！许多顽童在不远处的草地上戏耍，有几个跑到罂粟花丛中跳跃，溅起很多花瓣，我有些心疼，但无意也无权制止他们，将来有一天，他们中会有人离开自己的故乡，带着对这片野花丛的美好记忆，这让我感到欣慰，并且超越了狭隘的个体，将自己的童年记忆汇入到所有人的童年记忆中去。

我是在大自然里上的幼儿园，上学后又常常溜到大自然里去。大自然无往而不美，我想，我的笔不仅可以给天舒作传，也可以给大自然作传；或者，像天舒一样学习画画，将整个自然都画下来。但大自然并不总是欢迎那时的我，譬如那些被我虐杀的各种昆虫。童年时，我不仅伤害生命，也提防着自己的生命受到伤害；婴幼儿时却不这样，既没能力伤害别的生命，也意识不到自己的生命会受到伤害，在婴儿眼里，美女与野兽无别，当危险的概念形成后，我们才会意识到周遭的危险。我发现，越是高级的生命，越难相处，不是我不喜欢它们，就是它们不喜欢我，与人最难相处，何况那是一个变态的时代，无论作恶者和受害者，都不正常，就连孩儿帮内部都不清净，我不确定是否还有比人更高级的生命，譬如神仙，如果有的话，不知是否好相处；相反，越是没有生命的，与我的关系越融洽，我有一个百宝箱，里面的“宝贝”都没有生命，当然，我所说的生命是通常意义上的生命，在这个世界上，唯少数人，如秀秀和天舒者，相信生命无所不在。“无生命”的宝贝中有两样我最爱：陀螺和铁环，它们都有一个共同点，都会转圈，做圆形的舞蹈，陀螺在原地转，铁环则向前转。

街上有几个小男孩在滚铁环，我看得入迷，这种游戏，大城市里的孩子不屑于玩，也不会玩。我仿佛看见了自己当年滚铁环的小小身影。如果是几个小伙伴在一起滚铁环，铁环摩擦地面的声响与孩子们的叫嚣声相杂，场面热闹，上下坡，上下石级，跑得飞快，而铁环竟不脱手。一个人时，则是另一种况味。我常常想象这样一幅场景：正午，土街上阒静无声，我独自一人滚铁环，尘土扬起，铁环滚过去，又滚过来，声音沙哑，我和铁环都暴露在焦阳中，影子渐渐拉长。滚动巨大的宇宙之环者，也一定感到同样的孤独、烦闷。

陀螺多用桃木和梨木砍削而成，大小不一，很费工夫，但我们丝毫不以为苦，不小心还会弄伤手，有一次我的左手食指差点被砍掉一截。为了弄到上好的材料，不惜翻山越岭，我曾经拥有几个金黄色的陀螺，我疑心那截木头是罕见的黄杨木。我得承认，为了做陀螺，我们没少伤害过树木，但从未砍倒过一棵整树，伤害并不致命，饶是如此，如果我是树，必不喜欢被截肢。多数陀螺是一头尖的，两头尖的可谓别出心裁（随便哪头着地都会转），在麻绳鞭的抽打下，吼叫着，旋转着，跳动着，我不知道它们是兴奋，如我一般；还是痛苦？我可不希望自己的身上挨鞭子。我无法体会陀螺的感受。有时会让两个陀螺相撞，看谁的陀螺不倒。有时，为了让陀螺叫得更响，会在着地的一头钉一颗钉子，金属与地面摩擦后发出尖锐的声音。陀螺旋得美时，像个芭蕾舞女。当陀螺在原地高速旋转时，会给人一种静止不动的错觉，我看得呆了，干脆扔掉鞭子，趴在地上，看它到底在不在动。动静合一，是陀螺的最高境界，也是终极存在的最高境界，这是我现在的想法。又将耳朵贴在地面上，听它与地面高速摩擦时发出的轰鸣，虽只是一种单调的声音，在我听来却美妙无比。

还有一种声音，也很单调，但我觉得不仅好听，而且神秘。一截砍削光滑的小圆木，固定在双股麻绳中央，拉着麻绳两头的手腕同向抖动，使两股绳像麻花一样拧起来，形成张力，小圆木被紧紧缚住，两手轻轻一拉，麻花状的麻绳瞬间反弹开，因速度快，两手稍一松，麻绳自动向相反方向拧紧，如此反复，松紧之间，小圆木像风车一样飞快旋转，发出类似动物或鬼怪的呼啸声，速度越快，叫声越尖利、激越。这当然也是我们自制的玩具，不记得是跟谁学的，名称也不得而知，除了声音，其旋转的姿态也很吸引我。

我总是对旋转的东西着迷，譬如水车。紫溪上的三架水车发出有节奏的“吱吱”声，不舍昼夜，将溪里的水舀到沟渠里。我一面看水车，一面看收割小麦的农人，水车扬起闪亮的水花，同样闪亮的还有光洁的麦秸秆，和劳作者挥洒的汗滴。水车转很慢，如时光一样，令我想起纸风车，也会转，转得却很快，亦如时光一样。

每年从早春到秋末，我们要做很多纸风车，因是纸做的，容易坏，坏了再做，不难。也有用竹片和纸做的风车，似两片桨反向绑在一起，这种风车要结实一些，但长相普通。纸风车固定在竹棍的一头，另一头紧握手中，平举着，手臂尽力前伸，好像这样离风更近似的。因为纸风车的旋转靠风推动，无风时便须制造风，方法是奔跑；但遇上大风，不跑，迎风而立，纸风车也转得飞快。

我的思绪由纸风车蔓延到风筝，因为都跟风有关。春天风大，黄龙中学的操场上常有人放风筝。说来惭愧，我用竹片和草纸扎过很多风筝，但一只都没有真正飞起来过。拽着风筝飞奔，即便风很大，风筝只低低飞，我停它也停，如果不继续跑的话，马上就会栽下来。这种缺憾一直到成年后才补上。我第一次将一只风筝放上天时，兴奋得无以复加，隔着时空对从前的我喊话：你看，风筝上天了！那是一只红风筝，长尾飘荡，像水里的红鱼，向云破处游去。风筝最佳的姿态，是在风与线的平衡中静止的姿态，如果线太短，束缚太紧，风筝上不了天；一旦上天，若要挣脱线的束缚，虽得到彻底的自由，却转瞬即灭。

纸风车与风筝都靠风力推动，我因此常常跟风打交道，对风极其敏感，熟悉风的所在。风在水上，在树上，在云上，我的目光时刻追逐着流云，山顶的云常常让我产生错觉，以为是山在向后移动；当然，风也会在我身上，确切说，是在我的皮肤上，裸露的皮肤，一旦在户外，无时无刻不在同风接触。四时的风不同，或冷或热，或强或弱。风仿佛是大地的呼吸。风告诉我，天地之间并非一无所有，空其实不空。

我偶尔去爬青龙山后山，在林中空地上流连，想象当年天舒与叶莲野合的情形，勾起一些不便启齿的念头，有一次在地上见到很多带血的卫生纸，让我差点崩溃。只有到了山顶，站在龙角石上，眺望白云山时，我才得到完全的解脱。

我决定去白云山。在我此番的黄龙镇之行中，白云山的重要性仅次于蒙地，重头戏要到最后才出场。第二天正好是农历初一，白云寺想必很热闹。

到百货公司里采购了一些上山要用的物品，突然想给未婚妻打个电话。

也许我不该打这个电话，但既然打了，说明一切都像应该发生的那样发生了。

我在旅馆前台给未婚妻打电话。这次出来没带手机，想远离当下，之前的电话都是到邮电所打的，旅馆的电话新近才装上。电话接通后，突然有些后悔，这么长时间没打电话，不知如何向她解释，来黄龙镇的时间超过了预计的两个月，并且，尚无要离开的打算。

果然，不出所料，未婚妻一开口就责问我为什么还不回去，我说事情还没办完，她问我想不想她，我说想，这是实话，她说她也想我，希望我尽快回去，我说不行，她突然哭了，说我肯定没有她想我那么想她，这是事实，我无言以对，半晌才说，我在想更重要的事情，话一出口就后悔了。女人都爱听好听的话，哪怕是美丽的谎言，这句话成了导火索，她一下失控，将对我的思念转化成怨气，声音近乎颤抖，连电话外的人都能听见：还有什么比我更重要？！我就那么可有可无吗？我连忙解释说我不是这个意思，她哪里听得进去，坚持要我明天就回去，我的火气也蹿上来了，坚决不答应，我们争吵起来，最后，我将心一横，撂下一句话：我不回去了！便挂了电话。

我无情无绪，独自走到东大桥，看那把屠龙剑，突然发现它并不孤独，与东大桥为伴，每日看水流过。我在蔡家小饭馆吃晚饭时多喝了几杯，连蔡老板都看出我有心思，默默陪我喝了两杯。回到旅馆，想借着酒劲早点上床睡觉，明天要起大早。偏偏有人来敲门，说有我的长途电话。我心里咯噔一下，一定是未婚妻，我可没心思再吵。趔趄着下楼，接过电话。是母亲。未婚妻显然向她哭诉过了。我最烦母亲干预我的私事，说话的口气很硬，母亲以为我真的不想回去了，在电话里哭起来，哭声非但没打动我，反令我恼怒，无情地挂了电话。母爱固然伟大，但也是一种可怕的束缚。

我彻夜难眠，头疼得厉害，像有一头老牛拉着破犁在里面垦地，也许是酒精的作用，但我却迁怒于未婚妻和母亲的电话，一个可怕的念头突然冒出来：但愿她们从这个世界彻底消失。类似的念头，以前隐约有过，但没这般清晰、强烈。我羡慕“他”的孑然一身，更羡慕已经得了完全自由的天舒。我想，她们不会自动消失，那么，要消失的只能是我，顿感万念俱灰，脑海里闪过一个可怕的念头：自杀。天舒为什么要杀人和自杀？疑问在我脑海里盘旋，我千百次想象过他那天的精神状态，是一时冲动？还是深思熟虑的结果？是酒精的作用？还是精神错乱？我想方设法接近他的死亡，而要想真正触摸到他的死亡，除了跟随他迈向死亡的脚印走，别无选择。我上大学时也有过自杀的念头，自杀一度很时髦，每起自杀事件都会触动所有人的神经，没想过自杀的人似乎都很浅薄，但想自杀与实施自杀有本质的区别。说到底，我们都是被杀死的，被自己杀死，被疾病杀死，被灾祸杀死，如果侥幸都没死，最后也会被时间杀死，时间是最后的解决者。左右是个死，自己动手与别人动手又有什么区别？

夜里，梦见母亲让我投崖，我二话没说，从悬崖上纵身跳下。

赶早起来，搭上一辆手扶拖拉机。车里塞得满满当当，乘客呈鲜花怒放式插在车厢里，如惊险的杂耍。坡上不去，男人都下来走，被抛在后面，女人在车上笑着尖叫：不等他们，让他们走路！手扶拖拉机吼叫着，响遏行云，消失在长坡尽头，声音随之消失，好像熄了火等着，又好像甩掉我们，径自远去。扬尘落定，走路的人都不说话，晨鸟已歇了第一轮歌唱，田野里静悄悄的，山头摆脱阴影，沐浴在第一抹阳光中，直到我们出现在坡顶，宁静才被打破。一番喧闹过后，手扶拖拉机重新上路，在石子路上颠簸，经过荒漠地带，所有人都不说话，将力气都用来对抗崎岖不堪的路面。至一陡坡，所有人都下来走。白云山近在咫尺，理想之巅脱去了雪衣，更加纯粹。石牌坊前已停了另一辆手扶拖拉机，人都上去了，我们车上的人惋惜没有抢到头香。

古老的石级依旧。

白云寺百废待兴，信仰刚解禁，正如周围的春色，隐隐有了生机。我们举家前往白云寺，目的是春游，且近观白云山的残雪，并非为了要去白云寺朝拜。孩子的脚力有限，到白云寺跟到世界尽头差不多，绝早出发，擦黑才回到家，在白云寺里一共待了不超过一个小时，其余时间都耗在路上，乐趣也在路上，三兄弟在一起， 无往而不乐，还有很多翻飞的燕子做伴，早放的野花夹道欢迎我们。一天的愉悦，却因一件事打了折扣。

进了寺庙，我们都很好奇，生平第一次见到佛教神像，佛祖，菩萨，罗汉，金刚，皆破败不堪，面目依稀可辨，至观音殿，眼前一亮，观音完好无损，与别的塑像形成鲜明对比，我第一眼就喜欢上了这个慈祥、美丽的女神。殿里有个老和尚，微笑着向我们问讯。进来几个农妇，径直走到蒲团前跪下，将点燃的香高举到头顶，闭着眼，口中念念有词。这一幕令我感到新奇。农妇拜完，起身往功德箱里捐钱，老和尚敲响供桌上的铜钵，“叮……”的声音颤抖着，扶摇直上，穿透了天花板，十分悦耳。我兜里装着过年省下的压岁钱，突然很想像那些农妇一样，往功德箱里捐钱。母亲发现了我的意图，赶过来阻止，我却不依，非要往功德箱里捐钱。当着老和尚的面，母亲不好发作，拽着我的手，将我拖出观音殿，说：“你钱多了花不完吗？搞这些迷信活动。”我有种受辱的感觉，甩开她的手，说：“这是我的钱，我想给谁就给谁。”母亲的脸色十分难看，我改了主意，想乘她不备时捐钱。我们又转了别的院子，每个院子里都有功德箱，母亲把我看得很紧，反而激起了我的逆反心理，她越不让做我越要做，而且，我还不想马上做，先跟她兜兜圈子，以发泄我的愤慨，于是，我跟母亲玩起躲猫猫的游戏来，最后回到观音殿所在的院子，突然撒开两腿，母亲赶到时，正好看见我将钱塞进功德箱，老和尚敲响了铜钹，“叮……”的声音将母亲的泪也带了出来。

我至今想，母亲之所以阻止我往功德箱里捐钱，不外乎两个原因：生活的贫穷，信仰的贫穷。那个年代谁不穷啊！孩子愿意捐舍的态度其实很难得，与信仰无涉，成人没有资格把自己的价值观强加给他。我不信佛，但我尊重有信仰的人，同时，我也在苦苦寻求自己的信仰。现在生活改善了，母亲依然没有信仰，我徒劳地想让她明白，人应该有信仰，或者应该找寻信仰，且拿外婆举例。外婆信佛，定期吃斋，心静如水，活了九十几岁，生前就把死后的佛事做了，因家里只有她一人信佛，怕死后没人给她超度，自己出钱请了一帮和尚回家，念了一星期的经。母亲常说：我是唯物主义者。我无法让她明白唯物主义论调的浅薄。她反问我：那你有信仰吗？我说：会有的。没有宗教情怀的人，是自甘渺小的人，信仰什么，倒在其次。凡好的信仰，都会成为我的信仰的一部分，同天舒一样，我的信仰向一切信仰开放。既要有信仰的自由，又要有自由的信仰。不拘泥于某一特定的信仰，方得自由。说到底，信仰也只是我生命的一部分，当然，是特别重要的一部分。

现在，我又站在白云寺的朱红大门前，大门重新漆过，左手设了专门的售票处，守门金刚、四大天王、韦托菩萨，都已重塑，弥勒的肚子也已补好，大雄宝殿修葺一新，重塑了三身佛及两侧墙壁上的十八罗汉，背后的观音殿也上了新漆，所幸观音塑像还保持着原样，新塑的雕像中，十八罗汉的工艺堪称精湛，令我对张力及其师傅心怀敬意，其余的则“今非昔比”。日头渐高，我坐在院里石凳上晒太阳。香客纷纷抵达。人也许能在这里找到一点内心的安宁，佛的宁静却被彻底打破，不管乐不乐意，都得面对各色人等的朝拜，耳里充斥着各种祈愿，求财的，求福的，求子的，求平安的，有些甚至是邪恶的企图，不胜其烦，还得保持如如不动的庄严宝相。

我到厨房里讨水喝，又将随身携带的水壶灌满水，出了寺，沿天舒的足迹上山，渐渐远离尘世。

日头偏西，吃了点干粮，心里有些慌乱，我带了睡袋，预备独宿三清殿，此刻却生出退意。我默念了几遍天舒的名字，将心一横，加快了上山的步伐。

终于来到三清殿门前。走进头院，四顾凄然。怪老道仙逝后，三清殿再度颓败，同白云寺旺盛的香火相比，未免太冷清，让人想落泪。走进第二院，目光被石牌坊吸引住，许久才移向别处，沿墙的菜地已荒芜，杂草丛生。第三院稍稍齐整，青砖地面上积满了尘土，砖缝里长出各种低矮的植物，有几株蒲公英，弱弱地开着小黄花，与残留在屋顶的阳光遥相呼应，屋瓦上也长着许多植物。到处是令人不安的静。

我放轻脚步，先绕到正殿后，瞻仰了一番石壁上的老子像，那个“道”字比我想象的大，笔力雄健。石窟进深不大，阳光直入，将我的身影投射在石壁上，比我本人长大，也更轻灵，无所依傍。洞内有一石台，台下一蒲团，此外一无所有，显然，石台上曾经立过神像，而蒲团当是怪老道的遗物。我蹲下身，闻见一股刺鼻的霉味，犹豫了一下，将背包放下，毅然坐到蒲团上，盘腿，面壁，如怪老道和天舒当年在上面打坐的情形。许久，转过身，正殿斑驳的红墙映入眼帘。

走出石窟，心安定了许多，到各处查看。厨房里桌凳还在，气息潮湿，炉灰板结在一起。正殿的牌位尚存，香炉里剩着半截香，我掏出打火机，试着点了几次，居然点燃了，烟蜷在原地，升得很慢，像刚从睡梦里被唤醒的样子。至东厢房下，看楼上的栏杆，想见天舒起床后凭栏的样子，急切地想知道卧室里的情形。

楼梯灰厚，踩不实，上楼的姿态像只野猫。门虚掩着，轻轻推开，心里“咯噔”一下，屋里只有一张空木床，别的物件都被人拿走了，被谁拿走的？什么时间拿走的？七星剑和那朵巨大的灵芝如今安在？这些问题像谜一样，永远都不会有答案。我默默走到床前，将背包放在床板上，心里有一种异样的感觉，除了这张床及这些灰尘，还有谁陪我过夜？格子窗紧闭，我费了很大的劲儿才打开，远山在黄昏的尽头起伏。

匆匆下楼，穿过前面俩院，在附近的树林里拾了一些枯柴，还特意找了一根粗木棍，三清殿没有门，任何东西都可以畅通无阻，不得不准备得周全一些。

夜幕降临，我在院心烧了一小堆火，凭栏站在东厢房楼上的黑暗里，居然没有蚊虫，令我诧异。火光渐暗，恍惚间，看见一个仗剑的道士，须发飘飘，绕着火堆跳神秘的舞蹈，似影一般轻灵，不远处盘腿坐着一个人，目不转睛地看着他。

火完全熄灭后，我回到天舒和怪老道睡过的房间，用粗木棍将门顶死，走到窗前，看繁星满天，既然没有蚊虫，就让窗开着。钻进睡袋，躺在覆着厚厚灰尘的床板上，夜凉如水。虽有隐约的星光，却一无所见，静得出奇，隐约听见自己耳鸣的声音。入睡的速度比预想的快，但睡不踏实，总觉得有人在挤我，先是一人，再是两人，后来，干脆都趴在我身上，压得我喘不过气来。好不容易才挣脱他们，惊醒过来，全身湿透。是谁？为什么是两个？难道是怪老道和天舒？这个念头让我羞愧，他们岂是这种人？一定是自己心里的鬼在作祟！

到黄龙镇后，我一直在思考天舒和怪老道的死。有些人死得很简单，譬如被洪水卷走的艄公，似天舒和怪老道的死，却让人迷惑，对自己将来的死更加迷惘，我会以怎样的方式死去？之前一直沉浸在童年的回忆中，此时突发奇想：能回忆过去，为什么不能回忆将来？过去、现在和将来只是一种人为的假设，在时间的流里，一切都浑然一体，将来发生的事情，此刻都已发生，就像你要去的某地，到达之前你不能否认它的存在，实际上它自始至终都在那里等你。在这个寂静清凉的午夜，我回忆了我的将来。

我无法再入睡，起身喝尽壶里的水，坐在床沿抽烟，看窗外，星星没先前多，也没先前亮，显得很疲惫。偌大的山，竟无任何声音，静得诡异，但我已不再感到恐惧，如果真有什么吓人的东西，不会到现在还不出现，这样一想，反觉无趣，希望听见类似“相公勤读哉”的声音。一种前所未有的孤独袭来，很难想象，怪老道能独自在这里生活那么多年，若非坠崖而死，而因某种疾病猝死在床，也许，至今他还躺在这张床上，被时间和虫蚁变成一具完整的骷髅。人孤独时最怕想到死，如果我此刻死去，不知要过多久才会被人发现，但死亡的念头偏偏挥之不去。

生与死，同样诱惑着我。

人从出生的那一刻起，便与死形影不离，正所谓“方生方死”，每日的睡眠便是对死亡的预演。从某种意义上说，我们的一生都是在临终状态中度过的，用天舒的话说，“我们要用一生来弥留”。

生与死每时每刻都在我们身上上演，但我们听不到体内某个细胞临死前的绝望声音，而新生的细胞，亦默默无闻。那么，我们所属的更大的身体，又怎会留意到我们的生与死？生死皆不足道，从生到死的过程，才值得大书特书。

据母亲的讲述，我还在襁褓中时，有一次差点死了。时值暑假，小学校园里空无一人，我突然发起高烧来，持续不退，周围没有卫生所，只能进城就医。车站很远，大雨如注，母亲护着我，小心不让我淋到雨，深一脚浅一脚，在泥泞的路上艰难前行，好容易赶到车站，班车却开走了，这是每天唯一的一趟车，母亲在无助和绝望中号啕大哭，抱着我冒雨走回小学校。好在我命不该绝，昏迷了一夜，烧竟奇迹般退了。母亲后来一直说，我的命硬。我不喜听母亲说我“命硬”，因为在我认识的人中，有两个人，都是所谓“命硬”的人，却都不得善终，其中一人便是天舒，另一人是我童年记忆中的一个小男孩。

小男孩外号“光杆”，因常年一丝不挂，哪怕极寒的冬天，也只穿一件褴褛的单衣，屁股照旧光着，家里穷固然是原因，天性和习惯则是另一个原因。后来不怎么穷了，也还是光着身子，被迫穿上的衣服没两天就扔掉了。其实，人最初跟动物一样，都是不穿衣的。光杆喜欢飞奔，比我们这些穿鞋的跑得快，小鸡鸡也似乎更大一些，一甩一甩的，像根小尾巴，偶尔会竖起来，成为别人的笑柄，却不羞不恼。光杆不穿衣服的优势很多，雨天不用躲雨，更不用打伞，在雨里飞跑，令我们很是羡慕，因为皮肤就是他的衣服，弄脏后从来不洗，这种定期的露天淋浴正好帮他解决了洗衣服的问题；夏天游泳时方便之极，没有脱衣服的麻烦，“扑通”就跳进水里，起来也不用穿衣服。只有在水里时，光杆才和别的光屁股游泳的男孩没有分别。光杆一年四季光着屁股，却从不生病，不能不说是个奇迹，全镇人都说，光杆命硬，连病都不敢招惹他。然而，命这么硬的一个人，却被柔软的水夺去了生命。光杆是淹死的。尸体躺在北门塘岸边的乱石滩上，眼睛和嘴巴紧闭着，熟睡的样子，与生前并无两样，肚子鼓得高高的，有时他吃多了也是这个样子，只是不再跑了，也不再动了，按照大人的说法，死了。下午的日照强，光杆的身体白得耀眼。接连几夜，我一闭上眼，就看见光杆耀眼的身体，映得四周都白。孩儿山上自然又多了一座小坟。家里人最终没给光杆穿衣服，临时用几块木板做了一个简易棺材，直接将他放进去，这倒让野狗们省去了撕咬衣物的麻烦。

死是人生经历的最后一场离别，系灵与肉的分离。灵与其寄居的肉体相处久了，便不忍分离，所以才有面对死亡的恐惧和痛苦。殊不知，灵还是灵，分离一旦完成，立刻寻找新的寄主，并很快与之相恋，至死方休，仿佛从前的寄主压根儿就不存在似的。如果看清了灵的这种喜新厌旧的态度，我们还会为最后的这场别离颠倒吗？

第一缕晨光驱散了漫漫长夜，我逃也似的离开了三清殿。左侧依稀有条小道，延伸到林中。我走到怪老道和天舒喂鹰的地方，将事先备好的生肉搁在岩石上，等待鹰的出现。远处的瀑布上方有云，同天空接在一起，瀑布仿佛是从云天里泻下来的。鹰始终没有出现。我后悔没带根笛子来。不过，天舒不是说过，鹰的到来与笛声无关吗？我继续等。

太阳升高了。

鹰还是没有出现。

倒是那些白云，不知打哪儿来的，在天上熙来攘往。

起了一阵风。

莫非，鹰见我面孔生，不敢来？

我决定离开一阵，没有时间的等待是一种煎熬。

到泉边洗了把脸，吃了点饼干，顺流走去，远远看见似天门的绝壁。脱了鞋和长裤，走进水里，边走边打寒噤，水没过膝盖，怕内裤打湿，停下来，突然很想像天舒当年一样躺在水里，但气温还没升起来，水很凉，只得打消了这个念头，索性朝绝壁走去。水底湿滑，我却像着了魔一般，趔趄着向前挪步，因过度兴奋，满身都是鸡皮疙瘩。依稀传来水坠落的声音，从声音判断，谷极深，水粉身碎骨后依然是水，人就不再是人了。我最终没有冒险走到尽头。

生肉还在原地，我有一种被抛弃的感觉，决定不再等，去舍身崖的路还很长。

从舍身崖下来时，天已黑尽，伸手不见五指，没勇气再走进三清殿，跌跌撞撞下山，终于见到白云寺的几点亮光，毫不犹豫叩响了山门，时值半夜。

一个老和尚打开门，听了我借宿的请求后，将我引到一间客房。我倒头便睡，第二天很晚才醒。昨夜给我开门的老和尚让我吃了斋饭再下山。吃完饭，走进观音殿，老和尚也跟了进来，我看看他，又看看观音像，突然觉得他们有些神似，心里有一种异样的感觉。在这里又睡又吃，就这么走了，未免难为情，便往功德箱里放了些钱，老和尚颔首微笑，在铜钵上敲了一下，“叮……”的声音又令我回想起儿时的那段经历。

经过荒漠地带时，突然想起天舒与过路疯子在此分别的情形，不由双膝跪地，捧起一捧尘土，闭上眼，从头上浇下。耳畔响起萨迪的诗句：万物都将化为谦卑的灰尘 / 不如今日，且像尘土一般谦逊。经此一番尘洗的仪式，我感到我获得了新生。

回黄龙镇后，一直神思恍惚，晚饭点了两大盘净荤，黄昏刚过，便早早躺到旅馆的床上，街上的噪音变成一种安慰，让我确信自己还在人世。我回忆起舍身崖边那惊心动魄的一幕。

没见到鹰，令我很沮丧，路越来越陡峭，很多地方须手脚并用攀爬。云聚散纷纭，阳光时有时无，我担心变天，看不到落日的景象。

没有路，全凭感觉走，但只要是向上走，总不会错的。

终于见到了梦中的理想之巅，闪着老银的光辉，纯粹、孤绝。

老虎嘴比我想象的还要惊心动魄，但不能退，咬牙通过，至舍身崖前的草坪，同背包一起瘫倒在地，许久才起身，面朝理想之巅跪下，深深地叩了一个头。

理想之巅好似一座天然的金字塔，整座白云山都是它的塔基，目光沿塔身向上爬行，至最高点，无路可走，只好跃向天空。我突然想：无论什么样的金字塔，塔身最终都将在塔尖处消失。

我走到崖边，凭虚临空，静静体会天舒跳崖前的心情。

独立天地间，思接千载，神圣感油然而生，陈子昂的诗在耳边回响：前不见古人 / 后不见来者 / 念天地之悠悠 / 独怆然而涕下。

天舒脱下鞋袜，赤脚站在朝露未晞的草地上，衣襟被风撩起，仿佛鸟儿的翅膀，起飞前微微展开。目光抚慰着万物，万物因此披上了神圣而忧郁的光辉。终于，他张开双臂，一跃而出。

假如天舒的恶大于善，下坠不可避免，坠入他自己的地狱；假如他的善大于恶，那么，他会升空，升向他自己的天堂；假如善恶持平，则非升非降，在天地间作永久的漂泊。根据我先前的分析，天舒无疑已经升空。

我下意识地抬起头，突然看见一个黑点，远在理想之巅，像翱翔的鹰，然而，鹰不是有三只吗？我不能确定那个黑点究竟是什么。

背后刮来一阵大风，我打了个趔趄，连忙退后几步，盘腿坐下，思绪由天舒回到我自己。往事纷至沓来，爱情，友情，亲情，理想，事业，善恶，等等，令我百感交集，并且对这一切的意义发生了疑问。偏又想起昨天与未婚妻和母亲通电话的情形，如果我就此消失，她们一定会痛不欲生，但我相信她们最终会活下去，活在失去我的悲伤中。想到这里，我甚至有些快意，就目前而言，我的价值也许恰恰体现在我的失去中。我突然想，没有像天舒那样活过的人，是不配像他那样死的，这个念头令我羞愧万分。也许，我可以像怪老道一样，在山上过隐居的生活，三清殿不是空着的吗？不到万不得已，绝不下山。可是，如果只有我自己意识到我自己还活着，我真的还活着吗？活着的意义又是什么呢？生存还是死亡，这不是一个问题，问题在于如何生，如何死。

人世间正经历着一场没有硝烟的世界大战，同样的战争，在每个人的心中发生。智者试图突破表象，重新诠释个体和全体，然而，所有的思考最终都指向一个存在：人。在人的心目中，人毕竟是一切的中心，人该怎样面对一切？又该怎样面对自己？我想起天舒的格言：无限，即无数的有限。我只是有限中的一员，我要努力将自己放大，我之所以能放大，因为旁边的人甘愿缩小，需有人去填补空出来的位置，但我不能让自己的欲望膨胀，想将自己放大成无限，既不可能，又侵害了别的有限的存在。天舒关于“永恒之链”的说法是一个美丽的比喻，每个存在都是永恒之链上的一环，有的大，有的小，有的夺目，有的暗淡，有的接近完美，有的充满瑕疵，但并没有一条主线将这些环串起，那样的话，少了哪一环都无足轻重，这是一条环环相扣的链，无始无终，每个存在都是不可或缺的一环，任何一环的缺失都将导致永恒之链的断裂。再卑微的存在，都有存在的理由；再高贵的存在，都注定要消亡。消亡也是另一种形式上的存在。同能量守恒的原理一样，实体的总量不会变化，变化的只是个体的形式，无论什么形式的个体，都只是灵魂的逆旅，灵魂是永恒的旅者，如空气一般，无孔不入。有没有完全脱离个体的灵魂？而更重要的问题是：永恒之链挂在谁的脖颈上？没有人能告诉我答案，我战战兢兢地想，我得自己去找答案。一个声音在催促我：现在就要答案！我变得焦躁不安。

我站起身，竭力不让太阳从视线里消失，然而太阳无可挽回地坠向对面的山脊，霞光万道，把金辉抹在圆锥形山顶的裸岩上。我凝视着被天舒唤作理想之巅的山峰，幻想看见女神的面容。理想之巅突然像烈焰一般蹿上天空，将云都点燃了。“火烧天！”我失声叫起来，万物都在燃烧，我自己也变成了个金人。我从未见过如此壮丽的景象，不觉泪流满面。“美是给生命的最高奖赏”，天舒的话在我脑海里回荡。然而，我配得这奖赏吗？

太阳收回它的火焰，余烬慢慢熄灭前，天空依然灿烂，如隆重的送葬队伍，向我走来，我迎了上去。就在我向寄魂谷探首的一刹那，眩晕如铙钹的巨响，在脑海里猛烈震荡，在意识的余音中，我感到自己与天舒合为一体，并且目睹了同样的幻象，悬浮在深谷的上空，无以名状，仿佛洞穴的入口，又如浓缩的夜，光照见黑暗，在周围聚成彩环，彩环慢慢旋转，并一点点接近黑暗的边缘，似乎在竭尽全力抵制黑暗的吞噬，光环如此美丽，黑暗如此惊心。突然，黑暗被一种纯粹的光明照亮，似有物，似无物，光浮在洞口，似一道白色的大门，刺得我睁不开眼，我又看见耀眼的白色，不由得张开了双臂。意识消失前，我听见天舒在呼喊：天舒，天舒，为什么离弃我？

醒来时，周围没有一丝亮，天不知何时阴了，我用了很长时间才明白自己尚在人间。打开手电，发现自己躺在离崖稍远处，在最危急的关头，我并未向前，相反，在求生本能的驱使下，退到了安全地带。一想到自己差点自杀身亡，我心有余悸，同时明白了“他”将手稿托付给我时所说的“危险”是什么意思。

最理想的自杀是结束，是圆满，而非绝望，亦非自以为是的圆满。想自杀而又不敢自杀的人是懦弱的人，既没勇气生，又没勇气死。我不愿做孱头，又离圆满甚遥，于是决然摈弃了自杀的念头，匆匆下山来。

我想：天舒已向我们展示了极端的生和极端的死。我们不必学他如何死，而要学他如何活；他替我们以这样的方式死了，我们便只用安详地等待自然死亡的来临。

我终于明白了个体生命的意义。

人死后，灵魂并未消失，依附在新的生命上，或者汇入灵魂的海洋，只是“我”不在了。无论怎样，灵魂都有归宿，灵魂的不朽是不言自明的事，为什么要浪费宝贵的生命，或者缩短原本就很短暂的生命，去追求一个本来就属于自己的不朽的灵魂世界？个体不能成为全体，此为人类野心的上限，个体生命的全部意义，在于“有我”，唯有每一个“我”，是独一无二的，且可以通过不懈的努力，使自己更加独一无二。“我”只能感觉到自己的存在，万物自然而然地存在于我的存在中，此外即虚无；或者，即实在，因为感觉是极不可靠的东西。我要努力将自己从万物中分离出来。我可以澄怀观道，乃至在极端的精神状态中与道合一；但在形骸消亡前，我既非别的存在物，亦非道，我只能是我，这是我存在的最基本的价值，所有的意义都建立其上。

此刻，安全地躺在旅馆的床上，自杀念头离我远去，我感到我的生命才刚刚开始。我将从容面对那个幻象，我不敢断定天舒和怪老道的陨落是否与那个幻象有关。关了灯，希望那个幻象重现，它真的又出现了，白色的大门已经开启，露出黑暗的中心。

打记事起，每晚临睡前，我都会见到那个令我入迷的幻象。躺在黑暗中，蚊帐紧闭，先出现那个黑点，像显微镜下蠕动的细菌，慢慢扩大，成不规则的圆形，像洞穴，或是幽深的泉水，一种在黑暗中看得见的黑暗，四周渐渐出现彩色环纹，像涟漪散开，放射出金属般的光泽，绿色，黄色，蓝色，红色，紫色，交替变换，如万花筒一般，并不断向深不见底的内部旋转。

从我离开家乡的那一天起，那个幻象便消失了，此刻重现，令我无限神往。黑暗的中心仿佛是整个世界的源头，是万物的归宿，也是我的归宿，但在回去以前，还有很长的路要走。我庆幸自己还有很长的路要走。

开始识字以后，便有了阅读的自由，那时能看的书不多，有什么看什么，一度被一本宣讲法制的杂志吸引，里面有很多案例介绍，其中的强奸案尤其让我着迷，极大地刺激了我的性幻想。脑海里出现一个又一个的性犯罪场面，甚至将女子掳进山洞，将她们捆绑起来，极尽虐待之能事。作为幻想中施暴的对象，有时是成熟的女性，有时是自己喜欢的某个具体的小女生，有时是一个，有时是几个。这些想象令我既兴奋又恐慌，仿佛外人会闯进我的内心，撞见那些下流无耻的勾当。本能无法解释一切，成人环境对孩子的影响不容小觑，如果没有那些文字，我的性幻想当不至于如此骇人听闻；但与我童年的这些幻想比起来，人类的童年有过之而无不及，如我喜欢的古希腊神话，充斥着暴力、淫秽、乱伦、杀戮，等等，而同样的情形，在中国的春秋战国时期，在《旧约》里，都展现得淋漓尽致。

我后来常常想：孩子真如耶稣所言，有资格上天堂吗？从很小的时候起，善恶的念头便伴随着我。孩子的身体是洁净的，心灵却未必，因为外界的污染来得太快。

夏日午后，一天中最百无聊赖的时刻，大人们在午睡，知了的长调已经听腻了，我只好也上床去躺着，翻来覆去，小鸡鸡摩擦着床单，很快便像电线杆一样立起来，开始幻想各种色情场面，感觉小鸡鸡快胀破了，便用力捏住，甚至想用嘴去含，但没有杂技演员的柔韧，噬脐尚且不及，何况脐下三寸，当时也知道这是见不得人的事，事先反锁了门，且放下蚊帐，一个人躲在狭小的空间里折腾。

儿时最痛苦的经历之一也与性有关，至今羞于启齿。

普鲁斯特每晚睡前都期待母亲的吻，没有这个吻，便愁肠百结，近乎病态；我与他恰恰相反，每晚上床后，对母亲的吻深怀恐惧。母亲在孩子睡前亲他是再正常不过的事，也许，不正常的倒是我。我没有理由拒绝，只好用肢体语言来表达厌恶之情，当着母亲的面，用力擦拭被她吻过的地方，她以为是有口水的缘故，每次都小心不把我的脸弄潮，但我还是会做出相同的举动。她终于意识到我不喜欢她亲我，无奈之下，便乘我睡着以后做这件事，问题是，在她做这件事以前，我无论如何睡不着，自然，她做了这件事以后，我更难睡着。每次都像耗子一样警惕着，在黑暗中睁大惊恐的眼睛，恐怖的脚步声临近，蚊帐动了，我闭上眼，屏住呼吸，抗拒着来自上方的一切气息，但那湿热的嘴唇却避无可避，因为装睡，便不能动弹，要命的是，母亲以为我睡着了，便肆无忌惮地亲我。我有几次忍无可忍，扭动身子想避开，招来的却是更加热烈潮湿的吻，只好一动不动，默默受刑。母亲嘟哝完“乖乖睡”后离去，我迫不及待坐起来，用被子使劲擦拭脸上被亲过的部位，屈辱的泪水却怎么也擦不净。也许，亲吻让我联想到性一类的东西，而这种事怎么能同母亲联系在一起呢？！

父亲想方设法给我买来一些儿童读物，性幻想让位于奇幻的童话世界。为了陪伴拇指姑娘，我情愿变成一个小不点儿，和她一起替那只受伤的小燕子疗伤，卖火柴的小女孩被冻死了，这事我一想起来就伤心，我怎么就不是唤醒白雪公主的那个王子呢？海的女儿太无私了，小红帽太冒失了，大灰狼太残忍了，狐狸总是那么狡猾，我要像小锡兵那么坚定，我憧憬着丑小鸭的未来，我想拥有一盏阿拉丁的神灯，渴望坐在魔毯上到处飞翔，因为担心像匹诺曹一样鼻子越来越长，我不敢随便撒谎，更不敢玩狼来了的游戏，多萝西和她的伙伴们终于实现了自己的愿望，令我倍感欣慰。小王子的故事成年后才接触到，我一下子就爱上了这个来自遥远小行星的小人儿。

天气越来越热，受季节影响，最近的回忆几乎都与夏日有关，正所谓触景生情，但童年的冬天有那么多往事，不能等到冬天再追忆，况且，冬天再来黄龙镇的几率几乎为零。错位的季节，也许还能产生意想不到的距离美，给酷暑降降温。许多昆虫活不过夏天，这才有了“不可与夏虫语冰”的说法，就让这些无缘冬日的夏虫做听众，与我一起分享童年的冬天吧。

季节的嬗变有时突然，接连几场秋雨后，就入冬了；有时缓慢，整日里晴空万里，红黄的叶挂在树上掉不下来，秋似无尽头一般。一旦冬的特征显现，我们就知道，每年最冷的季节到了，最后几片叶相继离去，留下孤独的树，裸身而立，面对无情的寒冬。

先是下霜，一早起来，雾霭沉沉，菜园里，草地上，到处是白花花的一片，母亲喜滋滋地说：霜打的菜甜！她顾不得寒冷，到我们家的那块小菜地里摘豌豆尖回来煮吃，有时也叫上我同去，摘完菜，手冻得没了知觉。又肥又嫩的豌豆尖，果然香甜可口。

接着便是绵绵不绝的冬雨。冬雨愁人，无论大人小孩，都愁。最愁莫过于那些不得不冒着严寒和冷雨下地的农人。农人不怕冷，怕昼短，做不了多少活路。晚饭后至睡觉前，全家人围坐在火炉四周烤火，是一天中最温馨的时刻，南方没有暖炕，谁都不愿意早早钻冷被窝。因木炭贵，过节时才会启用烧木炭的火盆，别的时候都烧煤，须防一氧化碳中毒，门窗不能关死，冷风透进来，同我们争夺热量。烤火时常常贪热，手离炉火近，反而容易生冻疮。每年冬天，无论怎样小心，手脚都会生冻疮，我们整天在外玩耍，冻疮不算什么，手背因皴裂露出一条条很深的带血丝的裂缝，那才叫触目惊心呢。烤火时，最惬意的事情之一，便是轮流将头枕在母亲的腿上，让她帮我们捉头上的虱子，听虱子被扔到火炉里爆炸的声音。

即便万里无云的晴日，天也不似秋日长空那般纯净，仿佛施了一层薄薄的粉。

乡下没有洗澡的条件，夏天常游泳，身上干净，冬天不能游泳，头上、身上，蚤虱横行。虱子繁衍迅猛，衣裤里子上的缝隙里有整排的虮，连发丝上都缀着很多，虮白色，是虱的卵。躲在衣服里的虱子，外人看不到也就罢了，但头发里的虱和虮，却必须定期清除，否则，吃饭都会掉碗里，难免被人耻笑。但我们宁可被人讥为“小农民”，也不愿意洗头。冬天冷，头不愿意碰水。每次父亲给我们洗头前，须做足准备，烧几大壶热水，二弟首先抗议，但抗议无效，第一个受刑，像杀猪一样，头被父亲按在盆里，第一遍洗完，待水面的肥皂泡都破裂后，露出黑压压的虱群来，蔚为壮观，父亲这时就会将盆端到我们眼前，大声训斥：“瞧瞧，这么多虱子还不洗，养肥了当饭吃吗？不想洗头也可以，剃光头。”我们自然不想剃光头，尤其是在冬天。二弟只好乖乖地洗第二遍，第三遍，虽然不能彻底消灭头上的虱子，但可以消停好一段时日，不用时刻挠头了。

虱子移动缓慢，身上哪里痒就伸手进去，准保手到擒来；相比之下，跳蚤要可恶得多，能感到它的存在，却从来逮不着，仿佛衣裤里自有乾坤，任其跳跃。调皮的男生还会把虱子当坦克玩耍，看它们在课桌上行进。虱子陪伴了我童年的所有冬天，这些卑贱、肮脏的小生命丝毫不令我生厌，至今想起来都还感到愉悦。

冷天自然无趣，有勇气做游戏的孩子不多，好容易召集起来，也早早收场。向火是整个冬天的主要活动，在家有做饭用的蜂窝煤火，或者纯粹取暖用的木炭火，上学后人手一个小火炉，走到哪里都拎着，石灰窑边常站着烤火的人，我们只要见哪里有人烧柴火，立刻就围拢过去，同认识不认识的人站在一起，烤烤正面，又烤烤背面。遇到父母下班迟，还没来得及生火做饭，家里冷得像冰窖，二弟放学回来（他常常因为被罚写作业，比我晚一步回家），进屋后照例直奔火炉，发现火炉里只有死灰一团，立刻发出绝望的咆哮声，如困兽一般在屋内狂奔几圈，一面奔一面哇哇大叫："火呢？我要烤火……"随即放声大哭，鼻涕与眼泪齐飞，我和三弟在一旁偷着乐，我们可没他那么娇气。

晴朗的冬夜，繁星满天，仿佛许多小火炉，因离得太远，有光，却没有热，偶尔溅起一颗火星子，霎时灭了。

此刻，我仰望着夜空，夏日星空与冬日星空肖似，群星璀璨。茫茫寒夜里，伫立着一个小男孩，眼眸澄澈，如银河之水，飘满星星，他是否知道，此刻有一个人，是多年后的他自己，正同他一起仰望着星空吗？

待树上挂着雾凇，屋檐垂下冰挂，窗玻璃上布满冰花时，我们便可以制冰了。那时，除有机会进城的人，无人见过冰棍。有过这样的笑话，某人进城，看冰棍稀奇，便买了几只，准备回乡炫耀，几小时的车程，到家时早化作了水，只剩几根小木棍。我们想出了一个土办法，自己动手制冰，与朱笑他们的方法一样，但须等到最寒的时节。睡前，用小碗盛水，置于窗外，夜里凝结成冰，若温度不够低，一早起来看见水纹丝不动，必怅惘久之。又在水里放一根细绳，一头露在碗外，结冰后便可提在手上，边走边吃。白冰无味，在水里化入白糖，即可吃到甜冰，与城里的冰棍无异了，唯一的差别，城里人吃冰是为了消暑，而我们吃的冰只能在寒冬里自制，冷也顾不得了。

因为要集中精力对付寒冷，那些因早熟而起的各种欲念消失殆尽，因此，同别的季节相比，冬天很单纯，这种单纯在雪天达到极致。

夏虫如果问我：冬天里什么最美？我会不假思索地回答：雪。童年的每个冬天都会下几场雪，有的大，有的小，都不过数日，但带给童年的欢乐，几与整个夏日相埒。

对雪的憧憬几乎从一入冬就开始了。那时没有现今越来越精准的天气预报，不知道哪天会下雪，反而对即将到来的每一天都充满期待，神秘莫测恰恰是自然的魅力。因了对雪的期待，阴冷灰白的天空非但不面目可憎，反令我们感到亲切，因为我们知道，雪就睡在厚厚的云层里，待她突然睁眼醒来时，就会掀开被子跳下来。

“开雪眼了！”当下雪的征兆显露时，我们奔走相告，但不敢高兴得太早，怕空欢喜一场，因为人的经验常常是靠不住的。

有时，下来的是霰，俗称碎米雪，在地上蹦蹦跳跳，很快化成水溜掉。

不管怎么说，快下雪了，我在心里安慰自己，睡前忍不住要到屋外看看，以免雪乘天黑时下来。因为心里有事，辗转难眠，不时起身看窗外，虽然什么都看不见，但我以为，雪是白的，夜是黑的，黑白分明；即便看不见，总听得见吧，雪从那么高的地方下来，不可能没有动静。

“大哥，你猜夜里会不会下雪？”二弟在黑暗中问，原来他也没睡着。

“难说。”我老成地答道。

三弟则睡得无声无息，也许，雪正在他的梦里下呢。

第二天，我睁开眼，看着头顶的白色天花板，感觉比平时亮，直觉告诉我，她来了，一骨碌爬起来，跑到窗前，雪花络绎不绝，隔着玻璃问我早安。

“下雪了！”我忍不住叫了起来，将弟弟们惊醒，屋里顿时乱成一团，三弟来不及穿外衣就要往外跑，被父亲截住。

“下雪了！”外面传来其他孩子的惊呼声，我们手忙脚乱穿好衣服，发一声喊，冲出门去，打雪仗，堆雪人，追逐不能高飞的小鸟。

我最喜欢把自己装进父亲的大雨鞋，在厚厚的雪里“吧嗒吧嗒”走，因为只有一双大雨鞋，我是老大，自然归我，弟弟们羡慕得要死。三弟最小，玩雪却是最勇敢的，有一次把鞋跑丢了，索性将袜子也脱了，光着脚丫在雪里撒野，回家后被父亲一顿胖揍，可谓乐极生悲。

雪住了一日，地面的雪没有即刻融化，天开始放晴。我站在星空下，突然发现，雪其实并没有下尽，最美的雪花还挂在天上，被神秘的光照亮，晶莹剔透。

雪终于都化了，我们在惋惜的同时，对下一场雪的期待随即展开。

如果将我的童年比作一首奏鸣曲，每年的除夕夜无疑是其中的华彩段。春节是苦难岁月里的慰藉。再苦也要过年。

春节是宣告春天到来的节日，但天气依然很冷，并没有春的迹象，只有过节的热烈气氛，给春的到来造势。

母亲早早买回一只公鸡，精心饲养，有时鸡的胃口不好，吃了就拉，不见肥，反见瘦，令她很是揪心，鸡的肥瘦几乎成了能否过一个“肥年”的标志。腊肉是早早就腌好的，香肠更早，当然，腊肉和香肠不只是为了过年，而主要是为了过冬。每年入冬，家里都要腌制香肠，工程可谓浩大，母亲对此一丝不苟，要乘赶集的日子备料，肉要最好的黑毛猪肉，肠子似乎也有讲究，因为第二天要上班，肉买回来后丝毫不能耽搁，清洗猪大肠、剁肉、拌料，开始装肠时夜幕已经降临。至今我都还清晰地记得昏暗灯光下的那堆斑斓的猪肉和白花花的猪大肠。父母慢慢往肠子里塞肉，要塞实了，很费工夫，我们都不愿意上床睡觉，但也不愿意搭手，怕油腻，流着口水旁观，好像香喷喷的香肠就在嘴边似的，实际上还要等好几个星期才能吃上，而且不能想吃多少吃多少，得匀着吃一个冬天，如果过年的时间较晚，匀的时间就更长，以保证年夜饭有香肠这道必不可少的大菜。因世道艰难，难得吃净荤，靠母亲的精打细算，我们还勉强有窜荤吃，但也只是少许的肉末子，像几条小鱼，藏在蔬菜的大海里，一上桌就被我们三兄弟打捞尽净，父母则自始至终只碰蔬菜。二弟对肉的渴望最烈，将装菜的大碗翻了一遍又一遍，恨不得将眼珠子抠出来丢到碗里去找，我们笑他是在“大海捞针”。

除夕这天，为了备一桌丰盛的年夜饭，父母从早忙到晚，我们家几乎是全镇最晚开年饭的。三兄弟烤着木炭火，耐着性子等待，常常呼呼睡过去，被父母从梦中叫醒，揉着睡眼上桌。母亲得意地说：数数看，今年有几个菜？我们于是开始数，至第八个——这是保底数，过年没有八大碗不叫过年，九个，十个，跟去年一样；母亲从厨房又端来一个菜，快活地说：比去年多一个！父亲打开桂花酒，给我倒了一小杯，算是对我的奖赏（泡酒的桂花都是我带着弟弟们摘来的），弟弟们太小，没这个福分。三兄弟你争我抢，吃得不亦乐乎，很快就把肚子撑圆了，肚饱眼不饱，实在吃不动了才罢嘴。吃完饭，稍事休息后，便到了全家人表演节目的时间，每次都是母亲提议的，她威胁说，不表演的人没有压岁钱。我们只会唱歌，二弟性格外向，嗓音也最好，主动多唱了两首，有点炫耀的味道，我和三弟忸怩了半天才唱，三弟的声音很小，跟蚊子叫差不多，唱完后母亲照旧带着其他人一起鼓掌，大家笑成一片。压轴节目自然是父母的弹唱。父亲这辈子没唱过一首歌，后来连琴都不弹了，母亲为此很不满，至今还在抱怨。父亲当年之所以弹琴，一方面是出于对音乐的热爱，另一方面是为了宣泄，被那个时代逼得自杀的人多半都是不会宣泄的人，而父母是有教养的人，宣泄的方式自然要高雅些。可以肯定地说，一年中，除夕这晚，母亲唱得最好，父亲弹得最棒，快乐和自由的感觉无以言表，就像火盆里的火苗，“嗖嗖”地往上冒，无视那个叫“年”的怪物在屋外的寒风中咬牙切齿。

好景不长，父亲的月琴被没收了，因为有人忍受不了这种“靡靡之音”。月琴是祖传的遗物，属四旧，没有自行毁掉不说，还用来弹奏不和谐的音符，简直就是大逆不道。父亲也因此失了教书的资格，当了许多年的清洁工。当然，弹琴只是借口，“欲加之罪，何患无辞”，在那个是非颠倒的年头，好人都有罪。那些年是父亲一生中最黯淡的时光。幸亏他跟母亲学会了打毛衣和绣花。我们冬天穿的毛衣，家里的很多绣花桌布、窗帘和枕头，都是父亲的杰作。一个大男人，又是打毛衣，又是绣花，想想都滑稽，但同那个滑稽的时代比起来，这种行为反倒显得一本正经。正常的娱乐都被禁了，想看的书又都不让看，何以解忧？如何度过漫漫长夜？试想，如果你整天被困在囚笼里，唯一的自由便是打毛衣，不打毛衣，你还能做什么？经历过不自由的人才知道自由的可贵。

乌飞兔走，三个月一眨眼就过去了，我对黄龙镇如此熟悉，仿佛已经在这里生活了十几年。归期临近，还有一件最重要的事没办：去蒙地见秀秀。

一到星期天，我就期待着见到秀秀妈，但始终未能如愿，不知我去清平岭时她是否来过。她消失得如此彻底，我甚至疑心只是在梦里见过她。凡与秀秀有关的，都像谜一样。在写作过程中，我常常不知道如何描绘秀秀，叶莲和英素花的美可以形容，秀秀的美则无论如何不可方物，我只能说，凡令人产生美感的地方，便有她的身影，大自然自不必说，人世间，任何一位女性身上，只要有美闪现，哪怕只是局部的美，都会让我立刻联想到秀秀。我在秀秀身上倾注了大量的笔墨，极尽赞美之能事。对真正美好的事物，怎么颂扬都不过分。当这个世界变得越来越丑陋时，我只有歌颂美，让美变得强大，希望有一天，美能战胜丑。

我终于踏上了去蒙地的路。

蒙山虽没有白云山高峻，对我这个不惯走山路的人来说，路途同样艰难，但白云山之行后，我获得了新生，体内注入了新能量，看一切都新鲜，丝毫不觉得累。

路上碰见正在架设电缆的工人，我这才意识到，梨村和桃村尚未通电，恍若身处远古的某个时代，如梦似幻。但我得承认，有电比没电方便。

见到吴吞和安琪，他们很像父女，对人十分友善。我惊诧于梨村教堂的美，那二十四幅油画给我的震撼难以言表，基于我对视觉艺术的热爱和了解，我敢说，这些画堪称伟大。独上钟楼，用杨伯来和天舒的目光远眺，回头寻见墙上的意大利文：上帝啊，不要试图在地上建立您的国，也不要毁坏地上的国，您的国在天上！因为杨伯来的故事，我重读了整部《圣经》，再度被“启示录”里的血腥描绘震惊，所谓世界末日，乃是上帝意欲强加给世界的末日。

溪涧边芳草如茵，我趴在地上，将头探到溪里饮水，身后传来一阵笑声。回过头，除了空山，并无别人，我完全把自己当做了天舒，在想象中听到了秀秀的笑声。我突然感到沮丧，想做天舒而不能的痛苦再度袭来，令脚步变得异常沉重，最后一程路显得无比漫长，好像永远都到不了桃村一样。

桃村在望，我重新抖擞起精神，加快了步伐。

甫过廊桥，阿丹叫着迎上来，仿佛见到熟客的样子，我也有一种旧地重游的幻觉。尽管早有心理准备，见到秀秀本人时我还是喘不过气来，在她的美面前，任何文字都显得贫乏，我没有描绘她五官的勇气，她仿佛不仅仅是自然的产物，而结合了最巧的人手，集合了人对美的所有想象。

秀秀早已习惯了人们初次见她的反应，微笑着等我定下神来。我刚要自我介绍，她却先开了口：你是不是记者我不知道，但我知道你是天舒哥的朋友。我不觉肃然起敬，不仅对秀秀，而且对从她口中出来的“天舒”这个名字，有如神的尊号。我向她坦白了此行的目的，心里却纳闷：秀秀是怎么知道所谓的记者身份的？她长叹一声：我不信天舒哥就这么走了，他还会回来的，刚才阿丹叫，我真的以为是他回来了。

秀秀妈采药去了。龙尤去外村帮亲戚家上房梁，要过两天才回来，天赐良机，让我得以同秀秀独处。结婚满一年后，龙尤征得父母的同意，来桃村与秀秀和秀秀妈一起生活。

客厅墙壁上挂着一朵硕大的灵芝。

“这是天舒采到的那朵灵芝？”我激动地问。

“不是，是阿妈采到的。不过，天舒哥很喜欢它。”秀秀失神地望着墙上的灵芝，灵芝的纹理中似藏着无尽的往事。

秀秀的回答让我大惑不解，不知该如何继续话题。细想也是，灵芝乃稀罕物，怎么可能那么轻易就被天舒遇上？

秀秀去厨房里给我煮茶。我暂时放下心中的迷惑，在屋内四处打量，一切都与我的想象吻合。从美人靠望出去，公塘水波粼粼，围着碧绿的稻田，桃村的美仿佛是秀秀美的延伸，桃树的叶不甚密，隐约可见遒劲苍老的枝干，单是想象一下桃花海的壮观，就已令我心潮澎湃，也许，我今生都无缘见到桃村盛开的桃花，此念一起，心里便升起无限的遗憾。

瞥见立在墙角的水烟筒，心里一动。秀秀端来茶，看我拿着水烟筒，愣了一下。我从没抽过水烟，突然很想尝试，秀秀似乎知道我的心思，递给我一包烟丝，自己在桌子另一头坐下喝茶，默默看我。我不敢正视她的眼睛，拿起一撮烟丝，放在烟嘴上，用打火机点燃，吸了一口，呛得大咳。

“我还以为你也会抽呢。”秀秀失声笑起来。

我难为情地笑了，故意问：“天舒会抽水烟吗？”

“当然会，这个水烟筒是阿爸留下来的，阿爸和天舒哥抽得最多。”

水烟筒里的烟味新鲜，表明不久前还有人抽过，不用说是龙尤。不知为什么，直到离开桃村，我和秀秀都很少提到龙尤。

我又尝试着抽了几口，水从烟管里溢出来，将烟丝都弄潮了，只得作罢，掏出一支烟来抽，以掩饰窘相。

我们一言不发，火塘上煨着一锅水，冒着白气，鸟叫声时远时近。我知道，屋里除了我和秀秀，还有一个人：天舒。

“天舒哥值得你写，他不是一般人。你想问什么就问吧。”秀秀先开口。

我不动声色地提起与灵芝有关的话题。秀秀很茫然，说天舒哥从未陪她们采过草药。我倒吸了一口气，试探地问：那块罂粟地还在吗？她越发茫然。我不敢再追问细节，将话题引开。

聊到囤村之行时，我问及巨石废墟。我一直觉得这事很神奇，据我的识见，类似的远古文明在中国并无任何记载。秀秀反问我什么是巨石废墟。我简单叙述了那天她带天舒去探访巨石废墟的经过，她的表情却像在听天方夜谭。我的心一下凉了。我记得，那天还发生了一件大事：秀秀在泉水中展示了自己的身体。难道，这也是天舒虚构的？当事人就在眼前，我却怎么也开不了口求证，我怕秀秀难堪，其实，这只是托词，我怕知道真相。

这几件事证实了我最初的猜测：天舒是个好幻想的人，在给“他”的信中不乏天马行空的想象，且从未说破。一种历史虚无感充盈在我心间。还有多少真相有待我去还原？我有这个能力吗？如果从头开始，我须走到遥远的清平岭尽头。雷风寨已彻底消失，我与谁去对证？根据我最初走访的结果，天舒在镇上的经历都实有其事。我隐隐觉得很多虚构都与秀秀有关。

天舒为什么要杜撰巨石废墟？我紧张地思索着，秀秀不知就里，怔怔地看着我。

我猛喝了几口茶，以让自己冷静下来。

天舒虽僻处一隅，却心怀天下，纵贯古今，试图经历一切，不能经历的便在想象中完成。如此一想，我顿感豁然开朗。无论天舒做什么，都有他的道理。生活中的天舒已一去不复返，不必再深究，重要的是他在文字里的存在。

虽然还有很多关于天舒的疑问，但此时此刻，我更想了解另一个在他生命中至关重要的人，那人便是眼前的秀秀。我自然不能采取问答的形式去了解她，那样太唐突。察言观色，从侧面去了解一个人，也许倒是最好的办法。天舒反而成了托词，事实上，秀秀似乎只对与天舒有关的话题感兴趣。

天舒死后的很长一段时间里，秀秀沉浸在巨大的悲痛中，神思恍惚，村里人都说：秀秀的魂被向老师勾走了。龙尤终日不语，陪着她一起难过。

“我的魂被天舒哥带走了，没人时我就同他说话，他听得见我说话。”秀秀幽幽地说。

我突然想起一件事，犹豫再三才开口。

“秀秀，你还有天舒的画吗？”

秀秀吃了一惊，显然没料到连这事我都知道，随即说:“天舒哥的画我没留，除了他最后送我的那幅。”

我心里一喜，但高兴得太早，秀秀紧接着又说：“不过，那幅画是我和天舒哥的秘密，谁都不能看。”

我不敢做进一步的请求。我猜画中一定有秀秀的裸体，而别的内容，实在猜不出来，还是让神秘的永远神秘吧。

秀秀妈采药归来，笑着对我说：“来了。”那语气像是知道我会来一样。

秀秀妈和秀秀一起做了一顿丰盛的晚餐，令我受宠若惊。席间，秀秀妈不断劝我酒，秀秀也陪我喝了一杯，我不免多喝了几杯，有些微醺薄醉。饭后，喝了点茶，醉意却一直未消。

秀秀妈收拾完桌子，又替我铺好床铺，累了一天，早早歇息了。

我与秀秀坐在桌边聊天，火塘里微火明灭，油灯摇曳，驱蚊草散发着奇香，繁星点缀着美人靠外的夜空，田里传来各种夜虫的吟唱，我的身子轻飘飘的，似不在人间。

在酒精的作用下，我大胆直视着秀秀，她也不避，我受到鼓舞，非分之想像蚊虫一样满脑子乱飞。眼前不断出现天舒偷看秀秀洗澡的场面，这是我想象得最多的场景，而每次的想象都会定格在这样的画面上：秀秀起身站在泉水中，背对着我，突然转过身来……换作我是天舒，必不能克制肉体的欲望，赛似天人的秀秀，谁不想拥有？

秀秀的目光深入我的骨髓，我的思维也仿佛停滞下来，要让她看个究竟，许久，她抬头望着屋梁，发出一声轻叹。我问她又为何叹息，她的头回到原位，对我说："这个你自己知道。"便低下头，陷入沉思。我不由心惊，莫非秀秀真的有什么特异功能？那，我的那些歪念头……想到这里，我如坐针毡。突然很想知道"他"见秀秀时的情形，她淡淡地说：他与你不同。令我更加惭愧。我想，他与秀秀的交流必定超越了肉体，系灵与灵之间的交流。

"天舒哥挺坏的，挺坏的眼神，挺坏的言语，相比之下，龙哥过于好了，好得像亲哥哥。"秀秀的这番话令我稍稍心安。

"我现在才明白天舒哥为什么要和我保持距离，他在我心目中的形象越来越神圣；我也明白了天舒哥为什么要离开我，他是为我好，他走了，却永远留下了。"秀秀动情地说。

夜里，我就睡在天舒睡过的房间，床上似还有他的余温。我彻底失眠，在黑暗中经历了天舒所经历的一切。我悄悄起身出门，假装如厕，在秀秀门前驻足，但不敢久留，回床上躺下，浮想联翩。我在心里拿所有认识的女子同秀秀比较，她们有各自的美，但秀秀超越了她们的美的总和，也许，传说中的海伦差可比拟，特洛伊战争因她而起，其美不可思议，但她徒有其表，内心世界不能与秀秀相提并论；在天舒的心中，也因为秀秀的缘故，爆发过一场旷日持久的特洛伊战争。他最终没有输掉那场战争。

第二天是枫香镇的集，秀秀留在家里，她现在极少去人多处。我同秀秀妈一道出门，路上向她问起灵芝和罂粟地的事，我怕秀秀出于某种原因故意隐瞒了真相，她也矢口否认。我突然有种感觉，天舒并不知道自己虚构了这些经历，而活在自己幻想的世界里。联想到他的种种怪诞行为，我差不多可以断定，他的精神确乎出了问题，早期时偶尔偏离正轨，后期则偶尔回归正常，像梦里被惊醒，复又睡去，继续做梦，在追求理想的道路上无望地走下去。我甚至觉得，从他决定去蒙地之时起，偏离已经开始。我的脑子里冒出一连串疯子的名字：尼采，舒曼，荷尔德林，凡·高……心里一阵悲凉。

我独自看过集市，又去了草海，与我的想象一致。

我放不下秀秀，早早返回桃村，请她带我去看她的生命树，像是在寻找物证。我们从村里经过，遇见的人都很友善。秀秀的生命树比我想象的高大，我上上下下打量，突然失声叫道："秀秀你看！"秀秀顺着我手指的方向望去，树干上赫然刻着"天舒"两个字，她的表情告诉我，她并不知道这两个字的存在。我推测说：天舒后来一定悄悄来过。看秀秀的眼里已经擎满泪水，我就没再多说。

晚饭前，我独自去了一趟老林，也许是树木更加繁茂高大的缘故，老林显得阴森。走到神树下，满脑子都是秀秀爹与神麂面面相觑的情形，总觉得有双眼在看着自己。老林还真不算大，即便是我这样一个外乡人，第一次进来，也不难走出去，秀秀爹怎么会迷路呢？

我与秀秀聊至深夜，都是与天舒有关的话题。我甚至有些嫉妒，因为秀秀压根儿就没问起过我的生活。她看我的眼神有些异样，似乎把我当成天舒了，弄得我也不知道自己到底是谁。

我再度失眠。秀秀也在我心里引发了一场特洛伊战争。

我次日告辞时，秀秀有些吃惊，但没多说什么，倒是秀秀妈极力挽留我多住几日。我何尝不想多住几日，桃村的美我还没看够呢，但我必须告辞，不知为什么，我怕龙尤回来。秀秀属于现世的龙尤和另一个世上的天舒，我不便多留，而且，我怕那场战争。

秀秀和阿丹将我送过廊桥，勉强笑了笑，说：我们还会见面的。我笑不出来，在心里流泪，在我看来，与秀秀再见面的几率为零。然而，后来的事实证明，秀秀没说错，她似乎真有预见未来的能力。

第二天，我没跟任何人打招呼，带着万千感慨，踏上了归程。

这是一个细雨迷蒙的早晨。我早早来到车站，安置好行李，下车抽烟，第一次与家人离别的情景浮现眼前，令我掩面而泣。

十四岁那年，我考上了地区重点中学，要去念书的地方离家很远，没有直达车，中途要在县城歇一夜，每年放寒暑假才能回家，在我眼里，那是一个遥远而陌生的世界。怀抱着对未来的各种奇想，从接到录取通知书之日起，便急不可耐地盼望着出发的日子，丝毫没去想这一走将意味着什么。

头天，我把从小积攒起来的各种“宝贝”平分给两个弟弟。我的百宝箱里琳琅满目，所谓的“宝贝”，无非是些成人眼里的破烂儿，废旧电池，彩色糖纸，从包装盒上剪下的带金字的图案，金属丝，螺帽，钉子，旧马蹄铁，将牙膏皮融化后得到的锡块，烟壳纸，玻璃珠，子弹壳，等等，此外还有自制的木枪和陀螺，百看不厌的小人书和童话书。我下了很大的决心，才决定将这些宝贝分给弟弟们。分宝贝的过程有点儿仪式的味道，我重温了整个童年，同时将自己的童年交给后来人继承。

晚饭后，父亲语重心长地告诫我：要注意安全，要用功学习，别忘了，你是我们全家的希望。“你是我们全家的希望”，这句话比行囊还重，压了我很多年，我想，每个人的希望不是别人，是他自己。

一大早，全家都来为我送行，下着毛毛雨。

我兴奋不已，步子迈得老高，弟弟们却一反常态，默默跟在后面。登上长途班车后，我便忙乎开来，找座，放行李，激动得八辈子没出过门似的。而此刻，弟弟们都在想什么？我这一走会不会让他们难过？该不该跟他们说点什么？这一切，我都顾不上去想；或者说，在那个年纪，我还不会想。父亲提醒我跟家人道别，我这才猛然意识到这一走就是半年，在接下来的半年里，我将远离他们独自度过。车窗外，母亲在偷偷抹泪，父亲眼圈红润，他们的担心和难过在情理之中；可弟弟们呢？

三兄弟总是形影不离，绞尽脑汁发明出各种玩耍的新花样，其乐无穷。我是大哥，是我们这个三人小团体的核心，是弟弟们的依靠，每逢跟外面的孩子吵架，只要有我在场，他们就格外大胆，我不好露怯，心里却在颤抖，生怕动武。在乡下，少年与童年的分界线并不十分明显，我们总有很多时间在一起，仿佛要这样过一辈子似的，从没想过有一天会长大，会各奔东西。我的离去揭开了未来生活的序幕，可我当时并未意识到这一点，直到班车快启动时，经父亲提醒，才想到要同他们告别，并且难过起来。今后，两个弟弟在一起玩耍时，一定不会如从前尽兴，会无缘无故发呆，会想念不在身边的大哥！

车发动了。我下意识地去看弟弟们，就在一瞥间，我的心凝固了。他们并排站在高高的土堆上，二弟背向我，面朝迷蒙的远山，小身影在细雨中显得凝重沉稳，他转过身，紧咬嘴唇，努力不让眼角的泪水掉下来；三弟则茫然若失，无言地看着我，仿佛在打量一个陌生人，而这眼神于我也很陌生。他们仿佛一夜间长大了，用沉默来表达对大哥的依恋之情，胜过千言万语！泪水在我的眼眶里打转。

车终于开了。弟弟们始终没说一句话，可我分明听到细雨中有声音在呼喊：大哥，再见！

我也在心里呼喊：再见，我的弟弟们！再见，我的故乡！！再见，我的童年！！！

一回省城，我就约“他”来家里，与他长谈了一夜。他再次破例喝了很多酒，将他看我信的激动和欢悦告诉我，原因有二：其一，仿佛是天舒在给他写信，同样的地址，同样的文风，连笔迹都有些相似；其二，我替他重建了童年，他依稀觉得，他的童年也应该是这个样子。

我将天舒的信交给他，说：你把信拿回去，留做纪念吧。

他默默接过信，看了几遍，留下信封，将信递还给我，说：还是毁了吧。

看他的态度坚决，我就不再言语，拿来从黄龙镇带回的一个古董大青花碗，放在茶几上，把信仔细叠成三折，有字的一面在里，轻轻压了一下，一头放在碗底，另一头露出碗沿，用火柴点燃。纸张卷曲，露出最初的几个字，随即消失，火渗透并下行至碗底，光亮突然大增，几乎腾溢出来，尔后越缩越小，纸灰呈白色，最后几点火星在白灰上游走，渐隐渐灭。

我想，他之所以留下信封，因为上面有邮戳，标明了天舒的忌日。

从黄龙镇回来后，我走访了几位曾经与天舒共事过的人，其中一位女子引起了我的注意，虽不再年轻，却风华依旧。她与别人对天舒的态度不一样，其他人都很漠然，毕竟过去那么多年了，她则向我提了很多问题。看得出，天舒之死对她的打击很大，她与天舒一定有过不寻常的关系，究竟是什么关系，我不得而知，也不便问。由此可见，天舒还有很多不为人知的经历，沉在谜样的海底。我想，要完完全全了解一个人是不可能的，哪怕这人是自己。离开天舒曾经供职的公司，走在喧闹的街头，我有一个强烈的愿望，希望我的书能早日出版，希望那些曾经与天舒打过交道又将他淡忘的人读到他的传记，并且为之震惊。

我瞒着“他”去见了K女生，结果令我大吃一惊，天舒当年也去找过她，并且从她那里得到了岚的联络方式，“他”显然也不知情。天舒有没有联系过岚？他们是否见过面？见面的情形怎样？皆是无解的谜。

《网》的书名是我加上去的，“他”的文稿里只有“向天舒传”几个小字。最初我想用“通天塔”作书名，后来觉得“通天塔”太过深沉，显得高不可攀，便放弃了。传说中的通天塔没有建成，也许本来就是一项不可能的工程，其实，通天塔不在别处，就在人的心中。书名最终叫“网”，其来有由此。

一天，他送来一份稿子，说是刚从记忆中整理出来的，事实上，他一直在做这件事。是天舒当年寄给他的一篇寓言，寓意深奥，故事却十分精彩，系他重读次数最多的一封长信，但复述几乎不可能，他决定默写，力求做到每个字符都是曾经见过的样子，靡费时日。我如获至宝，一口气读了几遍。

考虑到这篇文字对了解天舒思想的重要性，我一字不易，抄录如下。

网

姑且叫他小黑吧。

他是一只黑蜘蛛，比最黑的夜还黑。无人知其姓氏，其来历亦不可考。

小黑并非生来就这么黑，一开始几近透明，渐成灰色，颜色随年龄的增长加深，成年后一变而为纯粹的黑色，据说是有毒的缘故，毒性将他自己都熏黑了，有例为证：鸦片是黑的，吸烟者的肺是黑的，不用说，毒心肠的人的心也是黑的。

关于家的记忆十分模糊，仿佛天生就是孑然一身。

网就是他的家。

小黑喜欢织网。都以为这是他们这个种群与生俱来的本领，其实不然，遗传的只是一种织网的欲望，而织网的技巧，是慢慢才学会的。

第一张网令他蒙羞，那不是网，是一团乱絮。通过耐心的观察和实践，小黑的织网技艺很快超越了同类，且自成一派，每张网都堪称完美。

都市生活不堪回首。

不记得是如何来到这座城市的，打记事起，就已经在这座城里了。

春天，小黑爬上一座高楼的顶层，阳台上的花盆里种着叶子花，花开得茂盛，这里向阳，视线好，他决定在枝叶间张网。因为才学会织网不久，大半夜的功夫，才织了人掌那么大的一张，架不住困乏，藏身一片大叶子的背面睡了。太阳出来很久才醒过来，走出去察看，网上有几个大洞，猎物却一个都不见。忍着饥饿，将网补好，又躲回叶间，侧耳倾听网上的动静，整整一天，要么毫无动静，好几次都忍不住探出头去，生怕不小心错过猎物，网上却空无一物；要么动静太大，是些网不住的大家伙，网却被撕破了，破了补，补了破，如此反复，累得奄奄一息，镇日一无所获。

小黑开始明白生活的不易。夜里，就着月光，重新织了一张网，在饥饿和疲惫中沉沉睡去。第二天一早，远远看见网上有猎物，而且不止一个，喜出望外，小心翼翼靠近，惊奇地发现，是几个不长翅膀的绿色小家伙，一动不动。“咦，没有翅膀，他们是怎么飞到网上来的？”不得其解，先吃饱肚子再说。后来他才知道，那是蚜虫，吸叶汁为生，行动异常迟缓，不小心便会掉到网上。很长一段时间里，小黑每天都能捕到蚜虫，生存问题一旦解决，便有空欣赏风景。

他不喜欢周围的高楼，将山隔在远处，好在天空遮不住，便时常看天，天上有很多东西可以看。

好景不长。午后，小黑正躺在网上睡觉，被猛烈的晃动惊醒，以为是疾风，但不是，一张人的面孔高悬在他的头顶，将阳光遮没。来者不善！他飞身跃下，在网被捣毁前成功逃离。一刻都不停留，顺着下水管道滑下，逃到楼下的花园里，惊魂未定。

因为贪图蚊虫聚居的人家户，这样的事情时常发生，有几次险些丧命。

小黑不明白，人为什么就不容他呢？

尽量离人远些。

他走遍城市的每一个角落，寻找理想的安身之所。

最后，将网张在电线杆与电线之间，紧挨着一盏路灯，白天捕猎的机会不多，夜里却很忙碌，因为有很多趋光的小虫，他也因此调整了作息时间，昼伏夜出。

天气晴好时，都待在网上，遇上坏天气，便要另找庇护所。天寒时，会跑到路灯的灯罩里，夜里借灯光取暖，但离光源太近，不容易入睡，多数时候都醒着。

极少下地，电线四通八达，兴起时便沿着电线溜达，走过许多街区，兜一大圈才回来，也搬过几次家，无非从一根电线杆搬到另一根电线杆。

一天，小黑独自在电线上游走，看见行道树上枝杈的末端挂着一个白色的卵巢，在风中摇晃，隐隐有些动静，不由得驻足观望。卵巢暴晒在正午的阳光中，动静越来越大，里面似有东西不堪炽热，拼命要挣脱出来，突然，“噗”一声——因眼见了结果，所以他相信自己一定听到了“噗”的声音，卵巢爆裂，无数灰色的同类掉出来，在空中飘坠，谁也数不清有多少只幼蛛，身体几乎透明，像漫天的伞兵，尾部都有一根丝线，可以安然滑落地面，有些被风荡到别的枝头，总之，一接触到其他物体的表面，便以极快的速度消失，那么多兄弟姐妹，没有谁结伴而行。小黑想，当年自己出世时一定也是同样的情形。他不由得忆起幼年时的艰辛。体单力弱，在弱肉强食的世界里存活下来已经是个奇迹，自己虽是个猎食者，但同时也是更强大的猎食者捕杀的对象，因网小，稍大的风雨便经受不住，大虫子撞网也是个灾难，只能寄希望于比自己的身形小很多的虫子，那些食物链最底层的生命，还要看它们会不会自投罗网。

小黑喜欢看街景，人间万象，尽入眼帘。看久了，不免生出很多感慨。一天，他问自己：干吗要待在城里？

寂静的午夜，月色朦胧，网在风中轻漾，突然，远处的街角传来呼救声，一个披头散发的白衣女子奔来，几个男子紧随其后，凄厉的呼救声响彻长街，周围有很多居民楼，却静悄悄的，女子被歹徒追上。小黑只恨自己太弱小，无力阻止罪恶的发生，时间不知过去多久，女子的惨叫声不绝于耳，逐渐微弱，一切复归平静，只剩女子一人，蜷缩在人行道上的花坛边，一动不动，赤裸的身体同路灯和月光一样苍白，周围的居民楼依旧像个哑巴。

这个事件促使小黑下定决心，离开城市，到乡下去。

乡下比城里好，农民也好相处，不介意他把网张在屋内，除非过年，要除旧，才动手清理蛛网，而他也知趣地先自离去。

不过，乡下也不太平。顽童会用他的网去捕蜻蜓，苦心经营的网不小心就会被掠走，甚至殃及网的主人，他不止一次看到同类被肢解取乐，孩子的残忍令他震惊。

他尽量把网张在高处，树梢，屋檐，又不能太高，太高猎物会锐减。即便如此，也难保无虞，上树是顽童的拿手好戏，而他们的手头都有长竹竿，除非极隐蔽，一俟被发现，唯有弃网而逃。幸亏都市生涯令他练就了敏锐的目光和高度的警惕性，织网前务必仔细勘查地形，预先找好退路，譬如浓密的枝叶、石根、墙缝。有一次，顽童甚至把铁丝一类尖利的东西往墙缝里戳，定要置他于死地。身上被划破了好几个地方，因惊吓过度，一天一夜都不敢露头，秋风怒号，饥寒交迫，从墙缝望着外面，唯见一线灰白的天空，他忍不住“呜呜”哭起来，哭声被风声盖过，连自己都听不见，像是做了一个哭的样子，没有谁知道他内心的苦楚。哭过后，他有些恼恨自己的软弱，发誓不再哭。

最明智的选择，便是到没有人烟的地方去，到纯粹的大自然中去。

小黑离开乡下，开始了漫长的旅途，不知走了多少路，最后在一个美丽的地方安顿下来，有山，有水，有绿草地，有各色野花。

“这么好的地方，幸亏没被人发现。”小黑想。

“不过，迟早是会被发现的。”他又想，并叹了一口气。

事实上，没有人的地方也不安宁。

这里有不少同类。小黑已经孤独很久了。他开始同异性交配，但每次都很匆匆，一完事便迅速逃逸，怕被对方吃掉，这样的事情在蜘蛛间常常发生，因此，他从未见过子女的出生，更不用说尽一份父亲的责任。路上碰到幼蛛，都要稍事停留，看看对方同自己有无相似之处，然而，即使是自己的子女，又有何凭据相认呢？况且，并非每次交配都有结果，也许，所谓后嗣，其实并不存在。别再为此伤脑筋啦，小黑决然地想。

他喜欢有挑战性的狩猎，网眼故意做得很大，一心只想抓到大家伙，有次捉到一只大黄蜂，冒着生命危险才使之就范，而小飞虫，除非太冒失，是可以在网眼中从容穿越的。

织网很费事，他更愿把时间花在冥想和等待上，网破败至疮痍满目，且黏性全无，才会着手编织新网。

一日突发奇想，祖祖辈辈都把网做成一个模样，经纬交织，一丝不苟，了无新意，何不换一种织法？这个念头令他兴奋异常，立即行动起来。先织了一张正方形的网，规则的网纹被彻底颠覆，杂乱无章，迷宫一般。同类都被惊呆了。谁见过正方形的网？这才刚开了个头。三角形，菱形，星形，等等，他相继尝试了各种样式。有一个意外的好处，因为没见过这种网，很多猎物丧失了警惕性，常常自投罗网。

小黑的网在山野引起了很大的轰动，麻烦也接踵而至，所谓树大招风，各种天敌闻风而动，纷纷以捉到他为荣。

蜘蛛有很多天敌，鸟，蝎子，螳螂，蜥蜴，蛇，细腰蜂，等等，空中，地上，即便在水边，也须十分小心，鱼会从水里跃出来吞吃它们。甚至，蜘蛛们还会自相残杀。小黑亲眼目睹了一只大黑蜘蛛与一只大花蜘蛛的厮杀，后者侵入前者的领地，经过激烈的搏斗，大黑蜘蛛溃败下来，被大花蜘蛛飞速吐出的丝线裹住，腹部遭到致命的一击，渗出绿色的血液。

有一阵子，小黑甚至不敢织网，像狼蛛一样四处游猎，或埋伏在某处，田埂，水边，山石根，伺机出击，屡奏效。看到在自己爪牙下痛苦挣扎的猎物，他突然动了恻隐之心，为什么非要杀戮呢？杀生并非他的本意，生计所迫，每次捕到猎物，他都以最快的速度在猎物体内注入毒液，以速其死，减少挣扎的痛苦，确信对方完全死亡后，才开始进食。他不忍心看猎物绝望的眼神，时常为自己的杀戮行为忏悔。

他决定吃素。首选树叶，一开始难以下咽，渐渐吃出滋味来，又喝树叶的汁液，摘下叶子，叶柄处便会冒出乳白色的液体，各种口味都有。有时，像蜜蜂一样钻进花心，淹没在芳香的海洋中，花蜜真是美不可言。

小黑一变而为素食者，遭到其他蜘蛛的取笑，他却丝毫不理会。别的雄性为了取悦异性，会奉上最美味的猎物，而他却拿着一朵茉莉花，看似浪漫，却遭到对方的白眼，他也不恼，吃素令欲望大大减少。

食肉时须大量的消化液，而水会冲淡体内的消化液，因此，再渴都得忍着；吃素以后，这个问题不复存在，想怎么喝水都行，露水、雨水、溪水，皆甘美异常。

一开始，身体不能适应饮食结构的变化，瘦得厉害，且有些发绿，慢慢地，变得又黑又亮，竟比以前健壮，那些等着看他笑话的同类不免大失所望。

小黑不仅不杀生，还救生。

他救过一只七星瓢虫的命，也因此得罪了同类。七星瓢虫被大花蜘蛛的网粘住，拼死挣扎，大花蜘蛛飞快赶来，情况万分紧急，小黑没多想，跳到网上，挡住了对方的路。

“躲开！”大花蜘蛛呵斥道。

“请你放了这只瓢虫吧！”

“笑话，你吃素也就罢了，还妨碍我们吃肉，今天连你一块儿收拾了。”

大花蜘蛛气势汹汹扑过来，小黑勇敢地迎了上去，大花蜘蛛以为对方会逃，猝不及防，被小黑抢先击中，毒性立刻发作，虽不致毙命，但暂时失去了战斗力。小黑乘机帮七星瓢虫从网里挣脱出来，跑得远远的。

“谢谢你救了我！”

“不用谢，活着，比什么都好！”

他们躺在青草地上聊天，夜幕降临，北斗七星出现，仿佛天上也有一只七星瓢虫。

通常，蜘蛛视力不佳，看东西很模糊，吃素以后，小黑惊奇地发现，他的视力越来越好，万物为之一新。

天朗气清，小黑爬上树梢，举目远眺，第一次看清极高极远处的山峰，那便是传说中的理想之巅。他喜欢看理想之巅，常常爬到高处，一动不动，久久地、痴痴地望着阳光中熠熠生辉的理想之巅。

不用狩猎，省下了很多时间，日子过得从容、淡定。一天，闲来无事，小黑突然又有了想织网的冲动。许久没织网，甚至忘了自己会织网这件事，难道，不杀生就不可以织网吗？有了网，就不用过居无定所的日子了。因为摒弃了捕猎的功能，网可以张在任何地方，但要安全，还要风景好，二者缺一不可。

小黑走到溪边，一块巨石探出身子，其色黑，不用做变色龙，也很容易在上面隐蔽自己，对岸有一棵大榕树，枝繁叶茂，也是理想的庇护所，目光溯流而上，直抵理想之巅。其地令小黑欢喜，他将网张在树石之间，一半在阳光中，一半在阴影里。他想都没想，便把网织成了传统的样式，还是圆形最耐看，且结构稳固。理想之巅隐去时，网终于织成，夜里，枕着溪声入眠。

小黑对新网很满意，除非外出觅食，整日都待在网上。每逢有小飞虫撞网，他都会微笑着走过去，替对方解开束缚，并叮嘱他们要避开别的蛛网，小飞虫对他的不杀之恩感激不尽。

他喜欢思考，努力想弄明白生命的意义，但总也弄不明白。端坐网中央，面向理想之巅，常常想：也许，那上面有我想要的答案。

一个阳光普照的午后，小黑钻进一朵白喇叭花里，吸饱蜜出来，准备回网上去。

“咦，蜘蛛怎么吃起花蜜来了？” 不远处的一朵紫喇叭花上立着一只小红蝴蝶，惊奇地打量着他，声若游丝，柔细婉转。

“你是谁？红色的蝴蝶可真稀罕！”小红蝴蝶好似一朵会飞的罂粟花，鲜艳，美丽。

“我以前见你张着大网捕猎，有几次差点就撞在你的网上，怎么，改邪归正了？！”想起差点成为对方的盘中餐，小红蝴蝶眼中流露出隐隐的怯意。

“是啊，我早就不杀生了，你别害怕。”

“真的？”

“真的。”

“我可以作证，他救过我的命。”小黑救过的那只七星瓢虫正巧路过。

小红蝴蝶笑了，飞到离小黑最近的一朵白喇叭花上。

“你叫什么名字？”

“不知道，管我叫小黑吧！”

“嘻嘻，小黑！那你管我叫小红吧！”

“好的，小红！”他觉得这个名字很亲切，不由又叫了一声：“小红姑娘！”

小红的脸更红了。

他们成了好朋友，一道采蜜，一起玩耍。

因为不能像小红一样飞翔，从一朵花到另一朵花，小黑的行动缓慢，小红每次都耐心地等他。

“小黑，你骑在我背上，我带你一起飞。”一天，小红突然说。

“行吗？我很重的。”

“试试看啊。”

其实他是出于害羞，见小红坚持，便小心翼翼爬到她柔软的背上，看不见小红的表情，但能清晰地听到她“咚咚”的心跳声，和急促的喘息声。

“你别紧张，不行我就下来。”

“谁紧张了？我只是……只是……从没同谁这么亲密过。”小红的声音有些颤抖。

小黑正在回味小红的话，身体突然失重，一下子就比最高的那棵杨树还高，又紧张，又兴奋。

“抓紧我。”小红“咯咯”笑着，来了一个俯冲，小黑完全失重，黑脸吓成了白脸。

小红不再逗他，开始平稳飞行。花丛，树林，青草地，河流，山坡，他们看到了许许多多的美景，最后，歇在一朵娇艳的美人蕉上，双双钻进巨大的花朵，美美地分享了一顿花蜜。

无论白天晚上，他们都形影不离。小红和小黑恋爱的消息迅速在原野上传播开来，有羡慕的，有嫉妒的，有取笑的。

“爱情没有界限！

爱情有一对红色的翅膀！”

每次在小红的背上，小黑都如是歌唱。

凭借小红的翅膀，他看到了许多见所未见的风景，这也刺激了他要向更远更高处探索的欲望。

转眼到了夏天。

“小红，你知道理想之巅吗？”

“知道啊，天气好的时候就能看到，积雪时可美啦！”

“想不想去？我们一道去。”

“太高了，我飞不上去。”

“飞一段也好，剩下的步行，我们两个一起，再苦都不怕。”

“我怕！我的生命很短暂，到不了那上面的，我要抓紧时间享受现有的一切。”小红有她的道理，看来，除了分手，别无选择。

无论小红怎么努力，都无法挽留他。

“我送你一程。”小红噙着泪说。

“不用了，我自己走吧。”小黑何尝不希望小红相送，只是终须一别，何必再延长离别的痛苦，他怕自己的心软下来，永远都上不了路。

头也不回，小黑踏上了通向理想之巅的征程。

最后的征程颇为悲壮，小黑仿佛毅然告别了爱人的骑士，拿自己当坐骑，目光似剑。

为了保证足够的体力，小黑破例吃荤，但绝不杀生，只食腐。有一次，他饿极了，从几只蚂蚁嘴上夺下一只天牛的尸体，事后十分惭愧，感觉像是做了一回强盗。

攀登理想之巅的路途万分艰辛，他想，自己要是有对翅膀就好了，随即想起小红，心里一阵酸楚。

遇见一只老山龟。要不是对方动了一下，他还以为是块大石头，上面覆满了青苔。

“请问，去理想之巅还有别的路吗？”

“没有，这是唯一的路。”老山龟的声音同他的脸一样苍老。

“您去过理想之巅吗？”

“曾经想过要去，不过那是几百年前的事了。”

“几百年前？！您这么长寿，有什么秘诀？您都吃些什么食物？”

“什么都不吃。”

“什么都不吃？！”

“不过，这么说也不对，我只是不吃普通的食物罢了，你看——”老山龟不紧不慢地说，并伸长脖子，昂起头，闭上眼，鼻孔张开，鼻翼微微翕动，许久，睁开眼，微笑着说："我刚才饱餐了一顿。"

"什么？您吃空气？！"小黑瞪大了眼睛。

"空，也不空，空中有你想要的一切。"

小黑若有所悟，他知道，老山龟是个智者。

"您后来为什么没去理想之巅？"

"我走得慢，这是我们乌龟的弱点，不过，也是优点，慢有慢的好处，许多人赶在我前面，上了理想之巅，但是，有人回来了，有人再也没回来，回来的人路过这儿，什么都不说，径直下山去了，我也什么都没问。当我好容易爬到半山腰时，突然明白一个道理：真正的理想，是不会被实现的。于是我便停了下来。几百年来，我都住在半山腰。"

"无论如何，我总要去看看，我要是回来的话，一定告诉您上面都有些什么。"

老山龟将头缩回去，不再发言，小黑不便再打搅，重新迈步。

终于登顶。山顶有一座破败的庙宇，此外并无特别之处。小黑却丝毫不感到失望，快步走到悬崖边，君临天下的自豪感油然而生。回头看那座庙宇，何人所建？始于何年？为何废弃？他想不明白。

悬崖边有一块凌空的巨石，他决定将网张在庙宇的屋檐和巨石之间。

他沿着斑驳的木柱爬到屋顶，吐出第一根丝，牢牢黏附在屋檐尽头的翘角上，身体徐徐降下，身后拖着丝线，仿佛系着保险丝从高空坠落的杂技演员，走到悬崖边，爬上巨石，走到边缘，不觉倒抽了一口冷气，其下深不见底，退后了几步，将丝线的另一头黏附在石上，拽紧，第一根经线织成。顺着这根经线返回，像走钢丝的杂耍者一般，至正中心停步，吐出一根丝，仔细固定在脚下的丝线上，降下，沿地面走到庙宇，身后始终拖着丝线，爬上去，找一个合适的角度，将丝线固定好，沿刚织好的这半根经线返回中心点，又吐出一根丝，降下，拖着丝走到相反的方向，至石上固定，第二根完整的经线就这样织好了。如此反复，一趟又一趟，经线织完，便开始织纬线，从圆心开始，一圈一圈，不知往返了多少趟。在巨石与庙宇之间，一张硕大的网高高飘扬，显得小黑很小，似大海中的一叶小舟，沐浴在落日余晖中。

他开始了在理想之巅上的生活。

有时沿屋脊散步，就像走在整个世界的屋顶上。

更多的时候，则是在网上行走，巡视自己的领地，不止一次走到悬崖边，探头看无底的深渊。

有很多时间反省自己的一生，曾经有过的杀戮，对爱情的辜负，等等，并在反省中忏悔。

常常在网中央入定，眼似闭非闭，无思无虑，当大网在风中激荡，似汹涌的海水，身体随之上下起伏，亦无丝毫张皇之色，如无人的小舟，抓牢水面，任海浪肆虐，最终，风平浪静，星河灿烂，小舟躺在温柔的水的怀抱中。

太阳当顶时，午梦来袭，进入无何有之乡，不复知道自己是谁。

小黑喜欢在早晨和黄昏与太阳对视，别的时候阳光太强，会刺痛眼。看太阳时，总有种错觉，觉得对方也在看自己。有一天，他惊喜地发现，自己与太阳不无相似之处，都高高在上，太阳用光线编织大网，所不同者，太阳是金色的，而他是黑色的，脑子里冒出两个比喻：太阳是金蜘蛛，而蜘蛛是黑太阳。不觉乐了，“黑太阳”，这个称谓不错，他打定主意，今后再有谁问他叫什么，就回答：小黑太阳。

只要不阴天，他都会早早起来，问太阳早安，天黑前，又问太阳晚安。日出很美，太阳像是黑暗下的一枚金蛋。有太阳陪伴，他就不那么孤独了。

白天，除了太阳和云雾，天空仿佛一无所有，晴朗的夜晚，天空的秘密便呈现眼前，星星一颗一颗亮起，没有月亮的时候更多更亮。月亮和星星，他都喜欢。有一次睡不着，他就数星星，超过五位数，还没数完。

周围没有任何别的活物，地面生长着少许耐寒的植物，系他主要的食物来源，是他的小小菜园。偶尔，风会带来小虫的尸体，粘在网上，虽不是鲜肉，但已弥足珍贵，他小口小口地品味，一丁点儿都不浪费。意外的营养补充令他精神大振，嘴里不觉哼起古老的歌谣。

小虫的尸体也会被风吹落地面，去菜园的路上便时时低头，渴望再捡到小虫的尸体，当希冀落空，未免怅惘。有一阵子，小黑老盼着风给他带来小虫的尸体。一天，他突然醒悟，吃素已经能满足生理需要，为什么还汲汲于肉食，让心思散乱呢？再进一步想，如果连素食也一道摒弃，像老山龟那样，只吃空气，岂不可以更好地专注于精神？

他开始绝食，只喝少许的水。

织网是项大工程，且要不断修补，停止进食后，身体羸弱不堪，但他依旧坚持，倍极艰辛。不能没有网，当网失去了实际的用途后，一变而为象征，一张精神的大网，最后的栖息之所。

体内残留的食物渐渐耗尽，造丝的原料荡然无存，忍着剧痛，小黑开始从血肉中抽丝，丝线血迹斑斑。没有人见过红色的蛛网。本来，蜘蛛血色绿，因长期吃素，小黑的血却是红的。猩红色的大网，高过云端，如残阳。

天越来越冷。雪下在网上。雪霁，蓝天下，白色的大网，很美，雪旋即融化了。

清晨，网上挂满晶亮的露珠，小黑喝了几口露水，依旧卧在网上，一动也不动，许久才抬眼看天。理想之巅并不理想，真正的理想也许在空中，甚至在天空后面更高更远的地方，但他没有小红的翅膀，无法飞去验证。

“小红在就好了！”他又一次想，胃里一阵痉挛。

血肉之网被狂风毁弃。仅存的血肉只够维持生存，再织一张网已不可能。但小黑不愿放弃，从灵魂的深处吐出丝线来，细微至肉眼所不见，那是一种毫无痛觉的迷狂状态。全新的大网终于织成，一张真正的精神之网，他仿佛坐在虚空中。

精神之网，异常坚韧，风霜雨雪皆奈何不得。

最后的日子是在精神之网上度过的。

小黑决定自杀。与绝望无关，无论绝望与希望，他都早已经历，只觉得该了结了，谁知不是另一种生活的开端？也许，就此下山，成家，生养后代，而且，从理想之巅下来，定能耸动视听，没准会受到英雄般的夹道欢迎呢。当无论阅历和思想都抵达了至高的境界，便应了那句老话，“太阳底下无新事”，所余无非重复，重复自己，重复别人，也许会有一些小小的新意，如未曾享受过的天伦之乐，名利等等，但他宁可面对全新的挑战：不是世界终结你，就是你终结这个世界，主动的一方无疑是最后的胜者；而另一个世界，远在太阳之上，深深地诱惑着他。

须选个好日子。不能有风，风会捣乱，影响垂直下落，让他撞向峭壁，死不成，还落个残疾。

他曾利用自身的优势，尝试过自由落体的滋味。

几朵白云在上空悬浮，纹丝不动，这是无风的征兆。他开始吐丝，把丝头固定在屋檐的尖角上，继续往外吐丝，丝线凌空垂下，至地面不到一半的地方停止。他抬眼望了望远方，像跳水运动员一样做了一个漂亮的预备势，纵身跳下。下落的速度奇快，在重力加速度的作用下，斑驳的墙面迅急向上掠过，天地倒悬，鼻尖快触地的一刹那，丝线绷直，将他反弹起来，再落下，再弹起，几经反弹，才停歇下来。他沿丝线返回起跳处，兀自惊魂未定。幸亏丝线足够坚韧，如果绷断，后果不堪设想。他仿佛看见了自己四分五裂、躺在血泊中的小小尸体。

好日子终于来临。

空气几近透明，能看得很远，甚至能看见遥远的旧日时光。小红依旧在花丛中翩跹起舞。小黑把目光投向更加遥远的都市，都市生活的回忆在瞬间完成，随即收回目光。他走到悬崖边，用八条腿环绕身躯，紧紧抱住自己，仿佛一个小小的、黑色的实心球，坠落空际。

我不知道这篇寓言是否真的源自天舒的书信，也许是“他”的手笔，假托天舒之名而已。这样的例子历史上并不鲜见，我甚至怀疑，《道德经》的作者并非老子，而是尹喜或者别的什么人，用他们自己的行文方式记录了老子的话语，真正的智者，是述而不作的。如果你承认人类的局限性，那么人类发明的文字更加不可靠。说到底，天舒几乎没有什么文字性的遗留物。

我有个疑问，不论《网》是谁写的，作者的本意是要小黑死，可事实上，从理性的角度分析，小黑不一定会死，有谁听说过蜘蛛摔死？何况，小黑瘦得只剩一层壳，重力几乎起不了作用，我想，小黑大概没有死，有另一种结局。谁知道呢？

我全身心投入到天舒传记的写作中，很少再和“他”见面。

从黄龙镇回来后，常有登高的冲动，没时间爬山时，便坐电梯上高楼，坐在露台边缘，暮霭沉沉，远近的吊车伸长手臂，如忠实的稻草人，我和其他麦穗一起，等待着被收割的那一天。

朋友说起北郊山野公园新增的蹦极项目，高度居全国之首，我心里一动，提议去体验一把。

山野公园是个自然保护区，山高峡深，乃殊胜之地，是开展蹦极活动的理想场所，峡谷的落差虽不能与寄魂谷相比，也足以令有恐高症的人晕厥。我们交了钱（临阵退缩是不退钱的，事实证明，如果没有这项特别规定，商家恐怕会赔本），轮番上阵，恐怖的尖叫声在空谷中回荡。轮到我，脚脖子上套好弹跳绳，所有的保护措施都安装检查完毕，工作人员将我引至台边，撇下我一人。头顶有蓝天，但太高，四周有青山，但太远，都不能给我丝毫的慰藉，我独自面对虚空，孤立无助，站在生与死的临界点。那一刻真想退缩，但不能，不是钱的问题，是面子问题，那么多眼睛看着我，包括未婚妻在内，而且，我来的目的就是为了体验天舒跳崖的感受，不能再想了，跳吧！我张开双臂，一跃而出。我急剧坠向深谷，因落差大，有足够的时间看清周围的情形，所有的物体都向相反的方向飞逝，要是峡谷有舍身崖至寄魂谷的高差，我想，接下来我会适应下降的速度，变得从容不迫，可惜到头了，我没死，反而在弹跳绳的作用下弹起来，又落下去，弹跳了几次，跟小黑尝试自由落体时的情形一样，最后徐徐降下，安全着陆。事后，他们告诉我，我的姿势很优美，像展翅的鹰。我意犹未尽，也许是因为事先知道不会死的缘故。

在黄龙镇的日子里，我很少与未婚妻通电话，甚至想彻底远离都市生活。最终回到她身边，爱情经受住了考验，但更严峻的考验还在后面。

我从出版社接了一些翻译的活儿，在家里做，既可谋生，又不用四处奔波，其余的时间全部用于写作。黄龙镇之行鼓舞了我，我觉得，在这个世界上，除了天舒，没有第二人值得我为他作传。黄龙镇之行启迪了全新的思路，初稿的容量已远远不够。

随着写作的深入，我性情大变，俗务一概不顾，甚至杜门谢客，谁都不见，得罪了不少朋友。也不在意有没有翻译的活儿了，说来惭愧，家里的用度基本都是未婚妻在维持着。事后回想起来，我那时处在一种极端的精神状态中，接近崩溃的边沿。

未婚妻深受其苦。她努力理解我，支持我，一人操持家务，而我却沉浸在另一个世界里，对她的付出视而不见，连起码的感谢话都没有。受写作情绪的影响，我的脾气反复无常。这些都不算什么，未婚妻年轻、健康，有正常的性欲，而我因为专注于写作，性欲大大减退，到了令她忍无可忍的地步。她做出种种暗示，将卧室的灯光调暗，穿上性感的内衣，提醒我她的月经将至，我却故作不知，写作与做爱，都需要激情，没法分身。未婚妻说“天舒是我们之间的第三者”，此话不无道理。

我和未婚妻时常争吵，她没法接受我的一些极端观点；连她都不理解我，我很失望，孤独感空前。我们的感情危机四伏。

我变得相当偏执，用完美来要求周围人，及整个世界。如果人不向上，没有精神和思想的追求，我就觉得厌恶，甚至鄙夷；而于人性的缺陷，社会的不公，表现出零容忍的极端态度，除了自杀，我没有办法再在这个世界上生存。时常梦见一具骷髅，斜靠在路边的枯树干上，咧嘴向我笑。幸亏自杀的念头已绝。

时过境迁，我可以坦然回忆当时的心态，但那种极端的生活，现在回想起来，仍然心有余悸。

没有人能体会我当时的心境，写作完成后，我如释重负。接下来，我开始重新审视自己的生活。天舒已经做了我想做的事情，我所要做的，便是继承他的精神，继续他未竟的生活。天舒就像是我的影子，厚重的阴影，使我变得真实而具体。我的价值将体现在我自己的存在中。

我努力在凡俗中寻求诗意，聆听尘世外的天籁。

楼下有人吹笛，技艺非凡，令我倾心。生平第一遭，在喧嚣的都市里闻笛。种种曲目，熟悉的，不熟悉的，有些停留在耳畔，有些直抵心腹。笛声时而在水泥楼宇间回荡，时而直上云霄，令我有种置身空谷的幻觉，车声、人声，皆神奇地化为水声、鸟声，窗纱飘荡，风里也透着山野的气息。谁在吹笛？这不重要，重要的是笛声，何况，我想见的吹笛人已不在人世，我相信，天舒的笛声更美，更空灵。

邻家女弹得一手好钢琴，琴声时刻响起，柔婉的肖邦练习曲，似无主题，却把我的思绪带到远方，而悠远深沉的巴赫乐曲，让我沉浸在神圣的宗教情怀中，耳畔似响起梨村有管风琴伴奏的赞美诗。琴声突然消失，因有人投诉琴声扰民。其母信佛，与人为善，为了照顾那些俗耳，竟牺牲女儿的雅趣，让人将钢琴搬走。此事令我至今不能释怀。

清晨，透过窗帘，隐约看见阳光和蓝天，树叶轻摇，凭经验，我知道是风，小小的风，在枝叶间荡秋千。院里的车辆纷纷驶离，传来画眉鸟的鸣唱，鸟笼无法囚禁的歌声，从城市的烦嚣中分离出来，把我带到遥远的蒙地，阳光从叶缝中滤进来，小鸟在枝头闪动、鸣啭，声、光、影和清新的山气交融在一起。

黄昏，站在阳台上看风景。接连几个晴天，有点暖冬的味道，空中有许多飞虫，仔细才看清，是蚊子，一种不会叮人的草蚊子，被阳台上的花草引来。随着全球气温的普遍上升，蚊子的寿命越来越长，冬天也不鲜见。除高空的几片薄云外，单以蓝天为背景，没有别的参照物，显不出飞蚊的大小来，像许多蝙蝠，或者小鸟，其中一只飞得很慢，立刻就有了翔鹰的雄姿，令我想起白云山上的鹰。任何卑微的生命，都有其特长，凡有翅膀会飞的，都令我羡慕，就算是一只小小的草蚊子，也比人拥有更多移动的自由。

自从见了阿丹，我就想养一条狗，和未婚妻频繁光顾花鸟市场。花鸟市场是兜售大自然的地方，深得我的喜爱，花鸟虫鱼，猫狗龟兔，应有尽有，植物用来观赏，动物用来宠爱，买卖双方皆有几分闲适之意。终于碰到一条全身雪白的短毛小公狗，外形与阿丹十分相像，机灵类之，当即买回家，并且就管他叫阿丹。据说狗是最早被人类驯养的动物。上帝的宠物一定是条狗。

住地树多，有十几只流浪猫，也不能叫流浪猫，因为它们已经在小区的各个角落定居下来，且划分了各自的领地，内部时有纷争，与人倒相安无事，许多人还拿食物去喂它们。阿丹还小，对猫很感兴趣，一见到猫就凑上去，猫却不领情，抬起前爪，龇着牙，嘴里发出警报，我知道阿丹不是对手，赶紧将它抱起来。我住三楼，居高临下，常在阳台上看猫，猫并未留意有人在看它们，野性的姿态展露无遗。有一只毛色全黑，令我想起黄龙中学的那只黑猫。在黄龙镇时向人打听过黑猫，大家以为我在说痴话，皱着眉说：黑猫？什么黑猫？猫多的是啊！最后，一个小孩告诉我："是那只经常在围墙上奔跑的黑猫吗？向老师死后就不见了。"狗离不开人，就算是无主的野狗，也常要在人前讨食吃，如流浪汉一般，离不开人类社会；猫则不同，野性极易恢复，常常在半夜，雄猫为争夺异性和地盘展开鏖战，弄出惊心动魄的声响来，让人恍若睡在弱肉强食的荒野或林莽之中。

小黑的故事激起了我对蜘蛛的兴趣，且对蜘蛛充满了好感。我发现自己同蜘蛛有一个共同点：我们都在织网，他用丝线，我用文字。整整一个冬天，蚊虫转入地下，蜘蛛也无影无踪。开春，阳台上橡皮树的叶间悬着一个小黑点，在风中荡漾，仔细看，原来是一只幼蛛，出世不久的样子，已经开始独自谋生了，网小得让人揪心。

走在喧嚣的街头，身后传来如歌的行乞声，"叔叔……给点钱嘛……""娘娘，给点钱嘛……"是两个身穿传统服饰的苗族妇女。她们与周遭的环境如此不谐，仿佛是被人从古代扔到了现代化的都市里来的。从衣着上判断，她们来自遥远的蒙地，没准天舒和秀秀还去过她们的村庄呢。我给了她们一些钱，却不忍看她们的眼神，只在心里用同样的调子回应，就像苗人对歌一样："回家，回家去吧……"如歌的行乞声，悠扬、凄婉，令我意识到世上有许多渴求救助的人，在物质上，更在精神上。善无论大小，都是战胜恶的力量，善意的表情是最简单的善行，譬如用眼神表示关爱，用微笑向陌生人致意。天舒毕生都在追求智慧与善行，在短暂的生涯中所达到的智慧高度，所实现的善举，正是我要用整个余生去追求的目标。

街边有一对行乞的盲人夫妇，看样子是先天失明，令我想起瞎老八。男的正襟危坐，认真拉二胡，虽未受过专业的训练，但通过在黑暗中的长久摸索，自成曲调，无愧于音乐二字；女的以舞台姿势站立，嗓音说不上好，偶尔还跑调，但不难听，表情努力配合歌词的内容，显得很怪异。人来人往，有人停步，有人径自走过。驻足者皱着眉，同情多于欣赏，临走时将钱放进地上的小盒子里，不是每个人都放。有好一阵子，竟无一人经过，而盲女不知，依然在卖力地演唱。此情此景，倘若被高明的画家描绘下来，定当不朽，诚如老布鲁盖尔的《盲人的寓言》。然而，现实中的苦难与艺术中的苦难是两码事，苦难是自己的，艺术是别人的。我所能做的，便是给他们点实际的施舍，然后，用这几行短短的文字来向他们致敬，因为他们是在用一种有尊严的方式行乞。

秋雨纷纷，我感伤到极点，独自出门去让雨淋，慢慢穿过安静的住宅小区，来到大街上。因为雨持续下了数日，每人都有一把保护伞，把自己同雨同其他人隔开，只有我一人没有任何遮拦，显得突兀。走了很久，浑身被冷雨浸透。没有风，梧桐叶垂直落下，有几片擦过我的鼻尖。“叔叔，给你伞！”一个声音在侧旁响起，一把红伞挡在我眼前，像绽开的花朵。一个穿黄色运动服的小女孩抬头看着我，旁边还站着一位穿一样颜色衣服的小女孩，打着一把蓝伞。我刚要说不用，红伞已塞到我手里。两个小女孩偎依在蓝伞下，朝前轻快地走，我身上的湿冷被一股暖流驱走。我跟着她们走了一阵，琢磨着要把伞还给她们，突然，她们转进一个小巷，并加快了步伐，我忙叫：“你们的伞……”给我伞的小女孩扭头大声说“不用了”，两个小女孩咯咯笑着，小跑起来，消失在小巷深处。我站在巷口，擎着红伞，噙着眼泪，有一种音乐无声地响起。

冬日，我到另一个街区办事，难得的晴日，身子冷，眼里却暖，才下午五点多，太阳便挂不住了，眼看就要滑落天际。我在一间位于十几层楼的办公室里等人，左右无事，便走到阳台上看风景。西边有更高的楼阻挡，看不到夕阳，夕照却随处可见，三四层楼的矮小建筑隐在阴影里，稍高一点的楼，身体的大部分均沐浴在金色的光辉中，说是身体，因为我的脑子里浮现出各种巨型雕塑，神的，人的，动物的，时光且倒退了几千年，如在古埃及、亚述、古巴比伦、古希腊、古印度远古的中国，那些传说中的神与人与动物的巨大雕像，在夕阳中活灵活现。我依稀看到了天舒在幻想中见到的巨石废墟。夕照消隐，立在冰冷天空下的，依旧只是些没有面孔的钢筋混凝土怪物，了无生气，摩天者不在少数，但空有一副巨人的身材，绝无巨人的脑子。同古代留存下来的建筑相比，现代建筑的最大特点便是可复制性。幸亏人只能丑化大地的面貌，除了几颗微不足道的人造天体，天空的格局亘古未变。我的眼里有两个天空，世俗的天空，和诸神的天空。

梅花开了。省城多年未下雪，踏雪寻梅的雅趣也就无法得到。趁晴日，携家人到公园里看千姿百态的梅，闻梅香，但因为看梅人太多，难以像古人一样同梅花交流。独自走上一条人迹罕至的小径，眼前突然一亮，几株翠竹前，一棵玉兰开满了白花，南方的玉兰早放，芳华不让梅，在枝头踮着脚尖，仿佛许多身披轻纱的仙子，翘首盼望春天女神的到来。春天是复活的季节，我又看见天舒背着双肩包，第一次走进黄龙镇。

辞职，远行，写作，令我和未婚妻的感情受到了前所未有的考验，因为经受住了考验，我们便结了婚。因为同居的时间长，婚后生活与婚前并无太大出入，只是多了一份责任心，难免还会为琐事起争执，甚至争吵，起因常常是我反复无常的情绪。人日日受情绪的左右，天气，饮食，人际以及莫名的缘由，等等。同所有人一样，我的情绪也高高低低，高昂时对未来怀着希望，低落时则会想：时光如刀，将我慢慢肢解，童年的梦想，少年的憧憬，青年的壮志，皆烟消云散，抚今追昔，知来者之不可依。

经过慎重考虑，我们决定不做丁克一族，妻子说：“现在就要吧，太晚对孩子和我都不利。”我赞成，事情办得很顺利，女儿来到人间。

关于女儿的来历，有些神秘色彩，我做了个很不寻常的梦，至今历历在目。决定女儿命运的那个夜晚，我抖擞精神，与妻子行了两次房。第一次因为太卖力，反而坏了事，妻子的情绪还没调动起来，我就先丢了，她很沮丧，她预先看了许多书，书上说，女方在高潮中怀上的孩子最优秀。我很愧疚，决定将功补过，居然又折腾出第二次，妻子如愿以偿。但不知女儿的出生跟哪一次有关。我自然累得够呛，很快沉入梦乡，于是便做了那个梦。

家里的卧室与客厅之间是透明的玻璃墙，白天，帘子拉开，光明共享。客厅连着开放式厨房。太阳落山，妻子不在，家里就我一人。有一阵，如果没记错的话，我不在室内，大概在阳台上看风景，阳台紧挨着厨房。回到屋内，厨房的操作台前站着两个人，一男一女，衣着朴素，四十岁左右，都戴着眼镜，一看就是知识分子，六七十年代的典型打扮。我没问他们是怎么进来的。两人面容忧戚。顺着他们的目光，我看见操作台上摊着一块红布，其上放着一个黑匣子，我知道，那是一个骨灰盒；我还知道，他们是夫妇俩，盒里的人是他们的女儿。我不知道我是怎么知道的。谁都没说话。凝视着骨灰盒，我有一种强烈的冲动，忍不住对他们说：我能让你们的女儿复活。我将他们的沉默当做默许，开始行动起来。我不知从哪里找来一个布娃娃，是小女孩喜欢抱在怀里的那种穿连衣裙的布娃娃，绕到卧室里，将布娃娃放在木地板上，回到厨房，开始念咒语，念些什么我也不知道，同时双手在骨灰盒上方胡乱比划，有点巫师作法的味道。不久，骨灰盒开始有动静，肉眼看不见的动静，冒出一缕烟雾，淡极，朝卧室方向飘去，玻璃墙似不存在一样，径直穿过，在布娃娃正上方悬停，继而飘落，降于其上。此刻，我已站在卧室里，距布娃娃两三米处。布娃娃动了一下，又动了一下，整个身体都摇晃起来，有物凸起，似先前的烟雾，布娃娃消解的同时出现了一个人形，慢慢凝聚，缓缓立起来，像从地里长出来一般，是一个美丽的少女，身披白纱。戏剧性的局面出现了，我的左侧不知何时冒出一个青年男子，也望着少女，并且先我开口，说：她是我的女朋友。我没吭声，心里却有些不平：是我让女孩复活的，你凭什么来抢？但又不能肯定自己同女孩的关系。那个男子有些咄咄逼人。

我说：让她自己决定吧。少女似有些犹豫，最后，缓缓伸出右手食指，指向我，眼里比刚才更有生气。我永远都忘不了这个历史性的时刻。

这就是那个梦，每个细节都很真实，我至今都不敢相信。难道，女儿真是我前世的恋人？

梦里的女孩酷似秀秀，也许是因为我见过秀秀的缘故，女孩父母则与我想象中的任老师夫妇相像。

我以前常做梦，最近则很少做，与女儿出生有关的这个梦便显得格外突兀。人一生三分之一的时间是在睡眠中度过的，所以这三分之一的时间里发生的事件不容忽视。梦与现实一样，有的精彩，有的无聊，有的意味深长，有的不知所云。不要美化梦，更不要美化现实。人们常分别梦与现实，其实，梦就是现实的一种。

女儿出生后的第二天才睁开眼。我至今忘不了她努力睁眼的情形。我疑心，她是受周围各种声音的刺激才睁开眼的。她皱着眉，一点点打开沉重的眼睑，先露出一条缝，似乎适应不了强光的照射，即刻又关上，犹豫了一下，再度打开，露出一部分黑眼仁，表情迷惘，近乎呆滞，似乎除了光，还看不见别的东西。不管怎么说，她终于彻底走出了黑暗的世界。

通过对女儿的观察，我洞悉了许多个体生命起源的秘密，发现与整个人类的起源有着惊人的相似之处，每个人都是全人类的微缩版。就身体而言，从无到有，所谓“无”，并非真无，具体是什么，至今众说纷纭，“有”的最初阶段，似微生物，并不比草履虫高级，很长一段时间在羊水里生活，像鱼一样，后来长出手脚，似小蝌蚪，再后来，向两栖类发展，出生后，才慢慢变成爬行动物，最后学会直立行走；就精神而言，亦从无到有，所谓“无”，亦非真无，具体是什么，同样众说纷纭，未出生时，与黑暗之水浑然一体，出生后，只对与自己智力相当的事物感兴趣，依次是无生命的物体，有生命的物体，与人的交流最晚，而与传说中的神的交往，则要等到心智更加发达的那一天。

看着女儿，我想，那些没有孩子的人，如“他”，如天舒，如历史上许许多多早夭的天才，未免会遗憾生活的不完整，但他们有别样的幸福。我的幸福或许很小，而且，无论怎样的幸福，都会在时光中流走，但此时此刻，我没有理由不好好享受与女儿在一起的幸福时光。

给女儿洗澡时，面对她的小小身体，本能的欲望闪现，即刻消失。后来，就连那点不该有的念头都没有了，并没有刻意控制，纯粹的情感主宰了一切。女儿将我的心完全融化，世上怎么能有这么可爱的小人儿！全凭造物之功。

因为喜欢天舒那篇叫《网》的寓言，喜欢里面的小红和小黑，女儿常穿一件蓝衣，我便叫她小蓝，她没有表示异议，因为她还不会说话，不过她肯定喜欢。我常常说：亲爱的小蓝，你该去找你的小伙伴小红和小黑了。我开始编造他们在一起游戏的各种场景，在其中安置了阳光、小溪、草地、野花、树林及各种小动物，这是一个没有悲伤只有快乐的世界，女儿听得满心欢喜，也许，她的灵魂真的在同现实中并不存在的小红和小黑一起玩耍呢。

如果说，书是精神的产物，孩子则是肉体的产物，天舒传记的完成和女儿的出生让我同时拥有了精神和肉体的子嗣。“他”向我道喜说：你的生活圆满了。我请他做女儿的干爹，他满心欢喜地答应了。

妻子上班忙，我闲在家里，边照顾女儿，边修改书稿。我突然想，我对自己的婴儿期没有任何记忆，何不借对女儿的观察来复活这段记忆？我开始记录女儿的一举一动，并且同“他”分享我的观察，这对没有童年记忆的他而言，意义更加重大，从此，他和我的童年记忆都圆满了。

从咿呀学语开始，女儿就在同周围的一切说话，我以为她只是在练习发声，现在她会说些人话了，我得以接近她的世界。她在很认真地同周围的一切交流，说话的态度跟以前一样，无论对人，对小猫小狗，对树，对小鸟，对花，对她的每一件玩具，都一视同仁，在她眼里，万物没有分别，而她也只是其中的一员。这情形令我想起秀秀来，我想，秀秀同万物交流的神态，必定跟我女儿一样。我重新阅读了与秀秀有关的章节，增加了不少内容，灵感来自女儿。

女儿总是让我想到秀秀，至圣至洁。

妻子见我那么爱女儿，忍不住问我：“爱经过分配，会越分越少吗？”

我明白她的意思，说：“爱无止境，越爱越多。”

一天，妻子半开玩笑地提醒我说：你可不要有恋女情结啊！

我没有把妻子的提醒当耳边风，女儿就是我心目中的秀秀，每个人都有自己的秀秀，秀秀甚至可以是男性，而天舒对待秀秀的态度，便是所有人对待秀秀的态度。

不要亵渎理想。

妻子比我小，但如果按古人的寿数推算，我们都不算年轻，尤其是我，虽跟天舒一样显年轻，但我深知，无论年龄和心理，自己都已老气横秋。女儿的降世让我激动得泪奔，有一种老来得女的感觉，同时无比惶惑，怕不待女儿长大，我已垂垂老矣。按照古人的标准，我的人生至此堪称完整，要完结便完结了，并不算短命。天舒的传记已成，此生无憾。女儿一天天长大，为了她，我决定同时间赛跑，同衰老抗争。先要让心年轻起来，唯人心可永葆青春，再通过不懈的锻炼延缓肉体的衰老。据说好的太极拳可以让人有逆生长的功效，这未免夸张，但据我所知，真正的太极大师，即便到了耄耋之年，身体机能也堪比青年，身体和精神的潜能一样，若非竭力挖掘，永远不知道有多大。我遍访太极名师，以博取众家之长，但他们至多领会到哲学层面，与神圣的宗教境界相距甚遥，因此，待技术方面的诸多问题解决后，我便回归到天舒的那套拳上，仿佛是他本人在指导我打拳，将我引向某个至高至圣的领域。

我深受天舒“准备好死亡”的影响，老早以来，都把每一天当做最后一天来过，如此，便在心里习惯了死亡。无知产生恐惧，熟知死亡，便不惧死。死未必不是一条出路。不要等死后才让别人替你造墓，要及早动手建造自己的坟墓，就像渴望不朽的法老，金字塔的坚固与规模取决于你自身的努力，一生的善恶便是你的墓志铭。

女儿出生后，我给自己写了一份遗嘱，妻子看了，一开始很难过，以为不吉，让我烧掉，经我一再地解释，她才接受，说既然这样，她也写一份遗嘱，写完后说，人感觉轻松了很多，没有了后顾之忧，也因此理解了天舒“准备好死亡”的深刻含义。这里，我忍不住要将我的遗嘱抄录下来，以表明我可以从容就死的决心。

我的遗嘱

生命便是一个不断走向死亡的过程，我不知道哪一天会死，会以何种方式死，所以我要时刻准备着，以免猝不及防，来不及交代后事，甚至，连说再见的机会都没有。

我死后，所有的物质遗产归我的妻子和女儿所有，愿她们衣食无忧；而爱的遗产，细分如下：对妻子的爱，归我的妻子所有，对女儿的爱，归我的女儿所有，对父母和其他亲人的爱，归我的父母和其他亲人所有，对友人的爱，归我的友人所有。最后，我的精神遗产，归全人类所有。

再见，我深爱着的每一个人，不要为我难过，如果我在天有灵，我会幸福地期待着与你们重逢的日子，你们用不着为我难过；如果我化为乌有，没有漂泊的灵魂，没有来世，没有永生，没有痛苦，既然没有痛苦，你们同样也用不着为我难过。

我准备好了。

我和妻子常常争论谁先死的问题，因为深爱着对方，都不愿面对失去对方的痛苦。最理想的，当然是同时死，这种可能性太小，几乎不敢奢望；不论谁先谁后，唯愿先后之间的时差尽可能短些。无论怎样，我愿意相信，我们将经过死亡之门重聚。我在心里默默为妻子的死提前哀悼了一番，我因此又想到天舒的另一个表述：为自己和别人的死亡做好准备。不出意外的话，比我年长者都会先我而去，即便比我年幼者，也会因为种种不幸先我而去，我必须从现在起就有思想准备，并且常常在心里为他们的死亡提前表示哀悼。我为父亲的死哀悼，为母亲的死哀悼，为女儿的死哀悼，为所有我认识的人的死哀悼，甚至，为陌生人的死哀悼。至亲中，父亲的年纪最大，理论上离死亡最近，我甚至想好了献给他的悼词，在心里默默念诵，泪如泉涌。父亲沉默如山，智者不言，对自己的孩子爱深似海，与人为善，我从未当面向他表达过我的爱，如果有可能，我会在他弥留之际念给他听，让他活着时就知道我有多么爱他。

“今日我悼他，明日谁悼我？”这个问题让我有些伤感，好在我已做好了准备。

死的问题解决了，便只剩下生的问题。对我而言，天舒的生活是一个启示，结束生命的方式并不重要，重要的是生命的过程，是创造生活的方式。天舒虽然死了，他的传记却是给生者看的。我的灵魂也许会在另一个世界写另一本关于另一个世界的书，无法预料，这不是这个世界的我可以染指的事情，我无法同时握着生与死，因此，我注定只能写关于这个世界的书，探讨生的目的，对死亡的思考是为了更好地为现世提供参照。

我们一面努力过好每一天，一面计划未来。一天，我郑重地向妻子提议，等女儿上大学后，我们一起到最偏远的山村去教几年书，她很惊讶，说：“你想学天舒啊！”我正色道：“你忘了我曾说过‘爱无止境，越爱越多’？我们要爱更多的人，特别是那些最需要被爱的穷人。”她现在很憧憬这件事，虽然这是很久以后的事。

妻子对我说，她想死后捐献器官，我有些吃惊，看她的态度坚决，感动之余，我陷入深思，一个能勘破生死的人，岂会在乎形骸？而且，器官在自己死后依然活在别人身上，难道不是另一种形式上的复活？我甚至想象，受捐者为了将这份善传递下去，死后也捐献了器官，如果所有的受捐者都做出同样的举动，那么，相信某些器官会一直活下去，这岂非人梦寐以求的永恒？我为此激动不已，对妻子说，我赞成她的想法，并且要和她一起捐献。我们决定择日打听签订死后捐献器官协议的手续，以便早日了却这桩心愿。我仿佛又看见唐卡老艺人被寒禅背上天葬台后被肢解饲鹰鹫的情景，同时看见自己死后躺在手术台上，身体被打开，有用的器官被一一取出，安放在陌生人的体内。

此外，我们还有很多别的计划，譬如说一起学画画，这是我由来已久的一个梦想，并不像妻子所认为的那样，“又是受天舒的影响”，但我得承认，是天舒坚定了我想学画画的决心。妻子也表现出极大的兴趣，要跟我一起学，没准女儿也会加入进来，一家三口，每人背一个画夹，走进大自然，对着美景写生，想想都很浪漫。人活着就要有追求，高尚的追求，美的追求。

妻子学会了做糕点，常利用周末做，尝试各种花色，乐在其中，我和女儿自然是最大的受益者。除了喝茶，我也喝咖啡，都是原味，是东西方两种不同的味道。咖啡比茶费事，我们还特意买了一个意大利的蒸馏咖啡机，用它煮出的咖啡香浓异常。一次，我正伏案写作，妻子给我端来一杯黑咖啡，附带几片她做的小饼干。我一面享用，一面活动僵硬的颈椎。饼干的味道让我想起全家一起爬老人山的情景，母亲预备的点心不能与妻子的饼干相比，但带给我的快乐却更大，物以稀为贵，况且，除了点心，还有山风，及一颗童心。我细细品味着被饼干唤醒的童年，咖啡似与这一切无关，但也并非毫不相关，因为我的嘴里有咖啡的味道，与饼干的味道混合在一起，共同勾起了我的回忆，这情形令我想起普鲁斯特的那杯茶和那块名叫“小玛德莱娜”的点心。我想，回忆需要契机，忘怀却只需要时间，忘怀如一条死乞白赖的狗，紧跟着你，往事是你的盘中餐，一不小心，就会被它偷吃，你不妨用一些不堪回首的往事将它喂饱。

女儿仿佛一夜间就能说会道了。周末，我们去北郊爬山，顺便到山上的一座古寺里参观。她第一次见泥塑菩萨，眼睛瞪得溜圆，“哼哈”二将的凶狠表情本是吓唬魔鬼的，却把她吓到了。我连忙解释说这些都是泥巴做的假人，她点点头，没吱声，许久才悄悄问我：爸爸，他们会活过来吗？佛祖的慈眉善目让她放松了许多。她歪着脑袋，对烧香磕头的善男信女发生了兴趣。我掏出五元钱，递给她，让她也拜拜，拜前先许愿，并强调说，愿望不能告诉别人，否则就不灵了。她欣喜地按我说的去做了，在蒲团上认真磕头的模样令我和妻子忍俊不禁。最后，她走到功德箱前，郑重地将五元钱放了进去。

我似乎又看见自己不顾母亲阻挠往功德箱里放钱的那一幕。我对妻子说，我们都不信佛，等女儿长大了，信不信佛由她自己决定，但信仰的姿态会影响她一生，能让她更好地成为她自己，并且让她在无形的道路上走得更远。人生有两条路，一条有形，一条无形，有形的路有终点，因为“有”的尽头是无；无形的路没有终点，因为无形，看不到终点。

女儿出生以后，除了老和死，该经历的我差不多都经历了，没经历的也大抵知道是怎么回事情，天舒的一生却时刻在提醒我，人要不断丰富自己的人生，尽可能学习更多的东西。人生的意义是人自己赋予的。我常跟妻子说，天舒是我的榜样，也是她的榜样，我们理应向他学习，“用无限的追求来充实有限的生命”，未婚妻笑着说：“别拿天舒做借口，你是想让我向你学习吧？”我也笑了。事实上，在认识天舒以前，我就试图改变身边的人，尤其是与我朝夕相处的未婚妻（那时她还是我的未婚妻），想让她和我一起，爱知识，爱智慧，利用工作之余的闲暇，尽可能丰富自己的精神生活。常言说，“不要试图去改变人”，人只能改变自己，但我有些偏执，非要逼迫妻子过一种不同寻常的生活，拒绝平庸，就像我现在要让自己朝天舒看齐一样，不是学他如何死，而是学他如何生。我最喜欢天舒的一句话，“美是给生命的最高奖赏”，但奖赏不会平白无故送上门来，要每个人自己去争取。

现在，我以天舒为榜样，在生活中做一些力所能及的善事，在精神世界里努力接近他，太极拳的学习也突飞猛进，渐渐领会到其中的精妙，“道我合一”的神圣感须臾不离。

校稿时，我一次次面对文字中的天舒，遗憾不能与他面对面交流，文字既是联系我们的纽带，也是隔绝我们的藩篱，真希望他能从文字中走出来看我，或者，我能走到文字里去看他。

春节前，我邀请“他”来家中吃年饭，他婉言谢绝。省城在零点的爆竹声中颤抖，电话铃声几乎被淹没，他在电话里祝我们全家春节快乐、幸福吉祥。

大年初三，他来家里拜年，给干女儿发了一个大红包，顺便告诉我，他因为工作的关系，要到北方去，而且会一直待下去。因为童年记忆的缺失，“故乡”二字对他毫无意义，就像一棵无本之木，到哪儿都一样浮在虚空中。“真正的家园在自己身上”，他后来在信中说，“像蜗牛一样”。我没有表示出任何的挽留之意，许是经历了太多别离的痛苦，麻木了；或者，真正的知己，不一定要长相守。我们约定常写信。

临行前，他将家里的那匹蓝彩马送给我。太贵重了，我坚决不收，他说：我一个人，漂泊不定，带着不方便，就算是你替我写天舒传记的酬劳吧。我专门从书架的正中腾出一满格来放它，时常在想象中骑上它驰骋。

很久不见他，我心里空落落的。女儿问：怎么那么久都没见干爹了？他去哪儿了？我回答说：干爹到很远的地方去了，但他时刻都在念着你，永远都会和你在一起。

他的离去有如烟消云散，其实烟云并未消失，只是融入浩瀚的天空，无处不在，且随时会重新凝聚、成形。

常常，到黄昏时，我会有种错觉，敲门声响起，他就站在门外。

我和天舒一样，有时会羡慕他近乎孤儿一般的生活，专属于自己，万物皆备于他，一人等于全体。

不见他，也就见不到岁月在我们之间流逝，他似乎永远都不会变，在北方，如同那颗璀璨的北极星。他来信说，北方与南方，本质上并无差别，除了工作环境的变迁，从前的生活方式依旧，只是像我这样的朋友，恐怕再也不会遇到，语涉伤感。我回信说这样也许更好，让我有缘读到他写的东西。我喜欢他的文字，灵性的文字，运行于水上。

他和天舒似乎被赋予了不同的命运，一个专注于思考，一个专注于行动，遥相呼应，此呼应并未因天舒的死而中断，区别仅仅在于不再有信件往来。相比之下，当年他给天舒的信同现在给我的信，内容当不会有大异，他在重复自己；那么，我会重复天舒吗？这是一个可怕的念头，我竭力逃避，然而，每次回信，我都无可救药地想：天舒会怎么写？

虽然现代化的电子邮件更快捷省钱，但他坚持用传统的方式写信，我也乐于配合。习惯了在电脑上写作，提笔时才发现，很多文字竟异乎寻常地陌生。

这一惊非同小可，促使我练习书法，同文字保持最亲密的接触。我发现，远离实用，汉字的美，内在的，外在的，反而凸现出来。天舒在书法方面的造诣，虽未亲见，但可以想见得到，我暗下决心，要以天舒为榜样，致力于对世上最美文字的书写。

清晨，一束阳光透窗而入，如同舞台上的聚光灯，照见微尘的舞蹈。微尘是什么？微尘本质上与其他的存在并无不同，万物同质而异形，形散后即还原为平等无二的质。微尘也有思想吗？

互联网的世界越来越让我惊异，我确信，这一天必将到来：电脑取代人脑，人变为非人。所有的知识都浓缩在一块集成芯片上，安装在人脑中，人变得无所不知，无所不能，一切尽在掌握。吃饭吗？不用，喝一口特制饮料，便不再有饥饿感，营养也充足；做爱吗？不用，虚拟中即可得到想要的快感；连走路的运动都免了，因为有代步的飞行器。人说要有什么，就会有什么，人变成了真正的神。人不再是人，手不再是手，脚不再是脚，不再有男女之分，因为性器官不再是性器官，总之，人变成了高智能的怪物。人渐渐被自己创造的物质所取代。肉体的退化与智能的增长恰成反比，肉体越来越无用，能省去的部分都省去了，只要有能容纳集成芯片的地方就足够了。芯片越做越小，当最终只有显微镜才看得见时，其载体——人，也小得要用放大镜才看得见啦。人的存在为肉眼所不见，看上去都死绝了。个体的人是会死的，人类也是会死的。茫茫宇宙中飘浮着许多高智能的微尘，待新的生命演化成下一代人类的时候，此类微尘便会进入某些人的体内，使他们成为最早的大智大慧者，影响着后来的人。也许，我们周围还飘着上一代人类遗下的高智能尘埃。我有时会到没被污染的自然中呼吸，巴望有一粒高智能微尘进入我体内，让我变得更有智慧。

他也去了一趟欧洲，写信告诉我，那里的古建筑确实远比新建筑多，美不胜收，令国人汗颜，但就人性而论，东方和西方，并无本质上的差别。

诸事纷纭，只有校稿时，才会得到片刻的宁静，我有一种奇怪的感觉，好像在读别人写的文字。

改稿比我想象的艰难和漫长。沉寂了一阵子，以为改无可改了，突然又被生活中的某个事件，或某本书，或某个没来由的情绪所激励，改稿的冲动再度风起云涌，不可遏制。我意识到，书一日不出版，修改将一日不辍，无有已时。妻子和我一样，生怕我哪天发神经，以一种全新的方式重新开始天舒传记的写作。是逼迫自己封笔并付梓的时候了，世上并无完美之书，如果我一意追求完美，便有悖于“他”、天舒和我都信奉的信条：真正的理想不会被实现。

我告诉“他”，弓已经脱稿，出版在即，不免说了一些感激的话；他的回信中却只字未提书的事，单单赞美了一番北方的秋日长空。出版并非一帆风顺，至此我才完全明白，他所说的“危险”自然也包括文字在俗世里承载的风险。

我向他撒了谎，并未依约将他的手稿销毁。一直犹豫不决。现在没人再用笔写作，这份手稿弥足珍贵，但我不能违背誓言，之前有借口，哪怕只是个别字句和标点符号的改动，也不算完稿，而今脱稿已有时日，留住手稿的借口早已不存。我决定销毁他的手稿。

阴沉的秋日，我独自来到远郊，于无人处挖了一个坑，将手稿一页页投进去，盘腿坐在坑沿。入定，风将时间吹走。睁开眼，看着坑内和坑外的世界。颤抖着手点燃那些字纸，火熊熊起，溢出坑外。燃烧非常彻底。将挖出的土填回坑内，化成灰的手稿几乎不占据空间，我又做得仔细，竟丝毫看不出动过土的痕迹，仿佛什么都没发生过。

他的信时有时无，后来竟音讯全无，人间蒸发了一般。我并不担心他是否还在这个世上，事实上，他越是不存在，就越是存在。

我常常重读他的信，有几封提到我们同游黄龙镇的经历，勾起了我的回忆。

那天，像往常一样，我坐在书桌前沉思，电话铃响了，是他。

我们约在“故城酒吧”见面。

很久不见，他还是老样子。他去北方的行期已定，临走前想约我去黄龙镇一游。纬县通了火车，直达省城，至黄龙镇铺上了崭新的柏油路，去的人越来越多，也不知变成什么样子了，往后恐不忍再目睹。我欣然同意。

火车依旧很慢，跑了一天一夜，我们没在纬县停留，当天便坐车到了黄龙镇。

我们在我从前住过的旅馆住下。旅馆已更名为黄龙县政府招待所，今非昔比，改叫酒店更合适，装修一新，现代化的设施一应俱全。天气十分闷热，我们点燃蚊烟香，夜里也让窗子大开着，当地人说今年雨水少，黄龙镇坝子里不愁水，别的地方怕是要旱了。

我们同住一间房。他睡觉很静，不似我，鼻息重。我从梦中惊醒，在黑暗中屏息倾听，没有一丝声响，好像房间里就我一个人，忍不住划亮火柴，看见他背对我侧卧着，吹灭火柴，他立刻又消失了。后半夜，我做了一个奇特的梦，梦见天舒、他和我，皆赤身，肤色不同，我是红的，天舒是黄的，他是蓝的，手拉手围成一个圈，跳神秘的舞蹈。

次日上午，我们去给天舒扫墓。顺路采了一束野花，走到看得见黄龙中学全貌的地方，停下脚步，出神地望着山脚下的校园，良久，相视而笑，仿佛看见了对方儿时的模样。他蹲下身，将野花放在天舒的墓碑前，掏出手绢，仔细将墓碑上的尘拭尽，用额头碰了碰刻有天舒名字的地方，起身与我一起静立。我们的神情肃穆，但并不悲哀。我们还有现在和将来，继续在时空中拥有一席之地；而已经故去的天舒，因无需再占据时空而长存于时空之外。

临睡前，我仰望着天花板，想到了一个深藏内心的秘密。他突然问：你对同性恋怎么看？我吃了一惊，好像他知道我在想什么一样，也许是巧合，也许是心灵感应。几乎每个人都有过类似的体验，证明心灵感应的存在：你走在路上，刚要开口唱一支歌，街角有人立即唱出来，仿佛那人一直在跟踪你的思想，而你们压根儿就不认识。我们就同性恋的话题展开讨论，一直聊到深夜。他丝毫不隐瞒对天舒的特殊感情，而后者也在信中多次向他坦诚了自己的同性恋倾向。

承认也好，不承认也好，多多少少，每人心中都会有些同性恋情结，因自身性别的不完整，要想体验异性的感受。

几天来同吃同住，我和他更加熟识，话不嫌多，无话时也很自在，慢慢生出一种特别的感觉，但总觉得天舒隔在我们中间，毕竟，是天舒把我们拉到一起的。

黄龙镇（现在叫黄龙县，但我习惯了“黄龙镇”的称呼）的变化只能用“神速”两个字来形容。短短五年，竟成了小资们的天堂。具体说来，就是许多自以为有品位收入又好的城市白领，装模作样地在南门老街喧嚣的酒吧里找寻远离大都市的宁静。

以黄龙中学的岔路为限，西面除了百货公司和招待所，钢筋水泥房都拆了，改成同南门街风格一致的仿古建筑，百货公司和招待所则加了一个瓦顶，外立面用木头包裹，窗户换成雕花的木窗，铁门改成旧式门板，古意盎然。东面成了新县城的发展方向，以龙宝酒店为首的高楼一字排开，原来的住户被强行迁移，包括祝师傅的篾匠铺，一座崭新的城拔地而起。据说，当时郑权生想要收购百货公司的房子，改建高楼，遭到有识之士的反对，说会破坏古城的风貌。本来，郑家有权有钱，不用理会别人怎么说，但以下的说法令他幡然醒悟，古城风貌遭到破坏，势必影响旅游发展，而旅游受到影响，势必影响当地的经济发展，经济发展不好，谁都挣不到钱。郑家遂一意向东开拓。因此，以黄龙中学为中轴线，黄龙镇的建筑呈东西两种风貌，西方，是传统的，东方，是现代的，所谓传统，也只是徒有其表，人心不古，是既成的事实。

楼房一直盖到东大桥，高高低低，错综复杂，挤占了江岸的田地，并延伸至沙滩，将江水压缩得逼仄，往日的江景不在。

经过大石桥，便是真正的老城区了。所谓老城区，即过去的南门街，现在镇升级为县城，令游客蜂拥而至的南门街老街巷便更名为老城区。临街店铺被天南地北的商贩租赁一空，小巷两边的人家也将房子改成商铺或客栈出租，在新区买了新房，靠租金过活，南门老街的原住民几乎绝迹，完全变成了外地商人和游客的天下。真正的老房子被装修得面目全非，新的仿古建筑层出不穷，老城的规模较从前扩大了两倍。一座崭新的洋葱头形状的圆顶水泥建筑赫然在目，高高在上，与周围的传统建筑格格不入，十分扎眼。沿街有几个网吧，坐满了年轻人，其中不乏十一二岁的孩子，或打游戏，或上网聊天，原先封闭落后的小镇，信息传播的速度竟与省城同步，与世界同步。当所有人都朝着一个目标齐头并进时，你不妨故意落后，流连于路边的景色，或许，你会发现一个全新的目标，一条截然不同的蹊径。

小镇外来人口陡增，大有喧宾夺主之势，我们的到来未引起任何人的注意。幸亏没碰上郑权生和卫校长，否则他们一定会认出我来，据说他们后来知道了我的真实身份，想必会把我当仇人来牢记在心。我没去拜访任何人，包括郝校长夫妇，此行匆匆，不便打扰他们。

施大爷的棺材铺关张了。镇改县后，不再允许土葬，为了赶在最后期限前被土葬，老人们争先恐后自杀，一个老太太服了毒，躺进预先给自己备好的棺材里，表情十分幸福。汉人讲究入土为安，无论火葬土葬，最终都要埋进土里，即便是高僧的塔葬，也是某种形式上的土葬，因建塔的材质是从土里来的。

黄龙中学北墙外的土地被圈了起来，荒了一年多，不知要做何用途，可惜了那么多良田及美丽的油菜花，封氏夫妇只得另觅牧蜂处，永远地离开了黄龙镇。

老人山顶的佛寺已重建，红墙黄瓦，十分惹眼，这可是天舒从未见过的东西，作为某种信仰的标志，有总比没有好。

黄龙小学迁走，孔庙恢复了原样，龙潭边的龙王庙也在原址重建。

较深的那个龙鼻子洞被开发成旅游景点，洞口被人为扩大，不再像鼻孔，而像一张贪婪的大嘴。

屠龙剑已不知去向，据说被人偷走后卖给了城里的古董商，东大桥孤零零的，每日目送流水远去。

白虎山脚的野罂粟花一半为紫茎泽兰所取代，触目惊心。

寒禅一年前坐化了，其轰动仅次于天舒之死，盛传活了一百零八岁。白云寺的僧人将寒禅的法体迎回去，做成肉身塔，供善男信女膜拜，白云寺因此名声大噪，香客云集。人们在整修白云寺的过程中发现了寒禅的手稿，就藏在大雄宝殿的地砖下，日期止于“文革”前，内容非同一般，连远在首都的专家都被惊动了。

冲着寒禅大师的法体，我们去了一趟白云寺。他在三世佛前对我说：没有永远的未来，一切都将过去，未来佛是未来的过去佛。

白云山的瀑布闻名遐迩，当年怪老道和天舒喂鹰的地方变成一个重要景点，体力好的游客联翩而至，三清殿也因此受益，被修缮一新，请来了几个道士，预备收门票。

寄魂谷内正在修建栈道，不日将向游人开放。

瞎老八在年初去世，死了几日才被发现，令人唏嘘。

夜里，我们打算到南门街喝点酒，老远就听见嘈杂的音乐声，大石桥上挤满了游客，河边新建的仿古建筑上挂满了红灯笼，沿河都是酒吧，身穿少数民族服饰的女子站在门口揽客，单看服饰，有本地的少数民族，也有外地的少数民族，像个大杂烩，大部分是外地的汉族女子假扮的，游人多半有脑无识，只图热闹，几杯酒下肚，管他真假，有美女看就行。我们所得的印象只有两个字：恶俗！赶紧逃向镇外，噪音隐去，晚风拂面，一直走到蓝江边，古渡亮着微灯，铁索桥横跨江面。

风三娘还是当年的模样，时间的流逝似与她无关，依旧四处游荡，在人意想不到时突然现身，幽灵一般。疯狂源于对理智的绝望，是对宁静永无止境的渴望。风三娘沉浸在自己的世界里，不妨碍任何人，也许，在她看来，世人才是疯的。有的人正常，其实很疯狂，并且强迫、鼓动别人跟着发疯，疯子不可怕，可怕的是疯子掌权。

我们去了一趟清平岭，待的时间很短，目的是去看望我资助的那个彝族女孩。他见到女孩时的惊愕表情在我的意料之中，而我自己比初次见她时更不自在，说话都结巴。女孩已上高二，越发楚楚动人，比周围的风景还美，并不知道对面这两个省城来的男子为什么不敢正眼瞧她。她父亲力邀我们吃饭，不知为什么，我好像有所顾忌，借口要赶路，谢绝了。回到黄龙镇，我问他：你猜那彝族女孩让我想到谁？他没回答。“叶莲。”我说，“也许，还不止她一人吧。”

我们打算去祭奠一下叶莲的坟，远远看见一片工地，大吃一惊。坟地已荡然无存，工地四周的巨幅广告表明，在建的是一处半山别墅，我们的心里无限悲凉。黄龙镇发达以后，地产公司闻风而来。据说，坟地所在是一块上风上水的宝地，正因如此，视死如生的古人才会将阴宅选在这里。这么好的地方，给死人住未免太可惜了。现如今，凡有钱出现的地方，通常都是钱说了算，半山别墅的项目很快批了下来，接下来便是拆迁补偿，地产商没想到，死人比活人难缠，当地人说了，补偿再高，也休想动他们的祖坟，何况，商人斤斤计较，以为死人好打发，不愿多出钱。僵持了一个月，在一个月黑风高的晚上，坟全给人掘了，尸骨被砸得稀烂，遍地都是，分不清谁是谁，有确凿证据表明，是老刁他们干的。第二天，黄龙镇一半的原住民都赶来了，哭声震天，场面极其壮观，像是祖宗才死了一样，大家抄着家伙要去找地产公司的人拼命，警察早已出动，将人护住。这事最后不了了之，连补偿金都省下了，得利者整天偷着乐。好在叶莲的坟只是一座衣冠冢，没了也就没了。我们买了些酒食，至渡口下游无人处，将香点燃，插在水边，拿出食物和酒，撒向江中，算是对阿霞、艄公以及叶莲一家的祭奠。蓝江水浩荡而污浊。

郑家越来越发达，龙宝酒店顾客盈门，夏天更火，因为荷田村的荷花也出了大名，而要去荷田村，黄龙镇是必经之路，且修了一条漂亮的一级公路，可当日轻松往返。荷田村的住宿条件差，赏莲者大多回黄龙镇住。

我们都没去过荷田村，本想利用此番机会前去一游，无意中听说了一件事，立刻打消了这个念头。万福寺唯一的老和尚去世后，一直没有出家人，现在却住着七八个假和尚，操东北口音，实则是些横行江湖的歹人，动用种种手段，将寺庙承包下来经营，用卑劣的手段敛财。至荷田村赏莲的人，无一例外，都会被山上这座小巧的古寺所吸引，进了寺庙，少不得要烧香，假和尚便连哄带骗，让人烧高香，然后索要高昂的香火钱，不给不行，少了也不行。谁也想不到，佛门净地，会有勒索钱财的歹人，曾有游客据理力争，被打成重伤，警方虽然介入，结果却不了了之。香既高又粗，浓烟几乎将万福寺淹没，并四处弥漫，荷田村的天空，并不比当年干净。

郑镇长已经退休，据说他之所以能做到退休，与他圆滑的政治手腕分不开，镇改县后，还当了两年县太爷，适逢当地的经济大发展，他家因此飞黄腾达。郑权生干脆辞了派出所所长的职务，一心一意经商，成立了集团公司，除经营酒店外，还涉足房地产业，摇身变为当地首富，风头一时无两。老刁出任集团公司的保安队长，领着一帮二流子保安，抽上了比大烟高级的白粉，令包姥自愧不如。本地二流子结成的团伙仗着郑权生的后台，一次次将外地二流子击败，大权依然掌握在幕后操纵者包姥的手里。

包姥早就不摆摊了，在家里享清福，更加从容地吸食大烟，与黄龙中学的关系依旧势同水火。

英背时积劳成疾，一年前病逝。

郑权生将包家原来的房屋都买了回来，打通几个院子，整饬一新，高墙深院，另是一个世界。

英素花从大众的视野里彻底消失。据说过得并不幸福，郑权生有了钱，在外面花天酒地，只拿她当“屋里人”，她最终没有摆脱“恶之花”的命运，干脆隐居起来，默默等待凋零的日子。感慨之余，我们一致认为：天舒世俗的爱差不多都给了英素花，即便对她的恨，也源于这份爱。

费武越活越滋润，又生了一个儿子，小妖施展手段在镇上另谋了一份工作，收入颇丰，把他养得脑满肠肥，不太像教书匠，女生避之唯恐不及。

程文礼死于心脏病，换句话说，他的心坏死了。

尚科一直在搞他的小发明，发表了很多专论，名气越来越大，还受到省里的表彰，替纬县的教育界争了光，被破格调到县里的教育局工作，并续了弦，将来某一天被调到省城的科研单位也未可知。只不知他的永动机研究进展如何。

郝校长夫妇早已退休，将心思都用在郝望的教育和成长上。

白医生从卫生所辞了职，自己开了诊所，短短几年的功夫，便在临街起了一栋三层楼的小洋房，一楼是诊所，二三楼居家，跻身黄龙镇的新富之列。

我们离开黄龙镇的头天才去拜访秀秀，打算当日往返。公路已经修到梨村，交通的便捷与从前不可同日而语。所谓“十里不同俗”，乃地势使然，交通方便以后，民族间的差异渐趋消泯。差异产生趣味，理想的大同世界枯燥乏味。

梨村的唱诗班声名远播，慕名前来聆听者甚众，能成为唱诗班的一员，是村里年轻人的梦想。信仰不再单纯，商业味日见浓厚，唱诗班成为梨村发展旅游的一大卖点，星期天外也唱，有人出钱就唱。从开始收门票的那一天起，梨村就变成了名副其实的旅游景点，还向大型旅游团队提供有偿演出。旅游车甫达村口，便有男子吹响号角，全体村民飞快换上节日盛装，拦路酒，迎客歌，热闹异常，游客们被领到村中广场边的嘉宾席入座，表演开始，都是传统的歌舞，只是有些舞台化，最后，也是最重要的节目，便是演唱赞美诗。可怕的情形！幸亏没被我们撞上。游客带来了外面的世界，年轻人纷纷外出打工。外出打工者大抵都放弃了原先的信仰，旧的敌不过新的，万能的上帝也不是金钱的对手。

我们一早搭车上山。梨村的变化比我们想象的大，最让我们吃惊和痛心的是，梨树林不见了。我们拜访了吴吞，提起梨树林，他的眼泪“哗哗”直流。梨村通公路以后，梨树林被省城来的商人看中，要移栽到他开发的高档住宅区里去，因为出价高，每家都可以分到一大笔钱，许多人一辈子都没见过这么多钱，赞成卖树，说卖掉可以再种，最后投票表决，多数人同意卖，上百年的老梨树就这样离开了故土，老人们痛哭流涕。老梨树林没了，各家庭前屋后的老梨树显得孤单，很快也被人买走，吴吞好歹说服众人，才将教堂花园里的梨树保了下来。梨村空有其名。为了安慰大家，村里组织人在梨树林原址种上梨树苗，树苗长成大树要很多年，梨花海的美景不知何时重现。

安琪已经嫁人，与吴吞的关系依然很好。我们自然不会忘记去教堂欣赏杨伯来的油画，有不少画家及美术史家专程来看过这些油画，评价极高。

去桃村的途中，碰到几个挖土的民工，说是要把公路修到桃村。做旅游的行家说，桃村比梨村更美。

廊桥被修葺一新，古韵顿失，让我们大吃一惊，并深感惋惜。村里人都到秀秀家帮忙，甚是热闹，只有阿丹跑过来，步履蹒跚，显得老态龙钟，我的心不由得一紧，秀秀紧跟着出来。三人都大吃了一惊。原来今天是秀秀女儿满周岁的日子。我们赶紧道喜，为没备礼物而局促不安。

秀秀话不多，神情时常游离于另一个世界，有一种非同寻常的神秘气质，让人敬畏，结婚以及天舒之死将她变成了另一个女人，一个非凡的女人，一个古老信仰的守护者，精于巫、医，远近闻名。她的容貌一点儿都没变，还那么美，身材也同从前一样，穿着苗装，据说她阿爸去世后，她便再没穿过新式服装，而除了节日，蒙地平日穿传统服饰的人越来越少。秀秀女儿的眉眼同她一样，十分招人喜爱，仿佛是美在人间的传递。龙尤过来同我们打招呼。第一次见龙尤，与我的想象相符，传说中的人物突然站在眼前，令我也变成了传说的一部分。我们被待为上宾，喝了不少酒，一直喝到太阳落山。

我的目光始终集中在秀秀和龙尤身上，我不得不承认，从外形看，他们很般配，简直是天造地设的一对儿，而因了各自拥有的信仰，内在气质亦十分接近，天舒成全他们其实也成全了他自己。

天还没黑，就早早上了灯。桃村已通电，刚开始时大家不习惯，又因为电费要出钱，许多人家不常用电灯。现在都习惯了，生活也稍稍改善，电视天线横七竖八地立在大部分人家的屋顶，电线则到处都是，跟蜘蛛网一样，既不美观，又危险，桃村近几年发生的火灾都是漏电引起的。我们不觉感叹：幸亏天舒已经作古，否则面对此情此景，不知该作何感想！

席间，我们与秀秀说起梨村卖梨树的事，她长叹了一口气。我们担心，待桃村的公路修通后，也会有人打桃林的主意，事实上，已经有不少人来看过，十分中意老桃树的树形。秀秀眼中掠过一丝阴影，随即镇定地说：老桃树成精了，没人敢卖！我们知道，鬼怕桃符，但现在的人已经不怎么怕鬼了，秀秀似猜透了我们的心思，淡然说：事在人为。又自言自语地说：幸亏天舒哥已经走了！

秀秀和龙尤起身到别桌敬酒，我们乘机向旁人打听秀秀做巫师的情形，那人感叹道：秀秀真不简单，我们桃村有福啊！秀秀现在是全蒙地最有名的巫师，仅凭善良和美丽就可以降伏一切鬼怪，抚慰不安的心灵。

吃过晚饭，我们坚持下山，因次日要赶火车。临行前，我们找了个机会，将给秀秀女儿的礼金偷偷塞给龙尤。秀秀和阿丹送我们出门，一直送到她与天舒初次见面的地方，才依依惜别，大家都有某种预感，没说希望再见之类的客套话，但我分明看到秀秀眼中有泪，他的眼中也闪着泪花，最后，我自己的泪眼模糊了秀秀转回去的身影。临近弯道，阿丹突然转身，对着我们清晰地吠了三声，其声苍老，似周围的黄昏，秀秀的背影颤抖了一下，疾步消失。

到了梨村，我们决定步行回黄龙镇。一路无言，夜从山肚子里爬出来，因是两个男人，又喝了酒，丝毫不怕走夜路，脑子里空空的，身体沉浸在夜气里，清风拂面，虫蛙格外活跃，林木森森，夜鸟叫了一声，又叫了一声，山峰四合，像是走在一顶巨大的王冠里，星星好似嵌在王冠上的钻石，斜坡顶上有几颗格外大，眼瞅着就要滑落下来。抵达黄龙镇时，夜已深沉。

尽管走得很累，上床后却都睡不着，望着黑夜中的天花板说话，说到秀秀时都很伤感，不知今生是否还能再见，就算能，再见时不知还是不是原来的样子，还是不要再见吧！我们都噤了声，同时看见她清晰地浮现在黑暗中，从今往后的无数夜晚，都将会出现这幕令人神往的幻象。无论我或他，对秀秀所知甚少，天舒自然比我们更了解她，但多少被当事人的身份蒙蔽了双眼，不过，又有什么关系呢？秀秀只有一个，是我们想要的秀秀，美的化身。美不能拯救世界，但可以拯救人的心灵。美也是一种信仰，而且是唯一无可争辩的信仰。

入睡前，我们不约而同地提议，临行前再去一趟天舒的墓地。火车是第二天正午的。

太阳升起后，我们爬到青龙山半坡，走上被前来祭奠的人踏出的小路，刚转过弯，就像着了魔似的，驻足不前。天舒墓前赫然摆着一大束鲜艳的罂粟花，仿佛是从墓穴里渗出的一摊鲜血，在周围单一绿色的映衬下，放射出耀眼的光芒。

宛若两块碑，我和他在天舒的坟前默默伫立，四目相接，突然，天舒从对方的眼中缓缓升起。

2013年3月3日（终稿于不易斋）